基金项目
TION FOUNDATION

James Joyce

Finnegans Wake

芬尼根的守灵夜

全译注释本（第一卷）

[爱尔兰] 詹姆斯·乔伊斯/著

戴从容/译注

译林出版社　华东师范大学出版社
EAST CHINA NORMAL UNIVERSITY PRESS

图书在版编目（CIP）数据

芬尼根的守灵夜．第一卷 /（爱尔兰）詹姆斯·乔伊斯（James Joyce）著；戴从容译注．-- 南京：译林出版社；上海：华东师范大学出版社，2025．8．
ISBN 978-7-5753-0662-1

Ⅰ．I562.45

中国国家版本馆CIP数据核字第2025MN9435号

芬尼根的守灵夜（第一卷）　[爱尔兰] 詹姆斯·乔伊斯 / 著　戴从容 / 译注

策　　划　袁　楠　王　焰
统　　筹　姚　燚
责任编辑　姚　燚　龚文宇　宗育忍
装帧设计　马仕睿@typo_d
校　　对　吕潇潇
责任印制　颜　亮

出版发行　译林出版社　华东师范大学出版社
地　　址　南京市湖南路1号A楼
邮　　箱　yilin@yilin.com
网　　址　www.yilin.com
市场热线　025-86633278
排　　版　上海商务数码图像技术有限公司
印　　刷　南京爱德印刷有限公司
开　　本　718毫米 ×1000毫米　1/16
印　　张　49.75
插　　页　4
版　　次　2025年8月第1版
印　　次　2025年8月第1次印刷
书　　号　ISBN 978-7-5753-0662-1
定　　价　166.00元

《芬尼根的守灵夜》是现代文学中最具创新性的作品之一，它为想象现代性中的语言与自我可能性提供了一种资源。现在中译本的开拓性尝试使这部作品终于得以走近中国读者。乔伊斯希望他的作品能够被世界各地的读者广泛阅读，他的愿望正在变成现实。

肖恩·莱瑟姆

《詹姆斯·乔伊斯季刊》主编

世界范围内的人们围绕詹姆斯·乔伊斯的作品展开的工作，让身在詹姆斯·乔伊斯中心的我们备受鼓舞，深感喜悦。《芬尼根的守灵夜》的这个中文译注本将让新的读者来阅读这部狂野的天才之作，对其生发新的兴趣，我们为之激动不已。乔伊斯从一首古老的歌谣中为他的小说觅得书名，也正如这首歌谣所唱的，我们希望你将“在芬尼根的守灵夜觅得乐趣无限”。

达丽娜·加拉格尔

都柏林詹姆斯·乔伊斯中心主任

目　录

中译本导读

戴从容

今天为什么要读《芬尼根的守灵夜》

爱尔兰作家詹姆斯·乔伊斯(1882—1941)的文学声誉主要来自他的小说,但他一生只创作了三部长篇小说和一部短篇小说集。虽然学界对《芬尼根的守灵夜》(以下简称《守灵夜》)是否属于"小说"尚有争议,但必须承认这四部作品中的每一部都在世界文学史上占据着重要的地位。美国兰登书屋的"现代文库"编辑小组曾公布"20 世纪百大优秀英文小说"名单,乔伊斯的三部长篇全部入选,其中《尤利西斯》和《一个青年艺术家的画像》分列第一和第三位,《守灵夜》排在第七十七位。

事实上,读过《守灵夜》的人都不会为该书排得如此靠后感到吃惊,反而会敬佩"现代文库"编辑小组将《守灵夜》列入其中的勇气,因为《守灵夜》是一部在英语世界,即便是英语读者也很少能够读懂的天书,也是这百部作品中唯一一部天书。当代世界文学史上公认的其他天书,比如美国作家托马斯·品钦的《万有引力之虹》和格特鲁德·斯泰因的《制造美国》,都未收录其中。在这些天书中,《守灵夜》可以说是最难读的一部，一半以上的词语都是乔伊斯自己创造的，而且每个词语，哪怕是最普通的词语，都可能包含不止一个意义。至于该书的句子和结构，更是失去重心，颠三倒四，来去随意，不知所云。即使是以英语为母语的人，能够一口气读上五页的都不多见，更不用说外国读者了。曾有一位乔伊斯的英语研究者声称，要想真正读完《守灵夜》最少需要一千个小时。也就是说，即便每天读十个小时，也需要三个多月才能读完。

这样一部作品却被列入"20 世纪百大优秀英文小说"的一个重要的原因是，乔伊斯的创作对当代文学和思想的深远影响早已奠定了其在世界文学史上不可动摇的地位。《守灵夜》是英语文学的一座里程碑，无论喜欢或不喜欢，都无法绕开它。20 世纪 60 年代后期以降，西方的评论界越来越认识到这部书既是乔伊斯对自己过去创作的一次超越，也是对当时文学的一次超越，是从审美到观念的一次重大转变。以法国著名思想家德里达为代表的解释学派对乔伊斯字谜一样的词语的解构阐发，改变了当代世界文学的阐释方式。《守灵夜》犹如迷狂的叙述，一方面在贝克特那里得到哲学性的发展，一方面在罗伯-格里耶的《窥视者》、托马斯·品钦的《万有引力之虹》、巴塞尔姆的《城市生活》等作品中得到虽不完全相同，却也颇为相似的表现；《守灵夜》迷宫一样的结构早已成为当代众多作家使用的创作手法。"迷宫""百科全书""万花筒"——这些乔伊斯用以描述《守灵夜》的词汇常常出现在博尔赫斯、卡尔维诺、罗伯-格里耶等名家的作品之中。20 世纪初期，在几乎没有前人参照的条件下，乔伊斯已全面地发展出了六七十年代才开始兴盛的艺术创作手法。难怪美国著名学者伊哈布·哈桑把《守灵夜》视为后现代文学的鼻祖，声称"'倘若没有它那神秘的、幻觉式的闪光在每一页中的每一个地方滑过……'后现代作家们就完全可能和他们的前人毫无差别，而不会是今天这个样子”。[1]

《守灵夜》不仅对当代文学的面貌产生了深远的影响，也同样深刻影响着当代的文学观念和文学理论。解释学的大师德里达曾说他读乔伊斯已经读了二十五年或三十年了，而且每次写作，乔伊斯的幽灵总在笔下浮现。他在《给乔伊斯的两个词：他战争》中专门以《守灵夜》为研究对象，借助《守灵夜》独有的声音与文字同时存在的现象，以及两者既相颠覆又相支撑的特点，来证明解构主义对说与写的等级关系的消解。法国著名女学者克里斯蒂娃虽然未把乔伊斯作为自己的专门研究课题，但她一直把乔伊斯的作品当作验证她的符号学、精神分析和女权理论的范本，并称那种启蒙性质的、修辞性的和教条主义的作品已经丧失了吸引力，“只有一种语言越来越具有当代性：三十多年来，一种与《守灵夜》的语言类似的语言”[2]。后现代文学理论奠基人伊哈布·哈桑更是把《守灵夜》作为建立他的后现代理论的基础，称“它比《追忆似水年华》《喧哗与骚动》《魔山》《恋爱中的女人》，甚至《城堡》蕴含着更多的可能”[3]。

这些当代重要的作家和理论家早已在国际上声誉卓著，不需要用《守灵夜》来为自己增光添彩，他们对《守灵夜》的推崇和借鉴完全出自这本奇书自身深刻的启示性。《守灵夜》就如思想的源泉，影响着当代众多有影响的作家和思想家，并通过他们影响着我们今天的文化，尤其是大众文化。正是因为《守灵夜》在一定程度上塑造了当

---

[1] Ihab Hassan. *Paracriticisms: Seven Speculations of the Times*. Urbana: University of Illinois Press, 1975. 58.

[2] Julia Kristeva. *Desire and Language: A Semiotic Approach to Literature and Art*. New York: Columbia University Press, 1980. 92.

[3] Ihab Hassan. *Paracriticisms: Seven Speculations of the Times*. 167.

代的文学和思想，所以即便这是一本需要巨大的勇气、毅力和悟性来阅读的天书，它仍是当代人不能不读的一本小说。

乔伊斯为什么要写这本书

《守灵夜》不仅是一本阅读的书，也是一本吟唱的书，就像古希腊盲诗人荷马传唱着《伊利亚特》和《奥德赛》一样，半盲了的乔伊斯也要传唱爱尔兰的史诗和人类的史诗。

人们常常根据艾尔曼在《乔伊斯传》中的说法，说《尤利西斯》是一本白天的书，所以乔伊斯要用《守灵夜》来写一本夜晚的书，而夜晚是不能用白天的语言写的。但这种说法其实来自乔伊斯的弟弟斯坦尼斯劳斯，他在 1926 年说乔伊斯写完了人类历史上最漫长的白昼，现在应该写最黑暗的夜晚了。后来乔伊斯自己也接受了这个说法。但在这之前，第一部和第三部的初稿其实已完成大半，内容并非都是黑夜。

从存留下来的小说构思材料看，乔伊斯一开始是想写罗德里克·奥康纳。奥康纳是 12 世纪初爱尔兰康诺特地区的国王，在爱尔兰传说中也被称为"爱尔兰的最后一位共主"，在他之后，盎格鲁-诺曼人就侵入爱尔兰，结束了凯尔特时代。从这一点可以看出乔伊斯一开始是想写爱尔兰的史诗。后来没写奥康纳是因为奥康纳留给他的想象空间并不多，奥康纳的一生主要是与兄弟们争夺王位，并且也是被自己人杀死的。但是，乔伊斯并没有放弃为爱尔兰撰写史诗的想法，他最终选择了芬·麦克尔和他的芬尼亚勇士们。芬·麦克尔的父亲卡姆霍尔是芬尼亚勇士的领袖，母亲穆尔娜是德鲁伊麦克纳达特的女儿，但是麦克纳达特拒绝将女儿嫁给卡姆霍尔并请国王放逐他，导致了卡姆霍尔在对抗中阵亡。穆尔娜生下芬·麦克尔后就将他留给女战士鲁阿克拉抚养。芬·麦克尔在爱尔兰中部斯利夫·布鲁姆群山的森林中成长为一名勇士，但是他特殊的身世决定了他始终不被国王们接纳，注定成为一名流浪者。芬·麦克尔曾经跟随德鲁伊芬尼戈斯(Finnegas)学习，其间他们捉到了象征智慧的神鲑鱼。芬·麦克尔烧鲑鱼时烫伤了大拇指，他把大拇指放到嘴里时也获得了鲑鱼的智慧。后来，芬·麦克尔杀死了打算焚毁塔拉王宫的仙女艾琳，由此成为芬尼亚勇士们的领袖。芬尼亚勇士们是一群独立战士，相当于后来的雇佣军，与芬·麦克尔的流浪处境不谋而合。芬·麦克尔的婚姻也是《守灵夜》的一个重要主题，他晚年迎娶格拉尼娅，但是格拉妮娅爱上了他的侄子德莫特并与其私奔，虽然芬·麦克尔后来追回了格拉尼娅并用狡计杀死了德莫特，但在这个故事里芬·麦克尔更表现出年老丈夫的隐忍和无奈。芬·麦克尔曾被传说为一个巨人，死后沉睡在爱尔兰的某个洞穴，据说到爱尔兰真正需要时他会醒来。芬·麦克尔和他的芬尼亚勇士们成为后来爱尔兰民族独立运动的榜样，19世纪争取爱尔兰独立的芬尼亚兄弟会和领导了1916年复活节起义的新芬党都用这个传说来为自己命名。巧合的是，爱尔兰民间广为传唱的民谣《芬尼根的守灵夜》(以下同样简称《守灵夜》)讲的正是芬尼根死而复活的故事。正是“芬家族”从传说到民谣，从历史到现实的复活传说，让乔伊斯最终选择了《守灵夜》作为自己的标题。

不过爱尔兰的史诗还远不止这些。爱尔兰神话传说的四大体系是乌尔斯特体系、芬尼亚体系、神话体系和诸王体系。乌尔斯特体系的主要作品是《库丘林夺牛记》。库丘林是爱尔兰传说中半人半神的英雄，为爱尔兰人树立了其民族的英雄观。但是根据《〈芬尼根的守灵夜〉第三次人口普查》，乔伊斯在书中只提到他两次，提得更多的倒是后面两个体系——神话体系和诸王体系。神话体系主要包括李尔王的故事和袋人等其他侵入爱尔兰岛的半神半人民族，这在《守灵夜》中都被提及。诸王体系的核心是爱尔兰历史上的共主及共主们的王宫所在地塔拉。在这些共主中乔伊斯谈得最多的是布利安·布鲁，他是爱尔兰历史上最伟大的国王，几乎统一了爱尔兰，并带领爱尔兰人抵抗维京海盗的入侵。他的阵亡地克伦塔夫在书中也时时提及，显然抵抗外族侵略也是乔伊斯构思的重要内容。此外，凯尔特人的欧甘字母也在书中占不少篇幅，所有这些一起构成了《守灵夜》的第一大主题——爱尔兰的民族史诗。

乔伊斯早期的构思材料中还包括圣帕特里克、圣凯文、Mamalujo、圣布利吉特。其中 Mamalujo 是《圣经》四福音书的作者马太、马可、路加、约翰的缩写。从这些构思可以看出，在创作之初乔伊斯也考虑过撰写爱尔兰的宗教史诗，或者说宗教的爱尔兰的史诗。圣帕特里克是爱尔兰的主保圣人，是他使爱尔兰皈依了天主教。现在爱尔兰的国庆节就是圣帕特里克日。爱尔兰的象征三叶草是圣帕特里克用来阐释上帝的三位一体的，此外他的《忏悔书》可能是爱尔兰保留下来的第一部文字作品。圣凯文也是爱尔兰著名的基督教圣人，但是他的许多传说都与动植物联系在一起。爱尔兰诗人谢默斯·希尼曾把爱尔兰在凯尔特时期的神称为树上的神，因为凯尔特文化与大自然的关系非常密切。有人认为欧洲广泛流传的由枝叶构成或环绕的“绿人”就来自凯尔特文化。从这个角度而言，圣凯文在爱尔兰文化中代表了凯尔特文化与基督教文化的融合。Mamalujo 代表的四福音书在《守灵夜》中主要指《凯尔斯书》，《凯尔斯书》是保存在爱尔兰凯尔斯地区的中世纪四福音书的手抄本。不过，它更重要的价值在于体现了中世纪爱尔兰绘图艺术的最高成就，是爱尔兰艺术与基督教经典的结合。此外，在《守灵夜》中乔伊斯还加入了圣布利吉特，爱尔兰的女主保圣人，她的主保日也是乔伊斯的生日。书中描写的主要是她作为爱尔兰人受洗。由于女性也是爱尔兰的象征，因此圣布利吉特受洗也象征着爱尔兰接受基督教。

历史的爱尔兰和宗教的爱尔兰就这样在《守灵夜》中交织在一起。如果说乔伊斯用《尤利西斯》带领人们走进了都柏林，让都柏林的大街小巷都蒙上了《尤利西斯》的光晕，那么乔伊斯就用《守灵夜》带领人们走进爱尔兰，《守灵夜》将在每个踏上爱尔兰土地的人的心中回响，也将让爱尔兰的故事在世界各地永远传唱。

乔伊斯为什么创造出这样的语言

在《守灵夜》出版前乔伊斯就已经发表了部分章节，其中最早发表的两章是“Mamalujo”和“Here Comes Everybody”。“Mamalujo”是四福音书作者的名字的缩写，“Here Comes Everybody”是《守灵夜》主人公名字的变体。《守灵夜》虽然有一部分内容写的是 20 世纪都柏林的酒吧老板汉弗利·卿普顿·壹耳微蚵，但真正的主人公应该说是 HCE，壹耳微蚵只是 HCE 的一个变体。HCE 是众多词组的缩写，比如“子孙遍地”(Havth Childels Everywhere)、“霍斯堡和郊外”(Howth Castle and Environs)等。乔伊斯把《守灵夜》的主人公说成“此即人人”(Here Comes Everybody)，把四位圣徒缩写成 Mamalujo，这种高度概括性和抽象性的称呼显示出乔伊斯的一个新的想法，即他已经不再仅仅是写爱尔兰，《守灵夜》是对整个人类历史和人类社会的高度浓缩和概括。乔伊斯自己也说《守灵夜》的特点是它的宇宙性，说过他要写“世界史”。因此，乔伊斯最终要去写的是全人类的历史，难怪乔伊斯说写完《守灵夜》后就再也没有什么好写的了。

《守灵夜》的另外几条主题线索正体现了对人类历史和命运的高度概括。先说爱尔兰民谣《守灵夜》中泥瓦匠芬尼根的醉酒和坠落。在英语中"fall"既表示坠落又表示堕落,因此这个主题其实也包含着亚当的堕落这个人类的原罪。换句话说,"芬尼根的守灵夜"对乔伊斯来说不仅暗示着芬尼根们的苏醒,也包含着对人类命运的终极解读。在乔伊斯看来,人类将在各个时期、各个层面、各个领域重复"坠落"和"堕落"的命运。这里有醉酒的挪亚,有易卜生《大建筑师》中的索尔尼斯作为艺术家的坠落,当然也有英国民谣中憨蛋呆蛋掉下墙摔得粉身碎骨。醉酒的芬尼根主题是在基督教的原罪说的基础上对人类的存在和命运的终极思考。

《守灵夜》的其他几个主导主题都可以在全书的第二段中找到,这一段有的乔学者也称为主题段。第二段第一句话包含很多内容,其中最主要的是中世纪骑士传奇特里斯丹和伊瑟的故事。虽然伊瑟是爱尔兰的女性,后嫁到英国的康沃尔,但特里斯丹和伊瑟的故事并不是爱尔兰本土产生的故事。乔伊斯说自己之所以对特里斯丹与伊瑟的故事感兴趣,是因为世界上的故事都是从不多的几个原型故事中派生出来的,而特里斯丹和伊瑟的故事就是这不多的几个原型故事之一。因此对乔伊斯来说,与"原罪"一样,特里斯丹和伊瑟的故事同样是对人类命运的抽象概括。这个故事原本是一个一波三折、凄婉美丽的爱情故事,但乔伊斯撇开其中丰富的细节,将故事抽象化为年轻男性为了女性与年老男性相争,或者年轻女性为了男性与年老女性相争——因为在另一个版本中,特里斯丹与爱尔兰的伊瑟坠入情网后被自己的叔叔马克国王发现,他逃到布列塔尼后又娶了一个较年长的妻子,也叫伊瑟。特里斯丹在一次战斗中中毒,只有爱尔兰的伊瑟能救他。但他年长的妻子出于妒忌欺骗了他，让他以为爱尔兰的伊瑟拒绝前来，于是他在绝望中死去。不管哪个版本，特里斯丹与伊瑟的故事都被乔伊斯归纳为情爱问题中的年龄之战。

第二段中其他的主导主题还有雅各和以扫争夺父亲以撒的祝福，以及斯威夫特与史黛拉和瓦内萨的恋情。雅各和以扫的故事被乔伊斯抽象为男性之间或因权力或为女性而展开的斗争，其中也包含着背叛和欺骗。在这个主题下，最重要的当然是爱尔兰民族自治领袖巴涅尔被他的追随者希利背叛，同样的还有凯撒被自己的密友布鲁图斯杀死。雅各和以扫之争也是兄弟之争，他们的兄弟关系被乔伊斯归纳为一组组二元对立的组合，这里面有惠灵顿和拿破仑的战争、斯威夫特和斯特恩的竞争，也有《伊索寓言》中狐狸和葡萄的斗争、蚂蚱和蚂蚁的竞争等，其中狐狸和葡萄的故事被乔伊斯改写成了罗马教会与爱尔兰教会之间的斗争。斯威夫特与史黛拉和瓦内萨的故事同样被抽象为一个男人与两个女人的主题，或者更精确地说，一个年老男性与两个年轻女性的纠葛。《守灵夜》中的壹耳微蚵似乎就是因为在公园里对两位年轻女性有不雅行为而受到审判。由于史黛拉和瓦内萨都叫以斯帖，这里又包含了人格分裂的问题，给书中的二元组合增加了新的维度，即他们不仅是争斗的兄弟，也是分裂的自我。

不过，乔伊斯并不是要用这些高度的概括把世界历史简化为几个抽象的主题，相反，他只是借用这几个主题，目的是串联和建构起整个人类丰富的历史。这个目标几乎与造物主创造世界一样宏大，难怪乔伊斯在向朋友讲解《守灵夜》的构思时也想到了造物主创造世界时构思的复杂，这应该不是偶然的。历史著作中的世界史很多，有粗疏的，可以在一卷中完成；有详尽的，光一个时代就包含若干册。有趣的是，乔伊斯同时代的英国作家赫伯特·乔治·威尔斯就写了一本《世界简史》，显然，那个时代抱有如此勃勃雄心的作家不止乔伊斯一人。威尔斯的《世界简史》基本上就是一本简化的历史教材，而乔伊斯却要把世界史写成一部高度包容的文学作品。威尔斯写的是表象，乔伊斯要抓住人类历史的灵魂，他要让读者在《守灵夜》中能感受到世界的丰盈、博大、包容、变幻莫测。被历史教材梳理后的世界史其实是干巴巴的事件的罗列，感受不到人类的爱恨、冲突、欲望、动荡，而乔伊斯要抓住人类历史的活生生的脉搏，要做到这一点，他必须创造一个文学的万花筒。

要让作品具有万花筒的炫目、闪烁、千变万化的特点，只能使用《守灵夜》的语言。《守灵夜》的语言其实是人类整个历史的语言，是世界历史的语言，这种语言不但必须具有一般文学语言的多义性、双关性，还必须具有现有语言所没有的包容性、衍生性、变动性，必须能把历史和当下融合在一起，把个人和整体融合在一起，把已知和未知融合在一起。乔伊斯寻找着这种语言，它不在任何现存的语言之中，必须由乔伊斯自己去创造。只有这种语言才能与人类历史的呼吸相呼应，只有在这种语言中乔伊斯才能听到整个世界的骚动。乔伊斯早就意识到 word（词语）就是 world（世界），他最终找到了这个与世界有着共同脉搏的词语。这种语言或许用乔伊斯喜爱的英国诗人威廉·布莱克的诗句概括最为准确：

一粒沙里一个世界，
一朵花里一个天堂。
把无限放在你的手掌上，
永恒在一刹那里收藏。

乔伊斯为什么要写性

乔伊斯是一个自我意识非常强大的人，这样的人不会满足于把自己变成映照这个世界的镜子。《守灵夜》里不仅有世界，还有乔伊斯的自我，以及所有人的自我。

乔伊斯自视极高，很早就为自己确立了用文学改变世人的艺术家使命；乔伊斯也绝非一个懒惰的人，上一部作品甫成，下一部作品的构思就已经开始；而且他除了在罗马的短期职员生涯，以及在都柏林开办电影院但很快就放弃了的尝试之外，一生专心写作，心无旁骛，就算教书也以讨论自己的创作为主。这样一个专心致志的文学天才，其创作的文学作品却屈指可数，除了四部小说外只有两部薄薄的诗集和一出不长的戏剧。之所以如此，一个重要原因是乔伊斯是用诗歌创作的认真严谨和精雕细琢来创作他的小说的，选词用句无不煞费苦心，有时为了一句话可以反复琢磨一整天。他的前三部小说在语言方面都成了公认的艺术精品，《尤利西斯》洋洋洒洒 26 万多字，用语的凝练精确几乎达到了无一字无深意的程度。有着这样的文字禀赋，达到了《尤利西斯》这样的文学高度，他的绝唱的作品《守灵夜》绝不可能是草率者的胡乱涂鸦，更不可能是浅陋者的矫揉造作。事实上，乔伊斯对这部作品抱着极大的期望，他甚至在《守灵夜》完成后说现在他除了死之外便没有什么事可做了，可见他视《守灵夜》为自己创作的巅峰。

那么乔伊斯为什么要创作一部读者读不懂的作品？有一种说法认为乔伊斯在这里放入了一切性的、色情的心理内容：浪漫爱情、自恋、恋粪癖、乱伦、鸡奸、手淫、同性恋、窥阴癖、裸露癖、施虐狂、受虐狂、阳痿、口肛交，以及种种所谓的性变态，可以说人类有史以来的所有性心理和性幻想都被囊括其中。根据弗洛伊德的理论，在文明的时代,性意识的内容势必受到潜意识的压抑,只能用晦涩的语言和混乱的叙事曲折地表达出来。

这种说法不无道理,对性的双关和暗示充斥着《守灵夜》的字里行间,浸淫全书。在这方面,乔伊斯更像他爸爸约翰·乔伊斯。这位酒吧明星每晚在酒吧中津津乐道地用隐晦的语言讲着黄色段子。乔伊斯自己既是一位大雅的先锋作家,又是一个大俗的酒吧常客,大雅与大俗,经典与大众,在乔伊斯这里结合得极其自然。他既可以写出《一个青年艺术家的画像》那样美得让人心碎的作品,也可以在给妻子诺拉的信中说着下流得让人血脉贲张的话。而且,更让人拍案叫绝的是,乔伊斯在《守灵夜》中找到了一种可以将大雅与大俗,深邃的历史传统与黄色的市井笑话天衣无缝地结合在一起的语言。《守灵夜》的这种语言让我想到《西厢记》中的“露滴牡丹开”,用优雅优美至极的语言来写淫秽下流的内容。不过,《守灵夜》的语言的内涵更丰富,书中的很多话既可以让心无芥蒂的人哈哈大笑,让寻找刺激的人心痒难耐,也可以让仰慕历史的人悠然神往,让透视人生的人掩卷沉思。高雅文学与通俗文学在《守灵夜》里模糊了界限。这是拉伯雷的语言,也是巴赫金的笑。

同样还要看到的是,乔伊斯的这种语言与拉伯雷的《巨人传》、刘易斯·卡罗尔的《爱丽丝漫游奇境记》和《爱丽丝镜中奇遇记》、斯威夫特的《无稽之谈》、斯特恩的《项狄传》等均属于“胡言”传统。这些“胡言”文学有着一个重要的共同特征,那就是都不遵循常情、常理、常态,赋予作品一种反常性和非逻辑性。

乔伊斯曾以斯威夫特的《格列佛游记》为例,称事实会使文学受到拘束,认为不少最优秀的作品都被写得荒诞不经。艺术允许在事实之外进行虚构,但合乎情理、合乎逻辑却是从亚里士多德起就对艺术的基本要求，即诗人的职责不在于描述已发生的事，而在于描述可能发生的事，即按照可然律或必然律可能发生的事。所谓的可然律与必然律，就是指叙述未必实有其事，却必须合乎规律、合乎逻辑、合乎情理。然而在文学史上，有一些作品确实有意或无意地违背着规律、逻辑、情理，由此带上了乔伊斯所说的“荒诞”特征。这种荒诞性文学的一个重要作用，就是使作者（以及移情后的读者）在幻想性的虚构世界里摆脱现实世界的常情、常理、常规的制约，获得心灵的自由。因此这类文学有一个共同的出发点，那就是它们并不像现实主义作品那样关注生活中那些现实的、道德的层面，而往往把目光放在人性的本质和生存的终极意义上。虚构的、离奇的世界往往是这类艺术摆脱现实枷锁所必需的“另一个”空间。

文学史上通过离奇的内容和荒诞的形式进入自由境界的作品其实很多，比如歌德的《浮士德》中，浮士德在各种奇诡场面中的任意穿梭，易卜生的《培尔·金特》中的魔窟既是主人公培尔·金特的噩梦，更是他自由自我的投射。歌德和易卜生都是影响过乔伊斯的重要作家，他们笔下的若干形象都在《守灵夜》中被提及。《守灵夜》在美学上几乎走向了不合常情、常规、常理，不合逻辑的极致：人物的行为常常偏离传统观念；叙述常常违背公认的艺术原则；事件之间的衔接常常离奇突兀，违反一般逻辑。

不过，要在这些作品之间寻找相互影响的痕迹将是徒劳的，因为这种极端的自由更多来自艺术家本能的渴望。不过到了乔伊斯的时代，这种自由美学已经成为先锋文学的一个重要部分。未来主义在1913年前主要集中在“诗化自由主义”这一旗帜之下，这个概念本身就显示出未来主义者将自由与美学结合起来的意图。“诗化自由主义”的具体表现就是未来主义者们所说的“自由不羁的字句”

"自由不羁的想象""自由诗"。在乔伊斯的词语变形、叙述的任意跳跃、对小说文体的颠覆等中,都可以看到未来主义的影子。从这一点来说,《守灵夜》的形式革新乃至对自由的追求也有着时代的影响。

当然,像《守灵夜》这样影响深远的作品远远无法用一两个标签来涵盖,甚至它的丰富内容和无尽可能性也远远超出作家本人的意图。文学创作在早期常被视为神灵感应,即所谓的"灵感"。不论缪斯女神是否存在,灵感这个概念说明了文学创作中包含着超越自身,超越单一解读的可能性,这对《守灵夜》这样有意识地追求意义的多元和开放的作品来说尤其如此。一千个读者就有一千个哈姆雷特,而《哈姆雷特》的魅力正来自它的一千种解读,来自它拥有能让读者做出一千种解读的巨大潜力。从这个意义上说,《守灵夜》就是当代的《哈姆雷特》,它是一口深不见底的源泉,等待着人们去不断挖掘和发现。

全书的情节梗概

与在《尤利西斯》中选择《奥德赛》作为作品的脚手架一样,在《守灵夜》中乔伊斯选择了意大利哲学家维科在《新科学》划分的人类历史四个阶段作为全书的框架。《芬尼根的守灵夜》共四部:第一部共八章,呼应着维科模式中的"神的时代";第二、三部各四章,分别呼应着维科模式中的"英雄的时代"和"人民的时代";最后一部只有一章,呼应着维科所说的历史的"回归"。前三部的章节数目都是四或四的倍数,显示出各部书的内部同样呼应着维科的四阶段说。有的乔学者提出第一部也可以分成两组,每组各四章,分别为父亲的故事和母亲的故事。不过这些内部的四个一组在内容上有时并不完全呼应维科的从神到英雄到人民到回归的发展模式，或者至少呼应得不像四部书那么明显。

第一部在章节上占了全书的近一半，篇幅上占全书的三分之一还多。该部从各个角度讲述了主人公 HCE 与他的妻子 ALP 的身份和传说，其中还穿插一章描述了 HCE 的儿子闪姆的种种品性和劣迹。全书的主题和母题在这一部中都得到概括和总汇，后面几部可以说是这一部的扩展，因此了解这一部分可以对了解整部《守灵夜》起到提纲挈领的作用。

这一部分的前四章围绕本书主人公 HCE 展开。第一章叙述的是芬尼根（男主人公的一个化身）的死亡和守灵。伴随着他的死亡和复活的是整个人类，尤其是爱尔兰的历史的毁灭和复苏。这一章的重心是两个场景，一个是芬尼根的守灵夜，一个是参观凤凰公园的惠灵顿纪念馆，纪念馆的展品讲述着一场与历史记录全然不同的惠灵顿与拿破仑的战争。在第二章中，HCE 来到都柏林，HCE 这个缩写囊括了男主人公的各种化身。此时的 HCE 就如同中世纪的英雄，种种事迹被广泛流传，其中最主要的就是他在凤凰公园犯下的下流罪行。于是，在第三章中，都柏林的法庭对 HCE 展开审问，可是证人们却众说纷纭，与其说审问确证了 HCE 的罪行，不如说让读者领略到了叙述的虚假。直到最后，法庭也没有对 HCE 的罪行给出一致的说法，但他依然被关进一个房间，听凭人们朝他扔石头，而他却如那些为人类的原罪而隐修的僧侣一般，耐心地抄录着经书。他的坟墓建造起来，棺材却失踪了，有人说他死了，有人说他逃亡在外。第四章叙述 HCE 的死亡和复活，但并未遵循时间顺序，反而又回到了关于 HCE 的罪行的另外一些说法，同时“四个老人”这一主题也被穿插进来，使这章的叙述显得格外凌乱。

第五到第八章则主要是ALP的故事,ALP这个缩写是女主人公汉娜·丽维娅·妇鲁拉贝尔的各种形象的总括。在第五章中,ALP主要作为一只老母鸡,在半夜十二点刨出了一封信,这封信上写着HCE的故事,因此现在人们对HCE的认识演变成了对信的破译。从书中对这封信所做的描述看,这封信其实就是《守灵夜》。第六章叙述的场景转向了一个类似教室的地方,内容则是十二个问题和回答,这些问答围绕着全书的各个主题。其中尤其引人注意的是在伊索寓言的基础上改编的狐狸和葡萄的故事。狐狸这次与伊索寓言中一样没有吃到葡萄,不过不同的是,它没有谎称葡萄是酸的然后走开,而是与葡萄相持到黄昏,最后狐狸和葡萄分别被两位女性拾走。一朵小云努力想吸引它们的注意但没有成功,为它们滴下了悲伤的泪。第七章在第一部中略显突兀,叙述突然离开HCE和ALP,转向他们的儿子闪姆。有研究者解释说之所以有这一偏转,是因为闪姆是汉娜的宠儿。不过这里闪姆的形象并不光彩,他被描绘为一个下流无耻的冒牌货,证明他的下流成为全章的主要内容。最后一章是两个洗衣妇在河边一边洗着ALP的衣服,一边谈论着她。在她们眼中,ALP照料、讨好、保护着HCE,并给孩子们带来礼物和快乐。

一直到第二部,作为HCE的主要身份的都柏林酒店老板汉弗利·卿普顿·壹耳微蚵的故事才真正开始,这也是第一部更像全书的浓缩,能够独立成篇的一个重要原因。第二部开始时已是傍晚八点半左右,描写的主要是壹耳微蚵一家入睡前的活动。第一章写壹耳微蚵的两个儿子的化身之一查夫与格拉格与他们的妹妹伊茜在街道上做游戏。不过,第二部虽然以写实为主,叙述依然不时跨越时空,与历史和想象交织在一起。超现实性的一个表现是与壹耳微蚵的女儿伊茜在一起的还有二十八位少女，她们的存在衬托出伊茜作为闰月女孩的特殊身份。作为闪姆化身的格拉格在游戏中失败，黯然离开，而作为肖恩化身的查夫则俨然成了少女们的偶像。不过，伊茜依然思念着她的格拉格。第二章写三个孩子回到楼上，两兄弟一起做作业，妹妹伊茜则在旁边编织。这一章的布局在全书中最为独特，主体叙述作为正文放在页面正中，左右两边分别是两兄弟各自的注释，语言风格一庄一谐，截然不同。到该章中段，两边的注释风格发生互换，仿佛两兄弟交换了位置或立场，或者两人分别向对方转化。页脚则是妹妹的注释，用语平实。结尾处三人的签名显示出这又是一封信，一封写给父母的夜晚的信。第三章转向楼下的酒店。酒客似乎有十二位，一边喝酒一边大声喧闹，同时还夹杂着收音机里播放的船长与裁缝的故事、巴克利射杀俄国将军的故事。壹耳微蚵站在收银台的后面，酒客们似乎要求他讲故事，也似乎在对他进行审判。最后酒客们相继离开，壹耳微蚵把所有杯中的残酒一一饮尽，醉倒在地。第四章酒客中的四位男性老妇悄悄留了下来，偷窥了接下来发生的一切。这四位男性老妇被缩写为《圣经》的四福音书的作者，他们是四位居家丈夫，嫁给了他们的妻子。

第三部以对话为主，对应着民主时代的议政模式。第一章是肖恩在众人环绕中的大声演讲，讲闪姆如何下流。第二章是肖恩的另一个化身琼恩将要离去，在离去前，他像基督对信徒们一样，对伊茜和二十八个女孩做出种种生活上的告诫，并宣布另一个人将会到来。伊茜则告诉他自己爱着另一个人。第三章是肖恩的再一个化身约恩接受四位老者和他们的驴子的质询。约恩向这四位男性老妇讲述了父亲的罪恶，讲述了兄弟闪姆的卑劣，讲述了他与妻子伊茜的爱。到这里，伊茜与 ALP 这两个形象交织在了一起，正如约恩也和HCE交织在了一起。第四章描写壹耳微蚵夫妇上床睡觉，这张床也是审判之床。该章从旁观者的角度描写了壹耳微蚵家中的布置，并由十二位旁观者对壹耳微蚵夫妇进行宣判。

最后的第四部只有一章，对应着维科所说的历史的回归，也对应着本书重要的复活主题。在这一部中，太阳出来了，酒店的门被打开了，然而HCE依然在沉睡，一个声音呼唤他醒来。最后，ALP的声音响起，这既可能是汉娜·丽维娅·妇鲁拉贝尔的半梦半醒的独白，也可能是那封被母鸡刨出的信的内容。ALP一边拉拉杂杂地在信中拉着家常，一边呼唤着她的丈夫。但是她知道她的丈夫将会离开她，寻找一个女儿妻子，而她将如汇入大海的河水，回到她父亲的怀抱。

我是如何翻译的

汉译本是我在二十余年研究《守灵夜》的基础上，集国内外研究结果所得，不仅有翻译，也有注解，相信很大程度上减少了中国读者的阅读难度。不过，词语含义的丰富多变是《守灵夜》不同于其他小说的重要特征，翻译时如果只由译者根据自己的理解译出一个或两个含义，不仅会使译本过于肤浅和狭隘，而且会误导中国读者，因此本译注本将尽可能地把目前已经解读出来的所有含义和译者能够解读出的所有含义都呈现给读者。

在这个译本中，注释的重要性不亚于正文。注释不但包含其他的可能含义，而且可以帮助读者认识到《守灵夜》叙述的多元性和开放性。对于《守灵夜》这样自称“万花筒”的作品来说，每个词语包含的丰富含义和典故不是任何译者能以一人之力穷尽的。虽然译者有权选择他理解的含义，而且确实有其他语种的译本以译者自己的理解为主，但我的译注本参考了乔学界已有的研究成果，这些成果包括罗兰·麦克休的《〈芬尼根的守灵夜〉注释》[1]、克莱夫·哈特和约翰·迪狄的《〈芬尼根的守灵夜〉词语索引》[2]、黑赫和狄伦的《〈芬尼根的守灵夜〉古希腊罗马语词典》[3]、黑尔马特·本赫姆的《〈芬尼根的守灵夜〉德语词典》[4]、黑赫的《〈芬尼根的守灵夜〉爱尔兰语词典》[5]、克里斯蒂阿尼的《〈芬尼根的守灵夜〉中的斯堪的纳维亚成分》[6]、阿达兰·格拉申的《〈芬尼根的守灵夜〉第三次人口普查》[7]、露易丝·欧·明克的《〈芬尼根的守灵夜〉的地名词典》[8]等。坎贝尔和鲁滨逊的《〈芬尼根的守灵夜〉的万能钥匙》[9]、威廉·约克·廷德尔的《〈芬尼根的守灵夜〉读者指南》[10]则对《守灵夜》的句读有很大帮助。对一些词句的解释，我还参考了网上的若干研究成果。我尤其要感谢塞尔维亚的西尼沙·斯托亚科维奇。他创建的 finwake.com 网站给了我翻译莫大的帮助。在此我想对这些乔学家们细致耐心

---

[1] Roland McHugh. *Annotations to* Finnegans Wake. Baltimore and London: The Johns Hopkins University Press, 1982.

[2] Clive Hart & John Deedy. *A Concordance to* Finnegans Wake. New York: Paul P Appel, 1993.

[3] Brendan O Hehir & John M. Dillon. *A Classical Lexicon for* Finnegans Wake. Berkeley: University of California Press, 1977.

[4] Helmut Bonheim. *A Lexicon of the German in* Finnegans Wake. Berkeley and Los Angeles: University of California Press, 1967.

[5] Brendan O Hehir. *A Gaelic Lexicon for* Finnegans Wake, and Glossary for Joyce's Other Works. Berkeley: University of California Press, 1967.

[6] D. B. Christiani. *Scandinavian Elements of* Finnegans Wake. Evanston: Northwestern University Press, 1965.

[7] Adaline Glasheen. *Third Census of* Finnegans Wake. Berkeley: University of California Press, 1977.

[8] Louis O. Mink. *A* Finnegans Wake *Gazetteer*. Bloomington and London: Indiana University Press, 1987.

[9] Joseph Campbell & Henry Morton Robinson. *A Skeleton Key to* Finnegans Wake. New York: Harcout, Brace ad Cop., 1944.

[10] William York Tindall. *A Reader's Guide to* Finnegans Wake. New York: Noonday Press, 1959.

的研究献上我深深的敬意和感谢，是他们筚路蓝缕的卓越工作使后人的深度阅读成为可能，使我的汉译本问世成为可能。

我一开始加注释时也并没有完全意识到注释的意义。比如当同一个词包含几种不同语言的拼写，但意义相同时，为了减少麻烦，我会只选择其中一种语言。然而随着《守灵夜》那些变动不居的词语日复一日在我的脑海中进进出出，我突然认识到《守灵夜》要给读者的不仅是叙述的内容，也是要通过变化的词语让读者看到能指所具有的超越限制、跨越边界的力量，而打破语种的界限正是这种跨界性的一个表现。在脚注中只提供含义其实违背了《守灵夜》的自由美学精神，同时也扼杀了《守灵夜》的无限意义潜力。现在我尽量把一个意思的所有可能的语言都放入脚注，因为千变万化的语言本身就是《守灵夜》的意义之一。

同样，刚开始翻译时，我虽然知道乔伊斯对这部作品几经删改、字斟句酌，但依然很难不把一些自造词看作某种文字游戏或打印错误，比如把"image"写成"imnage"为什么不会是打印《守灵夜》手稿的弗兰丝·拉菲尔夫人多打了一个"n"呢？遇到这类情况，刚开始时我会直接把这类词翻译成普通词语，不做注释，直到有一天，当我译到"某个昨天，他坚定地把头撞进桶里，好洗他的脸，但是不久他又迅速地把头伸出，凭着摩西的大能，水蒸发了，所有健力士啤酒都离开了，因此应该让你看看他可真是个潘趣酒鬼"时，我突然意识到乔伊斯如何在看似寻常的一句话中巧妙地利用双关，把民谣《守灵夜》中对酒鬼芬尼根清晨活动的描写，与《创世记》《出埃及记》这样的经典文本结合在一起，暗示酒鬼芬尼根的一生也是整个人类的历史，滑稽与神圣就这样不动声色地交织在"guenneses"这样的词语之中，而许多饮健力士酒的人可能永远不会看到健力士酒与《创世记》

的相似性。此时我才真正意识到乔伊斯的用意可能超乎我的想象，作为译者我无权只根据个人的喜好削减《守灵夜》，无论我此时能否理解它的意图，我应该尽力保留所有可能的含义。

考虑到现在中国读者大多学过英语，我也把"英文"原词及其可能的衍生词与中文翻译一起放入注释。如果只有中文，注释可能看起来故弄玄虚和异想天开。而放入原词，大多数中国读者可以直观地看到乔伊斯如何将不同的词语组合成新词，从而对词语的可变性有更深刻的认识。有了原词，读者甚至可以自己拆解，享受作为《守灵夜》魅力之一的解读字谜的乐趣。不过，即便这样，最终出来的译本依然不可能完全忠实于原著。这不仅因为《守灵夜》词语的解码至今没有结束，而且更重要的是，《守灵夜》就像一首诗，其意义不仅来自每个字的含义，还来自结构和风格、声音和节奏、意象和感情等叙述形式。翻译这类作品，某些方面势必丢失，这是我在翻译中无法克服的一大遗憾。

虽然《守灵夜》中没有连贯的叙述，是典型的解构主义翻译学派所推崇的意义多元的文本，表面看译者有权决定什么放入正文，什么放入注释，但是在翻译的过程中，我发现《守灵夜》的相邻句子之间依然具有一定的逻辑联系，有着基本的情节。该情节不像《〈芬尼根的守灵夜〉的万能钥匙》里概括的那么简单，也不像传统情节那样整一，但至少在相邻句子之间可以找到一定的逻辑联系。现在我主要基于局部逻辑建立正文，这样不但可以避免翻译得过于随意，也希望呈现给读者一个比较易于理解的叙述。

总的来说，我的翻译并不完全是翻译，也不完全是注释，而是包括我自己的理解的解读。可以说，在翻译中我把每个词语都解开并注释了，而国外的参考书都只是有选择地注释，有一些自造词没有任何乔学家解释过。此外我把《守灵夜》的每一句话都解开了，或者说都找到了自己的逻辑去解释，而国外的参考书大多只解释词，《〈芬尼根的守灵夜〉的万能钥匙》只挑了其中最容易解读的句子。像汉译本这样一个词一个词、一句话一句话地去解读的极少。

我深感从某种意义上说，《守灵夜》的翻译其实比研究更难。因为研究遇到不懂的地方可以绕过去，但翻译必须一句句地寻找汉语表达。就《守灵夜》来说，直译比意译难，因为遇到不懂的地方意译可以含糊地表达，直译则必须解开每一句话。就我翻译《守灵夜》来说，选择译注这种模式要比直译更难，由于翻译《守灵夜》必须有自己的解释，其实带有意译的成分，遇到解不开的词依然可以省略，而我的译注则没有逃避任何需要注释的地方。在所有的翻译方式中我给自己选择了最难的一种，但我觉得这是对读者最负责的一种，是最不会糊弄读者的一种。

书名为什么这样译

"Finnegans Wake"本身就是全书造字游戏的典型例子。这个书名首先化自19世纪中期爱尔兰流行的民谣《守灵夜》，与民谣的标题"Finnegan's Wake"在读音上完全相同。这首爱尔兰民谣讲的是泥瓦匠蒂姆·芬尼根因醉酒从墙上摔下死去，又在自己的守灵夜上因泼到嘴里的威士忌而复活，用喜剧性的情节调侃了爱尔兰人的酗酒和吵闹。年轻时的乔伊斯对爱尔兰人酗酒的习惯深恶痛绝，但成年之后，随着对爱尔兰文化理解的加深，他渐渐体会到爱尔兰传统在庸俗的表面下深刻的涵意。爱尔兰的守灵夜也与其他民族的截然不同，爱尔兰人在守灵夜上不是痛哭哀戚，而是喝酒说笑，突出展现了爱尔兰民族的乐观天性。"芬尼根的守灵夜"作为书名的声音层面，既指向个体泥瓦匠芬尼根的故事，也是对数千年普通爱尔兰人的普通生活经历的喜剧性再现。

同时，芬尼根的坠落对乔伊斯来说又象征着人类的堕落，而人类的堕落、审判和复活又是《芬尼根的守灵夜》的核心主题。从这个角度说，全书的四部正呼应着主人公 HCE 的堕落、今生、审判与复活。事实上，如果说乔伊斯的《尤利西斯》是对《奥德赛》中的古希腊文化的呼应，那么《守灵夜》就是对《圣经》中的古希伯来文化的呼应。因此，"芬尼根的守灵夜"这个标题中，芬尼根的苏醒涵盖了由"芬"系列代表的爱尔兰民族的复兴；芬尼根的堕落和复活又是对人类命运的终极隐喻，是对《守灵夜》中更深层次的文化内涵的隐喻。

另一方面，乔伊斯把 Finnegan's Wake 改写为 Finnegans Wake，从句法层面可译为"芬尼根们苏醒"。由于 Finnegan 很容易让人们联想到爱尔兰传说中的巨人英雄芬·麦克尔和他领导的芬尼亚勇士，以及芬尼亚兄弟会、新芬党和最后成立的爱尔兰共和国，因此芬尼根们的苏醒其实是爱尔兰人在政治上的觉醒，呼应着爱尔兰历史上一系列争取独立的政治运动，而且这些运动都多多少少在作品中得到反映。

传统和政治在故事主人公都柏林酒店老板汉弗利·卿普顿·壹耳微蚵的身上交织起来。同样交织进来的还有人类的原罪和意大利哲学家维科在《新科学》中描绘的人类历史永远的循环和重复。根据乔伊斯的拆字法，Finnegans 又可以解读为 fine again"复原、恢复"和 phoenix"凤凰"，指凤凰的浴火重生。因此这个词既寄托着乔伊斯的希望，又将神话、宗教、历史乃至科学都结合进来，构成一个异常丰富博大的世界。而所有这些，又全部浓缩进 Finnegans Wake 这个短短的词组之中。这是本书特有的用词方式，也使翻译变得尤其困难。

如何翻译这个书名让我思考了很多年，从情感上我更喜欢“芬尼根的守灵夜”。与“芬尼根们苏醒”相比，这个书名的隐喻内涵更丰富，而后者总让我联想到当下的和时尚的政治运动，这与全书的叙述语气显然不符。乔伊斯坚信沉睡之后必然醒来，但这绝不是用摇旗呐喊来实现的。与之相比，“芬尼根的守灵夜”更能传递出全书浓厚的历史感和对人类命运的终极思考。

我曾想通过把“守灵夜”变为“守灵”来避免“夜晚”包含的阴暗窒息的意味，并且通过强调人们的行动（守灵）而不是时间（夜）来呼应书名中的政治行为，因此我以前很多文章和专著中都把书名翻译为《芬尼根的守灵》。但是现在我越来越觉得夜带给人的不仅是结束，还有对破晓的期待。“芬尼根的守灵夜”更能把读者带进时间那幽暗朦胧的长河，在河水的裹挟中经历着人类的欲望和恐惧、欢笑和期待，并等待着黎明的真正到来。

2012年1月11日于爱尔兰科克市

2025年3月30日修改于上海

阅 读 凡 例

一、本书以1992年“企鹅丛书”版为底本,该版本使用的是1939年伦敦费伯-费伯出版社和纽约维京出版社出版的第一版《芬尼根的守灵夜》。

二、本书的正文排在双数页,以小四号宋体为主,个别地方字体有所变化;注释排在单数页,对应正文。由于部分页码正文对应注释较多,为确保注释全数排放于一页之内,以利对照阅读,此类注释页在字号、行距方面做了一定调整,因此各注释页的版式并不完全一致。

三、原文中的斜体、大写体,以及一些首字母大写但内容为普通词组的名称,均在正文排为楷体。

四、小四号正文右下角的小五号字为该词语也可包含的其他含义。多个其他含义之间用短竖线(|)隔开。这些含义在乔伊斯的原文中与本译文在正文中所取的含义具有同等重要性。

五、注释中的“~”符号,表示正文已出现,注释不再重复的含义,具体地说:

(一)注释中的第一个“~”对应正文中的相应译文(小四号)。如果正文中所用的词语为呼应前后叙述做了变化,则在注释中保留原字典翻译。如果正文中的译文是若干含义的组合,在注释中也保留各组成部分的译文，并用“＋”连接各组成含义。如第一卷第 7 页注释 27，sosie sesthers 中 sosie 为法文词，意为“酷似别人的人”，sesthers 解为 sisters，意为“姐妹”，注释则写为 sosie[法]“酷似别人的人”＋sisters“姐妹”，正文中译为“孪生姐妹”。

（二）词语注释都放在单数页。注释条目与正文完全对应，用语尽量简化。“解为”一律简写为“解”。本译本仅为了阅读方便，通常选取了其中与上下文最具逻辑联系的含义为译文正文（小四号）。正文其他含义（小五号）的先后次序与注释中的先后次序基本一致，分别对应注释中的“～”符号，故该含义的原文皆可在注释中查阅。放入正文和正文词语边注中的内容一律用“～”表示。另有个别特殊表述，如“此处解”，指此处首选含义，其译文在正文中以小四号出现。

六、注释中的各不同含义用分号（；）隔开。

七、注释中不同的语言用中括号和该语言的缩写表示，如“[中]”表示“中文”。语言缩写在“缩略语”页可查到。

八、本译本参考的所有《芬尼根的守灵夜》研究资料都将其他语言用拉丁字母转写，本译本保持这一传统，即便其中包含的中文也先列出该词被乔伊斯研究者普遍使用的拉丁字母书写形式，然后再译为中文。

九、在不同卷中另有特殊情况，说明如下：

（一）在第一卷中，若干重要的背景性解释放在正文脚注中，用❶等标识。

（二）除本书译者所加注释之外，原文第二部第二章本身存在大量页边注和脚注（脚注序号用①等标识），其中包括图片形式。同时,此章内亦存在部分文字旋转、大大小小排列等特殊情况。为保留原文特色,本版均依照原文排布。另外,由于译文与外语原文每行的字符长度难以做到完全对应,当正文小四号字与页边注无法做到行行对应时,排版时适当调整了该页行距或字间距。

缩 略 语

[阿]	阿拉伯语
[阿尔]	阿尔巴尼亚语
[阿拉]	阿拉米语(Aramaic,叙利亚的一种古代语言)
[埃]	埃兰语(Elamite,伊朗高原西南部古代埃兰人所讲的语言)
[爱]	爱尔兰语(当代拼写)
[爱黑]	爱尔兰语黑话(其他语言的黑话形式同此,不再一一列出)
[爱口]	爱尔兰语口语(其他语言的口语形式同此,不再一一列出)
[爱沙]	爱沙尼亚语
[安]	安南语(现多称越南语)
[奥]	奥斯加克语(Ostyak,俄罗斯西伯利亚地区乌拉尔语系乌戈尔语支中的一种)
[澳俚]	澳大利亚俚语(其他语言或地区的俚语形式基本同此,除个别外不再一一列出)
[巴]	巴斯克语(欧洲巴斯克人所讲的语言,系属未定)
[保]	保加利亚语
[北布]	北布列塔尼方言
[贬]	英语贬义
[冰]	冰岛语
[波]	波斯语
[波兰]	波兰语
[布]	布列塔尼语(法国布列塔尼地区的一种少数民族语言)
[丹]	丹麦语
[德]	德语
[俄]	俄语
[法]	法语

[梵]	梵语
[方]	英语方言
[废]	废用英语
[芬]	芬兰语
[佛]	佛拉芒语(比利时北部语言,是荷兰语的变体)
[高]	高棉语(柬埔寨国语)
[古爱]	古爱尔兰语
[古法]	古法语
[古挪]	古斯堪的纳维亚语
[古斯]	古斯拉夫语
[古体]	英语已废弃的古代写法
[古意]	古意大利语
[古英]	古英语
[行]/[雪]	小炉匠的秘密行话,也称雪尔塔语(Shelta,以爱尔兰语为基础,现今尚在英国、爱尔兰等地的补锅匠、游民间使用)
[荷]	荷兰语
[吉]	吉卜赛语
[捷]	捷克语
[康]	康沃尔语(曾通行于英国西南部康沃尔地区的语言)
[拉]	拉丁语
[老]	老挝语
[俚]	英国俚语
[立]	立陶宛语
[列]	列托-罗曼语(Rhaeto-Romanic,瑞士东南部和意大利北部的三种罗曼语言的总称)
[鲁]	鲁塞尼亚语(Ruthenian,即乌克兰语)
[罗]	罗马尼亚语
[马]	马来语
[美]	美式英语
[孟]	孟加拉语
[缅]	缅甸语
[南布]	南布列塔尼方言
[南非荷]	南非荷兰语
[挪]	挪威语
[葡]	葡萄牙语
[普]	普罗旺斯语

[日]	日语
[瑞]	瑞典语
[瑞德]	瑞士德语
[萨]	萨摩亚语
[塞]	塞尔库普语(Selkup,俄罗斯西伯利亚地区鄂毕河与叶尼塞河之间地区使用的一种语言)
[塞内]	塞内加尔语
[塞维]	塞尔维亚语
[塞维-克罗]	塞尔维亚-克罗地亚语
[桑]	桑塔利语(Santali,流行于印度的比哈尔邦、阿萨姆邦、特里普拉邦、恰尔康得邦、西孟加拉邦、奥里萨邦以及孟加拉国、尼泊尔等国家和地区)
[诗]	诗歌用语
[世]	世界语
[数]	数学术语
[斯]	泛斯拉夫语
[斯洛]	斯洛文尼亚语
[斯瓦]	斯瓦希里语(东非坦桑尼亚、肯尼亚等地通用的语言)
[苏]	苏格兰语
[土]	土耳其语
[晚拉]	公元100—500年间使用的拉丁语
[威]	威尔士语
[沃]	沃拉卜克语(Volapük,一种人造语言)
[乌]	爱尔兰乌尔斯特地区方言
[西]	西班牙语
[希]	希腊语
[希伯来]	希伯来语
[虾]	虾夷语(现更多译为阿伊努语,日本北海道少数民族使用的语言)
[暹]	暹罗语(现称泰语)
[匈]	匈牙利语
[亚]	亚美尼亚语(东部地区方言)
[亚述]	亚述语
[伊]	伊多语(Ido,一种人造语言)
[医]	医学术语
[意]	意大利语

[意第]	意第绪语(阿什肯纳兹犹太人使用的语言)
[意方言]	意大利方言
[印]	印尼语
[印度斯坦]	印度斯坦语(通行于印度中部、西北部和巴基斯坦的语言)
[英爱]	爱尔兰英语
[英印]	印度英语
[中]	中文
[中拉]	中古拉丁语
[中英]	中古英语

第一部

第一章

大河奔流[1]尊敬的神父|记忆，流过亚当和夏娃之家[2]伊甸园，从起伏的海岸，到凹进的港湾都柏林湾，又沿着宽阔[3]康茂德回环的维柯路[4]村镇|维科❶，将我们带回到霍斯堡和郊外[5]❷。

特里斯特拉姆爵士[6]，爱的提琴手[7]，越过爱尔兰海[8]，还没有[9]再次经过从布列塔尼半岛❸北部，重来小欧洲那参差不齐的地峡[10]

---

❶ Giovanni Battista Vico“维科”(1668－1744)，意大利学者，在《新科学》中将人类历史划分为四个发展阶段“神的时期”“英雄时期”“人的时期”，以及“复归”，这一历史观是本书的哲学基础之一。

❷ Howth Castle and Environs“～”，首字母缩写 HCE，也是《芬尼根的守灵夜》中男主人公汉弗利·卿普顿·耳微蚵(Humphrey Chimpden Earwicker)的名字首字母的缩写，因此也指男主人公。正如利菲河也指女主人公汉娜·丽维娅·妇鲁拉贝尔(Anna Livia Plurabelle)。第一段表面看是在描写都柏林市周围的环境，故翻译时取这层含义；但同时这一段也暗示着人类历史之河从上帝造人，到罗马帝国，到维科所说的各个阶段，再回到本书主人公象征的人类之始。本书的翻译将在正文选择最明显的那层含义，至于各个词语包含的不同层次的含义将在注释中指出。其中第一个解释为正文翻译所采用的解释，如无特殊原因，各层含义之间的关系将不再具体说明。

❸ Armorica“阿莫里凯”，古高卢地名，主要指布列塔尼半岛，该地居民的祖先为凯尔特人。中世纪骑士特里斯丹在布列塔尼长大后到他的叔叔、英格兰康沃尔的马克国王麾下，并为马克国王到爱尔兰迎娶伊瑟，与伊瑟陷入恋情。两人逃到布列塔尼，后被马克国王派来的刺客杀死。特里斯丹与伊瑟的故事象征着书中年老男性与年轻男性的爱情竞争这一主题。但由于在另一个传说中特里斯丹只身逃到布列塔尼后又娶了一位年长的妻子，也叫伊瑟，后来他又想叫来年龄较小的爱尔兰的伊瑟，因此特里斯丹与伊瑟的故事在书中还包含着另一个主题，即男性同时对母亲和女儿的爱。

1 “Riverrun”河水与奔流两词的合写；reverend 也解“～”，与后面的“亚当和夏娃之家”教堂呼应；Erinnerung［德］也解“～”，指记忆之流和时间之水的流淌。

2 Eve and Adam's“～”，爱尔兰都柏林市利菲河边的方济各会教堂；也解“～”。

3 commodius 解 commodious“～”；其中 Commodus 也解“～”，罗马暴君，180 至 192 年在位。

4 vicus“～”，都柏林以南达尔克镇的道路名；也解 vicus［拉］“～”；也解 Battista Vico“～”。

5 Howth Castle and Environs“～”，霍斯堡距都柏林市中心 15 公里。霍斯堡及后文的惠灵顿纪念碑等都柏林垂直性地标也在文中被赋予了阴茎的意象。

6 Tristram“～”，既是霍斯堡第一位伯爵的名字，也是中世纪骑士传奇“特里斯丹与伊瑟”中男主人公的名字的另一种写法，也是 18 世纪英国小说家斯特恩的小说《项狄传》的主人公的名字。

7 viola“维奥拉”，一种类似小提琴的弦乐器，其中类似中提琴的抒情维奥拉（viola d'amore）音色柔美温存，流行于 18 世纪的欧洲，传说中世纪骑士特里斯丹善于演奏维奥拉。

8 the short sea 解 Naut Short Sea“～”。

9 passencore 解 pas encore［法］“～”；其中 pass encore 也解“～”。

10 isthmus“～”，指都柏林郊区的萨顿镇，该地区有一个地峡将霍斯地区与爱尔兰其他地区相连；其中 isthmos［希］也解“～”；其中 Issy，本书主人公壹耳微蚵和汉娜的女儿。

颈部|伊茜，再打[11]他的半岛战争[12]孤立的笔战|阴茎之战。奥康尼河边[13]上风锯木工的宝贝[14]一直成倍地都柏林胀大[15]，还未把自己[16]泰晤士河仙女吹[17]堆积成劳伦斯县的伟哥[18]佐治亚州|乔吉奥·乔伊斯。一个声音也没有[19]诺拉·乔伊斯在火中[20]燃烧的|远处喊[21]着在身下我我[22]摩西|混合|伊茜，接受圣帕特里克[1][23]由三部分组成的|狡黠的圣帕特里克教堂主教|在泥炭堆附近的施洗[24]阴茎变硬|拓夫。山羊皮诡计尚未被用来欺骗[25]屁头|以撒·巴特又老又瞎的以撒[2]，虽然很快就会[26]鹿肉|瓦内萨如此。孪生姐妹[27]卤莽的姐妹也还未怒对两位一体的纳丹和约瑟[28]约拿旦·斯威夫特，尽管瓦内萨[29]因弗尼斯十全十美。吉姆或肖恩[30]约翰·詹姆逊父子公司在弧形的光线[31]下，把老爸的大量烂麦芽[32]啤酒商酿成酒[33]，彩虹[34]皇家面容的东端[35]露水润湿者|罗德里克·奥康纳映照在水面，犹如盟约之戒[36]四周。

曾在困窘之墙[37]华尔街上的老鲑鱼[38]帕尔|老巴涅尔掉了下来(嘭啪嘭啪嘭啪哒啦嚅嗳噻嘣嗌啣嗵喀啦啦嚅嚏喀哈嗳嗳噻嗒咔啊啊噼嗙嗳噻噻咪呐嚅噻噻嚅嗳噻噻嘣咝嘣噻噻咑嚅嗵哪啊嗖呱嚅噻噻嗵嚏噻噻嗵嚅嗳噻噻嗵嚅咯啊啊嚅嗳嗳哪哇呡啦呐嚅噼啪响嗡嗵嗳嗳噻嘞嘀噔噔嗵嗯嗯嗳嗵喀啦[3])这事儿

---

❶ 在1926年11月5日致韦弗女士的信中，乔伊斯称Thuartpeatrick这个词里藏着都柏林健力士啤酒厂创始人亚瑟·健力士的名字Arthur，在乔伊斯看来，健力士酒是都柏林的代表，本书的主人公就是小酒店老板，此外正是圣帕特里克教会爱尔兰人酿制威士忌。

❷ 指《旧约》中雅各带上山羊羔皮的手套，骗取失明的父亲以撒对哥哥以扫的祝福。这个故事代表着书中兄弟相争的主题。

❸ 原文是用100个字母组成的一个单词，模仿芬尼根从墙头跌落的声音，也是打雷的声音。维科在《新科学》中提出人类文明起于人类对打雷的畏惧。乔伊斯在书中放置了10个用100个字母组成的词，以此表现人类文明的发展。此处的100个字母中可以分辨出希腊语、拉丁语、法语、意大利语、德语、葡萄牙语、瑞典语、古罗马尼亚语、日语、当代爱尔兰语，兴都斯坦语、丹麦语的“雷”“打雷”。此外还有德语的“倾泄”“勋章”、盖尔语的“噼啪声”“汹涌的”，以及印度教天空、雨水之神伐楼拿的名字等。

11 wielderfight 解 wiederfechten[德]“重新战斗”。

12 penisolate war 解 peninsular War“～”,霍斯地区在地形上属于都柏林地区的一个半岛,“半岛战争”也指 1808—1813 年惠灵顿在伊比利亚半岛与拿破仑的军队进行的一系列战役,以惠灵顿的胜利告终;其中 isolate pen war 也解“～”;其中 penis war“～”也解。

13 Oconee“～”,位于美国佐治亚州,该河在劳伦斯县内的河畔有一座都柏林市,与爱尔兰利菲河畔的都柏林市相呼应。而下文的劳伦斯县不仅指美国的劳伦斯县,也指 12 世纪盎格鲁-诺曼人入侵爱尔兰时的都柏林主教劳伦斯·奥图尔,因此劳伦斯县也指都柏林郡;也解 ochone“哎哟”,表悔恨。

14 topsawyer's rocks 解 top sawyer“锯木头时站在木材上风处的锯木工”+rocks[俚]“钱”或“睾丸”,故译“宝贝”;也解 Tom Sawyer“汤姆·索亚”,美国作家马克·吐温的小说《汤姆·索亚历险记》的主人公;也解 Peter Sawyer“彼得·索亚”,乔伊斯在 1926 年 11 月 5 日致韦弗女士的信中称他是奥康尼河边都柏林市的创建者,但是当地历史中没有关于这个人的记载,而记载了一个叫乔纳森·索亚(Jonathan Sawyer)的人命名该市为都柏林。

15 doublin their mumper 解 double their number“～”;其中 doublin 也解 Dublin“～”;其中 mumper 也解 Mum“马姆酒”,1492 年酿制的一种烈性啤酒,这一年哥伦布发现了美洲。

16 themselse 解 themselves“它们自己”;也解 Themse[德]“～”。

17 exaggerated“夸大”;也解 exaggerare[拉]“～”。

18 gorgios 解 gorgeous“壮伟、华丽”;也解 gorge“～”;也解 Georgia“～”,美国劳伦斯县的所在州;也解 Giorgio Joyce“～”,乔伊斯的儿子,娶了美国妻子并到美国发展;也解 gorgios“非吉卜赛人的”;也解 gorgo[意]“涡流”。

19 nor avoice 解 nor a voice“～”;也解 Nora Joyce“～”,乔伊斯的妻子。

20 afire“～”,此处解 a fire“一堆火”,指圣帕特里克点燃基督教的火苗;也解 afar“～”。

21 bellowsed 解 bellowed“～”;也解 below“～”。

22 mishe 解 mise[爱]“我”,指爱尔兰修女圣布利吉特在受洗时用爱尔兰语说“是我”,她是爱尔兰的主保圣人之一,在书中象征着爱尔兰;也解 Moses“～”;也解 mische[德]“～”;也解 Issy“～”,本书主人公的女儿。

23 Thuartpeatrick 解 thou are Patrick“你是帕特里克”,圣帕特里克在公元 5 世纪使爱尔兰人接受了基督教,被视为爱尔兰的主保圣人之一。圣帕特里克在书中代表着爱尔兰的宗教这一主题;也解 tripartite“～”,指三位一体;也解 tricky Patrick“～”,指 18 世纪英国作家斯威夫特,他曾任圣帕特里克教堂主教;也解 near the peat ricks“～”,泥炭沼是爱尔兰的一种特殊地理现象。

24 tauftauf 解 taufen[德]“～”,使用德文,也暗指圣帕特里克的精神导师德国人圣·杰曼尼库斯(St. Germanicus);也解 toughen“变硬”,指阴茎变硬;也解 Taff“～”,即 Butt and Taff“巴特和拓夫”,他们是书中一组二元对立的人物,是主人公两个儿子的化身之一。

25 buttended 解 pretended“伪装成”;也解 butt head“～”,爱尔兰民族自治领袖巴涅尔儿时的绰号;句中的 Isaac 和 butt 也可组成 Isaac Butt“～”,爱尔兰自治运动的领袖,1877 年被巴涅尔用计策取代。

26 venissoon 解 very soon“～”;也解 venison“～”,指《圣经》中以撒让以扫去打野味,雅各趁机用山羊羔代替野味,骗得原本属于以扫的祝福;也解 Vanessa“～”,即下一句中的 vanessy。

27 sosie sesthers 解 sosie[法]“酷似别人的人”+sisters“姐妹”;也解 saucy sisters“～”,指斯威夫特的两个年轻恋人以斯帖·凡霍米利(他称她为瓦内萨 Vanessa)和以斯帖·琼荪(他称她为史黛拉 Stella)。斯威夫特与两人的关系代表着书中一个男性与两个年轻女性的关系这一主题。sosie sesthers wroth 在一起则可以解为《圣经》中三个女性的名字:Susannah“苏珊娜”、Esther“以斯贴”、Ruth“罗得”,她们的故事中都包含着年长男性对年轻女性的欲望。

28 nathandjoe 解 Nath and Joe“～”,瓦内萨喜欢在信中将斯威夫特的名字约拿旦拆成“聪明的拿旦和虔诚的约瑟”;也解 Jonathan“～”,即 Jonathan Swift“斯威夫特”;也解《圣经》中扫罗的儿子约拿旦,他对大卫有着同性恋色彩的感情。

29 in vanessy“在瓦内萨身上”;也解 Inverness“～”,莎士比亚的悲剧《麦克白》中麦克白的城堡,麦克白正是受到三个女巫的诱惑而犯罪。

30 Jhem or Shen 解 Shem or Shaun“～”,书中主人公壹耳微蚵的双胞胎儿子;也解 Jameson,即 John Jameson and Sons“～”,都柏林威士忌酒厂的名字,乔伊斯曾称所有的都柏林威士忌都是用利菲河水酿制的,但情况并非如此。

31 指彩虹,即《旧约》中上帝在洪水退去后,用彩虹与地上生灵签订再无洪水的契约。

32 malt“～”;也解 maltster“～”,指主人公壹耳微蚵,也指莎士比亚,据说他曾在饥荒时酿制麦芽酒。

33 此句指《旧约》中挪亚从方舟出来后曾醉后赤身酣睡,被儿子含(Ham)看见,并告诉他的哥哥闪(Shem)和雅弗(Japheth),但闪和雅弗给挪亚盖上衣服,含则因此受到挪亚的诅咒。闪、雅弗和含在书中合并为闪姆和肖恩。

34 regginbrow 解 regenbogen[希]“～”,彩虹标志新时代的开始;也解 royal brow“～”,指英国国王亨利二世,第一位踏上爱尔兰的英国国王。

35 rory end 解 orient“～”;也解 roridus[拉]“～”;也解 Ruaidhrí 即 Roderick O'Connor“～”(1116—1198),爱尔兰最后一位共主(high king),之后凯尔特人的统治完全让位于盎格鲁-诺曼人的统治,标志着凯尔特时代的结束。乔伊斯最初曾计划以罗德里克·奥康纳的故事为主线,后放弃。

36 ringsome“似戒指的”,指上帝与地上生灵的契约;也解 ringsum[德]“～”。

37 Wallstrait 解 strait“困窘的”+wall“墙”,爱尔兰民谣《芬尼根的守灵夜》中,芬尼根是一个泥瓦匠,砌墙时跌下来摔死,在守灵夜上因一杯酒而复活;也解 Wall street“～”,纽约的金融中心。

38 oldparr 解 old parr“～”,鲑鱼是书中主人公壹耳微蚵的一个化身,在《凯尔斯书》中,鲑鱼也是上帝的化身。此外,芬尼根作为 Finn 家族的一员,其祖先芬丹·麦克波克拉(Fintan MacBochra)是在大洪水中唯一一个幸存的爱尔兰人,生前曾为鹰隼,死后化为鲑鱼成神。爱尔兰传说中的巨人英雄芬·麦克尔(Finn MacCool)则在吮吸了碰过鲑鱼神的大拇指后获得智慧;也解 Old Parr,即 Thomas Parr“～”(1483—1635),英国朝臣,在一百余岁时使一个女性怀孕;也解 old Parnell“～”(1846—1891),爱尔兰自治运动的领袖,在被发现与欧希夫人的私情后被他的追随者抛弃,不久病逝。

一大早就在床上传播[39]再次成为故事，以后经所有的基督教吟游诗人[40]克里斯蒂吟游诗人代代[41]在利菲河上相传。坠墙者的伟大坠落一眨眼就引发了芬尼根[42]的跌落[43]，说盖尔语的可靠男人[44]，使得他自己的憨蛋山头[45]霍斯山立刻派探子一路去西方，打探他的呆蛋脚趾[46]，它们那某地某处向上举起之矛[47]收费站正好位于公园中那个打昏过去[48]山的地方，在那里，自从都魔林[49]魔鬼|都弗林开始爱上利菲河[50]汉娜·丽维娅·妇鲁拉贝尔，橙果[51]阴户|橙带党就被放在绿地[52]性交|绿带会上锈蚀[53]休息|安葬。

在这里，意志对[54]习惯将欲对不欲，蛤神对鱼神[55]东哥特人对西哥特人，打得多激烈啊！咯咯，呱呱，呱呱，呱呱！呱啊，呱啊，呱啊[56]！妈啊，妈啊，妈啊[57]！哪边[58]！在哪里弯刀[59]波德莱尔长矛[60]党徒仍然出去摧毁[61]统治学习宝剑燃烧弹[62]玛拉基·穆利根，在哪里凡尔登人[63]把吃人的习性[64]投石器从白种男孩[65]那罩布罩的脑袋[66]霍斯|睾丸|白发的头里连投[67]出去。攻占城门的长矛[68]、涡流湍急的飞镖[69]大河。上帝的鲜血[70]鸡奸的家伙们，我的惊悚。为荣誉流血流泪的人[71]崇高的圣人|吟唱荣耀的|圣劳伦斯，得救[72]致敬！武器[73]胳膊带着眼泪[74]喧嚣|武器吁求，可怕啊[75]变得苍白。杀啊杀啊杀啊[76]飘飘欲仙|教堂|树林：丧钟，丧钟[77]过路费|环状礁|发疯的|根本|劳伦斯·奥图尔。什么机会挥舞棍棒[78]拥抱|抚爱，什么石堡[79]咳嗽通风换气！什么命我去爱的[80]被什么密谈赦免的[81]女人|羊羔|山羊引诱去犯罪[82]！对他们汗毛的什么真实感觉伴随着骗子雅各[83]打嗝儿的什么强大声音❶[84]！

---

❶ 乔伊斯在这里通过文字游戏放入 hay 和 straw 以暗示“Hayfoot, strawfoot”，这是英、美军队中训练新兵区别左右的口令。

39 retaled 解 retail“转述”；也解 re＋tale“～”。
40 christian minstrelsy“～”；也解 Christy Minstrels“～”，美国 19 世纪出现的由白人化装成的黑人乐队，该乐队曾在 1857 年在伦敦演出。
41 on life“～”；也解 on Liffey“～”。
42 爱尔兰民谣《芬尼根的守灵夜》中的主人公，也是本书主人公壹耳微蚵的化身之一。
43 pftjschute 解 chute[法]“～”，既指芬尼根的跌落，也指撒旦从天堂到地狱的坠落；也解 pfui[德]“呸”，表厌恶。
44 solid man 的直译是“坚固可靠的人”，与下文中憨蛋呆蛋被摔成碎片正成反讽，因此前面的 erse 即可解 Erse“爱尔兰盖尔语的”，也解 else“否则就”。
45 humptyhillhead 解 humpty“憨蛋”＋hill“山”＋head“头”。其中 humpty 与后面的 tumpty 组成英语儿歌《国王的人马》中的主人公 Humpty Dumpty“憨蛋呆蛋”，一只从墙头坠落后摔成碎片的蛋，憨蛋呆蛋也是本书主人公壹耳微蚵的化身之一，每夜跌成历史的碎片，由他的妻子在清晨捡起和复原。句中的 himself，promptly，inquiring 也都为了配合 humpty-dumpty 的韵律而改为 humself，promptly，unquiring；其中 humptyhill 也可以解为 Howth hill“～”。
46 tumptytumtoes 中的 tum 是蒂姆·芬尼根（Tim Finnegans）的名字 Tim 的众多变形之一。乔伊斯将 Tim 的变形 tam，tem，tom，tum 放入众多词语中，暗示与蒂姆·芬尼根的联系，因此此句指蒂姆·芬尼根或巨人芬·麦克尔倒下后，他的头枕着霍斯，脚一直伸到都柏林城西的凤凰公园。
47 upturnpikepointandplace 解 upturn pike point and place“～”，由五个词组成，代表五只脚趾；其中 turnpike 也解“～”，指都柏林凤凰公园边切坡里若德（Chapelizod）的收费站，这个收费站在爱尔兰作家勒法努的《墓地房屋》第一页被提及。
48 knock out“～”；其中 knock 也解凤凰公园边上的卡斯特诺克（Castleknock）路，或诺克马龙山路（Knockmaroon Hill）；也解 cnoc [爱]“～”。
49 devlin 解 Dublin“都柏林”，也解 devil“魔鬼”，乔伊斯经常做这两个词的文字游戏，将都柏林比为弥尔顿《失乐园》中的地狱之都，故译为都魔林；还解 Devlin“～”，都柏林市内的一条小河。
50 livvy 解 Liffey“～”；也解 Livia“～”。利菲河与本书女主人公汉娜·丽维娅·妇鲁拉贝尔在书中始终互指。若无特殊原因，不再一一说明。
51 oranges“～”；也解[俚]“～”；也解 Orange Order“～”，橙带党为爱尔兰 18 世纪末成立的新教政治集团，以维护新教和新教的王位继承权为主旨。
52 green“～”；也解 greens[英俚]“～”，也解（green）Ribbon Society“～”，绿带会为 19 世纪初爱尔兰的天主教徒为对抗新教势力而建立的秘密组织。
53 rust“～”；也解 rest“～”；也可与前面的 laid to 合解为“～”。
54 will gen wonts 解“～”；也解 wills against won't“～”。句中的 gen 和 gaggin 皆为德文的 gegen“对……”。同一个词采用不同的拼写，这是乔伊斯在本书中常用的手法。
55 oystrygods gaggin fishygods“～”，指在爱尔兰海岸吃贝类的人多于吃鱼的人；也解 Ostrogoths gaggin Visigoths “～”。
56 此处借用阿里斯托芬的喜剧《蛙》中的蛙鸣声，暗示冲突发生在潮湿的沼泽地带，即大洪水后原始人类的冲突。
57 威尔士人哀哭的声音。
58 Quaouauh 解 qua[拉]“哪里、如何”＋quo[拉]“往何处”。
59 Baddelaries 解 badelaire“一种法国弯刀”；也解 Baudelaire“～”（1821—1867），法国诗人。
60 Partisans“～”，此处解 partisan“一种骑士用长矛”。
61 Mathmaster 解 math[梵]“毁灭”＋master“统治”；其中 math 也解[希]“～”。
62 Malachus Micgranes 解 malchus“一种剑”＋migraine“燃烧弹”；也解 Malachi Mulligan“～”，乔伊斯的小说《尤利西斯》中的人物。
63 Verdons 解 Verdun“～”，法国城市。
64 camibalistics 解 cannibal“～”；也解 balista[拉]“～”。
65 Whoyteboyce 解 white boys“～”；也解 White-boys“～”，一个爱尔兰宗教狂热组织，模仿三 K 党头上带着布罩；也解 Hoyte“怀特”＋Boyce“博艾斯”，两人都曾任都柏林市长。
66 Hoodie Head 解 hooded head“～”，美国恐怖组织三 K 党的妆束，该党用绑架、私刑、集体屠杀等非法手段迫害黑人或思想开明人士；也解 Howth“～”，乔伊斯在 1926 年 11 月 5 日致韦弗女士的信中称 Howth 来自丹麦语 hoved“头”；其中 Hoodie 也解 Hode [德]“～”；也可与前面的 Whoyteboyce 合解为 White Head“～”，指芬·麦克尔，因为 Finn MacCool 的意思是“白发的头”或“白色的帽子”。
67 catapelting 解 catapult“投石器”＋pelting“连续投掷”。此处有性含义。
68 Assiegates 解 assegai“一种长矛”＋siege“攻占”＋gate“门”，指用长矛攻破敌人的城门。
69 boomeringstroms 解 boomerang“回飞镖”＋Strom[德]“大河”。
70 Sod's brood 解 God's blood“～”；也解 sodomist's brood“～”。
71 Sanglorians 解 sang[法]“血”＋sanglot[法]“呜咽”＋glory“荣誉”，即为荣誉而战、流血流泪的人；也解 glorious saints“～”；也解 sang“唱”＋glory“荣誉”＋-ian，即“～”；也解 Saint Lawrence“～”，霍斯堡的第一位伯爵，后将自己的名字改为圣劳伦斯。
72 save“～”；也解 salve[拉]“～”。
73 Arms 解 “～”；也解“～”。
74 larms 解 larme[法]“～”；也解 Lärm[德]“～”，指战场的声音；也解 arms“～”。
75 Appalling 解“～”；也解 appallens[拉]“～”。在后一个意义上，整句亦可译为“流着泪吁求的胳膊，变得苍白”，指妓女乞求过路的嫖客。
76 Killykillkilly 解 kill kill kill“～”；其中 killy 是 kill 的弱化，等于一次小的死亡。在法语中性高潮也被称为“小死亡”，故可译为“～”；也解 kil[爱]“～”或“～”。
77 a toll“一次钟声”，指丧钟；也解 toll“～”，指过冥河时付的渡河费或妓女向嫖客要的钱；也解 atoll“～”，指爱尔兰岛；也解 toll[德]“～”；也解 at all“～”；也解 St. Laurence O'Toole“～”（1123—1180），都柏林的主保圣人，曾任都柏林大主教，访问坎特伯雷时遇刺，但他倒地不久就爬了起来。此段有性含义。
78 cuddleys 解 cudgels“～”；也解 cuddle“～”；也解 fondle“～”。
79 cashels“～”，指爱尔兰南部的卡西尔镇，以卡西尔宫（Rock of Cashel）著名，曾是芒斯特国王王宫的所在地；也解 kashyel[俄]“～”。
80 bidimetoloves 解 bid me to love“～”，可指妓女，也可指新教主张个人直接爱上帝。
81 tegotetabsolvers 解 tête-à-tête absolvers“～”，可指忏悔神父，也可指天主教主张普通人通过神父获得赦免；其中 teg 解“～”；也解“～”；其中 gote 解 goat“～”，纵欲的动物。
82 Sinduced 是将 seduce 改写为 sin“罪”＋induce“引诱”，形象地表示“引诱去犯罪”之意，这是乔伊斯在本书中常用的手法。
83 jiccup 解 Jacob“～”，《创世记》中以撒的儿子，以色列人的祖先；也解 hiccup“～”。
84 hayair... strawng 解 hair... strong“汗毛……强大”，此句化自 20 世纪初期的习语“那个女孩汗毛浓密”；其中 hayair 由 hay“干草”和 hair“汗毛”组成，strawng 由 straw“麦秸草”和 strong“有力的”组成。

啊，看这儿看这儿，通奸者们的父亲如何[85]霍斯在尘土中[86]遇到|黄昏爬行[87]四处觅食，但是，（哦，我那闪烁的群星和躯体）空中广告作为柔和告示，如何神殿般跨越[88]大半高空！不过是吗[89]怎么啦|是伊茜吗？伊瑟[90]任何东西？你能肯定吗[91]曾是缝补的人？昔日的[92]所有橡树如今躺在泥炭沼中安息，但是梣树[93]灰烬|阿斯克躺卧的地方榆树❶拔地而起。如果你只能坠落[94]狄俄尼索斯狂欢中竖起的阴茎，你必须升起：眼下的[95]为了修女们闹剧[96]阶段也不会太快落定[97]责骂|安顿下来走向尘世的[98]世代终结[99]凤凰，死而复生。

芬尼根大师[100]重婚犯|先生|做杂烩浓汤的师傅|大师，有着结结巴巴[101]颤抖的手，自由人的泥瓦匠[102]共济会成员，在审判者约书亚[103]乔伊斯给我们《民数记》（《旧约》卷四）前，或者在利未人[104]《利未记》|爱尔维修|瑞士的着手撰写《申命记》（《旧约》卷五）前，在他那偏僻得收不到消息的[105]有着两个密室的住宅|按摩灯心草蜡烛[106]烈酒里，过着想象得到的无边的最开阔的[107]公路|百老汇生活（某个昨天，他坚定地[108]星星把头[109]撞进[110]伸出桶里，好洗他的脸[111]审视他未来的命运|打耳光，但是不久他又迅速地把头伸出，凭着摩西[112]的大能，水蒸发了[113]赋予永生|夏娃，所有健力士啤酒[114]《创世记》都离开了[115]《出埃及记》，因此应该让你看看他可真是个潘趣酒鬼❷[116]潘趣酒|《旧约》的前

---

❶ 树和石头的二元对立是贯穿全书的重要主题，其基本含义是生命和死亡之间，以及不同生命形式或死亡形式之间的相互转换，书中最常出现的树是榆树。在北欧神话中，奥丁神用一节梣树做成男人，用一节榆树做成女人。

❷ 这里是一段巧妙的文字游戏。乔伊斯在这一句中利用双关，将民谣《芬尼根的守灵夜》中对酒鬼芬尼根清晨活动的描写，与《圣经》的前几卷联系在一起，暗示芬尼根的一生也是整个人类的历史，滑稽与庄严在这里被交织在一起。

85 how hoth 解 how hath"～";也解 Howth"～",都柏林郊区,位于霍斯半岛。

86 met the duskt 解 met[荷]"与……"＋the dust"尘土";其中 met 也解"～";其中 duskt 也解 dusk"～"。

87 sprowled 解 sprawled"～";也解 prowled"～"。

88 fanespanned 解 fane"神庙"＋span"跨越",此句指证明着上帝与地上生物立约的彩虹。

89 waz iz? 解 was it? "～";也解 was ist? [德]"～";也解 was Issy? "～"

90 Iseut 解 Isolde"～";也解 aught"～"。在前一个意义上,彩虹与伊瑟的关联,表明伊瑟在书中同时扮演着诱惑男性堕落和给予堕落者新生的希望这一双重角色。"Was ist? Isolde?"是瓦格纳的歌剧《特里斯丹和伊瑟》中的唱词。

91 Ere were sewers? 解 you were sure? "～";也解 ere"在……以前"＋were"是"＋sewers"～"。

92 ald 解 old"～";也解 all"～"。

93 askes"～";也解 ashes"～";也解 Ask"～",北欧神话中用梣树制成的第一个男人的名字。

94 Phall 解 fall"～";也解 phallos[希]"～"。这句也解"哪怕你只有欲望,你的阴茎也会竖起"。

95 for the nunce 解 for the nonce"暂且";也解 for the nuns"～"。

96 pharce 解 farce"～",指乔伊斯把本书写成一部喜剧;也解 phase"～"。

97 setdown"～",解 set down"放下";也解 settle down"～"。

98 Secular"～";也解 saeculum[拉]"～"。

99 phoenish 解 finish"～";也解 phoenix"～"、"～"。这是本书一个重要主题:死亡即复活。

100 Bygmester 解 big master"～";也解 bigamist"～";也解 Mister"～";也解 burgoo master"～",指主人公壹耳微蚵是小酒店老板;也解 Bigmaster"～",易卜生《建筑大师》主人公索尔尼斯的称呼。他爬上自己建造的塔顶获得精神上的新生,但因向上帝挑战而从塔顶坠落摔死。芬尼根可以被视为醉酒版的建筑大师。

101 stuttering"～",巴涅尔和《爱丽丝漫游奇境记》的作者刘易斯·卡罗尔都是结巴,这两个人都是壹耳微蚵的化身;也解"曲折缓慢地进行",指芬尼根喝醉后手哆哆嗦嗦,故译"～"。但丁在《天堂篇》第 13 章中曾说"艺术家在创作中手是颤抖的",亚当和耶稣的智慧是无可比拟的,因为他们直接由上帝创造,其余的人来自自然,都不完满。自然创造人时无法完满,就如同艺术家进行艺术创作时手是颤抖的。也有人认为此处指手淫。

102 freemen's Maurer 解 freemen's "自由人的"＋Maurer[德]"泥瓦匠";也解 freimaurer[希]"～",《尤利西斯》的主人公布卢姆也被称为共济会员。

103 joshuan 解 Joshua"～",《圣经》中继摩西之后的犹太人首领,也指《圣经》中的《约书亚书》(《旧约》卷六);也解 Jayce"～"。

104 Helviticus 解 Leviticus [拉]"～"或"～"(《旧约》卷三);也解 Helvétius"～"(1715—1771),法国启蒙时期自由思想家;也解 helveticus[拉]"～"。

105 toofarback for messuages 解 too far back for message"～";也解 two farback for messuages "～";其中 messuages 也解 massage"～"。

106 rushlit 解 rushlight"灯心草蜡烛、微不足道的人";也解俚语"～"。

107 broadest way immarginable 解 broadest way imaginable"～";其中 broadest way 也解 broodway"～";也解 Broadway"～",纽约市重要的道路,美国戏剧和音乐剧的重要发扬地;其中 immarginable 也解 im＋margin"边缘"＋able,即"～"。

108 sternely"坚定地"与后面的 swiftly"立刻",包含约翰·斯特恩和约拿旦·斯威夫特这两个英国 18 世纪作家的名字,他们两人在书中构成一组二元对立,斯特恩的《项狄传》和斯威夫特的《无稽之谈》在书中屡次被提起;也解 Sterne[德]"～"。

109 tete[法]"～"。

110 struxk 解 strike"～";也解 stick"～"。

111 watsch the future of his fates 解 wash the future of his face"～";也解 watch the future of his fate"～";其中 watsch 也解[德]"～"。

112《圣经》中以色列人的先知,带领以色列人出埃及时,曾分开海水逃避追兵。

113 eviparated 解 evaporated"～";也解 aevipario[拉]"～";其中也包含 Eve"～"。

114 guenneses 解 Guinness"～",都柏林的著名啤酒;也解 Genesis"～",《旧约》卷一。

115 exodus"～",也解 Exodus"～"(《旧约》卷二)。

116 pentschanjeuchy 解 *Punch and Judy*"《潘趣和朱迪》",英国木偶戏,主人公潘趣是个驼背,被魔鬼驮走;其中 pentsch 也解 Punch"～";也解 Pentateuch"～";也解 panschen[德]"～";其中 jeuchy 也解 Jeudi,在俚语中,Jean-Jeudi 指阴茎。

五经|掺水|阴茎!)在那些伟大古怪的岁月里,这个在狂饮村塔顶里与灰浆桶[117]上帝、水泥和大厦打交道的人,在某某人[118]黄河边,在利菲河岸[119]居民银行|汉娜·丽维娅·妇鲁拉贝尔,把一幢建筑[120]教育堆在又一幢建筑之上。他让弄糊涂|和小爱丽丝·利代尔妻子汉娜[121]安娜·丽维娅·妇鲁拉贝尔|多沼泽的抱住[122]扔鸡蛋、怂恿这个小东西[123]鸡巴。抓着[124]猎狗群中的|狗她的[125]枯萎的和她一起头发[126]野兔,把你那份儿塞进上床睡觉她身体[127]带上你的舞伴固有。常常想喝点儿酒[128]毯样的|巴尔布斯,头带主教冠[129]将来的密特拉神,抓着大泥刀,身穿他通常[130]尤其|住所喜好的[131]幻想乳白油布[132]伊华工作服避孕套,像哈伦拉希德·恰德里克复仇·蛋生[133]艾格伯特一样,把高度[134]喝醉了和密度麦芽酒|态度[135]相乘[136]适用的来计算[137]卡里古拉,直到他借着酒精的纯光,看且看到[138]一上一下的动作双胞胎出生的地方,他那其他日子的圆头儿尖塔[139]圆桌|订书钉笔直伫立,在赤裸的砖石建筑[140]小屋|共济会仪式中挺起(快乐[141]乔伊斯给它权利!),绝对[142]在塔上的是一座壮观的[143]伍尔沃斯大厦|选择|完全值得|墙摩天大厦[144]从天空逃离,有着最令人敬畏的[145]满眼|埃菲尔铁塔高度[146]土地|霍斯|怀特,几乎从空无中诞生[147]竖立|爱留根纳|早早诞生|爱尔兰,天梯[148]逐步上升|凯勒斯提乌斯直通霄汉[149]喜玛拉雅山|他自己和所有人,傲慢的大主教建筑师[150]提珀陶夫特,建筑顶端[151]小东西|巴别塔垂下[152]燃烧的乱草[153]常春藤,带着工具阴茎的小偷[154]劳伦斯·奥图尔爬[155]碰击声|阴蒂上来,拎提桶的滚落者[156]瓢泼大雨落桶里|贝克特嗑朗朗[157]凝成块|游手好闲摔下去。

他第一个拥有若干纹章和一个名字[158]战争和这个人:巨人城

117 hod“～”;也解 God“～”。民谣《芬尼根的守灵夜》的主人公蒂姆·芬尼根是个泥瓦匠。前面的狂饮村(Toper's Thorp)也可解为 towers' top“～”。
118 soangso 解 so-and-so“某某人”;也解 hoangho[中]“～”。
119 the banks for the livers“～”,此处解 on the banks of the Liffey“～”;其中 livers 也解 Livia“～”。
120 buildung 解 building“～”;也解 Bildung[德]“～”。
121 addle liddle phifie Annie 解 had a little wife Annie“～”;其中 addle liddle phifie 也解本书女主人公名字首字母的缩写 ALP“～”,为女主人公的标志性符号;其中 addle 也解“～”;也解 and“～”;其中 liddle 也解 Alice P. Liddell“～”,《爱丽丝漫游奇境记》的女主人公爱丽丝的原型;其中 Annie 在盖尔语中也有“多沼泽的”之意,指爱尔兰的地貌特征。
122 ugged 解 hugged“～”;也解 egged“～”。
123 craythur 解 creature“～”;在俚语中也解“～”。
124 in honds 解 in hands“在手里”;也解 in hounds“～”;其中 honds 也解[荷]“～”。
125 Wither“～”;也解 with her“～”。
126 hayre 解 hair “～”;也解 hare “～”。
127 tuck up your part inher 解 took up your part into her“～”,此处有性含义;也解 take up your partner“～”,此句化自民谣《芬尼根的守灵夜》中的合唱句“dance to your partner”(跳向你的舞伴);其中 tuck up 也解“安顿某人上床睡觉”。
128 balbulous 解 bibulous“～”;也解 bulbous“球根状的”,此处指阴茎,故译为“～”;也解 Balbus“～”,罗马富豪,凯撒的亲信和秘书,有口吃的毛病。在《一个青年艺术家的画像》中,斯蒂芬·迪达勒斯的拉丁文课本里有“巴尔布斯在砌墙”这句话,并画了一个罗马人两手各拿一块砖。
129 mithre ahead 解 mitre on head“～”,也可能指龟头;也解 Mithra ahead“～”,密特拉神为波斯的光明之神,在罗马帝国受到与基督相似的崇拜。
130 habitacularly 解 habitually“惯常”;也解 particularly“～”;也解 habitaculum[拉]“～”。
131 fondseed 解 fond seed“爱好的种子”;也解 fancied“～”。
132 ivoroiled 解 ivory“乳白色”+oiled“用油防水的”,与后面的工作服一起也指“～”;该词中的 ivor 也解 Ivor“～”,丹麦海盗的首领,869 年带领北欧海盗杀死了英王爱德蒙,都柏林城就是在丹麦海盗聚集的港口上发展起来的,主人公壹耳微蚵也是丹麦海盗的后裔。
133 Haroun Childeric Eggeberth 三个词的首字母合写为 HCE,为主人公壹耳微蚵的标志性符号;其中 Haroun 也解 Haroun-al-Raschild“～”(763—809),伊斯兰国家阿拔斯王朝的哈里发,布卢姆在《尤利西斯》第 15 章中曾幻想自己变成了他;其中 Childeric 也解“～”,法兰克王国三个国王的名字,其中恰德里克三世是法兰克梅罗文加王朝的最后一位国王;也解 éiric[爱]“～”;其中 Eggeberth 也解 Egg birth“～”;也解 Egbert“～”,威塞克斯国王,于 829 年统一了英格兰,成为英格兰第一位君主。
134 alltitude 解 in one's altitude“～”。
135 malltitude 解 multitude“众多”;也解 malt“麦芽酒”;也解 attitude“～”。
136 multiplicables 解 multiplication“～”;也解 applicable“～”。
137 caligulate 解 calculate“～”;也解 Caligula“～”(12—41),罗马皇帝,长期与妹妹保持乱伦关系,后被刺杀。
138 原文为 seesaw,通过“看”这个动作的现在时和过去时的并置来表现动作从执行到完成的过程;也解 see-saw“～”。
139 roundhead staple 解 Roundhead steeple“～”,这里有性含义;也解 Round Table“～”,指英格兰传说中亚瑟王的圆桌,亚瑟王也是壹耳微蚵的化身之一;其中 staple 也解“～”。
140 maisonry 解 masonry“～”;也解 maisonette“～”;也解 Masonry“～”。因此 in undress maisonry 也解“以赤身裸体的共济会仪式”,在这个意义上,这句也隐指壹耳微蚵在酒醉后脱光衣服,阴茎挺起。这是第二书第三章的情节。
141 joygrantit 解 joy grant it“快乐认可了它”;也解 Joyce“～”。
142 entowerly 解 entirely“～”;也解 on-tower-ly“～”。
143 waalworth 解 wondrous“～”;也解 Woolworth“～”,位于美国纽约,在帝国大厦落成前曾被视为摩天大楼的代表;也解 Wahl[德]“～”;也解 well worth“～”;也解 wall“～”。
144 skyerscape 解 skyscraper“～”;也解 skyescape“～”,乔伊斯的《一个青年艺术家的画像》的主人公斯蒂芬·迪达勒斯的名字取自从空中逃离米诺斯迷宫的希腊工匠迪达勒斯,迪达勒斯也是芬尼根的化身之一。
145 eyeful“～”解 awful“～”;也解 Eiffel“～”,位于法国。
146 hoyth 解 height“～”;也解 hoys[希]“～”;也解 Howth“～”,乔伊斯将霍斯城堡作为都柏林垂直高度的代表;也解 Hoyte“～”,曾任都柏林市长。
147 erigenating 解 originate“发源”;也解 erigo[拉]“～”;也解 Joannes Scotus Erigena“～”(815? —877?),苏格兰血统的爱尔兰神学家,因其学说被视为异端,被他的爱尔兰学生杀死,书籍被焚烧;也解 êrigeneia[希]“～”,指黎明;也解 Erin“～”。
148 Celescalating 解 caeli[拉]“天空”+scalae[拉]“梯子”+ing,意为“～”;也解 escalating“～”;也解 Caelestius“～”,基督教神学家白拉奇乌斯的学生,白拉奇乌斯的学说被罗马教廷斥为异端。
149 himals and all 解 Himmel[德]“～”;也解 Himalaya“～”;也解 himself and all“～”。此处有性含义。
150 Hierarchitectitiptitoploftical 解 hierarch“大主教”+architect“建筑师”+toploftical“傲慢的”;其中也包含 John Tiptoft“～”(1427—1470),英国伍斯特伯爵,约克党人,曾统治爱尔兰,后被兰开斯特王朝的追随者杀死。
151 baubletop 解 Bau[德]“建筑”+top“顶端”;也解 bauble“～”,指阴茎;也解 Babel Tower“～”,人类建造的通天塔,后因上帝变乱人的语言而中止。
152 abob off 解 above“在……上”+off“离开”。
153 bush“灌木丛似的毛发”,可能指阴毛;也解 bush“～”,曾是英国小酒店的标志;也指摩西手里的火炬。
154 Larrons o'toolers 解 larron[法]“窃贼”+of tool“拿着工具”;其中 toolers 在俚语中也指“～”;也解 Laurence O'Toole“～”(1123—1180),都柏林的守护圣人,曾任都柏林大主教,访问坎特伯雷时遇刺,但他倒地不久就爬了起来。乔伊斯在这一段中嵌入很多教会人士,暗示人类历史发展到宗教阶段。
155 clitter“～”解 klatre[丹]“～”;也解 clit“～”。
156 tombles 解 tumbler“翻筋斗者”;其中的 tom 也是 Tim Finnegan 的变体,暗示滚落者为蒂姆·芬尼根;也可与后面的 a'buckets 合解 il en tombe à seaux[法]“～”;也解 Thomas à Becket“～”(1118—1170),坎特伯雷大主教,曾任大法官兼上议院议长,后因与英格兰国王亨利二世在教会权限上发生争执被刺杀,死后封为圣人。
157 clotter 解 clitter“碰击声”;也解 clot“～”,此处有性含义;也解 lottern[德]“～”。
158 arms and a name“～”;也解 Arms and a man“～”,这是维吉尔写罗马帝国起源的史诗《埃涅阿斯纪》的第一句话。

堡[159]被升起的|里森格伯格|借入的瓦西里酒宴|先生|快乐·布斯拉夫[160]醉汉|胜利|勇士|愤怒,他那绘有图案[161]戴绿帽子|哈罗德二世|妓女的纹章,绿色并带附饰[162]鹿角|女仆的,颤动的坠子[163]制造混乱|不褪色的蓝色,忠实的保守派人士,银制迫切的,一只公山羊橡树,一个纹章官[164],模样恐怖,头上长角。他那饰有纹章的盾牌[165]画有中线[166]牢固的|节庆,拉弓的射手,太阳[167]浅紫色的,位于第二条线上。字母H[168]私酒代表农夫把玩着他的锄头[169]对手。嚯嚯嚯嚯,芬先生,你将变成芬尼根先生[170]好起来|又是芬。将至之日[171]某天|喜剧的早晨,哦,你是葡萄[172]你还不错!将逝之日[173]晚上的傍晚[174]夏娃,噢,你成了醋!哈哈哈哈,疯[175]先生,你会再变纯[176]健康的|被罚款|芬尼根|恶魔!

在那个山羊之歌[177]悲剧的雷鸣之日[178]星期四里,又是什么使者样的[179]从古代|真正的人带来这个城市的罪业?我们的立方房子[180]作为他的屁[181]我们的主|撑筏人|阿拉法特山雷的耳睹证人[182]壹耳微蚵依然左摇右摆。但我们也在一个接一个的时代里听到那些朝他扔石头的无哈里发气度的[183]非法的|时母穆斯林教徒们[184]宣礼吏蹩脚的[185]相像合诵[186]嘈杂声|歌列士,他们会把任何从天堂中底儿朝天扔出[187]的白石头变成黑恶棍[188]黑色方石。因此,在我们寻找正义[189]硬挺的时候,啊,支撑者,在我们立起的时候,在我们拿起牙签[190]的时候,在我们一屁股坐到皮革床上之前,在晚上,在星光渐逝的时候,让我们坚挺[191]!因为与其朝不在的人[192]圣人抛媚眼[193]对牛弹琴,不如朝邻居[194]先知|天底点头。要不[195]我们就像先知

159 Riesengeborg 解 Riese［德］“巨人”＋-berg［德］“堡、山”；也解 risen“～”；也解 Riesengebirge“～”，西苏台德山脉在波兰和捷克共和国交界处的部分；其中的 borgen 也解［德］“～”。

160 Wassaily Booslaeugh 解 Vasilii Buslaev“～”，俄罗斯诺夫哥罗德地区史诗系列中的英雄；其中 Wassail 也解“～”；也解 uasal［爱］“～”；也解 veseli［塞维］“～”；其中 Booslaeugh 也解 buslai［俄］“～”；也解 bua［爱］“～”＋laoch［爱］“～”；也解 boos［荷］“～”。

161 huroldry 解 heraldry“～”；也解 cuckoldry“～”；也解 Harold II“～”(1022—1066)，英格兰国王，败于征服者威廉一世后被杀，被称为“最后一个萨克森人”；也解 Hure［德］“～”。

162 ancillars 解 ancillary“～”；也解 antlers“～”，指戴绿帽子；也解 ancillaris［拉］“～”，都柏林市的纹章上有两位女性。

163 troublant 解 tremblant“珠宝饰品上随动作而颤动的流苏或缨子”；也解 troublance“～”；也解 true blue“～”。

164 argent, a hegoak poursuivant“～”，纹章官为英国纹章院中较纹章官略低的一个职位；其中 argent 也解 urgent“～”；其中 hegoak 也解 oak“～”。

165 scutschum 解 escutcheon“～”。

166 fessed 解 fesse“(纹章)中心带”或“(盾的)中心点”；也解 fest［德］“～”；也解 Fest［德］“～”。

167 helio 解 hêlios［希］“～”；也解 heliotrope“～”。

168 此句的主要词语都以字母 H 为起首字母；其中 Hooch 也解美国俚语“烈酒”。

169 hoe“～”，此处有性含义；也解 foe“～”，因此 husbandman handling his hoe 也解“丈夫解决他的对手”。

170 Finnagain“～”，指爱尔兰传说中的巨人英雄芬·麦克尔在当代变成嗜酒的泥瓦匠芬尼根；也解 fine again“好起来”；也解 Finn again“～”。

171 Comeday 解 come“来”＋day“日子”，指早晨，与后面的 Sendday“送走的一天”构成文字游戏；也解 someday“～”；也解 comedy“～”。

172 you're vine 解 you are fine“～”，早晨的问候语，此处直译为“你是葡萄”，与后面的 you're vinegar(你是醋)和 you're going to be fined again(你又要被罚款)构成文字游戏。

173 Sendday 解 send“送走”＋day“日子”，指晚上；也解 Sunday“～”。

174 eve“～”；也解 Eve“～”。

175 Funn 为“芬”的变音，但 fun“取乐”也暗示主人公的形象中包含的喜剧性，故译为“疯”。

176 fined“葡萄酒被弄纯清”；也解 fine“～”；也解 be fined“～”；也解 Finnegan“～”；也解 Fiend［德］“～”，指本书的主人公既是基督也是撒旦。

177 Tragoady 解 tragos-ôdê［希］“～”，古希腊酒神狄俄尼索斯崇拜中的歌舞仪式，以酒神的随从人身羊脚的山林之神潘为原型；也解 tragedy“～”。

178 thundersday 解 thunder“雷电”＋day“日子”；也解 Thursday“～”。

179 agentlike 解 agent like“～”；也解 anciently“～”；也解 eigentlich［德］“～”。

180 cubehouse 解 cube house“～”，指阿拉伯麦加城的天房“卡巴”(Ka'aba)，是穆斯林信徒的朝觐之地，也是各地穆斯林每日五次拜功所朝向的地方。

181 arafatas 解 fart“～”；也解 Our Father“～”；也解 rafter“～”；也解 Arafata“～”，麦加城边的一座山，朝觐麦加的人需要在朝觐的第九天在此山祈求涤除自己的罪行。

182 earwitness 化用自 eyewitness“目睹”；也解 Earwicker“～”。

183 unkalified 解 un-caliph-ied“～”；也解 unqualified“未获得资格认证的”；其中的 kali 也解“～”，印度神话中的死神。

184 Muzzlenimiissilehims 解 Muslim“穆斯林教徒”＋missile“投掷武器”＋him“他”；也解 muezzin“～”，在伊斯兰教清真寺宣礼塔上报告祷告时刻的人。

185 shebby 解 shabby“～”；也解 shebi［土］“～”。

186 Choruysh 解 chorus“～”；也解 Geräusch［德］“～”；也解 Koreish“～”，穆罕默德时期在麦加占统治地位的家族，穆罕默德也出自这个家族，但是这个家族迫害穆罕默德和他的追随者。

187 hurtleturtled 解 hurtle“猛掷”＋turn turtle“底朝天翻过来”。

188 blackguardise“～”；也解 Black Stone“～”，镶嵌在麦加天房卡巴东墙里的穆斯林圣物，据说此石是亚当从天国坠落时真主授予他的，原为白色，后经朝圣者亲吻抚摸，吸收他们的罪而变成黑色。

189 tighteousness 解 righteousness“～”；也解 tight“绷紧的”。

190 toothmick 解 toothpick“～”。指某圣人使用牙签。在这句中，乔伊斯大量使用带有字母“M”或“W”的词，或将这两个字母插到词语中，以暗示这一段的穆斯林主题，并通过不断旋转的“M”来表现黑色方石从天堂向下坠落的过程。此外这里隐约有性含义。

191 stay“维持”；也解 stay(one's hand)“不采取任何行动”，或直译为“停住某人的手”。这一段是伊斯兰教约定祈祷的时间：日落之后、夜幕降临之时、天明的时候。

192 wabsanti 解 absent“～”，加首字母“W”是为了与动词 wink 构成头韵，这也是乔伊斯在本书中常用的手法；也解 santi［意］“～”。

193 此句化自习语 A nod is as good as a wink to a blind horse“对瞎马点头、眨眼都一样”，意译是“～”。

194 nabir 解 neighbour“～”；也解 nabi［阿］“(伊斯兰教中的)～”；也解 nadir“最低点”。此句化自习语 A wink is as good as a nod to a blind horse“对瞎马点头眨眼都一样”。

195 原文中的 otherways“否则、要不”与后面的 wesways“我们摇摆”压尾韵。

的学院院长棺木[196]嘲弄一样在魔鬼[197]艾贝勒河|山峰和埃及海[198]吉卜赛人之间[199]贝都因人摇摆[200]耳语。割了耳尖的[201]收割草木|詹姆斯·克劳帕嚼吃蕨菜[202]使(土地)休闲|碎片会决定。这样我们就知道宴会是不是飞翔的日子[203]星期五。她擅长现场搜索[204]她有预见的能力,总是漫不经心地[205]偶尔地回答[206]柄|鹅帮助的人,爱幻想的宝贝儿[207]阿拉伯单峰骆驼。当心!当心!就像有人说的,这多半是块没打中的砖头,或者像其他人认为的,可能因为他身后的墙[208]身后的办公场所塌[209]坠落|罗得岛巨像了。(迄今为止一千零一个故事[210]仍延续[211]现存的|站立着,都讲过了,全都一样)。但是,夏娃[212]亚当在常春藤的夏娃神圣冬青苹果[213]亚伯上咬的那一口太令人痛心[214]确切无疑了(与瓦尔哈拉宫[215]对循环权利❶[216]罗尔赖特大石头圈|劳斯莱斯的恐惧相伴而来的有:出租汽车[217]石头|卡亥克斯、石头机车[218]巨石阵|窘境|草地、亲吻货车[219]小酒馆|箱子、有轨电车树[220]特里斯丹、扫清道路[221]、自动机器[222]、摇木马[223]、街道车队[224]车队街、转弯的出租车[225]梭恩与塔克斯|秩序|抚摸、扩音器[226]浓雾信号|法格、环行广场和监视城壕[227]、廊柱大厅[228]地牢、飞行宝塔[229]亚略巴古、单桅小船[230]住宅|马、船载工作艇[231]快乐的|低语声、穿制服的警察[232]《剥皮者和山羊》、麦克兰伯格街的妓女[233]与他咬耳朵、梅林藏身的棚房[234]马尔区营房,还有他那四个又旧又破的法庭[235]四法庭、大道[236]越厌烦越多|包赫默、他那 12 便士[237]十二峰山脉一打的黑亮手杖[238]布鲁斯塔克山脉、沿着安全第一大街滑行[239]雪撬|叮

❶ 在北欧神话中,诸神将最终与巨人和怪物决战,不但所有地上生灵,连诸神国度和死人之国的诸神,以及巨人国度、妖精之乡和中庭的居民都将毁灭,世界将毁灭并且重生。这个命运的循环无可避免。

196 provost scoffing 解 prophet's coffin"～"，指穆罕默德的棺木被认为上下没有支撑地悬在坟墓里；也解 provost"～"＋scoffing"～"。
197 jebel 解 Bahr-el-Jebel"～"，艾伯特尼罗河的一段，位于乌干达尼穆莱和苏丹马拉卡勒之间；也解 jebel[阿]"～"。
198 jpysian sea 解 Egyptain sea"～"；也解 gipsy"～"。
199 Bedoueen 解 between"～"；也解 Bedouin"～"，指在阿拉伯半岛和北非沙漠地区游牧的阿拉伯人。英语俗语有 between the devil and the deep blue sea"在魔鬼和深蓝色的大海之间"，意为"进退维谷"。
200 wesways 解 we sway"～"；也解 whispers"～"。
201 Cropherb 解 crop-eared"牲畜被剪去耳朵尖的"；也解 crop"收割"＋herb"草类植物"；也解 Cropper"～"，英国牧师，写过小册子描写位于英格兰彭里斯地区的一个巨人坟墓。韦弗女士在 1926 年将这个手册寄给乔伊斯，让他据此描写爱尔兰最后一位共主罗德里克·奥康纳的坟墓。
202 Crunch bracken 解 crunch"嘎吱嘎吱地咬嚼"＋bracken"蕨菜"；其中 bracken 也解 brachen[德]"～"；也解 Brocken[德]"～"。
203 flyday"～"；也解 Friday"～"。
204 She has a gift of seek on site"～"；也解 She has a gift of second sight"～"。
205 allcasually"～"；也解 occasionally"～"。
206 ansars 解 answer"～"；也解 ansa[拉]"～"；也解 anser[拉]"～"。
207 dreamydeary 解 dreamy dear"～"；也解 dromedary"～"。
208 back promises"身后的倚靠"；也解 back premises"～"，这里指芬尼根正在砌的墙。
209 collupsus 解 collapse"～"；也解 collapsus[拉]"～"；也解 Colossus of Rhodes"～"，世界七大奇观之一，位于希腊，56 年后因地震倒塌。
210 指阿拉伯民间故事《一千零一夜》。
211 extand 解 extend"～"；也解 extant"～"；也解 stand"～"。
212 abe 解 Eve"夏娃"；也解 Adam"～"。
213 ivvy's holired abbles 解 ivy's holy apples"～"；其中 ivvy 也解 Eve"～"；其中 holired 也解 holly"～"。此句化自《冬青与常春藤》(*The Holly and the Ivy*)，18 世纪起英国流行的圣诞歌曲；其中 abbles 也解 Abel"～"，亚当的儿子，被该隐杀死。
214 sore"～"；也解 sure"～"。
215 wallhall"围墙大厅"，此处解为 Valhalla"～"，北欧神话中主神奥丁为迎接世界末日之战而挑选出来的阵亡武士们居住的地方。
216 rollsrights 解 roll right"～"，也解 Rollright Stones"～"，位于英国牛津郡和华维克郡交界处。传说组成石圈的石头和边上的独石本来是一个国王和他的士兵，因为他们想抢占这片土地被巫婆变成了石头，巫婆自己变成了老树；也解 Rolls-Royce"～"，英国汽车公司，成立于 1906 年，劳斯莱斯汽车当时的绰号是"滚轮"(roller)。
217 carhacks 解 car"汽车"＋hacks"出租马车"；也解 carraig[爱]"～"；也解 Carhaix"～"，法国布列塔尼地区石头阵的所在地。
218 stonengens 解 stone"石头"＋engine"机车"；也解 Stonehenge"～"，位于英格兰；也解 Enge[德]"～"；也解 engen[丹]"～"。
219 kisstvanes 解 kiss"亲吻"＋van"货车"；也解 tavern"～"；也解 Kiste[德]"～"。
220 tramtrees 解 tram"有轨电车"＋tree"树"；也解 Tristan"～"，中世纪骑士，他在爱尔兰时化名为 Tramtris。
221 fargobawlers 解 fág a'bealach[爱]"～"。
222 autokinotons 解 automatons"～"。
223 hippohobbilies 解 hippo-[拉]"马的"＋hobby"嗜好"，即 hobby-horse"～"。
224 streetfleets 解 street"街道"＋fleet"车队"；也解 Fleet Street"～"，都柏林街道名。
225 tournintaxes 解 turning taxis"～"；也解 Thurn und Taxis"～"，奥地利富室，垄断了国家的邮政；其中 taxes 也解 taxis[希]"～"；也解 tactus[拉]"～"。
226 megaphoggs 解 megaphone"～"；也解 mega fog"浓雾"；也解 Phogg"～"，法国作家凡尔纳《环球八十天》的主人公。
227 wardsmoats 解 ward"防卫设施"＋moat"城壕"。
228 basilikerks 解 basilicas"(古罗马判案、集会用的)～"；其中 kerks 也解 Kerker[德]"～"。
229 aeropagods 解 aero"飞行的"＋pagoda"(东方国家的)宝塔"；也解 Areopagus"～"，古希腊雅典的一座小丘，为雅典最高法院所在地。
230 hoyse 解 hoy"～"；也解 house"～"；也解 horse"～"。
231 jollybrool 解 jolly boat"～"；也解 jolly"～"＋brool[古体]"～"。
232 the peeler in the coat"～"；也解 The Peeler and the Goat"～"，19 世纪出现的爱尔兰小调，至今仍在酒吧和酒馆中传唱。
233 mecklenburk 解 Mecklenburgh"～"，都柏林街道名；也解德国城市，位于波罗的海边。
234 merlinburrow burrocks 解 Merlin"梅林"，传说中亚瑟王的魔法师＋burrow"藏身处"＋barrack"营房"；也解 Marlborough Barracks"～"，乔伊斯时期都柏林的兵营名。
235 Fore… porecourts 解 four… poor courts"～"；也解 Four Courts "～"，位于都柏林的爱尔兰最高法院大楼。
236 the bore the more"～"，此处解为 bóthar mór[爱]"～"；也解 Bohermore"～"，爱尔兰戈尔韦市的路名，意为"大道"。
237 twelvepins 解 twelve pence"～"，也解 Twelve Pins"～"，位于爱尔兰西海岸戈尔韦地区的山名。
238 blightblack workingstacks 解 bright black walking stick"～"；也解 Blue Stack"～"，位于爱尔兰北部。
239 sleighding 解 sliding"～"；也解 sleigh"～"＋ding"～"。

当声的公共汽车[240]与云彩有关的、不要告诉裁缝❶[241]劳伦斯·奥图尔街角窥探的飞艇[242]橡木、他别墅❷[243]莎士比亚的本地看房人[244]罗马看守人、打扫房间之人和在家爬行之人[245]家的烟雾、希望和喧嚣[246]、想象中的泥土低语着[247]默勒石给我、给我[248]我给|守灵|看法|钟塔、所有房顶[249]点名的所有动荡[250]、房顶给我[251]五月，礁石给你[252]大屁股，但是巴特桥|屁股|巴特在他的桥下适合傻瓜[253]苏埃托尼乌斯)。一天早上[254]苍白的警告，菲尔[255]菲利普|感觉|注满喝得酩酊大醉。他的头[256]霍斯昏昏，他的桶[257]手|头晃晃。(当然还有一堵高高伫立的墙)嗵[258]妈的！他从梯子上弹了起来[259]结结巴巴地说。嘭妈的！他死翘翘了[260]。咚妈的！男人[261]阿门要是结婚了[262]爽了|马利亚他的刮刀[263]鲁特琴|掠夺物|粗汉就长又长，巨棍[264]空坟|自慰|坟墓|建筑大师空墓自慰。给全世界看。

多长[265]裂开|大便|坟墓|伊茜？我得瞧瞧[266]说说|坟墓|妖精|她！麦克尔[267]波德金|天使长米迦勒，麦克尔，唉，你为什么死啊？死于难受的口渴之恸[268]在一个难受的星期四早晨？人们在芬尼根[269]重新又充满|菲利普的圣诞节[270]基督或思念|圣油守灵夜上叹息抽泣。全国的小混混[271]圣人|《胡立根夫人的圣诞蛋糕》|沙利文|希利|《冬青与常春藤》，在他们的惊慌失措中，在他们12[272]忧郁凄凉地个人的放声号啕中呼天抢地。这里也有管子工、马夫新郎、治安官、市民齐特琴、强盗骑手、电影

❶ 乔学者阿德里安·格拉什认为书中的 tail、toil、tall、toll、tell、till、at all 等明显包含"t-l"的词语都可能指向劳伦斯·奥图尔，以后不再一一指出。

❷ 莎士比亚是本书的一个重要人物，书中的 will，wall，well，we'll，wail，bill，bard，swan，William，Liam 等都可能指莎士比亚，以后不再一一指出。

240 noobibusses 解 omnibus“～”；也解 nubibus[拉]“～”。
241 Tell-No-Tailors“～”；也解 Laurence O'Tooler“～”，都柏林守护圣人。
242 derryjellybies 解 dirigible“～”；也解 doire，dair[爱]“～”。
243 ville“～”，可与后面的 romekeepers 合解为 romeville“(17 世纪英国俚语中的)伦敦”；也解 William Shakespeare“～”。
244 romekeepers 解 housekeepers“～”；也解 Roma keepers“～”。
245 domecreepers“圆屋顶”＋“爬行者”；其中 dome 也解 domus[拉]“～”。
246 此句化自贺拉斯《颂歌》中的“罗马的烟雾、辉煌和喧嚣”。
247 murumd“～”，指萤石、瓷或玛瑙等，此处解为 murmured“～”。
248 thurum 解 tabhar dhom[爱]“～”；也解 tabhairim[爱]“～”；也解 tórramh[爱]“～”；也解 tuairim“～”；也解 Turm[德]“～”。
249 aufroof 解 of roof“～”；也解 Aufruf[德]“～”。
250 uproor 解 Aufruhr[德]“～”。
251 may“～”，此处解为 me“～”。
252 hugh 解 you“～”。此句化自英国 18 世纪 90 年代流行的儿童游戏《绕着玫瑰叮叮当》(Ring-a-ring O'roses)中的歌词“一个给我，一个给你，一个给小摩西”。这句话中的 roof(房顶)和 reef(礁石)也解德文的 Ruf“叫喊”和 rief“叫喊”，所以这句话也可译为“一声召唤我，一声召唤你”；也可与后面的 butt 合解“～”。
253 butt under his bridge suits tony“～”；其中 butt... bridge 也解 Butt Bridge“～”，位于都柏林；其中 butt 也解“～”；也解 Butt“～”，本书中的滑稽电视秀的主持人之一，据乔伊斯 1926 年给韦弗女士的信，也指以撒·巴特，这个人在爱尔兰民族自治党的竞选中被巴涅尔击败，在书中与巴涅尔组成一组二元对立的人物；其中 suits tony 也解 Gaius Suetonius Tranquillus“～”，罗马历史学家，著有《罗马十二帝王传》。此句化自 19 至 20 世纪初的英国儿童游戏《围成一圈，一圈玫瑰》中的“一朵给我，一朵给你，一朵给小摩西。”
254 wan warning“～”，此处解 one morning“～”。
255 Phill 解 Phil“～”，爱尔兰喜剧性歌谣《菲尔的长笛舞会》的主人公，描写主人公菲尔虽然没有钱却举办了一场舞会，在舞会上所有人都玩得非常高兴；也解 Phill“～”的昵称，这是法国和西班牙国王们常用的名字。在《尤利西斯》中斯蒂芬·迪达勒斯曾在幻觉中化身为一对连体双胞胎醉汉菲利普和清醒菲利普。本书中 Phill 主要与主人公 HCE 联系在一起；也解 feel“～”；也解 fill“～”。
256 His howd 解 his head“～”；也解 Howth“～”，都柏林郊区。
257 hoddit 解 hod it“灰浆桶”；也解 hand“～”；也解 hodet[挪]“～”。
258 Dimb“～”，象声词；也解 damn“～”。
259 stottered 解 stot“～”(主要用于苏格兰)；也解 stottern[德]“～”。
260 dud “被淘汰者”；也解 dead“死了”。
261 a mon 解 a man“～”；也解 Amon“～”。
262 merries 解 marry“～”；也解 merry“～”；也解 Mary “～”，马利亚是本书女主人公的别名之一。
263 lute“～”；也解 lute“～”；也解 loot“～”；也解 lout“～”。此处上下文篇有性含义。
264 Mastabatoom 解 master batoon“～”；也解 mastaba“古埃及墓室”＋toom“空的”；也解 masturbation“～”；也解 tomb“～”；也解 Masterbuilder“～”。
265 Shize 解 size“尺寸”；也解 schizō[希]“～”；也解 Scheiße! [德]“～”；也解 síodh[爱]“～”；也解 Issy“～”，本书主人公的女儿。
266 shee 解 see“～”；也解 say“～”；也解 síodh[爱]“～”；也解 sídhe[爱]“～”；也解 she“～”。
267 Macool“～”；也解 Michael Bodkin“～”，乔伊斯的妻子诺拉年轻时在戈尔韦的情人；也解 Mick“～”，在书中与 Nick(魔鬼撒旦)组成一组二元对立的人物。
268 of a trying thirstay mournin 解 of a trying thirsty mourning“～”；也解 on a trying Thursday morning“～”。
269 Fillagain“～”，此处解为 Finnegan“～”；也解 Philip“～”，法国国王常用的名字，在本书中与主人公 HCE 联系在一起。
270 chrissormiss 解 Christmas“～”，基督也是主人公的化身之一，将圣诞节与守灵夜放在一起，暗示芬尼根的死亡之日也是他的诞生之日；也解 christ or miss“～”；也解 chrisma[拉]“～”。
271 hoolivans 解 hooligan“～”；也解 holy ones“～”；也可与前面的词语合解为 *(Miss) Hooligan's Christmas Cake*“～”，苏格兰民谣，讲胡立根夫人在圣诞夜做了一块蛋糕，任何人吃了都会中毒。歌中人物的爱尔兰名字表明这个民谣应为爱尔兰移民所做；也解 John Sullivan“～”，爱尔兰籍法国男高音歌唱家，乔伊斯对他的声音倍加推崇；也解 Sir Edward Sullivan“沙利文爵士”(1822—1885)，曾任爱尔兰大法官，对《凯尔斯》做过重要的阐释，他的阐释在本书中被戏仿；也解 Timothy Michael Healy“～”(1855—1931)，爱尔兰民族自治运动成员，在巴涅尔与欧希夫人的私情被揭露出来后背弃了巴涅尔；也解 *Holly and Ivy* “～”，圣诞歌曲之一。
272 duodisimally 解 duodecimally“十二地”；也解 dismally“～”。

人[273]。所有人都带着最吵闹的吵嚷[274]秀加入了进来[275]巨人。有歌格激动的、有玛各[276]，还有他们周围的格洛格酒。庆祝一直持续到他和她[277]汉人和匈奴灭绝。一些人在哀号中[278]战胜|法国康康舞|肯考拉屋合唱爱抚，更多的人在歌唱[279]康康舞中哀号[280]迷恋|恸哭。把他吵起来[281]系铃铛，让他菲尔|福斯塔夫躺下去[282]。他僵硬，但他坚定，一流诗人[283]布利安·奥林|普利亚摩斯|在……之前|从前！它曾是他曾是快乐工作的[284]打散工|分娩的同性恋体面青年。磨快他的石柱[285]用做枕头的石头|烤饼，填满他的棺材[286]啤酒！你能在世界[287]旋涡|轮子|回旋|混乱上的任何地方[288]壹耳微蚵再一次听到这样[289]自己的喧闹[290]芬尼根吗？随着他们深深的[291]深的额头|小偷|啤酒快乐挖掘发现和口干舌燥的《费德里奥》[292]尘土之地消失|来吧，忠诚的人们。他们把他体面地[293]美好的黎明|鲑鱼|出色的|变宽松的沿着最后[294]一张长长的最后之床躺下来。在他的脚下放上一小口[295]《启示录》威士忌[296]清水|凤凰公园|结束。在他的头边[297]灰白的|听见|霍斯角放下一推车[298]桶健力士[299]《创世记》。准备茶所有的彻底戒酒的液体，接以❶醉醺醺的胡扯[300]，哦！

万岁[301]！只有一只年轻的头[302]悲伤来让古老[303]猫头鹰的球体重新计划好的旋转，这是同一件事的同义反复[304]叠句|完全逻辑上|有|是|露水。是啊，他[305]就这样直挺挺地仰面躺着[306]比目鱼|地板|地上|大块头，如同过长的巴别塔[307]都柏林|婴儿，让我们小便偷窥，看，看他，啊，看屁屁[308]放猪费，咳他应该，大浅盘子。他！从切坡里若德[309]

---

❶《〈芬尼根的守灵夜〉第三次人口普查》(*Third Census of* Finnegans Wake)认为 hang 与中国的黄河有关，中国的黄河既是一条悲伤之河，也是一条不断变化的河，对应着人生的变化。

273 此句描写事故现场的混乱，化自民谣《胡立根夫人的圣诞蛋糕》中的句子“There were plums and prunes and cherries, Raisins and currants and cinnamon too”（这里也有葡萄干、李子干、樱桃、无核葡萄干、小葡萄干和肉桂）。其中 plumbs 解 plumbers“～”；其中 grumes 解 grooms“～”或“～”；其中 cheriffs 解 sherifs“～”；其中 citherers 解 citizens“～”；也解 zither“～”；其中 raider 解“劫掠者”；也解 riders“～”；其中 cinemen 解 cinema men“～”。

274 shoutmost shoviality 解 utmost joviality“最快乐的行动”，根据前面的 shout(吵闹)而做的改动，因此译为“吵嚷”以与前面的“吵闹”呼应。此句出自《菲尔的长笛舞会》中的“于是所有人都加入到这最大的嬉闹中”；其中 shoviality 也解 show“～”。

275 gianed 解 joined“～”；也解 giant“～”。

276 Agog and magog 解 Gog and Magog“～”，《圣经》中的两个名字，但是不同的传说将他们说成两个人、两个巨人、两个民族或两个地方。有的爱尔兰传说称歌格和玛各是爱尔兰人的祖先，英格兰人认为他们是守护伦敦城的两个巨人；其中 Agog 也解“～”。

277 Hanandhunigan 解 han and hun[丹]“～”；也解 Han and Hun“～”。

278 kinkin 解 caoin[爱]“～”；也解 cinn[爱]“～”；也解 cancan“～”；也可与后面的 corass 合解为 Kincora“～”，爱尔兰著名国王布利安・布鲁的房子。

279 kankan 解 can[爱]“～”；也解 cancan“～”。

280 keening“～”；也解 be keen on“～”；也解 caoineadh[爱]“～”。

281 Bell“～”，此处解为 bellen[德]“吠叫”。

282 filling him down 解 falling him down“～”，此句对应民谣《芬尼根的守灵夜》中的“他们用干净的上等床单把他裹起来，他们把他平放在床上”；其中 filling 也解 Phil“～”，《菲尔的长笛舞会》的主人公；也可与下句中的 stiff 合解为 Falstaff“～”，莎士比亚的《亨利五世》和《温莎的风流娘们儿》中的喜剧性人物。

283 Priam Olim 解 Priomh Ollamh[爱]“首席诗人”，古爱尔兰吟游诗人体系中的最高级别；也解 Brian O'Linn“～”，爱尔兰民谣中的早期英雄，教爱尔兰人做衣服；其中 Priam 也解 Priamos“～”，特洛伊城陷落时的特洛伊国王；也解 prius[拉]“～”＋olim[拉]“～”。上下文有性含义。

284 gaylabouring 解 gay“快乐”＋labour“工作”；也解 day labour“～”；也解 gay“同性恋”＋labouring“分娩的”，即“～”。

285 pillowscone 解 pillar stone“～”；也解 pillow stone“～”。《创世记》中雅各曾枕着一块石头睡觉，梦见天使们沿着天梯上上下下，雅各醒后将这块石头立为圣柱。苏格兰著名的斯昆石（Stone of Scone，也称命运石）据凯尔特传说就是这块石头；也解 scone“～”。

286 bier“～”；也解 Bier[德]“～”。

287 whorl“～”，此处解 world“～”；也解 wheel“～”，指维科所说的历史的循环；也解 whirl“～”或“～”。

288 E'erawhere 解 everywhere“～”；也解 Earwick“～”。

289 sich 解 such“～”；也解 sich[德]“（反身代词）～”。

290 din again“重新喧闹”；也解 Finnegan“～”。

291 Deepbrow 可与后面的 fundigs 合解为 de profundis[拉]“从深处”，这是《诗篇》第 130 篇的第一句话“永恒的主啊，我从深处向你呼求”，也是英国作家王尔德在狱中所写的长信《自深深处》；也解 deep brow“～”；也解 Dieb [德]“～”＋Bräu[德]“～”。

292 dusty fidelios 解 thirsty Fidelios“～”，《费德里奥》是贝多芬唯一的歌剧，讲的是妻子将被抓进监狱并将被杀害的丈夫解救出来；也解 dusty field-loss“～”；也解 adeste fideles[拉]“～”，圣诞颂歌中常用的话。

293 Brawdawn 解 braw“衣着华美的”＋down“向下”；也解 braw dawn“～”；也解 bradán[爱]“～”；也解 breá[爱]“～”；也解 broaden“～”。

294 alanglast 解 along“沿着”＋last“最后的”；也解 a long last“～”。

295 a bockalips 解 bócca[意]“嘴巴”＋lip“嘴唇”；也解 Apocalypse“～”，《新约》的最后一章，多译为 Revelation。

296 finisky 解 whiskey“～”；也解 fionn-uisce[爱]“～”；也解 Phoenix“～”，都柏林最大的公园，位于都柏林西郊；也解 finis[拉]“～”。

297 hoer 解 over“在上方”；也解 hoar “～”；也解 hör[德]“～”；也可与 his head 合解为 Howth Head“～”，都柏林郊区的一个半岛。

298 Barrowload 解 barrow“手推车”或“坟冢”＋load“装载量”；也解 barrel“～”。

299 guenesis 解 Guinness“～”；也解 Genesis“～”，《旧约》开篇，与前《新约》最后一章《启示录》相呼应，暗示芬尼根从死亡到复活。这两句话也对应着民谣《芬尼根的守灵夜》中的“他们在他脚下放了一加仑的威士忌，在他的头边放了一桶黑啤酒。”

300 Tee“～”；也解 tea“～”；too tal 解 total“～”；也可与 tee 合解 teetotal“～”；twoddle 解 twaddle“～”。此句化自《菲尔的长笛舞会》中的“With the toot of the flute and the twiddle of the fiddle, O”（吹响长笛，摆弄提琴，哦）。

301 Hurrah 解 hooray“～”。

302 Gleve 解 glava[塞维]“～”；也解 grieve“～”。此句化自伊斯兰教的“There is but one God”（只有一个真主）。

303 owl“～”，此处解 old“～”。与此相应，后面的 in view“～”解 anew“～”。

304 tautaulogically 解 tautologically“～”；也解 tautologi[拉]“～”；也解 total logically“～”；也解 ta [爱]“～”或“～”；也解 Tau [德]“～”。

305 Him“～”，与后面的 Hom，Hum 相呼应，暗示挪亚的儿子含（Ham），他是书中儿子闪姆的一个化身。

306 on the flounder of his bulk 解 on the flat of his back“～”；其中 flounder 也解“～”，化自习语 as flat as a flounder“平如比目鱼”；也解“floor”～＋ground“～”；其中 bulk 也解“～”。

307 babeling 解 Babel“～”；也解 Dublin“～”；也解 baby“～”。

308 peegee 解 panage“～”；也解 P、G。

309 Shopalist 解 Chapelizod“～”，地名，都柏林西郊；也解 shopping list“～”；也解 Séipéal Iosaid [爱]“～”。

购物清单|伊瑟小教堂到贝里灯塔[310]恶人保释金|宅地|比尔|壹耳微蚵，或者从灰镇[311]灰桶到霍斯顶端[312]贵族誓约，或者从切坡里若德银行[313]买银行到地角四周[314]圆颅党，或者从都柏林城脚[315]账单底部|山到爱尔兰之眼岛[316]怒火闪闪的眼睛，他安然地伸开躺着[317]。从海峡[318]峡湾到海峰[319]冰蚀高原的一路上（一只角[320]阴茎|唉|槭树！），他那峡风的双簧管似的哭泣[321]将在荡呀荡焉荡漾中，在岩石环绕中为他恸哭（噢噢噢哇[322]挪亚！），所有利菲河似的[323]终身长夜，讲故事的幽谷|山谷汉娜[324]起斑纹|都柏林之夜，妇鲁拉贝尔[325]蓝色钟声|圆叶风铃草之夜，她那难以捉摸抑扬顿挫的流笛[326]（哦，小鹅笛！哦，小鹅笛[327]哦，船骨|啊，美人！）唤醒了他。带着她的伊茜一号、伊瑟二号❶[328]他的女人是瓦内萨|瀑布，以及她的帕特圣帕特里克杰克马丁[329]，关于他们所有人的来龙去脉[330]插进抽出|酒店和屋子。絮叨犁耕着桶[331]一座坟墓|亚当|亚特的故事钱柜，讲述着亲爱哭泣的肮脏的都柏林[332]聋的|鸽子的古事[333]税收。饕餮前先感恩[334]格蕾丝·奥玛丽。感谢那些我们将相信的，那些如果我们相信就会收获的礼物[335]如果。因此，看在胃基督|讨厌事|爱的分上[336]撕开袋子[337]拉响饭玲|普贝，把篮子[338]鱼|基什|短剑递给我。阿门[339]啊人。就这样吧[340]因此我们叹息|合伙人。鲸鱼[341]爷爷|大小孩正倒下来，但奶奶[342]格拉尼娅❷在铺餐桌[343]赢得桌上所有赌注|注射|桌子。

❶ 在有些版本的特里斯丹的故事中有两个伊瑟。一个是作为马克国王的妻子的爱尔兰的伊瑟，另一个是布列塔尼人伊瑟，也称白手的伊瑟。特里斯丹将爱尔兰的伊瑟归还马克国王后，流浪到布列塔尼，遇到白手的伊瑟并娶她为妻。在本书中，母亲汉娜和女儿伊瑟有时对应着两个伊瑟，都是父亲的爱人。

❷ 爱尔兰传说中芬·麦克尔的未婚妻，她在婚礼宣誓前爱上芬·麦克尔侄子兼爱将德莫特，用药酒将芬·麦克尔迷倒，说服德莫特与她私奔。若干年后，芬·麦克尔打猎时将德莫特杀死，与格拉尼娅结婚，他的婚礼被那些芬尼亚将士们耻笑。

310 Bailywick 解 Bailey Lighthouse“～”,位于霍斯地区;也解 bail for the wicked“～”;也解 baile[爱]“～”;也解 Bill“～”,乔伊斯在书中用 Bail,Bailey,Belly,Bully,Bally,Bolly,Billy,Bull,Ball 指都柏林;也解 Earwick“～”。

311 ashtun 解 Ashtown“～”,位于爱尔兰的都柏林郡;也解 ash“灰”+tun“桶”。

312 baronoath 解 barr an[爱]“顶部”+Howth“霍斯”,都柏林郊区;也解 baron oath“～”。

313 Buythebanks 解 The Bank“～”;也解 buy the banks“～”。

314 Roundthehead 解 round the head“～”;也解 round head“～”。

315 the foot of the bill“～”,化自习语 foot the bill“付帐”,此处解为 the foot of the Bill“～”,Bill 这个名字在书中与都柏林、莎士比亚相连;其中 bill 也解 hill“～”。

316 ireglint's eye 解 Ireland's Eye“～”,位于霍斯港的北部;也解 ire glinted eye“～”。以上四组地点列举,每组的第一个地点都位于都柏林西部切坡里若德到卡斯特诺克地区,每组的第二个地点都位于霍斯及城郊。

317 extensolies 解 extend“伸展”+lies“躺卧”。

318 fjord“～”,此处解 fjord[挪]“～”

319 fjell“～”;此处解 fjell[挪]“山峰”。

320 a horn“～”;也解[俚]“～”;也解 ochone“～”;也解 Ahorn[德]“～”。

321 oboboes 解 oboes“双簧管”+boes [希]“哭”。

322 Hoahoahoah,拟声词;也解 Noah“～”,《创世记》中大洪水时期的义人,制造方舟使全家和物种幸免于难。

323 livvylong 解 Liffey“利菲河”+long“长”;也解 life long“～”。

324 delldale dalppling 解 tell tale“讲故事”+ALP,本书女主人公名字的缩写;其中 delldale 也解 dell“～”+dale“～”;其中 dalppling 也解 dappling“～”;也解 Dublin“～”。

325 bluerybells 解 Plurabelle“～”,本书女主人公汉娜的姓;也解 blue bell“～”;也解 bluebell“～”。在这三个句子中,乔伊斯分别插入了女主人公 Anna Livia Plurabelle 名字中的三个部分,同时利用头韵和重复获得一种舒缓悠长的效果。

326 flittaflute 解 flitter“轻快飞行的东西”+Flut[德]“洪水”;也可直译为“飞扬着的笛音”。这里同时包含“洪水”和“笛音”两层含义,故译为“流笛”。

327 O carina “～”,此处解为 ocarina“～”,一种卵形吹奏乐器;也解 o carina! [意]“～”。

328 issavan essavans 解 Issy one, Essy one“～”,其中 avan 也解 is ea Vanessa a bhean[爱]“～”,指斯威夫特与年轻的瓦内萨和史黛拉的故事,意思是两个叫伊瑟的女人都是他的妻子;也解 eas [爱]“～”,指利菲河。

329 Patterjackmartins 解 Peter, Jack, Martin“帕特、杰克和马丁”是斯威夫特的《无稽之谈》(也译《桶的故事》)中的三兄弟,他们分别象征着罗马天主教会、各新教教会和英国国教会,他们都号称忠于父亲(上帝)留下的遗产,实际上已面目全非;其中 Patter 也解 St. Patrick“～”。

330 inns and ouses 解 ins and outs“～”;也解 in-and-out[俚]“～”,指性交;也解 inns and houses“～”。此处有性含义。

331 a tum 解 a tub“～”,可与前面的 teel 合解 a tale of a tub“无稽之谈”;也解 a tomb“～”;也解 Adam“～”;也解 Atem“～”,埃及创始神。

332 teary turty Taubling 解 dear dirty Dublin“～”,这是都柏林人对都柏林的称呼,乔伊斯在短篇小说《一小朵云》中就已用到;其中 teary 也解“～”;其中 Taubling 也解 taub[希]“～”;也解 taube[德]“～”,这里的鸽子与前面的挪亚呼应指挪亚方舟的故事。

333 Tilling a teel... telling a toll 解 telling a tale... telling a tale“～”,对应英文的变化,译文略作变化;其中 till 也解“～”;其中 teel 也解 till“～”;其中 toll 也解“～”。

334 Grace“感恩祷告”,也解 Grace O'Malley“～”,伊丽莎白时期的爱尔兰海盗。在爱尔兰传说中,她航行到霍斯堡时要求进去,但是遭到霍斯伯爵的拒绝,因为他正在吃饭。于是她绑架了霍斯伯爵的继承人,霍斯伯爵最后不得不承诺以后吃饭的时候,自己的大门都将对来客开放。此句化自习语 grace before meat“餐前祷”,在俚语中 dinner before grace 也指婚前性行为。

335 gifs a gross 解 gifts“礼物”+a gross of“总量”;其中 gifs 也解 if“～”。此句化自感恩祷告词“主啊,感谢您赐予我们粮食”(For what we are about to receive may the Lord make us truly thankful)。

336 crawsake 解 craw+sake“为了胃”;其中 craw 也解 Christ“～”;也解 crá[爱]“～”;也解 grá[爱]“～”。

337 pool the begg 解 pull the bag“～”;也解 pull the bell“～”;也解 Poolbeg“～”,都柏林地名,乔伊斯曾在《尤利西斯》第三章中提到该地有普贝灯塔。

338 kish“～”;也解 fish“～”;也解 Kish“～”,位于都柏林湾南口的一道沙洲,乔伊斯曾在《尤利西斯》第三章中提到有基什导航灯船;也解 cris“～”。

339 Omen 解 Amen“～”;也解 O men“～”。

340 So sigh us 解 so sei es[德]“～”;也可直译为“因此”+“叹息”+“我们”(宾格);也解 Sozius[德]“～”。

341 Grampupus 解 grampus“虎鲸等鲸类的名字”;也解 grandpapa“～”;也解 gran pupo[意]“～”。此段运用双关语,既描写餐桌上的鱼,又描写芬尼根的死亡。此句化自俚语“伦敦桥正倒下来”。

342 grinny 解 granny“～”;也解 Grannia“～”。

343 sprids the boord 解 spreads the board“～”;也解 sweep the board“～”;其中 sprids 也解 spritz[德]“～”;其中 boord 也解 bord[爱]“～”。

菜盘之间是什么[344]谁正在死去？鱼的鳍[345]芬一世|呸、嘿、哼|信仰、火、饥饿。什么是他那烘烤的[346]酒醉的|熏肉|培根❶头？一条音乐餐室[347]圣帕特里克的肯尼迪[348]面包。什么拴在他的尾端[349]他的茶里的啤酒花？一杯达尼埃尔达奴·奥康内尔[350]的著名[351]冒泡的老都柏林骰子黑啤酒[352]《都宾的花谷》。但是[353]巴特，瞧，当你饮尽他的食品[354]假货|福斯塔夫|弗洛伊德|女人，咬过花朵[355]白面般洁白身体[356]阴茎的骨髓[357]路径，因他再也无处可寻[358]挪亚而把他看作史前巨兽[359]。结束了[360]芬·麦克尔！只不过是昨日[361]星星之景的命运图[362]照片|褪色。几乎红润的[363]咸鲑鱼[364]大西洋鲑|大酒瓶|俸禄，来自爱筵[365]被爱之人的儿子时代的古物，他是我们中间的幼鲑[366]熔化的|斯沫莱特，愁眉苦脸[367]将被装进罐子|著名的，被装[368]打包走。因此，那顿饭已经变质了[369]死亡，无法点菜[370]哼唱|某人|鲑鱼|沙尔蒙|萨马努斯、咽下[371]击打|鄙俗的人、切片[372]终结，扔了最好[373]质鲜色红的鲱鱼|高德瑞德。

然而，愿我们不要仍然看到这个雷鱼[374]雷龙|鱼龙形体显出睡中的轮廓，哪怕我们自己待在捕鲑溪中莎草边的夜晚，这个捕鲑溪乃雷神所喜、电神偏爱。这里地方官睡着。小不点儿在自由民身旁[375]。如果她围着围裙[376]旗帜|破衣服或碎布、丝毫不差[377]或周末休闲[378]事情、身怀巨璧或为一钱[379]围裙乞讨，又该怎么办呢？咳[380]吻者诺拉❷，当然，我们都爱小安妮·鲁尼，或者，我们

---

❶ 英国哲学家(1561—1626)，实验中将母鸡腹内塞上冰雪保鲜时感染风寒死去。母鸡是书中女主人公的化身，因此培根也代表冷酷对待女性这一主题；作为莎士比亚戏剧一个假定作者，培根也作为莎士比亚的二元对立人物出现；也可与后面的词合解为 Mary Akenhead“马利亚·阿肯黑德”，1815 年在都柏林成立爱尔兰慈惠姐妹团。

❷ 出生爱尔兰的美国剧作家鲍西考尔特(Dion Boucicault)剧本的名字，也是剧中女主人公名字，她通过接吻把消息传给男主人公，帮助他逃出监狱。书中这个名字与乔伊斯妻子诺拉·巴纳克尔相连。

344 Whase on the joint of a desh 解 What is on the joint of a dish“菜的连接处是什么”;也解 Who is on the point of death“～”。

345 Finfoefom the Fush 解 fin of the fish“～”;也解 Fin the First“～”。其中 Finfoefom 出自《李尔王》第三幕第四场“Fie, foh, and fum”,解语气词“～”;也解 fè fö fom[列]“～”。

346 baken 解 baked“～”;也解[俚]“～”;也解 bacon“熏肉”;也解 Francis Bacon“～”。

347 Singpantry 解 sing“唱歌”+pantry“餐具室”;也解 St. Patrick“～”。

348 Kennedy 解 Peter Kennedy“～”,都柏林的面包师,他的商店的名字是 Kennedy's Bread“肯尼迪面包店”。

349 the hop in his tayle 解 the top of his tail“～”;也解 the hop in his tay“～”。此句化自习语 top and tail“从头到尾始终”。

350 Danu U'Dunnell 解 Daniel O'Connell“～”(1775—1847),1829 年领导爱尔兰天主教徒赢得参加议会的权利,得到“解放者”的绰号。奥康内尔大街是都柏林主要街道,有奥康内尔雕像,前面是奥康内尔大桥。奥康内尔的儿子拥有芬尼根酿酒厂产品“奥康内尔麦酒”。其中 Danu 也解 Dana 通称 Danu“～”,爱尔兰的死亡和生育女神。

351 foamous 既解 famous“～”;也解 foam“～”。

352 Dobbelin ayle 解 Dublin ale“都柏林麦酒”;也解 *Dobbin's Flow'ry Vale*“～”,英国歌曲,面包和酒暗示圣餐仪式或最后的晚餐;其中 Dobbelin 也解 dobbelen[荷]“～”。

353 But“～”;也可与后面的 fraudstuff 组成 Butt 和 Taff“巴特和拓夫”,书中的一组二元对立人物。

354 fraudstuff 解 foodstuff“～”;也解 fraud stuff“～”;也解 Falstaff“～”,莎士比亚《亨利五世》和《温莎的风流娘们儿》中好吃的喜剧性人物;也解 Sigmund Freud“～”(1856—1939),奥地利精神分析学家,精神分析学的创始人;其中 Frau 也解[德]“～”。

355 在《尤利西斯》中布卢姆化名 Flower(花朵)与玛莎通信,此外他洗澡时想象自己的阴茎如同一朵花。Flowerwhite 也解 flourwhite“～”,指圣餐中的圣餐面饼。

356 bodey 解 body“～”;也解 bod[爱]“～”。

357 pyth 解 pith“～”;也解 path“～”。

358 noewhemoe 解 nowhere more“不再在任何地方”;也解 Noah“～”,《创世记》中大洪水时期的义人。

359 Behemoth“～”,源于《圣经》。

360 Finiche 解 finish“～”;也解 Finn MacCool“～”,爱尔兰传说中的巨人英雄。

361 yestern 解 gestern[德]“～”;也解 Stern[德]“～”。

362 fadograph 解 fado“命运歌”,一种忧伤的葡萄牙民歌+graph“图表”;也解 photograph“～”;也解 fade“～”。

363 rubicund[拉]“红色”。

364 Salmosalar 解 salmon“鲑鱼”+salar[拉]“盐”;也解 salmo salar“～”;也解 salmanazer“～”;也解 salarium[拉]“～”。

365 Agapemonides 解 Agape“(早期基督教徒用以表示兄弟情谊的)爱筵”+ midst“在……中央”;也解 agapêmonidês[希]“～”。

366 smolten 解 smolt“～”;也解 molten“～”;也解 Tobias Smollett“～”(1721—1777),英国小说家,著有《蓝登传》。

367 woebecanned 解 woebegone“～”;也解 would be canned“～”;也解 wohlbekannt[德]“～”。

368 packt[德]“～”;也解 packed“～”。

369 dead off[军队俚语]“～”;也解 dead on“～”。

370 summan 解 summon“召唤”;也解 summen[德]“～”;也解 someone“～”;也可解 salmon“～”;也解 George Salmon“～”(1819—1904),都柏林三一学院院长;也解 Summanus“～”,意大利古国伊特鲁里亚的夜空和雷电之神。

371 schlook 解 schluck[德]“～”;也解 schlug[德]“～”;也解 shlook[意第绪]“～”。

372 schlice 解 slice“～”;也解 schluß[德]“～”。

373 goodridhirring 解 good riddance“可庆幸的摆脱”;也解 good red herring“～”;也解 Croven Godred“～”,古斯堪的纳维亚人,征服了都柏林和马恩岛(Isle of Man),在马恩岛的民谣中被称为高斯王。此句化自短语 neither fish, flesh nor good red herring“没有鱼、肉,也没有质鲜色红的鲱鱼”。

374 brontoichthyan 解 brontê[希]“雷电”+ichthys[希]“鱼”;也解 brontosaurus“～”+ichthyosaurus“～”,恐龙的两种。

375 Hic cubat edilis. Apud libertinam parvulam. [拉]“～”。这两句话的首字母的合写分别为 HCE 和 ALP,书中男女主人公名字的缩写。

376 flags“～”,此处解为俚语“～”;也解 rags“～”。

377 reekierags 解 ric-à-rac[法]“极其精确地”。

378 sundyechosies 解 Sunday chooses“星期天选择”;也解 choses[法]“～”。

379 pinnyweight 解 penny“便士”+weight“重量”;也解 pinafore“～”。

380 Arrah 解 ara[爱]“～”,象声词;也解 Arrah-na-Pogue,也称 Nora of the Kiss“～”。

想说，爱小汉娜·雷尼[381]，打着波涛她的阳伞[382]，连尿带水[383]排尿，她安然傻瓜|母山羊走过，袅娜走过，汉娜轻舞而过[384]。唷嗬！雷神独[385]爱发牢骚的人睡[386]，唷嗬，打鼾。在霍斯角[387]上空，也在切坡里若德镇[388]伊瑟内。头上是头盖骨[389]头盔，他的理性发射器[390]丢掉|四处寻找，盯着❶最遥远之处[391]彼处的迷雾的远方[392]。霍斯[393]什么？他的泥足，长满绿草[394]铜绿|春天的草地，在他最后跌倒的地方有力地[395]安然脱险竖起，在军火墙[396]的土墩[397]嘴|世界边，我们的玛吉[398]玛吉·奥康纳，与她裹着披肩的妹妹在那里看到了一切。而正对着六十号山[399]后[400]在更远处的这个贝利盟线[401]爱丽丝，万圣山[402]挖空的|病的！要塞的后面[403]风笛，轰，轰隆隆[404]塔拉，轰隆隆，潜藏着伏兵[405]，正是躺[406]利菲河而欲起之卫兵们向他们冲[407]起来砍劈和耍噱头的地方。此后风云变幻，詹米[408]詹姆斯·乔伊斯，用云的眼光看[409]骄傲的眼睛我们山峦[410]堆土的群景将会赏心悦目，现在是惠灵顿阿尔布雷希特·冯·瓦伦斯坦|威廉镇|红杉的一种民族纪念馆[411]，还有，在远处一些绿色地区，河水漫延[412]滑铁卢的迷人乡村，以及两个非常洁白的小村庄[413]。这里[414]听她们在树叶丛[415]村庄|愚蠢年龄中[416]小便咯咯笑着露出自己，美极了[417]可爱的|下风处！插入者可以免费进入纪念碑[418]缪斯|土墩。威尔士和爱尔兰皇家大兵[419]圣帕特里克，一先令[420]！老近卫军[421]中被再次肢解的[422]伤残者发现了推推，推女阴|婴儿推车伤残老兵的轮椅[423]，来安放他们的屁股。要她的门钥匙，给[424]

❶ 可与后面 yondmist 合解为 Pyramus“皮拉摩斯”，奥维德《变形记》中的人物，与情人提斯柏因误会双双殉情自尽。不过在莎士比亚《仲夏夜之梦》中，织布工尼克·波顿扮演皮拉摩斯，尼克·巴顿因魔法变成驴头人。

381 Anna Rayiny 解 *Annie Rooney*“～”，19 世纪末英国歌曲的名字；其中 Anna 指女主人公安娜·利维娅·妇鲁拉贝尔。

382 unda her brella 其中 unda 与 brella 可合解为 umbrella“伞”，因此解 under her umbrella“打着她的伞”；其中 unda 也解[拉]“～”。

383 med puddle 解 med[丹]“带着”＋puddle“水坑”；其中 puddle 也解“～”。这里显出主人公特殊的性取向。

384 句中的 ninnygoes，nannygoes，nancing 皆由汉娜的名字“Anna”演变而成；其中 ninnygoes 也解 ninny“～”；也解 nannygoat“～”；其中 nancing 也解 dancing“～”。

385 brontolone 解 brontaō“打雷”＋lone“孤单”；也解 brontolóne[意]“～”。

386 slaap[荷]“～”。

387 Benn Heather 解 Binn Éadair，是霍斯角(Howth Head)的爱尔兰名称。

388 Seeple Isout 解 Seipéal Iosaid 是切坡里若德(Chapelizod)的意大利名称；其中 Isout 解 Iseult“～”，中世纪骑士传奇特里斯丹和伊瑟的故事中的女主人公。

389 cranic 解 kranion[希]“～”；也解 kranos[希]“～”。

390 caster“～”。此处 cast 有多重含义，也可指 cast away“～”；也可指 cast about“～”。

391 yondmist 解 yonder most“～”；也解 yonder mist“～”。

392 yuthner 解 yonder“～”。

393 Whooth 解 Howth“～”，都柏林郊区；也解 what“～”。

394 verdigrass 解 viriditas[拉]“绿色”＋grass“草”；也解 verdigris“～”；也解 ver[拉]“～”。

395 starck 解 stark[德]“强壮有力的”。此句化自习语 fall on one's feet“～”。

396 magazine wall“～”，指位于都柏林凤凰公园内圣托马斯山上的军火要塞(Magazine Fort)，1735 年修建，因贮藏军火而得名。

397 mund 解 mound“～”；也解 Mund[德]“～”；也解 mundus[拉]“～”。

398 Maggy“～”，书中也写为 Maggies“玛奇”，与 St. Mary Magdalene(抹大拉的马利亚)交织一起。她曾是妓女，悔罪后基督耶稣将七个魔鬼从她体内逐出。七个魔鬼代表她七种性格，这名字在书中也象征分裂的人格。也解 Maggie O'Connor“～”，民谣《芬尼根的守灵夜》中的人物。

399 Ill Sixty 解 hill sixty“～”，第一次世界大战伊普莱斯战役中，这个高地几度易手。

400 beyind 解 behind“～”；也解 beyond“～”。

401 belles' alliance 解 La Belle Alliance“拉贝利盟线”，比利时的一家酒馆，滑铁卢战役中惠灵顿和布吕歇尔的汇合处，标志着战役的结束；也解 Alice“～”，《爱丽丝漫游奇境记》的女主人公。

402 ollollowed ill 解 all hallowed hill“所有神圣的山”，化自 All Hallows Day“万圣节”；其中 ollollowed 也解 hollowed“～”；其中 hill 也解 ill“～”。

403 bagsides 解 back side“～”；也解 bagpipe“～”。

404 tarabom 解拟声词；其中 tara 也解 Tara“～”，古代凯尔特王国的都城。

405 ombushes 解 ambushes“～”。

406 lyffing 解 lying“～”；也解 Liffey“～”。

407 upjock and hockums 解 Up，guards and at them“～”，惠灵顿在滑铁卢战役最后阶段下的命令；也解 up hack and hokum“～”。

408 此句化自 19 世纪末流行的一首英文歌“Wait till the clouds roll by，Jenny”(《等到阴云尽散，詹妮》)；其中 jamey 也解 James Joyce“～”。

409 proudseye 解 clouds eye“云的眼睛”，化自习语 bird's-eye view“鸟瞰”；也解 proud eyes“～”。

410 mounding“～”，此处解为 mountain“～”。

411 Wallinstone national museum，指都柏林凤凰公园内的惠灵顿纪念碑(Wellington Monument)，碑座四周雕刻着惠灵顿的主要战役。但在本书中乔伊斯将惠灵顿纪念碑写成惠灵顿纪念馆，惠灵顿纪念馆位于伦敦海德公园角，其中 Wallinstone 也解 Albrecht von Wallenstein“～”，奥地利将军，德国诗人席勒曾以他为题材创作了《瓦伦斯坦》；也解 Williamstown“～”，位于爱尔兰戈尔韦市北部的村镇；也解 Wellingtonia“～”，一种树，在加利福尼亚和英国被称为惠灵顿尼娅，乔伊斯在书中也将惠灵顿与树联系在一起。

412 waterloose 解 water“水”＋loose“松散”；也解 Waterloo“～”。

413 指作为滑铁卢主战场的胡格蒙特农庄(Hougomont)和拉海塞特果园(La Haye Saite)；也指本书中凤凰公园的两个女子。

414 hear“～”，此处解为 here“～”。

415 follyages 解 foliage“～”；也解 village“～”；也解 folly ages“～”。

416 minxt 解 midst“～”；也解 minxit[拉]“～”，主人公在凤凰公园犯的“罪”可能是偷窥两位女性小便。

417 prettilees 解 prettiest“～”；也解 pretty“～”＋lee“～”。

418 museomound 解 monument“～”；也解 muse“～”＋mound“～”。

419 Patkinses 解 Paddy Patkins，是 Tommy Atkins 的爱尔兰说法，即英国士兵的俗称；也解 St. Patrick“～”。

420 shelenk 解 shilling“先令”。

421 old guard“老近卫军”，指拿破仑身边一支追随他的近卫军团，在滑铁卢战役中最后冲击英国阵地。拿破仑 1814 年退位时，曾做过一个著名的演讲《再见老近卫军》。

422 Redismembers 解 re-dismember“再次肢解”。

423 poussepousse pousseypram 解 pousser[法]“推”＋push-pram“伤残老兵轮椅”；其中 pousse 也解 pussy“～”；也解 pram“～”。这一段既写滑铁卢战役，也写男主人公在凤凰公园偷窥两个女性小便。

424 supply to“提供给”；也解 supplicate“～”；也解 apply to“～”。

乞求|适用于女看门人[425]雅努斯凯特[426]你坐下|使清洁小姐。小费[427]。

纪念馆[428]缪斯|房间这边走。进来时小心你的帽子[429]走|毛德·冈妮|迈克尔·冈恩！现在你们[430]叶芝进了惠灵顿纪念馆[431]愿意被干的缪斯的房间了。这是一支普鲁士珍贵的枪[432]毛德·冈妮。这是一把法国[433]弗兰奇神父枪。给。这是普鲁士的军旗残花败柳，帽子和赛手[434]茶杯和茶碟。这是砰性交的一声打中普鲁士军旗的子弹[435]。这是朝那个打中普鲁士军旗的英国牛开火的法国枪[436]。向交叉火力[437]交叉火力桥|毛德·冈妮|迈克尔·冈恩敬礼[438]！举起你的矛和叉[439]！给，(英国牛的脚，开火[440]罚款！)这是利波卢姆[441]脂肪|油的三连胜[442]三个1|帽子戏法帽子。给，利波卢姆帽。这是惠灵顿[443]心甘情愿的|完成的，仍骑着他那匹白马[444]胖屁股|白马城，哥本哈根[445]。这是大屠杀者[446]指挥部署战役惠灵顿，高贵[447]格兰特庄严[448]有魅力|马根塔战役，拿着他的金马刺[449]金马刺战役|金罐头盒，铁公爵[450]领袖，穿着四分之一黄铜[451]四分黄铜战役的木鞋[452]，系着他那大人物的袜带[453]嘉德勋章|宪章|护腿，戴着他最好的马甲草帽[454]重击|疯子|曼谷，套着巨人哥利亚[455]游荡诗人|格瓦利战役|去|躺下的人的鞋套[456]去，看，看到，穿着他那便于穿着的[457]伯罗奔尼撒战争紧身战裤。这是他的大白马。给，这是三个利波卢姆的男孩子[458]博因河战役，蹲[459]发脾气|古歇在活命战壕里[460]活地狱。这是正在杀敌[461]我有能力做的|凯瑟琳岛|因尼斯基兰|仇恨|皇家英尼斯基灵燧发枪团的英国人[462]天使，这是一位阴沉的苏格兰人[463]苏格兰灰马，这是大卫[464]魔鬼|圣大卫，弯着腰。这是弱[465]沼泽利波卢姆在谋杀[466]莫德勒德小[467]乞讨利波卢姆。一次喧闹的[468]保镖|加威加战役争吵[469]

425 janitrix“～”；也解 Janus“～”，罗马双面门神。

426 Kathe“～”，惠灵顿纪念馆的看门人，也是本书主人公一家的女仆，有时写作 Kate；也解 kathê[希]“～”；也可解 kathairô[希]“～”。凯特在书中也与作为爱尔兰象征的 Cathleen ni Houlihan(胡立痕的凯瑟琳)联系在一起，

427 Tip“～”或“忠告”，也是睡梦中听到的树枝敲击窗子的声音；其中“从容器里倾卸”这个含义也包含性内容。结合这几层含义，后面的 tip 皆译为“给”。

428 museyroom 解 museum“～”。都柏林凤凰公园里的是惠灵顿纪念碑，但是乔伊斯把它写成纪念馆；也解 muse“～”＋room“～”。此段有大量具有性含义的描写。

429 goan 解 going“～”；也解 Maud Gonne“～”(1866—1953)，爱尔兰女演员，与叶芝一起倡导爱尔兰民族文艺复兴运动；也解 Michael Gunn“～”(1840—1901)，都柏林娱乐剧院(Gaiety Theatre)的经理，作为代表人类历史的哑剧的作者，也是 HCE 的化身之一。

430 yiz 解 you“～”；也解 Yeats“～”(1865—1939)，爱尔兰诗人，获诺贝尔文学奖。

431 Willingdone Museyroom 解 Wellington Museum“～”；也解 willing done Muse room“～”。

432 Prooshious gunn 解 Prussian gun“～”；其中 Prooshious 也解 precious；其中 gunn 也解 Gonne“～”。

433 ffrinch 解 French“～”；也解 Canon J. F. M. Ffrench“～”，乔伊斯的藏书中有他所著的《史前信仰与崇拜：古爱尔兰生活一瞥》。

434 Cap and Soracer 解 cap and so racer“～”；也解 cup and saucer“～”。

435 此句中的 bullet(子弹)、byng(砰)、flag(旗)在俚语中皆有性含义，其中 byng 解为 bang[俚]“～”；其中 flag 用于女性时有侮辱性含义。前句中的 flag 亦如此，余者不再一一注释。

436 此句变自 19 世纪英国流行的儿歌《杰克造的那个房子》(*The House That Jace Built*)。

437 Crossgunn 解 cross fire“交叉火力”；也解 Crossguns“～”，位于都柏林；也解 Gunn“～”、“～”。

438 Saloos 解 salute“敬礼”；也解 Salo 战役(1796)和 Loos 战役(1915)。

439 俚语中有“放下某人的刀叉”的说法，意即死亡。新芬党领袖瓦勒拉(Eamon De Valera)在 1916 年的复活节起义中曾说“哪怕你们拿着刀子和叉子站出来”。

440 Fine“～”，此处解 fire“开火”；也解“～”。

441 Lipoleum“～”，人名，指拿破仑；也解 lipos[希]“～”＋oleum[拉]“～”。

442 triplewon 解 triple“三个一组”＋won“胜利”；也解 triple one“～”，即 111；也可与后面的 hat 合为 hat trick“～”，源于英国板球比赛中击球手连击三球，次次击中目标，对方三名球员因此淘汰出局，今指连续三次的成功。

443 Willingdone 解 Wellington“～”；也解 willing“～”＋done“～”。

444 white harse 解 white horse“～”；也解 wide arse“～”，整句因此可译为“仍坐在他那胖屁股上”；也解 White Horse“～”，位于加拿大。

445 Cokenhape 解 Copenhagen“～”，惠灵顿的著名坐骑。

446 Sraughter 解 slaughter“～”；也解 srathughadh[爱]“～”。

447 grand“～”；也解 Ulysses S. Grant“～”(1822—1855)，美国南北战争中联邦军总司令，第 18 届美国总统。

448 magentic 解 majestic“～”；也解 magnetic“～”；也解 Magenta“～”，1859 年在第二次意大利独立战争中发生的战役，在这次战役中拿破仑三世指挥法国军队击败了奥地利军队。

449 goldtin spurs 解 golden spurs“～”；也解“～”，佛兰德斯人 1302 年在科特赖克击败法国统治者的战役；其中 goldtin 也解 gold tin“～”。

450 ironed dux 解 Iron Duke“～”，惠灵顿的绰号；其中 dux 也解[拉]“～”。

451 quarterbrass 解“～”；也解 Quatre Bras“～”，惠灵顿指挥的英荷军队与米歇尔·内伊元帅指挥的法国军队在 1815 年展开的战役。

452 博因河战役后，爱尔兰西部和南部的天主教橙带党人在喝酒时常常祝威廉三世健康，称为 Orange Toast，其中一个著名的祝酒词中说“为威廉三世的荣耀、虔诚和不朽，他使我们摆脱……铜钱和木鞋”。

453 gharters 解 garter“～”或“～”；也解 charter“～”；也可与前面的 magnate 合解为 Magna Carta，英国的《大宪章》；也解 gaiter“～”。

454 bangkok“扇形棕榈草帽”；也解 bang“～”＋kook“～”；也解 Bangkok“～”，泰国首都。

455 goliar 解 Goliath“～”，《圣经》中大卫杀死的巨人；也解 goliard[法]“～”，中世纪欧洲的流浪学者及神职人员，自称是传说中的哥利亚主教的门徒，以赞美放荡生活、批评教会和教宗的讽刺性韵文著称；也解 Gwalior“～”，1858 年英国军队在印度打败印度军队的战役；也解 go“～”＋lie-er“～”。

456 goloshes 解 galoche[法]“～”；也解 go lo see“～”。

457 pulluponeasyan 解 pull on“穿上”与 easy“容易”＋an“一个”；也解 Peloponnese“～”，公元前 431—404 年雅典和斯巴达之间的战争。

458 boyne 解 boy“～”；也解 Boyne“～”，1690 年英格兰国王威廉三世在爱尔兰打败詹姆士二世的战役；也解博因河，位于爱尔兰基尔代尔郡。

459 grouching“～”，此处解为 crouching“～”；也解 Emmanuel de Grouchy“～”(1766—1847)，滑铁卢战役中的法军元帅。

460 living detch 解 living“生存的”＋ditch“沟渠”；也解 living death“～”。

461 inimyskilling 解 enemies killing“～”；也解 in my skill“～”；也解 Inis-Cethlenn[爱]“～”；也解 Enniskillen“～”，爱尔兰北部的市镇；其中 inimys 也解 inimicius[拉]“～”；也解 Royal Inniskilling Fusiliers“～”，该军团参加了滑铁卢战役。

462 inglis 解 English“～”；也解 angel“～”，与后面的魔鬼相对。

463 Scotcher grey“～”；也解 Scotch Grey“～”，滑铁卢战役中的一个军团。

464 Davy 解 David“～”，《圣经》中的以色列国王；也解 devil“～”；也解 Saint David“～”，威尔士的主保圣人。

465 bog“～”，此处解 bog[爱]“～”。

466 mordering 解 murder“～”；也解 Mordred“～”，亚瑟王的侄子，趁亚瑟王出征时谋反，后杀死亚瑟王。

467 beg“～”，此处解为 beag[爱]“～”。

468 Gallawghurs 解 galgar[爱]“喧闹的争吵”；也解 Gallowglass“～”，最初为苏格兰雇佣兵，不过从 13 世纪开始，他们的很多部落或氏族开始在爱尔兰定居；也解 Gawilgarh“～”，惠灵顿在印度指挥的战役之一。

469 argaumunt 解 argument“～”；也解 argóin[爱]“争论”；也解 Aargau，瑞士行政区名；也解 Gaumen[德]“～”；也解 Mund[德]“～”；也解 Argaum“～”，惠灵顿在印度指挥的战役之一。

腭|嘴|亚高姆战役。这是小利波卢姆男孩，他既不小袋子也不弱[470]虫子。我说，我说[471]足够|坐下|亚塞战役！机敏的[472]大炮的火门|权势人物|阴户菲茨·托姆施[473]阴户，肮脏的麦克狄克[474]厕所|女同性恋，。还有多毛的[475]阴户欧·哈利。他们都是行军虫[476]亚美尼亚人|长虫的|流氓|武器|伸展|阿尔米尼乌斯|瓦鲁斯。这是提洛戴汉娜高山[477]阿尔卑斯山，这是提沃尔山，这是提波西山，这是茵均印度的大格兰特山[478]圣约翰山|阴阜|蒙斯战役。这是高山的登山路线[479]汉娜的裙衬|克里米亚战争|流线型，希望[480]撑开裙撑|喊叫能掩护[481]炮弹休克这三个利波卢姆不受攻击。这是戴着麦秆帽的[482]腿和角|合法的角|莱工|槭树精灵们[483]健力士啤酒，假装在读她们手制的[484]女佣战法[485]占星术|箭书，同时用她们的战争使惠灵顿无法决断[486]女用内衣|来自四面八方|波浪。这个精灵手里拿着梳子[487]鸽子咕咕叫|硬币，那个精灵在把头发弄得乌亮[488]乌鸦，惠灵顿在扎[489]勃起|紧张不安发带[490]用绷带包扎|一帮勃起。这是大惠灵顿纪念碑[491]大理石|有害的|用来吓小孩的妖怪|咕哝望远镜[492]高的|范围|塔罗斯，这一奇迹制造者[493]治愈创伤的人观察着[494]正对着|在边上精灵们的肋部。性口径[495]性能力|六|艾克斯卡力拔|六汽缸马力[496]马|罗斯|骏马。给，这是我的比利时[497]布吕歇像克伦威尔一样[498]鬼鬼祟祟地骑着[499]蛇|掏出他的小母马[500]腓立比战役|菲利二世，从他最差劲、最可怕的[501]格林兄弟遮阳伞[502]下出来，被洗劫[503]溃退。这是精灵们匆忙写就[504]黑斯廷战役|投掷的急件，要去刺激[505]灌溉惠灵顿。急件用细红线十字[506]画在比利时的衬衫胸部[507]沿岸陆地|短的前线。你[508]偏航|裂开口|是的，你，你！亲爱的阿瑟[509]自由的作者|书的作者|被骑上|解放者|跳跃者|直的|黎明|奥泰兹战

470 bag ... bug 解 beag [爱]"～" ... bog[爱]"～";也可直译为"～ ... ～"。
471 Assaye 解 I say"～";也解 assez[法]"～";也解 assayez[法]"～";也解 Assaye"～",惠灵顿在 1803 年领导的战役。
472 Touchole"～",此处解 tuachail[爱]"～";也解 tuathal[爱]"～";也解 touch-hole[俚]"～"。
473 Tuomush 解 Tommy Atkins,英国士兵的俗称;也解 Muschi[德俚]"～";也解 Tom,Tom, Dick 和 Harry,泛指很多人。
474 Mac Dyke 解 Mac-Dick"～",与前后的 Tom 和 Harry 一起泛指很多人;也解 dyke[俚]"～"或"～"。
475 Hairy"～";也解 hairy ring[俚]"～"。
476 arminus-varminus 解 army worm"～";也解 Armenian"～"+verminous"～";其中 varminus 也解 varmint"～";也解 armi [拉]"～"+varus[拉]"～";也解 Arminius"～"和 Varus"～",前者是日耳曼人,后者是驻日耳曼的罗马军司令。公元 9 年,阿尔米尼乌斯趁瓦鲁斯出兵镇压起义时给罗马人以歼灭性的打击,这次会战使日耳曼人永远摆脱罗马取得了独立。
477 Delian alps 解 Dēlios"提洛岛",位于爱琴海,太阳神阿波罗和月亮女神戴汉娜的出生地;也解提洛同盟,希腊城邦在公元前 5 世纪为抵抗波斯人而组成的军事同盟+alp"高山";其中 Delian 也解 Diana[拉]"～";其中 alps 也解 Alps"～";alp 也是本书女主人公名字的缩写。
478 Grand Mons Injun 解 grand Montain Injun"～";也解 Mont st. Jean"～",位于滑铁卢战场,惠灵顿的驻扎地;其中 Grand 也解 Ulysses S. Grant"～"(1822—1885),美国军事家,第 18 任总统;其中 Mons 也解 mons pubis"～";也解 Mons"～", 1914 年英军对德军的战役;其中 Injun 也解 Indian"～"。
479 the crimealine of the alps 解 the climb line of the alp"～";也解 the crinoline of ALP"～";其中 crimealine 也解 Crimea"～",1853 年至 1856 年俄国与奥斯曼帝国、法国、英国在克里米亚半岛展开的战争;也解 streamline"～"。
480 hooping"～",此处解 hoping"～";也解 whooping"～"。
481 sheltershock 解 shelter"庇护"+shock"打击";也解 shell shock"～",一种带来精神紊乱的战争后遗症。
482 legahorns 解 leghorn"麦秆编制的帽子";也解 leg and horn"～";也解 legal horns"～";也解 Leghorn"～",意大利港口,拿破仑在 1796 年占领了这一港口;其中的 Ahorn 也解[德]"～"。
483 jinnies 解 jinni"(穆斯林神话中的)神怪";也解 Guinness"～"。这里指滑铁卢战场上的两匹母马,或者拿破仑军中的两名随军女子,她们也是壹耳微蚵在凤凰公园遇到的那两位少女,故根据发音译为"精灵"。
484 handmade"～";也解 handmaid"～"。
485 stralegy 解 strategy"～";也解 astrology"～";也解 strale[意]"～"。
486 undisides 解 undecided"～";也解 undies"～";也解 undique[拉]"～";也解 unda[拉]"～"。
487 cooin 解 comb"梳子"+in"在……里";也解 cooing"～";也解"～"。
488 ravin"～";也解 raven"～"。
489 git... up 解 get... up"把……扎上";也解 get it up[俚]"～";也与后面的 band 合解 get the wind up"～"。
490 band"带子";也解 bander[法]"～";也解 Bande[德]"～";也解 bander[法俚]"～"。
491 mormorial 解 memorial"～";也解 Marmor[德]"～";也解 mormoros[希]"～";也解 mormō[希]"～";也解 murmur"～"。
492 tallowscoop 解 telescope"～";也解 tall"～"+ scope"～";也解 Talos"～",希腊工匠迪达勒斯制造的守卫克里特岛的青铜巨人。
493 Wounderworker 解 wonder worker"～";也解 wound worker"～"。
494 obscides 解 observe"～";也解 opposite"～";也解 beside"～"。
495 Sexcaliber 解 sex caliber"～"或"～";也解 six"～";也解 Excalibur"～",传说中亚瑟王的宝剑;也解 six cylinder"～"。
496 hrosspower 解 horsepower"～";其中 hross 解[古冰岛语]"～";其中 ross 也解 William Parsons Ross"～"(1800—1867),爱尔兰天文学家,望远镜制造商;也解 Roβ[德]"～"。
497 Belchum 解 Belgium"～",滑铁卢战场的所在地;也解 Gebhard Leberecht von Blücher "～"(1742—1819),滑铁卢战役中普鲁士军队的统帅。
498 Cromwelly 解 Cromwell"～",克伦威尔为英国清教革命的领袖,出征爱尔兰期间对爱尔兰天主教徒实行奴役和种族灭绝政策,因此他统治爱尔兰的时期被爱尔兰人称为"克伦威尔的诅咒"。
499 sneaking"～";也解 snake"～",在书中蛇不仅与撒旦联系在一起,也与被流放联系在一起;也可与后面的 out of 合解 talking... out of"～"。
500 phillippy 解 filly"～";也解 Philippi"～",公元 42 年爆发的罗马共和国末期最大的内战,安东尼和屋大维打败布鲁图和卡西屋斯,为建立帝制扫清了道路;也解 Philippos"～"(前 382—336),马其顿国王,建立了菲利比城。
501 Grimmest"～";也解 Grimm"～",德国文学家,编著有《格林童话》。
502 Sunshat 解 sun shade"～"。
503 Awful Grimmest Sunshat Cromwelly. Looted 是"Arthur Guinness, Son & Co., Ltd"(健力士酿酒厂)的谐音;其中 looted 也解 routed"～"。
504 hastings 解 hasting"匆匆做的";也解 Hastings"～",1066 年英国国王哈罗德二世的盎格鲁-撒克逊军队和诺曼底公爵威廉一世的军队在英国港口黑斯廷进行的战役;也解 casting"～"。
505 irrigate"～",暗示两位少女也是河流,此处解为 irritate"～"。
506 thin red lines cross"～",指英国军队中苏格兰军队阿盖尔-萨瑟兰郡高地人团(Argyll and Sutherland Highlanders)的标志,后用于所有英国步兵。
507 shortfront 解 shirtfront"～";也解 shorefront"～";也解 short front"～"。
508 Yaw"～",此处解 you"～";也解 yawn"～";也解 ja[德]"～"。
509 Leaper Orthor 解 Lieber Arthur[德]"～";也解 libe[拉]"自由"或"书"+author"作者",即"～"或"～";也解 léimtear orthu [爱]"～";也解 liberator"～";其中 Leaper 也解"～",鲑鱼一词出自拉丁文的"跳跃者",因此 leaper 也隐含着鲑鱼,即男主人公;其中 Orthor 也解 orthos[希]"～";也解 orthros[希]"～";也解 Orthez"～",惠灵顿在 1814 年指挥英葡联军战胜法国军队的战役;也解 Thor"～",北欧神话中的雷神和战神,在凯尔特神话中被称为 Tomar。

役|索尔。我们赢了[510]害怕生病|四|因久病而衰弱！你的小妻子好吗？[511]户外集会|望远镜你真诚的朋友[512]拥抱表演。拿破仑[513]瞌睡|患性病。这是精灵们的计策，用字体来气[514]冯特诺伊战役|圣水盘惠灵顿。她，她，她[515]嘘|走开|仙女|看|欧希夫人！精灵们妒忌了[516]少女|情人，又向所有的利波卢姆们求欢[517]阿金库特战役。利波卢姆们开始疯狂抵制[518]童子军|女花痴|博伊卡特|卡顿|克雷西战役|克里西那一个惠灵顿。而惠灵顿让[519]闸门|蠢货那帮家伙勃起起来勃起。这是比利时传令兵[520]阴茎，从无边女帽到毛皮高帽，用扰乱惠灵顿的耳朵来打破他对惠灵顿的神圣承诺[521]秘密话语。这是惠灵顿掷[522]妓女|传令官|哈罗德二世回的急件[523]回头路线。在我的比利时人稀少[524]后方的地方派遣部署军队[525]展示。撒拉曼卡[526]经受考验的女人！嗨，嗨，嗨！樱桃[527]亲爱的精灵们。操[528]祝你胜利|无花果树|紫杉|胜利！该死的精灵汉娜[529]没关系，该死[530]你的。惠灵顿。这是惠灵顿的第一个玩笑[531]公爵|朱克斯家族。以牙还牙[532]抽搐。他，他，他！这是我的比利时人，拿着他那 12 里长的牛刀[533]牛|鸡|弹性橡皮，啧啧知道|湿了、啾啾[534]撤退，站到[535]戳记|前面|斯坦姆福德桥战役最前面，为了仙女们滚开[536]踏着营地操逼。咂一下，喝一口，因为他刚买了健力士，就尿出了店里的烈啤酒。这是俄国贝齐·罗斯弹丸[537]睾丸。这是一道战壕[538]法国人。这是导弹团[539]槲寄生。这是装着深红色弹头[540]主教的鼻子灰[541]饲料|食物|操的加农炮。在他百日放纵之后。这是被祝福的[542]最好的|受伤的。塔拉[543]地球的寡妇们[544]水|托尔斯-维德拉斯战役！这是穿着迷人的白色[545]快乐的布吕歇尔靴[546]胸针的精灵们。这是穿着红色长筒袜[547]

510 Fear siecken 解 wir siegen[德]“我们征服”；也解 fear sicken“～”；其中 Fear 也解 vier[德]“～”；其中 siecken 也解 siechen[德]“～”。

511 Fieldgaze thy tiny frow 解 Wie geht's deiner Frau[德]“～”；其中 Fieldgaze 也解 field day“～”；也解 fieldglass“～”。

512 Hugacting 解 hoogachtend[荷]“～”，信件结束语；也解 hug acting“～”。

513 nap“～”，此处解 Napoleon“～”；也解 nap[俚]“～”。

514 fontannoy 解 font“同一套式样的铅字”＋annoy“惹恼”；也解 Fontenoy“～”，1745 年法国德萨克斯伯爵莫里斯元帅大败英国国王乔治二世的战役；也解 font“～”。

515 Shee 解 she“她”的拖长音；也解 sh“～”；也解 shoo“～”；也解 siog[爱]“～”；也解 see“～”；也解 O'Shea“～”，巴涅尔的情人，后成为他的妻子。

516 jillous 解 jealous“～”；也解 jill“～”或“～”。

517 agincourting 解 again“再一次”＋court“求爱”；也解 Agincourt“～”，1415 年的英法战役，法国奥尔良大公在此战役中被英军俘虏，关在伦敦塔中。

518 Boycottoncrezy 解 boycott“抵制”＋crazy“疯狂”；也解 boy scout“～”；也解 boy crazy“～”；也解 Charles Boycott“～”(1832—1897)，驻爱尔兰的英国地方官，当地的爱尔兰人对他的高额地税进行抵制；也解 Edward Cotton“～”，英国第七轻骑兵队的军事长，著有《来自滑铁卢的声音》一书；其中 crezy 也解 Crécy“～”，1346 年爱德华三世携长子黑太子爱德华大败法军的战役；也解 Edward S. Creasy“～”(1812—1878)，著有《决定性世界战役》一书。

519 git“～”或“～”，此处解为 get“～”；也可与后面的 up 合解 get it up“～”；此句中的 band(一群人)也解 bander[法俚]“～”。

520 bode 解[古英]“～”；也解 bod[爱]“～”。

521 Secred word 解 sacred word“～”，指普鲁士元帅布吕歇尔在遭受法军打击后仍如约赶赴战场支援惠灵顿，这对惠灵顿在滑铁卢战役中的胜利起了重要作用；也解 secret word“～”。

522 hurold 解 hurled“～”；也解 Hure[德]“～”；也解 herald“～”；也解 Harold II“～”(1022—1066)，英格兰国王，被称为“最后一个萨克森人”。

523 dispitchback 解 dispatch“急件”＋back“回来”；也解 switchback“～”。

524 rare“～”；也解 rear“～”。

525 desployed 解 deployed“调配”；也解 displayed“～”，与前面的 dispatch(急件)合解为“展示信件”。

526 Salamangra 解 Salamanca“萨拉曼卡战役”，惠灵顿于 1812 年指挥的对法战役；也解 salamander“～”。

527 Cherry“～”；也解 chère[法]“～”。

528 Figtreeyou 解 Fuck you“～”；也解 Victory you!“～”；也解 Fig tree“～”＋yew“～”；也解 victoire[法]“～”。

529 Damn fairy ann“～”；也解 ça ne fait rien[法]“～”。

530 Voutre 解 foutre[法]“～”；也解 votre[法]“～”，信件结束语。

531 joke“～”；也解 Duke“～”，惠灵顿也称 1st Duke of Wellington(惠灵顿公爵一世)；也解 Jukes“～”，与卡利卡克斯(Kallikaks)家族一起，是近代犯罪学研究的两大著名美国犯罪家族，提供了犯罪与遗传间关联的研究资料。

532 tic for tac 解 tit for tat“～”；也解 du tic au tac[法]“～”；其中 tic 也解“～”。

533 cowchooks 解 cow“牛”＋hook“镰刀”；也解 cow“～”＋chook“～”；也解 caoutchouc“～”。

534 weet tweet，象声词；其中 weet 也解[古体]“～”；也解“～”；其中 tweet 也解 retreat“～”。

535 stampforth 解 stand forth“站出来”；也解 stamp“～”＋front“～”；也解 Stamford“～”，1066 年英格兰国王哈罗德二世指挥盎格鲁-撒克逊军队击败由挪威国王哈拉尔德三世指挥的维京军队的战役，哈拉尔德三世也在战斗中阵亡，此役标志维京人入侵英格兰的终结。

536 footing the camp 解 foutre le camp[法]“～”；也可直译为“～”；也解 fucking the cunt“～”。

537 Rooshious balls 解 Russian balls“～”；其中 Rooshious 也解 Betsy Ross“～”(1752—1836)，乔伊斯在笔记中记载她曾用裙子做成美国国旗，在本书中，贝齐·罗斯与反抗男性权威的女性联系在一起；其中 balls 也解[俚]“～”。

538 ttrinch 解 trench“～”；也解 French“～”。

539 mistletropes 解 missile troupe“～”，乔伊斯的《尤利西斯》第 596 页中提到“爱尔兰导弹团”；也解 mistletoe“～”。

540 popynose 解 poppy nose“深红色的弹头”；也解 pope's nose“～”。此外有性含义。

541 Futter[德]“～”，此处与前面的 cannon 合解为 cannon-fodder“～”；也解 futter[希]“～”；也解 futter[俚]“～”。

542 blessed“～”；也解 best“～”；也解 blessé[法]“～”，拿破仑于 1815 年 3 月 20 日从厄尔巴岛逃出到再被流放到圣赫勒拿岛，重返帝位共 101 日，史称“百日王朝”。

543 Tarra“～”，爱尔兰东部城镇，古代克尔特王国的都城；也解 terra“～”。

544 widdars 解 widows“～”；也解 water“～”；也可与前面的 Tarra 合解为 Torres Vedras“～”，1810 年惠灵顿指挥葡萄牙远征军战胜法国军队的战役。

545 bawn 解 bán[爱]“～”；也解 boon“～”。

546 blooches 解 bluchers“～”，一种以滑铁卢战役中普鲁士元帅布吕歇尔的名字命名的靴子；也解 brooch“～”。

547 rowdy howses 解 red hose“～”；也解 rowdy houses“～”。

吵闹的屋子里的利波卢姆们。这是惠灵顿，站在科克[548]的断壁残垣旁，下令开火。轰鸣[549]托内尔！（布吕歇尔[550]都柏林|小丑！上！）这是骆驼骑兵[551]骑兵|骆驼战役，这是步兵[552]弗洛登战役，这是潜水艇[553]索尔费里诺战役|硫磺|黯淡的|小碎片在行动[554]亚克兴战役，这是他们的机动部队[555]温泉关战役，这是可怕的烧伤[556]班诺克本战役。万能的主啊[557]阿尔梅达战役|高山牧地|避免|誓言！阿瑟[558]其他人|奥尔泰兹战役太松松垮垮了[559]失败|图卢兹战役！这是惠灵顿在叫喊。隆隆[560]冬至！隆隆！伴随着隆隆声[561]坎布罗纳！这是精灵们在喊叫。暴风雨[562]雷雨天|在下面|大便！上帝惩罚英国[563]山羊剥掉芬兰小羊的皮|芬·麦克尔！这是精灵们逃[564]流淌下邦克山[565]燃料库|隐蔽处朝她们的奥斯特利茨[566]牡蛎|狡猾|罢免名单跑去。飞跑飞快地飞跑，轻奔轻飘地轻奔，如此轻盈[567]提珀雷里郡。因为那里正是她们的心之所系。给，这是我的比利时人的谢谢谢谢[568]想你，谢谢你，银盘子[569]再见用来接他榴霰弹桶底部[570]凉的的葡萄弹[571]抓住葡萄|液滴|螃蟹|尸衣。为了祖国[572]少得可怜的报酬！这是马拉松[573]玛莎和玛利亚|臀部的俾斯麦[574]咬|德国马克，高兴地看到他们留在身后的精灵们。这是惠灵顿舞弄[575]要塞|自慰着他那同一只大理石[576]纪念碑望远镜[577]塔罗斯智慧钥匙[578]能者自救|阴茎，为的是与那些逃离的精灵们进行皇室离婚[579]皇家师团|分隔。母猪的小姐腿[580]波尔塔！真正的女人[581]把我们从错误中解救出来|塔拉维拉战役|维梅罗战役|尾巴|猪尾巴|爱尔兰|永远！这是利波卢姆们中最小的，小偷拓菲[582]太妃糖|小偷|拓夫，侦察着那位骑在大白马哥本哈根[583]好望角|斯比恩战役上的惠灵顿。石墙[584]惠灵顿有着犯下大错的[585]

548 Cork“～”,爱尔兰南部最大城市。

549 Tonnerre[法]“雷声”;也解 Tonnerre“～”,法国地名,但未发生过任何战役。

550 Bullsear 解 Blücher“～”(1742—1819),滑铁卢战役中普鲁士元帅;也解 Bill,都柏林的古代名称;也解 bullsear[英爱]“～”。

551 camelry“～”;也解 cavalry“～”;也解 Camel“～”,656 年伊斯兰教第四任哈里发阿里与第三任哈里发奥斯曼的遗孀艾莎展开的战役。

552 floodens 解 footer“～”;也解 Flodden“～”,1513 年英格兰军队抵御苏格兰军队的战役。

553 solphereens 解 submarines“～”;也解 Solferino“～”,1859 年拿破仑三世在意大利苏法利诺战胜奥地利军队的战役,这场战役以残酷著名;也解 sulfairín[爱]“～”+“～”;也解 smithereens“～”。

554 action“～”;也解 Actium“～”,公元前 31 年古罗马的屋大维击败安东尼的战役,导致安东尼与埃及皇后克娄巴特拉双双自尽。

555 their mobbily 解 their mobile(troop)“～”;也解 Thermopylae“～”,公元前 480 年斯巴达军队抵御波斯军队的战役。

556 panickburns 解 panic“令人恐惧的”+burn“烧伤”;也解 Bannockburn“～”,1314 年苏格兰人成功地迫使英格兰人离开他们原先的征服地的战役。

557 Almeidagad 解 Almighty God“～”;也解 Almeida“～”,惠灵顿在 1811 年在西班牙打败法国军队的战役;也解 Alm[德]“～”;也解 meid[德]“～”;也解 Eid[德]“～”。

558 Arthiz 解 Arthur“～”,惠灵顿的名字;也解 others“～”;也解 Orthez“～”,惠灵顿 1814 年 2 月指挥的对法战役。

559 too loose“～”;也解 to lose“～”;也解 Toulouse“～”,惠灵顿 1814 年 4 月指挥的对法战役。

560 Brum 解 brumm[德]“发出隆隆声”;也解 bruma[拉]“～”。

561 Cumbrum 解 cum[拉]“伴随”+brumm[德]“发出隆隆声”;也解 Cambronne“～”(1770—1842),拿破仑的将军,在滑铁卢战役中公开骂“狗屎”。

562 Underwetter 解 Unwetter[德]“～”;也解 Donnerwetter[德]“～”;也解 under“～”+merde[法]“～”。

563 Goat strip Finnlambs 解 Gott strafe England[德]“～”,这是第一次世界大战中德国的口号;也解 Goat strip Finland lambs“～”;其中 Finn 也解 Finn MacCool“～”,爱尔兰传说中的巨人英雄。

564 rinning 解 running“跑”;也解 rinnen[希]“～”。

565 bunkersheels 解 Bunker Hill“邦克山战役”,美国独立战争初期独立军在 1775 年围攻波士顿的战役之一;也解“～”+shelter“～”。

566 ousterlists 解 Austerlitz“奥斯特利茨战役”,1805 年拿破仑大败奥俄联军的战役,巴黎的凯旋门即为纪念此次胜利修建;也解 Auster[德]“～”+List[德]“～”;也解 ouster lists“～”。

567 trip so airy“如此轻盈的快跑”;也解 Tipperary“～”,爱尔兰南部的一个郡,爱尔兰俗语中有“我心所系”之说。

568 tinkyou tankyou 解 thank you thank you“～”;也解 think you thank you“～”。

569 silvoor plate 解 silver plate“～”;也解 s'il vous plait[法]“～”。

570 cool“～”,此处解 cúl[爱]“后部”。

571 citchin the crapes 解 catch the grapes“抓住葡萄”,此句化自习语“scotching the snake”(刺伤了蛇身),意指使暂时不能为害,但仍留有后患。此处 grapes 与后面的 canister 相对,解为 grape-shot“葡萄弹”和 canister-shot“榴霰弹”;其中 crapes 也解 drops“～”;也解 crab“～”;也可与后面的 cool 合解为 cool crape“～”。

572 Poor the pay“～”,此处解为 pour le pays[法]“～”。

573 marathon“马拉松战役”,公元前 490 年希腊军队大败波斯军队的战役;也可与后面的 merry 合解为 Martha & Mary“～”,在《路加福音》第 10 章中,玛莎和玛利亚姐妹分别代表行动者和思考者;其中也包括 tón[爱]“～”。

574 bissmark 解 Bismarck“～”,普鲁士首相,他于 1870 年向拿破仑三世宣战,并最终将其击败;也解 Biß[德]“～”+Mark[德]“～”;其中也包含特里斯丹与伊瑟故事中的马克(Mark)国王。

575 branlish 解 brandish“～”;也解 dún[爱]“～”;也解 se branler[法]“～”。

576 marmorial 解 marmor[拉]“～”;也解 memorial“～”,指惠灵顿纪念碑。

577 tallowscoop 解 telescope“～”;也解 Talos“～”,希腊工匠迪达勒斯制造的守卫克里特岛的青铜巨人。

578 Sophy-Key-Po 解 key for sophus([拉]“智者”)“～”;也解 sauve-qui-peut[法]“～”;其中 key 在俚语中也解“～”。

579 royal divorsion 解 royal divorce“～”,W. G. 威尔斯著有《皇室离婚》一书,嘲讽拿破仑与约瑟芬的离婚;也解 royal division“～”;也解 division“～”。

580 Gambariste della porca 解 gamba[意]“腿”+bariste[意]“酒吧女招待”+della[意]“的”+pòrca [意]“母猪”;也解 Giambattista della Porta“～”(1535? —1615),意大利学者,写过《这两个兄弟对手》一书。

581 Dalaveras fimmieras 解 da vere femmine[意]“～”;也解 Deliver us from errors“～”;其中 Dalaveras 也解 Talavera de la Reina“～”,惠灵顿在 1809 年指挥的对法战役;其中 fimmieras 也解 Vimeiro“～”,惠灵顿在 1808 年指挥的对法战役;也解 fimín[爱]“～”;也解 fimide[爱]“～”;也解 Éire[爱]“～”;也解 für immer[德]“～”。

582 Toffeethiefs 解“Toffee thiefs”出自爱尔兰童谣《拓菲是个威尔士人》中的句子“拓菲是个小偷”;也解 toffee“～”+thief“～”;其中也包含 Taff“～”,书中的二元对立人物“巴特和拓夫”。

583 Capeinhope 解 Copenhagen“～”,惠灵顿的著名坐骑;也解 cape in hope“～”;也可与前面的 spy 组成 Spion Kop“～”,即 1900 年英国军队在南非击败布尔军队的战役。

584 美国南北战争时期南方联盟军的将军杰克森(Thomas Jonathan Jackson)绰号“石墙”。

585 maxy 解 maxie[俚]“～”或“～”;也解 foxy“～”。

诡计多端的|一个都嫌多老式婚姻[586]。利波卢姆们是和气的年轻大阴茎的单身汉[587]一蒲式耳之物。这是豺狗[588]耶拿战役希尼赛[589]爱尔兰人，大声[590]很多嘲笑着惠灵顿。这是病唇莱比锡的[591]多利[592]黑色的，从希尼赛那里得到[593]战争无线电[594]火花。这是印度人司马秦[595]❶，介乎男孩多利和希尼赛之间。给，这是蜡像[596]发怒的|鞋油|诡计多端的老惠灵顿从[597]欧德战场[598]淘洗盘|污秽上拾起[599]乔治·皮克特|皮戈特利波卢姆们的半个三叶草帽子。这是印度人为了要小便[600]消防船|轰炸表演|推愤怒痛苦得发狂[601]逃生睡衣|冉吉。这是惠灵顿把利波卢姆们的半个帽子挂[602]手绢在他的大白马背部[603]公鹿|边上的尾巴上。给，这是惠灵顿的最后一个笑话[604]公爵|朱克斯家族。打，打，打！这还是惠灵顿的那匹白马，哥本哈根[605]罪行|帮助，摇着它屁股[606]望远镜|交媾|尾桨|克虏伯上的尾巴，上面挂着利波卢姆们的半个帽子好侮辱[607]跳跃|苏尔特元帅这个印度兵。嘶呜[608]内伊，嘶呜，嘶呜！（公牛的碎布！真脏！）这是那个印度兵，像疯狗一般[609]马拉塔人|马德拉斯市|狗|粉碎，跳起来，跳进去[610]充气，向惠灵顿喊着：起来阿步奇战役|占领，卫兵们！向他们冲[611]当然|帕克。这是惠灵顿，生于马厩的巴恩斯特浦绅士[612]根特，朝着又骂起来的[613]科西嘉岛司马秦点燃他的火柴盒[614]。你才是您傻瓜[615]把牢你自己|巴萨库战役！这是毁掉他的印度兵，把利波卢姆们的整个半只帽子从他那大白马后部的尾巴

---

❶ 三叶草是爱尔兰的象征性植物，传说圣帕特里克曾用三叶草解释三位一体；其中 hinndoo 也解 Hindu“印度人”，惠灵顿曾在驻印度的英国军队中服役，并数次击败印度人，拿破仑就轻蔑地称惠灵顿为“那个印度兵”；也解三个士兵中的另外两个 Hennessy 和 Dooley 名字前半部的组合，象征着二元对立中的统一；其中 Shin 也解 Chin[中]“秦”，指中国；也解书中兄弟二人 Shem 和 Shaun 的组合。

586 montrumeny 解 matrimony“婚姻生活”。

587 hung bushellors 解 young bachelors“～”；其中 hung 也解[俚]“～”；其中 bushellors 也解 bushel“～”。书中提到利波卢姆时，常混用单复数，比如跟在利波卢姆后面的动词是单数，单身汉则是复数，也许暗示拿破仑的这三个士兵是三位一体。

588 hiena 解 hyena“～”；也解 Jena“～”，1806 年拿破仑战胜普鲁士人的战役。

589 Hennessy“轩尼诗”，是下文中爱尔兰裔美国喜剧演员多利(Dooley)先生的朋友，也是一种法国白兰地的牌子，这里用作三个士兵中的一个的名字“～”；也解 Hibernian“～”，Hibernia 是爱尔兰的拉丁文名字。

590 alout 解 aloud“～”；也解 a lot“～”。

591 lipsyg 解 lip“唇”＋sya[丹]“生病的”；也解 Leipzig“莱比锡战役”，拿破仑在 1813 年在德国城市莱比锡被普鲁士军队打败。

592 Dooley“～”，爱尔兰裔美国喜剧演员，此外杰若姆(Jerome)在 1901 年创作了一首名为《多利先生》的流行歌曲，乔伊斯非常熟悉这首歌；也解 dubh[爱]“～”。

593 krieging 解 Krieg[德]“～”或“～”。

594 Funk 解[德]“～”；也解 funk[中英]“～”。

595 the hinndoo Shimar Shin“～”；也解 an fionndubh siomar sin[爱]“那个光明黑暗的三叶草”。也有人认为这里的三个人多利、希尼赛和司马秦指代当时英国的三大殖民地美国、爱尔兰和印度。

596 wixy 解 waxy“像蜡的”；也解 waxy[俚]“～”；也解 Wichse[德]“～”；也解 wily“～”。

597 fromoud 解 from out“～”；其中包括印度北部的联合省欧德(Oudh)。

598 bluddle filth 解 battlefield“～”；也解 buddle“～”＋filth“～”。

599 picket 解 picked“～”；也解 George Edward Pickett“～”(1825—1875)，美国南北战争时期南方联盟军将领；也解 Richard Pigott“～”(1835—1889)，爱尔兰新闻记者，曾伪造巴涅尔的信，被发现后逃到欧洲，遭到伦敦警察厅的追捕，后自杀。

600 bombshoob 解 pump ship[俚]“～”或“～”；也解 bomb show“～”；也解 Schub[德]“～”。

601 ranjymad 解 raging mad“～”；也解 ran“跑”＋pajamas“睡衣”；也解 Ranji Trophy“～”，英属印度的板球队队员。

602 hanking 解 hanging“～”；也可与后面的 the half 合解为 handkerchief“～”。

603 buckside 解 backside“～”；也解 buck“～”＋side“～”。

604 Joke“～”；也解 duke“～”；也解 Jukes“～”，近代犯罪学研究的著名美国犯罪家族。

605 Culpenhelp 解 Copenhagen“～”，惠灵顿的马；也解 culpa[拉]“～”＋help“～”。

606 tailoscrupp 解 tail“尾巴”＋crupper“马屁股”；也解 telescope“～”；也解 tail[俚]“～”；也解 scull“～”；也解 Krupp“～”(1812—1887)，德国军火制造商。

607 insoult 解 insult“～”；也解 insulto[拉]“～”；也解 Soult“～”(1769—1851)，滑铁卢战役中法军总参谋长。

608 Hney 解 neigh“马嘶”；也解 Michel Ney“～”(1769—1815)，滑铁卢战役中法军的元帅，负责对付普鲁士军队，却未能成功歼灭普军。

609 madrashattaras 解 mad as a hatter“疯得像个帽匠”；也解 Mahratta“～”＋Madras“～”，指印度马拉塔人 1741 年进攻印度的马德拉斯市，惠灵顿在 1803 年的马拉塔战役中开始闻名；也解 madra[爱]“～”＋shatter“～”。

610 upjump and pumpim 解 jump up and jump in“～”；其中 pumping 也指“～”。

611 Ap Pukkaru! Pukka Yurap 解 Up, guards and at them“～”。其中 Ap Pukkaru 也解 Aboukir“～”，拿破仑 1799 年指挥的打败土耳其人的战役；也解 pukkaroo[英印]“～”；其中 Pukka 也解[俚]“～”；也解 Puck“～”，中世纪民间故事中的恶精灵，也是莎士比亚的《仲夏夜之梦》中的精灵。

612 bornstable ghentleman“～”，惠灵顿被问及他是否是爱尔兰人时说，“如果一个绅士偶然出生在马厩中，这并不意味着他就该被叫做马”；其中 bornstable 也解 Barnstaple“～”，英国城市名；其中 ghentleman 解 gentleman“绅士”；也解 Ghent“～”，比利时城市名。

613 cursigan 解 curse“咒骂”＋again“再一次”；也解 Corsican“～”，拿破仑的出生地。

614 tinders his maxbotch 解 tinder“火绒”＋his matchbox“他的火柴盒”；其中也包括 tinderbox“火绒箱”或“容易生气的人”。

615 Basucker youstead 解 be sucker instead；也解 be sure of“对……有把握”＋you“你”＋steady“稳定的”；其中 Basucker 也解 Busaco“～”，1810 年惠灵顿指挥英普联军打败法军的战役；其中 youstead 也解 usted[西]“～”。

尖上吹掉。给（公牛的眼[616]！游戏！）哥本哈根是这样结束的[617]。纪念馆这边走。出去的时候当心你的靴子。

唷！

我们在那里的时候多温暖啊，而这周围的空气[618]在何处多么阴冷[619]喉咙！我们知道她住在哪里[620]|无处，但是看在杰克南瓜灯[621]笼[622]爱的分上，你不能[623]告诉任何人[624]沼泽|收成|汉娜！这是一间点蜡烛的[625]小蜡烛房子[626]霍斯，一月一扇窗[627]寡妇。往下啊往下，从高处下啊下[628]。还有编了号的[629]数|数字古趣的酒[630] 29。还有如此通情达理的天气！流浪的[631]瓦格拉姆战役风总是绕着[632]华尔兹舞柱子[633]皮尔丹人吹，在每块圆丘般的石头上（如果你能认出 50 个，我就再找出[634]司巴人四个[635]弗莫尔族），长瘤的鸟[636]早起者正在聚集，跑一点儿、做一点儿、求一点儿、浇一点儿、擦一点儿、踢一点儿、切一点儿、吃一点儿、喝一点儿抱怨、识一点儿、帮一点儿、钱一点儿[637]长瘤的鸟。黑鸟国度[638]萧瑟的|大诗人|之土的真实[639]这一个|高原土地！在他那七面怒气冲冲的盾牌[640]红的|盾|斜视|罗特席尔德家族下躺着一个人，利波罗姆[641]皇帝|肿块|咆哮|流氓。他的剑[642]阔剑|头在身边[643]朝向。中弹[644]落马[645]批准。我们的一对鸽子正飞[646]向北方的峭壁[647]诺斯克利夫。那三只乌鸦[648]则拍翅南[649]突然飞，朝着天空之域[650]区域叫嚷着[651]乌鸦|压碎溃败的消息，从那里传来三声呸[652]贡品|部落|部族作为回答：哀号，不错！雷神[653]屁股|波浪|皮鞭洗澡[654]察看的时候，或者雷神与水中女仙[655]雪闪电的时候，或者当雷神用雷神的狂风[656]盖尔人吹出厄运[657]坟堆的爆裂声的时候，她

616 Bullseye“～”，指靶心。
617 此处包含男主人公名字的缩写 HCE。
618 airabouts 解 air about“～”；也解 whereabouts“～”。
619 keling 解 cooling“冷”或 killing“杀戮的”，故译为“阴森”；也解 Kehle[德]“～”。
620 nowhere“～”，此处解 know where“知道在哪里”。
621 Jig-a-Lanthern 解 Jack O'Lantern“～”，万圣节时的灯笼，在西方民间故事中与 will-o'-the-wisp 是同义词，意思是“鬼火”。
622 lamp“灯笼”；也解 love“～”。
623 mussna 解 must not“必须不”。
624 annaone 解 any one“～”；也解 eanach[爱]“～”；也解 annona[拉]“～”；也解 Anna“～”，女主人公的名字。
625 candlelittle“～”此处解 candlelit“～”。
626 houthse 解 house“～”；也解 Howth“～”，都柏林郊区。
627 windies 解 windows“～”。据说爱尔兰著名的卡斯尔敦别墅(Castletown House)有 365 扇窗，对应着一年中的 365 天；也解 widows“～”。
628 此句化自英国 16 世纪民谣《三只乌鸦》。
629 nummbered 解 numbered“～”；也解 nummer[荷]“～”；也解 Nummer[德]“～”。
630 quaintlymine 解 quaintly wine“～”；也解 twentynine“～”，书中的一群女孩，28 代表着 2 月份的 28 天，女儿伊瑟则是闰 2 月的第 29 天。
631 wagrant 解 vagrant“～”；也解 Wagram“～”，拿破仑 1809 年指挥的打败奥地利人的战役。
632 awalt'zaround 解 always around“～”；也解 a-waltz around“～”。
633 piltdowns 解 pillar“～”；也解 Piltdown man“～”，英国皮尔丹公地发现的颅骨碎片，1912 年被提出是一种新的史前人类，但 1954 年发现发现这个颅骨是用人类的头盖骨装上猩猩的颚假造的，不过乔伊斯并不知道这个骗局。
634 spy“发现”；也解 Spy man“～”，指在比利时的司巴洞穴中发现的史前人类化石。
635 four more“另外四个”；也解 Fomorians“～”，爱尔兰神话中象征着混沌与野性的巨人族，爱尔兰神话时代就起源于图德南族(Tuatha D Danann)“和弗莫尔族两个神族之间的战争。
636 gnarlybird 解 gnarl“瘤”＋bird“鸟”；也解 early bird“～”。
637 runalittle, doalittle, preealittle, pouralittle, wipealittle, kicksalittle, severalittle, eatalittle, whinealittle, kenalittle, helfalittle, pelfalittle 中 alittle“一点儿”前的词也可以谐音为 one“1”，two“2”，three“3”，four“4”，five“5”，six“6”，seven“7”，eight“8”，nine“9”，ten“10”，elf“11”，twelve“12”；其中 pree 解 plea“恳求”；其中 whine“～”解 wine“～”；其中 helf 解 helf[德]“帮助”；也解 elf[德]“11”。
638 bleakbardfields 解 blackbird fields“～”。比利时剧作家梅特林克 1908 年创作的《青鸟》描写了两个兄妹在梦幻般的国度寻找象征幸福的青鸟；也解 bleak“～”＋bard“～”＋fields“～”，其中 bard 在本书中主要指莎士比亚，在《尤利西斯》中穆利根也称斯蒂芬・迪达勒斯为大诗人。
639 verytableland 解 veritable land“真实的国度”；也解 very“～”＋tableland“～”。
640 wrothschields 解 wroth“怒气冲冲的”＋shield“盾牌”；也解 rot[德]“～”＋Schild[德]“～”；也解 schiel[德]“～”；也解 Rothschild“～”，在欧洲建立了一个由多家银行组成的金融帝国。
641 Lumproar 解 lipoleum“～”，书中拿破仑的代称；也解 L'empereur[法]“～”；也解 Lump“～”＋roar“～”，主人公壹耳微蚵是个驼背，书中常将他的驼背称为肿块；也解 Lump [德]“～”。
642 glav 解 kliev[爱]“～”；也解 glave“～”；也解 glava[塞维]“～”。
643 toside 解 beside“～”；也解 towards“～”。
644 Skud[丹]“～”。
645 ontorsed 解 unhorsed“从马上摔下来”；也解 endorsed“～”。
646 flewn 解 flew“～”。
647 northcliffs 解 north cliffs“～”；也解 Alfred Northcliffe“～”(1865—1922)，爱尔兰报业巨头，出生在切坡里若德。
648 民谣《三只乌鸦》；也可指爱尔兰神话中为爱尔兰命名的三位女神(Badhbh, Macha, Neamhan)，每人的名字都是一种乌鸦。
649 southenly 解 southern“向南方”；也解 suddenly“～”。
650 kvarters 解 quarter“方位、领域”；也解 kvarter[丹]“～”。
651 kraaking 解 crake“秧鸡般叫”；也解 kraai[荷]“～”；也解 kraak[荷]“～”。
652 triboos 解 three boos“～”；也解 tribute“～”；也解 tribus[拉]“～”；也解 tribes“～”。
653 Thon 解 Thor“索尔”，北欧神话中的雷神和战神；也解 tón[爱]“～”；也解 tonn[爱]“～”；也解 thong“～”。
654 on shower“～”；也解 anschauen[德]“～”。
655 Nixy 解 Nixe[德]“水妖怪”；也解 nix[拉]“～”。
656 gaels 解 gale“～”；也解 Gael“～”。
657 toom 解 doom“～”，此句出自《麦克白》中“厄运的爆裂声”；也解 tuama[爱]“～”。

从不[658]尼夫河|尼夫战役出来。不，从不[659]结婚|纺织|云|天空|纳布神！无论如何都不会[660]雾|星云|利菲河！她会怕得随意信步地走不得了[661]恶魔|迷信。怕掩埋我的腿、缠得我翻白眼，以及世上的一切死人[662]悲痛中的行为。呸信仰，嘿火，哼饥饿！[663]她只不过[664]怀抱希望直到男儿成为男儿[665]让过去的过去吧。看，她来了，现在就要出现，一只和平鸽[666]领导者，一只天堂[667]滑稽模仿的|鹦鹉鸟，一位仙水果|羽毛|天堂门前的佩里女[668]关于命运的，陆地和船上[669]风景画|母鸡的普林格医生[670]针孔|阴茎，她肩扛[671]欧洲越桔|鸟嘴|面颊要饭袋袋[672]小的，里面是侏儒和巫儒，还有洒动酒瓶酒光洒射[673]着它那妖精点亮的疯疯癫癫契约[674]和平彩虹[675]好运|好天气|美丽的东西，这里挖挖，那里啄啄，亲亲亲亲[676]阴户|老式大口径短枪|蠢货|破烂，抢夺亲亲。不过，今晚休战[677]潮流般的军队太近了，战争和平[678]入伍|欺凌弱小者|稀少的|紧密的|射击，明天[679]哀悼我们祝制造军需品[680]琐事的工人圣诞快乐[681]满身污泥的亲属，会给她曾经最快乐的孩子[682]查尔德斯|曾是她的最快乐的孩子盛大的[683]吃得饱饱的|乔吉奥·乔伊斯|乔治码头休战。到我这儿来[684]高度|在附近|天空|纳布神，轻声[685]苏索歌唱，我们庆祝[686]萨莉的那一天。她借了挖掘汽车前灯好更好地窥视[687]祷告（她机灵砍，更确定擦，四处炫耀[688]射击），所有损坏的东西都进了她的背包[689]：弹药筒[690]简短的|发怒和嘎嘎响的按钮[691]精力旺盛的屁股|巴特、拉绒绑腿[692]和各国的酒瓶、锁骨[693]小钥匙|拿钥匙的人|关心和肩胛骨[694]、地图、钥匙和成堆的伍德半便士[695]❶木柴

❶ 1724年，英国铸币商威廉·伍德通过买得爱尔兰铸币权在爱尔兰发行劣质铜币，因遭到斯威夫特领导的爱尔兰人的坚决抵制而失败；其中也包含都柏林的伍德码头（Wood）；也可直译为 wood piles of hay pennies“木堆的草便士”。

658 niver 解 never“～”;也解 Nive“～”,位于法国西南部;也解 Nive“～”,惠灵顿 1813 年指挥英普联军战胜法军的战役。

659 No nubo no 解 No never no“～”;其中 nubo 也解[拉]“～”;也解 neo[拉]“～”;也解 nubes[拉]“～”;也解 nebo[塞维]“～”;也解 Nebo“～”,常写作 Nabu,巴比伦的神,意思是“宣告者”,教人类书写和智慧。

660 Neblas on you liv 解 Never on your life“～”;其中 neblas 也解[列]“～”;也解 Nebel[德]“雾”;;也解 nebula[拉]“雾”;也解 nebula“～”;其中 liv 也解 Liffey“～”。

661 too moochy afreet 解 too much afraid“～”;其中 moochy 也解 mooch“～”;其中 afreet 也解“～”;也解 freet[爱]“～”。

662 the deed in the woe“～”,此处解为 all the dead in the world“～”。

663 Fe fo fom 出自《李尔王》第三幕第四场“Fie, foh, and fum”,解语气词“～”;其中 fe 也解 fè[列]“～”;其中 fo 也解 fö[列]“～”;其中 fom 也解[列]“～”。

664 jist 解 just“～”。

665 byes will be byes 解 boys will be boys 谚语“～”;也解 let bygones be bygones 俗语“～”。

666 peacefugle 解 peace“和平”+fugl[丹]“鸟”,指鸽子;也解 fugle“～”。

667 parody's“～”,此处解为 paradise“～”;也解 parrot“～”。

668 Peri potmother 解 fairy godmother“神话中用魔法帮助男女主人公脱离危难的仙女”;也解 peri potmon[希]“～”;其中 peri 也解[希伯来]“～”;也解 peři[捷]“～”;也可与前面的 parody's 组合为 The Peri at the Gate of Paradise“～”,英国诗人托马斯·莫尔的叙述诗集《拉拉鲁克》(*Lalla Rookh*)中第二章的标题。在波斯神话中,佩里是堕落的天使,直到他们完成苦修才可以回到天堂。

669 ilandiskippy 解 iland[丹]“陆上”+iskip[丹]“船上”;也解 landscape“～”;也解 kip [荷]“～”。

670 pringlpik 解 John Pringle“普林格勒爵士”(1707—1782),苏格兰医生,著有《对军营中的疾病的观察》一书;也解 pinprick“～”;也解 pik[荷]“～”。

671 bickybacky 解 piggyback“～”;也解 Bickbeere[德]“～”;也解 beak“～”+Backe[德]“～”。

672 beggybaggy 解 beg bag“～”;也解 beag[爱]“～”。

673 此处指通过头韵获得酒瓶摇摆的感觉。

674 pixylighting pacts 解 pixy lighting pact“～”;其中 pixylighting 也解 pixilated“～”;其中 pacts 也解 pax[拉]“～”。

675 huemeramybows 解 rainbow“～”;也解 euhêmerêma[希]“～”;也解 euhêmeria[希]“～”;也解 eumêros[希]“～”。

676 plunderpussy 中的 pussy 既解“(作为性交对象的)女人”,也是模仿母鸡啄食的声音,故译为“亲亲”;也解 pussy“～”;也解 blunderbus“～”或“～”;也解 Plunder [德]“～”。

677 armitides toonigh 解 armistice tonight“～”;也解 army tides too nigh“～”。

678 militopucos 解 milito [世]“战争”+paco[世]“和平”;也解 milito[拉]“～”+bucko“～”;也解 paucus[拉]“～”;也解 puknos[希]“～”;也解 pucaš[塞维]“～”。

679 toomourn 解 tomorrow“～”;也解 to mourn“～”。

680 minutia“～”,此处解为 munition“～”。

681 muddy kissmans 解为 merry Christmas“～”;也解 muddy kismen“～”。

682 happinest childher everwere 解 happiest children everywhere“各处最快乐的孩子们”;此处也包含本书主人公名字的缩写 HCE;其中 childher 也解 Erskine Childers“～”(1870—1922),英国下议院的神父,爱尔兰民族主义者,1922 年被新独立的爱尔兰自由邦政府处决;也解 ever were her happiest child “～”。

683 gorgeups 解 gorgeous“～”;也解 gorge up“～”;也解 Giorgio Joyce“～”;也解 George“～”,位于利非河边;George 在书中也可指英国作家乔治·莫尔、乔治·罗素、乔治·肖等。

684 nebo 解 nearby“附近”;也解 nebo[希伯来]“～”;也解 neben[德]“～”;也解 nebo[塞维]“～”;也解 Nebo“～”,常写作 Nabu,巴比伦的神。

685 suso 解 susurro[拉]“耳语”;也解 Heinrich Suso“～”(1300—1366),德国神秘主义者。

686 sallybright 解 celebrate“～”;也解 sally“～”,美国心理学家莫顿·普林斯的《分裂的人格》一书中克里斯汀·比切普潜意识中的第二个自我;Sally 在本书中也与《创世记》中亚伯拉罕的妻子撒拉(Sarah)互指。

687 pry“～”;也解 pray“～”。

688 goes cute goes siocur and shoos aroun 解 goes cute goes sure and shows around“～”,化自爱尔兰歌谣 *Siul A Run*(《我亲爱的去吧》)中的“Siul siul siul a run Siul go socair'is siul go ciuin”(去吧,去吧,我亲爱的去吧,安全地去,镇静地去);其中 cute 也解 cut“～”;其中 siocur 也解 scour“～”;其中 shoos 也解 shoots“～”。

689 nabsack 解 knapsack“～”。

690 curtrages 解 cartridge“～”;也解 curt“～”+rages“～”。

691 rattlin buttins 解 rattling button“～”;也解 rattling bottom“～”;这里也包含巴特和拓夫中的 Butt(巴特)。

692 spattees 解 puttee“～”。

693 clavicures 解 clavicle“～”;也解 clavicula[拉]“～”;也解 claviger[拉]“～”(门神雅努斯);也解 cura[拉]“～”。

694 scampulars 解 scapula“～”。

695 woodpiles of haypennies 解 Wood's piles of halfpennies“～”;也解 woodpiles“～”。

堆、映着月光的胸针，溅着血迹的血石马裤[696]、波士顿[697]夸耀|蛇皮袜带晚用袜带、一套又一套的鞋子、鎳制大袋子[698]、万能饲料[699]全能的父、一包教区牧师|人可口的丑陋的蛋糕[700]猫|凯特|耳朵，你们怎么样[701]榴弹炮枪|听起来怎么样，我的亲亲[702]很多耳朵|玛奇|玛吉·奥康纳、侏儒和玛吉、拥有众多爱[703]花花公子们的笑|拓夫的他们和她们[704]他和她、钟声带来的快乐[705]妇鲁拉贝尔|肋骨|眼泪、发自雄鹿心的最后叹息[706](雄鹿书之歌[707]❶躺下|撒谎|歌曲！)以及太阳下最公平的[708]第一个罪恶[709]儿子(那是母鸡[710]正确的|肯定发生的事！)。用亲吻。亲吻基督[711]克里斯汀·比切普。十字架基督。亲吻十字架。直到[712]解开生命的终点。被杀害[713]污迹|安全|再见|健康。

被严厉[714]强烈地禁止时，她从之前事后的预言[715]那里偷来我们历史的现在时态[716]具有历史意义的礼物，好让我们都成为相当大一桶水果的贵族继承人和女仆[717]市长大人和市长夫人，这时她多么慷慨[718]美丽的|战利品|小船，是一个多么尽责的妻子[719]逼真。她为了我们生活利非河|丽维娅在我们的债务死亡中间[720]，并笑着[721]度过所有哀叹[722]喝彩(她的出生[723]欢乐|计划生育无法控制)，用一块托盘布[724]围裙|拿破仑做口罩，她的木鞋[725]塞巴人|安息日|示巴女王|撒拉在咏叹调中踢踢踏踏(真奇怪[726]！真傻[727]抱歉|萨莉|所罗门！)如果你问我，我就把你装到袋子[728]说|以撒里。嚯！嚯！希腊人[729]砖|尖头武器可能兴盛，特洛伊先生们[730]裤子或许垮台(每个[731]永远图片都有两

❶ 在《尤利西斯》中穆利根也被称为“公鹿穆利根”；也解Buckley“巴克利”，即书中“巴克利与俄国将军”故事中的爱尔兰士兵。他在克里米亚战争中开枪打死一个正在大便的俄国将军。

696 bloodstaned breeks 解 bloodstained breeks“～”;其中的 bloodstaned 也解 bloodstone“～”。
697 boaston 解 Boston“～”,美国城市,书中数次提到波士顿茶会(即波士顿倾茶事件);也解 boast on“～”;也可与后面的 nightgarters 组成 boa garter“～”。
698 nickelly nacks 解 nickel“镍”+sack“大麻袋”;其中的 Nick 也与后面 allmicheal 中的 Mick 合解为 Mick/Nick“天使长米迦勒与魔鬼撒旦”的一组对立。
699 foder allmicheal 解 fodder“饲料”+all-heal“万能药”;也解 father almighty“～”,指“上帝”。
700 lugly parson of cates 解 lovely parcel of cakes“～”;其中 lugly 也解 ugly“～”;其中 parson 也解“～”;也解 person“～”;其中 cates 也解 cats“～”;也解 Kate“～”,本书中惠灵顿纪念馆的看门人,也是壹耳微蚵一家的仆人;其中的 Lug 也是凯尔特神话中的太阳神;其中 lug 也解“～”,也因此与主人公壹耳微蚵(earwig“耳虫”)联系在一起。
701 howitzer 解 how is ye“～”;也解 Howitzer gun“～”;也解 how it hear“～”。
702 muchears 解 my dear“我亲爱的”;也解 much ears“～”;也解 Maggies“～”,本书主人公女儿的化身之一;也解 Maggie O'Connor “～”,民谣《芬尼根的守灵夜》中的人物。
703 loffs of toffs 解 lots of loves“～”;也解 laugh of toffs 也解“～”;也解 Taff“～”,书中的二元对立人物“拓夫与巴特”中的一个。
704 ills and ells 解 hills and eels“～”;也解 ils & elles[法]“～”。
705 pleures of bells 解 pleasure of bells“～”;也解 Plurabelle“～”,本书女主人公的名字;也解 pleura[希]“～”;也解 pleur[法]“～”。
706 and the last sigh that come fro the hart“～”,出自英国一首无名歌曲中的一句“Ah! The Syghes That Come fro' the Heart”(哦! 发自心底的叹息);其中 hart 也解 heart“～”。
707 Bucklied 解 buck“公鹿”+Lied“歌”,尤指 19 世纪的德国抒情歌曲;其中 Buck 也解 boek[荷]“～”;其中 lied 也解 lay“～”;也解 lied“～”;也解 lied[荷]“～”。
708 fairest“～”;也解 first“～”。
709 sin“～”;也解 sin[塞维]“～”;Sin 也是巴比伦神话中月亮女神的名字。
710 cearc[爱]“～”;也解 ceart[爱]“～”;也解 cert“～”。
711 Criss 解 christ“～”;也解美国心理学家 Christine Beauchamp“～”,美国心理学家莫顿·普林斯的《分裂的人格》一书中的人物。
712 Undo“～开”,此处解为 until“～”。
713 Slain“～”;也解 stain“～”,指茶杯上留下的茶锈;也解 slán[爱]“～”或“～”;也解 sláinte[爱]“～”。
714 strengly 解 streng[德]“～”;也解 strongly“～”。
715 past postpropheticals 解 past post prophesy“之前的之后的预言”。
716 historic presents 解拉丁语法中的“过去现在时”;也解“～”。
717 ladymaidesses 解 lady's maid“～”;也可与前面的 lordy 合解为 Lord Mayors and Lady Mayoresses“～”前文“相当大一桶水果”化自习语 a nice/pretty kettle of fish“一个烂摊子”。
718 bootifull 解 bountiful“～”;也解 beautiful“～”;也解 booty“～”;也解 Boot[德]“～”。
719 truetowife 解 true to wife“忠实于妻子的角色”;也解 true to life“～”。
720 livving in our midst of debt 解 living in our midst of debt“～”;其中 livving 也解 Liffey“～”;也解 Livia“～”,本书女主人公;其中 debt 也解 death“～”。此句出自《公祷书》(*Book of Common Prayer*)中葬礼的祷告词“在生命之间,我们正在死亡”。
721 laffing 解 laughing“～”。
722 plores 解 ploro[拉]“哀号”;也可与前面的 all 合解为 applause“～”。
723 birth“～”;也解 mirth“～”;也可与后面的 uncontrollable 合解为 birth control“～”。
724 naperon 解 napperon“～”;也解 apron“～”;也解 Napoléon“～”。
725 sabboes 解 sabots“～”;也解 Sabeans“～”;也解 Sabbath“～”;也解 Sheba“～”,《圣经》中的阿拉伯半岛女王,曾来拜见所罗门王并爱上他;也解 Sarah“～”,《创世记》中亚伯拉罕的妻子。
726 so sair 解 sa sær[丹]“～”。
727 solly 解 silly“～”;也解 sorry“～”;也解 Sally“～”,莫顿·普林斯的《分裂的人格》一书中克里斯汀·比切普潜意识中的第二个自我;也解 Solomon“～”,《圣经》中的以色列国王。
728 saack 解 sack“～”;也解 sag[德]“～”;也可与前面的 I 组合为 Isaac“～”,《创世记》中亚伯拉罕和撒拉的儿子。
729 Gricks 解 Greeks“～”;也解 bricks“～”;也解 pricks“～”。
730 Troysirs 解 Troy sirs“～”;也解 trousers“～”。
731 for ever“～”,此处解 for every“对每个……来说”。

面[732]名胜），因为从另一面看起来太目光短浅的，却正是它使生活变得有意义[733]，把世界变成使坐者[734]市民|颤抖|城市坐进去的小窝。让年轻女人[735]四处传播这个故事，让年轻男人[736]结巴|头脑在仆役长[737]乞讨|巴特勒|巴特背后花言巧语。当伦敦有粘性的沉睡[738]长期沉睡时，她知道她骑士的责任。你说了什么[739]你保留了一些铁罐了么？他说。我什么？她咧开嘴笑着说。我们都喜欢已婚的未婚少女|圣母马利亚|莫莉|买卖式婚姻安[740]，因为她有钱才做。虽然悠长的土地躺卧[741]事态在水[742]清偿下（洪水[743]泛滥|笛子！），而且造物主[744]先生|恶棍|统治|水|世界|气候|世界那光滑的[745]认为|去皮脸[746]地方|表达上既无眉毛睫毛也无发梳[747]，但不管怎么乱，她都将借一只灶台[748]《波斯古经》，租一些泥煤，在岸边寻找鸟蛤热了吃[749]，她将尽一个泥炭妇的所能来把事情吹燃[750]让事情推进。吹[751]冒烟。把火苗[752]倦怠|火焰吹[753]碰撞燃。噗噗。即便在我们所有大饭店《大抗议书》的卧室[754]在我们所有伟大的规劝者长胡子的胸中|长胡子的人讥笑所罗门里，憨蛋蛋壳[755]将又出了洋相[756]再次醒来，无数次[757]呆蛋|老古董|谷物掉下，天将晓时[758]来哀悼他仍会有鸡蛋作为早餐，小心把蛋黄一面朝上[759]。那里有半圆酥饼，茶[760]也是潮的性交，而且当你觉得看到[761]双桅船|厨房的是一只人手[762]后部时，要弄清楚是一只母鸡[763]他|往那边去|山❶在给你做饭鸡巴，这确确实实是真的。

然后当她做着她钟爱的[764]行动主义汉娜女王基金[765]来回投掷的

❶ 乔伊斯在1927年3月2日写给韦弗女士的信中，谈到一名中国学生曾给他看中国的"山"字，并告诉他念"chin"，乔伊斯认为这正是一般人念Fin的方式，所以Chin在本书中也与芬·麦克尔、芬尼根等联系在一起。

732 sights“～”,此处解 sides“～”。

733 makes lifework leaving“使毕生所做离你而去”,此处解 makes life worth living“～”。

734 citters 解 sitter“～”;也解 citizen“～”;也解 zitter[德]“～”;也解 città[意]“～”。

735 wimman 解 woman“～”。此句化自习语 old woman's story“愚蠢的故事”。

736 min 解 man“～”;也解 meann[爱]“～”;也解 mind“～”。

737 butteler 解 butler“～”;也解 Bettlel[德]“～”;也解 Butler“～”,爱尔兰历史上的著名家族,1328 年成为爱尔兰伯爵;也解 Butt“～”,书中一对二元对立的人物之一。

738 Luntum sleeps 解 London sleeps“～”,化自 1926 年霍华德·布雷瑟顿导演的电影《伦敦沉睡的时候》(*While London Sleeps*);也解 long time sleeps“～”;其中 Luntum 也解 lentum[拉]“～”。

739 Did ye save any tin 解 Did you say any thing“～”;也解 Did you save any tin“～”。

740 marriedann 解 married Ann“～”,安指女主人公汉娜·丽维娅·妇鲁拉贝尔;也解 maiden“～”;其中也包括 Mary“～”;也包括 Molly“～”,《尤利西斯》中布卢姆的妻子;其中 married 也可与后面的 mercenary 合解为 mercenary marriage“～”。

741 the land lies“～”;也解 the lie of the land“～”。

742 Liquidation“～”,此处解为 liquid“～”,因为汉娜·丽维娅·妇鲁拉贝尔也指利菲河。

743 floote 解 Flut[德]“～”;也解 flood“～”;也解 flute“～”。

744 Herrschuft Whatarwelter 解 Der Herr schuf die Welt[希]“创造了世界的主”;其中 Herrschuft 也解 Herr[德]“～”+Schuft[德]“～”;也解 Herrschaft[德]“～”;其中 Whatarwelter 也解 water“～”+Welt[德]“～”;也解 Wetter[德]“～”+Welt[德]“～”。

745 glaubrous 解 glabrous“～”;也解 glaub[德]“～”;也解 glubo[拉]“～”。

746 phace 解 face“～”;也解 place“～”;也解 phasis[希]“～”。

747 在这里 hairbrow 和 eyebush 互换了部分字母,解 hairbush“发梳”和 eyebrow“眉毛”。在北欧神话中,巨人伊米尔的躯体化为世界,他的头发变成树木,眉毛变成青草和花朵;其中 eyebush 也解 eyelash“～”。

748 vesta“维斯塔”,罗马灶神;也解 avesta“～”。

749 heat“加热”,也解 eat“吃”,故译为“热了吃”。此句化自习语 warm the cockles of one's heart“使人内心愉快”。

750 piff the business on 解 puff the things on“吹气把火点燃”;也解 push the business on“～”。

751 Paff 解 puff“～”;也解 paffen[希]“～”。

752 blaziness 解“～”;也解 laziness“～”;也解 Blazes“～”,《尤利西斯》中莫莉·布卢姆的情人博伊兰的绰号。

753 puff“～”;也解 Puff[德]“～”。

754 beardsboosoloom of all our grand remonstrancers 解 bedroom of all grand restaurant“～”;也解 beardbosomof all our remonstranceer“～”;其中 beardsboosoloom 也解 beards boo Solomon“～”;其中 grand remonstrancers 也解 The Grand Remonstrance“～”, 1641 年英国下院为反对苛政而呈国王的抗议书。

755 shell“～”;也解 shall“～”。

756 awkward again“再感尴尬”;也解 awake again“～”。

757 frumpty 解 plenty“很多”;也解 Dumpty“～”;也解 frump“～”;也解 frumentum[拉]“～”。

758 come to mournhim 解 come the morning“～”;也解 come to mourn him“～”。

759 此句出自 20 世纪 20 年代美国歌曲《亮出阳光的一面》(*Sunny Side Up*)中的歌词“就如两个煎好的鸡蛋,亮出你阳光的那面”。

760 Tay 解 tae[爱]“～”,在爱尔兰的英语方言中“茶是潮的”既指“茶泡好了”,也是做爱的委婉说法。

761 ketch“～”,此处解为 catch(sight of)“～”;也解 kitchen“～”。

762 hind“～”,此处解为 hand“～”。

763 hin 解 hen“～”;也解 him“～”;也解 hin[德]“～”;也解 Chin[中]“～”。此词与 cock 一起构成本句的性含义,cock 在俚语中也指“～”。

764 behaviourite 解 favourite“～”;也解 behaviourism“～”。

765 quainance bandy 解 Queen Anne's Bounty“汉娜女王的恩惠”,汉娜女王在 1704 年设立的资助贫穷神职人员的基金;其中 bandy 也解“～”。

工作，为新生儿做水果[766]吹笛子并收她的十一税[767]慢慢做的时候，我们可以再看看这两座小丘[768]臂部|《两个世界的评论》，看看这里的丘疹[769]天空与其他地方完全不同，三三两两，就如众多的仆人[770]山|黑格尔和女子[771]山丘|柯林斯，坐在四周[772]秘密|亲爱的，如同圣布利吉特气味|臀部|低劣的马裤|奥布赖恩小姐和圣帕特里克[773]某个罐子|臭气|马桶的恶臭，穿着他们沙沙作响的[774]是我绸衣和波纹皱丝的[775]施洗|猴|巴特和拓夫紧身衣，在公园[776]空地[777]举行的茶会[778]三部分的上，演着《沃顿的蠢事》[779]等候|轻歌舞剧。立起来，子子孙孙[780]阴茎|天使长米迦勒|米老鼠！直接到小酒店[781]明娜们|弥涅瓦|弥诺斯去[782]狭长草地！听命令，尼古拉斯·布劳德[783]骄傲的魔鬼。假如我们选择科克山[784]的山内[785]小提琴|掩盖|公民|戈甘|伯根捷径，或者阿邦山的山中旷野抒情维奥拉，或者夏山的山中跳跃低音维奥拉，或者悲山的山内天空大提琴，或者宪法山的国控[786]最低音弦乐器一山倍低音维奥拉，我们可能什么都看不见听不见，虽然每个人群都有[787]好几种声调，每种生意都有它聪明的技巧，每种和谐口琴都有它自己的道理，奥拉夫街在右边升高，伊华街在左边举高，希崔克街在位置中间[788]❶。但是他们全都在那里勉强度日，挤出生活资料[789]打喷嚏|可能性来解决和拯救生活的难控难以置信|橡树|拉伯雷之谜[790]罗慕勒斯和瑞摩斯|东西|浆，当他躺在从霍斯角停止的巨袋[791]巨山到泥足法庭脚|火药|池塘的小袋[792]微小的|抢救出间沉睡[793]山的时候，噢[794]，像煎锅里的腌鱼一样

❶ 中世纪神学家吉拉尔杜斯(Giraldus Cambrensis)认为是挪威海盗三个兄弟奥拉夫、希崔克和伊华建立了爱尔兰的都柏林市、沃特福德市和利默里克市。

766 fruting 解 fruit“～”+-ing；也解 flute“～”+-ing。

767 taking her tithe“～”；也解 taking her time“慢慢做”。

768 take our review of the two mounds 解 take our view of the two mounds“～”，指凤凰公园边上的卡斯特诺克(Castleknock)和温德米尔(Windmill)地区，也暗指臀部；也解 *Revue des Deux Mondes*“～”，法国文学与艺术评论双周刊。

769 himples 解 pimples“～”；也解 Himmel[德]“～”。

770 heegills 解 giolla[爱]“～”；也解 Hügel[希]“～”；也解 Hegel“～”，德国哲学家。

771 collines 解 cailín[爱]“女孩儿”；也解 colline[法]“～”；也解 Anthony Collins“～”(1676—1729)，爱尔兰自然神论思想家。

772 aroont 解 around“～”；也解 rún[爱]“～”；也解 aroon[英爱]“～”。

773 scentbreeched and somepotreek 解 St. Bridget and St. Patrick“～”，爱尔兰的男女守护圣人；也解 scent“～”+breech“～”和 some pot“～”+reek“～”；其中 scentbreeched 也解 shitty breeches“～”；也解 Biddy O'Brien“～”，歌谣《芬尼根的守灵夜》中的守灵者之一，在书中与 Bridget(圣布利吉特)、breed(繁殖)、bride(新娘)联系在一起；其中 somepotreek 也解 chamberpot stench“～”。

774 swishawish 解 swish“沙沙声”；也解 mishi[爱]“～”。

775 taffetaffe 解 taffeta“波纹绉丝织品”；也解 taufen[德]“～”，这里的“是我……施洗”主题也有性含义，见注解 22 和 23；其中 taffe 也解 Affe[德]“～”；也解 Taff，书中二元对立的人物“～”中的一个。

776 purk 解 park“～”。

777 planko 解 planco[世]“场地”。

778 treepurty 解 tea party“～”；也解 tripartite“～”，指《圣帕特里克的三部曲》(*Tripartite Life of Saint Patrick*)，中世纪一本描写圣帕特里克生平的手抄本。

779 Wharton's Folly“～”，托马斯·沃顿候爵(1648—1715)做都柏林总督时，将都柏林城堡变成了酒馆和妓院，并在凤凰公园内建造了斯达要塞，当地人称为“沃顿的蠢事”；也解 warten[德]“～”+folly“～”。

780 mickos 解 idir mic agus ó[爱]“～”；也解 micky[都柏林俚语]“～”；也解 Mike “～”；也可与后面的 minnas 合解为 Micky and Minny Mouse，迪斯尼动画人物米老鼠。

781 minnas 解 inn“～”；也解 Minna-s“～”，明娜这个女性名字来源于日耳曼语，含义是“纪念、爱、小”；也解 Minerva“～”，古罗马神话中的智慧女神；也解 Minos“～”；古希腊神话中克里特岛的王，曾制造著名的弥诺斯迷宫。

782 Make strake for 解 make straight for“径直朝……走”；其中 strake 也解“～”。这句话出自爱尔兰共和军创始人迈克尔·柯林斯(Michael Collins)去世后都柏林的一句涂鸦“Move over, Mick, make room for Dick”(让让，麦克，给迪克倒个地方)，Mick 指迈克尔·柯林斯，Dick 指他的继任者理查德·穆尔卡希。

783 Nicholas Proud“～”，乔伊斯时代都柏林港口和码头董事会的秘书；也解 proud Nick“～”，指撒旦从天使变成魔鬼的主要原因是骄傲。

784 以下的科克山、阿邦山、夏山、悲山、宪法山都是都柏林街道名。

785 bergins 解 berge[德]“山”+in“内”。后面的道路多由 berg 与其他词语组合而成，这些道路也解各种维奥拉琴：bergins 也解 violin“～”，bergamoors(berge[德]“山”+moor“旷野”)也解 d'amore“～”，bergagambols(berge[德]“山”+gambol“跳跃”)也解 viola da gamba“～”，bergincellies(berge[德]“山”+in“内”+caeli[拉]“天空”)也解 viola violoncello“～”，bergones(berge[德]“山”+one“一”)也解 violone“～”；bergins 也解 bergen“～”；也解 burghers“～”；也解 Alfie Gergan“～”，乔伊斯父亲的朋友；也解 Osborne Joseph Bergin“～”(1873—1950)，爱尔兰语言学家。

786 countrybossed 解 country“国家”+boss“管控”；也解 contrabass“～”。

787 every crowd has“～”；此处也包含本书主人公名字缩写的倒写 ECH。

788 Olaf's on the rise and Ivor's on the lift and Sitric's place's between them 解 Olaf's on the right and Ivor's on the left and Sitric's placed between them“～”，欧拉法街、伊华街和希崔克街都是都柏林阿邦山附近的街道；其中 rise 也解“～”；其中 lift 也解“～”；其中 place's 也解 place“～”。

789 sneeze out a likelihood 解 squeeze out a livelihood“榨取生计”；也解 sneeze out“～”+likelihood“～”。

790 robulous rebus 解 rebellious“难以控制的”+rebus“谜”；也解 Romulus Remus“～”，公元前 753 年建立罗马城的双胞胎兄弟；其中 robulous 也解 fabulous“～”；也解 robur[拉]“～”；也解 François Rabelais“～”(1494—1553)，法国作家，著有《巨人传》；其中 rebus 也解[拉]“～”的夺格；也解 remus[拉]“～”。

791 Macroborg of Holdhard 解 macro“巨大的”+bag“袋子”+Howth Head“霍斯角”，都柏林郊区的一个半岛；其中 Macroborg 也解 Macro“巨大的”+berge[德]“山”，即“～”；其中 Holdhard 也解 Hold hard“～”。

792 microbirg of Pied de Poudre 解 micro“微小的”+bag“袋子”+piepoudre court“泥足法庭”，古代英国法律体系中由商人组成的最低级法庭，审理集市交易中的案件；其中 microbirg 也解 micro“～”+birg[德]“～”；其中 Pied 也解 Pied[法]“～”；其中 Poudre 也解[法]“～”，指位于都柏林凤凰公园内圣托马斯山的军火要塞；也解 pound“～”。

793 dormont 解 dormant“睡眠的”；也解 mont“～”。

794 此句出自《菲尔的长笛舞会》中的“在中间跳来跳去，就像煎锅上的青鱼，噢！”。

绕着他的腰部跳来跳去。口音[795]健全|英镑里带爱尔兰味儿是责无旁贷的。真的？这里也许能看到英语。皇家的？一位君主用双关语英镑说着彼得的便士[796]。帝王的？沉默叙述着这一情景。假的[797]使具有魔力看|守灵夜！

那么这[798]索西斯是都柏林[799]你是否属于？

嘘！小心！回声之地[800]！

多么迷人的精美啊[801]！让你想起被冲刷掉的浮雕[802]雕刻|在坟墓里，我们过去常常在他整洁的酒店[803]乱糟糟的|维护不善的|酒店老板|坎珀店铺里斑迹点点的墙上把它们弄得模模糊糊。他们经常？（我能肯定那个拿着巧克力音乐盒[804]魔术盒|农夫的、让人厌倦的教堂混混[805]小礼拜堂|使用铲子工作的人，泥沼[806]不可思议米切尔，正听着）我是说，那座废弃墓墙[807]的残余部分，梦魔[808]的石板墓[809]尸体|洞|托勒密王朝|托勒马厄斯过去常在这里被弄模糊[810]被埋葬。我们经常？（他不过是假装[811]追求者|但丁跟第二个存在[812]筋疲力尽的的听众[813]，火辣法里尔[814]奥法里尔，学习[815]尤八[816]大赦年竖琴）这一点众所周知。寻找[817]锁|洛基他自己，用新的眼光看旧的孤丘[818]屁股|巴特|以撒·巴特。都柏林。著名的照亮现实火炬之光声机[819]❶视觉的|声音|希望。听？在陵墓[820]军火药塞|石灰墙边。辉辉辉辉。伴以盛大的众人狂欢[821]葬礼|游乐场。煌煌煌煌。这是照亮现实的光声机。听[822]列举！魏斯通[823]风化的石头的神奇七弦琴[824]骗子|生蛋鸡|电眼。它

---

❶ 如果将这一缩写中每个字母在字母表中的位置数加在一起则为 Dbln：D(4)＋b(2)＋l(12)＋n(14)＝32；W. K. O. O：W(23)＋K(11)＋O(15)＋O(15)＝64。

795 sound“声音”；也解 soundness“～”；也解 pound“～”。这句话变自斯威夫特的《关于公园里军火要塞的讽刺短诗》(*Epigram on the Magazine in the Park*)中的句子“看看这个爱尔兰理智的证明！在这里可以看到爱尔兰的智慧！没有什么东西值得保护的时候，他们建造了军火要塞”。

796 petery pence 解 Peter's Pence“彼得献金”，英国以前一种给主教的贡税，每户一便士。与此相应，前面的 punned(说双关语)也解 pound“～”。

797 Fake“～”；也解 feach[法]“～”；也解 feach[爱]“～”；也解 wake“～”。

798 So This“～”；也解 Sothis“～”，天狼星的埃及名字，埃及女神伊希斯的星座，在许多埃及书籍中被等同于埃及司生育的女神伊希斯。

799 Dyoublong 解 Dublin“～”；也解 Do you belong“～”。这句话出自爱尔兰作家麦克·马努斯(M. J. MacManus)1927 年出版的嘲弄乔伊斯的书《那么这是都柏林》(*So This Is Dublin*)。

800 此句中包含本书主人公名字的缩写 HCE。

801 此句中包含本书主人公名字的缩写 HCE。

802 engravure 解 engrave“～”；也解 gravure[法]“～”；也解 in grave“～”。

803 innkempt 解 inn“酒馆”＋kempt“整洁的”；也解 unkempt“～”；也解 illkept“～”；也解 innkeeper“～”；也解 Will Kemp“～”，莎士比亚时代的英国喜剧演员，经常在莎士比亚的戏剧中扮演角色。

804 mujikal ... box 解 musical box“～”；也解 magical box“～”；也解 mujik“～”。

805 chabelshoveller 解 chapel shuffler“教堂里混事的人”；也解 chapel“～”＋shoveller“～”。

806 Miry“～”；也解 mirus[拉]“～”。

807 gravemure 解 grave“坟墓”＋murus[拉]“墙”。

808 Incabus 解 Incubus“～”，与睡梦中的女性做爱的妖魔。

809 Ptollmens 解 dolmen“～”，新石器时代的一种巨石坟；也解 ptôma[希]“～”；也解 poll[爱]“～”；也解 Ptolemaios“～”，公元前 305 至公元前 30 年古埃及所有法老的名字；也解 Claudius Ptolemaeus“～”，公元 2 世纪古希腊天文学家和地图学家，第一个把都柏林放入世界地图。

810 blurried 解 blurred“～”；也解 burried“～”。

811 pretendant 解 pretend“～”；也解 prétendant[法]“～”；也解 Dante“～”，中世纪意大利诗人。

812 existed 解 exist“～”；也解 exhausted“～”。

813 lishener 解 listener“～”。

814 Fiery Farrelly 解 fiery“火辣的”＋Farrelly“法里尔”，人名；也解 Feardorcha O'Farrelly“～”，爱尔兰 18 世纪诗人。

815 stugging at 解 studying at“～”。

816 jubalee 解 Jubal“～”，《创世记》中该隐的后代，是一切弹竖琴和风琴的人的祖先；也解 jubilee“～”。

817 Lokk 解 look“看”；也解 lock“～”；也解 Loki“～”，北欧神话中的邪恶之神。

818 butte 解“孤立的山丘”；也解 butt“～”；也解 Butt“～”，书中巴特与拓夫中的一个；也解 Isaac Butt“～”，爱尔兰自治运动的领袖；此外 Butt 以及其前后的 old“旧”和 new“新”都是利菲河上的桥名。

819 Dbln. W. K. O. O. 解 Dublin. Well-known optophone which ontophanes“～”，光声机发明于 1913 年，是一种把光转化为声音的机器，从而使盲人通过耳朵来阅读印刷品；其中 optophone 也解 opticus[拉]“～”＋phonê[希]“～”；其中 optp 也解[希]“～”；其中 ontophanes 解 onta[希]“现实”＋phainô[希]“照亮”；其中 phanê 也解[希]“～”。

820 mausolime 解 mausoleum“～”；也解 magazine“～”，位于都柏林凤凰公园内圣托马斯山上；也解 lime“～”。

821 funferall 解 fun for all“所有人的娱乐”；也解 funeral“～”；也解 funfair“～”。

822 List“～”，此处解为 listen“～”。

823 Wheatstone 解 Charles Wheatstone“魏斯通爵士”(1802—1875)，英国物理学家，发明一种装置，将一个类似七弦琴的装置用一根金属悬挂在楼上的钢琴上，当楼上的钢琴弹奏时，楼下的七弦琴也会因震动而自动演奏；也解 weathered stone“～”。

824 lyer 解 lyre“～”；也解 liar“～”；也解 layer“～”；也可与前面的 magic 合解 magic eye“～”。

们将永远搔动[825]为伊华而战|永远辛劳|永远争斗|为了河流。它们将永远聆听[826]听奥拉夫的话|长青苔|比拟。它们将永远[827]向前|过去了不安[828]假装|向前跌倒。竖琴的不和谐音[829]大键琴将永远[830]为了奥拉夫|哲人|总是属于它们。

我们世袭的[831]希罗多德财神李维[832]当今的的伟大旧史[833]写于波卢姆[834]北风的附近，城镇[835]城郭编年史[836]中最蓝的蓝皮书，他在书中说因此除非石楠花冒烟，野草丛生的爱尔兰[837]岛沉陷[838]棺盖，目前[839]四样东西在都柏林天空[840]下四样东西永远不会[841]萨莉衰败。他们现在就在这儿，他们[842]四个[843]恐惧。四，四方陀螺[844]全部|屡次|一样多。一、(12 月[845]霍斯。)本布本疣[846](约翰)牛|大本钟|老板|毛虫|女人|疣突爬到一个老男人[847]市政官|赤杨身上。啊[848]永久地，啊！二、(1 月[849]。)一个穷老太婆[850]脚上的一只鞋。噢，嚯！三、(4 月[851]。)一位褐发[852]《荒村》女仆[853]，奥布利安[854]布利安·奥林的新娘[855]圣布利吉特，将被遗弃[856]隐居之处|狄萨特·奥狄。噢亲爱的[857]阿代尔。噢亲爱的！愿咋样就咋样[858]。(8 月[859]。)一支并不更重[860]更有势力的的笔笔者，也不是邮件极点|邮件|邮差的对头[861]。所以。全都。(住棚节[862]苏凯特。)

所以，就像英诺森无害的|无辜的与阿纳克莱图斯[863]汉娜·丽维娅·妇鲁拉贝尔玩着教皇[864]突出的眼睛和伪教皇游戏，懒人的风就这样翻过一页又一页，《死者书》[865]《行传》中生者的书页[866]生活|利菲河，他们自己的编年史，记载着大事和国事[867]大民族仙女屋赛马场的循环时间，把化石样的[868]温和的|圆桶带到逾越节[869]帕扫|通过如何。

825 tuggling foriver 解 tickle forever"永远搔痒";也解 struggling for Ivor"～",伊华为丹麦海盗的首领;也解 tugging forever"～";也解 struggling forever"～";其中 foriver 也解 for river"～"。
826 lichening for allof 解 listen forever"～";也解 listening to Olaf"～",奥拉夫为伊华的兄弟;其中 lichening 也解"～";也解 liken"～"。
827 forover 解 forever"～";也解 forover [丹]"～";也解 vorüber[希]"～"。
828 pretumbling 解 perturbing"动荡不安";也解 pretend"～";也解 pre-tumbling"～"。
829 harpsdischord 解 harp"竖琴"＋discord"不和谐";也解 harpsichord"～"。
830 for ollaves 解 forever"～";也解 for Olaf"～";其中 ollaves 也解 ollamh[爱]"～";也解 always"～"。
831 herodotary 解 hereditary"～";也解 Herodotus"～"(约前 484—425),希腊历史学家,著有《历史》。
832 Mammon Lujius 解 Mammon"财神玛门",原为财神,后为贪欲的象征,地狱魔鬼之一＋Titus Livius"李维";也解本书一组人物名字的缩写 MMLJ,即 Matthew Gregory(马太・格雷格里)、Mark Lyons(马可・里昂)、Luke Tarpey(路加・泰培)、Johnny MacDougal(约翰尼・麦克杜格),他们的名字来自《圣经》四福音书的作者;其中 Lujius 也解 Lucius[拉]"～"。
833 historiorum 解 historiarum[拉]"～"。
834 Boriorum 解 Boreum"～",利比亚海边拜占庭帝国的要塞;也解 borearum[拉]"～"。
835 baile[爱]"～";也解 bailey"～"。
836 annals"～",化自 *Annals of the Four Masters*"《四大师编年史》",也称《四大师的爱尔兰王国编年史》,从 6 世纪到 17 世纪的爱尔兰历史的编年记录,早期用盖尔语书写。
837 此句包含本书主人公名字的缩写 HCE。
838 pall"～",此处解为 fall"陷落"。
839 f t. 解 for tiden[挪]"～";也解 four things"～"。
840 Dyffinarsky 解 Dubh-linn[爱]"都柏林"＋sky"天空"。
841 sall 解 shall"将";也解 Sally"～",莫顿・普林斯的《分裂的人格》一书中克里斯汀・比切普潜意识中的第二个自我。
842 um 解 them"～";也是后面拉丁文 unum"1"和 duum"2"的后缀。
843 fear"～",此处解为 vier[德]"～"。
844 T. Totities 解 teetotum"～",一种四边形赌博用色子;也解 totum[拉]"～"＋toties[拉]"～";也解 totidem[拉]"～"。
845 Adar"阿达尔月",犹太教历 12 月,在犹太年历中是开始下雨的月份;也解 Eadair[爱]"～"。
846 bulbenboss 解 Ben Bulben"本布本山",位于爱尔兰＋boss"疣突";也解 bull"～"＋ben"～"＋boss"～",指英国统治者;也解 bolb[爱]"～"＋beann[爱]"～"＋boss"～"。
847 alderman"～",此处解 oldman"～";也解 alder"～"。
848 Ay 解象声词"～";也解"～"。
849 Nizam 解 Nisan"尼散月",犹太教历 1 月,在犹太年历中是停止下雨的月份。
850 puir old wobban 解 poor old woman"～",指爱尔兰。
851 Tamuz 解 Tammuz"塔穆斯月",犹太教历 4 月,在犹太年历中是果实成熟的月份。
852 auburn"赤棕色的",也解 *Auburn*"～",英国诗人哥尔德斯密斯的长诗。
853 mayde 解 maid"～"。
854 brine 解 Brian Boru"布利安・布鲁",爱尔兰传说中的著名国王;也解 Brian O'Linn"～",爱尔兰民谣中的早期英雄。
855 a'bride 解 a bride"～";也解 St. Bridget"～",爱尔兰的女守护圣人。
856 desarted 解 deserted"～";也解 diseart[爱]"～";也可与后面的 adear 合解为 Dysart O'Dea"～",爱尔兰西南部地名。
857 Adear 解 Oh dear"～"。"Oh dear""Ay""Ah"在书中是 MMLJ 的标志性感叹;也解 Adare"～",爱尔兰中西部的地名。
858 Quodlibus 解 quodlibet[拉]"～"。
859 Marchessvan 解 Marchesvan"马齐宣月",犹太教历 8 月,在犹太年历中是播种的月份。
860 weightier"～",也解 mightier"～"。
861 penn 解 pen"～"或 penman"～";polepost 解 pole"～"＋post"～"或 postman"～"。在书中"笔者"与"邮差"组成一组二元对立的人物,指壹耳微蚵的两个儿子闪姆和肖恩。
862 Succoth"～",《圣经》中规定的犹太教三大节期之一,用于纪念古以色列人出埃及后在旷野中漂流时所住的棚屋;也解 Sucat"～",圣帕特里克洗礼的名字。
863 innocens with anaclete 解 Innocent with Anacletus"～",指 12 世纪上半叶罗马出生的犹太裔伪教皇阿纳克莱图斯二世与教皇英诺森二世争夺教皇之位。其中 innocens 也解[拉]"～";也解 innocent"～";其中 anaclete 也解 Anna Livia"～"。
864 Popeye"～",此处解为 pope"～";也解福克纳 1931 年出版的小说《圣殿》中的人物的名字。
865 the boke of the deeds 解 *The Book of the Dead*"《亡灵书》",古埃及葬礼文献的统称;也解 *The Book of the Deed*"～"。
866 leaves"～";也解 lives"～";也解 Liffey"～"。
867 events grand and national"～";也解(The Fairyhouse Racecourse) Grand National"～",位于都柏林。
868 fassilwise 解 fossil"化石"＋-wise"……样子";也解 facile"～";也解 Faß[德]"～"。
869 pass how 解 Passover"～";也解 Passau"～",多瑙河边的巴伐利亚城市;也解 pass how"～"。

公元 1132 年[870]，像蚂蚁或蚁类[871]罗伯特·埃米特的男人对一只躺在小河里的巨大[872]白[873]兽皮|白色鲸[874]鲸鱼|墙|鱼目瞪口呆[875]徒步旅行。都柏林[876]饱满的|羊毛|屠夫的冒泡的嗜血的鲸鱼[877]制品|商品。

公元 566 年。大洪水之后那年的太阳神火[878]巴福|篝火之夜，一个用柳条[879]邪恶的篮[880]基什灯塔把枯草皮[881]粪|守灵夜拖离泥沼[882]博格的老太婆出于于是这个阴道|索西斯|放牛|无花果好奇[883]牛跑过去，在她凄凉的篮子[884]都柏林下查看[885]把它锁住|小盒子，我的天啊[886]保存|看见|扫罗，她却发现她的售货袋里装满了[887]撒克维尔极好的加速鞋[888]《两只鞋的小古迪》|黝黑的和[889]蚂蚁优雅的[890]解开系带小鞋[891]一无所知，满是汗滴。围栏之城[892]的污迹斑斑的作品。

（安静）

公元 566 年。这时人们发现一位黄铜色头发[893]厚颜无耻的引诱的少女在悲伤（哭啊哭啊[894]在波涛上|灯|安慰！）因为她的宠儿[895]赫米温妮|阴户洋娃娃[896]吸管|钱|乖孩子被食人魔欧洲意图·虔诚[897]阴茎|纯洁虔诚从她手里抢走了，围栏浅滩之城[898]的血腥战争。

公元 1132 年。一个小时里两个儿子出生在一位丈夫和他的丑老太婆家。这些儿子称自己为恶棍[899]罐子|次子和主教[900]一流的|第一个。主教是一名守卫者[901]讲卫生的人|老部落|乡下人，训练所有体面人[902]。恶棍去了酒家，写了一出啊，和平滑稽剧[903]一首诗。写给都柏林的污言乱语[904]《通向都柏林的石板路》。

在大洪水前和公元纪年[905]汉娜|占统治地位的之间有一个金奴加裂隙[906]陷阱和陷入裂缝，显然[907]显得|父母在裂隙的某处，抄写人必

870 1132 A. D.“～”,1132这个数字在书中经常出现,一种看法认为根据《四大师编年史》记载,爱尔兰英雄芬·麦克尔在公元283年去世,而1132=283×4,即芬·麦克尔和四大师。

871 emmets“～”;也解 Robert Emmet“～”(1778—1803),爱尔兰起义者,被英国政府处以绞刑。

872 groot[荷]“～”。

873 hwide 解 hvid[丹]“～”;也解 hide“～”;也解 white“～”。

874 Whallfisk 解 Walfisch[德]“～”,据都柏林编年史记载,1351年一群鲸鱼在都柏林海湾搁浅;也解 whalefish“～”;也解 whall“～”;也解 fisk[丹]“～”。

875 wondern 解 wonder“～”;也解 wandern[德]“～”。

876 Ublanium 解 Eblana,古希腊天文学家托勒密所绘的世界地图上都柏林的名字;也解 uber[拉]“～”+lana[拉]“～”;也解 lanius[拉]“～”。

877 Blubby wares 解 blub“泡泡”+whale“鲸鱼”;其中 Blubby 也解 bloody“～”;其中 wares 也解 ware“～”;也解 wares“～”。

878 Baalfire 解 Baal Fire “～”,古爱尔兰在5月1日前夜举行的太阳神火仪式;也解 Arthur Balfour“～”(1848—1930),英国派驻的爱尔兰事务秘书,以残酷著名;其中 Baal 也解闪族神话中的繁殖神;也解[丹]“～”。

879 hadde a wickered“有一个柳条制的”;也解 H. C. Earwicker“壹耳微蚵”;其中 wickered 也解 wicked“～”。

880 Kish“大柳条方篮”;也解 Kish“～”,都柏林灯塔名。

881 turves 解 turf“～”;也解 turd“～”;也解 tórramh[爱]“～”。

882 bog“～”;也解 Bögg“～”,类似于雪人的人物,苏黎士4月第三个星期一的送冬节上会把博格在柱子上烧掉。

883 sothisfeige her cowrieosity 解 satisfy her curiosity“满足她的好奇心”;也解 so this Feige([德俚])“～”;其中 sothisfeige 也解 Sothis“～”;其中 feige 也解 feighil[爱]“～”;也解 Feige[德]“～”;其中 cowrieosity 也解 cow“～”,即献给伊希斯女神的牛。

884 blay of her Kish 解 blay“凄凉的”+of her kish“她的篮子的”;也解 Baile Átha Cliath“围栏浅滩之城”,都柏林的爱尔兰名字。

885 lookit 解 look it“看它”;也解 lock it“～”;也解 locket“～”。

886 be me sawl 解 be my soul“～”;其中 sawl 也解 sabháil[爱]“～”;也解 saw“～”;也解 Saul“～”。

887 sackvulle 解 sack“大袋子”+full“满是”;也解 Sackville“～”,1750年—1754年的爱尔兰总督,今天都柏林的奥康内尔街原先就叫撒克维尔街。

888 swart goody quickenshoon 解 svært gode[丹]“极好的”+quicken-shoe“加速鞋”;也解 smart Goody Two-Shoes“～”,出自约翰·纽伯瑞1766年出版的童话书《两只鞋的小古迪》(*The History of Little Goody Two-Shoes*);其中 swart 也解“～”。

889 ant“～”,此处解为 and“～”。

890 illigant 解 elegant“～”;也解 illigate“～”。

891 brogues 解 bróg[爱]“～”;也可与前面的 kish 组成俗语 as ignorant as a kish of brogues“～”。

892 Hurdlesford 解 Town of the Ford of the Hurdles“围栏浅滩之城”,指都柏林。

893 brazenlockt 解 brazen“黄铜色的”+lock“脑门上的V形头发(迷信的人认为是早寡的预兆)”;也解 brazen“厚颜无耻的”+lockt[德]“引诱”,即“～”。

894 sobralasolas 解 sob alas sob alas“～”;也解 sobre las olas[西]“～”;也解 solas[爱]“～”;也解 sólás[爱]“～”。

895 her minion“～”;也解 Hermione“～”,莎士比亚的《冬天的故事》中的女王;其中 minion 也解 mouni[希]“～”。

896 Puppette 解 Puppe[德]“～”;也解 pipette“～”;也解 Pepette 法国对“～”的一种间接说法;也解 poppet“～”,斯威夫特在给恋人以斯帖·琼荪(他称她为史黛拉)的信中,常使用“poppet”或“ppt”这样的称呼。

897 Puropeus Pious 解 Europe“～”+pious“～”,此处为人名;也解 Pia and pura“～”,出自维科《新科学》中的 pura et pia bella[意]“纯洁虔诚的战争”,在本书中有时用于女子的名字;其中 puropeus 也解 purpose“～”;其中 Pious 也解 peos[希]“～”。

898 Ballyaughacleeaghbally 解 Baile Átha Cliath“围栏浅滩之城”,指都柏林。

899 Caddy“～”,此处解为 Cad“～”,书中闪姆的一个化身;也解 cadet“～”。

900 Primas 解 Primas[德]“～”;也解 prima[德]“～”;也解 primus[拉]“～”。

901 santryman 解 sentryman“～”;也解 sanitary man“～”;也解 Sean-truibh[爱]“～”,都柏林北部的村镇;也解 country man“～”。

902 decent people“～”,出自爱尔兰歌曲《圣帕特里是一个绅士》中的“圣帕特里是一个绅士,出自体面的家庭”。

903 o peace a farce 解 a piece of farce“～”;也解 a piece of verse“～”;其中 o peace 也解“～”。

904 Blotty words for Dublin“～”;也解 Rocky Road to Dublin“～”,19世纪的爱尔兰歌曲。

905 antediluvious and annadominant 解 ante-diluvian“大洪水之前”和 Anno Domini“公元”;其中 annadominant 也解 Anna Livia Plurabelle“汉娜·丽维娅·妇鲁拉贝尔”+dominant“～”。

906 ginnandgo gap 解 Ginnunga Gap“～”,北欧神话中的深渊,两侧住着冰火巨人;也解 ginn and go gap“～”。

907 parently 解 patently“明白地”;也解 parens[拉]“～”;也解 parent-ly“～”。

定带着他的经卷逃走了。汪洋[908]围栏浅滩之城|公山羊洪水升了起来，或者一只麋鹿冲向他[909]或来自最高最高的天庭[910]的世界各地世界建造者总督[911]湿热的，(总之，闪电)地震[912]大地开言或无情的[913]绞刑架|公鸡丹麦人[914]达尼曼|达奴砰砰[915]脸|潘|潘多拉敲击着沾满血迹的门[916]奥布赖恩小姐|比蒂·多兰|门。那时那里开始根据旧法典杀死抄写员[917]自杀，同时因为他工作中的杂质让他支付罚金，一些铁匠的6马克或9便士[918]九柱球游戏，而在我们时代的后期，只会偶尔作为军队或市民交战的后果，一位众人关注的人物[919]女人|操心|妇女工场|闲职被送上绞架，因为他乱动邻居保险箱妻子的抽屉[920]，偷偷拿了同样数目的罚金。

现在，在所有这些取自远方[921]术士|穆尔康里的和异国风格的[922]克勒利，或尊贵[923]图格南或明晰的[924]神父之后，我们从蓝皮书[925]李维|利菲河册上抬起眼睛，抬起来自黑暗的眼睛，(看[926]热!)多么和平[927]可能地的和平[928]反讽的|爱尔兰，所有变暗的沙丘和变黑的发微光的林中空地，我们祖国的[929]自由的土地|和平|弗莱德兰战役平原在我们眼前自己伸展！靠在石松阴茎下，牧人[930]牧师躺在羊群[931]恶棍|拐杖边；在返青的草地[932]男性生殖力上，年轻的雄鹿阴茎在雄鹿妹妹旁啃着草；在她那摇摆的青草[933]眼镜|三叶草中，草类的三位一体装出闪姆卑微的样子；上方的天空常灰[934]常青。因此，同样，驴子万岁。自从公熊和毛人[935]赫伯和赫勒蒙的拳击赛阴茎后，矢车菊一直呆在巴勒蒙[936]，麝香玫瑰[937]黄昏的玫瑰|犬蔷薇|黑肤的罗瑟琳从山羊镇[938]废弃了的城市的篱笆外露出来[939]选择，郁金香[940]两个嘴唇在甜蜜的卢斯

908 Billy 解 billy-oh“极度的”；也解 Baile Átha Cliath“～”，指都柏林；也解 Billy goat“～”。
909 此句包含本书主人公名字缩写的倒写 ECH。
910 excelsissimost empyrean 解 excelsissimus[拉]“最高的”＋empyreus[晚拉]“天堂最高处”；其中 excelsissimost 也解 excelsus[拉]“高的”＋most“最”，即“～”。
911 sultrup worldwright 解 satrap worldwide“～”；其中 sultrup 也解 sultry“～”；其中 worldwright 也解 world wright“～”。
912 earthspake 解 earthquake“～”；也解 earth speaks“～”。
913 gallous 解 callous“～”；也解 gallows“～”；也解 gallus[拉]“～”。
914 Dannamen 解 Danish men“～”；也解 Dannyman“～”，出生于爱尔兰的美国剧作家鲍西考尔特的《玻恩姑娘》(*The Colleen Bawn*)中的驼背人物；也解 Dana “～”，爱尔兰的死亡和生育女神。
915 pan“～”，象声词；也解[俚]“～”；也解 Pan“～”，古希腊人身羊脚的林神，以淫荡著称；也解 Pandora “～”，古希腊神话中把灾难从盒子里释放到人间的女人。
916 bliddy duran 解 bloody door“～”；其中 bliddy 也解 Biddy O'Brien“～”，歌谣《芬尼根的守灵夜》中的守灵者之一；其中 duran 也解书中人物 Biddy Doran“～”，书中人物，与母鸡联系在一起；也解 døren[丹]“～”。
917 scribicide 解 scribe“抄写员”＋-cide“杀”；也解 suicide“～”。
918 ninepins“～”，此处解为 nine pennies “～”。
919 gynecure 解 cynosure“引人注目的人或事”；也解 gynê[希]“～”；也解 cura[拉]“～”；也解 gynaeceum[拉]“～”；也解 sinecure“～”。
920 此句化自《圣经》第九条戒律“不可垂涎邻居的妻子”；其中 safe 也解 wife“～”。
921 farfatch'd 解 farfetched“～”，此词也有“牵强”之意；也解 fefear-feasa[爱]“～”；也解 Farfassa O Mulconry“～”，爱尔兰编年史的《四大师编年史》作者之一。
922 peragrine 解 peregrine“～”；也解 Peregrine O Clery“～”，《四大师编年史》作者之一。
923 dingnant 解 dignitary“～”；也解 Ó Duibhgeannáin[爱]O Duignan“～”，《四大师编年史》作者之一。
924 clere 解 clear“～”；也解 cléireach[爱]“～”，指《四大师编年史》的其他作者。
925 Liber Lividus[拉]“蓝色的书”，《尤利西斯》第一版的封面是蓝色的防尘布面，这个颜色是希腊国旗的颜色；其中 Lividus 也解 Livy“～”(前 59—17)，罗马历史学家；也解 Liffey“～”。
926 toh 解 to'[意]“～!”；也解 hot“～”。
927 paisibly 解 peaceably“～”；也解 possibly“～”。
928 eirenical 解 eirênikos[希]“～”；也解 ironical“～”；也解 Ireland“～”。
929 fredeland 解 fædreland[丹]“～”；也解 fred([挪]“自由的”) land“～”；也解 Frieden[德]“～”；也解 Friedland“～”，拿破仑 1807 年发动的对俄战役。
930 pastor“～”，此处解为[拉]“～”。
931 crook“～”，此处解为 flock“～”；也解 Krücke[德]“～”。
932 viridities“碧绿”；也解 virility“～”。此段中有很多性意象，比如 pine(松树)在法国俚语中也指“阴茎”；pricket(雄鹿)也可解为 prick[俚]“阴茎”；下一句中 bouts(拳击赛)在法国俚语中也指“阴茎”。
933 rocking grasses“～”；也解 looking glasses“～”；其中 rocking 也可与后面的 shams 合解为 seamróg[爱]“～”。
934 evergrey“～”；也解 evergreen“～”。
935 Hebear and Hairyman“～”，其中的 hairyman 出自《创世记》27 章中“我的兄弟以扫是个多毛的人”；也解 Heber and Heremon“～”，前者为南爱尔兰的第一个土著领袖，后者为北爱尔兰的第一个土著领袖，两人都分别被他们的兄弟杀死。
936 Ballymun“～”，都柏林北部城镇名。
937 duskrose 解 musk rose“～”；也解 dusk rose“～”；也解 dog rose“～”；也解 Rosaleen“～”，爱尔兰的化身之一。
938 Goatstown“～”，都柏林南部城镇名；也解 ghost town“～”。
939 choosed“～”，此处解为 showed“显示”。
940 twolips 解 tulip“～”；也解 two lips“～”。

镇边挤在一起[941]强烈要求由甜蜜的罗斯采集它们|两个嘴唇被甜蜜的罗斯压在一起，曙光[942]成双的光之镇，白荆棘[943]山楂和红荆棘将诺克马龙[944]的五月溪谷[945]莫伊瓦利变得斑驳多姿[946]仙女|注视|装扮，尽管有这些环绕着[947]四周的环形物他们，在上千年的绕日[948]近日点|行走|希利运行中，弗莫尔族[949]打碎了丹麦人的牙齿[950]图德南族|誓言|地域，牛人被袋人[951]纵火犯|博格骚扰，巨人们[952]乔伊斯|关节把偷工减料的建筑[953]杰瑞匆匆立在凯文希。小蔬菜集市[954]绿地上的小家伙之于城市就如同父亲之于孩子们(一年[955]听！一年！笑和泪[956]笑声！)，这些缔结和平[957]封蜡|签订和平契约的纽扣孔在四对舞中舞过一个个世纪，现在吹气吹送我们，清新可人[958]由一切微笑组成|笑脸的女仆，就如，屠杀[959]基拉洛的前夜。

巴别塔建造者[960]爱唠叨的人能说会道[961]超过沼气却是徒然(他们陷入困惑[962]孔子|混乱的|混乱地！)他们是这样的并离开了：事情乞讨|思考曾是这样[963]你明白吗的，慧骃[964]赞美诗圣托马斯[965]所多玛|唱歌|蒂姆·芬尼根曾是，美丽的天使[966]抱怨|管风琴|挪威曾是，玩闹的未婚妻们[967]你说法语吗|傻的|看曾是。人变柔和[968]有|是了，牧师们[969]职员低声哼哼[970]向上，金发碧眼的追求褐色皮肤的：你爱我吗，亲爱的女孩儿[971]你可以吻其他人，小气的小猪凯里？深肤色的夫人们[972]叔伯夫人们遭遇浅肤色的[973]地狱的|极要好的家伙们：你的礼物在哪儿，蠢货[974]一个哑巴病人傻瓜的空间？他们一个倒在另一个身上：他们是自己跌倒的。直到今晚[975]现在一个晚上，直到昔日的夜晚，田野里所有大胆的花神[976]花对她们羞涩的潘神[977]动物恋人只说着：摘下[978]打电话我

941 have pressed togatherthem by sweet Rush 解 have pressed together by sweet Rush“～”，卢斯镇是都柏林东北部的城镇，以郁金香闻名；也解 have pressed to be gathered by sweet Rush“～”；也可与前面的 twolips 合解 two hips have been pressed together by sweet Rush“～”。

942 twinedlights 解 twilight“～”；也解 twined lights“～”。

943 whitethorn“山楂”与后面的 redthorn（红荆棘）对应译为“～”。

944 Knockmaroon“～”，凤凰公园西部的山丘。

945 mayvalleys 解 May valleys“～”；也解 Moyvally“～”，位于利菲河边都柏林西北部的城镇。

946 fairygeyed 解 variegated“使色彩斑驳”；也解 fairy“～”＋eyed“～”；也解 figured“～”。

947 rings round 解 rings 'rum[德]“～”；也解 rings around“～”。

948 perihelygangs 解 perihêlios[希]“～”；也解 perihelion“～”；其中 Gang 也解[德]“～”；其中 hely 也解 Timothy Michael Healy“～”。

949 Formoreans 解 Fomorians“～”，爱尔兰神话中象征着混沌与野性的巨人族。

950 tooath of the Danes 解 tooth of the Danes“～”；也解 Túatha Dé Danann[爱]“～”，意思是“女神达奴的人”，指爱尔兰传说中的第四代殖民者；也解 oath“～”；也解 tuath[爱]“～”。

951 Firebugs“～”，此处解为 Fir Bolga[爱]“～”，爱尔兰传说中的第三代殖民者；也解 Bögg“～”。前面的“牛人”(Oxman)疑指维京人，他们曾大量聚居于都柏林北部的牛人镇。

952 Joynts 解 giants“～”；也解 Joyce“～”；也解 joint“～”。

953 jerrybuilding 解 jerry building“～”；也解 Jerry“～”，与后面的 Kevin（凯文）（原文为 Kevanses“凯文希”）在书中组成一组二元对立的人物，即闪姆和肖恩。

954 Little on the Green 解 Little Green Market“～”，都柏林集市名；也可直译为“～”。

955 Year“～”；也解 hear“～”。

956 laughtears 解 laugh“笑”＋tear“眼泪”；也解 laughter“～”。

957 paxsealing 解 seal“缔结”＋pax[拉]“和平”；也解 sealing wax“～”；也解 peace pact sealed“～”。

958 made-of-all-smiles“～”，此处解 made all smile“愉悦所有人的”；也解 maid of all smiles“～”。

959 Killallwho 解 Kill all who“～”；也解 Killaloe“～”，爱尔兰著名的国王布利安·布鲁王宫的所在地。

960 babbelers 解 Babel-er“～”；也解 babblers“～”。

961 thangas 解 teanga[爱]“语言能力”；也解 than gas“～”。

962 confusium 解 confuse “～”；也解 Confucius “～”；也解 confusum[拉]“～”；也解 confusim[拉]“～”。

963 thigging thugs were 解 things were thus“～”；也解 thigging thugs[爱]“～”；其中 thigging 也解 tigge[丹]“～”；也解 thinking“～”。

964 houhnhymn 解 Houyhnhnms“～”，斯威夫特所著《格列佛游记》中由有智慧的马统治的国度；也解 hymn“～”。

965 songtoms 解 Saint Thomas“圣托马斯·阿奎那”（1215—1274），意大利神学家；也解 Sodom“～”，《圣经》中因堕落被上帝毁灭的城市；也解 song“～”；其中也包含 Tim“～”。

966 norgels 解 angels“～”；也解 nörgeln[德]“～”；也解 Orgel[德]“～”；也解 Norge[挪]“～”。

967 pollyfool fiansees 解 playful fiancess“～”；也解 parlez-vous français[法]“～”；也解 fool“～”＋sees“～”。

968 thawed“～”；也解 tá[爱]“～”或“～”。

969 clerks“～”，此处解为 cleric“～”。

970 surssurhummed 解 sussurrare[意]“低语”＋hun“发出嗡嗡声”；也解 sursum[拉]“～”。

971 Elsekiss thou may, mean Kerry piggy 解 elsker du mig, min kære pige[丹]“～”；也可直译为“～”。

972 duncledames 解 dunkel[德]“深色的”＋dames“夫人们”；也解 uncle dames“～”。

973 hellish“～”，此处解为 hell[德]“浅色的”；也可与后面的 fellows 合解“～”。

974 Who ails tongue coddeau, aspace of dumbillsilly 解 Où est ton cadeau, espèce d'imbecile[法]“～”；其中 aspace of dumbillsilly 也解 a space of dumb ill silly“～”。

975 nowanights 解 now a night“～”，化自习语 nowadays“如今”。

976 floras 解 Flora[拉]“～”；也解 flores[拉]“～”。

977 shyfaun 解 shy“羞涩的”＋faun“潘”，希腊神话中人首羊身的林神；也解 fauna“～”。

978 Cull“采摘”；也解 call“～”。

吧，否则我会因你而枯萎！还有，不过稍等片刻；在我脸红[979]旺盛的时候拔[980]与……做爱下我！啊，愿她们枯萎、结婚、繁荣兴旺[981]脸红、说真话[982]订婚|的确！因为这话已经像霍斯[983]加农炮|霍维特山一样古老了。让鲸鱼[984]山在独轮手推车[985]里待[986]沐浴|洗一会儿（这不是我正在告诉[987]手斧你的真相[988]怜悯吗？）好长出摇摆晃动的[989]莎士比亚鱼鳍[990]芬·麦克尔和鳍状肢。蒂姆·蒂姆根引诱她[991]，引诱人的啼姆。翻飞！翻空！翻腾！

跳！

以亚当[992]阿门|风|名字|名字的名义，小丘上这个独自走在路上[993]帕撒龙人|巴涅尔扎着生皮皮带的乡下人[994]下贱的人，这个大家伙[995]笑话集|快乐乞丐|鸡奸者|丘比特|比格他是谁？他这个侏儒[996]猪|女仆变成[997]奇形怪壮的了猪头[998]大桶，他的畸形脚[999]沉重的步伐|扁平足收缩了。他有锁似的脚趾[1000]牙关紧闭症|肘|哈伍洛克、这种短胫骨，而且，噢，看啊，老的，那是胸上的[1001]鬼怪的|噢，凭上天发誓，那是鬼，他的乳房肌肉[1002]妈妈太奇怪[1003]怪物的|勒木斯蒂了。它正从某个东西的头盖骨里吃午餐[1004]。我觉得好像是个龙人[1005]蛇人|翻译。无论是一月[1006]杜松科植物的|六月还是二月[1007]酿酒厂，三月[1008]烧酒还是四月[1009]眼镜，或者雨月[1010]和霜月[1011]结霜的|微醉的的哄闹，他从这里几乎总是[1012]所有怪物|所有月份看得一清二楚[1013]时时提防着|法国军用平顶帽|保持|采邑，是萨克森萨克森尼|袋子治安管[1014]可食的|点画。多么奇怪[1015]兔子|煮的一种[1016]类人[1017]哑的|口吃啊。显然是溜走的老爹[1018]我|爹爹|米歇尔神父|天使长米迦勒。让我们[1019]以免跨过他的火防线，还有栏圈中这些被从

979 blush“～”；也解 flush“～”。

980 Pluck“猛拉”；也解 fuck“～”。

981 profusedly blush 解 profusely flush“～”；也解 blush“～”。

982 be troth 解 be true“～”；也解 betroth“～”；也解 in troth“～”。

983 howitts 解 Howth“～”，都柏林郊区，此句化自习语 old as the hills“古老的”；也解 howitz“～”；也解 Howitt“～”，位于澳大利亚。

984 whale“～”；也解 hill“～”。此句押头韵。

985 whillbarrow 解 wheelbarrow“～”。

986 Lave“～”，此处解为 leave“离开”；也解 laver[法]“～”。

987 tallin 解 telling“～”；也解 Táilgheann[爱]“～”，圣帕特里克的绰号。

988 truath 解 truth“～”；也解 truagh[爱]“～”。

989 shake“～”；也解 Shakespeare“～”。

990 fins“～”；也解 Finn MacCool“～”，爱尔兰传说中的巨人英雄。

991 timped hir 解 tempted her“～”，这两个词的元音 e 都为与前面 Tim Timmycan 的 i 元音呼应而变成了 i，这是本书常使用的手法之一。

992 Anem 解 Adam“～”；也解 amen“～”；也解 anemos[希]“～”；也解 onoma[希]“～”；也解 ainm[爱]“～”。

993 a parth a lone 解 on the path alone“独自在路上”；也解 Parthalón“～”，爱尔兰传说中的第二代殖民者；也解 Parnell“～”，爱尔兰自治运动的领袖。

994 carl“～”；也解 churl“～”。

995 joebiggar 解 Joe“家伙”＋bigger“更大的”；也解 joe miller“～”；也解 joy beggar“～”；也解 bugger“～”；也解 Jupiter“～”，罗马神话中的小爱神；也解 Joseph Biggar“～”，巴涅尔在国会中的助手，驼背。

996 pigmaid 解 pigmy“～”；也解 pig“～”＋maid“～”。

997 Forshapen[中英]“变形”；也解 forshapen“～”。

998 hoagshead 解 hog's head“～”；也解 hogshead“～”。

999 plodsfoot 解 clubfoot“～”，希腊神话中好色的潘神的脚是羊蹄，西方传说中恶魔的脚也多是蹄状；也解 plod“～”；也解 plattfuss[德]“～”。

1000 locktoes 解 lock“锁”＋toe“脚趾”；也解 lockjaw“～”；也解 lakat[塞维]“～”；也可与前面的 hath 组成 Havelok“～”，14 世纪传奇诗中的丹麦人，与哈姆雷特有类似的经历。

1001 pectoral“～”；也解 spectral“～”；整句 Obeold that's pectoral 也解 oh, by all that's spectral“～”；其中 Obeold 也解 O be old“～”。

1002 mammamuscles 解 mamma“乳房”＋muscle“肌肉”；也解 mamma[英口]“～”。

1003 mousterious 解 mysterious“不可思议”；也解 monstrous“～”；也解 Le Moustier“～”，法国西南部的地名，在此地发现了 4 万 5 千年以前的穴居人遗骨。

1004 slaking nuncheon 解 slaking“消化”＋luncheon“午餐”。

1005 dragon man“～”，出自英国诗人威廉·布莱克的《天堂与地狱之歌》；也可指 snake man“～”，指撒旦；也解 dragoman“～”，犹指阿拉伯语、波斯语、土耳其语国家的翻译。

1006 junipery“～”，此处解为 January“～”；也解 June“～”。

1007 febrewery 解 February“～”；也解 brewery“～”。

1008 marracks 解 March“～”；也解 arrack“～”。

1009 alebrill 解 April“～”；也解 Brille[德]“～”。

1010 pouriose 解 pluviose[法]“～”，法国大革命时期使用的年历中的 5 月，相当于公历的 1 月 20 或 21 日到 2 月 19 或 20 日。

1011 froriose 解 Frimaire[法]“～”，法国大革命时期使用的年历中的 3 月，相当于公历的 11 月 21 日到 12 月 20 日；也解 frore“结冰霜的”；也解 brillo[意]“～”。

1012 almonthst 解 almost“～”；也解 all monsters“～”；也解 all months“～”。

1013 kiep fief 解 clear view“看得清楚”；也解 on the qui vive“～”，其中 kiep；也解 kepi“～”；也解 keep“～”；其中 fief 也解“～”。

1014 Comestipple Sacksoun 解 Saxon constable“～”；其中 comestipple 也解 comestible“～”；也解 stipple“～”；其中 Sacksoun 也解 Saxony“～”，德国南部的城市；也解 sack“～”。

1015 quhare 解 queer“奇怪的、同性恋者”；也解 hare“～”；也解 kuvar[塞维]“～”。

1016 soort[荷]“类”；也解 sort“～”。

1017 mahan 解 man“～”；也解 mahan[英爱]“～”；也解 maon[爱]“～”；也解 meann[爱]“～”。

1018 michindaddy 解 miching[英口]“溜走的”＋daddy“爹爹”；也解 mich[德]“～”＋daddy“～”；也解 Father Michael“～”；也解 Mick“～”。

1019 Lets 解 let's“～”；也解 lest“～”。

缝里吸掉骨髓的骨头。(山洞[1020]小心!)他或许可以告诉我们[1021]荒谬的|下一个|颠倒错乱的|公告通向赫拉克勒斯石柱[1022]小山羊的示众[1023]朝圣|巨浪的之路。今天你身体好吗啤酒|搬运工,我的金发先生[1024]快点,灌满啤酒的傻瓜,针织品商妇们吹着修士裁缝师?对不起[1025]库萨,蠢汉[1026]麦克多内尔!你说丹麦话吗[1027]敲钟人日?不。你说一点儿[1028]喋喋不休的|口译|洪水|拓夫挪威话[1029]斯堪的纳维亚地区的话吗?不不。你说皮戈特盎格鲁话[1030]?不不不。你说次中音号撒克逊话[1031]萨克斯管|戈拉马提库斯吗?不不不不。这就都明白了!这是个朱特人[1032]哑巴。让我们交换帽子[1033]握手,相互[1034]吞食诅咒的人随便说些关于可恶的赤裸的希腊人[1035]小溪的强词弱语[1036]重话|骂人话吧。

朱特人——你也好[1037]耶胡!

笨蛋[1038]我——非常高兴[1039]不客气|猪|快乐|轮子。

朱特人——你是聋子么?

笨蛋——有点儿[1040]有点难。

朱特人——但你不是又聋又哑?

笨蛋——完全不是[1041]挪亚。只是有点儿结巴[1042]说话的人|纳特。

朱特人——哇[1043]怎么弄的?你怎么了[1044]谁在跟你低语|妈妈?

笨蛋——我被吓成了结巴[1045]哑巴|绊倒。

朱特人——多么可可可可怕[1046]听得见|哦|打|完全没有啊,被弄成[1047]因为!怎么会,笨蛋?

笨蛋——在酒瓶[1048]战斗|仆役长边上[1049],荒唐[1050]无理的|先生|聋子。

朱特人——谁的酒瓶[1051]水坑?在哪里[1052]爱尔兰?

1020 Cave"～",指柏拉图著名的洞穴比喻,即一群囚犯在洞穴中面朝墙,把身后火堆映出的影子当作真实,却不肯相信洞外有真正的太阳和世界;也解 caveo[拉]"～"。

1021 prapsposterus 解 perhaps propose to us"也许向我们建议";也解 preposterous"～";也解 posterus[拉]"～";也解 praeposterus[拉]"～";也解 poster"～"。

1022 Hirculos pillar 解 Pillars of Hercules"～",位于直布罗陀海峡,希腊神话中尘世的尽头;其中 Hirculos 解 Hercules"赫拉克勒斯",希腊神话中的大力士英雄;也解 hirculus[拉]"～"。

1023 pillory"～";也解 pilgrim"～";也解 billowy"～"。

1024 Come on, fool porterfull, hosiered women blown monk sewer? 解 Comment vous portez-vous aujourd'hui, mon blond monsieur? [法]"～";也可直译为"～";其中 porterfull 中的 porter 既解"～",也解"～",指民谣《芬尼根的守灵夜》的主人公既是提着泥浆桶的"搬运工",在他的守灵夜上人们也在他头旁放了一桶啤酒。

1025 Scuse us 解 excuse us"～";也解 Nicholas of Cusa"～"(1401—1464),德国枢机主教,著有《论习得的无知》,论及上帝中存在的对立性,这个观点据说影响了布鲁诺。

1026 chorley guy 解 charlit guy"～";也解 Sorley Boy MacDonnell"～"(1505—1590),爱尔兰乌尔斯特的起义领袖。

1027 tollerday donsk 解 Taler de Dansk[丹]"～";也解 toller day"～"。

1028 tolkatiff 解 talk a little"～";也解 talkative"～";也解 tolke[丹]"～";也解 tolca[爱]"～";其中也包括 Taff"～"。

1029 scowegian 解 Norwegian"～";也解 Scandinavian"～"。

1030 spigotty anglease 解 speak English"～"。奥·杰斯珀森在《语言,性质、发展与起源》(*Language, its nature, development and origin*)一书中说当有人对巴拿马的本地人说英语时,他们会回答说"No spiggoty Inglis"(不会说英语);也解 Richard Pigott"～",爱尔兰新闻记者,曾伪造巴涅尔的信。

1031 phonio saxo 解 phôneô[拉]"说"+Saxo[拉]"撒克逊人";其中 phonio 也解 euphonium"～";其中 saxo 也解 saxophone"～";其中也包括 Saxo Grammaticus"～"(1150—1206),丹麦历史学家,被称为"博学的撒克逊人"。

1032 Jute"～",古代居住在北欧日德兰半岛的日耳曼人的一个部落,五世纪时侵入英国东南部;也解 Mute"～"。

1033 swop hats"～";也解 shake hands"～"。

1034 oach eather 解 each other"～",两个词语交换部分字母是《芬尼根的守灵夜》常用的造词法之一;也解 oath"诅咒"或"誓言"+eater"吃东西的人",故直译为"～"。

1035 blooty creeks 解 bloody Greeks"～";其中 blooty 也解 bloot[荷]"～";其中 creeks 也解"～"。

1036 strong verbs weak"强动词,弱的";也解德语中的强动词和弱动词;其中 strong verbs 也解 strong word"～";也解 strong language"～"。

1037 Yutah 解 you too"～";也解 yahoo"～",斯威夫特的《格列佛游记》中外表人形的野蛮动物。

1038 Mutt"笨蛋"与后面的 Jeff(聋子)是美国 20 世纪初报纸连环漫画中一高一矮一对喜剧性人物,1913 拍成无声电影,因此"Mutt and Jeff"由此成为哑巴和聋子的代名词;也解 me"～"。

1039 Mukk's pleasurad 解 much pleasure had (at meeting you)"[见到你]非常高兴";也解 my pleasure"～";其中 Mukk's 也解 muc[爱]"～";其中 pleasurad 也解 pleasure"～"+Rad[德]"～"。

1040 somehards 解 somehow"在某方面";也解 some hard"～"。

1041 Noho 解 Not at all"～";也解 Noah"～",《创世记》中大洪水时期的义人。

1042 utterer"～",此处解为 stutterer"～";也解 Nutter"～",爱尔兰作家勒法努的《墓地房屋》中的人物,在凤凰公园与别人进行了一场喜剧性的决斗。

1043 Whoa"～";也解 How"～"。

1044 Whoat is the mutter with you? 解 What is the matter with you? "～";也解 Who is at the mutter with you? "～";其中 Mutter 也解[德]"～"。

1045 stummer 解 stammer"～";也解 Stummer[德]"～";也解 stumble"～"。

1046 hauhauhauhaudibble 解 horrible"～";也解 audible"～";也解 hau [拉]"～"或[德]"～";也解 haud[拉]"～"。

1047 to be cause 解 to be caused"～";也解 to because"～"。

1048 buttle 解 bottle"～";也解 battle"～";也解 butler"～"。

1049 Aput[拉]"在附近"。

1050 surd"～",此处解 absurd"～";也解 sir"～";也解 surdus[拉]"～"。

1051 poddle 解 bottle"～";也解 puddle"～";也解 Poddle,爱尔兰河名,与利菲河交汇。

1052 Wherein"～";也解 Erin"～"。

笨蛋——在登塔夫[1053]克伦塔夫|粪|公牛|胡说的小酒店[1054]昨天，他常在那里让人惊叹[1055]你该在那里。

朱特人——你在那边你的声音我几乎吃不到[1056]听不见。如果我是你，我就会变得更容易看到[1057]聪明的|亚伯一些[1058]有一点儿|皮肤。

笨蛋——有，有于，犹豫[1059]？篡，布鲁[1060]布利安·布鲁|胜利|欢呼|贡礼，布鲁篡位！我记记记起他[1061]我看自己，我我就满腔更加口吃怒火[1062]拉斯马恩斯|早的，气得发抖[1063]践踏！

朱特人——眼中喷火[1064]一|片刻|等一下|自己的。过去的就让它过去吧[1065]野牛就是野牛|公事公办|五分镍币。让我在你犹豫之前用小费[1066]镀金小饰品|特林鸠罗|有价值打消你的疑虑[1067]手掌|浓烟。这里有银币[1068]森林中的球果|爱尔兰军中提供给随从的兵舍，易如反掌[1069]一块橡木。健力士[1070]几尼|中文对你有[1071]催促好处。

笨蛋——是他，是他[1072]金路易|听到！要是我不知道就太笨[1073]沃坦|威廉·伍德了，美髯公希崔克[1074]凯尔特人的丝般乱发那无法磨灭的[1075]说不出的|清楚的灰色伟大的斗篷[1076]灰袍的哈罗德！热烈欢迎[1077]这是粉状的有问题的大米光临都柏林[1078]涉猎|任何事|池塘酒吧。老幼鲑在[1079]可怕的咆哮[1080]！他在那个跟蛋一样的[1081]水煮蛋地方被水煮了。这里是生命兴起[1082]河流所在|自由区|仆人的制服|白日梦的地方，拼合记号[1083]角斗士|君士坦丁九世。那里是姑娘们[1084]守财奴们|痛苦稀里糊涂[1085]钱财|穆尼夫人的地方，撒尿小童[1086]侏儒小便|小东西|凋谢的|过去|操。

朱特人——仅仅因为就像塔西陀[1087]沉默的预言的，我们的

1053 Dungtarf“～”，地名；也解 Clontarf“～”，爱尔兰国王布利安·布鲁 1014 年在此击败丹麦侵略军；也解 Dung“～”＋tarbh[爱]“～”，即 bullshit“～”。
1054 Inns“～”；也解 inne[爱]“～”。
1055 where Used awe to be he 解 where he used to be awed“～”；也解 where you ought to be“～”。
1056 inedible“不能吃的”；也解 inaudible“～”。
1057 wiseable 解 visible“可见的”；也解 wise“～”＋Abel“～”；亚当的儿子。
1058 bitskin 解 bißchen[德]“一点点儿”；也解 bit-kin[古体]“～”；也解 skin“～”。
1059 Hasatency 解 hesitancy“犹豫”，指爱尔兰新闻记者皮戈特伪造巴涅尔的信时把 hesitancy 写成 hesitency，因此露陷，故写为“～”。
1060 Boohooru 解 Brutus“布鲁图”（前 85—前 42），晚期罗马共和国的元老院议员，组织并参与了对凯撒的谋杀；也解 Brian Boru“～”，爱尔兰传说中的著名国王；也解 buadh[爱]“～”＋hurú[爱]“～”；也解 bóramha[爱]“～”，布利安·布鲁的绰号。
1061 rimimirim 解 remember him“～”；也解 mi rimiro[意]“～”。
1062 rath in mine mines 解 wrath in my mind“～”；也解 Ráth Maoinis[爱]“～”，都柏林南部郊区；其中 rath 也解 rathe“～”；其中 mine 也解 minne“～”。
1063 trumple 解 tremble“～”；也解 trample“～”。
1064 One eyegonblack 解 one eye is gonna black“眼睛发黑”，化自词组 look black“怒目而视”，故译为“～”。也指乔伊斯后期一只眼带眼罩；也解 one“～”＋Augenblick[德]“～”，即“～”；其中 eyegonblack 也解 eigen[德]“～”。
1065 Bisons is bisons“～”，此处解为（Let） bygones be bygones“～”；也解 business is business“～”；其中 Bisons 也解[俚]“～”。
1066 trink gilt 解 Trinkgeld[德]“～”；也解 gilt trinket“～”；也解 Trinculo“～”，莎士比亚《暴风雨》中普罗斯比罗公爵的弄臣，与公爵的厨师一起被怪物卡利班奉为主人；其中 gilt 也解[德]“～”。
1067 qualm“～”，也解 palm“～”；也解 Qualm[德]“～”。此句化自惯用语 cross your palm with silver“用钱贿赂”。
1068 sylvan coyne 解 silver coin“～”；也解 sylvan cone“～”；其中 coyne 也解 kiñva“～”。
1069 a piece of oak“～”，此处解为 a piece of cake“～”。
1070 Ghinees 解 Guinness“健力士酒”；也解 guineas“～”，英国旧金币；也解 Chinese“～”。
1071 hies“～”，此处解为 is“是”。
1072 Louee，louee 解 lui，lui[意]“～”；也解 louis“～”，法国旧金币，约为 20 法郎；也解 l'ouie[法]“～”。
1073 wooden“～”；也解 Wotan“～”，北欧神话中主神奥丁在盎格鲁-萨克森文化中的名称；也解 William Wood“～”（1671—1730），英国铸币商。
1074 Cedric Silkyshag 解 Sitric Silkenbeard“～”，爱尔兰国王布利安·布鲁 1014 年击败丹麦侵略军的克伦塔夫战役中丹麦人的统帅；也解 Celtic Silky shag“～”。
1075 intellible 解 indelible“～”；也解 untellable“～”；也解 intelligible“～”。
1076 greytcloak 解 grey cloak“～”；也解 Harald Graycloak“～”，公元 10 年挪威的统治者；其中 greyt 也解 great“～”。
1077 Cead mealy faulty rices 解 Céad míle fáilte romhat[爱]“十万倍地欢迎”；也解 C'est（[法]“这是”）mealy faulty rices“～”。
1078 dabblin 解 Dublin“～”；也解 dabble“～”；也解 dada[爱]“～”＋linn[爱]“～”。
1079 grilsy 解 grilse“～”；也解 grisly“～”。
1080 growlsy 解 growls“～”。
1081 eggtentical 解 egg“蛋”＋identical“同样的”；也可与前面的 poached 合解为 poached egg“～”。
1082 liveries 解 lives rise“～”；也解 river lies“～”；也解 Liberties“～”，都柏林市西南部的一个著名地区；也解 livery“～”；也解 reverie“～”。
1083 Monomark“～”；也解 monomachos[希]“～”；也解 Monomachus Constantine IX“～”（1042—1054），拜占庭皇帝。
1084 missers 解 Misses“～”；也解 misers“～”；也解 misery“～”。
1085 Moony“～”；也解 money“～”；也解 Mooney“～”，乔伊斯的《都柏林人》中《寄宿公寓》一文的女主人公。
1086 Minnikin passe 解 Manneken-Pis“～”，布鲁塞尔的著名雕像；也解 Manikin piss“～”；其中 Minnikin 也解 minikin“～”；其中 passe 也解“～”；也解 pass“～”；也解 passe[法俚]“～”。
1087 Taciturn“～”，此处解为 Cornelius Tacitus“～”（50—?）罗马历史学家，曾提到爱尔兰。

长故事[1088]错误的故事短说者，他把整手推车[1089]整个|借的垃圾卷心菜[1090]倒[1091]憨蛋呆蛋在这里成烂泥。

笨蛋——只不过是一块圆砾岩[1092]布丁|石头如何向河水池利物浦边的河穴[1093]布鲁塞尔|桥泄愤[1094]在里面|在。

朱特人——万能的主啊[1095]上帝慈悲|一切多沼泽的！我们将等待[1096]和什么一起一个像挪威人的人[1097]马|噪音？

笨蛋——就像踩踏草皮[1098]克伦塔夫的公牛。王的猛一拉、王者、向王、与王[1099]东西|乡村|露水|财富之王|罗马王|混蛋|名声！我能跟他聊[1100]打鼾冒泡的角，他的毛料衣服[1101]沃尔斯利|伍尔西|惠灵顿公爵反穿着，我坐[1102]确定的|撒旦|萨顿|萨顿地峡在地狭脖子边，都柏林[1103]黑林的布利安[1104]布利安·奥林|布里安德曾经如此。

朱特人——如果[1105]每当我从头[1106]傻瓜|阉牛|土耳其|斯德克至尾[1107]芬兰语的|芬尼根|芬·麦克尔|凤凰公园在你那鹿特丹[1108]表述|水坝|烂人|《诸神的黄昏》话一样的方言[1109]圣帕特里克|拍什么中几乎一个字[1110]怪异的都听不[1111]英语|黄油懂[1112]董事，就把沸油和野蜂蜜[1113]保多利和雷尼涂到我身上。闻所未闻、见所未见[1114]淫秽的|环顾！下午好[1115]很好的餐后食品|餐后的肠子|好！倒霉去吧[1116]明天见。

笨蛋——完全同意[1117]一个梦。不过等一下[1118]坐车可省一秒钟。绕着除了小岛以外的所有地方[1119]白的|几乎|半岛|阿伯特王子岛走一眨眼的时间[1120]向下|要塞|棕色，你会[1121]头骨看到我父母[1122]我的前辈|莫耶尔塔|艾尔德斯的旷野有多么古老，没有匈奴[1123]汉弗利，属于我们，在那里杓鹞乐于[1124]居住|一个人在盐碱地的上空向鹟鸟哀号，在那里城

1088 wrongstory 解 long story"～";也解 wrong story"～"。

1089 wholeborrow 解 wheelbarrow"独轮手推车";也解 whole"～"+borrow"～"。

1090 rubbage 解 rubbish cabbages"～"。

1091 dumptied 解 dump"倒垃圾";也解 Humpty Dumpty"～"。

1092 puddinstone"～";也解 pudding"布丁"+stone"石头"。

1093 riverpool... brookcells 解 river"河水"+pool"水池"... brook"小河"+cell"穴";其中 riverpool 也解 Liverpool"～",英国城市名;其中 brookcells 也解 Brussels"～",比利时首都;也解 bruck"～"。

1094 inat[塞维]"～";也解 in"～"+at"～"。

1095 Load Allmarshy 解 Lord almighty"～";也解 Lord-a-mercy"～";也解 all marshy"～"。

1096 Wid wad 解 We would wait"～";也解 With what"～"。

1097 norse"～";也解 horse"～";也解 noise"～"。

1098 clompturf 解 clomp"重踏着走"+turf"草皮";也解 Clontarf"～",爱尔兰国王布利安·布鲁 1014 年在此击败丹麦侵略军。

1099 Rooks roarum rex roome 解 regis, regem, rex, regi[拉]"国王"一词的属格、宾格、主格和与格;也解[拉]"～"、"～"、"～"名词变格的不规则排列;其中 Rooks roarum 也解 rex rerum[拉]"～";也解 rex Romae[拉]"～";其中 Rooks 也解 Ruck[德]"～";其中 roome 也解 Ruhm[德]"～"。

1100 Snore"～",此处解为 schnore [瑞]"聊天"。

1101 woolseley 解 linsey-woolsey"亚麻毛织品";也解 Garnet Joseph Wolseley"～"(1833—1913),英国陆军元帅;也解 John M Woolsey"～",美国法官,1933 年宣布《尤利西斯》可以在美国正式出版;也解 Arthur Wellesley"～"。

1102 sutton 解 sitting"～";也解 certain"～";也解 Satan"～";也解 Sutton"～",英国城市名;也解 Isthmus of Sutton"～",霍斯与大陆之间的地区。

1103 d' of Linn 解 Dublin"～";也解 Black Linn"～",霍斯的最高点。

1104 Brian 解 Brian Boru"布利安·布鲁",爱尔兰传说中的著名国王;也解 Brian O'Linn"～",爱尔兰民谣中的早期英雄;也解 Aristide Briand"～"(1862—1932),法国政治家,曾数次任法国总理。

1105 when"～",此处解为 wenn[德]"～"。

1106 sturk 解 start"～";也解 sturk[俚]"～";也解 storc"～";也解 Turk"～";也解 Sturk"～",爱尔兰作家勒法努的《墓地房屋》中的人物,在凤凰公园被击昏,但很快就醒来。

1107 finnic"～",此处解为 finish"结束";也解 Finnegan"～";也解 Finn MacCool"～",爱尔兰传说中的巨人英雄;也解 phoenix"～",都柏林最大的公园。

1108 rutterdamrotter 解 Rotterdam"～";也解 utter"～"+dam"～"+rotter"～";也解 Götterdämmerung [德]"～",瓦格纳的歌剧。

1109 patwhat 也解 patois"～";也解 Patrick"～";也解 pat what"～"。

1110 weird"～",此处解为 word"～"。

1111 beuraly 解 barely"几乎没有";也解 Beurla[爱]"～";也解 beurre[法]"～"。

1112 forsstand 解 Verstand[德]"理解";也解 Vorstand[德]"～"。

1113 Boildoyle and rawhoney 解 boiled oil"沸油"+raw honey"野蜂蜜";也解 Baldoyle and Raheny"～",都柏林的两个村镇。

1114 umscene 解 unseen"未看见的";也解 obscene"～";也解 umsehem[德]"～"。

1115 Gut aftermeal 解 Good afternoon"～";也解 good aftermeal "～";也解 gut after meal"～";其中 Gut 也解[德]"～"。

1116 See you doomed"～",化自习语 I'll see you damned first"你会比我先倒霉";也解 see you tomorrow"～"。

1117 agreem 解 agree"～";也解 dream"～"。

1118 Bussave a sec 解 But wait a second"～";也解 Bus save a second"～"。

1119 albutisle 解 all but isle"～";也解 albus[拉]"～";也解 all but"～";也解 Paeninsula[拉]"～";也解 Prince Albert Island"～",位于加拿大。

1120 dun blink 解 dun"微暗的"+blink"眨眼";其中 dun 也解为 down"～";也解 dún[爱]"～";也解 donn[爱]"～"。

1121 Skull"～",此处解为 shall"～"。

1122 my Elters 解 my"我的"+Eltern[德]"父母";也解 my elders"～";也解 Moyelta"～",爱尔兰古地名,临近霍斯;也解 Elders"～",伪经《苏珊娜书》中的两个古代法官,他们先向一个女人求欢,被拒后诬陷她与一个年轻男人私通,或《特里斯丹与伊瑟》故事中的四个贵族,暗中监视这对恋人并向马克国王报告。

1123 hunfree 解 Hun-free"～";也解 Hunphrey"～",指本书主人公亨耳微轲。

1124 wone 解 Wonne[德]"乐趣";也解 wohn[德]"～";也解 one"～"。

市遵循萨顿地峡[1125]的法则将出现[1126]，那里根据领地权[1127]初夜权，覆盖着积雪的浮冰从他的开端酒店[1128]太初|在房中到达他的终结之点[1129]凤凰公园|菲尼斯特雷海角|句号|潘趣酒。让爱尔兰[1130]每个人|在他之前记住他[1131]名声|休息|钟表。湖水融合[1132]谋杀两个民族，甜的和微咸的[1133]白人和黑人|出汗并有咸味儿|光|婚姻|有斑点的。孕育着懊悔[1134]狐狸|具有危险性的懊悔。在这儿，水流撞击的崩溃|吐河口[1135]向东方，他们正在兴起[1136]暴乱的|汹涌的；之后，退潮时变凉，他们安息[1137]。无数的人生故事[1138]汉娜·丽维娅·妇鲁拉贝尔的故事在这个海滨[1139]劳累|场所|阶段|瘟疫边落下，像飘动的纸片[1140]雪花一样轻轻拍打[1141]修补|快的|厚的，从上面落下的字母[1142]垃圾，就像巨大的最恶劣的|荒废的|薄雾暴风雪[1143]男巫遍布整个旋转的世界[1144]旋风|《世界的循环》。如今，所有人都在土堆[1145]世界中落葬[1146]跌倒，尘[1147]水|土|雪|冰河时代归尘，土自土[1148]粪。骄傲，啊骄傲，你的奖品！

朱特人——臭气！

笨蛋——随它去吧！[1149]它们藏[1150]碱水|躺在下面这里[1151]向下。大的伴着小的[1152]狭窄的，以及每夜的生活[1153]利菲河，还有[1154]奥斯陆陌生人，巴比伦婴儿单独|巴别塔这宽大宏伟的旅店[1155]《巴比伦大饭店》，有山雀、山雀、小山雀[1156]小房子|乳头|窝囊废，高山[1157]肿胀|安娜·丽维娅·妇鲁拉贝尔|阿尔卑斯山|梦魇在蠼螋[1158]壹耳微蚵之上，酒醉[1159]龙|印刷|压|淹没在久病[1160]火|懒惰的|偶像之上，就如同在这个声音之墓[1161]对称|看|韵律里相等之于不等，这个坟墓是爱之[1162]是爱|爱之死爱[1163]药草|丽维娅|利菲河。

1125 isthmon 解 Isthmus of Sutton"～",霍斯与大陆之间的区域。
1126 wilby 解 will be"～"。
1127 droit of signory"领地的权利";也解 droit de seigneur"～"。
1128 Inn the Byggning 解 Inn the Beginning"～";也解 in the beginning"～",《创世记》第一句;也解 in the Bygning ([丹]"建筑物")"～"。
1129 Finishthere Punct 解 finish-there punctum"那里结束之点";也解 Phoenix Park"～",都柏林最大的公园;其中 Finishthere 也解 Finisterre"～",位于西班牙西北部,凯尔特人被认为从这里去的爱尔兰;其中 Punct 也解 punctum[拉]"～";也解 punch"～"。
1130 erehim 解 Erin"爱尔兰"+him"他";也解 everyone"～";也解 ere him"～"。
1131 ruhmuhrmuhr 可解 remember"记住"+him"他",此句出自托马斯·穆尔的歌曲《让爱尔兰记住旧日时光》;也解 Ruhm[德]"～";也解 ruh[德]"～";也解 Uhr[德]"～"。
1132 Mearmerge 解 mere merge"～";也解 murder"～"。
1133 swete and brack 解 sweet and brackish"～";也解 white and black"～";也解 sweat and brackish"～";也解 svet[俄]"～"+brak[俄]"～";其中 brack 也解 breac[爱]"～"。
1134 Morthering rue 解 mothering rue"～";也解 maidrín ruadh[爱]"～";也解 murthering rue"～"。
1135 Hither, craching eastuards 解 Hither, crashing estuary"～";三个词的首字母为本书主人公名字的缩写 HCE;其中 craching 也解 Krach[德]"～";也解 cracher[法]"～";其中 eastuards 也解 eastward"～"。
1136 surgence 解 surgens[拉]"～";也解 insurgent"～";也解 surgent"～"。
1137 requiesce 解 requiescens[拉]"～"。
1138 livestories 解 lives stories"～";也解 Livia stories"～"。
1139 plage"～";也解 Plage[德]"～";也解 place"～"+stage"～";也解 plague"～"。
1140 flowflakes 解 flow"漂流"+flakes"薄片";也解 snowflake"～"。
1141 flick"～";也解 flicken[德]"～";也解 flink"～";也解 thick"～"。
1142 litters"～",此处解为 letters"～"。
1143 waast wizzard 解 vast blizzard"～";其中 waast 也解 worst"～";也解 waste"～";也解 waas[荷]"～";其中 wizzard 也解 wizard"～"。
1144 whirlworlds 解 whirl"回旋"+world"世界";也解 whirlwind"～";也解 Heimskringla"～",关于古代斯堪的纳维亚诸王的冰岛萨迦中最有名的萨迦。
1145 mound"～";也解 monde[法]"～"。
1146 tombed"～";也解 tomber[法]"～"。
1147 isges 解 ashes"～";也解 uisce[爱]"～";也解 gês[希]"～";也解 isge[古英]"～";也解 ice ages"～"。
1148 Erde[德]"土地";也解 merde[法]"～"。此句出自基督教葬礼的祷告词"尘归尘,土归土"。
1149 Fiatfuit 解 fiat[拉]"随它去"+fuit[拉]"是它"。
1150 lyethey 解 ly[挪]"隐匿"+they"它们";其中 lye 也解"～";也解 lie"～"。
1151 Hereinunder 解 herein under"～";也解 hinunter[德]"～"。
1152 smal 解 small"～";也解 smal[丹]"～"。
1153 life"～";也解 Liffey"～"。
1154 olso 解 also"～";也解 Oslo"～",挪威首都。
1155 babylone the greatgrandhotelled 解 Babylon the great grand hotel"～";也解 *The Grand Babylon Hotel*"～",英国作家阿诺德·本涅特著有《巴比伦大饭店》(*Grand Babylon Hotel*)一书。《芬尼根的守灵夜》的书名的一个可能来源是乔伊斯与诺拉相识时诺拉工作的芬旅馆;其中 babylone 也解 baby alone"～";也解 Babel one"～"。
1156 tittlehouse 解 titmouse"～";也解 little house"～";也解 tit[英口]"～"或[俚]"～"。
1157 alp"～";也解[爱]"～";也解 ALP,书中女主人公汉娜·丽维娅·妇鲁拉贝尔名字的缩写;也解 Alps"～";也可与后面的 drukn 一起解为 Alpdrücken[德]"～"。
1158 earwig"～";也解 Earwicker "～"。
1159 drukn 解 drunk"～";也解 dragon"～";也解 drucken[德]"～";也解 drücken[德]"～";也解 drukne[丹]"～"。
1160 ild 解 ill"～";也解 ild[挪]"～";也解 idle"～";也解 idol"～"。
1161 seemetery 解 cemetery"～";也解 symmetry"～";也解 see"～"+meter"～"。
1162 iz leebez 解 is love's"～";也解 ist Liebe[德]"～";也解 Liebestod"～",瓦格纳的歌剧《特里斯丹和伊瑟》中第三幕第三场中的曲名。
1163 luv 解 love"～";也解 lubh[爱]"～";也解 Livia"～";也解 Liffey"～"。

朱特人——这是谋杀[1164]该死|死亡|死！

笨蛋——轻柔点儿[1165]报告|伊茜！被凶恶的巨浪淹没[1166]恳求|断言|弄残|高傲的。勇气丧失之歌[1167]《德斯蒙得之歌》|绝望的深渊|池塘之歌|庞德。死亡的[1168]致命的|致死的|于是祖先的|女祖先土堆将他们全部吞噬[1169]鼓起。这个古老的土地[1170]经年的誓言|我们的土地|毫无意义的岁月不是安全的砖粉，而是同样腐烂的[1171]回转|循环|旋转|红的腐殖土[1172]幽默|土地|人们。朽败者卢恩字母可以四脚着地地讲讲话|读这件事[1173]通俗易懂|读的人虽快跑也能读。旧城堡、新城堡、三城堡，渐成齑粉[1174]克拉姆林！告诉[1175]卖我都柏林谦逊的集市[1176]门票的真相！都柏林女士集市。不过谈论时也要加以筛选轻声，先生[1177]制模工！肃静[1178]如你所愿|无声的|擦拭！

朱特人——为啥肃静？

笨蛋——巨人球蝗[1179]与仙女河流[1180]摩根娜公主。

朱特人——怎么[1181]挖空|霍斯|豪丘？

笨蛋——这是维京人总督的掠夺[1182]维京人的坟墓。

朱特人——什么？[1183]霍斯

笨蛋——你耳朵吃惊吗[1184]在石器时代之前，你这个朱特人？

朱特人——我眼睛震惊[1185]屁股被打|屁股撕裂|胆战心惊的|大吃一惊的|诸神的毁灭|索尔，笨[1186]泥家伙辛摩特！

（弯腰[1187]住手）如果你心不在焉[1188]头脑简单的|满脑字母表，那就看这本泥书[1189]左边的书|解秘之书，这个字母表ALP的床里有什么古董符号[1190]什么样的古怪符号（请弯腰求求你住手）！你能解出[1191]读出|说出

1164 Zmorde 解 ist Mord[德]"～";也解 merde[法]"～";也解 mòrte[意]"～";也解 smrt[塞维]"～"。

1165 Meldundleize 解[德]mild und leise"温和轻柔的",出自瓦格纳歌剧《特里斯丹与伊瑟》中的歌曲《爱之死》中的歌词"他微笑时温和轻柔";也解 melden[德]"～";其中也包含 Issy"～",本书主人公的女儿。

1166 behoughted 解 benight"淹没在黑暗中";也解 besought"～";也解 behaupten[德]"～";此词出自托马斯·穆尔的爱尔兰歌曲《德斯蒙得之歌》(*Desmond's Song*)的第一句"被信仰之浪吞噬";也解 hough "割断踝腱使成残废";也解 haughty"～"。

1167 Despond's sung 解 despond's song"～";也解 Desmond's Song"～";也解 Slough of Despond"～",英国作家班扬的《天路历程》中的地名;也解 the pond's song"～";其中 Despond 也解 Ezra Pound"～"(1885—1972),美国诗人。

1168 thanacestross 解 thanatos[希]"～";也解 thanasimos[希]"～";也解 thanatêphoros[希]"～";也解 then ancestral"～";也解 that ancestress"～"。

1169 swollup 解 swallow"～";也解 swell up"～"。

1170 ourth of years 解 earth of years"～";也解 oath of years"～";也解 earth of ours"～";也解 nought of years"～"。

1171 roturns 解 rotten"～";也解;return"～";也解 rotate"～";也解 roto[拉]"～";也解 rot[德]"～"。

1172 humus"～";也解 humour"～";也解 humus[拉]"～";也解 human"～"。

1173 He who runes may rede it 解 He who ruins may rede it"朽坏者可以讲述这事";也解成语 He who runs may read"～";也解 He may run that readeth it"～",出自《哈巴谷书》第二章第二段;其中 rune 也解"～",中世纪欧洲某些北欧日耳曼语族的文字;其中 Rede 也解[德]"～";也解 read"～"。

1174 O'c'stle, n'wc'stle, tr'c'stle, crumbling 解 old castle, new castle, tricastle, crumbling "～";也解都柏林的四个皇家庄园的名字,此外都柏林的城市纹章上是三座城堡;其中 crumbling 也解 Crumlin"～",都柏林地名。

1175 Sell"～",此处解为 tell"～"。

1176 the fare for Humblin 解 the fair of Dublin"～";其中 fare 也解"～";其中 Humblin 也解 humble"～"。

1177 moulder"～",此处解为 mister"～"。

1178 Be in your whisht 解 Bí I bhur thost[爱]"～";也解 Be in your wish"～";其中 whisht 也解"～";也解 wischt[德]"～"。

1179 Forficules 解 forficula"～",有钳甲虫(如 earwig)的一种。

1180 Amni the fay 解 amnis[拉]"水流"+the fairy"仙女";也解 Morgana le Fay"～",亚瑟王的妹妹,女巫。

1181 Howe 解 How"～";也解 hollow"～";也解 Howth"～",都柏林郊区;也解 Howe"～",北欧海盗占领爱尔兰期间在都柏林的议会所在地。

1182 viceking's graab 解 viking's grab"～";也解 viking's"维京人的"+Grab[德]"坟墓",即"～",出自挪威剧作家易卜生的《维京古墓》(*The Viking's Barrow*);其中 viceking 也解"～"。

1183 Hwaad 解 hvad[丹]"～";也解 Howth"～",都柏林郊区。

1184 Ore you astoneaged 解 Are you astonished"～";也解 ere stone age"～";其中 ore 也解 øre[挪]"～"。

1185 Oye am thonthorstrok 解 I am thunderstruck"～";其中 Oye 也解 øye[挪]"～";其中 thonthorstrok 也解 tón stróc[爱]"～";也解 tón strac[爱]"～";也解 terrostruck"～";也解 thunderstruck"～";也解 Ragnarøkr"～";也解 Thonar,即 Thon 或 Thor"～",北欧神话中的雷神和战神。

1186 mud"～",此处解为 mutt"笨蛋";也可与前面的 thing 合解 Thingmote"～",北欧海盗在都柏林的议会。

1187 Stoop"～";也解 Stop"～",本段出现的"住手……请住手"有性含义。

1188 abcedminded 解 absentminded"～";也解 abcde-minded"～";也解 abecede minded[古英]"～"。

1189 Claybook"～";也解 clé book[爱]"～";也解 clef[法]"钥匙"+book"书",即"～"。

1190 what curios of signs"～";也解 what curious signs"～"。

1191 rede"解谜";也解 read"～";也解 reden[德]"～"。

（既然我们和你们已经把它搞明白了）它的世界[1192]词吗？所有说的都是同一个。许多。杂婚接着杂婚[1193]上帝已经数算了你执掌国政的年日，使它终止。痒啊[1194]蒂克|你被称在天平里，被发现为亏欠。他们生活以及欢笑以及蚂蚁相爱以后离去。因为罪[1195]恐怕|你的国崩裂了，归与玛代人和波斯人。你的王国[1196]事情|厄运|辛摩特将归于玛代人[1197]和波斯人[1198]珀森。这个河流蜿蜒的故事[1199]尼安德特人|我和故事，失去与获得[1200]一次次跨越，讲着头顶云彩之人行走于大地[1201]的日子里我们古老的海德堡人[1202]爱丁堡|异教徒|城堡|伊甸园的事情。无知暗含印象，印象织成知识，知识发现名字形式，名字形式磨砺智力，智力传达接触，接触使感觉更甜蜜，感觉驱动欲望，欲望粘着依恋，依恋紧跟死亡，死亡淫毁诞生，诞生要求存在随之而生[1203]。但伴随着一股出自他肚脐的急流，抵达罗摩浴室[1204]活塞的底部的祭坛屏风。一只陆地动物[1205]妖怪活灵活现地展现[1206]生活之书了这件事；古怪的，而且仍然哆嗦着。一把战斧、一把石斧，以及一只犁铧[1207]耳朵|分担，目的[1208]为何|犁是时时刻刻粉碎[1209]化验|中国地壳，向前[1210]犁地|毛皮奖赏，向后[1211]提包奖品，就像牛在转弯的路上[1212]。这里看[1213]说雕像们张牙舞爪地[1214]叽叽咕咕地说情话|圣树全副武装并爬上马。爬上马并全副武装的张牙舞爪的雕像们看这里[1215]。此外[1216]卢恩文字字母表|制造船只肋材的弯木，这个小[1217]利菲河雕像[1218]一个是G的F是为了一件称为燧石事故[1219]葬礼的火焰之事[1220]火|捕捉。脸朝东方[1221]放松的！噢，我说[1222]小仙女|看！脸朝西方[1223]腰部！嗬，你呸！起立包起来，卫兵们，向他们冲[1224]，ⅡⅡ对ⅡⅡ！当这样小的[1225]城

1192 World“～”;也解 word“～”。

1193 Miscegenations on miscegenations“～”;也解 MENE“～”,《但以理书》中由神秘的手在伯沙撒王的宴会上写在墙上的神秘文字。

1194 Tieckle 解 tickle“～”;也解 Johann Ludwig Tieck“～”(1773—1853),德国浪漫主义诗人;也解 TEKEL“～”,《但以理书》中由神秘的手在伯沙撒王的宴会上写在墙上的神秘文字。

1195 Forsin 可解 for sin“～”;也解 forsan[拉]“～”;也解 UPHARSIN“～”,《但以理书》中由神秘的手在伯沙撒王的宴会上写在墙上的神秘文字。

1196 Thingdome 解 kingdom“～”;也解 thing“～”+doom“～”;也解 Thingmote“～”,北欧海盗在都柏林的议会。

1197 Meades 解 Medes“～”,出自《但以理书》第五章第 28 节“你的国分裂,归于玛代人和波斯人。”

1198 Porsons 解 Persian“～”;也解 Richard Person“～”(1759—1808),英国古典文学家。

1199 meandertale 解 meander“河流的蜿蜒”+tale“故事”;也解 Neanderthal“～”,德国地名,此处发现石器时代穴居人的化石;也解 me and tale“～”;也解 me under tale“我在故事下面”。

1200 aloss and again 解 a loss and a gain“～”;也解 across and again“～”。

1201 此句包含本书男主人公名字的缩写 HCE。

1202 Heidenburgh 解 Heidelberg“～”,在德国海德堡东南发现旧石器时代的人类化石;也解 Edingburgh“～”,英国地名;也解 Heiden[德]“～”+Burg[德]“～”;也解 Eden“～”。

1203 此句包含佛教认为构成生命的 12 种要素,也称“十二入”或“十二处”,即眼根、耳根、鼻根、舌根、身根、意根、色境、声境、香境、味境、触境、法境。

1204 Ramasbatham 解 Rama“～”,罗摩为印度神毗湿奴的化身之一,印度史诗《罗摩衍那》的主人公+bathroom“浴室”;也解 ram's bottom“～”。此处有性含义。

1205 terricolous“陆生的”;也解 terricula[拉]“～”。

1206 vivelyonview 解 vively“活灵活现地”+on view“在展出”;也解 vivlion viou[希]“～”。

1207 earshare 解 ploughshare“～”;也解 ear“～”+share“～”。此句包含本书男主人公名字的缩写 HCE。

1208 pourquose 解 purpose“～”;也解 pourquoi[法]“～”;也解 ploughshare“～”。

1209 cassay 解 casser[法]“打碎”;也解 assay“～”;也解 Cathay“～”。

1210 furrowards 解 forwards“～”;也解 furrow“～”;也解 fur rewards“～”。

1211 bagawards 解 backwards“～”;也解 bag awards“～”。

1212 yoxen at the turnpaht 解 oxen at the turning path“～”,指先从左到右书写,然后从右到左书写。

1213 say“～”,此处解为 see“～”。

1214 billycoose 解 bellicose“好斗的”;也解 billing and cooing“～”;其中 billy 也解 bile[爱]“～”;也解都柏林的旧称。

1215 此句依照前面所说的牛拉犁的书写方式是上句的倒写。

1216 Futhorc 解 further“～”;也解 futhorc“～”;也解 futtock“～”。

1217 liffle 解 little“～”;也解 Liffey“～”。

1218 effingee 解 effigy“～”;也解 an F that is a G“～”。

1219 flintforfal 解 flint“燧石”+Vorfall[德]“意外事故”;其中 forfal 也解 funeral“～”。

1220 firefing 解 fire thing“～”;也解 fire“～”+fing[德]“～”。

1221 eased“～”,此处解为 east“～”。

1222 fay“～”,此处解为 say“～”;也解 see“～”。

1223 waist“～”,此处解为 west“～”。此句出于西方儿童游戏“朝东看,朝西看,看着你最爱的人”。

1224 Upwap and dump em 解 Up, guards and at them“～”;其中 upwap 也解 wrap up“～”。

1225 ptee 解 petit[法]“～”;也解 pt[古希]“～”。

市一部分负起它对全部[1226]的责任，我们很快会让全体服务于一些[1227]字母表。这里（请弯下腰求求你住手）是一些[1228]多林木的|银的煮熟的Q|可爱的小宝贝|乖孩子豌豆[1229]P，既然这些小球成了肚子抵工资的面包|空的的酬金[1230]假释，就有着相当独特的[1231]钱|家畜|PQ价值。右边排着世界末日[1232]的石头，猩猩[1233]大猿|橙带党用这些石头鸡巴粗暴地扭打[1234]衣衫褴褛的，好事变坏事[1235]。哎呀[1236]希望，哎呀，为什么那样做？这[1237]棍子|阴茎因为刺痛[1238]th|撕裂就像某些蠢人的背叛者渴望[1239]刺入|信任报复一样用它的辛苦大吃大喝。全都弄得多么一塌糊涂啊[1240]！垃圾堆[1241]午夜中秘藏的东西！橄榄、甜菜、葛缕子地平线|骆驼、洋娃娃[1242]α、β、γ和δ、阿尔法阿尔弗烈德大帝、贝塔阿尔弗烈德·切斯特·贝蒂、伽马考马克和德尔塔[1243]达尔顿。小猫头鹰蛋（啊，请弯下腰啊住手，求求你！）在这里，随着年龄的增加[1244]干酪吱嘎作响[1245]似蛇的|希腊的|相当暗淡，现在全都很大程度上亦男亦女[1246]赛勒涅|¬了，旧世界的[1247]羊毛摇摆之蛇[1248]废弃的|w，完全不值得[1249]除掉青草。嘶嘶s！看蛇在四面八方蠕动[1250]瓦拉瓦拉！我们的都柏林[1251]垃圾箱满是鬼鬼祟祟的蛇。它们从三角形的触摸树[1252]遍及一切的英格兰|登陆|△或δ来到我们的岛屿，它位于潮湿的大草原的另一边，栽植于一船禁果[1253]珀姆弗莱特中间，但是一起登陆的还有爱尔兰佬稻田|圣帕特里克魏平汉[1254]《魏平汉论文：维多利亚时代经典色情作品》|迪克·惠廷顿，他的垃圾桶遏止[1255]抓住了它们的爬行，比我们那里那个出自男人的她拾起[1256]加快她的那个什么还快[1257]刺戳者|阴茎。某些被分开然后归总计算，但是总数使同一位法官之子[1258]

1226 Holos[希]"～"。
1227 allforabit 解 all for a bit"～" ;也解 alphabet"～"。
1228 selveran 解 several"～";也解 sylvan"～";也解 silver"～"。
1229 cued peteet peas 解 petits pois cuits[法]"～";其中 cued 也解字母"～";也解 cute"～";其中 peteet 也解 pet"～";也解 ppt"～",斯威夫特给恋人史黛拉的信中常用的称呼。
1230 tomtummy's pay roll 解 tummy' pay roll"～";其中 tomtummy 也解 tommy"～";也解 tom[丹]"～";其中 pay roll 也解 parole"～"。
1231 pecuniar 解 peculiar"～";也解 pecunia[拉]"～";也解 pecus[拉]"～";也解字母"～"。
1232 Ragnar rocks 解 Ragnarøkr[古挪]"北欧神话中善和恶大决战所导致的世界毁灭"。
1233 orangotangos[葡]"～";也解 orang-utan"～";也解 Orange"～",爱尔兰新教政治集团。
1234 rangled 解 rangeln[德]"～";也解 ragged"～"。
1235 rightgorong 解 right go wrong"～"。
1236 Wisha 解 mhuise [爱]"～";也解 wish"～"。
1237 Thik 解 this"～";也解 stick"～";也解 dick[俚]"～"。
1238 thorn"～";也解[古英]字母"～",这句中把"t"都写成"th";也解 torn"～"。
1239 thrust"～",此处解为 thirst"～";也解 trust"～"。
1240 该句中"m"皆写为"mn",即 mnice、mness、mnakes 应为 mice、mess、makes。
1241 middenhide 解 midden"垃圾堆"+hide"隐藏";也解 midnight"～"。
1242 Olives, beets, kimmells, dollies 解"～",其中 kimmells 解 Kümmel[德]"～",也解 Kimm[德]"～";也解 kamila[塞维]"～";这 4 个词也解 aleph、beth、ghimel、daleth"～",希伯来语字母表中的前 4 个字母。
1243 alfrids, beatties, cormacks and daltons 解 alpha, beta, gamma, delta"α、β、γ、δ";其中 alfrids 也解 Alfred the Great"～"(849—899 年),英格兰威塞克斯国王;其中 alfrids, beatties 也解 Alfred Chester Beatty"～",1931 年弗雷德里克·肯杨爵士宣布发现了《新约》的莎草本,被阿尔弗烈德·切斯特·贝蒂购得,被称为切斯特·贝蒂《圣经》莎草本;其中 cormacks 也解 Macart Cormac"～",芬·麦克时代的爱尔兰共主;其中 daltons 也解 John D'Alton"～"(1792—1867),爱尔兰历史学家,著有《都柏林主教回忆录》。
1244 from age"～";也解 fromage[法]"～"。
1245 Creakish"～";也解 snakish"～";也解 Greekish"～";也解 bleakish"～"。
1246 epsilene 解 epicene"兼具男女两性特征的";也解 Selene"～",希腊月亮女神;也解 epsilon"～",希腊语字母表第五个字母。
1247 oldwolldy 解 old-worldy"～";也解 Wolle[德]"～"。
1248 wobblewers 解 wobble"往返摇动"+WS,指蛇的摇摆;也解 obsolete"～";也解字母 W。
1249 haudworth 解 haud[拉]"完全不"+worth"值得"。
1250 wurrums 解 worms"像蠕虫一样蠕动";也解 Wurra-Wurra"～",圣帕特里克消灭的一个德鲁伊教的偶像。
1251 durlbin 解 Dublin"～";也解 dustbin"～";也解字母 D。
1252 Triangular Toucheaterre 解 triangular touch-a-tree"～";也解 Angleterre touché-à-tout[法]"～";也解 toucher terre[法]"～";其中 Triangular 也解"～",希腊语字母表第四个字母。
1253 prohibitive pomefructs 解 prohibitive"禁止的"+pomme[法]"苹果"+fruit"水果",即"禁果";其中 pomefructs 也解 John Pomfret"～"(1667—1702),英国诗人和牧师,写过诗歌《选择》。
1254 Paddy Wippingham 解 Puddy"爱尔兰人"+Wippingham"魏平汉",人名;其中 Paddy 也解"～";也解 St. Patrick"～",据说他曾消灭爱尔兰岛上的蛇;其中 wippingham 也解 *The Wippingham Papers*"～",英国诗人阿尔杰农·查尔斯·史文朋的作品;也解 Dick Whittington"～",17 世纪童话《迪克·惠廷顿和他的猫》中的主人公,讲述小男孩迪克·惠廷顿和他的猫去中世纪的伦敦旅行和冒险发财的经历。
1255 cotched 解 scotched"镇压",出自成语"scotch the snake (not kill it)",(刺伤了蛇身还没杀死,使暂时不能为害但仍留有后患);也解 catched"～"。
1256 quick up"～",此处解为 pick up"～"。指《圣经》中作为女性的夏娃是由作为男性的亚当的肋骨做成的。此处有性含义。
1257 pricker 解 quicker"更快";也解 prick-er"～";也解 prick[俚]"～"。
1258 balifuson 解 bailiff's son"执政官之子";也解 Balliff"～",英国作家温德汉姆·刘易斯的《儿童节》(*The Childermas*)中的人物,是一个法官也是一个魔鬼;也解 B、L、F、S、N,欧甘字母表中的一组字母。欧甘文字是古代凯尔特人的文字;其中也包含 Bill,都柏林的旧称。

巴鲁夫|BLFSN改变了想法。诈骗犯和走私犯[1259]。

X[1260]斧子|幺点又两个X[1261]啪的一声打又三个X[1262]踪迹,X又Y[1263]X类的。一个又一个放上加上一个成为三个同前和一个先前[1264]。二减去[1265]看护|儿媳妇|对一成为貌似合理的三自由的,后面跟着同上[1266]。起于一条大蟒蛇蟒蛇、三条腿的牛犊,以及嘴里刻有信息的常绿[1267]象牙|伊格赖因之玉[1268]。还有重111[1269]磅的一只手里读的充满一只酵母的重量儿童书[1270]阴茎用来精读阴户一个[1271]柯南我们能一直读到万圣节之夜[1272]万分恐怖的夏娃的。要揭开一个什么样的所有故事下的我[1273]吹牛大话下的我|尼安德特人的故事|河流蜿蜒的故事|山谷|音响,考虑到蹲着的人、反蹲之人[1274]前-蹲之人以及后亲反蹲之人,该有什么样的结尾!也说说我们将成为每个我们的汤姆、蒂克和哈里[1275]❶,故土[1276]的儿子们、孙子们,再加上重孙子们[1277]草地;当我们这些人不再存在,每个我们的苏、茜丝姐妹们和萨莉黄毛柳,汉娜奶奶的女儿们[1278]彩虹!父辈祖先[1279]猜疑的|作为家长的父亲|答案变成宾语!老娘亚当[1280]到无穷多。

确实,在迄今为止的那些在无物中|尼罗河|无人日子牛里[1281]在无日里,垃圾[1282]西方里还没有碎布灯的顶端纸[1283]抹布纸|纸,笔[1284]潘|潘恩|自来水笔,这座强大的山,依然因老鼠[1285]颤抖被放走[1286]放(它)自由|让(它)飞翔而呻吟。一切都是古时候的事了。你开掉我[1287]小船(在上面签字[1288]!),我就喝西北风[1289]画饼充饥。我质问[1290]谁你一镑金币[1291]

---

❶ 其中Tim也是民谣《芬尼根的守灵夜》的主人公蒂姆·芬尼根的名字,Nick也是魔鬼的别称。这里乔伊斯没有按照名字的书写规则将首字母大写,从而表明这3个人不是特定的3个人,而是每个男人。后面的三位女性亦如此。

1259 Bottloggers 解 bootlegger“～”。
1260 Axe“～”,此处解为“～”;也解 Ace“～”。
1261 Thwacks“～”,此处解为 two X“～”
1262 thracks 解 three X“～”;也解 tracks“～”。
1263 axenwise 解 X on Y“～”;也解 x-wise“～”。
1264 Axe on thwacks on thracks, axenwise. One by one place one be three dittoh and one before 实际指的是(X+X+X)(X+Y)=111,即 Y=36,X=1。此处以接近该文字游戏的方式翻译;其中 place 也解 plus“～”。
1265 nursus 解 minus“～”;也解 nurses“～”;也解 nurus[拉]“～”;也解 versus“～”。
1266 Two nursus one make a plausible free and idim behind 实际指的是 1132,其中 free“自由的”解为 three “3”,其中 idim 解为 idem“同上”。
1267 ivargraine 解 evergreen“～”;也解 ivory“～”;也解 Igraine“～”,亚瑟王的母亲。
1268 美国作家卡尔·克劳在他 1937 年出版的《孔夫子:孔子的故事》(*Master Kung: The Story of Confucius*)中谈到孔子出生时的预兆包括三条腿的牛犊和大蛇(第 49 页)。
1269 a hundreadfilled unleavenweight 解 a hundred-fold eleven-weight“100 折叠 11 重”,即“重 111”。《孔夫子:孔子的故事》中记载中国的竹简很重,现在的一本书当时可以装一辆小车,故也直译为 a-hard-read filled one leaven weight“～”。
1270 liberorumqueue 解 liberorumque[拉]“以及孩子们的”;其中 liber 也解[拉]“书”。因为此处同时包含这两个含义,故译为“儿童书”;也解 queue[法俚]“～”。
1271 con an 解“～”;也解 Conan“～”,芬·麦克尔的伙伴;其中 con 也解[法]“～”。
1272 allhorrors eve 解 All Hallows Day Eve“～”;也解 all-horrors Eve“～”。
1273 meanderthalltale 解 me under all tale“～”;也解 me under tall tale“～”;也解 Neanderthal tale“～”;也解 Meander tale“～”;也解 Tal [德]“～”;也解 Hall[德]“～”。
1274 anntisquattor 解 anti-squatter“～”,应指尼安德特人;也解 ante-squatter“～”。
1275 tim, nick and larry 解 Tom, Dick and Harry“～”,英语中“每个普通人”的说法。
1276 the sod 解 the old sod“～”。
1277 lealittlesons 解 little little sons“～”;其中 lea 也解“～”。
1278 very sue, siss and sally of us, dugters of Nan,这里与前面 3 个男性的名字一样,这里的 3 个女性名字也没有首字母大写,以显示代表着每个女人。但是 Nan“奶奶”反而首字母大写,显示这是一个特定的女性,解本书的女主人公 Anne“～”;其中 siss 也解 sisters“～”;其中 sally 也解“～”;其中 dugters 也解 duga[塞维]“～”。
1279 ahnsire 解 Ahn[德]“祖先”+sire“作为家长的父亲”;也解 ahn-[德]“～”+sire“～”;也解 answer “～”。
1280 Damadam 解 dam(古贬)“老娘”+Adam“亚当”。
1281 in nillohs dieybos 解 in illis diebus[拉]“～”;也解 in nullis diebus[拉]“～”;其中 in nillohs 也解 in nihilo[拉]“～”;其中 nillo 也解 Nile“～”;也解 nullus[拉]“～”;其中 bos 也解[拉]“～”。
1282 the waste 解“～”;也解 the West“～”。
1283 lumpend papeer 解 lumpenpapier[希]“用碎布做的纸”;也解 Lumpenpapier[德]“～”;其中 lumpend 也解 lamp-end“～”;其中 papeer 也解 Papier[德]“～”。
1284 Penn 解 pen“～”;也解 Pan“～”,古希腊神话中好色的半人半羊的山林和畜牧之神;也解 William Penn “～”(1644—1717),英国教友会信徒,建立了美国的宾夕法尼亚州;也可与前面的 mightmountain 合解为 fountain pen“～”。
1285 micies 解 mice“～”,贺拉斯的《诗艺》中有“大山临蓐,养出来的却是条可笑的小老鼠”;也解 mico[拉] “～”。
1286 let flee“～”;也解 let free“～”;也解 let fly“～”。
1287 gave me a boot“～”;也可指《尤利西斯》中穆利根送给斯蒂芬一双旧靴子;也解 Boot[德]“～”。
1288 signs on it“～”,在爱尔兰英语中也有“因此”之意。
1289 ate the wind“吃风”;也解 ate the air“～”。
1290 quizzed“～”;也解 quis[拉]“～”。
1291 quid“～”;也解 quid[拉]“～”。

什么东西(以及为什么?),你就去牢房[1292]因为|上帝。但是这个世界,头脑,正在、曾经并将永远书写它自己的毁灭[1293]法则|纠正错误,男人,心血管在他的眉间跳动[1294],不顾所有被最后的大天使[1295]乳骆驼禁止我们理性之下的感觉去做的事情,依然要在他表妹[1296]查米恩的坟前停泊[1297]托马斯·穆尔,在那里他的日子约会受制于属于她的手掌。但是号角阴茎、饮酒、恐惧之日[1298]现在不在了。一根骨头、一块卵石、一张羊皮:一直各种方式切削它们、切裂它们、切碎它们;把它们丢给坩埚[1299]妈妈|泥|凶杀|母亲|鲱鱼里的赤陶[1300]土地|烹调;而古登堡[1301]早上好,带着他的克拉玛农[1302]大宪章执照、快速着色法[1303]墨水瓶|几乎和大莫莱默印刷体,必须一劳永逸地[1304]所有人|全能的主人把红头标题[1305]红土从其他文字报道[1306]葡萄榨汁用大桶中分出去,否则酒精[1307]《古兰经》就没有更多的功效了。因为那(人们警告的那种着迷[1308]包装)正是纸草[1309]纸在印刷中需要报酬、由生、隐藏兽皮、暗示和遗漏的[1310]印刷错误。直到你们最终(虽然还不像到了结尾[1311]终究)与图像[1312]先生、段落[1313]狂饮小姐以及所有小图像段落[1314]绝顶熟识。句号[1315]斟满杯子|感觉公羊|菲利浦。因此你不大需要写给[1316]告诉我看《都柏林巨人》[1317]两头相接(愿那将切开[1318]打雷|罪人之人的前额被泥巴弄暗!)这本书从头到尾,每个字将如何被捆绑在一起[1319]被具结,以便承载三个二十加十个论题的[1320]段落和图形|典型的|颠倒混乱的解读,直到门[1321],波罗门一纪[1322]牛,打开它的人由此关上那门[1323]金龟子|世代|住所。

还没哭[1324]!对伦敦[1325]尚未露出一张张笑脸,每个男人七

1292 quod“～”；也解 quod[拉]“～”；也解 God“～”。

1293 wrunes 解 ruins“～”；也解 rules“～”；也可与前面的 writing 合解为 righting wrongs“～”。

1294 据说穆罕默德的眉毛之间有一根血管，当他动感情时可以看到血管的跳动。

1295 milchcamel 解 Michael“天使长米迦勒”；也解 milch camel“～”。

1296 cousin charmian 解 cousin-german“堂表兄弟姐妹”，指穆罕默德曾娶他的表妹宰娜卜；其中 charmian 也解 Charmian“～”，莎士比亚的《安东尼与克莉奥佩特拉》中克利奥佩特拉的侍女。

1297 moor before the tomb“～”，其中暗含着 Thomas Moore“～”(1779—1852)，爱尔兰诗人和歌词作者，本书中大量引用他的歌曲。

1298 穆罕默德称最后的审判之日为“时刻、重击、决定之日”；其中 horn 也解[俚]“～”。

1299 muttheringpot 解 melting pot“～”；也解 Mutter[德]“～”；也解 mud“～”；也解 murdering“～”；也解 mutter[德]“～”；也解[德]“～”。

1300 terracook 解 terracòtta[意]“～”；也解 terra“～”＋cook“～”。

1301 Gutenmorg 解 Johann Gutenberg “～”(1398—1468)，德国印刷家，被认为与印刷书籍的出现有关；也解 guten Morgen [德]“～”。

1302 cromagnom 解 Cromagnon“克拉玛农人”，欧洲发现的一种在尼安德特人之后的晚期智人化石；也可与后面的 charter 合解为 Magna Carta“(英王 1215 年签署的)～”。

1303 tintingfast 解 tinting fast“～”；也解 Tintenfaß[德]“～”；其中的 fast 也解[德]“～”。后面的大默莱默印刷体指一种接近小二号的印刷字体，过去常在英语《圣经》和其它大开本书籍中使用。

1304 once for omniboss 解 once for always，即 once for all“～”；其中 omniboss 也解 omnibus[拉]“～”；也解 omni-boss“～”，指上帝。

1305 rubrickredd 解 rubric red“红标题”；也解 rubrica[拉]“～”。

1306 wordpress 解 word“文字”＋press“新闻报道”；也解 winepress“～”。

1307 alcohoran 解 alcohol“～”；也解 Alkoran“～”，伊斯兰教的经典。

1308 rapt“全神贯注的”；也解 wrap“～”。

1309 papyr 解 papyros[希]“～”；也解 paper“～”。

1310 这句中的 meed“～”解 need“～”；此外 hide 既指“～”，也指“～”，古代的羊皮纸是用兽皮做成的；其中 misses in prints 也解 misprint“～”。

1311 endlike“如同结尾”；也解 endlich[德]“～”。

1312 Typus 解 typos[希]“～”。

1313 Tope“～”，此处解 topos[希]“～”。

1314 typtopies 解 typos topos[希]“～”；也解 tiptop“～”。

1315 Fillstup 解 Full stop“～”；也解 fill the cup“～”；也解 fell the tup“～”；tup 用作动词时指公羊和母羊交尾。也解 Philip“～”，法国国王常用的名字。

1316 spell“～”；也解 tell“～”。

1317 Doublends Jined 解 *Dublin Giant*“～”；也解 double-ends joined“～”。

1318 sunder“～”；也解 thunder“～”；也解 Sünder[德]“～”。

1319 be bound over“～(使……受法律上的拘束)”，此处解为 be bound together“～”，指本书中不同的词语被组合在一起。

1320 toptypsical 解 topical“～”；也解 topos-typos[希]“～”；也解 typical“～”；也解 topsy-turvy“～”。

1321 Daleth 希伯来语字母表中的第 4 个字母，意为“～”。

1322 mahomahouma 解 mahamanvantara“～”，古印度著作中的纪年法，以圣牛波罗门的生命为纪年基数，波罗门的一纪相当于 311,040,000,000,000 年；也解 Mathghamhain[爱]人名，意为“～”。

1323 dor“～”，此处解 door“～”；也解 dor[希伯来]“～”或“～”。

1324 Cry not yet“～”，出自爱尔兰诗人托马斯・穆尔的歌曲《尚未起飞》。

1325 Nondum 解 London“～”；也解 nondum[拉]“～”。

名[1326] 70|城市婢女，先生，烛光[1327]儿童|点燃|光下的公园这么阴暗。但是看看你自己的手里[1328]定金有什么！可动之物动产都在动来动去地乱涂乱写，行进，以前它们都这样，噼噼啪啪，弯来拐去[1329]唱歌，因为每个忙碌的蠼螋[1330]怪异的辉格党人都有很多故事[1331]强盗|塔拉岛可讲。一个在百里香上[1332]很久以前，两个在生菜叶[1333]莱克斯利浦|格林夫人后，三个在草莓[1334]蓬乱的|困难|草莓圃地中。小鸡们在剔牙，公驴他开始叫[1335]是同性恋|结巴的。如果他相信，你可以问问你的驴子。如果隔墙痛打才有耳脚踵，就搂着驴|帮我我[1336]。那个他老婆带40顶帽子[1337]儿童的的。因为那时正是撑裙[1338]铁箍|希望上升的时代。一只挪亚方舟[1339]泉水|舰队司令与一个肋条妻子的时代；一棵硕果压枝的果树[1340]一只来自坟墓的苹果|一个属于坟墓的人一首完全严肃的诗和一个轻浮女人[1341]光洁的名声的时代；或是金色青春的时代渴望金钱[1342]阉割|纨绔子弟；或是男人被灾难小姐[1343]混合|是我|思念驱使的时代。娶错了人，他被她的蹦蹦跳跳[1344]恶作剧和她美丽的假发[1345]战舞|皮拉|诗的抑抑格弄得神魂颠倒[1346]。我的天[1347]玛亚|亚瑟|摩根娜公主，这个蛇一样的女人她是卖淫妇[1348]！从那淋病[1349]到被休之妾[1350]期待一名妾！面纱、无常[1351]轻快的|飞翔|心甘情愿、情人的眼睛。她正是那个吹向谁都不好[1352]的最好[1353]母狗|桦树的风。流进来，流向前[1354]汉娜·丽维娅·妇鲁拉贝尔。妓女[1355]听见！因此肯定是她而不是我们！不过别紧张，先生[1356]文雅的风度|出身高贵的少女，我们是在听[1357]抚养挪威人[1358]蠼螋的事。多么微小幼小琐小细小[1359]非法交往|我来了|我把持。过来看看[1360]像这样！如果她知道他热的就知

1326 sytty 解 sètte[意]"～";也解 sytti[挪]"～";也解 city"～"。

1327 kindlelight 解 candlelight"～";也解 Kind[德]"～";也解 kindle"～";也解 light"～"。

1328 handself 解 hand"手"＋self"自己";也解 handsel"～"。

1329 zingzang 解 zigzag"成之字形走";也解 sing-song"～"。

1330 eerie whig 解 earwig"～";也解 eerie Whig"～"。

1331 torytale 解 story tale"～";也解 toraidhe[爱]"～";也解 Toraigh"～",位于爱尔兰西北部。

1332 One's upon a thyme 解 One is upon thyme"～" ;也解 Once upon a time"～",故事的常用开头语。

1333 lettice leap 解 lettuce leaf"～";也解 Leixlip"～",地名,位于爱尔兰中东部;也解 Lettice Greene"～",英国剧作家托马斯·格林的妻子,与莎士比亚同时代 。

1334 strubbely 解 strawberry"～";也解 struppig[德]"～";也解 strubbeling[荷]"～";也可与后面的 beds 合解为 Strawberry Beds"～",地名,位于爱尔兰利菲河北岸的丁格勒市。

1335 begay 解 bray"～";也解 be gay"～";也解 bégayeur[法]"～"。

1336 So cuddy me only wallops have heels 解 So cuddle me if only walls have ears"～";其中 cuddy 也解"～";其中 wallop 也解"～";其中 heels 也解"～"。

1337 folty barnets 解 forty bonnet"40 顶无边女帽";其中 barnets 也解[丹]"～"。

1338 hoops"～",此处解为 hoopskirts"有裙撑的裙子";也解 hopes"～"。

1339 noarch 解 Noah Ark"～";也解 noa[希]"～";也解 nauarchos[希]"～"。

1340 a pomme full grave 解 pomus gravide[拉]"～";也解 a pome from grave"～" ;也解 a homme of grave"～";也解 a poem fully grave"～"。

1341 a fammy of levity 解 a femme of levity"～";也解 fama levitates[拉]"～"。

1342 gelding"～",此处解为 Geld[德]"～";也可与前面的 youths 合解为 gilded youths"～"。

1343 mischievmiss 解 mischief-Miss"～";其中 misch 也解[德]"～";也解 mishi [爱] "～";也解 miss"～"。

1344 the frisque of her frasques 解 the frisk of her frisks"～";也解 frasques[法]"～"。

1345 prytty pyrrhique 解 pretty perruque"～";其中 pyrrhique 也解 pyrriche[希]"～";也解 pyrrha"～",希腊神话中丢卡利翁的妻子,夫妻二人是宙斯毁灭人类的洪水之后唯一的幸存者;也解 pyrrhic"～"。

1346 reversogassed 解 reversed"颠倒"＋gassed"毒气中毒的";也解 revergasse,一种法国人在意大利跳的交谊舞。

1347 Maye faye 解 Ma foi[法]"～";其中 Maye 也解 Maya"～",佛祖的母亲,在印度教中代表着神祇天生具有的显形力量;其中 faye 也解 Fay Arthur"～",爱尔兰音乐厅的舞蹈演员,乔伊斯在《尤利西斯》中提到过;也解 Morgana le Fay"～",亚瑟王的妹妹,女巫。

1348 la gaye 解 a gay woman"～"。

1349 trippiery 解 Tripper[德]"～"。

1350 expectungpelick 解 expectoro[拉]"脱离"＋pelex[拉]"妾";也解 expect"～"＋ung[德]前置词＋pelex[拉]"～"。

1351 volantine 解 volatile"反复无常" ;也解 volante"～";也解 volans[拉]"～";也解 volens[拉]"～"。

1352 此句化自习语 It is an ill wind that blows no one good"这是股对谁都不好的恶风"。

1353 besch 解 best"～";也解 bitch"～";也解 Esche[德]"～"。

1354 Flou inn, flow ann 解 flow in, flow on"～";其中 ann 也解 Anne"～"。

1355 Hohore 解 whore"～";也解 höre[德]"～"。

1356 gentle mien"～",此处解为 gentleman"～";也解 gentle maiden"～"。

1357 rearing"～",此处解为 hearing"～"。

1358 norewhig 解 Norwegian"～";也解 earwig"～",暗示本书主人公 HCE。

1359 weenybeenyveenyteeny 中的 weeny 为"微小",teeny 为"细小",其余两字为乔伊斯自造,故根据另外两词译为"幼小"和"琐小";其中 beeny 也解 bineô[希]"～";其中 veeny 也解 veni[拉]"～";其中 teeny 也解 tenui[拉]"～"。

1360 Comsy see 也解 Come see"～";也解 comme ceci[法]"～"。

道[1361]好像他知道似的|那是一个夜晚|蝾螈。听[1362]柔软的！听！我正在听。听，号角在乞求！竖琴云雀|乐音在咿呀[1363]。

那是一个夜晚，很晚了，很久很久以前[1364]很久|安德鲁·兰|长的|时间|以前的，在旧石器时代[1365]旧石头榆树|古人，那时亚当在挖土[1366]都柏林|魔鬼|都弗林而他的小夫人[1367]纺着波纹绸[1368]纺车|浪费时间|水|淤泥；那时阴暗[1369]夜山[1370]蒙特诺特的男人曾是每个土匪[1371]每个人|每个好友|夏娃|都柏林|公牛，而第一个忠诚的河流强盗[1372]肋骨强盗曾我行我素[1373]自己|无|自己的方式，对他那寻找爱[1374]的眼睛来说是每个躯体[1375]每个好友|每个阴茎|夏娃|巴德，而每个小伙儿[1376]每棵|圣树|夏娃|都柏林都与其他每个女人[1377]每个人|夏娃|奥布赖恩相亲相爱地一起生活；而雅尔主公·范·胡特在他的灯房里高扬着他那发热的头，冰凉的手放在自己身上。而他的两个小双胞胎[1378]精灵，我们的表兄，特里斯多佛[1379]承载悲伤的人|基督的支柱和希拉里高兴，正在他的霍斯堡荷马|凡霍利和土屋[1380]高高的家、城堡和屋上之地的油布地板上追着踢[1381]空等|高兴得跳起来他们的玩具娃娃。该死[1382]德莫特，过来照看他的小酒店的只是他的侄媳——恶作剧女王。恶作剧女王摘了一朵玫瑰红的，在门阴沉的那面[1383]等着[1384]智慧|小便。她点亮灯，爱尔兰[1385]火|土地火光闪耀。她用甜美的巴黎腔[1386]《小巴黎》|秘鲁|去年|汉娜·丽维娅·妇鲁拉贝尔冲着门说：一个的马克[1387]康沃尔的马克|女孩们|臭虫|腹部，为什么我看起来像一坛能够黑啤酒[1388]请出示护照|比斯波特酒|搬运工|豌豆？冲突[1389]女裙|混合|是我就是这样开始的。但是门[1390]阴沉的用荷兰式门的拒绝[1391]荷兰拿骚对尊贵的女士答以手语[1392]

1361 Het wis if ee newt 解 He wis if ee([爱]"她") knew it"～";也解 Het was of ie wist[荷]"～";也解 It was of a night"～";其中 het 也解 hot"～";其中 newt 也解"～"。

1362 Lissom"～",此处解为 listen"～"。

1363 larpnote 解 harp"～";也解 lark"～"＋note"～"。此处包含本书男女主人公名字的缩写 HCE 和 ALP。

1364 lang time agone 解 long time ago"～";其中 lange 解[德]"～";也解 Andrew Lang"～"(1844—1912),荷马史诗的苏格兰语译者;也解 lang[苏格兰]"～"＋time"～"＋agone[古体]"～"。

1365 auldstane eld 解 old stone age"～";也解 an old stone elm"～",在书中石头与榆树是一组二元对立的意象;也解 eld[古体]"～"。

1366 delvin 解 delving"～";也解 Dublin"～";也解 devil"～";也解 Devlin"～",都柏林市内的一条小河。

1367 madameen 解 madam"夫人"＋-in[爱]"小的,亲爱的"。

1368 spinning watersilts 解 spinning watered silks"纺着波纹绸",此句出自英国 14 世纪农民起义中起义领袖约翰·波尔的话"亚当耕田夏娃织布的时候,谁是绅士?";也解 spinning wheels"～";也解 spin one's wheels"～";其中 watersilts 也解 water"～"＋silts"～"。

1369 mulk 解 murky"～"。

1370 mountynotty 解 mountain night"～";也解 Montenotte"～",地名,位于爱尔兰的科克地区,该名字的字面含义是"夜晚之山",此地也是拿破仑 1796 年打败奥地利军队的地方。

1371 everybully 解 every bully"～";也解 everybody"～";也解 every buddy"～";也解 eve"～"＋bill"～";也解 bull"～",指 John Bull"英国人"。

1372 ribberrobber 解 river robber"～";也解 rib-robber"～",指夏娃是用亚当的肋骨制造的。

1373 ainway 解 anyway"～";也解 ain[苏格兰]"～";也解 ain[希伯来]"～";也解 own way"～"。

1374 lovesaking 解 loveseeking"～"。

1375 everybuddy 解 every body"～";也解 every buddy"～";也解 every"～"＋boidin[爱]"～"; 也解 eve"～"＋Budd"～",美国作家麦尔维尔小说中一个人见人爱的年轻人。

1376 everybilly"～";也解 every"～"＋bile[爱]"～";也解 eve"～"＋bill"～"。

1377 everybiddy 解 every biddy"～";也解 everybody"～";其中 every 也解 eve"～";其中 biddy 也解 Biddy O'Brien"～",歌谣《芬尼根的守灵夜》中的守灵者之一。

1378 jiminies 感叹词,此处解为 gemini[拉]"～";也解 jinnies"～",前文中惠灵顿博物馆里的两个少女。

1379 Tristopher and Hilary"～";其中 Tristopher 也解 Tristophoros[拉][希]"～";也解 Christophoros[希]"～";其中 Hilary 也解 hilaris[拉]"～"。

1380 homerigh, castle and earthenhouse 解 Howth Castle and house on earth"～";也解 home high, castle and earth on house"～";其中也包含本书主人公 HCE 的缩写;其中 homerigh 也解 Homer"～"; 也解 Bartholomew Vanhomrigh"～",斯威夫特的恋人瓦内萨的父亲,1697 年任都柏林市长。

1381 kickaheeling 解 kicking at heel"～";也解 kick one's heels"～";也解 kick up one's heels"～"。

1382 Dermot"～",芬·麦克尔的侄子,与芬·麦克尔的未婚妻格拉尼娅私奔,后被芬·麦克尔杀死;此处解 damned"～"。

1383 foreninst the dour 解 forenenst[爱]"反面的"＋the door"门";其中 dour 也解"～"。

1384 wit"～",此处解为 wait"～";也解 water"水",即 make one's water[俚]"～"。

1385 fireland 解 Ireland"～";也解 fire"～"＋land"～"。

1386 petty perusienne 解 pretty Parisian"～";也解 *Le Petit Parisien*"～",20 世纪 20 年代的法国杂志;其中 perusienne 也解 Peru"～";也解 perusi[希]"～";其中 enne 也解 Anna"～"。

1387 Mark the Wans 解 Mark of One"～";也解 Mark of Cornwall"～",指特里斯丹的叔叔马克国王;其中 Wans 也解 Swan,指莎士比亚;也解 Wanze[德]"～";也解 Wanst[德]"～"。

1388 a poss of porterpease 解 a pot of porter's (beer) please"请来一坛黑啤酒",化自 two peas in a pod"一模一样";也解 passport, please"～";其中 poss 也解 possum[拉]"～";其中 porterpease 也解 piesporter"～",一种德国白酒;也解 porter 也解"～"＋pease"～"。

1389 skirtmisshes 解 skirmish"～";也解 skirt"～"＋misch[德]"～";也解 mishe[爱]"～",指爱尔兰的圣女圣布利吉特在受洗时用当地的盖尔语说"我是"。

1390 dour"～",此处解为 door"～"。

1391 dootch nossow 解 Dutch not so"荷兰式不如此",指门依然关着;也解 Dutch Nassau"～",荷兰地名;也解荷兰王室奥兰治拿骚(Orange Nassau)家族;其中 dootch 也解 door's"～"。

1392 handworded 解 hand"手"＋word"词语";也解 antwortet[德]"～"。

回答：关门[1393]狗屎！于是满腹怨恨的尊贵女士[1394]格蕾丝·奥玛丽爱丽丝诱拐了双胞胎中的特里斯多佛，跑[1395]下雨、跑、跑，跑进了古老的[1396]姜啤|商第荒野[1397]向西行。于是雅尔·范·胡特带着柔和的鸽子之怒[1398]爱的呼唤|丹麦人在她身后发出无线电报[1399]作战：站住，小偷[1400]聋子|亲爱的，站住，回到我的爱尔兰来，站住。但是她向他骂[1401]回答道：想得美。正是在那同一个堕落天使的安息日[1402]军队之夜，在爱尔兰的某个地方有了新的苦恼[1403]小偷|邪恶|格兰努埃勒|布兰妮哀嚎|火。恶作剧女王在图蒙德[1404]走了四十年，她用格列佛之鞍[1405]肥皂泡沫牌肥皂洗掉了孪生子身上爱之点带来的祝福，她让她的四位古代大师[1406]四位走私大师来教会[1407]潜水他胳肢痒痒[1408]诡计，她把他改造得[1409]吃完确切无疑地十全十美[1410]奥古德，他变成了一名路德教徒[1411]送信的人|懒汉|游戏|无赖。于是她开始跑啊跑，活该[1412]德莫特|归还|回来，她又回到雅尔·范·胡特家，带着一对[1413]立刻双胞胎，孪生子在她的围裙[1414]松树枝里跟着她，在深夜，另一个时间。如果不是去了他旅馆[1415]双乳|布利斯托尔市的酒吧，她又会去哪里呢。雅尔·范·胡特把他全是擦伤的光[1416]凡霍利脚跟浸在酒窖麦芽中，怡然自得，而刚入幼年的孪生子希拉里和他的玩具娃娃则在楼下沾满眼泪的被单[1417]撕页|桃儿·帖席上扭绞[1418]扭、咳嗽，就像兄哥哥|布罗达妹[1419]一样。恶作剧女王捏起一只苍白的[1420]拿破仑，再次把它点亮，红公鸡阴茎闪烁着[1421]拍着翅膀从山冠飞下。她在恶人[1422]小门|阴户|窗户前说出更机智的话[1423]小便|更长的等候|没完没了地唠叨琐事|嗅到|天气|雷雨，说：两个的马克[1424]马克·吐温|双，为什么

1393 Shut“～”;也解 shit“～”。

1394 her grace o'malice“～”;也解 Grace O'Malley“～”,恶作剧女王的原型;也解 Alice“～”,《爱丽丝漫游奇境记》的女主人公。

1395 rain“～”,此处解为 run“～”。

1396 shandy“一种搀干姜汁麦酒或柠檬汁的啤酒”,此处解 seanda[爱]“～”;也解 Tristram Shandy“～”,英国作家斯特恩的《项狄传》的主人公。

1397 westerness 解 wilderness“～”;也解 wester“～”。

1398 dovesgall 解 dove's gall“～”;也解 lovecall“～”;也解 Dubh-ghall[爱]“～”。

1399 warlessed 解 wared“～”;也解 wireless“无线电”。

1400 deef 解 dief[荷]“～”,乔伊斯为抗议赛缪尔·罗斯盗版《尤利西斯》而写的抗议信的标题就是《住手,小偷!》;也解 deaf“～”;也解 dear“～”。

1401 swaradid 解 swear“～”;也解 svarede[丹]“～”。

1402 sabboath 解 sabath“～”;也解 sabaoth[希伯来]“～”。

1403 brannewail 解 brandnew“崭新的”+ail“苦恼”;也解 bran[爱]“～”+evil“～”;也解 Grannuaile“～”,恶作剧女王格蕾丝·奥玛丽的别称;也解 Branne wail“～”;其中的 branne 也解[丹]“～”。

1404 Tourlemonde 解 Tuath-Mumhan“～”,地名,位于爱尔兰芒斯特地区北部,包括利默里克郡、提珀雷里郡北部和克莱尔郡东部。

1405 sulliver suddles 解 Gulliver saddles“～”,可能变自斯威夫特的《格列佛游记》;其中 suddles 也解 suds“～”。

1406 four owlers masters“～”,此处解为 four old masters“～”,出自《四大师的爱尔兰王国编年史》,此外据说圣帕特里克有四位老师。

1407 tauch 解 taught“～”;也解 tauchen[德]“～”。

1408 tickles“～”;也解 tricks“～”。

1409 convorted 解 converted“使转变”;也解 convorto[拉]“～”。

1410 allgood 可直译为“～”;也解 sara Allgood“～”(1883—1950),爱尔兰演员,曾朗诵乔伊斯的《汉娜·丽维娅·妇鲁拉贝尔》。

1411 luderman 解 Lutheran“～”,新教徒的一种;也解 letter man“～”,指本书两兄弟中的邮差肖恩;也解 ludramán[爱]“～”;也解 ludus[拉]“～”;也解 Luder[德] ～“～”。

1412 redtom 是前面的 dermot 的倒写,前一个 dermot 解为 damned“该死”,故此处相应译为“～”;也解 Dermot“～”,芬·麦克尔的侄子;也解 reddo[拉]“～”;也解 redeo[拉]“～”;此处也包含蒂姆·芬尼根的名字 Tim。

1413 in a brace of samers 解 in a brace of same-ers“带着一对相似的人(双胞胎)”;也解 in a brace of shakes“～”。

1414 pinafrond 解 pinafore“～”;也解 pinea frons[拉]“～”。

1415 bristolry 解 hostelry“～”;也解 bristol cities[俚]“～”;也解 Bristol“～”,位于英国,亨利二世曾把都柏林授予布利斯托尔市市民。

1416 baretholobruised 解 bare“赤裸”+thoro“完全的”+bruised“被擦伤的”;也解 Bartholomew Vanhomrigh“～”,斯威夫特的恋人瓦内萨的父亲。

1417 tearsheet 解 tear“眼泪”+sheet“被单”;也解 tear sheet“～”,从报刊、杂志等出版物上撕下以供单独使用的单印页;也解 Doll Tearsheet“～”,莎士比亚的《亨利四世》中的妓女。

1418 wringing“～”;也解 ringen[德]“～”。

1419 brodar and histher 解 brother and sister“～”;其中 brodar 也解 Bruder[德]“～”;也解 Brodar“～”,丹麦巫师,在 1014 年的克隆塔夫战役中刺杀了爱尔兰著名的国王布利安·布鲁。

1420 nipped a paly one 解 nipped a pale one“～”;也解 Napoleon“～”(1769—1821),法兰西共和国第一执政,法兰西第一帝国皇帝。

1421 flackering 解 flackern[德]“～”;也解 flutter“～”。

1422 wicked“邪恶的”;也解 wicket“～”;或[古体]“～”;也解 window“～”。

1423 made her witter 解 made her witty (words)“说出机智的话”;也解 made her water“～”;也解 made her waiter“～”;其中 witter 也解“～”;也解 witter[德]“～”;也解 Wetter[德]“～”;也解 Gewitter[德]“～”。

1424 Mark the Twy 解 Mark of Two“～”,即康沃尔的马克;也解 Mark Twain“～”,美国作家;其中 twy 也解[古英]“～”。

我看起来像两坛黑啤酒？于是，关门！恶人说，对女王陛下[1425]疯狂的玩笑|谦逊|玛奇|玛吉答以手语回答。于是女王陛下早有预谋地放下一个孪生子，抱起一个孪生子，沿着百合路[1426]小人国|莉莉丝向女人国[1427]无主之地|悲痛之人|沃德曼她跑啊跑啊跑啊。雅尔·范·胡特在她后面大声用芬盖尔话[1428]外族部落|金发外国人|细致|柔风喋喋不休地说[1429]胡说|抱怨诉苦：站住，笨蛋该死，站住，把我的耳环[1430]爱尔兰拿回来，站住。但是恶作剧女王咒骂道回答：我喜欢它。那个流星划过的偷窃[1431]圣劳伦斯|劳伦斯·奥图尔之夜，在爱尔兰的某个地方，有一个狂怒的老奶奶在哀哭[1432]格兰努埃勒。恶作剧女王在图蒙德走了四十年，她用陀螺尖儿把克伦威尔[1433]科若姆·科拉阿赫|凯瑟林-纳西卡的诅咒敲进这个孪生子，她让她的四位古典[1434]云雀女教师来感动他流下眼泪，她使他变[1435]颠倒得确信无疑地十拿九稳，他变成了一名天主教徒[1436]特里斯丹|三。于是她开始跑啊跑，带着一双改变者，她该死[1437]德莫特|该死的|主教座堂|三次，她又重新回到雅尔·范·胡特家，拉里希在她的围裙[1438]气体比重计|雨伞|晴雨表下跟着她。如果不是在另一个深夜[1439]美丽的花边第三次魔力被总督官邸豪宅之家的堡场[1440]市长官邸行政区|话阻止，她又为什么停下来？雅尔·范·胡特把他的飓风屁股坐到餐具室的箱子上，他的四个胃在反刍(竟敢！噢，竟敢！)，孪生子特佛里斯[1441]更坚韧的树和玩具娃娃在防水布上相爱、吻着、吐口水、耍无赖、亲吻[1442]，就像下贱的无赖和无知的新娘[1443]圣帕特里克和圣布利吉特，处于幼儿期的第二阶段。恶作剧女王捡起一只无色的，全部点

1425 her madesty 解 her majesty"～";也解 mad jest"～";也解 modesty"～";也解 Maggies"～",本书主人公女儿的化身之一;也解 Maggie O'Connor"～",民谣《芬尼根的守灵夜》中的人物。

1426 lilipath 解 lily path"～";也解 Lilliput"～",《格列佛游记》中的国家;也解 Lilith"～",被人为是亚当的第一个妻子,由上帝用泥土所造,因不满上帝离开伊甸园,也被记载为撒旦的情人、夜之魔女,并教导该隐如何利用鲜血产生力量以供己用。

1427 Woeman's Land"～",在 10 世纪爱尔兰神话《布兰航海纪》(*The Voyage of Bran*)中,布兰和同伴们在一个名为"女人国"的岛屿呆了很久,因为那里一年等于 100 年,结果第一个踏上陆地的人立刻化成灰烬;也解 no man's land"～";其中 Woeman 也解 woe man"～";也解 Wadman"～",斯特恩《项狄传》中的寡妇。

1428 finegale 解 Fine Gaedhil"芬・盖第尔",爱尔兰部落之一;也解 Gine-Gall[爱]"～";也解 Fionn-gall[爱]"～"(比如挪威人);也解 fine"～"+gale"～"。

1429 bleethered 解 blethered"～";也解 blathered"～";也解 bleat"～"。

1430 earring"～";也解 Erin"～"。

1431 laurency 解 larceny"～";也解 st. Lawrence"～",霍斯伯爵的家族;也解 Laurence O'Toole"～",都柏林守护圣人,曾任都柏林大主教,他的主保日是 8 月 10 日。

1432 grannewwail 解 granny"奶奶"+wail"哀哭";也解 Grannuaile"～",恶作剧女王格蕾丝・奥玛丽的别称。

1433 cromcruwell 解 Oliver Cromwell"～",英国清教革命中的领袖,统治爱尔兰期间对爱尔兰天主教徒实行奴役和种族灭绝政策,因此被称为"克伦威尔的诅咒";也解 Crom Cruach"～",爱尔兰接受基督教之前的一个爱尔兰神祇,后被圣帕特里克清除,据说该崇拜中包括活人献祭;也解 Caisleen-na-Cearca"～",恶作剧女王的原型格蕾丝・奥玛丽关押霍斯伯爵继承人的地方,后被克伦威尔摧毁。

1434 larksical 解 lark"～"。

1435 provorted 解 provorto[拉]"我转向前方";也解 perverted"～"。

1436 tristian 解 Christian"～";也解 Tristan"～";也解 tris[拉]"～"。

1437 be dom ter 解 be Dermot"成为德莫特",德莫特为芬・麦克尔的侄子;也解 be damned to her"～";也解 verdammt[德]"～";也解 Dom [德]"～";其中 ter 也解[拉]"～"。

1438 abromette 解 apron"～";也解 aerometer"～";也解 umbrella"～";也解 barometer"～"。

1439 nice lace"～",此处解为 night late"～"。

1440 the ward of his mansionhome 解 the ward of his Mansion House"～";也解 Mansion House Ward"～";其中 ward 也解 word"～",其中 mansionhome 也解 mansion home"～"。

1441 Toughertrees"～",字面意为"～",指双胞胎中的 Tristopher"特里斯多佛"。

1442 poghuing 解 póg[爱]"～"。

1443 knavepaltry and naivebride 解 paltry knave and naïve bride"～";也解 Naomh Pádraig and Naomh Brighid[爱]"～"。

完，山谷静卧着灯光闪烁。她在三拱顶的拱门[1444]凯旋门前说出最机智的话问，三个[1445]三的马克，为什么我看起来像三坛黑啤酒？不过冲突[1446]女裙|混合|是我就这样结束了。因为就像军号与闪电长戟相伴而来[1447]《坎贝尔们走过来》一样，闪电之子[1448]雅尔·范·胡特本人，妇人的老恐惧[1449]丹麦人的恐惧，屁股摇摆着[1450]困难地[1451]运气从他那三座关闭的黄昏城堡[1452]萨顿地峡中门户大开[1453]用长矛打开的的拱廊里走出来，宽大的姜黄色[1454]大人国|姜饼帽子、颈撑[1455]市民的|血性|霍乱|胆汁|恼怒、全黄色的衬衫[1456]衬衫|褶边、巴尔布利根牌[1457]公牛|吹牛袜子和手套[1458]萨克森手套、罗德布洛克短裤[1459]、用肠线做的卡特加特海子弹带[1460]、毛边的[1461]驰名的系带[1462]半岛战争橡胶靴[1463]争斗|连同|长筒靴，就像一个红色黄色[1464]粗鲁的喊叫绿色蓝色[1465]苦思冥想橙色的人，处于他那紫色的义愤[1466]深蓝色中，达到了他那射手钩矛力量[1467]强弓的顶点。他拍拍[1468]发出得得声他的粗[1469]右手轻松地拉住[1470]出租马车的座位，他下命令[1471]粪便|话，他那浓重的声音对她说，关上商店停止工作，死鬼[1472]傻的。恶鬼插上了百叶窗插[1473]（嘭啪啪吐啼啊嚅嚏呋啌嚄嚨啪哒嚅咍咛喀啦啦咔啦喀咔啦啦吒嘁嘁呀嚄嚨嚨嚁喫啦呀嚅嚨嚨嚄嚨嚨嚅吗哊嚄嚨嚨吖嚅嗬嘶嘶嚨嚨嚅嚏啊啦啦啊嚅嗵嗵哒哒嚅哝哇嘀哒哒唠唠噗噗啁啁嘊吀哘嚨嚨嚅嚏吨呐嚄嚄咗哪哩嚄嚄啦吸啌嚄嚨嚨！[1474]）他们全都开怀畅饮[1475]摆脱对方防守。因为恋爱中的[1476]武器男人永远是所有内衣[1477]衬裙|穿围裙|短的女孩的有利配偶。这就是整个火焰熊熊、洪水肆虐、肠胃气胀[1478]的世界上絮絮叨叨的

1444 arkway of trihump 解 archway of tri-hump“有三个拱顶的拱门”；也解 arc de triomphe[法]“～”。

1445 Mark the Tris 解 Mark of Three“～”，即康沃尔的马克；其中 Tris 也解[拉]“～”。

1446 skirtmishes 解 skirmish“～”；也解 skirt“～”＋misch[德]“～”；其中 misshes 也解 mishe[爱]“～”，指爱尔兰的圣女圣布利吉特在受洗时用当地的盖尔语说“我是”。

1447 the campbells acoming 解 the camp bells are coming“～”；也解 *The Campbells Are Coming*“～”，苏格兰民歌。

1448 Boanerges 意为“～”，见《马克福音》第三章第 17 节。

1449 the old terror of the dames“～”；也解 The Terror of the Danes“～”，爱尔兰著名国王布利安·布鲁的绰号。

1450 hip hop“～”，20 世纪 70 年代在美国出现的嘻哈音乐晚于《芬尼根的守灵夜》的出版时间，故不采用。

1451 handihap 解 handicap“障碍、困难”；也解 hap“～”。

1452 three shuttoned castles 解 three shut castles“～”，都柏林市的纹章上有三座城堡；其中 shuttoned 也解 suton[塞维]“～”；也解 Isthmus of Sutton“～”，霍斯与大陆之间的区域。

1453 pikeopened 解 wideopened“完全敞开的”；也解 pike-opened“～”。

1454 broadginger 解 broad“宽大的”＋ginger“姜黄色的”；也解 brobdingnag“～”，《格列佛游记》中的国家；也解 gingerbread“～”。

1455 civic chollar 解 civic collar“～”；其中 civic 也解“～”；其中 chollar 也解 cholas[希]“～”；也解 cholera[拉]“～”；也解 cholê[希]“～”；也解 cholos[希]“～”。

1456 hemmed 解 Hemd[德]“～”；也解 hemd[荷]“～”；也解 hem“～”。

1457 bullbraggin 解 Balbriggan, Co.“～”，都柏林的手工制造公司；也解 bull“～”＋bragging“～”。

1458 soxangloves 解 socks and gloves“～”；也解 Saxon gloves“～”。

1459 ladbroke breeks 解 Ragnar Lodbrok“～”，北欧海盗首领，据说有可防蛇的短裤＋breech“使穿短裤”。

1460 cattegut bandolair 解 catgut“肠线”＋bandolier“斜佩在肩上的子弹带”；其中 cattegut 也解 Kattegatt“～”，位于丹麦北部和瑞典之间。

1461 furframed“～”；也解 farfamed“～”。

1462 panuncular 解 panuncula[拉]“系在线轴上的绳子”；也解 peninsular (War)“～”，1808—1813 年惠灵顿在伊比利亚半岛与拿破仑的军队进行的一系列战役。

1463 cumbottes 解 gumboot“～”；也解 combats“～”；也解 cum“～”＋botte[法]“～”。

1464 rudd yellan 解 red yellow“～”，与后面的颜色组成彩虹的颜色；也解 rude yelling“～”。

1465 gruebleen 解 green blue“～”；也解 grübeln[德]“～”。

1466 indigonation 解 indignation“～”；也解 indigo“～”。

1467 the strength of his bowman's bill 解 the strength of his bowman's bill“～”；也解 Strongbow“～”，盎格鲁-诺曼领袖，率领军队入侵爱尔兰。

1468 clopped“～”，此处解为 clapped“～”。

1469 rude“粗鲁的”；也解 right“～”。

1470 eacy hitch 解 easy hitch“～”；此处包含本书主人公名字缩写的倒写 ECH；也解 hackney seat“～”。

1471 ordurd 解 ordered“～”；也解 ordure“～”；也解 ord[挪]“～”。

1472 dappy 解 duppy“恶鬼”；也解 dippy“～”。

1473 duppy shot the shutter clup 解 duppy shut the shutter clip“～”，出自儿歌“*Polly Put the Kettle On*”（《波丽把水壶放上去》），由 John Dale 在 1809 年前后发表。此句化自习语 put up the shutters“停止营业”，与前面的 shut up shop“停止工作”一样都是同时借用习语的含义和意象，这是乔伊斯的常用手法。此类翻译多取直译。

1474 此处的 100 个字母词语中可以分辨出用波斯语、列托语、土耳其语、马来语、立陶宛语、俄语、罗马尼亚语、斯瓦希里语、阿拉伯语，芬兰语、冰岛语、萨摩亚语、阿尔巴尼亚语、布列塔尼地区的语言书写的“雷”、“打雷”；此外还有英语的“上帝”；爱尔兰语的“多毛的”；德语的“治疗”、“被携带的”、“与”、“狗”、“垃圾”；拉丁语的“发生”、“在那里”。

1475 drank free“～”；也解 break free“～”。

1476 armour 解 amour[法]“爱”；也解 arms“～”。

1477 under shurts 解 undershirts“～”；也解 undershirts“～”；也解 under Schürze[德]“～”；其中 shurts 也解 short“～”。

1478 flatuous 解 flatulent“胃肠气胀的”。

文盲看门人陶器|骚动的第一次和平[1479]第一首头韵诗。看门人瓦工|劳伦斯·奥图尔柯西柯西|樱桃树多么亲切地打开独角鲸的主神殿[1480]这是裁缝柯西如何给挪威船长做了一套衣服。在你将看[1481]海之前看[1482]迄今为止过。只限于在之间你和我[1483]介于是与存在之间。恶作剧女王将控制住她的玩偶之船，双胞胎们要保持和平之浪，范·胡特要让风刮起来[1484]勃起。因此市民[1485]汉堡|公民的服从[1486]听的祝福着整个城邦[1487]警察。

哦，快乐的罪过[1488]凤凰|罪犯！没有什么也没有恶苹果也就没有大天使米迦勒善[1489]。大山、小河，相依相伴，安顿下来[1490]被轻视|被弄小，极少骄傲。齐胸高用胸弄高，跨上去！只是因为这个，这些才不会用它们的无根无源[1491]起源丢失|瑟茜这一秘密[1492]没收|海|顶部来给勇士[1493]挪威人|岛屿|没有根由或和平女神[1494]爱尔兰抹黑。你为什么沉默[1495]采石场硅石。汉弗莱[1496]没有回答[1497]别死用力！你匆匆忙忙狠狠地|烂膝盖|霉臭从哪家来[1498]消化不良|龙胆根。丽维娅[1499]利菲河没有回答？他头上戴着云彩之帽[1500]，皱着眉；非常想听[1501]蹂躏|小便，他会偷偷地听[1502]，是否就在老鼠眼前[1503]用手捂住嘴，是否酒瓶的叮当[1504]战争之神远在天耳朵边[1505]在遥远的彼端|在遥远的东方。暗了[1506]注意|马克国王，他的溪谷在变暗。用嘴唇她所有时间里向他唇语[1507]伊丽莎白着如此如此，这般这般[1508]母猪|解冻|汝|尽管。她，他，她，哈，她，哈，哈，哈[1509]不得不笑。该死的[1510]头发|偶然机会|先生，要是他能注意到[1511]用树枝打她！他看起来[1512]憎恨|依附|忍受|听|离开高不可及[1513]非洲羚羊|彩色的。声浪冲击着他的耳朵[1514]：它们的水风筒敲击着他：咆

1479 the first peace of illiterative porthery 解 the first peace of ill-iterative porthor([威]"看门人、搬运工")"～"；也解 the first piece of alliterative poetry"～"；其中 illiterative 也解 illiterate"～"；其中 porthery 也解 pottery"～"；也解 pother"～"。

1480 How kirssy the tiler made a sweet unclose to the Narwhealian captol 解 How Kirssy the tiler made a sweet unclose to the door of Narwhal's capitol"～"；也解 How Kersse the tailor made a suit of clothes to the Norwegian captain"～"；其中 kirssy 解 J. H. Kersse"～"，乔伊斯的父亲听到的驼背的挪威船长与都柏林裁缝的故事里的人物，一位住在都柏林萨克维勒街的裁缝；也解 Kirsche[德]"～"；其中 tiler 也解"～"；也解 Laurence O'Toole"～"，都柏林守护圣人。

1481 sea"～"，此处解为 see"～"。

1482 Saw fore"看"＋"之前的"；也解 so far"～"。

1483 Betoun ye and be 解 Between you and me"～"；也解 Between yes and be"～"；其中 Betoun 也解 betune[爱]"～"。

1484 git the wind up 解 get the wind up"使……害怕"，这里根据上文直译为"～"；也解 get it up[俚]"～"。

1485 burger"～"，此处解为 Bürger[德]"～"；也解 burger[荷]"～"。

1486 hearsomeness 解 gehorsam[德]"顺从的"；也解 hear-some-ness"～"。

1487 polis[希]"～"；也解 police"～"。此句出自都柏林市纹章上的格言 Obedientia civium urbis felicitas"市民的服从是城市的幸运"。

1488 foenix culprit 解 felix culpa[拉]"～"；其中 foenix 也解 phoenix"～"；其中 culprit 也解"～"。

1489 Ex nickylow malo comes mickelmassed bonum 解 ex nihilo malo venit nihilum bonum[拉]"～"；也解 ex nihilo nihil fit[拉]"没有什么可以无中生有"；也解 ex malo venit multum bonum[拉]"罪恶会带来更多的善"；其中 nickylow 也解 nicky[捷]"～"；其中 malo 也解 malum[拉]"～"；其中 mickelmassed 也解 Michael"～"。

1490 billeted"～"；也解 belittled"～"；也解 be littled"～"。此处与后面的 brest high(也可译为"～")都有性含义。

1491 soorcelossness 解 sourcelessness"～"；也解 source loss"～"＋ness；也解 Circe"～"，荷马史诗《奥德赛》中的女妖，把上岛的人都变成动物。

1492 secrest 解 secret"～"；也解 sequestrate"～"；也解 sea"～"＋crest"～"。

1493 Norronesen[古挪]"～"；也解 norroenn[古挪]"～"；也解 nêsos[希]"～"；也解 no reason"～"。

1494 Irenean 解 Irene"～"，古希腊的和平女神；也解 Ireland"～"；也解 eirēnē[希]"～"。

1495 Quarry silex"～"，此处解 quare siles[拉]"～"。

1496 Homfrie 解 Humphrey Chimpden Earwicker"汉弗利·卿普顿·壹耳微蚵"。

1497 Noanswa 解 no answer"～"；也解 ní h-annsa[爱]"～"(猜谜时的常用语)。

1498 Undy gentian festyknees 解 unde gentium festines[拉]"你匆匆自哪个家族而来"；其中 Undy gentian 也解 indigestion"～"其中 gentian 也解"～"；其中 festyknees 也解 feste[德]"～"；也解 festy knees"～"；也解 fustiness"～"。

1499 Livia 解 Anna Livia Plurabelle"汉娜·丽维娅·妇鲁拉贝尔"；也解 Liffy"～"。

1500 wolkencap 解 Wolke[德]"云"＋cap"帽子"。

1501 audiurient 解 audio[拉]"听"＋urines[拉]"潜水"；也解 uro[拉]"～"；也解 urina[拉]"～"。

1502 evesdrip 解 eavesdrop"站在屋檐下偷听"。

1503 mous at hand 解 close at hand"～"；也解 mouth at hand"～"；也解 mouse"～"。

1504 dinn of bottles 解 din of bottles"～"；也解 djinni(某教派的神)of battles"～"。

1505 in the far ear 解 in the far air"～"；也解 in the far end"～"；也解 in the far east"～"；其中 ear 也解"～"。

1506 murk"～"；也解 mark"～"；也解 Mark"～"。

1507 lithpeth 解 lisp"口齿不清地说"；也解 Elizabeth"～"，本书中主人公的女儿伊茜的别名之一。

1508 这句话把字母 s 都替换成 th，这是本书常用的造词方法之一；其中 thow 也解 sow"～"；也解 thaw"～"；也解 thou"～"；也解 though"～"。

1509 ha to la 解 had to laugh"～"，此处译为"～"。

1510 Hairfluke 解 verflucht[德]"咒骂"；也解 hair"～"＋fluke"～"；也解 Herr[德]"～"。

1511 twig"～"；也解"～"。

1512 abhears 解 appears"～"；也解 abhors"～"；也解 adheres"～"；也解 abear"～"；也解 abhören[德]"～"；也解 ab[拉]"～"＋hear"听"。

1513 Impalpabunt 解 impalpable"不可触摸的"；也解 impala"～"；也解 bunt [德]"～"。

1514 buffeteerst 解 buffet ears"～"。

哮之浪[1515]、缄默之浪[1516]霍斯、支吾巨浪[1517]猛烈的，以及从未听说他们有帆船且听我的之浪[1518]。被他的邻居情妇用陆地围住[1519]斯堪的纳维亚的|内伊湖|土地|湖，在他的后代中不朽[1520]，婴儿悟性和乳儿[1521]圣人和智者，早报[1522]悲泣的管道工们会在背后[1523]告诉他，那个我们吃他躯体赞扬|劳斯郡的可恶家伙[1524]那个我们吃着他面包的可爱的人，如何只要不是为了[1525]要不是他抓住的可爱的比目鱼[1526]圣休伯特|巴特和拓夫，或者她告诉她的粉扑[1527]耻辱|粉|碰撞，那个我们喝着他的躯体[1528]作品|生命|溪流的唇对唇之人，如何只猛击为了她对被风吹落的果子的短短一瞥，给我们面包和水[1529]抚养和洗涤者的人，镇上将不会有一座圣塔[1530]圣灵|刺出洞的长矛|侦探|草的尖端，码头里也不会漂浮[1531]嘲笑一艘船[1532]女灶神的，也不会有坦率的满的|醉酒的承认[1533]简单的元音|我欠你的，也没有你和我[1534]没有紫杉或眼睛在灯光下[1535]沼泽|火光在新都柏林[1536]尼罗河|佛祖玩捉迷藏[1537]钱，钱|捉，捉，根本工具跟本高的更本[1538]钟声没有而且没人[1539]|傻瓜提到方便的问题[1540]运输工具。

他为了自己和所有属于他的人施展耕地之技[1541]不费力气地挖进确立地位挖出[1542]一天又一天，他为了谋生让他的属下在他的预言下[1543]教会旅店|临终收容所汗流浃背[1544]，他赚来口粮[1545]把他的恐惧装进骨灰瓮，那只飞龙[1546]情愿的，他给我们制造虱子[1547]为我们制造律法|路西弗|爱，并且突然把我们交给棉桃象鼻虫[1548]使我们摆脱一切罪恶，阿门，那个伟大的解放者，亨弗莱·坎克达·乌尔乌克[1549]汉弗利·卿普顿·壹耳微蚵，天哪，他做到了，我们最可敬的祖先，直到他在他的鳏夫窗之家[1550]《鳏夫的房产》中涨得面红耳[1551]|年终赤，想出更好的

1515 the wave of roary 解 the wave of roar“～”。

1516 the wave of hooshed 解 the wave of hush“～”;其中 hooshedt 也解 Howth“～”,都柏林郊区。

1517 the wave of hawhawhawrd 解 the wave of hum and haw“吞吞吐吐的浪”＋hawrd 解 hard“强烈的”。乔伊斯在《乱涂乱写佶屈聱牙》(*Scribbledehobble*)中称这里写的是爱尔兰的三股海浪。

1518 neverheedthemhorseluggarsandlisteltomine 解 never-heard-them-has-luggers-and-listen-to-mine“～”。

1519 Landloughed 解 landlocked“～”;也解 Lochlann[爱]“～”;也解 Lough Neagh“～”,位于爱尔兰北部;也解 Land“～”＋lough[爱]“～”＋-ed。

1520 perpetrified 解 perpetuated“使不朽”＋petrified“被石化”。

1521 sabes and suckers 解 babes and suckers“～”;也解 saints and sages “～”;其中 sabes 也解 sabe“～”。

1522 the moaning pipers“～”,此处解为 the morning papers“～”。

1523 to his faceback,根据 to one's face(当面)译为“～”。

1524 the louthly one whose loab we are devorers of 解 the loathed one whose Leib([德]“躯体”) we are devouring of“～”;也解 the lovely one whose loaf we are devouring of“～”;其中 loab 还解 Lob[德]“～”;louthly 也解 Louth“～”,爱尔兰东北部的郡。

1525 butt for 解 but for“～”,此处直译为“～”;其中 butt 也解“～”。

1526 his hold halibutt 解 his hold halibut“～”;其中 hold 也解[德]“～”;其中 halibutt 也解 St. Hubert“～”(656—727),基督教的圣人;其中的 butt 可与后面的 puff,biff 合解为 butt and Taff“～”,本书主人公的两个儿子的化身。

1527 pudor puff 解 powder puff“～”;其中的 pudor 也解[拉]“～”;也解 Puder[德]“～”;其中 puff 也解 Puff[德]“～”。

1528 libe 解 Leib[德]“～”;也解 liber[拉]“～”;也解 life“～”;也解 libas[希]“～”。

1529 breed and washer“抚养和洗涤者”,此处解为 bread and water“～”。

1530 holey spier 解 holy spire“～”;也解 holy spirit“～”;也解 holey spear“～”,指耶稣在十字架上时犹太士兵用来刺他的长矛;其中 spier 也解“～”;也解 Spier [德]“～”。

1531 flouting“～”,此处解为 float“～”。

1532 vestal“～”,此处解为 vessel“～”。

1533 plein avowels 解 plain avowal“～”;也解 plain vowels“～”;其中 plein 也解[法]“～”;也解[法俚]“～”;其中 avowels 也解 I. O. U. ,即 I owe you“～”,乔伊斯曾在《尤利西斯》中用过这个文字游戏。

1534 nor a yew nor an eye“～”,此处解为 nor a you nor a I“～”;也解 U. O. I. ,即 I. O. U. 。

1535 swamplight 解 lamplight“～”;也解 swamp“～”＋light“～”。

1536 Novo Nilbud 解 Novo[拉]“新”＋Dublin(Nilbud 的倒写);其中 Nilbud 也解 Nil[德]“～”＋Buddha“～”。

1537 cash cash“～”,此处解为 cache-cache[法]“～”;也解 catch catch“～”。

1538 a' toole o' tall o' toll 解 at all, at all, at all 的各种变音,故译为“～”;其中 toole 也解 tool“～”;其中 tall 也解“～”;其中 toll 也解“～”。

1539 noddy“～”,此处解为 nobody“～”。

1540 convaynience 解 convenience“～”;也解 conveyance“～”。

1541 the skill of his tilth“～”;也解 the skin of his teeth“～”。

1542 dug in and dug out“～”;也解 day in and day out“～”;其中 dig in 也解 dig oneself in“～”。

1543 beneath his auspice“～”;其中 auspice 也解 hospice“～”;也可与后面的 for the living 合解为 Hospice for the Dying“～”。

1544 sweated his crew“～”,化自习语 by the sweat of one's brow“靠自己的辛勤劳动”。

1545 urned his dread“～”,此处解为 earn his bread“～”,出自《创世记》第三章“你必汗流满面,才得吃食”。

1546 dragon volant“～”,疑指伊甸园中由撒旦所变的蛇;其中 volant 也解 volens[拉]“～”。

1547 made louse for us“～”;也解 made law for us“～”;其中 louse 也解 Lucifer“～”,堕落前的撒旦;也解 love“～”。

1548 delivered us to boll weevils amain“～”;也解 delivered us from all evils, amen“～”。

1549 Unfru-Chikda-Uru-Wukru“～”,人名;也解 Humphrey Chimpden Earwicker“～”。

1550 windower's house 解 widower's house“～”;也解 Widower's Houses“～”,指英国作家肖伯纳的戏剧;其中 windower 也解 window“～”。

1551 earsend 解 ear's end“耳根”;也解 year's end“～”,指 12 月。

来。如果低语的小草[1552]格蕾丝·奥玛丽能唤醒他，就还会如此，并且当火鸟解体[1553]登陆|12月时就又会[1554]五月这样。而且如果这就是那些将由长者告诉晚辈[1555]男孩|门徒的事实，就将再次发生。你为我的婚礼举杯[1556]哭诉了吗，你把新娘[1557]奥布赖恩小姐和被褥带来了吗，你是否希望我的死去[1558]爸爸|事迹是一次？苏醒[1559]守灵|醒着？威士忌亚当[1560]通向浆果|树！

你们这些地狱里的猪[1561]灵魂|天使长米迦勒|污物！你认为我死透透了吗[1562]离别酒|门钉？

现在放松[1563]成为一流人物，好先生芬尼莫[1564]芬尼根|更多的芬，先生。像领养老金的神一样享受闲暇[1565]，不要去国外。你肯定只会在太阳城[1566]希利里迷路，你在迦毗罗卫[1567]凯佩尔|他主人的马的路如今只是条在骷髅地[1568]后面蜿蜒曲折的路，北翁布里亚街影子、五辆推车街、蹒跚袭击街[1569]❶，还有大道街[1570]包赫默|农民|穆尔，而且国外的雾露[1571]可能弄湿你的脚。遇到某个既老且病的破产者[1572]，或者克特里克[1573]的驴子，上面挂着他的鞋子，神之坐骑[1574]释迦牟尼的马|叮叮当当，或者一个荡妇，带着肮脏的婴儿在长凳上打鼾。这会让你厌恶生活，会这样的。天气也这么差。就像努根特[1575]知道的，离开都魔林[1576]都弗林并不容易，离开这个干净杂乱的城市，它比邻处那些可获自治权的[1577]不可越过的|免税田野更青翠[1578]更醉醺醺，但是让你的灵魂无怨无悔。在你呆的地

❶ 化自都柏林东、北、南部的三条路：北安伯兰街（Northumberland）、菲伯斯区（Phibsborough）和沃特灵街（Watling）；其中 North Umbrian 也解 Northumbria“诺森伯里亚”，中世纪英国北方的王国；也解 Umbrian“意大利中部翁布里亚地区”。

1552 grassies 解 grasses“～”；也解 Grace O'Malley“～”，恶作剧女王的原型。

1553 disembers 解 dismember“～”；也解 disembarks“～”；也解 December“～”。

1554 may“～”；也解 May“～”。

1555 youngers“～”；也解 Junge[德]“～”；也解 Jünger“～”。

1556 whines“～”，此处解为 wines“酒”。

1557 bride“～”；也解 Biddy O'Brien“～”，民谣《芬尼根的守灵夜》中的守灵者之一。

1558 deading 解 dying“正在死亡”；也解 daddy“～”；也解 deed“～”。

1559 Wake 在书中同时具有“苏醒”和“守灵”之意；也可与前面的 a 合解为 awake“～”。

1560 Usgueadbaugham 解 usquebaugh[爱]“威士忌”＋Ad... am“亚当”；也解 usque ad bacam[拉]“～”，出自 usque ad mala“条条大路通向苹果”，古罗马人用餐时常用语，意为一切都指向结束；其中 Baum 也解[德]“～”。

1561 Anam muck an dhoul 解 thanam o'n dhoul[爱]“地狱里的猪的鬼魂”，此句和下一句都出自民谣《芬尼根的守灵夜》；其中 Anam 也解 anam[爱]“～”；其中 muck 也解 Mick“～”；也解 muck“～”。

1562 Did ye drink me doornail 解 Did you think I'm doornail“～”，化自习语 dead as a doornail“死透透”；也解 deoch an dorais[爱]“～”；直译是“门口饮酒”；其中 door nail 也解“～”。

1563 be aisy 解 be easy“～”；也解 be daisy“～”。

1564 Finnimore“～”解 Finnegan“～”；也解 Finn＋more“～”，指包括芬·迈克尔在内的爱尔兰勇士。

1565 take your laysure 解 take your leisure“～”，化自习语 take your time“慢慢来”。

1566 Healiopolis 解 Heliopolis“～”，位于古叙利亚，据说凤凰在此处浴火；也解 Ó hÉilidhe[爱]“～”(Healy)，指蒂姆·希利成为爱尔兰共和国的总理的时候，都柏林人把凤凰公园里的总督府称为希利城(Healiopolis)。

1567 Kapelavaster 解 Kapilavastu“～”，古印度佛教遗址，传为释迦牟尼的故乡；也解 Capel“～”，都柏林路名；也解 capall a mhaistir[爱]“～”。

1568 calvary“～”，耶稣受难处。

1569 Umbrian 也解 umbra[拉]“～”。

1570 the Bower Moore 解 bóthar mór[爱]“大道”，公元二世纪爱尔兰有 5 条大道，但没有哪条以“大道”命名；也解 Bohermore“～”；其中 Bower 也解 Bauer[德]“～”；其中 Moore 也解 Moor“～”，都柏林街名。

1571 the foggy dew's“～”；这是爱尔兰一首著名民歌的名字，该歌曲表达了对 1916 年爱尔兰人为抗击英国统治者而发动的复活节起义的怀念和敬意。

1572 佛祖年轻时在王宫外面遇到一个老人、一个病人和一具尸体，于是开始思考老、病、死。

1573 Cottericks' 解 Cothraighe's[爱]“Patrick”，“圣帕特里克”的古爱尔兰写法；这个字的词源意为“四个主人的仆人”。

1574 clankatachankata 解 clan“族系”＋katachanka“穆罕默德的马”，或者 Kantaka“～”；也解 clakety clank“～”。

1575 Nugent 即 Gerald Nugent“～”，16 世纪的盎格鲁-诺曼诗人，长期生活在爱尔兰，他的抒情诗《离开爱尔兰时所作》(*Ode Written on Leaving Ireland*)中有“我必须离开你，甜蜜的都魔林”。

1576 devlin 解 Dublin“都柏林”，也解 devil“魔鬼”，故译为“～”；还解 Devlin“～”，都柏林市内的一条小河。

1577 enfranchisable 解 enfranchise-able“～”；也解 infranchissable[法]“～”；也解 en franchise[法]“～”。

1578 lushier 既解“～”，也解“～”。

方，先生，你的日子会更好，全身衣裤、血鹰背心和所有东西上都打着头等标志，你在冰凉水边你的悬铃木[1579]下枕着乳发枕头回想你的形状和大小，那里的特洛伊强盗泥土[1580]左会吓跑讨厌的害兽，而且有你想要的一切，小袋、手套、烧瓶、打火机砖头、手绢、戒指和雨伞[1581]长颈瓶，火葬柴堆的全部财宝，在灵魂之地，与荷马[1582]、布利安·布鲁[1583]巴鲁|比蒂·多兰、拿破仑[1584]可怜的老罗南|欧南|利奥波德·布卢姆|布朗与诺兰|列农|小黑鸟、尼布甲尼撒[1585]和成吉思汗[1586]健力士啤酒|酒馆在一起。我们也会来这里，玩奥伯尔牌[1587]幽灵的人，耙平你的坟墓[1588]砂砾，给你带来礼物，不是吗，芬尼亚们[1589]？我们要对你省着用的不是我们的唾沫吗，不是吗，德鲁伊们[1590]？这不是那类你在殉夫店[1591]城市商店|糖果商店里买的廉价小石像、一便士的便宜货，以及那些不要让我看到的东西。而是田野的贡品。千滴眼泪[1592]一千金的|蜂蜜|礼物|歌曲|水果|海鲂，是法赫蒂医生，那个巫医[1593]，教你强身的[1594]镀金。罂粟浆的外销证[1595]万能钥匙。蜂蜜从来都是最神圣的东西，蜂房、蜂巢、蜂蜡[1596]耳屎|蠼螋，荣耀者的食物，（留心拿好罐子，否则你的琼浆杯会倒出太多！）一点儿山羊奶，先生，就像女佣常给你拿来的那种。自从芬丹·拉罗[1597]芬丹·麦克波克拉把你的事迹吹奏过国境[1598]在船外，你的名声像松脂软膏[1599]国王的一样传扬，波的尼亚湾[1600]另一边住着整个家族，他们用你的名字命名。这里的人[1601]史前巨石|先生总是提起你在鲑鱼屋里，在神圣栋梁下，坐在猪[1602]栋梁颊骨上无所事事，对着记忆之盆，用祝酒来耕耘残渣[1603]到男孩，盆的每个

1579 sycamore"～",埃及主神奥西里斯的尸体被装在悬铃木中。

1580 Tory's clay"～",据说老鼠无法在爱尔兰西北部的小岛特洛伊岛上生存,因此爱尔兰人用该岛的泥土防止鼠害;其中 Tory's 也解 toraidhe[爱]"～";其中 clay 也解 clé[爱]"～"。

1581 bricket... amberulla 其中 bricket 解 briquet[法]"～";也解 bricket"～";其中 amberulla 解 umbrella"～";也解 ampulla[拉]"～"。

1582 Homin 解 Homer"～"。

1583 Broin Baroke 解 Brian Boru"～",爱尔兰传说中的著名国王;也解 Baruch"～",犹太先知耶利米的秘书;也解 Biddy Doran"～",书中人物,与母鸡联系在一起。

1584 pole ole Lonan,这三个字连起来倒写后为 Nanoleloelop,即 Napoleon"～",法兰西共和国第一执政,法兰西第一帝国皇帝;也解 poor old Lonan"～";也可重拼为 Onan"～",《创世记》中犹他的儿子,像布卢姆一样射精在地上+Leopold"～",《尤利西斯》的主人公;其中 Lonan 也解 Nolan,与前面的 Broin 组成 Browne and Nolan"～",都柏林著名书籍和文具商店的店名,不过乔伊斯主要将这两个名字与 Bruno of Nola 连续在一起,即意大利 16 世纪哲学家焦尔达诺·布鲁诺;也解 Michael Lennon"～",与乔伊斯同时代的都柏林人,曾在《天主教世界》上撰文攻击乔伊斯;也解 lonán[爱]"～"。

1585 Nobucketnozzler 解 Nebuchadnezzar"～"(前 605—前 562),古巴比伦国王,攻占了耶路撒冷,建空中花园。

1586 Guinnghis Khan 解 Genghis Khan"～";其中 Guinnghis 也解 Guinness"～";其中 Khan 也解[阿]"～"。

1587 ombre"～",17 至 18 世纪在欧洲流行的三人牌戏;也解[意]"～"。

1588 gravel "～",此处解为 grave"～"。

1589 fenians"～",即芬尼运动成员,19 世纪后期在爱尔兰、美国和英国等地进行活动的爱尔兰民族主义秘密团体。

1590 Druids"～",凯尔特人接受基督教前的巫师,负责主持祭祀,解释教法,传授知识,仲裁纠纷,医治病痛等责任。

1591 soottee stores 解 suttee stores"～";也解 city stores"～";也解 sweet stores"～"。

1592 Mieliodories 解 míle deóra[爱]"～";也解 míle d'óir[爱]"～";也解 meli[希]"～"+dôron[希]"～";也解 melos[希]"～";也解 mêlon[希]"～";也解 dory"～"。

1593 madison man 解 medicine man"～"。

1594 gooden"使……好;也解 golden"～"。

1595 passport out"护照+外面的";也解 passe-partout[法]"～"。

1596 earwax"～",此处解为 wax"～",斯威夫特在《书的战争》中将蜜和蜡称为营养人类的最高贵的东西;也解 earwig"～"。

1597 Fintan Lalors 解 James Fintan Lalors"～"(1807—1849),爱尔兰民族主义政治家;其中 Fintan 也解 Fintan MacBochra"～",爱尔兰神话中大洪水后唯一幸存的爱尔兰人,生前曾为鹰隼,死后化为鲑鱼成神。

1598 overborder 解 over"在……那边"+border"界线";也解 overboard"～"。

1599 Basilico's ointment 解 basilicon ointment"～";其中 Basilico's 也解 basilikos[希]"～"。

1600 the Bothnians 解 the Bothnia"～",位于瑞典和芬兰之间。

1601 menhere's 解 men here"～";也解 menhir"～";也解 meneer[荷]"～"。

1602 pig's... rooftree 解 pig under roof"屋顶下的猪",即汉字的"家";其中 rooftree 也解 roof tree"～"。

1603 till the drengs 解 till the dregs"～",化自习语 drink to the dregs"喝干";也解 til drengen[丹]"～"。

孔里都装着一位圣徒。对我们的超级橡木棍[1604]目空一切的满怀崇敬，棍子高处的手汗是你手工[1605]纪念碑|纪念物|解放奴隶的标记。爱尔兰人[1606]和平|岛|和平岛的居民嚼[1607]过的每个牙签[1608]都是从炮台木块[1609]上砍下的碎片[1610]。假如你竟然在土地主人[1611]主的荣光|无比之人|我担负那里被躬身、盖上泥土[1612]被买和卖、被贬低，正是那个稻谷播种人[1613]爱尔兰人|早期殖民者能把很多包起来[1614]拾起，当你在女神的腿上[1615]结果尚难预料每个地方都被拆开，你向我们劳动阶级[1616]没有工作的人显示了解放[1617]结婚是多么容易不拘礼节的。勇敢的老冈[1618]老枪，他们正是在说，(头骨[1619]碟子！)那是你的栽种者[1620]英国殖民者，他们所有人的典范[1621]种类|空间。该死的[1622]成为勇敢的老冈，但是他曾是，勇老冈[1623]歌格和玛各|伟大的老人！现在他死了去了[1624]爸爸和枪|巴德|迈克尔·冈恩，后来我们一直寻找他臀部[1625]正义的伤口[1626]根，但这也给他伟大的四肢带来安宁和平，屁股[1627]佛祖|粗人|巴德|阴茎|高的|男孩子，与最后的团队一里格长一起他长久地安息，而此时塔斯克[1628]百万盏蜡烛的眼睛扫过莫约拉主海峡[1629]做苦工！他们说，在大爱尔兰和不列颠[1630]艾里纳|伊里尼丝|使想起|排水沟|厚板从来没有过像你一样的首领，没有，整个派克郡[1631]都没有。没有，也没有一个国王或共主[1632]、废酒桶塞子王、太阳歌唱王、或皇帝[1633]共主|香港。你能砍倒一棵 12 个少年都不能合抱的榆树，你能高举里阿姆也举不起来的[1634]倒下|命运之石的石头[1635]。除了我们命运的引导[1636]兴起和葬礼上的滑稽演员[1637]动物|人|芬·麦克尔|环伟人麦克尔[1638]马库拉|天使长米迦勒，谁来为我们的事业指明方向？

1604 supershillelagh 解 super shillelagh“～”，指凤凰公园的惠灵顿纪念碑；也解 supercilious“～”。
1605 manument 解 manu-[拉]“用手的”+-ment 名词后缀，故译为“手工”；也解 monument“～”；也解 monumentum[拉]“～”；也解 manumit“～”。
1606 Eirenesians 解 Éireannaigh[爱]“～”；也解 eirênê[希]“～”；也解 nêsos[希]“～”；也解 eirênonêsiôtai[希]“～”。
1607 chewed on“考虑”，此处与后面的牙签呼应译为“～”。
1608 toethpicks 解 toothpicks“～”，即前文所说的橡木棍。
1609 battery block“～”，惠灵顿纪念碑的所在地原为礼炮台（Salute Battery）。
1610 此句化自习语 a chip off the old block“一个模子出来的”。
1611 oner of the load 解 owner of the land“～”；也解 honour of the Lord“～”；其中 oner 也解“～”；也解 onero[拉]“～”。
1612 bowed and soild 解 bowed“弯腰”+soiled“盖上泥土”；也解 bought and sold“～”，指被出卖。
1613 paddyplanter 解 paddy planter“～”；其中 paddy 也解“～”；其中 planter 也解“～”。
1614 pack up“～”；也解 pick up“～”。
1615 laps“坐着的人的腰至膝的大腿部”；此句也可解为 in the lap of the gods“～”。此处似乎说埃及主神奥西里斯被弟弟塞特杀死、肢解，尸体扔到埃及各个角落，他的妻子伊希斯将尸体捡回拼在一起。
1616 labourlasses 解 labour classes“～”；也解 labour-less-er“～”。
1617 to free“～”；也解 freien[德]“～”；也可与后面的 easy 合解 free and easy“～”。
1618 Michael Gunn“迈克尔·冈恩”（1840—1901），都柏林娱乐剧院的经理；也解 old gun“～”。
1619 Skull“～”；也解 skaal[丹]“～”。
1620 planter“～”；也解“～”，指 17 世纪移居到爱尔兰那些被英国统治者没收的土地上的英国人。
1621 spicer 解 specimen“样本”；也解 species“～”；也解 space“～”。
1622 Begog 解 begod“～”；也解 be G. O. G“～”。
1623 G. O. G 解前一句中的 game old Gunne“～”；也解 Gog and Magog“～”，《圣经》中的两个名字；也解 The Grand Old Man“～”，人们对英国首相格莱斯顿的称呼。
1624 duddandgunne 解 dead and gone“死了和去了”；也解 dad and gun“～”；其中 dudd 也解 Budd“～”，美国作家麦尔维尔小说中一个人见人爱的年轻人；也解 Michael Gunn“～”，都柏林娱乐剧院的经理。
1625 sedeq 解 zadek[捷]“～”；也解 tsedeq[希伯来]“～”。与之相对、后面的 peace（安宁）也可解“～”。
1626 sores“～”；也解 shoresh[希伯来]“～”。
1627 buddhoch 解 buttock“～”；也解 Buddha“～”；也解 bodach[爱]“～”；也解 Budd“～”；也解 bod[爱]“～”；其中 hoch 也解[德]“～”；也解 hoch[捷]“～”。
1628 Tuskar“～”，指位于爱尔兰东南海岸的礁石群，该礁石群被 100 万只点着蜡烛的灯塔环绕。
1629 Moylean 解 Moyle“莫约拉”，爱尔兰与苏格兰之间的北部海峡；也解 moil“～”。
1630 Great Erinnes and Brettland 解 Great Ireland and Britain“～”，即大不列颠和爱尔兰联合王国，此处主次位置调换了；其中 Erinnes 也解 Erinna“～”，古希腊诗人；也解 Erinys“～”，古希腊复仇女神；也解 erinner[德]“～”；也解 Rinne[德]“～”；其中 Brettland 原指威尔士，现指整个大不列颠；也解 Brett[德]“～”。
1631 Pike County“～”，位于美国宾夕法尼亚州。
1632 ardking 解 high king“～”，爱尔兰历史或传说中的人物，统治整个爱尔兰，虽然从来没有政治实体，却在文学作品和民间传说中具有巨大的力量。
1633 bung king，sung king，hung king 解 bung[俚]“扔”+king“国王”+sun“太阳”+king“国王”+huang[中]“皇”+king“帝”；其中 bung 也解“～”；其中 sung 也解“～”；其中 hung king 也解 high king“～”；也解 Hong Kong“～”。
1634 failed“～”；也解 falled“～”；也可与前面的 Liam 合解 Lía Fáil“～”，位于爱尔兰塔拉山，是爱尔兰共主的加冕石。
1635 榆树和石头是书中自然界中的二元对立因素，正如闪姆和肖恩代表着人类中的二元对立因素。
1636 Reise[德]“很远的路”；也解 rise“～”。
1637 faunayman 解 funnyman“～”；也解 fauna“～”+man“～”；也解 Finn MacCool“～”，爱尔兰传说中的巨人英雄；也解 fáinne[爱]“～”。
1638 Maccullaghmore 解 Finn MacCool“芬·麦克尔”+mór[爱]“伟大的”；也解 James Maculla“～”，爱尔兰铜币的制造者；也解 Mick“～”。

假如你就是哈克贝利[1639]越桔树|争论不休它自己，像你一样的50多岁的人[1640]多数果实很多依然在下水，你究竟[1641]想在哪儿摆开桌子[1642]缆索|亚伯和该隐都摆什么，或者谁比较出色[1643]击球手可以让尊敬的先生[1644]格蕾丝·奥玛丽您更好些？米迦勒[1645]·麦克麦格努斯[1646]·麦克尔[1647]马考雷能把你模仿得惟妙惟肖，皮包雷诺德则在尝试你的洗牌和签牌[1648]搬移与切割。但是就如霍普金斯和霍普金斯[1649]说的，你是浅白色的蛋奶酒[1650]每人|人|吹毛求疵的和结帐[1651]洪水用的篮子[1652]亲吻|阿匹斯。我们称他为无处不去的远行帆船[1653]巴克利将军|鸡奸者，因为他去了小亚细亚[1654]技艺|屁股那遥远的耶路撒冷[1655]耶路撒冷远行军|醉酒。你有一只比彼德、杰克雅各|乡巴佬或马丁[1656]更勇敢的公鸡，而你那鹅中的头鹅为了万神节[1657]万圣节剪短了羽毛。因此愿你在天堂里的利菲河边头发变得更白[1658]麦翁|麦子的时候，有七只蠕虫[1659]世界和烫人茶炉[1660]沸腾的茶|桌子的神父，韦斯特里老爹[1661]外斯垂老爹岛|你的父亲，从不走近你！哈比神[1662]屁股，哈比神，万岁！英雄！我们为此七次向你致敬！整袋的装备[1663]，包括猎鹰羽毛和长统靴[1664]布斯，正在你那次扔它们的地方。你的心位于母狼宫，你那带着王冠的头位于摩羯宫[1665]猪屎回归线。你的脚在处女座的星团[1666]修道院里。你的噢啦啦[1667]土锅|你好在海岸[1668]灵魂部位。你一出生那就在岸上[1669]肯定的了。你那外壳褥子高高膨起。那里高级舱房是亚麻纤维。通向拉法耶特[1670]利菲河的孤寂[1671]一些沃土道路[1672]|漫游到头了。到你的路上来，孩子！[1673]不要躁动不安！伊希斯礼拜堂[1674]偏远地区的小教堂|切坡

1639 hogglebully 解 Huckleberry Finn“哈克贝利·费恩”,美国作家马克·吐温作品中的人物;也解 huckleberry“～”;也解 haggle“～”。

1640 most frifty 解 most fifty“～”,在《哈克贝利·费恩历险记》中,哈克贝利·费恩的爸爸是“most fifty”(50 多岁);也解 most fruit“～”。

1641 what all 解 at all“～”。

1642 cable“～”,此处解为 table“～”;也解 Cain and Abel“～”,是书中二元对立人物闪姆和肖恩的变体之一。

1643 batter“～”,此处解为 better“～”。

1644 Your Grace,敬辞,用于称呼较高职位的男性;也解 Grace O'Malley“～”,恶作剧女王的原型。

1645 Mick“天使长米迦勒”。

1646 Mac Magnus 解 mac[爱]“……之子”+magnus[拉]“宏大的”。

1647 MacCawley 解 Finn MacCool“芬·麦克尔”;也解 Thomas Babington Macaulay“～”(1800—1859),英国诗人和历史学家。

1648 Shuffle and cut“～”;也解 shuffle and cut cards“～”。

1649 Hopkins and Hopkins“～”,位于都柏林奥康内尔大街的珠宝店。

1650 eggynaggy 解 eggnog“～”;也解 everybody“～”;也解 eggy[俚]“～”+naggy“～”。

1651 tilly up 解 tally up“～”;其中 tilly 也解 tuile[爱]“～”。

1652 a kis 解 cis[爱]“～”;也解 kiss“～”;也解 Apis“～”,埃及神牛。

1653 journeyall Buggaloffs 解 journeyall “全部旅程”+lugger“帆船”+off“离开”;也解 General Buckley “～”,本书中爱尔兰士兵巴克利和俄国将军的故事;其中 Buggaloffs 也解 bugger“～”。

1654 Arssia Manor 解 Asia minor“～”;也解 ars[拉]“～”;也解 arse“～”。

1655 Jerusalemfaring 解 Jerusalem“耶路撒冷”+far“遥远的”;也解 Jerusalem-farers“～”,12 世纪挪威国王麦格努森率领的十字军;也解 be going to Jerusalem[俚]“～”。

1656 Pete, Jake or Martin“～”,斯威夫特的《无稽之谈》中的三兄弟,代表着基督教中的罗马天主教会、各新教教会和英国国教会;其中 Jake 也解 Jacob“～”,在《圣经》中骗取父亲以撒对哥哥以扫的祝福;也解 jake“～”。

1657 All Angels' Day “～”,疑指 All Saints' Day“～”。

1658 wheater 解 white“白的”;也解 wheatear“～”;也解 wheat“～”。

1659 worms“～”;也解 worlds“～”。

1660 tayboil 解 té[爱]“茶”+boiler“火炉”;也解 boiling tea“～”;其中 tayboil 也解 table“～”。

1661 Papa Vestray“～”,人名;也解 Papa Westray“～”,位于苏格兰的岛屿,盖尔牧师曾在北欧海盗时期住在那里;也解 vester pater[拉]“～”。

1662 Hep,多写为 Hapi“～”,上下埃及的尼罗河神。

1663 此句出自 the whole bag of tricks“各种方法”。

1664 jackboots“～”;其中 boots 解 John Wilkes Booth“～”(1839—1865),刺杀美国总统林肯的演员。

1665 Copricapron 解 Capricorn“～”;也解 koproi kaprôn[希]“～”。

1666 cloister“～”,此处解为 cluster“～”。

1667 olala 解音乐曲调“～”,代指某物;也解 olla“～”;也解 ola[葡]“～”。

1668 sahuls 解 sahel[阿]“～”;也解 souls“～”。

1669 ashore“～”;也解 sure“～”。

1670 Laffayette 解 Lafayette“～”,美国地名,位于印第安纳州;也解 Liffey“～”。

1671 loamsome 解 lonesome“～”;也解 some loam“～”。

1672 roam“～”,此处解为 road“～”。

1673 前面四句话皆变自美国作家马克·吐温的《哈克贝利·费恩历险记》。

1674 chempel of Isid 解 chapel of Isis“～”;也解 chapel of ease“～”;其中 chempel 也解 Chapelizod“～”;也解 Issy“～”,本书主人公的女儿。

里若德|伊茜的头体清洗人[1675]洗瓶子的人|掘墓盗尸的人|观察者，图坦卡蒙[1676]完全平静的|死的|全部说过：我认识你，送信人[1677]梅希亚|烈酒，我认识你，救生之舟。因为我们曾在你上面表演，你这个讨厌的东西[1678]赤裸的|亚伯拉罕，你总是未经召唤就来，你的到来不为人知，领唱人和圣帕特里克基督堂[1679]语法家的同伴们所命令的一切事情在你入土的问题上都与你有关，水手们的坟茔[1680]豪丘|霍斯，睡个好觉[1681]陡峭的墙！

在老家宅[1682]这里，所有事情都依然如故，或大致如故，这对我们所有人都有吸引力[1683]在我们所有人看来。圣殿里到处是咳嗽[1684]棺材，流感姑姑[1685]佛罗伦萨姑姑让我倒霉。早餐小号，午餐铜锣[1686]一点，以及晚餐套钟[1687]晚餐时间。还像肚子[1688]贝利|都柏林一世当国王，他的器官手下在男人饮食[1689]男人议会|马恩岛碰面的时候一样流行。窗子里是同样的商店流食。雅各的字母饼干[1690]雅各、蒂培尔博士的 Vi 可可粉[1691]、爱德华的脱水汤料[1692]，旁边是西格妈妈的糖浆[1693]。莱利的人马[1694]珀西·奥莱利失败[1695]|坠落的时候肉也掉了下来[1696]。煤炭短缺，不过我们院子里有足够的泥沼。大麦又长起来了，打出谷粒。年轻人按时去学校上课[1697]，先生，犹犹豫豫[1698]不朽|安妮地拼写着绝好的东西[1699]谈正事，用乘法做出表格[1700]通过使用泥土制造石板|转败为胜。全都为了[1701]书本，自汤姆·博尔·格拉萨丝[1702]蒂姆·芬尼根|格莱斯顿|陵墓或投掷者[1703]手淫蒂姆之后，从未敲钉庞然大物。这确实是[1704]以色列|迪斯累利事实。不是吗，罗马天主教徒们[1705]圣帕特里克|鸡奸者|苦难？他们出生的那天早

1675 headboddylwatcher 解 head-body-washer“～”;其中 boddylwatcher 也解 bottle washer“～”;也解 body snatcher“～”;也解 watcher“～”。

1676 Totumcalmum 解 Tutankhamen“～”,埃及国王,其坟墓在 20 世纪 20 年代被发掘,据说掘墓者受到诅咒;也解 totally calm“～”;也解 tot[德]“～”;也解 totum[拉]“～”。

1677 metherjar 解 messenger“～”;也解 Methyr“～”,埃及生育和繁殖女神伊希斯的另一个名字;也解 methê[希]“～”。

1678 abramanation 解 abomination“～”;也解 abram[俚]“～”;也解 Abraham“～”,《创世记》中的义人,这个名字的意思是“众民族之父”。

1679 Christpatrick's 解 Christ Church and St. Patrick's“～”,都柏林大教堂的名字。

1680 Howe“～”;也解“～”,北欧海盗占领爱尔兰期间在都柏林的议会所在地;也解 Howth“～”,都柏林郊区。

1681 steep wall“～”,此处解为 sleep well“～”。

1682 holmsted[丹]“～”。

1683 it appeals to all of us“～”;也解 it appears to all of us“～”。

1684 Coughings“～”;也解 coffins“～”。

1685 aunt Florenza 解 influenza“～”;也解“～”。

1686 One o'gong 解 one of gong“铜锣之一”;也解 o'clock“～”。

1687 dinnerchime 解 dinner chime“～”;也解 dinnertime“～”。

1688 Belly,指英国国王威廉一世;也解 Bill,指都柏林,解 belly“～”,与后面的 members 合解“The Belly and the Members”,《肚子和器官》,《伊索寓言》中的故事;也解 Belly“～”。

1689 Diet of Man 解“～”;也解“～”;也解 Isle of Man“～”,爱尔兰海上的自治岛。

1690 Jacob's lettercrackers“～”,指都柏林的“雅各饼干厂”;也解 Jacob“～”,《圣经》中以色列人的祖先。

1691 Dr Tipple's Vi-Cocoa 解 Dr Tibbles' Vi-Cocoa “～”,20 世纪初刊登广告的一种可可粉,号称比咖啡和茶更可口,乔伊斯在《尤利西斯》中也提到这一可可粉。

1692 Eswuards' desippated soup 解 Edwards' Desiccated Soup“～”,一种英国产汤料。

1693 Mother Seagull's syrup 解 Mother Seigel's Syrup“～”,20 世纪初刊登广告的一种可治病的滋补糖浆。

1694 Reilly-Parsons Reilly's persons;也解 Persse O'Reilly“～”,书中人物,字面意为 perce-oreille[法]“蠼螋”,因此为主人公 HCE 的化身之一。

1695 failed“～”,此处解为 fell“～”。

1696 take a drop“喝一杯”,此处直译为“～”。

1697 nessans 解 lessons“～”。

1698 hathatansy 解 hesitancy“～”;也解 athanasia[希]“～”;也解 Anne Hathaway“～”,莎士比亚的妻子,女主人公汉娜的化身之一。

1699 spelling beesknees 解 spelling bee's knees“～”;也解 speaking business,即 talking business“～”。

1700 turning out tables by mudapplication 解 turning out tables by multiplication“～”;也解 turning out tables by mud application“～”;也解 turning the tables“～”。

1701 Allfor“～”;也解 aleph,希腊字母 α。

1702 Tom Bowe Glassarse“～”,人名,其中 Tom 也解 Tim Finnegan“～”;其中 Glassarse 也解 William Ewart Gladstone“～”(1809—1898),英国首相,自由党领袖,因为他在巴涅尔被指控通奸后命令巴涅尔离开爱尔兰政党领袖的职位,因此在本书中被与杀死神或杀死国王的人联系在一起;其中 Tom Bowe 也解 tombeau[法]“～”。

1703 Tosser“～”;在俚语中 toss 也解“～”。

1704 'Tisraely 解 It is really“～”;也解 Israel“～”;也解 Benjamin Disraeli“～”(1804—1881),英国首相,托利党领袖。

1705 pathoricks 解 catholics“～”;也解 St. Patrick“～”;也解 pathicus[拉]“～”;也解 pathos[希]“～”。

上，你这个祖先双倍地开心[1706]双重接合的门神|乔伊斯，然而当右手抓住[1707]看到左胳膊[1708]爱的胳膊所知道的事情后[1709]，你却将彻底变成祖父。凯文只沉迷于小天使脸蛋，用粉笔在墙上画食人怪[1710]欧甘文字|赭石，还有他的小灯、书包[1711]学校|带子和一包小玩意儿[1712]弯曲|魔鬼撒旦|诡计|窍门|敲门，装成邮递员四处敲人家的门，此时如果渗出[1713]海洋|肥皂的是牛奶[1714]墨水|懦夫，他就连他的上帝[1715]也不顾[1716]欣然|第15日或第13日|誓言了，不过为了荣誉[1717]虱子|法律，魔鬼有时确实呆在男孩儿[1718]杰瑞，那个迷人的[1719]拉长的|焦油和鞣料|雷电|格子花呢花花公子[1720]格子呢|男孩体内，用他最后的洗刷水制造粉红色的[1721]便秘的墨水[1722]收入|真相，在他的裸体[1723]交易所日的衬衫上画上蓝色的线条[1724]一闪而过。海蒂·简是玛丽的孩子[1725]圣母爱子会|五月的孩子。她就要穿着金中之白拿着常春藤火把[1726]黄金屋、象牙塔|触摸而来（因为他们肯定会选择她），来重新点燃快乐[1727]凤凰日的火苗。但是艾丝[1728]它|她伊茜|·莎娜汗已经放下了她的裙子。你记得我们圣母[1729]我们的|月亮修道院里的艾丝吗？他们叫她圣洁的玛丽，她的唇浆果般红润，红色矿工在她身边骚乱的时候，她是那么忠诚纯洁[1730]汉娜·丽维娅·妇鲁拉贝尔。如果我是一名被派到威廉和伍德制造厂[1731]威廉·伍德的牧师，我就把那些球胸鸽张贴到镇里的每个门柱上。每晚两次她在拉娜家[1732]凯蒂·拉娜|圣母之家声名远播全部剧目。与演奏《沃利奇旋转木马|睾丸·马奇先生》[1733]的小鼓大鼓手[1734]一起。敲着降调卡楚恰舞曲。那会让你欣然[1735]扩大前往。

1706 doublejoynted janitor 解 double-joy-ed progenitor“双倍开心的祖先”；也解 double-jointed janitor“～”，指罗马双面门神雅努斯；其中 doublejoynted 也解 Joyce“～”。

1707 seizes“～”；也解 sees“～”。

1708 lovearm 解 left arm“～”；也解 love arm“～”。

1709 此句出自《马太福音》第三章“但是你施舍的时候，不要让你的左手知道你右手所做的”。

1710 oghres 解 ogres“～”；也解 ogham（古代英国及爱尔兰人的）“～”；也解 ochres“～”。

1711 schoolbelt 解 schoolbag“～”；也解 school“～”＋belt“～”。

1712 knicks 解 knacks“～”；也解 Knick[德]“～”；也解 Nick“～”；也解 tricks“～”；也可与前面 bag of 合解 bag of tricks“～”；也解 knock“～”，与后面“邮递员的敲门”相呼应，指一种英国儿童游戏，一个人装作给另一个人送信，以索吻作为奖赏。

1713 seep“～”；也解 sea“～”；也解 zeep[荷]“～”。

1714 milk“～”；也解 ink“～”；也可与前面的 seep 合解为 milksop“～”。

1715 olde 解 lord“主人、上帝”；也解 old“老的”。

1716 lieve... by his ide 解 leave... by his side，即 leave aside“～”；其中 lieve 也解“～”；其中 ide 也解 Idus[拉]“～”，古罗马历 3、5、7、10 月中的第 15 日以及其他各月中的第 13 日；也解 Eid[德]“～”

1717 laus 解[拉]“～”；也解 Laus[德]“～”；也解 law“～”。

1718 Knirps[德]“～”。

1719 tarandtan 解 tarraingteach[爱]“～”；也解 tarrainte[爱]“～”；也解 tar and tan“～”；也解 taran[威]“～”；也解 tartan“～”。

1720 plaidboy 解 playboy“～”，可能指爱尔兰作家辛格的作品《西方世界中的花花公子》；也解 plaid“～”＋boy“～”。

1721 encostive 解 encaustum[拉]“腊画粉红色的”；也解 costive“～”。

1722 inkum 解 ink“～”；也解 income“～”；也解 dinkum oil“～”。

1723 bourseday shirt 解 birthday shirt“～”；也解 bourse-day shirt“～”。

1724 blue streak“～”，此处直译为“～”。

1725 child of Mary“～”；也解 Children of Mary“～”，始于 12 世纪的天主教青少年教友团体；也解 child of May“～”。

1726 white of gold with a tourch of ivy 解 white in gold with a torch of ivy“金色中的白色，以及常青藤的火把”，绿白橙三色为爱尔兰国旗的颜色；也解 House of Gold, Tower of ivory“～”，《圣母马利亚连祷文》中的词句；其中 tourch 也解 touch“～”。

1727 Felix[拉]“幸运的”，出自 O felix culpa! “啊，快乐的罪过”；也解 Phoenix“～”。

1728 Essie“～”，人名；也解 es[德]“～”；也解 sie[德]“～”；也解 Issy“～”，本书主人公的女儿。

1729 our Luna's 解 our Lady's“～”；也解 our“～”＋luna[拉]“～”。

1730 Pia de Purebelle 解 pia et pura bella[拉]“忠诚纯洁的战争”，维科的《新科学》里英雄年代里的宗教战争；其中 Purebelle 也解 Anna Livia Plurabelle“～”。

1731 Williamswoodsmenufactors 解 Williams and Wood's manufactor“～”，都柏林的糖果蜜饯生产商；也解 William Wood“～”，英国铸币商。

1732 making her rep at Lanner's 解 making her reputation at Lanner's“～”；其中 rep 也解 repertory“～”；其中 Lanner 指 Katty Lanner“～”，都柏林的轻浮女人；也解前文的 Luna's，即 our Lady's“～”。

1733 whirligigmagees 解 *Mr Whirligig Magee*“～”，歌曲名；也解 whirligig“～”或[俚]“～”。

1734 tabarine tamtammers 解 taborin“狭长小鼓”＋tom-tom-ers“大手鼓手”。

1735 dilate“～”，此处解为 delight“使……高兴”。

现在放松，体面的先生，放松你的膝盖，安静地躺着，睡吧尊敬的阁下[1736]蒂莫西！抓住他这儿，艾泽凯尔·艾龙斯[1737]铁器，愿上帝给你力量！小伙儿们，他能感到[1738]巡迹追踪|产卵|倾斜我们的一片热心。狄米特里斯[1739]属于谷物女神德谟特的·奥弗拉戈南，看在卡西家族[1740]《狄米特里乌斯·弗拉尼根·麦克卡西》的份上塞住那个洞[1741]治疗！自从到波特贝罗[1742]后你已经灌得够多的了，足以浮起帕莫罗伊[1743]。拿到[1744]鬼魂这里[1745]下界|到处都不|本·艾达，帕特·考伊！不是你拿，帕姆·雅芝！也下界别担心[1746]恐惧|焦虑女巫拉姆[1747]废话！他在安睡[1748]这是地狱边界|腰。那里浓雾包裹，那里没住一个管闲事的人[1749]是我|混合|老鼠，那里神秘涌入孩子[1750]善良的，哦，困了！那就睡吧[1751]然而是蛇！

我时刻注意着古怪的贝翰和老凯特[1752]洗干净，还有黄油，相信我。她不会用她的战争纪念明信片摇摇晃晃[1753]地帮我建造纪念碑[1754]墙|埋葬|卤水，给小费的人！我会在你的陷阱里摔倒[1755]为你的旅行付小费！那里保证确切无疑！我们把你的钟再次拨快，先生，为了你。是不是我们，都是结巴？所以你不会完全陷入困境[1756]方头雪茄烟。也不会少掉你剩下的东西。艉明轮正有力地缓缓前行。我在大厅看到了你的太太。好像爱尔兰的女王[1757]桂尼维尔。啊呀，是她自己一切都好，而且，不要讲话！握手[1758]逃避|送？你给我讲一个哈里[1759]家伙的长故事哈里家伙的故事一个胖[1760]草女人很多[1761]健康的好鲑鱼。握手。用干草叉在她身上挖错[1762]她连半便士都不值，只有腿上有污点[1763]萨利克法|法律|药物|受

1736 honour's lordship 解"～";也解 Timothy"～",民谣《芬尼根的守灵夜》的主人公蒂姆·芬尼根的名字,字面含义即为"尊敬的上帝"。

1737 Ezekiel Irons"～",爱尔兰作家勒法努的《墓地房屋》中的坏牧师;其中 Irons 也解 iron"～"。

1738 spooring"～",此处解为 spüren[德]"～";也解 spawning"～";也解 pouring"～"。

1739 Dimitrius"～",人名;也解 Dêmêtrios[希]"～"。

1740 Clancartys 解 clan"家族"+McCarthy"麦克卡西",人名;也可与前面的名字组合为 *Dimitrius O'Flanagan McCarthy*"～",爱尔兰民歌,描写同名主人公到爱尔兰威克斯福特郡的艾尼斯考塞镇去开会。

1741 cure"～",此处解为 hole"～"。

1742 Portobello"～",都柏林的一个区。

1743 Pomeroy"～",位于爱尔兰北部蒂龙郡的一个小镇。

1744 Fetch"拿来",也解"～"。

1745 neahere 解 near here"这儿附近";也解 nether"～";也解 nowhere"～";也解 Ben Edar"～",霍斯的古名,据说为纪念埋葬于此的一个部族领袖。

1746 Be nayther angst of 解 be neither angst of"～";也解 be nether"～";其中 angst 也解 Angst[德]"～";也解 angst[荷]"～"。

1747 Wramawitch 解 Wram a witch"～";也解 ráiméis[爱]"～"。

1748 Here's lumbos 解 He slumbers"～";也解 Here is limbo"～";也解 lumbus[拉]"～"。

1749 misches 解 meddler"～";也解 mishi[爱]"～";也解 mische[德]"～";也解 miš[塞维]"～"。

1750 kind"～",此处解为 Kind[德]"～"。

1751 So be yet 解 So be it"顺其自然";也解 S be yet"～"。

1752 Kate"～",本书中惠灵顿纪念馆的看门人,也是壹耳微蚵一家的仆人;也解 Kathairô[希]"～"。

1753 jugglywuggly 解 joggle-"轻摇"+wiggly"左右摇摆"。

1754 murial 解 memorial"～";也解 murus[拉]"～";也解 burial"～";也解 muria[拉]"～"。

1755 trip your traps 解 trip over your traps"～";也解 tip your trips"～"。

1756 up a stump"～";其中 stump 也解 Stumpen[德]"～"。

1757 queenoveire 解 queen of Eire"～";也解 Guinevere"～",亚瑟王的妻子,与亚瑟王的主将兰斯洛骑士有私情。

1758 Shirksends 解 shake hand's"～";也解 shirk"～"+sends"～"。

1759 Harry 解 Henry VIII"亨利八世",英国国王,从他开始,离婚在英国得到法律承认;Harry 也是书中 Tom,Dick 和 Harry 中的一个。

1760 grass"～",此处解为 grassa[意]"～"。

1761 plelthy 解 plenty"～";也解 healthy"～"。

1762 Dibble a hayfork's wrong with her 解"～";也解 devil a hap'orth of her"～"。

1763 lex's salig 解 leg's"腿的"+salach[爱]"脏的";也解 Lex Salica[拉]"～",五世纪时征服高卢的萨利安法兰克人的法典,即在法国和西班牙禁止女性统治;其中 lex 也解[拉]"～";也解 lek[塞维]"～";其中 salig 也解[丹]"～";也解 selig[德]"～"。

祝福的|死后升天堂的。大胆[1764]秃头的蒂勃常在鳕鱼[1765]双子星座羊毛包裹的椅垫上打呵欠，傻笑着打发猫的时光，看着她把梦缝到一起，裁缝的女儿，缝自己份内的事[1766]缝。或在等着冬天到来好燃放魔力的时候，诱骗更多的[1767]托马斯·穆尔巢中鸟兽[1768]奈斯托|瓦内萨从烟囱上掉下来。这是地狱的午餐[1769]雪崩，不会吹来猫女阴的食物[1770]。如果你去那里只想解释一下含义，最好的人，那就好好地跟她谈[1771]跟她的侄女谈金子和银子[1772]荷兰盾。嘴唇会再一次湿润。就像你和她一起开车去白青铜[1773]浅色的黑刺李树集市时那样。你满手这里缰绳腰肾，那里缎带[1774]肋骨|使起棱纹地忙什么，弄得她从来不知道她是在陆地，还是在海上，还是像长着空气翅膀壹耳微蚵的小鸟[1775]新娘|奥布赖恩小姐一样掠过蓝天。她那时卖弄着风情，不过她现在更飘上飘下了。她会支持一首歌曲，并在丧礼号结束后爱慕流言。当她吃过了土豆炖白菜泥[1776]手杖|大炮|该隐|迦南和苹果布丁[1777]弄出酒窝，晚餐后已小睡片刻，被安置[1778]在莫林轮椅[1779]上，读着她的《晚间世界》[1780]，那时她喜欢六角风琴和一对儿又一对儿走过。看看是不是漂亮、够长或时髦。新闻，新闻，全是新闻。死亡，一只豹子，在非斯[1781]杀死一个农夫。斯多蒙特[1782]的愤怒场面。卫星[1783]史黛拉|星星|滴落带着她的幸运起程。机会对中国洪水同样均等，我们听着这些玫瑰色的谣言。去他妈的所有事情[1784]叮当响|事情他传播的都是同一个哈里家伙。她正在找路，一声咯咯一声轻笑，在他们的系列故事《赛尔斯卡[1785]爱|赛尔斯卡·冈和长春花的爱情》里进进出出，该

1764 Boald 解 bold“～”；也解 bald“～”。

1765 Pollockses 解 pollock“鳕鱼类”；也可与前面的 cat's 合解为 Castor and Pollux“～”。

1766 stitch to her last 解 stick to her last“做自己份内的事”；其中 stitch 也解“～”。

1767 more“～”；也解 Thomas Moore“～”，爱尔兰诗人和歌词作者。

1768 nesters“～”；也解 Nestôr“～”，荷马时代皮洛斯的老王；也解 Vanessy“～”，即以斯帖·凡霍米利，斯威夫特的两个年轻恋人之一。

1769 allavalonche 解 hell of a lunch“惊人的午餐”，这里按字面含义译为“～”；也解 avalanche“～”。

1770 blows nopussy food 解 blows no pussy food“～”，化自习语 It's an ill wind blows nobody good“使人遭殃的风才是恶风”；其中 pussy 也解[俚]“～”。

1771 talk to her nice“～”；也解 talk to her niece“～”。

1772 guldenselver 解 gold and silver“～”；其中 gulden 也解[荷]“～”，荷兰古代金、银币名。

1773 Findrinny 解 fionndruine[爱]“银与青铜”；也解 foinn[爱]“～”＋draighneon[爱]“～”。

1774 reins... ribbons“～”；也解 reins[古义]“～”... rib“～”；其中 ribbons 也解 rippen[德]“～”。

1775 Airwinger's bride 解 air“空气”＋winger's“长翅膀的人的”＋bird“鸟”；其中 Airwinger 也解 Earwicker“～”；其中 bride 也解“～”；也解 Biddy O'Brien“～”，歌谣《芬尼根的守灵夜》中的守灵者之一。

1776 kanekannan 解 cál ceannfhionn[爱]或 colcannon“～”，爱尔兰菜肴的一种；也解 cane“～”＋cannon“～”；也解 Cain“～”，《圣经》中亚当的儿子，受到上帝的诅咒；也解 Canaan“～”，《圣经》中挪亚的孙子，受到挪亚的诅咒。

1777 abbely dimpling 解 apple dumpling“～”；其中 dimpling 也解“～”。

1778 assotted 解 aseated“使……就座”。

1779 merlin chair“～”，J. J. 莫林发明的一种残疾人轮椅；其中 merlin 也解传说中亚瑟王的魔法师。

1780 Evening World“～”，1887—1931 年纽约出版的一份报纸。

1781 Fez“非斯市”，位于摩洛哥。

1782 Stormount“～”，1922—1972 年北爱尔兰的议会所在地。

1783 Stilla 解 satellite“～”；也解 Stella“～”，即以斯帖·琼莽，斯威夫特的两个年轻恋人之一；也解 stella[拉]“～”；也解 stillare[拉]“～”。

1784 Ding Tams 解 damn thing“去他妈的”；其中 Ding 也解“～”；也解[德]“～”。

1785 Selskar et Pervenche 解 Selskar Gunn“～”，都柏林娱乐剧院经理米歇尔·冈的儿子，与乔伊斯相识＋et[法]“和”＋pervenche[法]“长春花”；其中 Selskar 也解 elsker[丹]“～”。

书被随意改编成《挪威人的妻子》[1786]生活。她签下她最后一滴泪水的那晚，风铃草会在盐碱墓地中绽放。完[1787]茶渍|海|看。但那是一个由离开之路组成的世界[1788]。直至无路[1789]直至追踪法律的时刻|最后的时刻。没有银巨盘木[1790]或细树枝给那个人！此时摇摆的[1791]|奉承的蜡烛火光摇曳。安娜·斯塔赛[1792]复活的你好吗！最高贵者身上更值钱的[1793]词语|值得|查尔斯·沃恩背心[1794]西方|体重，亚当父子公司[1795]说，会付钱[1796]将成为的拍卖商[1797]情节剧|股东。她的头发依旧棕褐。波浪般[1798]生活起伏。你现在安息吧！不再是芬[1799]不再犯罪！

因为，作为神圣[1800]多钩的|老逃学者鲑鱼的同名[1801]同样|为了替身兄弟[1802]，已经随便有了一个大个子的无赖公羊高的小伙儿[1803]《蓝登传》，前提是他逛了上百个妓院[1804]他那有上百个酒瓶的房子|百战考恩|围栏浅滩之城，这是我听到的。非法店铺[1805]切坡里若德|伊茜，像市长大人或小公狒狒[1806]胜利|水果|树|猴面包树一样兴旺，让[1807]点火|引爆枯树枝[1808]一团|斯蒂芬·迪达勒斯下落到（一根松了的[1809]哎呀|爱丽丝！）背风处，但是在有风处（为了炫耀[1810]耻辱|闪姆|泡沫！）举起一码长[1811]阿迪劳恩|阿迪劳恩勋爵的弯树枝[1812]顶峰（常青藤[1813]啊，绝不|艾弗勋爵|哇！），啤酒厂的烟囱[1814]那样高，下面像菲尼斯·巴努姆[1815]那样宽；哼的一声[1816]肩扛|汉弗利·卿普顿·壹耳微蚵|亨佛利·克林特，他的方肩膀[1817]他的那部分支持者|在那儿炫耀在他身上垂下[1818]肩膀|下陷的，他是一位多么伟大的坠落者[1819]祖父|漏洞|高贵的农夫|大家伙|蝴蝶，有一个备用的[1820]皮克尔麻子老婆[1821]小折刀，她是一只萤火虫，还有三个不错的虱子小孩

1786 Novvergin's Viv 解 Norwegian's"挪威人的"+viv[丹]"妻子";其中 vivo 也解[拉]"～"。

1787 Zee End 解 The end"～";也解 tea stain"～";其中 zee 也解字母 Z;也解 zee[荷]"～";也解 see"～"。

1788 a world of ways away "～",化自英国作家威廉·康格里夫的 *The Way of the World*(《如此世道》)。

1789 Till track laws time"～",此处解 Till trackless time"～";其中 laws time 也解 last time"～"。

1790 一种分布于澳大利亚及巴布亚新几内亚的常绿乔木。

1791 flattering"～",此处解为 flatter[德]"漂浮"。

1792 Anna Stacey"～",人名,其中汉娜为本书女主人公的名字;也解 anastasê[希]"～"。

1793 Worther"～";也解 Wörter[德]"～";也解 worth"～";也解 Charles Worth"～"(1825—1895),出生在英国林肯郡的裁缝。

1794 waist"～";也解 west"～";也解 weight"～"。

1795 Adams and Sons"～",都柏林拍卖公司和房地产经纪人的名字。

1796 wouldpay 解 would pay"～";也解 would be"～"。

1797 actionneers 解 auctioneer"～";也解 actioner"～";也解 actionnaire[法]"～"。

1798 wivvy 解 wavy"～";也解 vivi[意]"～"。

1799 Finn no more"～";也解 sin no more"～",出自《约翰福音》第八章。

1800 hooky"～",此处解为 holy"～";也解 Old Hooky"～",惠灵顿的绰号。

1801 samesake 解 namesake"相同姓名的人";也解 same"～"+sake"～"。

1802 sibsubstitute 解 sibling"同胞兄弟姐妹"+substitute"代替者"。

1803 rody ram lad at random 解 rowdy ram lad"无赖公羊小伙儿"+at random"随便地";也解 Roderick Random"～",英国作家斯摩莱特的小说;其中 ram 也解[希伯来]"～"。

1804 his haunt of the hungred bordles 解 his haunt of the hundred bordels"～";也解 his house of the hundred bottles"～";也解 Conn of the Hundred Battles"～"(177—212),爱尔兰传说中的共主,与莫(Mogh)分据爱尔兰北方和南方;也解 Town of the Ford of Hurdles"～",指都柏林。

1805 Shop Illicit"～";也解 Chapelizod"～";也解 Issy"～",本书主人公的女儿。

1806 a lordmajor or a buaboabaybohm 解 a lord mayor"市长大人"+or"或者"+a Bub[德]"男孩"+baby"婴儿"+baboon"狒狒";也解 buadh[爱]"～";也解 buah[马]"～"+Baum[德] "～";也解 baobab "～"。

1807 litting 解 letting"～";也解 lit"～";也可与后面的 flop 合解 let off"～"。

1808 deadlop 解 dead lop"～";也解 dollop"～";也解 Stephen Dedalus"～",乔伊斯的《一个青年艺术家的画像》和《尤利西斯》中的主人公。

1809 aloose 解 a loose"～" ;也解 alas"～";也解 Alice"～",《爱丽丝漫游奇境记》的女主人公。

1810 showm 解 show"～";也解 shame"～";也解 Shem"～",书中主人公的儿子之一;也解 Schaum[德] "～"。

1811 a yardalong 解 a yard long "～";也解 Ardilaun"～",地名,位于爱尔兰的戈尔韦市;也可解 Lord Ardilaun"～",健力士酒厂的创始人亚瑟·健力士的儿子。

1812 bennbranch 解 bent branch"～";其中 benn 也解[爱]"～"。

1813 Ivoeh 解 Ivy"～";也解 I wo[德]"～";也解 Lord Iveagh"～",健力士酒厂的创始人亚瑟·健力士的儿子;也解 evoe[拉]"～",酒神狄俄尼索斯仪式上的兴奋喊叫。

1814 Brewster's chimpney 解 Brewery's chimney"～"。

1815 Phineas Barnum"～"(1810—1891),美国杂技演员。

1816 humphing"哼",表怀疑、不满、轻蔑等;也解 humping"～";也解 Humphrey Chimpden Earwicker"～";也解 Humphrey Clinker"～",英国作家斯威夫特的书信体小说《亨佛利·克林特》的主人公。

1817 his share of the showthers 解 his square of the shoulders"～";也解 his share of the shouter"～";其中 showthers 也 show there"～"。

1818 senken[德]"使下垂";也解 shekhem[希伯来]"～";也解 sunken"～"。

1819 grandfallar 解 grand faller"～" ;也解 grandfather"～";也解 falla[意]"～";也解 grand fellah"～";也解 grand fellow"～";也解 farfalla[意]"～"。

1820 in pickle"～";也解 Peregrine Pickle"～",英国作家斯威夫特的小说《皮克尔传》的主人公。

1821 pocked wife"～";也解 pocketknife"～"。

儿[1822]熔渣|大理石|亨佛利·克林特、两只双胞胎[1823]织成斜纹臭虫、一个侏儒少女[1824]跳蚤。或者他一次又一次地诅咒[1825]画十字架、再画十字架|重复|柯西，并且被看到在做你们四位路人[1826]四个傻瓜看到的事儿，或者他从未被看到做了你们这些线人[1827]凉鸽子知道的事儿，为了这些向下微笑的目击者，上面的云彩悲伤啜泣[1828]独自与这些云彩在一起，关于那些男仙女神们[1829]脆弱的|精灵现在够多了。虽然伊索[1830]东方|女人的形体把它写成寓言[1831]拉小提琴|小谎中的生命之树[1832]和风，阿特萨[1833]星星|一颗星星却让它永远绕着她的天堂飞驰。造物主为他的造物创造了一个创造物。白色的一神论者[1834]单一|外形|单一的？红色的神权统治者[1835]剧院管理者|剧院观众所执行的规则？所有的粉红先知正在合为一体[1836]《传道书》？就是这样！然而不管怎样，有一件事是肯定的，塔拉岛[1837]律法|果实王公[1838]毒蛇所作证以及马皮奇克[1839]字母 HE 上的小圆点所制造的表明，这个男人，骗子[1840]降低价格剂哈姆，在逃[1841]绅士|食物，就像我们认为的那样被撞见[1842]有些醉了，然而名水|可爱的|睡着的不虚传[1843]，来到这个有着时间色彩[1844]因古老而受尊敬的的地方，在这里我们曾经[1845]一浪接一浪在教区天空的苍穹[1846]下生活，带着舢板里[1847]急匆匆|哈尔的一株纸莎草[1848]强行发射，一对儿涡轮[1849]穆斯林包头巾阿拉伯帆船都柏林海湾[1850]省长|挖洞，这个群岛海域第一艘来访的双桅帆船，一个威克洛式样[1851]柳树图案的少女蜡像在她的船头作为船头雕饰，深海[1852]死海懦艮[1853]从深渊滴着水浮上来，从那以后 70 年[1854] 16 来就像哑巴鱼[1855]鱼商一样自个儿反复说教，他的示巴女王[1856]相似物|囚禁在他

1822 lice nittle clinkers 解 nice little children“～”;其中 lice 也解“～”;其中 clinkers 也解“～”;也解 kliker[塞维]“～”;也解 Humphrey Clinker“～”。

1823 twilling“～”,此处解 Zwilling[德]“～”。

1824 pucelle[法]“～”;也解 puce[法]“～”。

1825 cursed and recursed“诅咒又诅咒”;也解 cross and recross“～”;其中 recursed 也解 ricorso[意]“～”,维科在《新科学》中为人类历史划分的四个阶段中的一个;其中 cursed 也解 J. H. Kersse“～”,挪威船长与裁缝的故事里一位住在都柏林的裁缝。

1826 fourfootlers 解 four footers“～”;也解 four fool“～”。

1827 coolpigeons “～”,此处解为 stool pigeons“～”。

1828 weep the clouds aboon 解 weep the clouds above“～”;也解 with the clouds alone“～”;“云彩”出自《希伯来书》第一章“多如密云的舍生作证人”。

1829 frailyshees 解 fairyshe“女精灵”;也解 frail“～”+sidhe[爱]“～”。

1830 Eset 解 Aesop“～”,《伊索寓言》的作者;也解 east“～”;也解 eset[希伯来]“～”。

1831 fibble 解 fable“～”,指《伊索寓言》;也解 fiddle“～”;也解 fib“～”。

1832 zephiroth 解 sephiroth“～”,犹太神秘主义的喀巴拉教义中生长在天堂的树,上帝通过它在被造物中显现;也解 zephyr“～”。

1833 Artsa“～”,人名;也解 astra[拉]“～”;也解 a star“～”。

1834 monothoid 解 monotheist“～”;也解 mono“～”+eidos[爱]“～”;也解 monothen[希]“～”。

1835 theatrocrat 解 theocrat“～”;也解 theatrokratôr[希]“～”;也解 theatrokratia[希]“～”。

1836 cohalething 解 coalescing“合并”;也解 qoheleth[希伯来]“～”。

1837 Toragh 解 Toraigh“～”,位于爱尔兰西北部;也解 Torah[希伯来]“～”,特别指“摩西十诫”;也解 toradh[爱]“～”。

1838 sheriff“(阿拉伯国家的)～”;也解 saraph[希伯来]“～”。

1839 Mapqiq“～”,人名;也解 mappiq[希伯来]“～”;也解字母 PQ。

1840 Cheapner 解 Cheater“～”;也解 Cheapener“～”,一般指填料。

1841 Esc 解 Escapee“～”;也解 esquire“～”;也解 esca[拉]“～”;此处也包含本书主人公名字的缩写 HCE。

1842 overseen“～”;在俚语中也解“～”。

1843 naym 解 name“名字”;也解 mayim[希伯来]“～”;也解 nayim[希伯来]“～”;也解 nayim[阿]“～”。

1844 timecoloured 解 time“时间”+coloured“着色”;也解 time-honoured“～”。

1845 one tide on another“～”,此处解为 one time or another“～”。

1846 paroqial fermament 解 parochial firmament“～”;其中 paroqial 也解 raqia’[希伯来]“～”。

1847 a hull of a wherry“单人小船的船身”;也解 hell of a hurry“～”;也解 Hull“～”,地名,位于英国东北部。

1848 bumrush 解 bulrush“～”;也解 bum’s rush“～”。

1849 turbane 解 turbine“～”;也解 turban“～”。

1850 The Bey for Dybbling 解 The Bay of Dublin“～”;其中 bey 也解“(土耳其次要省份的)～”;其中 dybbling 也解 dibbling“～”。

1851 wicklowpattern 解 Wicklow-pattern“～”,其中威克洛为爱尔兰兰斯特省的一个郡;也解 willow pattern“～”。

1852 deadsea 解 deep sea“～”;也解 Dead Sea“～”。

1853 Dugong“～”,脊椎动物,哺乳纲,海牛目,儒艮科。

1854 siktyten 解 soixante-dix[法]“～”;也解 sixteen“～”。

1855 fishmummer 解 fish“鱼”+mummer“哑剧演员”;也解 fishmonger“～”。

1856 shebi 解 Sheba“～”,传说中的阿拉伯半岛赛伯王国女王,在《圣经》中她曾拜访以色列国王所罗门;也解 shebi[土]“～”;也解 šebi[希伯来]“～”。

旁边，直到永远[1857]普通的|装饰物，在他的穆斯林头巾下日见花白[1858]嘶哑的|荷鲁斯，把蔗[1859]该隐糖变成纤维[1860]塞特|塞特|斯蒂芬·迪达勒斯淀粉（呸呸[1861]图坦卡蒙愿他倒霉[1862]一切停止！），与此同时，他喝醉[1863]睡眼惺忪时胀起庞大的[1864]防水壁|巴克利腹部[1865]除外，我们的老罪犯本性卑贱[1866]卑下的|有人性的|腐殖土|含、普通[1867]公社|普遍的、属于虫类[1868]乱伦的，你可以等到那些别名[1869]姓放到他名下后做出判断了，用大量的[1870]言语语言（裹着蜂蜜[1871]对此心存邪念的人是可耻的|怜悯我|不，成了赞语！）把他总括一下，甚至五分之五[1872]他即他的含即闪姆|50，他，清醒严肃，他是E[1873]是眼睛|是她|是他，没有他的对立面[1874]难怪，他将最终[1875]吓人的对伊甸自治市[1876]艾登和布厄|爱丁堡里爆发的骚嚷[1877]爱负责[1878]潘趣。

1857 adi and aid 解 'ade 'ad[希伯来]"～";其中 adi 也解[土]"～";也解[希伯来]"～"。

1858 hoarish 解 hoary"～";也解 hoarse"～";也解 Horus"～",埃及太阳神,奥西里斯和伊希斯的儿子,杀死塞特为父亲报仇。

1859 Cane"甘蔗";也解 Cain"～",《圣经》中亚当的儿子,杀死弟弟亚伯。

1860 sethulose 解 cellulose"纤维素";也解 Set"～",埃及神话中的黑暗之神,杀死哥哥奥西里斯;也解 Seth"～",《圣经》中该隐杀死亚伯后,亚当和夏娃生下的第三个儿子;也解 Stephen Dedalus"～"。

1861 Tuttut,表不赞成、指责、轻蔑等;也解 Tutankhamen"～",埃及国王。

1862 cess"～";也解 tutto cessa[意]"～"。

1863 innebbiated 解 inebriate"醉的"。

1864 bulkihood"大容量";也解 bulkhead"～";也解 Buckley "～"。

1865 batin[土]"～";也解 bating"～"。

1866 humile 解 humble"～";也解 humilis[拉]"～";也解 human"～";也解 humus"～";也解 Ham"～",挪亚的儿子,书中儿子闪姆的一个化身。

1867 commune"～",此处解 common"～";也解 communis[拉]"～"。

1868 ensectuous 解 insect-ous"昆虫的";也解 incestuous"～"。

1869 Bynames"～";也解 Geinamen[希]"～"。

1870 lashons 解 lashings"～";也解 lašon[希伯来]"～"。

1871 Honnein suit 解 honey in suit"～";也解 Honi soit,即英国嘉德勋章上的格言 Honi soit qui mal y pense[法]"～";Honnein 也解 hanneni[希伯来]"～";其中也包含 nein[德]"～"。

1872 hamissim of himashim 解 hamiša humše[希伯来]"～",即摩西五经,《旧约》的前五卷;也解 ham-is-shem of him-as-him"～";也解 hamišim[希伯来]"～"。

1873 is ee 解 is E"～",出自爱尔兰新闻记者皮戈特伪造的巴涅尔的信:"亲爱的 E! ……让我们不再犹豫吧";也解 is eye"～";也解 is í[爱]"～";也解 is é[爱]"～"。

1874 no counter"不"+"对立的人或事";也解 no wonder"～"。

1875 ultimendly 解 ultimately"～";也解 timendum[拉]"～"。

1876 Edenborough 解 Eden"伊甸园"+borough"享有自治权的市镇";也解 Eden and Burgh Quays"～",都柏林的码头,彼此相对;也解 Edinburgh"～",英国地名;也可与前面的 hubbub caused in 合解为 HCE。

1877 Hubbub"～";也解 hibbub[希伯来]"～"。

1878 respunchable 解 responsible"～";也解 Punch"～",英国木偶戏潘趣和朱迪的主人公,驼背。

第二章

现在(为了永远稍先离开[1]的祖先|前部的|光秃秃的彩虹树[2]艾丽丝·奇和橙百合[3]鹅),对于哈洛德[4]或汉弗利·卿普顿的职业绰号的起源(我们回到了有姓氏之前、有数字之前[5]突击|前驱症状的时代,当然,只不过是埃诺斯[6]人用粉笔画着地狱陷阱[7]大厅陷阱的时代),那些起源更早的理论向后追溯,把他与主要祖先联系在一起,诸如曼胡德邑[8]百人喜德汉姆镇[9]悄悄地走|假装的黑人[10]《蓝与灰》|胶水、白皮[11]肉汁|灰骑兵、东北、铁锚[12]、壹耳微蚵,或者宣称他是维京人的后代[13]抽芽,维京人建造了小邑[14]纹章|拿起武器,并在赫里克或艾里克[15]壹耳微蚵|罗伯特·赫里克|复仇喜得寒屋[16]装上马鞍的边缘|褶边|他们,最可靠的版本,《德木塔经》[17],一劳永逸地抛开这些理论,读了《本·艾达之头[18]院子|之子文选》,认为事情是这样的。我们被告知事情一开始如何像种白菜的辛辛那图斯[19]那样发生,一个湿热的安息日下午,这位伟大的老园丁正在他的红木树下节约日光[20]夏令时|转危为安,老太婆切维切丝·夏娃[21]切维·蔡斯|追赶|追逐|宴会|圣人在群氓屋[22]精神病院,皇家海军旅馆[23]汝之老海洋旅

1 forebare ... of 解 fore—“预先-”＋bear off“驶离”；也解 forebear of“～”；也解 fore“～”＋bare“～”。

2 Iris Trees“～”；也解 Iris Tree“～”(1879—1968)，英国女诗人和演员。

3 Lili O'Rangans 解 orange lily“～”，爱尔兰乌尔斯特地区爱尔兰新教徒的标志性花朵；其中 O'Rangans 也解 Gans［德］“～”。

4 Harold II“～”(1022—1066)，英格兰国王，败于征服者威廉一世后被杀，被称为“最后一个萨克森人”。

5 prodromarith 解 prodromos［希］“先辈”＋arithmos［希］“数字”，即“～”；也解 prodromê［希］“～”；也解 prodromes［医］“～”。

6 Enos“～”，《圣经》中亚当和夏娃的孙子，人类在他那个时代开始信奉上帝；也解［希伯来］“～”。

7 halltraps 解 hell traps“～”；也解 hall traps“～”；此处也包含本书主人公名字的缩写的倒写 ECH。

8 the Hundred of Manhood“～”，位于英国萨塞克斯西部，现在称为曼胡德半岛；也可直译为“～”。

9 Sidlesham“～”，镇名，位于曼胡德邑。乔伊斯曾在 1923 年参观此地圣母堂的墓地，并注意到该墓地的墓碑上有上面这些含义有趣的名字；也解 Sidle“～”＋sham“～”。

10 the Glues 解 the blues，在爱尔兰语中指黑人或摩尔人；也可与后面的 the Gravys 合解为 *The Blue and the Gray*“～”，美国歌曲作家保罗·垂瑟创作的民谣，在 20 世纪初非常流行，写一个母亲在战争中失去了她的三个儿子；也解 the glue“～”。

11 Gravys 解 grey“～”，美国黑人用语，指白人；也解 gravy“～”；也解 the Greys“～”，指英国第二骑兵团。

12 Ankers 解 Anker［德］“～”。

13 offsprout“～”，此处解 offspring“～”。

14 wapentake“～”；也解 Wappen［德］“～”；也解 weapon take“～”。

15 Herrick or Eric“～”，地名；也解 Earwicker“～”；也可解 Robert Herrick“～”(1591—1674)，英国诗人；Herrick 也是斯威夫特的母亲出嫁前的名字，该名字有时也拼写为 Eric；其中 Eric 也解 éiric［爱］“～”。

16 seddled hem 解 settled home“安家立业”＋Sidlesham，上文的“喜德汉姆镇”，故合译为“～”；也解 saddled hem“～”；其中 hem 也解“～”；也解［古英］“～”。

17 Dumlat 为 *Talmud*(《塔木德经》)的倒写，该经为犹太教仅次于《圣经》的主要经典。

18 Hofed-ben-Edar 解 hoofd［荷］“头”＋Ben Edar“本·艾达”，霍斯的古名；Hof 也解［德］“～”；ben 也解［希伯来］“～”。

19 Cincinnatus“～”，罗马人，两次被征召为政府服务，两次回家耕地。

20 saving daylight“～”；也解 daylight saving time“～”，1916 年开始在欧洲使用；也解 saving the day“～”。

21 Hag Chivychas Eve“～”；此处也包含本书主人公名字的缩写 HCE；其中 Chivychas 也解 Chevy Chase“～”，北爱德罗莫尔镇主教托马斯·珀西主编的《古英语诗歌遗风》(*Reliques of Ancient English Poetry*)中的第一首歌谣，歌谣的主人公为珀西，本章正结束于一首关于珀西·奥莱利的民谣；也解 chevy“～”＋chase“～”；其中 hag 也解［希伯来］“～”；也解 hagios［希］“～”。

22 mobhouse 解 mob“群氓”＋house“屋”；也解 madhouse“～”。

23 ye olde marine hotel 解 Royal Marine Hotel“～”，位于爱尔兰的港口邓里莱；也解 ye old marine hotel“～”。

馆的后[24]珍稀的花园中种着他的无根之物[25](猪等)用鼻子拱土，处于堕落前的天堂的安宁之中，这时，传令官宣告王室想在大路停下，一只爱悠闲的犬狐沿路搜寻，后面跟着一群母猎犬，也保持走路的速度。汉弗利或哈洛德除了他作为臣仆对首领的彻底忠诚外什么都忘记了，待在那里既不是要上轭也不是要上鞍，而是绊跌出来，面红耳赤，那时他正(他那沾满汗水的印花手帕[26]爱丽丝|露西娅从他的上衣口袋里掉了出来)赶往[27]黑斯廷战役他的臣民们的四法庭[28]，戴着遮阳帽，系着腰带，戴着皂角巾[29]太阳|光|安慰，披着呢披风，穿着灯笼裤，缠着绑腿，脚蹬牛头犬皮靴，用香[30]臭名昭著的灰土涂成朱砂红，收费口[31]的钥匙叮当作响，在狩猎队伍稳稳的刺刀中高举着他高高的栖木，上面装着一只朝下的花盆[32]，小心抬起[33]。至于国王陛下，他曾经，或者常常假装，从青涩之龄起就令人瞩目地高瞻远瞩，并曾打算调查，事实上[34]因果，是什么让那堤道如此坑坑洼洼，相反却要求洞悉钓鱼线[35]主祷文|我们的父亲和假饵[36]银色医生现在是否不再更属于诱捕龙虾时虚设的诱饵，诚实直率的汉拉弗利[37]汉弗利|哈罗德二世|拉希德像无畏之额[38]那样用毫不犹豫的语气回答道：要几道，尊劲的辟下玛奇|玛吉·奥康纳，偶几是在抓小屋|下巴讷些那些|臀部|声音特妈的蠼螋[39]。我们的水手国王[40]，那时正喝干显然装着亚当的麦芽[41]的杯子[42]咯咯笑|使，既有才华又饕餮无餍[43]贡品|祭品，对此，他停止了吞咽，海象胡子下露出最开心的笑容，肆意开着一点儿都不友好的玩笑，这是康克郡的威廉[44]从他的伯祖母索菲[45]

24 rere 解 rear“～”；也解 rare“～”。

25 rootles 解 rootless“～”；也解 rootle“～”。

26 bandanna“～”；其中 anna 也解本书女主人公汉娜；也可与后面的 loose 合解为 Alice“～”，《爱丽丝漫游奇境记》的女主人公；也解 Lucia Anna Joyce“～”，乔伊斯的女儿。

27 hasting“～”；也解 Hastings“～”，1066 年英国国王哈罗德二世的盎格鲁-撒克逊军队和诺曼底公爵威廉一世的军队在英国进行的战役。

28 Four Courts“～”，位于都柏林的爱尔兰最高法院大楼。

29 solascarf 解 sola“粗糙田皂角”＋scarf“围巾”；其中 sola 也解 sol［拉］“～”；也解 solas［爱］“～”；也解 sólás［爱］“～”。

30 flagrant“～”，此处解为 fragrant“～”。

31 turnpike“～”。收费公路 18 世纪初在都柏林出现，凤凰公园边上的切坡里若德路上有一个公路收费口。

32 flowerpot“～”，蠼螋喜欢黑湿的环境，可以在倒扣的花盆里放上湿报纸或泥煤苔，支在木棍上，诱捕后抖落到热水里烫死。

33 此处也包含本书主人公名字的缩写 HCE。

34 in effect 解 in fact“～”；也可与后面的 cause 合解为 cause and effect“～”。此处也包含本书主人公名字的缩写 HCE。

35 Paternoster“～”，此处解为 paternoster line“～”；也解 pater noster［拉］“～”。

36 silver doctors“～”；也可直译为“～”。乔伊斯曾在《尤利西斯》中说女人尤其容易相信神父和医生。

37 Haromphreyld“～”，人名；也解 Humphrey“～”，本书主人公；也解 Harold II“～”，英格兰国王；也解 Haroun-al-Raschild“～”(763—809)，伊斯兰国家阿拔斯王朝的哈里发，布卢姆在《尤利西斯》第 15 章中曾幻想自己变成了他。

38 fearless forehead“～”，出自本尼迪克特・菲茨帕特里 1921 年出版的《爱尔兰及不列颠的形成》。

39 Naw, yer maggers, aw war jist a cotchin on thon bluggy earwuggers. 模仿乡下人不标准的发音，意为 You know, your majesty, I were just catching on those bloody earwigs. “你们知道，尊敬的陛下，我只是在抓那些他妈的蠼螋。”其中 maggers 也解 Maggies“～”，在本书中也与《圣经》中的妓女抹大拉的马利亚交织在一起，后者悔罪后基督耶稣将七个魔鬼从她体内驱逐出去，在书中也代表分裂的人格；也解 Maggie O'Connor“～”，民谣《芬尼根的守灵夜》中的人物；其中 cotchin 也解 cot“～”＋chin“～”；thon［乌］“～”；也解 tón［爱］“～”；也解 Ton［德］“～”。

40 英国国王威廉四世的绰号；也可指莎士比亚笔下的李尔王，因为 Lear 在盖尔语中指“海”。

41 adamale 解 Adam's ale“～”，在俚语里指水。

42 gugglet 解 goblet“～”；也解 giggle“～”＋let“～”。

43 gorban 解 gorb［爱］“～”；也解 qarban［希伯来］“～”；也解 corban“～”。

44 William“～”；可指莎士比亚；或征服者威廉，即英格兰国王威廉一世；或英国国王威廉三世。

45 greataunt Sophy“～”，可指巴涅尔的祖伯母索菲・埃文斯夫人，一个爱开玩笑的人。

那一脉继承来的，一起继承的还有世袭的白发和几根短指，他转向他的两名爱尔兰重装队[46]随从，米歇尔，莱克斯郡[47]和奥法利郡[48]的贵族[49]统领，以及艾考克，卓黑达[50]的大赦年市长，（根据博学的学者[51]，克兰麦克诺斯镇[52]可制造噪音的卡纳文[53]大篷车|白头|解释，语法特例所引用的较新版本，这两个散射枪手[54]机关枪是米歇尔·曼宁，沃特福德市[55]的第一长官，以及一位叫达舍年的意大利阁下）无论是谁，都来自代表正统教育[56]、常规行业[57]照常营业、购买[58]毒药[59]哈姆雷特|哈弗洛克|（头发）卷曲|瘟疫坟墓|火腿|锁的典型[60]三重的宗教家庭，那里生长着爱尔兰[61]教区马铃薯[62]神父，他们甜美地[63]忠诚的|可食海藻|迟钝的|傻的评论道：圣休伯特[64]的神圣之骨啊，我们那红肤的可怜英国[65]洒下谷物|可怜的|根深蒂固的|倾盆大雨|波美拉尼亚兄弟[66]如果知道我们有一名确实可信的[67]为了可信的先生辖区收费员，会怎样勃然大怒啊，这个收费员也不时变成梭子鱼水斗，不少于当蠼螋的次数！因为他认识[68]看见|家族穿着相当灰暗[69]伟大的外衣[70]法庭的约翰·皮尔[71]，知道他早晨[72]悲伤在屋子里的行踪[73]猎犬。（在霍姆帕特里克[74]神圣的女士栽种在路边的树木中，人们仍能听到鹅卵石[75]硬壳的笑声，樱桃般喜气洋洋的喊喊喳喳，人们仍能感到遮盖之石[76]格莱斯顿的巨大[77]有趣的|沙|无苔藓的沉默正敲钟宣布[78]都|清晰的|吉伯林派和奎尔甫派|每个|嗥叫：我正在小溪之外[79]古罗马历 3、5、7、10 月中的第 15 日以及其他各月中的第 13 日|誓言好几里[80]矿山|泥沼。）随之而来的问题是，两个同时存在的拟人[81]墨菲说中，或者其中一个中，记载和册封[82]附近居民|核对着他的宗族名

46 gallowglasses 解 gallow“(裤子的)吊带”＋glasses“眼镜”；也解 gall-óglach［爱］“～”。

47 Leix“～”，位于爱尔兰东中部。

48 Offaly“～”，位于爱尔兰中部。

49 etheling［古英］“～”。

50 Drogheda“～”，爱尔兰东海岸的工业和港口城市，位于都柏林北部。

51 scholarch 解 scholaris［拉］“～”；也解 scholar“～”。

52 Canmakenoise 解 Clonmacnoise“～”，镇名，位于爱尔兰的奥法利郡，该地的同名修道院为著名旅游景点；也解 can make noise“～”。

53 Canavan“～”，人名；也解 caravan“～”；也解 ceannabhán［爱］“～”；也解 canamhain［爱］“～”。

54 scatterguns“～”，此处解为 scatter“～”＋guns“～”。

55 Waterford“～”，位于爱尔兰东部。

56 puritas of doctrina 解 puritas［拉］“纯洁的”＋of“……的”＋doctrina［拉］“教导”，即“～”。

57 business per usuals“～”，此句化自习语 business as usual“～”。

58 purchypatch 解 purchase“～”＋path“～”。

59 hamlock 解 hemlock“用毒芹制造的毒药”；也解 Hamlet“～”，莎士比亚的《哈姆雷特》中的丹麦王子；也解 Havelok“～”，中世纪英语罗曼司《丹麦人哈武洛克》的主人公；其中也包含着《圣经》中挪亚的儿子含；也解 amladh［爱］“～”；也解 thaimhleacht［爱］“～”；也解 ham“～”＋lock“～”。

60 triptychal 解 typical“～”；也解 triptychos［希］“～”。

61 paddish 解 paddies［俚］“～”；也解 parish“～”。

62 preties 解 préataí［爱］“～”；也解 prète［意］“～”。

63 dilsydulsily 解 dulce［拉］“甜美地”＋dulcis［拉］“甜的”；也解 dílse［爱］“～”；也解 duileasc［爱］“～”；其中也包括 dull“～”＋silly“～”。

64 Saint Hubert“～”，狩猎者的守护神，哈洛德二世曾以他的圣骨的名义，祈祷英国摆脱威廉一世的统治。

65 Pouringrainia 解 poor England“～”；也解 pour in grain“～”；也解 poor“～”＋ingrain“～”；也解 pouring rain“～”；也解 Pomerania“～”。

66 red brother“红肤兄弟”，指英国国王威廉二世。

67 for surtrusty 解 for sure trusty“～”；也解 for sir trusty“～”。

68 kinned 解 kennt［德］“～”；也解 ken“～”；也解 kin“～”。

69 gray“～”；也解 great“～”。

70 court“～”，此处解为 coat“～”。

71 Jom Pill 解 John Pee“～”(1776？—1854)，一位英国猎人和酒鬼，被写进 19 世纪的英国歌曲《你认识约翰·皮尔么》。

72 mourning“～”，此处解 morning“～”。

73 haunts“常到的地方”；也解 hound“～”。

74 Holmpatrick“～”，人名，也是爱尔兰斯凯里郡的古名；其中 holm 在中古英语中也指“～”。

75 英国首相格拉斯顿的朋友克拉伦登勋爵称他为“快乐的鹅卵石”。

76 cladstone 解 clad“穿衣服的”＋stone“石头”；也解 Gladstone“～”(1809—1898)，英国首相，自由党领袖。此句中包含书中的树/石主题，树可指爱尔兰的自由之树，石可指爱尔兰国王加冕时的命运之石。

77 amossive 解 massive“～”；也解 amusive“～”；也解 ammos［希］“～”；也解 a-moss-ive“～”，此句化自习语 A rolling stone gathers no moss“滚石不生苔，转业不聚财”。

78 allegibelling 解 allege“宣称”＋bell“敲钟”；也解 all“～”＋legible“～”；也解 Ghibellines and Guelphs“～”，意大利 13 世纪的两个敌对派系；也解 alle［德］“～”＋bell［德］“～”。

79 ide 解 side“～”，与前面的 outs 组成 outside“～”；也解 Idus［拉］“～”；也解 Eid［德］“～”。

80 mies 解 miles“～”；也解 mines“～”；也解 mires“～”。

81 andrewpaulmurphyc 解 anthropomorphic“～”；其中也包含 murphy“～”，都柏林人的常用名字。

82 accolated 解 accoladed“授予骑士爵位”；也解 accola［拉］“～”；也解 collated“～”。

字[83]提名，这是事实么。那些是不是我们在希比尔预言[84]西比尔|女预言家中读到的他们那合法与罪行[85]可能之事与它的不可能之行之间的命运？路上没大粪吧？我们那地方是不是不像家[86]挪亚|尼西米|波希米亚？是啊，玛拉基[87]顶|我的王我们可以称王的可汗[88]金刚|胡米|亚伯|该隐？也许我们不会很快就看得到。乒乒乓乓[89]乒乓球的钟声[90]保释|贝尔福在送冬节[91]执照|宁静|爱丽丝敲响，这里权杖[92]领悟与神圣[93]希腊神话中半人半马的怪物同在。记住，神智[94]之子，如果事实如此，愿你的疯狂另有机锋[95]限制，这个男人是高山，人们登高而获得改变。让我们把谬论[96]坠落扔[97]举起到一边，因为不忠诚[98]古迦太基的也源于过分挑剔[99]芬尼根|家族|黄发，这个谬论声称不是国王自己，而是他那形影不离的姐妹们，不受管束的夜聊人[100]夜晚到街上找客的妓女，桑卓鲁和多亚德[101]掀起裙子|玩笑，强盗们[102]掠夺者打坏社会之光后，她们随之作为娱人者[103]缪斯降临人世，并由桑德鲁夫人[104]在哑剧[105]裤子|石灰中作为罗莎和丽丽·密廷格特[106]搬上舞台，两个皮特[107]，密利多罗斯[108]百万|上千的|礼物和葛拉提[109]牛奶|女神赞助[110]付出过高的价钱(被敲竹杠)了这个剧本。一个重大的事实浮现出来，即在这一历史日期之后，所有至今为止出土的由汉罗弗利[111]哈罗德二世|拉希德签署的亲笔文件上，都有缩写符号 H. C. E.，对切坡里若德[112]卢玖|地方化的那些饿骨嶙峋[113]匈牙利人的无赖们[114]工人来说，他很长时间只是而且总是好人汉弗利公爵[115]，对他的好友们来说则是卿普顿[116]查尔德斯|房间，老百姓们根据那些标准字母的含义，给他起了此即人人[117]夏娃|肉体的绰号，这同样

83 nominigentilisation 解 nomen gentile [拉]"～";也解 nomination"～"。

84 sibylline"～";也解 Sibyl"～",希腊传说中的女先知＋line"(诗、文的)一行";也解 sibylla [拉]"～"。

85 the fas and its nefas"～",也解"～"。

86 Nohomiah 解 No-home"～",出自歌曲《家,甜蜜的家》中的"没有地方像家一样";也解 Noah"～",《创世记》中大洪水时期的义人,制造方舟使全家和物种幸免于难;也解 Nehemiah"～",犹太人的领袖,被授权去重建耶路撒冷,或《旧约》中的《尼希米记》;也解 Bohemia"～"。

87 Mulachy"～",爱尔兰的一位共主,或者《尤利西斯》中的穆利根的名字;也解 mullach [爱]"～";也解 Malachi,《玛拉基书》;也解 melekhi [希伯来]"～"。

88 kingable khan"～";也解 King Kong"～",黑猩猩;也解 Koot Hoomi"～",据说是启发布拉瓦茨基女士创建神智社的所谓圣人之一,布拉瓦茨基女士在书中称他为"K. H.";其中也包括 Abel"～"和 Cain"～"这一对对立的兄弟。

89 Pinck poncks"～",像声词;也解 ping-pongs"～"。

90 bail"～",此处解为 bell"～";也解 Arthur Balfour"～"(1848—1930),英国首相。

91 alicence 可与前面的 seeks 合解为 Sechseläuten,苏黎士的春节;也解 a licence"～";也解 silence"～";也解 Alice"～",《爱丽丝漫游奇境记》的女主人公。

92 cumsceptres 解 cum"与"＋scepter"权杖";也解 concepta [拉]"～"。

93 scentaurs 解 sanctus [拉]"～";也解 centaur"～"。

94 Hokmah [希伯来]"～"。

95 have metheg in your midness 解 have method in your madness"你在装疯卖傻";其中 metheg 也解 methegh [希伯来]"～"。

96 fallacy"～";也解 fall"～"。

97 Heave"～",此处解 leave ... aside"～"。

98 punical 解 punic"～";也解 Punic"～"。

99 finikin"～";也解 Finnegan"～";也解 fine [爱]"～";也解 finne-cinn"～"。

100 nighttalkers 解 night talkers"～";也解 night walkers"～"。

101 Skertsiraizde with Donyahzade 解 Scheherazade with Dinazad"～",《一千零一夜》中讲故事的姐妹俩;两个名字的末尾也分别包括 raise"使起来"＋said"说";其中 Skertsiraizde 也解 skirts are raised"～";也解 scherzi [意]"～"。

102 robberers 解 robbers"～";也解 reapparees [爱]"～"。

103 amusers 解 amuse-er"～";也解 muse"～"。

104 Madame Sudlow 即 Bessie Sudlow"～",都柏林女演员。

105 pantalime 解 pantomime"～";也解 pant"～"＋lime"～"。

106 Miskinguette 解 Mistinguette"～"(1875—1956),法国女舞蹈演员。

107 pitts 解 William Pitt"～"(1759—1806),拿破仑战争时期的英国首相,他的父亲老威廉·皮特也是英国首相。

108 Miliodorus"～",人名;也解 milio [拉]"～";也解 miliarius [拉]"～"＋dôron [希]"～"。

109 Galathee"～",希腊神话中的海中女神,爱上西西里的普通牧羊人爱西斯;也解 gala [希]"～";也解 thea [希]"～"。

110 paythronosed 解 patronised"～";也解 pay through the nose"～"。

111 Haromphrey 解 Humphrey "～";也解 Harold II"～"(1022—1066),英格兰国王,败于征服者威廉一世后被杀,被称为"最后一个萨克森人";也解 Haroun-al-Raschild"～" (763—809),伊斯兰国家阿拔斯王朝的哈里发,布卢姆在《尤利西斯》第 15 章中曾幻想自己变成了他。

112 Lucalizod 解 Chapelizod"～",位于都柏林西郊;也解 Lucan"～",都柏林城郊,位于利菲河边;也解 localized"～"。

113 hungerlean 解 hunger"饥饿"＋lean"精瘦的";也解 Hungarian"～"。

114 spalpeens"～";也解 spailpín [爱]"～"。

115 Dook Umphrey 解 Duke Humphrey"～",出于习语 dine with Duke Humphrey"不吃饭,饿肚皮"。

116 Chimbers 解 Chimpden"～",书中主人公的名字;也解 H. C. E. Childers"～",19 世纪的英国政治家;也解 chamber"～"。

117 Here Comes Everybody"～";其中 Here 中包含着 He(他)、Hero(主人公、英雄)、Earwicker(壹耳微蚵)、Erin(爱尔兰)、Eire(爱尔兰);其中 Everybody 中包含着 Eve"～"和 body"～"。

无疑也是老百姓们令人愉快的天性。作为一个仪表堂堂的人人，在所有御令内衣[118]马秀之夜，每次他在总督包间[119]酒吧里，在喧嚣声中，从接受这些小坚果！、摘掉那顶白帽子[120]！，到拿走他的掺水酒、写到记录里、他靴子[121]布斯里的(悄声[122]低音|号召)钱中获得解脱，从美好的开始到快乐的结束，不断审视着在脚灯和地灯中流光溢彩的[123]复仇者国王的缎子[124]撒旦娱乐大厅[125]国王街里，那些聚集起来的真正的天主教人群，他确实常常看起来总是与他自己相同和相等，并且完完全全配得上任何和所有这种一般化，这些人从他们的驴鸣草原[126]沥青和公牛牧场[127]行走而来，不约而同地为沃伦斯坦[128]·华盛顿·山朴凯利[129]总是|青翠|凯利|泥刀先生在御前演出中扮演的常青[130]总是绿色游客鼓掌(他一生的灵感、他们事业的冲击)该演出源于特殊的要求，得到客气的批准，为了虔诚的目的、千年[131]问题情感剧《皇室离婚》的第111[132]跑同一路线|单调的场演出，一上演就风头强健，然后在快要达向高潮顶点的时候，随着野心勃勃的幕间休息，是《波希米亚女郎》[133]和《基拉尼的百合》[134]的乐队选段(他的博尔萨利诺公司[135]沙龙|老板|单独的|布斯在那里的天花板上装了沫蝉泡沫[136]，不像麦克凯伯[137]和库伦[138]库兰|美丽的少女的小红帽[139]红色仪式头巾那样有名)在那里，一个真正的拿破仑N世，我们世界舞台上实用的玩笑材料和退休的凯尔特喜剧演员[140]可可粉|母鸡咯咯叫|吞食|深思，有着自己的智慧[141]以他自己的方式，这个民众的祖先[142]流行作者从始至终坐着，他的房屋全都环绕着他，一成不变的宽大围巾使他

118 horserie 解 hosiery“针织内衣”；也解 horse“～”。

119 booth“～”，此处解为 bar“～”；也解 John Wikes Booth“～”(1839—1865)，刺杀美国总统林肯的演员。

120 芬·麦克尔也被称为白头发或白帽子。

121 Boots“～”；也解 John Wikes Booth“～”。

122 bassvoco 解 bassa vóce［意］“～”；也解 bass“～”＋voco［拉］“～”。

123 alustrelike 解 a-luster-like“如同光泽的”；也解 Alastor［希伯来］“～”，也是雪莱无韵长诗《阿拉斯特，或孤独之魂》的主人公。

124 satin“～”；也解 Satan“～”；清教徒也将剧院称为撒旦。

125 king's treat house 解“～”；也解 King Street“～”，都柏林街名，娱乐剧院的所在地。

126 assbawlveldts 解 ass“驴”＋bawl“大叫”＋veldt“草原”；也解 asphalt“～”。

127 oxgangs 解 ox“公牛”＋gang［苏格兰］“牧场”；也解 Gang［德］“～”。

128 Wallenstein“～”，17 世纪的奥地利将军。

129 Semperkelly“～”，人名；也解 semper［拉］“～”＋kelly“～”；也解 W. W. Kelly“～”，利物浦的常青旅行公司的经理，该公司在提供不列颠群岛导游时，赠送讲述拿破仑与约瑟芬的婚姻的《皇室离婚》(*A Royal Divorce*)；也解 Kelle［德］“～”。

130 immergreen 也解 immer［德］“总是”＋green“绿色”。

131 millentury 解 millenary“～”。

132 the homedromed and enliventh 解 the hundred and eleventh“～”；其中 homedromed 也解 homodromos［希］“～”；也解 humdrum“～”。

133 The Bo' Girl“～”，指英国作曲家迈克尔·威廉·巴尔夫的著名歌剧，1843 年在伦敦首演。

134 The Lily 指 *Lily of Killarney*“～”，德国作曲家贝内迪克特的歌剧，1862 年在伦敦首演。

135 bossaloner 解 Borsalino“～”，一种意大利帽子的品牌，乔伊斯有一顶这个品牌的帽子；也解 saloon“～”；也解 boss“～”＋alone“～”；也解 Booth“～”。

136 Cuckoospit“～”，为防治同翅目昆虫而喷洒的泡沫。

137 Maccabe 解 Edward MacCabe“～”，19 世纪都柏林主教。

138 Cullen 解 Paul Cullen“～”(1803—1878)，都柏林主教，其继任者即麦克凯伯，两个人都带红帽子；也解 Culann“～”，爱尔兰神话中的铁匠，爱尔兰著名勇士库丘林曾因为杀死他的狗而为他服务；也解 cúilfhionn［爱］“～”。

139 redritualhoods 解 Red Riding Hood“～”；也解 red ritual hoods“～”。

140 cecelticocommediant 解 Celtic comedian“～”；也解 cocoa“～”；也解 coco［拉］“～”；也解 comedo［拉］“～”；也解 commeditor［拉］“～”。

141 In his own wise“～”；也解 in his own way“～”。

142 folksforefather 解 folk“人们”＋forefather“祖先”；也解 folkeforfatter［丹］“～”。

的整个脖子、颈背、肩胛都感到凉快，在一个衣柜里，镶边的晚礼服完全从可称为燕尾[143]燕子|全部的衬衫处拉开，洗净的燕尾服远远延伸到每个地方，还有正厅后座前座区和早先阶梯座位区的大理石顶高脚柜。作品是这样的：看着灯。角色是那样的：看钟的下面。女士楼座：斗篷可以留下来。后座、通道[144]、后排，只有站的地方。常客们[145]惯常的引人注目地突然出现。

人们从这些人物中读出了更卑鄙的含义，其字面意义可以有把握地说几乎无法算得上得体。一些俏皮话高手随口传播说（明天[146]地壳与地幔间的界限|老鼠的恶臭弥漫在清晨的夜之阴谋中），他染上了一种脏病[147]夜壶。生命本源[148]呼吸，毁掉他们！对这种建议，自尊的回答是肯定某些说法不应该，衷心希望能再加一句，应该不允许说出来[149]。那些贬低他的人，一个有缺陷的热血[150]流淌着含的血液种族，也没有公然把他想象为一只大白毛毛虫，能够做历表中的任何一种和每一种恶行，与作为朱克斯家族和卡利卡克斯家族[151]泥刀|鲁莽的的丢脸事记录下来，与之不同，他们通过暗示他一度在人民公园[152]里受到讨厌的威尔士燧发枪手的荒唐指责，修正了他们的案子。哈[153]干草|这些|活的，哈，哈！嗬[154]这|肘关节|万岁|律法，嗬，嗬！草原上的潘神[155]和花神[156]爱上那个小老傻[157]苏格兰高原地方的士兵。任何人，如果在 H. C. 壹耳微蚵阁下漫长的总督[158]无罪的生涯中，了解和爱戴这个高大、思想正派的巨人 H. C. 壹耳微蚵如爱基督，对他们来说，仅仅提出他是一只淫欲之狗，在肉体陷阱[159]饵雷中搜寻着麻烦，就显得

143 swallowall 解 swallowtail“～”；也解 swallow“～”＋all“～”。

144 Prommer 解 promenade“在公共场所设置的步行的地方”。

145 Habituels 解 habitue“～”；也解 habitual“～”。此句包含本书主人公姓名的缩写 HCE。

146 Mohorat 解 maharath［希伯来］“～”；也解 moho“～”＋rat“～”。

147 vile disease “～”；也解 vase de nuit［法］“～”。

148 Athma 解 atman“～”；也解［希伯来］“～”。

149 此句出自歇恩・莱斯利(Shane Leslie)在《季评》中评论《尤利西斯》的话。

150 warmblooded“～”；也解 Ham-blooded“～”，含为挪亚的儿子，受到挪亚的诅咒。

151 朱克斯家族(Jukes)与卡利卡克斯家族(Kallikaks)是近代犯罪学研究的两大著名美国犯罪家族，提供了犯罪与遗传间关联的研究资料；此外 Kallikaksye 也解 Kelle［德］“～”；也解 keck“～”。

152 the people's park“～”，位于爱尔兰的港口邓里莱(Dún Laoghaire)。

153 Hay“～”，此处解为 ho“～”；也解 hae［拉］“～”；也解 hay［希伯来］“～”。

154 Hoq“～”，象声词；也解 hoc［拉］“～”；也解 hock“～”；也解 Hoch［德］“～”；也解 hach［希伯来］“～”。

155 Faun“～”，罗马神话中羊首人身的兽神。

156 Flora“～”，罗马神话中的花神。

157 joq 解 joke“～”；也解 jock“～”。

158 vicefreegal 解 viceregal“～”；也解 vice free“～”。

159 boobytrap“～”，也解 body trap“～”。

特别荒谬。真相，预言家的胡须[160]依靠|预言者，使人不得不补充说，有人说以前曾有（曾有[161]呸！ 曾有！）某个同类的案子暗示，有时[162]暂时的有人相信，有个人（如果他不存在，就有必要把他发明出来[163]）大约[164]脱皮|自在那个时候，穿着漏水的运动鞋，带着他的不光彩的记录[165]踪迹|不充分的|精确的|斯德克，在都柏林[166]跌跌撞撞地走四处[167]哈罗德二世跌跌撞撞地走[168]斯坦布尔，这个人最古怪地[169]全部|浪漫地保持着匿名状态❶（让我们喊他阿巴杜拉[170]·加莫拉克斯加[171]游戏|云雀|天空|废品|老鲑鱼），但是，据说，在保安委员会的警卫勇士的敦促下，被安置在马龙[172]家，许多年后，人们喊得更响了，就在此处[173]，那些看上去可怕的[174]忠实的人的指挥官[175]嘉奖-者对此的说法是，在墓地[176]副领班|高收费旧屋[177]的某处[178]，霍金斯街[179]的鳊鱼鳕鱼市场[180]犹太新年|罗克罗克神父，就像个落坐的[181]厌腻的苏丹[182]摆着食物的桌子|享受，垂头[183]倒毙|猪排（成为[184]呸!！ 成为！）等着他的第一批月粮[185]变成那种肉排包菜[186]酒店。洛威，你这个该死的[187]金发的骗子，上帝在被激怒之处[188]赤裸之处|市场看着[189]淫秽的你，而她在[190]在……上|字母R|我们的家里吃[191]呆的东西弄脏了[192]这些男孩[193]肠子|沸腾！ 事实上以那顿饭的名义[194]荷马提供的欢宴有满满一车[195]满满一杯|葫芦。毁谤[196]倾斜，让它彻彻底底地撒谎吧，它从未能让我们善良、伟大、不同寻常的南方人壹耳微蚵，那个纯粹的人[197]相同的|出生|同质的|同宗的，就如一位虔诚的作者称呼他

❶ 这句话中包含许多拉丁词，quondam[拉]“从前”译为“前者”、fuit[拉]“是”译为“曾为”、interdum[拉]“有时”、quidam[拉]“某人”、quoniam[拉]“既然”译为“故此”、anonymos[拉]“匿名的”。

160 beard on prophet“～”；也解 bear on“～”＋prophet“～”。
161 pfuit 解 fuit［拉］“是”；也解 pfui［德］“～”。
162 interdum［拉］“～”；也解 interim“～”。
163 出自伏尔泰的《书信》中的话“假如上帝不存在，也有必要把他制造出来”。
164 abhout 解 about“～”；也解 haut ab［德］“～”；也解 ab［拉］“～”。
165 tarrk record 解 dark record“～”；其中 tarrk 也解 track“～”；也解 tearc［爱］“～”；也解 tarkka［芬］“～”；也解 Sturk“～”，爱尔兰作家勒法努的《墓地房屋》中的人物，在凤凰公园被击昏，但很快就醒来。
166 Dumbaling 解 Dublin“～”；也解 stumbling“～”。
167 haround 解 around“～”；也解 Harold II“～”，英格兰国王。
168 stambuling 解 stumble“～”；也解 Stamboul“～”，伊斯坦布尔的古城。
169 topantically 解 top“最高的”＋antically“古怪地”；也解 to pan［希］“～”；也解 romantically“～”。
170 Abdullah“～”，穆罕默德的父亲。
171 Gamellaxarksky“～”，人名；也解 game“～”＋lark“～”＋sky“～”；也解 Gamel［德］“～”；也解 gammel lax［丹］“～”。
172 Mallon 解 John Mallon“～”，凤凰公园暗杀案时期的都柏林公安局局长。
173 Ibid 解 ibidem［拉］“～”。
174 frightful“～”；也解 faithful“～”。
175 commender 解 commander“～”；也解 commend-er“～”。
176 chargehard 解 churchyard“～”；也解 charge hand“～”；也解 charge hard“～”。
177 the old house for the chargehard 解 the old house by the churchyard“～”，化自爱尔兰作家勒法努的《墓地房屋》(*House by the Churchyard*)。
178 alicubi［拉］“～”。
179 Hawkins Street“～”，都柏林街名，原为霍金斯码头。
180 Roche Haddocks 解 roach“斜齿鳊鱼”和 haddock“黑斑鳕”，指都柏林的鱼市；也解 Rosh Hashana［希伯来］“～”；其中 Roche 也解 Boyle Roche“～”爵士(1743—1807)，爱尔兰议员，因其自相矛盾的话而闻名；也解“～”，《墓地房屋》中的人物。
181 sated“～”，此处解为 seated“～”。
182 sulhan 解 sultan“～”；也解 sulhan［希伯来］“～”；也解 sulth［爱］“～”。
183 tropped head 解 dropped head“～”；也解 dropped dead“～”；其中 tropped 也解 chop“～”。
184 pfiat 解 fiat［拉］“～”；也解 pfui［德］“～”。
185 froods 解 foods“～”。
186 chopp pah kabbakks 解 chop and cabbage“～”。此处及前面的 that 是将单词的末尾辅音重复；其中 kabbakks 也解 kapakka［芬］“～”。
187 blondy 解 bloody“～”；也解 blond“～”。
188 narked place“～”；也解 naked place“～”；也解 market place“～”。
189 Gob scene 解 God sees“上帝看”；也解 obscene“～”；也解 Gibsen，根据乔伊斯的弟弟斯坦尼斯劳斯·乔伊斯在《我哥哥的看护人》中的解释，即指挪威剧作家易卜生。
190 ar 解 at“～”；也解 ar［爱］“～”；也解 a R“～”；也解 ár［爱］“～”。
191 edith 解 eats“～”；也解 stays“～”，此句化自《诗篇》中“在家等候的妇女，分受所夺的”。
192 defileth 解 defiles“～”。
193 boyles 解 boys“～”；也解 bowels“～”；也解 boil“～”。
194 homeur 解 honour“～”；也解 Homer“～”。
195 cabful“～”；也解 cupful“～”；也解 calabash“～”。
196 Slander“～”；也解 slant“～”。
197 homogenius 解 homo［拉］“人类”＋genius［拉］“司人诞生和命运之神，转指本人”；也解 homos［希］“～”＋genus［拉］“～”；也解 homogenous“～”；也解 homogenês［希］“～”。

的，做任何更严重的不得体之事，除了像一些守林人[198]亨利·伍德沃德或林区长所称的，他们不敢否认，这些警卫们[199]三叶草|荷马，他们曾，拓德聊[200]山、拓姆聊、拓夫德聊聊，那一天喝掉了他们的谷物之魂[201]，谈到在长灯心草的空地[202]的涌动[203]打旋处，面对一对优雅的女仆做出了非绅士的[204]在绅士的天空无礼[205]不可动摇的举动，或者这两个穿戴长袍和头巾之人是这样陈述案情的，那里自然夫人处于天真纯洁之中，大约在黄昏的同一时间，自动地把她们两个都送来了，但是她们发布了蛛丝马迹[206]毛中之丝联合证词，虽然证词的纯洁性并不令人怀疑，但在关于此事的亲密性的那些细节上，却显然南辕北辙，如同牛头和马嘴[207]天下乌鸦一般黑，最早在草丛[208]倒转或野味中的冒犯应该承认确实不谨慎，但是最狂野的[209]奥斯卡·王尔德情况也不过是在减弱的[210]开脱罪责的环境下的部分暴露（青翠满园的庭院[211]围场，佃农在那里[212]是使少女变成新娘[213]交媾），不寻常的圣斯威逊日[214]之夏，以及（耶稣在沙兰的玫瑰[215]沙龙）一个诱发这一行为的成熟季节。

我们不能没有他们。夫人们，奔来援救[216]让自己休息！玫瑰是红色[217]的时候，属于人类的将朝向人类[218]古波斯金币。我们的军校生[219]学院|王国是必需的[220]，伴以宣道[221]田庄|用枝条编，伴以勇气[222]手掌足掌|勇气。非洲[223]操，为了血肉的[224]新鲜的爱尔兰[225]英格兰|耐丽，新世界[226]世界|新的|榆树在 11 月毁坏，唯一的朋友[227]！如果她是百合[228]莉莉丝，早日摘下！圣保罗[229]，允许！男人们[230]画家伏击[231]侮辱|

198 woodwards 解 wood“树林”＋ward“守护人”；也解 Henry Woodward“～”，都柏林乌鸦街剧院的创建人。
199 shomers 解 šomer［希伯来］“～”；也解 seamars(shamers)［爱］“～”；也解 Homer“～”。
200 chin“～”；也解 Chin［中］“～”，根据乔伊斯的书信记载，这是一个中国学生写给他的“山”字的发音。
201 即酒。
202 The ... hollow“～”，都柏林凤凰公园里的露天圆形剧场，有一个室外音乐台。
203 swoolth 解 swells“～”；也解 swirls“～”。
204 ongentilmensky 解 ungentlemanly“～”；也解 on gentleman sky“～”。
205 immodus 解 immodesty“～”；也解 immotus［拉］“～”。
206 silkinlaine 解 silk in laine(［法］“羊毛”)“～”，故译为“～”。
207 as wapt from wept 解 as warp from weft“偏离纬线的经纱”；也解 as waft from weft“～”，因为 weft 只是 waft 的变体。
208 in vert“～”；也解 invert“～”。
209 Wildest“～”；也解 Oscar Wilde“～”(1854—1900)，英国作家，出生在都柏林。
210 attenuating“～”；也解 extenuating“～”。
211 garthen gaddeth green 解 garden gadded green“～”；其中 garthen 也解 garth “～”。
212 hwere 解 where“～”；也解 were“～”。
213 brideth 解 bride“～”；也解 rideth［俚］“～”。
214 Saint Swithin's“～”，英国节日，时间为 7 月 15 日。
215 Jesses Rosasharon 解 Jesse' rose Sharon“～”，其中 Jesse 出自《以塞亚书》“耶西的树干”；其中 Sharon 也解“～”，巴勒斯坦地区的平原。
216 restyours 解 rescue“～”；也解 rest yourselves“～”。
217 led is the lol 解 red is the rose“～”；其中 led 也解［沃］“～”；其中 lol 也解［沃］“～”。
218 Ofman will toman 解 Of man will be to man“～”，化自爱尔兰歌曲《追忆亡魂》(*The Memory of the Dead*，1843)中的“像你们一样的真正男人”(True men like you men)；其中 toman 也解“～”。
219 kadem［匈］“军校学生”；也解［沃］“～”；也解 kingdom“～”。
220 Zessid 解 Zesüd［沃］“～”。
221 villapleach 解 with a preach“～”；也解 villa［拉］“～”＋pleach“～”。
222 vollapluck 解 with a pluck“～”；也解 vola“～”＋pluck“～”。
223 Fikup 解 Fikop［沃］“～”；也解 fuck“～”。
224 flesh“～”；也解 fresh“～”。
225 Nelly“爱尔兰的昵称”；也解 Nelij［沃］“～”；也可与前面的 flesh 组成 Fresh Nelly“～”，都柏林妓女的名字，在《尤利西斯》中出现过。
226 el mundo nov 解 elle［法］“它”＋mundo novo［葡］“新大陆”；也解 el mundo［西］“～”＋novo［葡］“～”；也解 elm undo in Nov.“～”。
227 zole flen 解 sole“唯一的”＋flen［沃］“朋友”。
228 lilyth 解 lily“～”；也解 Lilith“～”，亚当的第一个妻子，也被记载为撒旦的情人、夜之魔女。
229 圣保罗允许解除基督徒和非基督徒之间的婚姻。
230 Maler 解 male“～”；也解 male［希］“～”。
231 abushed 解 ambush“～”；也解 abuse“～”；也解 a bush“～”。

一根枝条，保持黑色[232]留在后面，保持黑色！对于很多加在他身上的指控，至少这次他显然清白无辜，他清楚地申述说[233]，他依然保留着过去的小舌音，因此我们同意这是真的。他们讲了这个故事（一种混合物，像钙氯化物[234]脚跟|如同青草的和恐水海绵那样具有吸引力）如何在一个无忧无虑的[235]快乐的|去|起大风的 4 月 13 日清晨（周年纪念[236]，就如人们发现的[237]吵架，一年前他第一次接受了人类的混乱[238]人类的孔子思想以及附带的裸体[239]他的欢乐日套装和权利）在所谓的不法行为之后很多很多年，当这个经受住考验的[240]疲惫的一切造物之友，以虎皮木的行路拐杖为支撑，戴着橡胶帽，扎着大腰带[241]，背着麻袋里的皮革[242]捉迷藏|异教徒，穿着蓝狐粗棉布[243]恐惧|青狐|蓝色|无线电，脚穿铁里[244]坚决果敢的长统靴，扎着袋子宽的绑腿[245]《福音之歌》，披着涂了橡胶的护肩斗篷，汹涌走过我们最大公园[246]的广阔区域，他遇到一个拿着烟斗的恶棍[247]什么。后者，拿着灯火[248]路西弗而不是言语乱飞[249]戴光环的（奇怪的是，这个人依然戴着同一顶草帽[250]四处闲逛[251]在那附近停泊|达戈贝特一世，胳膊[252]债务上搭着外套，羊皮面儿朝外[253]彻底地，看起来更像乡间[254]几乎不自由绅士，如你所愿地快乐地发誓戒酒）大胆地向他搭讪道：今天过得怎么样，尊敬的绅士[255]健力士啤酒|黑鸟|黑鸟帆船？（这是当时黑水潭[256]普贝灯塔一带的美好问候，我们中的一些老家伙[257]老雏菊回想起来可能依然激动不已）问一下能否告诉他一只表是多少这只表敲的，如果他凭着公鸡的幸运能知道的话，因为他自己的表慢了[258]乔·布拉蒂。犹郁[259]显然是应该避免[260]的。

232 keep black“～”；也解 keep back“～”。

233 此句包含本书主人公名字的缩写 HCE。

234 calzium chloereydes 解 calcium chloride“～”，吸收潮气；其中 calzium 也解 calcium［拉］“～”；其中 chloereydes 也解 chloeidês［希］“～”。

235 happygogusty 解 happy go lucky“～”；也解 happy“～”＋go“～”＋gusty“～”。

236 罗马元首凯撒在 3 月 13 日遇刺。

237 fall out“～”，此处解为 find out“～”。

238 the confusioning of human races“～”，指巴别塔；也解 the Confucius of human races“～”。

239 his mirthday suit 解 his birthday suit“～”或“～”。

240 tried“～”；也解 tired“～”。

241 great belt“～”；也指丹麦。

242 hideinsacks 解 hide in sacks“～”；也解 hide and seek“～”；也解 Heiden［德］“～”；也解 Heidsieck，一种香槟酒。

243 blaufunx 解 blue fox“～”；也解 blue funk“～”；也解 Blaufuchs［德］“～”；也解 blau［德］“～”＋Funk［德］“～”。

244 ironinsides“～”，这也是克伦威尔的绰号，此处按字面意解为“铁制内里”。

245 Bhagafat gaiters 解 bag-fat gaiters“～”；也解 *Bhagavad Gita*“～”，印度教经典《摩阿婆罗多》中的一部份。

246 指凤凰公园。

247 cad“～”；也解 cad［爱］“～”。

248 luciferant 解 luciferens［拉］“～”，指拿着烟斗；也解 Lucifer“～”，堕落前的撒旦。

249 oriuolate 解 ori［拉］“嘴、表达”＋uolate［拉］“飞”；也解 aureoled“～”，指天使。

250 bamer［爱英］“～”。

251 berting dagabout 解 beating about“～”；也解 berthing thereabout“～”；也解 Dagobert“～”（603—634），法兰克国王，629—639 年间在位，在歌谣中被描写成常把裤子前后反穿。

252 schulder 解 shoulder“～”；也解 Schuld［德］“～”；也解 Schulter［德］“～”。

253 sheepside out“～”，《圣经》中雅各批着羊皮骗取父亲的祝福；也解 inside out“～”。

254 coumfry 解 country“～”；也解 kaum frei［德］“～”。

255 Guinness thaw tool in jew me dinner ouzel fin? 解 Conas tá tú indiu mo dhuine uasal fionn?［爱］“～”其中 Guinness 也解“～”；其中 ouzel 也解“～”；也解 Ouzel Galley“～”，船名，1695 年搭载爱尔兰船员出海，五年后在被认为已失事时重新在都柏林的利菲河出现。

256 Poolblack 解 Black Pool“～”，都柏林的别称；也解 Poolbeg“～”，位于都柏林。

257 olddaisers 解 old daies“～”；也解 old daisies“～”。

258 bradys［希］“～”；也解 Joe Brady“～”，爱尔兰常胜军的领袖，常胜军 1882 年在凤凰公园刺杀了爱尔兰总督。

259 Hesitency 解 hesitancy“～”，指爱尔兰新闻记者皮戈特伪造巴涅尔的信时把 hesitancy 写成 hesitency，因此露陷，因此翻译为“犹郁”。

260 evitated 解 avoided“～”。

诅咒无疑同样脱口而出[261]杀人|对此心存邪念的人是可耻的|杀人。壹耳微蚵在那刺激的瞬间[262]一时冲动，根据基本的开明原则，在凶杀[263]连结|可连结的和伤害[264]夜晚|与伤害有关的的时刻，认识到了肉体生命的至关重要（倚赖[265]转述的最近帮助是圣帕特里克骑士日[266]基马奇外围|被击昏的砰砰声和芬尼党起义[267]）他觉得那时候不希望被抛进永恒，被傻瓜发出的软头子弹[268]射中，停了一下，出手迅速，同答说他正在摸着警棍[269]他感觉好得不得了|福斯塔夫|拓夫。暗号，从他的装枪口袋里拿出他的杰根森牌[270]沃特伯里[271]榴弹，就共享主义[272]宗教教派|共产主义而言是我们的，从时效产权[273]因长期占有而获得来说是他的。但是，在同一声钟声敲响时[274]，听到头顶上东方妈妈[275]刺耳的尖叫，老狐狸好人[276]古德曼|福纳斯，敲钟大师，在伸向南方的荒原[277]西方上，在斑斑点点的教堂[278]佛科克市负责操作这个 10 吨雷鸣般[279]轰隆作响的高音钟鸣器[280]发疯的|劳伦斯・奥图尔（库丘林的召唤[281]祭祀占卜者！）告诉这个问讯的骗子，以耶和华的名义，现在是，嗯，恒星和酒杯[282]标准的时间 12 点，酒桶[283]差一点儿|巴特，同时深弯下腰，呼吸中带着熏沙丁鱼的味道，好让他拿出的铜棍[284]筷子获得更多的分量[285]（虽然这似乎多少与筷子夹起的[286]小伙子|被卡住的姜搞混[287]孔子|混合了，由于与馊、酸、咸、甜、苦的东西混在一起[288]权衡|壮观的，我们知道他被当作腌什锦菜，用于骨、肌、肉、血和活力[289]），又补充说，尽管对他提出了所述的[290]葛饰北斋指控，最高法院[291]四分之一里知道的那些事情却照此情况在《晨报[292]早晨|鹅》中被描述出来，描述者是一个远低于幼鲑的[293]一

261 honnisoid 解 honni［威］“～”；也解 homicide“～”；也解 Honi soit（qui mal y pense），即英国嘉德勋章上的格言 Honni soit qui mal y pense［法］“～”；也解 homicide“～”。

262 spurring instant 可解 spuring instant“～”，化自习语 spur of the moment“～”。

263 nexally 解 nex［拉］“～”；也解 nexus［拉］“～”；也解 nexilis［拉］“～”。

264 noxally 解 noxa［拉］“～”；也解 nox［拉］“～”，罗马黑夜女神的名字；也解 noxalis［拉］“～”。

265 relay“～”，此处解为 rely“～”。

266 K. O. Sempatrick's Day 解 Knights of St. Patrick“圣帕特里克骑士”，都柏林的组织＋St. Patrick's Day“圣帕特里克日”，即 3 月 17 日；其中 K. O. 也解 Kimmage Outer“～”，基马奇为都柏林市内的地名；也解 knocked out“～”。

267 芬尼党起义发生于 1867 年，由爱尔兰兄弟会组织，反对英国在爱尔兰的统治，最后失败。

268 softnosed bullet“～”，爱尔兰志愿军在 1916 年的复活节起义中所用。

269 he was feelin tipstaff 解 he was feeling tipstaff“～”，其中 tipstaff 为旧时标志执法人员职位的金属头手杖；也解 he was feeling tiptop“～”；其中也包含 Falstaff“～”，莎士比亚《亨利五世》等戏剧中的喜剧性人物；也解 Taff“”，书中一对二元对立的人物巴特和拓夫。

270 Jurgensen's“～”，一种手表，

271 waterbury“～”，美国康涅狄格州中西部城市，此处指该市所制造的手表。

272 communionism 解 communio［拉］“共享”；也解 communion“～”；也解 communism“～”。

273 usucapture 解 usucaption“～”；也解 usucaptum［拉］“～”。

274 此句化自习语 on the stroke“准时地”。

275 指东风。

276 Fox Goodman“～”；也解 John Fox Goodman“～”，据 1903 年的《汤姆都柏林电话号码簿》（*Thom's Directory of Ireland/Dublin*）记载，此人为皇室上诉法院的官员；其中 Fox 也解 Faunus“～”，罗马神话中潘神的随从，畜牧和农林之神。

277 wastes“～”；也解 west“～”。

278 speckled church“～”；也解 Falkirk“～”，Falkirk 的字面含义是“～”，位于苏格兰中部。

279 tonuant 解 tonans［拉］“雷鸣震响”。

280 toller“～”；也解 toll［德］“～”；也解 Laurence O'Toole“～”，都柏林守护圣人。此句用 t 构成头韵。

281 Couhounin's call 解 Cuchulain's Call“～”，库丘林为爱尔兰传说中的著名勇士；也解 kohen［希伯来］“～”。

282 tankard“～”；也解 standard“～”。

283 buttall 解 butt“～”；也解 all but“～”；也解 Butt“～”，书中二元对立人物巴特和拓夫。

284 copperstick“～”，指警棍，在俚语中也指阴茎；也解 chopstick“～”。

285 pondus［拉］“～”。

286 chapstuck 解 chopstick“～”；也解 chap“～”＋stuck“～”。

287 cumfusium 解 confusion“～”；也解 Confucius“～”；也解 confusio［拉］“～”。

288 compompounded 解 compounded“～”；也解 componderans［拉］“～”；也解 pompo［拉］“～”。

289 vimvital 解 vim［拉］“精力”＋vitalis［拉］“生机”。

290 hakusay 解 haku［日］“说”＋say“说”；也解 Hokusai“～”，18 世纪日本艺术家。

291 quarters“～”，此处解为 court“～”。

292 Morganspost 解 *The Morning Post*“～”，英国伦敦 1772 至 1937 年间发行的日报，后并入《每日电讯》；也解 Morgen［德］“～”；也解 Gans［德］“～”。

293 beneath parr“～”；也解 below par“～”。

般水平以下人形[294]你|人|制服动物，比当年的三头蛇[295]许德拉更低了好几个层次。为了更有力地支持他的话（它，根据一句名言的古怪预测，在公民的[296]怨声沉静中，被用例行韵律由口语形式永远重新压缩[297]改造成言辞，并从挪亚·韦伯斯特[298]在通称为《H.C.壹耳微蚵的考定语录》的草稿[299]的连续叙述中得到印证[300]一起，价格一[301]在……上先令[302]奖品，免邮费）这个亚麻色的巨人[303]吉格斯轻轻敲着他的测时[304]猜不透的难题鼓鼓[305]后背|登德罗马|因此，现在完全站直了，在毗邻的[306]躺在周围漫滩上方，事件发生的地方，肘[307]11弯处[308]气息|高的夹着筷子状的柏林长手套（根据最古老的符号学，他的姿势意味着：ヨ！），以32度角指向他那铁公爵[309]超高里程碑[310]，就如人们对他的抵押物[311]测量仪表那样，在发言准备完毕[312]表演的短暂停顿之后，带着郑重的情感之火声明：握，握，握手[313]石石，蛇|莎士比亚，同志[314]可可粉|哥哥|一起来|突然袭击！我只一个，他们五个，他是公平格斗[315]。我赢得地道。因此我的无国界大旅馆和乳制品厂[316]为了我们那喵喵叫的共同女儿们的荣誉，给我增光，我愿，愿，愿意在任何保健日的这一时刻，在纪念碑上，先生，表明我的立场，那是我们获，获，获救的标志，并且把我的罪手[317]我们自己|新芬党|罪|白皙的放在《开放圣经》上发誓[318]霍斯|孵化，即便我为此得到生命[319]利菲河，在至尊监工前（我摘下我的帽子！），当着神本人以及英国高教会的主教和米坎女士[320]的面，就如当着所有上述这类我的同屋[321]与住户一起以及这个星球无论何处每个角落每个生灵[322]唯一的的全体的面，他们用我的英

294 youman 解 human“～”；也解 you“～”＋man“～”；也解 uniform“～”。

295 triplehydrad 解 tripleheaded“～”，指希腊神话中的三头地狱犬；也解 Hydra [希]“～”，希腊神话中有七个头的水蛇。

296 quiritary 解 Quirites [拉]“～”；也解 quiritare [拉]“～”。

297 reconstructed“～”；也解 reconstruct“～”。

298 Noah Webster“～”(1758—1843)，美国语言学家，编有《美国英语词典》。

299 rédaction [法]“～”。

300 toosammenstucked 解 stick together“～”，其中 toosammen 也解 zusammen [德]“～”。

301 on“～”，此处解为 one“～”。

302 prize“～”，此处解为 price“～”。

303 Gygas 解 gigas [希]“～”；也解 Gygês [希]“～”小亚细亚西部古国利地亚的国王，有一个可以隐形的戒指。

304 chronometrum 解 chrono-[拉]“时间”＋metron[拉]“度量”；也解 conundrum“～”。

305 drumdrum 解 drum“鼓”＋drum“鼓”；也解 drom“～”；也解 Dúndroma“～”，都柏林街区的桥头堡；也解 drum [德]“～”。

306 ambijacent 解 adjacent“～”；也解 ambijacens [拉]“～”。

307 ellboge 解 Ellbogen [德]“～”；也解 Eleven“～”。

308 hough “～”；也解 Hauch [德]“～”；也解 hoch [德]“～”。

309 duc de Fer [法]“～”，指惠灵顿。

310 指都柏林凤凰公园的惠灵顿纪念碑，有一段时间被称为“～”。

311 gage“～”，此处解为 [法]“～”。

312 rendypresent 解 ready“准备完毕”＋present“表演”。

313 Shsh shake 解 Shh shake “～”(口吃)；也解 Shsh snake“～”；也解 Shakespeare“～”。

314 co-comeraid 解 comrade“～”；也解 cocoa“～”；也解 Ko-ko [中]“～”；也解 co-come“～”＋raid“～”。

315 此句也包含本书主人公的名字缩写 HCE。

316 此句也包含本书主人公的名字缩写 HCE。

317 sinnfinners 解 sin fingers“犯罪的手指”；也解 sinn féin [爱]“～”；也解 Sinn Féin“～”，爱尔兰民族主义运动组织；也解 sinner“～”＋fionn [爱]“～”。

318 hoath 解 oath“誓言”；也解 Howth“～”，都柏林郊区；也解 hatch“～”。

319 life“～”；也解 Liffey“～”。

320 Bishop and Mrs Michan“～”，指都柏林的圣米坎教堂，那里有一个地下室，很多尸骸保持在深坑里供游客参观。

321 withdwellers 解 Mitwohner [德]“～”；也解 with dwellers“～”。

322 sohole 解 soul“～”；也解 sole“～”。

语反对我的基础语言和交往正义，请允许我告诉你，在那个彻彻底底的捏，捏，捏造里没有一点儿[323]头衔是真的。

目瞪口呆的吉尔[324]外国人的子孙|耶稣的仆人|吉尔裂口|鳃|下颚，迅于斯威夫特制造错误[325]替别人牵线|土地|索尔，严于[326]斯特恩自我检查，（经过耳咽管[327]诊断，将要使用青春期后脑垂体精力过盛型[328]最高级别的奶妈|在……上|支付罚金|当奶妈|女性的胸部海德堡[329]男性[330]男人|尸体洞穴道德）出于万分[331]贪婪地感激，把他那倾斜的向前斜举[332]离开|空气，问[333]向……问好斯威戈[334]圣山|泰戈尔明天好[335]海勇士，碰碰[336]手触帽沿致敬|谈及它|都柏林人帽子致意，并且像明智的人[337]表演过火的人|闪姆|含一样，有着处理微妙情况的无数手腕，看出这一危险话题一触即发，为得到的指导[338]基尔德银币|钱币和表上时间向他们表示了感谢（大吃一惊[339]喝杯黑啤，尽管如此这依然是所有[340]猫头鹰上帝的钟表的时间），然后，出于向他的监工[341]德国|部长致意这一卑微职责，他要给裂口呵欠镀金[342]目瞪口呆的吉尔|吉尔裂口，还有汝他的霉洞，忙他的事情，不管是谁，向尸体敬礼，就像理所当然的那样[343]作为裹尸席（只要有勇气[344]雄鹿|有勇气做某事就可以搜出他，因为掉落的头皮和头皮屑小山[345]分子标出了他的踪迹）伴以他那可靠的咆哮[346]打鼾的人和永恒的深思，言语重复症的表现[347]嘉言|狼吞虎咽的：我遇到你太晚了，小鸟，如果不是这样，那就是太多虫子[348]早起的鸟儿有虫子吃|暖和太早；并且带着对光的感激[349]给傻瓜的标签|日子，用他那二嘴货[350]二手货的语言，就像他很难[351]坦率地|口吃地|可感觉地|巴尔布斯逐字[352]禁止|文辞记住那位大人物[353]大计时器的话一

323 tittle 解 little“～”;也解 title“～”。

324 Gaping Gill“～”;也解 Mac an Ghoill [爱]“～”;也解 Giolla Íosa [爱]“～”;也解 Gaping Ghyl“～”,位于英国约克郡的陡峭峡谷;其中 Gill 也解“～”;也解 giall [爱]“～”

325 mate errthors 解 make errors“～”;也解 mate others“～”;其中 errthors 也解 earth“～”;也解 Thor“～”,北欧神话中的雷神和战神。

326 swift ... stern“～”;也解 Swift ... Stern,18 世纪英国作家斯威夫特和斯特恩。

327 eustacetube 解 eustachian tube“～”,连接耳朵与鼻子的管道。

328 hypertituitary 解 hyper“精力过盛”+pituitary“脑垂体”;也解 hypertittheuô [希]“～”;其中 hyper 也解“～”;其中 tituitary 也解 titeuô [希]“～”;也解 rtittheuô [希]“～”;也解 titthos [希]“～”。

329 Heidelberg“～”,在德国海德堡东南发现的旧石器时代的人类化石。

330 mannleich 解 männlich [德]“～”;也解 Mann [德]“～”+leiche [希]“～”。

331 greedly 解 greatly“～”;也解 greedily“～”。

332 lufted 解 lifted“～”;也解 left“～”;也解 Luft [希]“～”。

333 bad“～”,与后面的 good(好)相对,此处解为 bade“～”。

334 Sweatagore 解 Svyatogor“～”,俄国史诗中的巨人,字面意为“～”;也解 Tagore“～”(1861—1941),印度诗人。

335 murrough 解 morrow“～”;也解 Murchadh “～”。

336 dublnotch 解 touch“～”,既可与后面的词合解为 touch hat to“～”,也可合解为 touch on it“～”;也解 Duibhinneach [爱]“～”。

337 ham“～”,此处解为 man“～”;也解 Shem“～”,书中二元对立的兄弟中的一个;也解 Ham“～”,《创世记》中挪亚的儿子。

338 guilders“～”,此处解为 guider“～”;也解 Gelder [德]“～”。

339 token abock 解 taken aback“～”;也解 take a bock“～”。

340 owl “～”,此处解为 all “～”。

341 Tyskminister 解 taskmaster“～”;也解 tysk [丹]“～”+minister“～”。

342 gildthegap Gaper 解 gild the Gaper's gap“～”;也解 gaping Gill“～”;也解 Gaping Ghyl“～”。

343 as a metter of corse 解 as a matter of course“～”;也解 as a mat of corpse“～”。

344 hart“～”,此处解为 heart“～”,与上下文合解为 have (the) heart to (do)“～”。

345 monticules“～”;也解 molecules“～”。

346 snorler 解 snarler“～”;也解 snorer“～”。

347 verbigracious 解 verbigeration“～”;也解 verbi gratia [拉]“～”;也解 voracious“～”。

348 worm“～”,指俗语“～”。英国作家王尔德曾对自己的同性恋情人道格拉斯说“我遇到你不是太晚就是太早”;也解 warm“～”。

349 tag for ildiot 解 tak for ilden [丹]“～”;也解 tag for idiot 也解“～”;其中 tag 也解 Tag [德]“～”。

350 secondmouth 解 second hand“～”,此处因是语言,译为“～”。

351 balbly 解 badly“～”;也解 baldly“～”;也解 balbus [拉]“～”;也解 palpably“～”;也解 Balbus“～”,罗马元首凯撒派他去高尔负责建筑,有口吃的毛病。

352 verbaten 解 verbatim“～”;也解 verboten [德]“～”;也解 verba [拉]“～”。

353 bigtimer“～”,此处解 big-time“～”。

样，就是在那同一个晚上[354]，之后鸟儿[355]大诗人在黄昏[356]叽叽喳喳|垃圾里的魔鬼[357]德鲁伊|蓝色的和沉睡之海间叽叽喳喳[358]胡说八道，当晚潮[359]晚餐时间和记忆一起向查拉坦路[360]苹果夏洛特|卡勒顿|查勒蒙购物中心|查勒维尔购物中心|冒充内行的骗子温柔地涌来，沿着大皇家运河[361]安静的灰暗，掠，掠，掠过人之断崖[362]，爬，爬，爬过它的篱岸，此时，一个柔声的闲聊[363]机警的谈话用更轻柔的吻[364]年轻的|处女|吻者诺拉对许多人做出了[365]赤裸的|疲倦的回答[366]我们|重的，我们的女人[367]阿凡德总是默许的[368]水，而他研究着蓝天[369]布朗与诺兰|布鲁诺|诺拉·乔伊斯下的城堡[370]空中楼阁|布朗城堡并把牛粪[371]板球中的笨牛式击球装饰[372]斯达兹在诺兰家上面，小心地转身[373]不正当，在炉石周围吐出摩西律法[374]音乐，你说怪不怪，（爱尔兰唾液，你说怪不怪[375]，不过一个值得尊敬、关系显赫、来自爱欧家族[376]优势的家伙，像吾将哀先生或吾将笑先生那样，有着包装精美的观点，知道正确的事情，这样的人会用一种麻木不仁的方式吐痰吗，不，谢谢！那时彩色的[377]贝尔切痰巾[378]闹鬼|唾沫就在他的衣袋[379]帕克、口袋[380]箭、子弹等射中目标时的嚓声里？）吃了下酒菜，喝了他自大地称为[381]轻拍庞培桃[382]桃子们的浓汤，然后沉浸在他的思考[383] 40 中（事实上[384]不熟地像芥末和胡椒那样刺激[385]猿他的，只不过是她知道的鲁肯羊肉[386]卢坎|妖精|恶鬼蘑菇馅饼[387]），优质豆中的精品，在母羊[388]奶中煮沸[389]被捏成球状|很快，煮成白麦芽酒酸，一种小骗子[390]小比利极其[391]嘶哑地|山葵喜欢的食物[392]，在流鼻涕[393]雪的季节里去掉谷壳[394]查夫，快乐得像你那掉进茴香里的老鼠；庆祝这一快乐脱险之际，为了让

354 kveldeve 解 kveld [丹]“夜晚”＋eve“前夜”。
355 bards“～”，此处解为 bird“～”。
356 twitterlitter 解 twilight“～”；也解 twitter“～”＋litter“～”。
357 Druidia 解 devil“～”；也解 Druid“～”；也解 blue“～”。
358 twattering 解 twittering“～”；也解 twattle-ing“～”。
359 suppertide 解 supper“晚餐”＋tide“潮水”；也解 suppertime“～”。
360 Charlatan Mall“～”；也解 Charlotte Apple“～”，广告中的女孩，她的命运随着敲门声在一个夜晚发生了改变；也解 William Carleton“～”(1794—1864)，爱尔兰作家，著有《放松，帕迪》；也解 Charlemont Mall“～”，位于都柏林的大运河边；也解 Charleville Mall“～”，位于都柏林的皇家运河边；其中 charlatan 也解“～”。
361 Grand and Royal 解 Grand and Royal Canals“～”。
362 flitmansfluh 解 flit“掠过”＋man's“人的”＋fluh [瑞德]“断崖”。
363 pawkytalk 解 talky-talk“～”；也解 pawky talk“～”。
364 poghyogh 解 pogue [爱英]“～”；也解 póg [爱]“～”；也解 óg [爱]“～”；也解 óigh [爱]“～”；也解 Arrah-na-Pogue，也称 Nora of the Kiss“～”，出生于爱尔兰的美国剧作家鲍西考尔特剧本的名字，也是剧中女主人公的名字，她通过接吻把消息传给男主人公，帮助他逃出监狱。
365 mude 解 made“～”；也解 nude“～”；也解 müde [德]“～”。
366 unswer 解 answer“～”；也解 uns [德]“～”；也解 schwer [德]“～”。
367 Arvanda 解 ár bhean [爱]“～”；也解 Arvand“～”，河名，位于伊朗和伊拉克。
368 aquiassent 解 acquiescent“～”；也解 aqua [拉]“～”。
369 blowne 解 blue“～”；也可与后面的 noran 合解为 Browne and Nolan“～”，都柏林书店的名字；也解 Bruno of Nola“～”(1548—1600)，意大利哲学家；也解 Nora“～”，乔伊斯的妻子。
370 castelles 解 castle“～”。与后面的 in the blowne 一起化自习语 castle in the air“～”；也可与后面的 blowne 合解为 Castle Browne“～”，爱尔兰地名，后更名为克龙欧兹树林(Clongowes Wood)，位于基尔代尔郡。
371 Cowshots“～”，此处解为 cow shits“～”。
372 Studding“～”；也解 Studds“～”，19 世纪板球手。
373 convertedness“～”；也解 pervertedness“～”。
374 musaic dispensation 解 Mosaic Dispensation“～”；其中 musaic 也解 music“～”。
375 mawshe dho hole 解 má's é do thoil é [爱]“～”。
376 ascendances“～”，此处解为 [法]“直系尊亲属”。
377 belcher“染色分开的围巾”；也解 Jem Belcher“～”，拳击家，有一款手绢用他的名字命名。
378 spuckertuck 解 spuck [德]“吐痰”＋Tuch [德]“织物”；也解 spuken [德]“～”；也解 Spucke [德]“～”。
379 pucket 解 pocket“～”；也解 Puck“～”，中世纪民间故事中的恶精灵，也是莎士比亚的《仲夏夜之梦》中的精灵。
380 pthuck 解 pocket“～”；也解 thuck“～”。
381 dabbed“～”，此处解为 dubbed“～”。
382 Peach Bombay 解 Peach Bombé“～”，一种桃子；也解 Peaches“～”，书中用“桃子们”称呼两个诱惑性女性；Peaches 也是弗朗西丝·贝拉的别称，她 15 岁时与 52 岁的百万富翁爱德华·韦斯特·布朗宁结婚，1927 年在纽约控告自己的丈夫性变态，这个案件当时被称为“老爹和靓妹”案。
383 thockits 解 thoughts“～”；也解 dáfhichid [爱]“～”。
384 rawly“～”，此处解为 really“～”。
385 senaffed and pibered 解 sinapi [希]“芥末”＋and“和”＋piobar [爱]“胡椒”；其中 senaffed 也解 Affe [德]“～”。
386 Lukanpukan 解 Lucan“～”，都柏林城郊，位于利菲河边＋pocán [爱]“～”；也解 lúchorpán [爱]“～”；也解 púca [爱]“～”。
387 pilzenpie 解 Pilz [德]“蘑菇”＋on“在……上”＋pie“馅饼”。
388 minnshogue 解 minnseóg [爱]“～”。
389 balled“～”；也解 boiled“～”；也解 bald [德]“～”。
390 littlebilker 解 little bilker“～”；也解 Little Billee“～”，英国作家萨克雷笔下的人物。
391 hoarsely“～”，此处解为 highly“～”；也解 horseradish“～”，根可制调味剂。
392 proviant [德]“～”。
393 snevel 解 snivel“～”；也解 sne [丹]“～”。
394 chaff“～”；也解 Chuff“～”，书中两兄弟闪姆和肖恩在哑剧中扮演撒旦和天使长米迦勒时闪姆的名字。

酒壶之勇达到顶点，这个本地菜[395]大浅盘，便雅悯[396]最大的份|本·琼生的红烧肉，中央的顶端有一枚波兰[397]西班牙的|腐烂的橄榄，正以阿拉伯风格[398]阳间与阴间当中的黑暗界可口地[399]奢侈地将自己嫁给(肥猪[400]猪油|猪肉！)一瓶98年[401]的凤凰啤酒[402]威尼斯，继之以第二次婚姻的彼斯波特酒[403]豌豆|黑啤酒，特级酒庄[404]为什么，两者都钟爱桌上的灯光[405]药片(酒香[406]宴会虽然粗陋，却是情夫[407]俗人|茶商|水手的道别)他固执地嗅着蛛网蒙裹的软木塞。

我们恶棍的那口子[408](生为[409]膝盖巴拉尼斯·麦克威尔顿[410]世界)有一双适用于痰盂的敏锐耳朵(就像事后故事[411]餐后所说的)像往常一样干完[412]把落穗收集干净|排成一行家务[413]哑的|野兽活(没有桃子和杏[414]波斯人和美国人|桃子们|贝拉给你，有桔子[415]波美拉尼亚|果树|果实|酸橙|梨果|食物等哈喇了的！)但是，放下由她掌握的[416]棍子[417]钥匙|钉子，在她通常的屈膝礼[418]短距离|习惯的程序|谦恭的中向其他111个人透露了这事(这些女人的第一手耳语[419]薄暮|夜晚多么模糊啊，秘密的[420]盥洗室耳语[421]阴部，在他们人群的工作日[422]盥洗室|絮聒不休地说话|洞穴里[423]被爱的！)第二天晚上赫格西普[424]他|谣言|我们喝茶[425]时，用胳膊肘推推别人，她的眼睛小而干涩，话语闪闪烁烁[426]难对付的|厚重，因为他显出一种可笑的神色，似乎他再也无法忍受她们这些老母鸡了，她讲给她特别尊敬的[427]牧师导师，她心里最先想去告诉的就是他(进来[428]H，里面来[429]进来！只一汤勺[430]顶针|勺子|蒂姆·芬尼根！)相信，在用手遮住的[431]成对的嘴巴和安妮·劳里[432]的发誓之间(愿她从未用安尼斯克里[433]布丁加[434]来湖南菜[435]

395 regional platter 解 plat regional“～”；其中 platter 也解“～”。

396 benjamin“～”，《旧约》中以色列民族的祖先之一，此句化自习语 Benjamin's mess“～”；也解 Ben Jonson “～”(1572—1637)，英国诗人。

397 spolish 解 Polish“～”；也解 Spanish“～”；也解 spoiled“～”。

398 erebusqued 解 arabesque“～”；也解 erebus“～”。

399 deluxiously 解 deliciously“～”；也解 luxuriously“～”。

400 porkograso 解 porco grasso［意］“～”；也解 porkograso［世］“～”；也解 pork“～”。

401 指 1798 年的爱尔兰起义。

402 Phenice-Bruerie 解 Phoenix Brewery“～”，都柏林的一家酒厂，全名“～”，一直运营到第一次世界大战；其中 Phenice 也解 Venice“～”。

403 Piessporter 解 Piesporter“～”，一种德国出产的葡萄酒；也解 pease“～”＋porter“～”。

404 Grand Cur 解 Grand Cru“～”，源自 1855 年巴黎举行的一次万国博览会，波尔多葡萄酒经纪人被要求为梅铎区的酒制定等级和售价；其中 cur 也解［拉］“～”。

405 tablelights 解 table light “～”；也解 tablets“～”。

406 bounquet 解 bouquet“～”；也解 banquet“～”。

407 leaman 解 leman“～”；也解 layman“～”；也解 teaman“～”；也解 seaman“～”。

408 bit of strife“一点争吵”，俚语中指妻子。

409 knee“～”，此处解为 née［法］“～”。

410 Maxwelton“～”，出自苏格兰民谣《安妮・萝拉》中的“优美的麦斯威尔顿山坡”；也解 Welten［德］“～”。

411 aftertale 解 after“在……之后”＋tale“故事”；也解 after meal“～”。

412 glaned up 解 cleaned up“～”；也解 gleaned up“～”；也解 line up“～”；

413 dumbestic 解 domestic“～”；也解 dumb“～”＋beast“～”。

414 persicks and armelians 解 persicum［拉］“桃子”＋and“和”＋armeniacum［拉］“杏”；也解 Persian and Armenian“～”；其中 persicks 也解 peaches“～”，指书中两个诱惑性女性；也指 1927 年纽约“老爹和靓妹”案中的“～”。

415 Pomeranzia 解 pomaranza［列］“～”；也解 Pomerania“～”，旧德国东北部州名；也解 pomum［拉］“～”；也解 pomus［拉］“～”；也解 Pomeranze［德］“～”；也解 pome“～”＋ranzig［德］“～”。

416 in her claw 解 in her claws“～”。

417 clav 解 clava［拉］“～”；也解 clavis［拉］“～”；也解 clavus［拉］“～”。

418 curtsey“～”；也解 Kürze［德］“～”；也解 course“～”；也解 courteous“～”。

419 vhespers 解 whispers“～”；也解 vesper“～”；也解 hesperos［希］“～”。

420 secret“～”；也解［列］“～”。

421 pispigliando［意］“～”；也解 pis［爱］“～”。

422 lavurdy den 解 lavurdi［列］“～”；也解 lavatory“～”＋din“～”；其中 den 也解“～”。

423 amad 解 amid“～”；也解 ama-da & c.［列］“～”。

424 Hegesippus“～”，可指 4 世纪雅典演说家；也可指早期基督教作者；也可指《犹太战争》一书拉丁文改编本的可能作者；也解 He“～”＋gossip“～”＋us“～”。

425 a hup a′chee 解 a cup of tea“～”；此句也包含本书主人公名字的缩写 HCE。

426 thicklish 解 ticklish“～”；也解 thick“～”。

427 reverend“～”；也解“～”。

428 hosch 解 hoscha［列］“～”；也解 H“～”。

429 intra 解［拉］“～”；也解 intrar［列］“～”。

430 timblespoon 解 tablespoon“～”；也解 thimble“～”＋spoon“～”；也解 Tim Finnegans“～”。

431 cuppled 解 cupped“～”；也解 coupled“～”。

432 annie lawrie 解 Annie Laurie“～”，一首写于 1705 年的著名苏格兰民谣的名字和女主人公的名字。

433 Esnekerry 解 Enniskerry“～”，爱尔兰东部市镇，位于威克卢郡。

434 come“～”，此处解为 cum“与”。

435 Hunanov 解 Hunan“～”。

来做她的小蛋糕[436]!)以这种方式传入他那信耳[437]信札里的谣言[438]《福音书》,与茶和吐司[439]完全戒酒地一起埋葬在他们的爱尔兰炖汤里,不会传得比他的耶稣修士服更远。然而(酒后吐真言[440]酒商|技艺|白兰地酒|虚假的|美艳的! 大家再见[441]展翅飞翔[442]!)正是这个被宠坏的神父布朗[443]布朗与诺兰|布鲁诺先生,伪装成遣使会成员[444],抓住真相之后,被偶然听见,当时以他的第二身份诺兰出现而且营养不足,可怜的灵魂[445]保罗和扫罗|小的|女人气的,由于意外原因——如果,也就是说,这个事件是一个偶然事件的话,因为这里红色的[446]精神|安静希波[447]马传道书[448]选择的吹熄了[449]产出女作家[450]女服务员夏娃-本-汉娜[451]屁股|禁止|之女|女人——极轻地对弯曲肋骨[452]之忏悔的[453]亲密的小小变体,(玛丽·露易斯[454]鹅妈妈仅仅为了约瑟芬[455]才说那些话!)手手相交,誓守忠诚(我最好的爱人[456]我的乖乖|我的兄弟! 我的妻子[457]兄弟|救星!)面对《她的出生秘闻》的压力,嘘声刺入一个菲利·桑顿的红色耳朵[458]珀西·奥莱利|球螋,这是一位教农业科学和标准语音学[459]习惯的外行教师,有着近乎强壮的体格,45 岁左右,当时僧侣们正在微风习习的波多利[460]赛马[461]赛马场场为安全和理智的打赌坐立不安,那一天(威尼·威奇❶[462]赢得了所有比赛[463])很容易被所有收集国家大事和都柏林细闻[464]的人记住,波金[465]彼得和保罗和保罗克的双打,贵族与穷人[466]对手和两极,当名人英卡里奇·哈克尼·帕雷特[467]鼓

---

❶ 本页第 11 行提到的人物,可能变自 Veni Vidi Vici“我来,我见,我征服”,尤利乌斯·凯撒在泽拉战役中打败本都国王法尔纳克二世之后写给罗马元老院的著名捷报。这个人物在书中为一名女性赛马骑师,是女主人公汉娜的化身之一。

436 pecklapitschens 解 peclas [列]"一种为煎饼日特制的蛋糕"+pitschen [列]"小的"。
437 epistolear 解 epistle"书信"+ear"耳朵";也解 epistola [拉]"~"。
438 gossiple 解 gossip"~";也解 *Gospel*"~"。
439 teatoastally 解 tea"茶"+toast"土司"+ally"同盟";也解 teetotal-ly"~"。
440 in vinars venitas 解 in vino veritas [拉]"~";其中 vinars 也解 vinarius [拉]"~";也解 ars [拉]"~";也解 ars[列]"~";其中 venitas 也解 vanitas [拉]"~";也解 venustas [拉]"~"。
441 valetotum 解 vale [拉]"再见"+totum [拉]"全部"。
442 volatiles 解 volatilis [拉]"可飞翔的";也解 volatile"易变的"。
443 Browne"~",人名;也解 Browne and Nolan"~",都柏林书店的名字;也解 Bruno the Nolan"~",意大利哲学家。
444 Vincentian"~"。
445 poul soul 解 poor soul"~";也解 Paul Saul"~",《圣经》中的圣人,原名扫罗,皈信耶稣基督后改名保罗;也解 paulus [拉]"~"+saulos [希]"~"。
446 ruah 解 ruadh [爱]"~";也解 [希伯来]"~";也解 Ruhe [德]"~"。
447 Hippo"~",北非的城市,圣奥古斯丁的家乡;也解 hippos [希]"~"。
448 Ecclectiastes 解 ecclesiastes"~";也解 eklektos [希]"~"。
449 outpuffs 解 puffs out"~";也解 outputs"~"。
450 writressh 解 writer-ess"~";也解 waitress"~"。
451 Havvah-ban-Annah 解 Hawah [希伯来]"夏娃"+ben [希伯来]"之子"+Anna"汉娜",书中的女主人公;也解 have a banana [俚]"~";其中 ban 也解"~";也解 bat [希伯来]"~";也解 bean [爱]"~"。
452 Crookedribs"~",在《失乐园》中这也是夏娃的名字。
453 confidentials 解 confidential"~";也解 confessions"~"。
454 Mere Aloyse 解 Marie Louise"~"(1791—1847),拿破仑的第二任妻子;也解 mère l'Oye [法]"~"。
455 拿破仑的第一任妻子。
456 my bravor 解 my lover"~";也解 mein Braver [德]"~";也解 my brother"~"。
457 fraur 解 Frau [德]"~";也解 frère [法]"~";也解 freer"~";也解 frar [列]"~"。
458 aurellum 解 oreille [法]"~";也可与前面的 pierce 合解为 Persse O'Reilly"~",书中人物,字面意为 perce-oreille [法]"~",因此为主人公 HCE 的化身之一。
459 orthophonethics 解 ortho"正统的"+phonetics"语音学";也解 ethika [希]"~"。
460 Baldoyle"~",地名,位于都柏林,该地有赛马场。
461 hippic 解 hippique [法]"~";也解 hippodromoi [希]"~"。
462 W. W. 解 Winny Widger"~"。
463 goes through the card [俚]"~"。
464 Dublin details"~",指关于都柏林赛马的报纸专栏《都柏林细闻》。
465 Perkin 解 Perkin Warbeck"~"(1474—1499),亨利七世时期冒充的英国国王,得到爱尔兰人的支持;也可与后面的 Paullock 合解为 Peter and Paul"~",基督的 12 信徒中的两个。
466 peer and prole"~";也解 peer and pole"~"。
467 Encourage Hackney Plate"~"解人名;也可直译为 Encourage"~"+Hackney"~"+Plate"~"。此句包括本书主人公名字缩写的倒写 CEH。

励|出租汽车|盘子在桌布定终局[468]照片定终局|马厩服装中被两个暗探捉住，一些和毫无[469]并驾齐驱|马，有点儿和全无，曾经和从未[470]，从奶油马驹大胆男孩克伦威尔[471]英国广播公司开始，经过聪明的逃跑，骑着本堂神父布朗特船长[472]的红色骡子[473]汉娜要塞|鱼卵圣达卢[474]圣多拉|格兰达洛，鼓手考克森，无特色[475]无描述三代，极其危险的投注赔率，谢谢你小伟大、小漂亮、小魁伟，威尼·威奇！你是他们的所有典范[476]尿布！戴着他那永不撕去的泥和流行[477]粉色的的帽子，他无疑是骑过[478]跳跃|使有刻痕我们那木栏[479]善于跳跃的马小马[480]玛奇|玛吉的人中，与其他任何影子级选手[481]最轻量级拳击手都不一样的那种人。

这是两个有毒的[482]皮索|属于皮索或与皮索有关蒂姆家伙[483]家伙|修补匠(湿润剂[484]冬天|天气是害虫[485]过去了，公然[487]结束了跑[486]雨水来，赛马场[488]斑鸠|未来的声音[489]被猛掷[490]听到到我们的土地上[491]荒原)，他们的名字是糖浆汤姆[492]布里斯托尔|蒂姆·芬尼根，才从监狱里出来[493]不再流行，因为偷了柯赫、多内利和培肯汉[494]熏肉|火腿|培根|闪姆含|的芬兰猪肉[495]凤凰公园|芬·麦克尔的一条腿；还有他自己的手足兄弟活泼矮个[496]，(为了与之完全契合，他既矮小又活泼)一个情报贩子，刚离开破船，他们两人都穷得叮当响，出来四处游荡寻找产钱鸟游戏，有机会的时候弄个一镑[497]或小小几先令[498]，西弗斯[499]奥尔巴尼公爵团是金发少女[500]叫骂|《玻恩姑娘》的时候，听到[501]耳朵教区牧师[502]激情|人在车[503]衣服里使用着他的法律语言[504]脏话(如此，等等[505])，涉及亚当先生的案子，所有的星期天报纸都谈论

468 stablecloth finish 解 tablecloth finish“～”,化自习语 photo finish“～”;其中 stablecloth 也解 stable cloth “～”。

469 ek and nek 解［沃］“一些”＋and“和”＋［沃］“毫无”;也解 neck and neck“～”;其中 ek 也解 equus［拉］“～”。

470 evelo nevelo［沃］“～”。

471 Bold Boy Cromwell“～”;也解 BBC“～“

472 Captain Chaplain Blount“～”;也解 CCB,BBC(英国广播公司)的变体。

473 roe hinny 解 ruadh［爱］“红色”＋hinny“骡子”;也解 Ráth Éanna［爱］“～”,指今天的雷尼镇(Raheny);其中 roe 也解“～”。

474 Saint Dalough“人名”;也解 St. Doolagh“～”,都柏林东北部的村镇;也解 Glendalough“～”,爱尔兰地名,位于威克卢郡,由圣凯文创建。

475 nondepict“～”,此处解为 nondescript“～”。

476 nappies“～”,此处解为 daddies［俚］“～”。

477 purpular 解 popular“～”;也解 purple“～”。

478 toppitt 解 topped“～”;也解 top“～”＋pit“～”。

479 timber“～”;也可与前面的 toppitt 合解为 timber topper［俚］“～”。

480 maggies 解 naggies“～”;也解 Maggies“～”,在书中指《新约》中抹大拉的马利亚;也解 Maggie O'Connor“～”,民谣《芬尼根的守灵夜》中的人物。

481 phantomweight 解 phantom“幻影”＋weight“重量”;也解 bantam-weight“～”。

482 pisononse 解 poisonous“～”;也解 Piso［拉］“～”,罗马姓;也解 Pisonianus［拉］“～”。

483 Timcoves 解 Tim“～”,民谣《芬尼根的守灵夜》的主人公蒂姆·芬尼根＋coves［俚］“家伙”;也解 tinkers“～”。

484 wetter“～”;也解 winter“～”;也解 Wetter［德］“～”。

485 pest“～”;也解 past“～”。

486 renns 解 rennen［德］“～”;也解 rains“～”。

487 overt“～”;也解 over“～”。

488 turfur 解 turf“～”;也解 turtle“～”;也解 future“～”。

489 voax 解 vox［拉］“～”。

490 hurled“～”;也解 heard“～”。

491 lande 解 land“～”;也解 lande［法］“～”。此句化自《雅歌》中的“冬天已过,雨水已经过去……斑鸠的声音在我们的土地上响起”。

492 Treacle Tom“～”,人名;也解 Treacle Town［俚］“～”,英国西部的港口城市;其中 Tom 也解 Tim“～”。

493 out of pop“～”,此处解为 out of pawn［俚］“～”。

494 Kehoe, Donnelly and Packenham“～”,都柏林的熏肉和火腿商的名字;其中 Packenham 也解 bacon“～”＋ham“～”;也解 Bacon“～”(1561—1626),英国哲学家;也解 Shem“～”;也解 Ham“～”,《创世记》中挪亚的儿子。

495 Finnish pork“～”;也解 Phoenix Park“～”,都柏林最大的公园;其中也包含 Finn MacCool“～”,爱尔兰传说中的巨人英雄。

496 Frisky Shorty“～”,书中人物。

497 jimmy o'goblin［俚］“～”。

498 thick un［俚］“～”。

499 Seaforths“～”,人名;也解 Seaforth Highlanders“～”,第二次世界大战英国步兵团的编号。

500 colleenbawl 解 cailín bán［爱］“～”;也解 colleen“少女”＋bawl“～”;也解 *The Colleen Bawn*“～”,出生于爱尔兰的美国剧作家鲍西考尔特的剧作。

501 ear“～”,此处解为 hear“～”。

502 passon 解 parson“～”;也解 passion“～”;也解 person“～”。

503 motor clobber 解 motor car“～”;也解 motor“～”＋clobber［俚］“～”。

504 law language“～”;也解 low language“～”。

505 Edzo, Edzo on 解 and so, and so on“所以,以及什么的”。

着这件事，对此甚为熟稔，与这个戴眼镜的酒[506]他妈的|巴特|以擦皮鞋为业的人友喝着他自己的酒。

人们说这个奇科·汤姆常在郡里小马[507]凯萨琳女伯爵|凯佩尔|马的土地上无法无天地[508]游荡，那件事情之前他就已经离开这里有一段时间了（事实上，他习惯经常光顾普通的宿舍公寓，一丝不挂地在那里睡觉，醉醺醺地[509]甲醇盐向人们打招呼，在陌生[510]怪人男爵人的帆布床上）但是在赛马之夜，喝了各种酒杯里的[511]成吨的地狱之火后烂醉如泥[512]罗德，廉价红酒[513]比蒂·多兰|奥布赖恩小姐、斗牛犬[514]、劣制酒，还有扁叶石松[515]、恩加登[516]犬蔷薇的上等草木，伴以饯行酒[517]鸭子和小狗们|鸭犬酒店、快舞的[518]樱草花酒、布利吉特[519]酿酒商的、公鸡酒吧[520]的、信童的角、小老男人的、结果好万事好[521]全都膨胀，那么目标膨胀、上马酒[522]，他在威尼·威奇街区那幢名为相互忍受的公寓[523]里寻找他那相当温暖的床[524]亲爱的|爱好，（他为什么不仰面躺在上面？）庞姆院[525]水泵，自由区[526]，由于更大程度上[527]母语依靠人造语言[528]再次，伴着低音的我来了我的马迟了，天设之名[529]溃疡|难道|努玛，在酒、酒气、酒气冲天中[530]连贯地重新躲出，福音派好事者[531]包斯维尔和城中乡村[532]俄国|城市的|贝齐·罗斯的故事的基本内容（他会因领巾、裙子、太阳帽和康乃馨而一直打电话给这些女孩）分成几部分（似乎他是在 3 月 15 日[533]河洲|眼睛|女仆|玛莎|马尔斯之前，要么就是[534]其他选择在第三个化石纪[535]威尔士燧发枪手团，当他与凯特[536]猫|净化|寡妇|凯瑟琳一起吃火腿[537]比含|闪姆|含的时候，拉维娜[538]雪崩在小便[539]粗硕的船|木偶戏表演致

506 butty［都柏林俚语］"～"；也解 bloody"～"；也解 Butt"～"，书中二元对立的兄弟二人的变体之一；也可与后面的 bloke 合解为 bootblack"～"。

507 counties capalleens 解 counties'"郡的"＋capaillín［爱］"小马"；也解 Countess Cathleen"～"，爱尔兰诗人叶芝的剧本《凯萨琳女伯爵》中的同名女主人公，她是爱尔兰的化身；也解 Capel"～"，都柏林街名，字面意为"～"。

508 wild and woolly"～"；也解 Oscar Wilde"奥斯卡·王尔德"，英国作家。

509 meth 解 methê［希］"～"；也解 methylate"～"。

510 strange"～"；也解 Baron Strange"～"，指 Ferdinand Stanley Derby"德比"(1559—1594)，英国文艺复兴时期的怪人剧团的赞助人，莎士比亚可能为这个剧团服务过。

511 tots"～"；也解 tons"～"。

512 blotto［俚］"～"；也解 Lot"～"，《圣经》中的人物，所多玛城中唯一的义人，她的女儿将父亲灌醉后与他生下了孩子。

513 red biddy［俚］"～"，一种廉价的红葡萄酒，通过添加甲醇而增加酒精度；也解书中人物 Biddy Doran"～"，书中人物，与母鸡联系在一起；也解 Biddy O'Brien"～"，民谣《芬尼根的守灵夜》中的守灵者之一。

514 bull dog"～"，一种鸡尾酒；也解 Bill，这个名字在书中与都柏林、莎士比亚相连。

515 creeping jenny"扁平石松"，指詹妮鸡尾酒。

516 Eglandine 解 Engadine"～"，瑞士的山谷；也解 Eglantine"～"。

517 Duck and Doggies"～"，此处解 deoch an dorais［爱］"～"；也解 Duck and Dog Tarven"～"，都柏林酒店名。

518 Galopping"～"，该舞为快步舞之一种。

519 Brigid 解 St. Brigid"～"，爱尔兰的守护神之一。

520 the Cock"～"，18 世纪的都柏林酒吧。

521 All Swell That Aimswell 解 all's well that ends well"～"；也解 all swell that aim swell"～"。

522 the Cup and the Stirrup 解 Stirrup cup"～"。

523 housingroom 解 rooming house"～"。

524 leababobed 解 leaba［爱］"床"＋bed"床"；也解 lieb［德］"～"；也解 Liebe［德］"～"。

525 Pump Court"～"，位于伦敦的律师事务所；其中 Pump 也解"～"。

526 The Liberties"～"，都柏林市西南部的一个著名地区。

527 moltapuke 解 molta più［意］"更多"；也解 motapük［沃］"～"。

528 voltapuke 解 Volapük"沃拉卜克语"，一种人造语言；也解 una volta di più［意］"～"。

529 nom num 解 nomen［拉］"名字"＋numen［拉］"天意"；其中 nom 也解 nomê［希］"～"；其中 num 也解［拉］"～"；也解 Numa"～"，罗马的第二个王。

530 alcoherently 解 alcoholically"～"；也解 coherently"～"。

531 bussybozzy 解 busybody"～"；也解 Boswell"～"(1740—1795)，英国传记家，著有《约翰逊传》。

532 rusinurbean 解 rus in urbe［拉］"～"；也解 rusin［保］"～"＋urban"～"；也解 Betsy Ross"～"(1752—1836)，乔伊斯在笔记中记载她曾用裙子做成美国国旗。

533 eyots of martas 解 Ides of March"～"；其中 eyots 也解"～"；也解 eyes"～"其中 martas 也解 maid"～"；也解 Martha"～"，在《路加福音》第 10 章中，玛莎和玛利亚姐妹分别代表行动者和思考者；也解 Mars"～"，罗马战神。

534 otherwales 解 otherwise"～"；也解 other wales"～"。

535 fossilyears 解 fossil"化石"＋years"年"；也解 Fusiliers"～"，英国皇家军团之一。

536 katya 解 Kate"～"，本书中惠灵顿纪念馆的看门人，也是壹耳微蚵一家的仆人；也解 cat"～"；也解 kathairô［希］"～"；也解 kātyā［梵］"～"；也解 Katya［俄］"～"。

537 having beham 解 is having ham"～"；其中 beham 也解"～"，书中男仆的名字；也解 Shem"～"；也解 Ham"～"《圣经》中挪亚的儿子。

538 lavinias 解 Lavinia"～"，罗马史诗中埃涅阿斯的妻子；也解 lavina［列］"～"。

539 psumpship 解 pump ship"～"；也解 plump ship"～"；也解 Punch and Judy show"～"。

命[540]多利秀中把她的男人们[541]月经|理智|月租给了大海，在那里他正寻找着骑野奥斯卡·王尔德马[542]贝齐·罗斯|罗伯特·罗斯的黑鬼斗士）常常是在冰冷[543]宁静的的夜晚，（不可知论[544]适合翻译的！祝婚诗[545]亚瑟·哈拉姆！）在不安的睡眠中，能被一个渺小且身无分文的货币布商[546]垂皮尔主管彼得·克罗兰（被解雇的）听到，还有奥马拉[547]，一位前私人秘书，没有固定住所（当地人称他为霉菌丽莎[548]温和轻柔的|蒙娜丽莎），他已度过几个夜晚，差不多完了[549]滑稽的，在门厅里披着无家可归者的毯子呆在冰之岛的铺位[550]爱尔兰银行|冰岛上，枕着命运石[551]，比男人的膝盖或女人的乳房更凉，还有霍斯蒂[552]外邦人|霍斯提乌斯，（名字不赖[553]），一个命运不济的海滩艺人，既无面包也无黄油[554]枝条|羊患的痒病，正怀疑如何才能在自我深渊[555]自辱、手淫|自己|咬的边缘安放一只木凳[556]毒菌，饿得要死，基本上对任何事情都感到忧伤，（酒吧夜招待[557]缅甸人，你曾供给他夜莺[558]灵魂|后代的奶[559]中断交媾|侏儒|欧南！）曾在他的临时便床[560]上甩着他那黄发的脑袋，计划着种种途径和手段方式，想的是他愿意怎样用某种方法在这个国家弄到执照[561]忠诚的，以便得到某个家伙的枪[562]在……旁边|战争，好乘坐四轮马车离开[563]拿钱，靠碰运气找到一艘舷侧明轮，从邓莱里郡[564]邓莱里市的达尔凯[565]水仙花|达尔凯-国王镇-黑石线和黑石市[566]的铁路线某处驶[567]潜水|有钱人|富翁离，在那里他能打中[568]，为两个银钱[569]把那个自杀的[570]兄弟姐妹|杀……的脑瓜从自己身上炸掉，在和平宁静[571]安静的车|生命的终止|能够|牛中毫不含糊地将一瓶酒一饮而尽，从而获得至美[572]大胆|好

540 doodly 解 deadly“～”；也解 Dooley“～”，爱尔兰裔美国喜剧演员，

541 mens 解 men“～”；也可与后面的 lease 合解为 monthlies“～”；也解 mens［拉］“～”；也解 mensis［拉］“～”。

542 whilde roarses 解 wild horses“～”；其中 whilde 也解 Oscar Wilde“～”，英国作家；其中 roarses 也解 Eros，希腊爱神；也解 Betsy Ross“～”，乔伊斯在笔记中记载她曾用裙子做成美国国旗；也解 Robert Ross“～”，奥斯卡·王尔德的朋友和性伴侣。

543 chilly 解“～”；也解 stilly“～”，出自托马斯·穆尔的爱尔兰歌曲《常常在宁静的夜晚》(*Oft in the Stilly Night*)。

544 metagonistic 解 metagnostics“～”；也解 metagônistikos［希］“～”。

545 epickthalamorous 解 epithalamios“～”；其中也包括 Arthur Hallam“～”(1811—1833)，维多利亚时代的魔术师。

546 cashdraper 解 cash“现金”＋draper“布料商”；也解 Drapler“～”，英国作家斯威夫特的笔名，1724 年在反对英国人伍德通过买得在爱尔兰的铸币权在爱尔兰发行劣质铜币时所用。

547 O'Mara 即 Joseph O'Mara“～”(1864—1927)，爱尔兰男高音，唱特里斯丹这一角色。

548 Mildew Lisa“～”；也解 mild und leise［德］“～”，出自瓦格纳歌剧《特里斯丹与伊瑟》中的歌曲《爱之死》中的歌词；也解 Mona Lisa“～”。

549 funnish 解 finish“～”；也解 funny“～”。

550 bunk of iceland“～”；也解 Bank of Ireland“～”，位于都柏林；其中 iceland 也解“～”。

551 在《创世记》中，雅各曾枕着一块石头睡觉，梦见天使们在台阶上上上下下，雅各醒后将这块石头立为圣柱。苏格兰著名的斯昆石(Stone of Scone，也称命运石)据凯尔特传说，就是此块石头。

552 Hosty“～”，书中一个重要人物；也解 hostis［拉］“～”；也解 Hostius“～”，二世纪罗马的史诗诗人。

553 此句化自美国作家马克·吐温的《哈克贝利·费恩历险记》。

554 rootie……scrapie［俚］“～”；其中 rootie 也解 Rute［德］“～”；其中 scrapie 也解“～”。

555 selfabyss 解 self abyss“～”；也解 selfabuse“～”；也解 self“～”＋Biß［德］“～”。

556 twoodstool 解 wood stool“～”；也解 toadstool“～”。

557 birman 解 barman“～”；也解 Birman［法］“～”。

558 natigal 解 nattergal［丹］“～”；也解 nat［缅］“～”＋gale［缅］后缀，意为“～”。

559 nano 解 nwa-no［缅］“～”；也解 onanism“～”；也解 nano［意］“～”；也解 Onan“～”，《创世记》中犹他的儿子，为不让嫂子怀孕，射精在地上。

560 shakedown“～”；其中也包含 Shakespeare，莎士比亚。

561 ifidalicence 解 if he'd a licence“～”；也解 fida［拉］“～”。

562 parabellum，一种手枪；也解 para［希］“～”＋bellum［拉］“～”。

563 taking a wing“～”；由于 wing 在俚语中也可指“便士”，也解“～”。

564 Downlairy 解 Dun Laoghaire-Rathdown“～”，爱尔兰东部的郡名；也解 Dún Laoghaire“～”，爱尔兰东部的海边市镇，原名 Dunleary，1821 年改名为 Kingstown，爱尔兰共和国成立后改名为 Dún Laoghaire。

565 Dullkey 解 Dalkey“～”，爱尔兰的村镇，位于东部的邓莱里郡；也解 daffeydowndilly“～”；也解 Dalkey, Kingstown and Blackrock Tram Line“～”，1879 年开设的一条爱尔兰铁路线。

566 Bleakrooky 解 Blackrock“～”，位于都柏林和邓莱里郡之间的城市，濒临都柏林湾。

567 Dive“～”，此处解为 drive“～”；也解 dives［拉］“～”；也解 Dives“～”，在《路加福音》中穷人拉撒路向有钱人乞讨被拒绝，他们死后有钱人向拉撒路讨一口水被拒。

568 throw true“～”，此句出自美国作家马克·吐温的《哈克贝利·费恩历险记》。

569 two bits“～”，此句出自美国作家马克·吐温的《哈克贝利·费恩历险记》

570 sibicidal 解 suicidal“～”；也解 sibling“～”＋-cidal“～”。

571 quitybus 解 quietness“～”；也解 quiet bus“～”；也解 quietus“～”；也解 quiti［拉］“～”＋bus［拉］“～”。

572 boldywell 解 boldly well“～”；也解 bold“～”＋well“～”。

的至福[573]，他已经花了近18个日历[574]尝试了他所知道的格利瑟尔·斯蒂文斯[575]夫人的所有女性帮助，以便离开帕特里克·邓恩医院[576]，经过汉弗利·杰为斯医院[577]，住进阿德雷德医院[578]里的圣凯文[579]圣凯文山洞床（从那些无法照料的呜呼哀哉[580]好的|如同|日中的这些无可救药的出色残杀[581]绝症医院出发，戴着他的鸟蛤帽经过圣地亚哥[582]，好人拉泽[583]，救渡我们！）不管怎样都无法含混蒙骗过去。丽莎·奥蒂维斯[584]富翁|女神|力量和洛奇·蒙甘[585]（他们的差异太大了，灵魂上的[586]《灵魂中的灵魂》：如果可以这样说的话，身无分文外加敌人和恶臭[587]上方的气息|年轻的羊|破碎）就像心照不宣的那样，在那个如同甜蜜母亲般摇荡的不倒翁床上，与霍斯蒂一起进入他们生来游弋其中的[588]斯温伯恩梦乡，就如剃须匠在杂木林[589]稻草|萧伯纳，乡下人在燕麦地[590]叶芝，或者，嗯，挥霍者在荒野中[591]奥斯卡·王尔德时一样，而忙碌的清晨全务女佣（赞美歌[592]雅典|花的奖赏[593]女仆，我们这里气喘嘘嘘[594]分别|蚂蚁！）没有很多瞬间来擦亮罐子盖、门上黄铜、学者的苹果脸蛋儿，提灯随从的铁器，当时，满脑子的灰斗[595]像蚱蜢一样地思考，不同于任何家伙，他去给白人做培根早餐[596]鸡蛋|小题大作|床和早餐|脚，唤醒活力的艺人（因为经过了整夜的咆哮[597]梦和轰鸣，加上与他厨子们[598]哄骗吃了清晨一流的火腿[599]握手|闪姆|含，他已经变得认不出来了）他彻底醒来的卧室随从（我们的孩子们，就如我们的拜伦[600]白伦|奥布赖恩称呼他们的）已经起来，并且慢吞吞地从他们住的[601]被爱的猪窝楼圆桶[602]里踢踢拖拖地走出来，穿过艾柏林[603]都柏

573 baltitude 解 beatitude“～”。

574 eighteen calanders 解 eighteen calendars“～”,指 18 个月。

575 Grisel Steevens“～”,18 世纪在都柏林创建了斯蒂芬医院,她被传长着猪鼻子。

576 Sir Patrick Dun's“～”,都柏林医院名。

577 Sir Humphrey Jervis's 解 Jervis St. Hospital“～”,都柏林医院名。

578 Adelaide's hosspittles 解 Adelaide Hospital“～”,都柏林医院名。

579 Saint Kevin's 解 St. Kevin's Hospital“～”,都柏林医院名;也解 St. Kevin's Bed“～”,位于爱尔兰威克劳郡的冰川峡谷格兰达劳。

580 wellasdays 解 welladay“～”;也解 well“～”+as“～”+day“～”。

581 incurable welleslays 解 incurable well-slays“～”;也解 Hospital for Incurables “～”,加莱特·威斯利(Garrett Wellesley)在都柏林的拉泽山建立的医院。

582 “绝症医院”的相关人员会组成朝圣者,帽子上戴着鸟蛤壳,乘船去西班牙圣地牙哥的孔波斯特拉市(santiago de compostela)朝觐圣人小雅各伯(St. James The Less)的神龛,后者为麻风病患者的守护圣人。

583 Lazar“～”,“绝症医院”所在的山,此处解为人名。

584 O'Deavis“～”;也解 Dives“～”,《圣经》中与穷人拉撒路相对的有钱人;也解 dea [拉]“～”+vis [拉]“～”。

585 Mongan“～”,爱尔兰传说中的英雄,芬的另一个化身。

586 epipsychidically 解 epi [希]“关于”+psychidion [希]“小灵魂”;也解 *Epipsychydion*“～”,英国诗人雪莱的诗歌,讲述他如何探索他遇到的不同灵魂。

587 hostis et odor insuper peteroperfractus [不正规的拉丁文]“～”;其中 odor insuper 也解 [拉]“～”;其中 petroperfractus 也解 petro [拉]“～”+perfractus [拉]“～”。

588 swimborne 解 swim“游水”+borne“被出生的”;也解 Algernon Charles Swinburne“～” (1837—1909),维多利亚时期的英国诗人。

589 Shaw“～”;也解 straw“～”;也解 George Bernard Shaw“～”(1856—1950),英国作家。

590 yoats 解 oats“～”;也解 William Butler Yeats “～”(1865—1939),爱尔兰诗人,获诺贝尔文学奖。

591 wilde 解 wild“～”;也解 Oscar Wilde“～”,英国作家。

592 anthem“～”;也解 Athens“～”;也解 anthê [希]“～”。

593 meed“～”;也解 maid“～”。

594 pant“～”;也解 part“～”,此句化自英国诗人拜仑的诗句“雅典的女郎,我们分别之前”;也解 ant“～”。

595 ashhopperminded 解 ash-hopper-minded“～”;也解 grasshopper-minded“～”。

596 bakenbeggfuss 解 bacon“培根”+breakfast“早餐”;也解 bacon“～”+egg“～”+fuss“～”;也解 bed and breakfast“～”;也解 Bacon“～”,英国哲学家;也解 Fuβ [德]“～”。

597 rave“～”;也解 rêve [法]“～”。

598 coexes 解 cookers“～”;也解 coax-ings“～”。

599 shinkhams 解 Schinken [希]“火腿”+ham“火腿”;也解 shake hands“～”;其中 ham 也解 Shem“～”,书中二元对立的兄弟中的一个;也解 Ham“～”,《创世记》中挪亚的儿子。

600 Byron“～”(1788—1824),英国诗人;也解 Biron“～”,莎士比亚喜剧《爱的徒劳》中的人物,也像拜仑一样成了诗人;也解 William O'Brien“～”,巴涅尔的报纸《爱尔兰统一报》的编辑,后被发现是同性恋。

601 lovenaned 解 lived in“～”;也解 loved“～”。

602 The Barrel“～”,都柏林地名。

603 Ebblinn's“～”;也解 Dublin“～”;也解 Eblana“～”,古希腊天文学家托勒密所绘的世界地图上都柏林的名字;也解 linn [爱]“～”。

林|爱尔兰水池的凉冰冰的小村庄[604]哈姆莱特|瘟疫坟墓|闪姆|含(他们经过当时他们表层[605]的路线和休息处与那些线和点[606]句号奇怪地一致[607]通讯员，在那里在这个运行[608]写作时刻，我们两便士半便士[609]有的地铁在地[610]薄片下的地轨和车站上进行着手工焊接[611]操纵)伴着克鲁斯[612]竖琴提琴的弹奏，哼哼[613]克莱莫琴|克莱莫纳复嗡嗡[614]，来而复去[615]利菲河|堤坝，聪明又波荡、快乐[616]、雀跃[617]无母的小牛|爱顶嘴的、爱玩闹[618]，抚慰着节庆日国王圣费内蒂[619]的公民们的耳朵，这些人在他们自己的砖屋里，躺在他们那芬芳的浆果栅栏床[620]草莓圃上，几乎未留心卖蜂蜜的人、卖薰衣草籽的人，或者卖傅因河博因河[621]终点活鲑鱼的人的叫声，他们自命不凡的嘴巴张得大大的，好对这个宗教剧[622]演讲中长期等待的弥赛亚做出更高的评价，他们刚从睡睡睡觉[623]中进入半梦半醒的状态，在一个当铺[624]潘布罗克建筑前为了赎回唱歌人那确实令人仰慕的假牙，为了这一修复[625]置于前面的目的而短暂停顿，之后又花很长时间拜访了库雅街[626]何处人上的酒店，即[627]嘶嘶声，赛奥莫自由区[628]伟大音乐内圣则济利亚[629]教区的老酒鬼洞穴[630]，离格莱斯顿首相[631]识字课本|草|石头雕像处不到一千或一民族里格[632]联盟，这，根据格里菲斯的评估[633]亚瑟·格里菲斯，与制造者(或许是最后一个管家[634]巴涅尔|斯图亚特王朝的最后一位统治者)的行进旗鼓相当[635]，在那里，故事继续漫游，跟着节奏重击三重唱[636]中又加入了更深的—意图—运用于—明天[637]政府授权的，已存在的变体中偶然和得体的那类，他刚刚拿到那每星期的侮辱[638]，呸它的[639]琐碎的|他

604 Hamlet“～”；也解 Hamlet“～”；也解 thaimhleacht［爱］“～”；其中 ham 也解 Shem“～”；也解 Ham “～”；此句也包含本书主人公的缩写 HCE。
605 superficies［拉］“～”.
606 linea and puncta［拉］“～”；也解 lines and points“～”；其中 puncta 也解 Punkt［德］“～”。
607 correspondent“～”，此处解为 correspondant［法］“～”。
608 riding“～”；也解 writing“～”。
609 tubenny habenny 解 two pennies“两便士”＋half penny“半便士”；habenny 解 haben［德］“～”。1863 年开设的伦敦地铁在英语中常被昵称为 The Tube(管子)。
610 oberflake 解 Oberfläche［德］“～”；也可解为 flake“～”。
611 maniplumbs 解 manus［拉］“手”＋plumbo［拉］“用铅焊接”；也解 manipulate“～”。
612 crewth 解 crwth“～”；也解 cruit［爱］“～”。
613 cremoaning 解 moan“～”；也解 cremona“～”，16—18 世纪在意大利北部城市克莱莫制造的名牌优质小提琴；也解 Cremona“～”，意大利北部的城市。
614 cronauning 解 crónán［爱］“～”。
615 levey，拟音；也解 Liffey“～”；也解 levee“～”。
616 appy 解 happy“～”。
617 leppy“～”，此处解为 leap-y“～”；也解 lippy“～”。
618 playable 解 playful“～”。这句话中也包括本书女主人公的缩写 ALP。
619 King Saint Finnerty“～”，7 世纪的共主。
620 fraiseberry beds“～”；也解 Strawberry Beds“～”，地名，位于爱尔兰利菲河北岸的丁格勒市。
621 foyneboyne 解 Boyne“～”，位于爱尔兰基尔代尔郡；其中 foyne 也解 fuine［爱］“～”。
622 roaratoriose 解 oratorio“～”；也解 oration“～”。
623 atsweeeep 解 asleep“～”，在《尤利西斯》中有“sweeeee theres that train far away”。
624 pawnbroking“～”；也解 Pembroke“～”，都柏林街名。
625 prosthetic “～”；也解 prosthetikos［希］“～”。
626 Cujas Place 解 Rue Cujas“～”，巴黎街名；其中 Cujas 也解［拉］“～”。
627 fizz“～”，此处解为 viz.“～”。
628 liberty of Ceolmore 解 Liberties“～”，都柏林市西南部的一个著名地区＋ceól mór［爱］“伟大音乐”。
629 Saint Cecily 解 St. Cecilia“～”，音乐的守护圣人；都柏林也有一条则济利亚街。
630 Old Sots' Hole“～”，都柏林旧酒店名，位于埃塞克斯门。
631 Primewer Glasstone 解 Prime minister Gladstone“～”，英国自由党领袖；也解 Primer“～”＋glass“～”＋stone“～”。
632 league“里格(长度单位，约等于 3 英里)”；也解“～”。
633 Griffith's valuation“～”，1848—1864 年爱尔兰估价部门首次对爱尔兰的地产进行评估，这一估价在理查德・格里菲斯成为该部门的负责人后被称为“格里菲斯的估价”；其中 Griffith 也解 Arthur Griffith“～”(1872—1922)，《联合的爱尔兰人》报的主编，建立了新芬党，曾任爱尔兰共和国的总统。
634 stewards“～”；也解 Charles Stewart Parnell“～”(1846—1891)，爱尔兰自治运动的领袖；也解 last of the Stuart“～”，即詹姆士二世。
635 这句话变自巴涅尔 1885 年在科克的讲话“没有人有权为一个民族的行进划定界限”。
636 民谣《芬尼根的守灵夜》中的句子。
637 further-intentions-apply-tomorrow casual 解“～”；也解 FIAT“～”。
638 touching the weekly insult“～”，科克地区的习语，指收到每星期支付的工资。
639 phewit 解 phew“呸”＋it“它”；也解 petit“～”；也解 fuit［拉］“～”。

是，所有多嘴的小人物都（有谁连一个人[640]名词都没说过？）吃了姜和杜松子酒[641]约翰·詹姆逊父子公司的兴奋剂，这个他妈的正派家伙埋的单，这以后是只限男士的午宴，此外又来了几次，只是用来庆祝昨天，淹没在他们那被火激动的友谊中，这个混蛋们超出了认可的承诺，布朗尼[642]的第一次，小小的附言前前主管，帽子拿在手里放在他们悲伤的身后，就像女士的附言：我要钱。请送来），用袖子擦着他们那渗出笑意的嘴唇，小青年们通常怎样喊着他们的战斗进行曲[643]煽动性讲话|唱歌|攻击|巴克利如何射杀俄国将军（新芬[644]演奏音乐|酒|存在|芬·麦克尔，只有我们自己[645]新芬党|歌|面包）。打油诗人们的世界有理由成为未来歌谣的更丰富的世界，这个集体[646]人类|俱乐部|悲伤|男人歌唱的世界应该向歌谣的歌手[647]致敬，因为他在这个星球的音乐地图[648]上放上了他产下的结巴[649]同性恋|蛋|秃鹰|博格，这是这个世界曾经不得不做出解释的最低劣的结巴，也是最有吸引力的[650]可起诉的神之化身。

这个，更完美的支架[651]或跟我走之领袖[652]做领头游戏|家伙|歌曲，先是从利菲奥河流域[653]利菲河的喧嚣处和霍都山[654]霍斯山|低地山峡的隆起处倾泻而出，在那曾经应该成为立法者[655]的纪念碑的影子下（自由树[656]！手下留情，伐木人，手下留情！[657]）流向兰斯特省[658]各民族交汇的泛滥地，漫盖所有视野所及[659]分割的之处，作为一心一意的超级群体，非常容易代表，那些带着面具的，那些带着面子的，我们利菲河边之人（不必提及欧洲少数民族什么的曾经经由沃特灵街、埃宁街、艾克尼尔德街和斯坦街[660]，

640 noun“～”，此处解为 none“～”。

641 gee and gees 解 gin and gingers“～”；也解 John and Jameson's，即 John Jameson and Sons“～”，都柏林威士忌酒厂的名字。

642 Browne 解 Browne and Nolan“布朗与诺兰”，都柏林书店的名字。

643 how the bouckaleens shout their roscan generally“～”，其中 bouckaleens 解 buachaillín［爱］“～”，这里 roscan 解 rosc-catha［爱］“战斗进行曲”；也解 rosc［爱］“～”＋can［爱］“～”；也解 rosca［爱］“～”；这句话也解 How Buckley shot the Russian General“～”，指本书中爱尔兰士兵巴克利在克里米亚战争中开枪打死一个正在大便的俄国将军的故事。

644 seinn fion 解 Sinn Fin“～”；也解 seinn［爱］“～”＋fion［爱］“～”；其中 seinn 也解 sein［德］“～”；其中 fion 也解 Finn MacCool“～”，爱尔兰传说中的巨人英雄。

645 seinn fion's araun 解 Sinn Féin Amhaín［爱］“～”，爱尔兰口号；也解 Sinn Fin“～”＋amhrán［爱］“～”；也解 arán［爱］“～”。

646 cumannity 解 community“～”；也解 humanity“～”；也解 cumann［爱］“～”；也解 Kummer［德］“～”；也解 Mann［德］“～”。

647 balledder 解 ballader［丹］“～”。

648 melomap 解 melos［希］“歌曲”＋map“地图”。

649 bogeyer 解 bégayeur［法］“～”；也解 bugger“～”；也解 Eier［希］“～”；也解 Geier［德］“～”；也解 Bögg“～”，类似于雪人的人物，苏黎士 4 月第三个星期一的送冬节上会把博格在柱子上烧掉。

650 attractionable 解 attractable“～”；也解 actionable“～”。

651 lubeen 解 lúibín［爱］“～”。

652 fellow me lieder 解 follow my leader“～”；也解 follow-my-leader“～”；其中 fellow 也解“～”；其中 lieder 也解［德］“～”。

653 Riau Liviau 解 riau［普］“流域”＋Liviau“利菲奥”，河名；也解 river Liffey“～”。

654 col de Houdo 解 colo［普］“山”＋de［法］“的”＋Houdo“霍都”，山名；也解 hill of Howth“～”；其中 col 也解“～”。

655 指巴涅尔。

656 Eleutheriodendron 解 eleutherios［希］“自由的”＋dendron［希］“树”。

657 此句化自美国诗人莫里斯(George Pope Morris)作词的歌曲《伐木人，放过那棵树》。

658 Lenster 解 Leinster“～”，爱尔兰四个省份之一。

659 visional“～”；也解 divisional“～”。

660 Watling，Ernin，Icknild and Stane 解 Watling，Erning，Icknield and Stane“～”，都是罗马人在英国修建的道路。

尤其是一辆停靠的出租马车[661]伦敦佬的轿车，带着它全体的哈德姆斯[662]哈姆斯沃斯子爵|勇气雇佣文人，一名北方托利党人，一名南方辉格党人[663]壹耳微蚵|《北方辉格党》，一名东盎格鲁编年史作者，一名西方土地卫士[664]《曼切斯特卫报》）的所有截面和横截面（酒店和可可屋倾泻而出，涨满了提议），从来自扒手街[665]的瘦小的都柏林年轻人，这些年轻人无所事事，只能两手插在及膝短裤里闲逛，津津有味地吹牛皮，果然是[666]，大块头，与逃学检察官勾肩搭背，寻找面包皮[667]典当物的栖息所的三只毛球和毛葛，到忙碌的职业绅士，一对儿长着络腮胡须[668]要塞的警察[669]佩尔，朝达利俱乐部[670]走去[671]午休|早晨|中午，刚刚在鹿特兰[672]石南丛里伏击野鸭未果，交换着冷笑[673]，女士们成群坐着她们的椅子离开休谟街[674]含，抬轿的人停下休息，一些游荡的白痴[675]卷曲的|骟羊|含从边上摩西[676]家花园的苜蓿地里出来，一位来自皮商巷[677]的献身会士[678]，砖匠，一位法兰德斯人，穿着烟雾缭绕的[679]塔夫绸，带着配偶和狗，一位上年纪的锻匠[680]含，手里拿着一些凿子[681]凿工、骗子|孩子们，一轮棍棒赛手，不少生着脾脱疽[682]炭疽病|短小的的羊，两位蓝衣学者，四位从石上辛普森之家[683]辛普森医院出来的濒于破产的一文不名的绅士，一名壮汉和一个冒失鬼，仍在希基店门[684]嘀嗒声|眼睛|三便士里品尝着[685]带把儿的杯子土耳其咖啡和桔子甜酒，彼德·皮姆、保罗·弗莱，然后是艾略特，还有，噢，亚特金森[686]，因他们那年金者的鸡眼[687]橡树果实脓包受着地狱狂欢的折磨，一双黛汉娜[688]她们无法忘记准备好去打猎，一位特殊神宠论的领薪教

661 cockney carr 解 hackney coach“～”;也解 cockney car “～”。
662 Hardmuth“～”,地名;也解 Alfred Harmsworth“～”(1865—1922),英国新闻和发行业巨头;也解 Mut [德]“～”。
663 whig“～”;也解 Earwicker“～”;也可与前面的 northern 合解为 *Northern Whig*“～”,北爱贝尔法斯特的报纸名。
664 landwester guardian 解 west land guardian“～”;也解 *Manchester Guardian*“～”,英国曼切斯特的报纸名。
665 Cutpurse Row“～”,都柏林地名,现今玉米市场的西端。
666 weedulicet 解 videlicet [拉]“～”。
667 croust of pawn 解 croûte de pain [法]“～”;也解 roost of pawn“～”,指当铺。
668 dundrearies“～”;也解 dún“～”。
669 palesmen 解 policemen“～”;也解 Pale“～”,地名,中世纪时期英国在爱尔兰的占领地。
670 Daly's“～”,位于都柏林,成立于 1750 年,1823 年关闭。
671 Nooning“～”,此处解 moving“～”;也解 morning“～”;也解 noon“～”。
672 Rutland 解 Rutland“～”,位于都柏林,现更名为巴涅尔广场。
673 此句也包含主人公名字的缩写 HCE。
674 Hume Street“～”,位于都柏林;其中也包含 Ham“～”,《创世记》中挪亚的儿子。
675 hamalags 解 amalóg [爱]“～”;也解 amalach [爱]“～”;也解 Hammel [德]“～”;其中也包含 Ham“～”。
676 Mosse 指 Bartholomew Mosse“～”,18 世纪的都柏林医生,建立罗汤达(Rotunda)医院。
677 Skinner's Alley“～”,都柏林地名,在詹姆士二世统治时期信仰清教的老人们在此地避难。
678 oblate father“～”,都柏林的一种将财产捐献给教会的在俗修士团体。
679 fumant [法]“～”。
680 Hammersmith“～”;也解伦敦区名;其中也包含 Ham“～”。
681 Chisellers“～”,此处解 chisel“～”;也解 chiselurs [都柏林俚语]“～”。
682 Braxy“～”;也解 branchos [希]“～”;也解 brachys [希]“～”。
683 Simpson's on the Rocks 解 Simpson's-on-the-Strand“～”,伦敦旅馆名;也解 Simpson's hospital“～”,都柏林医院名。
684 tickeyes 解 Hickey's“～”,位于都柏林;也解 tick“～”+eyes“～”;也解 tickey“～”。
685 tassing 解 tasting“～”;也解 tasse [法]“～”。
686 在 20 世纪 20、30 年代的《汤姆目录》(*Thom's Directories*)里,都柏林曾经只有四家毛葛制造商:皮姆·布劳斯公司、艾略特父子公司、弗莱公司、理查德·亚特金森公司。
687 Acorns“～”,此处解 a corns“～”。
688 罗马神话中的狩猎女神。

士，思考着罗马的复活节[689]、削发问题和希腊的东仪天主教徒[690]，扔掉他们，窗里伸出一个花边垂饰的脑袋，或者两个，或者三个，或者四个，如此直到一些善良的老灵魂，由于在当铺[691]叔叔家发过誓后又喝了点儿，显然正处在酒精的控制之下，从裁缝泰瑞德的守灵夜[692]瓦工泰迪的守灵夜来的一位金发美女，一个讨人喜欢的邮差男孩[693]三名快乐的邮差，想着三壶酒还有一壶，一个拿笔的男孩[694]羽毛笔|滑稽的|海军准将|帕涅洛佩，来自织工济贫院[695]都柏林收容院的半位先生，缠着、缠着，闲聊闲聊闲聊地缠着她，一件夫人[696]整个|水坝的云色衬裙[697]同情|外套，如同孩子，如同助理神父[698]分区神父|做礼拜，如同独眼奥莱里[699]。战争之箭[700]勇士四处走，曾经这样，（民族渴望注视[701]）而民谣，采用菲利浦[702]猫|幸运|疟疾的细分[703]节拍，受泰欧希伯[704]蠼螋对《潘趣棺材方式|帽子的坠落[705]》的处理的影响，踩步逃向一张黑白[706]怀特|布兰可擦白剂|空的纸片，用一幅过于差强人意的[707]粗燥和红色的|红杉木刻做标题，在德维尔[708]魔鬼白霜印刷厂私下印刷，它的秘密很快就在白色公路和棕色小路上，随着群风的升起和狂风的吹送[709]盖尔人的兴起和吹击振翅飞扬，从拱廊到格子[710]格林夫人，从黑手到粉耳[711]品克，一个村庄传向另一个村庄，经过彩绘爱尔兰[712]皮克特人的苏格兰|苏格兰人与皮克特人|浓汁炖肝|凹形边饰联合国的五变四[713]个绿地，还有他这否认[714]圣德尼它的人，愿他的头发在泥土中摩搓！对着陛下的添加乐段（多么安宁[715]一种猎狐时使用的号角|帕西法|无声长笛），长笛，这个乐器[716]增加|操中的单声低吟国王[717]无冕之王，皮格特的[718]皮戈特最纯洁

689 爱尔兰特殊神宠论者反对罗马教会的一些教义，尤其在复活节的日期上有不同看法。

690 Uniate“～”，东仪天主教是16、17世纪从希腊正教会、俄罗斯正教会以及埃及科普特教会、亚美尼亚教会、聂斯托利派教会等东方古老教会分裂出去的一些人员，承认罗马教皇的地位，并加入了天主教，但保持各派原有的东方传统的礼仪和特点。

691 uncle's“～”，此处解为［俚］“～”。

692 The wake of Tarry the Tailor“～”；也解 *The Wake of Teddy the Tiler*“～”，爱尔兰民谣。

693 a jolly postoboy“～”；也解 Three Jolly Postboys“～”，18世纪英国歌谣。

694 plumodrole 解 plumo［普］“笔”＋drole［普］“男孩”，指书中的笔者闪姆；也解 plume［法］“～”＋drôle［法］“～”；也解 commodore“～”；也解 Penelope“～”，荷马史诗中奥德修斯的妻子。

695 weaver's almshouse“～”，指 Townsend St. Asylum“～”，由天主教的织工在1785年建立。

696 wholedame 解 madam“～”；也解 whole“～”＋dam“～”。

697 pittycoat 解 petticoat“～”；也解 pity“～”＋coat“～”。

698 curiolater 解 curate“～”；也解 curio［拉］“～”＋latreia［希］“～”。

699 Caoch O'Leary“～”，19世纪英国诗人约翰·济根诗中年老失明的风笛手。

700 wararrow 解 war“战争”＋arrow“箭”；也解 warrior“～”。

701 此句化自爱尔兰作曲家戴维斯(Thomas Osbourne Davis)的歌曲《一个民族重新出现》(*A Nation Once Again*)。

702 felibrine 解 Félibre“～”，19世纪的普罗旺斯诗人；也解 felis［拉］“～”；也解 felix［拉］“～”；也解 febris［拉］“～”。

703 trancoped 解 trans［拉］“超越”＋kopê［希］“切割”，可合解为“～”。

704 Taiocebo“～”，人名；也解［普］“～”。

705 Casudas de Poulichinello Artahut 解 casudo［普］“坠落”＋de［法］“的”＋Poulichinello［普］“Punchinello”，即英国木偶剧《潘趣和朱迪》中的主人公潘趣，一个驼背的矮胖子，被魔鬼驮走＋atahut［普］“棺材”；其中 Artahut 也解 Art［德］“～”＋Hut［德］“～”。

706 blancovide 解 black white“～”；也解 Blanco White“～”(1775—1841)，西班牙神父，从英国国教改信唯一神教派；也解 blanco“～”＋vide［法］“～”。

707 rough and red 解 rough and ready“～”；也可直译为“～”；其中 red 也可与后面的 woodcut 合解为 redwood“～”。

708 Delville“～”，都柏林的格拉斯内文地区的私人领地，英国作家斯威夫特的《党团俱乐部》(1735)在此地私下印刷；也解 devil“～”。

709 the rose of the winds and the blew of the gaels 解 the rose of the winds and the blew of the gales“～”；也解 the rose des vent(［法］“风”)and the blew of the gales“～”。

710 lattice“～”；也解 Lettice Greene“～”，英国剧作家托马斯·格林的妻子，与莎士比亚同时代 。

711 pink ear“～”；也解 James Pinker“～”，乔伊斯的美国文学代理人。

712 Scotia Picta 解 Scitua Picta［拉］“～”，Scotia 最初是爱尔兰的拉丁文名字，在中世纪，随着很多爱尔兰人移居苏格兰，Scotii 后指苏格兰；也解 Scotia Pictorum［拉］“～”，皮克特为苏格兰东部和北部部落联盟的名字；也解 Scots & Picts“～”；也解 skôtia pikta［希］“～”，一道希腊菜；其中 scotia 也解“～”。

713 five pussyfours 解 five provinces“五个省”＋four“四”。爱尔兰原有五个省，现在变为四个省。

714 denays 解 deny“～”；也解 St. Denis“～”，法国的守护圣人，在280年被砍头，因此他被描绘成手里拿着头。

715 peacifold 解 peaceful“～”；也解 percival“～”；也解 Percival“～”，亚瑟王传奇中的圣杯骑士；也解 silent flute“～”，在俚语中指阴茎。

716 inscrewments 解 instrument“～”；也解 increment“～”；也解 screw［俚］“～”。

717 Onecrooned king 解 one“一”＋croon“低吟”＋king“国王”；也解 uncrowned king“～”，指巴涅尔。

718 Piggott's 解 Pigott's Music Warehouse“～”，位于都柏林；也解 Richard Pigott“～”(1835—1889)，爱尔兰新闻记者，曾伪造巴涅尔的信；此外都柏林的皇家剧院也曾有一个大提琴手叫皮格特。

的，大提琴[719]天空也是鲁特琴[720]，这是德拉内先生[721]（德拉赛先生？），喇叭，期望着史诗吟诵者[722]的如潮好评，从他那款式得体的[723]帽子里吹奏出的，正如高卢[724]胆汁|外国人人注意到的，看起来依然更像与他同名的珀西[725]帕西法，但在唾沫四溅[726]匆忙|争论之前，冰雪覆盖的卷发[727]《白雪佳人》弄湿了[728]在什么中间领袖那野性和脱落的[729]山兔|《狂野的山风》头发，领袖[730]博士|罗宾森希区柯克[731]将他的毛茸绒毛[732]金雀花抬到大头短棒的高度，表明他陪伴着用于大嗓门家伙的圣餐杯，男孩们，国会里请肃静[733]！（我们的五月柱再一次在他古时立起的地方）而诗篇在那里化为船歌[734]歌唱，在老收费站、圣安诺娜街和教堂[735]圣安德鲁街和教堂边被合唱和洗礼。

而在草地四周，诗节[736]雨|跑步流淌[737]，这是霍斯蒂写的诗节。口头的。博伊勒斯和卡西尔斯[738]男孩和声望|卡西尔、斯凯里斯和普里查斯[739]裙子与裤子|普里查，愿我们在故事[740]多石头的中讲述的生活[741]生活的故事真理[742]树变成诗歌[743]四，珀西[744]成为帕西法化了。躺在这里的是剩余的[745]诗歌的叠句。一些人建议称他瓦克[746]北欧海盗，一些人提议[747]壕沟叫他麦克，一些人给他起了利恩[748]都柏林和菲恩[749]白皙的|芬·麦克尔的绰号，其他人则喊他为路克[750]谎言、臭虫[751]柔软的|小的、丹·洛普[752]邓禄普、法律、拉克斯、库力或健力[753]健力士啤酒|迈克尔·冈恩。一些人倾向于他是艾斯[754]亚瑟王|石头|熊，一些人送给他教名叫巴斯[755]凡霍利、希尔[756]奥康内尔|克伦威尔|芬·麦克尔|榛树、诺尔[757]老诺尔、索尔[758]应该、威尔[759]莎士比亚|决心、卫尔[760]好、沃尔[761]墙，但我从语法上看他是珀西·奥莱利[762]球蝮|皮尔斯和奥拉利|奥莱利，或者

719 ciello 解 cello“～”；也解 cièlo [意]“～”。
720 alsoliuto 解 also“也”＋liùto [意]“鲁特琴”。
721 Delaney 解 Patrick Delaney“～”，凤凰公园刺杀案的凶手，被判终身监禁，当他作证反对巴涅尔后被释放。
722 rapsods 解 rhapsôdos [希]“～”。
723 decentsoort 解 decent“得体的”＋soort[荷]“类型”。
724 Gaul“～”，地名；也解 gall“～”；也解 gall [爱]“～”。
725 purseyful 解 Persse O'Reilly“～”，书中人物；也解 Percival“～”，亚瑟王传奇中的圣杯骑士。
726 sputabout 解 sputa [拉]“吐唾沫”＋about“四处”；也解 sputen [希]“～”；也解 dispute“～”。
727 the snowycrested curl“～”；也解 *The Snowy-breasted Pearl*“～”，爱尔兰歌曲。
728 amoist 解 moist“～”；也解 amid“～”。
729 moulting hair“～”；也解 mountain hare“～”；也解 *A Wild Mountain Air*“～”，爱尔兰民谣。
730 Ductor 解 ductor [拉]“～”；也解 The Doctor“～”，指 Tommy Robinson“～”，19 世纪都柏林的风琴手。
731 Hitchcock“～”，可指美籍导演阿尔弗莱德·希区柯克，不过这里更可能指 Robert Hitchcock“希区柯克”，《爱尔兰舞台历史观》(*A Historic View of the Irish Stage*)的作者，都柏林皇家剧院的提词人。
732 fuzz“～”；也解 furze“～”。
733 silentium in curia 解 [拉]“～”。
734 Chantied 解 chanty“～”；也解 chanter [法]“～”。
735 Saint Annona's Street and Church“～”，安诺娜是罗马神话中的谷物女神；也解 St. Andrew's Street & Church“～”，位于都柏林。
736 rann [爱]“～”；也解 rain“～”；也解 run“～”。
737 rann [德]“～”。
738 Boyles and Cahills“～”，人名；也解 buachaill [爱]“～”＋and“～”＋cáil [爱]“～”；其中 Cahills 也解 D. W. Cahill“～”，爱尔兰作家。
739 Skerretts and Pritchards“～”，人名，也解 skirts and breeches“～”；其中 Pritchards 也解 Vicar Pritchard“～”(1579—1644)，爱尔兰伦理诗《威尔士人的蜡烛》的作者。
740 stony“～”，此处解为 story“～”。
741 tale of live 解 tell life“～”；也解 tale of life“～”。
742 treeth 解 truth “～”；也解 tree“～”，与前面的 stony 构成书中的树石对立。
743 viersified 解 versified“～”；其中也包含 vier [德]“～”。
744 piersified 解 Persse-fied“成为珀西”，Persse O'Reilly“～”，书中人物；也解 Percival-fied“～”，亚瑟王传奇中的圣杯骑士。
745 refrains“～”，此处解 remains“～”。
746 Vike“～”，人名，也解 viking“～”。
747 moat“～”，此处解为 moot“～”。
748 dub him Llyn“～”；也解 Dublin“～”。
749 Phin“～”，人名；也解 fionn [爱]“～”；也解 Finn MacCool“～”。
750 Lug“～”，爱尔兰传说中的太阳神；也解 Lug [德]“～”。
751 Bug“～”；也解 bog [爱]“～”；也解 beag [爱]“～”。
752 Dan Lop“～”，人名；也解 John Boyd Dunlop“～”(1840—1921)，英国轮胎和橡胶商。
753 Gunne or Guinn“～”，人名；也解 Guinness“～”；也解 Michael Gunn“～”，都柏林娱乐剧院的经理。
754 Arth“～”，人名；也解 Arthur“～”；也解 árt [爱]“～”；也解 arth [威]“～”。
755 Barth“～”，人名；也解 Bartholomew Vanhomrigh“～”，斯威夫特的恋人瓦内萨的父亲，1697 年任都柏林市长。
756 Coll“～”，人名，因与前面的 Arth、Barth 组成英文的前三个字母 ABC，故译为“～”；也可与前面的 Dan 合解为 Daniel O'Connell“～”(1775—1847)，1829 年领导爱尔兰天主教徒赢得了参加议会的权利；也解 Cromwell“～”；也解 MacCool“～”，爱尔兰传说中的巨人英雄；也解 coll[爱]“～”。
757 Noll“～”，人名，也解 Old Nol “～”，克伦威尔的绰号。
758 Soll“～”，人名，也解 [德]“～”。
759 Will“～”，人名；也解 William，指“～”；也解 Wille [德]“～”。
760 Weel“～”，人名，也解 [苏]“～”。
761 Wall“～”，人名，也解“～”。
762 Persse O'Reilly“～”，字面意为 perce-oreille [法]“～”，因此为主人公 HCE 的化身之一；也解 Pearse and O'Rahilly“～”，1916 年爱尔兰复活节起义中的两位领袖；也解 John Boyle O'Reilly“～”(1844—1890)，爱尔兰诗人和小说家，曾是爱尔兰兄弟会的成员。

他根本就没有名字。齐了。哈，留给霍斯蒂去处理吧，冷漠的霍斯蒂，留给霍斯蒂，因为他是给诗节押韵的人，诗节、诗节、诗节，所有诗节[763]鹪鹩|雷恩之王。你在这儿[764]听吗？（一些人在）我们在哪儿？（一些人没）你听到了吗？（其他人是的）我们在哪儿听[765]吗？（其他人没）它来[766]和了，发出嗡嗡声[767]！啪啪[768]夹子，嗒嗒！（全都拍）玻璃撞来撞去。这（嘀嘀嗒嗒啪啪啪啪啪噼啪噼哩啪啦啪啪啪呼噼啪啪啪呼啪啪啪啪呼啪呼啪啊啪嗒嗒嗒啪啪呼哗哗哗啪啪啊啊啪啪呼𠮛咩咩㕥㕥呼𠮛咩咩𠮨𠰴𠰴嵘嗹噆哈哈呵嗃嗃哄哄哄嗃嗃嗃啪啪嗃嗃啪呼喝啋喝啋喝喝啋啋㗂嗗啲㕷吋哌哃噪𠮨喔！[769]）

大胆些[770]紧塞|抬起它，大胆儿[771]！
音乐提示。

珀西·奥莱利之歌

763 rann [爱]"～";也解 wren"～",爱尔兰儿童常带着鹪鹩在圣斯蒂芬日到各家各户要钱,并唱着"鹪鹩、鹪鹩,百鸟之王";也解 Christopher Wren"雷恩爵士"(1632—1723),英国建筑师,在伦敦 1666 年大火后负责重建伦敦。

764 here"～";也解 hear"～",此处利用这个谐音引出以下问题。

765 whered 解 where"哪里"+heard"听到"。

766 cumming 解 coming"～";也解 cum [拉]"～"。

767 brumming 解 brummen [德]"～"。

768 Clip"～",此处解为 clap"～"。

769 其中包括 claquer [法]"拍手",Klatsch [德]"啪嗒声",bàttere [意]"拍击",greadadh [爱]"正在拍手",khlopat [俄]"拍手",click"滴答声",con"欺诈的反对者",cot"窄床",Kot [德]"粪便"。

770 Ardite 解 ardito [意]"～";也解 audite [拉]"～";也解 ardite [拉]"～";也解 árduigh é [爱]"～"。

771 arditi [意]"～"。

你可曾听过一个憨蛋呆蛋
滚下来，轱辘辘，蜷成团，
蜷得像驼背[772]压皱奥拉夫[773]王
就在军火墙跟儿边[774]巴特。

(合唱)军火墙跟儿边，

驼壳[775]憨蛋呆蛋、头盔[776]哈姆雷特和一切

他曾是我们的城堡[777]国王
如今被踢来踢去如又烂又老的草团[778]巴涅尔|帕尔|老鲑鱼。
国王陛下下令把他从格林街[779]格林街法院
送进蒙特乔[780]乔伊斯的劳改监狱。

(合唱)送进蒙特乔监狱！

关了他，真痛快。

他是所有头疼的阴谋的祖祖祖祖先
又笨又蠢，大家的纯洁避孕套
病人的马奶，一星期七个枯燥的星期天，
喜爱户外空气，进行宗教改革，

(合唱)宗教改革

手法既丑且恶。

哼哼，为什么，你说，他不能搞定？

772 Crumple“～”,此处解为 crumpleback“～”;也解 Oliver Cromwell,克伦威尔。

773 O-la-fa 解 Olaf“～”,丹麦海盗的首领,在 852 年成为都柏林的第一位挪威王。

774 butt“屁股”;也解 Butt“～”,书中与 Taff 组成一组二元对立的人物。

775 Hump“～”;也解 Humpty Dumpty“～”。

776 helmet“～”;也解 Hamlet“～”。

777 Castle“～”,指都柏林城堡,该城堡 1921 年前一直是英国驻都柏林政府机构的所在地,因此是英国统治的象征。

778 parsnip“～”;也解 Parnell“～”;也解 Thomas Parr“～”(1483—1635),英国朝臣,在一百余岁时使一个女性怀孕;也解 old parr“～”,鲑鱼是书中主人公壹耳微蚵的一个化身,在《凯尔斯书》中,鲑鱼也是上帝的一个化身。

779 Green street“～”,可指 Green St. Courthouse“～”,位于都柏林。

780 Mountjoy“～”,都柏林监狱名;也解 Joyce“～”。

我敢打赌[781]保释，我可爱的奶场爱人，
就像卡西迪家那左冲右撞的公牛
你的牛油都在你的角里[782]。
(合唱)他的牛油在角里。
给他牛角抹牛油！

(重复)好哇，霍斯蒂，冷冷的霍斯蒂，换掉汝等所着衬衫
给诗节押韵，一切诗节之王！

臭结巴[783]，小结巴[784]！
我们有蜜饯[785]排骨、椅子、口香糖，水痘和中国尿壶
所有都来自这个甜言蜜语的[786]推销商。
难怪他会欺骗大家[787]，这是我们当地人给他的绰号
那时卿普顿[788]第一次参加讨论。
(合唱)带着他那投机商店的存货
走过洛威尔的巴根威克街[789]讨价还价|蠼螋|走开|道路。

在他奢华的旅馆房子里他温暖舒适
但很快我们就会把他的垃圾、把戏和杂物全扔进火堆
不久克兰西市长[790]就会结束他那无限责任公司
法警的屁股[791]游荡就在门外，
(合唱)屁屁屁股[792]在门外

781 I will go bail“～”；其中 bail 也解“～”；也解 Bill，都柏林的别称。
782 威尔士习语，指奶牛不产奶。
783 Balbaccio 解 balbo［意］“结巴”＋-accio［意］贬义性前缀。
784 balbuccio 解 balbo［意］“结巴”＋-uccio［意］小词前缀；也解 balbuties“～”。
785 chaw chaw 解 chow-chow“～”，由到欧洲的铁路工人带到欧洲。
786 soffsoaping 解 softsoap“软香皂”，喻谄媚。
787 E'erawan 解 Everyman“～”；此处包含本书主人公名字的缩写 HCE。
788 本书主人公汉弗利·卿普顿·壹耳微蚵。
789 Bargainweg“～”；也解 bargain“～”；也解 earwig“～”；也解 gehen weg［德］“～”；也解 Weg［德］“～”。
790 Clancy 解 Long John Clancy“～”，乔伊斯写作《尤利西斯》时期都柏林的副市长。
791 bom 解 bum［俚］“～”；也解 bum“～”。
792 Bimbam，人名，与前后的 bom 和 bum 押首尾韵，故译为“混姆蛋姆”

这样他再不混日子。

潮水带着甜蜜的厄运冲刷我们的海岛
那些哈姆法斯特[793]锤子|快的海盗的单桅船
还有上帝的诅咒[794]外国人|诅咒在都柏林[795]湾
看到他的王室警团[796]士兵的那一天。
(合唱)看到他的战士
在港口沙滩。

从哪儿来?普尔贝克[797]小洞大吼。哥本哈根[798],他大吼给我龙虾[799]挪威海螯虾|唾沫,叫醒老婆孩子[800]妻子

芬高[801]·麦克·奥斯卡[802]·莪相[803]有用的·巴格斯·波尼费斯[804]·索克
那是[805]我那[806]袖珍的古洞[807]骆驼的挪威名字
此[808]欧哥时他们[809]吃着古洞里的挪威[810]壹耳微蚵鳕鱼[811]欺骗。
(合唱)一只挪威骆驼老鳕鱼。
他是,是神[812]天啊。

高一点,霍斯蒂,高一点,你,该死的家伙!跟上诗节,押韵的诗节!

那是花园喷出淡水的时候[813]聚会,
或者,根据《护理之镜》[814]的记载,羡慕猴子的时候

793 hammerfast 解 Hammerfest“～”，挪威北部港市；也解 hammer“～”＋fast“～”。
794 Gall's curse 解 God's curse“～”；也解 gall［爱］“～”＋curse“～”。
795 Eblana“～”，古希腊天文学家托勒密所绘的世界地图上都柏林的名字。
796 black and tan“～”，英国兵团，在 1919—1921 年新芬党起义中充当爱尔兰警察镇压起义。
797 Poolbeg“～”；也解 poll-beag［爱］“～”。
798 Cookingha'pence 解 Copenhagen“～”，丹麦首都，也是惠灵顿的著名坐骑。
799 scampitlee 解 scampi［意］“～”；也解 spittle“～”。
800 wick an wipin' fampiny 解 wake a wife and family“～”；其中 wipin 也解 wip［德］“～”。
801 Fingal“～”，传说中的苏格兰英雄，来到爱尔兰与丹麦人作战；爱尔兰人也把一些斯堪的纳维亚入侵者称为芬格尔，意思是“金发陌生人”。
802 Oscar“～”，爱尔兰英雄芬·麦克尔的孙子，爱尔兰传说中的诗人莪相的儿子；也可指英国作家奥斯卡·王尔德。
803 Onesine 解 Ossian“～”，传说中三世纪爱尔兰及苏格兰高地的英雄诗人；也解 onêsimos［希］“～”。
804 Boniface“～”，人名，也是旅店老板的通称。
805 Thok's 解 That's“～”。
806 min 解 mine“～”；也解 mini“～”。
807 gammelhole 解 gammel［丹］“古代的”＋hole“洞穴”；也解 gammal［希伯来］“～”。
808 Og［丹］“～”；也解 Og“～”，古巴珊地区的国王，一个巨人。
809 ay 解 they“～”。
810 Norveegickers 解 Norwegian“～”；也解 Earwicker“～”。
811 cod“～”，也解“～”；也解 God“上帝”；Cod 也是书中人物 Cad(恶棍)的变体。
812 begod 解 be God“～”；也解 begob“～”。
813 pumpin“～”；也解 party“～”。
814 Nursing Mirror“～”，英国医学期刊。

我们那超重的异教徒汉弗利

让女仆变大胆好去求欢

（合唱）啊嚯，她要干什么！

仆女[815]通常情况不再是处女！

他该脸红，这个草包[816]骄傲的哲学家，

他竟这样在她身上又推又撞。

天啊，他是我们大洪水前动物园里

至关重要的[817]十字架动物种类。

（合唱）各位先生，相互接吻[818]彼灵公司|叽叽咕咕地说情话。

挪亚的方舟[819]挪亚的百灵鸟，焕然一新[820]就要起航。

他正在惠灵顿纪念碑边颠簸[821]旅行

我们那声名狼藉的[822]轮子河马[823]臀部|纪念碑

那时某个混蛋放下了四轮马车[824]为了每个人的后梯

于是他死于燧发枪手之手，

（合唱）后面[825]未结清的一个裂口。

给了他六年。

他那无辜不幸的孩子们真可怜

但是要仔细留意他的合法妻子！

那位夫人[826]女人控制老壹耳微蚵的时候

草地上不再会有蠼螋吗[827]？

815 The general“～”；也解 In general“～”。
816 hayheaded 解 hay“干草”＋headed“有头的”；也解 high headed“～”。
817 crux“关键”；也解 crux［拉］“～”。
818 Billing and Coo. 解 bill and coo“～”；也解 Billing and Co.“～”；也解 bill and coo“～”。
819 Noah's larks“～”，此处解为 Noah's Ark“～”。
820 good as noo 解 good as new“～”；也解 go soon“～”。
821 joulting 解 jolting“～”；也解 joult［英爱］“～”。
822 rotorious 解 notorious“～”；也解 rotor“～”＋-ious。
823 hippopopotamuns 解 hippopotamus“～”；也解 hippo“～”＋popo［希］“～”＋monuments“～”。
824 omnibus“公共汽车”，也解［拉］“～”。
825 in his rears“～”；也解 in arrears“～”。
826 Frew 解 Fru［德］“～”；也解 frow“～”。
827 此句化自习语 wigs on the green“打架”。

（合唱）绿草地上的大蠼螋，

你见过的最大的一个。

索福克勒斯[828]受苦|近的！莎士比亚[829]！伪但丁[830]伪的|一对儿！匿名摩西[831]！

于是我们会有自由贸易，那是盖尔乐团和群众聚会

来给斯堪的纳维亚的[832]审查|海军的勇敢儿子铺上绿地[833]讨厌鬼。

我们会把他埋葬在公牛人镇[834]

与魔鬼和丹麦人在一起，

（合唱）与又聋又哑的丹麦人，

还有他们剩下的一切。

既非国王的全班人，也非国王的所有马

能让他的尸体[835]文集复活

因为无论在康诺特[836]还是地狱

（重复[837]）都没有什么咒语能让该隐醒来[838]引起骚乱。

828 Suffoclose 解 Sophoklês“～”，希腊悲剧作家；也解 suffer“～”＋close“～”。
829 Shikespower 解 Shakespeare“～”。
830 Seudodanto 解 pseudo“冒充的”＋Dante“但丁”，意大利诗人；也解 pseudo“～”＋danta［希］“～”。
831 Anonymoses 解 anonymous“匿名的”＋Moses“摩西”。
832 Scandiknavery 解 scandinavian“～”；也解 scan“～”＋naval“～”。
833 sod“～”；也解［俚］“～”。
834 Oxmanstown 解 Oxmantown“～”，都柏林市郊。
835 corpus“～”，此处解为 corpse“～”。
836 爱尔兰的四个省份之一，克伦威尔曾在 1654 年的议会法案中称“要么下地狱，要么去康诺特省”。
837 bis［拉］“～”。
838 raise a Cain“～”；此处按字面意解为“～”。

第三章

胸腔音C[1]看，基督|只看|只有海水！臭气[2]感觉|很稠密！老天啊[3]粘土地！你谈着[4]幽灵|证明怪雾的能见度，山羊、山猫和平原鼠[5]中的性别混杂，以及重婚的鲍勃和他那可怜的老女人[6]爱尔兰！愿黑修士[7]黑修士巷糖浆灰泥之怒平缓下来[8]轻视|爱丽丝·利代尔！爱尔兰[9]奴米迪亚|潮湿的王国[10]国王的干草堆竟然随之释放出一股有毒的云幕[11]亚瑟·巴拉克劳。然而，所有听到或再将它传递出去的人，他们现在不再支持那个诗人之家、大法官[12]本人，以及卡拉塔库斯[13]卡拉卡卢斯|亨利·卡尔|高卢人穿的带帽外衣的手下了，就像他们现在仍未支持，或者他们那时从未支持过一样。可能在将来某个时刻，我们很快会在那些茵克曼[14]的老练[15]轻步兵演员中间，听到[16]这里哑剧模仿着米克和他的尼克[17]，模仿着他们的玛吉们，其中希尔顿·圣·吉斯（法兰克·史密斯先生）、艾瓦内·圣·奥斯泰勒[18]陈列|场所（琼斯先生）、卢坎[19]的科尔曼扮演四个角色，奥达利·奥多利[20]都柏林议会下院的唱诗班在《内伊湖[21]的芬·麦克尔[22]与七仙子[23]渡口|梦幻剧》和《骑马者特洛波勒[24]《格列佛

1 Chest Cee! “～”;也解 Jesus, See! “～”;也解 Just See! “～”;也解 Just sea! “～”。

2 ’Sdense 解 stench“～”;也解 sense“～”;也解 is dense“～”。

3 Corpo di barragio 解 Corpo di Bacco [意]“～”;其中 barragio 也解 barràggia [意]“～”。

4 Spoof 解 speak“～”;也解 spook [英口]“～”;也解 proof“～”。

5 mousey 解 mouse“～”;也解 mousy“像老鼠的”。

6 Shanvocht 解 Sean Bhean Bhocht [爱] “～”或“～”(用于诗中),出自爱尔兰歌曲《可怜的老女人》(*The Shan Van Vocht*)。

7 Blackfriars “～”,即多明各会修士;也解 Blackfriars Lane“～”,英国国王亨利八世在此地获准离婚。

8 be liddled 解 be little“变小”;也解 belittled“～”;也可与前面的 treacle 合解 Alice Liddell“～”,《爱丽丝漫游奇境记》的女主人公爱丽丝的原型。

9 Humidia 解 Hibernia,爱尔兰的拉丁名字;也解 Numidia [拉]“～”,古代北非的一个王国,隶属罗马帝国;也解 humid“～”。

10 kingsrick 解 kingdom“～”;也解 king’s rick“～”;

11 barrage“弹幕”;也解 Arthur Barraclough“～”,都柏林男高音。

12 Vergobretas 解 Vergobretus [拉]“～”,高卢部落中大法官的称号。

13 Caraculacticors 解 Caratacus“～”, 对抗罗马人入侵的不列颠酋长;也解 Caracallus“～”(188—217),罗马皇帝;也解 Henry Carr“～”,曾在乔伊斯入股的剧团中演戏,因演戏服的价格问题与乔伊斯发生争执;也解 caracalla [拉]“～”。

14 Inkermann 解 Inkerman“～”,俄国小镇,克里米亚战争中英法联军在这里战胜俄国军队。

15 zouave“～”,此处解 suave“～”。

16 here“～”,此处解 hear“～”。

17 Mick ... Nick“～”,书中的一组二元对立的人物,也是天使长米迦勒与魔鬼撒旦。

18 St. Just ... Ste. Austelle 解 St. Just ... St. Austell“～”,两个英国康沃尔郡的城镇,也是都柏林的两个男高音;其中 Austelle 也解 ausstellen [德]“～”;也解 Stelle [德]“～”。

19 Lucan“～”,都柏林城郊,位于利菲河边。

20 O’Doyles“～”,人名;也解 Dáil Éireann“～”。

21 Loch Neach 解 Lough Neagh“～”,位于爱尔兰北部。

22 Fenn Mac Call 解 Finn MacCool“～”,爱尔兰传说中的巨人英雄,传说他在愤怒中掀起草地,从而造成了内伊湖。

23 Feeries 解 fairies“～”;也解 ferries“～”;也解 féerie [法]“～”。此处化自 *Fin M’Coul and the Fairies of Lough Neagh*“《内伊湖的芬·麦克尔和仙子们》”,1844 年都柏林皇家剧院上演的哑剧。

24 Galloper Troppler“～”;也解 *Gulliver’s Travels*“～”。

游记》与小丑[25]》中将合唱曲唱了12遍，当年的奇特琴手带上了他的所有弄人[26]所有随从|军火墙，啧啧，啧啧。这首艾尔人萨迦[27]壹耳微蚵萨迦|高山城堡萨迦谈的是人之[28]失去|甚至|珀西·奥莱利罪（这首萨迦从尾到头[29]完全读得懂，从头到尾[30]从拓夫到巴特|波顿都虚假不实[31]编造的|滑稽得引人发笑的、反毁谤[32]反对书本的|书本产生之前的、无起诉，它的所有卷册都如此），说的是可怜的酒店老板[33]圣体饼|入口|东方|霍斯蒂霍斯蒂[34]保持温暖|你是|严霜的，他被描绘成一个较小程度上的音乐天才，有一双特别精致的耳朵，配以男高音[35]的嗓子，不仅如此，还是一个非常重要的诗人，有着纯[36]贫乏地功勋的[37]愉快的|军队的勋位（他一开始追随丁尼生[38]雷电|下界之神|看的东西|声音，但是一路发展最终成为我们全都紧密追随的生命之源[39]气息|生命|音乐上渐快的|羊|蛋）没人知道任何结局。如果他们在他开幕前就吹口哨，那么他们在他遭受落幕[40]噩运的噩运后依然如此。啊呸[41]他是|姨父。他的丈夫，可怜的老朋友[42]奥玛拉（奥卡罗夫[43]通过或者离开?）那时被一些事情弄得垂头丧气、衣衫褴褛，他们说[44]尖叫，在克里米亚战争结束时收下了这个（英国人[45]还有那个|夜晚！）共主[46]当兵的军饷，给他的大雁[47]们放飞后独自一人[48]嗜酒|报酬在人群中像舒乐·卢内[49]舒乐·阿隆|走，亲爱的一样四处游荡，参加了泰罗尼[50]的马队，爱尔兰白人们，曾化名布兰寇·福西罗芙娜·巴克罗维奇[51]巴克利|怀特（伪造的），与伍尔西[52]沃尔斯利一起当过一段时间的兵，在这之后，老海王[53]寻找的家，那里庞姆院[54]骨灰厅[55]鸽棚的塔楼[56]乌鸦叫声|城市|战争与大理石厅遥遥相望，永远放

25 Hurleyquinn 解 Hariequin“～”，哑剧中戴面具和穿菱形花衣的丑角。

26 merrymen all“～”；也解 merry men all“～”；也解 Magazine Wall“～”。

27 Eyrawyggla saga 解 Eyrbyggja saga“～”，冰岛萨迦中的一种，Eyrbyggja 指住在冰岛艾尔农庄的居民；也解 Earwigger saga“～”；也解 eyrie saga“～”。

28 persins 解 person's“～”；也解 persi［意］“～”；也解 persino［意］“～”；也解 Persse O'Reilly“～”。

29 to int from and 解 from end to end“～”。

30 from tubb to buttom 解 from top to bottom“～”；也解 from taff to butt“～”，书中二元对立的两个人物；其中 buttom 也解 Nick Bottom“～”，莎士比亚《仲夏夜之梦》中的织工，后被变成驴。

31 Falsetissues 解 a tissue of falsehood“虚假之事”；也解 fictitious“～”；也解 facetious“～”。

32 Antilibellous“～”；也解 antilibellos［希］“～”；也解 antelibellos“～”。

33 Osti 解 òste［意］“～”；也解 òstia［意］“～”；也解 ostium［拉］“～”；也解 Ost［德］“～”；也解 Hosty“～”，书中人物。

34 Fosti 解 Hosty“～”，书中人物；也解 fostis［拉］“～”；也解 fosti［意］“～”；也解 frosty“～”。

35 tenorist［希］“～”。

36 poorly“～”，此处解 purely“～”。

37 meritary 解 merit“功勋”+-ary；也解 merry“～”；也解 military“～”。

38 Tuonisonian 解 Tennysonian“～”，丁尼生为 19 世纪英国诗人；也解 tuono［意］“～”；也解 tuoni［芬］“～”；也解 tuor［拉］“～”+sonus［拉］“～”。

39 Animandovites 解 animando vita［意］“使生命获得活力”；也解 anima［拉］“～”+vita［拉］“～”；也解 animando“～”；也解 ovis［拉］“～”；也解 ovum［拉］“～”。

40 doom“～”，此处解 down“～”。

41 Ei fù 解 oh fie“～”；也解 qui fuit［拉］“～”；也解 yi fù［中］“～”。

42 A'Hara 解 a chara［爱］“～”；也解 Joseph O'Mara“～”(1864—1927)，爱尔兰男高音，唱特里斯丹这一角色。

43 Okaroff“～”，人名；也解 ok or off“～”。

44 Squeak“～”，此处解 speak“～”。

45 Zassnoch 解 sasanach［英爱］“～”；也解 das noch!［德］“～”；也解 noc［塞维］“～”。

46 ardree's 解 árd-rí［爱］“～”；也可与前后合解 take the king's shilling“～”。

47 指流亡的爱尔兰人。

48 alohned 解 alone“～”；也解 alcoholed“～”；也解 Lohn［德］“～”。此话出自爱尔兰诗人托马斯・穆尔的歌曲《独自在人群中游荡》(*Alone in Crowds to Wander On*)。

49 Shuley Luney“～”，人名；也解 Shule Aroon“～”，托马斯・穆尔的歌曲《独自在人群中游荡》的旋律；也解 Siúl, a rún［爱］“～”。

50 Tyrone“～”，爱尔兰伯爵，其中泰罗尼伯爵一世为爱尔兰郡县的统治者，1542 年接受英国的分封，泰罗尼二世曾起义反抗英国统治，1607 年逃离爱尔兰。

51 Bucklovitch“～”，人名；也解 Buckley“～”，书中“巴克利与俄国将军”故事中的爱尔兰士兵，在克里米亚战争中开枪打死一个正在大便的俄国将军；也解 Blanco White“～”(1775—1841)，西班牙神父，从英国国教改信唯一神教派。

52 Wolsey 解 John M Woolsey“～”，美国法官，1933 年宣布《尤利西斯》可以在美国正式出版；也解 Garnet Joshph Wolseley“～”。

53 seakingsr 解 sea kings“～”；也解 seeking“～”。

54 Pump Court“～”，律师事务所，位于伦敦。

55 columbarium“～”；也解 columbarium［拉］“～”。

56 cawer 解 tower“～”；也解 caw“～”；也解 cathair［爱］“～”；也解 cath［爱］“～”。

弃了[57]说它们的港湾[58]天堂，因为那件事在对岸泄露出来，即他带着他的部队在瓦希列夫的乌鸦[59]地不幸遇难，据说，这个教皇传单[60]无叶的|使节对老家伙说，纯巧克力[61]拉雷给岳母[62]嘴巴|不情愿的|米斯郡|鲁斯郡。他是[63]打败|沸腾。可怜亲爱的老保罗·霍兰，为了满足他那对文学的还有犯罪的渴望，在患饶舌症的末日论者[64]大师|法官席的提议下，《都柏林通讯》[65]这样说，被关进北方国家的李德力精神病[66]里德雷收容院。他可能在奥拉尼这个名字下曾是剧团里跑龙套的，能扮演很长的角色只得到很短的注意[67]立即。他是。卑鄙的闪姆，阴郁得体的都柏林人[68]，这个不洗澡的，总萦绕着他的含[69]的阴影，这个不情愿的，因召唤者伊斯拉斐尔[70]的一句话，在一个万圣节之夜在生活上下颠倒[71]爱普森山丘之后毫无痛苦地死去，醉了[72]并处在自然状态，被库林·克鲁特式的[73]柯林斯几脚踢到他的牡蛎[74]和支柱[75]地图册上，从身后推进伟大的来世，他最后的血肉[76]鱼和血床斗士被绞死[77]为了、鼓胀[78]适合的、弄成乡巴佬、弄成庞然大物，母狼[79]欧希夫人阶层的挪威人和他的配偶。虽然最后一击闪露[80]瞥见出他的暴露[81]酒吧，这个舞台酒鬼[82]努力思考被认为(落入陷阱的人给他起了个绰号[83]堵住某人的嘴叫快速拳击手[84]提词者)曾严肃地说——看似有简洁的思想[85]但塌了进去，直到他的头如巴斯啤酒[86]低音一样先[87]猛塞把脖子掉进[88]粪篓[89]脱险|破产|桶的塞子(骗人的!)：我梦想[90]戏剧，奥罗林[91]，成了真[92]脱险！现在让我那米考拉斯·德·库塞克[93]库萨的尼古拉|米迦勒|奥罗兰的自我驱动力的百倍[94]自我[95]细胞呼唤他们——属于下

57 queth 解 quit"～";也解 quoth [古体]"～"。此句出自美国作家爱伦·坡的诗歌《乌鸦》中的诗句"乌鸦说'永不'"(Quoth the raven "nevermore")。
58 haven"～";也解 heaven"～"。
59 Cornix [拉]"～"。
60 leafless"～",此处解 leaflet"～";也解 legate"～"。
61 rawl chawclates 解 raw chocolate"～";也解 real chocolate"～";也解 Raleigh"～"(1552—1618),爱尔兰乌尔斯特省的诗人、庄园主和冒险家,有人认为他是莎士比亚戏剧的真正作者。
62 mouther-in-louth 解 mother-in-law"～";也解 mouth"～"+loath"～";也解 Meath"～",爱尔兰东部的郡+Louth"～",爱尔兰东北部的郡。
63 Booil 解 byl [俄]"～";也解 buail [爱]"～";也解 boil"～"。
64 the doomster in loquacity lunacy 解 the doomster"末世论者"+loquacity"多嘴"+lunacy"精神病";其中 doomster 也解 Master"～";也解 dōmstōw[古英]"～"。
65 the Dublin Intelligence 解 *Dublin Intelligencer*"～",都柏林 18 世纪的报纸。
66 Ridley's"～";也解 Nicholas Ridley"～"(1500—55),英国主教,在血腥玛利时期被当作异端烧死。
67 at short notice"～",此处直译为"～"。
68 dour decent deblancer 解 dour decent Dubliner"～",此句化自"亲爱肮脏的都柏林";其中 deblancer 解 Eblana,古希腊天文学家托勒密所绘的世界地图上都柏林的名字。
69 Ham"～",挪亚的儿子,书中儿子闪姆的一个化身
70 Israfel 解 Isrāfīl"～",伊斯兰教的天使,负责在最后的审判日吹响审判的号角。
71 upsomdowns 解 upside down"～";也解 Epsom Downs"～",英国东南部萨里郡的白垩高地,部分地方是赛马场。
72 ebbrous 解 ebrius [拉]"～"。
73 coulinclouted 解 Colin Clout"～", 英国诗人埃德蒙·斯宾塞笔下的牧羊人,斯宾塞因主张以残酷手段对待爱尔兰人,在本书中被当作英国侵略者的代表之一;也解 Joseph Collins"～",在他 1923 年出版的《医生看文学》一书中,他称乔伊斯是"爱尔兰最新的文学上的唯信仰论者";也解 Michael Collins"～",爱尔兰内战中爱尔兰共和党军队的领袖,也是爱尔兰独立战争中的主要领导人之一。
74 oyster"～",出自莎士比亚的喜剧《温莎的风流娘们》中的"the world is my oyster"(世界是我的牡蛎),意为"如果我的梦想能够实现的话"。
75 atlas"阿特拉斯",希腊神话中用肩膀支撑天空的巨人,因此指世界的支柱;也解"～"。
76 fishandblood 解 fresh and blood"～";也解 fish and blood"～"。
77 behanged 解 be hanged"～";也可与前面的 on 合解 on behalf of"～"。
78 behooved 解 be"被"+hoove"牲畜的肿胀病"+-ed;也解 behoove"～"。
79 Sheawolving 解 shewolf-ing"变成母狼";也解 O'Shea"～",巴涅尔的情人,后成为他的妻子。
80 glimt [丹]"～";也解 glimpse"～"。
81 baring"～";也解 bar"～"。此句化自爱尔兰诗人托马斯·穆尔的歌曲《对爱尔兰的最后一瞥》(*Through the Last Glimpse of Erin*)。
82 thunkhard 解 drunkard"～";也解 think hard"～"。
83 gagged"～",此处解 dubbed"～"。
84 Promptboxer 解 Prompt boxer"～";也解 promptbooker"～"。
85 thot 解 thought"～"。
86 bass"～",此处指英国的巴斯麦芽啤酒,这个品牌在 1876 年成为世界上第一个注册商标。
87 fust 解 first"～";也解 thrust"～"
88 till"～",此处解 to"～"。
89 bung crate 解 dung crate"～";也解 bankrupt"～";其中 bung 也解"～"。
90 drame 解 dream"～";也解 drame [法]"～"。
91 O'Loughlins"～",人名,意为"斯堪的纳维亚人的后代"。
92 come through come true"～";也解"～"。
93 Micholas de Cusack"～",人名,解 Michael Cusack"～"(1847—1907),在 1884 年创建盖尔运动协会,《尤利西斯》中市民的原型;也解 Nicholas of Cusa"～"(1401—1464),德国的枢机主教,著有《论习得的无知》一书,论及上帝中存在的对立性;也解 Mick"～";也解 Muirchearlach O'Lochlainn"～",爱尔兰共主。
94 Centuple"～";也解 centuplex [拉]"～"。
95 celves 解 selves"～";也解 cells"～"。

文中我里面的所有谁的我当然依靠放弃我——依靠他们的对立面偶然重新合并[96]重新出现到那个无法辨别者们的身份中，在那里愿巴克斯特[97]面包师和弗莱曼[98]弗莱施曼不再困扰我们[99]，而且（但是在这一点上，虽然他的鸡距[100]自以为是的的铁刺开始或许让我们做好准备，但是我们几乎被尾尖涂有芥末的尖钉[101]芥末瓶呛在那里[102]盛臭物的容器|那里|圣帕特里克）这个弯弯曲曲的[103]出色的棕色烛台将诺兰家[104]布朗与诺兰|布鲁诺熔进和平[105]豆子！他曾是[106]。由于他反感[107]不像特鲁里街戏剧[108]，她的妻子兰蕾[109]兰利、预言者，还有最得体最合体[110]缺少活蹦乱跳因素[111]活泼矮个的人，任何借他的话给他刺入尖钉[112]斑点的人，失踪了，（在告别[113]去做中，他把所有能揭开的法国叶子[114]可得的法国面包|不辞而别|学某人的样子都从科伦奎勒[115]消灭毁谤的人的堕落中拿走）从这个地球的阴沉的脸上[116]表面，从那个他让自己渡海[117]迁徙而至的南方[118]星球的|牡蛎平原，完全不留任何痕迹[119]无踪迹的（书的母亲[120]带着拂尘在书板上清除[121]擦除干净了的写字板他在她的信封[122]上所做的擦除）好像是要逗弄思考好几乎认为（既然原本可能是兰蕾的利菲[123]利菲河|利未可能实际上是帕格尼尼主义[124]或志愿者伍斯丹[125]的复活[126]二手的）这个流浪汉（他拥有为数众多的诙谐曲）已经把他喜剧演员[127]窗户的住处[128]界限|隐藏转移[129]翻译的到大地[130]最深处的最暗处[131]大地的尽头|菲尼斯特雷。他将是[132]她将是。此外，如果圣[133]先生布朗[134]布朗与诺兰|布鲁诺|布朗神父，茶和土司给奇谈编织者[135]年轻的说话人中那个最古怪的，是帕德·堂·布鲁诺，忠实[136]和安慰[137]给西班牙

96 reamalgamerge 解 re-amalgamate“～”；也解 re-emerge“～”。

97 Baxters“～”，人名；也解 baxters[古英]“～”。

98 Fleshmans“～”，人名；也解 Martha Fleischmann“～”，瑞士女子，乔伊斯在 1918 和 1919 年间对她心生爱慕。

99 bidivil uns 解 bedevil“使困惑”＋uns [德]“我们”。

100 cockspurt 解 cock spurt“～”；也解 cocksure“～”。

101 Mustardpunge 解 mustard“芥茉”＋punge“尖刺钉”；也解 mustard pot“～”。

102 Stinkpotthered 解 stink“臭气”＋pother“被刺激”；也解 stinkpot“～”＋there“～”；也解 St. Patrick“～”。这个故事出自《史记·孔子世家》，公元前 517 年，鲁国季平子与郈昭伯斗鸡，季平子在他的鸡翅膀上涂了芥茉，而郈昭伯在他的鸡爪上装了铁爪。

103 outandin 解 out and in“～”；也解 outstanding“～”。

104 Brown ... Nolan's“～”；也解 Brown ... Nolan“～”，都柏林书店的名字；也解 Bruno of Nola“～”(1548—1600)，意大利哲学家。

105 peese 解 peace“～”；也解 pees“～”。

106 Han var [丹]“～”

107 Disliken“～”；也解 dis-like“～”。

108 druriodrama 解 Drury Lan“～”，伦敦西区街名，曾以剧场集中著称＋drama“戏剧”；也解 duo-drama“～”。

109 Langley“～”，人名；也解 Langley“～”；第一位约克公爵。

110 decentest dozendest 中的 dozendest 是乔伊斯出于文字游戏的目的模仿 decentest 而造的词，故译为“～”。

111 frusker 解 frisk“蹦跳”＋-er；也可与前面的 short 合解 Frisky Shorty“～”，书中人物。

112 Spickle 解 spike“～”；也解 speckle“～”。

113 toodooing 解 toodle-oo [英口]“～”；也解 to do“～”。

114 French leaves unveilable “～”；也解 French loaves available“～”；其中 French leave 也解“～”；也可与前后的词句合解 take a leaf out of sb's book“～”。

115 Calomnequiller“～”，人名；解 St. Columba“～”，6 世纪爱尔兰圣人，曾非法地抄写了圣芬尼安的一本书；也解 Colum Cille，《凯尔斯书》有时也被称作“科伦·奎勒书”；也解 calumny killer“～”。

116 Sourface 解 sour face“～”；也解 surface“～”。

117 transmaried 解 mare transco [拉]“～”；也解 transferred“～”；也解 mare transeo [拉]“～”。

118 austral“～”；也解 astral“～”；也解 Auster [德]“～”。

119 spoorlessly 解“～”；也解 spurlos [德]“～”。

120 圣哥伦巴的抄本被判归还给圣芬尼安，依据的是“每个孩子都属于他的母亲”。

121 tabularasing 解 tabula“书板”＋rasing“消除”；也解 tabula rasa“～”。

122 involucrum [拉]“封皮”。

123 Levey“～”，人名；也解 Liffey“～”；也解 Levi“～”，《圣经》中雅各的儿子。

124 paganinism 解 Nicolò Paganini“～”(1782—1840)，意大利小提琴家。

125 Vousden 解 Valentine Vousden“～”，都柏林音乐厅的演艺人员。

126 redivivus [拉]“～”，此处解 revive“～”。

127 funster's“～”；也解 Fenster [德]“～”。

128 latitat 解 habitat“～”；也解 latitude“～”；也解 latitat [拉]“～”。

129 transtuled 解 transtulit [拉]“～”；也解 translated“～”。

130 interrimost 解 in terra [拉]“地上”；也解 interrimus [拉]“～”；也解 innermost“～”。

131 finsterest 解 finster [德]“昏黑的”；也解 finis terrae [拉]“～”；也解 Finisterre“～”，西班牙西北部的海角。

132 Bhi she 解 Bhí shé [爱]“～”；也解 Bhí sí [爱]“～”。

133 Sant [意]“～”；也解 san [日]“～”。

134 Browne“～”，人名；也解 Browne and Nolan“～”，都柏林书店的名字；也解 Bruno of Nola“～”，意大利哲学家；也解 Henry Browne“～”，爱尔兰神父，拒绝了乔伊斯的投稿《乌合之众的时代》。

135 yarnspinners 解 yarn“奇闻漫谈”＋spinner“纺织者”；也解 young speaker“～”。

136 treu [德]“～”。

137 troster 解 Trost [德]“～”。

西部[138]的女王，曾是神职人员、兄弟会导师、好胃口的鞭罪人、无耻的卡迈尔派托钵僧，对他那发抖的布道坛（他仅仅记得我们中的神职人员[139]很少|有力量的和可敬的兄弟先生[140]修士诺兰莫和布朗[141]布鲁诺）犯罪社会塞壬们[142]（见罗马天主教的各处新闻界）幸运地满怀激情迷恋着，曾是一头讨厌的蠢驴，时不时把彩票别在帽子上作帽章，帽子一直歪向一边，好像他平底锅的锅钩[143]他的笔的天使（优雅女士[144]阁下如果看到他会勃然大怒[145]金丝雀|不知所措！）并且因为用他那热水洗过的餐刀做出不当行为而被半秘密地判罪（掩饰他口袋里的牌[146]烦恼|软木塞|母鸡|亨利·卡尔），就是那个粪堆[147]登喜路|要塞山里的势利小人，有着整整好几年的成熟[148]海泡石烟斗|泡沫，被将军撞见，在那个纪念日早晨或者五月的一个星期四[149]朱庇特的日子中午[150]早晨|梅努斯，是不是？他是他是他是[151]。

当菲士兰·菲尔[152]钓丝|填满|市剑的想扔掉他的嘴唇的时候，嘲弄运气才真愚蠢[153]，此外任何去盐水就是说海水边的混合旅馆的人，我们几乎[154]雪什么都不能做，因为他从未再去大海[155]去看。不过[156]总是|雾一个自学得来的[157]被证明是真实的最普通的事实是，一般人愁云密布时的脸型，尽管悲伤[158]蜡黄色的会留下长久[159]眩晕的阴影[160]减退，会随着阵雨的经过[161]能|渗透的不断改变它的自我[162]他我（不再是一开始的那个了！）。因此，考虑到潮湿和很低的能见度（既然在这个桑卓鲁[163]玩笑|看手势猜字谜的游戏的一千零一夜故事中，识别[164]牙齿|信仰身份的确定之剑永远不会落下）要去

138 Iar-Spain 解 Iar-Spáinn［爱］“西班牙偏远地方”，指西班牙西部。

139 rarevalent 解 reverend“～”；也解 rare［拉］“～”＋valens［拉］“～”。

140 Fratomistor 解 frater［拉］“兄弟”＋mister“先生”；也解 frate［意］“～”。

141 Nawlanmore and Brawne 解 Browne and Nolan“～”，都柏林书店的名字；也解 Bruno of Nola“～”。

142 sirens“～”，希腊神话中人首鸟身的女妖，在岸边用优美的歌声诱惑过往的船只。

143 the hangle of his pan“～”；也解 the angle of his pen“～”。

144 Her Elegance“～”；也解 his Eminence“～”。

145 canary“～”，此处化自 canary-fit“一阵愤怒”；也解 quandary“～”。

146 cark“～”，此处解 card“～”；也解 cork“～”；也解 cearc［爱］“～”；也解 Henry Carr“～”，曾在乔伊斯入股的剧团中演戏。

147 dunhill 解 dunghill“～”；也解 Dunhill“～”，英国雪茄和烟斗销售商；也解 Dun Hill“～”，位于都柏林郊外霍斯地区。

148 yearschaums riper 解 years ripe“～”；也解 meerschaum pipe“～”；其中 Schaum 也解［德］“～”。

149 jovesday 解 dies Jovis［拉］“～”；也解 Jove's day“～”，Jove 为罗马神话中主神朱庇特在诗歌中的称谓。

150 maynoon 解 May“5 月”＋noon“中午”；也解 morning“～”；也解 Maynooth“～”，地名，位于爱尔兰克尔代尔郡北部。

151 Fuitfuit 解 fuit［拉］“～”。

152 Phishlin Phil“～”，人名；也解 fishline“～”＋fill“～”；也解 philistine“～”。

153 pholly 解 fooly“～”。

154 Nix to 解 next to“～”；其中 nix 也解［拉］“～”。

155 to sea“～”；也解 to see“～”。

156 nebuless 解 nevertheless“～”；也解 always“～”；也解 nebula［拉］“～”。

157 autodidact 解 autodidaktos［希］“～”；也解 authenticated“～”。

158 sallow“～”，此处解 sorrow“～”。

159 daze“～”，此处解 days“日子”。

160 faded“～”，此处解 shade“～”。

161 possing 解 passing“～”；也解 posse［拉］“～”；也解 possing wet［古英］“～”。

162 altered its ego“～”；也解 alter ego“～”。

163 scherzarade 解 Scheherazade“～”，《一千零一夜》中讲故事的人；也解 schérzo［意］“～”＋charade“～”。

164 indentifide 解 identify“～”；也解 denti［拉］“～”＋fide［拉］“～”。

识别[165]定义这个个体，半头的假发、方裙外套[166]、常规松领带[167]拉瓦尔|空的、腋下乱糟糟[168]赛舟会、裤子似布袋、拖着脚走路（他常被暗示为狡猾的帕特里克[169]道路，小巷里的小青年[170]男孩巷|教堂|毛绒）已经开始（欲望！）显出局部脱发的迹象（这个人正频繁地与所有年龄的奇型怪状的人初次见面！）全身[171]越过墙外套湿透[172]风衣的自由[173]三寄宿学校的懒蛋，威尔、康恩和奥托[174]将要、能够和应该|百战考恩，要求他再次[175]越过门|以一种步态讲给他们，沃尔、坡伍和戴伍[176]瓦勒拉，那个关于一名男装商人、两条头巾[177]屈膝礼和三个孙辈密友[178]单身汉|踝穿着他们熊皮外套[179]鬼|山羊|生日服装冒险[180]童话的难以[181]头发|困难的置信的尿床[182]床上之鱼鬼故事[183]山羊的故事，将是一件棘手的[184]泥水|死亡|草率的事情！女孩们和男孩们[185]门徒，但是自从[186]索吉尔[187]杀死索尔的时代，他已经变了很多[188]！耶一、对如果|二、仨三、四四|四、皮条夫拉皮条的男人|五、六个人六个人|六|六、奇奇肥如此肥、噢咳波、九[189]不！那些为数众多的瘊子、那些贫民区的补丁、同父异母姐妹[190]一半|在左边的皱纹，（什么出现在亲兄弟[191]我们的兄弟 E 的脸上？），还有（穆山的神庙救救我们！）大蘑菇公园[192]练习射击用的飞球|蘑菇|帕克这个他成长之处！喝酒！

运动是件普通的事情。这是主自己润喉的日子（等待一次延期赛舟会的最终举行不属于板羽球游戏[193]——只在海边[194]）对全面装备做出解释的要求被提交（代替爱尔兰人[195]鲁|爱|圣帕特里克）给团体（一个姐妹岛的本地人——米斯人[196]还是麦加人？——根据他的方言[197]拥抱|鞋、前人种的[198] X 光眼睛、当地人

165 idendifine 解 identify“～”；也解 define“～”。

166 squarecuts 解 square-cut“一种有着方格裙子的外套”。

167 lavaleer 解 lavallière［法］“～”；也解 Pierre Laval“～”（1883—1945），法国政客；也解 leer［德］“～”。

168 regattable 解 regrettable“可叹的”；也解 regatta“～”。

169 Slypatrick 解 Sly Patrick“～”；也解 sli［爱］“～”。

170 the llad in the llane 解 the lad in the lane“～”，也是英国伯明翰市布卢姆福德地区的一所公房的名称，1400 年修建，被认为是该市最古老的房子和酒吧；也解 Lad Lane“～”，都柏林街名；其中 llane 也解 llan［威］“～”；也解 lana［西］“～”。

171 overawall 解 overall“～”；也解 over a wall“～”。

172 drenched coats“～”；也解 trenchcoat“～”。

173 free“～”；也解 three“～”。

174 Will，Conn and Otto“～”，三个人名；也解 will，can and ought to“～”；其中 Conn 也解 Conn of the Hundred Battles“～”（177—212），爱尔兰传说中的共主。

175 overagait 解 over again“～”；也解 over a gate“～”；也解 over a gait“～”。

176 Dev“～”，人名；也解 Eamon De Valera“～”（1882—1975），爱尔兰政治家，绰号“高个子”。

177 Curchies 解 kerchief“～”；也解 curtsy“～”。

178 Enkelchums 解 Enkel［希］“孙辈”＋chums“密友”；也解 enkel［丹］“～”；也解 enkel［荷］“～”；此句也包含本书主人公名字的缩写 HCE。

179 ghoats 解 coats“～”；也解 ghosts“～”；也解 goats“～”；也可与前面的 bearskin 合解 birthday clothes“～”。

180 edventyres 解 adventure“～”；也解 eventyr［丹］“～”。此句也包含本书主人公名字的缩写 HCE。

181 haardly 解 hardly“～”；也解 Haar［德］“～”；也解 haard［丹］“～”。

182 fishabed 解 piss on bed“～”；也解 fish on bed“～”，鲑鱼也是本书男主人公的化身之一。

183 ghoatstory 解 ghost story“～”；也解 goat story“～”。

184 slopperish 解 slipperish“油滑的”；也解 slop“～”＋perish“～”；也解 sloppy“～”。

185 jongers 解 jongens［荷］“～”；也解 Jünger［德］“～”；也解 jongens［荷］“～”。

186 syne 解 since“～”。

187 Thorkill“～”，人名；也解 Thor kill“～”，索尔为北欧神话中的雷神和战神；也解 Thorgill“～”，北欧海盗，832 年入侵爱尔兰，曾试图在爱尔兰恢复异教信仰。

188 alok 解 a lot“～”。

189 Ya，da，tra，gathery，pimp，shesses，shossafat，okodeboko，nine！发音近似于英国西北部兰开夏为羊计数时的发音，其中 ya 也解 jedan［塞维］“～”；其中 da 解 dá［爱］“～”；也解 dva［塞维］“～”；其中 tra 也解 tri［塞维］“～”；其中 gathery 也解 ceathair［爱］“～”；也解 chetiri［塞维］“～”；其中 pimp 也解“～”；也解 pet［塞维］“～”；其中 shesses 解 seisear［爱］“～”；也解 shest［塞维］“～”；也解 sé［爱］“～”；其中 shossafat 也解 so so fat“～”；其中 nine 也解 nein［德］“～”。

190 halfsinster 解 half sister“～”；也解 half“～”＋sinister［拉］“～”。

191 wholebroader 解 whole brother“～”；也解 our brother“～”。

192 fungopark 解 fungus“真菌类”＋park“公园”；其中 fungo 也解“～”；也解 fungo［意］“～”；也解 Mungo Park“～”（1771—1806），到非洲西部探险的苏格兰探险家。

193 Battlecock Shettledore 解 battledore and shettlecock“～”，这里板羽球和羽毛球这两个词语交换了部分内容，这是《芬尼根的守灵夜》造词的方式之一。

194 Juxta — Mare［拉］“靠近大海”。

195 in Loo of Pat 解 in lieu of Pat“～”；其中 Loo 也解 Lu“～”，孔子出生地；也解 love“～”；其中 Pat 也解 st. Patrick“～”；其中与前面的 put 押韵。

196 Meathman 解 Meath man“～”，米斯郡位于爱尔兰东部伦斯特省。

197 brogue“～”；也解 barróg［爱］“～”；也解 bróg［爱］“～”。

198 exrace 解 ex race“～”；也解 X-ray“～”。

的[199]洛基肤色和当地人的[200]卢坎气味，这些据说都是一般土耳其乡下人[201]克伦特克|克伦塔夫具有的（虽然这个凯保街的人[202]凯保街|切坡里若德发出的鼻音和用喷嚏发 Z 音的方式，将我们拉回到志留纪[203]西留尔人奥陶纪[204]奥多瓦斯人|秩序|罪恶的岩崖[205]岩石|拒绝|湖边居所和海水[206]山|旅店）他，完成了朝圣的一小部分，已经把爱尔兰人[207]圣帕特里克和猪们的更古老的岛屿[208]猪岛，陌生人登陆之岸[209]楼梯石阶的东南方峭壁，受害人避难所[210]，变成后部[211]总部）当时他以均匀音律停顿了若干上下分钟（吸毒的[212]出发丹尼男孩[213]临时浮标|十个男孩|无一例外地！是赢的时候了[214]十比一，服务员[215]，我赌十比一[216]胜利）陷入魔鬼自己的[217]一消沉[218]无风带湾中（她的鲜花窗边的苹果，她祝酒占卜的奶油水果布丁，他唯一的仰慕者，他唯一存着的心[219]眼泪）为了一只香葫芦[220]臭名远扬的|问，在他与安妮·奥克雷[221]一起彻底解决[222]迪达勒斯的周末消遣中（完美的一对儿刺激，其中只刺激地剩下两个，他倾心的她们，丽丽和图图，塞住她们[223]空的！）空了，就在不久前还装着莱德一家[224]莱德家的黑啤酒的（你读过[225]红的那件事，烂醉如泥，但是该死的[226]受诅咒的历史[227]他的努力中的所有瓶子都无法缓解你的该死的饥渴）浓啤酒。重新装填了他的连发手枪[228]打簧表，把他的时间装置重新归了位，牧师阁下，因为他在一个世界的某个时间所占据的位置，仍有一条或两条生命要饶恕，站了起来，在那里，远离托卡家[229]，在一个安静的英国花园（普通的地方[230]陈词滥调！），自从被称为惠灵顿·王尔德[231]奥斯卡·王尔德以来，他那简单强烈流行的[232]为什么|发出气息

199 lokil 解 local"～";也解 Loki"～",北欧神话中的火神和破坏之神。

200 lucal 解 local"～";也解 Lucan"～",都柏林城郊,位于利菲河边。

201 clownturkish 解 turkish clown"～";也解 Clonturk"～",都柏林的公园名;也解 Clontarf"～",爱尔兰国王布利安·布鲁 1014 年在此击败丹麦侵略军。

202 capelist 解 Capel-ist"～";也解 Capel"～",都柏林的街道名;也解 Chapelizod"～",地名,位于都柏林西郊。

203 Silurian"～";也解 Silures"～",威尔士南部古代英国居民。

204 Ordovices"～",古英国人,此处解 Ordovician"～";也解 ordo [拉]"～"+vice"～"。

205 Craogs 解 crags"～";也解 craog [威]"～";也解 cramhóg [爱]"～";也解 creag [爱]"～";也解 crannóg [爱]"～"。

206 bryns 解 brine"～";也解 bryn [威]"～";也解 bruidhean [爱]"～"。

207 pats 解 Pats [俚]"～";也解 St. Patrick"～"

208 pigs' older inselt 解 pigs' older Insel([德]"岛屿")"～";也解 Pig Island"～",英国作家莫·海德小说中的地名,也指爱尔兰,爱尔兰的古称 Muicinis 字面意为 Pig Island .

209 stepshore 解 step"迈步"+shore "岸";也解 stepstone"～"。

210 regifugium persecutorum 解 refugium persecutorum [拉]"～"。

211 hindquarters 解"～";也解 headquarters"～"。

212 hit the pipe"～";也解 hit the pike"～"。

213 dannyboy 解 Danny boy"～";也解 dan buoy"～";也解 ten boys"～";也解 bar none"～"。

214 Time to won 解 time to win"～";也解 ten to one"～"。

215 barmon 解 barman"酒吧男招待"。

216 win"～",此处解 one"～"。

217 one"～",此处解 own"～"。

218 duldrum 解 doldrums"～";也解 Doldrum Bay"～",海湾名,位于都柏林郊外霍斯地区。

219 tearts 解 heart"～";也解 tear"～"。

220 fragrend culubosh 解 fragrant calabash"～";其中 fragrend 也解 flagrant"～";也解 frag [德]"～"。

221 Anny Oakley 解 Annie Oakley"～"(1860—1926),美国女狙击手。

222 deadliness"致命",也解 Dedalus"～",乔伊斯作品中的主人公。

223 em 解 them"～";也解 empty"～"。

224 Reid's family"～";也解 Reid's Family Stout"～",船名,在英格兰群岛沉没。

225 Ruad 解 read"～";也解 ruadh [爱]"～"。

226 sodemd 解 so damned "～";也解 goddamned"～"。

227 histry 解 history"～";也解 his try"～"。

228 repeater 解"～";也解"～"。

229 Tolkaheim 解 Tolka"托卡",河流名,位于都柏林北部+Heim [德]"家"。

230 commonplace"～",此处解 common place"～"。

231 Whiddington Wild 解 Whittington"惠灵顿",英国元帅+Oscar Wilde"王尔德"(1854—1900),英国作家,出生在爱尔兰。

232 curolent 解 current"～";也解 cur [拉]"～"+olens[拉]"～"。

声音，我亲爱的兄弟[233]真正的兄弟，我最亲爱的兄弟[234]亲爱的|顽童|头发，当他，就如稀饭和吸管相似[235]一样，谈到这一个说起慈悲者，在早熟的[236]恐惧制造者[237]散布谣言的人三人组前回忆起（得分：镜子不能让丑人更美，我相信你对，你幸运的是你的脸，一位年轻女士回答道[238]）现在来到我们这里[239]领路员码头的我们时代[240]市镇|多尼|毁灭的天父[241]祖父|人和作者[242]亚瑟王的神话服装。

在兄弟之争中电视杀死了电话。我们的眼睛要求轮到他们了。让他们被看见！只要玛丽·诺辛[243]空虚的无物可能胀破[244]刷子她那嗜酒的意外收获[245]雄鹿|仙女，狼烟烽火[246]太阳神火仪式|巴力|巴尔佛就会照亮最多足迹[247]。等他们点起火她就不得不燃烧，这样我们就可能有机会对每个狗娘养的[248]快乐的|母猪养的咚咚或哼哼[249]你或我|蒂姆·芬尼根或挪亚的儿子含都想知道的事情更加起劲。第一个汉弗利的宽大海狸帽[250]说傻话，后面是印度头巾，（监狱属于大老板[251]鸡奸属于孔子的父亲[252]国王|这|疯的|劳伦斯·奥图尔）他的松活领带结、他的宽松[253]艾尔巴外套、面儿翻新的姜黄色[254]橘红色内衣[255]不能做大厦的、典礼用的蓝灰色雨伞、他的镶银铜[256]芬德酒馆|芬兰人|在内的钮扣[257]克诺迫夫的粗糙毛衣[258]伍雷|伍尔西、手上戴着防护手套，这双手在一个不仅仅为了他的罪恶时刻打倒了强权他本该是德斯特勒[259]，他的国家似乎已经几乎打算需要这个人了。然后，剽窃了他的灵感[260]偷了他的雷电，但是用这个更小国家的适合格言[261]有争议的经文，（可能有的词语，尽可能地讲述，关于田野之家的闪光）一点儿昏黄[262]疹子，辅以笑容，人们看到他思想的

233 dearbraithers 解 dear brothers“～”;也解 dearbhbhráthair [爱]“～”。
234 dearbrathairs 解 dear brothers“～”;也解 dear“～”+brat“～”+hair“～”。
235 supper(晚饭)和 sipper(吸管)在英语中只有一个字母不同,此处译为“稀饭”和“吸管”。
236 precoxious 解 praecox [拉]“～”。
237 scaremakers 解 scare makers“～”;也解 scaremonger“～”。
238 这句话为世界语。
239 ushere 解 us here“～”;也解 Usher's Quay“～”,都柏林利菲河上的码头之一。
240 doyne 解 day“～”;也解 town“～”;也解 Doyne“～”,曾任都柏林市长,为他的战马在都柏林近郊立像,以纪念它带他安全经历滑铁卢战役;也解 doom“～”。
241 Our Farfar“ [宗] ～”,源自《马太福音》;也解 farfar [丹]“～”;也解 fear [爱]“～”。
242 Arthor 解 author“～”;也解 Arthur“～”。
243 Mary Nothing“～”,人名;也解 airy nothing“～”,出自莎士比亚的喜剧《仲夏夜之梦》。
244 burst“～”;也解 Bürste [德]“～”。
245 Buckshee“额外津贴”;也解 boc [爱]“～”+sidhe [爱]“～”。
246 Balefires“～”;也解 Baal fire“～”,古爱尔兰在 5 月 1 日前夜举行的仪式;也解 Baal“～”,闪族神话中的繁殖神;也解 Arthur Balfour“～”(1848—1930),英国政客,爱尔兰事务秘书。
247 出自《史记》中周幽王为褒姒烽火戏诸侯的故事。此句也化自习语 blaze the trail“通过在树上划出痕迹来指示道路”。
248 soorkabatcha 解 son of a bitch“～”;也解 suairc [爱]“～”;也解 soor ka batcha [印俚]“～”。
249 tum or hum“～”,鼓声或哼唱声;也解 Tim or Ham“～”。
250 baver 解 beaver“海狸”;也解 [法]“～”。
251 Bigboss 解 big boss“～”;也解 buggery“～”。
252 Kang the Toll 解 Kung the Tall,乔伊斯用此称孔子的父亲;也解 King“～”+the“～”+toll [德]“～”;也解 Laurence O'Toole“～”,都柏林守护圣人,曾任都柏林大主教。
253 elbaroom 解 elbowroom“有自由活动的余地”;也解 Elba“～”,意大利的一个岛屿。
254 gingerine 解 ginger“～”;也解 tangerine“～”。
255 unmansionables 解 unmentionable“～”;也解 un-mansion-able-s“～”。
256 finndrinn 解 findrinny [古英]“～”;也解 Finndr inn“～”;也解 Finn“～”+drin“～”。
257 knopfs 解 Knopf [德]“～”,也解 Knopf“～”,美国出版商。
258 woolselywellesly 解 wool“～”;也解 Frank Wooley“～”,英国板球手;也解 John M. Woolsey“～”,美国法官,1933 年判决《尤利西斯》在美国解禁。
259 d'Esterre“～”,都柏林橙带党枪手,在决斗中被奥康内尔击毙。
260 stealing his thunder“～”;也可直译为“～”,北欧神话中的雷神索尔也是壹耳微蚵的化身之一。。
261 legomena [希]“～”;也解 Antilegomena“～”。
262 Duskish“黄昏的”;也解 duscaidh [爱]“～”。

全部[263]应归功于内容主要就是为健康干杯，他娴熟地勾勒了我们很快就有的第二父母[264]（寻找看看为何如此[265]寻找那个女人！）动人的场面[266]上院。无声[267]傲慢|他们习惯于的情形[268]釜馏！针掉到地上几乎都能听见[269]这里一只鳍掉落|芬·麦克尔|白皙的。繁荣者[270]巨浪|花|树|星星|布卢姆隆隆作响[271]！似乎是[272]场景|是出自如画原野[273]王尔德的《道连·格雷的画像》风光，或者某个暗淡[274]暗哑挂毯[275]阿拉斯的某个景色[276]似乎，像妈妈[277]沉默的的沉默[278]穆特一样暗哑，我们[279]骨骸透过无酒的[280]无线的|永恒的空气[281]在……之前|爱尔兰|任一方的，能够看到[282]可听见的|可恨的|可吃的第77位基督教[283]克里斯坦森堂兄[284]第七座基督教城市的形象[285]，与辛摩特[286]法院|登上故事里的相比既不更老[287]荒凉的|水|除……外没有，也不更[288]仅仅怪[289]厌倦的|爱尔兰，也不更缺[290]环形要塞联想[291]征服能力[292]耐心的。（偷来的！）

常常在那以后，快乐地慢慢跑着，在爱尔兰马车[293]上左摇右摆地并肩而坐，马车夫犹太人|耶胡将告诉基督徒[294]奥斯陆，圣人对智者[295]，那个跌落又站起的汉弗利亚特[296]汉弗利·卿普顿·壹耳微蚵|《伊利亚特》，此时雏菊朝着草丛[297]臀部|开始|图萨中她的粉红妹妹眨着眼睛，车轴之间的马[298]一对则嘲笑着车上的这一对。由于你的谁也许看起来很像他大钟楼[299]腰带|尝试另[300]作者一边的如何[301]霍斯，你的乡土[302]领带|眼泪|公牛|蒂尔和服装[303]近的，你的鼻子[304]知性认知和天堂[305]模本可能可能在爱尔兰[306]伊甸园|荣誉|荣誉复复复兴。他那复仇的[307]指示鞭子跟着我们。瑟斯顿的！看，注意[308]大胆些！那棵树[309]，这石头[310]多石头的。奥古斯丁时代[311]奥古斯丁愿他们和平

263 ow 解 all"～";也解 owe"～"。
264 第一父母指亚当和夏娃。
265 sukand see whybe 解 seek and see why be"～";也解 suchen Sie das Weib [德]"～"。
266 seene 解 scene"～";也解 senate"～"。
267 Solence 解 silence"～";也解 insolence"～";也解 solent [拉]"～"。
268 stilling"～",此处解 stilling [丹]"～"。
269 Here ... a fin fell 解 hear ... a pin fell"～";也可直译为"～";其中 fin 也解 finn MacCool"～";也解 fionn [爱]"～"。
270 Boomster"～";也解 boomer"～";也解 blomster [丹]"～";也解 boom [荷]"～"+ster [荷]"～";也解 Leopold Bloom"～",《尤利西斯》的主人公。
271 rombombonant 解 rombare [意]"～"。
272 scenes"～",此处解 seems"～";也解 is"～"。
273 Wildu Picturescu 解 wild picturesque"～";也解 Wilde's *The Picture of Dorian Gray*"～"。
274 dimb 解 dumb"～",此处解 dim"～"。
275 Arras 解 arras"～";也解 Aras"～",法国北部一城市。
276 seem"～",此处解 scene"～"。
277 Mum"～";也解"～"。
278 mutyness 解 muteness"～";也解 Mut"～",埃及女神。
279 os [丹]"～";也解 [拉]"～"。
280 wineless"～";也解 wireless"～";也解 timeless"～"。
281 Ere"～",此处解 air"～";也解 Éire [爱]"～";也解 either"～"。
282 odable 解 visible"～";也解 audible"～";也解 odibilis [拉]"～";也解 edible"～"。
283 kristansen 解 Christendom"～";也解 Adler Christansen"～",爱尔兰诗人和民族主义者罗杰·凯塞门爵士的仆从、男友和背叛者。
284 kusin [瑞]"～";也可与前后合解 the Seventh City of Christendom"～",指都柏林。
285 mimage 解 image"～"。
286 tingmount 解 Thingmote"～",北欧海盗在都柏林的议会;也解 ting [丹]"～"+mount"～"。
287 oedor 解 older"～";也解 öde [德]"～";也解 hudôr [希]"～";也可与前后的 no 和 than 合解 no other ... than"～"。
288 Mere"～",此处解 more"～"。
289 Eerie"～";也解 weary"～";也解 Erie"～"。
290 Liss 解 less"～";也解 lios [爱]"～"。
291 suggestion"～";也解 subjection"～"。
292 potent"有能力的";也解 patient"～"。
293 visavis 解 vis-à-vis [俚]"～",爱尔兰的一种双轮马车,因为乘客面对面坐着。此句出自爱尔兰演员瓦尔·伍斯丹的歌曲《爱尔兰的双轮马车》。
294 Jehu ... Christianier 解 Jehu ... Christianer"～";也解 Jew ... Christianer"～";其中 Jehu 也解"～",以色列国王,大约在公元前 842—815 年间统治以色列;其中 Christianier 也解 Christiania,挪威首都奥斯陆的旧称。
295 爱尔兰也被称为圣人和智者之岛。
296 humphriad"～",人名;也解 Humphrey"～"+Iliad"～",荷马史诗。
297 tussocks"～";也解 buttocks"～";也解 tosach[爱]"～";也解 Túsach"～",爱尔兰神父,由帕特里克施洗,帕特里克去世时在他身边。
298 copoll 解 capall [爱]"～";也解 couple"～"。
299 belttry 解 belfry"～";也解 belt"～"+try"～"。
300 owther 解 other"～";也解 author"～"。
301 how "～";也解 Howth"～",都柏林郊区。
302 tyrs 解 tír [爱]"～";也解 ties"～";也解 tears"～";也解 tyr [丹]"～";也解 Tyr"～",北欧神话中的战神。
303 cloes 解 clothes"～";也解 close"～"。
304 noes 解 nose"～";也解 noesis"～"。
305 paradigm"～",此处解 paradise"～"。
306 eren 解 Erin"～";也解 Eden"～";也解 Ehre [德]"～";也解 eren [荷]"～"。
307 vindicative"～"; 也解 indicating"～"。
308 bebold 解 behold"～";也解 be bold"～"。
309 arboro 解 arbor [拉]"～"。
310 petrusu 解 petra [拉]"～";也解 petrosus[拉]"～"。
311 augustan"～";也解 Augustine"～"(354—430),古罗马时期的基督教思想家。

的橡树，巨石突兀地从月光照亮的松林泥炭地耸立。在所有坚韧的埃阿斯[312]埃阿斯的勇气那喧嚣的[313]粉红色的|罗得岛不屈不挠[314]他的力量支持着罗德中。做奉告祷的时间挖沟人俯向他们的农具[315]使用|可伸长的，休耕地的小鹿们那轻柔的铃声[316]吠叫（我们颂扬[317]母鹿|狍|驼鹿，我们跪下[318]！）午夜的钟声敲响宣告它们柔和地到来（站起来[319]高兴|让我们吃饭|迟的！），伟大的护民官多么光芒四射地从他的礼服里拿出鲨鱼皮烟袋（模仿！），雄鲑鱼，根据《约书亚书》，他给一个人[320]拣出[321]小费一只上等抢眼的方头雪茄，完全不像你那时髦的那种[322]丝，完全[323]因为|哪里相反，他说得多有男子气概[324]人的堕落|人|陷阱，勇气[325]幸运对面颊，面颊[326]卢坎|舔为枯草[327]价值|卢坎，他只是要好好地[328]口嚼烟叶抽口那个棕色男孩儿，我的儿子，在哈瓦纳[329]天堂|汉娜消磨整整半个小时。希腊人[330]勇士的姐妹[331]伤痛制造者，那里[332]索尔不将成为高高在上的古老神语[333]拥抱吗！因此他遇到主，他想要说，他确实，陛下，红发老板[334]共和党人中最出众的[335]骗子|祖先，在劳伦斯·奥图尔[336]图莱街的鹰鸡旅馆，他是如何祝愿尊敬的阁下得到上帝高特|田野|饥饿|大麦、马利亚好像曾是、布利吉特布雷角、帕特里克[337]帕特里克的干草堆|邓帕特里克的薄饼[338]面包|祝福，大人阁下[339]昔日响亮的船，以及一只呆在他肠胃[340]圣托马斯教堂|去做|心窝深处的淀粉盒子，——给你的一个奇怪的祝福，我的朋友，而且它将彻底让你的儿子儿子的孙子感到高兴[341]使困惑|极点|斧子，虽然当他们被热气[342]高温吓住[343]守灵|塔的时候，你自己带着汗水和誓言的古老繁盛[344]将它一次次抛得高

312 fortitudinous ajaxious“～”,其中 Ajax(埃阿斯)为荷马和莎士比亚笔下的特洛伊战争中希腊将领,有勇无谋;也解 fortitudines Ajacis [拉]“～”。

313 rowdinoisy 解 rowdy“喧闹的”+noisy“吵闹的”;也解 rowdydowdy“～”;也解 rodinos [希]“～”;也解 Rhodes“～”,希腊岛屿,岛上曾有石像。

314 此句也解为 fortitudo eius Rhodum tenuit [拉]“～”,耶路撒冷圣约翰骑士团(也曾被称为罗德骑士团)的铭言。

315 usetensiles 解 utensil“～”;也解 use“～”+tensile“～”。

316 belling“敲钟”;也解 bell [德]“～”。

317 doerehmoose 解 adoremus [拉]“～”;也解 doe“～”+Reh [德]“～”+moose“～”。

318 genuane [拉]“我们要跪下吗?”,此处解 genua [拉]“～”。

319 letate 解 levate [拉]“举起”;也解 laetate [拉]“～”;也解 let eat“～”;也解 late“～”。

320 un 解 one“～”。

321 tips“～”,此处解 picks“～”。

322 soide 解 sort“～”;也解 Seide [德]“～”。

323 quoit 解 quite“相当”;也解 quod [拉]“～”;也解 quo [拉]“～”。

324 manfally 解 manfully“～”;也解 man fall“～”;也解 man“～”+Falle [德]“～”。

325 pluk 解 pluck“～”;也解 luck“～”。

326 lekan 解 leiceann [爱]“～”;也解 Lecan“～”,都柏林城郊,爱尔兰中世纪的手抄本《莱坎黄皮书》(*Yellow Book of Lecan*)在此地编撰;也解 lecken [德]“～”。

327 lukan 解 luachán [爱]“～”;也解 luach[爱]“～”;也解 Lucan“～”,都柏林城郊,位于利非河边。

328 pluggy well 解 bloody well“～”;其中 pluggy 也解 plug tobacco“～”。

329 Havana“～”,古巴首都;也解 haven“～”;也解 Anna“～”,本书女主人公。

330 kreeksmen 解 Greek men“～”;也解 krigsmænd [丹]“～”。

331 Sorer 解 soror [拉]“～”;也解 sore-er“～”。

332 thore 解 there“～”;也解 Thor“～”,北欧神话中的雷神和战神。

333 gothsprogue 解 God“神”+Sprache [德]“语言”;也解 barróg [爱]“～”。

334 redpublican 解 red“红色头发的”+publican“酒馆老板”;也解 republican“～”。

335 bester 解 best“～”;也解 [俚]“～”;也解 bedste [丹]“～”。

336 Lorenzo Tooley 解 St. Laurence O'Toole“～”,都柏林守护圣人;也解 Tooley“～”,街名,位于伦敦南部。

337 Gort and Morya and Bri Head and Puddyrick 解 God and Mary and Bridget and Patrick“～”;其中 Gort 也解“～”,地名,位于爱尔兰西部戈尔韦市,属于古高昌国(Connacht);也解 gort [爱]“～”;也解 gorta [爱]“～”;也解 gort [荷]“～”;其中 Morya 也解 mar bh'eadh [爱]“～”;其中 Bri Head 也解 Bray Head“～”,爱尔兰威克卢郡北部的山和海岬;其中 Puddyrick 也解 Patrick's rick“～”,山名,位于爱尔兰的马约郡;也解 Downpatrick“～”,爱尔兰北部邓恩郡的市镇。

338 bannocks“～”;也解 bannóg [爱]“～”;也解 blessings“～”。

339 yore Loudship 解 your lordship“～”;也解 yore loud ship“～”。

340 St Tomach's 解 stomach“～”;也解 St. Thomas's Church“～”,位于都柏林;也解 machen [德]“～”;也可与前面的 pit of 合解 pit of the stomach“～”。

341 poleaxe 解 please“～”;也解 perplex“～”;也解 pole“～”+axe“～”。

342 hitz 解 Hitze [德]“炎热”;也解 heats“～”。

343 turrified 解 terrified“～”;也解 tórramh [爱]“～”;也解 turris [拉]“～”。

344 floruerunts 解 floruerunt [拉]“他们开花”。

高[345]霸权。

欢[346]三、欢、欢呼上王彼利[347]威廉三世和科若姆·科拉阿赫[348]乌鸦啼叫·克伦威尔的倒彩[349]安当要塞|在下方|获胜！起来，孩子们，揍他[350]起来，卫兵们，向他们冲|起来|汽车喇叭|帽子|向……|揍！看！虽然[351]油画颜料|光线他们失败了，我们找到了[352]源泉纪念品[353]伦勃朗，他们的时光如今依然将这些继承人与这里连在一起，但是昨日之你的[354]昨日的岁月又在哪儿哪里？远视的富翁[355]电视机|弗辛格特里克斯与又老又穷的女人[356]卡拉塔库斯[357]亨利·卡尔，以及他的汉娜·冯·沃格特[358]爱尔兰，老穷女人|地方长官。事、迹、迹、事[359]死的！结完了，完结了还是沉沉睡去？喜欢你的语言[360]支持|语言！注意[361]打算！

如果你列出[362]听|狡猾一切狗般的生活，你仍可以听到他们谈个不休，就像76年一次的[363]乱七八糟|飞快地哈雷彗星一样确定无疑，乌力马委员会男委员们[364]乌尔斯特、保加利亚国民议会女议员们、挪威国会男孩们、俄国杜马女孩们，当他们经过你的和平之屋[365]那萧瑟的青铜[366]爱尔兰王室警吏团大门：你好吗，我的少女们[367]欢呼|伟大的|任何事|非常感谢？你好吗[368]？左边最后一扇门女士们[369]年轻的，谢谢[370]尾白。1132[371] 100|30盾[372]。茶壶，开了，茶会[373]为什么，上帝，为什么。茶开了[374]甚至|薄饼，开麻将[375]幸福的|黄油面包，主人[376]？请原谅[377]，先生[378]，在他的帮助下[379]以……姿态，你知道[380]。哦，我很抱歉，帕特里克，你能听懂爱尔兰话吗[381]？舔一怕一剥皮一害怕一怕一你一是一狼一狼[382]两。然后，喂，听着[383]关于另外一件事，巴蒂

345 hoch [德]"～";也可与后面的 many 合解 hegemony"～"。

346 chee 解 cheer"～";也解 three"～"。

347 Upkingbilly 解 up king Billy"～";也解 King Billy,指英国国王威廉三世。

348 crow cru 解 Crom Cruach"～",爱尔兰接受基督教之前的一个爱尔兰神祇,古爱尔兰人用儿童向他献祭。克伦威尔曾在信中对屠杀天主教儿童表示高兴,因此在本书中被与科若姆·科拉阿赫连在一起;也解 crow crow"～"。

349 Downaboo 解 down boo"在下方喝倒彩";也解 An Dún"～",即布里安当要塞,位于英国西南部;也解 down"～"+bua [爱]"～"。

350 此句化自 Up,guards and at them"～",惠灵顿在滑铁卢战役最后阶段下的命令;其中 Hup 此处解 up"～";也解 Hupe [德]"～";其中 hat"～"此处解 at"～";也解 hit"～"。

351 Oilbeam 解 albeit"～";也解 oil"～"+beam"～"。

352 fount"～",此处解 found"～"。

353 rerembrandtsers 解 remembrancer"～";也解 Rembrandt"～"(1606—1669),荷兰画家。

354 yours"～";也解 years"年",即"～"。

355 Farseeingetherich 解 far-seeing-the-rich"～";也解 Fernseher [德]"～";也解 Vercingetorix"～",抵御罗马元首凯撒的爱尔兰国王。

356 指爱尔兰。

357 Charachthercuss 解 Caratacus"～",英格兰部落领袖,在公元 48—51 年率兵抵抗罗马人的入侵;也解 Henry Carr"～",曾在乔伊斯入股的剧团中演戏。

358 Ann van Vogt"～",人名;也解 Shan van Vocht,即盖尔语 Sean Bhean Bhocht 的英语化写法,意为"～";其中 Vogt 也解 [德]"～"。

359 D. e. e. d 解 deed"～";也解 dead"～"。

360 Favour with your tongues"～";也解 favete [拉]"～"+linguis[拉]"～"。

361 Intendite [拉]"～";也解 intendete [意]"～"。

362 List"～";也解 listen"～";也解 List [德]"～"。

363 sixes and seventies"～",哈雷彗星大约每 76 年回到太阳附近;也解 at sixes and sevens"～";也可与前面的 like 合解 like sixty"～"。

364 ulemamen 解 Ulama"乌力马学会",穆斯林的学者或宗教、法律的权威+man"男人";也解 Uladh [爱]"～",爱尔兰北方的省。

365 Casaconcordia 解 casa concordiae [拉]"～"。

366 bleak and bronze"～";也解 Black and Tans"～"。

367 Huru more Nee, minny frickans 解 Hur maar ni, mina fröken [瑞]"～";其中 Huru 也解 hurrú [爱]"～";其中 more 也解 mór [爱]"～";其中 Nee 也解 ní [爱]"～";其中 minny frickans 也解 many thanks"～"。

368 Hwoorledes har Dee det? 解 Hvorledes har De det? [丹]"～"。

369 mladies 解 my ladies"～";也解 mlad [塞]"～"。

370 cue"～",此处解 thank you"～"。

371 Millecientotrigintadue 解 millecentotréntadue [意]"～";也解 cien(to) [西]"～";也解 triginta [拉]"～"。

372 scudi [意]"～"。

373 Tippoty, kyrie, tippoty 解 Tea pot"茶壶"+kai le [中]"开了"+tea party"茶会";也解 Tipote, kyrie, tiptoe [希]"～"。

374 Cha kai rotty 解 cha kai le [中]"～";其中 kai 也解 [希]"～";也解 chāpattī [印]"～"。

375 kai makkar 解 kai [粤语]"开"+ma ka [粤语]"麻将";其中 makkar 也解 makar [希]"～";其中 makkar 也可与前面的 rotty 合解 rotī mentéga [印]"～"。

376 sahib [印]"～"。

377 Despenseme Usted 解 dispénseme [西]"原谅"+usted [西]"你"。

378 senhor [葡]"～"。

379 en son [法]"～";也解 en son de [西]"～"。

380 sabez 解 sabes [西]"～"。

381 O thaw bron orm, A'Cothraige, thinkinthou gaily? 解 ó tá brón orm, a Chothraighe, [an] tuigeann tú Gaedhealg? [爱]"～"

382 lang"～";也解 liang"～"。这句话中同时包含着英文和中文拼音。

383 Epi alo, ecou 解 et puis allo, écoute [法]"～";其中 Epi alo 也解 [希]"～"。

斯特[384]手卷，你去方便[385]一下。橙色[386]的汗裤[387]和长袜[388]。卫生间[389]。我的[390]这个酒桶[391]对这个[392]小[393]不点儿[394]来说[395]太[396]粗[397]了。多少[398]小便？一元[399]硬。车夫，可以坐么[400]？谢谢，你呢[401]仁慈，你呢？好[402]，谢谢[403]多谢。

然后，鳕鱼[404]欺骗|上帝|恶棍，他流着鳄鱼的眼泪说：你想知道一里亚[405]骗子|狮子多少钱[406]奖品|骄傲吗？玛奇，丢开[407]尼克你的夜间小说[408]夜鸽|淘气的|新奇的！大批酒馆老板[409]酒店主人又一心追名逐利[410]麦克了！那个手袋肚囊[411]坏比利是花花公子想得到的东西！玛个奇[412]玛奇，我欢乐的[413]玛奇小伙子快乐的家伙，让我们的宇宙[414]一|华尔兹舞曲来见证，就像我的利菲河[415]莫伊利菲蛋一样可靠[416]安全的，我们的好房东[417]房屋|绞索自人类的世纪[418]昔日|数百|猛犸象以来就知道，它们在商业上位于，喂，英国高级区域(传统上的!)我的宾馆和地下生意[419]牛|贸易|牧牛工的信誉会立刻保持，开开，开放，就像隔壁纪念碑的构造一样正直，面对这个卫生的地地地地[420]赞扬(在这里虔诚的安息日[421]两者都和碎瓶人用杉篙[422]佛伯格人向前伸出碰他的三色草帽，他抓住它的烂醉箍圈把它举起(他为此付给斯特森[423]一个零一个便士)，而当祖先的[424]清洗油腻沿着他那睦仁天皇[425]唇角的两边下垂处滴[426]下来(没有用[427]章节，一个更谦恭的集会处[428]从不弯曲撕开的袋口)，诚恳地邀请[429]良知那些年轻人，这些人他知道只要他能添加，就会像所有人一样做事)球，在伟大的校长家前。(我没给你说天方夜谭。)笑!

阿特卢斯[430]残酷的的房子事实上坠为尘埃(伊利亚，伊利

384 Batiste“～”,法裔加拿大人的常用名;也解［罗］“～”。
385 tuvavnr dans Lptit boing 解 tu vas venire dans le petit coin［法］“～”。
386 portocallie［罗］“～”。
387 Ismeme de bumbac 解 izmene de bumbac［罗］“～”。
388 e meias［葡］“～”。
389 O. O.,东南欧国家卫生间门上的标志。
390 mios［西］“～”。
391 Os pipos［葡］“～”。
392 O［葡］“～”。
393 piccolo［意］“～”。
394 pocchino 解 pochi［意］“少的”。
395 por［葡］“～”。
396 demasiada［西］“过分的”。
397 gruarso 解 grueso［西］“粗的”。
398 Wee fee 解 wie viel［德］“～”;也解 wee［英口］“～”。
399 Ung duro 解 one dollar“～”;也解 duro［葡］“～”。
400 Kocshis, szabad 解 kocsis, szabad［匈］“～”。
401 Mercy, and you? “～”,此处解 merci, et vous?［法］“～”。
402 Gomagh 解 go maith［爱］“～”。
403 thak 解 tak［丹］“～”;也解 thank“～”。
404 cod“～”;也解“～”;也解 God“～”;Cod 也是书中一个人物的称呼,为 Cad“～”的变体。
405 liard［法］“～”,法国古铜币名,相当于四分之一苏;也解 liar“～”;也解 lion“～”。
406 prise 解 price“～”;也解 prize“～”;也解 pride“～”。
407 nick“使中止”;也解 Nick“～”,本书两兄弟的化身之一。
408 nightynovel 解 nighty“夜晚的”+novel“小说”;也解 night dove“～”;也解 naughty“～”+novel“～”。
409 Mass Travener“～”;也解 Master Taverner“～”,指壹耳微蚵。
410 at the mike 解 on the make“～”;也解 Mick“～”,本书两兄弟的化身之一。
411 bag belly“～”;也解 bad Billy“～”。
412 Meggeg“～”,人名,即 Maggies“～”,在书中与《新约》中的妓女抹大拉的马利亚交织在一起,后者悔罪后基督耶稣将七个魔鬼从她体内驱逐出去,在书中也代表分裂的人格。
413 m'gay 解 my gay“～”;也解 Maggies“～”。
414 univalse 解 universe“～”;也解 uni-“～”+valse“～”。
415 moyliffey 解 my Liffey“～”;也解 Moyliffy“～”,即 Magh Life,爱尔兰古地名,位于基尔代尔郡。
416 sicker“～”;也解 sicher［德］“～”。
417 househalters 解 house“～”+halter“～”,此处解 Haushälte［德］“家务”。
418 yorehunderts of mamooth 解 Jahrhundert(［德］“一百年”) of manhood“～”;其中 yorehunderts 也解 yore“～”+hundreds“～”;其中 mamooth 也解 mammoth“～”;也解 Hundred of Manhood,即 1897 年开始运行的英国西萨塞克斯铁路,当时被称为百人和赛而西缆车(Hundred of Manhood and Selsey Tramway)。
419 cowhaendel 解 Kuhhandel［德］“搞肮脏的交易”;也解 cow“～”+Handel［德］“～”;也解 cowhand“～”。
420 gllll ... lobe 解 globe“～”,该单词被中间复杂的插入语隔成两个部分;也解 Lob［德］“～”。
421 sabboth 解 Sabbath“～”;也解 both“～”。
422 firbalk 解 fir pole“～”;也解 Firbolgs“～”,神话中的爱尔兰侵略者。
423 一种男帽的商标。
424 ancestralolosis 解 ancestral“～”;也解 lousis［希］“～”。
425 mutsohito“～”,日本天皇,1867—1912 年在位。
426 sgocciolated 解 sgocciolare［意］“～”。
427 Sencapetulo 解 senkapableco［世］“没有能力的”;也解 capitulo［西］“～”。
428 Conciliabulite 解 conciliabulum［拉］“～”。
429 inwiting 解 inviting“～”;也解 inwit“～”。
430 Atreox 解 Atreus“～”,荷马史诗中阿伽门农的父亲;也解 atrox［拉］“～”。

亚[431]！穆罗梅茨[432]不哀悼配偶|伟大的|有着鳕鱼的眼睛的挽歌[433]我的谣言|米拉玛！）就像芬尼亚[434]多沼泽的|汉娜|芬的泥岸[435]江湖骗子|嘴巴|世界的一样走向[436]复仇凋零[437]明亮的，但事迹注定[438]枯骨再次兴起。他自己曾说，生命（他的传记作者[439]男友，事实上，很快[440]鹿肉就会杀死他，如果还没有，那么以后会如此）是一次苏醒[441]一次守灵|醒来，接受它或踢开它[442]蓝色的|板球，在我们养家糊口的床上躺着我们种子父亲的尸体[443]农作物，依法建造世界的奠基人或许会恰当地[444]固执地|相当整洁地|惊惧把这句话写在所有男人或女人所生者[445]生来就习惯|白色的胸前。这个情景，重又鲜活，重新显现，从未遗忘，母鸡[446]这一个和十字军曾经一起相互交融[447]借，因为在本世纪的后期，那个年轻的[448]微不足道的事实搜寻团中的一位，[那时是前公民（走出海关棚屋[449]帽子|海关）（退休了，受伤了），根据第 65 法案]穿华丽的黑色现代款式，着[450]我们是闪光的褐色惠灵顿靴[451]伯灵顿（羊毛帽、衬衫[452]、前襟[453]丰满、用于某物的某物[454]和粗呢夹克[455]豌豆|狩猎）重现这一场景，爸爸[456]烟斗指着，同时气派十足地（抄袭）朝已故领班神父 F. X. 皮拉瑟夫 · 卡宾格[457]保存的姜名义上的堂兄（他夜晚的一个热情小伙，愿圣母[458]守卫者的嘴巴怜悯[459]乳香|惩罚他！）鞠了一躬，在我们第一辆环爱尔兰[460]跨西伯利亚铁路卧车[461]拉|女人里，气氛依然比较悲伤，这是刺穿一个又一个[462]匕首和匕首心脏的肉串，难得满满一大杯从石化的眼前移开。总的来说[463]循环|眼睛地|循环地|圆眼睛|独眼巨人，带着涡流的敬畏，环游者[464]圆圈|旅行|德莱塞的圆眼睛，后背对后背，钱桶对提桶，在他们的爱

431 Ilyam 解 Ilium，即荷马史诗《伊利亚特》中的特洛伊城。
432 Mournomates 解 Il'ya Muromets"～"，俄国民谣中的勇士；也解 mourn no mates"～"；也解 mór［爱］"～"；也解 mourounomatês［希］"～"。
433 Maeromor 解 naenia［拉］"挽歌"＋rumor"谣言"；也解 My rumor"～"；也解 Miramar"～"，位于狄里亚斯特的城堡。
434 Fennyana 解 Fianna"～"，爱尔兰神话中的勇士；也解 fenny"～"＋Anna"～"；也解 Finn"～"。
435 mundibanks 解 muddy banks"～"；也解 mountebank"～"；也解 Mund［德］"～"；也解 mundi［拉］"～"。
436 averging 解 verging"接近"；也解 avenging"～"。
437 blight"～"；也解 bright"～"。
438 deeds bounds 解 deeds bound to"～"；也解 dead bones"～"。此句化自歌曲《这些枯骨将复活》(*These Bones Gwine to Rise Again*)。
439 biografiend 解 biographer"～"；也解 boyfriend"～"。
440 verysoon 解 very soon"～"；也解 venison"～"，指该隐因为上帝只接受亚伯的猎味而杀死亚伯。
441 a wake"～"；也解"～"；也解 awake"～"。
442 livit or krikit 解 live it or kick it"～"；其中 livit 也解 lividus［拉］"～"；其中 krikit 也解 cricket"～"。
443 cropse 解 corpse"～"；也解 crops"～"。
444 pretinately 解 pertinently"～"；也解 pertinaciously"～"；也解 pretty neatly"～"；也解 praetimes［拉］"～"。
445 manorwombanborn 解 man or woman born"～"；也解 to the manner born"～"；其中 bán 也解［爱］"～"。
446 the hen"～"；也解 to hen［希］"～"。
447 everintermutuomergent 解 ever inter-mutu-merge"～"；其中 mutuo 也解 mutuum［拉］"～"；此句包含本书主人公名字的缩写 HCE。
448 puisne"～"；也解 puny"～"。
449 huts"～"；也解 Hut［德］"～"；也解 house，可与前面的 Custom 合解 Custom House"～"。
450 wewere 解 wore"～"；也解 we were"～"。
451 burlington 解 wellington"惠灵顿防雨靴"；也解 Burlington"～"，城市名，位于美国佛蒙特州。
452 homd 解 Hemd［德］"～"。
453 dicky"男衬衫的可拆卸前襟"；也解 Dicke［德］"～"。
454 quopriquos 解 quid pro quo［拉］"～"。
455 peajagd 解 pea-jacket"～"；也解 pea"～"＋Jagd［德］"～"。
456 pippa 解 papa"～"；也解 pipa［意］"～"。此句出自英国诗人罗伯特·伯朗宁的诗集《皮帕走过》。
457 Coppinge"～"，人名，也解卡宾格法庭，位于爱尔兰柯克郡的一个建筑，已倒塌；也可与前面的词合解 preserved ginger"～"。
458 mouther of guard 解 mother of God"～"；也解 mouth of guard"～"。
459 mastic"～"，此处解 mercy"～"；也解 mastix［希］"～"。
460 transhibernian 解 trans"跨越"＋Hibernian"爱尔兰的"；也解 Trans-Siberian Railway"～"。
461 pullwoman 解 pullman"～"；也解 pull"～"＋woman"～"；也解英国作家温德海姆·利维斯的《查尔德默斯》(*The Childermass*)中的人物，《查尔德默斯》被认为是对《尤利西斯》中的"瑟希"一章和正在写作的《芬尼根的守灵夜》的戏仿。
462 dirkanddurk 解 durch and durch［德］"穿过和穿过"；也解 dirk and dirk"～"。
463 Cycloptically 解 synopitically"～"；也解 cycle"～"＋optically"～"；也解 cyclically"～"；也解 kyklôps［希］"～"；也解 Cyclops"～"，荷马史诗《奥德赛》中的人物。
464 rundreisers 解 Rundreise［德］"～"；也解 Runde［德］"～"＋Reise［德］"～"；也解 Theodore Dreiser"～"(1871—1945)，美国作家。

尔兰双轮马车[465]咏唱上，带着有趣的感兴趣[466]旅游的|休息|苏联国际旅行社看着[467]英雄穿衣的追着裸体的，裸体的追着绿色生物，绿色生物追着严寒生物、严寒生物又追着穿衣的，此时他们的护卫绕着[468]充满巨大的生命之树循环转动，我们那火已离、爱者幸的花树[469]布卢姆，我们没有树林的世界[470]荒野里的凤凰，高傲、尖锐[471]翘舌音的、羞愧[472]彩虹色的（重复！），它的根是带着痛苦[473]锤顶|松树|阴茎之贪欲[474]光泽|一丛丛的尸骨[475]灰烬。由于像领班神父[476]一样经常光顾，在他们得到城堡酒吧[477]的隆起（粗糙而遥远！）之前，把他的《爱尔兰环境》[478]放到[479]讨好边上，把他们的听觉器官支向特殊接收者，在所有人的要求下谈起它，同时听着藉此对这部分的新阅读，由于他那机械装置里出现的神[480]神|美好的，新盖吕克之子[481]儿子的格里马尔迪鬼脸法[482]被作为本质代替作为公理[483]官员的夸张做作[484]嘴巴作成圆形，这种夸张做作属于那个曾经辉煌的老伊尔林顿[485]保尔的大喊大叫，盲从者[486]哥白尼描绘那个优等生[487]家伙|上下班往返的人的面部[488]大陆表演时，只能想象他们自己位于他们胸部的最深中心，由于在这个位置呆了一段时间[489]目前|临时替代|蒂姆·芬尼根，激动[490]时间|运动|蒂姆·芬尼根得越过了[491]难以逾越者（深渊），因为他们曾是海滨常客，听着掷棒手的晚祷召唤着那被定罪却总是使用口技的鼓动者，（巨浪非无[492]并非不更多地在桑纳瓦哈拉礁[493]美好的盐水的海浪|瓦尔哈拉宫|叫喊拍击轰鸣[494]哀号|庞德！）黑色轮廓[495]丝质大礼帽，海象胡须[496]海象|很奇怪，衬着黄昏[497]的昏黄，（愿神庙是圣报时人[498]的召唤——神圣场所[499]神圣的火

465 chjaunting car 解 jaunting car"～"。此句化自歌曲《爱尔兰马车》(*The Irish Jaunting Car*)；也解 chanting"～"。

466 intouristing anterestedness 解 interesting interestedness"～"；其中也包括 tourist"～"＋rest"～"；其中也包括 Intourist"～"。

467 beheld"～"；也解 Held［德］"～"。

468 abound"～"，此处解 around"～"。

469 blomsterbohm 解 blomster［丹］"花"＋Baum［德］"树"；其中也包括 Leopold Bloom"～"，《尤利西斯》的主人公。

470 woodlessness"没有树林"；也解 wildness"～"。

471 Cacuminal"～"，此处解 cacuminalis［拉］"尖顶的"。

472 erubescent 解 erubescendus［拉］"～"；也解 iridescent"～"。此句包含本书男主人公名字的缩写 HCE。

473 peins"～"，此处解 Pein［德］"～"；也解 pine"～"；也解 penis"～"。

474 lustres 解 lust"～"；也解 lustre"～"；也解 clusters"～"。

475 asches 解 ashes"～"；也解 Asche［德］"～"。此句包含本书女主人公名字的缩写 ALP。

476 Archicadenus 解 archdeacon"～"。

477 Castlebar"～"，地名，位于爱尔兰的马约郡。

478 都柏林刊物名，全名为《爱尔兰环境和绅士报》。

479 pleacing 解 placing"～"；也解 pleasing"～"。

480 Dyas in his machina 解 deus ex machine［拉］"～"，古希腊剧作家常用的解决戏剧冲突的办法，为后人所诟病；其中 Dyas 也解 dia［爱］"～"；也解 deas［爱］"～"。

481 garrickson 解 Garrick"盖吕克"(1717—1779)，他那个时代最著名的莎士比亚剧的演员＋son"儿子"。

482 grimaldism 解 Joseph Grimaldi"格里马尔迪"(1779—1834)，英国小丑，小丑因他也被后人称为乔伊派＋ism"主义"。

483 axiomatic"～"；也解 axiomatikos［希］"～"。

484 orerotundity 解 orotundity"～"；也解 ore rotundo［拉］"～"。

485 elrington 解 Thomas Elrington"～"(1688—1732)，爱尔兰演员，斯威夫特曾提到他；也解 Francis Elrington Ball"～"，爱尔兰历史学家，编辑过斯威夫特的信件。

486 copysus 解 copycat"盲目模仿者"；也解 Copernicus"～"，波兰天文学家。

487 fellowcommuter 解 fellow commoner"～"牛津、剑桥、都柏林三一学院中可与研究员同桌吃饭的大学生；也解 fellow"～"＋commuter"～"。

488 countenants 解 countenance"表情"；也解 continents"～"。

489 pro tem locums 解 pro tem［pore］locum tenens［拉］～；也解 pro tem"～"＋locum"～"；其中 tem 也解 Tim"～"。

490 timesported 解 transported"～"；也解 time"～"＋sport"～"；其中 Tim 也解"～"。

491 acorss 解 across"～"；也解 kors［丹］"～"。

492 nonot 解 no not，双重否定，即肯定；也解 necnon［拉］"～"。

493 Thounawahallya Reef 为"～"；也解 tonn a'mhaith sháile［爱］"～"；也解 Valhalla"～"，北欧神话中主神奥丁为了迎接世界末日之战而挑选出来的阵亡武士们居住的地方；其中 Reef 也解 rief［德］"～"。

494 plangorpound 解 plangent"轰鸣"＋pound"敲打"；也解 plangor［拉］"～"；其中也包括 Ezra Pround"～"(1885—1972)，美国诗人。

495 silhouette 解 silhouetted"～"；也解 silk hat"～"。

496 whallrhosmightiadd 解 walrus moustache"～"；也解 Walroβ［德］"～"＋mighty odd"～"。

497 skumring［丹］"～"。

498 Muezzin"～"，清真寺的祷告时间报告人。

499 holy places"～"；也解 holy blazes"～"。

焰！——还有这顶无边非斯帽[500]作为忠诚的土地触摸者的眉毛，确实希望它是——枯骨有福了[501]彻骨的，极致的！——伊斯兰勇士[502]注视|保尔，他剑[503]词语的力量。）他那杀人者的持枪物朝那个长得过高的铅笔[504]伸去，这个铅笔很快就要，至少像纪念碑一样，作为铅笔[505]单子叶植物|钼立起来，成为，成为他的陵墓[506]摩索拉斯陵墓（奥丁[507]奥康内尔站[508]着，直到斯丹尼石[509]静止不动|斯特恩|石头在少女们[510]蚂蚁|小山雀的目光[511]对下将[512]显现出来[513]显示为笔|肖邦）而在他那整个[514]铅辩解的脸上，当罗兰[515]势均力敌鸣钟[516]格斗，一小小滴[517]悔恨将耕耘[518]他的面颊[519]玩具，听天由命之幽灵散播着鬼怪似的吸引力，就如同淹溺[520]梦想于他那命运之水的年轻人会洋洋自得，棺材铭牌上的一线阳光有着相似的源头和一样的[521]精确的|韩国的|治疗|建议效果。

否则[522]更老的我们遥远的游客不会在创世之日[523]小酒店|建筑之日，没有朋友，从魔鬼乡[524]冯·迪曼之地，某个懒惰的吟者或絮叨的诗人[525]游荡的诗人，懒懒地抬起他那缓慢刺入、势利攻击的眼睛，望向他动物园屋[526]动物的|黄道十二宫的半迹象，长长地沿着酒瓶颈、碎杯子[527]板球帽、压垮的半统靴、草地的草皮、野地金雀花、卷心菜叶[528]、鳕鱼干[529]徘徊，热切地认识到在天使之地[530]有为他供应[531]的私酿威士忌、茶、马铃薯、烟草、酒，还有值得[532]吟唱的女人；于是不那么正式地似乎开始几乎笑着[533]半岛质问[534]（胡说八道！在特定时刻并没有很多疾风般的[535]温德汉姆·刘易斯❶头脑吹

❶ 刘易斯曾说："任何时候在詹姆斯·乔伊斯先生的头脑里都没有很多的反思活动。"

500 fez“～”，一种穆斯林国家男子戴的锥形、平顶、饰有长缨的红色毡帽。

501 blessed be the bones“～”；也解 to the bone“～”。

502 ghazi“～”；也解 gaze“～”；也可与后面的 power 合解 Frank Power“～”（1858—1884），爱尔兰新闻记者，绰号“伊斯兰教勇士”。

503 sword“～”；也解 word“～”。

504 惠灵顿纪念碑也被称为“超高的里程碑”。

505 Molyvdokondylon 解 molybdokondylon［希］“～”；也解 monocotyledon“～”；也解 molybdenum“～”。

506 mausoleum“～”；也解 Mausolus“～”，世界七大奇迹之一。

507 O'dan 解 Odin“～”，北欧神话中的主神；也解 Daniel O'Connell“～”（1775—1847），1829 年领导爱尔兰天主教徒赢得了参加议会的权利。

508 stod［丹］“～”。

509 tillsteyne 解 till“直到”＋Steyne“斯丹尼石”，北欧海盗在都柏林立的石柱；也解 stillstehen［德］“～”；也解 Laurence Sterne“～”（1713—1768），英国作家；也解 Stein［德］“～”。

510 meisies 解 meisjes［荷］“～”；也解 Ameise［德］“～”；也解 Meise［德］“～”。

511 aye“～”，此处解 eye“眼睛”。

512 skould［丹］“～”。

513 Show pon 解 show up“～”；也解 show pen“～”；也解 Chopin“～”（1810—1849），波兰作曲家。

514 olover 解 all over“遍及”；也解 olovo［塞维］“～”。

515 Roland“～”，法国中世纪史诗《罗兰之歌》中的主人公；也可与前面的 olover 合解 a Roland for an Oliver“～”。

516 rung 解 ring“～”；也解 gerungen［德］“～”。

517 dropeen 解 drop“～”。

518 sillonise 解 sillon［法］“～”。

519 jouejous 解 joue［法］“～”；也解 joujou［法］“～”。

520 drownt“～”；也解 dream“～”。此句出自爱尔兰诗人托马斯·莫尔的歌曲《就像水面上的光线会闪烁》（*As a Beam O'er the Face of the Waters May Glow*），此诗的副标题是《年轻人的梦想》。

521 akkurate 解 akkurat［丹］“完全正好地”；也解 accurate“～”；也解 Koran“～”；也解 Kur［德］“～”＋Rat［德］“～”。

522 olderwise 解 otherwise“～”；也解 older“～”。

523 Inn the days of the Bygning 解 in the days of the Beginning“～”；也解 Inn“～”＋the days of the bygning（［丹］“建筑”）“～”。

524 van Demon's Land 解 from Demon's land“～”；也解 Van Dieman's Land“～”，澳大利亚东南海岸的塔斯马尼亚岛的原名，英国殖民者清除了该岛的土著，将罪犯送到这个岛上。冯·迪曼为 17 世纪的荷兰统治者。

525 maundering pote 解 maundering poet“～”；也解 wandering poet“～”。此句出自 18 世纪盎格鲁爱尔兰诗人哥尔德斯密斯的《游人》（*The Traveller*）。

526 zooteac 解 zoo“动物园”＋teach［爱］“房屋”；也解 zôdiakos“～”；也可与前面的 signs 合解 signs of the zodiac“～”。

527 cracket cup 解 cracked cup“～”；也解 cricket cap“～”。

528 cabbageblad 解 cabbage“卷心菜”＋blad［丹］“叶子”。

529 stockfisch［德］“～”。

530 The Angel“～”，即伦敦城北部的伊斯林顿区，很多爱尔兰人住在这里。

531 herberged 解 Herberge［德］“小酒店”。

532 Width ... wordth 解 with ... worth“～”，这里乔伊斯在每个词语中添加了字母 d，这也是本书的造字法之一。

533 presquesm'ile 解 presque［法］“几乎”＋smile“笑”；也解 presqu'ile［法］“～”。

534 queasithin' 解 questioning“～”。

535 windy“～”；也解 Wyndham Lewis“～”（1882—1957），英国作家，著有《时代和西方人》等书。

过缓缓哀伤先生[536]的帽子!)

但是在这件事情[537]中,是什么形式原因使得人们对那个女子[538]去想|阴部发出微笑?他是谁对谁?(奥布里恩不是他的名字[539],棕发女郎也不是他的女佣。)这个何处之地是谁的?为什么[540],谁的[541],去哪里[542],多久[543]腐烂的?告诉[544]故事|高的|高大|乡村|《无稽之谈》他们[545]国家|泰姆这个古墓。给予城镇[546]这个坟茔[547]兽穴。愿它是棍术选手之郡[548],或者渔夫[549]俄尔甫斯的、神秘的之镇,或者舔韭葱者[550]安乐乡之乡,或者苹果水郡土豆郡[551]匈牙利。统治[552]下雨所抬高的,雨水将它弄平,但是我们听到了指针,能估量他们的罗盘[553]罗盘的刻度,因为歌曲[554]透露风格,风格透露样式警察、监察、纠察、警卫[555]。秦、秦、秦、秦!这个祖先[556]四个父亲与明、清和孙氏[557]孟、齐和公孙在平躺之原争夺[558]民众|畅销作家两只桃子[559]的奖赏。我们为收税人的麻烦坐下来期待圣灵[560]盗尸鬼,但是他的住所[561]出没|行为不在这儿。他们从他们的地域[562]生物回答:听听他们四个!倾听他们的守灵[563]咆哮|岩山|吼叫!我,阿玛[564]说,我为它骄傲。我,克劳娜齐娣[565]树林草地说,上帝帮帮我们!我,丁斯格兰齐[566]说,什么都不说。我,巴纳[567]说,怎么回事?嘿,嗷[568]驴叫!在他滚落山坡[569]生病|落入地狱之前,他充满了天堂;一条河流,拍轻轻拍[570]喋喋不休的细流,羞怯地环绕他们[571]围绕,她的弯曲处的凉爽;但那时我们只是白蚁[572]热的|隐士,我们[573]他们|小的|是,我们。我们觉得我们的蚁堆[574]安色伊尔就像阿兰山[575],人民的古墓[576]巴罗河,一座巨人之山[577]J|仅仅|是的|兽皮|约顿吉尔山脉:它是猪群中的嘟

536 Melancholy Slow 解 melancholy“哀伤的”＋slow“慢”，这两个词出自 18 世纪盎格鲁爱尔兰诗人哥尔德斯密斯的《游人》(*The Traveller*)。
537 pragma［希］“～”。
538 tothink 解 toth［爱］“～”；也解 to think“～”；也解 tothball［［爱］“～”。
539 这句话变自莫尔的歌曲《棕发女佣》中的“哦，呼吸不是他的名字”。
540 Kiwasti 解 kis wāste［印］“～”。
541 kisker 解 kiskā［印］“～”。
542 kither 解 kidhar［印］“～”。
543 kitnabudja 解 kitnā［印］“多少”＋bajā［印］“合适的时间”；也解 budjav［塞维］“～”。
544 tal 解 tell“～”；也解 tale“～”；也解 tall“～”；也解 tal［威］“～”；也解 Tal［希］“～”；也可与后面的 tem 合解 *Tale of a Tub*“～”，18 世纪英国作家斯威夫特的作品。
545 tem 解 them“～”；也解 tem［吉］“～”；也解 Tem“～”，埃及《死者书》的作者。
546 gav［吉］“～”。
547 grube 解 grob［塞维］“～”；也解［德］“～”。
548 指英国西南部的康沃尔郡。
549 orfishfellows' 解 or fish fellows'“～”；也解 orphisch［德］“～”。
550 leeklickers' land 解 leek lickers' land“～”，指威尔士；也解 Luilekkerland［荷］“～”；也指伦敦及其近郊。
551 panbpanungopovengreskey 解 Paub-pawnugo tem［吉］“苹果之郡”，即英国南部的赫特福郡＋Pov-engreskey tem［吉］“土豆之郡”，即英国东岸的诺福克郡；也解 Pannonia［拉］“～”；也解 Ungarn［希］“匈牙利”；也解 po-vengerski［俄］“匈牙利”。
552 regnans［拉］“～”；也解 regnen［德］“～”。
553 compass“～”，并与前面的 pointers 合解“～”。
554 melos［拉］“～”。
555 plicyman，plansiman，plousiman，plab 模仿儿歌中的“富人、穷人、乞人、小偷”而作的文字游戏，故依照第一个词语 policeman“警察”，依次译为“～”。
556 forefarther 解 forefather“～”；也解 four fathers“～”。
557 Ming，Ching and Shunny 解 Ming，Qing and Sun-ny“～”，即中国的清朝、明朝和孙中山的政府；也解 Meng，Chi and Shuh-sun“～”，孔子所在的鲁国的三个大姓。
558 folkers for 解 fight for“～”；其中 folkers 也解 Völker［德］“～”；也可与前面的 forefarther 合解 folkeforfatter［丹］“～”。
559 指中国春秋时期齐相晏子的“二桃杀三士”的故事；两个桃子也指书中的两个女子。
560 ghouly ghost 解 Holy Ghost“～”；也解 ghoul ghost“～”。
561 hantitat 解 habitat“～”；也解 hanter［法］“～”；也解 Tat［德］“～”。
562 Zoans 解 zones“～”；也解 zôon［德］“～”。
563 torroar 解 tórramh［爱］“～”；也解 the roar“～”；也解 tor“～”＋roar“～”。
564 Armagh“～”，爱尔兰北部城市，位于原乌尔斯特省，爱尔兰最古老的五座城市之一。
565 Clonakilty“～”，爱尔兰渔港，位于芒斯特省科克郡；也解 Cluain na［爱］“～”。
566 Deansgrange“～”，都柏林南部城郊，位于兰斯特省。
567 Barna“～”，爱尔兰戈尔韦市的城镇，属于康诺特省。
568 Hee haw“～”；也解 heehaw“～”。
569 fell hill“～”；也解 fell ill“～”；也解 fell hell“～”。
570 alplapping 解 lap-lapping“～”；此句也包含本书女主人公名字的缩写 ALP；也解 plappern［德］“～”。
571 um 解 them“～”；也解 um［德］“～”。
572 thermites 解 termite“～”；也解 thermos［希］“～”；也解 hermit“～”。
573 Wee 解 we“～”；也解 he“～”；也解 wee［苏格兰］“～”；也解 oui［法］“～”。
574 antheap“～”；也解 George Antheil“～”(1900—1959)，美国作曲家。
575 Hill of Allen“～”，位于爱尔兰基尔代尔郡。
576 Barrow“～”；也解 Barrow“～”，爱尔兰第二大河。
577 Jotnursfjaell［丹］“～”；也解 Jot［德］字母“～”＋nur［德］“～”＋ja［德］“～”＋Fell［德］“～”；也解 Jotunfjell“～”，位于挪威的山脉。

囔[578]小妖精|雷的隆隆声，有如雷电让我们大吃一惊[579]遭雷击，远方。

因此那些非事实，我们掌握它们了吗，太不精确太少了，无法使我们确信无疑，那个愚弄人的[580]民意测验证人太不可信无法找到[581]不可修复的|发疯的|无法发现的，在那里他的连系者[582]法官|祈求者是看上去[583]没有奇怪的三个人，但是他的审判者[584]被审判|妓女|糖果|昆妮显然少了两个。不过，杜莎夫人[585]给大部分打了更栩栩如生的蜡（进门，一名声[586]埃斯库多|二；出门，免费[587]三），我们的国家美术馆[588]现在彻底心满意足了，一座挽歌式的[589]微小的纪念碑，快活地[590]爱丽尔经过一年又一年[591]有害的|我完成了一座比青铜更持久的纪念碑。用你的李木手杖帮忙；大伞，有失体面[592]感恩！在那里，在老汤姆方园[593]蒂姆·芬尼根边他的展览前许多人停了下来，在这个闪回中他心满意足地坐着，罩着长袍[594]圆滚滚的，穿着宽松的牧师[595]爱丽丝长袍，看着柔媚的太阳[596]温和的|太阳躲躲藏藏地[597]迪达勒斯|道奇森滑进更深处，一滴感伤[598]不舒服的|女佣|眼睛|莫德琳学院就要在他那生霉的[599]温和的|带露水的面颊上弄出皱纹[600]思考|使骚动，一个维多利亚时代小人物的告别，阿丽丝[601]爱丽丝|霉菌丽莎|温和轻柔的，由他那瘸腿松绑者来敦促。

然而确实如此。从前[602]早些|金属的接下来的冬季读完了自然之书的每一页，直到第一城市围栏浅滩之城[603]变成都柏林第三[604]，高大的外国人的影子，被诅咒的[605]病弱的|年轻人、多面的[606]愿意、众多的[607]，庞然显现在庄园大厅的最高法庭被告席上，就好像在小偷的厨房里，枕畔私语和厕所闲聊，经过莫尔沃斯地[608]

578 grummelung 解 grumbling“～”;也解 gremlin“～”;也解 Grummeln［德］“～”。

579 wonderstruck“～”;也解 thunderstruck“～”。

580 legpoll 解 leg pull“～”;也解 pull one's leg“～”;也解 by the poll“～”。

581 irreperible 解 irreperibile［意］“无法寻找的”;也解 irreparable“～”;也解 irre［德］“～”;也解 irrepertus［拉］“～”。

582 adjugers 解 adjugo［拉］“～”;也解 judgers“～”;也解 adjurer“～”。

583 semmingly 解 seemingly“～”;也解 semmi［匈］“～”。

584 judicandees 解 judicants“～”;也解 judicandum［拉］“～”;也解 judi［俚］“～”＋candies“～”;也解 Judith Shakespeare Quiney“～”(1585—1661),莎士比亚的女儿,莎士比亚取消了她的继承权。

585 指伦敦的杜莎夫人蜡像馆。

586 kudos 解 kydos［希］“～”;也解 escudo“～”,一种葡萄牙货币;也解 dos［西］“～”。

587 free“～”;也解 three“～”。

588 notional gullery 解 National Gallery“～”,伦敦国家美术馆。

589 exegious 解 elegious“～”;也解 exiguous“～”。

590 aerily 解 airily“～”;也解 Ariel“～”,莎士比亚的《暴风雨》中的精灵。

591 perennious 解 perennial“终年的”;也解 pernicious“～”。此句也解 exegi monumentum aere perennius［拉］“～”,出自罗马诗人贺拉斯的《歌集》。

592 degrace 解 de-grace“～”;也解 de grâce［法］“～”。

593 Tom Quad“～”,位于牛津大学基督教会学院的著名庭院;其中 Tom 也解 Tim,即“～”。

594 gowndabout 解 gowned about“～”;也解 roundabout“～”。

595 clericalease 解 clerical“牧师的”＋ease“宽松的”;其中也包括 Alice“～”,《爱丽丝漫游奇境记》的女主人公。

596 bland sol 解 sol blandus［拉］“～”;也解 bland“～”＋sol［拉］“～”。

597 dodgsomely 解 dodge-some-ly“～”;也解 Dedalus“～”,乔伊斯的《一个青年艺术家的画像》和《尤利西斯》中的主人公;也解 C. L. Dodgson“～”,英国作家刘易斯·卡罗尔的真名。

598 maugdleness 解 maudlin-ness“～”;也解 mau［德］“～”;也解 Magd［德］“～”;也解 Auge［德］“～”;也解 Magdalen College“～”,牛津大学的一个学院。

599 mild dewed 解 mildewed“～”;也解 mild“～”＋dewed“～”;

600 corrugitate 解 corrugate“～”;也解 corrugo［拉］“起皱纹”;也解 corrugis［拉］“起皱纹的”;也解 cogitate“～”;也解 agitate“～”。

601 Alys“～”,人名;也解 Alice“～”,《爱丽丝漫游奇境记》的女主人公;也可与前面的 mild dewed 合解 Mildew Lisa,即第一书第二章中的“～”;也解 mild und leise［德］“～”。

602 Eher 解 ehe［希］“～”;也解 eher［德］“～”;也解 ehern［德］“～”。

603 Ceadurbar-atta-Cleath 解 céad［爱］“第一”＋urbs［拉］“城市”＋Áth Cliath“围栏浅滩”,都柏林的爱尔兰名字为“围栏浅滩之城”(Baile Áth Cliath)。

604 Dablena Tertia 解 Eblana,古希腊天文学家托勒密所绘的世界地图上都柏林的名字＋Tertia［拉］“第三”。

605 Maladic 解 maladictus［拉］“～”;也解 maladif［法］“～”;也解 mladík［捷］“～”。

606 multvult 解 multi vultus［拉］“～”;也解 vult-vult［拉］“～”。

607 magnoperous 解 magnopere［拉］“众多的”。

608 Molesworth Fields“～”,18 世纪时位于都柏林南部的地域和街道。

到达马尔博罗绿地[609]马尔博罗，在这里依据先绞后审法审判之前先判刑，在那里依据神职人员特典法免除联合证词。他的议会[610]现代化的事情废除了他的权力，他的疯事[611]北欧海盗在都柏林的议会|现代化的事情搞垮了他这个人[612]。他的受益人是他创造的地区里的大部队，他们计算[613]死期已近他的年月。伟大车轮邓禄普[614]是他的名字：被挂起[615]看，我们全都是他的自行车[616]一个时代里两次|以撒|以撒·巴特。就如在神圣日子[617]假日|希利|《冬青与常春藤》里在他家中，他也由此成为神父和国王；浮萍[618]狼来，妒嫉看，绿藤征服。看[619]啰！看！他们把他撕成碎片[620]羔羊，他们在他的上面挥舞着他的绿树枝。为了他的受辱[621]死亡、咽气[622]妻子、永罚[623]、寂灭[624]。带着尖叫[625]和喊叫[626]、自深深处的[627]叹息[628]姐妹们。稳一些，黑眼睛[629]脏污|车|沙利文！侏儒们[630]时装模特|撒尿小童等一下！伦敦桥正倒下来[631]违犯法规，但格拉尼娅[632]铺开搁板[633]传播到海外|在外面的狂欢|赢得桌上所有赌注。来吧，忠诚的人们[634]阿岱斯特·菲德勒斯，感受咒骂[635]《菲尔的长笛舞会》，因为你的全部嘲笑并不能煽起他的状态[636]丑老太婆|非常健康|神采奕奕，唉！围成一圈，好好地[637]全部唱！唱[638]为健康干杯，唱！唱，唱！当然，所有都与这个最大的[639]吃得最多快活[640]喝|牛|养活一起鸣响喧嚣[641]进来。也来痛饮朗姆酒、红葡萄酒、雪利酒、苹果酒、尼格斯酒和香茅油[642]香木橼。再烈些。啊哦，啊哦，贝泽先生[643]《大建筑师》，你将重新被沼泽[644]博格|软的所装裹。布泽。但是傻子们[645]轻柔的叹息着[646]：啊，时光飞逝[647]忘记！但是，瞧！瞧！凭着三重之神[648]分开|御座，人，会犯错且可赎罪，我们国王[649]国|现状

609 Marlborough Green"～",18 世纪时位于都柏林北部的地名;也解 John Churchill Marlborough"第一代马尔博罗公爵"(1650—1722),英国将军,1690 年为威廉三世攻占了爱尔兰的部分地区。
610 Thing Mod 解 Thingmote"～",北欧海盗在都柏林的议会;也解 mod thing"～"。
611 madthing"～";也解 Thingmote"～";也解 mod thing"～"。
612 has done him man 解 has done him man in"～"。
613 number"～";也可与后面的 up 合解 one's number is up"～"。
614 Dunlop 解 John Boyd Dunlop"～"(1840—1921),英国轮胎和橡胶商。
615 behung"～";也解 behold"～"。
616 bisaacles 解 bicycles"～";也解 bis saeculo [拉]"～";也解 Isaac"～",《创世记》中亚伯拉罕和撒拉的儿子;也解 Isaac Butt"～",爱尔兰自治运动的领袖,1877 年被巴涅尔用计策取代。
617 holyday"～";也解 holiday"～";也解 Timothy Michael Healy"～"(1855—1931),爱尔兰民族自治运动成员,在巴涅尔与欧希夫人的私情被揭露出来后背弃了巴涅尔;也解 *Holly and Ivy*"～",圣诞歌曲之一。
618 ulvy 解 ulva [拉]"～";也解 ulv [丹]"～"。此句化自 veni, vidi, vici [拉]"我来,我见,我征服"。
619 Loo 解 look"～";也解 lo [拉]"～",用于治疗疯狗的咒语。
620 lamb"～",此处解 limb"四肢"。
621 muertification 解 mortification"～";也解 muerte [西]"～"。
622 uxpiration 解 expiration"～";也解 uxor [拉]"～"。
623 dumnation 解 damnation"～"。
624 annuhulation 解 annihilation"～"。
625 schreis 解 Schrei [德]"～"。
626 grida [意]"哭叫"。
627 deprofound 解 de profundis [拉]"～"。
628 souspirs 解 suspiritus [拉]"～";也解 sisters"～"。
629 sullivans 解 suil-dubhan [爱]"～";也解 sully"～"+van"～";也解 John Sullivan"～",爱尔兰籍法国男高音歌唱家,乔伊斯对他的声音倍加推崇;也解 Sir Edward Sullivan"沙利文爵士"(1822—1885),对《凯尔斯》做过重要的阐释。
630 Mannequins "～",此处解 manikin"～";也可与后面的 pause 合解 Manneken-Pis"～",布鲁塞尔的著名雕像。
631 Longtong's breach is fallen down 解 London bridge is falling down"～",英国儿歌;其中 breach 也解"～"。
632 Graunya 解 Grania"～",芬·麦克尔的未婚妻,与芬·麦克尔的侄子德莫特私奔。
633 spreed's abroad 解 spread board"～";也解 spread abroad"～";也解 spree abroad"～";也解 sweep the board"～"。
634 Ahdostay, feedailyones 解 Adeste, fideles [拉]"～";也解 Adeste Fideles"～",英国诗人约翰·韦德 1743 年写的一首颂歌的名字和起句,
635 feel the Flucher's bawls 解 feel the Fluch([德]"咒骂")bawls"～";也解 *Phil the Fluter's Ball*"～",此为爱尔兰演员威廉·帕西·弗兰奇写的一首喜剧性歌谣。
636 fettle"～";也解 Vettel [德]"～";也可与前面的 fit 合解 as fit as a fiddle"～";也可与前面的 fan 合解 in fine fettle"～"。
637 wohl [德]"～";也解 all"～"。
638 chin 解 chang [中]"～";也解 chin-chin"～"。
639 eatmost 解 utmost"～";也解 eat most"～"。
640 boviality 解 joviality"～";也解 boire [法]"～";也解 bovi [拉]"～"+alitas [拉]"～"。
641 chimed din 解 chimed"敲出乐声"+din"喧闹声";也解 came in"～"。此句化自《菲尔的长笛舞会》中的 all joined in wid the utmost joviality(所有人都加入到这个最大的快乐)。
642 citronnade 解 citronella"～";也解 citron"～"。
643 Mester Begge 解 Mister"～";也解 *Bygmester*"～",挪威剧作家易卜生的戏剧。
644 bog"～";也解 Bögg"～",类似于雪人的人物,苏黎士 4 月第三个星期一的送冬节上会把博格在柱子上烧掉;也解 bog [爱]"～"。
645 softsies 解 softies"～";也解 soft"～"。
646 seufsighed 解 seufzen [德]"叹气"+sigh"叹气"。
647 Eheu, for gassies 解 Eheu, fugaces [拉]"～";其中 for gassies 也解 vergiß es [德]"～"。
648 Threnning gods 解 treenige Gud [丹]"～";也解 Trennung [德]"～";也解 throne"～"。
649 kuo 解 king"～";也解 guo [中]"～";也与前面的 statues 合解 status quo"～"。

的什么塑像，他做我们的王[650]光是场灾祸[651]乱七八糟|厨师，一棵树[652]一棵树[653]肯定在那儿，在那些相互冲突的审判后面，令人难忘的树阴隐约呈现，就像所有人都应有，难以追回的时光。

轻打、轻拍、再轻轻拍打，(第一个开火，空烧酒[654]拒绝秋波先生[655]！乒乒乓乓[656]兵|痛苦！为了送冬节[657]萨克森|中尉！)三个大兵[658]次，士兵免费[659]三个，韭菜鸡肉汤[660]，从头到脚[661]K、P，来自冷溪[662]冰凉的水流|冷溪卫队。卫兵在行进，在(请原谅他们，嗯?)蒙特格摩利街[663]。街上哪一边都有人发表意见(请原谅!)点头，所有芬内营[664]白皙的|三世纪爱尔兰的正规军|芬兰人的人都一致同意(请，嗯?)。是第一个女人，他们说，给他喝汤，那致命的星期三[665]惠灵顿公爵一世，莉莉·坎宁汉[666]莉莉丝，向他提议他们去地里。愤怒的现代[667]思想|反对的长者[668]年老的|父亲，里德鲁斯[669]整理|怜悯静静站着[670]安静的|文风，怒气让人坠入愤怒，小兵帕特·马金森事后供认。(简短点儿!)对此赞同的人[671]竞争者玩着圣者像[672]玩具|《桑多伊》。我们那即将走上舞台的沃克斯霍尔[673]中的一位目前正在休息(她被一名著名舞台刽子手[674]从事选举活动的人称作袖珍[675]垃圾袋西登斯[676])在西区[677]腰|末端美容院[678]小气的接受采访[679]相互|争吵。穿着她那从半月七星[680]买来的樱桃民歌丝绸[681]、腰带吊带[682]布里斯格德尔，以及来自黑人头[683]的赤褐色土布，周围是他的鹰与童公寓里爬来爬去的男孩子们[684]，下面是他们那黑与全黑商店的谷物干草购买人[685]，她也许看起来更魅力四射[686]，法……阿……[687]什么也没有夫人向旁边说[688]《阿依达》，演到一半的时候小声[689]演员对观众

650 kuang 解 king“～”；也解 guang［中］“～”；也解 wang［中］“～”。
651 messchef 解 mischief“～”；也解 mess“～”＋chef“～”。
652 ashu 解 a“一个”＋shu［中］“树”。
653 ashure 解 a“一个”＋shu［中］“树”＋assure“保证”。
654 Refuseleers 解 Fusel［德］“劣质烧酒”＋leer［德］“空的”；也解 refuse leers“～”。
655 Missiers 解 Messieurs［法］“～”。
656 Peingpeong 解 pingpong“～”；也解 bing［中］“～”；也解 Pein［德］“～”。
657 saxonlootie 解 Sechseläuten“～”，瑞士苏黎士传统的迎春欢庆节日，一般在 4 月的第三个星期天和星期一举行，象征冬天的雪人博格将在庆典上被燃烧；也解 saxon“～”＋looie“～”。
658 tommix 解 Tommy Atkins，英国士兵的俗称；也解 times“～”。
659 free“～”；也解 three“～”。
660 cockaleak 解 cockaleekie“～”。
661 cappapee 解 cap-à-pie“～”；也解 cappa，pi［意］字母 K、P。
662 Coldstream“～”，地名，位于苏格兰东南部的市镇；也解 cold stream“～”；也解 Coldstream Guards“～”，守卫白金汉宫的女皇禁卫军之一，领章为嘉德之星。
663 都柏林街道名。
664 Finner Camps“～”，位于爱尔兰多内高郡的军事基地；其中 Finner 也解 fionn［爱］“～”；也解 Fionn“～”；也解 Finne［德］“～”。
665 wellesday 解 Wednesday“～”；也解 Arthur Wellesley“～”。
666 Lili Coninghams“～”，人名；其中 Lili 也解 Lilith“～”，亚当的第一个妻子，也被记载为撒旦的情人、夜之魔女。
667 mod“～”；也解［古英］“～”；也解［丹］“～”。
668 Eldfar 解 ældre［丹］“～”；也解 old“～”＋far［丹］“～“。
669 ruth redd 解 Redruth“～”，城镇名，位于英格兰的康沃尔郡；也解 redd［美国方言］“～”＋ruth“～”。
670 stilstand 解 stand still“～”；也解 Still［德］“～”；也解 Stil［德］“～”。
671 contenters 解 consenters“～”；也解 contender“～”。
672 santoys 解 santo“～”；也解 toy“～”；也解 Santoy“～”，20 世纪初的一出音乐喜剧及其中女主人公的名字。
673 Vauxhall“～”，位于伦敦泰晤士河南岸的一个地区，其中的沃克斯霍尔公园曾是一个时尚的集会和娱乐场所。
674 elecutioner 解 executioner“～”；也解 electioner“～”。
675 wastepacket 解 vestpocket“～”；也解 waste packet“～”。
676 Sittons 解 Sarah Siddons“～”(1755—1831)，英国 18 世纪著名的悲剧演员。
677 waistend 解 West End“～”，伦敦西区；也解 waist“～”＋end“～”。
678 pewty parlour 解 beauty parlour “～”，在俗语中指妓院；也解 petty“～”。
679 interfeud 解 interviewed“～”；也解 inter-“～”＋feud“～”。
680 halfmoon and Seven Stars“～”，位于都柏林的法兰西斯街的一家商店；以下的四个名字是彼得(A. Peter)在 1927 年出版的名著《都柏林断片：社会与历史》(*Dublin Fragments*, *Social and Historic*)中第 154—155 页的商店名。
681 padouasoys 解 pou de soie［法］“虱丝绸”。
682 girdle and braces“～”；也解 Anne Bracegirdle“～”(1674—1748)，英国女演员。
683 Blackamoor's Head“～”，18 世纪位于都柏林法兰西斯街的一家商店，后来搬到夫人街。
684 这句话中包括本书主人公名字缩写的变体 HEC。
685 emptors［拉］“～”，这句话中包括本书主人公名字缩写的变体 CHE。
686 pewtyflushed 解 beauty“美丽”＋flush“淹没”。
687 F ... A ... 解 Fanny Adams“～”(1859—1867)，被谋杀的英国女孩，后被用于英国俗语 sweet Fanny Adams，意为“～”。
688 saidaside 解 said aside“～”；也解 *Aida*“～”，意大利剧作家威尔第的歌剧。
689 half in stage of whisper 解 half in stage，whisper“～”；也解 stage whisper“～”。

的高声耳语对她的知己杯子说，一边修理着[690]重新戴上|使恢复健康她的贵妇帽[691]车轮|避孕套|茶|壶（一顶帽子！——而且我们现在明白往长枪[692]劳伦斯·奥图尔|阴茎|口吃不清地说上套只桶[693]浴缸|阴部|贝克特是什么意思了），她希望锡德·阿瑟[694]悉达多|锡德尼|亚瑟·健力士|亚瑟能得到[695]薄伽梵歌一幅画着桔子柠檬般大的兰花的圣诞画[696]，上面还有冬青和常青藤[697]地狱和太空，来自无辜者剧院[698]悼婴节|宴会|脚|害怕|事故，因为这个世界[699]担心的曾是无情的[700]该隐。那时，虽然与他生日[701]爆发|日子的春花[702]爆开相比更香[703]可憎的，对癣菌病[704]地龙|蚯蚓|纯粹的|虫子、猩红热[705]吹牛者|苹果夏洛特|卡莱顿以及所有类型的皮肤炎症[706]天气|气候|枝条来说他的生日春花是真正的[707]可变绿的花园宴会[708]便壶里的上帝，但从很多方面对佛祖的养母[709]气|圆三色堇花|般若来说，她补充说，这完完全全是一个美妙的[710]漫游的夜晚[711]吵闹。（娼妇！）史前的、顺带对他的留音机提起[712]顺便说一下一位昆虫学家[713]语源学家|偶然遇到|对话|运气|布拉赫：他的第一个名字[714]几乎|名称|合适的名字|无人有变长音符[715]周围|蜂箱。一位绰号叫[716]七座教堂的清洁工，受雇于艾克本、索皮特和艾什利本公司[717]首生|灵魂之燕|从灰烬处重生，祈祷制造者，瞥了一眼[718]格兰达洛，当他中午在经济餐馆[719]洗衣房|保密吃着肝脏和咸肉[720]离开的人和密室|硬麻布便餐要不就是肉排[721]和腰子馅饼[722]时，妇女团体问了他一个难题，而且，谢天谢地[723]圣凯文，冲动地做出回答：我们正在我自己的拥挤人群中宣传[724]传播他那无效诉讼和他们从他耳朵里掏出的东西。我们所有在欧迪家的人对阿拉塔·卡拉马[725]犁|神的化身说[726]智者|

690 recoopering“～”；也解 recover“～”；也解 recuperate“～”。

691 cartwheel chapot 解 cartwheel hat“～”；其中 cartwheel 也解“～”；其中 chapot 也解 chapeau［法］“～”；也解 capote［法］“～”；也解 cha［中］“～”＋pot“～”。

692 lallance a talls 解 a tall lance“一根长的枪矛”；也解 Laurence O'Toole“～”，都柏林守护圣人；其中 lallance 也解 lance［俚］“～”；也解 lallen［德］“～”。

693 baquets 解 bucket“～”；也解［法］“～”，俚语也指“～”；也可与前面的 thimbles 合解 Thomas à Becket“～”（1118—1170），坎特伯雷大主教，曾任大法官兼上议院议长，后因与英格兰国王亨利二世在教会权限上发生争执被刺杀。

694 Sid Arthar“～”，人名；其中 Sid 也解 Siddhartha“～”，佛祖释迦牟尼的本名；也解 Philip Sidney“～”（1554—1586），英国诗人；其中 Arthar 也解 Arthur Guinness“～”（1725—1803），爱尔兰健力士啤酒厂的创始人；也解 Fay Arthur“～”，爱尔兰音乐厅的舞蹈演员，乔伊斯在《尤利西斯》中提到过。

695 git 解 get“～”；也解 Bhagavad-Gita“～”，印度史诗《摩诃婆罗多》第六篇的一部分。

696 Chrissman's portrout 解 Christmas portrait“～”。

697 hollegs and ether 解 holly and ivy“～”，《冬青与常春藤》也为 18 世纪起英国流行的圣诞歌曲；也解 Hölle（［德］“地狱”）and ether“～”。

698 the feeatre of the Innocident 解 the Theater of the Innocent“～”；也解 Feast of the Innocents“～”，每年 12 月 28 日纪念殉教幼儿；其中 feeatre 也解 feast“～”；也解 foot“～”；也解 fear“～”；其中 Innocident 也解 incident“～”。

699 worryld 解 world“～”；也解 worried“～”。

700 uncained 解 unkind“～”；也解 Cain“～”，《圣经》中亚当的儿子，杀死弟弟亚伯。

701 burstday 解 birthday“～”；也解 burst“～”＋day“～”。

702 sprangflowers 解 springflower“～”；其中 sprang 也解［德］“～”。

703 odrous 解 odorous“有气味的”；也解 odious“～”。

704 reinworms 解 ringworms“～”；也解 rainworm“～”；也解 Regenwurm［德］“～”；也解 rein［德］“～”＋worms“～”。

705 charlattinas 解 scarlatina“～”；也解 charlatans“～”；也解 Charolett Apple“～”，广告中的女孩，她的命运随着敲门声在一个夜晚发生了改变；也解 William Carleton“～”（1794—1864），爱尔兰作家，著有《放松，帕迪》。

706 climatitis 解 dermatitis“～”；也解 climate“～”；也解 clima［拉］“～”；也解 klêma［希］“～”。

707 viridable 解 veritable“～”，也解 viridibilis［拉］“～”。

708 goddinpotty 解 gardenparty“～”；也解 god in potty“～”。

709 Maha pranjapansies 解 Maya-prajapati“～”；其中 pranjapansies 也解 prana［梵］“～”＋pansies“～”；也解 prajna［梵］“～”。

710 wanderful 解 wonderful“～”；也解 wander-ful“～”。

711 noyth 解 night“～”；也解 noise“～”。

712 obitered to his dictaphone 解“对他的口授留声机附带提起”；也解 obiter dicta［拉］“～”。

713 entychologist 解 entomologist“～”；也解 etymologist“～”；也解 entychon［希］“～”；也解 entychia［希］“～”；也解 tychê［希］“～”；也解 Tycho Brahe“～”（1546—1601），丹麦天文学家。

714 propenomen 解 praenomen“～”，古罗马人名字中的第一个名字；也解 prope［拉］“～”＋nomen［拉］“～”；也解 proper name“～”；也解 noman“～”，《奥德赛》中奥德修斯告诉独眼巨人他叫“无人”。

715 properismenon 解 properispomenon“～”，希腊语中词尾例数第二节上有变长音符的词；也解 peri-［希］“～”＋smenos［希］“～”。

716 nocknamed 解 nicknamed“～”。

717 Achburn, Soulpetre and Ashreborn“～”，人名；也解 arch-born“～”＋soul petrel“～”＋ash reborn“～”。

718 Glintalook 解 glint a look“～”；也解 Glendalough“～”，位于爱尔兰维克罗郡的一个山谷，其中著名的格兰达洛修道院由圣凯文在公元 6 世纪创建。

719 hashhouse 解 hash house“～”；也解 wash-house“～”；也解 hush hush“～”。

720 leaver and buckrom 解 liver and bacon“～”；也解 leaver and backroom“～”；其中 buckrom 也解 buckram“～”。

721 stenk 解 steak“～”。

722 kitteney phie 解 kidney pie“～”。

723 thankeaven 解 thank heaven“～”；也解 Kevin“～”，爱尔兰的隐士和圣人，曾在格兰达洛隐居 7 年，夜晚睡在洞中，白天呆在树洞里。

724 propogandering 解 propagandizing“～”；也解 propagating“～”。

725 Aratar Calaman 解 Arata-Kalama“～”，与释迦牟尼同时代的印度隐士；也解 aratar［拉］“～”＋calamus［拉］“～”；其中 Aratar 也解 avatar“～”。

726 sages“～”，此处解 says“～”；也解 ages“～”。

岁数，他是一块砌了水泥的砖[727]发疯的刺痛，操[728]公鹿他妈的！一个更不常清醒的小车司机，他正驾着二轮马车[729]用水管浇|裤子拉着轻便小车，金格·简[730]，好好地看了看。他说话时卡车[731]都林拉着她，他是这样告诉负责改写加工的编辑的：在私人生活中壹耳微蚵[732]唤醒爱尔兰的人只是一名普通的略左倾的联合改革者，但是人们全都根据法官[733]的法律认为他拥有议院勋位。艾斯卡菲[734]冰咖啡|艾斯考菲尔说（卢齐是，你知道那个人，出色的[735]布里耶-萨瓦林元首[736]味道|雨|布里耶-萨瓦林）：我的肝[737]我的诺言，你想要[738]林荫路|鸟|喂！一些煎蛋卷[739]家|拿铁咖啡，是的，夫人！好的，我的肝[740]我亲爱的上帝！！你的蛋他必须打破自己[741]，看，我裂开，于是，他坐进煎锅[742]极点，确切无疑[743]无条件的|见鬼去吧！一个排泄的人（60多岁了）喘着气，提着他的竖条法兰绒裤子[744]网球|阴茎，他知收信息有多难[745]毁谤，但是一对不同的[746]法兰绒爬上墙，去侵犯门铃。充分发育的鲑鱼[747]听到这条活泼的[748]捉摸不定的小鳟鱼[749]托洛茨基后！一名铁路酒吧女招待的看法（他们称她为流泪的悔恨）是这样的：对悲痛巷、死亡街[750]的同情者来说，对着她在同情心下帮助的对象，去弄湿吧[751]也就是说，男人和他的虹吸管。什么[752]他！当菲莉斯淹没她的马厩后，再吹口哨[753]希望就永远太晚了[754]。把他关进拘留所将是面红耳赤的[755]疤痕|命运耻辱，就如所多玛[756]塞多姆|锡东斯的生物向他提议的，哪个妓女[757]欢乐的诡计因为他[758]什么是个孤儿[759]也不|表象并因为喜欢[760]命令这种邪恶的贫乏而跟他的左轮手枪[761]阴部私奔，这又有什么关系，什么[762]他！干得好，朱姆库

727 cemented brick“～”；也解 demented prick“～”。
728 buck“～”，此处解 fuck“～”。
729 Hosing“～”，此处解 horsing“用马拉”；也解 Hose［德］“～”。
730 Ginger Jane“～”，大英博物馆收藏的世界上最古老的完整的人体。
731 Lorry“～”；也解 Larry Doolin“～”，一出爱尔兰芭蕾舞剧中的人物，是一辆二轮马车的车夫。
732 Irewaker 解 Earwicker“～”；也解 Ireland waker“～”。
733 brehemons 解 brehon“～”，古爱尔兰的立法者。
734 Eiskaffier“～”，人名；也解 Eiskaffee［德］“～”；也解 Escoffier“～”(1846—1935)，法国美食家。
735 brillant 解 brilliant“～”；也解 Jean Anthelme Brillat-Savarin“～”(1755—1826)，法国美食家。
736 Savourain 解 sovereign“～”；也解 savour“～”＋rain“～”；也解 Brillat-Savarin“～”。
737 Mon foie［法］“～”；也解 Ma foi［法］“～”。
738 ave“～”，此处解 have“有”，也解 aves［拉］“～”；也解 ave［拉］“～”。
739 homelette 解 omelet“～”；也解 home“～”＋latte“～”。
740 mein leber［德］“～”；也可与前面的 good 合解 Mein lieber Gott!［德］“～”。
741 此句化自习语“不打碎蛋就做不了煎蛋。”
742 poele 解 poêle［法］“～”；也解 pole“～”。
743 umbedimbt 解 un-bedimmed“～”；也解 unbedingt［德］“～”；也解 and be damned“～”。
744 tennises“～”，此处与后面的 flannels 合解 tennis flannels“～”；也解 penises“～”。
745 kne ho har twa to clect infamatios 解 knew how hard 'twas to collect information“～”；其中 infamatios 也解 infamatio［拉］“～”。
746 a diffpair 解 a different pair“～”。
747 Braddon 解 bradán［爱］“～”。
748 fresky 解 frisky“～”；也解 freaky“～”。
749 troterella［意］“～”；也解 Trotaky“～”(1879—1942)，俄国政治家。
750 纽约的第 11 大街曾被称为死亡街。
751 to wet“～”；也解 to wit“～”。
752 Ehim 解 ehem［拉］“～”；也解 him“～”。
753 whissle 解 whistle“～”；也解 wish“～”。
754 在乔伊斯的藏书阿德里安(Adrian)所著《关于被遮盖的童贞的法律》(*The Law Concerning Draped Virginity*)中，有“虽然她常常小便，菲莉斯希望被认为是处女。”
755 skarlot 解 scarlet“猩红色的”；也解 scar“～”＋lot“～”。
756 Seddoms 解 Sodom's“～”，所多玛为《圣经》中因罪恶过多被上帝毁灭的城市；也解 Seddom“～”，英国杀人犯；也解 Sarah Siddons“～”(1755—1831)，英国 18 世纪著名的悲剧演员。
757 merrytricks 解 meretrix［拉］“～”；也解 merry tricks“～”。
758 ehim 解 him“～”；也解 ehem［拉］“～”。
759 norphan 解 orphan“～”；也解 nor“～”＋phan“～”。
760 Enjoining“～”，此处解 enjoying“～”。
761 revulverher 解 revolver“～”；也解 vulva“～”。
762 Ehim 解 ehem［拉］“～”；也解 him“～”。

尔基尔[763]！基蒂·泰瑞尔[764]本国的为你骄傲，这是商务部[765]官员的回答，(哦，不要责备部委[766]吟游诗人！)而此时橱柜[767]黑体字|堤岸|攀登女儿们一致[768]回答喃喃道：上帝宽恕他的假腿[769]！布利安·林斯基[770]布利安·奥林，那个骂年轻人的人[771]咒骂上帝的人，在他的狩猎小屋[772]大喊大叫|盒子被讯问，在保利纳布拉格街[773]拿着吹牛手枪叫骂，并迅速做出回击，说：妈的[774]脚爪！我会再一次发出地狱的咆哮[775]地狱|打保龄球！我赞成洞穴人[776]小心狗的追逐和撒哈拉的性，操[777]小心|悄悄除掉你|犬吠|伯克！她们两个母狗该拴上链子[778]被抽鞭子，小心狗[779]诅咒他们！起来猪，打野猪[780]灰白的|嚎叫！妈的！一个未来的殉道者，他现在正在伺候阿私陀仙[781]健康的，在那里他被教育戴上手镯，当被责问起这一点[782]正好时，他提供了无可置疑的事实，即只要桑基亚·蒙迪[783]释迦牟尼|穆迪和桑奇在槲寄生[784]神秘|树下要他的芒果把戏[785]恶作剧，不可靠的飞天躲藏在他的叶子特许证下，他的追随者被强大的因陀罗[786]自言自语|禁止霹雳吓住[787]守灵|火把|烘烤，那么结果就会如此，库克斯哈芬[788]天堂将遍地战火。(胡说！)传教士伊达·乌姆威尔，这个 17 岁的宗教复兴运动者，对于把掷弹兵[789]石榴汁与其他使用公园的可敬可恶人士[790]同辈|儿子连在一起[791]干扰|埋葬|吱吱响这一巧合，他说：这个直立的[792]特殊的家伙是个畜牲[793]低糖酒|一窝小鸡！但是是个出色的畜牲！“卡利古拉”[794](丹勒·马格拉斯先生，书商[795]靴匠，在《悉尼广场[796]公报[797]锡球》的东澳大利亚[798]读者[799]可怜的使用者中很有名)，像往常一样，与他恰恰相反：今日奋斗，明日希望[800]挣扎着死去，偶然变成熟，

763 Drumcollakill“～”,人名;也解 Drom-Choll-Coil,盖尔语中都柏林的旧称。

764 Kitty Tyrrel“～”,人名;也解 tíoramhail [爱]“～”;也解英国诗人托马斯·莫尔《哦,不要责备吟游诗人》的旋律。

765 B. O. T. 解 Board of Trade“～”。

766 Board“～”;也解 bard“～”。

767 Benkletter 解 benklæder [丹]“～”;也解 black letter“～”;也解 bank“～”+klettern [德]“～”。

768 in uniswoon 解 in unison“～”;也解 in answer“～”。

769 Golforgilhisjurylegs 解 God forgive his jury legs“～”。

770 Brian Lynsky“～”,人名;也解 Brian O'Linn“～”,爱尔兰民谣中的早期英雄,教会爱尔兰人做衣服。

771 cub curser“～”;也解 God curser“～”。

772 shouting box 解 shooting box“～”;也解 shouting“～”+box“～”。

773 Bawlonabraggat 解 Ballynabragget“～”,路名,位于爱尔兰北部的邓郡;也解 bawl on a brag gat“～”。

774 Paw“～”,此处解 bawl“叫骂”,译为骂人话。

775 hellbowl 解 hell“地狱”+howl“咆哮”;也解 hell“～”+bowl“～”。

776 caveman“～”;也解 cave canem [拉]“～”。

777 burk you 解 fuck you“～”;也解 mark you“～”;也解 burke you“～”;其中 burk 也解 bark“～”;也解 William Burke“～”(1792—1829),爱尔兰杀人犯,把新鲜的尸体卖给爱丁堡解剖学校。

778 be leashed“～”;也解 be lashed“～”。

779 canem 解 cave canem [拉]“～”;也解 curse them“～”。

780 hoar“～”,此处解 boar“～”;也解 howl“～”。

781 saint Asitas“～”,印度婆罗门中一位在香山修道的智者,预言释迦牟尼或者成为圣王,或者成为仙人;也解 sanitas [拉]“～”。

782 on the point“关于这一点”;也解 à point [法]“～”。

783 Sankya Moondy“～”,人名;也解 Sakya Muni“～”,佛祖的名字;也解 Moody & Sankey“～”,美国宗教复兴运动者。

784 mysttetry 解 mistletoe“～”;也解 mystery“～”;其中也包括 tree“～”。

785 mango tricks“～”;也解 monkey tricks“～”。

786 indradiction 解 Indra“因陀罗”,印度教中司雷雨的主神+diction“措词”;也解 intra-diction [拉]“～”;也解 interdiction“～”。

787 torrifried 解 terrified“～”;也解 tórramh [爱]“～”;也解 torris [拉]“～”;也解 torreo [拉]“～”。

788 Cuxhaven“～”,德国西北部的港口;也解 haven“～”。

789 grenadines“～”,此处解 grenadiers“～”。

790 peersons 解 persons“～”;也解 peer“～”+son“～”。

791 interfizzing 解 interfacing“接合”;也解 interfering“～”;也解 inter“～”+fizz“～”。

792 perpendicular“～”;也解 particular“～”。

793 brut“～”,此处解 brute“～”;也解 Brut [德]“～”。

794 Caligula“～”(12—41),罗马皇帝,残暴荒淫,长期与妹妹保持乱伦关系,后被刺杀。

795 bookmaker“～”;也解 bootmaker“～”。

796 Sydney Parade“～”,都柏林街道名。

797 Ballotin 解 Bulletin“～”;也解 ball of tin“～”。

798 Eastrailian“～”,1894 年《悉尼公报》上的一封读者来信建议将东澳大利亚命名为 Eastrailian.

799 poorusers 解 perusers“精细阅读者”;也解 poor users“～”。

800 striving todie, hopening tomellow 解 striving today, hoping tomorrow“～”。此句化自习语 here today and gone tomorrow“漂泊不定”;也解 striving to die, happening to mellow“～”。

汇[801]商品钱[802]泼溅来。兄弟[803]补鞋匠|搓绳机|发电报的人。我们每两个小时有肉[804]相遇得太早，艾勒·卡普兰·白库特[805]早期博伊卡特上尉唱着说，伴以著名的牧师的斗牛士[806]斗篷表演，相逢得太早[807]每小时|我们的了，斗牛士[808]亲爱的！丹·麦克约翰，罩衫巷剧院[809]的领唱人，他说自己的[810]乖乖起床吧都是格言式的[811]善言|试验：需要改变的已经改变了[812]。道兰的主人（“鼻烟盒”）和摩根夫人[813]（“摇摇扇[814]奉承|乐趣”）各站一边，交叉而过，相互鞠躬致意，然后再次交叉穿过他们自己。他们舞台上空的肮脏配音响得太随便[815]一、二、三，重复着他们女演员[816]下面的每日[817]考究的单调[818]，孤零零地在一处[819]饥馑|泥炭沼|乌纳穆诺。西尔维娅·塞兰斯，少女侦探（弥涅瓦[820]记得，但是至今整个鸽乡听到的是海龟声[821]斑鸠）当在她那舒适困倦的单身汉[822]溪流|巴赫公寓里获得了关于案件的众多方面的信息后，很大程度上忽视了做梦者约翰提供的消息[823]马房|沉思，靠在她那确实真正的安乐椅里，悠闲地问遍了她那以元音为线索的音节[824]教学大纲：你是否曾[825]夏娃想过，记者，绝对的伟大正是他的悲剧[826]？尽管如此，根据我对这个行为反复考虑的看法，根据1885年刑法修正条例第11章[827]第32条的每个条目，他应该接受彻底的惩罚，等待执行，纵使这一行为有任何相反情况。嘉利·吉克开始闷闷不乐[828]迪尔克爵士，因为他不能回家找杰尔西，而是这样结束的：他得到了帮他蜕皮的安宁袋子，而不是[829]他愉快的[830]晚礼服|格莱斯顿破布。米格尔[831]我的|女孩，一位海军士兵，被安排坐在我们新杀鱼场[832]费什安贝的大理石巨

801 ware“～”,此处解 wire“拍电报”。

802 splash“～”,此处解 cash“～”。

803 Cobbler“～”,此处解 brother“～”;也解 cabler“～”,或“～”。

804 have meat two hourly“～”;也解 have met too early“～”。

805 El Caplan Buycout“～”,人名;也解 early Captain Boycott“～”,驻爱尔兰的英国地方官,当地的爱尔兰人对他的高额地税进行集体抵制。

806 turridur 解 toreador“～”。

807 ourly 解 early“～”;也解 hourly“～”;也解 our“～”。

808 matadear 解 matador“～”;也解 my dear“～”。

809 S. S. Smack and Olley's 解 Smock Alley Theatre“～”,都柏林剧院名。

810 upsiduxit 解 ipse dixit [拉]“他说自己”;也解 upsydaisy“～”。

811 probiverbal 解 proverbial“～”;也解 proba verba [拉]“～”;也解 Probe [德]“～”。

812 mutatus mutandus 解 mutatis mutandis [拉]“～”。

813 Moirgan 解 Lady Sidney Morgan“～”(1783—1859),英国作家。

814 Flatterfun 解 fluttering fan“扑扇的扇子”,摩根夫人喜欢扇一把大绿扇子;也解 Flatter“～”＋fun“～”。

815 went too free“～”;也解 one two three“～”。

816 scenities 解 scaenitae [拉]“～”。

817 dainly 解 daily“～”;也解 dainty“～”。

818 drab“～”,或“嫖妓”。

819 una mona 解 ûnâ [拉]“在一起”＋mona [拉]“独自”;也解 úna [爱]“～”＋móna [爱]“～”;其中 Mona 也解都柏林边马恩岛(Isle of Man)的旧名;也解 Miguel de Unamuno“～”(1864—1936),西班牙作家。

820 Meminerva 解 Minerva“～”,罗马神话中的智慧女神;也解 memini [拉]“～”。

821 turtlings“捕捉海龟”;也可与后面的 dove 合解 turtledove“～”。

822 bachelure 解 bachelor“～”;也解 Bach [德]“～”;也解 Bach“～”(1685—1750),德国作曲家。

823 mews“～”,此处解 news“～”;也解 muse“～”。

824 syllabelles 解 syllables“～”;也解 syllabus“～”。

825 evew 解 ever“～”;也解 Eve“～”。下面两句话是把字母 r 都换成字母 w。

826 此处把字母 r 都换成字母 w,这也是本书的造字法之一。

827 英国作家王尔德被依据 1885 年刑法修正条例第 11 章被判刑。

828 silke 解 sulk“～”;也解 Charles Dilke“～”(1848—1910),他曾陷入性丑闻,但是后来仍继续从政。

829 instench of 解 instead of“～”。

830 gladsome“～;也可与后面的 rags 合解 glad rags“～”;也解 Gladstone“～”(1809—1898),英国首相,自由党领袖。

831 Meagher“～”,人名;也解 mea [拉]“～”＋girl“～”。

832 fishshambles 解 fish“鱼”＋shambles“屠宰场”;也解 Fishamble“～”,都柏林街名。

石阵的一块石板上，以便在曾流行的行为之后像通常那样充点儿气[833]通风|画饼充饥，和他在一起的是侩斯特和普艾拉[834]哀怨|女孩，泼辣的和铁环[835] P和Q，（她的头脑感到胃里[836]一沉时，脑海里也出现了一阵凉意，智慧是寺院，知识是潮湿[837]什么是什么，什么是什么）得到鼓励，尽管他自己也几乎被消灭了[838]涅槃，被他的一个一起订婚的人，以便得到你的呼吸，瓦特[839]沃顿，懂了[840]团块|绞架|喙，被她的养姐[841]姑姑|更快的|印度教中的经典|女裁缝|姐妹指责给你的裤子[842]腾跃装上鞍，纳维叶，于是对她另一个的感谢之吻[843]感恩节一起回答说：我按下我的两个手指纽扣，未婚妻米格尔，（他说！）对于霍尼曼[844]安妮·霍尼曼山上你的两只天鹅绒大腿，他应受指责——就像扣钩和扣眼[845]我怎么能，责备他或其他任何鱼人[846]豌豆？——但是我也认为，与此类似[847]生殖器|女孩|再见|《小叛逆》，根据他裤子的围攻[848]座位，背后还有其他某个人——你赌上你的最后一分钱[849]给他买奉承话|布拉尼——与沿着凯撒巷[850]凯撒的走来的他们三个鼓手有关。（老一套[851]第三！）

这些海上[852]仅仅裁缝商团的民族寓言[853]亚伯讲[854]指示物|谈论|终点|应受尊敬的的是怪人[855]国王[856]《俄狄浦斯王》吗？是不是所有那时的所见所闻现在都被遗忘了？在这个沉闷的信件时代人们想要[857]模糊的知道，如果它比任何被记载曾发生之事都更加真实，那么如此多样的愤慨（它们依然会出现！）有没有可能是有计划地和多少用来对付一个如此忠诚的立约者[858]，因为很多，我们相信、同意[859]被赞同和否认[860]被反对，是由一个使用但吝啬地使

833 aireating 解 aerate“～”；也解 aeration“～”；也解 eat the air “～”。

834 Questa and Puella“～”，两个人名；也解 questa［拉］“～”和 puella［拉］“～”。

835 piquante and quoite 解 piquant and quoit“～”；也是书中的 P/Q 二元对立。

836 summock 解 stomach“～”。

837 wit's wat, wot's wet“～”；也解 what is what, what is what“～”。

838 nearvanashed 解 near vanished“～”；也解 nirvana“～”。

839 Walt“～”，人名；也解 Izaak Walton“～”(1593—1683)，英国作家。

840 gobbit 解 got it“～”；也解 gobbet“～”；也解 gibbet“～”；也解 gob［爱］“～”。

841 fastra sastra 解 foster sister“领养的姐姐”；其中 fastra 也解 fastrer［瑞典］“～”；也解 faster“～”；其中 sastra 也解“～”；也解 sastra［西］“～”；也解 systrer［瑞典］“～”。

842 pance 解 pants“～”；也解 prance“～”。

843 thankskissing 解 thanks kissing“～”；也解 thanksgiving“～”。

844 Horniman“～”，人名；也解霍尼曼博物馆，位于伦敦；也解 Annie Horniman“～”，都柏林的阿比剧院的女赞助人。

845 hook and eye“～”；也解 how can I“～”。

846 piscman 解 piscis［拉］“鱼”＋man“人”；也解 pis［爱］“～”。

847 Puellywally 解 parallelly“平行地”；也解 toth-bhall［爱］“～”；也解 puella［拉］“～”＋vale［拉］“～”；也解 *Polly Wolly Doodle*“～”，儿歌，最早发表于 1880 年哈佛学生的歌本上。

848 siege“～”；也解 siège［法］“～”。

849 boughtem blarneys 解 bottom dollar“～”；也解 bought him blarneys“～”；其中 blarneys 也解 Blarney“～”，爱尔兰南部科克郡的村庄。

850 Keysars Lane 解 Keysar's Lane“～”，位于爱尔兰东南部韦克斯福德郡韦克斯福德市的街道，可以一直追溯到北欧海盗时期；其中 Keysars 也解 Caesaris［拉］“～”。

851 Trite“～”；也解 tritê［希］“～”。

852 meer 解 Meer［德］“～”；也解 mere“～”。

853 fablings 解 fable“～”；也解 Abel“～”，亚当的儿子，被哥哥该隐杀死。

854 referend“～”，此处解 refered“～”；也解 refer“～”＋end“～”；也解 reverend“～”。

855 oddman 解 odd man“怪人，投最后决定性一票的人”＋old man“老人”。

856 rex［拉］“～”；也可与前面的 oddman 合解 *Oedipus Rex*“～”。

857 fain“欣然地”；也解 faint“～”。

858 covenanter“～”，指是苏格兰长老会成员。

859 beyessed 解 bejaht［德］“～”；也解 be yes-sed“～”。

860 denayed 解 denied“～”；也解 be-nay-ed“～”。

用真相的人提供给我们的，而我们，在这一方，由于这个缘故，应该对他们的尖锐报道[861]阴茎感到遗憾。这第七座城[862]，乌拉维拉[863]优留毗罗，他避难的城堡[864]亲爱的城市，无论去哪里（我们应该相信门外汉们[865]情人们和他们的罪状吗），在亚德里亚海[866]一个树屋|阿特拉斯呼啸的[867]义愤填膺狂风吹不到的地方，与驳船主[868]市长|掘泥机|大师交换着线索[869]衣服，逃亡者[870]逃跑了，在夜晚响亮的鼾声[871]所有人都打鼾中悄无声息地[872]发行|意欲，只有船，浪中的乌鸦，（发发慈悲吧，魔罗[873]！一个男性何处的罗侯罗拉斯[874]！）从老维克[875]边奥茨人的尘土[876]德比|城市里来，在为杀人而赎罪中忘却，离开死亡的疾患[877]追索|死海，进入上帝的福佑[878]德文，在重新欢乐[879]重婚中重生[880]重新停泊，（假如你在寻找建造者[881]照片，把你的耳朵深埋进[882]浸入|保持电影之声[883]电影之声新闻中！）将他的命运，手心和手掌，与女天主教徒[884]仙女|欧希夫人连在一起[885]离开。为了我的矿妻子[886]，我与你结为连理[887]毒药|拿礼物，与我的丈夫[888]裤脚带|短袜|带子结合，我给你系上缰绳[889]支撑物。荒芜[890]未来的地、安乐乡[891]莲花|格林夫人|罗德、甘美[892]悔恨的|悲哀地土、翡翠岛[893]特洛伊|从那里，农民[894]甜美的放牧，在这些地方按第四戒律从无尽[895]班扬仁慈的高空打雷者那里获得的许诺他的使徒时光将会漫长，它们喃喃低语，将用它们中所有反抗他的起而反抗他，选民[896]过得去和居民，作为集市的市镇[897]，爱农奴[898]，给他造成伤害，可怜的倒霉蛋[899]闪避，鬼魂般地跟着肉体的，仿佛他成了他们的诅咒，易朽败的很快躺下，神圣民族的所有不朽的圣人，平凡的或爱尔兰花园里的平

861 pens“笔”；也解 penis“～”。
862 都柏林也被称为基督教的第七座城。
863 Urovivla“～”，地名；也解 Uruvela“～”，印度村名，释迦牟尼在该村的尼连禅河边的菩提树下成佛。
864 citadear 解 citadel“～”；也解 city dear“～”。
865 laimen 解 laymen“～”；也解 lemen“～”。
866 Atreeatic 解 Adriatic“～”；也解 a tree attic“～”；也解 Atreus“～”，希腊神话中迈锡尼的国王，阿加门农的父亲。
867 outraved 解 raved out“～”；也解 outraged“～”。
868 baggermalster 解 barge master“～”；也解 Bürgermeister［德］“～”；也解 bagger“～”＋master“～”，指易卜生的《大建筑师》。
869 clues“～”；也解 clothes“～”。
870 hejirite 解 hejira“～”，穆罕默德在公元 622 年从麦加出走到麦地那。
871 altosonority 解 all too“太”＋sonority“响亮”；也解 all to snore“～”。
872 silentioussuemeant 解 silencieusement［法］“～”；也解 silent“～”＋issue“～”＋meant“～”。
873 Mara“～”，印度神话中的邪恶之神，曾试图诱惑释迦牟尼留在尘世。
874 Rahoulas“～”，人名，释迦牟尼的儿子，释迦牟尼曾因他而想留在尘世。
875 old vic“～”，位于伦敦东南部的剧院。
876 dirtby 解 dirt“尘”＋by“在……边”；也解 Derby“～”，英国中部城市；也解 by［丹］“～”。
877 seekness“～”，此处解 sickness“～”；也可与前面的 dean 合解 dead sea“～”。
878 devine previdence 解 divine providence “～”；也解 Thomas Devin“～”(1868—1943)，都柏林人，乔伊斯的父亲的朋友。
879 remarriment 解 remerriment“～”；也解 remarry“～”。
880 reberthing 解 rebirth“～”；也解 re-berth“～”。
881 bilder 解 builder“～”；也解 Bild［德］“～”。
882 deep“～”；也解 dip“～”；也解 keep“～”。
883 movietone 解 movie“电影”＋tone“声调”；也解 Movietone News“～”，1929—1979 年间美国的一种新闻短片。
884 papishee 解 papists“天主教徒”＋she“她”；也解 hee［英爱］“～”；也解 O'Shea“～”，巴涅尔的情人，后成为他的妻子。
885 league“结成联盟”；也解 leave“～”。
886 mine qvinne 解 min kvinde［丹］“～”；其中 mine 也解“～”。
887 giftake 解 gifte［丹］“～”；也解 Gift［德］“～”；也解 gift take“～”。
888 hosenband 解 husband“～”；也解 Hosenband［德］“～”；解 hosen“～”＋band“～”。
889 Halter“～”；也解 Halt［德］“～ ”。
890 wastobe 解 waste“～”；也解 was to be“～”。
891 lottuse 解 lôtos［希］“萎陀果”，荷马史诗中奥德修斯回家途中遇到的岛屿，吃萎陀果的人会忘记家乡；也解 lotus“～”；也解 Lettice Greene“～”，莎士比亚时代剧作家格林的妻子；也解 Lot“～”，《圣经》中逃出所多玛城的义人。
892 Luctuous 解 luscious“～”；也解 luctuosus［拉］“～”；也解 luctuose［拉］“～”。
893 Emeraldilluim 解 Emerald isle“～”，指爱尔兰；其中-illuim 也解 Ilium“～”；也解 illim［拉］“～”。
894 peasant“～”；也解 pleasant“～”。
895 abundant“～”；也解 John Bunyan“～”(1628—1688)，英国作家，他的著作《天路历程》的全名为《坏人先生的生死，无限恩惠，以及朝圣之途》(*Life and Death of Mr Badman, Grace Abounding, and Pilgrim's Progress*)。
896 franchisables“能选举的”；也解 franchissable［法］“～”。
897 Astea ... agora［希］“～”。
898 helotsphilots 解 helot“农奴”＋philos［希］“爱”。
899 jink“～”，此处解 jinx“不祥的人或事”。

凡的[900]被弃者，在红色的复活中去谴责，这样他们可以说服他，第一位法老，汉弗莱·切普斯·艾克亚斯[901]这里有瘤|切普斯|领袖，使他相信他们的正当罪恶。事情开始坚定沉着地对所有人说话，在很多情况下，我们知道的此人只有很少机会来对抗，但是即便如此，他或他的或他的事情经受了错误之乡[902]爱尔兰最早的恐怖的恐怖之事。（可能[903]现在|每个或偶然！）

在我们看来（真正的我们！），我们似乎正读着第六封印章黑夜出行[904]中我们的阿门地[905]。那是在温斯伯里[906]星期三的表演之后，一个高个子男人，像驼背一样背着一只可疑的包裹，在深夜在浓厚的特有物中离开克里斯蒂吟游诗人[907]穆尔[908]路和博格斯的第二座房子，在回家的路上，在老地方旁，罗伊之角，一只酒吧之吻[909]巴奇斯|手枪左轮手枪顶在他的脸上，一个声音说道：你该吃枪子，大家伙；由一名无法知道的攻击者（戴着面具），曾经为萝特·克拉伯奇[910]螃蟹树|野苹果|苹果夏洛特或波莫娜·艾芙琳[911]苹果|夏娃而跟他争风吃醋。不止如此，当拦路者（不是切坡里若德[912]本地化的|卢坎主教管区，甚至不是格兰达劳[913]辖区，而是来自小不列颠的船只），顺便提一下，他，这个胃里泡透的人[914]蚂蚱|折磨|懒惰邋遢的人，除了里德[915]的百刃[916]蜈蚣短剑[917]无切割的外，还带着霍布森的[918]没有选择余地，只留下非此即彼的一对儿选择，反之亦然，即或者他确实会用手枪[919]阴茎杀她，这个姑姑[920]妓女|蚂蚁，（她会没事肯定的[921]同意！）或者，如果这个失败了，朝帕奇[922]那张空白的脸上猛击一拳，打得认不出来，拿着爱尔兰[923]急

900 common or ere-in-garden 解 common or Erin garden“～”；也解 common or garden “～”；也解爱尔兰东部的威克劳郡，有“爱尔兰花园”之称。

901 Humpheres Cheops Exarchas“～”，人名；也解 Humphrey Chimpden Earwicker“～”；也解 Hump here “～”＋Cheops“～”，公元前 2589—前 2566 年在位的埃及法老胡夫的希腊名＋exarchos［希］“～”；这个名字中包含本书主人公名字的缩写。

902 Errorland“～”；也解 Ireland“～”；

903 perorhaps 解 perhaps“～”；也解 peróra［意］“～”；也解 per or haps“～”。

904 going forth by black“～”，化自埃及《死者书》中的“白日前来”(Coming Forth by Day)章。

905 Amenti“～”，埃及宗教中死者所处之地。

906 Wednesbury“～”，地名，位于英国南部布莱克郡的著名城市；也解 Wednesday“～”。

907 Christy Menestrels 解 Christy Minstrels“～”，美国 19 世纪出现的由白人化装成的黑人乐队，该乐队曾在 1857 年在伦敦演出。

908 Boore 解 Moore“～”，与后面的博格斯一起为克里斯蒂吟游诗人乐团的演员和竞争对手；也解 bóthar［爱］“～”。

909 barkiss 解 bar kiss“～”；也解 Barkis“～”，狄更斯的《大卫・科波菲尔》中的马车夫；也解 barker［俚］“～”。

910 Lotta Crabtree“～”，19 世纪美国的轻浮女人；其中 Crabtree 也解 crab tree“～”；也解 crabapple“～”；也解 Charlotte Apple“～”，广告中的女孩。

911 Pomona Evlyn“～”，人名；其中 Pomona 也解罗马神话中的水果女神；也解 pomme［法］“～”；其中 Evlyn 也解 Eve“～”；也解 Eveline“～”，乔伊斯的《都柏林人》中的人物。

912 Lucalizod 解 Chapelizod“～”；也解 localized“～”；也解 Lucan“～”，都柏林城郊，位于利菲河边。

913 Glendalough“～”，地名，位于爱尔兰威克卢郡，由圣凯文创建。

914 crawsopper 解 craw“嗉囊”＋sopper“用酒泡透的人”；也解 grasshopper“～”；也解 crádh［爱］“～”＋sopaire［爱］“～”。

915 Reade“～”，都柏林刀具商的名字。

916 centiblade 解 centi-“百”＋blade“刀刃”；也解 centipede“～”。

917 cutless 解 cutlass“～”；也解 cut-less“～”。

918 Hobson's 解 Thomas Hobson“～”(1544—1630)，剑桥大学附近的运输商，他只给租马人其实没有选择的选择，因此后人用 Hobson's choice 指“～”。

919 pistol“～”；在俚语中也解“～”。

920 aunt“～”；在俚语中也解“～”；也解 ant“～”。

921 be okaysure of 解 be okay“没事”＋be sure of“确信”；也解 be okay of“～”。

922 Patch“～”，人名，即圣帕特里克。

923 gaeilish 解 Gaelic“～”；也解 Eile［德］“～”；也解 geil［德］“～”。

忙|茂盛的胆汁[924]外国人伏特加，尖锐地问起桑顿与凯恩[925]该隐挡板的暴风雪生意，只得到这个受到严重人身伤害的人的回答说那，那，对他来说轻而易举[926]荷兰杜松子酒，星期三[927]一星期的中间，闷热[928]如此努力好吧去找出来他是否阵雨好吧有本事。但是这多么明显[929]为人所知不是真的啊，文雅的作者！六英尺的家伙[930]他的|英尺|一个并不是高个子，根本不是，人。没有这样的牧师人称。没有这样的挡板件。没有这样的废物数。没有这样的种族[931]格。这会不会被认为与一位女孩们有关，马拉玛·休伊[932]崇拜我|好运|围巾或柯罗勒·阿彻[933]色彩|拱形物，在石板桥下（对安来说只有一次生命[934]利菲河|汉娜·丽维娅·妇鲁拉贝尔，她的新桥[935]是她的旧物）或者轰出他的十二弹膛，冲出一个郡长入口，那个体格庞大的亚伯躯体[936]体格强壮的穿着终生之衣（一家男装店）的屠夫蓝罩衫，还拥有一瓶几乎决定性的[937]淡酒，入夜后被城防在你长痔疮了吗[938]，节制大门前抓住是否在门口路上。

第五，他第一次听到这个不幸的人的话，是用多么让人瘫痪的自言自语[939]说出的真实情绪啊，嘟囔着爱尔兰话，说他光荣地有有有多得太多的客人或酒量[940]汉格斯特和霍萨|马蹄铁去喝酒，去火焰屋、地狱鹦鹉、橘子树、格利波、太阳、圣羔羊[941]，还有最后但并非最差的[942]未受约束的过错，拉米特镇的船店[943]，从早晨他可以在黑暗中分辨出一丝亮光的时刻起，直到法律的引擎[944]主的天使向玛利亚[945]玛丽·乔伊斯展现，只会肮脏发抖地[946]填满潮水|《菲尔的长笛舞会》倒在门石柱[947]桥墩|同侪上，婆娘的软帽在它上面，他出

924 gall“～”；也解 gall［爱］“～”。

925 Kane 解 Matthew Kane“～”(？—1904)，与前面的桑顿一起，都是乔伊斯的父亲约翰·乔伊斯的密友；也解 Cain“～”。

926 snaps“容易的事”；也解 schnapps“～”；也解 snaps［荷］“～”。

927 Midweeks 解 Mittwoch［德］“～”；也解 mid-week“～”。

928 Sultry“～”；也解 so try“～”。

929 transparingly 解 transparently“透明地”；也解 transpire“～”。

930 His feet one 解 Six feet one“～”；也解 His“～”＋feet“～”＋one“～”。

931 parson ... fender ... lumber ... race“～”；也解 person ... gender ... number ... case“～”。

932 Myramy Huey“～”，人名；其中 Myramy 也解 mira me［拉］“～”；也解 euhemerema［希］“～”；也解 marama［塞维］“～”。

933 Colores Archer“～”，人名；也解 colors“～”＋arch“～”，指彩虹。

934 liv［丹］“～”；也解 Liffey“～”；也可与前面的 ann 合解 Anna Livia“～”，本书女主人公。

935 newbridge 解 New Bridge“～”，位于爱尔兰东北部的莱克斯利浦市，是爱尔兰最古老的桥。

936 Abelbody 解 Abel“亚伯”＋body“躯体”；也解 able-bodied“～”。

937 a most decisive bottle of“～”；也解爱德华·克里西爵士的《影响世界的 15 场战役》(*Fifteen Decisive Battles of the World*)。

938 其中包含本书主人公的缩写 HCE。

939 parasoliloquisingly 解 paralysingly“造成瘫痪地”＋soliloquy“自言自语”。

940 hanguest or hoshoe 解 guest“客人”＋or“或”＋［a］ thoise fion［爱］“酒量”；也解 Hengest and Horsa“～”，5 世纪的部落首领，率领萨克森人入侵肯特；其中 hoshoe 也解 horseshoe“～”。

941 以上为彼得(A. Peter)在 1927 年出版的名著《都柏林断片：社会与历史》第 93～96 页罗列的 18 世纪都柏林酒吧名，其中地狱鹦鹉原名为“鹦鹉”，坐落于当时被称为“地狱”的地区；其中 Glibt 原名为 Glibb。

942 lapse not leashed“～”，此处解 last not least“～”。

943 ship hotel 解 Ship Hotel and Tavern“～”，酒店名，位于都柏林。

944 the engine of the laws“～”；也解 the angel of the lord“～”。

945 Murray 解 Mary“～”，也指圣母马利亚；也解 Mary Joyce“～”，乔伊斯的母亲，娘家姓 Murray(穆雷)。

946 fillthefluthered 解 filthy“肮脏的”＋flutter“发抖”＋-ed；也解 fill the Flut(［德］“潮水”)“～”；也解 *Phil the Fluter's (Ball)*“～”。

947 pier“～”，此处解 pillar“～”；也解 peer“～”。

于最纯洁最息事宁人的意图误认为是一只毛毛虫[948]牛|柱子。然而他那时喊[949]笨小伙出的假作笑话[950]乔卡斯|乔卡斯塔的解释结结巴巴说得多么站不住脚，根据他自己的说法，他是一个传票送达员，只不过试着给朱斯穆斯[951]打开一瓶烈啤酒[952]灰尘，在该死的[953]有污点的|大头短棒门上拼命[954]好战地|查尔斯·马特尔敲打他的好酒瓶[955]伟大之善（棍子越短越野蛮），好让天鹅地的家伙[956]，毛里斯·博汉，匆忙穿上鞋子，手里[957]拿着|秃头的|老的除了[958]顶端|手掌锡钉[959]闪电|壁炉|剑鞘什么都没有，跳着走着蹦着[960]含、闪和雅弗|灯下来，从熟睡的废物中[961]《西方已醒》来到骑士比武场，系着宽腰带[962]非洲黑人间奉行的巫术没有[963]罩衣或领带，被枪声[964]斯堪的纳维亚地区的所吸引，枪手正玩着通向都柏林的岩石路[965]北欧诸神的毁灭|洛德布洛克上迦太基必需被摧毁[966]德兰狄是运输货车夫，说当他梦见他在玛门[967]摩门教徒|怪物|大理石大厅里财富成群时恰好[968]被撬开|被称颂安稳地在[969]战争床上，然后他被从他的安息地[970]传出的第四声响亮的鼾声吵醒，而这时历史[971]希奇斯的牛[972]嗉囊|缪斯正在月光下吃草[973]注视，听到发自瞎猪[974]非法卖酒的商店和任何类似东西的陷入激怒[975]的敲击声（尤娜[976]饥荒|湿地！尤娜！）在整个穆林格酒店[977]该隐|迦南的历史上他从未。敲击的嘈杂声[978]巴别塔遍布大门和边柱，他常常说，与一瓶豪饮造成的魔王[979]唠叨[980]巴别塔没有一点儿相像，后者不会把他从沉睡中唤醒，而是让他更多地想起外国乐师们的[981]康德乐器[982]歌曲的军事[983]戒严令|马赛|《马赛曲》|查尔斯·马特尔进攻[984]罗马战神马尔斯|大群，或者庞贝城[985]庞培|天主教会|豪饮最后第三天的序曲[986]被

948 cattlepillar 解 caterpillar“～”；也解 cattle“～”＋pillar“～”。
949 hoy“～”；也可与前面的 hobbles 合解 hobbledehoy“～”。
950 pseudojocaxr 解 pseudo-joke's“～”；也解 Joacax“～”，乔伊斯在大学时的绰号；也解 Jocasta“～”，古希腊传说中俄狄浦斯的妻子和母亲。
951 zozimus 解 Zosimus“～”，都柏林的流浪诗人和乞丐，有“最后一位吟游诗人”之称；也解 6 世纪的隐士，在每个基督受难日前夜在约旦河边的一个洞穴里为埃及的马利亚做圣事。
952 stoub 解 stout“～”；也解 Staub［德］“～”。
953 bludgey 解 bloody“～”；也解 blodge-y“～”；也解 bludgeon“～”。
954 mortially 解 mortally“致命地”；也解 martially“～”；也解 Charles Martel“～”，查理曼大帝的祖父，绰号“锤子”。
955 magnum bonum［拉］“～”，此处解 magnum“大酒瓶”＋bonum［拉］“好的”。
956 the boots about the swan“～”；也解 *The Boots at the Swan*“～”，英国剧作家查尔斯・塞尔比的戏剧，主人公雅各・壹耳微蚵(Jacob Earwig)是个装成警察的聋子。
957 hald 解 hand“～”；也解 hold“～”；也解 bald“～”；也解 old“～”。
958 barra 解 bar“～”；也解 barra［爱］“～”；也解 bara［爱］“～”。
959 tinnteack 解 tintack“～”；也解 tinrteach［爱］“～”；也解 tinteán［爱］“～”；也解 tinnteach［爱］“～”。
960 homp，shtemp and jumphet 解 hop，step and jump“～”；也解 Ham，Shem and Japhet“～”，《圣经》中挪亚的三个儿子；其中 homp 也解 lamp“～”。
961 the wastes a'sleep“～”；也解 *The West's Awake*“～”，爱尔兰歌谣。
962 obi“～”；也解 obeah“～”。
963 ohny 解 ohne［德］“～”。
964 norse 解 noise“～”；也解 Norse“～”。
965 raglar rock to Dulyn 解 *Rocky Road to Dublin*“～”，19 世纪一首爱尔兰歌曲的名字；其中 raglar 也解 Ragnarøkr［古挪］“～”；也解 Ragnar Lodbrok“～”，北欧海盗的首领。
966 Delandy is cartager“～”，此处解 delenda est Carthago［拉］“～”，此为罗马将军老加图的格言。
967 mormon“～”，此处解 Mammon“～”，原为财神，后为贪欲的象征，地狱魔鬼之一；也解 mormô［希］“～”，一种杜撰来吓小孩的怪物；也解 marmor［拉］“～”。此句化自歌曲《我梦想我住在大理石大厅》(*I Dreamt That I Dwelt in Marble Halls*)，乔伊斯在《都柏林人》中的“艾芙琳”和“土”中都曾借用。
968 prised“～”；此处解 precisely“～”；也解 praised“～”。
969 war“～”，此处解 was“～”。
970 land of byelo 解 land of Beulah“～”，班扬的《天路历程》中生命行程的终点。
971 hickstrey 解 history“～”；也解 Hickey's“～”，都柏林学士街上的二手书店。
972 maws“～”，此处解 cows“～”；也解 muse“～”。
973 grazing“～”；也解 gazing“～”。
974 bland pig“～”，在美国俚语中指“～”。
975 pandywhank 解 paddywhack“～”；这也是托马斯・穆尔为他的歌谣《历史的缪斯》指示的旋律。
976 oonagh 解 Úna［爱］“～”，女子名；也解 úna［爱］“～”；也解 abhnach［爱］“～”。
977 Mullingcan Inn 解 Mullingar Inn“～”，位于都柏林西郊的切坡里若德；其中也包含 Cain“～”；也解 Canaan“～”，《圣经》中挪亚的孙子。
978 babel“～”；也解 Babel“～”。
979 belzey 解 Beelzebub“～”。
980 babble“～”；也解 Babel“～”。
981 Musikants 解 Musikant［德］“～”；其中也包含 Kant“～”(1724—1804)，德国哲学家。
982 instrumongs 解 instruments“～”；也解 songs“～”。
983 martiallawsey 解 martially“战争地”；也解 martial law“～”；也解 Marseilles“～”；法国城市名；也解 *Marseilaise*“～”，法国国歌；也解 Charles Martel“～”，查理曼大帝的祖父，绰号“锤子”。
984 marses 解 marches“进军”；也解 Mars［拉］“～”；也解 mass“～”。
985 Pompery 解 Pompeii“～”；也解 Pompeius“～”(前 106—前 48)，罗马三巨头之一；也解 popery“～”；也解 pomper［法俚］“～”。
986 overthrewer 解 overture“～”；也解 over-threwer“～”。

抛弃者，如果有什么不同的话。在这最无目的的[987]没有午休的轮番敲门[988]夜曲之后，年轻的雨水[989]王后|纯的绝望地落下，年老的利菲河[990]河马开始涌入[991]悲叹|哭泣|下雨平原各处[992]到处，像她所能的那样疯狂[993]像她反刍的食物一样泥泞，弄坏了所有屠夫的围裙[994]衬衫和面包师的[995]支持者们抹布[996]，这样作为天空女王监狱[997]的枝形吊灯[998]圣烛节，它们整夜清洗着[999]看着水[1000]统治|者自[1001]，翻滚的[1002]天气|世界水自。夜晚[1003]白色。

稍等一下。理想年代里的一点点[1004]，火枪手们！阿托斯，波托斯和阿拉米斯[1005]伯克|亨利·卡尔|阿拉米斯，为了占星术[1006]天文学家|占星家，为了对太阳[1007]调味汁|圣人的爱和天堂[1008]圣凯文的荣誉，离开澳大利亚[1009]阿斯特拉伊娅，离开拍拍打打地回到国土[1010]。滚离卷轴[1011]真实的|李尔的世界，卷轴的世界，卷轴的世界！并叫来你的所有黄栌[1012]烟熏得脸红、白雪和红玫[1013]，如果你有真正的奶油的话！现在为了一次草莓欢聚！好运[1014]扒手|叶子，傻瓜[1015]！找出那个女人[1016]火焰|火苗！女人女人！女人女人！

赶快，长着巨大的大疙瘩[1017]第九个|未遗忘的头的普通人，还有那个完全厚背无耻[1018]背部光秃秃的|水盆|角落、面部[1019]财政的|鱼可笑[1020]表情的单身汉麦肯斯基[1021]战争|天空|机器|轴、杜兹纳斯库[1022]没问你或其他人。你那屠夫的羊肉[1023]矢车菊|对手|做腿扯得太厉害变得肌肉粗硬。当榛树[1024]冻榛鸡是只母鸡的时候，挪亚·比利[1025]挪亚重1001石。如今她的脂肪迅速减少。因此，聊天袋，你的为什么不能？有29条甜美的理由说明了为什么开花季节是最好的。

987 nooningless 解 meaningless“～”；也解 nooning-less“～”。
988 knockturn 解 knock in turn“～”；也解 nocturne“～”。
989 reine 解 rain“～”；也解 reine［法］“～”；也解 rein［德］“～”。
990 liffopotamus 解 Liffey“利菲河”＋potamos［希］“河”；也解 hippopotamus“～”。
991 ploring 解 pouring“～”；也解 ploro［拉］“～”；也解 pleurer［法］“～”；也解 pleuvoir［法］“～”。
992 all over the plains“～”；也解 all over the place“～”。
993 as mud as she cud be 解 as mad as she could be“～”；也解 as muddy as her cud is“～”。
994 schurts 解 Schürze［德］“～”；也解 shirt“～”。
995 backers“～”，此处解 baker“～”。
996 wischandtugs 解 Wischer［德］“抹布”＋Handtuch［德］“毛巾”。
997 Rejaneyjailey 解 Regina Coeli［拉］“天空女王”，当代罗马的一座监狱的名字。
998 chandeleure 解 chandelier“～”；也解 Chandeleur［法］“～”。
999 wasching 解 washing“～”；也解 waschen［德］“～”；也解 watching“～”。
1000 walters 解 water“～”；也解 walt-er［德］“～”＋“～”。
1001 此处句子没有说完，只用 of 结尾，表示“属于……的”，考虑到 of 在发音上的延续性，后文类似地方皆译为“自”。
1002 weltering 解 welter“～”-ing；也解 Wetter［德］“～”；也解 Welt［德］“～”。
1003 Whyte 解 night“～”；也解 white“～”。
1004 此句化自习语 A stitch in time saves nine“一针及时省九针”。
1005 Alphos，Burkos and Caramis 解 Athos，Porthos and Aramis“～”，法国作家大仲马小说《三剑客》中的主人公；也解 Alpha，Bêta，Gamma，希腊字母表中的前三个字母；也解英文字母 A、B、C；其中 Burkos 也解 Robert O'Hara Burke“～”（1820—1861），出生在戈尔韦（Galway）的奥匈帝国军队的士兵；也解 William Burke“～”（1792—1829），爱尔兰杀人犯，把新鲜的尸体卖给爱丁堡解剖学校；其中 Caramis 也解 Henry Carr“～”；也解 Aramis“～”，1922 年 4 月 1 日爱尔兰《运动时代》报上一篇文章的作者的笔名，这篇文章称《尤利西斯》会让非洲霍屯督人感到恶心。
1006 astrollajerries 解 astrologia［希］“～”；也解 astrologus［拉］“～”；也解 astrologer“～”。
1007 saunces 解 suns“～”；也解 sauce“～”；也解 saints“～”。
1008 Keavens 解 heaven“～”；也解 Kevin“～”，爱尔兰的隐士和圣人。
1009 Astrelea 解 Australia“～”；也解 Astraea“～”，希腊神话中的正义女神，后成为处女座。
1010 Pamintul 解 pamint-ul［罗］“～”。
1011 reel“～”；也解 real“～”；也解 Lear“～”，莎士比亚戏剧《李尔王》中的主人公。
1012 smokeblushes 解 smoke bushes“～”；也解 smoke blushes“～”。
1013 格林童话中的《白雪和红玫》。
1014 Filons 解 filon［法］“～”；也解 filou［法］“～”；也解 filon［希］“～”。
1015 filoosh 解 foolish“～”。
1016 Cherchons la flamme 解 cherchez la femme［法］“～”；其中 flamme 也解［法］“～”；也解 flama［西］“～”。
1017 nonobli 解 knobbly“～”；也解 nono［拉］“～”；也解 non oblitus［拉］“～”。
1018 berbecked 解 barebacked“～”，化自习语 barefaced“厚颜无耻的”，故译为“～”；也解 Becken［德］“～”；也解 Ecke［德］“～”。
1019 fischial 解 facial“～”；也解 fiscal“～”；也解 Fisch［德］“～”。
1020 ekksprezzion 解 sprezzabile［意］“～”；也解 expression“～”。
1021 Machinsky Scapolopolos 解 Machinsky“麦肯斯基”，人名＋scàpolo［意］“单身汉”；其中 Machinsky 也解 machê［希］“～”＋sky“～”；也解 machine“～”；其中 Scapolopolos 也解 scapus［拉］“～”。
1022 Duzinascu“～”，人名；也解 doesn't ask you“～”。
1023 machelar's mutton 解 macellaio's（［意］“屠夫”） mutton“～”；也解 bachelor's button“～”；其中 machelar 也解 match“～”；也解 machen［德］“～”。
1024 Hazel“～”；也可与后面的 hen 合解 hazel hen“～”。
1025 Noah Beery“～”（1884—1946），美国电影演员；也解 Noah“～”，《创世记》中大洪水时期的义人，制造方舟使全家和物种幸免于难。

如果长辈们[1026]父母们是吃捣碎的石根姜长大的，他们会为青杏倾倒，即便这种感情在他们心里冬眠，就好像围绕他们的腰带秋收[1027]带来秋天|高涨一样。如果你头发上别根针[1028]痛，你就不会看起来这么纵欲性秃头[1029]了。你头[1030]引领上的瘤就会长出淡褐色的头发[1031]破坏者|平原|坏脾气|匕首|跛足的。现在听着，秋波[1032]李尔|空的先生！把那个什么也没有的[1033]范妮·亚当|汗流浃背而且可笑的亚当假笑[1034]总是收[1035]炖起来！接受一个召唤他的女人的老头[1036]翻砂工|大雁。注意他那光滑整齐的头发，多么优雅，动人的场面。他发誓她将成为他自己的甜心羊羔，赌誓他们会成为爸爸伙伴[1037]，绰号[1038]被一些人，在必然幸福的爱巢里一同度过夕阳西下的美好时光，当五月之月她熠熠闪烁，他们逗弄闪耀整整一夜，将彗星的尾巴梳得笔直，用玩具枪[1039]迈克尔·冈恩射击群星[1040]史黛拉。奶油泡夫从始至终[1041]所有|向|一角！非常好[1042]每个美好的|每个夜晚，麦肯齐斯小姐[1043]伊茜|麦肯奇！因为亲爱的老祖父[1044]脾气暴躁的人|爸爸，通过注视、狂视、闪视这些星星[1045]史黛拉，他热衷于狂欢纵乐[1046]。明白了[1047]！她希望通过现金回报来从上面听到她的衣柜，这样她就能买她的彼得·罗宾森[1048]鲁滨逊嫁妆，然后与阿蒂、伯特或者可能是查理·钱斯[1049]（谁知道呢？）招摇过市，所以再见吧[1050]太老了|过得去的|又高又老|疯的汉特[1051]先生，对我来说你太像爸爸[1052]达达运动|老糊涂了没法跳舞（于是她离开了！）城里一半的凝胶[1053]女孩们就是这样得到了她们的嫁衣[1054]，祖父他则在努力把他的吊带系到他的裤子[1055]上。但是闷老爹还没有因为甜心你

1026 Elders“～”；也解伪经《苏珊娜书》中的两个古代法官，他们先向一个女人求欢，被拒后诬陷她与一个年轻男人私通；也解 Eltern [德]“～”。

1027 auctumned 解 autumn“秋天”；也解 auctumno [拉]“～”；也解 auctus [拉]“～”。

1028 pains“～”，此处解 pin“～”。

1029 orgibald 解 orgie“纵欲”+bald“秃头”。

1030 lead“～”，此处解 head“～”。

1031 Colley Macaires 解 coll [爱]“淡褐色”+hairs“头发”；也解 coillidhe [爱]“～”+machaire [爱]“～”；也解 cholê [希]“～”+machaira [希]“～”；其中 Colley 也解 chôlê [希]“～”。

1032 Leer“～”，人名；也解 Lear“～”，莎士比亚戏剧《李尔王》中的主人公；也解 Edward Lear“～”(1812—1888)，英国画家和五行滑稽打油诗的作者；也解 leer [德]“～”。

1033 Sweatyfunnyadams 解 sweet Fanny Adams“～”，被谋杀的英国女孩，后被用于英国俗语 sweet Fanny Adams，意为“～”；也解 sweaty funny Adam“～”。

1034 Simper“～”；也解 simper [拉]“～”。

1035 stew“～”，此处解 store“～”。

1036 geeser 解 geezer [俚]“～”；也解 Gießer [德]“～”；也解 geese“～”。

1037 Pals“～”；也解 ALP，本书女主人公的缩写。

1038 by sam 解 by name“～”；也解 by some“～”。

1039 popguns“～”；也解 Michael Gunn“～”(1840—1901)，都柏林娱乐剧院的经理。

1040 stars“～”；也解 Stella“～”，即以斯帖·琼苏、斯威夫特的两个年轻恋人之一。

1041 all to dime 解 all time“～”；也解 all“～”+to“～”+dime“～”。

1042 Every nice“～”，此处解 Very nice“～”；也解 Every night“～”。

1043 missymackenzies 解 Miss Mackenzies“～”；其中 Missy 也解 Issy“～”，本书主人公壹耳微蚵和汉娜的女儿；其中 Mackenzie 也解“～”，加拿大的河流名。

1044 grumpapar 解 grandpa“～”；也解 grump“～”+papa“～”。

1045 stars“～”；也解 Stella“～”，即以斯帖·琼苏、斯威夫特的两个年轻恋人之一。

1046 razzledar 解 razzle-dazzle [俚]“～”。

1047 Compree 解 Compris [法]“～”。

1048 Peter Robinson“～”，伦敦百货公司的名字；也解 Robinson Crusoe“～”，笛福的小说《鲁滨逊漂流记》的主人公。

1049 Arty, Bert ... Charley Chance“～”，三个人名，其中查理·钱斯也解乔伊斯同时代的都柏林人，是《尤利西斯》中的麦考伊的原型；也解 A,B,C。

1050 tolloll 解 tooraloo [英口]“～”；也解 too old“～”；也解 tollol“～”；也解 tall old“～”；也解 toll [德]“～”。

1051 Hunke 解 Hunter“～”，乔伊斯时代的一位都柏林犹太人，乔伊斯曾计划用他做布卢姆的原型。

1052 dada“～”；也解 Dada“～”；也解 gaga“～”。

1053 gels“～”；也解 girls“～”。

1054 bottom drars 解 bottom drawers“～”。

1055 trars 解 trousers“～”。此句化自习语 hitch one's wagon to a star“试图靠沾别人的光而成功”。

和我之间的秘密[1056]彻底昏了头(绝不是你的生活,孩子!不是穿着那些裤子!一点点也不!)因为在某处秘密地,那里他不与谣言相伴,闷老爹有了他的2号凝胶(好哇[1057]勇敢的宣誓,我们的闷老爹!)而且他也愿意爱抚她的某些当代部位,因为虽然他绝对喜欢他的1号,但是哦,他彻底沉迷于2号靓妹[1058],因此如果他能只爱抚这两个,追来[1059]追去,三个人都会感到由衷的快乐,这像A、B、C一样简单,这两个交际花,我们是说,带着她们皲裂的[1060]快乐的樱桃屁股[1061]天使们(因为他只是假装昏了头)如果他们全都在梦生活之船上漂浮,在他的你好哇[1062]动物园中两两拥抱,对你而言花花公子花花公子[1063]洗礼,对我而言花花姑娘花花姑娘[1064]是我,是我|伊茜,对神父[1065]颜色|法伯和法伯而言你怎么到了这个地步[1066],在他那歪歪斜斜、上下颠倒昏头昏脑、头重脚轻[1067]绝顶歪歪斜斜的爱抚[1068]独木舟|第佩卡奴中,你能吗?芬妮[1069]滑稽的|芬·麦克尔|结束。

哦[1070]发送结束信号,哦,哦。用这个哗众取宠[1071]预先录制的掌声,突然[1072]泡得稀烂|柔情,三个对一条[1073] 1132,我们的共同朋友挡板和瓶子在门边似乎暗中在同一条船上,可以这么说[1074]可以说|唱歌,也带着一些设计的耳号,因为事实上插手[1075]那类窥探毫无用处,所有那类事情它们一直发生每天进一次出两次[1076]每隔一个夜即日[1077]夜莺,在所有类型各种年龄的乱交个体中,在私人住宅和公共产业中[1078],遍及所有和其他地方,贯穿尘世序列[1079]一个又一个世纪,全国上下以及海外,数量大得惊人。未完待续。联

1056 between ... you and yum 解 between you and me“～”。
1057 bravevow 解 bravo“～”；也解 brave vow“～”。
1058 Peaches“～”，也是 1927 年纽约的“老爹和靓妹”案中年轻的妻子弗朗西丝·贝拉的别称。
1059 chivee 解 chivy“～”。
1060 chappy“～”；也解 happy“～”。
1061 cherrybum 解 cherry“樱桃”＋bum“屁股”；也解 cherubum“～”。
1062 zoo-doo-you-doo 解 how do you do“～”；也解 zoo“～”；其中 doo-you-doo 也形象地表现了一男两女的意思。
1063 tofftoff 解 toff toff“～”；也解 taufen［德］“～”。
1064 missymissy 解 missy missy“～”；也解 mishemishe［爱］“～”，指爱尔兰岛的圣女圣布利吉特在受洗时用当地的盖尔语说“～”；也解 Issy“～”。
1065 Farber 解 Father“～”；也解 Farbe［德］“～”；也解 Faber & Faber“～”，英国一家著名的独立出版公司。
1066 howcameyou-e'enso 解 how came you — even so“～”；其中也包含本书主人公名字的缩写 HCE。
1067 tiptop“～”，此处解 tip“末端”＋top“顶部”。
1068 canoodle“～”；也解 canoe“～”；也可与前面的 tippy 合解 Tippecanoe“～”，河流名，位于美国印第安纳州北部。
1069 Finny“～”，人名；也解 funny“～”；也解 Finn MacCool“～”；也解 finis［法］“～”。
1070 Ack 解 ach［德］“～”；也解“～”。
1071 clap，trap 解 claptrap“～”；也解 clap track“～”。
1072 soddenment 解 soudainement［法］“～”；也解 sodden-ment“～”；也解 sentiment“～”。
1073 three to a loaf“～”；也解“～”。
1074 so to singen 解 so to say“～”；也解 sozusagen［德］“～”；其中 singen 也解［德］“～”。
1075 此处化自习语 put one's foot in it“因处理不当而招惹麻烦”。
1076 此处化自习语 day in day out“日复一日地”。
1077 nachtistag 解 Nacht［德］“夜晚”＋is“是”＋Tag［德］“白天”；也解 Nachtigall［德］“～”。
1078 reeboos publikiss 解 rebus publicis［拉］“～”。
1079 throughout secular sequence“～”；也解 throughout“贯穿”＋saeculorum［拉］“世代”＋sequential“相继的”，即“～”，出自拉丁语 per omnia saecula saeculorum“永远永远”。

邦的联合的运输工会的为了胜利的狂喜而欢欣。

但是继续调查。会不会是第二天早晨邮政工会会员的(官方称为递送者之家,苏格兰信件有限公司)奇怪命运(他被称为[1080]高的弗辛格托利克斯[1081],即[1082]围绕书信女仆的粘胶后背[1083]好奇者扑击[1084]浮松粗麻布|背篓的废物)去递送一只巨大的连锁信封,用七种不同阶段的墨水书写,从漂白剂[1085]洗涤到洗衣妇[1086]淡紫色|无痕熏衣草,每个连笔和折钩都宣示着[1087]洗衣妇[1088]祝愿者|妻子,由你那可笑团体在上面署名并捐赠[1089]传审|在下|用铅笔写,后面写着[1090]事后聪明|肛门|责难|后来,指导者圣安东尼[1091],致皮与面,都柏林爱丁堡厕所[1092]捉迷藏|伊甸园浆果?是不是在斯特恩·斯威夫特[1093]严厉的|迅速的和快乐罗吉[1094]海盗旗之间[1095]扭曲,在使用的半混合双人同声[1096]正讲话的连体婴儿中,无论用拉普兰[1097]傻气的|口误语写下什么,加上玛洁[1098]玛奇的闯入,总是好像拼合而成的[1099]层叠的|讨论会|一起|放,黑的看着白的,白的守着黑的?它会不会在我们头上闪耀,夜晚,我们则陷入我们的困境?嗯,它现在可能会,奇迹[1100]天使长米迦勒,是的可能[1101]光。经常而且总是直到考克斯[1102]舵手的妻子,汉恩[1103]布拉瓦斯基|公鸡夫人两次将她的喙刺入这件事,欧文·凯[1104]欧文凯河跟着她,去看看后来发生了什么事情[1105]妈妈要找的是什么,这个装着乱七八糟[1106]信|信|字面的碎片的南瓜[1107]邮袋一动不动地潜藏在方形石柱[1108]的异父兄弟的肚子里,一只邮筒?

棺材,幻觉艺术的胜利,初次转开眼睛[1109]漂白自然会以为是手用竖琴[1110]阿珀(当三个都刚被创造出来[1111]发现的时候,很难[1112]

1080 hight［古英］“～”；也解 high“～”。

1081 Fierceendgiddyex 解 Vercingetorix“～”，爱尔兰部落首领，曾率兵反抗罗马元首凯撒。

1082 d. e. 解 det er［丹］“～”。

1083 gummibacks 解 gummy backs“粘胶背面”，指邮票；也解 Gummi（［德］“rubber”）＋neck，即 rubberneck “～”。

1084 hucks“～”，此处解 hawks“象鹰一样扑击”；也解 hucke［德］“～”。

1085 blanchessance 解 blanch“漂白的”＋essence“精华”；也解 blanchissage［法］“～”。

1086 lavandaiette 解 lavandière［法］“～”；也解 lavender“～”；也解 lavandula alete“～”。

1087 bespaking 解 bespeaking“～”。

1088 wisherwife 解 washer“洗衣者”＋wife“妻子”；也解 wisher“～”＋wife“～”。

1089 subpencilled 解 subscribed“～”；也解 subpoena“～”；也解 sub-“～”＋pencil“～”＋-ed。

1090 afterwite 解 after“在……之后”＋write“写”；也解 afterwit“～”；也解 After［德］“～”＋wite“～”；也解 afterwards“～”。

1091 S. A. G. 解 St. Anthony Guide“～”，虔诚的天主教徒会在信上写这句话。

1092 Hyde and Cheek, Edenberry, Dubblenn, WC 解 Hide and Cheek, Edinburgh, Dublin, WC“～”；其中 Hyde and Cheek 也解 Hide and Seek“～”；其中 Edenberry 也解 Eden berry“～”；这句话里包含着本书主人公名字的缩写 HCE。

1093 stern swift 解 Stern“斯特恩”＋Swift“斯威夫特”，两人皆为 18 世纪的英国作家，在书中作为二元对立的人物出现；也解 stern“～”＋swift“～”。

1094 jolly roger“～”，此处解 jolly Roger“～”，Roger Cox（罗吉·考克斯），为斯威夫特刚到爱尔兰时的助手。

1095 twist“～”，此处解 twixt“～”。

1096 siamixed twoatalk 解 semi-mixed twoà talk“～”；也解 Siamese twins à talk“～”。

1097 lappish“～”；也解 läppisch［德］“～”；也可与后面的 language 合解 lapsus linguae［拉］“～”；其中包含着本书女主人公名字的缩写 ALP。

1098 Maggyer“～”，人名；也解 Maggies“～”。

1099 semposed 解 composed“～”；也解 superimposed“～”；也解 symposium“～”；也解 sem-［拉］“～”＋pose“～”。

1100 mircle 解 miracle“～”；也解 Michael“～”。

1101 light“～”，此处解 might“～”。

1102 Cox 解 Roger Cox“～”，斯威夫特刚到爱尔兰时的助手；也解“～”。

1103 Hahn 解 Ida Hahn-Hahn“～”（1805—1880），德国感伤小说家；也解 Helena Petrovna Blavatsky“～”（1831—1891）女士，小名叫汉恩，俄国通神论的奠基人；也解 Hahn［德］“～”。

1104 Owen K“～”，人名；也解 Owenkeagh“～”，爱尔兰河流名。

1105 whawa smutter 解 what is the matter“～”；也解 what was mother after“～”。

1106 litterish 解 litter-ish“垃圾”；也解 litir［爱］“～”；也解 litreach［爱］“～”；也解 literal“～”。

1107 kiribis 解 Kürbis［德］“～”。

1108 Herm“～”，古希腊用作路碑或界碑等的上有赫耳墨斯头像的方形石柱，赫耳墨斯为古希腊神话中的信使。

1109 blench“～”，此处化自习语 at first hand“第一手地”；也解 blanch“～”。

1110 handharp 解 hand“手”＋harp“竖琴”；也解 Hans Arp“～”（1887—1966），现代主义艺术家。

1111 invened 解 invented“～”；也解 invenio［拉］“～”。

1112 handwarp 解 hardwork“困难的工作”；也解 hand“～”＋warp“～”。

手|歪曲将雅八[1113]犹太孩子|鬃毛与犹八[1114]，或者就是土八[1115]区分[1116]特里斯丹|三开来）被从奥茨曼叔侄[1117]奥茨曼公司的五金店中转移出来，这是最西边[1118]死去一座著名的房子，依照一切事物的自然顺序不断为一切所需类型提供葬礼必需品。可是，为什么需要？事实上，被需要（如果你没有钱，你不觉得像老鼠[1119]黄褐色|家禽一样吗！）因为俗艳的新娘们或新娘[1120]奥布赖恩小姐穿着她们那百合短上衣[1121]勒里不利罗在适婚者们[1122]雪|云的艳装舞会上戏弄着一个人，而你正直的新郎总是立即赶上你。（哎呀，他们这样做的时候[1123]！）当夜晚在那里遇到，遇到她们赤身裸体[1124]半夜，在那里我赤裸着，把她们的无变成报时之击[1125]，在这个尘世，现在是我们的尘世，还有其他什么能把她们在肉体中立刻带回来，拇指向下，回到她们的残羹剩饭和马和她们的大杂烩[1126]驴|尘土。

继续进行。我们可能离开那个氧气的氮气[1127]硝酸盐|营养品去接受它的没有空气，只去电解[1128]分析|语录|垫肩|松开|汉娜那个化学[1129]卡米拉|母羊|将铁变成合金合成物，那只奇迹在此出现[1130]奇迹|看守工作|供水设备的气囊。并且尽力把更多的氢气泼到大气上[1131]我们的一些|联氨|轻松愉快的。在这个瓶装的氨气[1132]熔化的|太阳|赫利俄斯里案子继续着，高个儿拉里·托布奇兹，这个特殊人物，炫耀着一枚精致的胸章，除此之外在转角[1133]验尸官处的砖锡教堂[1134]里还有一位有责任心的读经人，在证人席上对着相应官员像挪威裁缝[1135]那样发誓说他迎面遇到一个穿着屠夫蓝[1136]女衬衫的非常奇怪的[1137]奇怪的矮小|奇怪的打鼾|穿过|行乞|《横截面》|公正的人[1138]祈使语，

1113 jubabe 解 Jabal"～",该隐的后代,住帐篷牧养牲畜之人的祖师;也解 Jew babe"～";也解 juba [拉] "～"。

1114 jabule 解 Jubal"～",该隐的后代,一切弹琴吹箫之人的祖师。

1115 tubote 解 Tubal"～",该隐的后代,打造各样铜铁利器之人的祖师。

1116 tristinguish 解 distinguish"～";也解 Tristan"～";也解 tris-"～"。

1117 Oetzmann and Nephew"～",店名;也解 Oetzmann & Co."～",都柏林和伦敦的家具商。

1118 gonemost west 解"～";也解 gone west [俚]"～"。

1119 rattanfowl 解 Rattenl [德]"～";也解 rat"～"+tan"～"+fowl"～"。

1120 brides"～";也解 Biddy O'Brien"～",民谣《芬尼根的守灵夜》中的守灵者之一,在书中与 Bridget(圣布利吉特)、breed(繁殖)、bride(新娘)联系在一起。

1121 lily boleros"～";也解 Lillibullero"～",1688 年政变时流行的一首讽刺爱尔兰天主教歌曲的部分迭句。

1122 Nivynubies 解 nubilis [拉]"适婚的";也解 niveus [拉]"～";也解 nubis [拉]"～"。

1123 此句出自 G. W. Hunt 的歌曲中的词句"我们不想战争。但是,啊呀,假如我们愿意"。

1124 mid their nackt 解 meet them naked"～";也解 Mitternacht [德]"～";其中 nackt 也解 [德]"～"。

1125 前面的四小句都包含着 midnight"半夜"。

1126 orses and ... hashes 解 orts and ... hashes"～";也解 horses and ... asses"～";其中 hashes 也解 ashes "～"。

1127 nitrience of oxagiants 解 nitrogen of oxygen"～",空气约由 80%的氮气和 20%的氧气组成;也解 nitrate"～";也解 nutrient"～"。

1128 analectralyse 解 electrolyze"～";也解 analyse"～";也解 analects"～";也解 analektra [希]"～"+lysis [希]"～";也包含 Anna"～",本书女主人公。

1129 chymerical 解 chemical"～";也解 Chimaera [拉]"～",希腊神话中的三头吐火女怪;也解 chimaira [希]"～";也解 chymeia [希]"～"。

1130 warderworks 解 wonder works"～";也解 wonderwork"～";也解 warder works"～";也解 waterworks "～"。

1131 somour heiterscene up thealmostfere 解 some more hydrogen up the atmosphere"～";其中 somour 也解 some our"～";其中 heiterscene 也解 hydrazine"～";也解 heiter [德]"～"。

1132 heliose 解 helium"～";也解 eliôse [希]"～";也解 hêlios [希]"～";也解 Helios"～",古希腊的太阳神。

1133 coroner"～",此处解 corner"～"。

1134 choorch round the coroner 解 church round the corner "～";也解 The Little Church Around the Corner "～",1849 年建于纽约的教堂。

1135 Norewheezian tailliur 解 Norwegian"挪威"+táilliúir [爱]"裁缝"。

1136 Blues"蓝色衣服";也解 blouse"～"。

1137 querrshnorrt 解 queer sort"奇怪类型的";也解 queer short"～";也解 queer snort"～";也解 quer [德] "～"+schnorren [德]"～";也解 *Der Querschnitt*"～",20 世纪最有名的德国杂志;也解 square"～"。

1138 mand"～",此处解 man"～"。

这个人，他继续说[1139]，在最后一个晚上[1140]开的，代表奥托、沙漠和东方人[1141]东方人有限公司、被写打油诗的[1142]利莫里克、食物供应商等各位先生们递送了一些羊排[1143]鲜肉和肉汁[1144]后，带着他那丝毫未减的惊讶，违反所有规定[1145]如尼文，去踢[1146]高踢关着的门[1147]讨债者和门|粪土，当被指责的被指责者[1148]无能的|鲁莽的庄重地质问这个假踢[1149]头脑迟钝的人|这里（它与他一起踢上踢下）时，他只是说：我否认[1150]定购苹果派|阿佩普|凭着我的誓言|可敬的庇护七世，腓力[1151]船长。你做了，像我以前那样强调[1152]姐妹的。你完全[1153]深深地错了，先生，汤姆金斯夫人，那么让我告诉你，麦克帕特兰用淑女的额手礼回答，（屠夫的[1154]米斯郡家庭，除了魔鬼[1155]绰号|女儿外世界上最古老的，名字。）而菲勒浦与他的警察[1156]削皮器嘻嘻哈哈[1157]剥……的皮。但是他的脸皮[1158]菲兹掉了下来。

现在看看相反方面。从绒布到凸花条绒布只是五根手指的跨度，因此这些驼峰过剩物被认为是由所有造因中的一个或任一个激起的，那些灯芯草空地[1159]空心的的女英雄们穿着衬衣，愿她成为我的爱[1160]消瘦|玛奇|玛吉·奥康纳|格林夫人愿她获得婚姻[1161]亲吻|邮件|邮差肖恩。哦！哦！因为不得不说至今只说一个大利拉[1162]，妓女鲁皮塔[1163]狼|母狼真是太可怕了，在一阵出乎意料的碳性饮料之后，随着她所有甜蜜宁静的生活呈现在她面前，并且淡去[1164]脱掉衣服，而另一只污秽的鸽子[1165]妓女，她恋爱中的妹妹[1166]妯娌，妓女鲁皮卡[1167]古罗马牧神节，一天躲避家务的时候发现她向睁大双眼的男人挑逗地脱掉衣服[1168]脱衣舞，她的小腿快乐

1139 guntinued 解 continued“～”；也解 gun“～”。

1140 epening 解 evening“～”；也解 open“～”。

1141 Eastman 解 east man“～”；也解 Eastmans Ltd“～”，都柏林食物供应商。

1142 Limericked 解 limerick-ed“～”；也解 Limerick“～”，郡名，位于爱尔兰芒斯特省北部。

1143 mattonchepps 解 muttonchop“～”；也解 Mutt and Jeff“～”，美国 20 世纪初报纸上连环漫画中一高一矮一对喜剧性人物，后成为聋子的代名词。

1144 meatjutes 解 meat juice“～”；也解 Jute，在本书中与 Mutt 组成一组二元对立的人物。

1145 runes“～”，此处解 rules“～”。

1146 hickicked 解 hic［拉］“这里”＋kick“踢”；也解 high kick“～”。

1147 dun and dorass 解 dún an doras［爱］“～”；也解 dun and door“～”；也解 dung and doras“～”。

1148 imputant 解 impute-ant“～”；也解 impotent“～”；也解 impudent“～”。

1149 hick“～”，此处解 kick“～”；也解 hic［拉］“～”。

1150 appop pie oath 解 apeipon［希］“～”；也解 apple-pie order“～”；也解 Apophis“～”，埃及蛇神和黑暗之神；也解 upon my oath“～”；其中也包含 Pope Pius Ⅻ“～”(1876—1958)，罗马教宗。

1151 Phillyps 解 Philip II“～”(前 395—前 336)，亚历山大大帝的父亲。

1152 sostressed 解 so stressed“～”；也解 sister“～”。

1153 deepknee 解 knee-deep“深陷其中地”；也解 deeply“～”。

1154 meatman's“～”；也解 Meath“～”，常被称为王室郡，是爱尔兰最古老的郡。

1155 nick“～”；也可与后面的 name 合解“～”；也解 nic［爱］“～”。

1156 peeler“～”，此处解［俚］“～”。

1157 flayful 解 playful“～”；也解 flay“～”。

1158 phizz 解 phiz“～”；也解 Phiz“～”，英国艺术家布朗(Hablot Knight Brown)的笔名，给狄更斯的很多作品画插图。

1159 hollow“～”，此处解 The Hollow“～”，都柏林凤凰公园里的露天圆形剧场，有一个室外音乐台。

1160 magretta 解 mo grádh［爱］“～”；也解 magrézza［意］“～”；也解 Maggies“～”；也解 Maggie O'Connor“～”，民谣《芬尼根的守灵夜》中的人物；也解 Lettice Greene“～”，英国剧作家托马斯·格林的妻子，与莎士比亚同时代。

1161 posque 解 pósadh［爱］“～”；也解 póg［爱］“～”；也解 post“～”；也可与前面的 she the 合解 Shaun the Post“～”。

1162 dilalah 解 Delilah“～”，《圣经》中力士参孙的妻子，后出卖了他。

1163 Lupita Lorette 解 Lupita“鲁皮塔”，圣帕特里克的妹妹＋lorette［俚］“妓女”；也解 lupus［拉］“～”；也解 lupa［拉］“～”。

1164 paled off“～”；也解 peeled off“～”。

1165 Soiled dove“沾泥的鸽子”；俚语中也指“～”。

1166 sister-in-love“～”；也解 sister-in-law“～”。

1167 Luperca Latouche 解 Luperca［拉］“鲁皮卡”，喂养罗马城奠基人罗慕洛斯的母狼＋lorette［俚］“妓女”；其中 Luperca 也解 lupercalia“～”，2 月 15 日。

1168 stripped teasily“～”；也解 strip tease“～”。

地跳起来[1169]乔伊斯相互对视，这个跳舞的[1170]淘气的女孩很快发现她那果实累累的帽子对她来说太小了，并且迅速地不急不忙，看，她迅速开始拥抱、聚会、出售她多余的心爱之物，它们在干草棚或杂物间或特设的[1171]迄今|蹲|哈克贝利·费恩绿遮篷[1172]阳光里（在所有女厕所[1173]爱情故事里总有一些隐私正好留给[1174]出租给我们去想象）或者在甜蜜的墓地里为了一点儿烟煤或一排细树干把它自己关起来，最终吉卜赛人般地[1175]向它提供同一只热热的兔子，我们自己那有着红辣椒般脸颊的小格拉尼娅[1176]把兔子盛在盘子里端给那位伟大祖先奥斯卡[1177]，那位库之子。翡翠海岸的女神[1178]，吻者诺拉[1179]好色流氓的惊愕|激起|我们的吻，所有展馆中的苗条者[1180]伊斯兰教的穆斯林，服从者向她屈服，难道她不是，兰斯特的伊娃[1181]偶数过来，德莫特[1182]亲爱的泥浆的真正女儿[1183]圆点儿吗，（她的摊铺[1184]阴部在四十步[1185]，他的栖域在老克伦威尔区）她的许可证极具瓦尔基里[1186]驯服|上帝慈悲性，以致将许多可怜的拳击手[1187]皱褶|同性恋送去涌向万劫不复[1188]打包者彼得，一次又一次，呜呼，再一次向他挑战[1189]，我向你挑战[1190]嘲笑错体钱币|不能信任，啊我向你挑战，啊啊我向你挑战，摇摇呵摇摇欲坠摇摇欲坠，住手，魔鬼[1191]的狗娘养的，汝等！上帝的天使[1192]我的天使！难道他没有，像强弓[1193]一样，远远[1194]祖父离开毕沙瓦罗[1195]曾祖父|咬，把她的举止误视为[1196]怀念|烙印完全意味虚假湿透大腿恶心笨蛋的变色般喊叫？魔鬼的大粪[1197]蝠鲼！她们[1198]仙女|欧希夫人中的女王[1199]纯洁|雨|君主的统治，地下酒吧女王[1200]示巴女王|她是，恶作剧女王。一个

1169 jimpjoyed 解 jump“跳”+joyed“愉快地”；也解 James Joyce“～”。

1170 nautchy 解 nautch“印度舞女的舞蹈表演”；也解 naughty“～”。

1171 ad huck 解 ad hoc［法］“～”；也解 adhuc［拉］“～”；其中 huck 也解 hucken［德］“～”；也解 Huckleberry Finn“～”，美国作家马克·吐温作品中的人物。

1172 greenawn 解 green awning“～”；也解 grianán［爱］“～”。

1173 lavastories 解 lavatories“～”；也解 love stories“～”。

1174 lease to“～”，此处解 leave to“～”。

1175 a la Zingara 解 alla zingara［意］“～”。

1176 Graunya 解 Grania“～”，芬·麦克尔的未婚妻，与芬·麦克尔的侄子德莫特私奔。

1177 Oscar“～”，爱尔兰英雄芬·麦克尔的孙子，爱尔兰传说中的诗人莪相的儿子；也可指英国作家奥斯卡·王尔德。

1178 此句包含本书主人公名字的缩写 HCE。

1179 arrah of the lacessive poghue 解 Arrah-na-Pogue，也称 Nora of the Kiss“～”，美国剧作家鲍西考尔特剧本的名字，也是剧中女主人公的名字，在书中这个名字与乔伊斯的妻子诺拉·巴纳克尔相连；也解 arrah of the lascivious rogue“～”；其中 lacessive 也解 lacesso［拉］“～”；也解 ár bpóg［爱］“～”；此句包含本书女主人公名字的缩写 ALP。

1180 Aslim-all-Muslim a slim all museum“～”；也解 Islam-all-Muslin“～”。

1181 even“～”，此处解 Eva“～”，12 世纪兰斯特国王麦克穆尔查达（Diarmaid Mac Murchadha）的女儿，后嫁给阿姆斯特朗，此事象征着爱尔兰与英格兰的结合。

1182 dearmud 解 Dermot“～”，芬·麦克尔的侄子，与芬·麦克尔的妻子格拉尼娅私奔，后被芬·麦克尔杀死；也解 dear mud“～”。

1183 Dotter“～”，此处解 daughter“～”。

1184 pitch“～”；也解 pit［爱］“～”。

1185 指都柏林的克伦威尔街区（Cromwell's Quarters），位于“领路员码头”，被称为 40 步。

1186 valkirry 解 Valkyrie“～”，北欧神话中奥丁神的婢女之一，选择在战场上死去的勇士，将他们带到瓦尔哈拉；也解 kirre［德］“～”；也可与后面的 a licence 合解 kyriê eleêsôn［希］“～”。

1187 pucker“～”，此处解 boxer“～”；也解 bugger“～”。

1188 packing to perdition“～”；也解 Peter the Packer“～”，即彼得·奥布利安勋爵（Lord Peter O'Brian），爱尔兰的首席法官。

1189 sfidare［意］“～”。

1190 tease fido“～”，此处解 ti sfido［意］“～”；也解 dis-“～”+fido［拉］“～”。

1191 dgiaour 解 giaour“～”，穆斯林对非伊斯兰教徒的称谓。

1192 Angealousmei 解 angelus Dei［拉］“～”；也解 Angelus mei［拉］“～”。

1193 Arcoforty 解 Arcus-fortis［拉］“～”。

1194 farfar 解 far far“～”；也解 farfar［丹］“～”。

1195 Bissavolo“～”，地名；也解 bisavolo［意］“～”；也解 biß［德］“～”。

1196 missbrand 解 misbrand“贴错标签”；也解 miss“～”+brand“～”。

1197 Tawfulsdreck 解 Teufelsdreck［希］“～”；也解 Teufelsdröckh“～”，英国诗人托马斯·卡莱尔的《旧衣新裁》（*Sartor Resartus*）中的主人公。

1198 shee 解 she“～”；也解 sidhe［爱］“～”；也解 O'Shea“～”，巴涅尔的情人，后成为他的妻子。

1199 reine［法］“～”；也解 Reine［德］“～”；也解 rain“～”；也解 reign“～”。

1200 shebeen“地下酒吧”；也解 Sheba“～”，传说中的阿拉伯半岛赛伯王国女王；也解 she has been“～”。

国王似的男人，有着皇家风范，帝王般穿着长袍，愿他的荣耀得到颂扬！怎样给予就怎样获得；现在不要，不是现在！稍等片刻他会的。受难的小号手！他觉得他愿意。什么？听，噢听[1201]英雄，岛上的生活！饥饿[1202]皇|叛乱军士兵、死亡年代，听！他听[1203]她，贪婪的目光盯着她涟漪的小河[1204]泛着波纹的嘴唇。他听着她逝去之日的声音。他听！说，说，说！但是，凭着利润的啤酒[1205]先知的胡子起誓，他不能回答。永远永远[1206]就要裂开了直到太阳晒屁股！没有来自菲尼基[1207]凤凰公园|以色列、黎巴嫩、叙利亚等地|芬·麦克尔或小亚细亚的需要也没有轴杆也没有匾额[1208]钢|史黛拉|柱子来当场[1209]在喷口上立起石塔[1210]加上剑号或疑问号|加上剑号，既无庶民之岩[1211]钟表既无民众之石[1212]福克斯通，亦无图马树林[1213]里的沉陷[1214]邓杰内斯角来泄露勒索团伙[1215]步行|记者队如何挫败懊悔者。不说话的嘴永远吸引不思考的舌头，只要不被看者[1216]淫秽的吸引那些不听之人直到所有人间的哑巴民族[1217]遭天谴让瞎子领导聋子。真的[1218]缄默，小东西[1219]一岁的生物|病弱者|小羊|刃|敲钟！瘤柱[1220]考勒姆在我们身后留下叶子的图案[1221]叶子|踪迹。假如生命、肢体和动产的暴力，常常，是被冒犯的女性身份[1222]他所拥有的女人的表达，（哈！哈！）直接或者通过一个男性媒介，向仙女们存在的时代征收勒索，以及对野地[1223]奥斯卡·王尔德花朵[1224]屁股的神往，难道不是紧跟着给人深刻印象的隐秘名声，那是低声耳语的罪恶？

现在凭着激起的记忆，把车轮再转向整面墙[1225]小饭馆|墙中洞。在巨人铅笔[1226]布里昂特面对大铅笔[1227]的地方以前有一堵墙，

1201 hear"～";也解 hero"～"。
1202 Hungreb 解 hunger"～";也解 Hung［中］"～"＋reb"～"。
1203 hea 解 hear"～";也解 her"～"。
1204 lippling lills 解 rippling rills"～";也解 rippling lips"～"。
1205 beer of his profit"～";也解 beard of his prophet"～"。
1206 Upterputty 解 eternity"～";也解 up to beddy"～"。
1207 Phenicia"～";也解 Phoenix"～";也解 Phoinikê［希］"～";也解 Finn"～"。
1208 stele"～";也解 steel"～";也解 Stella"～",即以斯帖·琼苏、斯威夫特的两个年轻恋人之一;也解 stêlae［拉］"～"。
1209 on the spout"～",此处解 on the spot"～"。
1210 obelise"～",此处解 obelisk"方尖石塔";也解 obelizo［希］"～"。
1211 pobalclock 解 pobal［爱］"民众"＋cloch［爱］"石头";也解 clog［爱］"～"。
1212 folksstone 解 folk's stone"～";也解 Folkestone"～",英国肯特郡东部的港口城市。
1213 Tomar's Wood"～",位于爱尔兰的克仑塔夫附近,爱尔兰著名的国王布利安·布鲁在此处被杀。
1214 Sunkenness"～";也解 Dungeness"～",英国肯特郡东部的港口城市。
1215 erpressgangs 解 erpressen［德］"勒索"＋gangs"团伙";也解 Gang［德］"～";也解 press gang"～"。
1216 obseen 解 ob-"反对"＋seen"被看";也解 obscene"～"。
1217 dumbnation 解 dumb nation"～";也解 damnation"～"。
1218 Tatcho 解［吉］"～";也解英国生发药牌子,1877 年上市;也解 taceo［拉］"～"。
1219 tawney yeeklings 解 tawnie yecks［吉］"小家伙";其中 yeeklings 也解 yearlings"～";也解 weaklings "～";也解 yeanling"～";也解 Klinge［德］"～";也解 kling-"～"。
1220 column"～";也解 Padraic Colum"～"(1881—1972),爱尔兰作家。
1221 pattrin 解 pattern"～";也解 pattin［吉］"～";也解 patrin［吉］"～"。
1222 womanhid 解 womanhood"～";也解 women he'd"～"。
1223 wilde erthe 解 wild earth"～";其中 wilde 也解 Oscar Wilde"～",英国作家。
1224 blothoms 解 blossom"～";也解 bottom"～"。
1225 the whole of the wall"～";也解 hole in the wall"～";也解 The Hole in the Wall"～",都柏林凤凰公园边的酒店名,得名于从墙上的一个洞里向附近兵营的士兵卖酒。
1226 Blyant［丹］"～";也解 Blyaunte"～",传说中亚瑟王的骑士。
1227 Peannlueamoore 解 peann-luaidhe mór［爱］"～",也指都柏林的惠灵顿纪念碑。

那是一堵高又高[1228]的墙，这样的墙洞[1229]墙中洞|瓦尔哈拉确曾存在。在爱尔兰有矿石[1230]一天又一天|威廉·奥尔或愤怒之前。或者你神父[1231]头发先生[1232]橡树|父亲，或者你摩西[1233]苔藓先生[1234]挖掘，或者你那群儿子和少女[1235]出生和起身|残羹剩饭|地方，在所有亚当们[1236]伊甸园以夏娃们[1237]鸟儿们|欢呼告终时，来篡改奥丁[1238]伊甸园的花园[1239]和失去的天堂[1240]普雷阿德斯。穷人[1241]阿门|亚美尼亚？假如他打倒一个路西弗[1242]光辉者|虱子为了痒，房子[1243]要塞|褐色的就是他们的并且依然照顾着家[1244]孤独，只要你闭一会儿嘴[1245]匆忙地，我们就会谈到那些过着美好生活的[1246]赤裸的|被注视的百合[1247]鞋油|苏珊。让鹅蛋[1248]灵魂|眼睛成为不错的老鹅，让以斯塔·以斯贴[1249]伊茜扮演昨天的星星[1250]复活节彩蛋。在生病的[1251]死亡的爱尔兰自由邦[1252]伤痛喝醉之地的戏剧[1253]梦|嗜睡中。那时的石头铰链[1254]英格兰的巨石阵大门是另一回事，超乐观主义者[1255]国际职业妇女会会员已经购买并扩大了那个窝棚，支付了公道的租金，一只一岁绵羊，(壮年)值 6 便士，以及一只一岁山羊(幼子)值 8 便士，以便在他的余生[1256]反刍动物中快乐地老去(拥抱[1257]猪它，亲吻[1258]小孩他)；当所有事情为了这个目的建立起来后，他把一扇苹果门放在那里，决不是用床架在那里代替[1259]在洗手间的某种假装[1260]借口|维持，好防止驴子们进来(这一刻从突起[1261]厕所处挂下的猪泥将那里弄干净了)就在大约那个时候铁门[1262]裂口，根据旧俗开着好防止猫们接近山羊[1263]痛风，被他忠诚的守门人[1264]穷人们在他上面锁了三重锁[1265]三位一体的帕特里克|三次|轻拍|引……过来，目的或许是让他呆在里面，可能防止他想把他

1228 hooghoog 解 hoog［荷］“～”。

1229 wallhole“～”；也解 The Hole in the Wall“～”酒店；也解 Valhalla“～”，北欧神话中主神奥丁为了迎接世界末日之战而挑选出来的阵亡武士们居住的地方。

1230 ore“～”；也可与 or 合解 ôrê ôr［亚］“～”；也解 William Orr“～”，爱尔兰街头歌谣《被激起的记忆》(*By Memory Inspired*)中的爱尔兰人。

1231 Hair“～”，此处解 hayr［亚］“～”。

1232 Dair 解 dêr［亚］“～”，问候在俗教士的方式；也解 dair［爱］“～”；也解 dad“～”。

1233 Mosses 解 Moses“～”；也解 mosses“～”。

1234 Diggin 解 digin［亚］“～”；也解 digging“～”。

1235 Orts ... oriorts 解 orti［亚］“儿子”……ôriort［亚］“少女”；也解 ortus……orior［拉］“～”；其中 orts 也解 ort“～”；也解 Ort［德］“～”。

1236 eddams 解 Adams“～”；也解 Eden“～”。

1237 aves 解 Evas“～”；也解 aves［拉］“～”；也解 ave［拉］“～”。

1238 Odin“～”，北欧神话中的主神；也解 Eden“～”。

1239 garthen 解 Garten［德］“～”。

1240 paladays 解 paradise“～”；也解 Pleiades“～”，希腊神话中阿特拉斯的七个女儿，为逃避奥里恩的追逐变为昂宿星。

1241 Armen 解 armen［德］“贫穷的”；也解 Amen“～”；也解 Armenia“～”。

1242 lousaforitch 解 Lucifer“～”，堕落前的撒旦；也解 Lousavorič［亚］“～”，亚美尼亚第一个元首圣格利高里的称号；也解 louse for itch“～”。

1243 doun［亚］“～”；也解 dún［爱］“～”；也解 donn［爱］“～”。

1244 menags 解 ménage［法］“家务”；也解 minag［亚］“～”。

1245 shoodov 解 shut up“～”；也解 šoudov［亚］“～”。

1246 baregazed 解 barekeac［亚］“～”；也解 bare“～”＋gazed“～”。

1247 shoeshines“～”，此处解 šoušan［亚］“～”；也解 Sousan“～”，女性名字。

1248 oggs 解 eggs“～”；也解 ogi［亚］“～”；也解 oog［荷］“～”。

1249 Isther Estarr 解 Ishtar“以斯塔”，巴比伦的繁殖女神＋Esther“以斯贴”，斯威夫特的两个年轻恋人以斯帖·凡霍米利和以斯帖·琼荪都叫这个名字；也解 Issy“～”。

1250 Yesther Asterr 解 Yesterday“昨天”＋astêr［希］“星星”；也解 Easter eggs“～”。

1251 Diseased“～”；也解 deceased“～”。

1252 Sorestost Areas 解 Saorstát Eireann［爱］“～”；也解 sore stotious areas“～”。

1253 drema 解 drama“～”；也解 dream“～”；也解 drema［俄］“～”。

1254 stonehinged“～”；也解 Stonehenge“～”。

1255 suroptimist 解 sur-“超”＋optimist“乐观主义者”；也解 Soroptimist“～”，20 世纪 20 年代的女性组织。

1256 reminants 解 remnants“剩余”；也解 ruminants“～”。

1257 hogg 解 hug“～”；也解 hog“～”。

1258 kidd 解 kiss“～”；也解 kid“～”。

1259 in loo“～”，此处解 in lieu (of)“～”。

1260 pretext“～”，此处解 pretend“～”；也解 prétendre［法］“～”。

1261 jags“岩石等的锯状突起”；也解 jakes“～”。

1262 gape“～”，此处解 gate“～”。

1263 gout“～”，此处解 goat“～”。

1264 poorters 解 porters“～，搬运工”；也解 poorers“～”。

1265 triplepatlockt 解 triple padlocked“～”；也解 triple Patrick“～”；也解 triple“～”＋pat“～”＋lockt［德］“～”。

的胸部伸出太远，通过在大众的[1266]人民鸡蛋日闲逛来考验亲切的[1267]格蕾丝·奥玛丽天意，然而他还没有习惯被随便投掷土块[1268]克劳德。

噢，顺便提一句，让我们[1269]吹嘘一下马铃薯，我们应该常常与那些过去消逝的事情一起记住有过一位北方房客，当事人[1270]把……搬过来先生，专心于他的夏日[1271]房间|齐默尔挖洞[1272]假日，在莱克斯利浦[1273]（橙色禁食时红鲑鱼在那里停下来）朗姆和潘趣酒店[1274]朗姆酒和午餐店 32 号（脏迪克[1275]啤酒店的分店）挖着，在那之前，一位来自奥地利[1276]鸵鸟的商人[1277]商务顾问（天啊[1278]，他像中欧[1279]油橡胶一样发泄[1280]冒烟），欧联[1281]使用本周在七月的第一笔交易[1282]七月的第一天中支付（上帝宽恕我的话[1283]高卢人拯救马克|外国人|马！）11 先令的[1284]（唉，这些神圣的[1285]完全罗马人[1286]罗密欧）良心钱，因为[1287]恢复健康的|此时他正，介于[1288]发出嗖的一声|混淆生意[1289]蜂巢和快乐[1290]伤痛|祝福之间，用结结巴巴的[1291]土音爱尔兰神话交换[1292]拖把|斯瓦比阿结结巴巴的德语[1293]碎片|布洛肯|荷兰的，为《法兰克福支线》[1294]《法兰克福报》|未被抓住的偷窃撰写他的新闻报道[1295]报告者|愤怒《亚当的堕落》[1296]，一份大陆[1297]几乎|土地期刊[1298]支付|嘲弄，而他[1299]她，断言[1300]人们同意|证实有人把他身上的林·奥布赖恩[1301]做成墨尔登呢[1302]弥尔顿的羊羔毛[1303]弄乱了，或者[1304]此外他可以把同一件[1305]种子送回来[1306]苏黎士小鸡，或者他可以，带着成千上万的[1307]送来，在上方送来|咆哮|在上方雷电[1308]吨|水|药棉，弄来一堆[1309]猴子的|恶作剧赔偿金。现在你必须知道，直率的人[1310]法国人，要制造一颗玻璃的心，凝视[1311]门

1266 peoplade 解 popular"～";也解 people"～"。
1267 gracious"～";也解 Grace O'Malley"～",恶作剧女王的原型。
1268 clodded"～";也解 E Clod"～",曾出版过关于原始宗教的著作《汤姆、小鸟、小孩》(*Tom Tit Tot*)。
1269 wee 解 we "～"。此句化自乔治·帕特里 1867 年出版的爱尔兰歌曲集中的《一小袋马铃薯》(*The Wee Bag of Praties*)。
1270 Betreffender [德]"～";也解 herbeitragen [德]"～"。
1271 zimmer 解 summer"～";也解 Zimmer [德]"～";也解 Heinrich Zimmer"～"(1890—1943),德国印度学家和南亚艺术史家。
1272 holedigs"～";也解 holiday"～"。
1273 Laxlip 解 Leixlip"～",地名,位于爱尔兰中东部。
1274 the Rum and Puncheon 解 the Rum and Punch"～";也解 the Rum and Lunch"～"。
1275 Dirty Dick's"～",伦敦酒吧名,1745 年开始营业,位于主教门街。
1276 Osterich 解 Österreich [德]"～";也解 ostrich"～"。
1277 Kommerzial 解 commercial"商业的";也解 Kommerzialrat [德]"～"。
1278 Gorbotipacco 解 corpo di Bacco [意]"～"。
1279 Zentral Oylrubber 解 Zentral [德]"中央的"+Europa [德]"欧洲";其中 Olyrubber 也解 oil rubber"～"。
1280 wreaking"～";也解 rauchen [德]"～"。
1281 U. S. E. 解 United States of Europe"欧洲的联合国";也解 use"～"。
1282 the first deal of Yuly 解 the first deal of July"～";也解 the first day of July"～"。
1283 Gaul save the mark"～",此处解 God save the mark"～";其中 Gaul 也解 gall [爱]"～";也解 Gaul [德]"～"。
1284 11/一解为 1132;也解 11 shilings"11 先令"。
1285 Wholly"～",此处解 holy"～"。
1286 romads 解 Romans"～";也解 Romeo"～",莎士比亚的《罗密欧与朱丽叶》中的男主人公。
1287 wheil 解 weil [德]"～";也解 heil [德]"～";也解 while"～"。
1288 swishing"～",此处解 zwischen [德]"～";也解 mixing"～"。
1289 beesnest 解 business"～";也解 bee's nest"～"。
1290 blessure 解 pleasure"～";也解 blessure [法]"～";也解 bless"～"。
1291 broguen 解 broken"～";也解 brogue"～"。
1292 swobbing 解 swopping"～";也解 swob"～";也解 Swabia"～",德国西南部一个前公爵的领地。
1293 brockendootsch 解 broken Deutsch"～";其中 brocken 也解 Brocken [德]"～";也解 The Brocken"～",德国哈尔茨山的最高峰;也解 Deuth"～"。
1294 Frankofurto Siding 解 *Frankfurter Siding*"～";也解 *Frankfurter Zeitung*"～",19 世纪以商业报道闻名;其中 Frankofurto 也解 franco furto [意]"～"。
1295 reporterage 解 reportage"～";也解 reporter"～"+rage"～"。
1296 Der Fall Adams 解 Der [德]不定冠词+Fall"堕落"+Adam's"亚当的"。
1297 Fastland 解 Festland [德]"～";也解 fast [德]"～"+Land [德]"～"。
1298 payrodicule 解 periodical"～";也解 pay"～"+ridicule"～"。
1299 er [德]"～";也解 her"～"。
1300 consstated 解 konstatieren [德]"～";也解 constat [拉]"～";也解 constate"～"。
1301 Lynn O'Brien 解 Brian O'Linn"布利安·奥林",爱尔兰民谣中的早期英雄,教爱尔兰人做衣服+Biddy O'Brien"奥布赖恩小姐",民谣《芬尼根的守灵夜》中的守灵者之一。
1302 meltoned 解 melton"～";也解 Milton"～"(1608—1674),英国诗人。
1303 lammswolle 解 Lammfell [德]"～"。
1304 and wider 解 and whether(... or)"～";也解 und weiter [德]"～"。
1305 same"～";也解 Samen [德]"～"。
1306 zurichschicken 解 zurückschicken [德]"～";也解 Zurich chicken"～"。
1307 tosend and obertosend 解 tausend und abertausende [德]"～";也解 to send and over to send"～";也解 tosen [德]"～"和 ober [德]"～"+tosen [德]"～"。
1308 tonnowatters 解 Donnerwetter [德]"雷雨天气";也解 tone"～"+water"～";其中 watters 也解 Watte [德]"～"。
1309 monkey's"～",此处解 mess of"～";也解 monkey business"～"。
1310 franksman [荷]"～",此处解 frank man"～"。
1311 gaze"～";也解 gate"～"。

游戏和音乐台屠宰场只剩下一串来自谩骂邮件[1312]馅饼|皮带的的威胁和辱骂[1313]滥用|炮弹，诸如雄獐[1314]罗拔克|若贝卡嘲笑高峰之巅，以及接下来诸如此类的。汉弗利的不请自来的访客，大卫[1315]或提多[1316]，在中西部盗窃[1317]巴克利团伙的行军路上，一个经常出入道路[1318]擅长徒步旅行[1319]非常|海凯之家的粗鲁家伙，他像欧椋[1320]饥饿的鸟[1321]啤酒一样了解他的贝尔法斯特[1322]公牛脚群山，在跳完奉献给[1323]多云绿地的一曲长舞之后，在等等你可能想要我[1324]你愿意叫它什么放下[1325]波森喝剩的啤酒[1326]黑树桩|雄兽，在把一些贵格燕麦[1327]贵格会信徒|爆竹（为了你！奥茨[1328]誓言！）透过屋王的锁眼吹进来以引起注意之后，随着屋外的狂风[1329]门鸣叫，这是他的服装裁缝[1330]撕裂者发出的猪一般的嚎叫[1331]，首先，作为他的随从[1332]她的追求者|黄米|头发蓬乱的|谩骂，他会为他打碎他那布尔什维克的[1333]灌木一样的|假发脑袋，其次，作为杯中残酒[1334]敲击脚踵的人，他会在他的瘦小鸭脑袋上敲碎量器，就像他用活扳手砸碎果壳一样，最后，作为活动分子[1335]燕麦粥，他会把他的（或某人的[1336]国王|庞然大物或任何其他狗日的[1337]任何其他人|任何其他的兄弟的）浓于水之物给他喝，另外[1338]进篮子里还有他的同母异父兄弟[1339]他妈的异父兄弟的。他要求加入更多的甲醇，宣称他祖父的[1340]都很快[1341]修复术，宣称刚过十点[1342]奥康内尔，他的这个酒吧[1343]村舍是为爱尔兰[1344]威士忌[1345]爱尔兰|水|天空利益的公共烤箱，于是，主意拿定很难劝动，打开了他的大炮[1346]但她|阿提拉的怒涛，并以可怕的速度持续，与他面对面在混合隐喻[1347]莫克斯中风蚀，从十一点半到下午两点，甚至没

1312 Patsy O'Strap 解 Post of Snap"～";也解 Pasty"～"+of Strap"～"。
1313 obuses 解 abuse"～";也解 abuses [拉]"～";也解 obus [法]"～"。
1314 roebucks"～";也解 Roebuck"～",都柏林街区名;也解 Rubek"～",易卜生的剧作《当我们死者醒来的时候》中的人物,死在山上。
1315 Davy"～",也指《旧约》中的大卫王,与扫罗的儿子约拿旦是朋友。
1316 Titu 解 Titus Oates"～"(1649—1705),英国反叛者,谋划暗杀英国国王查理二世。
1317 burgley 解 burglary"～";也解 Buckley"～"。
1318 此处化自习语 man about town"经常出入各种社交场合的人"。
1319 hikely 解 hike-ly"在徒步旅行方面";也解 highly"～";也解 Hickey's"～",都柏林学士街上的第二家书店。
1320 starling"～";也解 starving"～"。
1321 bierd 解 bird"～";也解 Bier [德]"～"。
1322 Bullfoost 解 Belfast"～",北爱最大的城市;也解 bull foot"～"。
1323 untidled to 解 entitled to"被赋予权利的"。
1324 Waityoumaywantme"～";也解 what-you-may-call-it"～"。
1325 deposend 解 deposed"废除";也解 Posen"～",1848—1918 年间是普鲁士的一个省,现在属于波兰的一部分。
1326 bockstump 解 bock"德国黑啤酒"+stump"残株";也解 black stump"～";其中 bock 也解 Bock [德]"～"。
1327 quaker's 可与后面的 Oates 合解 Quaker oats"～";也解 Quaker"～";也解 cracker"～"。
1328 Oates 解 Titus Oates"～"(1649—1705),英国反叛者,谋划暗杀英国国王查理二世;也解 oaths"～"。
1329 gale"～";也解 gate"～"。
1330 tairor 解 tailor"～";也解 tearer"～"。
1331 hogcallering 解 hog-calling"～";也解 hog"～"+call"～"+ring"～"。
1332 hirsuiter 解 his suite"～";也解 her suiter"～";也解 Hirse [德]"～";也解 hirsute"～";也解 hurling insults"～"。
1333 bulsheywigger 解 Bolshevik"～";也解 bushy"～"+wigger"～"。
1334 heeltapper 解 heeltap"～";也解 heel tapper"～"。
1335 stirabouter 既解"～";也解"～"。
1336 theumperom 解 some person"～";也解 the emperor"～";也解 thumper"～"。
1337 anybloody else 解 any bloody else"～";也解 anybody else"～";也解 any brother else"～"。
1338 into the bucket "～",此处解 in the bargain"～"。
1339 bleday steppebrodhar 解 blood stepbrother"～";也解 bloody stepbrother"～"。
1340 此处化自 19 世纪后期英国流行歌曲《我祖父的钟》(*My Grandfather's Clock*)。
1341 Taxis"～",此处解 tachys [希]"～"。
1342 o'connell 解 o'clock"～";也解 Daniel O'Connell"～"(1775—1847),1829 年领导爱尔兰天主教徒赢得了参加议会的权利。
1343 isbar 解 is bar"是酒吧";也解 izba [俄]"～"。
1344 irsk [丹]"～"。
1345 irskusky 解 whiskey"～";也解 irsk [丹]"～"+uisce [爱]"～";也解 irsk [丹]"～"+sky"～"。
1346 atillarery 解 artillery"～";也解 at illa [拉]"～";也解 Attila"～"(406—453),匈奴国王。
1347 mooxed metaphores 解 mixed metaphors"～";其中 mooxed 也解 Mookse"～",本书寓言中的人物,以《伊索寓言》中狐狸和葡萄的故事为原型。

有便餐时间好让豪斯[1348]房子，乡巴佬之子出来，你这个犹太乞丐[1349]朱庇特|比格，被绞死阿门。壹耳微蚵，那个模型头脑，那个典范耳朵，他的接受器像狄奥尼修斯[1350]狄奥尼索斯|狄奥尼修斯之耳的一样[1351]代表有着很强的记忆力，虽然因为被拘禁在他温室那坐穿牢底的角落里，在饥馑筑起的墙后，他的热水瓶烧瓶和风箱[1352]扇子扇子[1353]在他身边，海象胡须鬃毛[1354]威士忌酒瓶用作牙签[1355]长牙|鹤嘴锄，长期遭受日益苍白之苦，却编撰了，一边哀悼他的大雁[1356]健力士啤酒的高飞，人们给他起的所有侮辱性名字的长长列表（现在恐怕丢了一些[1357]在《失乐园》中）将被存档（为了时髦女子[1358]白皙的|捏制|芬·麦克尔的高兴和[1359]在……里磨坊镇[1360]弥尔顿|米勒的幽默[1361]荷马等等，我们被约瑟芬·布鲁斯特[1362]啤酒制造者|韦伯斯特编撰[1363]被驱使成集[1364]冲突|整理校对，被称为油墨人[1365]茵克曼|艾克曼论争[1366]谈话|对比等等以及等等，在浅水[1367]滑铁卢中的女子[1368]带花边的|露西娅·乔伊斯，自由的[1369]逃走、天上的、一块干净的草地[1370]克伦塔夫|守灵夜）：初夜者、告密者、老家伙、黄色辉格党人、麦翁鸟、金山羊[1371]门|有罪的神、沼畔之[1372]臀部|伯格塞德美、是的我们吃了他的香蕉[1373]坏汉娜们、约克的小肥猪[1374]约克的守门人|犹太人、滑稽面孔、在百高地[1375]百高特拉斯的拐角他猛撞、带黄油的油脂[1376]格蕾丝·奥玛丽|格雷斯、房门大开的住宿处[1377]吉兆、该隐与亚伯、爱尔兰的第八非凡奇迹[1378]、杀我的价[1379]、上帝用土造人、凶手月亮脸[1380]、灰白多毛的哄骗[1381]、午夜云隙阳光、把《圣经》拿开、周[1382]第七|星期的|赛跑者|单峰骆驼刊[1383]酒吧所在地、暴君瘸子贴木儿[1384]蒂姆·芬尼根、蓝色苜蓿[1385]

1348 House“～”，人名；也解“～”。

1349 jewbeggar 解 Jew beggar“～”；也解 Jupiter“～”，罗马神话中的主神；也解 Joseph Biggar“～”，巴涅尔在国会中的助手，驼背。

1350 Dionysius“～”（公元前 430—367），意大利西西里岛叙拉古的暴君；也解 Dionysus“～”，古希腊神话中的酒神；也可与前面的 ear 合解 Dionysius' Ear“～”，意大利西西里岛叙拉古城中一个人工的石灰石洞穴，因形状像人耳而得名。

1351 receptoretentive 解 receptor“接收器”＋retentive“记性好的”；也解 representive“～”。

1352 ripidian 解 rhipidion［希］“～”；也解 rhipis［希］“～”。

1353 flabel 解 flabellum［拉］“～”。

1354 whiskerbristle 解 whisker bristle“～”；也解 whiskeybottle“～”。

1355 tuskpick 解 toothpick“～”；也解 tusk“～”＋pick“～”。

1356 wild guineese 解 wild geese“～”；其中 guineese 也解 Guinness“～”。

1357 in part lost“～”；也解 in *Paradise Lost*“～”。

1358 foinne loidies 解 fine ladies“～”；其中 foinne 也解 fionn［爱］“～”；也解 foinne［爱］“～”；也解 Finn MacCool“～”。

1359 ind 解 and“～”；也解 in“～”。

1360 Milltown“～”，地名，位于都柏林；也解 Milton“～”，英国诗人；也解 Joe Miller“～”（1684—1738），英国演员，以陈旧的玩笑著称。

1361 humours“～”；也解 Homer“～”，古希腊诗人。

1362 Brewster“～”，人名；也解 brewer“～”；也解 Noah Webster“～”（1758—1843），美国词典编纂家。

1363 compelled“～”，此处解 compiled“～”。

1364 collision“～”，此处解 collection“～”；也解 collation“～”。

1365 Inkermann 解 Inker“油墨轮”＋man“人”；也解 Inkerman“～”，俄国小镇，克里米亚战争中英法联军在这里战胜俄国军队；也解 Eckermann“～”，德国作家，著有《歌德谈话录》。

1366 Contrastations 解 contestation“～”；也解 conversations“～”；也解 contrast“～”。

1367 loo water 解 low water“～”；也解 Waterloo“～”，英法滑铁卢战役的战场。

1368 lacies 解 ladies“～”；也解 lacy“～”；也解 Lucia Anna Joyce“～”（1907—1982），乔伊斯的女儿。

1369 flee“～”，此处解 free“～”。

1370 clean turv 解 clean turf“～”；也解 Clontarf“～”，爱尔兰国王布利安・布鲁 1014 年在此击败丹麦侵略军；其中 turv 也解 tórramh［爱］“～”。

1371 Geit［荷］“～”；也解 Gate“～”；也可与前面的 Goldy 合解 guilty god“～”。

1372 Bogside“～”；也解 backside“～”；也解 Bogside“～”，地名，位于北爱尔兰的德里市的天主教街区。

1373 Badannas 解 Bananas“～”，吃了某人的香蕉在俚语中指与某人性交。此句化自 1922 年的流行歌曲《是的，我们没有香蕉》(*Yes, We Have No Bananas*)；也解 bad Annas“～”。

1374 York's Porker“～”；也解英国国王理查三世，他的纹章是野猪；也解 York's Porter“～”，指英国哲学家弗兰西斯・培根，他的住所被称为约克屋；其中 Poker 也解［俚］“～”。

1375 Baggotty 解 Baggot“～”，都柏林街名；也解 Baggotrath“～”，都柏林边上的旧街区，盎格鲁-诺曼血统的百高特家族曾在此处建造城堡。

1376 Grease“～”；也解 Grace O'Malley“～”，恶作剧女王的原型；也解 William Gilber Grace“～”，19 世纪著名的板球手。

1377 Ospices 解 hospice“旅客住宿处”；也解 auspice“～”。

1378 斯威夫特称爱尔兰银行为“奇迹中的非凡奇迹”。

1379 巴涅尔曾说“如果你们卖，按我开的价卖”。

1380 美国作家杰克・伦敦曾在 1906 年发表凶杀小说《月亮的脸》。

1381 指《旧约》中雅各带上山羊羔皮的手套，骗取失明的父亲以撒对哥哥以扫的祝福。

1382 Hebdromadary 解 hebdomadary“七天一次的”；也解 hebdomatos［希］“～”；也解 hebodomados［希］“～”；也解 dromadarios［希］“～”；也解 dromedary“～”。

1383 Publocation 解 publication“出版物”；也解 pub location“～”。

1384 Tummer 解 Tamerlane 或 Timur“～”（1336—1405），中亚地区的国王，自称成吉思汗的后代；也解 Tim“～”。

1385 Blau Clay 解 blau-Klee［德］“～”；也解 Baile Átha Cliath“～”，都柏林的爱尔兰名字；也解 blue clay“～”；也解 B. C.“～”。

围栏浅滩之城|蓝色泥土|公元前、下午茶前醉醺醺、读你的每个笑话[1386]摩西五书|摇动镜头来开玩笑、听觉混乱、认为他是上帝保佑苍白的|要求|重担的好公爵阿吉利[1387]我们的背信弃义、女性的耻辱[1388]美国陆军部的恩泽|格雷丝|格蕾丝·奥玛丽、都柏林胡言乱语的[1389]巨人湾口[1390]巨兽、他父亲是个嘴巴抹蜜的人[1391]曼德祖克|患夜游症的人而她在四轮马车里有了他、焦火腿和贝里[1392]贝里灯塔|巴纳姆和贝里马戏团、艺术家、配不上家常的[1393]神圣的新教信仰、赤土陶器[1394]厚绒布|佃农|考特、欢迎你来沃特福[1395]水食物、签上绿带会[1396]、龙虾篓子[1397]阴部小地主[1398]猪油|鳕鱼|性交、一切为了本市的亚瑟[1399]亚瑟·健力士|作者、把猫从熏肉上嘘走[1400]浓汤、穿皮革的唐纳德、穷人[1401]天主教会|《帕珀灵的幺点和两点》的幺点和两点、奥莱利乐于亲吻桶[1402]波勒尔|喝一杯后面的那个男人、玛各歌格[1403]、一群步兵、痛风的[1404]歌德吉伯林党人、散漫的路德、孵公鸡蛋[1405]、弄乱计划、结婚前的运气、我休了三个丈夫、制革工[1406]约翰·谭莫尔和半便士[1407]制造、去找海伦娜[1408]圣海乐那|地狱或来找康妮们[1409]康诺特省，杂种喷啊喷新娘、清除出伯克家[1410]伯克酒吧|《伯克的贵族、从男爵和骑士》、他根本不是我表兄、野蛮人[1411]赤裸的|男爵、特殊人物、咕哝猫头鹰的杂役[1412]图腾、12个月的贵族、狼人、仆从执事的即席伴奏曲调泄露他是疯子[1413]孤独的、雷电和草地嫁到克伦塔夫[1414]家族|村庄、左靴子送去试穿、吸噬[1415]即席伴奏主之圣土[1416]主的板球场的人、木头脑袋的蠢人[1417]蠢人|舞台上的爱尔兰人、铁公爵[1418]姑姑、汤米·弗龙[1419]的宠物瘟疫、懒人[1420]出租车|噪音大的破旧汽车|卡宾格法庭执事长[1421]大公、最后经过邮局、凯尼雷不会告诉你南希的长袍[1422]凯

1386 Pantojoke 解 panto［希］“每一个”＋joke“笑话”；也解 Pentateuch“～”；也解 pan to joke“～”。

1387 Gobblasst the Good Dook of Ourguile 解 God bless the good Duke of Argyle“～”，人们在柱子上蹭后背时经常说的话；其中 blasst 也解 blaß［德］“～”；也解 laßt［德］“～”；也解 Last［德］“～”；其中 Ourguile 也解 our guile“～”。

1388 W. D. 's Grace 解 Woman Disgrace“～”；也解 War Department's Grace“～”；也解 W. G. Grace“～”，板球手；也解 Grace O'Malley“～”，恶作剧女王的原型。

1389 Gibbering“～”；也解 gibbor［希伯来］“～”。

1390 Bayamouth 解 baymouth“～”；也解 behemoth“～”。

1391 Mundzucker 解 Mund［德］“嘴”＋Zucker［德］“糖”；也解 Mundzuk“～”，匈奴国王阿提拉的父亲；也解 Mondsucher［德］“～”。

1392 Burnham ... Bailey 解 Burnham“焦火腿灯塔”，位于英国的布里斯托尔市＋Bailey“贝里灯塔”，位于都柏林郊外霍斯地区；也解 Barnum and Bailey“～”，美国 1880 年成立的马戏团。

1393 homely“～”；也解 holy“～”。

1394 Terry Cotter 解 terra cotta“～”；也解 Terry “～”＋Cotter “～”；也解 Patrick Cotter“～”，传说中的爱尔兰的一个巨人。

1395 Waterfood 解 Waterford“～”，爱尔兰南部的港口城市；也解 water food“～”。

1396 18 世纪末爱尔兰开始的秘密组织，与橙带党相对立。

1397 Lobsterpot“～”，也解［俚］“～”。

1398 Lardling 解 lordling“～”；也解 lard“～”＋ling“～”；也解 lard［俚］“～”。

1399 Arthur“～”，人名；也解 Arthur Guinness“～”，爱尔兰健力士啤酒的创始人；也解 author“～”。

1400 Hooshed 解 hushed“发嘘声使安静”；也解 hoosh“～”。

1401 Paupering 解 pauper“～”；也解 popery“～”；也可与前面的 The Ace and Deuceof 合解 *The Ace and Deuce of Pipering*“～”，爱尔兰传统乐曲。

1402 Borrel 解 barrel“～”；也解 Petrus Borel“～”(1809—1859)，法国浪漫主义作家；也解 Borrel［荷］“～”。

1403 Magogagog 解 Magog and Gog“～”，《圣经》中的两个名字，不同的传说将他们说成两个人、两个巨人、两个民族或两个地方，有的爱尔兰传说称歌格和玛各是爱尔兰人的祖先。

1404 Gouty“～”；也解 Goethe“～”(1749—1832)，德国作家。

1405 此处包含本书主人公名字的缩写 HCE。

1406 Tanner“～”；也解 John Tanmer“～”，英国作家萧伯纳的《人与超人》中的人物。

1407 Make“～”，此处解［都柏林俚语］“～”。

1408 Hellena“～”，女性名；也解 St. Helena“～”，拿破仑被流放的地方；也解 Hell“～”。

1409 Connies“～”，女性名复数；也解 Connacht“～”，位于爱尔兰西部，克伦威尔曾在 1654 年的议会法案中称“要么下地狱，要么去康诺特”。

1410 Burke's“～”；也解 Burke's pub“～”；也解 *Burke's Peerage*，*Baronetage & Knightage*“～”，1826 年开始编写的英国有头衔家族的名录。

1411 Barebarean 解 barbarian“～”；也解 bare“～”＋baron“～”。

1412 Facktotem 解 factotum“～”；也解 totem“～”。

1413 Loney 解 Looney“～”；也解 lonely“～”。

1414 Clandorf 解 Clontarf“～”，爱尔兰国王布利安·布鲁 1014 年在此击败丹麦侵略军；也解 Clann［爱］“～”＋Dorf［德］“～”。

1415 Vamps“～”，此处解 vampire“吸血鬼”。

1416 Lord's Holy Ground“～”；也解 Lord's Cricket Ground“～”，位于伦敦的板球场。

1417 Stodge Arschmann 解 stodge“缺乏想象力的人”＋Arschmann［德］“蠢人”；也解 stage Irishman“～”。

1418 Awnt Yuke 解 Iron Duke“～”，惠灵顿的绰号；其中 Awnt 也解 aunt“～”。

1419 Tommy Furlong 解 Thomas Furlong“～”(1794—1827)，爱尔兰诗人，著有《爱尔兰的瘟疫》。

1420 Cabbanger 解 cabbage“无精打采的人”；也解 cab“～”＋banger“～”；也解 Coppinger“～”，位于爱尔兰科克郡的一个建筑，已倒塌。

1421 Archdukon 解 archdeacon“～”；也解 archduke“～”。

1422 Kennealey Won't Tell Thee of Nancy's Gown“～”；也解 Kennealey Won't Tell Thee if Nancy's Gone“～”。

尼雷不会告诉你南希是否去了、跑去盖上、赚取薪水、安迪·麦克农在安妮的房间里、锥子出[1423]都出去、在中提琴舞会上猛拉[1424]、白炮街的胜出者[1425]洛姆巴德西街、崇高的搬运工[1426]土耳其宫廷、给比利时[1427]城堡|鹅国王的禁令以及给所有俄国人[1428]的沙皇[1429]先生|是,先生的炸弹、有用的[1430]奥菲利娅杀价[1431]任性|幸运的罪过、以及拨打111[1432]万万万、他对卡斯特罗城堡做了什么、与羽毛绳子睡在一起、人们知道谁出卖了嚼舌者荷鲁斯、随信附上芬格尔[1433]金发陌生人之子、他在坠落中摇摆、想要一个老婆来了40个、让他对付美女、脚朝天[1434]一个PG女王落下水[1435]沟|垃圾、普洛普吹着他的口哨[1436]《哈!鼬鼠跑了》、小商人的破产、他——流着牛奶和蜂蜜的海狸经济人[1437]比弗布鲁克、他[1438]V是个酒商[1439]、播种者强奸[1440]酸葡萄|播种者收获、亚美尼亚暴行、病鱼肚朝天[1441]因此变成了巨兽、以扫的后代[1442]亚当的后代|鸡奸者、——人们缺少[1443]鸽子|德沃伊爱尔兰人的共同品格、糟糕的汉堡市[1444]哈姆拔|洪堡|嗡嗡声|借入、鸭子嘎嘎[1445]高声叫|乌鸦、鸽声咕咕训练人[1446]搞肮脏的(政治)交易|可可粉|商人、粪便、产奶[1447]我|天使长米迦勒老爹、最好的脚[1448]爆裂|脚最早生、伍尔沃斯[1449]羊毛|值得最差的、亚洲[1450]哲学家[1451]直立的阴茎|喜欢……的人|明显的|智者|不忠诚的、罪猪[1452]豚鼠的私生子、桶中禁食、生病[1453]在床、胖配偶先生、在警察[1454]城邦的监管下、鲍尔的演说家[1455]坏的、被免职的。但是站在无政府主义的立场上[1456]时代错误地尊重非攻击性个人的自由,然而在这类静坐之外不回答哪怕一句口号[1457]像楔子一样嵌入|词|韦奇伍德装饰陶瓷(商标名称)|从旁边,尽管对这个消极抵抗者来说,伸手够到喂

1423 Awl Out 解 awl“锥子”＋out“在……外”;也解 all out“～”。
1424 Twitchbratschballs 解 twitch“猛拉”＋Bratsche［德］“中提琴”＋balls“舞会”。
1425 Bombard Street Bester“～”;也解 Lombard Street West“～”,《尤利西斯》中布卢姆曾住的地方。
1426 Sublime Porter“～”;也解 Sublime Porte“～”,君士坦丁堡的土耳其王室。
1427 Burgaans 解 Belgians“～”;也解 Burg［德］“～”＋Gans［德］“～”。
1428 Ruttledges 解 Russians“～”。
1429 Ye Sur 解 Tzar“～”;也解 You Sir“～”;也解 Yes, sir“～”。
1430 O'Phelim 解 ôphelimos［希］“～”;也解 Ophelia“～”,《哈姆雷特》中的人物。
1431 Cutprice 解 cut price“～”;也解 caprice“～”;也可与前面的 O'Phelim 合解 felix culpa［拉］“～”。
1432 wan wan wan 解 one one one“～”;也解［中］“～”。
1433 Fingal“～”,传说中的苏格兰英雄,来到爱尔兰与丹麦人作战。爱尔兰人也把一些斯堪的纳维亚入侵者称为芬格尔,意思是“～”;也解 Fingal“～”,地名,位于都柏林北部。
1434 Apeegeequanee 解 apeechequanee［加拿大红河俚语］“～”;也解 a PG queen“～”。
1435 Chimmuck［加拿大红河俚语］“～”;也解 chimb“～”＋muck“～”。
1436 Plowp Goes his Whastle 解 Plowp goes his whistle“～”;也解 *Pop! Goes the Weasel*“～”,17 世纪英国儿歌。
1437 Milkinghoneybeaverbrooker 解 milk and honey beaver broker“～”;其中也包含 William Beaverbrook“～”(1879—1964),英国新闻界巨头。
1438 Vee 解 he“～”;也解字母 V。
1439 Vindner 解 vintner“～”。
1440 Sower Rapes“～”;也解 sour grapes“～”;也解 sower reaps“～”。
1441 Sickfish Bellyup“～”;也解 sic fit belua［拉］“～”。
1442 Edomite“～”;也解 Adamite“～”;也解 sodomite“～”。
1443 Devoyd 解 devoid“～”;也解 dove“～”;也解 John Devoy“～”(1842—1928),爱尔兰自由邦的创建者之一。
1444 Humborg 解 Hamburg“～”;也解 Humber“～”,英格兰北部东海岸的河口;也解 Homburg“～”,德国西南部的城市;也解 hum“～”＋-borg［德］“～”。
1445 Hraabhraab 解 rabrab［丹］“～”;也解 raab［丹］“～”;也解 Rabe［德］“～”。
1446 Coocoohandler 解 coo coo handler“～”;也解 Kuhhandeln［德］“～”;也解 cocoa“～”＋Händler［德］“～”。
1447 Miching 解 Milching“～”;也解 mich［德］“～”;也解 Mick“～”。
1448 Burst Feet 解 best feet“～”;也解 burst“～”＋feet“～”。
1449 Woolworth“～”,美国商人,1879 年开设低价商品店,并发展成全国连锁店;也解 wool“～”＋worth“～”。
1450 Easyathic 解 Asiatic“～”;也解 ECH,本书主人公名字缩写的倒写。
1451 Phallusaphist 解 philosopher“～”;也解 phallos［希］“～”;也解 philos［希］“～”;也解 saphês［希］“～”;也解 sohistês［希］“～”;也解 apistos［希］“～”。
1452 Guilteypig 解 guilty pig“～”;也解 guinea pig“～”。
1453 Boose 解 boos［荷］“病弱的”。
1454 Polis“～”,此处解 police“～”。
1455 Boawwll's Alocutionist 解 Boawwll's Elocutionist“～”,即贝尔编的《标准演说家》(*Standard Elocutionist*),该书在乔伊斯收藏的书籍中;也可与后面的 Deposed 合解 BAD“～”。
1456 anarchistically 解 anarchistic“～”;也解 anachronistically“～”。
1457 wedgeword 解 watchword“～”;也解 wedge“～”＋word“～”;也解 wegewood“～”;也解 edgeways“～”。

抓紧[1458]葡萄，打电话到凯美吉[1459]外线1767，就像亲吻他住的这个窝棚里的任何地方一样容易，因为，就像正统派的人解释的，当最终被震惊得开口说话，抚摸他将来[1460]狐狸受伤的[1461]伤害它感情[1462]猫科动物时，那时支持社会主义政党[1463]母猪|海象|便壶的多米尼加传道正在进行，他觉得被称为神圣[1464]如何玫瑰经[1465]吵闹的天主教[1466]罗威祈祷[1467]去起誓可能改造[1468]他[1469]，继续[1470]枪|毛德·冈妮|不忌妒。在他醉醺醺地挂断电话[1471]逃跑之前，那个比相当讨厌还糟糕的石质公牛[1472]布洛克|布洛基朝大门上的小窗扔出了[1473]皮戈特一些光滑的石头[1474]格莱斯顿，全都一样大小，当作对他的葡萄们的最后嘲笑[1475]莫克斯，以此支持他正说着的话，说他没有犯罪[1476]奎尔甫派，但是，在他如此投射齐射[1477]舒适安全的家之后，透过他的半潜意识检查了如果他真地干了他那可怕的意图，那么他可能做过之事有多严重，这最终让他改变了哭叫[1478]保龄球，放下成山[1479]的乒乒乓乓溪流鹅卵石，稍微清醒了一些，缓步走在地面古旧的[1480]伟大古老的魔鬼[1481]上帝保佑都柏林[1482]黑啤酒|忧伤的，那痛斥那粘痰[1483]，那浮冰般的[1484]洪水清凉剂[1485]屠夫，（诅咒[1486]钱包|小姑娘、诅咒、再诅咒[1487]肥胖的荆豆|毛皮钱包，我要溅起[1488]珀利士和珀拉姆他们所有人的泡沫[1489]！）这个粗地的粗人粗率地结束了他的语言[1490]楔子|安德鲁·兰，彻底退出了这个史前学场景，讲着他如何依照自我否定条例[1491]命令，把救世主[1492]爱尔兰留在了解剖台[1493]分歧桌上，之后劝告壹耳微蚵，或者，用稍微委婉的话说，壹耳微蚵先生或女士，先知[1494]先生，有一大堆女性化的名字，为了克拉姆林[1495]的荣誉出出

1458 gripes 解 grips“～”；也解 grapes“～”。
1459 Kimmage“～”，都柏林街区名。
1460 fuchsiar 解 future“～”；也解 Fuchs［德］“～”。
1461 woundid 解 wounded“～”；也解 wound it“～”。
1462 feelins 解 feelings“～”；也解 feline“～”。
1463 sowsealist potty 解 socialist party“～”；也解 sow“～”＋seal“～”＋potty“～”。
1464 howly 解 holy“～”；也解 how“～”。
1465 rowsary 解 rosary“～”；也解 row“～”。
1466 rowmish 解 Romish“～”；也解 Nicholas Rowe“～”（1674—1718），英国剧作家，第一个撰写莎士比亚传记。
1467 devowtion 解 devotions“～”；也解 de-vow-tion“～”。
1468 reeform 解 reform“～”。
1469 ihm 解 him“～”；也解 ihm［德］“～”。
1470 Gonn 解 go on“～”；也解 gun“～”；也解 Maud Gonne“～”（1866—1953），爱尔兰女演员，与叶芝一起倡导爱尔兰民族文艺复兴运动；也解 gönnen［德］“～”。
1471 rang off“～”；也解 run off“～”。
1472 bullocky 解 bull locky“～”；也解 Shane Bullock“～”（1865—1935），爱尔兰小说家，曾称乔伊斯是怪物；也解 Bullocky“～”，1868 年访问英国的一个巨人身材的板球运动员。
1473 Pegged“～”；也解 Richard Pigott“～”（1835—1889），爱尔兰新闻记者，曾伪造巴涅尔的信。
1474 glatt stones 解 glatt［德］“光滑的”＋stones“石头”；也解 Gladstone“～”，英国首相，自由党领袖。
1475 mocks“～”；也解 Mookse“～”，书中狐狸和葡萄的寓言中以狐狸为原型的人物。
1476 guilphy 解 guilty“有罪的”；也解 Guelphs“～”，13 世纪的意大利政治派系。
1477 so slaunga vollayed 解 so slung volley“～”；也解 so slán abhaile［爱］“～”。
1478 bawling“～”；也解 bowling“～”。
1479 grumus［拉］“～”。
1480 groundould 解 ground old“～”；也解 grand old“～”。
1481 diablen 解 diabhal［爱］“～”；也解 Dia linn［爱］“～”。
1482 lionndub 解 linn dubh［爱］“～”；也解 lion dubh［爱］“～”；也解 lionndubh［爱］“～”。
1483 flegm［爱］“～”；也解 phlegm“痰”。
1484 floedy 解 floe“～”；也解 flood“～”。
1485 fleshener 解 freshener“～”；也解 flesher［苏格兰］“～”。
1486 purse“～”，此处解 curse“～”；也解 puss“～”。
1487 pursyfurse 解 curse further“～”；也解 pursy furze“～”；也解 purse fur“～”。
1488 splish 解 splash“～”；也可与后面的 splume 合解 Plisch & Plum“～”，德国漫画家威廉·布什（Wilhelm Busch）的作品中的两只小狗。
1489 splume 解 spume“～”。
1490 langwedge 解 language“～”；也解 lang“～”＋wedge“～”；也解 Andrew Lang“～”（1844—1912），荷马史诗的苏格兰语译者。
1491 ordnance 解 ordinance“～”；也解 order“～”。
1492 Hyland 解 Heiland［德］“～”；也解 Ireland“～”。
1493 dissenting table“～”，此处解 dissecting table“～”，出自爱尔兰政治家詹姆斯·康诺利 1914 年发表的作品《解剖台上的爱尔兰》（*Ireland upon the Dissecting Table*）。
1494 Seir“～”；也解 seer“先知”；也解 sir“～”。
1495 Crumlin“～”，地名，位于都柏林郊区。

啊出来到战场[1496]滑铁卢从那里出来，带着他那他妈的[1497]多思考的老肉身之神们[1498]鱼神|西哥特人，愿上帝[1499]歌格和玛各诅咒他们[1500]他|蒂姆·芬尼根，这样他可以狠揍他的脑袋[1501]布利安·布鲁|队伍|一块块把他炸得头晕目眩[1502]迪斯累利，你可以肯定，就像水罐的裂纹[1503]保茨骨裂对水壶的扁鼻子[1504]弗莱特奈伯所做的，还有根本无人[1505]根本对全都有名[1506]波吕斐摩斯所做的，并在他身上堆上石头，或者假如他不这样，为了 32 根稻草，愿成为卡高[1507]可可树|排泄物·坎贝尔，他不知道不会为他做什么，也不会为其他任何无人也再不为他，在这之后，马特[1508]损伤|诉说战役[1509]诉说，打破毁坏撕裂打败[1510]，于是有了马尔博罗公爵[1511]的愤怒，演奏着他那弄人[1512]曼切斯特|陛下|大师声音的最少变化，赋格附加段[1513]热带的里的第一个英雄双韵体，作品 11[1514]，32[1515]索尔|脚趾：《我的计划暂停[1516]顺从，因为这次无法不失败》；他们跟他们的大拇指告别[1517]咬手指|烧伤拇指，他的肩[1518]士兵|贪婪上[1519]曾经|荣誉是发油[1520]子弹带，滴下掉下坠下池塘或圩田[1521]士兵，希望早晨动身去费城[1522]直立的阴茎|喜欢……的人|姐妹|兄弟|子宫，在他的向后[1523]单刃剑|未开垦地滑落中带着围栏浅滩[1524]的没精打采继续（还有你希利[1525]为什么，希利！）朝着聋黑色的哑[1526]机构的方向，在溪流[1527]轻上方空幻的拍己[1528]圣帕特里克峡谷蹒跚[1529]两栖纲离开大约 1 000 或 1 100 年。再见[1530]告辞！

于是，巴利英亩[1531]的这个罗谢尔[1532]式离去[1533]出去，我们第一城堡周围的围攻[1534]获胜|她去的最后阶段走向结束，对此我们会乐于回忆，如果老内斯特[1535]·亚历克斯能向我们提示其价值

1496 Mockerloo 解 machaire [爱]"平原";也解 Waterloo"～"。
1497 broody"～",此处解 bloody"～"。
1498 flishguds 解 flesh gods"～";也解 fish gods"～";也解 Visigoths"～"。
1499 Gog 解 God"～";也解 Gog and Magog"～",《圣经》中的两个名字。
1500 thim 解 them"～";也解 him"～";也解 Tim"～"。
1501 brianslog 解 brain"猛击脑部致死"+slog"猛击";也解 Brian"～",爱尔兰著名国王+sluagh [爱]"～";也解 biranna [爱]"～"。
1502 dizzy"～";也解 Disraeli"～"(1804—1881),英国首相,托利党领袖。
1503 Potts Fracture"～",以 18 世纪医生保茨命名的一种骨裂,此处解 pot's fracture"～"。
1504 Keddle Flatnose 解 kettle"水壶"+flat nose"扁鼻子";也解 Ketil Flatneb"～",攻占了都柏林的北欧海盗首领之一。
1505 nobodyatall 解 nobody"无人",荷马史诗《奥德赛》中奥德修斯骗独眼巨人他叫无人+at all"根本"。
1506 Wholyphamous 解 whole"全部"+famous"著名的";也解 Polyphemus"～",荷马史诗《奥德赛》中的独眼巨人。
1507 Cacao"～",人名,意为"～";也解 cac [爱]"～"。
1508 martell 解 Charles Martel"铁锤查理"(688—714),法兰西统治者,查理曼大帝的祖父,732 年在普瓦蒂耶击败撒拉逊人;也解 mar"～"+tell"～"。
1509 batell 解把 battle"～";也解 tell"～"。
1510 a brisha a milla a stroka a boola 解 ag briseadh ag milleadh ag stracadh ag buaileadh [爱]"～"。
1511 Malbruk 解 John Churchill Marlborough"～"(1650—1722),英国将军,1690 年为威廉三世攻占了爱尔兰的部分地区。
1512 manjester 解 man"人"+jester"弄臣";也解 Manchester"～",英国城市名;也可与前面的 his 合解 His Majesty"～";也解 Master"～"。
1513 tropical"～",此处解 trope"～"。
1514 Elf [德]"～"。
1515 Thortytoe 解 thirtytwo"～";也解 Thor"～",北欧神话中的雷神和战神+toe"～"。
1516 obeyance 解 abeyance"～";也解 obedience"～"。
1517 bid goodbyte to 解 bid goodbye to "～";也解 bite their thumbs"～",表愤怒;也解 burnt their thumb "～"。
1518 solgier 解 shoulder"～";也解 soldier"～";也解 Gier [德]"～"。
1519 eer"～",此处解 over"～";也解 eer [荷]"～"。
1520 bandol 解 bandoline"～";也解 bandolier"～"。
1521 poldier 解 polder"～";也解 soldier"～"。
1522 此句出自一首爱尔兰旋律的美国流行歌曲《动身去费城》(*Off to Philadelphia*),其合唱的起句为"肩上背着子弹袋";其中 falladelfian 也解 phallos [希]"～";也解 philos [希]"～",也解 adelphê [希]"～";也解 adelphos [希]"～";也解 delphys [希]"～"。
1523 backwords 解 backwards"～";也解 backsword"～";也解 backwood"～"。
1524 Hubbleforth 解 Hurdle Ford"～",指都柏林。
1525 Et Cur Heli 解 *Et Tu Healy*"～",乔伊斯 9 岁时写的斥责巴涅尔过去的支持者蒂姆·希利对自己领袖的背叛的诗;也解 et tur Heli [拉]"～";此句也包含本书主人公名字的缩写 HCE。
1526 duff and demb 解 deaf and dumb"～";其中 duff 也解 dubh [爱]"～"。
1527 Bach [德]"～";也解 back"～",可与前面的词语合解 pat self on the back"～"。
1528 Patself"～",名称;也解 pat"～"+self"～";也解 Patrick"～"。
1529 lurch"～";也解 Lurch [德]"～"。
1530 Adyoe 解 adieu"～";也解 adyö [沃]"～"。
1531 Bully Acre"～",都柏林最古老的墓地。
1532 rochelly 解 La Rochelle"～",法国西部城市,此处指爱尔兰作曲家米歇尔·威廉·巴尔弗的歌剧《围攻罗谢尔》(*The Siege of Rochelle*)。
1533 exetur 解 exitus [拉]"出路";也解 exitur [拉]"～"。
1534 siegings 解 siege"～";也解 siegen [德]"～";也解 sie ging [德]"～"。
1535 Nestor"～",荷马史诗中皮洛斯国王,以贤明著称。

的话，就像巴勒迪克[1536]大麦、饯行酒[1537]狗|在……上|壤土和卑尔根奥松姆[1538]担心。

然而[1539]他给公牛人镇[1540]边的许多门留下了小云朵杂物[1541]信，为见证他的室内石冢而无声地浏览着，在山坡上在峡谷下[1542]库姆在新的石头路上[1543]晨曦|石头|路面，在霍斯或在库罗克[1544]或者甚至在安尼斯克里镇[1545]，一点儿也不直线的人类社会进化[1546]评估理论，以及从所有死者到某些生者的石头的见证[1547]。奥利弗的羔羊[1548]奥利弗和罗兰是我们对他们的称呼，一块石头的散落[1549]财宝，它们将被聚集到他身上，它们的牧人和骑士，就像小云[1550]可结婚的和积云[1551]堆积|卡姆拔尔，在那一天当[1552]此人|天堂，正如尊敬的亚兹瓦·亚瑟的闪电枪骑兵那样（一些芬兰人，一些芬兰先锋[1553]我们自己，只有我们自己|白皙的|前部|未曾做过！），他将[1554]从地下的沉睡中醒来，高傲地戴着头盔[1555]隐士|榆树，在他那绿人[1556]兴起的荆棘谷[1557]坠落啊，（失去的领袖们活着！英雄们回来！）而且在要塞[1558]讨债人和山谷之上，这个狼一般的最高君主[1559]猎狼人|沃尔弗|统治者|流浪者|智者，（保护我们！）他的有力的角将摇摆，在大地上，摇摆[1560]《摇啊，乔旦，摇啊》|罗兰|罗兰的号角。

因为在那些日子[1561]里，他的上帝[1562]将要求一切为了家[1563]亚伯拉罕，并召唤他：一切为了家！于是他回答：我在这儿[1564]加一些。既没眨眼也没醒来[1565]。该下地狱的，你以为我死了吗[1566]？你的节庆[1567]吉祥的|拳头|浮士德大厅里一片沉寂，哦，特洛伊[1568]事件|被宣告有罪的人|真的|怜悯，当你的绿树林枯萎的时候，却会有充满欢笑的

1536 Bar-le-Duc“～”,法国城镇名,1916 年凡尔登围攻中的一个地点;也解 barley“～”。

1537 Dog-an-Doras 解 deoch an dorais [爱]“～”;也解 Dog“～”+an [德]“～”+Doras“～”。

1538 Bangen-op-Zoom 解 Bergen-op-Zoom“～”,荷兰西南部的城市;也解 bangen [德]“～”。

1539 Yed [瓦]“～”。

1540 Oxmanswold 解 Oxmantown“～”,都柏林市郊。

1541 cloudletlitter 解 cloudlet“小云朵”+litter“杂物”;其中 litter 也解 litir [爱]“～”。

1542 coombe“～”;也解 cúm [爱]“～”;也解 Coombe“～”,地名,位于都柏林。

1543 eolithostroton 解 neo lithostrôton [希]“～”;也解 êôs [希]“～”+lithos [希]“～”+strôsis [希]“～”;此处也包含本书主人公名字的缩写 HCE。

1544 Coolock“～”,都柏林郊区。

1545 Enniskerry“～”,都柏林南部威克洛郡的市镇。

1546 evoluation 解 evolution“～”;也解 evaluation“～”。

1547 出自苏格兰作家修·米勒 1857 年出版的《石头的见证》(*The Testimony of the Rocks*)。

1548 Olivers lambs 解 Oliver's lambs“～”,爱尔兰人对克伦威尔的士兵的称呼;也解 Oliver & Roland“～”,查理曼大帝的 12 骑士中的两位。

1549 skatterlings 解 scattering“～”;也解 skatter [丹]“～”。

1550 nubilettes 解 nubila [拉]“～”;也解 nubilis [拉]“～”。

1551 cumule 解 cumulus“～”;也解 cumulo [拉]“～”;也解 Cumbal“～”,芬·麦克尔的父亲。

1552 hwen 解 when“～”;也解 hvem [丹]“～”;也解 haven“～”。

1553 some Finn, some Finn avant“～”;也解 Sinn Féin, Sinn Féin Amháin [爱]“～”;其中 Finn 也可以解为 fionn [爱]“～”;其中 avant 也解 [法]“～”;也解 haven't“～”。

1554 skall 解 skal [丹]“～”。

1555 elmer 解 helm“～”;也解 helmet“～”;也解 elm“～”。

1556 Greenman 解 Green Man“～”,一种用枝叶做成的人脸造型,常在爱尔兰教堂或教会建筑的雕塑中出现,象征复活或生命的循环。

1557 valle 解 vale“～”;也解 fall“～”。

1558 Dun“～”,此处解 dún [爱]“～”。

1559 Wulverulverlord 解 wolf“狼”+overlord“最高君主”;其中 wulver 也解 wolver“～”;也解 James Wolfe“～”(1727—1759),英国常胜将军;其中 rulver 也解 ruler“～”;也解 rover“～”;也解 ulva [拉]“～”。

1560 roll, orland, roll 解 roll, on land, roll“～”;也解 *Roll, Jordan, Roll*“～”,歌曲名;其中 orland 也解 Roland“～”,查理曼大帝的骑士,可与前面的 horn 合解“～”。

1561 deyes 解 dies [拉]“～”;也解 days“～”。

1562 Deyus 解 Deus [拉]“～”。

1563 Allprohome 解 all pro([拉]“为了”)home“～”;也解 Abraham“～”,《旧约》中的义人,老年得子。

1564 Add some“～”,此处解 Adsum [拉]“～”。

1565 wunk 解 woke“～”。

1566 Animadiabolum, mene credidisti mortuum 解 Anima ad diabolum mene credidisti mortuum [拉]“～”,出自民谣《芬尼根的守灵夜》。

1567 faustive 解 festive“节庆的”;也解 faustus [拉]“～”;也解 Faust [德]“～”;也解 Faust“～”。

1568 Truiga 解 Troja [拉]“～”;也解 trúig [爱]“～”;也解 trú [爱]“～”;也解 true“～”;也解 truagh [爱]“～”。

声音在夜晚的耳畔回响，那时我们的君士坦丁堡[1569]来城里诈骗主教[1570]婚礼在他的靴子上套上了套头毛衣。

活得可怜[1571]利物浦|河池？酗点儿酒[1572]一点儿也不|想！他的大脑[1573]呼吸凉[1574]后部的粥[1575]、他的毛皮湿漉漉[1576]肮脏的、他的心脏嗡嗡[1577]恐吓、他的血流[1578]慢慢爬、他的呼吸只呲呲，他的四肢尤如此：无风[1579]芬格拉斯、掌断[1580]当铺老板|潘布洛克、冻疮[1581]基尔姆缅海姆、秃顶[1582]波多利。他在小睡[1583]年老昏聩|眩晕中直哼哼。词语对他来说比落到拉斯法含姆[1584]制止他|遥远的的雨滴[1585]还轻。我们都喜欢这个。雨。当我们睡下。滴。但要等我们睡了。排水沟[1586]雨|火车。停了[1587]拆对。

1569 Comestowntonobble 解 Constantinople“～”；也解 comes town to nobble“～”。

1570 pantriarch 解 patriarch“～”，东正教的最高一级主教；也解 pantria［希］“～”。

1571 Liverpoor 解 live poor“～”；也解 Liverpool“～”，英国城市；也解 Riverpool“～”，指都柏林。

1572 Sot a bit of it “～”；也解 not a bit of it“～”；其中 Sot 也解 thought“～”。

1573 braynes 解 brains“～”；也解 breathe“～”。

1574 coolt 解 cool“～”；也解 cúl［爱］“～”。

1575 parritch 解 porridge“～”，此句化自习语 keep your breath to cool your porridge“专注于自己的事情”。

1576 nassy 解 naβ［德］“～”；也解 nasty“～”。

1577 adrone 解 drone“～”；也解 drohen［德］“～”。

1578 bluidstreams 解 blood stream“～”。

1579 Fengless 解 feng［中］“风”＋less“无”；也解 Finglas“～”，地名，位于都柏林西北部。

1580 Pawmbroke 解 paw“手掌”＋broke“折断”；也解 pawnbroker“～”；也解 Pembroke“～”，地名，位于都柏林东南部。

1581 Chilblaimend 解 chilblained“生冻疮的”；也解 Kilmainham“～”，地名，位于都柏林西南部。

1582 Baldowl 解 bald“秃头的”＋owl“猫头鹰”；也解 Baldoyle“～”，地名，位于都柏林东北部。

1583 doge 解 doss“～”；也解 dotage“～”；也解 daze“～”。

1584 Rethfernhim 解 Rathfarnham“～”，地名，位于都柏林南部；也解 refrain him“～”；其中 fern 也解［德］“～”。

1585 raindrips 解 raindrop“～”；也解 rain drips“～”。

1586 Drain“～”；也解 Rain“～”；也解 Train“～”。

1587 Sdops 解 Stops“～”；也解 sdoppiare［意］“～”。

第四章

就像在我们的动物园[1]眼泪|花园，狮子记得他的尼罗河睡莲，(天狼星狮子能忘记猎户座[2]血，或者忘记亚美尼亚[3]阿门提俄勒斯|肉|肾|马尔斯小姐[4]肉体的|大理石|马尔马拉|萨莉的光腿[5]朋友飞马[6]伪造的|弓吗?)有可能一对儿大酒杯中的那只小杯[7] 29 中满溢的巨大耐久感[8]再见|小娃娃将感到|使厌倦的，给我们悲伤心绪[9]信箱|相信他人的|半身像中的某样东西[10]打上了符咒[11]路标|苏黎士邮政总局|戳|邮票，他被包围着，只静静地[12]依然|文风梦到[13]卧床不起的那些没有摘下面纱的[14]纯洁的莉莉丝[15]们，她们毁了他，离去很久了，却没有注意到他的守灵夜中警惕的叛徒，他们的将留下来[16]更确切地说。小费[17]我曾是|呸，小费，内室女仆[18]魅力|少女！肥皂肥汤[19]昏昏欲睡的|肥皂般滑腻的|愉快的|有趣的|在肥皂泡沫里|生活，靴子小伙[20]盗窃|靴柜！叮[21]收束|会是叮，叮叮！是否可能，我们必须让自己快点儿[22]来[23]宣布[24]，他重新声明[25]重发微光？预先看到？热力之田和小麦之产，在那里是不是[26]伊茜谷物之神[27]金黄的谷物？羞愧且闪光[28]闪姆和肖恩。可能是我们必须通过[29]我们优秀的镇报纸[30]法院|无核葡萄干|趋势|报纸来

1 teargarten 解 Tiergarten［德］“～”；也解 tear“～”＋garden“～”。

2 Ariuz … Arioun 解 Sirus … Orion“～”；也解 aŕiudz［亚］“～”……ariun［亚］“～”。

3 Marmeniere 解 Armenia“～”；也解 Armentières“～”，法国北部的一个公社名。此句化自流行于第一次世界大战的歌曲《阿门提俄勒斯来的女郎》(*Mademoiselle from Armentières*)；也解 marmin［亚］“～”＋Niere［德］“～”；也解 Mars“～”，罗马战神。

4 Marmarazalles 解 Mademoiselle“～”；也解 marmnasẽr［亚］“～”；也解 marmara［希］“～”；也解 Marmar“～”，罗马战神马尔斯的旧名＋Sally“～”，美国心理学家莫顿·普林斯的《分裂的人格》一书中克里斯汀·比切普潜意识中的第二个自我。

5 baregams 解 bare gams“～”；也解 paregam［亚］“～”。

6 Boghas 解 Pegasus“～”；也解 bogus“～”；也解 bogha［爱］“～”。

7 naggin in twentyg 解 noggin in twin tyg(［古义］“双柄陶制大酒杯”)“～”；也解 negen en twintig［荷］“～”。

8 tots wearsense 解 lots of wear-sense“～”；也解 tot weerziens［荷］“～”；也解 tots will sense“～”；也解 wearisome“～”。

9 brievingbust 解 grieving breast“悲痛的心”；也解 brievenbus［荷］“～”；也解 believing“～”＋bust“～”。

10 what“～”；也解 wat［荷］“～”。

11 sigilposted 解 sigil“符咒”＋posted“设置”；也解 signpost“～”；也解 Sihlpost“～”，苏黎士的主要邮局；其中 sigil 也解 Siegel［德］“～”；也解 postzegel［荷］“～”。

12 stil［荷］“～”；也解 still［德］“～”；也解 still“～”；也解 Stil［德］“～”。

13 bedreamt 解 dreamt“～”；也解 bed-ridden“～”；也解 be-dreamt“～”。

14 undeveiled“～”；也解 undefiled“～”。

15 Lilith“～”，亚当的第一个妻子，也被记载为撒旦的情人、夜之魔女。

16 theirs to stay“～”；也解 that is to say“～”。

17 Fooi［荷］“～”；也解 fui［拉］“～”；也解 foei［荷］“～”。

18 chamermissies 解 chambermaid“～”；也解 charm“～”＋missies“～”。

19 Zeepyzoepy 解 zeep［荷］“肥皂”＋soep［荷］“汤”；也解 sleepy“～”＋soapy“～”；也解 zippy“～”＋zappy“～”；也解 in't zeepsop［荷］“～”；其中 zoe 也解 zôê［希］“～”。

20 larcenlads 解 laars［荷］“靴子”＋lads“小伙子”；也解 larceny“～”；也解 laarzenlade［荷］“～”。

21 Zijnzijn 解 zinzin“～”；也解 Tzimtzum［希伯来］“～”，在犹太教神秘哲学中这个词用来指上帝创造世界时把他无限的光凝缩，从而制造一个有限世界可以在其中存在的概念空间。在本书中类似的词组常常出现，如 Tintin tintin，Tsin tsin，Chin chin 等，有可能都呼应这一思想；也解 Zijn［荷］“～”。

22 we moest ons hasten 解 we moisten ons hasten［荷］“～”。

23 te［荷］“去”；也解 to“～”。

24 declareer［荷］“～”；也解 declare“～”。

25 Reglimmed“～”，此处解 re-claimed“～”。

26 Ysit 解 is it“～”；也解 Issy“～”，本书主人公壹耳微蚵和汉娜的女儿。

27 corngold 解 corn god“～”；也解 gold corn“～”。

28 shamed and shone“～”；也解 Shem and Shaun“～”，书中主人公的两个儿子。

29 door“门”，此处解 door［荷］“～”。

30 courants“～”；也解 courts“～”；也解 currant“～”；也解 current“～”；也解 courant［荷］“～”。

寻找[31]必须|偶然|向上寻找|搜寻|向上看，因为[32]希望我们知道，借助他深远的[33]深海洞察力（希望不常如此但美好的时光已经凋零），在他那家长制的诡辩[34]萨满中，城市上方的大污点[35]宽石|斯丹尼（特里比[36]市！特里比！），他意识到了敌人们[37]，芬格拉斯[38]磨坊中骑白马的国王比利，祈祷，当时他如坐针毡，（你难道不能[39]阴部|整洁的给我[40]礼物|毒药|培尔·金特温柔的眼球[41]软蛋|果汁|很快以便[42]脚趾|《托比书》四处端详[43]发作|梨|一双！）在那三个半[44]一座地狱小时无声的痛苦中，源自罪恶的深渊[45]，在真实无伪的仁慈的哺育下，祈祷他的词语创伤者（一个牙齿天使[46]恩格斯，名字是[47]无人无声放逐[48]的蛇[49]狡猾的，会用他那斑驳的肚子（这个猪[50]奴隶|乌鸦，这个用膝盖爬行的[51]阉鸡|有关节的）去这个哭泣世界的任何旧地寻找牛奶、音乐或者已婚情人[52]误用）可能，愿神怜悯憎恨谨慎精明的天宠仁慈者，向他的后代们第一个出色的朝代，向黑脸的卡讷马拉人[53]，不是马圈中的而是他家里较大的孩子们[54]，展示他那最具攻击性的想法（请原谅[55]和平他的 12 种主导[56]亚当激情）建立起，在更有利的气候带，那里流蜜的草地[57]克鲁安米拉非常好客而快乐之山[58]蒙特乔|乔伊斯接纳他们，真正的罪犯阶层，含[59]汉姆堡的碎马槽的坏蛋[60]蛋，从而用直接由此导致的取消临时工，最终从所有阶级和群体中消除他们：暗杀者（原文如此）用恐怖惩罚城市[61]（安全地[62]确定！）；以及由此，去标出她所改变[63]亚瑟王|在……后|艺术者的语言[64]塔尔语|山谷堤岸，市民们[65]库塞克的服从有助于洞穴的健康[66]。

31 habben to upseek 解 haben aufschlagen [德]“必须寻找”;其中 habben to 也解 have to “~”;也解 happen to “~”;其中 upseek 也解 up seek“~”;也解 opzoeken [荷]“~”;也解 up see“~”。

32 want“~”,此处解 want [荷]“~”。

33 deepseeing 解 deep seeing“看得深的”;也解 deepsea“~”。

34 shamanah 解 seamanna [爱]“~”;也解 shaman“~”;也解《旧约》中挪亚的儿子 Ham 和 Shem 和组合,两人分别代表着黑人和犹太人。

35 broadsteyne 解 broad stain“~”;也解 Broadstone“~”,都柏林火车站名;也解 Steyne“~”,北欧海盗在都柏林的登陆地点之一。

36 Twillby 解 *Trilby*“~”,英国作家乔治·莫里斯 1894 年出版的恐怖小说,是 19 世纪末最畅销的小说之一。特里比也是小说中女主人公的名字;也解 by [丹]“~”。

37 这句话中包含本书主人公名字的缩写 HCE。

38 Finglas“~”,位于都柏林西北部,英国国王威廉三世在 1690 年的博因战役后曾呆在芬格拉斯。

39 kunt ye neat 解 kunt u niet [荷]“~”;其中 kunt 也解 cunt“~”;其中 neat 也解“~”。

40 gift mey 解 give me“~”;也解 geef mij [荷]“~”;其中 gift 也解“~”;也解 Gift [德]“~”;也解 Peer Gynt“~”,挪威民间英雄,也是挪威剧作家易卜生的同名话剧的主人公。

41 saft eyballds 解 soft eyeballs“~”;也解 zacht ei [荷]“~”;其中 saft 也解 Saft [德]“~”;其中 eyballds 也解 Ei [德]“~”+bald [德]“~”。

42 toe“~”,此处解 to“去”;也与后面的 bout 合解 *Tobit*“~”,基督教圣经经典中的次经之一

43 bout a peer 解 peer about “~”;其 bout 也解“~”;其中 peer 也解 [荷]“~”;也解 pair“~”。

44 a hellof 解 a half of“~”;也解 a hell of“~”。

45 ex profundis malorum 解 ex profundis malorum [拉]“~”。

46 engles 解 Engel [德]“~”;也解 Engels“~”。

47 nomened 解 nomen [拉]“~”;也解 Noman“~”,《奥德赛》中奥德修斯告诉独眼巨人的假名。

48 Girahash 解 gur [希伯来]“流放”+hasha [希伯来]“无声的”。

49 Nash 解 nahash [希伯来]“~”;也解 nasha [希伯来]“~”。

50 rab [爱]“~”;也解 rab [俄]“~”;也解 Rabe [德]“~”。

51 kreeponskneed 解 creep on knee“~”;也解 capon“~”+kneed“~”。

52 missusses 解 mistress“情人”+Issy“伊茜”;也解 misuses“~”。

53 Connemaras“~”,该地区为位于爱尔兰西部戈尔韦市的半岛;也可与前面的 blackfaced 合解一种羊的名字。

54 此句中包含本书主人公名字的缩写 HCE。

55 pace“~”,陈述相反观点时请被指名的人原谅;也解 pace [拉]“~”。

56 predamanant 解 predominant“~”;其中也包含 Adam“~”。

57 Meadow of Honey“~”;也解 Cluain Meala“~”,地名,位于都柏林北部郊区。

58 Mountain of Joy“~”;也解 Mountjoy“~”,都柏林的英国人监狱;其中 Joy 也解 Joyce“~”。

59 Ham“~”,挪亚的儿子;也解 Château de Ham“~”,法国索姆地区的一所监狱。

60 yeggs“强盗”;也解 eggs“~”。此句也包含本书主人公名字的缩写 HCE。

61 sigarius vindicat urbes terrorum 解 sicarius vindicate urbes terrorum [拉]“~”。

62 sicker“~”;也解 sicher [德]“~”。

63 arter 解 alter“~”;也解 Arthur“~”;也解 after“~”;也解 art-er“~”。

64 taal“~”,一种在非洲南部地区使用的语言,此处解 [荷]“~”;也解 Tal [德]“~”。

65 citizens“~”;也解 Michael Cusack“~”(1847—1907),在 1884 年创建盖尔运动协会,《尤利西斯》中市民的原型。

66 elp the ealth of the ole 解 help the health of the hole“~”,此句出自都柏林市纹章上的格言 Obedientia civium urbis felicitas“市民的服从是城市的幸福”。

现在好了[67]上帝|很好。让我们把理论留在那里，回到这里的这里。现在听着。又好了。这个柚木棺材，装着普久玻璃面板[68]普久，脚朝东，即将交货，恰当[69]天花疤恰好[70]卜卜心跳声|圣帕特里克就在尸体[71]目的附近，从物质层面影响原因。而这，倒不如说[72]杠杆|爱，是事物之家[73]辛摩特|霍斯。无论多少保守派公众团体，通过一定数量的选择和其他有权力增加数量的委员会，在投票选举他们自己和他自己、市镇、港口和要塞之前，在根据合适且正当的决定，遵循宪法[74]湿的地的法庭[75]短的指令，一劳永逸地离开情节错综复杂的[76]倒霉的存在，那么就如前面说的[77]（屠夫的）围裙|透支|前面的|影片剪辑，你的同船水手[78]公司|床垫|逃跑|配偶|蹦跳走的人|鸡蛋可能穿着一套新[79]新套装衣服[80]牌|土地逃[81]向你，把他当作他们给临时[82]坟墓的礼物，那时他的身体依然存在，这个坟墓位于摩耶特[83]摩耶|牧场，有内伊湖[84]最好的式样，那时恨岛者[85]厌新症对它的需求像今天畏湖者[86]对马恩岛[87]的需求一样大。等等[88]看|甚至|守卫！那是在鱼相当多的凯里[89]一团糟桶里，在芬尼亚首领抓起他那一把之前[90]，伴之以古老的树林和亲爱的荷兰深谷[91]亲爱肮脏的都柏林|深的|水池，里面有一座老圆丘[92]克伦威尔|诺威尔和一条鳟鱼溪[93]乔特贝克|水池、她的纹理纵横[94]无价值的的柳条篮和一位唠叨不休的萨莉[95]，与任何韦尔特[96]枯萎或沃尔特在一起，他将像伊萨卡在他棍子的胳肢下送秋波那样向她暗送秋波[97]叔叔|天使，并看着她的水是，她那让人愚蠢的水是，那里如今棕色的泥炭[98]布朗|小便泛起涟漪[99]（愿他们的被子给他那昏昏欲睡的[100]欲睡地身体轻

67 gode 解 good"～";也解 God"～";也可与前面的 now 合解 nu goed [荷]"～"。

68 Pughglasspanelfitted 解 Pugh glass panel fitted"～";也解 Pugh"～",都柏林制造玻璃的家族。

69 pitly 解 fitly"～";也解 pit"～"+-ly。

70 patly"～";也与前面的 pitly 合解 pitpa"～";也解 Patrick"～"。

71 porpus 解 corpus [拉]"～";也解 purpose"～"。

72 liever [荷]"更确切地说";也解 lever"～";也解 Liebe [德]"～"。

73 thinghowe 解 thing home"～";也解 Thingmote"～",北欧海盗在都柏林的议会;其中 howe 也解 Howth "～",都柏林郊区。

74 groundwet 解 grondwet [荷]"～";也解 ground wet"～"。

75 koorts 解 court's"～";也解 kurz [德]"～"。

76 plotty"～";也解 bloody"～"。

77 a forescut 解 afore said"～";也解 voorschoot [荷]"～";也解 voorschot [荷]"～";也解 fore"～"+cut "～"。

78 maateskippey 解 scheepsmaat 荷]"～";也解 maatschappij [荷]"～";也解 mat"～"+escape"～";也解 mate"～"+skipper"～";也解 kip [荷]"～";也解 ei [荷]"～"。

79 a neuw pack 解 a new pack"～";也解 een nieuw pak [荷]"～";其中 neuw 也解 neu [德]"～"。

80 klerds 解 kleren [荷]"～";也解 cards"～";也解 Erde [德]"～"。

81 cuttinrunner 解 cut and run"急忙逃走"。

82 protem 解 pro tem [英口]"～"。

83 Moyelta"～",都柏林路名;也解 Moy"～",北爱泰龙郡的一个镇,也是爱尔兰一条河的名字;也解 Magh-gheilte [爱]"～"。

84 Lough Neagh"～",位于爱尔兰北部。

85 misonesans 解 misos [希]"仇恨的"+nêsos [希]"岛屿",在内伊湖里几乎没有岛屿;也解 misoneism "～"。

86 limniphobes 解 limnê [希]"湖"+phobos [希]"害怕",在马恩岛上几乎没有湖。

87 Isle of Man"～",爱尔兰海上的自治岛。

88 Wacht even [荷]"～";也解 watch"～"+even"～";其中 Wacht 也解 [德]"～"。

89 kettlekerry 解 kettle"水桶"+Kerry"凯里郡",位于爱尔兰西南部;其中 kettle 也可与前面的 fishy 合解 a kettle of fish"～"。

90 芬在愤怒中抓起一把草皮,从而有了今天的内伊湖和马恩岛。

91 dear dutchy deeplinns 解 dear dutch deep linns"～";也解 dear dirty Dublin"～";其中 deeplinns 也解 deep"～"+linn [爱]"～"。

92 knoll"～";也解 Cromwell"～";也解 Knowell"～",莎士比亚在本·琼生的戏剧《人各有癖》中的角色。

93 troutbeck 解 trout beck"～";也解镇名,位于英国湖区;也解 John Troutbeck"～"(1832—1899),英国翻译者;也解 Becken [德]"～"。

94 vainyvain 解 veiny vein"多脉纹的纹理";也解 vain"～"。

95 sally"～",在本书中也与《创世记》中亚伯拉罕的妻子撒拉(Sarah)互指。

96 Wilt"～",人名;也解 wilt"～"。

97 ongle 解 ogle"～";也解 uncle"～";也解 angle"～"。

98 brown peater 解 brown peat"～";也解 Peter Browne"～",曾与英国哲学家贝克莱争论神学问题;其中 peater 也解 pee"～"

99 arripple 解 ripple"～";也解 are rippling"～"。

100 somnolulutent 解 somnolentus [拉]"～";也解 somnolenter [拉]"～"。

轻镀上金[101])为你之人因为沼泽[102]上帝的愤怒而躺着等死，就像昔日[103]首先被诅咒的匈奴[104]巨石坟墓躺在他那忠心的[105]蓝色的不知谁[106]奥多瑙|多瑙河|《蓝色多瑙河》的床上。

最好的[107]很好|贝斯特。这个曾将永存的地下天堂，或者鼹鼠乐园，也可能是阴茎形灯塔[108]的倒转，用于培育[109]福斯特小麦作物并推动旅游业(它的建筑师[110]真正的，惧狩猎[111]拉切斯|拉雪兹神父公墓大人[112]，被弄得半瞎[113]，以免承包商 T. A. 贝克特[114]和 L. O. 图尔[115]罗德先生被弄得理应受人尊敬时，他会做出[116]使……石化|赝品另一个这样的[117]曾经如此的一个|这样的一个夏娃)，首先在西方，我们的建筑大师[118]动物的粪|图画，邪恶的城堡[119]卡斯伍劳奴斯，被水矿、系统、亡灵宴[120]天鹅和春节[121]用带子系住，公开诅咒和炸掉，从一个重新使用的 TNT 爆炸点炸出，没用翅膀就飞上 1130 高处[122]喂|向前地(大约[123])直到他的自控[124]公元|炸药空投鱼雷[125]爱丽尔|拉塞尔|索尔伸出的右舷[126]星星|斯特恩|登(机)，通过一罐罐扔向她那金属护板舷端的改良氨水，与预期的雷区箱接触，并被融进上行电缆[127]使犯错误，滑过孔洞[128]都柏林的商业行会厅，从指挥塔逐渐减弱进入地面电池保险丝盒，全都像钟表与钥匙那样迥然相异[129]，因为没有人看上去留着同一时代的胡须，一些人根据他们的钟表[130]战争|耳朵说是 9 点差 6 下[131]希崔克，更多的人赞成可怜的女王[132]莱恩|地方长官说是 5 点笛子|法弗|麦克德夫差 10 分[133]丹麦人|系主任。此后一旦[134]空想|曾经他的废话[135]天花开始抛弃他和他的粗皮，他的嗓子就彻底[136]冬青|希利干了，一步一步[137]屈身，他接近它(请大家宽

101 此句出自19世纪下半叶的爱尔兰小夜曲《噢莫莉，我无法说你诚实》(*Oh! Molly, I Can't Say You're Honest*)中的"愿被子轻轻盖在你美丽的身上"。
102 Bog"～"；也解 bog [俄]"～"；也解 God"～"。
103 erst"～"；也解 eerst [荷]"～"。
104 此处包含本书主人公名字缩写的倒写 ECH；其中 Hun 也可与后面的 bed 合解 hunebed [荷]"～"。
105 treubleu 解 trueblue"～"；也解 treu [德]"～"＋blau [德]"～"。
106 Donawhu 解 don't know who"～"；也解 O'Donoghue"～"，该家族为爱尔兰的酋长，住在爱尔兰西南部的基拉尼地区，曾统治全爱尔兰；也解 Donau [德]"～"；也可与前面的 treubleu 合解 *The Blue Danube*"～"，施特劳斯的乐曲。
107 Best"～"；也解 [荷 best]"～"；也解 Best"～"，《尤利西斯》中爱尔兰图书馆的管理员。
108 phallopharos 解 phallos [希]"阴茎"＋pharos [希]"灯塔"。
109 foster"～"；也解 John Foster"～"，他在1784年制定的《小麦法》向爱尔兰的进口小麦征收重税。
110 architecht 解 architect"～"；其中 echt 也解 [德]"～"。
111 Peurelachasse 解 peur [法]"恐惧"＋chasser [法]"狩猎"；也解 François de La Chaise"～"(1624—1709)，法国国王路易十四的忏悔神父；也解 Père La Chaise"～"，巴黎公墓名。
112 Mgr 解 monsignor [法]"～"，对天主教主教、教廷官吏等的尊称。
113 obcaecated 解 obcaecation"～"。
114 T. A. Birkett 解 Thomas à Becket"～"(1118—1170)，曾任坎特伯雷大主教，死后被封为圣人。
115 L. O. Tuohalls 解 Laurence O'Tooler"～"，都柏林守护圣人；也解 Lot"～"，圣经中所多玛城的善人。
116 petrifake 解 perpetrate"做恶"；也解 petrify"～"；也解 fake"～"。
117 suchanevver 解 such another"～"；也解 such an ever"～"；也解 such an Eve"～"。
118 misterbilder 解 master builder"～"；也解 Mist [德]"～"＋Bild [德]"～"。
119 Castlevillainous 解 Castle villainous"～"；也解 Cassivelaunus"～"，英国部落首领，在公元54年被罗马元首凯撒打败。
120 Sowan 解 Samhain [爱]"11月"，死者宴会，象征收获的结束和冬天的开始；也解 swan"～"。
121 Belting"～"，此处解 Bealtaine [爱]"5月"，春节，象征冬天的结束，夏天的开始。
122 ahoy"～"，此处解 a height"～"；也解 ahead"～"。
123 circiter [拉]"～"。
124 Auton Dynamon 解 auto dynamikon [希]"自动的"；也解 AD"～"；其中 Dynamon 也解 dynamite"～"。
125 aerial thorpeto 解 aerial torpedo"～"；其中 aerial 也解 Ariel"～"，莎士比亚的《暴风雨》中的精灵；也解 AE，即 George William Russell"～"(1867—1935)，爱尔兰诗人；其中 thorpeto 也解 Thor"～"，北欧神话中的雷神和战神。
126 sternbooard 解 starboard"～"；其中 stern 也解 Stern [德]"～"；也解 Stern"～"，18世纪英国作家；其中 booard 也解 board"～"。
127 tripupcables 解 trip up"上行"＋cables"电缆"；也解 trip up "～"。
128 tholse 解 the holes"～"；也解 Tholsel"～"。
129 此句化自习语 as different as chalk and cheese"迥然相异"。
130 Oorlog [荷]"～"，此处解 horloge [法]"～"；也解 Ohr [德]"～"。
131 Sygstryggs 解 six strokes"敲六下"；也解 Sygtrygg，即 Sitric"～"，挪威海盗首领，被认为建立了爱尔兰的沃特福德市。
132 Ryan vogt 解 an ríoghan bhocht [爱]"～"，指爱尔兰；也解 John Ryan"～"，都柏林最后一任监守官，此后该职位改称治安官＋Vogt [德]"～"。
133 Dane to pfife 解 ten to five"～"；其中 Dane 也解"～"，此处也指莎士比亚戏剧《哈姆雷特》中的哈姆雷特；也解 dean"～"；其中 pfife 也解 Pfeife [德]"～"；也解 Fife"～"，地名，位于苏格兰，原为皮克特族的王国之一；也解 Macduff"～"，莎士比亚戏剧《麦克白》中法弗的领主。
134 Whaanever 解 whenever"～"；也解 Wahn [德]"～"＋ever"～"。
135 blaetther 解 blather"～"；也解 Blatter [德]"～"。
136 wholly"完全"；也解 holly"～"；也解 Timothy Michael Healy"～"(1855—1931)，爱尔兰民族自治运动成员，在巴涅尔与欧希夫人的私情被揭露出来后背弃了巴涅尔。
137 stoop"～"，此处解 step"～"。

恕[138]伐木人，放过那棵树|威廉·伍德！）小心地用防腐的砖头和灰泥来填塞钢筋混凝土制成品，面对面[139]几乎|圆桶|沟渠，隐退到他的小塔[140]的七头统治之下，良田、边区、公牛，以及狮子、白塔、衣柜和血腥塔，于是用部门[141]庭院|分开|头|房间|主要部分交易来鼓励（请进[142]踹开|好像有|信仰|进来！）其他有用的公众委员会，诸如饲养员工会、原料[143]尖塔|马厩商公会等，这些工会自城市被建造起来[144]就非常热爱[145]我不喜欢|保持出租[146]听完|妓女|你能（告诉我）几点吗？床位[147]女士|棱角，与丧仪[148]出殡仪式一起赠送给他，除此之外，还有一块石板，上面刻着麦克派拉墓地[149]……之子|足球|笨蛋常用的告别演说，这是一个想说好话但意思错了的字源学[150]亚当的挽歌例子：我们已经彻底[151]被阐明的|见鬼去吧跟你了结了，鞭这里先生[152]军队，投降[153]交出来|被给得过多了吧，滚！

但是房子[154]回家，所有人都进商店[155]都上船！展览棺材、裹尸布、上算的便宜啤酒[156]、骨灰瓮、大声撒谎的祈佑[157]铜管乐器|滋味|苍白的、鼻烟壶、私酒桶[158]桶上的罐子、泪水瓶、帽盒[159]睾丸|盒子|帽兜|剂量|霍斯、香水杯[160]一杯水|恶臭浓烟、催吐剂[161]打破|中间、用来刺激食欲的熏香肠[162]盐袋|甜，包括祝你健康熏香肠[163]香肠|最坏欺骗|裘皮|向后、砍肉者弄软的猪爪[164]叉子和罐子，以及为此所需的，还有漂白水[165]是的、所有类型的用于装饰他那玻璃和石头[166]格莱斯顿酬劳[167]的土葬小古董，将，遇到一连串这类情况[168]情况，自然遵循，唉，通常程序，使那个环绕世界的漫游者[169]变化|变形|漫游能够，它们适合他[170]这类事情宣布他合格|鞋吗，在家彻底安全地度过他的充裕人生

138 wouldmanspare 解 would man spare“～”；也解 woodman spare“～”，美国诗人莫里斯创作的歌词；也解 William Wood“～”，1724 年通过买得爱尔兰铸币权在爱尔兰发行劣质铜币，因遭到斯威夫特领导的爱尔兰人的坚决抵制而失败。

139 fassed to fossed 解 face to face“～”；其中 fassed 也解 fast [德]“～”；也解 faβ [德]“～”；其中 fossed 也解 fossa [拉]“～”。

140 towerettes 解 turret“～”；也解 tower“～”。以下为英国伦敦塔的七座小塔的名字。

141 hoofd offdealings 解 Abteilunge [德]“单位的部门”；也解 Hof [德]“～”＋Abteilung [德]“～”；也解 hoofd [荷]“～”＋afdeeling [荷]“～”；也解 Hoofdafdeling [荷]“～”。

142 insteppen，alls als hats beliefd 解 instappen，alstublieft [荷]“～”；也解 eintreten [德]“～”＋als hätt's [德]“～”＋belief“～”；其中 insteppen 也解 step in“～”。

143 Staple“～”；也解 steeple“～”；也解 stable“～”。

144 a. u. c. 解 anno urbis conditae [拉]“建造城市的岁月”。

145 welholden of 解 holde af [丹]“～”；也解 houde van [荷]“～”；也解 ik houd wel van [荷]“～”；也解 houden [荷]“～”。

146 te huur [荷]“～”；也解 hear out“～”；也解 Hure [德]“～”；也与前面的 ladykants 合解 könnt's d'Uhr [德]“～”。

147 ladykants 解 ledikant [荷]“～”；也解 lady“～”；也解 Kante [德]“～”。

148 funebral pomp 解 pompes funèbres [法]“～”；也解 funebrial pomp“～”。

149 Mac Pelah 解 Machpelah“～”，山洞名，《旧约》中亚伯拉罕购买这个山洞用作家族墓穴；其中 Mac 也解 Mac [爱]“～”；其中 Pelah 也解 peil [爱]“～”；也解 píoladh [爱]“～”。

150 adamelegy 解 etymology“～”；也解 Adam elegy“～”。

151 gohellt 解 geheel [荷]“～”；也解 gehellt [希]“～”；也解 go to hell“～”。

152 Heer [德]“～”；也解 Heer [德]“～”。

153 overgiven 解 overgeven [荷]“～”；也解 übergeben [希]“～”；也解 over-given“～”。

154 t'house 解 the house“～”；也解 thuis [荷]“～”。

155 allaboardshoops 解 all aboard“所有人都上去”＋shops“商店”；也解 all aboard ships“～”。

156 bierchepe 解 bier [荷]“啤酒”＋cheap“便宜”。

157 blasses 解 blesses“～”；也解 brass“～”；也解 blas [爱]“～”；也解 blaß [德]“～”。

158 poteentubbs 解 poitín [爱]“私酒”＋tubs“桶”；也解 pot on tubs“～”。

159 hoodendoses 解 hoedendoos [荷]“～”；也解 Hoden [德]“～”＋Dose [德]“～”；也解 hood“～”＋dose“～”；也解 Howth“～”，都柏林郊区。

160 reekwaterbeckers 解 reukwater [荷]“香水”＋bekers [荷]“杯子”；也解 waterbeker [德]“～”；也解 reek“～”＋water“～”。

161 breakmiddles 解 braakmiddel [荷]“～”；也解 break“～”＋middle “～”。

162 zootzaks 解 soutzoukia [希]“～”；也解 zoutzak [荷]“～”；也解 zoet [荷]“～”。

163 rookworst [荷]“～”；也解 Rauchwurst [德]“～”；也解 rook worst“～”；也解 Rauchwerk [德]“～”；也解 rückwärts [德]“～”。

164 forkenpootsies 解 varkenspootjes [荷]“～”；也解 fork and pot“～”。

165 javel 解 Javel [法]“～”；也解 jawel [荷]“～”。

166 glasstone 解 glass stone“～”；也解 Gladstone“～”(1809—1898)，英国首相，自由党领袖。

167 honophreum 解 honorarium“～”。

168 these trein of konditiens 解 these train of conditions“～”；其中 conditiens 也解 konditie [荷]“～”。

169 wandelingswight 解 wandering wight“～”；也解 Wandel [德]“～”；也解 Wandlung [德]“～”；也解 wandeling [荷]“～”。

170 suches pass him 解 ze passen hem [荷]“～”；也解 such things pass him“～”；也解 Schuh [德]“～”。

中未老先衰的岁月，老朽之前的古老，晚春[171]四旬斋最后的仁慈，直到受难[172]满是灰尘的的阶段，用悲叹打发[173]连续打击|消磨掉整段时间[174]始终（千年沉睡[175]！）望川在爆炸和再次爆炸之间平息下来（雷电[176]多瑙河|棉花|索尔！ 成百的雷电[177]狗！）从庞大的头[178]粗大的小山到巨大的脚[179]，放了防腐药，属于伟大的时代，满是预期的死亡。

但是等候时光[180]的服役召唤，倒下之后[181]毕竟站起来。洞悉了铰链蠕虫无家可归的特点[182]昏暗的大厅，从那里扔下蓝色的闪电[183]闪电|蓝色的，在火焚谷[184]去|从此地挖洞后埋葬，在他的所有冥界[185]在……下|财富不断衍生，一个地层接着一个地层，一座冥府[186]浅滩接着一座冥府，重临我们上部地壳的功利主义[187]裨益|有用的铁矿[188]星光闪耀的|西伯利亚，而那位神圣之人，隐藏的囤积者，把他的罐子、浅锅、拨火棍和双关语这些流行于冥府的[189]后裔[190]，从家乡被标价的土地传播[191]亲村庄的|好的到海外[192]被购买的土地，马路[193]长矛路先于铁路[194]足迹|路。

亚伯拉罕[195]林肯高地另一个讨厌的春天完全可能偶然来临，四处征战者[196]我们的父|圆的（因为布利达布鲁达[197]圣布利吉特|佳肴曾细致地劝他让人把他自己像芬市[198]被谋杀的希安[199]该隐那样埋上七次[200]），在他的水葬坟墓里还没有呆上三个月[201]单细胞生物|单元|马南南（什么治安团员[202]出租车，那时骑着马，还有配以炸苹果饼[203]土豆的起泡葡萄酒[204]甜酒之祝愿！）一旦腐烂[205]，就像过去一样干枯焦躁[206]三|脚|德雷福斯，开始蔓延[207]漫步、蔓延、蔓延，男孩子

171 lents 解 lente [荷]"～";也解 lent"～"。

172 stuffering 解 suffering"～";也解 stofferig [荷]"～"。

173 whaling away [英口]"～",此处解 wailing away"～";也解 whiling away"～"。

174 the whole of the while"～";也解 all the while"～"。

175 hypnos chilia eonion 解 hypnos chilia aiônôn [希]"～";此句包含本书主人公名字的缩写 HCE。

176 Donnaurwatteur 解 Donnerwetter [德]"雷雨天气";也解 Donau"～"+Watte [德]"～";也解 Donar [德]"～",北欧神话中的雷神和战神。

177 Hunderthunder 解 Hundert [德]"百"+thunder"雷电";也解 Hund [德]"～"。

178 grosskopp 解 groß Kopf [德]"～";也解 gross kop"～"。

179 megapod 解 megaposos [希]"～"。

180 Zeit [德]"～"。

181 afterfall 解 after fall"～";也解 after all"～"。

182 hallmirks 解 hallmarks"～";也解 mirk hall"～"。

183 Blueblitzbolted 解 blitzed blue bolt"～";也解 blitz [德]"～"+blau [德]"～"。

184 Gehinnon 解 Gehenna"～",犹太教中相当于基督教中的地狱的地方;也解 geh [德]"～"+hinnen [德]"～"。

185 Unterwealth 解 Unterwelt [德]"～";也解 under"～"+wealth"～"。

186 sheol"～";也解 shoal"～"。

187 Utilitarios 解 utilitarians"～";也解 utilitas [拉]"～";也解 utilitários [葡]"～"。

188 Sideria 解 sidêreia [希]"～";也解 siderea [拉]"～";也解 Siberia"～"。

189 plutorpopular 解 Pluto"普鲁图",希腊神话中的冥王+popular"流行的"。

190 progeniem [拉]"～"。

191 propaguting 解 propagating"～";也解 pro pagus [拉]"～";其中 gut 也解 [德]"～"。

192 biddenland... boughtenland 解 binnenland... buitenland [荷]"家乡……海外";也解 bidden land... bought land"～"。

193 spearway 解 spur way"一种马路";也解 spear way"～"。

194 spoorway 解 spoorweg [荷]"～";也解 spoor"～"+way"～"。

195 Abraham"亚伯拉罕平原",位于加拿大魁北克附近;也解 Abraham"～",《旧约》中的义人,老年得子;也解 Abraham Lincoin"～"(1809—1865),美国总统。

196 Foughtarundser 解 Fought around -er"～";也解 Vater Unser [德]"～";其中 rund 也解 round"～"。

197 Breedabrooda"～",人名;也解 Brighde"～",爱尔兰的女守护圣人+bruaide [爱]"～"。

198 Finntown 解 Finn's Town"～",指都柏林。

199 Cian"～",传说中爱尔兰太阳神路克的父亲,当谋杀他的人想把他埋葬的时候,大地拒绝了七次;也解 Cain"～",《旧约》中亚当的儿子,杀死弟弟亚伯。

200 septuply 解 septuplex [拉]"七重地"。

201 monads"～",此处解 Monat [德]"～";也解 monas [希]"～";也解 Mananaan"～",爱尔兰传说中的海洋之神。

202 vigilantes"～";也解 vigilante [荷]"～"。

203 aardappel frittling 解 apple fritters"～";也解 aardappel [荷]"～"。204 spuitwyne 解 sparkling wine"～";也解 sweet wine"～"。

205 portrifaction 解 putrifaction"～"。

206 dreyfussed 解 dry"干枯"+fuss"焦躁";也解 drei [德]"～"+Fuß [德]"～";也解 Alfred Dreyfus"～"(1859—1935),犹太裔的法国士兵,被指控为叛国。

207 ramp"～";也解 tramp"～"。

们在干焦[208]行军。一个骗子[209]帽兜|在……上面|玉黍螺|帽店发出信号，一张祝福之纸释放出洪水。为什么贵族[210]鹧鸪|帕特里奇用他的咕哝[211]蔬菜|格兰特让他受惊[212]稀有的？因为那个被驱赶之人[213]葡萄|德鲁伊正在门口喝着麝香葡萄酒[214]狐狸莫克斯。从这两个伊比利亚盖尔人[215]的营帐里（一开始就咕哝着说出，争辩着是否承认新南爱尔兰和古乌尔斯特[216]两边的人，蓝色人[217]正开花的|花|布卢姆和白脸人[218]佩尔，在支持教皇或高于教皇的骚动中，有着，或多或少[219]摩尔人或列特人，宏大的[220]赞同|格兰特观点）所有情况下，贫穷的纯洁[221]锥体|与……一起|百战考恩和富裕的[222]富翁腐殖[223]伟大的|莫，每个人，当然，既然永生者每次总是站在他们一边因此完全处于攻势[224]处于守势|不同的，被引向他们的柏罗纳[225]的黑色臀部[226]波顿，过去曾是羊毛白的华尔兹（呸[227]，真是罪过[228]被弄脏、被诅咒亲吻、被咒骂该死[229]！）一些是因为年轻时没有得到正确的喂养，另一些为了家庭和切肉人[230]卡佛已经陷入切削事业这一可敬的行为之中；以及，假如足够[231]零|内伊湖憔悴，被绞死的人可能曾向随便什么人暗示他忘了时间[232]村庄|含|哈姆雷特，平原被黑暗包围，低级的圆形剧场恶作剧[233]辉格派低教会|先生，不，甚至他自己的第一个老坏蛋本人，化身的[234]肉色的最极端辉格派，当在山上被那个如果他曾如此之人错误地视为恶霸[235]都柏林的时候，因为在他的反对者中自由且公正地流传着一种感情，觉得在这样一个冬眠的壹耳微蚵大师[236]身上，他，在那种脱离大众的[237]半分离的生活之前，曾被认为在画饼充饥的年月里，厨师说，在汤和调料之间，

208 parching“～”；也解 marching“～”。

209 hoodenwinkle 解 hoodwink-er“～”；也解 hood“～”＋on“～”＋winkle“～”；也解 hoedenwinkel［荷］“～”。

210 patrizien 解 Patrizier［德］“古罗马的贵族”；也解 patrijzen［荷］“～”；也解 Francesco Patrizi“～”(1529—1597)，意大利哲学家和科学家。

211 gruntens 解 grunting“～”；也解 groenten［荷］“～”；也解 Ulysses S. Grant“～”(1822—1855)，美国南北战争中联邦军总司令，第 18 届美国总统。

212 scares“～”；也解 scarce“～”。

213 druiven［荷］“～”，此处解 driven“～”；也解 druid“～”。

214 muskating 解 muscat“～”；也解 Mookse“～”，本书寓言中的人物。

215 Celtiberian 解 Celtiberi“古盖尔人的一支”＋Iberian“伊比利亚半岛的”。

216 Vetera Uladh 解 Vetera［拉］“古老的”＋Uladh［爱］“乌尔斯特”。

217 bluemin 解 Blue Men“～”，公元 9 世纪被北欧海盗劫掠到爱尔兰的摩尔人；也解 blooming“～”；也解 Blume［德］“～”；也解 Bloom“～”，《尤利西斯》中的主人公。

218 pillfaces 解 pale faces“～”；也解 Pale“～”，中世纪英国在爱尔兰的占领地。

219 moors or letts“～”，此处解 more or less“～”。

220 grant“～”，此处解 grand“～”；也解 Ulysses S. Grant“～”。

221 cons 解 con［爱］“～”；也解 cón［爱］“～”；也解 con-［拉］“～”；也解 Conn of the Hundred Battles“～”(177—212)，爱尔兰传说中的共主，与莫分据爱尔兰北方和南方。

222 Dives“～”，此处解［拉］“～”。

223 mor“粗腐殖质”；也解 mór［爱］“～”；也解 Mogh“～”，爱尔兰传说中的共主，与考恩分据爱尔兰南方和北方。

224 on the doffensive 解 on the offensive“～”；也解 on the defensive“～”；也解 different“～”。

225 罗马神话中的司战女神，也指身材高的美女。

226 Bottom“～”；也解 Nick Bottom“～”，莎士比亚《仲夏夜之梦》中的织工，后被变成驴。

227 Ohiboh 解 ohibò［意］“～”。

228 becrimed“～”；也解 begrimed“～”。

229 bedumbtoit 解 be dame to it“～”。

230 carvers“～”；也解 George Washington Carver“～”(1864—1943)，美国植物学家。

231 nough 解 enough“～”；也解 nought“～”；也解 Lough Neagh“～”，位于爱尔兰北部。

232 took the ham of 解 took the time off“～”；其中 ham 也解“～”；也解 Ham“～”，挪亚的儿子；也解 Hamlet“～”。

233 low cirque waggery“～”；也解 Low Church Whiggery“～”；其中 cirque 也解 sir“～”。

234 incarnadined 解 incarnated“～”；也解 incarnadine“～”。

235 bully“～”；也解 Billy“～”。236 Massa Ewacka 解 Master Earwicker“～”。

237 demidetached 解 demi detached“～”；也解 semidetached“～”。

要走出他自己屋边[238]小湖的虹鳟鱼和幼鲑的范围，因为没有任何女人生的男人，不可能，像凤头鸊鷉[239]那样，在每个有生之日吞食他那60又10条拟鲤，啊，以及每分钟同样多的鲦鱼（大杂烩，愿绞架噎死他！）就像他的跳鱼梯[240]莱克斯利浦上的鲑鱼一样，在全部时间里悄悄地吞噬，吃着他自己那不该长在那里的脂肪。

女士们并不轻视第一城市的异教铁器时代[241]《爱尔兰时报》（用最丑陋的达纳沙丘[242]最古老的达奴|达纳要塞命名），那时植物是共患难的[243]确实的|深入地朋友，就像蠼螋做它们的事情[244]死亡的一样，把它们的泥土带向地球，在那里我们将在死亡中[245]确实冷静地衰落，我们的遗产尚属未知。维纳斯们咯咯笑着诱惑[246]诱惑者，伏尔甘们[247]火山大笑着爆发，而妻子们的全部世界充满了变幻无常[248]一种蠼螋。事实上，你喜欢的任何女[249]印度的人，任何上午或下午，都会拿出她那光光的锥子[250]波德金，或者他们[251]褶边中不相上下的一对儿，（看[252]路克|太阳神|黑色的！看啊！）并且优美地与他游戏[253]祈祷（或者甚至与他们）每个她中意的他，渴望幸运降临，所有人中的娘娘腔男人，以及较娘娘腔的和最娘娘腔的[254]娘娘腔的男人，绑得较好，拿得最好。（小费！）她很会求爱而且会成功，但是鹿儿[255]亲爱的人如何才能知道在哪里结婚！凉亭、桶屋、篷车、沟渠[256]ABCD？轿车、马车、手推车、粪车？

凯特[257]·斯特朗，一位寡妇（小费小费！）——她为我们拉出一张小巷[258]莱恩爵士的图片，有着阴沉的梦幻[259]沉闷的戏剧|透视画

238 atta 解 áit tigh［爱］“～”。

239 great crested brebe 解 great crested grebe“～”。

240 ladderleap 解 leap ladder“跳梯”，指水坝等处帮助鲑鱼等上去的鱼梯；也解 Leixlip“～”，地名，位于爱尔兰中东部。

241 ironed times 解 iron times“～”；也解 *Irish Times*“～”。

242 the ugliest Danadune“～”；也解 the earliest Danu“～”，达奴也称达纳，是爱尔兰的死亡和生育女神；其中 Danadune 也解 Daun-dún“～”。

243 inneed 解 in need“被需要的”；也解 indeed“～”；也解 in depth“～”。

244 dead“～”，此处解 deed“～”。

245 indeeth 解 in death“～”；也解 indeed“～”。

246 temptatrix 解 tempt“～”；也解 tentatrix［拉］“～”。

247 vulcans 解 Volcanus［拉］“～”，罗马神话中的火神，维纳斯的丈夫，曾捉住维纳斯与战神马尔斯的私情；也解 Vulkan［德］“～”。

248 frockful of fickles 解 chockfull of fickle“～”；也解 forficula［拉］“～”。

249 inyon 解 inghean［爱］“少女”；也解 Indian“～”。

250 godkin 解 bodkin“～”；也解 Michael Bodkin“～”，乔伊斯的妻子诺拉年轻时在戈尔韦的恋人。

251 hem“～”，此处解 them“～”。

252 lugod! lugodoo! 解 look! Look! “～”；也解 Lug“～”，凯尔特神话中的太阳神；其中 lugodoo 也解 Lug“～”＋dubh［爱］“～”。

253 pray“～”，此处解 play“～”。

254 tapette and tape petter and take pettest 解 tapette and tapetter and tapettest“～”；也解 tapette and tape better and take best“～”；也解 Pepette 即 Ppt，英国作家斯威夫特在《史黛拉日记》中对史黛拉的称呼。

255 the deer“～”；也解 the dear“～”。

256 模仿儿歌中的“富人、穷人、乞人、小偷”而作的文字游戏，四个词的第一个字母可组成 ABCD。257 Kate 解 Kathe“～”，本书中惠灵顿纪念馆的看门人，也是壹耳微蚵一家的仆人。

258 lane“～”；也解 Hugh Lane“～”(1875—1915)，格雷戈里夫人的侄子，曾把一些绘画送给都柏林，又转送伦敦，此后又在遗嘱中给都柏林，这成为一个引发争议的事件。

259 dreariodreama 解 drear dream“～”；也解 dreary drama“～”；也解 diorama“～”。

背景，色彩鲜明、栩栩如生[260]守寡的，是她所嗅到[261]知道的老都柏林[262]，一座像家一样的英斑岩石[263]精灵|石头|象牙小屋，有鸡[264]鸟|奥布赖恩小姐|比蒂·多兰粪、臭烘烘的[265]臭屁股小猫[266]小猫|鱼、猫[267]嘲弄者|狗|莫奇巷粪[268]小狗、烂蔬菜[269]巫婆|摇晃、腐烂的垃圾[270]拉伯雷、乞丐的子弹[271]，假如不更糟的话，从破碎的窗格快乐地送来各式各样的鲑鱼[272]沙门氏菌胚胎——寡妇斯特朗，那时，由于她相对较弱[273]壹耳微蚵使他转向墙壁[274]（小费小费小费！）承担了来自好国王哈姆雷特[275]奥拉夫|含|笑的金发丹麦人[276]金色岁月|基尔德的大多数清扫工作，虽然她那稀疏的扫帚[277]胸部只能勉强打扫干净[278]，她那赤裸的声明说，在那些古老墓地[279]大都市的|那不勒斯人的的夜晚没有简易铺设的[280]麦克亚当旁道，除了步道[281]，巨人堤道，两边种着婆婆纳树、白苜蓿和酢浆草，树林[282]伍德知道哪些已废弃，正被踩出来，在原告被打的地方，她倒掉，作为清洁工，她必须做清洁工；在凤凰公园[283]通奸|拱顶|妓院的蛇道（这个纪念品[284]在她那个时候叫作美井[285]告别，但是后来被命名[286]聋的|无脚的|露水|字母T|同一件事|这些事情|重复所说的为帕特的清洗[287]圣帕特里克的炼狱）她的脏垃圾，那个环绕着屠夫树林的危险地[288]丹杰菲尔德，在那里烟火工欧福拉赫迪[289]与城堡野鸭中的怪人交了手，而且，噢，由于射手[290]查尔斯·阿彻吓昏了野猪[291]站立而死之人的尸体|斯德克|特格西乌斯，那里到处是化石般的脚印、靴子痕记、指纹、肘部凹痕、臀部碗痕，等等[292]，全都被成功地描绘进最包纳的描绘中。世界[293]旷野森林上还有什么时间地点比这类狼腹中的安营扎寨[294]军营|去势|墨水更

260 vidual“～”,此处解 visual“～”。
261 nosed“～”;也解 knew“～”。
262 dumplan 解 Dublin“～”。
263 elvanstone 解 elvan stone“～”;也解 elf“～”+stone“～”;也解 Elfenbein［德］“～”。
264 biddies“～”;也解 birds“～”;也解 Biddy O'Brien“～”,歌谣《芬尼根的守灵夜》中的守灵者之一;也解 Biddy Doran“～”,书中人物,与母鸡联系在一起。
265 stinkend 解 stinken［德］“发臭”;也解 stink end“～”。
266 pusshies 解 pussies“～”;也解 puisín［爱］“～”;也解 fishes“～”。
267 moggies“～”;也解 magaidhe［爱］“～”;也解 madra［爱］“～”;也解 doggies“～”;也解 Moggy's Alley “～”,路名,位于都柏林。
268 duggies 解 dungy“满地是粪的”;也解 doggy“～”。
269 witchawubbles 解 vegetables“～”;也解 witch“～”+wabble“～”。
270 rubbages 解 rubbish“～”;也解 Rabelais“～”(1494—1553),法国作家,著有《巨人传》。
271 指朝屋子扔的石子。
272 salmofarious 解 salmo［拉］“鲑鱼”+omnifarious［拉］“五花八门的”;也解 Salmonella“～”。
273 her weaker“～”;也解 Earwicker“～”。
274 此处化自习语 The weakest goes to the wall“强胜弱败”。
275 Hamlaugh 解 Hamlet“～”;也解 Amhlaoibh［爱］“～”,挪威海盗,被认为建立了都柏林;也解 Ham “～”+laugh“～”。
276 gulden dayne 解 golden Dane“～”;也解 golden days“～”;其中 gulden 也解“～”,荷兰钱币。
277 besom“～”;也解 bosom“～”。
278 此句化自习语 make a clean breast“和盘托出”。
279 nekropolitan 解 necropolis“～”;也解 metropolitan“～”;也解 Neapolitan“～”。
280 macadamised 解 macadamized“～”;也解 John McAdam“～”(1756—1836),苏格兰人,发明了简易铺设街道的方法。
281 footbatter 解 foot“脚”+bothar［爱］“道路”。
282 wood“～”;也解 Anthony à Wood“～”(1632—1695),英国古董学家、历史学家。
283 Phornix 解 Phoenix Park“～”;也解 fornication“～”;也解 fornix［拉］“～”;也解 porneion［希］“～”。
284 Keepsacre 解 keepsake“～”。
285 Finewell 解 Fine well“～”;也解 farewell“～”。
286 tautaubapptossed 解 tauf［德］“施洗”+baptize“施洗、命名”;也解 taub［德］“～”+apodous“～”;也解 Tau［德］“～”;也解 tau［希］“～”;也解 t'auta［希］“～”;也解 tauta［希］“～”;也解 tautologeô［希］“～”。
287 Pat's Purge“～”;也解 St. Patrick's Purgatory“～”,爱尔兰德格湖中一个岛上洞穴,据说基督曾在那里向圣帕特里克显现,后成为朝拜的圣地,但在 1497 年被关闭。
288 dangerfield“～”;也解 Dangerfield“～”,爱尔兰作家勒法努的《墓地房屋》中的人物,在屠夫树林把斯德克先生吓昏过去。
289 oh flaherty 解 O'Flaherty“～”,爱尔兰作家勒法努的《墓地房屋》中的人物,在凤凰公园与纳特(Nutter)先生决斗,nutter 的意思是“疯子”。
290 archer“～”;也解 Charles Archer“～”,爱尔兰作家勒法努的《墓地房屋》中丹杰菲尔德的原名。
291 stunned's turk 解 stunned“吓昏了”+turk［爱］“野猪”;也解 sturc［爱］“～”;也解 Sturk“～”,爱尔兰作家勒法努的《墓地房屋》中的人物,在凤凰公园被击昏,但很快就醒来;也解 Turgesius“～”,832 年侵略爱尔兰的北欧海盗。
292 a. s. o. 解 and so on“～”。
293 the weald“～”,此处解 the world“～”。
294 castrament 解 castrametor［拉］“～”;也解 castra［拉］“～”;也解 castratio［拉］“～”;也解 atramentum［拉］“～”。

巧妙，可以隐藏出自索尔人[295]人们的火手[296]白兰地|手|布兰德斯书[297]亲爱的|头发或爱之信，她那丢掉[298]贪婪地的，将在妈妈处丢掉的，比骚动结束彼时更好，比种族开始此处更好：通过深谋远虑的四只手[299]前方，第一个和解之子被放进它最后的摇篮，家，甜蜜的家[300]休谟街|休谟。结束！够样了！为了孩子把鹤嘴锄递给我！啊，人哪[301]阿门！

为了听到至高无上者替基督徒[302]黑天说的话，就像为宣传信仰[303]传道总会说话[304]语言，以及他的婚姻之鹰磨锐了他们的捕猎之喙：我们每个凡[305]莫非|形状人，一颗果实[306]果树|诗|土豆接着一颗果实，掉回到这片土地[307]陶制盖碗|土地的|恐吓上：原先怎样就让它怎样吧，他说！就像在那里阿耆尼神[308]母羊羔|羔羊的|火点燃祭坛火焰[309]金色的火苗|风吹|旗帜、密特拉神[310]发出训诫、湿婆[311]作为大法印[312]幻影进行屠戮，我们关于挪亚[313]舰队司令|非首要的记忆的遗忘之[314]冲击的水消退了，回旋曲折地服从[315]去|听|一些着某个欲速不达[316]快速的|浪费的的木匠[317]支架工主神父[318]火把|神父、祭司之扇[319]神龛、风之守卫，点燃安放在朱庇特所造[320]闩住树林中的火焰，遵循他粗鲁的命令。波塞冬[321]波西多尼乌斯般上下摇摆[322]！丢下[323]冲刷那块该死的石头随它去！你对你的脏骚货[324]小便和他那挡你路的大树在做什么？绕过去，你，从教堂后面[325]部长家的稀有物！还有，你，把那只桶放回你拿来的地方，麦克·闪恩家，走那条你的老家伙走的路，休战路[326]海茨伯里！还有，唉[327]莉莉安和多罗西·吉斯！她们怎样汹涌地离开，围围裙的[328]便士|费用，整个造谣[329]蹦跳|《造谣

295 Thursmen 解 Thor“～”，北欧神话中的雷神和战神＋men“～”。

296 brandihands 解 brand［丹］“火”＋hands“手”；也解 brandy“～”＋hands“～”；也解 George Brandes“～”（1842—1927），丹麦批评家，易卜生的朋友。

297 leabhar［爱］“～”；也解 lieber［德］“～”＋Haar［德］“～”。

298 lostfully 解 lost“～”；也解 lustfully“～”。

299 four hands“～”；也解 forehand“～”。

300 hume sweet hume 解 home sweet home“～”；也解 Hume Street“～”，都柏林街名；也解 Surgeon Hume“～”，18 世纪都柏林的建筑博士。

301 O men“～”；也解 amen“～”。

302 krischnian 解 Christian“～”；也解 krishna“～”，印度主神毗湿奴的第八个化身。

303 propagana fidies 解 propaganda fide［拉］“～”；也解 De Propaganda Fide“～”，罗马教会派送传教士的总部。

304 sprack 解 speak“～”；也解 Sprache［德］“～”。

305 morphyl 解 mortal“～”；也解 Morphy“～”，爱尔兰人常用的名字；也解 morphê［希］“～”。

306 pome 解 pomum［拉］“～”；也解 pomus［拉］“～”；也解 poem“～”；也可与后面的 terrine 合解 pomme de terre［法］“～”。

307 terrine“～”，此处解 terrain“地带”；也解 terrenus［拉］“～”；也解 terrens［拉］“～”。

308 Agni“～”，印度神话中的火神；也解 agna［拉］“～”；也解 agni［拉］“～”；也解 ignis［拉］“～”。

309 araflammed 解 ara［拉］“祭坛”＋flame“火焰”；也解 aurea flamma［拉］“～”；也解 flamen［拉］“～”；也解 oriflamme“～”。

310 Mithra“～”，古波斯的太阳和光明之神。

311 Shiva“～”，印度毁灭之神。

312 mayamutras 解 mahamudra“～”，佛教中的一种修行方式；也解 mārā［梵］“～”。

313 noarchic 解 Noah“～”，《创世记》中大洪水时期的义人，制造方舟使全家和物种幸免于难；也解 nauarchos［希］“～”；也解 no-arch-“～”。

314 obluvial 解 oblivious“～”；也解 alluvial“～”。

315 goharksome 解 gehorsam［德］“～”；也解 go“～”＋hark“～”＋some“～”。

316 hastyswasty 解 hasty“～”＋wasty“～”，即习语 haste makes waste“～”。

317 timberman“～”，此处解 timmerman［荷］“～”。

318 torchpriest 解 archpriest“～”；也解 torch“～”＋priest“～”。

319 flamenfan 解 flamen“祭司”＋fan“扇子”；也解 fanum［拉］“～”。

320 bolt“～”，此处解 build“～”。

321 Posidonius 解 Poseidon“～”，古希腊海神；也解 Posidonius“～”，古希腊历史学家和哲学家，西塞罗的老师。

322 O'Fluctuary 解 O“哦”＋fluctuor［拉］“波涛汹涌”。

323 Lave“～”，此处解 leave“～”。

324 minx“～”；也解 minxit［拉］“～”。

325 the rare of the ministers'“～”，此处解 the rear of minster“～”。

326 Hatchettsbury Road 解 Bury-the-hatchet Road“～”；也解 Heytesbury Street“～”，都柏林街道名。

327 gish 解 gosh“～”；也解 Lillian and Dorothy Gis“～”，20 世纪 20 年代的美国电影明星。

328 pennyfares 解 pinafores“～”；也解 penny“～”＋fares“～”。

329 scamper“～”，此处解 scandal“～”，并与前面的 school 合解 *The School for Scandal*“～”，英国 18 世纪剧作家谢立丹的剧本。

学校》学校，她们的腰带在身后腰带般[330]伊茜飞舞，所有小的小女孩[331]！伊茜·拉·坎贝尔[332]伊茜|切坡里若德！请问有去卢坎街[333]的吗？

是的，假如无形者不可征服，则有比邻者的生机。而且我们也没有侵犯他的粮食[334]。看看所有这些污迹[335]发出劈劈啪啪的泼溅声！弗拉米尼路[336]河流！假如这是汉尼拔[337]走过的，它就是赫拉克勒斯建造的。10万[338]饥饿的未获自由者在这条路上做苦工[339]。陵墓[340]摩索拉斯陵墓位于我们身后（噢，阿德加斯塔[341]朝向|巨人，众人之父[342]！）在勃拉姆斯[343]和丹东·赫尔墨斯[344]建造的电车轨道沿线，有里程碑表达着他们的万分欢迎[345]腐烂的|过失！一代接一代[346]每个世俗的公共汽车寻求警报器|每个人。全速行驶[347]阿门。但是过去给了我们马路[348]瑞提亚|瑞亚|轻松的作为礼物。这是奥康内尔公路[349]因此更多些奥康内尔公路|波赫莫尔|大道|奥康内尔街！尽管藏在雨中，你藏在兽皮下[350]。如果他不是罗密欧，你可以吃掉[351]扇贝壳你的帽子。圣费阿克勒[352]神庙里的奇迹[353]武器|更远处|在上方下方！站住！

紧临着那里的房子[354]霍斯|豪丘，显眼地座落在这个伤心者[355]放荡的|分裂的和布坎[356]书|山毛榉树冷点之上，那时岩壁遍布[357]由岩石构成的，现在旧貌换了新颜，假如被劳特里尔[358]声音|小河买来，则被卢特里尔[359]卖掉，在布兰纳[360]布兰丹山|燃烧（现在是梅帕斯地[361]？）隘口的鞍地，离开真正的文明数俄里又数俄里，不是他的梦想达到顶点他们的梦想[362]有轨电车戛然而止的地方（本·艾达[363]在那下面|石南

330 sish 解 sash“～”；也解 Issy“～”。

331 pirlypettes 解 girly“女孩气的”＋petty“小的”；此句包含本书女主人公名字的缩写 ALP。

332 Issy-la-Chapelle“～”，人名；其中 Issy 也解“～”；其中 Chapelle 也解 Chapelizod“～”，地名，位于都柏林西郊。

333 lucans 解 Lucan“～”，都柏林城郊，位于利菲河边；此句也包含本书女主人公名字的缩写 ALP。

334 此句也包含本书男主人公名字的缩写 HCE。

335 plotsch 解 splotch“～”；也解 plätschern［德］“～”。

336 Fluminian 解 Flaminian Way“～”，公元前 220 年开始修建的由罗马通向意大利北部凯尔特人居住地的主干道；也解 flumineus［拉］“～”。

337 北非古国迦太基的著名将领，曾率军占领罗马帝国的很多地区。

338 hungried 解 hundred“～”；也解 hungry“～”。

339 此句化自习语 pave the way“为……铺平道路”。

340 mausoleum“～”；也解 Mausolus“～”，世界七大奇迹之一。

341 Adgigasta“～”，人名；也解 ad［拉］“～”＋gigas［希］“～”。

342 multipopulipater［拉］“～”。

343 Brahm 解 Johannes Brahms“～”（1833—1897），德国作曲家。

344 Anton Hermes 解 Danton“丹东”（1759—1794），法国大革命的领导者＋Hermes“赫尔墨斯”，希腊神使。

345 cheadmilias faultering 解 céad mile fáilte［爱］“～”；其中 faultering 也解 faul［德］“～”；也解 fault“～”。

346 Per omnibus secular seekalarum 解 per omnia saecula saeculorum［拉］“～”；也解 per secular omnibus seek alarum“～”；其中 omnibus 也解［拉］“～”。

347 Amain“～”；也解 Amen“～”。

348 rhedarhoad 解 raeda-road［拉］“～”；也解 Rhaetia“～”，罗马帝国的一个省份；也解 Rhea“～”，希腊神话中主神宙斯的母亲；也解 rhêdios［希］“～”。

349 So more boher O'Connell 解 Seo mórbhóthar Uí Chonaill［爱］“～”；也解 So more bhóthar（［爱］“公路”）O'Connell“～”；也解 Bohermore“～”，爱尔兰地名，这个名字的字面含义为“～”；也解 O'Connell“～”，都柏林街名。

350 rhinohide 解 rhinos［希］“兽皮”＋hide“兽皮”。

351 scallop“～”，此处解 swallow“～”，此句化自习语 eat one's hat“敢打赌，确定无疑”。

352 Saint Fiacre“～”，七世纪的爱尔兰圣人。

353 Wereupunder 解 wonder“～”；也解 weapon“～”；也解 way up yonder“～”；也解 were up under“～”。

354 howe's 解 house“～”；也解 Howth“～”，都柏林郊区；也解 Howe“～”，北欧海盗在都柏林的议会辛摩特的所在地。

355 disoluded 解 desolate“使伤心的”；也解 dissolute“～”；也解 dissolutus［拉］“～”。

356 buchan 解 Alexander Buchan“～”（1829—1907），英国气象学家，他称某些气候为“冷点”；也解 Buch［德］“～”；也解 Buchen［德］“～”。

357 rupestric 解 rupester［拉］“～”；也解 rupestrian“～”。

358 Lautrill“～”，人名；也解 Laut［德］“～”＋rill“～”。

359 Luttrell 解 Henry Luttrell“～”（1655—1717），爱尔兰政客，将爱尔兰西南部的利默里克市出卖，后在都柏林被谋杀。

360 Brennan's 解 Brenner“～”，阿尔卑斯山的隘口，位于意大利北部边界；也解 Brendan's Hill“～”，位于爱尔兰的凯里郡；也解 brennen［德］“～”。

361 Malpasplace 解 Maipas“梅帕斯”，爱尔兰的英国殖民官，在基里内山建造了一座方形石塔，此山后又被称为马尔帕斯高山＋place“地点”。

362 traums 解 Traum［德］“～”；也解 tram“～”。

363 Beneathere 解 Beinn Éadair［爱］“～”，都柏林霍斯郊区的古名；也解 beneath there“～”；也解 heather“～”。

花！本·艾达！）而是利弗地[364]利菲河|汉娜·丽维娅·妇鲁拉贝尔的远潮与荒野[365]奥斯卡·王尔德交汇[366]是我的地方，因洪水而变成盐草地，这个攻击者[367]，一位克鲁泡特金分子[368]帕特里克的干草堆，虽然比一般人矮，而且遇到真正的民族勇气会失色，与敌手干上了，后者与其说在他的腿下不如说在他的眼里，但是为了抢劫，他在大雨中把他误认作奥格勒索普[369]或另外某个成吉思汗[370]，显然是帕尔[371]鲑鱼，没头没脚最像鸡的蛋与他有些米开朗基罗式的相似，说着亵渎的语言，主要意思是[372]对于缺点他要挑战他们的半球[373]血|蓝好消灭他们，但是他会把该—死鸡—奸者的[374]生活封圣出他的身体，并懊悔地[375]彻底地把他打败，漂亮得就像鸡—奸者让他那该—死的夜晚祈祷者所说的，三章主祷文[376]帕特里克山|我们的父和一对儿万福马利亚[377]地狱（全是神圣的？对于一个工兵来说[378]，女人？胡子[379]或男奶妈）一起，为了他妈的[380]塞住好，让他妈的好的[381]拼命哀号幽灵[382]山羊从他体内出来，抓住[383]木头他拥有的一根椭圆形棒子[384]都柏林酒吧，用这根他常用来打碎家具的棒子他朝他举起手杖。这个涉及面更广的[385]寄宿者|边境事件预先重复了自己。这一对儿（人们可能说不出他们是尼破仑[386]日本跟惠灵陶[387]卫灵咒干上了，还是德·里兹克[388]试图侦查巴克利夫[389]将军），显然[390]作为一对斗了相当一段时间，（摇篮根据抓与再抓法则，均匀地从一方摇向相反的另一方），遵循全部参与原则在书架[391]书|安全的周围，打得像紫顶萝卜与提珀雷里甘蓝[392]德国鲁尔区|寂静|活动|瑞典，（神圣激情下的圣事[393]秘密的服务[394]奴

364 livland 解 Livland“～”，地名，位于波罗的海东岸；也解 Liffey“～”；也解 Livia“～”。
365 wilde 解 wild“～”；也解 Oscar Wilde“～”(1854—1900)，英国作家，出生在爱尔兰。
366 meared 解 merged“～”；也解 me are“～”。
367 attackler 解 attacker“～”。
368 cropatkin 解 Kropotkin“～”，克鲁泡特金为俄国 19 世纪末 20 世纪初的无政府主义者；也解 Cruach Phádraig“～”，山名，位于爱尔兰的马约郡。
369 Oglethorpe 解 James Edward Oglethorpe“～”(1698—1785)，为了帮助罪犯而建立美国的乔治亚洲。
370 ginkus 解 Genghis Khan“～”。
371 Parr 解 Thomas Parr“～”(1483—1635)，英国朝臣，在一百余岁时使一个女性怀孕；也解 parr“～”。
372 to the defect that“～”，此处解 to the effect that“～”。
373 hemosphores 解 hemispheres“～”；也解 haimo［希］“～”＋sporta［拉］“～”。
374 b-y b-r 解 bloody bugger“～”。
375 contritely“～”；也解 completely“～”。
376 patrecknocksters 解 Paternosters“～”；也解 Knockpatrick“～”；也解 Pater noster［拉］“～”。
377 hellmuirries 解 hail Mary“～”；也解 hell“～”。
378 此句化自 20 世纪 30 年代流行的法国歌曲《对于一个工兵来说没有什么神圣的》(*Rien n'est sacré pour un sapeur*)。
379 此句化自 20 世纪 30 年代流行的法国歌曲《长胡子的女人》(*La femme à barbe*)。
380 plugg 解 bloody“～”；也解 plug“～”。
381 blubbywail 解 bloody well“～”；也解 bloody wail“～”。
382 ghoats 解 ghost“～”；也解 goats“～”。
383 catching holst of 解 catching hold of“～”；其中 holst 也解 Holz［德］“～”。
384 oblong bar“～”；也解 Dublin bar“～”。
385 boarder “～”，此处解 broader“～”；也解 border “～”。
386 Nippoluono 解 Napoleon“～”；也解 Nippon［日］“～”。
387 Wei-Ling-Taou 解 Wellington“～”；也解 Wei-Ling-Tsou［中］“～”，中国道教的符咒。
388 de Razzkias 解 Jean de Reszke“～”，波兰男高音。
389 Boukeleff 解 Buckley“～”，书中“巴克利与俄国将军”故事中的爱尔兰士兵，在克里米亚战争中开枪打死一个正在大便的俄国将军。
390 apairently 解 apparently“～”；也解 a-pair-ently“～”。
391 booksafe 解 bookshelf“～”；也解 book“～”＋safe“～”。
392 purple top and tipperuhry Swede 解 Purple Top & Tipperary Swede“～”，两种萝卜；其中提珀雷里为爱尔兰南部芒斯特省的郡；其中 tipperuhry 也解 Ruhr“～”；也解 Ruhe［德］“～”；也解 rühren［德］“～”；其中 Sewde 也解 Sweden“～”。
393 Secremented 解 sacrament“～”；也解 secret“～”。
394 Servious 解 service“～”；也解 servus［拉］“～”。

隶)在他们的打斗中这个敲钟人[395]更高的|裁缝|说话者|更疯狂|劳伦斯·奥图尔|裁缝柯西|托勒,他打开他的恶霸[396]碗来要饭,对拿着蒸馏器(便携式蒸馏器的顺手名称,包括三只大桶、二只罐子和若干瓶子,虽然我们特意没提硬通货[397]东西,战斗双方都对烈酒有兴趣)的较小的人[398]矿工说:放手,波辛[399]私酿威士忌|圣帕特里克!俺不认得你[400]。后来,在冬至日恢复休息后,这同一个男人(或者是同一个他[401]火腿|哈姆雷特|含的不同但更年轻的版本)用方言[402]蠕虫的|蠕虫带着非常难看的[403]眉目传情嚼嘴—聊天—咧嘴笑问:是不是有六个维多利亚[404]六场胜利 15 只鸽子被从你那里拿走[405]奥法了,他告诉我,强壮的家伙[406]是个高个子的家伙,被小偷[407]在十到四[408]个月以后?在一小时中的大多数时间里还有进一步的冲突和玩笑[409]他们被引入冲突|合作|卡列班以及严重的挪用企图,现在成了沃登[410]木制的事件,表现为韦伯利左轮手枪(我们立刻认出我们老朋友内德的众多错[411]脾气暴躁的|那时候|生病的或适度的字)从侵犯者身上掉下来,就像天主教堂的风琴管子里那只猫卡在那只老鼠身上一样[412]卡住了,(沉思的云姑娘的身影[413]是不是在他们头顶发出嘲笑[414]漂浮,轻灵年轻迷人,扎丝带还是马尾辫?)于是变友善了,说不要撕他的衬衫,想知道,开着玩笑,圆头棒都放在一边,他偶然相识的[415]改变|奇怪的|交换同伴,依然执著于发明他的保险箱,固执地要证实[416]合作他们彼此的领土[417]掌握|容器权,是否现在恰巧身上带着 10 英镑叮当作响[418]的零钱[419]掠夺品|交换|很多,如果恰巧弄混了,他会付还给他这 6 个维多利亚[420]星期,你明

395 Toller“～”;也解 taller“～”;也解 tailer“～”;也解 taler［丹］“～”;也解 toller［德］“～”;也解 Laurence O'Toole“～”,都柏林守护圣人;也解 J. H. Kersse the tailor“～”,书中挪威船长与裁缝的故事里一位住在都柏林的裁缝;也解 John Toller“～”,一个身高七英尺的巨人。

396 bully“～”;也解 Bull,Bill,这两个名字在书中与都柏林、莎士比亚相连。

397 stiff［英口］“～”;也解 stuff“～”。

398 the miner“～”,此处解 the minor“～”。

399 Pautheen“～”,人名;也解 potteen“～”;也解 Patrick“～”。

400 此句出自 19 世纪初期爱尔兰的反战流行歌曲《强尼,我不认得你》(*Johnny I Hardly Knew Ye*)。

401 ham“～”,此处解 him“～”;也解 Hamlet“～”;也解 Ham“～”,《圣经》中挪亚的儿子。

402 vermicular“～”,此处解 vernacular“～”;也解 vermiculus［拉］“～”。

403 oggly 解 ugly“～”;也解 ogle“～”。

404 six victolios 解 six Victorian“～”,指英镑上的维多利亚女王头像;也解 six victories“～”。

405 offa 解 off“离开”;也解 Offa“～”,英国传说中的英雄,曾一人打败撒克逊人。

406 stlongfella 解 strong fellow“～”;也解 is long fellow“～”。

407 picky-pocky 解 pickpocket“～”。

408 foul“污秽的”,此处解 four“～”。

409 collidabanter 解 collide and banter“～”;也解 collidabantur［拉］“～”;也解 collaborate“～”;也解 Caliban“～”,莎士比亚戏剧《暴风雨》中的怪物。

410 woden 解 Woden“～”,日耳曼神话中的主神，相当于北欧神话中的奥丁;也解 wooden“～”。

411 illortemporate 解 illiterate“语言错误的”;也解 ill tempered“～”;也解 in illo tempore［拉］“～”;也解 ill or temperate“～”。

412 都柏林天主教大教堂的风琴管里曾发现猫和它所追逐的老鼠的遗骨。

413 imnage 解 image“～”。

414 flout“～”;也解 float“～”。

415 change“～”,此处解 chance “～”;也解 strange “～”;也解 exchange “～”。

416 corrobberating 解 corroborating“～”;也解 collaborating“～”。

417 tenitorial 解 territorial“～”;也解 teneo［拉］“～”;也解 tenitore［意］“～”。

418 crickler 解 crackle“劈拍声”。

419 loots change 解 loose change“～”;也解 loot“～”＋exchange“～”;也解 lots“～”。

420 vics 解 Victoria “～”;也解 weeks“～”。

白吗，从那里拿出来支付上个六月或七月[421]从这人那里作为样本拿走的，你在听吗，船长[422]？对此，另一个人，拿碗的比利[423]圣树，他至今为止曾被弄哑、打伤[424]嘴|嘟嘴（因为他犹豫要不要大叫[425]崇高峻峭的|巍峨）相当开心地回答说：哦哦[426]威廉·伍德，你如果听到，山[427]地狱，碰巧的是，我目前[428]穆罕默德身上任何地方都确实没有任何零[429]洗手间|劫掠品|精力，根本不可能[430]零钱有10英镑[431]锡盘子的叮当声，会不会大吃一惊，但是我相信我能够，就像你建议的，现在是圣诞季节或犹太节日[432]，而且帽商的兔子对你来说，孩子，完全是疯帽子[433]，伙计，对我来说，在跳走和绊住之间预付你比如四又七便士，这些钱你或许正好，小[434]小溪|巴赫|巴库斯孩儿，用来买约翰·詹姆逊父子商店[435]约翰·乔伊斯父子的东西。沉寂了一整分钟之后记忆之火才重新点燃，然后。心还活着！一听到约翰·詹姆逊[436]放荡的同性恋之风刚刚吹起，轻拂蠼螋微蚵的耳朵[437]就支了起来，这个饥饿的持枪歹徒，真见他鬼，变得出人意料的镇静，马上凭他所有的猪油[438]主人|波希纳罐[439]个人的|军火库诅咒说，地狱的棘刺树会在他的天堂[440]里分叉成光上之光[441]律法边的光|法律的要点|决定的，但是他有时[442]太阳时会对他做[443]走好事，相信我的话[444]马克思|留意|堡垒，凭着同一个模子里出来的老吝啬鬼[445]，（尼克田[446]尼采|不的字典为由果溯因的[447]在后语言提供由因及果的[448]居先词根，在那本字典里，这是在任何词语意义上的[449]这个世界上的任何罪恶夜晚[450]不语言，谁都尽可以去亲吻他的语言[451]一无所知|语言|拥抱|鞋子，就像无法确定这个在某些早期生活中被避开

421 Yuni... Yuly 解 Juni... Juli［德］"～"。
422 Capn 解 Captain"～"。
423 Billi with the Boule 解 Billi with the bowl"～",都柏林的一个无腿乞丐,抢劫并勒死行人;其中 Billi 也解 bile［爱］"～";也解 Bill,都柏林的别称。
424 mauled"～";也解 Maul［德］"～";也解 maulen［德］"～"。
425 excelcism 解 exclaim"～";也解 excelsus［拉］"～";也解 excelsitas［拉］"～"。此句也包含本书主人公名字的缩写 HCE。
426 Woowoo"～",拟声词;也解 William Wood"～",1724 年通过买得爱尔兰铸币权在爱尔兰发行劣质铜币。
427 Hill"～";也解 hell"～"。
428 mohomoment 解 moment"时刻";也解 Mohammed"～"。
429 loo"～";此处解 loose,即 loose change"零钱";也解 loot"～";也解 lua"～"。
430 the least chance"～";也解 the loose change"～"。
431 tinpanned 解 ten pound"～";也解 tin panned"～"。
432 Yuddanfest 解 Judenfest［德］"～"。
433 mad... hatter"～",《爱丽丝漫游奇境记》中的人物,乔伊斯也曾被同学称为"疯帽子"。此句化自习语 mad as a hatter"疯疯癫癫"。
434 baches 解 bach［威］"～";也解 Bach［德］"～";也解 Bach"～"(1685—1750),德国作曲家;也解 Bacchus"～",罗马酒神。
435 J. J. and S. 解 John Jameson & Son"～",爱尔兰的威士忌商;也解 John Joyce and Son"～"。
436 at very first wind of gay gay"～",此处解 at very first wind of J. J."刚一闻到约翰·詹姆逊的酒香"。
437 此处包含本书主人公的名字 Earwicker"壹耳微蚵";也包含 earwig"蠼螋"。
438 lards"～";也解 lords"～";也与后面的 porsenal 合解 Lars Porsena"～",传说中公元前 6 世纪伊特鲁里亚的国王,曾发誓要摧毁罗马,后被阻止。
439 porsenal 解 porcelain"瓷器";也解 personal "～";也解 arsenal"～"。
440 Sheofon 解 heofon［古英］"～"。
441 lux apointlex 解 lux upon lux"～";也解 lux apud lex［拉］"～";其中 apointlex 也解 a point of law"～";也解 appointed"～"。
442 Suntime 解 sometime"～";也解 sun time"～"。
443 go"～",此处解为 do"～"。
444 marx my word fort 解 take my word for it"～";其中 marx 也解 Marx"～";也解 mark"～";其中 fort 也解"～"。
445 a chip off the old Flint 解 a chip off the old block"与父母一模一样的孩子"+old flint"老吝啬鬼"。
446 Nichtian 解 Seaghán Ua Neachtain"～",一部 18 世纪爱尔兰字典的作者;也解 Nictzsche"～",德国哲学家;也解 nicht［德］"～"。
447 aposteriorious 解 a posteriori"～";也解 posteriority"～"。
448 aprioric 解 a priori"～";也解 priority"～"。
449 at any sinse of the world 解 at any sense of the word"～";也解 at any sin of the world"～"。
450 nat［丹］"～";也解 not"～"。
451 kish his sprogues 解 kiss his Sprache(［德］"语言")"～";也解(ignorant as) a kish of brogues(爱尔兰英语俗语)"～";其中 sprogues 也解 sprog［丹］"～";也解 barróg［爱］"～";也解 bróg［爱］"～"。

的[452]被提及的战利品是否是某个像罐子的东西[453]某人认为，即[454]为什么，一只蒸煮桌[455]可烹饪的|该隐和亚伯）懒洋洋地[456]高卢罗曼语说[457]，似乎对这一生命时刻的开启、预先品尝红岸[458]棕色珍珠母，以及将要灌入的香槟酒高兴得无以言表，他会在塔拉特[459]的红牛[460]酒馆把自己填饱，然后去林山德[461]的好女人酒馆，她之后去黑岩市[462]的康威酒馆，首先[463]，全都见鬼去吧，在食欲最强烈的地方，在[464]肿大|吃丧礼的告别或真正的乐园[465]在宗教法规下|乐于，数量街[466]上的亚当和夏娃教堂，凭着声名狼藉的泰特女王[467]的恩慈[468]格蕾丝·奥玛丽，她的意志和圣约：你这个出奇的小南岗[469]人！在哪儿我都能认得你，德拉内[470]拒绝，让我如实地告诉你，无论在生活的辞典[471]列克星敦|终结|法律之内还是之外，他妈的还有谁，让你的瘦骨[472]拿破仑·波拿巴上长出白斑[473]帕奇·怀特|漂白的！在这个日光弄乐[474]死得很晚的夜中之夜我射球入门，上帝啊[475]天啊！我的天，你有些欺小凌弱的德国勇气，流浪汉[476]南方人！他朝拳头[477]浮士德里吐了口唾沫[478]马铃薯（问洋虫胶[479]）；他喝掉[480]胜过剩下的[481]畜生|生的|最好的（再说一遍[482]布丁）；他扒他的兜[483]刺出他的矛（小费即小推）；他不辞而别[484]卷起他朋友的袖子。带着法国母鸡或公文包[485]携带|树叶的匆忙和闲暇[486]信，准备继续，这个奇怪的混合物在拥抱中交换和平之吻[487]或握拳[488]发疹子的|小猫之吻[489]亲吻，就像从同一乳房喝奶的兄弟之间所做的，哈利路亚，杀利路亚[490]阿兰山|基拉洛，所有都在法律中[491]勒里不利罗|阿兰山，并且，在今日之主前签署了他们的炮击休战[492]你懂了吗，贬低者蔑称[493]施马尔卡尔登|狭长的为

452 eluded“～”;也解 alluded“～”。
453 somethink 解 something“～”;也解 some think“～”。
454 to what“～”,此处解 to wit“～”。
455 coctable 解 coct table“～”;也解 coctivus [拉]“～”;也解 Cain & Abel“～”,《圣经》中的兄弟。
456 languidoily 解 languidly“～”;也解 langue d'oil“～”,由法语及其最近的一些方言组成。
457 remarxing 解 remarking“～”。
458 Dun Bank 解 Red Bank“～”,地名,位于美国新泽西州;其中 Dun 也解 donn [爱]“～”。
459 Tallaght 解 Támhlacht“～”,位于都柏林西南部的镇。
460 Ruadh Cow 解 ruadh [爱]“红色”+cow“牛”。
461 Ringsend“～”,都柏林南部的郊区。
462 Blackrock“～”,都柏林北部罗斯郡的一个城市。
463 first to fall“～”,此处解 first of all“～”。
464 atte 解 [中英]“～”;也解 attha [爱]“～”;也解 ate“～”。
465 fun fain real 解 real fun fair“～”;也解 fé'n riaghail [爱]“～”;也解 fain“～”。
466 出自苏格兰小说家詹姆斯・巴利爵士的小说《质量街》(*Quality Street*)。
467 queen Tailte“～”,传说中爱尔兰土著民族袋人(Firbolgs)的女王,爱尔兰古代的体育运动泰特比赛就是以她的名义建立的。
468 grace“～”;也解 Grace O'Malley“～”,恶作剧女王的原型。
469 位于英国萨塞克斯郡的城市。
470 Declaney 解 Patrick Delaney“～”,凤凰公园刺杀案的凶手;也解 decline“～”。
471 lexinction 解 lexicon“～”;也解 Lexington“～”,美国马萨诸塞州东部城市,美国独立战争从这里打响;也解 extinction“～”;也解 lex [拉]“～”。
472 boney“～”;也解 Bonaparte“～”。
473 blanche patch 解 blanche [法]“白的”+patch“斑”;也解 Patch White“～”,在书中指圣帕特里克;也解 blanch“～”。
474 dielate 解 delight“～”;也解 die late“～”。
475 by golly 解 by God“～”;也解 golly“～”。
476 sundowner [澳口]“～”;也解 southerner“～”。
477 faust 解 Faust [德]“～”;也解 Faust“～”。
478 Spud“～”,此处解 spat“～”。
479 axin“～”,此处解 asking“～”。
480 toped“豪饮”;也解 topped“～”。
481 raw best 解 rest“～”;也解 raw beast“～”;也解 raw“～”+best“～”。
482 pardun 解 pardon“～”;也解 pudding“～”。
483 poked his pick “～”,此处解 picked his pocket“～”。
484 tucked his friend's leave 解 took his French leave“～”;也解 tucked his friend's sleeve“～”。
485 portlifowlium 解 portfolio“～”;也解 porto [拉]“～”+folium [拉]“～”。
486 leisures“～”;也解 letters“～”。
487 pax [拉]“～”。
488 puxy 解 pux [希]“～”;也解 poxy“～”;也解 pussy“～”。
489 poghue 解 pogue [爱英]“～”;也解 póg [爱]“～”。
490 hillelulia, killelulia 解 halleluiah“哈利路亚”+kill halleluiah“杀利路亚”;也解 Hill of Allen“～”,爱尔兰的山名,传说中为芬尼亚勇士们的驻地+Killala“基拉拉”,爱尔兰西部马约郡的一个镇;也解 Killaloe“～”,爱尔兰著名的国王布利安・布鲁王宫的所在地。
491 allenalaw 解 all in law“～”;也可与前面的词语合解 lillibullero“～”,1688 年政变时流行的一首讽刺爱尔兰天主教歌曲的部分迭句;也解 hill of Allen“～”,位于爱尔兰基尔代尔郡东北部。
492 torgantruce 解 tuargain [爱]“炮击”+truce“休战”;也解 'tuigeann tú [爱]“～”。
493 schmallkalled 解 small“小”+called“称呼”;也解 Schmalkalden“～”,德国中部城市,路德曾在此处召开新教徒会议;也解 schmal [德]“～”。

白兰地酒条约[494]用白兰地酒来招待，之后把他那卑下困窘的[495]麦奈海峡土耳其毡帽[496]脸转向麦加莫斯科[497]苍蝇的方向，他首先摆脱了几个阿拉[498]磨坊主|处于微笑中间的人和乌拉[499]欢呼万岁|发出嘘声|霍拉提乌斯·考克勒斯，带着骚乱[500]图布拉桥|土八的喜悦[501]犹八|厄雷逃债，像公牛般跑[502]布尔溪战役过驴背桥[503]肉冻，把牙齿吐[504]裂开到路上[505]在根部|开始，带着七又四丹麦税[506]，以及他们的体液[507]军用披肩|荷马打球棒或者其它不确定的愈疮木武器，但是始终极易让人想起[508]溪水|流动|声誉|罗马人雪橇船楼[509]烟斗|将成为的教皇|约翰·包珀，被捡起来以遵守与一些竞争交易所[510]大石桥|高地就解决不快事件所做的[511]约定，在皮桥[512]和小喇叭[513]之间的任何地方，而此时这个可怜的德拉内[514]耽搁，被他们与同盟军护板一起留在后面，尽管在布尔峭壁[515]球|以假相欺骗，却用全部数量的梅子大的挫伤[516]击伤，加上唉呀安拉[517]青肿的尾骨[518]杜鹃，全身都是，惊人地支撑起它的全部奇迹，向整个实验室大吃一惊的目光[519]，尽他所能地报告了发生的事情，为了奥达菲[520]古怪愚蠢的阁下[521]瘦小的向警旗[522]纸幡|圣帕特里克致以军人的敬礼，有理由希望，在贵族[523]高贵的罗马人般地回顾他们谈判的极其令人满意的[524]使焦渴结论[525]关闭|柱子|克鲁西乌姆以及其后产生的[526]你的君子协议[527]丛林猴子的协议|阿格里帕时，罂粟[528]罂粟状装饰|教皇首领们的某些洗涤液或热敷剂将被慷慨地[529]简奈涂抹于那些部分，在牧师巷[530]的最近的哨所里，他脸上的白底，当时全都用非致命性[531]非胎儿的哺乳动物的血画出对角的红十字，以此证明和肯定他个性的严肃，他的鼻孔、嘴唇、外耳和上

494 treatyng to cognac 解 treaty of cognac“科尼亚克白兰地酒条约”，历史上指 1526 年法国、威尼斯、佛罗伦萨等签订的对抗哈布斯堡王朝的联盟条约；也解 treat to cognac“～”。

495 menialstrait 解 menial“卑下的”＋strait“困窘的”；也解 Menai Strait“～”，位于爱尔兰海。

496 fez“～”；也解 face“～”。

497 Moscas 解 Mecca“～”；也解 Moscow“莫斯科”；也解 moscas［西］“～”。

498 mitsmillers 解 Bismillah［阿］“因阿拉之名”；也解 miller“～”；也解 mit-smile-er“～”。

499 hurooshoos 解 khorosho［俄］“非常好”；也解 hurrú［爱］“～”＋shoo“～”；也解 Horatius Cocles“～”，古罗马共和国一位传奇似的英雄人物．据说公元前六世纪以特拉斯坎人进攻罗马城时他与其他人一起拯救了罗马。

500 tubular 解 turbulence“～”；也解 Tubular “～”，麦奈海峡上的铁路桥；也解 Tubal“～”，该隐的后代，打造各样铜铁利器之人的祖师。

501 jurbulance 解 jubilance“～”；也解 Jabal“～”，该隐的后代，一切弹琴吹箫之人的祖师；也解 Jubal Early“～”(1816—1894)，美国南北战争中同盟军将领，指挥了第二次布尔溪战役。

502 at a bull's run“～”；也解 Bull Run“～”，美国南北战争中的著名战役。

503 assback bridge“～”，指麦奈海峡上的公路路桥；其中 assback 也解 aspic“～”。

504 spitting“～”；也解 splitting“～”。

505 on rooths 解 on roads“～”；也解 on roots“～”；也解 en route［法］“～”。

506 指 10 世纪末或 11 世纪为了保护英国反对丹麦而征收的年税。

507 humoral“～”；也解 humerale［拉］“～”；也解 Homer“～”，古希腊诗人。

508 rhumanasant 解 reminiscent“～”；也解 rheuma［希］“～”＋mano［拉］“～”；也解 Ruhm［德］“～”；也解 Roman“～”。

509 toboggan poop 解 toboggan“雪橇”＋poop“船楼”；也解 tobacco pipe“～”；也解 to-become pope“～”；也解 John Pope“～”(1822—1895)，美国南北战争中的联邦军领袖，在第二次布尔溪战役中被打败。

510 rialtos“～”；也解 Rialto“市场交易所”，可指威尼斯大运河上通里亚尔托岛的桥，也可指都柏林南部郊区大运河的一条被废弃的延伸线上的大石桥；也解 rialto［意］“～”。

511 crowplucking 化自习语 have a crow to pluck with someone“有一事非与某人理论不可”。

512 Pearidge 解 Pea bridge“～”，1862 年美国南北战争交战处之一。

513 Littlehorn 解 Little horn“～”，指 Little Bighorn“小大羊角”，1876 年美国政府军与印第安人发生战役的地方。

514 delaney 解 Patrick Delaney“～”，凤凰公园刺杀案的凶手；也解 delay“～”。

515 ballsbluffed 解 Bull's Bluff“～”，1861 年美国南北战争中的战场之一；也解 balls“～”＋bluff“～”。

516 Contusiums 解 contusion“～”；也解 contusio［拉］“～”。

517 alasalah 解 alas“唉呀”＋allah“阿拉”。

518 coccyx“～”；也解 coccyx［拉］“～”。

519 flabbergaze 解 flabbergase“大吃一惊”＋gaze“注视”。

520 O'Daffy 解 O'Duffy“～”，20 世纪 30 年代爱尔兰法西斯党派蓝衫党的领导人；也解 daffy“～”。

521 exilicy 解 excellency“～”；也解 exilis［拉］“～”。

522 Paddybanners 解 paddy“警察，爱尔兰人”＋banners“旗帜”；也解 paper banners“～”；其中 Paddy 也解 Patrick“～”。

523 nobiloroman 解 nobleman“～”；也解 noble Roman“～”。

524 sitisfactuary 解 satisfactory“～”；也解 sitisfactura［拉］“～”。

525 conclusium 解 conclusion“～”；也解 conclusio［拉］“～”；也解 column“～”；也解 Clusium“～”，意大利境内的一个古罗马国家遗迹。

526 deinderivative 解 deinde［拉］“其后”＋derivative“衍生的”；也解 dein［德］“～”。

527 jugglemonkysh agripment 解 gentlemen's agreement“～”；也解 jungle monkey's agreement“～”；其中 agripment 也解 Heinrich Cornelius Agrippa“～”(1486—1535)，德国神学家、神秘主义学者。

528 poppyheads“～”，此处指“～”；也解 Pope head“～”。

529 jennerously 解 generously“～”；也解 Edward B. Jenner“～”(1749—1823)，英国科学家，被认为第一个介绍和研究接种疫苗。

530 Vicar Lane 解 Vicar Street“～”，都柏林街道名。

531 nonfatal“～”；也解 non-foetal“～”。

颚正自卫性地[532]自我挑衅流着血(止住!),而此时打他的人的一些头发被从小马驹[533]考尔特他的花花公子[534]坚果|卡纽特大帝头上拉下来,虽然要不然他那方方面面的健康看起来还过得去[535]独自在中间,最幸运的显然是他躯体[536]死尸|树干|身体中的 206 块骨头和 501 块肌肉没有一块在她的捶打[537]壹耳微軻下略差[538]妓女|白马城|韦特沃斯伯爵。她,谁[539]先生?

那么现在,把相互撞击的尘灰、粗筋、瘦肉以及黄铜制品留给放逐了的泥土所生[540]和石头结晶以便毁掉云母,但是为了我们的获救,沿着离海岸和都柏林石[541]斯丹尼石数英里的母亲河渐渐向后蠕动[542]蠕虫(四年一周期直到第 11 个朝代以到达那个第 32 次[543]砰然跌落|患病|千含之笑[544]汉弗利|哈姆雷特)对于大骨者[545]拿破仑|比利·庞斯非法获取被洞穿的隔热板[546]旗帜和花言巧语防火栏这个问题,这里暴露出我们祖先[547]前面的|啤酒的政治[548]波兰的倾向和市镇蓝图中依然更多的凸点,我们的祖先,女人的天赐[549]邓|达瑙利|邓奈利,(愿他的船深深扎进河底[550]瓶子,愿他的所有巡洋舰[551]全体船员家族卡在大海的水桶[552]少量|埋葬中!)他,当只不过[553]在你的脚趾甲的黑色里,先生,被其他家伙[554]内衣|其他天气|斯里兰卡的土著居民|佛陀|《吠陀经》中的一个误袭时,当这个胡格诺[555]你别走诘问者想用画家彼得[556]在他身上打个洞[557]取来时,这与被毫无准备地拳击,妈妈,怎么说都相差无几,他一直实践着太平洋公民基本和不可剥夺的自由中的第一条,绕着(做个英国人、做骨子里[558]腹部|骨骼|别尔庞斯|比利·庞斯的小伙子,偶然抛掉好友!)我们那畅

532 self defience 解 selfdefense“～”；也解 self defiance“～”。
533 Colt“～”；也解 Samuel Colt“～”(1814—1862)，美国火器的发明者。
534 knut“～”；也解 nut“～”；也解 Canute“～”(995—1035)，维京国王，即位后不仅统治丹麦也统治英格兰。
535 be middling along 解 be muddling along“～”；也解 be middle alone“～”。
536 corso［古诗］“～”，此处解 torso“～”；也解 korsos［希］“～”；也解 còrpo［意］“～”。
537 her whacking“～”；也解 Earwicker“～”。
538 whorse 解 worse“～”；也解 whore“～”；也可与前面的 whit 合解 White Horse“～”，位于加拿大；也解 Whitworth“～”，爱尔兰总督，1816 年开始建造韦特沃斯桥，以取代利菲河上的老桥。
539 Herwho 解 her, who“～”；也解 Herr［德］“～”。
540 earthernborn 解 earthborn“地中长出的，尘世的”。
541 Dublin stone“～”；也解 Steyne“～”，北欧海盗在都柏林立的石柱。
542 wurming 解 worming“～”；也解 Wurm［德］“～”。
543 thuddysickend 解 thirtysecond“～”；也解 thud“～”＋sicken“～”；也解 thousand“～”。
544 Hamlaugh 解 Ham“含”，挪亚的儿子＋laugh“笑”；也解 Humphrey“～”，本书主人公的名字；也解 Hamlet“～”。
545 boney“～”；也解 Bonaparte“～”；也解 Billy Bones“～”，英国作家斯蒂文森的《金银岛》中的海盗。
546 Paraflamme 解 parafuòco［意］“～”；也解 oriflamme“～”。
547 forebeer 解 forebear“～”；也解 fore“～”＋beer“～”。
548 politish 解 politisch［德］“～”；也解 Polish“～”。
549 El Don De Dunelli 解 el don de dunele［威尼斯方言］“～”，指花花公子似的人物；其中 Dunelli 也解 Dunn“～”，都柏林皇家剧院的男低音，称自己为达内利(Dunelli)；也解 Dunawly“～”，都柏林郊区村镇克隆达尔金的街名；也解 Dan Donnelly“～”，爱尔兰的拳击冠军，1815 年击败英国冠军库柏。
550 bottol 解 bottom“～”；也解 bottle“～”。
551 crewsers 解 cruiser“～”；也解 crew“～”。
552 burral［爱］“～”，此处解 barrel“～”；也解 burial“～”。
553 within the black of your toenail“～”，此处解 by the black of your nail［古英］“～”。
554 uddahveddahs 解 other fellows“～”；也解 underwear“～”；也解 other weather“～”；也解 Vedda“～”；也解 Buddha“～”；也解 *Vedas*“～”，婆罗门教和现代印度教的重要经典。
555 hyougono 解 Huguenot“～”；也解 you go no“～”。
556 20 世纪初期的俄国无政府主义者，后被用来命名一种德国手枪。
557 hole“～”；也解 hole［德］“～”。
558 bellybone 解 backbone“脊椎”；也解 belly“～”＋bone“～”；也解 Barebones“～”(1596—1679)，英国皮革商；也解 Billy，指都柏林，也指莎士比亚；也解 Billy Bones“～”，英国作家斯蒂文森的《金银岛》中的海盗。

通无阻的[559]汉弗利墓地[560]学院|小路大道[561]通过|放屁,通马车和自行车,可步行[562]即,在惠灵顿公园的路上,腋下[563]乌尔斯特省夹着勒马绳或贵格派的庸医赝方,红手[564]刚刚做完案的里拿着登山杖[565]段落|阿尔卑斯山,一项非常值得称赞的运动,或者我们的第二期合法公民编年史,差点儿(当心他随意拦住一个男人[566]《约翰·盖勃吕尔·博克曼》!)占据一只公共座椅,即[567]对什么,就在巴特[568]以撒·巴特|巴特桥家边上,黑水潭[569]布莱克浦桥最东边(但所有人都去了西天!)。作为一种公开抗议和自然罪行[570]自然的|当然,也没想去招惹谁,满怀感激地赞美[571]赞美上帝那平息了愤怒的[572]表现好的斑鸠和受恐惧打击的[573]享用美食|恐惧|刺蟒蛇[574]培根,并且更有理由对占了别人的上风感到万分高兴。

还是回到大西洋和腓尼基人[575]凤凰公园本身。似乎这对任何人来说都不够,但在解决这个不会成为罪行的谜团[576]狡猾方面取得了小小进展,如果有进展的话,因为妈姆[577]妈姆山口的孩子,节庆[578]乌鸦|欢乐的|菲斯图斯王国王,来自一个与柏油和羽毛[579]工厂有着长久和体面关系的家庭,曾在说罗曼语的古老的萨克逊人的梅奥[580]发表演说,该地位于臭名远播的[581]驰名的私酿威士忌地区的中央,他随后于三月一日[582]马尔斯的历法在老贝里[583]被拉出来,两个罪状都对他提出相互矛盾的指控(从每个二分的视角,一个家伙的魂[584]鱼是另一个伙家[585]追随的身[586]毒药)也就是说[587]看,从他的工装裤里放鸽子[588]库塞克|库萨,在他的田间[589]自高自大的队伍中做鬼脸[590]做坦白|疲倦的|渣滓|屁股。肃静[591]天哪|哦,是吗!肃静!

559 umphrohibited 解 unprohibited“～”;也解 Humphrey“～”,本书主人公的名字。
560 semitary 解 cemetery“～”;也解 seminary“～”;也解 semita [拉]“～”。
561 thrufahrts 解 Durchfahrt [德]“通行”;也解 through“～”+fart“～”。
562 to walk“～”;也解 to wit“～”。
563 auxter 解 oxter“～”;也解 Ulster“～”,原爱尔兰的北部省份。
564 redhand 解 red hand“～”;也解 red-handed“～”。
565 alpenstuck 解 Alpenstock [德]“～”;也解 Stück [德]“～”;也解 ALP,本书女主人公的名字的缩写;也解 Alps“～”。
566 baulk a man“～”;也解 *John Gabriel Borkman*“～”,易卜生 1896 年发表的戏剧。
567 to what“～”,此处解 to wit“～”。
568 Butt“～”,书中二元对立的人物“巴特和拓夫”中的一个,是主人公两个儿子的化身之一;也解 Isaac Butt“～”,爱尔兰自治运动的领袖;也解 Butt“～”,都柏林利菲河上最东边的桥。
569 blackpool 解 black pool“～”,都柏林也被称为“黑水潭”;也解 Blackpool“～”,英国西北部爱尔兰海边的一个城镇。
570 naturlikevice 解 natural-like vice“～”;也解 natürlich [德]“～”;也解 naturliguis [丹]“～”。
571 praisegood 解 praise good“～”;也解 praise God“～”。
572 wrathbereaved 解 wrath“愤怒”+bereaved“消除了的”;也解 well behaved“～”。
573 fearstung 解 fear struck“～”;也解 feasting“～”;也解 fear“～”+stung“～”。
574 boaconstrictor 解 boa“蟒蛇”+constrictor“大蟒”;也解 Francis Bacon“～”(1561—1626),英国哲学。
575 Phenitia Proper 解 phoenician proper“～”;也解 Phoenix Park“～”。
576 cunundrum 解 conundrum“～”;其中也包含 cunning“～”。
577 Maam 解 Mam“～”;也解 Maamtrasna“～”,位于爱尔兰西部,曾有四位不会说英语的姓乔伊斯的爱尔兰人在此处被英国法庭审判。
578 Festy 解 fest“～”;也解 feichín [爱]“～”;也解 festus [拉]“～”;也可与后面的 King 合解 Festus King“～”,位于戈尔韦市克里夫登镇的商店名。
579 指一种把人浑身涂上柏油并粘上羽毛的严厉惩罚。
580 Mayo of the Saxons“～”,7 世纪位于爱尔兰西北部梅奥郡的修道院。
581 foulfamed 解 foul“污秽的”+famed“著名的”;也解 farfamed“～”。
582 calends of Mars 解 kălendae Martiae [拉]“～”;也解 calendar of Mars“～”。
583 Old Bailey“～”,伦敦中央刑事法院的所在地。
584 fetch“活人的魂”;也解 fish“～”。
585 follow“～”,此处解 fellow“家伙”,为呼应乔伊斯追求的前后变化而译为“伙家”。
586 person“人”;也解 poison“～”,出自习语“一个人的佳肴是另外一个人的毒药”。
587 see“～”,此处解 say“～”。
588 cushats“斑鸠”;也解 Michael Cusack“～”(1847—1907),在 1884 年创建盖尔运动协会,《尤利西斯》中市民的原型;也解 Nicholas of Cusa“～”(1401—1464),德国的枢机主教。
589 immodst 解 amongst“～”;也解 immodest“～”。
590 making fesses“～”,此处解 making faces “～”;其中 fesses 也解 fessus [拉]“～”;也解 faeces [拉]“～”;也解 fesse [法]“～”。
591 Oyeh 解 Oyez“～”,法警促人注意的呼声;也解 Oje [德]“～”;也解 O yeah“～”。

当囚犯，浸泡在甲醇制品中，看起来失业[592]干船坞，显然[593]圣帕特里克被认识到适用于神[594]奥雷连，如同柯西[595]三K党|克尔赛薄绒呢|诅咒别人的灯芯绒漫画，穿着，除了污点、裂口和补丁，他的衬衫睡衣[596]打架|衬衫、稻草吊带、防水帽，以及警察的螺旋形裤子[597]相信，全都出人意料[598]装配得不精确（与此同时[599]迈锡尼的|马南南他故意撕破了他的威尔士人[600]哨兵|男人定制的所有东西），用皇家爱尔兰词汇[601]爱尔兰皇家警察|河流中的所有华丽词藻[602]荧石|植物|地板|水流|稀少的为他的处决[603]借口|剥夺作证，证明当他努力地把火粘在[604]打火|点火自己[605]他|小房间|地狱|小房间身上时，整个彼得杰克马丁[606]三件[607]秋千套[608]牛脂和所有铜币[609]绿矾的硫酸盐[610]过食如何都相当[611]水晶|胡说八道无缘无故地从他身上掉下来，像夏娃[612]偶数身上的亚当[613]明矾结晶[614]基督教化一样，（事实上[615]战役|冷|注意他在脱落物上寻找装麦芽酒的小瓦罐时，他正在滴水，因为他害怕冰冷的雨水[616]科尔雷恩）正是王室律师（警官[617]皮尔爵士罗伯特[618]厕所|地点）试图表明那个国王，别名[619]发慈悲撬棍[620]克劳伯德赫格，曾被称为马拉基[621]马拉基·穆利根|国王，扮演着一个爬行的男孩，把若干块[622]沥青|圣体容器随便哪个冲积[623]安娜·丽维娅·妇鲁拉贝尔泥煤苔[624]泥沼|泥煤|污点擦到脸上，面颊扯和嘴唇[625]碎片，用一块干净的草皮[626]克伦塔夫|克兰作为最好的伪装工具，变成了星期四[627]索尔泥滩[628]里浅色的中等约克郡猪[629]中间白的，彼得和保罗[630]削皮器和杆子的盛宴[631]家具|节日|胖的|节庆国王，这两个人被错误地认为叫节庆国王和撬棍[632]，是他和安东尼[633]安东尼·培根从笑话书[634]电话号码簿里挑选的，据说[635]与一

592 in dry dock"～";也解 dry dock"～"。

593 appatently 解 apparently"～";也解 St. Patrick"～"。

594 ambrosiaurealised 解 ambrosian"适用于神的"＋realized"被认识到";也解 Ambrosius Aurelianus"～",5世纪罗马化的不列颠领袖,一个半神化的英雄。

595 Kersse 解 J. H. Kersse"～",挪威船长与裁缝的故事里一位住在都柏林的裁缝;也可与后面的 Korduroy Karikature 合解 KKK"～", 美国恐怖组织。此处将所有的字母 c 写作字母 k;也解 kersey"～";也解 curse"～"。

596 fight shirt 解 nightshirt"～";也解 fight"～"＋shirt"～"。

597 trowswers 解 trousers"～";也解 trow"～"。

598 out of the true 解 out of the blue"～";也解 out of truth"～"。

599 mamertime 解 meantime"～";也解 mamertinus [拉]"～";也解 Mananaan"～",爱尔兰传说中的海洋之神。

600 cymtrymanx 解 cymry [威]"威尔士"＋man"人";也解 sentry"～"＋man"～"。

601 royal Irish vocabulary"～";也解 Royal Irish Constabulary"～";其中 royal 也解 river"～"。

602 fluors of sparse 解 flowers of speech"～";也解 fluorspar"～";其中 fluors 也解 flora"～";也解 floor"～";也解 fluor [拉]"～";其中 sparse 也解"～"。

603 exution 解 execution"～";也解 excuse"～";也解 exutio [拉]"～"。

604 stick fire"～";也解 strike fire"～";也解 Feuer anzustecken [德]"～"。

605 himcell 解 himself"～";也解 him"～"＋cell"～";也解 hell"～";也解 cill [爱]"～"。

606 padderjagmartin 解 Peter Jack Martin"～",斯威夫特的《无稽之谈》中的三兄弟。

607 tripiezite 解 tripartite"～";也解 trapeze"～"。

608 suet"～",此处解 suit"套装,官司"。

609 copperas"～",此处解 copper"～"。

610 sulfeit"～",此处解 sulphate"～"。

611 quatz 解 quite"～";也解 quarz"～";也解 Quatsch [德]"～"。

612 Even"～",此处解 Eve"～"。

613 Alum"～",此处解 Adam "～"。

614 chrystalisations 解 crystallization"～";也解 Christianization"～"。

615 in feacht 解 in fact"～";也解 feachtas [爱]"～";也解 fuacht [爱]"～";也解 Acht [德]"～"。

616 coold raine 解 cold rain"～";也解 Coleraine"～",北爱伦敦德里郡的一座大城市。

617 P. C. 解 Police Constable"～";也解 Robert Peel"～"(1788—1850),英国政治家。

618 Robort 解 Robert"～";也解 Abort [德]"～";也解 Ort [德]"～"。

619 elois 解 alias"～";也解 eleêson [希]"～"。

620 Crowbar"～";也解 Cathal Crobhdhearg"～",爱尔兰传说中的人物,废黜了爱尔兰的最后一位共主。

621 Meleky 解 Malachy II"马拉基二世",继布利安・布鲁成为爱尔兰的共主;也解 Malachi Mulligan"～",《尤利西斯》中的人物;也解 melekh [希伯来]"～"。

622 pixes 解 pieces"～";也解 pix [拉]"～";也解 pyx"～"。

623 any luvial"～";也解 Anna Livia Plurabelle "～"。

624 peatsmoor 解 peat moss"～";也解 peat moor"～";也解 peat"～"＋smear"～";此句也包含本书女主人公名字的缩写 ALP。

625 Plucks ... pussas 解 pluc [爱]"面颊"……pus [爱]"嘴唇";也解 pluck"～"……pieces"～"。

626 clanetourf 解 clean turf"～";也解 Clontarf"～",爱尔兰国王布利安・布鲁 1014 年在此击败丹麦侵略军;也解 Clane"～",爱尔兰利菲河上的小镇。

627 Thoorday 解 Thursday"～";也解 Thor"～",北欧神话中的雷神和战神。

628 Mudford 解 Mud ford"～",也是都柏林的别称。

629 middlewhite 解 middle white"～";也解"～"。

630 Peeler and Pole"～",此处解 Peter and Paul"～",基督的 12 信徒中的两个。

631 feishts 解 feast"～";也解 feisteas [爱]"～";也解 feis [爱]"～";也解 feist [德]"～";也解 Festy King"～"。

632 Tykingfest and Rabworc 解 Festy King and Crowbar"～"。

633 Anthony 解 St. Anthony"～",基督教的圣人;也解 Anthony Bacon"～",英国哲学家培根的兄弟。

634 tellafun book 解 tell-a-fun book"～";也解 telephone book"～"。

635 ellegedly 解 allegedly"～"。

只纯种猪(没有执照)和一株风信子在一起。他们在爱尔兰[636]平原边上的那片大海上呆了999年,从未哭得嗓子沙哑或者停止经常的怒气爆发[637]桨|灯芯|明轮,直到他们把他们的二又少量自我登上陆地,在骆驼和驴子、老人和婴儿、神父和穷人、已婚母亲[638]和抹大拉的马利亚[639]快乐|梅里美中间[640],走到泥流[641]大漩涡|泥|风暴中[642]管闲事。爱尔兰农奴役|迫使牧在前面|在后面|与嘴有关的民组织[643]召集的集会,目的是帮助爱尔兰猪[644]垃圾直视他的丹麦兄弟,并用大量的佳得士拍卖品和犹太图腾,尽管[645]房子洪水泛滥,向拉里表示感谢[646]从事|感谢,集会显然是那种零星式的[647]斯卡特里岛,那时这个巴里布利坎[648]人,权威领袖般走[649]过一些被幻觉敲打的下水管道,吃掉了其中一些门道[650]离开|道路后,无法从后来卖掉纳税绅士[651]的流浪汉[652]女孩|胆小鬼那里获得好处,因为她,方济各[653]拉伯雷|维庸的妹妹,也就是说,在打斗街[654]散乱街,特洛伊在此[655]这个妓女|母猪,把他的(动物的)猪圈的整个一边都吃掉了,为的是偿清、嘶叫或舔舐[656]希沙立克,他的六个达布隆金币15项欠款,这个恶棍的而不是罪行发现者的租金。

引人注目的证据在不久之后[657]匿名的由眼耳鼻喉证人提出,卫斯理公会礼拜者怀疑他是穿便服的卫斯理公会教区[658]卫斯理公会礼拜堂|厕所的神父,位于零零[659]厕所街,医学区,他,一放下他的米饭和豆绿色[660]和平|绿色盖盘,并且被沉着脸警告面对拷问时不要打呵欠,露出笑容(他早上与莫洛伊[661]莫洛夫人分别时喝了满满一杯)在他的海象[662]挪威的胡须[663]胡子|必须|口音|黑色的下对他的

636 Ir 解 Ireland 或 Eire “～”；也解爱尔兰神话中赫伯（Heber）、赫勒蒙（Heremon）和爱尔（Ir）三兄弟中的一个，他们率领后来被称为凯尔特的民族进入爱尔兰岛。

637 paddlewicking 解 paddywhack“激怒”或“爱尔兰人”；也解 paddle“～”＋wick“～”；也解 paddle wheel “～”。

638 matrmatron 解 mater［拉］“母亲”＋matrona［拉］“太太”。

639 merrymeg 解 Mary Magdalene“～”，《圣经》中的妓女，悔罪后基督耶稣将七个魔鬼从她体内驱逐出去，在书中也代表分裂的人格；也解 merry“～”；也解 Prosper Mérimée“～”（1803—1870），法国作家。

640 amadst 解 amidst“在……中”。

641 mudstorm 解 mudstream“～”；也解 maelstrom“～”；也解 mud“～”＋storm“～”。

642 meddle“～”，此处解 middle“～”。

643 Irish Angricultural and Prepostoral Ouraganisations 解 Irish Agricultural and pastoral organization“～”；其中 Angricultural 也解 angaria［拉］“～”；也解 angario［拉］“～”；其中 Prepostoral 也解 prae-［拉］“～”＋post［拉］“～”＋oralis［拉］“～”。

644 muck“～”，此处解 muc［爱］“猪”。

645 tospite of 解 in spite of“～”；也解 to spiti［希］“～”。

646 attended thanks 解 extended thanks“～”；也解 attended“～”＋thanks“～”。

647 scattery kind“～”；也解 Scattery Island 解 Scattery Island“～”，位于爱尔兰的香农河口，曾是早期基督教的朝圣之地。

648 ballybricken 解 Ballybrickan“～”，位于爱尔兰沃特福德郡的郊区，曾是猪贩子的聚居地。

649 cockofthewalking 解 cock of the walk“有威望的领导人”＋walking“走”。

650 doorweg 解 doorway“～”；其中 weg 也解［德］“～”；也解 Weg［德］“～”。

651 此处化自习语 the gentleman that pays the rent“猪”。

652 pikey“～”；也解 pike［挪］“～”；也解 piker“～”。

653 Francie 解 Francis of Assisi“亚西西的方济各”（1182—1226），天主教方济各会的创建人，把所有动物都称作他的兄弟姐妹；也解 François Rabelais“～”，法国作家；也解 François Villon“～”（1431—1463），法国诗人。

654 struggle Street“～”；也解 straggle street“～”。

655 Qui Sta Troia［意］“～”；也解 questa tròia［意］“～”；其中 Troia 也解 tròia［意］“～”。

656 hiss or lick“～”；也解 Hissarlik“～”，土耳其的城市，据说是特洛伊的所在地。

657 anon“～”；也解 anonymous“～”。

658 W. P. 也解 Wesleyan parish“～”；也解 Wesleyan chapel“～”；也解 W. C. “～”。

659 Nullnull“～”；也解 OO，厕所的标志。

660 peacegreen 解 peagreen“～”；也解 peace“～”＋green“～”。

661 Molroe“～”，人名；也解 Moll Rowe“～”，托马斯·莫尔的歌曲《离别盈杯酒》（*One Bumper at Parting*）的旋律。

662 Morse“～”；也解 Norse“～”；也解 Samuel Morse（1791—1872），美国电报和电报码的发明者。

663 mustaccents 解 moustache“～”；也解 mustacchio［意］“～”；也解 must“～”＋accent“～”；其中 must 也解 musta［芬］“～”。

律师[664]引出者声明(上帝保佑[665]狼吞虎咽|嗓!)他怀着真诚入睡,他会去那里回想11月5号[666]污秽,宣布参战[667]冬眠,粗暴好斗,噢,伴随着朱诺[668]六月的节庆[669]四月阵雨和古老焦虑[670]的日子,正准备,让雨水制造者[671]高兴,降临[672]12月|10到世俗历史的历表[673]日记中,独自与今天图尔奈、昨天仍要去残杀|现在、明天[674]特莫拉在一起,这是一件将对闪姆、他和莫法特造成特别打击的事情,这样一个痛苦地尝试观察权的人,尽管他们的不要去问为什么[675],这里令人震惊的是,他惊呆[676]使……成为父亲|圣帕特里克地看到、听到、尝到和闻到,在他的夜晚时刻,风信子奥唐纳[677]麦克多纳德,学士,在记事录中被描绘为交际家和妙语连珠之人,如何带着些许对和平的希望[678]市民(拿粪叉的爱尔兰语区[679]),半夜12点在美丽绿地[680]企图(墓地[681]和平|希望|油炸的|供奉中的好斗成性[682]巴里卡西迪!)洗劫、痛打、刺伤和残杀手无寸铁的另外两个老国王,宣泄者麦克盖勒和咆哮者奥克利安,爵士,两人都是被掉包的低能儿,没有本地化[683]切坡里若德|卢坎,没有地址也无法对话,在他和他们之间,自从痛打[684]瓦洛普战场之后直到列维斯协议[685]之前,敌意就一直存在,起因是布尔人[686]布尔战争|熊侵犯了公牛[687]约翰牛|公牛岛|布尔溪战役,或者因为他第一个把他那承载两极的[688]理发师|熊|啤酒|海狸头发分向两边,或者因为在短篇小说[689]《一小朵云》里他们是刺骨寒冷之上的葡萄爬狐狸[690]和蚂蚁[691]和|不要|魔鬼蚱蜢[692]向上长,或者因为他们不会说是我,(又聋又哑[693]哑巴和聋子|愚笨的)是我[694]米斯郡|皇家郡。这些诉讼当事人,他说,当地的国王人马[695]众

664 eliciter 解 solicitor“～”；也解 elicit-er“～”。
665 gobbless 解 God bless“～”；也解 gobble“～”；其中 gob 也解［爱］“～”。
666 filth“～”，此处解 fifth“～”，11 月 5 日为英国纪念盖伊·福克斯和他策划的反清教徒的火药暴动，将其模拟像游街示众，然后焚毁。
667 hatinaring 解 throw one's hat in the ring“～”；也解 hibernating“～”。
668 Juno“～”，罗马神话中主神朱庇特的妻子；也解 June“～”。
669 jiboulees 解 jubilees“～”；也解 giboulées d'avril［法］“～”。
670 ould lanxiety 解 old anxiety“～”。
671 Rainmaker“～”，罗马主神朱庇特的绰号。
672 decembs 解 decends“～”；也解 December“～”；也解 decem［拉］“～”。
673 ephemeredes“～”；也解 ephêmerides［希］“～”。
674 Tournay, Yetstoslay and Temorah 解 today, yesterday and tomorrow“～”；其中 Tournay 也解“～”，比利时的城市名；其中 Yetstoslay 也解 yet to slay“～”；也解 jetzt［德］“～”；其中 Temorah 也解 Temora“～”，指苏格兰诗人麦克弗森假冒莪相写的凯尔特“史诗”把爱尔兰共主的所在地塔拉（Tara）写成特莫拉。
675 此句出自英国诗人丁尼生的诗歌《轻骑旅的冲锋》（*Charge of the Light Brigade*）。
676 patrified 解 petrified“～”；也解 patrifactus［拉］“～”；也解 Patrick“～”。
677 O'Donnell“～”；也解 John MacDonald“～”（1752—1832），著有《巴涅尔调查团日记》（*Diary of the Parnell Commission*）。
678 sivispacem 解 si vis pacem［拉］“～”；其中 sivis 也解 civis［拉］“～”。
679 Gaeltact 解 Gaeltacht“～”。
680 fair green 解 Fair Green“～”，位于中世纪都柏林城墙的西南部的地区。
681 friedhoffer 解 Friedhof［德］“～”；也解 Frieden［德］“～”＋hoff［德］“～”；也解 fried“～”＋offer“～”。
682 bullycassidy 解 bellicosity“～”；也解 Ballycassidy“～”，村名，位于爱尔兰的弗玛纳郡。
683 unlucalised 解 unlocalised“～”；也解 Chapelizod“～”；也解 Lucan“～”，都柏林城郊，位于利菲河边。
684 wallop“～”；也解 Wallop Fields“～”，公元 5 世纪不列颠的领主沃蒂根与撒克逊人打仗的战场。
685 Mise of Lewes“～”，1264 年英国国王亨利三世与他的贵族们之间达成的协议。
686 boer's 解 Boers“～”，即荷裔南非人；也解 Boer War“～”，19 世纪末英国人和布尔人之间为争夺南非殖民地而展开的战争；也解 bears“～”。
687 bull“～”；也解 John Bull“～”，指英国人；也解 Bull“～”，爱尔兰岛名；也解 Bull Run“～”，指美国南北战争中的战役；也可与前面的 bear 合解股市的牛市和熊市。
688 polarbeeber 解 polar“两极”＋bearer“承载物”；也解 barber“～”；也解 bear“～”；也解 beer“～”；也解 biber“～”。
689 noveletta 解 novelette“～”；也解 *Una Nuvoletta*“～”，乔伊斯《都柏林人》中的短篇小说的意大利译名，在狐狸和葡萄的故事中则作为云彩出现，象征书中主人公的女儿伊茜。
690 creepfoxed 解 grape“葡萄”＋fox“狐狸”，即《伊索寓言》中狐狸和葡萄的故事；其中 grape 也解 creep“～”。
691 andt 解 ant“～”；也解 and“～”；也解 don't“～”；也解 Ondt［丹］“～”。
692 grousuppers 解 grasshopper“～”；也解 grows upper“～”。
693 mute and daft 解 mute and deaf“～”；也解 Mutt and Jeff“～”，书中一组二元对立的人物；其中 daft 也解“～”。
694 meace ... meathe 解 mishi ... mishi［爱］“～”，指爱尔兰修女圣布利吉特在受洗时用爱尔兰语说“是我”；也解 Meath ... Meath“～”，位于爱尔兰西北部，也被称为“～”。
695 congsmen 解 king's men“～”；也解 congressmen“～”；也解 Conga“～”，传说中最后一个共主隐退的地方。

议院的议员们|共家和唐纳尔德们、阿兰岛[696]英国纹章院的高级纹章官和达尔凯[697]的国王们、马德岛[698]和特里岛[699]的国王们，甚至基洛格林的山羊国王[700]，都被他们的支持者所怂恿，这些支持者以更好女性[701]贝齐·罗斯的身份出现，有着迦太基人的[702]法国加罗林王朝的红色弓弦头发[703]，挥舞着深红色的衬裙[704]杂费|花瓣，从埃索德的塔顶[705]伊茜|切坡里若德尖叫。从法庭密集处，从波赫纳布林纳[706]上的都柏林之子中传来喊叫：留心从巴纳赫德[707]真是闻所未闻来的银行，爱尔兰佬[708]惹是生非的人，先生！播放[709]奥多纳奥多纳胜利|雷。赞成！展出他的遗物！不[710]！多用些语言[711]大规模推进！少给点儿嘴唇！但是在死者的暗景法庭[712]死人的暗景或外衣上，通过盘诘[713]十字架|窒息表面变硬的睾丸[714]证人，渗出刀中之首[715]最黑暗的夜晚三[716]树|分开的伏兵埋伏的时间和地点（在黎明中的黄昏之间大致喷射[717]说了约半个小时，根据水房的中欧时间[718]水房钟，临近停下来思考的时刻，古老[719]全部土地上是高大的主要常绿植物[720]环境|郊区，只有苹果树[721]离开|从树上坠落|落下|苹果）鳏寡的月亮投下微弱的月光，不足以使儿童的祭坛暗淡。同样，这个交际家，被粗暴地拷问，除此以外有最好的根据[722]巴塞尔|巴塞尔周边，问到他是否是那些幸运公鸡中的一个，这个可听－可见－可知[723]鼻子－可食的世界正是为它们而存在的。无论在认知上、意欲上[724]努力、深思熟虑上[725]，他对此太肯定了，因为，生存、爱恋、呼吸、睡眠，完全由音乐来巧妙地塑造肉体[726]摩耳甫斯|苏格拉底|创造，就像无论何时他想他听他看他感觉他使得钟声敲响敲响敲响敲响，他

696 arans 解 Aran“～”,位于爱尔兰戈尔韦海湾的三座小岛;也可与前面的 kings of 合解为 king of arms “～”。

697 dalkeys 解 Dalkey“～”,爱尔兰东部的海港城市,达尔凯的国王是 18 世纪滑稽仪式中的人物。

698 kings of mud 解 King of Mud Island“马德岛的国王”,指都柏林早期一处走私犯、拦路抢劫的强盗和其他亡命之徒居住的地方,由一个世袭的强盗首领统治,被称为“马德岛国王”。

699 tory 解 Tory“～”,爱尔兰西北部的小岛。

700 goat king of Killorglin“～”,基洛格林为爱尔兰凯里郡的一个城市,在该市每年 8 月举行的爱尔兰最古老的“精灵帕克集市”上,会有一只从野地捉来的山羊被封为“国王帕克”,被戴上花圈游行,集会后被赶出去。

701 betterwomen“～”;也解 Betsy Ross“～”(1752—1836),乔伊斯在笔记中记载她曾用裙子做成美国国旗,在本书中贝齐·罗斯与反抗男性权威的女性联系在一起。

702 Carrothagenuine 解 Carthaginian“～”;也解 Carolingian“～”。

703 公元前 146 年迦太基被罗马人攻占时,迦太基女性剪下头发做成弓弦。

704 petties“～”,此处解 petticoats“～”;也解 petals“～”。

705 Isod's towertop 解 Isod's Tower top“～”,埃索德塔位于都柏林的埃塞克斯街,1675 年倒塌;其中 Isod 也解 Issy“～”;也解 Chapelizod“～”。

706 Bohernabreen 解 Bohernabreena“～”,爱尔兰都柏林郡西南部的市镇。

707 Banagher“～”,爱尔兰中部香农河边的市镇;也可与前面的 bank 合解为 bang Banagher“～”。

708 mick“～”;也解 mixer [英口]“～”。

709 Prodooce 解 produce“～”。

710 O'Donner. Ay ... Bu “奥多纳。赞成票……不”;其中 bu 解为 [中]“～”;也解 O'Donnell abú [爱]“～”;其中 Donner 也解 [德]“～”。

711 tongue mor 解 tongue more“～”,此处化自习语 give tongue“大声说出”;也解 tungc mór [爱]“～”。

712 Deadman's Dark Scenery Court“～”;也解 Dead Man's Dark Scenery or Coat“～”,伦敦街头捉迷藏游戏,隐藏的一方需用外衣将自己遮住。

713 crossexanimation 解 crossexamination“～”;也解 cross“～”+exanimatio [拉]“～”。

714 testis“～”;也解 testis [拉]“～”。

715 knife of knifes“～”;也解 night of nights“～”。

716 treepartied 解 tripartite“～”;也解 tree“～”+parted“～”。

717 spouting“～”;也解 speaking“～”。

718 Waterhose's Meddle Europeic Time 解 Waterhouse's Middle European Time“～”;也解 Waterhouse's Clock“～”,都柏林夫人街一家珠宝商店外面的钟表。

719 auld 解 old“～”;也解 all“～”。

720 evervirens 解 ever+virens([拉]“草木发青”)“～”;也解 environments“～”;也解 environs“～”。

721 abfalltree 解 apple tree“～”;也解 ab([拉]“从……”)+fall+tree“～”;也解 Abfall [德]“～”;也解 Apfel [德]“～”。

722 basel 解 base“～”;也解 Basel“～”,瑞士城市;也可与后面的 to boot 合解 Baselbut [德]“～”。

723 gnosible 解 gnôsis [拉]“～”;也解 nose“～”。

724 conatively 解 conative“～”;也解 conatum [拉]“～”。

725 cogitabundantly 解 cogitabundus [拉]“～”。

726 morphomelosophopancreates 解 morphoô [希]“塑形”+melos [希]“音乐”+sophos [希]“有技巧的”+pan [希]“所有事情”+kreas [希]“肉”,可合解“～”;其中也包括 Morpheus“～”,古希腊的睡眠之神;也包括 Socrates“～”,古希腊哲学家;也包括 creats“～”。

最意义深远地做到的。他实际上是否也确定了在这个国王和女装男人事件中他那假假[727]耳朵真真[728]母猪|三的名字？他完全[729]多虱子地|尤其确定。证明了吗？就像恶棍[730]什么？所能做的。撒谎[731]掩饰！我会成为救世主[732]孤单的人。是疾病[733]身体·之·某人？不错。星期三[734]周三|星期六的儿子？树林中的萨提尔[735]星期三中的星期六|萨杜恩。这个眼红先生[736]怪物是怎么取得学士学位的？这就像他的投票结果。一个固执的陷阱猎人，有着古怪有力[737]特康内尔的眼睛[738]鸡蛋、浮于空中的[739]令人敬畏的耳朵[740]屁股|阿瑞斯、寄居动物的[741]似鹰的|墨线|租户|租客鼻子[742]鼻、阴沉奸险的[743]抽搐|笨蛋嘴巴[744]？他会是的。屁股高高[745]驴子|腐尸|桌子的时候，谁会把你的屁股[746]在打[747]少量得10码高[748]盘子|家禽？向左向右[749]。还是某个重要的[750]讨厌鬼？是的[751]我猜|健力士酒。有着跌跌撞撞的腿，重新浸渍命名为赫尔明翰[752]·埃尔钦完[753]床边|葡萄酒·鲁特·爱格伯特[754]蛋·克伦威尔[755]·奥丁[756]·马可西姆[757]·埃斯米·撒克逊·艾沙·维钦托利[758]·艾瑟吴尔夫[759]·卢伯特[760]·伊德瓦拉·本特利·奥斯蒙德[761]·隐居之处[762]·尤加特拉希人[763]男人，是不是用不倒翁一样的腿站着，被重新浸湿命名？至高至圣的艾菲尔[764]，正是那浴火重生的凤凰！是查理曼大帝[765]再一次出现在聋的日期[766]黄水仙|进退维谷和哑的景色之间吗？这两个儿童侦探毁谤[767]称呼他是公牛生的[768]科隆香水，但是他的岩石的崩裂[769]诸神的黄昏|出租|男上衣源于三个邪恶的温哥华[770]发现森林弯下了一点儿[771]等候腰，你肯定吗[772]亚瑟王？千真万确[773]夜晚|白天，天国

727 lugs“～”,此处解 Lüge［德］“谎言”。
728 truies 解 true“～”;也解 truie［法］“～”;也解 three“～”。
729 pediculously“～”,此处解 perfectly“～”;也解 particularly“～”。
730 cad“～”;也解 cad?［爱］“～”。
731 Be lying“～”;也解 belie“～”。
732 the lonee 解 the One“～”;也解 the lone“～”。
733 Morbus“莫伯斯”,罗马神话中的疾病之神;也解 corpus“～”。
734 Szerday 解 szerda［匈］“～”;也解 sreda［塞维］“～”;也解 Saturday“～”。
735 A satyr in weddens 解 a satyr in woods“～”,萨提尔为罗马神话中的森林之神,潘和狄俄尼索斯的随从,半人半羊,性好色;也解 A Saturday in Wednesday“～”;也解 Saturn“～”,罗马神话中的农神。
736 mister“～”;也解 monster“～”。
737 murty 解 mighty“～”;也解 Murtagh of Tirconnell“～”,941 年在爱尔兰展开了第一次隆冬战役,被称为“冰霜之战”。
738 oogs［荷］“～”;也解 eggs“～”。
739 awflorated 解 airfloated“～”;也解 awful“～”。
740 ares 解 ears“～”;也解 arse“～”;也解 Ares“～”,希腊战神。
741 Inquiline“～”;也解 aquiline“～”;也解 ink line“～”;也解 inquilinus［拉］“～”;也解 inquilino［意］“～”。
742 nase 解 Nase［德］“～”;也解 naso［意］“～”。
743 twithcherous 解 treacherous“～”;也解 twitch“～”;也解 twit“～”。
744 mouph 解 mouth“～”。
745 aastalled 解 arse“屁股”＋tall“高的”;也解 aas“～”;也解 Aas［德］“～”;也解 asztal［匈］“～”。
746 att 解 arse“～”;也解 at“～”。
747 bit“～”,此处解 beat“～”。
748 tenyerdfuul 解 ten yard tall“～”;也解 tányér［匈］“～”;也解 fowl“～”。
749 Ballera jobbera 解 ballera［匈］“向左边”＋jobbera［匈］“向右边”。
750 majar 解 major“～”。
751 Iguines 解 igenis［匈］“～”;也解 I guess“～”;也解 a Guinness“～”。
752 以下每个名字的首字母合在一起为 Here Comes Everybody“此即人人”。
753 Erchenwyne“～”,人名;也解 erchwyn［威］“～”;其中也包含 wine“～”。
754 Egbert“～”(770—839),威塞克斯国王,于 829 年统一了英格兰;也解 egg“～”。
755 Crumwall 解 Cromwell“～”。
756 Odin“～”,北欧神话中的主神。
757 Maximus“～”,有四位俄国沙皇叫马克西姆,意为“最伟大的”。
758 Vercingetorix“～”,公元前一世纪左右的高卢阿维尔尼人的部落首领,曾率兵反抗罗马元首凯撒。
759 Ethelwulf“～”,九世纪的威塞克斯国王;其中也包含 wolf“狼”。
760 Rupprecht 解 Prince Rupert of the Rhine“～”(1619—1682),英国国王查理一世的侄子。
761 Osmund“～”,八世纪的萨塞克斯国王和圣人。
762 Dysart 解 díseart［爱］“～”。
763 Yggdrasselmann 解 Yggdrasil“尤加特拉希”,北欧神话中的世界树＋Mann［德］“男人”。
764 Eiffel“巴黎艾菲尔铁塔”,也指凤凰公园的惠灵顿纪念碑。
765 Chudley Magnall 解 Charlemagne“～”(742—814),法兰克王和西罗马帝国皇帝。
766 deffodates 解 deaf dates“～”;也解 daffodils“～”;也可与后面的 dumb scene 合解(between) devil and the deep sea“～”。
767 waapreesing 解 asperse“～”;也解 address“～”。
768 auza de Vologue 解 out＋de bholóig(［爱］“of an ox”),即“～”;也解 eau de Cologne“～”。
769 the renting of his rock“～”,此句出自《马太福音》;也解 Ragnarok［古挪］“～”;也解 renting“～”＋Rock［德］“～”。
770 Vuncouverers 解 Vancouver- ers“～”;也解 Uncoverings“～”。
771 awhits 解 whit“～”;也解 awaits“～”。
772 arthou 解 are you“～”;也解 Arthur“～”。
773 Yubeti 解 you bet it“～”;也解 yube［日］“～”＋day“～”。

降临[774]小渡船！牛倌的某人[775]事务|一个|指挥者之一，什么[776]？他是否因仁爱之泉而在长漱口泡泡[777]咯咯响的桶|古甘巴拉里演奏有——一个——痛苦的——麦酒地[778]岛|爱尔兰|痛苦而恢复精神[779]壁画？失去爱德华勋爵[780]、缺少菲利浦爵士[781]锡德尼，一位外科医生和[782]减速剂[783]谢立丹|阵雨|向下可以从波特兰德[784]港地街|搬运工所赞美的五盏灯[785]五灯街中吮吸出更多的漱口泡泡[786]咯咯响的桶|古甘巴拉。威廉使窒息|混乱的|成功的|维吉尔和玛丽[787]圣母马利亚？好像谁的不会，在黑水潭洗涤[788]生活|离开他的一生[789]树叶|时间|利菲河|蒂姆·芬尼根。但是，当然，假如他有时间，他也可以叫自己泰姆[790]时间|蒂姆·芬尼根|时姆？你可以打赌[791]屁股|巴特和拓夫他任何时候[792]任何蒂姆都会。他高兴的时候？胜利和名次[793]取悦。司炉[794]斯多克思在偷听[795]夏娃的水滴|夏娃的坠落的诱惑[796]蒂姆·芬尼根下反对也是证人的司机？神圣的化身，魔鬼他们该怎样猜测啊！一个梦[797]路|德洛米奥里的两个梦游者？是的，不错。两个人像得就如同一对儿[798]决斗扁豆？千真万确[799]豌豆。所以他被当众扔了出来，是吗？愿他曾为有权者。原则上[800]《君主论》君主不应该抛头露面？但他愿意[801]马基雅维里！俄国骏马|沼泽同志[802]罗斯卡门？很快他就会说戈尔韦话[803]挪威话。并非没有喝醉，公正的证人？醉得像个主教[804]捞起。被问起她是否介意他在随便什么地方抽烟[805]假笑|首饰？假如他烧起来[806]就不介意。关于他朝他的科西嘉战斗进行曲草地[807]横巷|一整壶射精[808]阿加西，什么[809]腿脚？这是诅咒[810]在进行中|重复中的尸体[811]当然|科西嘉|诅咒|重复再一次更粗鲁地。我们确定高贵的小姐[812]格蕾丝·

774 Cumbilum comes 解 kingdom come"～";也解 cumbalum［拉］"～"。
775 thingabossers 解 thingumbob［英口］"～";也解 thing"～"＋a"～"＋boss-er"～"。
776 hvad［丹］"～"。
777 gourgling barral 解 gargling bubbles"～";也解 gurgling barrel"～";也解 Gougane Barra"～",位于爱尔兰科克郡麦克卢姆西部的一个居住区。
778 aleland 解 ale"麦酒"＋land"土地";也解 island"～";也解 Ireland"～";也解 Elend［德］"～";全句解爱尔兰民歌 *There is a green island in lone Gougane Barra*"《在孤单的古甘巴拉有一座绿色的岛屿》"。
779 refresqued 解 refreshed"～";也解 fresque［法］"～"。
780 Lordedward 解 Lord Edward Fitzgerald"～"(1763—1798),爱尔兰起义者。
781 sirphilip 解 Sir Philip Crampton"～"(1771—1858),都柏林外科医生,在都柏林有他的雕像;也解 Sir Philip Sidney"～"(1554—1586),英国诗人。
782 surgeonet 解 surgeon"外科医生"＋et［法］"和"。
783 showeradown 解 slowerdown"～";也解 Philip Henry Sheridan"～"(1831—1888),美国联邦军将军;也解 shower"～"＋adown"～"。
784 Portterand"～",人名;也解 Portland Row"～",都柏林街名;也解 portteri［芬］"～"。
785 five lamps"～";也解 The Five Lamps"～",都柏林的五条街道的交汇处。
786 gargling bubbles"～";也解 gurgling barrel"～";也解 Gougane Barra"～",位于爱尔兰科克郡麦克卢姆西部的一个居住区。
787 Wirrgeling and maries 解 William and Mary"～",指英国国王威廉三世和妻子玛丽二世;也解 virgin Mary"～";其中 Wirrgeling 也解 würgen［德］"～";也解 wirr［德］"～"＋gelungen［德］"～";也解 Virgil"～"(前 70—前 19),古罗马诗人。
788 laving"～";也解 living"～";也解 leaving"～"。
789 leaftime 解 life time"～";也解 leaf"～"＋time"～";也解 Liffey"～";也解 Tim"～"。
790 Tem"～",埃及《死者书》的作者;也解 tem［拉］"～";也解 Tim"～",为与后面的 time"时间"呼应,译为"～"。
791 butt"～",此处解 bet"～";也解 Butt and Taff"～",书中一组二元对立的人物。
792 anytom 解 anytime"～";也解 any Tim"～"。
793 place"～";也解 please"～"。
794 stoker"～";也解 Whitley Stokes"～"(1830—1909),爱尔兰律师和盖尔语学者。
795 evesdripping 解 eavesdropper"～",在伊斯兰教中魔鬼被认为曾在天堂里偷听;也解 Eve's dripping "～";也解 Eve's dropping"～"。
796 temptated 解 tempt"～";其中也包含着 Tem,即 Tim"～"。
797 dromium 解 drøm［挪］"～";也解 dream"梦";也解 dromos［希］"～";也解 Dromios"～",莎士比亚《错误的喜剧》中的双胞胎。
798 duel"～",此处解 dual"～"。此句化自习语 as like as two peas"一模一样"。
799 Peacisely 解 precisely"～";其中也包含 pea"～"。
800 in principel 解 in principle"～";也解 *Il Principe*"～",意大利政治家马基雅维里的作品。
801 Macchevuole 解 ma che vuole［意］"～";也解 Machiavelli"～"。
802 Rooskayman kamerad 解 Russian＋Kamerad(［德］"同志")"～";其中 Rooskayman 也解 Roß［德］"～";也解 rúscaidh［爱］"～";也解 Roscommon"～",爱尔兰中部的一个郡。
803 Gallwegian 解 Galway"～",爱尔兰西部的城市,乔伊斯妻子的家乡;也解 Norwegian"～"。
804 fishup 解 bishop"～",此处化自习语 drunk as a fish"大醉";也解 fish up"～"。
805 smuked 解 smoked"～";也解 smirk"～";也解 Schmuck［德］"～"。
806 barkst into phlegms 解 burst into flames"～"。
807 Crosscann Lorne 解 Corsican lawn"～";也解 crosscut lane"～";也解 crúiscín lán［爱］"～";其中 Crosscann 也解 rosc-catha［爱］"～"。
808 ajaciulations 解 ejaculation"～";也解 Ajaccio"～",法国科西嘉岛的省会。
809 cossa［意俚］"～";也解 cosa［爱］"～"。
810 cursu 解 curse"～";也解 in cursu［拉］"～";也解 ricórso［意］"～"。
811 corso［意］"～",此处解 corse"～";也解 Corsica"～";也解 curse"～";也解 ricórso［意］"～",维科《新科学》中描绘的人类发展的阶段之一。
812 gracious miss"～";也解 Grace O'Malley"～",恶作剧女王的原型。

奥玛丽察觉到狐狸[813]叉子身上的黄色棉绒[814]黄滩战役是怎么被改变的吗？她肯定[815]容易地|通常|以扫是的，别怀疑[816]我！至于他的宗教，如果有的话？是星期日见那种。就是他说的纯种[817]男同性恋猪[818]？天啊[819]愿成为雅各的，不过是位在四旬斋祈祷[820]付租金的绅士。如果中产阶级的搬运工[821]大门|吞噬是个常见的畜牲呢？在夜里就像对被剪割的人呕吐[822]一样用。如果他已经认出了[823]拉格纳·罗德布洛克他们的军事法庭[824]王室执法官|贡戈尔兄弟呢？他在众多日子里已有了那一天。伦敦德里[825]的确、科克[826]焦炭或凯里[827]斯凯里斯|稀粥，不需要门给我拼出一个G[828]高特吗？向阳花[829]几乎没有一滴水|日晷。如果他们没搞错的话，放牧权（女主人[830]马丁内特夫人）随着山羊陛下[831]祖父的期满而终止？他恰好不能说出那个可敬的人，但是他那穿高筒雨靴的妈妈有棺材价格的发票[832]挽回|秘诀，他来那里是要告诉他们她本人就是能告诉他们那件事[833]策略|工具箱|猫的脚踏车。长着思考的[834]庞德下颌说着中国的[835]唠唠叨叨口音？对发音[836]之事[837]母亲们的进一步规定[838]天父|编织。衍伸性词尾？我们建议如此。为什么是这只山羊[839]？无法回答。你匆匆忙忙从哪……[840]？无法回[841]挪亚|阿尔伯特湖和维多利亚湖。站在火山[842]边[843]年龄上你不头晕[844]跳舞吗？陛下[845]先生|向西，我的确头晕[846]我是契据|我死了。他多少岁？他打算[847]监督官|侍从|但丁学巴利语[848]数相加。这意味着穿上用大欧甘文字制成的[849]使咳嗽|儿子|战争|太阳脸殴格玛两用衬衫[850]有两划的绳子，或者爬上芬，三只帽子的[851]有三个人的梯子？地面[852]太阳脸殴甘上灌木下大腿里一个

813 forx 解 fox“～”；也解 fork“～”。

814 yellowatty 解 yellow“黄色”＋Watte［德］“棉花”；也可与后面的 forx 合解 Yellow Ford“～”，1598 年在爱尔兰黑水河附近爆发的爱尔兰当地居民与英国皇家远征军之间的战斗。

815 esually 解 surely“～”；也解 easily“～”；也解 usually“～”；也解 Esau“～”，《创世记》中以撒之子，被弟弟雅各骗取了父亲的祝福。

816 O'Dowd 解 doubt“～”。此句出自莫尔的歌曲《啊别怀疑我》(*O Doubt Me Not*)。

817 pederast“～”，此处解 pedigree“～”。

818 prig“自命不凡的人”，此处解 pig“～”。

819 Bejacob's 解 by Jesus“～”；也解 be Jacob's“～”。

820 prayed his lent 解 prayed his Lent“在四旬斋祈祷”；也解 pay his rent“～”。

821 portavorous 解 porter“～”；也解 porta［拉］“～”＋vorax［拉］“～”。

822 此句化自习语 God tempers the wind to the shorn lamb“上帝对受难者是仁慈的”。

823 rognarised 解 recognized“～”；也解 Ragnar Lodbrok“～”，传说中北欧海盗时期的智者。

824 Gcourts marsheyls 解 court martial“～”；也解 court marshals “～”；也解 Goncourt“～”，19 世纪的法国作家。

825 Lindendelly 解 Londonderry“～”，位于爱尔兰的乌尔斯特省；也解 indeed“～”。

826 coke“～”，此处解 Cork“～”，爱尔兰芒斯特省的郡和市；

827 skilllies 解 Kerry“～”，爱尔兰的郡；也解 Skerries“～”，都柏林北部一个海边小镇，属于兰斯特省；也解 skilly“～”，通常用麦片、水和肉煮在一起。

828 gart［爱］“字母 G，植满树木的土地”；也解 Gort“～”，爱尔兰戈尔韦市的镇，位于爱尔兰的康诺特省。

829 Harlyadrope 解 heliotrope“～”，指希腊传说中水泽仙女克莱迪亚因对太阳神阿波罗的爱慕而化为向日葵；也解 hardly a drop“～”；也解 hêliotropion［希］“～”。

830 Magistra［拉］“～”。

831 goat's sire“～”；也解 grandfather“～”。

832 recipis 解 receipt“～”；也解 recipis［拉］“～”；也解 recipe“～”。

833 kitcat 解 that“～”；也解 tactics“～”；也解 kit“～”＋cat“～”。

834 pounderin 解 ponder“思考”＋in“带着”；也解 Ezra Pound“～”，美国诗人，这里指庞德翻译中国诗。

835 maundarin 解 mandarin“中国普通话”；也解 maunder“～”。

836 prenanciation 解 pronunciation“～”。

837 mathers 解 matters“～”；也解 mothers“～”。

838 Father ourder 解 further order“进一步规定，进一步的订单”；也解 Our Father“～”；也解 ourdir［法］“～”。

839 Quare hircum［拉］“～？”

840 Unde gentium fe ... 解 unde gentium festines［拉］“你匆匆自哪个家族而来”。

841 No ah 解 No answer“无法回答”；也解 Noah“～”；也可与前面的 No answer 合解 Albert Nyanza&Victoria Nyanza“～”，尼罗河北方两个发源湖。

842 vulcano 解 volcano“～”。

843 age“～”，此处解 ege“～”。

844 danzzling 解 dazzling“～”；也解 dancing“～”，法国政治家撒拉文迪伯爵曾在 1830 年在一次舞会上对那不勒斯国王说“我们正在火山口上跳舞”，其后不久就爆发了法国的 7 月革命。

845 Siar 解 Sire“～”；也解 Sir“～”；也解 siar［爱］“～”。

846 I am deed“～”，此处解 I am indeed“～”；也解 I am dead“～”。

847 intendant“～”，此处解 intend“～”；也解 attendant“～”；也解 Dante“～”，意大利诗人。

848 pulu 解 Pali“～”；也解 plus“～”。

849 macoghamade 解 Mac Ogham made“～”，欧甘文字为古爱尔兰人使用的一种文字；也解 cough made“～”；也解 mac［爱］“～”＋cogadh［爱］“～”；也解 Ogma Sun-face“～”，爱尔兰的神，欧甘文字的制造者。

850 a shirt of two shifts“～”；也解 a string of two strokes“～”，即欧甘文字的书写方式。

851 threehatted 解 three-hated“～”；也解 threehanded“～”。

852 sunface 解 surface“～”；也解 Ogam Sun-face“～”，欧甘文字的制造者。

头会把蛇引向流过石南花的引水沟。也许是胳膊鸟儿颜色聋哑种族堡垒[853]没离开？当然，还有男人[854]巧手伊阿宋[855]I|A。那么是附加说明[856]珀伽索斯中虚情假意的[857]神圣的伊阿宋？根据教宗的命令就像猫有尾巴[858]斜体的|农民一样确切无疑[859]真实的|门。就像荣耀归于耶稣[860]请？确确实实[861]忠诚地|劳伦斯·奥图尔。但是，为什么是这个汉口糟糠[862]手绢，这个二口货[863]第二的|语调，孙逸仙[864]儿子，然而是太阳，从哪里来？他让他的拳民们[865]屠夫|盒子|裤子的磕头变成丢脸[866]剥去面皮。因此这个那个属于太阳的[867]单独的|光|安慰|姐妹们，蔑视消除差别[868]古怪的事件|奇数和偶数，接受来自劳动者[869]工作的作家|解放者|敕书的赞美[870]法律|主|赞美劳动？那取代[871]使……不高兴|赛马未进入前三名汤姆、迪克和哈里[872]好的|愤怒|迪尔克爵士|哈雷的，并没有深深地爱上这个游戏。而且，易地审判[873]卖方，国王的头改为共和国的胳膊，至于在时光老人[874]父亲|百里香后院[875]小溪|边周围的骚动[876]恐怖中，从旗子落下到赛前赌注[877]之前|之后所显示[878]我缠绕的好斗[879]，以及下雨公园[880]植物|拥有里的摄政者们[881]雨|摄政公园，伴随着滑溜溜的星星和早晨吹起的风[882]精髓|结束，他们当时是如何向他呼吁的？正是那整个凯蒂加拉赫山[883]月亮的野火之夜。米克米迦勒的长剑[884]聋的|斯沃德|天使长米迦勒的宝剑惊骇[885]地尖叫着穿过苍穹[886]莎士比亚，而尼克尼古拉斯[887]戏弄的烤肉叉则将叉尖刺向金枪鱼气囊。要有战争[888]？就有了战争。战争[889]有。你是说，在天使之家的所在地[890]在道义的一方？金努加鸿沟[891]，他说，介乎他们所说的东西和猫咪小猫之间。那么，在庭院[892]地球|中原的中间？

853 这几个词的首字母组成ABCDEF,代表英文字母的顺序排列,其中defdum解deaf dumb“聋哑”,指欧甘文字是符号和动作的语言,类似一种又聋又哑的语言;其中ethnic fort也解nicht fort[德]“~”。

854 glomsk解glonsk[行]“~”;也可与后面的handy组成字母GH。

855 jotalpheson解Jason“~”,古希腊金羊毛传说中的主要英雄。据麦克阿里斯特·詹森在《爱尔兰黑话》(*The Secret Languages of Ireland*)中记载,在爱尔兰人所说的拉丁语中Jason会被叫成Jotalphason;也解iota+alpha[希]字母“~”“~”。

856 pigeegeeses解epexegesis[希]“~”;也解Pegasus“~”,希腊神话中长翅的马;也解PGs,复数的字母PG。

857 Hokey“~”;也解holy“~”。

858 an ital on atac解a tail on a cat“~”;其中ital也解italic“~”;其中atac也解athach[爱]“~”。

859 ture解sure“~”;也解true“~”;也解Türe[德]“~”。

860 gololy bit to joss解glory be to Jesus“~”;其中bit to也解bitte[德]“~”。

861 Leally and tululy解Realy and truly“~”;其中leally也解“~”;也解Laurence O'Toole“~”,都柏林守护圣人。

862 hankowchaff解Hankou“汉口”,指1911年武昌起义+chaff“糟糠”;也解handkerchief“~”。

863 second tone解second hand“~”;也解second“~”+tone“~”。

864 son-yet-sun解Sun Yi-xian“~”,即孙中山;也解son yet sun“~”。

865 buxers解Boxers“~”,指中国义和团运动中的拳民;也解butcher“~”;也解Büchse[德]“~”;也解bukser[丹]“~”。

866 flay of face解flay face“剥去面皮”,疑为对中文“丢脸”的字面翻译。

867 Solasistras解solaris[拉]“~”;也解sola[拉]“~”;也解solas[爱]“~”;也解sólás[爱]“~”;也解sisters“~”。

868 odds evens解make odds even“~”;也解odd events“~”;也解odd & even“~”。

869 Labouriter解labourer“~”;也解laboring writer“~”;也解The Liberator“~”,爱尔兰人对奥康内尔(Daniel O'Connell)的称呼;也解Laudabiliter“~”,教皇阿德里安四世签署的将爱尔兰置于英国国王亨利二世的领导下的诏书。

870 laud“~”;也解law“~”;也解lord“~”;也可与前面的Labouriter合解laus laboris[拉]“~”。

871 displaced“~”;也解displeased“~”;也解unplaced“~”。

872 Tob, Dilke and Halley解Tom, Dick and Harry“~”,书中的三人组;其中Tob也解[希伯来]“~”;也解toben[德]“~”;其中Dilke也解Charles Dilke“~”(1848—1910),他曾陷入性丑闻,但是后来仍继续从政;其中Halley也解Edmund Halley“~”(1656—1752),英国天文学家,哈雷彗星即以他命名。

873 venders“~”,此处解venue“~”。

874 fatherthyme解Father Time“~”;也解father“~”+thyme“~”。

875 beckside解backside“~”;也解beck“~”+side“~”。

876 effrays解affray“~”;也解effroi[法]“~”。

877 antepost解ante post“~”;也解ante[拉]“~”+post[拉]“~”。

878 evinxed解evinced“~”;也解evinxi[拉]“~”。

879 pugnaxities解pugnax[拉]“~”。

880 plantsown解plantsoen[荷]“~”;也解plants“~”+own“~”。

881 regents“~”;也解regens[荷]“~”;也解Regent's Park“~”,伦敦公园名。

882 morkernwindup解Morgen[德]“早上”+wind“风”+up“向上”;其中Kern也解“~”;其中windup也解“~”。

883 bettygallaghers解Katty Gallagher“~”,位于爱尔兰的都柏林郡,正式名称是卡里克洛甘山(Carrickologan);也解gealach[爱]“~”。

884 soords解swords“~”;也解surdus[拉]“~”;也解Sward“~”,爱尔兰都柏林郡北部的城市名;也可与前面的Mickmichael's合解St. Michael's sword“~”。

885 shrecks解Schreck[德]“~”。

886 wilkinses解welkin“~”;也解Will,指威廉·莎士比亚。

887 neckanicholas解Nick Nicholas“~”,人名,其中Nick与前面的Mick合解书中一组二元对立的人物,即魔鬼撒旦和天使长米迦勒;也解necken[德]“~”。

888 此句变自《创世记》中的“要有光”。

889 Foght解fight“~”;也解fuit[拉]“~”。

890 On the site of the Angel's“~”;也解on the side of the angels“~”。

891 Guinney's Gap解Ginnunga-gap“~”,冰岛史诗《埃达》中冰岛巨人居住地的大深渊。

892 garth“~”;也解earth“~”;也可与前面的middle合解Midgaard“~”,冰岛史诗中的大地。

那他们不能碰它。这深爱的一对儿不过是或都是两个失望的[893]不画的|消失的女律师，负责萨杜恩[894]魔鬼撒旦|《斯莱特里的骑马步兵》山堡中那些不幸阶层的工作？对[895]耶和华，就是这方面！于是卡麦尔对嘎麦尔[896]双生的说：我得知道你吗？完全如此[897]冻奶糊。于是嘎麦尔对卡麦尔说：是的，你的兄弟？一点儿没错[898]破旧的。如果这就是事情的全部，臭名昭著的先生？关于那个，还有其他的。如果他不是在暗示小饭馆[899]墙中洞|全部的话？当他不是逃离所有[900]洞女性的时候他是的。简单地说，这个肇始一切的现在最终如何打了他？就像那个在穆迪法汉姆[901]蒙特卡洛市|多农场火腿毁了[902]耗尽资源|桥堤岸的裂缝。他是否与他们的想法一致？如果他觉得[903]发疹子的疾病他一致那就见鬼了。托斯的托斯[904]索尔，托姆的托姆[905]索尔树林|《托姆的都柏林指南》|索尔|蒂姆·芬尼根？流胚堡[906]里最下流的[907]砾石的|r化音下流胚。超主题的[908]亚热带的？次人类的。如果这样，用日[909]语说，哦，糟糕的花柳病[910] ABC？啊呀[911]！哈！眼睛和耳朵[912]鸡蛋还有喉咙的鼻子[913]弄糊涂的每三天[914]三日的说一次，我们错了？让人震惊！例如这真的[915]刺痛耳朵[916]珀西·奥莱利|我们的|真正地，他可能，他可能从未，他那晚可能从未？千真万确[917]绿草如茵地、乡村地。他妈的讨厌的梅克伦堡街呜啦哇啦喊叫着喇叭婊子雷击绝食婊子婊子婊子那个人[918]火焰|妓女|垃圾|马利亚，马利亚|妓女|妓女|得体的|礼貌|摸|鸟儿们的|敲打|妓女|科克|公鹿|帕克|沼泽|道路，嗯？你完全[919]已经明白了。

妓女[920]谋杀|大便婊子[921]安古斯|狗屎和洋葱！但是这件事出现了

893 disappainted 解 disappointed“～”；也解 dis-painted“～”；也解 disappeared“～”。

894 Saturn“～”，罗马神话中的农神，相当于希腊神话中宙斯的父亲克劳努斯；也解 Satan“～”；也可与后面的 mountain fort 合解 *Slattery's Mounted Foot*“～”，爱尔兰音乐家珀西·弗兰奇 1889 年写的歌词，描写一群在山上结营扎寨的爱尔兰农民渴望成为英雄，却胆小如鼠，只会说大话。

895 jah 解 ja［德］“～”；也解 Jehovah“～”。

896 Camellus ... Gemellus 解 Camel ... Gamal“～”，爱尔兰共主努阿德在古凯尔特王国都城塔拉统治时的两个守门人；也解 gemellus［拉］“～”。

897 Parfaitly 解 perfectly“～”；也解 parfait“～”。

898 Obsolutely 解 absolutely“绝对地”；也解 obsolete［拉］“～”。

899 whole“～”，此处解 hole“洞”，即 hole in the wall“～”；也解 The Hole in the Wall“～”，都柏林凤凰公园边的酒店名。

900 whole“～”；也解 hole“～”。

901 Multifarnham 解 Multyfarnham“～”，爱尔兰中部西米斯郡的一个市；也解 Monte Carlo“～”，位于摩纳哥；也解 multi-farm ham“～”。

902 bruck 解 break“～”，break the bank 也解“～”；也解 Brücke［德］“～”。

903 suppoxed 解 supposed“～”；其中 pox 也解“～”。

904 Thos Thoris 是拉丁文阳性名词变格的主格和属格，故译为“～”；其中 Thor 也解“～”，北欧神话中的雷神和战神。

905 Thomar's Thom“～”，人名；其中 Thomar 也解 Thor's wood“～”，位于克伦塔夫附近的树林，爱尔兰著名的国王布利安·布鲁在此处被杀；也解 *Thom's Dublin Directory*“～”，在《尤利西斯》中布卢姆曾查看该书；也解 Tómhar［爱］“～”，北欧神话中的雷神和战神；也解 Tim“～”。

906 Roebuckdom 解 Roebuck Castle“獐堡”，都柏林大学的法律系大楼，为配合此句的头韵译为“～”。

907 rudacist 解 ruddiest［英口］“～”；也解 rudaceous“～”；也解 rhotacism“～”。

908 Surtopical 解 sur-“在……之上”＋topical“主题的”；也解 subtropical“～”。

909 yappanoise 解 Japanese“～”。

910 ach bad clap 解 ach［德］“啊呦”＋bad“坏的”＋clap“花柳病、鼓掌”；也解 ABC。

911 Oo 解 oh“～”；也解厕所的标志。

912 Augs ... ohrs 解 Auge［德］“眼睛”＋Ohr［德］“耳朵”；其中 Augs 也解 eggs“～”

913 Rhian O'kehley 解 Rhino［希］“鼻子”＋of“……的”＋Kehle［德］“咽喉”；也解 trí n-a chéile［爱］“～”。

914 tertianly 解 tertian“～”；也解 tertianus［拉］“～”。

915 turly 解 truly“～”。

916 pearced our really's 解 pierced“刺痛”＋oreilles［法］“耳朵”；也解 Persse O'Reilly“～”，书中人物，字面意为“蠼螋”；也解 our“～”＋really“～”。

917 Treely and rurally“～”，此处解 Truly and really“～”。

918 Bladyughfoulmoecklenburgwhurawhorascortastrumpapornanennykocksapastippatappatupperstrippuckputtanach 解 bloody awful“他妈的讨厌的”＋Mecklenburg“梅克伦堡街”，都柏林街名，位于夜镇＋wu-la wa-la［中］“呜啦哇啦”＋scártadh［爱］“喊叫着”＋trúmpa［爱］“喇叭”＋pornê［希］“婊子”＋mennyköcsapás［匈］“雷击”＋apastia“绝食”＋stripu［行］“婊子”＋puttana［意］“婊子”＋striopach［爱］“婊子”＋-annach［爱］“那个人”；此外还包括 bladaireacht［爱］“～”；blyad［俄］“～”；muck“～”；Mhuire Mhuire［爱］“～”；whore“妓女”；scortum“妓女”；córta［爱］“～”；córtas［爱］“～”；tast［德］“～”；nanenny［爱］“～”；knocks“～”；kekše［立］“妓女”；Cork“～”，爱尔兰城市名；poc［爱］“～”；Puck“～”，中世纪民间故事中的恶精灵，也是莎士比亚的《仲夏夜之梦》中的精灵；ean-ach［爱］“～”；anach［爱］“～”。

919 alright 解 all right“～”；也解 already“～”。

920 Meirdreach 解 méirdreach［爱］“～”；也解 murder“～”；也解 merde［法］“～”。

921 an Oincuish 解 an óinseach［爱］“～”；也解 Aengus“～”，爱尔兰神话中的爱神；也解 Shit and Onions“～”，乔伊斯父亲的骂人话。

新的局面，对着不知什么原因未受处罚的长凳（在这上面反复无常的[922]陪席法官法官与刑法做着斗争）所有人的年长国王，节庆猪[923]尸体，一旦这堆灰泥垃圾[924]猪|胃的外层在一些现场陪审员的要求下被揭开，就用喷涌[925]倾盆大雨|大声的|爆发的诗文宣布，通过他的布立吞语[926]拜伦|俾隆口译员对他的誓言解释，衷心祝愿大家圣诞快乐[927]蠕虫|事实上|最好的，但是把注意力放到故事书[928]、男孩残留的骸骨上，那是被公园中圈养的肉猪们的克娄巴特拉[929]圣帕特里克|克里欧（这只母猪[930]）公主吃掉的，在上帝、所有贵族和国王的平民前，宣布说他将对登多克[931]的领主[932]或任何其他领主宣誓，假如活着的特格西乌斯[933]二轮马车|海龟|丰衣足食的人|火鸡相信他的话[934]海鸥确信那不是偷窃，而且相信，尽管如此，那个被放在醒目之眼巨大之耳[935]蠼螋无赖之鼻勇敢之喉[936]凶手之外的东西，无论在他生下来之前或之后并且直到那时，他都没有扔过一块石头。此外，万一他们谈到马克和阿瑟[937]安东尼|麦尔卡斯，或者他们走向巴力和阿斯塔蒂[938]阿弗洛狄特，或者他们参加工会[939]邻居的舞会来开始搬运工之争，这个非凡人物梗着脖子，他的头垂到他那向外转的东北风上，用刚弄干净的不要脸对他的读唇者提出抗议，一线月光的希望[940]阳光肥皂，在他要讲的同一个故事[941]特罗尼爵士中，民事法庭[942]，向耶稣基督[943]劳合·乔治|总统、陪审席上的[944]陪审团旅店绅士们，以及所有那些岁月[945]渴望里一直渴望那个好人的四位大师们，说明为什么离开都柏林，说明，溺爱厄运的仙露酒杯[946]，做爱尔兰人[947]岛屿|人|马恩岛与做任何欧洲大

922 punic“反复无常的、迦太基人的”；也解 puisne“～”。

923 Pegger Festy 解 Pig“猪”＋Festy(King)“节庆(国王)”，故译“～”；其中 pegger 也解［希伯来］“～”。

924 stucckomuck 解 stucco“灰泥”＋muck“垃圾”；其中 muck 也解 muc［爱］“～”；也解 stomach“～”。

925 loudburst 解 outburst“～”；也解 cloudburst“～”；也解 loud“～”＋burst“～”。

926 Brythonic“～”；也解 Byron“～”，英国 19 世纪的诗人；也解 Biron“～”，莎士比亚戏剧《爱的徒劳》中的主人公。

927 Wit pesht wishi as fare vere mwiri hrismos 解 with best wish as for very merry Christmas“～”，这句话是把英语写成爱尔兰语的样子；其中 pesht 也解 peist［爱］“～”；其中 mwiri 也解 mhuise［爱］“～”；其中 as fare 也解 is fearr［爱］“～”。

928 bouchal 解 book“～”；也解 buachaill［爱］“～”。

929 Cliopatrick 解 Cleopatra“～”，凯撒时代的埃及女王；也解 St. Patrick“～”；也解 Clio“～”，希腊神话中掌管历史的缪斯。

930 乔伊斯在《一个青年艺术家的画像》中说爱尔兰是一只吃自己的猪仔的母猪。

931 Dundalgan 解 Dundalk“～”，爱尔兰北部的港口城市。

932 Tierney 解 tighearna［爱］“～”。

933 thurkells 解 Turgesius“～”，832 年入侵爱尔兰的北欧海盗；也解 turcail［爱］“～”；也解 turtle“～”；也解 turcalach［爱］“～”；也解 turkeys“～”。

934 folloged 解 followed“～”；也解 faoileán［爱］“～”。

935 earbig 解 big ear“～”；也解 earwig“～”。

936 gutthroat 解 gut“勇气”＋throat“喉咙”；也解 cutthroat“～”。

937 Markarthy 解 Mark & Arthur“～”；也解 Mark Antony“～”(前 83—前 30)，罗马三巨头之一；也解 Melkarth“～”，古菲尼基港口城市提尔的守护神。

938 Baalastartey 解 Ba'al & Astarte“～”，闪族神话中的太阳神和月亮神，也分别是繁殖和丰收之神；也解 Astarte-Aphroditê“～”，希腊神话中的爱神。

939 Nabour party 解 Labour Party“～”；也解 neighbour's party “～”。

940 moonlight's hope“～”；也解 Sunlight soap“～”，19 世纪末英国生产的一种肥皂品牌。

941 trelawney 解 tale“～”；也解 Jonathan Trelawney“～”(1650—1721)，英国康沃尔郡的主教，因反抗国王的天主教信仰而被捕。

942 pleas bench 解 Court of Common Pleas“高等民事法庭”＋Common Bench“普通民事法庭”。

943 Llwyd Josus 解 Lore Jesus“～”；也解 David Lloyd George“～”(1863—1945)，英国首相；其中 Llwyd 也解 llwydd［威］“～”。

944 Jury's“～”；也解 Jury's Hotel“～”，都柏林旅店名。

945 yarns“～”，此处解 years“～”。

946 amreeta 解 amrita“～”。这句话的首字母可组成 ABCD。

947 Inishman 解 Irishman“～”；也解 inis［爱］“～”＋man“～”；也解 Isle of Man“～”。

陆人[948]广东|出生的一样好，如果他将在黎明破晓[949]那个人的宿舍前在烈士柱[950]边死去[951]教区，他应该[952]能够永远不要看这个世界或其他世界或任何任一世界的景或光，青春国[953]的，就像他那一刻在吓人盒[954]中一样确切无疑，或者挥动或吹响（不会感谢你们！）盛着少量威士忌[955]一团的永不枯竭的[956]宴饮角，祝这个未知[957]知道了尽头的雄鹰[958]的移动路线上的次火神[959]偶像以及他的战争之怖[960]瓦尔哈拉宫英雄们富裕痛哭加健康[961]冰雹，如果他曾在整个财务署[962]财务楼生涯中支持或洗刷大法官[963]大法官法庭|法官楼的手，去接受棍子或石头的致命迹象或者扔向人、你这羔羊[964]或救世军，无论是洗礼[965]使成傀儡之前还是之后直到那最神圣和祝福一切的时刻。这里，随着半跪的敲城堡门的人[966]卡斯特诺山无赖般地[967]笨拙地企图举起[968]欢唱神圣[969]神圣的|乱七八糟的爪子[970]教皇，做出罗马天主教信仰[971]盖伊·福克斯的手势，（太好了[972]，万岁[973]！——这个小伙子[974]做事在激动中突然冒出敌对的[975]敌人加斯他利语[976]城堡，所有听众都追随[977]珀西·奥莱利和追赶他什锦菜）大厅[978]地狱|他|全部|希利的主人们爆发出哄堂大笑[979]大叫|笑声|黄色（哈！）对此，在蜂蜜酒的安抚下，证人[980]暴躁的战士不情愿地，但是带着非常淑女般的无礼，加入进来。（哈！哈！）

珀格的终结[981]钉住者所带来的愉快叫喊[982]与湿品特家的悲伤语调[983]特里斯丹契合地相互交叉[984]消耗，仿佛他们是正相对立的此与彼[985]水，由大自然或精神中的一种单一[986]孤独的力量，此彼[987]，演化而成，作为它那此处和彼处[988]他和她|嘴巴显现的唯一环

948 cantonnatal 解 continental“～”;也解 Canton“～”＋natal“～”。

949 the dorming of the mawn 解 the dawn of the morn“～”,也是爱尔兰诗人托马斯·莫尔的歌曲《黎明破晓》(*The Dawning of the Morn*);也解 the dorm of the man“～”。

950 market steak 解 market“市场”＋steak“牛排”,此处解 martyr stake“～”。

951 parish“～”,此处解 perish“～”。

952 skuld 解 skulde [丹]“～”;也解 could“～”。

953 Tyre-nan-Og 解 Tír na nóg“～”,爱尔兰传说中大西洋上的永远年轻之地。

954 jackabox 解 Jack box“～”,一种打开盒盖弹出吓人的杰克小人的盒子。

955 iskybaush 解 uisce-beatha [爱]“～”,直译为“生命之水”;也解 usquebaugh“威士忌”;也解 Bausch [德]“～”。

956 inexousthausthible 解 inexhaustible“～”。

957 endknown 解 unknown“～”;也解 end known“～”。

958 19 世纪芬尼亚运动的领袖詹姆斯·斯蒂芬绰号“雄鹰”。

959 abgod 解为 ab-“次”＋god“神”;也解 Abgott [德]“～”。

960 Warhorror 解 War“战争”＋horror“恐怖”;也解 Valhalla“～”,北欧神话中,主神奥丁为了迎接世界末日之战而挑选出来的阵亡武士们居住的地方。

961 Hailth ... wailth 解 health ... wealth“～”;也解 hail“～”＋wail“～”。

962 exchequered 解 exchequer“～”;也解 Exchequer“～”,都柏林四法庭的最初建筑之一。

963 chancery“～”,此处解 chancellor“～”;也解 Chancery“～”,都柏林四法庭的最初建筑之一。

964 yoelamb 解 you“你”＋lamb“羊羔”。

965 puptised 解 baptise“～”;也解 puppetized“～”。

966 castleknocker 解 castle“城堡”＋knocker“敲门者”;也解 Castleknock“～”,都柏林凤凰公园的所在地。

967 kithoguishly 解 roguish-ly“～”;也解 ciotógach [爱]“～”。

968 lilt“～”,此处解 lift“～”。

969 holymess 解 holyness“～”;也解 holy“～”＋mess“～”。

970 paws“～”;也解 popes“～”。

971 Godhelic faix 解 Catholic Faith“～”;其中 faix 也解 Guy Fawkes“～”,因试图炸毁国会大厦被捕并被绞死,英国每年 11 月 5 日将其模拟像游街示众,然后焚毁。

972 Xaroshie [威尔士爱尔兰俚语]“～”。

973 zdrst [威尔士爱尔兰俚语]“祝你健康”。

974 laddo 解 lad“～”;也解 do“～”。

975 exthro 解 echthros [希]“敌人”。

976 Castilian“～”,加斯他利是位于西班牙的古代王国;也解 castle“～”。

977 persevere“坚持”,此处解 per-“通过”＋seguire [意]“追随”;也解 Persse O'Reilly“～”,书中人物。

978 heall 解 hall“～”;也解 hell“～”;也解 he“～”＋all“～”;也解 Timothy Michael Healy“～”。

979 yellachters 解 Gelächter [德]“～”;也解 yell“～”＋laughter“～”;也解 yellow“～”。

980 testifighter 解 testifier“～”;也解 testy fighter“～”。

981 Pegger's Windup“～”;也可缩写为 PW,与后面 Wet Pinter 的缩写 WP 正相对;也可解 pegger“～”。

982 hilariohoot 解 hilaris [拉]“愉快的”＋hoot“叫嚣”。

983 tristitone 解 tristis [拉]“悲伤的”＋tone“语调”;也解 Tristan“～”,既是霍斯堡第一位伯爵的名字,也是中世纪骑士传奇“特里斯丹与伊瑟”中男主人公的名字,也是 18 世纪英国小说家斯特恩的小说《项狄传》的主人公的名字;也解 Tristopher“～”,霍斯堡主人雅尔·范·胡特的双生子之一。

984 cumjustled 解 cum [拉]“一起”＋justle“拥挤”;也解 combust“～”。

985 isce et ille 解 is et illĕ [拉]“～”;其中 isce 也解 uisce [爱]“～”。

986 onesame 解 one“一”＋same“同样”;也解 einsam [德]“～”。

987 iste [拉]“正是那个”,译为“～”。

988 himundher 解 hin und her [德]“～”;也解 him and her“～”;也解 Mund [德]“～”。

境和手段，截然对立是为了在对反感的同情[989]合成|结合下重新结合。截然不同是他们双方的命运[990]努力|奖赏。尽管酒吧女孩，（一个无双的[991]一对|无 29[992] 30，月亮化的[993]月亮的升起 20）当春花[994]喃喃低语[995]桃金娘：邮递员肖恩[996]泡沫：拍拍吹吹，围绕在甘于被压者周围，提名他获斯威尼[997]天鹅奖，恭维他，这个迷人的青年，夸他有着健全的心智，透过卷发散发出殉道者[998]风信子的气息[999]插（啊，美酒[1000]精美的！啊，泪水[1001]！）亲吻[1002]脸红他的面颊，她们那阳刚的知识[1003]爱尔兰的之玫瑰[1004]贝齐·罗斯|罗伯特·罗斯（他那美好的[1005]侄女颜色[1006]神职人员！），在他可爱的新脖颈上为他系上结[1007]传奇，掐[1008]香肠奶酪店老板|拨奏曲|哄骗他的丑八怪[1009]羊毛的|小丑，用她们那各式各样的冰糖[1010]糖|糖果我的心肝[1011]《麦克里大妈》我的小猫[1012]我的小孩子|《费昂》飞行的[1013]鲜花信使来让她们相信[1014]使充满活力他所有永不疲倦的[1015]惹人喜爱的年轻魅力[1016]夫人们，在她们的时代送来宴飨[1017]和平。阿门[1018]婚姻之神。不过那些在场的人并没有忽视，她们所崇拜的，所有人中的一个，她如何被月女郎[1019]独身俱乐部选为代表来诋毁[1020]为……辩护他，一个长相可爱的闰年女孩，彻彻底底孤单一人[1021]，马吉利库迪山氲[1022]使人头晕的淘汰|臭气的民族珍宝[1023]龙胆芽|龙胆草，他，因他那毫无杂质的崇拜而面色苍白，看上去无视、无言、无味、无措，被闪耀着天使之光的[1024]爱他上她迷住[1025]情郎了，他的他的闪光[1026]羞愧移入她的她的闪烁（年轻、美丽，他啊是她的小伙子，她到家[1027]得到他|同性恋们|他后她啊会告诉姆妈）直到她那她他[1028]它是她，他是她|欧希夫人的野性愿望愿望[1029]事

989 symphysis 解 sympathy"～";也解 synthesis"～";也解 synthesis [拉]"～"。
990 duasdestinies 解 duas [拉]"二"+destinies"命运";也解 dua [爱]"～";也解 duais [爱]"～"。
991 pairless 解 peerless"～";也解 pair"～"+less"～"。
992 trentene 解 twenty nine"～";也解 trente [法]"～"。
993 lunarised 解 lunar"月亮的"+ised;也解 lunar rise"～"+-ed。
994 eranthus 解 êranthos [希]"春天的花"。
995 myrrmyrred 解 murmured"～";也解 myrris [希]"～"。
996 Show'm the Posed 解 Shaun the Post"～";其中 Show'm 也解 schaum [德]"～"。
997 swiney 解 Sweeney"～",公元 7 世纪的一位爱尔兰国王,因冒犯主教而发疯;也解 swine"～"。
998 thyacinths 解 thyaktas [希]"殉道的修士";也解 hyacinthus"～"。
999 stincking 解 stink"发出臭气";也解 stick"～"。
1000 feen 解 fíon [爱]"～";也解 fein [德]"～"。
1001 deur 解 deoir [爱]"～"。
1002 buss [古英]"～";也解 blushes"～"。
1003 Oirisher 解 oiris [爱]"～";也解 Irish"～"。
1004 Rose"～",爱尔兰也被称为"小小的黑玫瑰";也解 Betsy Ross"～";也解 Robert Ross"～",奥斯卡·王尔德的朋友和性伴侣。
1005 neece 解 nice"～";也解 niece"～"。
1006 cleur 解 kleur [荷]"～";也解 cléireach [爱]"～"。
1007 legando [意]"～";也解 legend"～"。
1008 pizzicagnoling 解 pizzicare [意]"～";也解 pizzicàgnolo [意]"～";也解 pizzicato"～";也解 cajole"～"。
1009 woolywags 解 golliwog"～";也解 wooly"～"+wags"～"。
1010 sugar de candy 解 sugar candy"～";也解 sugar"～"+candy"～"。
1011 mechree 解 mo chroidhe [爱]"～";也解 *Mother Machree*"～",1928 年的无声电影,讲一个爱尔兰穷人移民美国的故事。
1012 me postheen 解 mo phuisín [爱]"～";也解 mo pháistín [爱]"～";也解 Paustheen Fionn"～",一首爱尔兰歌曲。
1013 flowns 解 fly"～";也解 flower"～"。
1014 belive 解 be-live"～",此处解 believe"～"。
1015 untiring"～";也解 endearing"～"。
1016 dames"～",此处解 charms"～"。
1017 treats"～";也解 peace"～"。
1018 Ymen 解 Amen"～";也解 Hymen"～"。
1019 Lunar Sisters"～",指书中的 29 个女孩,其中的第 29 个闰年女孩也是本书主人公的女儿。
1020 defeme 解 defame"～";也解 defend"～"。
1021 alonely 解 lonely"～";也解 alone"独自"。
1022 Makegiddyculling Reeks 解 Macgillycuddy's Reeks"～",爱尔兰凯里郡的山群,其中包括爱尔兰的最高山;也解 make giddy culling"～"+reeks"～"。
1023 Gentia Gemma 解 gentica gemma [拉]"～";也解 gentianae gemma [拉]"～";也解 gentian gemma"～"。
1024 aminglement 解 angle"天使";也解 amier [法]"～"。
1025 innamorate 解 enamored"～";也解 inamoratos"～"。
1026 shaym 解 shine"～";也解 shame"～";也同时包含本书主人公两个儿子闪姆和肖恩的名字。
1027 gays whom 解 goes home"～";也解 gets him"～";也解 gays"～"+whom"～"。
1028 sheeshea 解 sí sé [爱]"～";也解 sí'sé [爱]"～";也解 Ó Séaghdha,即 O'Shea"～",巴涅尔的情人,后成为他的妻子。
1029 wishwish"～";也解 mhuise [爱]"～";也解 mishe [爱]"～",指圣布利吉特在受洗时用当地的爱尔兰语说的话。

实上|是我最悦耳地融入他那肖恩肖恩[1030]二轮轻便马车|季节|他是约翰的黑暗深处深处。

尽管心烦意乱(因为事实上不正是这个刚刚导致了那个那个的结果正是它引发的吗?)这四名法官把他们的假发放在一起[1031],涂油[1032]、护卫[1033]尿、打孔、守卫[1034]彼多拉|在门口|愚蠢的,但是所能做的并不比公布他们对诺兰·布朗[1035]布鲁诺|不愿意或愿意|冬至的永久判决更糟,在那之后[1036]国王,谋杀了所有他知道的英语[1037]后,拣出他的口袋[1038]扒手,不受惩罚地离开了法庭,匆匆忙忙地拖着他那囊中羞涩[1039]蒂姆·芬尼根的外衣,在那里骄傲地向他的布利吉特[1040]奥布赖恩小姐炫耀他的眼罩[1041]空白段落|眨眼|盲的|空白的|音高,以证明他自己(让你不高兴![1042]不是你,请|蚂蚁让你高兴)真的[1043]六便士有教养。对瑞士[1044]瑞典护卫如元老般彬彬有礼:慷慨的农夫,今天你身体好吗[1045]慷慨的农夫,我昨天身体很好?这个烈酒嗜好者[1046]点燃滑铁卢带着那么酒气冲天[1047]好闻的的 42[1048]都铎岁回骂[1049]回来,红火腿[1050]生的|向下|罗得岛|罗讷河,狠揍你一顿[1051],就像甚至托马斯·阿奎那[1052]那时|驴子|胀大|马|平坦的|常识|我们的拉丁文[1053]黄铜薄片胃口一样(我们已经对这个小伙子的拍手[1054]淋病|帽子、口音有所准备,但是仍然让我们大吃一惊,我们现在推测[1055]它就像火炉的喷火[1056]《火炉上的煤气》!)于是所有 30 减 2 位女性拥护者异口同声,用战斗口号[1057]得到纠正她们的诉讼要点:避开说双关语的人[1058]笔者闪姆|肖恩!安全无误地把那个娘娘腔的[1059]利润|干草|土星教区神父[1060]教区装腔作势的人|爱尔兰玫瑰|巴黎当球踢[1061]驰援|岳父|拖鞋,(他

1030 shayshaun 解 shaun shaun“～”；也解 shay“～”＋shaun“肖恩”；也解 season“～”；也解 'sé Seán［爱］“～”。
1031 此句化自习语 put their heads together“集思广益”。
1032 Untius 解 unctus［拉］“～”。
1033 Muncius 解 munitus［拉］“～”；也解 mún［爱］“～”。
1034 Punchus and Pylax 解 puncher“打孔”＋and“和”＋phylax［希］“守卫者”；也解 Pontius Pilate“～”，钉死耶稣的古罗马犹太总督；其中 Pylax 也解 pylaios［希］“～”；也解 pylaikos［希］“～”。
1035 Nolans Brumans 解 Browne and Nolan“～”，都柏林书店的名字；也解 Bruno of Nola“～”，16 世纪的意大利哲学家；也解 nolens volens［拉］“～”；也解 bruma［拉］“～”。
1036 whereoneafter 解 whereon“在那时候”＋after“在……之后”。
1037 the English 既可指英语，也可指英国人。
1038 picked out his pockets“～”；也解 pickpocket“～”。
1039 Tommeylommey 解 tomme lommer［丹］“～”；也解 Tim“～”。
1040 britgits 解 St. Bridget“～”，爱尔兰的女守护圣人，也是失明者的守护神；也解 Biddy O'Brien“～”，民谣《芬尼根的守灵夜》中的守灵者之一
1041 blink pitch 解 black patch“～”；也解 blank patch“～”；其中 blink 也解“～”；也解 blind“～”；也解 blank“～”；其中 pitch 也解“～”。
1042 an't plase yous 解 Don't please you“～”；也解 Aren't you, please!“～”；也解 ant please you“～”。
1043 rael 解 real“～”；也解 réal［爱］“～”。
1044 Switz“～”；也解 Switzerland“～”。
1045 Commodore valley hairy, Arthre jennyrosy 解 Quomodo vales hodie, Arator generose?［拉］“～”；也解 Commodo valeo heri, Arator generose［拉］“～”。
1046 firewaterloover 解 firewater lover“～”；也解 fire Waterloo“～”。
1047 vinesmelling 解 wine smelling“～”；也解 fine smelling“～”。
1048 fortytudor 解 forty-two“～”；其中也包含 Tudor“～”，1485—1603 年统治英国的家族。
1049 returted 解 retorted“～”；也解 returned“～”。
1050 rawdownhams 解 raudonas［立］“红色的”＋ham“火腿”；也解 raw“～”＋down“～”；也解 Rhodes“～”，希腊岛屿，岛上曾有石像；也解 Rhone“～”，位于法国。
1051 tanyouhide 解 tan your hide“～”。
1052 tumass equinous 解 Thomas Aquinas“～”，中世纪经院哲学家；其中 tumass 也解 tum［拉］“～”＋ass“～”；也解 tumens［拉］“～”；其中 equinous 也解 equi-［拉］“～”；也解 aequus［拉］“～”；也解 nous“～”；也解 nous［法］“～”。
1053 latten“～”，此处解 Latin“～”。
1054 clap cap 解 black cap“犯人上绞架时戴的黑色帽子”；也解 clap“～”＋cap“～”。
1055 geshing 解 guessing“～”。
1056 gush gash from a burner 解 gush gas from a burner“～”；也解 *Gase from a Burner*“～”，乔伊斯 1912 年创作的讽刺诗。
1057 krigkry 解 Krieg［德］“战争”＋cry“喊叫”；也解 kriegen［德］“～”。
1058 Shun the Punman 解 Shun the Pun-man“～”；也解 Shem the Penman“～”，本书主人公的一个儿子；其中 Shun 也解 Shaun“～”，本书主人公的另一个儿子。
1059 fenemine 解 feminine“～”；也解 fenus［拉］“～”；也解 faenum［拉］“～”；也解 Phainôn［希］“～”。
1060 Parish Poser“～”，此处解 parish priest“～”；也解 Irish Rose“～”；其中 Parish 也解 Paris“～”。
1061 soccered 解 soccer“英式足球”＋-ed；也解 succurro［拉］“～”；也解 socer［拉］“～”；也解 soccus［拉］“～”。

怎么敢!)即刻[1062]直接回[1063]立刻家[1064]颈轭,很大程度上正合他意,让我们心生感激[1065],对所有错误的女施主[1066],直到[1067]一点儿酒瓶[1068]墨水瓶|喝酒战争的肮脏住所(因为就像你那真正的鹿肉[1069]维纳斯的儿子以扫[1070]鲁滨逊·克鲁索,他实际上[1071]屁股|尼克·波顿像鹿[1072]亲爱的人们一样胆小如鸽子)。他把屎拉[1073]坐在那里(动物园),就如同他曾成为满身污泥的囚犯[1074]绑定目标(囚禁[1075]讨债|棕色的)一样,纯洁的美女们[1076]贞节带一起宣布[1077]大叫|吵闹的:你和你的伶牙俐齿[1078]你的破烂儿给我们祖宗[1079]颜色丢脸[1080]关于!并且喊道[1081]:耻辱[1082]亲爱的!耻辱[1083]!耻辱[1084]!耻辱[1085]臭气!耻辱[1086]!耻辱[1087]含|闪姆!耻辱!

一切就这样结束了。财富肉欲法度解脱[1088]。向诗人[1089]凯特要钥匙[1090]好的。于是每个人都听到了他们的哀叹,所有人都聆听着他们的喝彩[1091]奉承。信!垃圾[1092]信件!越快越好[1093]痛苦的抚慰者|甜蜜的痛苦|请!铅笔勾画的眉毛[1094]眉笔,钢笔点画的嘴巴[1095]口红。借个词语,讨来问题[1096],偷来火种[1097],肥皂般滑行。来自黑肤罗瑟·琳[1098]的一声叹息一声悲泣,来自莱丝比·卢舍[1099]声名狼藉的女同性恋|《莱丝比有一双闪亮的眼睛》|暧昧的眼中的梁[1100],来自孤单的凯文·巴里[1101]湖中小岛上的修道院的歌声之矢,来自希恩·凯里·因格拉姆[1102]希恩·凯里的变位词的听到名字就脸红,来自我是沙利文[1103] T. D. 沙利文|约翰·沙利文喇叭吹出重步音,来自受难的达芙琳[1104]她个人风格[1105]梯磴的落座,来自我亲爱的凯瑟琳[1106]她的或许永远[1107]或许公平的努力,来自满罐卡兰[1108]他的苏格兰人爱宝贝[1109]

1062 umprumptu 解 impromptu“～”。

1063 rightoway 解 right to“直接”＋way“道路”；也解 right-away“～”。

1064 hames“～”，驾车时附加在马颈上，此处解 homes“～”。

1065 gratiasagam 解 gratias agamus［拉］“～”，也是圣・帕特里克的绰号。

1066 donatrices［拉］“～”。

1067 biss 解 bis［德］“～”；也解 bißchen［德］“～”。

1068 Drinkbattle 解 drink bottle“～”；也解 inkbottle“～”；也解 drink battle“～”。

1069 venuson 解 venison“～”；也解 Venus' son“～”。

1070 Esau“～”，《创世记》中以撒之子，被弟弟雅各骗取了父亲的祝福；也可与前面的 venuson 合解 Robinson Crusoe“～”，英国作家笛福的《鲁滨逊漂流记》中的主人公。

1071 at Bottome“～”；也解 bottom“～”；也解 Nick Bottom“～”，莎士比亚《仲夏夜之梦》中被变成驴子的织工。

1072 dears“～”，此处解 deers“～”。

1073 shat“～”；也解 sit“～”。

1074 goalbind 解 gaolbird“～”；也解 goal bind“～”。

1075 dun“～”，此处解 dún［爱］“～”；也解 donn［爱］“～”。

1076 Chassetitties belles 解 chastity“纯洁的”＋belle［法］“美女”；也解 chastity belt“～”。

1077 conclaiming 解 con-claiming“～”；也解 exclaiming“～”；也解 conclamans［拉］“～”。

1078 gift of your gaft 解 gift of the gab“～”。

1079 Farvver 解 father“～”；也解 farver［丹］“～”。

1080 abaht 解 abashed“～”；也解 about“～”。

1081 gaingridando 解 gang“一帮”＋gridando［意］“大喊”。

1082 Hon“～”，此处解 honte［法］“～”。

1083 Verg 解 vergógna［意］“～”。

1084 Nau 解 náire［爱］“～”。

1085 Putor 解 pudor［拉］“～”；也解 putor［拉］“～”。

1086 Skam［丹］“～”。

1087 Schams 解 Scham［德］“～”；也解 Ham“～”，《圣经》中挪亚的儿子；也解 Shem“～”，书中主人公的儿子。

1088 印度哲学中业瑜伽所追求的四个人生目标。

1089 Kavya［梵］“～”；也解 Kathe“～”，惠灵顿博物馆的看门人，也是壹耳微蚵家的仆人。

1090 kay 解 key“～”；也解 okay“～”。

1091 plause 解 applause“～”；也解 plausy［英爱］“～”。

1092 litter“～”；也解 litir［爱］“～”。

1093 the soother the bitther 解 the sooner the better“～”；也解 the bitter soother“～”；也解 sweeten bitter“～”；其中 bitther 也解 bitte［德］“～”。

1094 eyebrow penciled“～”；也解 eyebrow pencil“～”。

1095 lipstipple 解 lip“嘴唇”＋stipple“点画”；也解 lipstick“～”。

1096 原意为“回避问题的实质”，此处直译。

1097 此句化自习语 steal one's thunder“偷用某人的创意”。

1098 Rasa Lane 解 dark Rosaleen“～”，爱尔兰的化身。

1099 Lesbia Looshe“～”，人名；也解 lesbian louche“～”；也解 *Lesbia Hath a Beaming Eye*“～”，爱尔兰诗人托马斯・穆尔的歌曲；也解 louche［法］“～”。

1100 此句化自习语 To see a mote (speck) in another's eye and not a beam in one's own eye“看到别人眼中的刺，看不见自己眼中的梁”。

1101 Coogan Barry 解 Kevin Barry“～”(1902—1920)，参与爱尔兰共和军的行动而被英国政府处以绞刑；也解 Gougane Barra，爱尔兰科克郡麦克卢姆市西部的一处住宅，原意为“～”。

1102 Sean Kelly's anagrim 解 John Kells Ingram“～”(1823—1907)，爱尔兰诗人，著有《死者的记忆》，其中有“谁害怕谈论1798？/谁提到名字而脸红”，其中 John 为 Sean 的英国化；也解 Sean Kelly's anagram“～”。

1103 I am the Sullivan“～”，此为一个家族的正式签名；其中 Sullivan 也解 T. D. Sullivan“～”，著有歌曲《上帝拯救爱尔兰》，曲调为“重步音，重步音，重步音”；也解 John Sullivan“～”，爱尔兰籍法国男高音歌唱家，乔伊斯对他的声音倍加推崇；也解 Sir Edward Sullivan“沙利文爵士”(1822—1885)，对《凯尔斯》做过重要的阐释。

1104 Dufferin“～”(1807—1867)，英国剧作家谢立丹的孙女，著有《爱尔兰移民的悲叹》，开句为“玛丽，我坐在梯磴上”。

1105 Style“～”；也解 stile“～”。

1106 Kathleen May Vernon 解 *Kathleen Mavourneen*［爱］“～”，爱尔兰歌曲名，其中有“或许数年，或许永远”。

1107 Mebbe fair efforts 解 may be forever“～”；也解 Maybe fair efforts“～”。

1108 Fillthepot Curran 解 Fill-the-pot Curran“～”；也解 John Philpot Curran“卡兰”(1750—1817)，爱尔兰演说家，著有歌曲《心爱的爱人》。

1109 machreether 解 machree“心爱的宝贝”；也解 mo chroidhe［爱］“～”；也解 mo chréatúr［爱］“～”。

我的心肝|我可怜的家伙，来自颂歌2号[1110]选择的费城[1111]《动身去费城》|托勒密二世|兄弟姐妹之爱倦客，噢，狡[1112]李乐徒，噢，来自同样你将离开[1113]莱弗|拉弗或者该死你将爱恋[1114]那个愉快衰老的些许女气[1115]莫莉|《查尔斯·欧玛丽》或者那个厌倦的漫步[1116]大胆的士兵经过，来自蒂姆·芬再来[1117]蒂姆·芬尼根|白皙的|再的软弱部落，在他的灵魂的意志[1118]灵魂的损耗|很好的|如此|轮子|模式前失去[1119]很多了力量[1120]严厉的，来自草地[1121]格拉特纳格林|《披上绿装》上的婚礼，一个女孩们，快乐男孩们[1122]乔伊斯的伟大[1123]鱼刺|湿的，来自帕特·穆兰、汤姆·马龙[1124]钱德勒|蒂姆·马龙、丹恩·梅东、东恩·马东一次由穆东们[1125]在牟特[1126]举办的闹剧[1127]滑的手杖野餐。健全的男人被他那变傻的女人拯救。像着火的灵车一样[1128]猛烈迅速地开玩笑了之[1129]能干|破裂|慢跑着走开。被打时在上面啜泣的榆树告诉了呻吟的石头。风打破[1130]防风墙它。浪托起它。芦苇记述它。马夫与它一起奔跑。手撕开它，战争陷入疯狂。母鸡找回[1131]找到它，和约核定和平。狡智将它折起，罪恶将它封缄，妓女将它打开[1132]捆绑，孩子将它毁坏。它是生活但公平吗？它是自由的但是艺术吗？老守财奴在山上读它一直读完[1133]完美地|珍珠。它使妈妈寻欢作乐[1134]使成为马利亚，使女孩万分羞涩，它擦掉了闪姆身上的光泽，给肖恩添加了耻辱[1135]。然而饥饿[1136]一齐和焦渴[1137]如此|圣意它用干旱让饥馑四处漫延，而阿格里帕[1138]，早期牧师[1139]荒谬可笑的|祖先|牧羊人的替代者，在挽歌[1140]泪水|三个中书写苦难[1141]三个。啊，害怕水果[1142]，胆小的丹尼亚斯女儿们[1143]达奴|可怜的|我害怕希腊人！一只9

1110 Op. 2 解 opus 2［拉］“2 号作品”；也解 opto［拉］“～”。

1111 Phil Adolphos 解 Philadelphia“～”，美国城市，也可与前面的 Op. 2 合解 *Off to Philadelphia*“～”，爱尔兰旋律的美国流行歌曲；也解 Ptolemy II Philadelphus“～”，埃及的第二个马其顿国王，创建了亚历山大图书馆；也解 philadelphos［希］“～”。

1112 leery“～”；也解 Paddy Leary“～”，歌曲《动身去费城》的主人公。

1113 Samyouwill Leaver 解 Same you will leave“～”；也解 Charles Lever“～”，爱尔兰小说家，著有《查尔斯·欧玛丽》；也解 Samuel Lover“～”，爱尔兰小说家和歌词作者。

1114 Damyouwell Lover 解 Dame you will love“～”。

1115 molly 解 mollycoddle“女人气的男人”；也解 Molly Bloom“～”，《尤利西斯》中主人公布卢姆的妻子；也解 *Charles O'Malley*“～”，爱尔兰小说家查尔斯·莱弗的作品。

1116 Bored saunter“～”；也解 bold soldier“～”。

1117 Timm Finn again“蒂姆·芬再一次”；也解 Tim Finnegan“～”，爱尔兰民谣《芬尼根的守灵夜》的主人公；其中 Finn again 也解 fionn［爱］“～”＋again“～”。

1118 sowheel 解 soul will“～”；也解 oul wear“～”；也解 so well“～”；也解 so“～”＋wheel“～”；也解 samhail［爱］“～”。

1119 loss“～”；也解 lots“～”。

1120 strenghth 解 strength“～”；也解 streng［德］“～”。

1121 greene 解 green“～”；也解 Gretna Greene“～”，苏格兰南部村镇，以逃婚闻名；也可与前面的 the wedding on the 合解 *The Wearing of the Green*“～”，18 世纪爱尔兰民歌。

1122 Joyboys“～”；也解 Joyce“～”。

1123 gretnass 解 greatness“～”；也解 Gräte［德］“～”＋naß［德］“～”。

1124 Tom Mallon“～”，人名；也解 Thomas Malone Chandler“～”，乔伊斯的《都柏林人》中的短篇《一小片云》中的窝囊的丈夫；也解 Tim Malone“～”，民谣《芬尼根的守灵夜》的一个版本中的守灵者。

1125 Muldoons 解 William Muldoon“～”(1852—1933)，爱尔兰裔美国摔跤选手，被称为“体育场上的壮汉”；此句化自习语 Looks like Muldoon's picnic“看起来像穆东的野餐”，意为“一团糟”。

1126 Moate“～”，爱尔兰西梅斯郡的一个城市。

1127 slickstick 解 slapstick“～”；也解 slick stick“～”。

1128 like a hearse on fire“～”；也解 like a house on fire“～”。

1129 Crackajolking away 解 crack a joke“开玩笑”＋joke it away“一笑了之”；也解 crackajack“～”；也解 crack“～”＋jog away“～”。

1130 Wind broke“～”；也解 wind break“～”。

1131 trieved 解 retrieve“～”；也解 trouver［法］“～”。

1132 uptied 解 untied“～”；也解 tie up“～”。

1133 to perlection 解 perlectio［拉］“通读”；也解 to perfection“完美地”；也解 Perle［德］“～”。

1134 make merry“～”；也解 make Mary“～”。

1135 本书主人公的两个儿子闪姆(Shem)和肖恩(Shaun)的名字也与耻辱(shame)和闪光(shine)谐音。

1136 Una，人名，在爱尔兰语中意为“～”；也解 una［拉］“～”。

1137 Ita，人名，在爱尔兰语中意为“～”；也解 ita［拉］“～”；也解 St Ita“～”，爱尔兰早期基督教神父，写有不少宗教诗。

1138 Agrippa 解 Heinrich Cornelius Agrippa“～”(1486—1535)，神秘学者，研究所谓的自然魔法。

1139 propastored 解 pro-“先的”＋pastor“牧师”＋-ed；也解 preposterous“～”；也解 propatôr［希］“～”；也解 pro-pastor［拉］“～”。

1140 threne 解 thrēnos［希］“～”；也解 Träne［德］“～”；也解 three“～”。

1141 tripulations 解 tribulation“～”；也解 triple“～”。

1142 furchte fruchte 解 fürchte Früchte［德］“～”。

1143 Danaides“丹尼亚斯”，希腊神话中丹尼亚斯的 50 个女儿，在新婚之夜中一起杀死了她们的 50 个丈夫，在阴间受焦渴的折磨；也解 Dana 通称 Danu“～”，爱尔兰的死亡和生育女神；也解 danaid［爱］“～”；也可与前面的 timid 合解 timeo Danaos［拉］“～”，出自《埃涅阿斯纪》中“我害怕希腊人带来礼物”。

苹果米龙|米罗，我的苹果[1144]音乐|关心|苹果，3 是 4[1145]女人是自由的，3 是 2[1146]也是甜蜜的，如果 2 是 3[1147]攫取是免费的，3 就是 2[1148]两个就是甜蜜的，我们的一只苹果[1149]非常|汉娜|袋子|一次|悲哀就是我们！一对儿长着杏仁[1150]少女|女仆|绳子|玛奇眼的无花果告密者[1151]马屁精，一只老水果[1152]龙虾多瘤的南瓜[1153]幸运的南瓜|憨蛋呆蛋和三粒鬼鬼祟祟的枸杞[1154]爱管闲事的人。就是这样一座城市如何，从他那虔诚的儿子那里[1155]兄弟|罪恶|虔诚的|圣子|从罪恶从圣子那里兴起，乒乒乓乓[1156]白皙的|芬·麦克尔|快快乐乐，一丛坐立的箭簇。现在告诉我，告诉我，那么告诉我！

它是什么？

始…………！

？…………终[1157]啊……噢！

事情就是这样现在他们在那儿，当一切再次结束，他们四个，围坐在他们法官的会议室里[1158]，在档案馆[1159]内，位于他们的法警海监狱[1160]中，在拉里[1161]百合的保护[1162]被怀疑之下，围坐在他们那古老而传统的法律之桌旁，像众多的梭伦们[1163]塘鹅|单独的|所罗门一样把它再原样不动地讨论一次。很好也实在[1164]枯燥[1165]努力尝试。受难规则那个国王[1166]侵入|酗酒。根据[1167]法庭同案犯的证据[1168]淋巴结结核病|《艾芙琳》。因此帮助她的公山羊，亲吻这只公山羊[1169]书|公羊|面颊。节庆、狂欢[1170]风信子、龙胆根[1171]琼恩和她的甜菜根[1172]贝齐·罗斯|闲逛的|骏马|请裙子[1173]，而且现在不要忘记毒麦的多瑙河。他们四个，现在感谢法庭他们再不会出现了。因此为

1144 Ena milo melomon 解 ena melo, melo mou [希]"～";其中 Ena 也解 ennea [希]"～";其中 milo 也解 Milo L Milôn"～",6 世纪古希腊的著名运动员;也解 T. Annius Milo"～",罗马政治刺客;其中 melomon 也解 melos [希]"～";也解 melomai [希]"～";也解 malum [拉]"～"。

1145 frai is frau 解 three is four"～";也解 frei [德]"自由的"＋is"是"＋Frau [德] "女人",即"～"。

1146 Swee is too 解 three is two"～";也解 sweet is too"～"。

1147 swoo is free 解 two is three"～";也解 swoop is free"～"。

1148 swee is twothree is two"～";也解 sweet is two"～"。

1149 ana mala woe 解 ena melo mou [希]"～";其中 ana 也解 [爱]"～";也解 Ana"～",本书女主人公;其中 mala 也解 mála [爱]"～";其中 ana mala 也解 einmal [德]"～";其中 woe 也解"～"。

1150 amygdaleine 解 amygdalon [希]"～";也解 Mägdelein [德]"～";也解 Magd [德]"～"＋Leine [德]"～";也解 Maggies"～"。

1151 sycopanties 解 sykophantês [希]"～",古希腊负责报告从阿提卡非法运来的无花果的人;也解 sycophant"～"。

1152 obster 解 Obst [希]"～";也解 lobster"～"。

1153 lumpky pumpkin 解 lumpy pumpkin"～";也解 lucky pumpkin"～";也解 Humpty Dumpty"～"。

1154 meddlars 解 medlars"～";也解 meddlers"～"。

1155 framm Sin fromm Son 解 fra sin fromme sn [丹]"～";也解 Fra [意]"～"(教士之间的称呼)＋Sin"～"＋fromm [德]"～"＋Son"～";也解 from Sin from Son"～"。

1156 finfin funfun 象声词"～";其中 finfin 也解 fionn [爱]"～";也解 Finn MacCool"～",爱尔兰传说中的巨人英雄;其中 funfun 也解 fun fun"～"。

1157 A ... O 解 Alpha ... Omega,希腊字母表的第一个和最后一个字母;也解象声词"～"。

1158 指四法庭,位于都柏林的爱尔兰最高法院大楼。

1159 指都柏林市政厅的档案室。

1160 marshalsea"～",位于都柏林。

1161 Lally"～",人名;也解 Lily"～"。

1162 under the suspices of 解 under the auspice of"～";也解 under the suspicion of"～"。

1163 Solans 解 Solon"～"(前 638—前 558),古雅典的立法者,以后代指贤人们;也解 solan"～";也解 solanus [拉]"～";也解 Solamh [爱]"～"。

1164 druly 解 truly"～"。

1165 dry"～";也解 try"～"。

1166 dring 解 king"～";也解 dringen [德]"～";也解 on the drink"～"。

1167 Accourting 解 according"～";也解 court"～"。

1168 king's evelyns 解(turn) king's evidence"～";也解 king's evil"～";其中 evelyns 也解 *Eveline*"～",乔伊斯短篇小说集《都柏林人》中的一篇。

1169 bouc [法]"～";也解 book"～",指法庭上吻《圣经》等书籍发誓;也解 buck"～";也解 bucca [拉]"～"。

1170 highajinks 解 high jinks"～";也解 hyacinth"～"。

1171 jintyaun 解 gentian"～";也解 Jaun"～",肖恩的别名之一。

1172 beetyrossy 解 beetroot"～";也解 Betsy Ross"～";也解 rásaíocht [爱]"～";也解 Beete [德]"甜菜"＋Roß [德]"～";也解 bitte [德]"～"。

1173 bettydoaty 解 petticoat"～"

了港口让鱼[1174]推过去。快一点。啊哈！而且你记得没有，辛巴达[1175]新加坡，这个坏爸爸，同样，这个伟大的你如何称呼他[1176]麦苏乐，还有他的旧绰号，脏老爹傻老头，在他的孤身之战[1177]垄断中，在两朵玫瑰战争[1178]的背后，随着米迦勒之胜，这个水手们[1179]萨满|她|男人|小精灵的神父[1180]，在他从主教[1181]刺那里，老弥诺斯[1182]威胁|威吓和约克大教堂[1183]，抓住他的教宗赦免[1184]纸|强占之前？我介不介意？我讨厌这个人[1185]身上的气味就像吹信风的日子里巴里柏克街[1186]的肥料工厂。优雅的奥玛丽[1187]莫约拉|《别作声，欧玛丽》和红润的奥布赖恩[1188]奥布赖恩小姐|贝齐·罗斯|海洋的|闲逛的|迷迭香|马|《甜蜜的罗茜·欧格拉蒂》耍得他面红耳赤[1189]愤怒得脸发青，和他开玩笑。好吗，每个人[1190]骚乱，北方先生？挡了我的路！啊，对不起[1191]哎呀，去乘船，她！越过海湾[1192]岁月！当身体与身体相遇[1193]！伊拉[1194]吻者诺拉，为什么他会注意到那个旧煤气表的嘀嘀咳嗽[1195]加箍的棺材|哥本哈根和要死的酗酒咳嗽[1196]，所有的南方家伙都追随着她，闵尼·康宁汉[1197]我小便了，他们亲爱的离婚可人儿，吉米们和乔尼们[1198]詹姆斯和约翰做她的甜心？停一下。我们岛屿的软木[1199]科克郡浮舟还有另外三个角落。当然，我完全能远远地闻到他的 H_2CE_3[1200]硫化氢，那能让整个市镇喘不过气来！上帝[1201]水手|嘴巴，我闻得他太清楚了，就像我闻自己一样，带着他那装满芝麻籽的石灰样的[1202]看上去瘸的麻袋，呕吐到 32 到 11 边的 K 字墙[1203]北墙码头|钥匙|凯特上，半边白的黑鬼[1204]白眼睛的卡佛|詹姆斯·怀特萨德，还有他那水手[1205]种子|说|人的臭气[1206]流溢和他那点缀了香气

1174 push“～”，此处解 fish“～”。

1175 Singabob 解 Sinbad“～”，《一千零一夜》中的航海冒险家；也解 Singapore“～”。

1176 Howdoyoucallem 解 How do you call him“～”；也解 Methusalem“～”，希伯来《圣经》中年级最大的人，活了 969 岁。

1177 monopoleums 解 mono- [希]“一个”+polemos [希]“战争”；也解 monopoly“～”。

1178 指 15 世纪英国兰开斯特家族和约克家族的支持者之间为了英格兰王位而展开的内战。

1179 sheemen 解 seamen“～”；也解 shaman“～”；也解 she“～”+men“～”；也解 sidhe [爱]“～”。

1180 preester 解 Priester [德]“(天主教)～”；也解 priester [荷]“～”。

1181 poke“～”，此处解 pope“～”。

1182 Minace 解 Minos“～”，古希腊神话中克里特岛的国王，修筑了弥诺斯迷宫，死后做阴间的法官；也解 Menace“～”；也解 minaciter [拉]“～”。

1183 Minster York 解 the York Minster“～”，英国的约克大教堂，又称圣彼得大教堂，是欧洲现存最大的中世纪时期的教堂。

1184 paper dispillsation 解 papal dispensation“～”；也解 paper“～”+dispossession“～”。

1185 mon，苏格兰和北英格兰地区 man(人)的变体。

1186 Ballybock 解 Ballybough“～”，都柏林街区名，有肥料厂开办的硫酸工厂。

1187 O'Moyly gracies 解 grace O'Malley “～”，指 Grace O'Malley“格蕾丝·奥玛丽”，恶作剧女王的原型；也解 Moyle“～”，爱尔兰与苏格兰之间的北部海峡；也解 *Silent, O'Moyle*“～”，爱尔兰民歌。

1188 O'Briny rossies 解 rosy O'Brien “～”；也解 Biddy O'Brien“～”和 Besty Ross“～”，歌谣《芬尼根的守灵夜》中两个打架的女子；其中 Briny 也解 briny“～”；其中 rossies 也解 rásaíocht [爱]“～”；也解 rosemary“～”；也解 roß [德]“～”；也解 *Sweet Rosie O'Grady*“～”，19 世纪末的一首美国歌曲。

1189 bluchface 解 blush“脸红+”+face“脸”；也解 blue(in the)face“～”。

1190 todo [西]“全体”；也解 to do“～”。

1191 dearome forsailoshe 解 ber om forladelse [丹]“～”；也解 dear me, for sail, she“～”。

1192 bays“～”；也解 days“～”。

1193 ginabawdy meadabawdy 解 gin a body meet a body“～”，出自歌曲《穿过黑麦地》(*Comin' through the Rye*)。

1194 Yerra“～”，人名；也解 Arrah-na-Pogue，也称 Nora of the Kiss“～”，爱尔兰裔美国剧作家鲍西考尔特的同名剧本的女主人公。

1195 hooping coppin 解 whooping“发出嗬嗬咳嗽声”+cough“咳嗽”，或“百日咳”；也解 hooping coffin“～”；也解 Copenhagen“～”，惠灵顿的著名坐骑。

1196 dyinboosycough 解 dying“垂死的”+boozy“酗酒的”+cough“咳嗽”。

1197 Minxy Cunningham 解 Minnie Cunningham“～”，都柏林 19 世纪末丹·洛威爱尔兰之星音乐厅的男演员；其中 Minxy 也解 minxi [拉]“～”。

1198 jimmies and jonnies“～”；也解 James & John“～”，闪姆和肖恩的名字的英文形式。

1199 Cork“～”；也解 Cork“～”。

1200 H_2CE_3 解 HCE，本书主人公名字的缩写；也解 H_2S“～”。

1201 Gob 解 God“～”；也解 gob [美俚]“～”；也解 gob [爱俚]“～”。

1202 limelooking 解 lime“石灰”+looking“像……样子的”；也解 lame looking“～”。

1203 Kay Wall 解 K wall“K～”；也解(North) Wall Quay“～”，都柏林的码头名；其中 Kay 也解 key“～”；也解 Kate“～”，本书中惠灵顿纪念馆的看门人，也是壹耳微蚵一家的仆人。

1204 Whiteside Kaffir 解 white-side kaffir“～”；也解 Whiteeyed Kaffir“～”，19 世纪都柏林音乐厅的演员；也解 James Whiteside “～”(1804—1876)，都柏林的律师，曾为奥康内尔辩护。

1205 sayman 解 seaman“～”；也解 semen [拉]“～”；也解 say“～”+man“～”。

1206 effluvium“～”；也解 effluvium [拉]“～”。

的[1207]圣人|被描画|圣帕特里克声音，从他雷鸣般的大棕色卷心菜[1208]里喷涌而出！啪！以为我高兴去找[1209]你过得很高兴|那|害怕他金发的孩子[1210]芬·麦克尔|《金发小孩》呢！太好了[1211]明天好，他说，多谢[1212]兰开斯特郡！再见[1213]放松地|好的同性恋，我说！啊，小意思！我早就在其他人之前嗅出了那个家伙。那时我还远在西方在我祖父[1214]巫师那里，她和我自己，红发女郎，在无花果[1215]衰败的习俗巷[1216]约翰·莱恩度过了第一个夜晚。嬉戏在精力充沛[1217]青翠的、喝醉的的凉爽的玫瑰色[1218]水池黄昏中，我们在亲吻怂恿[1219]在床上尿尿|伊丽莎白|贝齐·罗斯中做着销魂的游戏。我的彭巴斯草原的芳香，她（也就是我）说，一边关上夜灯，与其去熟悉那个大个儿啤酒商的打嗝，我更愿意[1220]更快在你那纯洁的山露[1221]中饮上珍贵的一口。

于是他们继续，这些酒量大的男人，这些编年史家[1222]分析家，曾经[1223]香液|指甲、从未[1224]、重新舔着[1225]我舔，他们共同的看法[1226]线索，关于她的谁之前和他的哪儿之后，以及她如何在山蕨[1227]遥远的中迷失迷失，以及他如何在耳朵[1228]靠近深处[1229]死的深处被发现，还有沙沙声、呢喃声、锉磨声、断裂声、叹息声、喘气声[1230]图画、咕咕声[1231]（嘘！）跳开[1232]泉水|分开（快[1233]电噪声|（你）有！）匆匆跑开[1234]联合抵制，以及所有那些谣言修士们[1235]制造谣言的人|商贩|混血儿|窃窃私语和贫穷可兰修女们[1236]岩壁|战争|基督，过去常常（直到）那时在修女肚广场周围生活、躺倒[1237]死亡、评估[1238]读书、骑乘[1239]写字。还有灌木丛中的所有花蕾[1240]鸟|阴茎|巴德|佛陀。还有大笑的蠢驴[1241]笑翠鸟。听[1242]！听！听！黑夜里玫瑰是白色的！太阳小子[1243]

1207 scentpainted 解 scent"香气"+painted"被描画";也解 saint"~"+painted"~";也解 St. Patrick"~"。
1208 指廉价雪茄。
1209 Thawt I'm glad a gull for 解 Thought I'm glad to a gul([爱]"去") for"~";也解 Tá t-am [glad] agat [爱]"~";其中 Thawt 也解 that"~";其中 a gull 也解 ogul [爱]"~"。
1210 Pawsdeen fiunn 解 páistí fionn [爱]"~";其中 fiunn 也解 Finn MacCool"~";也解 *Pastheen Fionn* "~",爱尔兰流行歌曲。
1211 Goborro 解 go barradh [爱]"~";也解 good morrow"~"。
1212 Lankyshied 解 Danke schön [德]"~";也解 Lancaster"~",位于英国。
1213 Gobugga 解 good by"~";也解 go bog [爱]"~";也解 good bugger"~"。
1214 farfather 解 farfar [丹]"~";也解 fear-feasa [爱]"~"。
1215 Sycomore"~",都柏林街名;也解 sick mores"~"。
1216 Lane"~";也解 John Lane"~",因毁谤莎士比亚的女儿苏珊娜而受审。
1217 lushiness 解 lustiness"~";也解 lushy"~"。
1218 kool kurkle 解 cool"凉的"+purple"粉红色的";其中 kool 也解 pool"~";也包含三 K 党的标志 KKK。
1219 kissabetts 解 kiss"亲吻"+abet"怂恿";也解 piss abed"~";也解 Elizabeth"~",本书主人公的女儿的别名之一;也解 Biss,本书女主人公的女儿的别名之一;也解 Betsy Ross"~"。
1220 sooner"~",此处解 rather"~"。
1221 Mountain dew"~";也指非法销售的威士忌。
1222 analists 解 annalists"~";也解 analysts"~"。
1223 unguam 解 unquam [拉]"~";也解 unguentum [拉]"~";也解 unguis [拉]"~"。
1224 nunguam 解 nunquam [拉]"~"
1225 lunguam 解 linguam [拉]"舌头"。
1226 anschluss 解 Anschluß [德]"(两国或两地的政治经济)联合,结合",尤指 1938 年纳粹德国对奥地利的吞并;也解 clues"~"。
1227 fern"~";也解 [德]"~"。
1228 anear"~",此处解 an ear"~"。
1229 deap 解 deep"~";也解 dead"~"。
1230 paintings"~",此处解 panting"~"。
1231 ukukuings 解 cuckooings"布谷鸟叫"。
1232 springapartings 解 springing apart"~";也解 spring"~"+apart"~"。
1233 hast"~",此处解 hasty"~";也解 haste [德]"~"。
1234 bybyscuttlings 解 bye-bye"再见"+scuttling"匆匆逃走";也解 boycott"~"。
1235 scandalmunkers 解 scandal"谣言"+monk"修士";也解 scandal maker"~";其中 munkers 也解 monger "~";也解 mongrel"~";也解 munkein [德]"~"。
1236 pure craigs 解 Poor Clares"~",也称 Order of Poor Ladies 或 Order of Saint Clare,罗马天主教圣方济会中的修女职位;其中 craigs 也解 carraig [爱]"~";也解 Krieg [德]"~";也解 Christ"~"。
1237 lying"~";也解 dying"~"。
1238 rating"~";也解 reading"~"。
1239 riding"~";也解 writing"~"。
1240 buds"~";也解 bird"~",出自俗语 A bird in the hand is worth than two in the bush"双鸟在林不如一鸟在手";也解 bod [爱]"~";也解 Budd"~",美国作家麦尔维尔小说中一个人见人爱的年轻人;也解 Buddha"~"。
1241 laughing jackass"~",此处直译为"~";18 世纪一个名叫胡珀(Hooper)的刽子手也绰号为"笑杰克"。
1242 Harik 解 hark"~",后面的 darik,parik,都采用同一造字法加字母 i。
1243 Sunfella 解 sun"太阳"+fella"小伙子";也解 sunflower"~";也解 some fellow"~"。

向日葵|某个家伙的鼻子因为围着公园里的玫瑰转，长出了犀牛角[1244]鼻炎|犀牛科动物！于是所有无赖都学了押韵[1245]条条大路通罗马。自相矛盾[1246]反对|喝酒地说着离了碎了山陵法[1247]离了碎了是一个斗篷、九胸衣的尼阿尔夫人[1248]尼奥尔、老马克思[1249]国王马克|侯爵他们的祖父[1250]最好|远的，而且，啊呀，在男子汉中间肯定从来就根本根本没有过一位马克思[1251]大铁钟|曼里乌斯，还有亲爱的阿莫里[1252]军械库|特里斯特拉姆先生、古怪的卢莫里先生，还有切坡里若德路[1253]墓地边的旧宅，以及所有这些很早以前极为错误地发生之事，当时他们正在隐修，在老古董[1254]旧的家里，他们四个，在弥尔顿的公园[1255]磨坊镇公园里被可爱的耳语神父管理，在花儿和情感的憔悴[1256]语言中用他的东西东西[1257]拓夫让她爱，好发现她是否粘软粘软[1258]确实|是我，不正是她们两个[1259]大胆|坏么，卤莽的姐妹[1260]双胞胎姐妹|妓女，啊我心爱的小弟弟[1261]！（偷窥[1262]小便|乖孩子|吸液管！）遇见水[1263]小便最不雅观地（小偷窥[1264]小便|乖孩子！）在花园滴落[1265]球|围绕，滴哒，滴哒，滴哒，滴[1266]特里斯丹，求求你，我的先生[1267]妈妈，我能调情么？农夫伴着马夫，他们怎样用她、逗[1268]沉思她、舔她、搂抱[1269]啊。我不同意你说的！你现在自己能肯定吗？恕我直言，你是个骗子！我不会，你才是！于是吕利[1270]橙色百合为他们阻止了和平的破裂。可怜的[1271]水池老[1272]伸出罗里！相互忍让！抛开[1273]居先过去[1274]邮件|补丁！一切都将被遗忘！哦嚯！为了她的善意宝贝儿[1275]然而而争吵真是太太糟糕了，还有为圈、圈、圈、圈、圈、圈、圈、圈、全人类[1276]的时间的形状。嗯，好吧，雷里。握手吧。

1244 rhinoceritis 解 rhino- [希]"鼻子"+keras"角";也解 rhinitis"～";也解 rhinocerotid"～"。
1245 all rogues lean to rhyme 解 all the rogues learnt the rhyme "～";也解 all roads lead to Rome"～"。
1246 contradrinking 解 contradicting"～";也解 contra [拉]"～"+drinking"～"。
1247 Lillytrilly law pon hilly 解 Lille Trille law upon hill"～",Lille Trille 为丹麦版的憨蛋呆蛋,故译为"离了碎了";也解 Lille Trille lå på en hylle [丹]"～",丹麦童谣。
1248 Mrs Niall of the Nine Corsages"～";也解 Niall of the Nine Hostages"～",爱尔兰的共主,李尔王的父亲。
1249 markiss 解 Marx"～";也解 king Mark"～";也解 marquis"～"。
1250 besterfar 解 bestefar [挪]"～";也解 best"～"+far"～"。
1251 marcus"～",此处解 Marx"～";也解 Marcus Manlius"～"(? —前 384),曾任罗马共和国的执政官,后被判叛国。
1252 Armoury"～",此处解人名;也解 Amory Tristram"～",第一代霍斯堡伯爵。
1253 churpelizod 解 Chapelizod"～",地名,位于都柏林西郊;也解 churchyard"～"。
1254 gammeldags [丹]"～";也解 gammel [丹]"～"。
1255 Milton's Park"～",指伊甸园;也解 Milltown Park"～",都柏林市的一幢楼房,为耶稣会的学校。
1256 languish"～";也解 language"～"。
1257 stuffstuff 解 stuff"～";也解 Taff"～",书中一组二元对立的人物中的一个。
1258 mushymushy 解 mushy"～";也解 muisc [爱]"～";也解 mishi [爱]"～"。
1259 both"～";也解 bold"～";也解 bad"～"。
1260 saucicissters 解 saucy sisters"～";也解 sosie sisters"～";也解 saucisse [法俚]"～"。
1261 a drahereen o machree 解 a dearbhráthairí óg mo chroidhe [爱]"～"。
1262 peep"～";也解 pee "～";也解 poppet"～",斯威夫特在给恋人以斯帖·琼苏(他称她为史黛拉)的信中,常用"ppt"或"poppet"这样的称呼;也解 pipette "～"。
1263 meeting waters"～",出自莫尔的歌曲《水流交汇》(*The Meeting of the Waters*);也解 making waters "～"。
1264 peepette 解 peep"偷窥"+-ette"小的";也解 pee "～";也解 poppet"～"。
1265 ballround 解 fall round"在周围落下";也解 ball"～"+round"～"。
1266 triss 解 tri(ckle)s"～";也解 Tristan"～"。
1267 miman 解 my man"～";也解 maman [法]"～"。
1268 mused"～",此处解 amused"～"。
1269 此句也解 Ulster, Munster, Leinster and Connacht"乌尔斯特省、芒斯特省、兰斯特省和康诺特省",爱尔兰的四个省。
1270 Lully 解 Jean Baptiste Lully"～"(1633—1687),意大利作曲家;也解 Lili O'Rangans"～",爱尔兰乌尔斯特省新教徒的标志性花朵。
1271 Pool"～",此处解 poor"～"。
1272 loll"～",此处解 old"～"。
1273 forego 解 forgo"～";也解 forego"～"。
1274 pasht 解 past"～";也解 post"～";也解 paiste [爱]"～"。
1275 pet"宠物",此处可能指诱惑夏娃偷吃禁果的蛇;也解 yet"～"。
1276 Ourang 解 orang [马]"人",为与前面的圆形相呼应,译为"～"。

给我们多一点儿[1277]伟大的记载|并且多感谢我们一些。看在克雷格[1278]岩壁|战争|基督的份上。那就这样吧[1279]如果那样|真可笑|苏凯特。

嗯?

嗯,即便把这类臆造之事按照证据顺序编织也无法幸运地使真相大白于天下,幸运就像一个视线模糊的先知设定星图时(天堂保佑它!)发现蓝色天地里一具未知天体的裸露一样,或者就像全人类血脉相通的语言[1280]传票|亚种以某个先驱[1281]提供娱乐的人|芬·麦克尔的口吃[1282]为根生枝发芽(大地抓住它们)一样先闻,但是所有在我们的特殊心灵感应者那里[1283]巨大的找到的最健全的感觉现在都主张(在不受干扰的情况下这个世界认为)通过这样装死,我们神圣的上帝好奇的祖先[1284]用他的后代最好地[1285]野兽般的拯救了他的刷子,你,迷人的共同继承人,我们,他的受限遗产[1286]尾巴|限定继承人继承人[1287]毛。所有品种的猎犬都像猎兔犬一样跟着被废弃的祝福城邦或世界[1288]之号,紧追着他,逃逸权[1289],追着齐胸高的气味,渴望去撕咬[1290]猎物。猎物出来了!从他那被根除的[1291]拉陶斯杂木林[1292]霍尔特,穿过汉弗利追猎[1293]的圣诞季节[1294]绿铁榴石|七月的海潮里友善的教堂领地[1295]路线|土地,从穆林哈勃[1296]霍布斯的磨坊和孔雀城,然后在酒杯城向右拐,离群的动物,一个白色的诺兰[1297]布鲁诺|圣诞季节,狮子份额[1298]狮子|陡峭的|柄|尾巴·菲茨·乌尔瑟[1299]熊先生的矮脚猎犬攻击手们最初把它误认为[1300]被贴错标签的|纠缠某种[1301]黑色棕熊[1302]棕色,引着狂吠者奔跑,然后穿过射线城和哈洛克城[1303],翻着筋斗[1304]跳,又来到酒杯

1277 And schenkusmore 解 and“而且”＋schenk uns mehr［德］“给我们多一点”；也解 An Seanchas Mór［爱］“～”，指早期爱尔兰法律的记载；也解 and thank us more“～”。

1278 Craig 解 James Craig“～”(1871—1940)，北爱尔兰的第一任最高行政长官；也解 carraig［爱］“～”；也解 Krieg［德］“～”；也解 Christ“～”。

1279 Be it suck 解 Be it so“～”；也解 Be it that“～”；也解 Sucks to you［俚］“～”，向吹牛出丑的人喝倒彩；其中 suck 也解 Sucat“～”，圣帕特里克的洗礼名字。

1280 sibspeeches 解 sib“亲属的”＋speeches“语言”；也解 subpoena“～”；也解 subspecies“～”。

1281 funner 解 forerunner“～”；也解 fun-er“～”；也解 Finn MacCool“～”。

1282 stotter 解 stutter“～”。

1283 immense“～”，此处解 amongst“～”。

1284 hagious curious encestor 解 hagios［希］“神圣的”＋kurios［希］“主”＋ancestor“祖先”；也解 HCE，本书主人公名字的缩写；其中 curious 也解“～”。

1285 bestly 解 best-ly“～”；也解 beastly“～”。

1286 tailsie 解 tailzie“苏格兰法律中对继承永久产业的限制”；也解 tail“～”，与前面的 heirs 合解为 heir in tail“～”。

1287 heirs“～”；也解 hairs“～”。

1288 urbiandorbic 解 urbi et orbi eccl［拉］“(教会降福于)城市(指罗马)和世界”，教皇祝福用语。

1289 狩猎用语，指狩猎时允许猎物先逃逸后再追捕的原则。

1290 worry“～”；也解 quarry“～”。

1291 outratted 解 ausrotten［德］“～”；也解 Ratoath“～”，爱尔兰米斯郡东南部的城市。下面的孔雀城、酒杯城、射线城、哈洛克城、奇弗城、洛林城、纳特斯城、布里斯都是米斯郡的拉陶斯附近的城市，也是爱尔兰的狩猎联合会赛马狩猎的地区。

1292 holt“～”；也解 Joseph Holt“～”(1756—1826)，爱尔兰起义者，曾在 1798 年率军抵抗英国军队。

1293 Humfries Chase 解 Humphrey Chimpden Earwicker“汉弗利·卿普顿·壹耳微蚵”＋chase“追猎”。

1294 Juletide 解 Yuletide“～”；也解 jelletite “～”；也解 July tide“～”。

1295 corsslands 解 crossland“～”；也解 course“～”＋land“～”。

1296 Mullinahob“～”，地名，爱尔兰提珀雷里郡的一个村镇；也解 Muilinn a'hob［爱］“～”。

1297 noelan 解 Nolan“～”；也可与后面的 bruin 合解 Bruno of Nola“～”，意大利哲学家；也解 noel“～”。

1298 Loewensteil 解 Löwenanteil［德］“～”，即最大的份额；也解 Löwe［德］“～”；也解 steil［德］“～”；也解 Stiel［德］“～”；也解 tail“～”。

1299 Fitz Urse 解 Reginald FitzUrse“～”，谋杀托马斯·贝克特的主要凶手；其中 urse 也解［爱］“～”。

1300 misbadgered 解 mistook“～”；也解 misbranded“～”；也解 badger“～”。

1301 swart“～”，此处解 sort“～”。

1302 bruin“～”；也解［荷］“～”。

1303 两者皆位于爱尔兰的米斯郡。

1304 louping the loup 解 loop the loop“～”；其中 loup 也解“～”。

城。耳朵机敏的野兔[1305]耳朵无法听到向着都柏林[1306]翻倍他们赶着他穿过奇弗镇，穿过洛林镇和纳特斯镇[1307]，好在布里斯[1308]恋人的边上嗅出他的气味。但是从最后失掉他的那次出色转弯[1309]善意的行为|美好日子，搜，在野和夜山[1310]鹿特兰广场|拉思山上，身穿加了更厚[1311]五彩纸带衬垫的全套棉衣，脚着皇家卷边高统靴，朝着他的公寓他最老的主人[1312]斯堪的纳维亚半岛的，聋狐狸[1313]的狐性[1314]将他秘密深藏，奇迹般地得到乌鸦的喂养并漂浮起来，在瘤胃、蜂巢胃、重瓣胃和皱胃[1315]中，在(愿亚伯拉罕[1316]全部啤酒火腿得到他的蜂蜜酒[1317]奖赏)奶油凝结的奶油肉桂雪利酒的作用下，麦克臭骂，尼克救助[1318]列那狐。因此猎犬向家疾奔。他的肠子在恢复性训练中显示的存贮毅力正是反证，籍此[1319]牛奶|哪个|凋萎的他可以说大大胜过了整个这群发言者[1320]玩笑|泡矿泉的人，不吃粘糕和肉汤，在那个有时前于街道的最早市镇[1321]注定的中。暴力、恶意和辱骂徒劳地试图近乎彻底地攻击[1322]蝗虫|残忍和剥夺、出轨和拆毁[1323]、斥骂和侵袭、棒打和埋葬这个伟大的行船巨头和内衣霸主。

但是对迟疑的破坏，对犹郁[1324]的拼写。他的攻击[1325]捕猎|凯特是否是一个她[1326]灰烬|欧希夫人，嗤嗤的爪子硝制破烂的尾巴[1327]故事，犹郁憨蛋呆蛋，嘿嘿嘿嘿胜利胜利[1328]微小的微小的|我来，我见，我征服|绒布。

议员们窃窃私语。列那狐[1329]皮戈特可真慢！

人们担心他的日子的到来。他们[1330]那里打呵欠了吗？是他

1305 Ear canny hare 解 hare of canny ear “～”；也解 ear cannot hear“～”；也解 ECH，本书主人公名字缩写的倒写。

1306 doubling“～”，此处解 Dublin“～”。

1307 两者皆位于爱尔兰的米斯郡。

1308 Boolies“～”，地名；也解 Buhle［德］“～”。

1309 good turn“～”，此处直译为“～”；也解 good day“～”。

1310 Ye Hill of Rut 解 Ye［中］“夜”＋Hill of“……的山”＋Rut“发情期”，故译为“～”；也解 Rutland“～”，位于都柏林，现更名为巴涅尔广场；也解 Rath Hill“～”，位于爱尔兰的米斯郡的市镇。

1311 ticker“（庆祝场合用的）～”，此处解 thicker“～”。

1312 old nordest 解 oldest lord“～”；也解 norse“～”。

1313 fuchser 解 Fuchs［德］“～”。

1314 volponism 解 vulpes［拉］“狐狸”＋-ism“……性”。

1315 rumer，reticule，onasum and abomasum 解 rumen，reticulum，omasum and abomasum，反刍动物的四个胃。

1316 Allbrewham 解 Abraham“～”，《旧约》中的先知，是许多民族的祖先；也解 all brew ham“～”。

1317 mead“～”；也解 meed“～”。

1318 Mikkelraved，Nikkelsaved 解 Mike raved，Nick saved“～”，其中 Mike 和 Nick 是由天使长米迦勒和魔鬼撒旦组成的一组二元对立的人物；其中 Mikkelraved 在丹麦语中也为“～”，中世纪法国长篇叙事诗《列那狐的故事》中的主人公。

1319 whilk“～”；也解 milk“～”；也解 welche［德］“～”；也解 welk［德］“～”。

1320 spasoakers 解 speakers“～”；也解 Spaß［德］“～”；也解 spa soakers“～”。

1321 protown 解 pro-“在……前”＋town“城镇”；也解 prôton“～”。

1322 attax 解 attack“～”；也解 attakox［希］“～”；也解 atrox［拉］“～”。

1323 depontify 解 deponere［拉］“拆毁”＋facio［拉］“做”。

1324 hesitency 解 hesitancy“犹豫”，指爱尔兰新闻记者皮戈特伪造巴涅尔的信时把 hesitancy 写成 hesitency，因此译为“～”。

1325 atake 解 attack“～”；也解 take“～”；也解 Kate“～”，本书主人公一家的女仆。

1326 ashe 解 a she“～”；也解 ash“～”；也解 O'Shea“～”，巴涅尔的情人，后成为他的妻子。

1327 原句押头韵，其中 taw“硝制”解为 paw“爪子”；其中 tail 也解 tale“～”。

1328 winceywencky 解 vinco vinco［拉］“～”；也解 winzig winzig［德］“～”；也解 veni，vidi，vici［拉］“～”；也解 wincey“～”。

1329 Reynard 解 Reynard the Fox“～”；也解 Richard Pigott“～”（1835—1889），爱尔兰新闻记者，曾伪造巴涅尔的信。

1330 there“～”，此处解 they“～”。

的胃[1331]。打嗝？肝脏[1332]解放论者|信|递交。喷发？从他的命脉[1333]视觉器官。恶臭[1334]？天啊[1335]矿脉|耳朵，送送送他走！他自杀了，《弗格时讯》[1336]报道，躺下来，筋疲力尽，累坏了，还有同样令人悲伤的死亡。为了为期三天的农神节，他的山羊仆人[1337]好仆人在罗马广场检阅了他心甘情愿的儿子们[1338]高统靴|孪生子|儿子们|惠灵顿，此时女孩生下母驴将被粗声粗气地问候（苏格兰场宣称[1339]）用冬青与常春藤[1340]恰好|唉，还辅之以槲寄生[1341]枪弹，它们来自一百名男儿和一个啜泣着的[1342]女人[1343]妻子。突然一声巨响[1344]恐惧不安的；然后整个世界[1345]疯狂的|广泛的|奥斯卡·王尔德沉寂；一份报告；沉寂；最后的谣言[1346]把它放到光天化日之下。吵闹[1347]鼻子|挪亚或咆哮[1348]使平静把他逼瞎了[1349]，瞎了，全瞎了[1350]使大吃一惊。火花飞溅。他又离（公开的闪躲计划[1351]肖恩|闪姆）国流亡，被抛弃，经由床板支撑的地道偷偷从家出走[1352]塞都闪姆，在荷兰人的底舱被偷渡和抛锚[1353]安加，屁股[1354]，今日[1355]灰浆桶|根本不芬兰轮船[1356]，现在甚至在大亚细亚拥有一个身体，用他第七代的一个伊斯兰新名字[1357]新家，考内琉斯·马格拉斯[1358]的（老坏蛋[1359]字，普通或错误的[1360]罐头塞子），在那里作为剧院（第一场全都降半音；国王，11个升半音）的土耳其人[1361]《可怕的土耳克》|斯德克，他从他那富丽堂皇的大包厢[1362]公共汽车|所有人的给肚皮舞女[1363]女芭蕾舞演员小钱[1364]；而作为临街大门处的阿拉伯人[1365]街头流浪儿，他纠缠着大人物们[1366]一千个人的头要彼得献金[1367]钱的救济金。电报嗡嗡。普遍的惊讶加上惋惜平静地设定他的存在期限：他看见了家庭神

1331 stommick 解 stomach“～”。
1332 the libber“～”,此处解 the liver“～”;也解 the letter“～”;也解 deliver“～”。
1333 visuals“～”,此处解 vitals“～”。
1334 Pung 解 pong“～”。
1335 orelode 解 O lord“～”;也解 ore lode“～”;也解 øre [丹]“～”。
1336 Fugger's Newsletter“～”,16 世纪由信使送到爱德华·弗格伯爵那里的书信汇总。
1337 goatservant 解 goat servant“～”,可能指酒神狄俄尼索斯的随从萨提尔;也解 good servant“～”。
1338 willingsons 解 willing sons“～”;也解 wellingtons“～”;也解 Zwilling [德]“～”+sons“～”;也解 Willingdone“～”。
1339 Yardstated 可解 Scotland Yard“苏格兰场”,即伦敦警察厅+state“宣称”。
1340 houx and epheus 解 houx [法]“冬青+and”和“+Efeu” [德]“常春藤”,《冬青与常春藤》为 18 世纪起英国流行的圣诞歌曲;其中 epheus 也解 ephu [希]“～”;也解 eheu [拉]“～”。
1341 missiles“～”,此处解 mistletoe“～”。
1342 wimmering 解 wimmer [德]“～”。
1343 weibes 解 Weib [德]“～”;也解 wives“～”。
1344 bang“～”;也解 bange [德]“～”。
1345 wildewide 解 worldwide“～”;也解 wild“～”+wide“～”;也解 Oscar Wilde“～”,英国作家。
1346 Fama [拉]“～”。
1347 noase 解 noise“～”;也解 Nase [德]“～”;也解 Noah“～”。
1348 loal 解 roar“～”;也解 lull“～”。
1349 blem 解 blind“～”。
1350 stun blem 解 stone blind“～”;其中 stun 也解“～”。
1351 shunshema 解 shun“闪躲”+Schema [德]“计划”;也解 Shaun“～”+Shem“～”。
1352 sidleshomed 解 sidles from home“～”;也解 Sidlesham“～”,英国西萨塞克斯郡的一个小镇。
1353 ankered 解 Anker [德]“～”+-ed;也解 anker“～”,量酒的单位。
1354 Arsa 解 arse“～”。
1355 hod“～”,此处解 hodie [拉]“～”;也解 haud [拉]“～”。
1356 S. S. 解 steamship“～”。
1357 newhame 解 new name“～”;也解 new home“～”。
1358 Cornelius Magrath“～”(1736—1760),爱尔兰巨人,贝克莱主教的朋友。
1359 badoldkarakter 解 bad old character“～”;也解 karakter [丹] [土]“～”。
1360 commonorrong 解 common or wrong“～”。
1361 Turk of the theater“～”;也解 *Turko the Terrible*“～”,都柏林娱乐剧院(Gaiety Theatre)上演的哑剧;其中也包含 Sturk“～”,爱尔兰作家勒法努的《墓地房屋》中的人物,在凤凰公园被击昏,但很快就醒来。
1362 omnibox 解 omnibus box“～”;也解 omnibus“～”或 [拉]“～”。
1363 buikdanseuses [荷]“～”;也解 danseuse“～”。
1364 bepiastered 解 be-piaster-ed“被给皮阿斯特”,皮阿斯特为一种土耳其货币。
1365 arab at the streetdoor“～”;其中也包含 street arab“～”。
1366 Bumbashaws [古土]“～”,此处解 bashaws“～”,土耳其人对权贵的尊称。
1367 para's pence 解 Peter pence“～”,英国以前一种给主教的贡税,每户一便士;其中 para 也解 [土]“～”。

父[1368]，放弃了，丢开他剩余的东西，被造物主回收并堆进垃圾堆。鸣叫声相互交织[1369]查灵路口。一种声名狼藉的隐疾（普遍存在的各类性病[1370]）声称有权终结[1371]，结束了他的恶性循环，喀嚓。拥挤的人群震动[1372]詹姆斯·乔伊斯。大醉中他朝装饰性莲花池的中央走去，走到撑起的衬衫碰到灯笼裤的地方，就像鱼王挑战跃动的河水[1373]博因河一样，那时渔人的救援之手把人从极可能数英尺[1374]感觉深的半清[1375]河水中救出来。空话扩散。他曾在雨伞街上从抽水泵里喝水，在那里一个好心的工人，白发先生，给了他一块木头[1376]威廉·伍德。他们之间很快[1377]桶|抓|天意说了哪些有权势的词，绰号和别名[1378]，神权之外的[1379]名字[1380]？这个，啊这个，国会议事录告诉我们的，会在全城[1381]每个酒吧让[1382]切|烧熟的所有[1383]鹅都柏林[1384]笨蛋耳朵摇动[1385]蠼螋！巴塔[1386]相信指挥棒，霍甘[1387]古爱尔兰的欧甘文字则听从煤斗，但赫尔[1388]军队|先生更喜欢削笔刀[1389]尖锐的双关语，而库杯[1390]库珀街和牛皮[1391]公牛巷想要杯子和皮球。卡西迪-克拉多克在周围逛来荡去[1392]罗慕勒斯和瑞摩斯，蠼螋非蠼螋[1393]曾有一人，没有一人|摇篮|秤依然[1394]安静的常常[1395]总是[1396]巨大|呆在|相反把赌注压在上面，一只摇篮里面就有一份关爱，或者一口棺材后面就踢了一脚。有多少指控就有多少证人[1397]。战争发生于词语，树林[1398]木酒桶|词语就是世界。枫树的我、柳树的我们，核桃树的他，紫杉的你们自己。为了他每只鸟儿曾怎样叽叽喳喳啊[1399]！从金晨曦的荣光[1400]克劳雷到萤火虫的微光。假如我们不沉默寡言[1401]心照不宣的|转变方向，我们就是多嘴多舌[1402]低劣的

1368 saggarth 解 sagart [爱]"～"。
1369 Chirpings crossed"～";也解 Charing Cross"～",伦敦中心城区的一个交叉路口。
1370 vulgovarioveneral 解 vulgo [拉]"普遍地"+varied"各种各样的"+venereal"性病的"。
1371 此句包含本书主人公名字的缩写 HCE。
1372 Jams jarred"～";也解 James Joyce"～"。
1373 buoyant waters"～";也解 Boyne"～",位于爱尔兰基尔代尔郡。
1374 Feel"～",此处解 feet"～"。
1375 demifrish 解 semi-"半"+frisch [德]"新鲜的"。
1376 wood"～";也解 William Wood"～",1724 年通过买得爱尔兰铸币权在爱尔兰发行劣质铜币。
1377 fas 解 fast"～";也解 Faß [德]"～";也解 fassen [德]"～";也解 fas [拉]"～"。
1378 auchnomes 解 auch [德]"一样"+name"名字",即"～"。
1379 ecnumina 解 exnumina [拉]"～"
1380 acnomina 解 nomina [拉]"～"
1381 citta 解 città [意]"～"。
1382 gar [古英]"～";也解 gearr [爱]"～";也解 gar [德]"～"。
1383 ganz [德]"～";也解 Gans [德]"～"。
1384 Dub"～",此处解 Dublin"～"。
1385 ear wag"～";也解 earwig"～"。
1386 Batty 解 Batta"～",位于北非的古希腊城邦希兰尼加的国王,口吃。
1387 Hogan"～",人名;也解 Ogahm"～"。
1388 Heer"～",人名;也解 Heer [德]"～";也解 Herr [德]"～"。
1389 punsil shapner 解 pencil sharpener"～";也解 sharp pun"～"。
1390 Cope 解 Edward Drinker Cope"库珀"(1840—1897),美国古生物学家,与后面的"杯子"呼应译为"寇杯";也解 Cope"～",都柏林街名。
1391 Bull"公牛",与后面的皮球呼应译为"～";也解 Bull"～",都柏林街道名。
1392 rome and reme 解 roam and roam"～";也解 Romulus and Remus"～",公元前 753 年建立罗马城的双胞胎兄弟。
1393 e'er a wiege ne'er a waage 解 earwig no-earwig"～";也解 ever a one, never a one"～";其中 Wiege 也解 [德]"～";其中 Waage 也解 [德]"～"。
1394 still"～";也解 still [德]"～"。
1395 immer [德]"～"。
1396 immor 解 immer [德]"～";也解 immór [爱]"～";也解 immoror [拉]"～";也解 immo [拉]"～"。
1397 Toties testies quoties questies 解 Toties testes quoties questus [拉]"～"。
1398 the wood"～";也解"～";也解 the word"～"。
1399 此句包含本书主人公名字的缩写 HCE。
1400 glory"～";也解 Aleister Crowley"～"(1875—1947),英国神秘主义者,教授魔法。
1401 tacit turn taciturn"～";也解 tacit"～"+turn"～"。
1402 lowquacks 解 loquacious"～";也解 low quacks"～"。

骗子。否则那里这里没人关心健力士啤酒。但是只听到雨水在落下[1403]毁坏|肾脏受损。愿一切永恒[1404]全是为了|黑啤酒！爆裂声让人痉挛。一只人类害虫一圈(足迹[1405]！)又一圈(过去了！)地绕着泥泞的[1406]雪橇街道转悠，他(气喘吁吁[1407]吹气！)又来了！莫尔斯[1408]讨厌鬼发出噪声。当一位杰出的前修女，40多岁，相当胖，身材[1409]立式雕像巨大，举止男性化，胖子[1410]伊俄卡斯忒[1411]巨大，注意力[1412]帽子把戏|每个人|男人集中在对每个人的专断独行上，他成了挣脱枷锁的逃犯，(哦宝贝儿！)可能在任何地方。天线[1413]艾丽尔向沿海听众嗡嗡讲着一只超额征税[1414]耳垢的兄弟[1415]弟兄收税员的皮包、方格短裙[1416]又满又大|装满的包儿、毛皮袋[1417]马刺、领带、帽穗、粗布外衣，还有非常防寒的斗篷，裁缝(拜恩神父[1418]拜恩法泽)的标签上写着V. P. H.[1419]，找到了附近的斯卡德修士[1420]斯卡德修士洞洞，各式各样的人战战兢兢地猜测是哪种[1421]该隐动物吃掉了他，狼、短发党，还是四便士行乞僧。连续波[1422]覆盖范围广。金发芬的[1423]幸福[1424]喜欢预示着[1425]宝剑的闪光[1426]抹黑，瓦尔基里[1427]在引诱[1428]锁住。在他的粉色[1429]圣诞降临周|先生后门上，男孩子们偏执[1430]灵魂的净化|皮戈特地把它在圣灵降临周周末[1431]钉上油墨的名字和头衔，用民族的草书铭刻，加速的、倒写的、线形的、塔状的、包裹的[1432]毒害|姓名；前进。操蛋[1433]闹别扭|屁股|极好的！给屁蛋让个地方[1434]！根据命令，尼古拉斯·布劳德[1435]；这行得通，不要对它开圣灵降临节的玩笑，无论他的种族多么善于社交[1436]迅速，或者娴熟博学聪明狡黠有见识明白深刻，他的话充满力量

1403 ruining"～",此处解 ruina［拉］"～";也可与后面的 of the rain 合解 ruinning of the reins"～",指淋病。
1404 Estout pourporteral 解 esto perpetua［拉］"～";也解 est tout pour［法］"～"＋porter"～"。
1405 pist 解 piste［法］"～"。
1406 sledgy 解 sludgy"～";也解 sledge"～"。
1407 pust 解 puste［丹］"～";也解 pust-［德］"～"。
1408 Morse 解 Samuel Morse"～"(1791—1872),美国电报和电报码的发明者。
1409 standbuild 解 stand"站立"＋build"体格";也解 Standbild［德］"～"。
1410 Carpulenta 解 corpulenta［拉］"～"。
1411 Gygasta 解 Jocasta"～",俄狄浦斯的母亲和妻子;也解 gigantic"～"。
1412 这句话通过将主要词语前加字母 h 来制造头韵,其中 hattracted 解 attracted"～";也解 hat trick"～";其中 homnibus 解 omnibus［拉］"～";也解 homme［法］"～"。
1413 Aerials"～";也解 Ariel"～",莎士比亚戏剧《暴风雨》中的精灵;也解 AE,爱尔兰诗人拉塞尔(George William Russell)的别名。
1414 oertax 解 overtax"～";也解 Ohr(［德］"耳朵")＋wax,即"～"。
1415 bror［丹］"～";也解 brer"～"。
1416 fullybigs 解 filibeg"～";也解 full & big"～";也解 full bags"～"。
1417 sporran"(苏格兰人系在裙子前的)～";也解 Sporen［德］"～"。
1418 Baernfather 解 Bruce Bairnsfather"拜恩法泽"(1888—1959),英国漫画家,据说他最著名的漫画上写着"如果你知道一个更好的洞,就去那里",此处为与后面的 Scaldbrother 呼应,译为"～"。
1419 V. P. H. 解 Victoria Palace Hotel"维多利亚皇宫旅馆",巴黎旅馆名,乔伊斯 1923 年至 1924 年间住在那里。
1420 Scaldbrothar 解 Scaldbrother"～",爱尔兰强盗;也解 Scaldbrother's Hole"～",都柏林亚伯山的地下洞穴。
1421 kaind 解 kind"～";也解 Cain"～"。
1422 C. W. 解 continuous waves"(电台的)～"。
1423 Hvidfinns 解 hvid［丹］"白的"＋Finn"芬"＋'s"的"。
1424 lyk 解 lykke［丹］"～";也解 like"～"。
1425 drohneth 解 drohen［德］"预示……的凶兆"。
1426 svertgleam 解 Schwert［德］"剑"＋gleam"微光";也解 sverte［挪］"～"。
1427 Valkir 解 Valkyrie"～",北欧神话中奥丁神的婢女之一。
1428 lockt［德］"～";也解 locked"～"。
1429 pinksir 解 pink"粉红色的"＋se［中］"色";也解 Pinkster"～",复活节后的第七周,尤指前三天;也解 sir"～"。
1430 piggotry 解 bigotry"～";也解 purgatory"～";也解 Richard Pigott"～",爱尔兰新闻记者,曾伪造巴涅尔的信。
1431 Whitweekend 解 Whitsuntide"圣神降临周"＋weekend"周末"。
1432 envenomoloped 解 enveloped"～";也解 envenom"～";也解 nom［法］"～"。
1433 Mumpty ... Rumpty,人名,模仿 Humpty Dumpty"憨蛋呆蛋",故译为"～",其中 Mumpty 解 mump"～",Rumpty 解 rump"～";其中 Rumpty 也解"～"。
1434 Mike room for 解 Make room for"～";其中 Mike 与后面的 Nick 组成一组二元对立的人物。
1435 Nickekellous Plugg 解 Nicholas Proud"～",与乔伊斯同时代的都柏林港口理事会的秘书;其中 Nick 与前面的 Mike 组成一组人物的二元对立。
1436 gregarious"～";也解 grêgoros［希］"～"。

或被证明有先见，如果他是首领、伯爵、将军、陆军元帅、王子、国王，或者砍刀迈尔斯[1437]本人，在布列夫尼[1438]国有一幢上千凶杀[1439]的公馆，在屠利莫根[1440]山上有就职典礼的场所，那么就会有真正的谋杀，真正[1441]奥莱利|光线|治疗|疼痛皇家的[1442]帝王的蔷薇十字会[1443]变体，这些麦克马翁[1444]家伙，是的，杀害了他。在绿色[1445]凡尔登市|勇武原野[1446]盾牌的面|战场，城墙战士留下他躺在[1447]狮子血腥的苹果泥[1448]彻底地|手掌张开血腥仪式[1449]本色的中，右手[1450]手铐|打手腕立着[1451]复活|夺走。事实上不少不顾艰难险阻的祝福者[1452]清洗墙壁的人，大多来自关心克伦塔夫[1453]的阶层（例如[1454]果敢的|大的约翰·保勒·奥莱利[1455]约翰牛|奥罗克|法院执行官上校），甚至冒险到去求借或乞讨布兰西博士[1456]都柏林用三种语言写的三星期刊的副本，《注意力不集中者的傍晚[1457]下午邮件》，好能立刻彻底肯定并感到满足，他们的可以说与三个伴侣[1458]确确实实死翘翘[1459]了，走的不管是陆路还是水路。隔着大海[1460]《转折》向他颤颤巍巍地大喊[1461]警告：海[1462]后面的|信|笑！海！他们的希望[1463]竖琴是否会由此沉寂，或者麦克法兰是否缺少哀伤[1464]日内瓦湖？他躺在巴塞洛缪深渊[1465]深处数里格[1466]树叶之下。

注意[1467]天哪！注意[1468]！注意[1469]！总督访问年轻漂亮的女学生[1470]看见|首饰|受教育的。三个爱尔兰小孩与一个挪威巨人在凤凰公园里的奇遇[1471]奇遇|与|洞|斯堪的纳维亚的|有|港口|花园。卖酒女郎[1472]香蕉把她的伯雷沃格[1473]粗鲁的家伙|小公牛乡下农场主[1474]阴茎|国王|佛祖拒于巴里胡里市[1475]痛斥之外。

1437 Myles the Slasher“～”,指 Myles Maolmordha O'Reilly“迈尔斯·奥莱利”,1798 年爱尔兰起义中的英雄,绰号“砍刀”。

1438 Breffnian 解 Bréifne,英语写为 Breffny“～”,爱尔兰古代王国,位于今天爱尔兰的雷特里姆郡,其中东布列夫尼是奥莱利家族的领地。

1439 moliamordhar 解 míle-marbhadh [爱]“～”,指巨大的骚乱。

1440 Tullymongan“～”,爱尔兰山名,现称为加洛山,奥莱利家族的首领举行登基典礼的地方。

1441 rayheallach 解 really“～”;也解 O Ragheallaigh [爱]O'Reilly“～”;也解 ray“～”+heal“～”+ache“～”。

1442 royghal 解 royal“～”;也解 regal“～”。

1443 raxacraxian 解 Rosicrucian“～”。

1444 MacMahon“～”,据说谋杀坎特伯雷主教圣托马斯·贝克特的主要凶手菲茨·乌尔瑟后来逃到爱尔兰,建立了麦克马翁家族。

1445 Verdor [西]“～”;也解 Verdun“～”,位于法国;也解 valour“～”。

1446 fidd 解 field“～”,在纹章学中指“～”;也解 field of honour“～”。

1447 lion“～”,此处解 lying“～”。

1448 pureede paumee 解 purée de pommes [法]“～”;其中 pureede 也解 puredee“～”;其中 paumee 也解 apaumée [希伯来]“～”。

1449 proper“基督教中特定节日等用的礼拜仪式”,在纹章学中指“～”。

1450 handcoup 解 hand“手”+coup“巧妙的行动”;也解 handcuff“～”;其中 coup 也解 [法]“～”

1451 wresterected 解 wrist“手腕”+erected“直立的”;也解 resurrected“～”;也解 wrest“～”。

1452 wellwisher 解 well-wish-er“～”;也解 wall-wash-er“～”。

1453 clontarfminded 解 clontarf“克伦塔夫”+minded“对……关心的”。

1454 fervxamplus 解 for example“～”;也解 ferox [拉]“～”+amplus [拉]“～”。

1455 John Bawle O'Roarke 解 John Boyle O'Reilly“～”(1844—1890),爱尔兰出生的诗人和小说家,爱尔兰共和兄弟会的成员;也解 John Bull“～”,指英国人+Tiernan O'Rourke“～”(? -1172) 西布列夫尼的国王,他妻子的通奸导致盎格鲁-诺曼人入侵爱尔兰;其中 Bawle 也解 báille [爱]“～”。

1456 D. Blayncy 解 Dr. Blayncy“～”;也解 Dublin“～”。

1457 Aftening 解 aften [丹]“～”;也解 afternoon“～”。

1458 quasicontribusodalitarian 解 quasi cum tribus sodaliciarius [拉]“仿佛伴着三方团体”。

1459 beetly dead 解 beastly“像野兽一样”+dead“死了”,在《尤利西斯》中穆利根曾用这个词描写斯蒂芬母亲的去世,引起斯蒂芬的不满。

1460 Transocean 解 trans-ocean“～”;也解 *Transition*“～”,杂志名,《芬尼根的守灵夜》的部分章节在其上发表。

1461 atalaclamoured 解 atalos [希]“颤颤巍巍地”+clamoured“大声喊”;也解 alarmed“～”。

1462 latter“～”,此处解 Thalatta [希]“～”,色诺芬的《远征记》中记载上万希腊士兵见到黑海时的喊声;也解 letter“～”;也解 laughter“～”。

1463 hope“～”;也解 harp“～”,出自托马斯·穆尔的歌曲《竖琴是否将因此沉寂?》。

1464 lack of lamentation“～”;也解 Lac Leman,即 Lake Geneva“～”。

1465 Bartholoman's Deep 解 Bartholomew Deep“～”,太平洋南部的地名。

1466 leagues“～”,通常约 3 英里;也解 leaves“～”。

1467 Achdung 解 Achtung [德]“～”;也解 ach [德]“～”。

1468 Pozor [捷]“关注”。

1469 Attenshune 解 attention“～”。

1470 Vikeroy Besights Smucky Yung Pigeschoolies 解 vicekonge besøger smukke unge skolepiger [丹]“～”;其中 Besights 也解 sights“～”;其中 Smucky 也解 Schmuck [德]“～”;其中 Pigeschoolies 也解 geschul [德]“～”。

1471 Tri Paisdinernes Eventyr Med Lochlanner Fathach I Fiounnisgehaven 解 Eachtra Trí Páistíní Éireannaigh le Fathach Lochlannachi bPáire an Fionn-uisce [爱]“～”;其中 Eventyr 也解 [丹]“～”;其中 Med 也解 [丹]“～”;其中 Lochlanner 也解 Loch [德]“～”;也解 Lochlann [英爱]“～”;其中 Fiounnisgehaven 也解 gehabt [德]“～”;也解 Hafen [德]“～”;也解 haven [丹]“～”。

1472 Bannalanna 解 bean na leanna [爱]“～”;也解 banana“～”。

1473 Bullavogue [古英]“～”,此处解 Boleyvogue“～”,爱尔兰韦克斯福德郡的村镇;也解 bullabhóg [爱]“～”。

1474 Buddaree 解 bodaire [爱]“～”;也解 bod [爱]“～”;也解 rí [爱]“～”;也解 Buddha“～”。

1475 Ballyhooly“～”,位于爱尔兰科克郡;也解 [古英]“～”。

但是尽管如此，他们那些年轻阳光的同时代人，在这个不可救药的被流放者的自杀性凶杀的翌日[1476]明天清晨，就像[1477]使光滑蛇滑下[1478]橡树那样，滑到海狸公爵身上，（你可能曾看到一些液体琥珀从帕亭镇[1479]友伴石灰石处的美国黑杨中奇怪地渗出来。道路[1480]骑，紫红冷杉喊着！没有，红紫冷杉[1481]先生|男人们？）9点差一刻，恳求他的接纳[1482]悔过，看到不倒的烟穗直直地[1483]罗马教皇准点从百战昆图斯[1484]百|战斗|第五的斑岩[1485]粉红的黄油塔的第七个尖角阁[1486]冒出，晚上 10 点半[1487]于是口渴|于是星期四，发誓将永不熄灭（看到失明的卜者[1488]香料|古罗马以动物内脏占卜的僧人|毛发！愿我们长存[1489]！）维系之灯，金字形神塔[1490]糖|火车|劝告里面的[1491]内部的一半远野烽火台[1492]比肯斯菲尔德，所有提名的晋升，消瘦的飞龙[1493]女人，他的鬃毛呈黄褐色，他的蓝爪摇慢摇，这个出类拔萃的男人，这个喜欢布娃娃[1494]喜欢懒洋洋地做事的女人，在生命的漫漫（啊，土地，多么漫长！）长夜被点燃[1495]受苦，布满了精制玻璃[1496]芬格拉斯的横楣和引导光线[1497]有影响的杰出人物的窗格。

因此让任何思考的生物都很难声称或觉得，那个神圣大厦的囚徒，不管他是无骨的伊华还是兽皮奥拉夫[1498]，最多不过是一块石头[1499]爱因斯坦的寓言，存在之虚空中的一声粗呼吸，一只听着自己的胃用背后词语说话[1500]腹语者的肚子，或者，更严格地说，只是旋转三次的[1501]三|严厉的|特里斯丹首字母，一把打开房间世界[1502]整个房间之外的世界房间[1503]宇宙空间的线索钥匙，因为他的12 导管[1504]十二烷|佐泽卡尼索斯群岛|死亡的鲑鱼肝脏[1505]一起几乎没有一

1476 morrowing 解 following“随之而来的”;也解 tomorrow“～”。

1477 aslike 解 alike“～”;也解 slick“～”。

1478 sliduant 解 slide down“～”。

1479 Parteen-a-lax“～”,位于爱尔兰的克莱尔郡,以鲑鱼著称;也解 PAL“～”。

1480 Road“～”;也解 ride“～”。

1481 fir“冷杉”。此处的两个冷杉为同一种红冷杉的两个名字,故译;也解 sir“～”;也解 fir [爱]“～”。

1482 resipiency 解 recipiency“～”;也解 resipiscence“～”。

1483 jutstiff 解 jut“伸出”+stiff“僵硬的”;也解 pontiff“～”。

1484 Quintus Centimachus“～”,爱尔兰传说中的共主百战考恩(177—212)的罗马名字;其中 Centimachus 也解 centum [拉]“～”+machê [希]“～”;其中 Quintus 也解 [拉]“～”。

1485 porphyroid“～”;也解 porphyroeides [希]“～”。

1486 the seventh gable“～”,出自美国作家霍桑的《带七个尖角阁的房子》。

1487 then thirsty“～”,此处解 ten thirty“～”;也解 then Thursday“～”。

1488 En caecos harauspices [拉]“～”;其中 harauspices 也解 spices“～”;也解 haruspex“～ ”;也解 Haar [德]“～”。

1489 Annos longos patimur [拉]“～”。

1490 zuggurat 解 ziggurat“古代亚述及巴比伦之金字形神塔(顶上有神殿)”;也解 Zucker [德]“～”;也解 Zug [德]“～”;也解 Rat [德]“～”。

1491 innerhalf 解 innerhalb [德]“～”;也解 inner half“～”。

1492 beaconsfarafield 解 beacons“烽火台”+far“远的”+field“田野”;也解 Beaconsfield“～”,英国白金汉郡一个著名的城市。

1493 wyvern“～”;也解 Weib [德]“～”。

1494 lolllike 解 doll like“～”;也解 loll like“～”。

1495 litten“～”;也解 litten [德]“～”。

1496 fineglass 解 fined glass“～”;也解 Finglas“～”,都柏林街区名。

1497 leadlight 解 lead“引导”+light“光线”;也解 leading light“～”。

1498 中世纪神学家吉拉尔杜斯认为是挪威海盗三兄弟奥拉夫、希崔克和伊华建立了爱尔兰的都柏林、沃特福德和利默里克市。

1499 onestone 解 one stone“～”;也解 Einstein“～”。

1500 bauchspeech 解 Bauch [德]“胃”+speech“说话”;也解 Bauchredner [德]“～”。

1501 tristurned 解 tris-“三”+turned“旋转”;也解 tri-“～”+stern“～”;也解 Tristan“～”。

1502 roomwhorld 解 room world“～”;也解 room whole“～”。

1503 worldroom 解 world room“～”;也解 Weltraum [德]“～”。

1504 dode canal 解 dodeka [希]“12”+canal“导管”;也解 dodecane“～”;也解 Dodecanese“～”,位于爱琴海,字面意为“12 岛”;也解 dode [荷]“～”。

1505 sammenlivers 解 salmon“鲑鱼”+livers“肝脏”;也解 zusammen [德]“～”。

个，或者令人感伤的只有少数几个真正关心，或者长期怀疑库特·伊乌尔德·冯迪亚克[1506]女同性恋者（某些执著的居民看到的重力牵引，以及捕捉住偶然滑过我们星系的不明彗星，表明了他作为某人[1507]有一个|不能整除的的真实性）他作为四维立方体的存在是否有资格列为经典。安静，啊，快点[1508]！把他说得哑口无言！汝等榆树[1509]乌尔姆之叶保持肃静！

四散的女人们感到惊异。她是不是很快[1510]放荡？

一定要告诉我们所有有关。因为我们希望听到所有有关。因此告诉我们[1511]泰勒斯|迪达勒斯告诉偶们[1512]土地所有有关她的事[1513]。她为什么或者是否看起来和我们[1514]轻佻的女子|伊茜一样像淑女[1515]非常像，还有他是否把他的窗户[1516]女人像正义女神[1517]伦敦的泰晤士河|他们自己一样关着？笔记和疑问[1518]《美国笔记和疑问》、花边新闻[1519]和读者回复、笑声和叫声[1520]，盛衰沉浮[1521]高的|要塞。现在听听[1522]列表彼此[1523]一个，任一个怎么说，把它们一条条记[1524]下来，把你的玫瑰花叶子弄平。战争结束了。女人女人女人女人[1525]慧骃！是不是尤内蒂·穆尔[1526]托马斯·穆尔，或者史黛拉[1527]简·沃灵·斯威夫特，或者瓦内萨·费，或者第四个女人？汤米，给你的舅舅让个座[1528]圣·托马斯|马克国王|舅舅|伯父|孙儿！女孩们，别胡闹了[1529]小猪，举起你的腿！谁，但是谁（第二次问）那时是人口稠密的[1530]人口密集|伙计|富裕的切坡里若德[1531]卢坎周边地区的祸害[1532]天罚，人们常常会问，比如，在头部直立人[1533]之后的岁月里，皮博迪[1534]的钱值什么，或者，直截了当地说，惠灵顿的[1535]箭尾形的白色领巾

1506 Dijke“迪亚克”，人名；也解 dyke“～”。
1507 aliquitudinis 解 aliquid [拉]“～”；也解 aliquis [拉]“～”；也解 aliquant“～”。
1508 quick“～”在古英语中也有“活着的”的意思。
1509 Ulma 解 ulmus [拉]“～”；也解 Ulm“～”，德国南部城市。
1510 fast“～”也有“放荡”的意思。
1511 tellus 解 tell us“～”；也解 Tellus“～”，罗马的大地女神；也解 Dedalus“～”，乔伊斯的小说《一个青年艺术家的画像》和《尤利西斯》的主人公的名字；
1512 tellas 解 tell us“～”；也解 terra [拉]“～”。
1513 allabouter 解 allabout her“～”。
1514 ussies 解 us“～”；也解 hussy“～”；也解 Issies(Issy 的复数)“～”。
1515 alottylike 解 ladylike“～”；也解 a lot like“～”。
1516 wimdop 解 window“～”；也解 woman“～”。
1517 themses 解 Themis“～”，希腊神话中上一代神祇中的一位；也解 Thames“～”；也解 themselves“～”。
1518 Notes and Queries“～”；也解 *American Notes and Queries*“～”，美国刊物。
1519 tipbids 解 titbids“～”。
1520 此句化自习语 long and the short of it“总而言之”。
1521 ards and downs 解 ups and downs“～”；其中 ards 也解 ard [爱]“～”；其中 downs 也解 dún [爱]“～”。
1522 listed to“～”，此处解 listen to“～”。
1523 one aneither 解 one another“～”；也解 one an either“～”。
1524 liss 解 list“～”。
1525 Wimwim 解 women women“～”；也解 houyhnhnm“～”，斯威夫特的《格列佛游记》中具有理性的马。
1526 Unity Moore“～”，20 世纪初期的女演员；也解 Thomas Moore“～”(1779—1852)，爱尔兰诗人和歌词作者。
1527 Estella ... Varina 解 Stella ... Vanessy“史黛拉……瓦内萨”，斯威夫特的两个年轻恋人；其中 Varina 也解 Jane Waring“～”，斯威夫特对早年一个恋人的称呼。
1528 Toemaas, mark oom for yor ounckel 解 Tommy, make room for your uncle“～”，也是歌曲名；其中 Toemaas 也解 St. Thomas“～”；其中 mark 也解 Mark“～”，特里斯丹和伊瑟故事中的人物；其中 oom 也解 Oheim [德]“～”；其中 ounckel 也解 Onkel [德]“～”；也解 Enkel [德]“～”。
1529 Pigeys, hold op med yer leg 也解 Piger, hold op med jeres leg [丹]“～”；也解 piggies, hold up your leg“～”。
1530 folkrich 解 volkreich [德]“～”；也解 folkreig [丹]“～”；也解 folk“～”＋rich“～”。
1531 Lucalizod 解 Chapelizod“～”；也解 Lucan“～”，都柏林城郊，位于利菲河边。
1532 scourge of the parts“～”；也解 Scourge of God“～”，历史学家对 5 世纪匈奴王阿提拉的一个称呼。
1533 Homo Capite Erectus 解 Homo“人”＋Capit-“头”＋Erectus“直立的”；此处包含本书主人公名字的缩写 HCE。
1534 Peabody 解 George Peabody“～”(1795—1869)，美国慈善家，成立皮博迪基金，建造工人住房。
1535 herringtons 解 Wellington“～”；也解 herringbone“～”。这句话中包含主人公名字的缩写 HCE。

从何而来，例如，在更接近新生代的时代里，谁打了巴克利，尽管如今就像那时一样，每个获得她的私密知识[1536]词源学|昆虫学的140个月或更大的女生[1537]校友、每个我亲爱的金发女孩[1538]少女|大叫|喊叫|《玻恩姑娘》，以及都柏林墙上每个挥动红色法兰绒的[1539]舞动着红色的火焰战争妻子和和平寡妇都永远确切无疑地[1540]鸡蛋|鸡子知道，巴克利本人（我们也不需要滴血的纸[1541]吸墨水纸来声明）如何出手，以及俄国将军们，是[1542]那里！是！，而不是巴克利，在成为她自己的时候被他卑鄙地[1543]恶棍|犹太教的哀悼祈祷文打中。三城堡的窥探里有什么被彻底追根问底的毒药[1544]打破砂锅问到底的人，或者有哪位充满仇恨的微笑商贩？那类刻薄话的毒汁，贴上女王头像邮票[1545]女王的头|解放，无声的橡皮胶封条[1546]相当|有臭味的|石膏|热情足够支付，预先张贴或预付邮资！泵房里吃软饭的人遭到短暂的嘲笑[1547]，还有水花四溅[1548]场所|爆裂|喊叫|提桶|尾巴的泼妇[1549]谣言|卑鄙的男人|猫|洗烫衣服的女工，除此之外[1550]还在……旁边有大众[1551]洞穴|波兰|主教座堂|拿来|全部、玩笑[1552]刊物[1553]信，滑稽的老婆们[1554]，当，依然相信自己的眼睛[1555]沙漏|青河|欧文斯|被污染的水，当星光[1556]天蓝色的闪烁[1557]双胞胎，她那无嘴的上半个[1558]上游河段面孔，还有她那倏忽而逝的波浪，都是她较好的一半[1559]贤内助，更靠近他的一个，最亲密的一个，他一大早的第一个热身动物，家庭男人的女奴，所有儿子之子[1560]的奶奶[1561]低语，他曾用眼睛换来她的床[1562]顺便照看一下，一颗牙齿换一个孩子[1563]，直到一一、一十和再一次一百，噢，我，噢，汝[1564]哎呀！小儿子[1565]恶棍和小淑女[1566]大主教|

1536 intimologies 解 intimate“私密的”+-ology“……的知识”；也解 etymology“～”；也解 entomology“～”。

1537 schoolfilly 解 school“学校”+filly“小姑娘”；也解 schoolfellow“～”。

1538 colleen bawl aroof 解 cailín bán a rún［爱］“～”；其中 colleen 也解“～”；其中 bawl 也解“～”；其中 aroof 也解 Ruf［德］“～”；也解（*The*）*Colleen Bawn*“～”，出生于爱尔兰的美国剧作家鲍西考尔特的剧作。

1539 redflammelwaving 解 red flannel waving“～”；也解 red flame waving“～”。

1540 as yayas is yayas 解 as sure as eggs is eggs“～”；其中 yayas 也解 jaja［塞维］“～”；也解 yayi［斯瓦］“～”。

1541 blooding paper 解 blooding“滴血的”+paper“纸”；也解 blotting paper“～”。

1542 da［俄］“～”；也解 da［德］“～”。

1543 caddishly“～”；也解 Cad“～”，书中一个以闪姆为原型的人物；也解 Kaddish“～”。

1544 fullpried paulpoison 解 full paul pried poison“～”；也解 paul pry“～”。

1545 queen's head affranchisant 解 queen's head“女王头像邮票”+affranchissement［法］“贴邮票”；也解 queen's head“～”，指英国统治+affranchissement“～”。

1546 quiet stinkingplaster zeal 解 quiet“安静的”+stickingplaster“橡皮胶”+seal“封条”；也解 quite“～”+stinking“～”+plaster“～”+zeal“～”。

1547 此句化自习语 nine days wonder“昙花一现”。

1548 platschpails 解 plätschern［德］“潺潺地流”；也解 Platz［德］“～”；也解 platz［德］“～”；也解 plach［俄］“～”；也解 pail“～”；也解 tail“～”。

1549 pratschkats 解 scratchcat“～”；也解 Tratsch［德］“～”+cads“～”；也解 Katze［德］“～”；也解 praczka［波］“～”。

1550 beside“～”，此处解 besides“～”。

1551 holenpolendom 解 hoi polloi“～”；也解 hole“～”+Polen［德］“～”+Dom［德］“～”；也解 holen［德］“～”；也解 whole“～”。

1552 Szpaszpas 解 Spaß［德］“～”。

1553 Szpissmas 解 pisma［波］“～”；也解 pisma［塞维］“～”。

1554 zhanyzhonies 解 zany“滑稽的”+zony［波］“妻子”。

1555 owenglass 解 own eyes“～”；也解 hourglass“～”；也解 abhainn glas［爱］“～”；也解 Owens“～”，美国玻璃制造商；也解 eanglais［爱］“～”。

1556 izarres 解 izara［巴］“～”；也解 azure“～”。

1557 twinklins 解 twinkling“～”；也解 twins“～”。

1558 upper reaches“～”；也解“～”。

1559 better half“～”；也解“～”。

1560 mackavicks 解 maca mhic［爱］“～”。

1561 murrmurr 解 mormor［丹］“～”；也解 murmur“～”。

1562 此句化自习语 one would give one's eye-teeth“为某事不顾一切”；也解 give an eye to“～”。

1563 此句化自习语“以眼还眼，以牙还牙”。

1564 O ye“～”；也解 o je!［德］“～”。

1565 cadet“～”；也解 Cad“～”，书中一个以闪姆为原型的人物。

1566 prim“娴静的”；也解 Primas［德］“大主教”；也解 prima［德］“～”；也解 prime“～”。

一流的|最好的、饥饿的[1567]匈牙利和愤怒的[1568]汉娜|被污染的水(好像她现在比她牙齿的年纪还大,她却有着比大腿[1569]你的还年轻的头发,我亲爱的!)是她在他摔倒后庇护[1570]用百叶窗遮住|给予极大打击他,不遗寡妇余力[1571]地唤醒他,为他痛哭该隐|茶,给他力量[1572]亚伯|苹果,在他的鼻弓[1573]挪亚的方舟|开始两侧都放上杜鹃花[1574]亚大和洗拉,是她奔跑不歇地寻找他[1575]休息,直到在海洋的[1576]万能感帮助下,在把他庞大躯体的碎片[1577]弄皱藏进你是否在找珠母层[1578]珍珠|遥远的|父亲之海之后[1579],她会有一些这样的时间,(水[1580]呃|金子|小便、雨水[1581]、雨水呀!)站出来,烧掉烧掉[1582]铁下面珊瑚色的[1583]聋的|红色的|蛇发女怪旧世界[1584]诗歌|达奴,以嗑嗑[1585]聋的的名义,因喀喀的原因,用她的列车拉着乡村,这里一根绳[1586]吹毛求疵的|芬尼根,那里一条线,穿着她那路易十五风格[1587]女王|妓女的半统靴、她的臀下[1588]漏勺裙撑[1589]蜂鸣器、她的小短上衣披肩和所有东西[1590]勒里不利罗,还有 2 乘 20 的卷曲[1591]卷曲的|老一套的做她的头饰,眼睛上的斑[1592]熏肉|在她的……上面|鸡蛋|闪光|眼镜|眼睛,耳朵[1593]上的马铃薯,她那巴黎人的[1594]公鸡鼻[1595]弯嘴龙头|伦敦腔上骑着十字架[1596]马戏团|使……固定,炫耀着她的圣诞日[1597]马厩总管马鞍[1598]跨坐,当附近教堂里的叮当叮当声敲响了六旬主日[1599]第 70|障碍赛|星期日|暖冬,孤身一人[1600]合欢草,她那碎布袋[1601]和平|袋子里卒、象、车[1602]恶鬼打着回力球[1603]坚硬小球,为咀嚼者巧匠[1604]大的大人[1605]巴斯克人,去压烂毁谤者[1606]蛇的头,咔嚓咔嚓[1607]巴斯克人。

极其微小的人类,乞求得到更多[1608]大的!城市的圣母[1609],请

1567 hungray 解 hungry“～”；也解 Hungary“～”。

1568 anngreen 解 angry“～”。此句化自习语 A hungry man, an angry man“饥饿使人愤怒”；也解 Anne“～”，本书女主人公的名字；也解 englais [爱]“～”。

1569 thighne 解 thigh“～”；也解 thine“～”。

1570 Shuttered“～”，此处解 sheltered“～”；也解 shattered“～”。

1571 widowt sparing 解 without sparing“～”，其中 widowt 也解 widow“～”。

1572 keen ... able“痛哭……有能力的”；也解 Cain ... Abel“～”；也解 tea ... apple“～”。

1573 arche of his noes 解 arches of his nose“～”；也解 ark of his Noah“～”；其中 arche 也解 archë [希]“～”。

1574 adazillahs 解 azaleas“～”；也解 Adah & Zillah“～”，《创世记》中拉麦的两个妻子。

1575 rast [德]“休息”；也解 rest“～”。

1576 okeamic 解 oceanic“～”；也解 oceanic feeling“～”。

1577 crumbends 解 crumbles“～”；也解 crumple“～”。

1578 Pearlfar 解 perlemor [丹]“～”；也解 pearl“～”＋far“～”；也解 far [丹]“～”。

1579 此句包含男女主人公名字的缩写 HCE、ALP。

1580 ur“～”，此处解 [巴]“～”；也解 urre [巴]“～”；也解 ouria [希]“～”。

1581 uri [巴]“～”。

1582 burnzburn 解 burn burn“～”；也解 burni [巴]“～”。

1583 gorggony 解 gorgonia [拉]“～”；也解 gogor [巴]“～”；也解 gori [巴]“～”；也解 Gorgons“～”。

1584 danworld 解 down world“下面的世界”；其中 dan 也解 dán [爱]“～”；也解 Dana “～”。

1585 gogor，象声词；也解 gogor [巴]“～”。

1586 finickin 解 funicular“绳索的”；也解 finick“～”；也解 Finnegan “～”。

1587 louisequean 解 Louis Quinze“～”，一种法国洛可可装饰风格；也解 quean“～”，在俚语中也指“～”。

1588 culunder 解 colander“～”，此处解 cul [法]“屁股”＋under“下面”。

1589 buzzle“～”，此处解 bustle“～”。

1590 little bolero boa and all“～”；也解 Lillibullero bullen a law“～”，1688 年政变时流行的一首讽刺爱尔兰天主教的歌曲的部分选句。

1591 curlicornies 解 curlicues“～”；也解 curly“～”＋corny“～”。

1592 specks on her eyeux 解 specks on her eyes“～”；也解 Speck [德]“～”＋on her“～”＋Eier- [德]“～”；其中 specks 也解 sparks“～”；也解 spectacles“～”；其中 eyeux 也解 yeux [法]“～”。

1593 horeilles 解 oreilles [法]“～”。

1594 Parisienne 解 Parisian“～”。

1595 cockneze 解 cock“公鸡”＋nez [法]“鼻子”；也解 nose cock“～”；也解 Cockney“～”。

1596 circusfix 解 crucifix“～”；也解 circus“～”＋fix“～”。

1597 Equerry Egon 解 egueri [巴]“圣诞节”＋egun [巴]“日子”；也解 equerry“～”。

1598 straddle“～”，此处解 saddle“～”。

1599 Steploajazzyma Sunday 解 Septuagesima Sunday“～”，四旬斋前的第三个星期天；也解 septuagesima [拉]“～”；也解 steeplechase“～”＋Sunday“～”；也解 teplaya zima [俄]“～”。

1600 Sola“～”，此处解 solo [意]“孤单地”。

1601 piecebag“～”；也解 peace“～”＋bag“～”。

1602 pawns, prelates and pookas 解 pawns, prelates(＝bishops), rooks，国际象棋中的卒、象和车；其中 pookas 也解 pooka [古英]“～”。

1603 pelota“～”；也解 pellet“～”。

1604 Handiman 解 handyman“～”；也解 handi [巴]“～”。

1605 Esquoro 解 esquire“～”；也解 Eskuara [巴]“～”。

1606 slander“～”；也解 Slange [希]“～”。

1607 Biskbask“～”，象声词；也解 Basque“～”。

1608 Morandmor 解 mórán mó [爱]“～”；也解 mór [爱]“～”。

1609 此句为法语。

仁慈[1610]伯恩哈德的你发发慈悲！园丁[1611]奥格罗尼在茶[1612]那边，药剂师[1613]亲爱的的药草[1614]词语。不要用面包[1615]庞大的把他变大。让他安息，汝等旅人[1616]道路|遥远的，勿动他的坟土[1617]坟墓|战利品！也勿毁他的坟丘！上面有拓特[1618]的毒咒。小心！但有一个小女人正等在那里，她叫 A. L. P。你会同意。她肯定是她。因为她那扎住的[1619]金色的|可爱的发髻[1620]从她的后背垂下来。他把他的精力耗费在冒失鬼[1621]后宫中间[1622]攻击|疯狂地。深红橘黄[1623]、黄色[1624]、绿色[1625]克罗蕊丝、海蓝[1626]海的|马琳卡内衣|马利亚、苯胺[1627]、中紫[1628]。然而同族的那些夫人们把她对彩虹的色彩之恋[1629]幽默看作傻女孩[1630]青春痘|任何她的怪念头，但是他发明了一种治疗方法。今天小吵小闹，晚上[1631]亲亲抱抱[1632]伊茜，明天[1633]雷神憔悴经年。但是除了被子女所累者谁还会为汗流浃背者疾呼？

“卖他租约 999 杯茶[1634] 9990，
长发披散娇美如花[1635]，
傻瓜[1636]去，伟大的[1637]憨大，把它全都吞下。
谁[1638]是鳕——鱼[1639]货到付款|上帝？”
屁股呀！

“在岛桥[1640]她掀起她的潮水。
好样的[1641]在底部|阿特伯姆，好样的，好样样样的！
芬流来变去他的落潮又再涌起。

1610 balmheartzyheat 解 Barmherzigkeit [德]“～”；也解 Sarah Bernhardt(1844—1923)“～”，法国女演员。

1611 Ogrowdnyk 解 ogrodnik [波]“～”；也解 Eugene O'Growney“～”(1865—1899)，爱尔兰神父，盖尔联盟的创建者之一。

1612 herbata tay 解 herbata [波]“～”＋tae [爱]“～”。

1613 drogist 解 Drogist [德]“～”；也解 drogi [波]“～”。

1614 wort“～”；也解 Wort [德]“～”。

1615 bulkis 解 bulki [波]“～”；也解 bulky“～”。

1616 wayfarre 解 wayfarer“～”；也解 way“～”＋far“～”。

1617 gravespoil 解 grave soil“～”；也解 grave“～”＋spoil“～”。

1618 Tut“～”，指 Tutankhamen“图坦卡蒙”(前 1341—1323)，埃及法老，1922 年坟墓被打开，据传说他也因此复活，而那些移动他尸骨的人则受到诅咒。

1619 holden 解 hold“～”；也解 golden“～”；也解 hold [德]“～”。

1620 heirheaps 解 hair“头发”＋heap“堆”，此句出自歌曲《她金色的长发从后背垂下来》(*Her Golden Hair Was Hanging Down Her Back*)。

1621 haremscarems 解 harum-scarum“～”；也解 harem“～”。

1622 amok [马]“～”，此处解 among“～”；也解 amuck“～”。

1623 Narancy 解 narancs [匈]“～”。

1624 Giallia 解 gialla [意]“～”。

1625 Chlora 解 chlōris [希]“～”；也解 Chloris“～”，希腊花神，在罗马神话中的名字是佛罗拉。

1626 Marinka 解 marine blue“海蓝”；也解 marine“海的”；也解 Marinka [捷]“～”；也解马利亚的昵称。

1627 Anileen 解 Aniline“一种染色用的原料”。

1628 Parme 解 Parma violet“帕尔马堇菜”，中紫色，故译。

1629 huemoures 解 hue“色彩”＋amours“恋情”；也解 humours“～”。

1630 whilko 解 whilk [俚]“～”；也解 whelk“～”；也解 hvilken [丹]“～”。

1631 tonay 解 tonight“～”。

1632 kissykissy 解 kiss kiss“～”；也解 Issy“～”。

1633 tomauranna 解 tomorrow“～”；也解 Tómhar [爱]“～”。

1634 nineninenineteee 解 nine nine nine tea“～”；也解 nine nine ninty“～”。

1635 dyedyedaintee 解 dye“染色”＋dye“染色”＋dainty“娇美的”。

1636 Goo [古英]“～”；也解 go“～”。

1637 groot [荷]“～”。

1638 Hoo，象声词，此处解 who“～”。

1639 C. O. D. 解 cod“～”；也解 cash on delivery“～”；也解 God“～”。

1640 Island Bridge“～”，都柏林街区名，利菲河在此处开始出现潮汐。

1641 Attabom 解 attaboy“～!”；也解 at bottom“～”；也解 Ebba Atterbom“～”，《一个青年艺术家的画像》的瑞士文译者。

好样的，好样的，好样样样的！
我们全都大喊大叫[1642]直至今日[1643]深陷于。
那就是她为我们做的！”

悲伤啊！

流浪者可能会与尼布甲[1644]一起游荡，但是让乃缦[1645]无人|流浪者去嘲笑约旦河吧！因为我们，我们已经把我们的床单放在她的石头上，在那里我们在她的树上挂上我们的心[1646]竖琴。在巴比伦[1647]的河水边，当她命令[1648]围嘴我们的时候，我们服从[1649]征兵。

1642 hues and cribies 解 hue and cry“～”。

1643 up to the years“～”；也解 up to the ears“～”。

1644 Nabuch“～”，可能指 Nebuchadnezzar“尼布甲尼撒”（前 605—前 562），古巴比伦国王，攻占了耶路撒冷，建空中花园。

1645 Naaman“～”，《圣经》中的人物，《列王纪下》中乃缦请先知以利沙医治他的麻风病，以利沙让他到约旦河中沐浴，但是他不相信；也解 Noman“～”，《奥德赛》中奥德修斯告诉独眼巨人的假名；也解 nomad“～”。

1646 hearts“～”；也解 harp“～”，此句出自《诗篇》第 137 章“坐在巴比伦河边，我们哭泣，一想到锡安，我们潸然泪落。在那里我们把竖琴挂在柳树上。”

1647 babalong 解 Babylon“～”，位于中东地区，即幼发拉底河。

1648 Bibs“～”，此处解 bids“～”。

1649 list“～”，此处解 listen“～”。

第五章

以无上仁慈的[1]全能的|亚马孙河|旧日时光安拉[2]母亲|汉娜|沼泽、永生者[3]夏娃|丽维娅、赋予可能[4]复数性|妇鲁拉贝尔之人之名，愿她的前夜[5]灵光环绕[6]视为神圣|万圣节，愿她的王国[7]唱歌时间众人传唱，愿她的小河流水潺潺，像天堂[8]不平的一样畅通无阻[9]不被吟诵|无阻碍！

在颠倒混乱的时代[10]，她为纪念至高无上者而写的无标题声明[11]乳房|庆典曾有过很多名字。因此我们听到：拯救老海兽[12]奥古斯都的奥古斯塔[13]安古斯·最最奥古斯都[14]最神圣的、波谷中的呆鹅乖乖睡[15]《宝宝在树顶摇啊摇》、这里通向所有体面的遗迹[16]、汉娜本人[17]再次起来赢得了注意、岗[18]老爹[19]褴褛跪下去[20]认输坎农先生站起来[21]再一次、我的金爱我的银婚[22]他们自己、爱恋的[23]特里斯特拉姆爵士特里斯特拉姆[24]树|树干和冰冷的茜茜莉[25]姐妹|柱子|猫头鹰|伊瑟|单独的、锯木工[26]彼得·索亚对[27]树干[28]草料|河流说、我说施洗施洗[29]你说是我是我[30]自我、为一口饭买出生地[31]与生俱来的权利|出生|盘子、你的哪个昨天[32]昨日|以斯帖意味着你们要结婚[33]明天？哀愁的[34]希伯来人[35]他|啤酒制造商打得运水工头开花、他天花板上的弧形[36]彩虹|拱形|要塞

1 Allmaziful 解 all merciful“～”；也解 almighty“～”；也解 Amazon“～”，位于南美洲；也解 mazi［土］“～”。

2 Annah 解 Allah“～”，阿拉伯语对神的称呼；也解 anā［土］“～”；也解 Anna“～”，本书女主人公的名字；也解 eanach［爱］“～”。

3 Everliving 解 ever“永远”＋living“活着的”；也解 Eve“～”＋Livia“～”，本书女主人公的中间名字。

4 Plurabilities 解 probabilities“～”；也解 pluralities“～”；也解 Plurabelle“～”，本书女主人公。

5 Eve“前夜、夏娃”。

6 haloed 解 halo“～”；也解 hallow“～”；也可与后面的 eve 合解 Halloween“～”。

7 singtime 解 sing time“～”，此处解 kingdom“～”。

8 uneven“～”，此处解 heaven“～”；

9 unhemmed 解 un-hem-med“不被包围”；也解 un-hymn-ed“～”；也解 un-hemme［丹］“～”。

10 此句出自莎士比亚的《哈姆雷特》第一幕第五场。

11 mamafesta 解 manifesto“～”；也解 mamma［拉］“～”＋festa［拉］“～”。

12 Seabeastius 解 sea beast“～”；也解 Sebastos，罗马皇帝的称呼“～”的希腊词。

13 Augusta“奥古斯都”的阴性，意为“神圣的”；也解 Aengus“～”，凯尔特神话中的爱神。

14 Angustissimost 解 Augusti“奥古斯都”的复数＋issimī“拉丁文最高级的词尾”＋most“最”；也解 augustissimus［拉］“～”。

15 Rockabill“洛克比尔灯塔”，位于都柏林郡海边，此处解 rockaby“～”；也解歌曲 *Rock-a-bye Baby on the Tree Top*“～”。

16 在都柏林俗语中这句话指美好时代的遗迹。

17 Anna Stessa“汉娜”，本书女主人公＋Stessa［意］“她自己”；也解 anastasis［希］“～”。

18 Gunne 解 Michael Gunn“迈克尔·冈恩”（1840—1901），都柏林娱乐剧院的经理。

19 duddy“～”，此处解 daddy“～”。

20 Knickle Down 解 kneel down“～”，指骑士的受封仪式；也解 knuckle down“～”。

21 Arishe 解 arise“～”；也解 aris［爱］“～”。

22 Selver Wedding 解 silver wedding “～”；也解 selves“～”。

23 Amoury 解 amour［法］“～”；也解 Sir Amory Tristram“～”，第一代霍斯堡伯爵。

24 Treestam 解 Tristram“～”，既是霍斯堡第一位伯爵的名字，也是中世纪骑士传奇“特里斯丹与伊瑟”中男主人公的名字，也是 18 世纪英国小说家斯特恩的小说《项狄传》的主人公的名字。；也解 tree“～”＋Stamm［德］“～”。

25 Siseule 解 Sisile“～”，女性的名字，也是母鸡的名字；也解 sister“～”；也解 Säule［德］“～”；也解 Eule［德］“～”；也解 Isolde“～”；也解 seul［法］“～”。

26 Sawyer“～”；也解 Peter Sawyer“～”，乔伊斯称他是奥康尼河边都柏林市的创建者。

27 Til［丹］“～”。

28 Strame［意］“～”，此处解 stam［荷］“～”；也解 stream“～”。

29 Ik dik dopedope 解 Ik doop［荷］“我施洗”＋dico［拉］“我说”。

30 mihimihi 解 mishi［爱］“～”，指爱尔兰修女圣布利吉特在受洗时用爱尔兰语说的话；也解 mihi［拉］“～”。

31 Birthplate 解 birthplace“～”；也解 birthright“～”，指以扫为了一碗红豆汤把长子权卖给弟弟雅各；也解 birth“～”＋plate“～”。

32 Hesterdays 解 yesterday“～”；也解 hesternus［拉］“～”；也解 Esthers“～”，斯威夫特的两个年轻恋人。

33 to Morra 解 to marry“～”；也解 tomorrow“～”。

34 Hoebegunne 解 woebegone“～”。

35 Hebrewer 解 Hebrew“～”；也解 He“～”＋brewer“～”。

36 Arcs in His Ceiling“～”；也解 arc-en-ciel［法］“～”；其中 arcs 也解 arcus［拉］“～”；也解 arx［拉］“～”。

逃离地板[37]楼板上的裂缝[38]免费饮料、《爱尔兰纪事》[39]、《垂皮尔书信》[40]《更疯人的信》、不列颠女人的呻吟[41]、彼得·皮普乐炮制铺排铺设他的皮管[42]、为大人物(某个丈夫、夫君[43]住房船或郎君[44]居家不外出的|裤脚带这样的非名词可能被理解,因为我们也有多得多的[45]我的居家鸡|小木屋丈夫[46]汉斯|洗澡|他的船是通向逝去的葡萄牙[47]搬运工|鳃的路而且他从来都没时间)道歉、我们该拜访他吗?为了方舟[48]从A到Z而看动物园、克娄巴特拉[49]克里欧的针线活描绘着[50]具有特征亚伯拉罕[51]议员市在撒哈拉[52]撒拉以及骆驼的到来[53]峡谷|梳子和埃及金字塔[54]客厅女侍、用锅为爸爸烧饭、愿你喜欢[55]韦斯垂老爹、旧喝彩的新疗方[56]、在奇迹[57]土豆|征兆、怪事|怪异的之处他们养公鹅而我多希望我是[58]公鹅只雌鹅;名门[59]内蒂不要相信[60]插入他、当维纳斯的爱神木[61]《威尼斯商人》冲着巴库斯[62]的队伍演奏,高举酒杯为我祝福[63]兴奋地插入我他老婆[64]放弃孩子[65]和[66]在上面朋友、祈祷队[67]奥蒙德码头|耳朵|嘴|用嘴|尾巴拜访阿门·马丁[68]、即便我是老奶奶[69]格拉尼娅他也乐意搂抱我[70]芬·麦克尔、20个房间、80加10[71] 90张床和一间起居室[72]其他、我引导生活、穿过拳击手[73]义和团运动|轮流做某事舵手用金楼梯爬上房子、随之而来的叉子、他是我的耶路撒冷、我是他的波河[74]屁股、西方最好的、折折山[75]下渗渗溪[76]边、在桑椹[77]马尔博罗树[78]火车里遇到[79]制造母亲的男人、尝试我们的无稽之谈[80]山谷|语言|聋的|鸽子、任何圆木对所有根基[81]以L为底的对数、诺迫[82]以诺迫的方式向他的淘气蝴蝶小舞女[83]但泽市使眼色[84]小费、珀西附近|刺穿·奥莱利[85]鹰|猫头鹰百鸟之王[86]枭|巨人、外部烘干独

37 Flur［希］“～”；也解 floor“～”。
38 Flee Chinx 解 flee“逃避”＋chink“裂缝”；也解 free drinks“～”。
39 Rebus de Hibernicis［拉］“～”，指 1770 年瓦兰西（Charles Vallancey）将军发表的爱尔兰历史文献的选集。
40 The Crazier Letters“～”，此处解 *The Drapier Letters*“～”，即斯威夫特在 1724 年为了抵抗威廉·伍德的造币权，化身布料商所写的四封信。
41 此处化自 Groans of the Britons“《不列颠的呻吟》”，公元 446 年不列颠领主写给罗马统治者的最后一封请求保护他们免遭撒克逊人的侵略的信。
42 Poppolin 解 pipeline“管道”，因此句压“P”声母头韵，故译为“皮管”。该句中其他词的翻译同样如此。
43 husboat 解 husband“～”；也解 houseboat“～”。
44 hosebound 解 husband“～”；也解 housebound“～”；也解 Hosenband［德］“～”。
45 plutherplethoric 解 plethoric plethoric“～”。
46 Hoonsbood Hansbaad 解 housebound husband“～”；其中 Hoonsbood 也解 Huhn［德］“～”＋Bude［德］“～”；其中 Hansbaad 也解 Hans“～”，人名＋Bad［德］“～”；也解 hans baad［丹］“～”。
47 Porthergill 解 Portugal“～”；也解 porter“～”＋gill“～”。
48 For Ark see Zoo 解 Take Zoo for Ark“把动物园看成方舟”；也解 from A to Z“～”。
49 Cleopater 解 Cleopatra“～”，公元前 1 世纪古埃及女王；也解 Clio“～”，分管历史的缪斯女神。
50 Ficturing 解 picturing“～”；也解 featuring“～”。
51 Aldborougham 解 Abraham“～”，《旧约》中的义人，老年得子；也解 Aldborough“～”，建筑名，位于都柏林。
52 Sahara“～”；也解 Sarah“～”，《创世记》中亚伯拉罕的妻子。
53 Coombing 解 coming“～”；也解 coombe“～”；也解 Kamm［德］“～”。此句化自民歌 *The Campbells are Coming*“坎贝尔军来了”。
54 Parlourmaids“～”，此处解 pyramids“～”。
55 Placeat Vestrae［拉］“～”；也解 Papa Westray“～”，英国奥克尼群岛中的一个。
56 此句出自美国诗人庞德在 1926 年 11 月 15 日的信中评价《芬尼根的守灵夜》的话：“绝不缺少神圣的视野，或者是治疗赞美的新药”。
57 Portentos［葡］“～”；也解 potatoes“～”；也解 portentum［拉］“～”；也解 portentosus［拉］“～”。
58 Woose 解 was“～”；也解 goose“～”。
59 Gettle 解 gentle“～”。
60 Thrust“～”，此处解 trust“～”。
61 Myrtles of Venice 解 Myrtles of Venus“～”；也解 merchant of Venice“～”，莎士比亚的喜剧。
62 Bloccus 解 Bacchus“～”，希腊酒神狄俄尼索斯的罗马名字。
63 Plenge Me High 解 pledge me high“～”，出自 19 世纪初期英国诗人威廉·罗伯特·斯宾塞的诗歌《妻子、孩子和朋友》；也解 plunge me high“～”。
64 Waives“～”，此处解 wives“～”。
65 Chiltern 解 children“～”。
66 on“～”，此处解 and“～”。
67 Oremunds Queue 解 oremus［拉］让我们祈祷＋queue“行列”；也解 Ormond Quay“～”，位于都柏林；其中 Oremunds 也解 Orh［德］“～”＋Mund［德］“～”；也解 ore［拉］“～”；其中 queue 也解［法］“～”。
68 Mart 解 St. Martin“～”，圣帕特里克的舅舅，酒会的主保圣人，他的纪念日是 11 月 11 日。
69 Granny“～”；也解 Grannia“～”，芬·麦克尔的未婚妻，与芬·麦克尔的侄子德莫特私奔。
70 Fain Me Cuddle 解 fain cuddle me“～”；也解 Finn MacCool“～”，爱尔兰传说中的巨人英雄。
71 Weighty Ten 解 Eighty ten“～”；也解 quatrevingt dix［法］“～”。
72 Ceteroom 解 sitting room“～”；也解 ceterum［拉］“～”。在此句中，20＋90＋1＝111，111 是本书中的一个特殊数字。
73 Boxer“～”；也可与后面的 Rising 合解 Boxer Rising“～”；也可与后面的 Coxer 合解 Box and Cox“～”。
74 Po“～”，意大利最长的河流；也解 Po［德］“～”。
75 Zigzag Hill“～”，疑指孔子的家乡曲阜。
76 Zemzem“～”，指麦加禁寺克尔白殿东侧一著名泉水，亦称“圣泉”。
77 Marlborry 解 mulberry“～”；也解 1st Duke of Marlborough“～”（1650—1722），第一代丘吉尔公爵。
78 Train“～”，此处解 Tree“～”。
79 Made“～”，此处解 met“～”。
80 Taal on a Taub 解 *Tale of a Tub*“～”，19 世纪英国作家斯威夫特的作品；其中 Taal 也解 Tal［德］“～”；也解 taal［荷］“～”；其中 Taub 也解 taub［德］“～”；也解 Taube［德］“～”。
81 The Log of Anny to the Base All 解 The Log of Any to the Base of All“～”；也解 Logarithm to base L“～”。
82 Nopper 解 James Napper Tandy“詹姆斯·诺柏·谭迪”（1740—1803），爱尔兰起义运动领袖。
83 Notylytl Dantsigirls 解 naughty little dancing girls“～”；其中 Notylytl 也解 motyl［波］“～”；其中 Dantsigirls 也解 Danzig“～”，位于波兰北部。
84 Tipped a Nappiwenk 解 Tipped a Nopper wink“使诺迫式眼色”；其中 Nappiwenk 也解 napiwek［波］“～”。
85 Prszss Orel Orel 解 Persse O'Reilly“～”，书中人物，主人公 HCE 的化身之一；其中 Prszss 也解 przy［波］“～”；也解 przezsyé［波］“～”；其中 Orel 也解［斯］“～”；也解 owl“～”。
86 Orlbrdsz 解 all birds“～”，出自爱尔兰童谣“鹪鹩、鹪鹩，百鸟之王”；也解 Owl birds“～”；也解 olbrzym［波］“～”。

白[87]过于恐怖的巨型独石的内心爱语[88]内心独白、为他干杯，我的酒[89]朱克斯家族，我的弄污怀疑小学生是你的裹尸布[90]吹除糠皮的、我请你相信我曾是他的情妇、他能解释[91]、从维多利亚没有回答[92]维多利亚湖|细微的差别|不难到阿尔伯特阿尔伯特湖|全部|胡子没有回答祖父、老爹是的最棒[93]雏菊因此也给我[94]你的贺礼[95]回答|手|汉斯、巴巴拉[96]在乌合之众[97]排列|水箱|年幼的猪前对手风琴所做的、几乎要死[98]海军上将、尊宝为爱丽丝[99]所做的和茴香酒对他所做的、哦，幸运的罪过[100]奥菲利娅|屁股|后部|犯人|臀部、听爱听脏的听柏林[101]、我的老荷兰人[102]丹麦人|但丁、我是更古老的北方石头[103]北方流氓|北风|游手好闲沉睡[104]滑落于静寂[105]之中，他称我为他的亚洲宝石[106]阿莎、想一想[107]腹中酒[108]腹语者让死尸愉快[109]嫁娶、芬尼根的守灵夜上快乐多多[110]这个可笑浣熊周里支持芬兰人的拉普人|芬·麦克尔、巴克利熏鲱鱼|驼背如何射杀一位俄国将军[111]熏鲱鱼酒店如何一月份在罗什市关了门、留心那位夫人[112]、从荷兰共和国[113]的兴起到巴士底[114]讲道书|沉寂的垮掉、张嘴的两种方式、我并没在水应流淌的地方把它截住而且我知道引诱剂[115]有吸引力的的 29 个名字、托利岛[116]的虐待者[117]鞑靼人把盖尔[118]银河|加拉太|牛奶当作[119]特点他的奶牛[120]米尔克、从阿贝大门[121]阿贝剧院|该特剧院经过毫厘之失[122]赤身裸体的生活|游戏到乌鸦街剧院[123]乌鸦|小巷、罩衫适合仁慈的他们[124]狐狸莫克斯适合葡萄他们|格蕾丝·奥玛丽而我姑姑适合乡巴佬他们[125]蚂蚁适合蚱蜢|乡下顾客、如何在奥西里斯[126]老王死去的时候依然把善良的妙行荷鲁斯[127]天宫图|打一枪拽进这个世界、在滑铁卢的微光中[128]《在阿赫洛峡谷中》|沃特娄、信念[129]父亲他承接[130]叹

87 Extorreor Monolothe 解 exterior monologue“～”；也解 ex-terror monolith“～”；其中 Extorreor 也解 torreor［拉］“～”。
88 Intimier Minnelisp 解 interior“内部的”＋Minne［德］“爱”＋lisp“口齿不清地说”；其中 intimier 也可与后面的 Monolothe 合解 interior monologue“～”。
89 Juckey 解 deoch［爱］“饮料”；也解 Jukes“～”，与卡利卡克斯家族一起，是近代犯罪学研究的两大著名美国犯罪家族，提供了犯罪与遗传间关联的研究资料。
90 Dhoult Bemine Thy Winnowing Sheet 解 Doubt is mine (which is) thy winding sheet“～”；其中 Dhoult 也解 dalta［爱］“～”；其中 Bemine 也解 bemire“～”；其中 Winnowing 也解“～”。
91 此句包含本书主人公名字的缩写 HCE。
92 Victrolia Nuancee ... Allbart Noahnsy 解 Victoria Noanswer ... Albert Noanswer“维多利亚没有回答……阿尔伯特没有回答”，指维多利亚女王和她的丈夫阿尔伯特亲王。该处的两个回答，对应 23 页的“汉弗莱没有回答……丽维娅没有回答”；也解 Victoria Nyanz a ... Albert Nyanza“～”，前者为非洲最大的淡水湖，后者 1973 年后又名蒙博托湖，在赤道北侧扎伊尔和乌干达接界处，两湖皆为白尼罗河的源头；其中 Nuancee 也解 Nuance“～”；也解 ní h-annsa［爱］“～”（猜谜时的常用语）；其中 Allbart 也解 all“～”＋Bart［德］“～”；其中 Noahnsy 也解 Ahn［德］“～”。
93 Da's a Daisy 解 Dad's a daisy“～”；其中 Da 也解［俄］“～”；其中 Daisy 也解“～”。
94 Guimea 解 Give me“～”。
95 Handsel“～”；也解 answer“～”；也解 Hands“～”；也解 Hansel“～”，《格林童话》中的《汉斯和格莱特》中的人物。
96 指圣巴巴拉，兵器制造者的守护圣人。
97 Rank，Tank and Bonnbtail 解 ragtag and bobtail“～”；其中 Rank 也解“～”；其中 Tank 也解“～”；其中 Bonnbtail 也解 banbh［爱］“～”。
98 Huskvy Admortal 解 usque ad mortem［拉］“～”，出自《马太福音》第 26 章耶稣所说的“我心里甚是忧伤，几乎要死”；其中 Admortal 也解 admiral“～”。
99 Jumbo ... Jalice 解 Jumbo ... Alice“尊宝……爱丽丝”，当时伦敦皇家动物园两头著名的大象，尊宝在《尤利西斯》第 12 章中被提到过；《一个青年艺术家的画像》中的丹特和她出走的丈夫曾互称“尊宝”和“爱丽丝”。
100 Ophelia's Culpreints 解 O felix culpa［拉］“～”；其中 Ophelia 也解“～”，莎士比亚戏剧《哈姆雷特》中的女主人公；其中 Culpreints 也解 culus［拉］“～”；也解 cúl［爱］“～”；也解 culprit“～”；也解 cul［法］“～”。
101 Hear Hubty Hublin 解 dear dirty Dublin“亲爱肮脏的都柏林”，译文因头韵的改变而相应改变。
102 My Old Dansh 解 *My Old Dutch*“～”，英国喜剧演员阿尔伯特・切瓦里尔所做的一首伦敦歌曲的名字；其中 Dansh 也解 Danish“～”；也解 Dante“～”，意大利诗人。
103 northe Rogues 解 north rocks“～”；也解 north rogues“～”；也解 norte“～”＋rougues“～”。
104 Slips“～”，此处解 sleeps“～”。
105 Whisht 解 thost［爱］“～”。
106 Dual of Ayessha 解 jewel of Asia“～”，出自歌曲《亚洲的珍宝》(*They Call Me the Jewel of Asia*)，哈里・格林班克的轻歌剧《艺妓》中的歌曲，乔伊斯在《尤利西斯》中几次提到；也解 Ayessha“～”，英国作家哈格德的小说《她》中的 2000 岁女主人公，生活在岩石间。
107 Suppotes 解 suppose“推想”。
108 Ventriliquorst 解 ventral“腹部的”＋liquor“酒”；也解 ventriloquist“～”。
109 Merries 解 merry“～”；也解 marry“～”。
110 Lapps for Finns This Funnycoon's Week 解 Lots of fun at Finnegan's Wake“～”，民谣《芬尼根的守灵夜》中的歌词；也解 Lapps for Finn this Funny coon's Week“～”；其中 Lapps 也解 ALP，本书女主人公名字的缩写；其中 Finns 也解 Finn MacCool“～”。
111 How the Buckling Shut at Rush in January 解 How the Buckley shot a Russian general“～”，指书中爱尔兰士兵巴克利在克里米亚战争中开枪打死一位正在大便的俄国将军；也解 How the Buckling (bar) was shut at Rush in January“～”，其中罗什市为爱尔兰都柏林郡的一个城市；其中 Buckling 也解 Bückling［德］“～”；也解 Buckel［德］“～”。
112 出自莎士比亚戏剧《麦克白》的第二幕第三场。
113 Dudge Pupublick 解 Dutch Republic“～”，1581—1795 年间的一个国家，位置相当于今天的荷兰。美国历史学家莫特雷著有三卷本的《荷兰共和国的兴起》(1856)。
114 Potstille 解 Bastille“～”，位于法国；也解 Postille［德］“～”；也解 Stille［德］“～”。
115 Attraente 解 attrahent“～”；也解 attraènte［意］“～”。
116 爱尔兰登格尔郡北部海面上的岛屿。
117 Tortor 解 torturer“～”；也解 Tartar“～”。
118 Galasia 解 Gael“～”，即爱尔兰；也解 galaxy“～”；也解 Galatia“～”，小亚细亚中部一古国；也解 gala［希］“～”。
119 Trait“～”，此处解 treat“～”。
120 Milchcow 解 milkcow“～”；也解 Milchó“～”，圣帕特里克童年在爱尔兰为奴时的主人。
121 Abbeygate 解 Gate of Abbey (Theatre)“～”；也解 Abbey (Theatre)“～”＋Gate (Theatre)“～”，都柏林两家剧院的名字。
122 Lift in the Lude 解 rift in the lure“～”；也解 life in the nude“～”；其中 lude 也解 ludus［拉］“～”。
123 Crowalley 解 Crow Street(Theatre)“～”，都柏林剧院；也解 crow“～”＋alley“～”。
124 Smocks for Their Graces“～”；也解 Mookse for Their Grapes“～”，本书中狐狸和葡萄的故事；其中 Graces 也解 Grace O'Malley“～”，恶作剧女王的原型。
125 Me Aunt for Them Clodshoppers 解 My Aunt for them clodhopper“～”；也解 The Ant for the Grasshopper“～”，本书中蚂蚁和蚱蜢的故事；其中 Clodshoppers 也解 Clod-shoppers“～”。
126 Oldsire 解 Osiris“～”，古埃及的冥神，太阳神的父亲；也解 Old sire“～”。
127 Horuscoup 解 Horus“荷鲁斯”，古埃及的太阳神，在父亲奥西里斯死后，由母亲伊希斯用魔法怀孕＋coup“突然而巧妙的行动”；也解 horoscope“～”；也解 tirer un coup［法］“～”。
128 Inn the Gleam of Waherlow 解 In the Gleam of Waterloo“～”；也解 *In the Glen of Aherlow*“～”，爱尔兰歌曲，其中阿赫洛峡谷为传统上爱尔兰猎人的避难处；其中 Waherlow 也解 Sir Ernest Albert Waterlow“～”(1850—1919)，英国画家，善画戈尔韦地区的生活。
129 Fathe 解 faith“～”；也解 father“～”。
130 Sukceded 解 succeeded“～”；也解 suk［丹］“～”。

气着我的渴望[131]咽气、向前三[132]你步，向后两步[133]车站、我的皮肤呼唤着三种感觉而我那充满曲线的唇召唤着鸽子的吻[134]教会的鸽子：用修士[135]脑壳的存款建造的结志街[136]抵押品|计量器、小伙子他们组成战场哨兵三人组[137]北斗七星|杂役|战役|打耳光而小姑娘[138]她们组成可人儿[139]公鹿二重奏[140]母鹿|它、在我主的床上在一个妓女身边它走过、妈妈都结束了、牛仔骑过[141]版权美利坚合众国[142]美国独一无二的不动产的12英亩梯田[143]恐怖、他给我一个苏[144]你因此我用茶[145]你招待他、所有荒谷[146]的所有野马[147]宽的半身雕像|白马中、奥多纳修[148]、白色的多纳修、他的呐喊应着我的呼喊、我是他屁股[149]承受他人的恩惠|一边上的针刺而你没有妈妈[150]我什么都不是、不要让声音刺耳的人登上竞选讲台，不要让图片邮件[151]宠物进入扒窃商店、挪威[152]鳕鱼发现波多河[153]水坑、他在这里用巨浪般让人燃烧的[154]雷|避免|成吨的砖头|伯克|托马斯·伯克|坦能堡热情刺穿[155]珀西·奥莱利我、笨蛋哭泣这个割草人在收割[156]、奥罗林、在上面从我的深坑[157]阴部里我祝你得到清晨的阳光[158]悲痛的白色、出自托马斯·穆尔[159]还有多得多|蒂姆·芬尼根|黑人|耳朵的英印小调[160]安迪斯山脉、这个伟大的波利尼西亚[161]戏子[162]进入|训练者用大自然的关系展示情人节[163]百龄坛的光棍儿[164]马裤|新娘、米克尼克和玛吉们的哑剧[165]麦凯、作为最新[166]最后的绘图本[167]进入以及我在伦敦出版业公会[168]订书机的期刊[169]、《西格菲尔德轻歌剧》[170]胜利|田野和/或《绅士[171]的失足[172]不许》、见《创世记[173]》第一章各处[174]、悬置的句子[175]缓刑、给小孩身高的英雄的很长的[176]砖|简短的故事、看我们安睡之时[177]看着我

131 Esperations 解 aspiration“～”；也解 expiration“～”。
132 Thee“～”，此处解 Three“～”。
133 Stops“～”，此处解 steps“～”。
134 Columbkisses 解 columba［拉］“鸽子”＋kiss“吻”；也解 Colm Cille［爱］“～”，即圣哥伦巴，爱尔兰和苏格兰的守护圣人。
135 Crany［俚］“～”；也解 cranium“～”。
136 Gage Street“～”，旧时为香港妓院聚集地；其中 Gage 也解“～”；也解 gauge “～”。
137 Trion of Battlewatschers 解 trio of battle watchers“战场哨兵三人组”；其中 Trion 也解 Triones“～”；其中 Battlewatschers 也解 bottle washers“～”；也解 battle“～”＋Watschen［德］～“”。
138 Totties［都柏林俚语］“～”。
139 Deers“～”，此处解 dear-s“～”。
140 Doeit 解 duet“～”；也解 Doe“～”＋it“～”。
141 Cowpoyride 解 cowboy“牛仔”＋ride“骑过”；也解 copyright“～”。
142 the Unique Estates of Amessican 解 the United States of America“～”；也解 the unique estates of America“～”。
143 Terriss 解 terrace“～”；也解 terror“～”。
144 Thou“～(主格)”，此处解 sou［法］“～”，法国辅币名。
145 Thee“～(宾格)”，此处解 tea“～”。
146 Gleh 解 Glen“～”。
147 Wide Torsos“～”，此处解 wild horses“～”；也解 white horses“～”，也是加拿大的白马城。
148 O'Donogh 解 O'Donohue“～”，即托马斯・莫尔的歌曲《奥多纳修的情人》的主人公，奥多纳修的白马即指大风的日子里吹起的白色海浪。
149 Baskside 解 backside“～”；也解 bask“～”＋side“～”。
150 Mom“～”；也解 me“～”。
151 Pets“～”，此处解 posts“～”。
152 Norsker［荷］(儿童语)“挪威人的”。
153 Poddle“～”，都柏林著名河流之一，在都柏林市中心的惠灵顿码头与利菲河交汇；也解 puddle“～”。
154 Tonnoburkes 解 tonn［爱］“巨浪”＋burning“让人燃烧的”；也解 Donner［德］“～”＋burke“～”；也解 tons of bricks“～”；也解 William Burke“～”(1792—1829)，爱尔兰人，用窒息的方法杀人，出售尸体供解剖；也解 Thomas Henry Burke“～”，1882 年在都柏林凤凰公园被常胜军暗杀的爱尔兰事务次官；也解 Tannenburg“～”，位于波兰东北部，以一战中 1914 年坦能堡战役而闻名。
155 Perssed 解 pierced“～”；也解 Persse O'Reilly“～”，书中人物，主人公 HCE 的化身之一。
156 此句出自爱尔兰歌词作者塞缪尔・拉弗的歌曲《天使的喃喃》(*The Angel's Whisper*)中的歌词“宝宝在沉睡，妈妈在哭泣”。
157 Pit“～”；也解 pit［爱］“～”。
158 the White of the Mourning 解 the light of the morning“～”，出自习语 the top of the morning“美好的早晨”(问候语)；也可直译为“～”。
159 Tommany Moohr 解 Tommy Moore“～”(1779—1852)，爱尔兰诗人和歌词作者；也解 too many more“～”；其中 Tommany 也解 Tim“～”，即爱尔兰民谣《芬尼根的守灵夜》的主人公；其中 Moohr 也解 Mohr［德］“～”；也解 Ohr［德］“～”。
160 Inglo-Andean Medoleys 解 Anglo-Indian melody“～”；其中 Andean 也解 Andes“～”，位于南美洲。
161 Polynesional 解 Polynesian“～”。
162 Entertrainer 解 entertainer“～”；也解 enter“～”＋trainer“～”。
163 Ballantine“～”，苏格兰威士忌著名酒商，创始于 1827 年，此处解 valentine“～”。
164 Brautchers 解 Brautschauer“～”；也解 Breeches“～”；也解 Braut［德］“～”。
165 The Mimic of Meg Neg end the Mackeys 解 The Mime of Mick，Nick and the Maggies“～”，本书第二部第一章的内容；其中 Mackeys 也解 Marie Mackay“～”(1855—1924)，英国小说家，著有《撒旦的悲哀》，《尤利西斯》中曾提到该书。
166 Lastest 解 latest“～”；也解 last“～”＋-est。
167 Pigtarial 解 pictorial“～”。
168 Stitchioner's Hall 解 Stationers Hall“～”，管登记版权；其中 stitchioner 也解 stitcher“～”。
169 Pooridiocal 解 periodical“～”。
170 Siegfield Follies 解 Ziegfeld Follies“～”，1907—1931 年间百老汇上演的系列轻歌舞剧，由西格菲尔德编排，其中众多合唱队的美女被称为“西格菲尔德女郎”；其中 Siegfield 也解 Sieg［德］“～”＋field“～”。
171 Gentlehomme 解 gentle＋homme(［法］“人”)“～”。
172 Faut Pas 解 faux pas［法］“～”；也解 faut pas［法］“～”(监狱用语)。
173 Jealesies 解 Genesis“～”。
174 Pessim 解 passim“～”。
175 Suspended Sentence“～”，此处直译为“～”，指本书首尾处的句子。
176 Brick“～”，此处解 thick“厚重的”；也解 brief“～”。
177 As Lo Our Sleep“～”；也解 As looking our ship“～”，此句出自托马斯・莫尔的歌曲《我们的船太慢》。

们的船、我知道我在我这里得到了它因此这个解决了那个问题、雷电[178]索尔|屁股|很快船长史密斯[179]和野美人[180]波卡宏塔斯[181]可耻的、等候巨人[182]天空|威尔金之女[183]马丽汉娜[184]玛丽娜|莫莉等了一个星期[185]通向潮湿星期的路、最后一个芬戈尔人[186]、是我怂恿他去股票交易所并把我美丽的[187]尽责的脸借给他的海关、对他们的中国传教[188]排尿欢欢欢呼[189]、《匹克威克外传》[190]兴奋剂|单人牢房、懒蛋烦烦蛋[191]摔了个大跟头、皮条条客皮条条客[192]、两个虱子的卑贱冒险[193]不幸遭遇和果子的坠落、沃克斯家内部[194]、如果我的展翼鹰[195]不太紧我就会大骂[196]解开紧身衣|在治安官的长凳上解开我的紧身衣那群[197]长凳治安官[198]玛奇|陷阱、都去看她[199]的胖屁股[200]大力士阿罗夏而豪克[201]吸引了我的目光[202]、看过那不勒斯死也瞑目[203]苹果、我请求[204]大的你离开[205]相信爱情和母亲、挨罚之过[206]挑错非重罪、离开都柏林魔鬼重新进入租用人生活[207]流出德尔文溪,重新流入利菲河、晶簇[208]壹耳微蚵眼中飞出的闪电把我的头发都点着了、他的房子是麦芽做的[209]、神的视野从后向前、亚伯和撒拉[210]能够分享让伊萨卡处于无性状态[211]牛顿直到梵天[212]教了[213]说他性常识[214]常识、咬夏娃[215]一小口可以让肠子[216]通畅、一切为了健力士父子有限公司[217]声音和恭维|好色的、每个星期醒来七个老婆、快活的安和忧郁的理发师[218]《阿里汉娜与蓝胡子》|北非柏柏尔人的|血、哈菲砍头[219]吃|种子的时候阿美哑着黑啤、一对儿雨伞[220]亚伯或三根[221]手杖[222]该隐、好较好最好[223]巴特、从霍斯首要的|房子的领主[224]人或领主胡特到奥玛丽[225]莫莉小姐们从夫人们[226]夫人街到她们的同类、给绿地上的同事们[227]大学绿地很多花

178 Thonderbalt 解 thunderbolt“～”；也解 Thonar，即 Thon 或 Thor“～”，北欧神话中的雷神和战神；也解 tón［爱］“～”；也解 bald［德］“～”。
179 Smeth 解 John Smith“～”(1579—1631)，英国在弗吉尼亚的殖民地的长官，当地印第安部落的王子波卡宏塔斯曾救过他的命。
180 La Belle Sauvage“～”，15 世纪到 19 世纪伦敦的一个公共建筑，在伊丽莎白时代曾是剧院，后成为旅馆。
181 Pocahonteuse 解 Pocahontas“～”，美洲印第安部落的王子，19 世纪初的喜剧《印度公主：野美人》中的公主；也解 honteuse［法］“～”。
182 Welikin 解 velikan［俄］“～”；也解 welkin“～”；也解 Wilkins“～”，威廉的昵称，指英国国王威廉三世。
183 Douchka 解 dochka［俄］“～”。
184 Marianne“～”，法兰西共和国或其政府的绰号，因以女性为其化身，故名；马丽汉娜也指威廉三世的妻子玛丽二世；也解 Marina“～”，莎士比亚戏剧《佩里克勒斯》中的小女孩，名字的含义为“风暴的孩子”；也解 Molly“～”，《尤利西斯》中布卢姆的妻子。
185 Way for Wet Week“～”，此处解 Wait for One Week“～”。
186 Fingalliansk 解 Fingal“～”，古爱尔兰人对某些北欧入侵者的称呼，意为“金发的陌生人”；芬格尔也是一位苏格兰英雄的名字，他来到爱尔兰抵抗丹麦人。此句出自美国作家库伯的《最后一个莫希根人》。
187 Dutiful“～”，此处解 beautiful“～”。
188 Miction“～”，此处解 mission“～”。
189 Chee Chee Cheels 解 chee chee cheers“～”。
190 Pickedmeup Peters 解 Pickwick Papers“～”；也解 pick-me-up“～”＋peters“～”。
191 Lumptytumtumpty 解 Humpty Dumpty“憨蛋呆蛋”，根据声音变化译为“～”。此句出自儿歌《憨蛋呆蛋的伟大坠落》。
192 Pimpimp 解 pimp“～”。
193 Measly Ventures“～”；也解 misadventure“～”。
194 The Fokes Family 解 Vokes family“～”，19 世纪 70 年代伦敦哑剧院一个著名表演家庭，包括三个姐妹和两个兄弟。
195 Spreadeagles 解 Spread Eagle“展翼鹰紧身衣”，都柏林一家紧身衣商店。
196 Loosen my Cursits 解 loosen my curses“～”，该句解“大骂那群治安官”；也解 loosen my corsets“～”，因此该句也可解“～”。
197 Bunch“～”；也解 bench“～”。
198 Maggiestraps 解 magistrates“～”；也解 Maggies“～”，在书中也与《新约》中的抹大拉的马利亚交织在一起＋traps“～”。
199 Allolosha 解 all to look she“～”。
200 Popofetts 解 Popo［德］“屁股”＋fett［德］“胖的”；也解 Alesha Popovich“～”，俄国传说中的英雄。此句包含本书女主人公名字的缩写 ALP。
201 Howke 解 Hawkeye“～”，美国作家库柏的《皮袜子故事集》中的人物。此句包含本书男主人公名字的缩写 HCE。
202 Cotchme Eye 解 Catch my Eye“～”。
203 Seen Aples and Thin Dyed 解 See Naples and then die“～”；其中 Aples 也解 apples“～”；也解 Alp，本书女主人公名字的缩写。
204 big“～”，此处解 beg“～”。
205 Beleaves 解 leaves“～”；也解 believes“～”。
206 Fine's Fault“～”；也解 find fault“～”。
207 Exat Delvin Renter Life 解 exit Dublin reenter life“～”；也解 exit Delvin reenter Liffey“～”；其中 Delvin 也解 Devil“～”；其中 renter 也解“～”。
208 Vuggy“～”；也解 Earwick“～”，本书主人公。
209 本句出自英国流行儿歌《这个房子是杰克造的》(*This Is the House that Jack Built*)。
210 Abe to Sare 解 Abraham and Sarah“～”，《创世记》中老年得子的夫妇；也解 able to share “～”。
211 Neuter“生殖器未发育完全的”；也解 Isaac Newton“～”(1642—1727)，英国物理学家。
212 Brahm 解 Brahma“～”，印度神话中的造物主。
213 Taulked 解 taught“～”；也解 talked“～”。
214 Common Sex“通常的性”；也解 common sense“～”。
215 Eve“～”，代指苹果。
216 Bowal 解 bowel“～”。
217 Guineas，Sounds and Compliments Libidous 解 Arthur Guinness，Sons & Co.，Ltd“～”；其中 Sounds and Compliments 也解“～”；其中 Libidous 也解 Libidinous “～”。
218 Airy Ann and Berber Blut 解 Airy Ann and Blue Barber“～”；也解 *Ariane and Barbe-bleu*“～”，法国作曲家保罗・杜卡 1907 年创作的歌剧；其中 Berber 也解“～”；其中 Blut 也解［德］“～”。
219 Eads 解 heads“～”；也解 eats“～”；也解 seeds“～”。此句包含本书女主人公名字的缩写 ALP 和男主人公名字的缩写 HCE。
220 Abbrace of Umbellas 解 a brace of umbrellas“～”；也解 Abel“～”，亚当的儿子，被哥哥该隐杀死。
221 Tripple 解 triple“三倍的”。
222 Caines 解 canes“～”；也解 Cain“～”，《旧约》中亚当的儿子，杀死弟弟亚伯。
223 Buttbutterbust 解 good better best“～”；也解 Butt“～”，本书主人公两个儿子的化身之一。
224 Manorlord Hoved 解 Manor lord of Howth“～”；也解 Man or lord Hoother“～”，胡特为霍斯堡的领主雅尔・范・胡特；其中 Hoved 也解［丹］“～”；也解 house“～”。
225 O'Mollies 解 Grace O'Malley“～”，恶作剧女王的原型；也解 Molly Bloom“～”，《尤利西斯》中布卢姆的妻子。
226 Dames“～”；也解 Dame Street“～”，都柏林的主要街道之一，与大学绿地相连。
227 the Colleagues on the Green“～”；也解 College Green“～”，位于都柏林市中心的一块三角地带。

彩[228]展示|宣言、只要被召唤就成为杰出的后卫和出色的中卫[229]、就像树很快石头很白我在傍晚前就完成了梳洗、名誉上的壹耳微蚵先生[230]的第一个也是最后一个唯一真实的描述、英镑、先令、便士[231]迷幻药、还有蛇(金块!)旁这个世界上的女人她只会讲一个亲爱的男人和他所有同谋者的赤裸裸的真相他们如何全都试图打倒[232]愚弄他把阴茎壹耳微蚵和一对邋遢荡妇的事在切坡里若德[233]卢坎到处传播错误地展览那说不出口的东西指责英国兵[234]雨衣。

这个形式多变的图表本身是典籍的多面体。曾有一段时间,无知的读字母表人[235]更好会写下一个坏入骨髓的[236]完全易潮解的惯犯的踪迹,可能左右逢源,或许鼻孔朝天[237]长狮子鼻的,在他(或她)的后脑显出一道深得奇怪的彩虹[238]雨水|碗。对那坚持咏唱古物[239]好奇的语源学家[240]昆虫学者|虫媒的,它则展示了极具雌雄嵌合性的蛹[241]蛹化|结婚的,在里面永恒的猎怪者[242]欧里昂[243],如今喜欢[244]叶|朋友糖,那时偏爱[245]生命|叶盐,他腹内拥挤成堆的感官与寻找上帝真理[246]善|真的眼睛交相辉映,在他们夜晚的臭气下醺醺然昏头胀脑,还有打鼓般的枪声和钳子般的爱抚工具,追星般地[247]帕西法|史黛拉追着他的蝴蝶瓦内萨,一朵花又一朵花[248]一层楼。不知怎地这听起来像最纯种的变色龙[249]科学|多利,我们那有着阴郁[250]新闻传说的母国[251]文学里这种人多的是。一切都离我们那么远[252],他在夜晚[253]厨房|结的黑暗中,成千[254]冒险零一[255]磨损的,在后面[256]未做之事翻滚,我们必须像可怜的[257]猫头鹰|拉瞎猫头鹰[258]老异端

228 Manyfestoons 解 many festoons“～”；也解 manifestation“～”；也解 manifesto“～”。
229 Excellent Halfcentre 解 excellent center-half“～”；也解 ECH，本书男主人公名字缩写的倒写。
230 Mirsu 解 mister“～”。
231 L. S. D. 即 pounds，shillings and pence“～”的缩写；也解 lysergic acid diethylamide“～”。
232 Fall“～”；也解 fool“～”。
233 Lucalizod 解 Chapelizod“～”，位于都柏林西郊；也解 Lucan“～”，都柏林郊区，位于利菲河边。
234 raincoat“～”，此处解 Redcoats“～”。
235 alphabetters 解 alphabet-er-s“～”；也解 ALP，本书女主人公名字的缩写＋better“～”；也解 alpha beta，希腊字母表中的头两个字母。
236 purely deliquescent“～”，此处解 purely delinquent“～”。
237 snubnosed“～”，此处解 snob“势利”＋nose“鼻子”。
238 rainbowl 解 rainbow“～”；也解 rain“～”＋bowl“～”。
239 curiosing 解 curio“古董”＋sing“歌唱”；也解 curiosity“～”。
240 entomophilust 解 etymologist“～”；也解 entomologist“～”；也解 entomophilous“～”。
241 nymphosis“～”，此处解 nymph“～”；也解 nympheusis［希］“～”。
242 chimerahunter 解 hunter of chimera“捕猎卡米拉的人”，卡米拉为希腊神话中吐火的怪物，因此也指代怪物。
243 Oriolopos 解 Orion“～”，希腊神话中的著名猎手，死后化为猎户星座。
244 frond“～”，此处解 fond“～”；也解 friend“～”。
245 lief“乐意的”；也解 life“～”；也解 leaf“～”。
246 goods trooth 解 God's truth“～”；也解 good“～”＋truth“～”。
247 persequestellates 解 persequor［拉］“追逐”＋stella［拉］“星星”；其中 perseque 也解 Parsifal Percival“～”，亚瑟王传奇中的圣杯骑士；也解 Stella，与后面的 vanessas（Vanessy）合解“～”，斯威夫特的两个年轻恋人。
248 flore 解 flower“～”；也解 floor“～”。
249 kidooleyoon 解 chameleon“～”；也解 kidout'iun［亚］“～”；也解 Dooley“～”，爱尔兰裔美国喜剧演员，也是惠灵顿博物馆中的三个士兵之一。
250 lour“～”；也解［亚］“～”。
251 madernacerution 解 mother nation“～”；也解 madénakrout'iun［亚］“～”。
252 herou 解 herou［亚］“～”。
253 kitchernott 解 kišer［亚］“夜晚”＋nòtte［意］“夜晚”；也解 kitchen“～”＋knot“～”。
254 hasard 解 hazar［亚］“一千”；也解 hazard“～”。
255 worn“～”，此处解 one“～”。
256 arered 解 arear“～”；也解 arrears“～”。
257 pou［亚］“～”，此处解 poor“～”；也解 pull“～”。
258 owl giaours 解 gouyr（［亚］“瞎的”）＋owl，即“～”；也解 old giaour“～”。

一样继续摸索直到天明[259]半夜零点，我们现在就是这样，如果我们要为了我们的今日[260]眼中钉之日抚慰[261]保留任何时刻的话。丈夫[262]引人发笑的|令人惊异的，尽管还不是[263]尽管。更仔细地查看备忘录可以看到多重人格强加在多个文献或一个文献之中，在适于一个或多个犯罪的场合迄今仍然会意外出现之前，对一个或多个实质性犯罪的某种预见，可能由某个人在未曾完全意识到的情况下做出来。事实上，在监督者的密切注视下，那些特征显示出明暗交织性，它们的矛盾性消除了，在一个稳定的某人身上，有如随着动摇人心者与擅闯民宅者以及浅斟慢饮者对自由思想者的天助之战[264]警告，我们的某个社会之物跌跌撞撞快速滚动，在摇摇晃晃中经历着一系列预先安排的失望，沿着一代代的漫长小路（就像一二三[265]那么简单[266]傻笑！）一代代，又是一代代，更多的一代又一代。

说说，光的给予者[267]路西弗|虱子|一扇门先生[268]男爵|周围，到底谁在游戏之厅[269]地狱|冰雹|黑格尔写下这个该死的[270]坏的东西？起立，请坐，江湖郎中[271]背后安装的，靠着界墙，在冰冻线之下，用鹅毛笔或尖笔，头脑混乱或清晰，伴以咀嚼或者相反，被过来书写的观看者或过来观看[272]地址的书写者的拜访打断，在两次阵雨之间或两套[273]扔三轮车之间，被雨淋或被吹散，被来自泥土的彻底正规的赛手[274]保持着地方特色的，或者被过于悲痛的式微智慧，承载着知识的战利品？

现在，耐心些：记住耐心是非常伟大的，而且比其他所有

259 Zerogh hour 解 zereg([亚]“天”)+hour，即“～”；也解 zero hour“～”。

260 aysore 解 aysôr [亚]“～”；也解 eyesore“～”。

261 salve“药膏，使良心得到安慰”；也解 save“～”。

262 Amousin [亚]“～”；也解 amusing“～”；也解 amazing“～”。

263 not but“～”，此处解 not yet“～”。

264 warring“交战的”；也解 warning“～”。

265 oxhousehumper 解 ox“牛”，希伯来文第一个字母 Aleph 的含义即为“牛”+house“房子”，希伯来文第二个字母 Beth 的含义即为“房子”+hump-er“长驼峰的东西”，希伯来文第三个字母 Gimel 的含义即为“骆驼”，因此这里译为“～”。

266 Simper“～”，此处解 semper [拉]“总是”，此处解 simple“～”。

267 lousadoor 解 Lousadour [亚]“～”；也解 Lucifer“～”，堕落前的撒旦；也解 louse“～”+a door“～”。

268 baroun 解 baron [亚]“～”；也解 baron“～”；也解 around“～”。

269 hallhagal 解 hall“大厅”+khaghal [亚]“游戏”；也解 hell“～”+Hagel [德]“～”；也解 Hegel“～”，德国哲学家。

270 durn 解 damn“～”；也解 durnoi [俄]“～”。

271 mountback 解 mountebank“～”；也解 back mounted“～”。

272 site“～”，此处解 sight“～”。

273 atosst 解 two set“～”；也解 toss“～”。

274 racer from the soil “～”；也解 racy of the soil“～”，常用来描写爱尔兰人。

事情都重要的是我们必须避免失去或者快要失去耐心。忧心忡忡的商人可能没有许多动力[275]时间去掌握孔子的中庸[276]学说或者伯鱼[277]果实的礼仪规则[278]天经地义的真理，他们采用的好办法是只要想想所有那些由布鲁斯兄弟[279]以他们共同的名义掌握的偿还耐心基金[280]，与他们共为一体的还有他们的苏格兰蜘蛛[281]和艾伯费尔德的算术马[282]。也许经过了黑沟里年复一年的挖掘之后，一位情绪激昂的演讲者而非其他什么人，基纳汉[283]匈奴人或汉人|酒店或神父|白酒或基汉纳、莱农[284]更聪明的或手指[285]信使[286]肉贩|肉|孩子|房子|经理|尊敬，怀着与该死的所有人[287]回归|覆盖着稻草|缝补|所有同样的目的起来了，用所有马厩[288]啤酒的语言[289]其他语言的声音|野蛮人|巴布尔向我们保证，我们伟大的祖先[290]上升的可能[291]适当地讲着比他自己的姓更短的三个音节（是，是，更短！），芬[292]白皙金发的·壹耳微蚵的耳朵从前是播音员的商标，而柳条[293]刻毒的是表示王牌特权的当地暗语（听！喊！到处都是[294]每处空气！）因此对于这封在收音机中振荡的书信[295]史诗|关于消息的，无论是棉花、丝绸，还是锦绣、化妆墨[296]煤、五倍子[297]外国人或砖灰[298]，我们都必须不断回到它，正是现在在暹罗、地狱或炼狱[299]闪、含或雅弗的某处，在那在我们智慧[300]笼子|狗屎|市镇的阿拉丁山洞[301]提及|小海湾里跟我们玩绕圈转[302]再见|跳跃游戏的圆太阳下[303]洋葱，是不是那个灿烂的如此这般将把真相透露给了我们？

我们知道唱反调的人。想从已经没有政治仇恨[304]和索要金钱这一积极一面得出完全否定的结论，认为纸上所写的不

275 momentums“～”；也解 moments“～”。

276 meang 解 mean“～”。

277 Carprimustimus 解 Carp“鲤鱼”＋Primus“最年长的，伯”，即“～”，孔子儿子孔鲤的字；也解 kapros［希］“～”。

278 codestruces 解 codex“法典”；也解 God's truth“～”。

279 指 13 世纪末 14 世纪初的苏格兰民族英雄罗伯特·布鲁斯和埃德华·布鲁斯，他们曾远征爱尔兰。

280 sinking fund“偿债基金”，也可直译为“减少的基金”。

281 苏格兰民族英雄罗伯特·布鲁斯观看蜘蛛在墙上爬行时领悟到了耐心的意义。

282 19 世纪末 20 世纪初，德国艾伯费尔德地区曾以会敲出算术答案的马闻名，其中最有名的一匹叫“聪明的汉斯”，会计算九柱戏的结果。此句也包含本书男主人公名字缩写的倒写 ECH。

283 Kinihoun or Kahanan 解 Kinahan“～”，都柏林的威士忌酒厂；也解 Huns or Han“～”；也解 kinedoun［亚］“酒店”＋or“或”＋k'ahana［亚］“神父”即“～”；也解 kini［亚］“～”。

284 giardarner 解 gardener“园丁”；也解 djardar［亚］“～”。

285 mear 解 méar［爱］“～”。

286 measenmanonger 解 messenger“～”；也解 meat monger“～”；也解 misen［亚］“～”＋manoug［亚］“～”；也解 maison［法］“～”＋manager“～”；也解 meas［爱］“～”。

287 darnall 解 damn“该死的”＋all“全部”；也解 tarnal［亚］“～”；也解 dárnael［爱］“～”；也解 darn“～”＋all“～”。

288 Carrageehouse 解 carriage house“～”；也解 karedchour［亚］“～”。

289 barbar［亚］“～”；也解 barbar［希］“～”；也解 barbarian“～”；也解 John Barbour“～”(1320—1395)，苏格兰诗人，著有史诗《布鲁斯兄弟》。

290 ascendant“～”，此处解 ancestor“～”。

291 properly“～”，此处解 probably“～”。

292 Fionn［爱］“～”；此处解 Fin“～”。

293 wicker“～”；也解 wicked“～”。

294 Everywhair 解 everywhere“～”；也解 every air“～”。此句包含本书男主人公名字的缩写 HCE。

295 epiepistle 解 epistle“～”；也解 epic“～”；也解 epi epistoles［希］“～”。

296 kohol 解 kohl“～”；也解 Kohle［德］“～”。

297 gall“～”，有的墨水取自五倍子汁；也解 gall［爱］“～”。

298 这三个为颜色的原料。

299 这三个地名也解 Shem，Ham or Japhet“～”，挪亚的三个儿子。

300 cagacity 解 sagacity“～”；也解 cage“～”；也解 cagare［意］“～”；也解 k'aghak'［亚］“～”。

301 Aludin's Cove 解 Aladdin's Cave“～”，《一千零一夜》中阿拉丁在这个洞里发现了神灯；也解 alluding“～”＋cove“～”。

302 touraloup 解 tour“巡游”＋a loop“一圈”；也解 tooraloo“～”；也解 loup“～”。

303 glorisol 解 glor［亚］“圆的”＋sol［拉］“太阳”；也解 sokh［亚］“～”。

304 odia［拉］“怨恨”。

可能出自那个时代某个男人或女人之手，或者那些部分不过又是一个仓促得出、未经斟酌的结论[305]，这相当于从随便哪页中未出现的引号（有时被称为引语[306]）来推测该作者天生始终不知道如何盗用其他人说的话。

幸运的是这个问题[307]探求|抱怨还有另外一个角度[308]棱角|康德。是否有哪个家伙，随处可见的那种，也许是为了什么好处某个沉闷的夜晚才被平静地提起——有着普通家伙的所有常见特征，四十岁左右胸部扁平，有些虚张声势，惯于在阐述复杂事物时用中间省略法推理，是他伟大的凤阳[309]芬尼根朝代的后裔，只不过是另一个之子，事实上，曾盯着一封极其普通、写有地址、贴着邮票的信封看了相当长一段时间？应该承认，这只是外表：它的脸是它的财富，呈现出它相貌中所有不完美的完美；它仅仅展示了市民或军人的外衣，遮盖着随便哪种缺少激情的裸露，或者伤痕青紫的赤裸可能碰巧把自己藏到信封下面。然而如果仅仅把注意力集中在任何文件的字面意义甚至心理学内容上，以致令人痛心地忽视为它提供详情的封装着它的事实本身，这种作法对健全理智（并且再加上最真实的品味）的伤害，正如同某个家伙在可能通过另一个家伙被介绍给，比如说，后者熟识的一位女士时，后者结果变成了需要他来介绍的朋友，而该女士正忙于展示祖先[310]在前的|姐妹精心制定的上楼[311]在那里礼仪，径直跑开了，突然清楚地看到她完全赤身裸体，宁愿在伦理礼仪[312]的事实面前闭上他那视力不佳的[313]拼命

305 这句话变自俗语“三思而后行”(Look before you leap)。

306 乔伊斯自己很少使用引号。

307 questy 解 kwestie［荷］“～”；也解 quest“～”；也解 questio［拉］“～”。

308 cant“斜面”；也解 Kante［德］“～”；也解 Immanuel Kant“～”(1724—1804)，德国哲学家。

309 Fung Yang“～”，明代皇帝朱元璋的出生地；也解 Finnegan“～”。

310 antecistral 解 ancestral“～”；也解 ante-“～”＋sister“～”。

311 upstheres 解 upstairs“～”；也解 up there“～”。晏子曾批评孔子“盛声乐以侈世，饰弦歌鼓舞以聚徒，繁登降之礼、趋祥之节以观众”。

312 ethiquethical 解 ethic“伦理”＋etiquette“礼仪”。

313 blinkhard 解 blinkard“～”；也解 blink hard“～”。

眨眼眼睛，即她毕竟，就眼下的空间来说，穿着某种无疑成套的[314]定冠词进化服装，不谐调的产物，吹毛求疵的批评者可能把它们描绘成，或者不是完全必要，或者这里那里有点儿让人生气，但是尽管如此，无疑[315]突然充满地方色彩和个人香气，而且，也暗示着大量更多的东西，可以被拉长、扩大，如果需要或愿意，可以把它们那些奇怪得似乎巧合的部分分开，他们现在不正是这样，好让行家的巧手更好地检查，你们不知道吗？谁打心眼里怀疑女人气的裁缝[316]服装一直在那儿，或者比现实更奇怪[317]，怀疑女性化的小说与此同时也在那儿，只不过有点儿朝后[318]背拱？或者那个可以与这个分开？或者两者那时可以被同时审视？或者每一个都可以离开其他的依次被拿起来考虑？

现在让一些手工制品自己保护自己吧。河水觉得她需要盐分[319]。那正是盐卤[320]布利安·布鲁进来的地方。国家需要熊掌[321]做晚餐[322]要塞|铃声叮叮！它当然[323]粗声恶气的得到了许多众多的[324]熊掌。我们这些生活在天空之下[325]天子脚下的人，我们这些来自三叶草之国[326]花国的人，我们罪中[327]中国之人常常仰望拱盖着[328]抵达大地的天空。我们当然[329]突然如此。我们的岛屿都是圣人[330]。这个地方。那个严厉的笨蛋可能曾经可能未曾[331]可能是，可能不用他那种路德[332]卢坎|水獭|赎金|好的音乐学院的方式不留余地[333]重复地说，切坡里若德—卢坎[334]是否是一座教堂——里面是否有一本书|就像看进去的那样的是一个地方，要么达到极至要么什么都不是[335]要么复仇要么什么都不做|矮的或者高的，在这个巨大的[336]已制成的泪谷[337]渐渐消失的|空

314 definite articles“～”，此处解 definite“无疑的”＋articles (of clothing)“服装用品”。

315 suddenly“～”，此处解 certainly“～”。

316 clothiering 解 clothier“～”；也解 clothing“～”。

317 出自俗语“真理比小说更奇怪”。

318 rere 解 rearwards“～”；也解 rere-arch“～”。

319 美国作家卡尔·克劳在他 1937 年出版的《孔夫子：孔子的故事》(*Master Kung*：*The Story of Confucius*)中称在中国大海象征遗忘(食盐＝食言)，并称中国人非常惊异大海可以提供盐分，河水却不能。

320 Brien 解 brine“～”；也解 Brian Boru“～”，爱尔兰传说中的著名国王。

321 指中国人视熊掌为美味。

322 dindin 解 dinner“～”；也解 dún［爱］“～”；也解 zinzin“～”，本书的主导主题之一，呼应着希伯来文中的 Tzimtzum(凝缩)。

323 surly“～”，此处解 surely“～”。

324 boundin aboundin 解 abundant“～”。

325 under heaven“究竟，～”；也可译为“～”。

326 the clovery kingdom“～”，即爱尔兰；也解 he flowery kingdom“～”，《〈芬尼根的守灵夜〉注解》认为这与前后的“天子脚下”“中国”一样都是中国人对自己的称呼，笔者怀疑“花”为“华”的误读。

327 middlesins 解 in the middle of sins“～”；也解 Middle Kindom“～”。

328 overreaching 解 overarching“在……上方成拱形”；也解 reaching over“～”。

329 suddenly“～”，此处解 certainly“～”。

330 Sainge 解 Saint“～”，爱尔兰人称爱尔兰为“圣人之岛”。

331 Mayhappy Mayhapnot 解 may have may have not“～”；也解 mayhap mayhap not“～”。

332 lutran 解 Lutheran“～”；也解 Lucan“～”，都柏林城郊，位于利菲河边；也解 lutra［拉］“～”；也解 lutron［希］“～”；也解 lutra［阿尔］“～”。

333 to repeation 解 to repletion“充满”；也解 to repeat“～”。

334 Isitachapel — Asitalukin 解 Chapelizod — Lucan，两个地名，前者位于都柏林西郊，后者位于都柏林城郊利菲河边；也解 is it a chapel — Has it a book in“～”，指《芬尼根的守灵夜》；其中 Asitalukin 也解 as a look in it“～”。

335 ult aut nult 解 ultimum aut nullum［拉］“～”；也解 ultio aut nullum［拉］“～”；也解 ulte［阿尔］“矮的”＋aut“或者”＋nalte［阿尔］“高的”即“～”。

336 madh［阿尔］“～”；也解 made“～”。

337 vaal of tares 解 vale of tears“～”；其中 vaal 也解［荷］“～”；其中 tare 也解“～”。

车的重量（它那发黄的青翠草木，法厄同[338]两马四轮轻便马车|凤凰公园曾在那里[339]无论哪里停车，而它加奶的[340]茶[341]则是溺水的奥菲利娅[342]玫瑰|渴望梦寐以求的[343]戏剧）在那里可能的是不可能的，不可能的是不可避免的[344]。我们神圣不可分的谚语主教说是的[345]这我知道[346]曼肯|假如，看到那个或者不我不[347]下流的笑话|上帝|这、那|愚蠢的知道是一个燕麦粥[348]压碎问题[349]问答频道，假如他一语中的[350]两根钉子|脚指甲，我们就注定要经历一系列不可能的可能，尽管可能没有人会在从他的话题上[351]挖出一堆冷玉米[352]身上穿的羊毛之后，还会在亚里士多德或《圣经》[353]哈里斯里特地在他那些话后毫无偏见地[354]刽子手|颜色|驴|屁股为他喝彩，因为尽管像所有这些事情一样毫无可能，它们可能就像那些可能已经发生的一样可能就像其他任何根本从未发生[355]采用|人的一样有可能如此。阿门[356]公鸡|预感|布拉瓦茨基女士！

关于那只最初的母鸡[357]原罪。仲冬（之前[358]妇女或霜至[359]治疗法|治疗|母鸡？）即将到来，春天[360]春季是四月[361]早期的诺言，那时随着教堂的鸟儿[362]雨|桥唱起生命的古老而甜蜜的歌谣[363]看|小时，一个满身是雪的颤抖的人，不过是个小娃娃，看到一只冰冷的母鸡在那个致命的粪堆[364]哑巴|致命的处女或木屑厂或圆锥底的[365]可笑的屁股粪坨[366]小山（简称垃圾堆）上行为非常古怪，那儿后来变成了橘园，当时在出乎意料的更大的毁坏过程中，在照常工作的假日[367]丛林住民的假日，它的柠檬[368]河泥|情人|门户|柠檬呕出一些自然形成的橘皮碎片，那是某个无名的阳光追随者或地点藏匿者

338 Phaiton 解 Phaëtōn“～”，希腊神话中太阳神赫利俄斯的儿子，驾驶太阳车时无法控制，使经过之地的大地被烤焦；也解 phaeton“～”；也可与后面的 park 合解 Phoenix park“～”。

339 therever 解 there ever“～”；也解 wherever“～”。

340 tamelised 解 tambel［阿尔］“牛奶”＋ised。

341 tay 解 tae［爱］“～”。

342 Drainophilias 解 Drown“淹死”＋Ophelia“奥菲利娅”，莎士比亚戏剧《哈姆雷特》中的女主人公；也解 trendafille［阿尔］“～”；也解 drainô［希］“～”。

343 drame 解 dream“～”；也解 drama“～”。

344 此句出自爱尔兰古典学者马哈菲(John Pentland Mahaffy)爵士所说的：“在爱尔兰，必然发生的从未发生，出乎意料的倒常常发生。”

345 This“～”，此处解 yes“～”。

346 me ken 解 I ken“～”；也解 Mencken“～”(1880—1956)，美国作家、编辑，发表了乔伊斯的《都柏林人》中的“寄宿公寓”和“一小朵云”；也解 me kene［阿尔］“～”。

347 Zot 解 not“～”；也解 Zote［德］“～”；也解 zoti［阿尔］“～”；也解 zot［希伯来］“～”；也解 zot［荷］“～”。

348 havvermashed 解 havermout［荷］“～”；也解 have mashed“～”。

349 Quiztune 解 question“～”，此句化自《哈姆雷特》中的名言“存在还是不存在，这是一个问题”；也解 Quiztunes“～”，美国广播节目。

350 此句化自习语 hit the nail on the head“一语中的”；其中 twoe nails 解 two nails“～”；也解 toenail“～”。

351 aboove 解 above“在……之上”。

352 cwold cworn 解 cold corn“～”；也解 wool worn“～”。

353 Harrystotalies or the vivle 解 Aristotle or the Bible“～；也解 Frank Harris“～”(1856—1931)，爱尔兰作家，乔伊斯在《尤利西斯》和本书中借用了他对莎士比亚和奥斯卡·王尔德的一些看法。

354 onboiassed 解 unbiassed“～”；其中 bòia 也解［意］“～”；也解 boje［阿尔］“～”；其中 ass 也解“～”；也解 arse“～”。

355 took person 解 took place“～”；也解 took“～”＋person“～”。

356 Ahahn 解 amen“～”；也解 Hahn［德］“～”；也解 ahnen［德］“～”；也解 Helena Petrovna Blavatsky“～”(1831—1891)，昵称 Hahn，俄国通神论的奠基人。

357 original hen“～”；也解 original sin“～”。

358 fruur 解 früher［德］“～”；也解 Frau［德］“～”。

359 kuur 解 kuura［芬］“白霜”；也解 Kur［德］“～”；也解 kuur［荷］“～”；也解 kura［斯洛］“～”。

360 Premver 解 primavèra［意］“～”；也解 prandverē［阿尔］“～”。

361 pril［阿尔］“～”；也解 April“四月”；也解 pril［荷］“～”。

362 kischabrigies 解 kishē［阿尔］“教堂”＋birds“鸟”；也解 kisha［塞维］“～”；也解 bridge“～”。

363 sahatsong 解 sweet song“～”；其中 sah 也解［德］“～”；也解 sahat［阿尔］“～”。

364 midden“～”；也解 Mutt“～”，本书一组二元对立的人物中的一个；也可与前面的 fatal 合解 fatal maiden“～”，指希腊神话中的月亮和贞洁女神阿尔忒弥斯。

365 comicalbottomed 解 conical-bottomed“～”；也解 comical bottom“～”。

366 copsjute 解 kopron［希］“～”；也解 kopje［荷］“～”。

367 bushman's holiday“～”，此处解 busman's holiday“～”。

368 limon［法］“～”，此处解 lemon“～”；也解 leman“～”；也解 limen［拉］“～”；也解 limun［塞维］“～”。

在一次野餐中留下的最后残渣，[369]立刻路回到他那僧侣主宰的[370]写错的|满是垃圾的过去。除了看护人[371]偷窥的小凯文外，还有哪个斯特兰特卢珀人[372]搁浅|打环的人的孩子[373]在这样喷嚏连天的[374]冰冻的冷天在令人绝望的环境里，竟会在一条被称为后院[375]的街道上，智取另一位神圣[376]非常|神圣的|完好的|康宁纯洁者和海滨散步者发现的阿达圣杯[377]，以此为未来之圣[378]圣人找到[379]动力，当时他正不顾[380]看见大屠杀的华丽词藻，试图用虔诚的喊叫哄骗提珀雷生[381]生[382]积物|景观、生、极生的[383]混乱土豆[384]可能|雌火鸡离开今日海陆[385]新西兰，一对儿一次决斗今日[386]去死去去死，上帝诅咒和我的上帝[387]离去|巨大的上帝、棍子和石头[388]恶臭，多数是詹姆士二世分子。

这件事里的那只鸟是多兰德的贝琳达[389]比蒂·多兰，50 多岁[390] 50(三等[391]裁缝奖银质[392]奖章，切坡里若德[393]爱丽丝·利代尔|伊茜的母鸡[394]公鸡|酒馆展)，她在 12 点[395]时钟|国王刨着什么，在这个锯齿形的[396]拔出|迟疑的世界四处寻找着比如一张颇大[397]上帝般大小的的信纸，来自 1 月 31 日[398] 4 月 12 日|自始至终从波士顿(马萨诸塞州)出发的转运船[399]抄本，寄给亲爱的某人，它接下来谈到玛奇很好，家里人[400]阿拉特都很健康，只不过炎热让木货车[401]范·胡特上的牛奶变质了[402]仇恨改变了温和的人，还有大选[403]将军的选择中某位长相可爱的人，天生就是个绅士，还有送给谢谢你亲爱的克里斯汀[404]基督徒的美丽礼物，婚礼蛋糕，可怜的米迦勒神父的盛大葬礼[405]让所有人快乐，不要忘记直到生命的，还有玛奇[406]闷热的很好，你

369 illico［拉］“～”，此处解 all“所有”。

370 mistridden 解 priest ridden“～”；也解 miswritten“～”；也解 Mist［德］“粪”＋ridden“受……支配的”，即“～”。

371 keepy 解 keeper“～”，乔伊斯的弟弟斯坦尼斯劳斯曾出版《我哥哥的看护人》一书；也解 peepy“～”。

372 Strandlooper 解 Strandloper“～”，史前晚期聚居于非洲南部海滨的一个已灭绝族群；也解 strand“～”＋looper“～”。

373 作为早期爱尔兰基督教艺术的代表的塔拉胸针是在 1850 年由一个孩子在海边发现的。

374 sneezing“～”；也解 freezing“～”。

375 strete 解 street［古英］“～”。

376 heily 解 holy“～”；也解 highly“～”；也解 heilig［德］“～”；也解 heil［德］“～”；也解 Heil［德］“～”。

377 Ardagh chalice“～”，1868 年由两个孩子发现，与《凯尔斯书》一起，被认为是凯尔特艺术的最优秀的代表。

378 saintity 解 sanctity“神圣”；也解 saint“～”。

379 trouved 解 trouver［法］“～”。

380 in spignt of 解 in spite of“～”；也解 in sight of“～”。

381 Tipperaw 解 Tipperary“提珀雷里”，爱尔兰的一个郡，阿达圣杯在此处被发现＋raw“生的”。

382 raw“～”；也解 ráth［爱］“～”；也解 radharc［爱］“～”。

383 reeraw 解 really raw“～”；也解 rírá［爱］“～”。

384 puteters 解 puteter［荷］“～”；也解 peut-être［法］“～”；也解 Pute［德］“～”。

385 Now Sealand“～”；也解 New Zealand“～”。

386 to day 解 today“～”；也解 to die“～”。

387 biggod 解 begob“～”；也解 begone“～”；也解 big God“～”。

388 stanks 解 stones“～”；也解 stank［荷］“～”。

389 Belinda of the Dorans“～”；也解 Biddy Doran“～”，书中人物，与母鸡联系在一起。

390 quinquegintarian 解 quinquagenarius［拉］“～”；也解 quinquaginta［拉］“～”。

391 Terziis 解 tèrzo［意］“第三”；也解 terzi［土］“～”。

392 Serni 解 serme［阿尔］“～”。

393 Cheepalizzy 解 Chapelizod“～”；也解 Alice P. Liddel“～”，《爱丽丝漫游奇境记》的女主人公爱丽丝的原型；也解 Issy“～”，本书主人公的女儿。

394 Hane 解 Hen“～”；也解 Hane［丹］“～”；也解 hane［阿尔］“～”。此句包含本书男主人公名字缩写的变体 CHE。

395 klokking 解 clock“～”；也解 klokken［荷］“～”；也解 king“～”；也可与后面的 twelve 合解 klokken tolv［丹］“12 点”。

396 zogzag 解 zigzag“～”；也解 zog［德］“～”＋zag［德］“～”。

397 Goodishsized 解 goodish-size-ed“～”；也解 God-ish sized“～”。

398 the last of the first“第一个中的最后一个”，即 1 月 31 日；也可根据乔伊斯的笔记解为 the 12th of the forth“～”；也解 from first to last“～”。

399 transhipt 解 tranship“～”；也解 transcript“～”。

400 allathome 解 all at home“～”；也解 Allat“～”，阿拉伯人早期多神崇拜中的地狱女神。

401 van Houtens 解 van“货车”＋houten［荷］“木头的”；也解 Van Hoother“～”，霍斯堡的主人。

402 the hate turned the mild“～”，此处解 the heat turned the milk“～”。

403 the general's elections 解 the general election“～”；也解 the general's selection“～”。

404 Chriesty 解 Christine Beauchamp“～”美国心理学家莫顿·普林斯的《分裂的人格》一书中的人物；也解 Críostaiocht［爱］“～”。

405 funferall 解 funeral“～”；也解 fun for all“～”。

406 Muggy“～”，此处解 Maggy“～”。

怎么样玛奇，还有希望很快听到很好，还有现在必须结束了，告诉双胞胎[407]两个酒馆最喜欢他们，还有给圣保罗[408]全城神圣[409]有孔的|偷偷摸摸的来客神圣万圣全岛[410]神圣的爱尔兰|完全地的四个十字吻[411]秘密的吻，又及，来自(馋鬼可能全吃掉，但是这个标志他们永远不会)充满深情的看起来很大的茶渍[412]口袋。这个污渍，还有那个茶渍[413]特里斯丹(建筑大师[414]大骗子过于粗心[415]过于小心|警觉，像通常一样，签掉了这一页)，一时冲动[416]正当那时|喷出把它划出来，作为属于那个淑女般[417]吕底亚音乐般温柔娇媚的倦慵阶层的古爱尔兰可爱陶器[418]农民诗歌|《爱尔兰诗歌遗存》的真正遗迹，被称为催促我穿越薄雾。

那么为什么如何？

嗯，几乎所有称职的[419]化学药水摄影师都会向任何向他询问这件棘手之事的人透露说，如果一匹马的底片在晒干时碰巧融化得一塌糊涂，嗯，你真正得到的是，嗯，正片上一大堆扭曲得奇形怪状的各式各样会让马高兴的浓淡明暗和一堆堆正融化的[420]奶白色的马。小费。嗯，这显然[421]自由地是我们的书信遇到的情况(这是给你的一块草皮[422]一种小费！请把草擦[423]小捆掉！)因一只看我小爱我久的母鸡的睿智而未受书籍[424]同性恋者|胃|屠夫的污染。桔香[425]橙花泥堆中央加热了的住所一开始把底片给擦掉了，使得一些显然离你的锄头[426]阴茎更近的地方肿胀得最厉害，而我们试图扭动的更远的后方，越远我们越需要借一只透镜，好可以和母鸡一样看个清楚。小费。

407 twoinns 解 twins“～”；也解 two inns“～”。

408 holy paul“～”；也解 holê polis［希］“～”。

409 holey“～”，此处解 holy“～”；也可与后面的 comer 合解 hole-and-corner“～”。

410 whollyisland 解 whole island“～”；也解 holly Ireland“～”；也解 wholly“～”。

411 crosskisses 解 cross“十字架”＋kiss“吻”；也解 closet kisses“～”。

412 tache of tch 解 tache of tea“～”；也解 Tasche［德］“～”。

413 teastain 解 tea stain“～”；也解 Tristan“～”。

414 masterbilker 解 Masterbuilder“～”；也解 master bilker“～”。

415 overcautelousness 解 overcarelessness“～”；也解 overcautiousness“～”；也解 cautelousness“～”。

416 on the spout of the moment 解 on the spur of the moment“～”；也解 on the spot of the moment“～”；其中 spout 也解“～”。

417 lydialike 解 ladylike“～”；也解 Lydian-like“～”。

418 pleasant pottery“～”；也解 peasant poetry“～”；也可与前面的 relique of ancient Irish 合解 *Relique of Irish Poetry*“～”，由夏洛特·布鲁克在 1789 年出版。

419 worth his chemicots 出自 worth his salt“～”；其中 chemicots 也解 chemicals“～”。

420 meltwhile 解 melt＋-while“～”；也解 milkwhite“～”。

421 freely“～”，此处解 clearly“～”。

422 a sod of a turb 解 a sod of a turf“～”；也解 a sort of a tip“～”。

423 wisp“～”，此处解 wipe“～”。此句化自习语 keep off the grass“请勿践踏草地”。

424 boucher 解 book“～”；也解 bugger“～”；也解 Bauch［德］“～”；也解 butcher“～”。

425 orangeflavoured 解 orange“桔子”＋flavoured“香味”；也解 orange flower“～”。

426 pecker“～”；也解“～”。

你现在觉得好像在灌木丛[427]里迷了路，小伙子？你说：那是一片纯洁简单的[428]哀泣的样本丛林[429]词语的混杂|荣格|伍德。你用尽全力喊到：如果我有一点点[430]家禽知道他要说的最遥远[431]森林的意思，就当[432]贝克特|是灌木丛我是狗娘养的[433]山毛榉的残株。快点儿，娘娘腔的！这四位传福音的人可能拥有《圣经注疏》[434]，但是任何吉卜赛[435]金加利板球俱乐部女学生[436]行人都可能从美好鸡日[437]的口袋里捡到一包[438]啄|杯引火物[439]善意。

带路，好母鸡！她们总会：询问年龄。鸟儿昨天做的，男人第二年就可能做，即便它飞翔，即便它换毛，即便它孵蛋，即便它是巢中协议。因为她的社会科学感觉稳健如钟，先生，她的禽类自动变异完全正常；她知道，她只是觉得她多少生来就要生蛋和爱蛋的（要相信她会让物种[440]空间繁衍，哄[441]浓汤着她的毛球们安全度过喧闹和危险！）；最后的但也是主要的，在她的生殖世界里全是游戏，没有胡说八道；在每件事上她都如同淑女，每次都扮演着绅士。让我们来占卜一下！是的，在所有这个来得及结束之前，黄金时代必须与它的复仇一起[442]猛烈地回来。男人将变得可以驾驭，痞疾[443]年龄|蛋将卷土重来，女人将带着她那荒谬的白人之累一步就完成崇高的孵化，这只无鬃毛[444]渴望男人的人类母狮带着她那追随其后的去角公羊，将公开躺在一起，狮腰压着羊毛。不，当然，他们这样并不正当，那些宣泄阴郁情绪的人写出那些发牢骚的信，自从寒冷一月[445]桂尼维尔|雅努斯里那个古怪的工作日之后（但那是荒漠[446]西方绿洲里多么繁

427 bush“灌木丛”,也可与后面的 boy 合解 Brushwood Boy《丛林男孩》,英国作家吉卜林 1895 年发表的短篇小说,故事中的男女主人公的梦到后来变成了现实。

428 puling sample“～”,此处解 pure and simple“十足地”,直译为“～”。

429 jungle of woods“～”;也解 jumble of words“～”;其中 jungle 也解 Carl Gustav Jung“～”(1875—1961),瑞士心理学家;其中 Woods 也解 William Wood“～”,1724 年通过买得爱尔兰铸币权在爱尔兰发行劣质铜币,因遭到斯威夫特领导的爱尔兰人的坚决抵制而失败。

430 poultriest 解 paltry“～”;也解 poultry“～”。

431 the farest“～”;也解 the forest“～”。

432 Bethicket 解 Bethink“想起”;也解 Samuel Beckett“～”(1906—1989),爱尔兰剧作家;也解 be thicket“～”。

433 a stump of a beech“～”,此处解 a son of a bitch“～”。

434 Targum“～”,希伯来《圣经》的亚兰文意译本。

435 Zingari [意]“～”;也解 Zingari Cricket Club“～”,伦敦的一个板球俱乐部,每年 8 月在马展期间访问都柏林。

436 shoolerim 解 Schülerin [德]“～”;也解 siubhlóir [爱]“～”。

437 auld hensyne 出自 auld lang syne“美好的昔日”,故译为“～”。

438 peck“～”,此处解 package“～”;也解 cup“～”。

439 kindlings“～”;也解 kindness“～”。

440 species“～”;也解 spaces“～”。

441 hoosh“～”,此处解 hush“～”。

442 with its vengeance“～”;也解 with a vengeance“～”。

443 Ague“～”;也解 age“～”;也解 egg“～”。

444 manewanting 解 mane“长鬃毛”+wanting“缺少的”;也解 man wanting“～”。

445 Janiveer 解 January“～”;也解 Guinevere“～”,亚瑟王的妻子,与亚瑟王的主将兰斯洛骑士有私情;也解 Janus“～”,罗马双面门神。

446 waste“～”;也解 west“～”。

盛的时光[447]棕榈遮掩的约会！）再也不会完全是他们过去的自我了，那时让双方都大吃一惊的是，母鸡多兰[448]奥布赖恩小姐读着文学。

而且她可能只是玛塞勒，这个侏儒女王[449]玛奇，亚瑟[450]阿尔特弥斯|文学硕士的情妇[451]粪。但是。这不是某封匿名[452]表示爱情的信的传闻或传说[453]道听途说，署名托加女孩[454]古罗马男孩14岁时穿的成年服，（淘气的甜心[455]都柏林三一学院|茶渍|泪水）。我们的鼻子底下就正好有她笔迹的复印件[456]我们就在差点碰到鼻子的时候抓住了她的拳头|一片。我们注意到纸上有她潦草年轻的水印：玻马舍[457]便宜圣母。她有一颗爱尔兰[458]钢铁|肾|心|狮子|金子|熊|毒海蛇的心！当她用小傻事[459]谢谢你和早安[460]戴汉娜来骗人[461]堕落|说话时，多么光芒四射[462]河啊。就像稻草[463]星星将显示[464]萧伯纳的，她确实在吹牛[465]吹，立起来以展示粗野[466]粗鲁的栎树[467]强盗的喊叫|罗伯特·罗斯卷，展示[468]萧伯纳发缨[469]冻结狂想曲[470]想象力。但是她的读者中有多少人意识到她并不试图用一大堆[471]事务|漠不关心|粗野的取自拉丁文兔子和希腊文[472]矮脚母鸡的混成词汇表[473]曼图安纳斯|曼图亚|死后的|后现代的|女用外套让人们眼花缭乱[474]。她的诡计生活绝对不行[475]在她的野外生活中采集坚果|米荣·纳丁和海伦·纳丁|纳特！优美伟大的[476]金色的古亚美尼亚语[477]坟墓|掘墓人对老亚美尼亚[478]铝|德国语源学家[479]亚当-学家就如同大流士马略[480]海洋|头发和梅罗文梅罗文梅罗文尼亚王朝的海之子[481]带着头发|他死了；（该死的！）她摸到明明白白[482]平板一个平白的事实，假如，最后的办法最早的智慧[483]，一个男人自己一人没有任何人[484]一个男人任何其他人[485]男人们，无权[486]价格与其他任何人[487]任何愤

447 palmy date 解 palmy days“全盛时期”；也可直译“～”。
448 Biddy Doran“～”；也解 Biddy O'Brien“～”，歌谣《芬尼根的守灵夜》中的守灵者之一。
449 madgetcy 解 majesty“～”；也解 Maggies“～”。
450 Arths 解 Arthur“～”；也解 Artemis“～”，古希腊的生育和狩猎女神，在古罗马神话中称戴汉娜；也可与前面的 Misthress 合解 MA“～”。
451 Misthress 解 mistress“～”；也解 Mist [德]“～”。
452 anomorous 解 anonymous“～”；也解 amorous“～”。
453 hear or say“～”；也解 hearsay“～”。
454 Toga Girilis 解 Toga girl“～”；也解 toga virilism“～”。
455 teasy dear“爱戏弄人的亲爱的人”；也解 TCD“～”；也解 tea stain“～”；也解 tear“～”。
456 We have a cop of her fist right against our nosibos 解 We have a copy of her fist(口语，笔迹) right against our naribus([拉]用鼻子)“～”；也可直译为“～”；其中 cop 也解 copë [阿尔]“～”。
457 Bon Marché“～”，巴黎百货商店名，意为“～”。
458 Arin 解 Erin“～”；也解 iron“～”；也解 árann [爱]“～”，喻指“～”；也解 lion“～”；也解 ar [阿尔]“～”；也解 ari [阿尔]“～”；也解 ari [马]“～”。
459 fallimineers 解 folly“蠢行”＋minor“小的”；也解 falemi nderës [阿尔]“～”。
460 nadianods 解 nadje [阿尔]“早晨”＋nods“点头”；也解 Diana“～”，古罗马的月亮和狩猎女神。
461 fols 解 fools“～”；也解 falls“～”；也解 me fol [阿尔]“～”。
462 lumililts 解 lumi“光”＋lilt“轻快活泼的调子”；也解 lumë [阿尔]“～”。
463 a strow 解 a straw“～”；也解 astro [希]“～”。
464 shaw 解 show“～”，此句出自俗语 A straw will show which way the wind blows“草动知风向”；也解 George Bernard Shaw“～”(1856—1950)，英国作家。
465 blague“～”；也解 blow“～”。
466 rudess 解 rudis [拉]“～”；也解 rudeness“～”。
467 robur curling“～”；也解 robber calling“～”；其中 robur 也解 Robert Ross“～”，英国作家奥斯卡・王尔德的朋友和性伴侣。
468 shewing 解 showing“～”；也解 George Bernard Shaw“～”，英国作家。
469 frizette“～”；也解 freeze“～”。
470 fansaties 解 fantasy“～”；也解 fancy“～”。
471 graith uncouthrement 解 great accoutrement“巨大的装备”；其中 graith 也解 graithe [爱]“～”；其中 uncouthrement 也解 unconcernment“～”；也解 uncouth“～”。
472 the lapins and the grigs 解 the Latin and the Greek“～”；其中 lapins 也解 [法]“～”；其中 grigs 也解“～”。
473 postmantuam glasseries 解 portmanteau glossaries“～”，指英国小说家刘易斯・卡罗尔在《爱丽丝漫游奇境记》等中使用的混成词；也解 Baptista Mantuanus“～”(1447—1516)，意大利拉丁语诗人和人文主义者；也解 Mantua“～”，地名，罗马诗人维吉尔即来自此地；也解 postmortem“～”；也解 post modern“～”；也解 mantua“～”。
474 dizzledazzle 解 razzle-dazzle“～”。
475 Nuttings on her wilelife 解 Nothing on her wile life“～”，变自 not on your life“绝对不行”；也解 nutting in her wild life“～”；也解 Myron Nutting & Helen Nutting“～”，乔伊斯在巴黎的美国朋友；也解 Nut“～”，埃及天空女神，也是复活和再生的象征。
476 gooden grandy 解 good & grand“～”；其中 gooden 也解 golden“～”。
477 Grabar“～”；也解 Grab [德]“～”；也解 grobar [塞维]“～”。
478 almeanium 解 Armenian“～”；也解 aluminium“～”；也解 allemande [法]“～”。
479 adamologists 解 etymologist“～”；也解 Adam-ologists“～”。
480 Dariaumaurius 解 Darius“大流士”(前 549—486)，波斯国王＋Gaius Marius“盖乌斯・马略”(前 157—前 86)，罗马将军；也解 daryā [波]“～”＋muye [波]“～”。
481 Zovotrimaserovmeravmerouvian 解 zov [亚]“海洋”＋orti [亚]“儿子”＋merovingian“法国梅罗文尼亚王朝的”；也解 mazerov [亚]“～”＋merav [亚]“～”。
482 plain plate“～”，此处解 plat and plain“～”。
483 firdstwise 解 first wise“～”。
484 sine anyon 解 sine [拉]“没有”＋anyone“任何人”；也解 šine ainou [虾]“～”。
485 anyons utharas 解 anyone other“～”；也解 ainu utara [虾]“～”。
486 rates“～”，此处解 right“权利”。
487 anyon anakars 解 anyone other“～”；也解 any anger“～”；其中 anakars 也解 anakar [希]“～”；也解 anax [希]“～”；也解 anacair [爱]“～”。

怒|向上|主人|苦恼一起偷窥[488]诀窍|竭力反对|你被打了两两[489]跳芭蕾舞的短裙们|二|你|姐妹们挤奶的[490]得到仇敌[491]四|山羊|向前,另一方面[492]在外边三三三[493]要求[494]五|四这两两走上前[495]为了读者。自从那开始,事情就发生了转折以这种方式每一个山坡牧场草地六个日子的喜爱执照他用踢踢踏踏踢踢踏踏的康康舞心里悲哀地心里歌唱着围绕着她们的这个玛奇这个女王与此同时他向下那思想的目光正在向下注视着正在被注视着它[496]。夫人们[497]黄鹿、小姐们[498]、先生们[499]瑟夫|鹿!请[500]林地|毕奇女士!她想要的[501]尾巴|天鹅|瑞士(她写的)是[502]讲出关于他的公鸡真相[503]关于……的绝对真理|火鸡。一点儿一点儿[504]。不要吞吞吐吐[505]瞳仁。他必须充分地[506]肮脏地看到生活的黑色[507]老的和污点[508]病的,(她写到)。他体内有三个男人(她写到)。跳舞(她写到)是他唯一的两个弱点[509]寓言|虚弱的。伴以苹果布丁[510]妓女|苹果夏洛特|夏洛特·布鲁克。以及一点儿小苹果[511]小调|鸟|模特|莫莉。特别是[512]厚的|小便(她写到)当它们是桃子[513]布道|罪|小便的时候。蜂蜜上盖着面包屑[514]宝贝儿们穿山茶花裤子|对此心存邪念的人是可耻的。你的非常真实。加上两个安[515]斑纹旅馆|安妮|都柏林。但是它是不是只是一个老故事,特里斯丹[516]树、石头与一位伊瑟[517]吞食的故事,一座山被帐篷桩控制以及他的伴侣[518]不受束缚地[519]水|滑铁卢|卫特理奔逃的故事,什么恶人[520]凯德蒙能够但坏人[521]不能,所有热那亚人反对所有威尼斯人,为什么凯特管理蜡像。

现在让我们,如果天气、身体、危险、公共秩序,以及其他

488 kik [丹]"～";也解 knack"～";也与后面的 at 合解 kick at"～";也解 e kik an [虾]"～"。
489 tutus"～",此处解 two two"～";也解 tu [虾]"～";也解 tu [拉]"～";也解 titties"～"。
490 milking"～";也解 making"～"。
491 fores 解 foes"～";也解 four"～";也解 faar [丹]"～";也解 fore"～"。
492 on the outerrand 解 on the other hand"～";也解 on the out rand([丹]"边缘")"～"。
493 rereres 解 re [虾]"～";也解 three"三"。
494 asikin 解 asking"～";也解 ašikne [虾]"～";其中也包括 ine [虾]"～"。
495 forrarder 解 forward"～";也解 for reader"～";
496 Thing crooklyexineverypasturesixdixlikencehimaroundhersthemaggerbykinkinkankan - Withdownmindlookingated 这是书中 10 处百字单词之一,解 thing"事情"+crook"弯曲"+exin [拉]"从这里"+every pasture"每个牧场"+six day's licence"六天的执照"+him around hers"他围绕着她的"+the Maggies"这个玛奇"+by"通过"+kin-kin,拟声词+can-can"康康舞"+with"带着"+down"向下"+mind"头脑"+looking at"看着"+it"它";其中-likence-也解 like"喜爱";其中-kinkin-也解 cinn [爱]"战胜";也解 caoin [爱]"哭泣";其中-kankan-也解 ceann [爱]"头";也解 can [爱]"唱";其中-themagger-也解 The Maggies "玛奇";也解 the Majesty"君主";其中-lookingated 也解 being looked at"被望着"。
497 Mesdaims 解 madame"夫人"的复数;也解 daim [法]"～"。
498 Marmouselles 解 mademoiselle"小姐"的复数。
499 Mescerfs 解 messieurs"先生"的复数;也解 Bennett Cerf"～",兰登书屋的编辑,出版了第一本合法的美国版《尤利西斯》;也解 cerf [法]"～"。
500 Silvapais 解 s'il vous plait [法]"～";也解 silva [拉]"～";也解 Sylvia Beach"～"(1887—1962),巴黎莎士比亚书店的店主,最早出版《尤利西斯》。
501 schwants 解 she wants"～";也解 Schwanz [德]"～";也解 Schwan [德]"～";也解 Schweiz [德]"～"。
502 ischt 解 ist [德]"～"。
503 cock's trootabout 解 cock's truth about"～";也解 God's truth about"～";其中 troot 也解 Truthahn [德]"～"。
504 Kapak kapuk [阿尔]"逐步地"。
505 No minzies matter 解 no mincing matters"～";其中 minzies 也解 minzë [阿尔]"～"。
506 foully"～",此处解 fully"～"。
507 Plak [阿尔]"～",此处解 black"～"。
508 smut"～";也解 smût [阿尔]"～"。
509 feebles 解 foibles"～";也解 fables"～";也解 feeble"～"。
510 harlottes 解 charlotte"～";也解 harlot"～";也解 Charlotte Apple"～",广告中的女孩,她的命运随着敲门声在一个夜晚发生了改变;也解 Charlotte Brook"～",爱尔兰女作家,1789 年出版《爱尔兰诗歌遗存》。
511 mollvogels 解 molle [阿尔]"苹果"+vogel [阿尔]"小的";也解 Moll [德]"～"+Vogel [德]"～";也解 model girl"～";也解 Molly Bloom"～",《尤利西斯》中布卢姆的妻子。
512 Spissially 解 specially"～";也解 spisse [拉]"～";也解 piss"～"。
513 peaches 解 peach"～",书中也用"桃子们"称呼诱惑老年男性的女性;也解 preach"～";也解 péché [法]"～";也解 pee"～"。
514 Honeys wore camelia paints 解 Honeys wore crumbs paints"～";也解 Honeys wore camélia([法]"山茶花",也指妓女)pants"～";也解 Honi soit qui mal y pense [法]"～",英国嘉德勋章上的格言。
515 dapple inn"～",此处解 double Ann"～";也解 Anne Hathaway"～",莎士比亚的妻子;也解 Doublin"～"。
516 Treestone 解 Tristan"～";也解 tree stone"～",书中的一组二元对立。
517 Ysold 解 Isolde"～";也解 ysol [威]"～"。
518 pal"～";也解 ALP,本书女主人公名字的缩写。
519 whatholoosed 解 was loose "～";也解 water"～"也解 Waterloo"～";也解 Richard Whateley"～"(1787—1863),都柏林的英国主教,著有小册子《关于拿破仑·波拿巴的历史疑议》。
520 Cadman 解 Cad man"～";也解 Caedmon"～",公元 7 世纪盎格鲁-撒克逊基督教诗人。
521 Badman 解 bad man"～";也解英国作家班扬的《败德曼先生的生平》中的主人公。

环境条件允许，完全方便，如果你愿意[522]警察，您先走，请请，请原谅[523]宽恕|我的|不，请允许我[524]我是|如此|新鲜的|放肆的|鲜活的，大人？扔掉这些废话，坦率地[525]相遇来相配直接谈正经事，因为耳朵，无论我们全是天使还是名列魔鬼之列[526]虚无主义者，却可能有时倾向于相信其他人的眼睛，无论是褐色的还是没有镜片的[527]布朗与诺兰|布鲁诺|不愿意的，发现它时不时地哪怕连相信自己都难得要死。你有耳朵却听不到？你有眼睛而他停下摸？[528]小费！再近一点儿，好让我们向它倾斜（既然毕竟当一切都在地下时它已经遭遇了不幸），让我们看看所有还剩下来给人看的东西。

我是一名工人，一名砌墓碑的砖瓦匠，一心想讨好[529]场所所有人[530]每一个葬礼|埃夫伯里|埃夫伯里镇，而且当圣诞节每年一次光临他家时兴高采烈。你是名可怜的快乐主义者[531]可怜的乔伊斯|破破烂烂的托梁，油腔滑调[532]不急于|托马斯·阿奎那，不去讨好[533]警察任何人[534]皮博迪，但当接收房子的时刻[535]家到来时则感到非常[536]真正地|都柏林难过[537]灵魂，杜松子酒[538]再次回家。我们不能一只眼睛一只眼睛地看[539]说。我们不能一个鼻子[540]一个鼻子地闻[541]笑。然而。人们无法不注意到，一半多的线路更多朝奥地利[542]德国和布加勒斯特[543]美丽的|安静的|有|树枝方向南北延展，其它的则从马来西亚[544]山|小亚细亚以及保加利亚[545]贝尔格勒|轮子沿东西方向寻找，虽然坐落[546]渔网在其它古版本[547]摇篮旁边它看上去是个很小的东西，尽管如此它有着自己的要点。这些划定的边界似乎首先在漂亮的方格中用煤烟和黑刺李划出来，被追踪的词语沿着它们奔跑、行

522 police“～”，此处解 please“请”，该句化自 as you please“随你的意思”。

523 pardoning mein 解 pardonnez-moi［法］“～”；其中 pardoning 也解 pardon“～”；其中 mein 也解［德］“～”；也解 nein［德］“～”。

524 ich beam so fresch 解 bin so frei［德］“不客气了”；也解 ich bin［德］“～”＋so“～”＋frisch［德］“～”；其中 fresch 也解 frech［德］“～”；也解 fresh“～”。

525 meet to mate“～”，此处解 man to man“～”。

526 mikealls or nicholists 解 Michael“天使长米迦勒”＋all“全部”＋or“或者”＋Nick“魔鬼撒旦”＋list“名单”；其中 nicholists 也解 nihilists“～”。

527 browned or nolensed“～”；也解 Browne and Nolan“～”，都柏林著名书籍和文具商店的店名；也解 Bruno of Nola“～”(1548—1600)，意大利哲学家；其中 nolensed 也解 nolens［拉］“～”。

528 mannepalpabuat 解 manes［拉］“停留”＋palpabunt［拉］“抚摩”。这两句皆为拉丁文。

529 pleace 解 please“使……高兴”；也解 place“～”。

530 averyburies 解 everybodies“～”；也解 every buryings“～”；也解 John Lubbock Avebury“～”(1834—?)，英国银行家，把银行休假日引入英国；也解 Avebury“～”，英国地名，有若干巨石阵。

531 poorjoist 解 poor joy-ist“～”；也解 poor Joyce“～”；也解 poor joist“～”。

532 unctuous“似油的”；也解 unanxious“～”；也解 Aquinas“～”(1225—1274)，中世纪经院哲学家。

533 polise 解 please“～”；也解 police“～”。

534 nopebobbies 解 nobody“～”；也解 George Peabody“～”(1795—1869)，美国慈善家，成立皮博迪基金，建造工人住房。

535 thime 解 time“～”；也解 home“～”。

536 tunnibelly 解 terribly“～”；也解 truly“～”；也解 Billy，在本书中指“～”。

537 Soully 解 sorry“～”；也解 soul“～”。

538 gin“～”；也可与前面的 took o'er home 合解 to go home again“～”。

539 say“～”，此处解 see“～”。

540 noes 解 nose“～”。

541 smile“～”，此处解 smell“～”。

542 Nemzes 解 Nemc［阿尔］“奥地利、匈牙利”；也解 Germany“～”。

543 Bukarahast 解 Bucharest“～”；也解 búkur［阿尔］“～”＋rahat［阿尔］“～”；也解 hast［德］(你)“～”；也解 Ast［德］“～”。

544 Maliziies 解 Malaysia“～”；也解 mal［阿尔］“～”；也解 Minor Asia“～”。

545 Bulgarad 解 Bulgaria“～”；也解 Belgrade“～”，塞尔维亚及蒙地内哥罗的首都；也解 Rad［德］“～”。

546 schtschupnistling 解 Schuppe［德］“鳞”＋nisten［德］“巢居”；也解 nest“～”。

547 incunabula“～”，指欧洲 1500 年前印刷的书籍；也解 incunabula［拉］“～”。

军、停留、步行，在有疑惑的地方绊倒，在相对的安全中又站起来[548]绊倒|向上。当然这样的交叉是反基督教的，但是用家产的橡木棍来帮助书写，显示出从野蛮向未开化的明显进步。一些人毫不犹豫地相信其意图可能与测量有关，或者按照能人的观点，是家庭经济方面的。但是通过这样[549]安妮从头写到尾，然后转弯，转弯，然后这样从头写到尾，一行又一行乱七八糟的东西[550]信滑[551]《斯莱特里的骑马步兵》向上，很多的[552]乱七八糟的东西滑向下，旧式语义学[553]墓地|闪姆|坟墓|地点，然后再从它们[554]含|哈姆雷特写信[555]让|升起那里跳回[556]雅弗到古典文学[557]哈姆雷特|含|点燃。睡吧，西方[558]垃圾何处有智慧？

还有一点，除了原来用的沙子、吸墨粉、酒鬼纸或软布（我们[559]我们自己|麻风病醉鬼[560]今天社会中的任何人[561]或信徒[562]吃|坚持者可以自己[563]似乎|自己看看这个情景[564]看，一位 50 岁[565]冷的|奇怪的|房间的妻子[566]我们的房间、一只溅到[567]裂开蜡烛[568]石头上的樱桃[569]愉快的|椅子、一打[570]羊血灌肠来自阿尔巴尼亚[571]都柏林|苏格兰的晚餐[572]黑暗的鸡蛋[573]木板、要多少有多少[574]玻璃杯的白兰地[575]搁物架|岩石的、一只桔子[576]葡萄牙和一些面包[577]书|鸡奸者放在一边的桌子[578]沙发上，你还记得当我们都是儿女[579]婴儿或侄子[580]敏捷的侄女[581]先生|杂乱|如同时妈妈[582]姐妹常常告诉我们的那类软球吸管）它闲荡于过去的时候，得以添加地上的[583]特瑞西斯东西。这个茶会上弄脏的结尾（不要说终场词，戏子，要么就是我们演砸了！）是独自一人的舒适的小小沉思[584]，不管那是拇指印、商标[585]被制造的|标记，还只

548 stumble up 解 stand up“～”；也解 stumble“～”＋up“～”。

549 thithaways 解 this way 的复数，“以这种方式”；也解 Anne Hathaway“～”，莎士比亚的妻子。

550 litters 解 litter“～”；也解 letters“～”。

551 slittering 解 sliding“～”；也解 Slattery，即 Slattery's Mounted Foot“～”，爱尔兰音乐家弗兰奇（Percy French）1889 年写的歌词，描写一群在山上结营扎寨的爱尔兰农民渴望成为英雄，却胆小如鼠，只会说大话。

552 louds of 解 lots of“～”。

553 semetomyplace 解 sematology“～”；也解 cemetery“～”；也解 Sem［爱］Shem“～”，书中两个儿子之一，也是《圣经》中挪亚的儿子之一＋tomb“～”＋place“～”。

554 tham 解 them“～”；也解 Ham“～”，《圣经》中挪亚的儿子之一；也可与后面的 Let 合解 Hamlet“～”。

555 Let Rise 解 letters-write“～”；也解 let“～”＋rise“～”。

556 jupetbackagain 解 jump back again“～”；也解 Japhet“～”，《圣经》中挪亚的儿子之一。

557 Hum Lit 解 leterae humaniores［拉］“～”；也解 Hamlet“～”；也解 Ham“～”，《圣经》中挪亚的儿子之一＋lit“～”。

558 waste“～”，此处解 west“～”。

559 ous 解 our“～”；也解 us“～”；也可与后面的 sot's 合解 Aussatz［德］“～”。

560 sot“～”；也解 sot［阿尔］“～”。

561 vet［阿尔］“～”。

562 inhanger 解 Anhänger［德］“～”；也解 hângër［阿尔］“～”；也解 hang-in-er“～”。

563 seemself 解 himself“～”；也解 seem“～”＋self“～”。

564 seen“～”，此处解 scene“～”。

565 ftofty od 解 fifty old“～”；其中 ftofty 也解 ftofte［阿尔］“～”；其中 od 也解 odd“～”；也解 odë［阿尔］“～”。

566 wee 解 wife“～”；也解 we“～”。

567 spluttered “～”；也解 splintered“～”。

568 karrig 解 qirl［阿尔］“～”；也解 carraig［爱］“～”。

569 Cheery“～”，此处解 cherry“～”；也解 chair“～”。

570 disheen 解 duisín［爱］“～”；也解 drisheen“～”。

571 Dalbania 解 Albania“～”；也解 Dublin“～”；也解 Alba［爱］“～”。

572 darka 解 darkë［阿尔］“～”；也解 dorcha［爱］“～”。

573 voos 解 voe［阿尔］“～”；也解 woods“～”。

574 gotsquantity 解 God's quantity“数量巨大的”；也解 gotd［阿尔］“～”。

575 racky 解 raki［阿尔］“～”；也解 rack“～”；也解 rocky“～”。

576 portogal［阿尔］“～”；也解 Portugal“～”。

577 buk 解 bukë［阿尔］“～”；也解 book“～”；也解 bugger“～”。

578 sofer［阿尔］“～”；也解 sofa“～”。

579 biribiyas 解 bir［阿尔］“儿子”＋bije［阿尔］“女儿”；也解 babies“～”。

580 nippies 解 nip［阿尔］“～”；也解 nippy“～”。

581 messas 解 mbesë［阿尔］“～”；也解 Messer［德］“～”；也解 mess“～”＋as“～”。

582 motru 解 mother“～”；也解 motër［阿尔］“～”。

583 terricious 解 terrestrial“～”；也解 Tiresias“～”，希腊神话中的双性预言者。

584 brown study 解（be in a）brown study“～”。

585 mademark 解 trademark“～”；也解 made“～”＋mark“～”。

是毫无艺术细胞的人留下的可怜一笔[586]《一个青年艺术家的画像》，它对在作者的复合体[587]情结中确立身份有着重要意义（因为假如手是一种的话，活跃者和激动者的思想比这更多）如果始终记住无论是博茵河战役之前还是之后，人们都习惯于不在信上签名，那么它的重要性将得到最好的理解。小费。在一个词里把每个元音都放得太少，无疑比把所有元音都放得太多不那么显得无知。完了？那就用花团来表达，好让页面点缀上藤蔓图案。你有你那杯滚烫的毛尖、你那蜡烛的苍白的烛泪、你那猫的爪子、你咀嚼，或用你的话说，大嚼的丁香或香烟、你那晴空中的云雀[588]。因此干吗，请问，还签字，既然每个词、字母、笔画、页面本身就是一个完美的签名？此外，真正的朋友通过他的个人风格、礼服、或裸体、运动、对乞求慈善的人做出的回应，比通过，比如说他的鞋袜，更容易识别出来，而且更好。而且，谈起太巴列[589]台比留和嗜老癖中的其他乱伦[590]之淫，这是警告那被暗示的罪恶欲望[591]划线的段落。那些不执拗的细读者可能也许[592]故意伤害罪从性感的角度[593]原本|错误地把它视为常见的坠入爱河的方式[594]，妙龄婊子[595]草带着小小的粉红故意从她的自行车[596]雌雄同体的|双性循环上翻下来[597]夏日激流，在助理牧师的黑色长袍的主要开口处，人们会看到与她一起，哪儿[598]一、二、三，走！有人小小心心地拾起她，就像抬香膏的人那样小心，因此感到处女受到很大伤害，善意地问道：你怎么被打得这么优雅[599]格蕾丝·奥玛丽，你在哪里被人追逐[600]贞洁的|你在哪里追逐我的孩子我

586 a poor trait of the artless“～”；也解 *A Portrait of the Artist (as a Young Man)*“～”。

587 complexus“复合肌”；也解 complex“～”。

588 出自爱尔兰民谣《晴空中的百灵》。

589 Tiberias“～”，以色列北部地名，耶路撒冷之后另一个重要的犹太聚居地；也解 Tiberius“～”，基督受难时的罗马皇帝。

590 incestuish 解 incestuous“～”。

591 tenderloined passion 解 tenderloin“城市中犯罪频发的地方”＋passion“欲望”；也解 underlined passage“～”。

592 mayhem“～”，此处解 mayhap“～”。

593 erogenously“～”；也解 originally“～”；也解 erroneously“～”。

594 case of spoons 出自俗语 it's a case of spoons with them“～”。

595 prostituta in herba 解 prostituta in èrba［意］“初出茅庐的妓女”；其中 herba 也解［拉］“～”。

596 bisexycle 解 bicycle“～”；也解 bisexed“～”；也解 bi-sex cycle“～”。

597 summersaulting 解 somersault“～”；也解 summer sault“～”。

598 one to see and awoh 解 one to see“人们会看到”＋wo［德］“哪里”；也解 one two three and away“～”。

599 grace a mauling 解 grace“优雅”＋a mauling“一顿虐打”；也解 Grace O'Malley“～”，恶作剧女王的原型。

600 chaste“～”，此处解(be)chased“～”。此句也解“～”，与恶作剧女王的故事相应。

的孩子？是谁，有可能更进一步[601]神父？那么更宽[602]等等，但是我们可怕的老萨科斯[603]心理学|无花果树|悬铃木，他曾对爱丽丝们[604]分析做了我们份内严肃的事，那时她们年轻[605]荣格、容易受惊[606]弗洛伊德，在卖淫房间的半阴影里，我们对她们运用了怎样神谕般的压力[607]来|压|印象|坦白啊！能否（我们是否关心在照相机里秘密地推销我们花钱买来的[608]粗呢沉默）告诉我们鼻孔湿润的那个人，处在这样千变万化的[609]棒状的背景中的父亲并不总是那个情绪内敛的[610]无法论证的亲戚（常常遇到我们不听法院命令）他为我们乱七八糟的账单买单[611]使人哑口无言，哪个头脑简单莫名其妙的[612]《傻子出国记》|全体上车副词，比如米歇尔似的，看起来可能在女阴方面引起联想，最后，一个什么样的神经衰弱症狂热者，松果腺—内分泌那类[613]样本的，有着颠倒的亲子关系，过去出现过事先存在的梦[614]损伤|威胁|房间，并且在同宗纽带在她那溜滑的成熟分裂中最终被察觉之前，有着希望与父系亲属交配的强烈阴茎欲望，那时她带着喜爱提到她的幻想所面对的某个试探者[615]伐木工|家伙。而且，嗯。我们能。但是需要说什么？这是一个小故事，充满了笔下所能写的人性，事实上，就像所罗门[616]鲑鱼对着甜蜜的食物[617]唱歌[618]一样唱啊唱，又像以斯拉[619]庞德|屁股那样毫不虚张声势地脱口而出粗鲁愚钝[620]使模糊|桶|面包干|愚钝的，猫、猫的妈妈[621]租户|节拍|相遇者、妈妈的猫的妻子、妈妈的猫的妻子的另一半、妈妈的猫的妻子的另一半的妈妈，然后言归正传[622]，因为我们也知道，我们从《我曾是将军[623]骆驼》中仔细读出来的东西，

601 farther“～”；也解 father“～”。

602 and so wider“～”；也解 and so forth“～”。

603 Sykos“～”，人名；也解 psycho“～”；也解 sykon［希］“～”；也解 sycamore“～”，奥西里斯的尸体被装在悬铃木中。

604 Alices 解 Alice P. Liddell“爱丽丝·利代尔”，《爱丽丝漫游奇境记》的女主人公爱丽丝的原型；也解 analysis“～”。

605 yung 解 young“～”；也解 Jung“～”(1875—1961)，瑞士精神分析学家、心理学家。

606 freudened 解 frightened“～”；也解 Freud“～”(1856—1939)，精神分析学的创始人。

607 comepression 解 compression“～”；也解 come“～”＋pression“～”；也解 impression“～”；也解 confession“～”。

608 feebought 解 fearnought“～”，此处解 fee“费用”＋bought“买”。

609 virgated 解 variegated“～”；也解 virgate“～”。

610 undemonstrative “～”；也解 undemonstrable“～”。

611 settles our hashbill 解 settles our bill“为我们买单”＋hash“杂烩”；也解 settle one's hash“～”。

612 innocent allabroad's 解 innocent“头脑简单的”＋all abroad“莫名其妙的”；也解 *Innocents Abroad*“～”，美国作家马克·吐温的作品；其中 allabroad's 也解 all aboard“～”。

613 Typus［拉］“～”，此处解 types“～”。

614 drauma 解 dream“～”；也解 trauma“～”；也解 dräuen［德］“～”；也解 Raum［德］“～”。

615 feeler“～”；也解 feller“～”；也解 fellower“～”。

616 Salaman 解 Solomon“～”，《圣经》中的以色列国王；也解 salmon“～”。

617 swittvitles 解 sweet victual“～”。

618 susuing 解 sing“～”。

619 Esra 解 Ezra“～”，公元前六世纪希伯来预言家，也解《以斯拉记》；也解 Ezra Pound“～”(1885—1972)，美国诗人，庞德喜欢猫；也解 arse“～”。

620 blurtubruskblunt 解 blurt“脱口而出”＋brusk“粗鲁的”＋blunt“愚钝的”；也解 blur“～”＋tub“～”＋rusk“～”＋blunt“～”。

621 meeter 解 mêtêr［希］“～”；也解 Mieter［德］“～”；也解 meter“～”；也解 meet-er“～”。

622 back to our horses“回到我们的马”，化自 Revenons à nos moutons［法］“～”(直译为“回到我们的羊”)。

623 Gemral 解 general“～”；也解 Gimel 希伯来文第三个字母，含义为“～”。

知道肖腾布姆[624]肖特|苏格兰的|树所写的《布尔什维克主义[625]巴克利的涌现[626]露面》，知道大约在白色恐怖的红色时期米歇尔神父等于旧政权，玛格丽特则是社会革命，而蛋糕意味着政党资金，亲爱的谢谢你表示国家的感激。总之，我们听说了，碰巧，跨支部的斯巴达克思[627]。我们还没有被征服[628]被迫至一隅，旧势力[629]！我们有能力唤回[630]，与志愿者[631]一起，那雾露[632]多青蛙的|犹太人，甜蜜得多[633]，在又一年将逝之前[634]，都柏林[635]圣树的美丽城中[636]现在充斥着西方思想。我们把我们的立场[637]游览我们的海滨转向美好欢快的曲调。从斯沃兹[638]剑流下来，海水吞没了老霍斯的枪[639]，大胆的奥德威尔做出回答[640]。但是。词语终有限[641]万事持中庸。让一个妓女，不管是谁，站在门前抛媚眼，或者在让我们犯罪之墙[642]军火墙附近的穹顶[643]凤凰公园里停下来(罪啊罪啊！罪啊罪啊！)还有那个拿来烈酒(杜松子酒杜松子酒！杜松子酒杜松子酒！)的助理牧师[644]家伙，但是同样，别忘记国内一些人的第一与更多在外之人[645]的最后之间有很多睡着的[646]一个失误，别忘记结婚蛋糕[647]等待凯特这一美好礼物[648]在场将直到生命的(！)足以用爱人[649]甜的水果蛋糕的甜言制造任何奶油麦克[650]送奶人把地狱之恨敲进他的孪生兄弟尼克心里，别忘记玛奇的茶，或者女王陛下，假如从一位天生绅士那里作为宣传听到的(?)。因为如果在踢腾的被子里气喘吁吁地说着洋泾浜话，不管是多么道地的英语，都曾将被柳条教区委员和精神治疗师一个接一个地[651]在布道时说出来，呼格[652]拥护者|法庭律师、全元音[653]全部|流氓、半元

624 Schottenboumt"～",人名;也解 Schot"～",乔伊斯在狄里亚斯特的最好的学生;也解 Schotten［德］"～"+Baum［德］"～"。
625 Bulsklivism 解 Bolshevism"～";也解 Buckley"～"。
626 Showting up 解 shooting up"～";也解 showing up"～"。
627 公元前 1 世纪古罗马奴隶起义的领袖,1918 年德国的起义者也使用这个名字。
628 corknered 解 conquered"～";也解 cornered"～"。
629 这句话化自歌曲《你还没有被征服,亲爱的国土》,该歌曲收于 1916 年爱尔兰书局出版的《1916 歌集》。
630 Recall"～",该词化自《1916 歌集》中的歌曲《爱尔兰的召唤》。
631 "～"一词出自《1916 歌集》中的歌曲《年轻的志愿者》。
632 froggy jew 解 foggy dew's"～",这也是爱尔兰一首著名民歌的名字,该民歌表达了对 1916 年爱尔兰人复活节起义的怀念和敬意,收于《1916 歌集》;也解 froggy"～"+Jew"～"。
633 此句出自《1916 歌集》中的歌曲《垂死的士兵》中的歌词"对你来说死亡要甜蜜得多"。
634 此句出自《1916 歌集》中的歌曲《在光荣的复活节那天》中的歌词"又一年将逝之前"。
635 Dumbil 解 Dublin"～";也解 bile［爱］"～"。
636 此句出自《1916 歌集》中的歌曲《我们将再站起来》中的歌词"在都柏林那美丽的城市"。
637 tourned our coasts 解 turned our coats"改变我们的立场(背叛)";也解 toured our coasts"～"。
638 swords"～",此处解 Swórd"～",地名,位于都柏林郡的北部。此句出自歌曲《我们将再站起来》中的歌词"从斯沃兹到大海"。
639 Oldowth gun 解 old Howth gun"老霍斯堡的枪",此句出自《1916 歌集》中的歌曲《我的老霍斯的枪》。
640 此句出自《1916 歌集》中的歌曲《奥德威尔主教和麦克斯威尔》中的歌词"然后勇敢的奥德威尔做出回答"。
641 Est modest in verbos［拉］"～";也解 Est modus in rebus［拉］"～",此语出自古罗马诗人贺拉斯。
642 makeussin wall 解 make-us-sin wall"～";也解 magazine Wall"～",指位于都柏林凤凰公园内圣托马斯山上的军火要塞(Magazine Fort)。
643 fornix"～";也可与前面的 park 合解 Phoenix Park"～"。
644 curate"～",在爱尔兰语中也指"酒吧的男服务员"。
645 moreinausland 解 more in Ausland(［德］"外国")"～"。此句化自俗语 there's many a slip between the cup and the lip"世事往往功亏一篑"。
646 asleeps 解 asleeps"～";也解 a slip"～"。
647 waiting kates 解 wedding cakes"～";也解 waiting Kate"～",凯特为本书惠灵顿纪念馆的看门人,也是壹耳微蚵一家的仆人。
648 presence"～",此处解 present"～"。
649 sweet tarts"～",此处解 sweetheart"～"。
650 milkmike 解 milk"牛奶"+Mike"麦克";也解 milkman"～"。
651 in the row 解 in a row"～"。
652 advokaatoes 解 vocatives"～";也解 advocates"～";也解 advokaat［荷］"～"。
653 allvoyous 解 all"全部"+vowels"元音";也解 all"～"+voyou［法］"～"。

音[654]、舌音[655]言辞|语言|誓言、唇音[656]女同性恋、齿音[657]花边|但丁、喉音[658]贫民窟嚎叫、屁音[659]，他们会在何处练习，或者人类自身在何处是大学[660]里毕达哥拉斯式[661]的长词，无论达到怎样的沃拉卜克语[662]的顶点[663]史诗性地，被咕哝出[664]格兰特、咆哮出[665]雷霆|好地|克伦威尔、失去荣耀[666]我|忍受|有、哈巴谷书[667]有|瞧、派生之物[668]上上下下、无婚姻制[669]、曾用的词、只用了一次[670]、呸呸呸噗噗噗，越过乡村的栅栏、在瓦房的后面、沿死胡同而下，或者，当所有果实落下[671]失败，在破烂马车[672]马车上某个留下的麻袋布下面？

爱，因此曾是；是[673]睾丸|提斯比是；将是；直到磨损[674]和衰老。偷走我们的夜晚，窃取我们的空气，披盖你们的[675]更薄的最爱[676]，我的[677]！这里，哦这里，金发的伊瑟[678]侮辱！叛徒[679]特里斯丹，坏听众[680]赫拉，勇士！闪电般的外表、鸟鸣般的叫喊、来自墓地的敬畏、时间的永恒流淌[681]。火和气[682]、土水[683]约旦河；如今上帝的阳光[684]教子照耀在人的时代[685]星期一的女儿身上；一次拍手相庆、一回美好[686]以前的婚姻、一回糟糕的守灵，讲述地狱的泉水；这是男人或妻子[687]妻子的男人的命运[688]罗得，失败和重新获胜，就像他的绿[689]生长须[690]在他的下巴上重新出现，她把它们拔下但它们又长出来。这样你还想做什么呢？啊，亲爱的！

如果她年轻但有智慧如果她拯救了六月！啊哦！如果他年老但有力量[691]如果他为圣诞季节铺路！这个古又古老的故事[692]小衣服！从奎奎奎奈特到米米米奇莱[693]是我，是我，还有从詹巴蒂斯塔[694]施洗者约翰|詹姆斯·乔伊斯|腿|小腿到布鲁诺布鲁诺[695]烧焦的！这个故事用声音讲[696]

654 demivoyelles 解 semi-voyelles [法]"～"。
655 languoaths 解 linguals"～";也解 language"～";也解 langue [法]"～"＋oath"～"。
656 lesbiels 解 labials"～";也解 lesbians"～"。
657 dentelles 解 dentals"～";也解 dentelle [法]"～";也解 Dante"～",中世纪意大利诗人。
658 gutterhowls 解 guttural"～";也解 gutter howls"～"。
659 furtz 解 Furz [德]"～"。
660 panepistemion 解 panepistêmion [希]"～"。
661 毕达哥拉斯曾试图隐藏他发现的数学定理。
662 Volapucky 解 Volapuk"～",德国教士席勒耶(J. M. Schleyer)在 1879 年发明的世界语,单词主要取自英语,部分也取自拉丁语和德语,但已变得面目全非,以致在大多数情况下根本无法辨认出来。
663 apically 解 apical-ly"～";也解 epically"～"。
664 grunted"～";也解 Ulysses S. Grant"～"(1822—1855),美国南北战争中联邦军总司令,第 18 届美国总统。
665 gromwelled 解 growled"～";也解 grom [俄]"～"＋well"～";也解 Cromwell"～",英国清教革命中的领袖。
666 ichabod,人名,《撒母耳记》说该名字的意思是"～";也解 Ich [德]"～"＋abode"～";也解 hab- [德]"～"。
667 Habakuk"～";也解 hab- [德]"～"＋kuck- [德]"～"。
668 opanoff 解 spinoff"～";也解 up and off"～"。
669 uggamyg 解 agamy"～"。
670 hapaxle, gomenon 解 hapax legomenon [希]"只用过一次的词"。
671 fails"～",此处解 falls"～"。
672 coarse cart"～";也解 horsecart"～"。
673 tis 解 it is"～";也解 testistis"～";也解 Thisbe"～",希腊神话中的人物,为爱殉情。
674 wears and tears 解 wear and tear"～"。
675 thiner"～",此处解 thine"～"。
676 liefest 解 lieb [德]"心爱的"＋-est"最高级的词尾"。
677 此句化自 Still wie die Nacht, tief wie das Meer, soll deine Liebe sein [德]"像夜一般宁静,像海一般深沉,你的爱应如是"。
678 insult"～",此处解 Iseult"～",中世纪骑士传奇特里斯丹和伊瑟的故事中的女主人公。
679 Traitor"～";也解 Tristan"～"。
680 hearer"～";也解 Hera"～",希腊神话中主神宙斯的妻子。
681 维科在《新科学》中描绘的人类历史的四个阶段:雷电、神佑、丧葬、复活。
682 Feueragusaria 解 Feuer [希]"火"＋agus [爱]"和"＋ària [意]"空气"。
683 iordenwater 解 jorden [丹]"泥土"＋water"水";其中 iorden 也解 Jordan"～"。
684 godsun 解 God's sun"～";也解 godson"～"。
685 menday 解 men"人"＋day"时日"。此句出自《创世记》中的"神的儿子们看到男人的女儿们美貌,就随意挑选,娶来为妻";也解 Monday"～"。
686 fore"～",此处解 fair"～"。
687 manowife 解 man or wife"～";也解 man of wife"～"。
688 lot"～";也解 Lot"～",《圣经》中逃离索多玛城的义人。
689 gruen 解 grün [德]"～";也解 grow"～"。
690 quhiskers 解 whisker"络腮胡须"。
691 If juness she saved ... And if yulone he pouved 解 Si jeunesse savoit ... Si vieillesse pouvoit [拉]"如果年轻但有智慧!……如果年老但有力量! 也解 If June she saved ... If Yule he paved"～"。
692 stoliolum 解 story"～";也解 stolion [希]"～"。此句出自英国诗人凯瑟琳·汉奇 1866 年写的关于基督的歌曲《告诉我这个古老又古老的故事》,1867 年被谱上曲。
693 quiqui quinet ... michemiche chelet 解 Edgar Quinet ... Jules Michelet,两人皆为法国历史学家,合作翻译了维柯的著作;其中 michemiche 也解 mishi mishi [爱]"～",爱尔兰修女圣布利吉特受洗时用爱尔兰语说的话。
694 jambebatiste 解 Giambattista Vico"～"(1668—1744),意大利哲学家;也解 John the Baptist"～",基督教的先知;也解 Jambs,《〈芬尼根的守灵夜〉第三次人口普查》认为这个词同时包含 James"～"和 legs"～",指乔伊斯爱跳的一种舞蹈;也解 jambe [法]"～"。
695 brulobrulo 解 Giordano Bruno"～"(1548—1600),意大利哲学家;也解 brulé [法]"～",指布鲁诺被烧死。
696 in utter that"～";也解 in order that"～"。

目的是为了，用符号写以便[697]于是加上，用世界语、用多种语言[698]多|喉咙的，用每个辅助性的成型中立语[699]、聋哑语[700]、花的语言、舍尔它词语[701]、痛斥颤抖、一名妃子[702]阴部|阴户、一个妓女[703]正面与反面|芭蕾舞用短裙、野孩子[704]街道|阿拉伯人、壹耳珀西[705]刺耳的|皮尔斯，以及大厅里[706]根本的任何语言[707]。自从淘气的[708]婚礼南妮特[709]《不要，南妮特》|安妮王后与高贵的亨利[710]在棕榈路[711]全盛时期上跌倒，就有了喷火[712]喷涌|火草地，微风微风[713]痛饮|是我，是我掀起她的短裙[714]泥炭时的那种燃烧，还有一只瓦罐为你湿润[715]等着茶，我的面包[716]城市，说啊说啊直到大比大有了前夜[717]讲着蒂比丝他的夏娃；即便（当赢取权力之酒[718]一个接一个让可怜的失败者一命呜呼[719]反抗|踢，狂欢[720]生活总证明着罗兰们[721]的死亡）在成千[722]百万的千年[723]千里依然是公事公办[724]十亿依然是十亿，我们那混杂的种族对葡萄、藤蔓和酿酒非常在意[725]或者为之三呼[726]嘲笑又怎样，彼德[727]斯图韦森在新阿姆斯特丹[728]而保罗[729]圣保利在妓女们去的地方，罗姆酒为他闻出了他的完蛋[730]罗马是他的灭亡之地，他在南[731]真实美洲相继死去[732]用……进餐（这会给人煎锅[733]冻僵，即便他是个正常的舔水壶的人[734]天主教徒）这封旧世界的信[735]写着他们的老化、他们的婚嫁、他们的丧葬和他们的自然选择，像一杯旧[736]冷的茶[737]装得满满[738]顶点，新鲜[739]时髦的|鲜的且随时泡好[740]什么事都做的女仆，给我们大口喝下。就像我在我的茶托[741]湿透之人里很热[742]热锡罐|霍顿。哈哈！就像你在你的荷兰炖锅里很冷[743]热的。啲啲！她讲[744]马口铁她的故事或城市[745]她的桶的故事|脚趾。嚯嚯！

697 so adds to“～”,此处解 so as to“～”。
698 polygluttural 解 polyglotal“～”;也解 poly“～”+guttural“～”。
699 neutral idiom 解 Idiom Neutral“～”,一种人造语言;
700 sordomutics 解 surdus [拉]“聋的”+mutus [拉]“哑的”。
701 sheltafocal“～”,舍尔它语为爱尔兰思想家秘密使用的以爱尔兰语和盖尔语为基础的隐语。
702 con's cubane 解 concubine“～”;也解 con [法]“～”+cuba [西俚]“～”。
703 pro's tutute 解 prostitute“～”;也可与前面合解 pros and cons“～”;也解 tutu“～”。
704 strassarab 解 street arab“～”;也解 Straße [德]“～”+Arab“～”。
705 ereperse 解 ear(wicker)“壹耳微蚵”+Persse (O'Reilly)“珀西·奥莱利”;也解 ear piercing“～”;也解 Padraic Pearse“～”,爱尔兰复活节起义的领袖之一。
706 athall 解 at hall“～”;也解 at all“～”。
707 anythongue 解 any tongue“～”;也解 anything“～”。
708 nozzy 解 naughty“～”;也解 nòzze [意]“～”。
709 Nanette“～”,汉娜的昵称;也解 No, No, Nanette“～”,1925 年百老汇上演的音乐喜剧;也解 Anne Boleyn“～”,英国女王伊丽莎白一世的生母,与亨利八世有私情,后被立为王后。
710 Harry 解 Henry“～”,即亨利八世。
711 palmyways 解 palmy ways“～”;也解 palmy days“～”。
712 spurtfire 解 spitfire“～”;也解 spurt“～”+fire“～”。
713 souffsouff 解 souffle [法]“～”;也解 Suff [德]“～”。这一重复也呼应着 Mishi Mishi [爱]“～”,爱尔兰修女圣布利吉特在受洗时用爱尔兰语说的话。
714 peaties 解 petti(coat)s“～”;也解 peat“～”。
715 wet for thee“～”;也解 wait for tea“～”。
716 Sitys 解 sitos [希]“～”;也解 cities“～”。
717 tell Tibbs has eve 解 till Tabitha has eve“～”,大比大是《使徒行传》中的人物,但是基督教的历书上并没有她的节日,因此“大比大有了节庆前夜”意味着“永远不会”;也解 talk Tibbs his Eve“～”。
718 winpower wine 解 win“赢”+power“权力”+wine“酒”;也解 one by one“～”。
719 bucked the kick 解 kick the bucket“～”;也解 bucked“～”+the kick“～”。
720 revilous 解 revel-ous“～”。
721 ronaldses 解 Roland-s“～”,罗兰为法国中世纪英雄史诗《罗兰之歌》的主人公。
722 millenions 解 millenium [拉]“千年”;也解 millions“～”。
723 Milliums 解 millium [拉]“～”,此处解 millennium “～”。
724 billiousness has been billiousness 解 business has been business“～”;也解 billion has been billion“～”。
725 此句化自 not give two hoots for“满不在乎”。
726 jeers“～”,此处解 cheers“～”。此句化自美国 19 世纪中期到 20 世纪初的爱国歌曲《哥伦比亚,大海中的宝石》中的歌词“为红、白、兰三呼”。
727 Pieter 解 Peter“～”;也解 Peter Stuyvesant“～”(1612—1672),新阿姆斯特丹(纽约)的总理事。
728 Nieuw Amsteldam 解 new Amsterdam“～”,即纽约。
729 Paoli 解 Paul“～”;也解 Sankt Pauli“～”,德国汉堡的红灯区。
730 rum smelt his end“～”;也解 Rome spelt his end“～”。
731 sooth“～”,此处解 South“～”。
732 dined off“～”,此处解 die off“～”。
733 frier“～”;也解 frier- [德]“～”。
734 Kettlelicker 解 kettle“水壶”+lick-er“舔东西的人”;也解 Catholic“～”。
735 epistola [拉]“～”。
736 ould 解 old“～”;也解 cold“～”。
737 cup on tay 解 cupán té [爱]“～”。
738 combled 解 combler [法]“～”;也解 comble“～”。
739 fersch 解 fresh“～”;也解 fesch [德]“～”;也解 versch [荷]“～”。
740 made-at-all-hours“～”;也解 maid-of-all-works“～”。
741 souser 解 saucer“～”;也解 souse-er“～”。
742 hottin 解 hot“热”+in“在……里”;也解 hot tin“～”;也解 John Camden Hotten“～”(1832—1873),英国《俚语字典》的著者。
743 caldin 解 cold“冷”+in“在……里”;也解 caldo [意]“～”。
744 tole“～”,此处解 tell“～”
745 the tail or her toon 解 the tale or the town“～”;也解 the tale of her tub“～”,指斯威夫特的《无稽之谈》;其中 toon 也解 [荷]“～”。

如今，用烟占卜[746]和灵魂转世都可能像两只三脚架一样牢不可破，但是当我们处身我们小小的自由邦[747]自由小教会，坚守我们宪章中的前法规[748]妓女，可能对这堆东西的整体意思、整体中的任何句子的解释，以及目前破解出的句子中每个词的含义产生无法消除的疑惑时，不管我们的《爱尔兰独立日报》多么不受束缚，我们绝对不应对它的真正作者和一下子产生的权威性吹嘘任何没有根据的猜疑。让我们来终止[749]祝酒对那一点[750]发出叮当声的争吵[751]烧杯，杏仁装瓶工[752]奥蒙德的巴特勒！从表面判断，躲回到我们那散漫的马[753]，对你铁蹄般无情的头脑来说，困惑迷失的[754]水牛|水牛比尔公牛，这件事已经一劳永逸地解决了，某个地方你正驻足，某个时刻你已了账，不管是一天还是一年或者甚至假定，最终会明白那是一系列的美德，只有仁慈知道要多少天或多少年。不管怎样，无论如何，无论何地，在书籍洪水之前或她的退潮之后，有人根据他的电话号码簿中的名字提到，公鸡屠夫[755]红衣屠夫|搂抱或公鸡公牛[756]外国人，写了它，写了所有的，全写了下来，这就是，句号。O，毫无疑问是的，而且非常可能[757]适于饮用地如此，但是一个思考得更深的人[758]喝得更多的人会一直在记忆深处[759]神瓶|巴库斯|后衣袋记得，这个直截了当的就是这些和就是这样不过是他的想象[760]瞎说！。为什么？

因为，受难的[761]作家君主《圣经》[762]巴别塔|心脏，假如事情如此，(而天窗谣言会从屋顶喊出，并不比墙上文字[763]向大街上相遇[764]尘埃|会议的的暴民[765]时髦的人|情绪叫喊得更确定）万有[766]其他的宇

746 kapnimancy 解 capnomancy“～”。

747 wee free state 解 wee“微小的”＋Irish free state“爱尔兰自由邦”，爱尔兰共和国的前身；也解 Wee Free Kirk“～”，苏格兰独立教会中的一个少数群体。

748 prestatute 解 pre-“前”＋statute“法规”；也解 prostitute“～”。

749 bringtheecease 解 bring the cease“～”；也解 brindisi［意］“～”。

750 clink“～”，此处解 point“要点”。

751 beakerings 解 bickerings“～”；也解 beaker“～”。

752 olmond bottler 解 almond“杏仁”＋bottler“装瓶工人”；也解 Butler of Ormonde“～”，爱尔兰历史上著名的家族，他们在 1328 年成为奥蒙德伯爵。

753 此处化自习语 hold one's horses“慢慢来，保持耐心”，以及 change (swap) horses in midstream“中途换马，中途改变计划”。

754 bafflelost 解 baffle“困惑”＋lost“迷失的”；也解 buffalo“～”；也可与后面的 bull 合解 Buffalo Bill“～”，即威廉·科迪（1846—1917），美国西部牛仔历史中的传奇人物。

755 Coccolanius 解 cock“公鸡”＋lanius［拉］“屠夫”；也解 coccolanius［拉］“～”；也解 coccolare［意］“～”。

756 Gallotaurus 解 gallus［拉］“公鸡”＋taurus［拉］“公牛”；也解 gall［爱］“～”。

757 potably“～”，此处解 possibly“～”。

758 who deeper thinks“～”；也解 wer tiefer trinkt［德］“～”。

759 baccbuccus 解 back“后面”；也解 bacbuc“～”，《巨人传》中庞大固埃找到的神瓶；也解 Bacchus“～”，罗马神话中的酒神；也解 back pocket“～”。

760 in his eye 解 in his mind's eye“～”；也解 all my eye“～”。

761 Soferim［希伯来］“～”，此处解 suffering“～”；也解 sovereign“～”。

762 Bebel 解 Bible“～”；也解 Babel“～”；也解 lebab［希伯来］“～”。

763 writing on the wall“不详之兆”，此处直译。

764 mote“～”，此处解 meet“～”；也解 møte［挪］“～”。

765 mod“～”，此处解 mob“～”；也解 mood“～”。

766 Alle 解 All［德］“～”；也解 allê［希］“～”。

宙[767]混沌|生态种群中的每个人、地、事多多少少与天杀的狼吞虎咽|倾倒土耳其人[768]残暴有关，并且都在移动和改变着时代的每个部分：旅行墨水壶（可能是瓶）、兔子和乌龟、笔和纸，反合作者或多或少不断相互误解的思想，以及那随着时间的推进以不同方式被变形的、以不同方式发音的、用别的方法拼写的、意义可改变的可口述的[769]词外壳手写符号。不，那么帮帮[770]希望我佩罗[771]，这并非一次效果错了的风信子[772]橘红色的骚乱，由污点和斑点、酒吧和舞会、呼喊和扭动，以及在爆发性速度中连接并置的摘要组成；只不过看起来好像欢喜好像咒骂；而且，当然，我们确实应该感激地停下来，在这个令人愉快的[773]删除|的粪蝇黎明，我们甚至用干了的墨水在废纸上书写，以此展示我们自己，要不要随你[774]野豌豆|撕|叶子|提起，（我们像泄露秘密[775]一个来回的灵魂渔夫一样被弃置[776]空气不顾）在所有那些我们失掉的之后，甚至用尽一切手段，在地球最隐蔽的角落[777]隅石和它所经历的一切里抢夺它，在好好地亲吻了赤土[778]土地|动摇的|吻大地，并且为了战争中的好运[779]不幸，我们的弃置之物[780]左|的被扔过我们人类肩胛骨[781]盘子|本垒板之后，像溺水的人一样紧紧抓住它，始终抱着一线希望，希望凭借哲学[782]爱|光之光，（愿她永不抛弃[783]愚人|智者我们！）在下一刻[784]争吵里事情不管怎样会变得清晰一些，并且被交给[785]被悬挂他们，它们无疑应该如此，而且十有八九它们也将如此，如果环境允许，因为，只[786]绳索我们之间说说，一切都有限度因此这永远不够。

767 chaosmos 解 cosmos“～”；也解 chaos“～”＋mos“～”。

768 gobblydumped turkery 解 goddamned turkey“～”；其中 gobblydumped 也解 gobble“～”＋dumper“～”；其中 turkery 也解 turquerie［法］“～”。

769 vocable“～”，此处解 vocal-able“～”。

770 holp 解 help“～”；也解 hope“～”。

771 Petault 解 Charles Perrault“～”(1628—1703)，法国作家，以小儿子的名义在巴黎出版了《鹅妈妈的故事或寓有道德教训的往日故事》。

772 whyacinthinous 解 hyacinth-inous“～”；也解 jacinth-inous“～”。

773 deleteful 解 delightful“～”；也解 delete“～”＋-ful“～”。

774 tare it or leaf it 解 take it or leave it“～”；其中 tare 也解“～”；也解 tear“～”；其中 leaf 也解“～”；也解 lift“～”。

775 led the cat out of the bout 解 let the cat out of the bag“～”；其中 bout 也解“～”。

776 lufted 解 left“～”；也解 Luft［德］“～”。

777 coignings 解 corners“～”；也解 coigns“～”；此句包含本书主人公名字的缩写 HCE。

778 Terracussa 解 terracotta“～”；也解 terra［拉］“～”＋concussa［拉］“～”；也解 Kuß［德］“～”。

779 wars luck 解 war's luck“～”；也解 worse luck“～”。

780 lefftoff 解 leftoff“～”；也解 left“～”＋of“～”。

781 home homoplate 解 home“家”＋homo“人类”＋omoplate“肩胛骨”；也解 plate“～”；也解 home plate“～”。

782 philophosy 解 philosophy“～”；也解 philo-“～”＋phôs［希］“～”。

783 folsage 解 forsake“～”；也解 fool“～”＋sage“～”。

784 quarrel“～”，此处解 quarter“～”。

785 be hanged to 解 be handed to“～”；也解 be hanged“～”。

786 stricly 解 strictly“严格地”；也解 Strick［德］“～”。

因为，借助那个农场女人[787]家禽对淘气的[788]剥皮|皮狐狸臭味所具有的逐臭嗅觉[789]天分，（灾难[790]芦木|芦苇的安全[791]安稳的需要灾难性的灾难性）她仔细察看后对那些愤怒的鞭子环形抽打备感惊奇：那些如此谨慎地拴住或堵住的圆形；不完全的足迹或掉了的结尾中动人的回忆；成千上百的旋转光环，由如今难以辨认的空中羽毛飞行（唉！）引领，全都以台比留发声法[792]双向修饰着壹耳微蚵的大写首字母；试图迷惑人的象征基督的[793]神谕巨石牌坊符号ꟽ，最终以某个刺耳[794]犹郁[795]的 Hec 命名，而这，如果逆时针转动，代表着符号中他的称号，就像较小的△随着状态、魅力[796]格蕾丝·奥玛丽、本性的某一变化，被亲昵地称为 alp 或三角洲，如果只有一个，则代表配偶或用重复的词来支持配偶；（虽然就那事来说，既然我们已经从中国周年那里听到，这只母鸡如何不仅仅[797]泥沼是第二个 12 分之 8 的第一个 4 分之 5[798] 11 后的一两声嘀嗒——香江[799]香肠|唱歌|唱香港 32[800]猫头鹰——而且一年年地[801]属于 20 去 9 的另一个和第 30[802]，我们自己俗世的各不相干的 432 和 1132，为什么不把前者看作一间乡村客栈，把后者看作一座拱[803]颠倒桥，一个标示着前面有十字路口的乘号[804]，你更喜欢看成家庭炉架用的弯钩[805]，它们那用于公鹿[806]鸡奸者之田的旧四轮车[807]四个骗子，总有一天会用于约会[808]特里斯丹的茶[809] T，还有他那少了一边的全是死胡同的小巷[810]，通向战神广场[811]大声咀嚼|死亡上的爱尔兰区，不是？）平缓的内心独白；可原谅的混乱，一些人归咎于棍棒，更多的人归咎

787 farmfrow 解 farm“农场”+frow“女人”;也解 fowl“～”。

788 flayfell 解 playful“～”;也解 flay“～”+Fell [德]“～”。

789 flair“～”,此处解 flair [法]“～”。这句话用 f 压头韵。

790 calamite“～”;,此处解 calamity“～”;也解 calamus [拉]“～”。

791 columitas [拉]“～”;也解 columis [拉]“～”。

792 tiberiously 解 Tiberius“台比留”,基督殉难时的罗马皇帝,台比留发声法为《旧约》中使用的一种希伯来语辅音发音方式。

793 chrismon“～”;也解 chrêsmon [希]“～”。

794 hes [挪]“～”。

795 hecitency 解 hesitency“～”,指爱尔兰新闻记者皮戈特伪造巴涅尔的信时把 hesitancy 写成 hesitency。

796 grace“～”;也解 Grace O'Malley“～”,恶作剧女王的原型。

797 mirely 解 merely“～”;也解 mire“～”。

798 the first fifth fourth of the second eighth twelfth 解“～”;也解 10 off 22 “22 减 10”,即“～”。

799 siangchang [中]“～”;也解 xiangchang [中]“～”;也解 sing“～”+chang [中]“～”。

800 Sansheneul 解 san shi er [中]“～”;也解 Eule [德]“～”。

801 yirely 解 yearly“～”。

802 即 1132。

803 upsidown 解 'apsidô [希]“～”;也解 upside down“～”。

804 指代表着四位老者的符号“X”。

805 指代表本书主人公的儿子肖恩的符号“[”。

806 bucker 解 buck“～”;也解 bugger“～”。

807 fourwheedler 解 fourwheeler“～”;也指代表着本书标题或酒店名字的符号“口”;也解 four wheedler“～”。

808 tryst“～”;也解 Tristan“～”。

809 tea“～”;也解字母“～”。

810 指代表本书主人公的女儿伊茜的符号“⊣”。

811 Champ de Mors 解 Champ de Mars“～”,位于巴黎;也解 champ“～”+mors [拉]“～”。

于烟灰，但不是多亏了它，那些帽子歪斜的 P 才屡次被当作尾巴在耳朵[812]或者里的 Q[813]谢谢，屡次被当作尾巴在嘴巴里的 P[814]教堂长凳，因而有了你的克里斯托弗·哥伦布[815]，因此有了我们的长老会的帕特[816]；简短机智的 W 的[817]多点儿的|药棉斜杠从不在平整平庸的事实之信中中规中矩；某个大写中间字母[818]突然任性地墨水四溅；词语狡猾地藏在它那混乱织物的迷宫中，就像田鼠藏在彩色丝带的巢穴里；那个可笑到大字不识一个的 B[819]用比哑巴老百姓还平实的手势[820]，向我们宣布成为天生的[821]绅士[822]优雅的|男人有多难；而且看看这个名词前代名词[823]置于名词前的的葬礼[824]所有人的快乐|游乐园，雕刻、润饰、抹边、垫衬，非常像填着肉馅儿的鲸鱼蛋[825]，就好像它被判永远每晚被用鼻子摩擦超过整整亿万次，直到他的脑瓜儿在患理想失眠症的理想读者身边沉伏[826]孤注一掷；所有那些红色胭脂涂抹的存疑符号像辣椒粉一样撒在文本上，引起人们对错误、遗漏、重复和错位的不必要的注意；那（可能个别的或个人的）对更普遍认可的权威[827]玛奇的各式奇想[828]其实琐屑无聊，但却可能让人暗中发笑；那些看上去目中无人的打叉的希腊字母 E 似乎笨拙地[829]懦夫似的四处栖息，就像病怏怏的猫头鹰扑飞回雅典[830]一样已经过时；还有字母 G 们[831]劣等赛马，最初像耶稣会[832]一样组成，但是后来朝着[833]脚趾|守卫西方愤怒地[834]跪拜；东哥特人错误百出的拼写[835]排泄|书写在伊特鲁里亚人[836]的某些说法上影响了马厩习语[837]席间闲谈，简言之，几乎在每行的末尾这种学问都暴露出来；穿过希腊

812 or“～”,此处解 Ohr［德］“～”。
813 Kews 解 Qs“～”;也解 thank you“～”。
814 pews“～”,此处解 Ps“字母 P 们”。
815 pristopher polombos 解 Christopher Columbus“～”(1451—1506),发现美洲。此处/p/和/k/互换。P 与 K 的二元对立是本书的一个重要主题。
816 Kat Kresbyterians 解 Pat Presbyterians“～”,指圣帕特里克。
817 wotty 解 W“字母 W”;也解 dotty“～”;也解 Watte［德］“～”。
818 capItalIsed mIddle 解 capitalized middle“～”。
819 bullsfooted bee 出自俗语 not know a B from a bull's foot“一字不识”。
820 dummpshow 解 dumb show“哑剧”。
821 mpe mporn 解 be born“～”。
822 gentlerman 解 gentleman“～”;也解 gentler“～”＋man“～”。
823 prepronominal 解 pronominal“～”,也解 prenominal“～”。
824 funferal 解 funeral“～”;也解 fun for all“～”;也解 fun fair“～”。
825 “很像鲸鱼”在英语中用于讽刺言语的荒诞。
826 sink or swim“不顾成败,孤注一掷”,此处直译为“随波起伏”。
827 majesty“～”;也解 Maggies“～”。
828 maggers 解 maggot“～”。
829 awkwardlike 解 awkward“笨拙”＋like“似乎”;也解 coward-like“～”。
830 此句化自俗语 send owls to Athens“多此一举”。
831 geegees“～”,此处解 gs“～”。
832 jesuistically 解 jesuitically“～”。
833 toewards 解 towards“～”;也解 toe“～”＋wards“～”。
834 aggrily 解 angrily“～”。
835 kakography“～”;也解 cac［爱］“～”＋graphy“～”。
836 意大利中西部古国。
837 stable talk“～”;也解 table talk“～”。

字母i的眼睛来制作第三个希伯来字母[838]骆驼，这种不懈努力中显示出的固执[839]头|力量（至少11个人的32种书法[840]微不足道的工艺）；这种，比如，通向过去某一特殊痛处的完全出乎意料的左旋式[841]回归；那些王位敞开的W[842]双重的你（出自早期肮脏的伊特鲁里亚人[843]地中海|泥泞的岩层，无论人们是否选择用粘着构词法诅咒他们，好的——同的——蓝的——脸面——哀怜或者它您两个你[844]，或者相当短[845]伪善的话|献殷勤|国王，W[846]向前倒|犯规|折叠两次）带着那种扑通坐下的[847]决心坐着，难免让我们想起最自然状态下的自然，而那个焦躁不安的F，你那天生野蛮[848]圣巴拿巴的长角的第六个希腊字母[849]，现在除了从某个异性恋[850]古希腊的高级妓女|性的|奴才过时的嘴唇[851]口误中漏出，已经极少听到了（往往用两种粗体印刷方式——其中一个就像他的克劳狄族[852]兄弟一样执迷不悟，这值得中断叙述么？——作为修正符号遍布莎草纸）昂首阔步于整个页面，孵化着一种寻求刺激性的思想的Ⅎ，在冗词赘语[853]叶子之间，骨瘦如柴，沮丧地站在菱形窗口页边里，它那篮[854]女用短上衣月桂叶全在它的青叉青蛙周围飘扬，皱着眉踱来踱去，前后猛拉，把词句扔到这儿、扔到那儿，或者不自在地回嘴，伴随刚说一半就停下来的[855]半心半意的建议，Ⅎ，拖着它的鞋带；我们原初父母[856]的原话[857]前面那个奇怪的警告符号（顺便说一下，一种非常纯正的难以描绘的东西，有时是一只手掌做尾巴的水獭，更多的时候是菠萝[858]的草莓树果花叶）古文书学家称之为茅草屋顶中的漏洞或者阿兰人[859]透过他的帽

838 ghimel“～”；也解 camel“～”，可与后面的 pass through the eye of an iota 合解 a camel pass through the eye of a needle“(富人进天堂比)骆驼穿过针眼(还难)”。
839 headstrength 解 headstrong“～”；也解 head“～”＋strength“～”。
840 palfrycraft 解 pencraft“～”；也解 paltry craft“～”。
841 sinistrogyric 解 sinistro“左的”＋gyro“陀螺仪”＋-ic，形容词尾。
842 doubleyous 解字母“～”；也解 double yous“～”。
843 muddy terranean 解 muddy Tyrrhenian“～”；也解 Mediterranean“～”；也解 muddy terrane“～”。
844 illvoodawpeehole 解 il［法］“它”＋vous［法］“您”＋double you“两个你”或“W”。
845 kants koorts 解 ganz kurz［德］“～”；也解 cant“～”＋court“～”；也解 kings queens“～”。
846 topplefouls 解 Doppelvau［德］字母“～”；也解 topple“～”＋foul“～”；也解 double fold“～”。
847 floprightdown 解 flop“扑通坐下”＋right down“彻底”。
848 bornabarbar 解 born a barbarian“～”；也解 St. Barnabas“～”，《新约》中与圣保罗一起传道的圣徒。
849 digamma 解 horn-ful“长角的”＋digamma“古希腊字母表中的第六个字母(形似 F，发音与 W 近，今已废)”。此句化自习语 on the horns of a dilemma“进退维谷”。
850 hetarosexual 解 heterosexual“～”；也可解 hetiara“～”＋sexual“～”；也解 hetairos［希］“～”。
851 lipsus 解 lips“～”；也解 lapsus linguae［拉］“～”。
852 古罗马望族。
853 verbiage“～”；也解 foliage“～”。
854 basque“～”，此处解 basket“～”。
855 half-halted“～”；也解 halfhearted“～”。
856 protoparent 解 proto“原初的”＋parent“父母”，指祖先。
857 ipsissima verba［拉］“词语本身”。
858 cainapple 解 pineapple“～”；也解 Cain and Abel“～”，《圣经》中的兄弟。
859 Aranman“～”，爱尔兰戈尔韦海湾的阿兰岛屿上的人。

子的洞窃窃私语[860]，表明接下来的词可按任意次序来读，阿兰岛男人的洞，帽子透过窃窃私语他的破（这里再哀吟[861]敏锐的一次，再开始一次，好让健全的感觉和感觉的健全再次成为同类[862]芬尼根）；那些高音的[863]高傲的|属于某音高的去掉小点记号的[864]升半音的D|加小点记号的|扭曲的H，无疑是羊皮卷中[865]在……里|如同|滑稽的最罕见的，就像我们把多数以J的步态走路的I[866]擅穿马路的眼睛犁作两半，互不相连，原初的、中间的或最后的，总是神经中的过敏[867]《吉姆爷》|果酱|詹姆斯·乔伊斯，老爷，像蛲虫一样体内无籽；那些直率但反复无常的内衣[868]衣服衬里的无害裸露；那个奇怪的异域风情的蛇形曲线，自从被从我们的典籍中正确地驱除出去，如今经常[869]反复无常|翅膀在水源[870]天气|手周围，就像经常看到头脑正常的[871]右手的|正直的白肤女士骑在木马[872]软木|马上[873]穿一样，而这在它那不可一世的傲慢中曾更长，更阴郁，在我们的眼里似乎在作者之手的压力下螺旋形展开，并蜥蜴般懒洋洋地胀大；刻画元音[874]自我|发音a、ha时以这种方式绘出的笨拙的缺乏音乐性就像格列高利圣歌引唱符号一样有如黑魔法，而让人哑口无言的o、ho就像突进赋格曲中的十首加农曲[875]大炮一样喧闹[876]；在日期中有意漏掉年份和年代名称，我们的誊写员那次也是唯一一次似乎至少领悟了克制之美；末尾与起首的流畅组合；宏大风格的挖墓[877]与次好的面包[878]床以吉卜赛风格搭配在一起（一种插补法：这些只出现在手稿中能嚼的黄油面包片[879]货摊主|肉汤|雅尔·范·胡特|霍斯系列中，黄油面包[880]——鳕鱼[881]古抄本四条、

860 ingperwhis 为 whispering(“～”)的拆散重组。
861 keen“～”,此处解 caoin [爱]“哭泣”。
862 kin again 解 kin“类似的”＋again“再次”;也解 Finnegan“～”。
863 haughtypitched 解 highpitched“～”;也解 haughty“～”＋pitched“～”。
864 disdotted 解 dis-dotted“～”;也解 Dis [德]“～”＋dotted“～”;也解 distorted“～”。
865 inasdroll 解 in a scroll“～”;也解 in“～”＋as“～”＋droll“～”。
866 jaywalking eyes“～”,此处解 J-walking I“～”。
867 jims in the jam 解 jimjams“～”;其中 jims 也可与后面的 sahib 合解 *Lord Jim*“～”,英国小说家康拉德的小说;其中 jam 也解“～”;也解 James Joyce“～”。
868 underlinings“～”,此处解 underwear“～”。
869 freakwing 解 frequent“～”;也解 freak“～”＋wing“～”。
870 wetterhand 解 waterhead“～”;也解 Wetter [德]“～”＋hand“～”。
871 rightheaded 解 righ-(in the)-head-ed“～”;也解 righthanded“～”;也解 righthearted“～”。
872 corkhorse 解 cockhorse“～”;也解 cork“～”＋horse“～”。
873 don“～”,此处解 on“～”;此句出自英文儿歌《骑木马》中的“骑着竹木马,走向十字架,看到金发女,坐着大白马”。
874 selfsounder 解 Selbstlaut [德]“～”;也解 self“～”＋sound “～”＋-er。
875 canons“～”;也解 cannons“～”。
876 oaproariose 解 uproarious“～”。
877 指莎士比亚的《哈姆雷特》中的挖墓一场。
878 buns“～”;也解 beds“～”,指莎士比亚在遗嘱中把次好的床留给妻子。
879 Bootherbrowth 解 Butterbrot [德]“～”;也解 Boother“～”＋broth“～”;也解 Jarl van Hoother“～”,霍斯堡的领主;也解 Howth“～”,都柏林郊区。
880 Bb 解 Butterbrot [德]“～”。
881 Cod“～”;也解 codex“～”。

麦片粥[882]纸草两碗、早餐11份、午餐3份、晚宴17份、夜宵30份、客满1690[883]，训诂学者在饥饿中把死者[884]空酒瓶丧钟[885]敲钟人|发疯的错听成卖糕人摇的铃)；四个缩短的[886]节略的&，在它们下面我们可以穿过所有那些忙碌的岁月[887]俄国，为我们自己瞥[888]雕刻见和感受速记员那温暖柔软的短裤；作为它的开头的呼格失误[889]，它结束自己之处的宾格小洞；回忆一个曾经珍爱的数字时却失语这一英雄之痛，一步步[890]因拖鞋而滑倒导致叫错自己名字的这一全面遗忘；接下来那些r[891]屁股|阿瑞斯|艺术，rrrr！那些r都与战争有关[892]贝尔，定音鼓[893]凯特尔和机会骨[894]凭上帝起誓组成的大祭司的象形文字，满手鲜血地从我们这些神圣的红色祈祷者这里夺[895]愤怒取带有战利品的停战[896]美丽的真实，让我们为罗穆卢斯祈祷[897]罗慕勒斯和瑞摩斯|亲……，并且被搬运工从神庙[898]旗帜顶端粗暴地扔下来，扔到那些没有[899]屁股神庙的人中，靠近他们所希望的《鲁拜集》[900]红宝石|喷射四行诗，这些人自从罗伊酒厂被烧毁，就没有痛饮过夜晚冒火但摇摇摆摆之杯，此时白昼投掷骰盒，啪[901]黄，我率领忠心的6，从我你[902]心底的血[903]蓝色中扔出，打碎你，她是给你的，先生，啪她，这个好女人，一直红到她的龙虾头发，玫瑰色[904]战马|荡妇|红色，啪，上帝，奥玛拉[905]莪默·伽亚谟让它与他那红发的老恶棍鲁弗斯[906]威廉二世在一起，等等，啪，上帝，你是他没有的那另一个，因为这是我的黑桃[907]小铲王牌的废五[908]25点游戏，啪，替他抽他的猪王的嘴，王室信使[909]奥马拉，你在哪儿？于是(下到左边过道的角落来)十字形的附言中三次

882 Pap［荷］"～"；也解 papyrus"～"。

883 M D C X C"～"，罗马数字，1690 年在博因河战役中英格兰国王威廉三世在爱尔兰打败詹姆士二世。

884 deadman"～"；也解 dead men［英口］"～"。

885 toller"～"，此处解 toll"钟声"；也解 toll［德］"～"。

886 four shortened"～"；也解 foreshortened"～"。

887 rushyears 解 rush years"～"；也解 Russia"～"。

888 glypse 解 glimpse"～"；也解 glyphô［希］"～"。

889 vocative lapse 解 vocative case"呼格"＋lapse"失误"。

890 slip by slippe"～"，此处解 step by step"～"。

891 ars 解字母 R；也解 arse"～"；也解 Ares"～"，古希腊神话中的战神；也解 arts"～"。

892 bellical 可与前面的 ars 合解 ars bellica［拉］"～"；也解 Alexander Graham Bell"～"(1847—1922)，美国科学家，发明了电话。

893 kettletom 解 kettledrum"铜鼓"或"午后茶会"；也解 Thomas Michael Kettle"～"(1880—1916)，乔伊斯年轻时的朋友，爱尔兰民族主义者。

894 oddsbones 解 odds"机会"＋bones"骨头"；也解 God's bones"～"。

895 wrasted 解 wrested"～"；也解 wrath"～"。

896 truce with booty"～"；也解 truth with beauty"～"。

897 O'Remus pro Romulo 解 oremus pro Romulo［拉］"～"；其中 Remus 和 Romulus"～"，公元前 753 年建立罗马城的双胞胎兄弟，后罗穆卢斯杀死瑞摩斯建立罗马城；其中 pro 也解"～"。

898 fane"～"；也解 Fahne［德］"～"。

899 arse"～"，此处解 are"是"。

900 rubyjets 解 Rubaiyat"～"，古波斯诗人莪默・伽亚谟所作的每节四行的长诗；也解 ruby"～"＋jets"～"。

901 whang"用力抽打的声音"；也解 Whang"～"，英国作家哥德斯密的《世界公民》中的磨坊主，他的磨坊因他在磨坊下挖掘不存在的宝藏而垮塌。

902 wi'yer 解 we you"～"。

903 bluid 解 blood"～"；也解 blue"～"。

904 rossy 解 rosy"～"；也解 roß［德］"～"；也解 rásaidhe［爱］"～"；也解 rossi［意］"～"。

905 O'Mara 解 Joseph O'Mara"～"(1864—1927)，爱尔兰男高音，唱特里斯丹这一角色；也解 Omar Khappam"～"(1048—1131)，波斯诗人、数学家、天文学家，著有《鲁拜集》。

906 Villain Rufus"～"，鲁弗斯这个名字的含义是"红发的"；也解 William Rufus"～"(1056—1100)，英国国王。

907 spuds"～"，此处解 spade(纸牌中的)"～"。

908 spoil five"～"，一种爱尔兰纸牌游戏，也称"～"。

909 K. M. 解 King's Messenger"～"。

吻手[910]或者更短更小的接吻[911]被过于谨慎地刮掉了，附言直接启发了《凯尔斯书》中晦涩难解的于是页[912]（因此没有必要忽略恰恰有三队蔷薇十字会[913]欧洲鲫鱼|玫瑰|非常重要|与十字架有关的候选人正在哥伦巴[914]专栏|杀手书的页边画面等着轮到他们，他们在他们的三个投票箱中轧轧作响[915]哽咽，然后就被隔出来给展览委员会，那里对任何人来说两个就够了，从老马修自己开始，就像他那时引人注目地[916]说的，正是从那时起，说话的人类就习惯于在对一个人说话的时候，两人说正好，而第三个就是被悄悄谈论的人了[917]，于是如果那时无论哪个被描写的拥抱者，他的（或者可能她的）嘴巴里有舌头[918]虚情假意地，那时情况可能就是这样，最后的唇舌热吻或许就可被视为亲吻）那个该死的下垂并逐渐缩小[919]的灾难性涂鸦性斜笔，无法完善的道德无知的明显标志；太多的、多得太多的所有那些四腿 M；为什么用粗大的 D[920]上帝来拼写亲爱的上帝；（为什么，哦为什么[921]为什么是 O，哦为什么？）半结尾那准备好的 X 和 Y[922]询问和聪明形；18 个或 24 个[923]，但是至少，多亏了莫里斯[924]圣莫里斯，最后当所有都说完[925]字母 Z 做完，最后的花笔签名中包含的帕涅洛佩[926]的耐心，出版说明不少于 732[927]笔，每笔都用一只跳跃的套索收尾——谁因此对所有这个感到惊奇，却热切地坚持去看那些相互枝蔓的欧甘性欲在向上向内拖曳中所包含的拱曲的女性利比多，它们被迂回的男性拳头用清一色的就事论事严厉地控制和轻松地重新说服？

910 basia［拉］“～”。

911 oscula［拉］“～”。

912 即《马克福音》中“于是耶稣与两个贼一起被钉上十字架”。

913 crucian rose 解 Rosicrucian“～”；也解 crucian“～”＋rose“～”；也解 crucial“～”；也解 cruciarius［拉］“～”。

914 Columkiller 解 Colum Cille“～”，圣徒哥伦巴的别称，意为“教堂之鸽”。《凯尔斯书》也常被称为哥伦巴书；也解 Column“～”＋killer“～”。

915 chugged“～”；也解 choked“～”。

916 with great distinction“～”，此句化自习语 degree awarded with distinction“以优异的成绩毕业”。

917 此句化自习语 Two's company，three's a crowd“两人正好，三个人就太挤了”。

918 with a tongue in his cheek“～”，此处直译。

919 droopadwindle 解 droop and dwindle“～”。

920 Dhee“～”；也解 dia［爱］“～”。

921 O why“～”；也解 why O“～”。

922 aks and wise“～”；也解 ask and wise“～”。

923 指《尤利西斯》有 18 章，《奥德赛》有 24 章。

924 Maurice 解 Darantière Maurice“～”，第一版《尤利西斯》的印刷商；也解 St. Maurice“～”，底比斯军团的领袖，该军团由 6666 个男人组成，一起改信基督教并一起殉道。

925 zed 解 said“～”；也解 Z“～”。

926 penelopean 解 Penelope“～”，《奥德赛》中奥德修斯的妻子，也是《尤利西斯》的最后一章。

927 《尤利西斯》初版有 732 页。

龙亚[928]黑色的，他现在可能在非常友好的安排下被引用（一旦音色[929]一块石头|阿斯顿码头价值能够以每微安千分之一生丁的比例从爱色彩者[930]有限公司里排除，他那超音波光控的感光[931]史高风电视接收机[932]就可以被我们毫不遥远的未来所记载[933]寻找），起先把这类爱尔兰人放松[934]圣帕特里克的伙伴关系称为尤利西斯式的[935]胡米|布拉瓦茨基女士|事故或四手的[936]四项|古罗马行省四分之一地区的长官或四手类动物的或打水漂或打电码[937]债和菜情结的[938]困惑（参照某《性音韵学[939]萨克斯管精神分裂症研究的概念[940]抢先占领那个研究》，第 24 卷第 2 至 555 页）经过材料充足的观察，被荣格-弗洛伊德[941]难以出口的弄得与我主相距万里（比较《半无意识[942]半无良心后部新马格尔顿教派[943]教义中[944]在……方面|玛奇的后期挫折感》，见各处）在流传各地却少为人知的畅销书[945]最好的讲述者中，这些书一般与那些不幸水手[946]船只失事的的名字连在一起（三对一[947]在前面|火车滚开我们踢开[948]我们那甜言蜜语[949]梅子|被吮吸的|苏凯特型的店主[950]形状|看守人）一份迦太基海军部的报告，《来自伊阿宋的巡游[951]耶稣基督海流所环绕的麦克弗森[952]海[953]莪相|欧希夫人》过去曾被巧妙地颠覆和粗鲁地再版成佐泽卡尼索斯群岛[954]旅游指南，故事个个都是乐趣，充满变化，完全有望作为野味花招逗我的[955]我雄鹅看一眼开心，就像逗你的雌鹅开心一样[956]喝倒彩。

提比里亚[957]双重性中包含的人物确切无疑的身份以最迂回的[958]稀奇的方式大白于天下。最初的记载是在那让人无法忍受的所谓或有或无[959]汉诺手稿里，也就是说，它没有显示出任何

928 Duff-Muggli 解 deaf-mute“聋哑”，此处为人名，故译为“～”；其中 Duff 也解 dubh［爱］“～”。

929 astone 解 as“如”＋tone“音色”；也解 a stone“～”；也解 Aston“～”，利非河上的码头之一。

930 Chromophilomos 解 chrômophilos［希］“～”。

931 photosensition 解 photosensitive“～”。

932 dectroscophonious 解 dektos［希］“接收机”＋scophony“史高风电视系统”，1938 年史高风公司在伦敦展览会上展出了三种电视接收机，即电视机，其中一种为家用，两种用于影剧院。

933 logged“～”；也可与后面的 for 合解 looked for“～”。

934 paddygoeasy 解 paddy“爱尔兰人”＋go easy“放松”，这也是爱尔兰小说家威廉・卡莱顿 1845 年出版的小说；也解 St. Patrick“～”。

935 ulykkhean 解 Ulyssean“～”；其中也包含 Hoomi Kooti“～”，据说是启发布拉瓦茨基女士创建神智社的所谓圣人之一，布拉瓦茨基女士在书中称他为“K. H.”；也解 Helena Petrovna Blavatsky“～”(1831—1891)，昵称 Hahn，俄国通神论的奠基人，在书中常与 hen (母鸡)相连；也解 ulykke［丹］“～”。

936 tetrachiric 解 tetracheir［希］“～”；也解 tetrachoric“～”；也解 tetrarch“～”。

937 debts and dishes“～”，此处解 dot and dash“莫尔斯式电码的”。

938 perplex“～”，此处解 complex“～”。

939 Sexophonologistic 解 sex“性”＋phonologistic“音韵学者的”；也解 saxophone“～”。

940 Forestallings over that Studium“～”，此处解 Vorstellungen über das Studium［德］“～”。

941 Tung-Toyd 解 Jung-Freud“～”；也解 tonguetied“～”。

942 semiunconscience 解 semi-“半”＋unconscious“无意识”；也解 semi-un-conscience“～”。

943 Neomugglian 解 Neo-“新的”＋Muggletonian“马格莱顿教派信徒”，于 1650 年创立的英格兰清教派成员，反对三位一体，相信圣灵启示。

944 amengst 解 amongst“～”；也解 anent“～”；也解 Maggies“～”。

945 bestteller 解 bestseller“～”；也解 best teller“～”。

946 wretched mariner“～”，指英国诗人柯尔律治的《古舟子咏》；其中 wretched 也解 wrecked“～”。

947 trianforan 解 triad for one“～”；也解 voran［德］“～”；也解 train“～”。

948 deffwedoff 解 eff“滚开”＋we doff“我们摆脱”。

949 plumsucked 解 sugar-plum“～”；也解 plum“～”＋sucked“～”；也解 Sucat“～”，圣帕特里克施洗时的名字。

950 shapekeeper 解 shopkeeper“～”；也解 shape“～”＋keeper“～”。

951 Jason's Cruise“～”；也解 Jesus Christ“～”。

952 MacPerson 解 James Macpherson“～”(1736—1796)，苏格兰诗人，声称发现了三世纪爱尔兰及苏格兰高地的英雄诗人莪相的诗歌。

953 Oshean 解 ocean“～”，伊阿宋为希腊神话中寻找金羊毛的阿耳戈号的头领；也解 Ossian“～”；也解 O'Shea“～”，巴涅尔的情人，后成为他的妻子。

954 位于希腊。

955 me“～”，此处解为 my“～”。

956 该句中的 gander(雄鹅)、game(野味)、goose(雌鹅)也分别解“～”、“～”、“～”。

957 Tiberiast 解 Tiberias“～”，位于加利利海的西海岸的城市，城市名字来源于罗马皇帝台比留。

958 devious“～”；也解 curious“～”。

959 Hanno O'Nonhanno 解 hanno o non hanno［意］“～”；也解 Hanno“～”，公元前五世纪的一位航海家，曾用腓尼基语记录在非洲西海岸的航行。

标点符号的痕迹。然而把反面对着点亮的灯心草[960]灯心草蜡烛|闪电，对我们世界最古老的光所提出的无声疑问在这一摩尔斯[961]摩西新书中做出最不同凡响的回答，书的正面泄露出刺激人的真相，即它只被刺穿而未被标点（用的是该词的大学含义）被叉状工具造成无数戳刺和叶形切口。这些纸上伤痕有四种[962]，人们渐渐而且正确地认识到它们分别代表停住、请停住、一定请停住、噢一定请停住，跟着它们那个真正线索，专心男人庇护所的旋绕[963]音调符号墙，一片片碎玻璃和裂瓷器[964]使伤痕加重[965]加重音符号，——警察厅[966]的调查指出——➤它们被一只∧叉子"激怒"[967]，属于一位严肃的[968]在坟墓里|格雷弗教授[969]，在他的早——餐——桌上[970]很快分手的桌子；事实上扎得很专业，以便＝用扎孔[971]句号|打洞引进时间观念［在一个平（?）面上］！在空间[972]面凿洞[973]在洞里（原文如此）?！无论就其本质还是位置来说都深具宗教性，温热地粘在茶[974]汝上，黄油面包[975]毁谤|解读|涂抹面包、黄油[976]更好、火腿[977]他和刚下的[978]新淑女|新设置的疾病|新放下的草茴香，人们正确地猜测这种怒火[979]鸡蛋|爱尔兰即便在无意间[980]傻瓜也不可能侵袭到普兰德加斯特[981]给予|客人教授[982]吃面包的人，针对某人的祖先灵魂，这个人，带着水流[983]瑞亚，他至少每星期在鸡距公地无耻地膜拜一次，尊为他的掌上明珠和她的第一个男人挚友[984]，虽然对误入歧途的已婚妇女来说日常英语随处堆积，但是某个窥视者或窥夫人发现凡是书写清晰且措辞精炼的地方，四叶三叶草或四叶的戳刺就更反复出现，这两个是母鸡夫人[985]在

960 lit rush“～”；也解 rushlight“～”；也解 rush light“～”。

961 Morses 解 Samuel Morse“～”(1791—1872)，美国电报和电报码的发明者；也解 Moses“～”，基督教先知。

962《凯尔斯书》有四种句号。

963 circumflexuous 解 circumflex“～”；也解“～”。

964 bi tso fb rok engl a ssan dspl itch ina 解 bits of broken glass and split china“～”，将一句话中的词语重组但不改变次序，这是乔伊斯在本书中使用的手法之一。

965 accentuated“～”；也解“～”。

966 Yard 解 Scotland Yard“苏格兰场”，即伦敦警察厅。

967 they ad b? n “provoked” ay fork 解 they had been “provoked” by a fork“～”。

968 à grave“～”，此处解 a grave“～”；也解 Charles Grave“～”(1893—1918)，爱尔兰里姆里克市的主教，指出爱尔兰古手抄本《阿曼书》(*Book of Armagh*)中帕特里克的《忏悔文》是由弗多姆纳赫(Ferdomnach)抄写的，他的名字在文中出现了八次，但是所有出现的地方都被擦掉了。

969 Brofèsor 解 professor“～”。

970 àth é's Brèak-fast-table 解 at his breakfast table“～”；其中 Brèak-fast-table 也解“～”。

971 pùnct 解 puncture“～”；也解 Punkt [德]“～”；也解 punch“～”。

972 iSpace 解 Space“～”，旧意大利文中当 S 后面跟辅音时前面加 i；也解 face“～”。

973 ingh oles 解 making holes“～”；也解 in holes“～”。

974 Thee“～”，此处解 tea“～”。

975 smearbread 解 smørrebrød [丹]“～”；也解 smear“～”＋read“～”；也解 smear bread“～”。

976 better“～”，此处解 butter“～”。

977 Him“～”，此处解 Ham“～”。

978 newlaidills 解 new laid eggs“新下的蛋”；也解 new ladies“～”；也解 new laid illness“～”；也解 new laid dills“～”

979 ire“～”；也解 egg“～”；也解 Ireland“～”。

980 underwittingly 解 unwittingly“～”；也解 underwit“～”。

981 Prenderguest 解 Patrick Prendergast“～”(1868—1894)，曾刺杀芝加哥市长；也解 render“～”＋guest“～”。

982 Brotfressor 解 professor“～”；也解 Brotfresser [德]“～”。

983 rheuma，古希腊语原意为“流动”，后演变为“风湿”；也解 Rhea“～”，希腊神话中老一代主神克洛诺斯的妻子。

984 出自俗语“男孩最要好的朋友是他的妈妈”。

985 Dame Partlet“～”，乔叟《坎特伯雷故事集》中对母鸡的称呼。

粪堆上为了她的穿孔而自然选择的一模一样的地方，思想者们都在水浇得满溢的[986]做游戏爱尔兰[987]里储藏[988]放|生长，一只顽皮的母鸡，此外还有音乐中的我而不是你，两两一起，而且，后面跟着一群找蜜的蜜蜂[989]接吻|再来一遍|直到|咬|贝齐·罗斯|碧丝，耻辱[990]害羞|我的符号（哦，红色的小鬼头[991]漂亮美丽的口红！）分开了端庄的嘴。就那样吧。而且这样。把芬·麦克尔[992]的业绩[993]前情节制成信[994]，那时他在圣凯文的国家[995]女王郡|女性与男战士[996]卖们在一起。伴随着我们对最初时刻的狂热的承认，他继续最忠诚地[997]欣然地|你最忠诚的存在数年。附言[998]后格斗请见战利品。虽然水手还没有咂上那一口，猎人[999]汉弗利·卿普顿·壹耳微蚵也没有泡沫满溢[1000]从山中回家。狐狸和野鹅[1001]依然维持着亚当爸爸酒馆周围的和平。

那之后很少需要质问你的度假者们，老耶路撒冷[1002]圣杰若姆、老好斗者、老安提阿[1003]雅典、老亚历山大[1004]卡珊德拉，进入问答，诸如：在嘘声中疾奔而过，在混乱[1005]混杂中手足无措，他的整体是赤身裸体的午间酒鬼[1006]挪亚的儿子。尽管如此，我们没有听到他留下的人子之子在无事不知的情况下以老爸的身份把社会变为汪洋[1007]海洋社会|莪相学会|大洋洲，图尔加·麦克尔[1008]重重的打击。他每次正是这样，那个儿子，还有其他时候，那天[1009]和次日，德莫特[1010]莫拉弗|翌日恐怖的情绪是其名是写诗篇的那个家伙，将亲亲配偶[1011]德莫特连在一起的人，他摆脱一个欲望又进入下一个。这之后女儿们出去寻找他，托巴[1012]的美颈帅哥。被英国

986 waterungspillfull 解 Wässerung［德］“浇水”＋spill“溢出”＋full“满的”；其中 spill 也解 spiel-［德］“～”。

987 Pratiland 解 práta(［爱］“马铃薯”) land“马铃薯之乡”，即爱尔兰。

988 put grown 解 put down“～”；也解 put“～”＋grow“～”。

989 bisses 解 bees“～”；也解 buss“～”；也解 bis［法］“～”；也解 bis［德］“～”；也解 Biß［德］“～”；也解 Betsy Ross“～”(1752—1836)，乔伊斯在笔记中记载她曾用裙子做成美国国旗；也解 Biss“～”，书中主人公的女儿伊茜的另一种写法。

990 shyme 解 shame“～”；也解 shy“～”＋me“～”。

991 the pettybonny rouge 解 le petit bonnet rouge“红色的小软帽”，一种对魔鬼的称呼，故译为“～”；也解 the pretty bonny rouge“～”。

992 Fjorgn Camhelsson 解 Finn MacCool (MacCumhall)“～”。

993 explots 解 exploits“～”；也解 ex-plots“～”。

994 lettermaking 解 letter making“～”或“制成字母”。

995 Kvinnes country 解 Kevin's country“～”，爱尔兰的隐士和圣人；也解 Queen's County“～”，现名拉奥伊斯(Laois)，位于爱尔兰共和国中部；其中 Kvinnes 也解 Kvinne［挪］“～”。

996 Soldru's 解 soldier“～”；也解 sold“～”。

997 fainfully 解 faithfully“～”；也解 fain“～”；也可与前面的 years most 合解 yours most faithfully“～”，信末结束语。

998 postscrapt 解 postscript“～”；也解 post-scrap“～”。

999 humphar 解 hunter“～”；也解 Humphrey “～”。

1000 foamed to the fill“～”；也解 homed from the hill“～”。

1001 fox and geese“～”，也是都柏林的一个地区名，也是一种棋，名为“狐入鹅群”。

1002 Jeromesolem 解 Jerusalem“～”；也解 st. Jerome“～”(347—420)，拉丁文《圣经》的译者。

1003 Andycox 解 Antioch“～”，早期基督教的一个活动中心，现位于土耳其境内；也解 Athens“～”。

1004 Olecasandrum 解 Alexandria“～”，埃及城市名；也解 Cassandra“～”，古希腊的女预言家。

1005 in a mussmass 解 in a mess“～”；其中 mussmass 也解 mishmash“～”。

1006 noondrunkard 解 noon“中午”＋drunkard“酒鬼”；也解 Noah“～”，《创世记》中大洪水时期的义人，大洪水后曾醉酒裸卧＋drunkard“酒鬼”。

1007 oceanic society “～”，此处解 make the society oceanic“～”；也解 Ossianic society“～”；也解 Oceania“～”。

1008 Tulko MacHooley 解 Tulcha MacCumhall“～”，芬·麦克尔的兄弟；也解 tulc［爱］“～”。

1009 此句为盖尔语的直译。

1010 morrow Diremood 解 morrow“翌日”＋Dermot“德莫特”，芬·麦克尔的侄子，与芬·麦克尔的未婚妻格拉尼娅私奔，后被芬·麦克尔杀死；也解 Dermot Mac Morrough“～”，兰斯特国王，他邀请盎格鲁—诺曼人侵占爱尔兰；也解 morrow dire mood“～”。

1011 dearmate 解 dear mate“～”；也解 Dermot“～”。

1012 Torba“～”，芬·麦克尔的父亲的妻子之一。

兵[1013]喝醉的|询问征召来为年长者[1014]传令兵服兵役[1015]千禧年。以前[1016]形式上的|惯用语与另一个[1017](我)是|他者|一个母亲弄混了。你是不是说可能长着胡子,带着饶有兴味的可爱神情?而且使用下层人的[1018]无阶级台球室,那里有一架上上下下的梯子?不是邮者肖恩[1019]送快递的,虽然他只要曾有一点点笑意拉丁文和少一些无礼[1020]希腊文,如果他不是那么担心[1021]战争|突然袭击他的迫害之球[1022]打击形成的半锥体|吻,他就能,唉,就会,像埃塞克斯桥一样可靠[1023]。不是约瑟夫[1024]我去传播流言,我对天发誓!不是[1025]挪亚|无人!让所有人宽心的是,人们对那个洒落的[1026]空中悬停|开花的布雷齐诺斯[1027]青肿的鼻子|布鲁诺栗子[1028]俏皮话|坚果中[1029]杀气腾腾呜里呜噜[1030]无意义的话的类人猿的半猜测被热烈地放弃了,他的房间被那个如今依然未能充分认识其恶劣的可憎的抢夺笔记者占据(狗屎[1031]排泄|字母 K|粪便,呸[1032],胡说,呸[1033]虔诚,太早[1034]耳朵了,猜[1035],走私威士忌[1036]?你说[1037]!)笔者闪姆。

1013 Totty Askinses 解 Tommy Atkins“～”；也解 totty“～”＋asking“～”。

1014 olderly's person 解 older person“～”；也解 orderly person“～”。

1015 millinary servance 解 military service“～”；其中 millinary 也解 millenium“～”。

1016 Formelly 解 formerly“～”；也解 formell［德］“～”；也解 Formel［德］“～”。

1017 amother 解 another“～”；也解 am“～”＋other“～”；也解 a mother“～”。

1018 noclass 解 lowclass“～”；也解 no-class“～”。

1019 Hans the Curier 解 Hans de Koerier［荷］“～”；其中 Curier 也解 courier“～”。

1020 laughings ... cheeks 解“笑……厚脸皮”；也解 Latine ... Greeke“～”，本·琼生曾说莎士比亚会“一点点拉丁文和更少的希腊文”。

1021 warried 解 worried“～”；也解 war“～”＋raid“～”。

1022 bulb of persecussion 解 bulb of“……的球”＋persecution“迫害”；也解 persecution bulb of percussion“［考古学中］～”；其中也包含 Kuß［德］“～”。

1023 出自老都柏林俗语“像埃塞克斯桥一样可靠”。

1024 Gopheph 解 Joseph“～”；也解 pheugô［希］“～”。

1025 Noe 解 No“～”；也解 Noah“～”；也解 Noman“～”，《奥德赛》中奥德修斯告诉独眼巨人的他的名字。

1026 showering“～”；也解 hovering“～”；也解 flowering“～”。

1027 Bruisanose 解 Brasenose“～”，英国牛津大学的学院之一；也解 Bruise nose“～”；也解 Bruno of Nola“～”(1548—1600)，意大利哲学家。

1028 jestnuts 解 chestnuts“～”；也解 jest“～”＋nuts“～”。

1029 amok“～”；此处解 among“～”。

1030 jabberjaw 解 jabber“含糊不清地说”＋jaw“喋喋不休”；也解 Jabberwocky“～”，原为英国作家刘易斯·卡罗尔写的一首无意义的诗。

1031 kak［荷］“～”；也解 cac［爱］“～”；也解 kak［希］“～”；也解 kakke［希］“～”。

1032 pfooi 解 foei［荷］“～”；也解 pfui“～”。

1033 fiety 解 fie“～”；也解 piety“～”。

1034 earny 解 early“～”；也解 ear“～”。

1035 Gus 解 guess“～”。

1036 Poteen“～”；也解 poitín［爱］“走私威士忌”。

1037 Sez 解 say“～”。

第六章

所以？

晚上好吗[1]你知道谁，女士[2]懒惰的和先生？

回声出现在树林[3]词语|未开垦的林地后面：叫他上来！

（肖恩·麦克·壹耳微蚵[4]爱尔兰|恶劣的，邮差[5]邮递员|简短的|牵引机，为了约翰·詹姆逊父子公司[6]的事务，在这个每夜12个呼语[7]使徒的测验[8]谁，什么中每120[9]储藏|一百得110[10]一百干草堆|瘦的，由笑者[11]·麦克·壹耳微蚵[12]爱尔兰|软弱出题。他把其中第三个M[13]以……为目标误解[14]错的|在下面|打击为L[15]，并给其中的四个按照它们美好艺术的无序留下他自由天然的反驳。）

1. 什么最好的[16]M迷宫[17]神话|先生|使混乱建造者[18]校长和顶级的[19]马克西摩斯桥梁建造者第一个通过他的豆茎[20]陈腐的豆子，升得比蓝桉树[21]猴面包树[22]爸爸或巨大的惠灵顿尼娅红杉还高；当她只有涓涓细流[23]20几岁的时候与捕鲑者们[24]裤子一起赤足[25]靴子走进利菲河[26]拉法耶特；在他那霍斯[27]房子|私运入的酒蛇丘上像云朵[28]跛

1 Who do you no 解 How do you do“～”；也解 Who do you know“～”。
2 lazy“～”，此处解 lady“～”。
3 wodes 解 woods“～”；也解 words“～”；也与前面的 back 合解 backwoods“～”。
4 Irewick 解 Earwicker“～”，本书主人公；也解 Eire“～”＋wicked“～”。
5 briefdragger 解 Briefträger［德］“～”；也解 briefdrager［荷］“～”；也解 brief“～”＋dragger“～”。
6 Jhon Jhamieson and Song 解 John Jameson and Sons“～”，都柏林威士忌酒厂的名字。
7 apostrophes“（对已死去或不在场的人或拟人化的事物的）～”；也解 apostles“～”，指耶稣的 12 门徒。
8 quisquiquock 解 quiz“～”；也解 quis qui quo［拉］“～”。
9 storehundred 解 stor［丹］“great”＋hundred，即 great hundred“～”；也解 store“～”＋hundred“～”。
10 one hundrick and thin 解 one hundred and ten“～”；也解 one hundred rick“～”＋thin“～”。
11 Jockit 可直解为 Joke it“开它玩笑”，用于人名，与“肖恩”对应，故译为“～”。
12 Ereweak 解 Earwicker“～”，本书主人公；也解 Eire“～”＋weak“～”。
13 and aim 解 an M“一个 M”；也可与后面的 for 合解为 an aim for“～”。
14 misunderstruck 解 misunderstood“～”；也解 mis-“～”＋under“～”＋struck“～”。
15 am ollo 解 an L“～”。
16 secondtonone 解 second to none“～”；也解 second to N，即“～”，类似于本书主人公 HCE 的符号“ᗰ”。
17 myther 解 maze“～”；也解 myth“～”；也解 Mister“～”；也解 moider“～”。
18 rector“～”，此处解 erector“～”。
19 maximost 解 maximum“最高的”＋most“最”；也解 Maximos“～”，挪威剧作家易卜生的剧作《皇帝与加利利人》中的人物，试图在基督徒和异教徒之间架设桥梁。
20 beanstale 解 beanstalk“～”，出自英国童话《杰克与豆茎》；也解 stale bean“～”。
21 Bluegum“～”，美洲一种非常高大的树种。
22 buaboababbaun 解 baobab“猴面包树”＋Baum［德］“树”；其中也包含 Babbo“～”，乔伊斯的子女对父亲的称呼，乔伊斯在给他们的信中也这样署名。
23 tricklies 解 trickles“～”；也解 twenties“～”。
24 Trouters“～”；也解 trousers“～”。
25 nudiboots 解 nudi［意］“赤裸的”＋foot“脚”；其中 boots 也解“～”。
26 liffeyette 解 Liffey“～”；也解 Marquis de Lafayette“～”（1757—1834），法国政治家，在北美独立战争中帮助华盛顿领导的大陆军。
27 hooth 解 Howth“～”，都柏林郊区，此处常常被云彩环绕；也解 house“～”；也解 hooch“～”。
28 claud 解 cloud“～”；也解 claudication“～”；也解 Claudius“～”（前 10—54），罗马帝国的皇帝，他在拉丁字母表中增加了 3 个新字母。

行|克劳狄一世一样戴着调和[29]帽并以此闻名[30]；一本正经地[31]所罗门|唯一的男人炫耀着他身上链条制造商[32]工头的怀表链[33]，荷兰人[34]的富裕[35]肩章；他的第一只 ALP 苹果[36]舔苹果掉下来[37]触摸的时候觉得它重一新吨[38]牛顿；把十恶不赦的选择交给昨天[39]昨日的|阴茎和明天[40]两个玛利亚之间的每个夜晚[41]每个骑士；在小客厅[42]拉|环|闲逛壁炉前的同一张白色大地毯[43]马|宝藏上有 7 名[44]若干肤色相继的女仆[45]塞尔维亚的女仆|银的|女人；到目前为止是居家的[46]天堂未来力量[47]威尔伯福斯，就像他在石南[48]人间中曾是的那样；从天主教的[49]舔瓦翠河[50]党派中抽水，震动新教的[51]勇敢的|讽刺博因河[52]男孩子们；像年轻人一样在愤怒中杀死了他那饥饿的自我；当所有地方[53]德语|标记|市场|标志|马克都洪水泛滥水位升高的时候找到了五个人[54]的口粮；与爱尔兰导师一起使康沃尔盖尔语变得简单；旋转[55]可通行车辆的|可旋转的的见证人、道路的过路费；为一位闰年女儿[56]跳跃你自己|教育的人养育多头继子；对鱼来说太滑稽[57]多鳍的了，对昆虫来说皮太多了；就像七边形的水晶一样为我们封禁[58]棱柱真真假假[59]拳头|孔雀；在不合适的外衣[60]天赋里无限膨胀；有一次被铲子挖，有一次被点上火，有一次被淹没[61]在里面|在……下面，她每天[62]比尔·贝里|贝里灯塔都把他挂出去；在他的瓦片里有一块方板[63]告诉托勒[64]现在几点钟[65]恶棍|时间；给远右外板球手机会，但顶住腿截球[66]法律|放置；在他耙子的顶端发现了煤[67]，在接缝[68]在幕后后面发现了百叶蔷薇；在后门外建了座堡垒[69]屁，在盾牌[70]巴克利上写上他坚守罗德[71]红颜是祸水|屁|完成了的|行驶；是逃出各类狩猎地[72]

73 outharrods 解 outherods“～”，出自莎士比亚的戏剧《哈姆雷特》中的台词“比希律王还凶残”（out-herods Herod）；也解 hurries out“～”；也解 harrods“～”，与后面的 Barkers（此处译为“咆哮的人”）、Shoolbred's（此处译为“学校培养的”）、Whiteley's（此处译为“温和地”）皆为伦敦的百货商店。

74 whiteley 解 quietly“～”；也解 whitely“～”；也解 rightly“～”。

75 germhuns 解 Germans“德国人”＋Huns“匈奴”；也解 Germ［德］“～”；也解 Huhn［德］“～”。

76 sweep“～”，此处解 Swede“～”。

77 omnianimalism 解 omni-“全”＋animalism“动物特性”；也解 omne animal［拉］“～”。

78 brooched“～”；也解 broached“～”。

79 eddistoon 解 Eddystone“～”，英国灯塔；也解 Edison“～”（1847—1931），美国科学家，发明了电灯。

80 swannbeams 解 sunbeam“～”；也解 Joseph Swann“～”（1828—1914），英国人，发明了一种白炽灯。

81 fraufrau 解 Frau［德］“女人”＋Frau［德］“女人”。

82 froufrous“～”，法国剧作家路德维希·哈莱和亨利·梅耶哈克 1869 年的一出歌剧。

83 Hookbackcrook 解 hook“钩子”＋crookback“驼背”，指英国国王理查三世，在博斯沃斯战役中被杀。此句化自习语 by hook or by crook“不择手段”。

84 Dook 解 duke“～”；也解 duck“～”；也解 dook［吉］“～”。

85 upsits 解 upsets“～”；也解 sits up“～”。

86 booseworthies 解 battleworthies“～”；也解 Bosworth“～”，英国地名，理查三世在此处被杀；也解 boos［荷］“～”＋worthy“～”。

87 lukes 解 looks“～”；也与后面的 Plunkett 合解 Luke Plunkett“～”，都柏林演员，曾扮演理查三世，观众对他表演理查三世之死非常喜欢，要求再演一次，于是死尸站起来，复活，又死去。

88 aas 解 ass“～”；也解 Aas［德］“～”；也解 arse“～”。

89 baas“～”；也解 baas［荷］“～”；也解 bás［爱］“～”。

90 sosannsos 解 so and so“～”；也解 SOS“～”；也解 sos［爱］“～”；也解 Susanna“～”，书中女儿伊茜的化身之一。

91 Sahara“～”，此处解 sahara“～”；也解 Sarah“～”，《创世记》中亚伯拉罕的妻子。

92 oxhide on Iren“～”，此处解 oxide of iron“～”；也解 *The Exile of Erin*“～”，爱尔兰歌曲。

93 lited 解 lite［意］“～”；也解 lit“～”。

94 此句词语的首字母缩写为 AALLPP，即本书女主人公名字的缩写变体。

95 banck of Indgangd 解 Bank of England“～”；也解 back of indgang（［丹］“入口”）“～”。

96 catches his check“～”，此处解 cashes his check“～”。

97 endurses 解 endorses“～”；也解 endures“～”。

98 指西班牙传说中的浪子唐璜被石像邀请一起吃晚餐并被拖下地狱。

99 Morgen's 解 morgen［丹］“～”；也解 J. Morgan“～”，都柏林的制帽商。

100 afternunch 解 afternoon“～”；也解 luncheon“～”。

101 Block ... hatache 解 block a hat［俚］“把某人的帽子打得盖住眼睛”＋headache“头疼”；也解 hat“～”＋ache“～”。

102 ernst［德］“～”；也解 earnest“～”。

103 gehamerat 解 game“游戏”＋rat“老鼠”；也解 Geheimrat［德］“～”；也解 dirty rat“～”。

104 lustyg 解 lustig［德］“～”。

105 mausey 解 Maus［德］“～”；也解 mauser“～”；也解 mausig［德］“～”。

106 Rump“～”，此处指 Rump Parliament“～”，英国 1648—1653 的议会。

样庄重地坐下来；展示英国早期的气窗[107]商标|踪迹|记号、一扇有众多镀金光线的菊花窗、一扇内壁小窗[108]万花筒的一种、两只引人注目的祭坛洗手盆、三座完全值得一看的[109]沃尔沃斯壁龛[110]安姆伯利；拱门都有吊闸，他的中殿始于公元零年；是一只无法停止的计时器，所有钟中的大本钟[111]山；他过去是[112]水果、现在是[113]吃|他是、将来是[114]昨天，虽然他被掷以霉菌石头[115]他醉得发霉[116]；在森林中是橡树[117]怪僻的人|横贯|吻，对大都市来说是悬铃木；有力的高山[118]，捷足的福纳斯[119]迷路的；我们讲坛上的支架，我们标牌[120]嘲弄|瓮中的空白；下级贵族[121]异教徒|欧洲越桔，他是按卡勒凯特[122]四轮马车来计算的[123]，像伯爵一样古老[124]持有|仁慈的，他有价值；虫样[125]自高自大的|向后看的|松软的|像词组成的井然有序的短语，形状就像放松时的食草动物；他把法律带到我们家[126]不幸中，他把我们的庄园[127]领地当作他的别墅[128]村邑；被过度压榨到地底下，给火烧火燎的喉咙灌水[129]；穿袜男孩儿放出[130]放屁他的一氧化碳[131]二氧化碳时送他百日咳[132]得意洋洋地|咳嗽|发咳嗽声的，而当他在她上面松开紧身短裤时，银色长袜秀出她的形体；给生病的[133]山人囤积干粉[134]耻辱，给所有脸色苍白的人[135]佩尔囤积粉红[136]《粉家伙》药丸；把他的骑马步兵[137]干净的|脚|弗特|濯足节给悲惨之神[138]，把她的苦痛给汉娜·丽维娅，把精美猪尾给克里西娅·克罗西娅[139]樱桃|蜂蜡，把你们笑什么[140]一英镑|乘车给泰特斯[141]、卡厄斯和辛普洛涅斯；让不知道莎士比亚[142]店主的人觉得他宁愿扮演公爵，不愿扮演绅士；当他赢得矮人[143]国际跳棋游戏的时候杀了两个荡妇[144]女王|王后，震

107 tracemarks 解 transoms“～”；也解 trademarks“～”；也解 trace“～”＋marks“～”。

108 myrioscope“～”，此处解 hagioscope“～”。

109 wellworthseeing 解 well worth seeing“～”；也解 Woolworth“～”，20 世纪初期美国最大的杂货连锁店。

110 ambries“～”；也解 Mary Ambree“～”，1584 年西班牙军队占领肯特市时，安姆伯利率荷兰和英国自愿者解放了该市。

111 Benn 解 Big Ben“～”，位于英国议会大厦上；也解 beinn［爱］“～”。

112 fuit［拉］“～”；也解 fruit“～”。

113 isst 解 ist［德］“～”；也解 ißt［德］“～”；也解 est［拉］“～”。

114 herit［拉］“～”；也解 heri［拉］“～”。

115 mildewstaned 解 mildew“霉”＋staned［英格兰］“被掷石头”。

116 mouldystoned 解 mouldy［都柏林俚语］“喝醉的”＋stoned“烂醉的”。

117 quercus“～”；也解 Querkopf［德］“～”；也解 quer［德］“～”＋kuß［德］“～”。

118 mountunmighty 解 mighty mountain“～”。

119 faunonfleetfoot 解 Faunus“～”，罗马神话中畜牧和农林之神＋fleet“疾驰”＋foot“脚”；也解 fán［爱］“～”。

120 scouturn 解 scutcheon“～”；也解 scout“～”＋urn“～”。

121 hidal 解 hidalgo“～”；也解 Heide［德］“～”；也解 Heidel［德］“～”。

122 carucates“～”，旧时英国的土地丈量单位；也解 carruca［拉］“～”。

123 此句包含本书主人公名字的缩写 HCE。

124 hold“～”，此处解 old“～”；也解 hold［德］“～”。

125 buglooking 解 bug looking“～”；也解 big-looking“～”；也解 back looking“～”；也解 bog［爱］“～”＋looking“～”。

126 dooms 解 düm［捷］“～”；也解 doom“～”。

127 manoirs 解 manoir［法］“（地主的）～”；也解 manors“～”。

128 vill“～”，欧洲封建时代的行政区域，此处解 villa“～”。

129 acqueduced 解 aqueduct“导水管”。

130 lets farth 解 let forth“～”；也解 let fart“～”。

131 carbonoxside 解 carbon monoxide“～”，乔伊斯时代的都柏林人相信煤气可以治咳嗽；也解 carbon dioxide“～”。

132 acoughawhooping 解 whooping cough“～”；也解 cock-a-hoop“～”；也解 a cough“～”＋a whooping“～”。

133 Ill“～”；也解 hill“～”。

134 puder 解 Puder［德］“～”；也解 pudor［拉］“～”。

135 the Pale“～”；也解 Pale“～”，地名，12 世纪后并入英国的爱尔兰东部地区。

136 pinkun's 解 pink“～”；也解 *The Pink 'Un*“～”，英国报纸，曾发表攻击《尤利西斯》的评论。

137 mundyfoot 解 mounted foot“～”，出自爱尔兰音乐家帕西・弗兰奇 1889 年写的歌曲《斯莱特里的骑马步兵》，该歌曲描写了一群在山上结营扎寨的爱尔兰农民渴望成为英雄，却胆小如鼠，只会说大话；也解 mundi［拉］“～”＋foot“～”；也解 Lundy Foot“～”，都柏林烟草商，一个朋友告诉他在马车上刻上‘你们笑什么’这句话；也解 Maundy“～”。

138 Miserius 解 miseria［拉］“悲惨境地”，因此 Miserius 解“悲惨之神”。

139 Cerisia Cerosia“～”，人名；也解 ceresia［拉］“～”＋keros［希］“～”。

140 quid rides［拉］“～”；也解 quid“～”＋ride“～”。

141 Titius 解 Titus Andronicus“泰特斯・安德洛尼克斯”，莎士比亚的戏剧的标题和剧中人物。后面的卡厄斯和辛普洛涅斯也是剧中人物。

142 shopkeepers“～”，此处解 Shakespare“～”。

143 dwarfs“～”；也解 draughts“～”。

144 queans“～”；也解 queens“～”或（国际象棋中的）“～”。

动了三座城堡[145]匣子；像斯特姆伯里[146]一样朝里冒烟，直到他两头都吸；愿人们[147]人们肯定|巨大的为他骄傲[148]对人公正|自豪于|害怕，女人，可怜吧[149]圣母圣子图！展示他王冠上金雀花生物中一片飘飞的雪花，上面还有流血的悔恨之伴；停顿和休息[150]和平与安宁，三重账单；经过都柏林警察局[151]城邦地铁，然后呼啸而过[152]头；到发现者那儿去，欢呼！哇，你这个寻找的人！；污秽[153]充满遍布其身，饥馑[154]土地吞食着他；霍克酒[155]带路，可可粉随后，金刚砂谋求大旗[156]；能够在诺兰零|祖先伴着他自己的管弦乐队[157]睾丸跳布朗[158]布鲁诺的辕马[159]北极熊舞；在天主教接生婆国际[160]在……之间|自然的大会之前发生，在国际[161]……内部|民族的灾难研究大会之前做出[162]发现|代替|被发现死亡；做了一道可口的[163]犯罪|不法行为主菜，并在甜食和开胃菜之间吃完了这道菜；把嘲笑给预言，把鉴别力给发现，还有游乐场上争吵的快乐；清除了 365 个无所事事的人[164]偶像，好为想要男孩的养鸡妇们立一个全体巨像[165]埃勒卡拉萨|巨大的；那君王般的[166]、那贪婪的、那点燃逾越节[167]帕斯卡之火的人；我们的侵略者禁止我们，就像我们忘记[168]原谅|前门了他；愿凤凰作他的火葬堆，灰烬[169]灰作他的祖先！在小奥塞山[170]上堆大皮利翁山[171]，就像赫拉克勒斯石柱[172]丸药|小球|山羊；有吃光我们[173]俄狄浦斯的情结，有一饮而尽之怪癖[174]国王；给呆子的香肠肉馅[175]西米斯郡，给厨役的卡洛郡牛[176]；当他为了我们的利益辛勤工作时的的确确[177]轮唱是我们的；两场心灵的婚礼和三次遗弃；现在可能是既成事实了，但是那时曾经和女仆[178]马格达苟且[179]父亲|饲养

145 caskles 解 castles"～"或(国际象棋中的)"车",都柏林市的纹章上有三座城堡;也解 caskets"～"。
146 strombolist 解 Stromboli"～",岛名,位于意大利南部伊特鲁里亚海,以活火山著名。
147 manmote 解 man"人"＋mote[古语]"祝愿";也解 man must"～";也解 mammoth"～"。
148 befier of 解 be fier([法]"骄傲的")of"～";也解 be fair to"～";也解 be fier à[法]"～";也解 be in fear of"～"。
149 pietad 解 pietied"～";也解 Pietà[意]"～",圣母玛利亚膝上抱着基督尸体的图画和雕刻。
150 quies[拉]"～";也解 Qs,与前面的 pause 解为 Ps,成为书中的 P/Q 二元对立;也可与前面的 pause 合解 peace and quiet(ness)"～"。
151 metro for the polis"～",此处解(Dublin)Metropolitan Police"～"。
152 hoved 解 hove"～";也解 hove[丹]"～"。
153 fillth 解 filth"～";也解 fill"～"。
154 dearth"缺乏";也解 earth"～"。
155 一种德国产白葡萄酒。
156 此句包含本书男主人公名字的缩写 HCE。
157 orchistruss 解 orchestra"～";也解 orchis[希]"～"。
158 O'Bruin's ... Noolahn 解 Browne and Nolan"布朗尼与诺兰",都柏林著名书籍和文具商店的店名;也解 Bruno of Nola"～"(1548—1600),意大利哲学家;其中 Noolahn 也解 null[德]"～"＋Ahn[德]"～"。
159 polerpasse 解 pole horse"～";也解 polar bear"～"。
160 internatural 解 international"～";也解 inter-"～"＋natural"～"。
161 endonational 解 international"～";也解 endo-"～"＋national"～"。
162 found stead 解 fandt sted[丹]"发生";也解 found"～"＋stead"～";也解 found dead"～"。
163 delictuous 解 delicious"～";也解 delictum[拉]"～";也解 delict"～"。
164 idles 解 the idle"～";也解 idols"～",穆罕默德在麦加城中的天房推倒了 360 尊偶像。
165 khalassal 解 colossus"～";也解 Al-Khalasa"～",巴勒斯坦南部的一个古城;也解 colossal"～"。
166 flawhoolagh 解 flaitheamhlach[爱]"～"。
167 paschal"～";也解 Blaise Pascal"～"(1623—1662),法国作家,著有为基督教辩护的著作,在书中是肖恩的化身之一。
168 forgate 解 forget"～";也解 forgive"～";也解 fore gate"～"。
169 cineres 解 cinders"～";也解 cineris[拉]"～"。
170 ossas 解 Ossa"～",希腊神话中之三大名山。
171 pelium 解 Pelion"～",希腊山名。
172 pillus of hirculeads 解 Pillars of Hercules"～",希腊英雄赫拉克勒斯完成的 12 件苦役中的一个,即在地中海的尽头立两个峭岩;其中 pillus 也解 pilule[法]"～";也解 pilula[拉]"～";其中 hirculeads 也解 hircus[拉]"～"。
173 eatupus 解 eat up us"～";也解 Oedipus"～"。
174 kink"～";也解 king"～"。
175 wurstmeats 解 Wurst[德]"香肠"＋meat"肉";也解 Westmeath"～",爱尔兰共和国北部的郡。
176 cowcarlows 解 cow"牛"＋Carlow"卡洛郡",爱尔兰东南部的郡。
177 trolly 解 truly"～";也解 troll"～"。
178 magd 解 Magd[德]"～";也解 Magda"～",可能是书中主人公的女儿玛奇的化身之一。
179 futter 解 fuck"性交";也解 Vater[德]"～";也解 feeder"～"。

者；卡特莫勒山[180]，这座曾经的血肉之山由压力建起，又在重负下沉落；斟满，喝[181]潮湿的|感谢光，把裁缝的事情告诉密探；给男人的遮阳伞，但是替女仆咬顶针；老顽固，老顽木；一封死[182]无用的信，啊唱啊歌啊音节[183]西比尔；一个俗语，一句伴以停止[184]瑟西的话；他的你能否看到他屹立时，他的灯芯草篓掉下来；在塞尔桥[185]单间|桥被孵化，但在孵化[186]在国外时被射出[187]；随着它的最初时刻[188]健力士啤酒|手工业行会开始，于是以首领之战[189]一瓶巴斯啤酒|新罗斯告终；罗德里克[190]、罗德里克、罗德里克，啊，你曾走过丹麦人[191]达奴的道路；以不同方式编入目录，定期重新进行编组；以工作方式度过的假日[192]丛林男孩的全天、不时陷入沉默的集会[193]鸭子的交配、巫妖安息日[194]少女们的沙浴；酸痛的眼睛[195]应该|蛋|萨莉轻快地[196]几乎不|轻快的诅咒你[197]吹气|蛋|知道你时，是同一个相同不同的[198]同类的|石南没有小鸡的鸡蛋[199]支票丢失的鸡蛋；真实的爆炸但虚假的报告；温泉时疯狂，但酒店里正常[200]精神失常；根据伪造的人口统计50万[201]埃米利亚路，除了一个孤儿[202]阿尔番德时无街道的家庭妇男[203]男仆|豪斯曼；是所有杂务工中最手巧的[204]安第斯山，也是倾诉你的愁闷[205]憨蛋呆蛋|驼背的最优雅的[206]阿勒革尼地方；把他的脱离交给新贵族[207]圣帕特里克，但是作为平民[208]迟钝地|庶民投票给血腥的旧世纪；开着门吃饭，关着门发情；一些人称他为[209]都柏林|黑的石盾[210]红色的|遮盖|罗特席尔德家族，更多人把他描绘[211]水池|梅林|布利安·奥林成石头人[212]洛克菲勒；向两个半球[213]少女|半|集市展示他的飞翔，但是企图掩盖他的追踪者；七个鸽棚同时宣称曾经是这只信鸽[214]荷

180 Cattermole Hill 解 Cahermohill“～”,要塞名,位于爱尔兰的利莫里克郡。此句包含本书主人公名字的缩写变体 CHE。

181 dank“～”,此处解 drink“～”;也解 Dank［德］“～”。

182 dud“～”,此处解 dead“～”。

183 sylble 解 syllable“～”;也解 Sybil“～”,希腊神话中的女预言家。

184 surcease“～”;也解 Circe“～”,希腊神话中的女妖。

185 Cellbridge 解 Celbridge“～”,位于利菲河上;也解 cell“～”＋bridge“～”。

186 abrood［英方］“～”;也解 abroad“～”。

187 ejoculated 解 ejaculated“～”;也解 educated“～”。

188 biguinnengs 解 beginning“～”;也解 Guinness“～”;也解 Innung［德］“～”。

189 a battle of Boss“～”;也解 a bottle of Bass“～”;其中 Boss 也解 New Ross“～”,爱尔兰韦克斯福德郡西南部的城市。

190 Roderick O'Connor“罗德里克·奥康纳”(1116—1198),爱尔兰最后一位共主。

191 Danes“～”;也解 Dana,通称 Danu“～”,爱尔兰的死亡和生育女神。

192 bushboys holoday 解 busman's holiday“～”;也解 bush boys's holo-day“～”。

193 quacker's mating“～”,此处解 Quaker's meeting“～”。

194 wenches' sandbath 解 Witches' Sabbath“～”,中世纪欧洲传说女巫与妖魔一年一度在该日深夜聚会;也解 wenches' sand bath“～”。

195 sollyeye 解 sour eye“～”;也解 soll［德］“～”＋Ei［德］“～”＋Ei［德］“蛋”;也解 sally“～”,美国心理学家莫顿·普林斯的《分裂的人格》一书中克里斯汀·比切普潜意识中的第二个自我;sally 在本书中也与《创世记》中亚伯拉罕的妻子撒拉(Sarah)互指。

196 airly 解 airily“～”;也解 hardly“～”;也解 airy“～”。

197 blew ye 解 blew you“～”;也解 blew“～”＋Ei［德］“～”;也解 know you“～”。

198 homoheatherous 解 'omos［希］“相同的”＋'eteros［希］“不同的”;也解 homo-“～”＋heather“～”。

199 checkinlossegg 解 chickenless egg“～”,出自 19 世纪初期爱尔兰流行歌曲《强尼,我不认得你》;也解 check-in-loss egg“～”。此句包含本书主人公名字的缩写 HCE。

200 inn sane 解 inn“小酒店”＋sane“精神正常”;也解 insane“～”。

201 emillian 解 million“百万”;也可与后面的 via 合解 Via Aemilia“～”,从意大利的里米尼市到皮亚琴察之间的道路。

202 allphannd 解 orphaned“～”;也解 Jean Alphand“～”(1817—1891),豪斯曼重建巴黎时的助手。

203 hausmann 解 Hausmann［德］“～”;也解 houseman“～”;也解 Baron Haussmann“～”(1809—1891),巴黎重建时的主要领导者。

204 handiest ... andies 解 handy-andy“～”,出自爱尔兰作家塞缪尔·拉夫尔的小说《巧手安迪》(*Handy Andy*);也解 Andes“～”,位于南美洲西部。

205 dump your hump“～”;也解 Humpty Dumpty“～”;其中 hump 也解“～”。

206 alleghant 解 elegant“～”;也解 Allegheny“～”,美国东部阿巴拉契亚山脉中的山。

207 patricius 解 patricians“～”;也解 St. Patrick“～”。

208 plebmatically 解 plebeius［拉］“～”;也解 phlegmatically“～”;也解 plebians“～”。

209 dub“～”;也解 Dublin“～”;也解 dubh［爱］“～”。

210 Rotshield 解 rots［荷］“岩石”＋shield“盾”;也解 rot［德］“～”＋schild“～”;也解 Rothschield“～”,在欧洲建立了一个由多家银行组成的金融帝国。

211 limn“～”;也解 linn［爱］“～”,即都柏林;也可与前面的 more 合解 Merlin“～”,传说中亚瑟王的魔法师;也解 Brian O'Linn“～”,爱尔兰民谣中的早期英雄,教爱尔兰人做衣服。

212 Rockyfellow“～”;也解 Rockefeller“～”,美国商人,美孚石油公司创办人。

213 demisfairs 解 hemisphere“～”;也解 damsels“～”;也解 demi-“～”＋fairs“～”。

214 homer“～”;也解 Homer“～”,古希腊诗人;也解 home“～”。

马|家的鸽舍[215]，它们是士麦里恩[216]、罗德拔克[217]、克隆洛奇[218]、锡波恩[219]、希俄霍斯[220]、灰镇[221]、雅雷尼[222]；不受管家大人的管辖，承认罗马的统治；我们看见你在优效普里恩农场[223]你美好青春时的样子，强世界，强世界[224]；闻起来像美丽的祖国[225]贝尔配斯，看上去像冰岛之耳[226]爱尔兰之眼岛；投宿在几多[227]安静的地方，经历了众多[228]死去的王朝；周末日光浴[229]星期六，盆浴[230]星期天来提神[231]；好好打了回[232]再见老式板球后欣赏《吉洛芙里、吉洛芙拉》[233]紫罗兰；绝不再[234]错过的，哥伦布[235]科伦坡|鸽子找到了；相信每个人都是他自己的守门员[236]守护黄金的人，相信非洲可以作后卫[237]纯粹的黑人；他击球的弧度满 40，他的桩子在 80 被拔掉[238]；向肌肉浑厚[239]历尽艰辛的的人吹嘘他是爱尔兰[240]最早的创造者[241]生物|火山口，看不起瑞士[242]瑞典的山之子[243]罗宾逊家族，称他们为暴发户[244]新石头；虽然他的心、灵和魂转向法老[245]遥远的时代，他的爱情、忠诚和希望却是与未来主义[246]操紧紧相连；轻浮的劈腿者从过去笑着[247]膜拜他[248]送|觉察，粗野的皱眉者在他背后咕咕哝哝地[249]克伦威尔诅咒他；少男你们变少的|《尤利西斯》少女[250]最后的|《伊里亚特》之间的爱尔兰火花[251]伊甸园|夏娃；他的山峰有低谷[252]路克，他的土堆有老鼠[253]洛基|幸运；喝柏油[254]索尔和水[255]沃坦|伏特加来治他的哮喘[256]浅间山|阿萨|瑜伽的任何一种坐姿，吃不会腐烂的[257]教区猪肉来远离[258]五线谱|猪圈定期而至的毁灭[259]北欧诸神的毁灭；乞丐们用外衣罩着他们躺靠在他的基座[260]蘑菇|猪圈|基座|稻谷|凳子周围，妓女们从他们身边走过时向他招手[261]眨眼；圣诞节在新西兰[262]新年|土地耶稣降临客店，在漫长的[263]四旬斋

215 pigeonheim 解 pigeon“鸽子”＋Heim［德］“家”。

216 Smerrnion 解 Smyrna“士麦那”，土耳其港市＋Merrion“梅里恩”，都柏林南部郊区。以下七个名字皆为都柏林城郊的名字与七个声称为荷马故乡的城市的名字的组合。

217 Rhoebok 解 Rhodes“罗得岛”，爱琴海上的希腊岛屿＋Roebuck“罗拔克”，都柏林南部郊区。

218 Kolonsreagh 解 Colophon“克洛封”，位于小亚细亚的城市＋Clonskeagh“克隆奇”，都柏林南部郊区。

219 Seapoint 解 Salamis“萨拉密斯岛”，位于希腊的萨罗尼克湾＋Seapoint“锡波恩”，都柏林南部郊区。

220 Quayhowth 解 Chios“希俄斯”，爱琴海上的岛屿＋Howth“霍斯”，都柏林郊区。

221 Ashtown 解 Argos“阿尔戈斯”，希腊东南古城＋Ashtown“灰镇”，都柏林北部郊区。

222 Ratheny 解 Athens“雅典”＋Raheny“雷尼镇”，都柏林东北部郊区。

223 thy farm at Useful Prine“～”；也解 thy form at youthful prime“～”，出自托马斯·莫尔的歌曲《我看到了你美好青春时的样子》。

224 Domhnall［爱］“强有力的世界”；也解托马斯·莫尔的歌曲《我看到了你美好青春时的样子》的旋律。

225 Illbelpaese 解 il bel paése［意］“～”；也解 Bel Paese“～”，一种意大利乳酪的牌子。

226 Iceland's ear“～”；也解 Ireland's Eye“～”，爱尔兰都柏林郡海边小岛，马特洛炮塔位于该岛上。

227 quot［拉］“～”；也解 quiet“～”。

228 tot［拉］“～”；也解 tot［希］“～”。

229 szumbath 解 sunbath“～”；也解 szombat［匈］“～”。

230 wassarnap 解 wässern［德］“浸泡”；也解 vasárnap［匈］“～”。

231 refreskment 解 refreshment“～”。

232 good bout“～”；也解 good bye“～”。

233 Giroflee Giroflaa 解 Giroflé Girofla“～”，法国作曲家雷可克的歌剧的名字，也是剧中两个双胞胎姐妹的名字；也解 giroflée［法］“～”。

234 Nevermore“～”，美国作家爱伦·坡的诗歌《乌鸦》中有“乌鸦说过‘绝不再’”一句，因此“绝不再”也可代指乌鸦。

235 Colombo“～”，斯里兰卡首都，此处解 Columbus“～”；也可解 columba［拉］“～”，与前面的乌鸦组成《圣经》大洪水故事中乌鸦和鸽子先后出去寻找陆地的故事。

236 goaldkeeper 解 goalkeeper“～”；也解 gold keeper“～”。

237 fullblacks 解 fullback“～”；也解 full blacks“～”。

238 指板球比赛结束的时候要把桩子拔掉。

239 thick-in-thews“～”；也解 thick and thin“～”。

240 in Aryania 解 i nÉirinn［爱］“～”。

241 creater 解 creator“～”；也解 creature“～”；也解 crater“～”。

242 Suiss 解 Swiss“～”；也解 Switzerland“～”。

243 Collesons 解 colle［意］“山”＋sons“儿子们”；也解 Robinson“～”，瑞士牧师约翰·大卫·威斯（Johann David Wyss）1812 年出版的小说《瑞士人罗宾逊一家》。

244 les nouvelles roches 解 les nouvaux riches［法］“～”；也解 les nouvelles roches［法］“～”。

245 pharaoph 解 pharaohs“～”；也解 far off“～”。

246 futuerism 解 futurism“～”；也解 futuete［拉］“～”。

247 souriantes［法］“～”。

248 cense“用焚香致敬”；也解 sends“～”；也解 sense“～”。

249 grommelants 解 grommellants［法］“低声抱怨的”；也解 Cromwell“～”。

250 youlasses and yeladst 解 lasses and lads“～”；也解 you less and ye last“～”；也解 *Ulysses* and *Iliad*“～”。

251 glimse of Even 解 glimpse of Erin“～”，出自托马斯·莫尔的歌曲《虽然是爱尔兰最后的火花》；其中 Even 也解 Eden“～”；也解 Eve“～”。

252 Lug“～”，凯尔特人的太阳神，此处解 lug［爱］“～”。

253 Luk 解 luch［爱］“～”；也解 Loki“～”，北欧神话中的火神；也解 luck“～”。

254 Tharr 解 tar“～”；也解 Thor“～”，北欧神话中的雷神和战神。

255 wodhar 解 water“～”；也解 Wotan“～”，北欧神话中的奥丁主神在盎格鲁-萨克森文化中的名称；也解 wodka“～”。

256 asama 解 asthma“～”；也解 Asama“～”，日本最大的火山之一；也解 Asa“～”，北欧神话的主神奥丁也常被称为阿萨·奥丁；也解 asana“～”。

257 unparishable 解 unperishable“～”；也解 parish“～”。

258 styve off 解 stay off“～”；也解 stave“～”；也解 pigsty“～”。

259 Reglar rack 解 regular wrack“～”；也解 Ragnarøkr［古挪］“～”。

260 paddystool 解 St. Patrick“圣帕特里克”＋stool“凳子”；也解 paddenstoel［荷］“～”；也解 pigsty“～”；也解 pedestal“～”；也解 paddy“～”＋stool“～”。

261 winken 解 beckon“～”；也解 wink“～”。

262 New Yealand 解 New Zealand“～”；也解 New Year“～”＋land“～”。

263 lenty 解 lengthy“～”；也解 Lent“～”。

疾病之后，圣灵降临节[264]腹膜炎|五|膀胱炎的大师[265]河端东方人[266]复活节先生，要求[267]遗产没有随从[268]花，完全私人的葬礼[269]虚张声势|所有人的娱乐|游乐场；《去荣耀归于他的地方》(鲍尔[270]，投票人[271])但《还不在这里》(麦克斯威尔[272]，牧师[273])；根据条款开始[274]干坏事|弄脏(尤其用小便)，却以城市议员[275]博基亚家族|伯吉斯|借|浇告终[276]凤凰；从棺材上面的大桶[277]生啤酒|啤酒、棺材|一桶啤酒开始，经过黑暗中的啤酒[278]黄油|大桶，走向拂晓[279]白的的战斗[280]男管家|酒瓶|博因河；A1最高，但罗德里克[281]生的是他的根；万事如意[282]糕点|塞入时满怀[283]感到的|污秽的|掉落对越橘[284]乱砍|浆果的喜爱[285]扇形的|哈克贝利·费恩，为还是年轻人[286]的他匆忙准备饭菜，好用烧杯里的霍克酒[287]蹲坐喝个大醉[288]疯狂的|与人冲突，在这里他获得了理性[289]捉摸着葡萄干的用法；吃[290]伤心的滋养品、给[291]那|伤心的救济品、交换农产品、驯服[292]混乱；有[293]播种|桅杆足够的种子播种，但是偷偷摸摸地追求[294]打官司|挤压女佣；学习从手势到嘴巴[295]仅能糊口地说话[296]，直到他能闭着眼睛讲爱尔兰语[297]耳朵；从此处[298]暂时性的小问题|地狱|监狱|牧场栅栏|蹲辟出他的路，但此后[299]椽就把自己[300]他的帮助挂在了那里；交易所[301]里奥托桥、路中浅滩[302]安奈斯雷桥、美韵[303](我)是|比安斯桥与圆球[304]鲍尔桥，根本[305]托卡桥不用说新公用地[306]纽考门桥；太阳的照耀的燃烧的闪烁，穿过博恩霍姆岛[307]巴恩霍姆|婆罗洲肮脏的[308]奥斯卡·王尔德城市的砖块的红光上稀疏的灰土[309]泥土，将尘土变成褐色[310]城镇；这些渴望[311]染色去给他穿上格子衣服，芸香根、红藻、羊齿、起绒草、漂白土[312]起绒草|灰树、茅膏菜和水芹[313]；早已离去[314]迈克尔·冈恩但未被遗

264 pentecostitis 解 pentecost“～”；也解 peritonitis“～”；也解 penta-“～”＋cystitis“～”。
265 the roeverand 解 the reverend“～”；也解 river end“～”。
266 Easterling“～”；也解 Easter“～”。
267 bequest“～”，此处解 request“～”。
268 followers“～”；也解 flowers“～”。
269 fanfare“～”，此处解 funeral“～”；也解 fun for all“～”；也解 funfair“～”。
270 Ball 解 John Ball“～”(1338—1381)，英国威克利夫派牧师，1381 年农民起义中的领袖人物。
271 bulletist 解 bullet“枪弹”＋-ist“……的人”。
272 Maxwell 解 James Clerk Maxwell“～”(1831—1879)，苏格兰理论物理学家和数学家。
273 clark 解 clerk“～”。
274 comminxed 解 commence“～”；也解 commit“～”；也解 comminxit［拉］“～”。
275 borgiess 解 Burgess“～”；也解 Borgia“～”，14—16 世纪的一个意大利家族；也解 Charles Burgess“～”，爱尔兰共和军的领导人；也解 borg［德］“～”＋gieß［德］“～”。
276 phoenished 解 finished“～”；也解 Phoenix“～”或都柏林的凤凰公园。
277 vat ... bier“～”；也解 vat bier［荷］“～”；其中 bier 也解 bière［法］“～”；也解 een vat bier［荷］“～”。
278 burre 解 beer“～”；也解 beurre［法］“～”；也解 bure［塞维］“～”。
279 Bawn 解 dawn“～”；也解 bán［爱］“～”。
280 buttle“～”，此处解 battle“～”；也解 bottle“～”；也解 Butt，书中一组二元对立的人物“巴特和拓夫”中的一个；也解 Boyne“～”。
281 Roh re 解 Ruaidhrí［爱］“～”，爱尔兰最后一位共主；其中 roh 也解［德］“～”。
282 tuck［俚］“～”，此处解 luck“幸运”；也解 stuck“～”。
283 filled“～”；也解 felt“～”；也解 foul“～”；也解 fall“～”。
284 hackleberries 解 huckleberry“～”；也解 hackle“～”＋berries“～”。
285 fanned“～”，此处解 fond“～”；也可与后面的 hackleberries 合解 Huckleberry Finn“～”，美国作家马克・吐温笔下的人物。
286 yangster 解 youngster“～”。
287 hockinbechers 解 hock in Becher(［德］“酒杯”)“～”；其中 hockin 也解 hocken［德］“～”。
288 fou［苏格兰］“～”；也解 fou［法］“～”；也解(fall)foul(of)“～”。
289 gauged the use of raisin“～”，此处解 gain the age of reason“～”。
290 ads 解 eats“～”；也解 sad“～”。
291 das［德］“～”，此处解 gives“～”；也解 sad“～”。
292 tams 解 tames“～”。
293 sas 解 has“～”；也解 sows“～”；也解 spars“～”。
294 sues“～”，此处解 pursues“～”；也解 squeezes“～”。
295 from hand to mouth“～”，此处直译。
296 维柯在《新科学》中提出一个民族最初的语言必然是带有手势或肢体动作的。
297 earish 解 Irish“～”；也解 ear“～”。
298 hickheckhocks 解 hic，haec，hoc［拉］“～”；也解 hiccup“～”＋hell“～”＋hock“～”；也解 Heck［德］“～”＋hocken［德］“～”。
299 hereafters 解 hereafter“～”；也解 rafter“～”。
300 hishelp 解 himself“～”；也解 his help“～”。
301 rialtos“～”；也解 Rialto“～”，都柏林的一座桥。以下六个都是都柏林的桥，但没有一个在利菲河上。
302 annesleyg 解 Áth na Slighe［爱］“～”；也解 Annesley“～”。
303 binn［爱］“声音优美的”；也解 bin［德］“～”；也解 Binn's“～”。
304 balls“～”；也解 Ball's“～”。
305 atolk 解 at all“～”；也解 Tolka“～”。
306 New Comyn 解 new common“～”；也解 Newcomen“～”。
307 Barnehulme 解 Bornholm“～”，丹麦岛屿；也解 Minna von Barnhelm“～”，德国剧作家莱辛的戏剧《明娜・冯・巴恩霍姆》的同名女主人公；也解 Borneo“～”，因此全句解歌曲 Wild Man from Borneo has just come to town“婆罗洲来的野人才到镇上”。
308 viled 解 vile“～”；也解 Oscar Wilde“～”(1854—1900)，英国作家，出生在爱尔兰。
309 dirth 解 dirt“～”；也解 earth“～”。
310 brown“～”；也解 town“～”。
311 dyed to“～”，此处解 died to“～”。
312 fuller's ash 解 fuller's earth“～”；也解 fuller's teasel“～”＋ash tree“～”。
313 这些为苏格兰格子呢工厂使用的天然染料。
314 gunn 解 gone“～”；也解 Michael Gunn“～”(1840—1901)，都柏林娱乐剧院的经理。

忘[315]用于棉布|确定地；忍受了饥馑的刺骨攻击，但是变得更大[316]马的肚带、更大、更大；他有大约24个表兄妹在美国生根发芽[317]，还有一个仅首字母不同的同名者在以前的波兰王国[318]；他的第一个是年轻的玫瑰[319]，他的第二个是法裔埃及人[320]，而他的整体意思是在克里斯蒂拍卖行[321]的暴跌；从他被刺穿的部分出来了他梦想的女人，血浓于水最后的越洋贸易；格兰达洛主教[322]购买有闪光外表的商店、霍斯伯爵[323]帽子；你和我在他里面被棕色的血液[324]棕色的大楼|肮脏的环绕[325]被抛弃；也许[326]是爱尔兰的[327]自由[328]逃跑港[329]阴谋，但一直[330]夏娃时代是皇城[331]皇上；他曾是你的又高又大的烟斗[332]轻巧傲慢的男孩中的一个，但想象他在他的有生之日抽着香烟；蜜丝山[333]山|是我、蜜糖地[334]混乱局面；曾有两次首要冒险[335]美德和三次主要陷落[336]罪恶；瞥一眼他的笔记本和他负责的邮寄轮；霍姆瑞[337]得到祝福的处女汉弗利、健力士[338]《伯克版地主阶级》、麦斯尼[339]用现金支付的邮资、沙利文[340]每日获得三次、笛尔龙[341]聋哑人的伏特实验室、哈灵顿[342]三一学院|家、奥尼尔[343]国际联盟；是早餐[344]打破命运、午餐[345]肺结核患者、晚宴[346]医学院实验室助手|仆人、晚餐[347]汤；随着街道被铺上黄金[348]冷，他感觉到了他的提珀雷里[349]临时的；教他自己溜冰，学会如何摔倒；显然很脏但相当可爱[350]；各处防御都有头领[351]霍斯，带着凶手[352]母亲|谋杀；奥斯曼[353]土耳其帝国阁下[354]冒犯、哔叽呢大王[355]萧伯纳；太多[356]坦慕尼大厅老板[357]堂姐妹，出自普里阿摩斯[358]的所有[359]帕里斯[360]寄生虫|氟菱钙铈矿们；芬尼亚勇士中的第一个，游手好闲者的国王；他的斯昆[361]三重冠[362]塔拉被认为永不会倒[363]装不满的，直到命运

315 for cotton"～",此处解 forgotten"～";也解 for certain"～"。
316 girther 解 größer［德］"～";也解 girth"～"。
317 据说在美国有 24 个名为都柏林的地区。
318 指波兰的卢伯林市(Lublin)。
319 指都柏林(Dublin)前三个字母的倒写 Bud(花蕾)。
320 指法语的尼罗河"Nil",为都柏林(Dublin)后三个字母的倒写。
321 伦敦的一家拍卖行。
322 buyshop of Glintylook 解 Bishop of Glendalough"～",都柏林的守护圣人劳伦斯·奥图尔曾拒绝这一职位;也解 buy shop of glint look"～"。
323 eorl of Hoed 解 Earl of Howth"～";其中 hoed 也解［荷］"～"。
324 brwn bldns 解 brown bloods"～";也解 brown buildings"～";其中 brwn 也解 brwnt［威］"～"。
325 surrented 解 surrounded"～";也解 surrendered"～"。此句包含着一个字谜:U(你)和 I(我)被 bldns 环绕,即 dUblIns"都柏林们"。
326 pelhaps 解 perhaps"～"。
327 Elin's 解 Erin's"～"。
328 flee"～",此处解 free"～"。
329 polt"～",此处解 port"～"。此处的"自由港"主要指鸦片战争后中国被迫开放的通商口岸。
330 evelytime 解 everytime"～";也解 Eve time"～"。
331 Hwang Chang 解 Huang Cheng［中］"～";也解 Huang Shang"～"。
332 highbigpipey 解 high"高"＋big"大"＋pipey"烟斗的";也解 highty-tighty"～"。
333 Mount of Mish 解 Sliabh Mis［爱］"～",传说圣帕特里克曾在这里饲养天鹅充当男仆;其中 Mount 也解"～";其中 Mish 也解 mishi［爱］"～",指爱尔兰修女圣布利吉特在受洗时用爱尔兰语说的话。
334 Mell of Moy 解 Magh Meall［爱］"～",爱尔兰传说中的极乐世界;其中 mell 也解"～"。
335 ventures"～";也解 virtues"～"。
336 sinks"～";也解 sins"～"。
337 B. V. H. 解 Bartholomew Van Homrigh"～",1697—1698 年间的都柏林市长;也解 blessed virgin Humphrey"～",汉弗利为本书男主人公的名字。
338 B. L. G. 解 Benjamin Lee Guinness"～",1861 年的都柏林市长;也解 *Burke's Landed Gentry*"～"(1826),伯克家族编撰的英国主要家族和重要人物的细目。
339 P. P. M. 解 Peter Paul McSwineypo"～",1864 和 1875 年的都柏林市长;也解 stage paid in money"～"。
340 T. D. S. 解 T. D. Sullivan"～",1886—1887 年的都柏林市长;也解 Ter die sumendum［拉］"～"。
341 V. B. D. 解 Valentine Blake Dillon"～",1894—1895 年的都柏林市长;也解 Volta Bureau for the Deaf"～",1887 年由亚历山大·贝尔创建的旨在提高聋哑人知识水平的协会。
342 T. C. H. 解 T. C. Harrington"～",1901—1904 年的都柏林市长;也解 Trinity College"～"＋home"～"。
343 L. O. N. 解 Laurence O'Neill"～",1917—1923 年的都柏林市长;也解 League of Nations"～"。
344 Breakfates 解 breakfast"～";也解 break fates"～"。
345 Lunger"～",此处解 lunch"～"。
346 Diener"～",此处解 dinner"～";也解 Diener［德］"～"。
347 Souper 解 supper"～";也解 soup"～"。
348 cold"～",此处解 gold"～"。
349 topperairy 解 Tipperary"～",爱尔兰南部的郡;也解 temporary"～"。
350 出自 dear dirty Dublin"～"。
351 hoveth chieftains evrywehr 解 has chieftains everywhere"～";其中 hoveth 也解 Howth"～",都柏林郊区;其中 evrywehr 也解 Wehr［德］"～"。
352 morder 解 Mörder［德］"～";也解 mother"～";也解 murder"～"。
353 Ostman"～",入侵爱尔兰的北欧海盗;也解 Ottoman"～"。
354 Effendi"～",土耳其人对官员的称呼;也解 offend"～"。
355 Paddishaw 解 Padishah"～",波斯人对统治者的称呼;也解 George Bernard Shaw"～"(1856—1950),英国作家。
356 two mmany 解 too many"～";也解 Tammany"～",美国纽约著名的政治建筑。
357 baases"～",南非人对领导的称呼;也解 Base［德］"～"。
358 outpriams 解 out of Priam's"～",普里阿摩斯为希腊神话中特洛伊城的最后一位统治者,帕里斯的父亲。
359 al' 解 all"～"。
360 parisites 解 Paris"～",希腊神话中特洛伊城的王子;也解 parasite"～";也解 parisite"～"。
361 scones 解 Scone"～",英国苏格兰地名,此处指斯昆石,也称"命运石",苏格兰国王和后来的英国国王加冕用的石头。据说此石原为爱尔兰塔拉地区的"命运石",后被从斯昆搬至威斯敏斯特。
362 Tiara"罗马教皇的三重冠";也解 Tara"～",爱尔兰东部城镇,古代凯尔特王国的都城。
363 unfillable"～",此处解 un-fall-able"～"。

石[364]威廉在威斯敏斯特[365]爱尔兰芒斯特省的西部击倒了他；当他一个人[366]柱子|扫罗|灵魂跑去[367]划船|路揭开我们的面具[368]大马士革，奔向从布达佩斯[369]菩|害虫作为瘟疫带给我们的极其恶劣的[370]圣保罗困境时，被从他的枝干[371]坐中一笔勾销；把一只火柴头放到山杨树干[372]登山杖上并点燃生命[373]利菲河之火；省下[374]用鱼叉捉棒子，宠了闪电；与蛋糕结婚，愉快地重进妓院[375]句号|后悔；在被埋葬前他多么开心，他使起来米考伯！[376]响彻云霄；梯子顶的神[377]，草垫上的腐肉；欺骗性的蜘蛛[378]卷工网塞住了他那难看的洞口，但那使他的树叶屏风充满生气的鸟巢唱着他爱野草莓树[379]；我们在他的染血战布上击掌，但我们对他的绿色幔帐做出绝对保证；我们的朋友总督[380]北欧海盗|合法的，我们不共戴天的敌人[381]斯沃兰；在他溪流边的四块岩石下，他在贝壳的快乐中消灭了祝酒之碗[382]；莫拉和罗拉[383]有一座盛期三山俯视着他的骚乱，直到整装待发的坚定目光、向前伸出的长矛，以及克勒克艇[384]克勒克|赛马场|战斗的活力|疗养啊呦！如风的脚步，将乐高湖的薄雾撒满他的最后一片土地[385]；在哀悼的岁月里我们因你而黯然，犯错的人，但是当如水的晨曦[386]莫文|光|海鸥唤起缕缕阳光，我们将感受到[387]拉小提琴|菲斯尔朦胧的闪光体；他的条纹裤子，他那相当奇怪的步伐；遗产的高耸之柱、青年的神圣服装[388]；暂时低头打个盹，但当他们获得世界[389]节约的时欢呼道别；3/1 根据检查是假分数[390]不当视察时，就是被除[391]整数[392]积分的联立方程[393]；他那儒生头发上[394]她在他上面有最圆锥形的[395]滑稽的头巾[396]男裤前面的褶|灰浆桶|一片，他那曲曲

364 Liam Fail 解 Lia Fail“～”；也解 Liam［威］“～”。

365 Westmunster 解 Westminster“～”，英国地名；也解 West Munster“～”。

366 saulely 解 solely“～”；也解 Säule［德］“～”；也解 Saul“～”，圣徒保罗的原名，在路上皈依基督教后改名；也解 soul“～”。

367 rowed“～”，此处解 run“～”；也解 road“～”。

368 demask us“～”；也解 Damascus“～”，地名，圣保罗在去该地的路上皈依基督教。

369 Buddapest 解 Budapest“～”，匈牙利首都；也解 Buddha“～”＋pest“～”。

370 appauling 解 appalling“～”；也解 Paul“～”。

371 sittem 解 stem“～”；也解 sit“～”。

372 aspenstalk 解 aspen“山杨树”＋stalk“树干”；也解 alpenstock“～”。

373 living“生活方式”；也解 Liffey“～”。

374 speared“～”，此处解 spared“～”。此句化自俗语“省下了棍子，惯坏了孩子”(不打不成器)。

375 repunked 解 re-punk-ed“～”；也解 Punkt［德］“～”；也解 repented“～”。此句化自俗语“草率结婚后悔多”。

376 Micawber 可与前面的 welkins 合解 Wilkins Micawber“～”，英国作家狄更斯的小说《大卫·科波菲尔》中的人物。

377 埃及主神奥西里斯被称为位于梯子顶端的神。

378 spindler“～”，将卷筒纸放在轮转印刷机轴上的人，此处解 spider“～”。

379 穆罕默德被敌人追赶时，一只蜘蛛在他藏身的洞口织网，一只小鸟在洞前下蛋，骗过了敌人。

380 vikelegal 解 viceregal“～”；也解 viking“～”＋legal“～”。

381 swaran foi 解 sworn foe“～”；也解 Swaran“～”，苏格兰诗人麦克弗森的史诗《芬格尔》中的挪威统领，被芬格尔英雄打败。

382 此句化自麦克弗森的《莪相诗》中的多处诗句。

383 苏格兰诗人麦克弗森作品中的两座山。

384 curach 解 currach［爱］“～”；也解 Curach“～”，苏格兰诗人麦克弗森笔下的英雄，被斯沃兰杀死；也解 cuirreach［爱］“～”；也解 Cath-reacht［爱］“～”；也解 Kur［德］“～”＋ach!［德］“～”。

385 此句化自麦克弗森的《莪相诗》中的多处诗句。

386 morvenlight 解 morning light“～”；也解 Morven“～”，爱尔兰地名，麦克弗森笔下的英雄芬格尔是该地的国王＋light“～”；也解 Möwe［德］“～”。

387 fidhilJames 麦克弗森称该词为英文“感觉”一词的爱尔兰拼写；也解 fiddle“～”；也解 Fithil“～”，麦克弗森的史诗《芬格尔》中的勇士。

388 此两句为拉丁文和希腊文，皆包含本书主人公名字的缩写 HCE。

389 ecunemical 解 ecumenical“全世界基督教大统一的”；也解 economical“～”。

390 inspection improper“～”，此处解 improper fraction“～”。

391 elimbinated 解 eliminated“～”。

392 integras 解 integers“～”；也解 integrals“～”。

393 simultaneous equation“～”。

394 heronim 解 hair on him“～”；也解 her on him“～”。

395 conical“～”；也解 comical“～”。

396 hodpiece 解 headpiece“～”；也解 codpiece“～”；也解 hod“～”＋piece“～”。

阜的[397]寒暄[398](中国)秦朝就像泰山泰土[399]旧屋|泰国|塔斯马尼亚岛附近的节庆国王[400]孔夫子|袋鼠;他像锂制气量计一样遍布全球,骇人听闻,当他在摄政广场[401]发光的周围打滚时,他已度过了三个十周[402]环的|印环的年;他的小木屋[403]大洞穴|哥本哈根顶的卡巴尔石[404]鹅卵石|小集团的阴谋|凯佩尔是一只忠犬,但只有美国人[405]赞赏才能近似[406]他那阿特拉斯[407]地图集|最终的直线[408]延长的过分讲究[409]差不多;打野猪特鲁斯[410]赤裸裸的真相时在巴德[411]巴特镇|布特镇左右迟疑,但与在剑栏街[412]卡姆登街袭击他的莫德雷德[413]母亲|狗|政见温和的人做了了断;陷入彻底冲突中的汉尼拔[414],一位将回来的奥索[415];在熔化的山上在引诱的浪里对着热切的[416]酸的空气燃烧躯体;我们走进他体内,睡眼朦胧的孩子,我们走到他体外,为生存而奋斗的人[417]击打;他脱下衣服从溺毙夫人那里把他们的对手女王[418]救出来,而此时格里姆肖、布拉格肖和李恩肖[419]带着他那被偷的[420]贮存的衣服逃走了;纳税的和定税的、得到许可的和遭到痛骂的[421]被允许的|被出租的;他的三面石雕头像在白马山[422]上被发现,他那饰满星星的[423]脚印在山羊草圈中被看见;拉着瞎子,敲响聋子,召唤哑巴、瘸子和跛子;奇迹[424]看|大屁股,怪物[425]叫卖|小推车|小鸟|大屁股;带头为创造鼓掌[426],把耍蛇人嘘下舞台[427]停留;被追捕的变成了常出入的,猎人变成了狐狸;掠夺的人、结婚的人、埋葬的人、死亡[428]安静;牧牛人奥拉夫[429],可怕的土耳克[430]特格西乌斯|索尔;你觉得他是维斯帕西亚努斯[431],但是你以为他是奥勒留[432];辉格们[433]壹耳微蚵、托利商[434]变节者|强盗、社会主义者[435]、共产

397 chuchuffuous 解 Chu-Chufu-ous"～"。
398 chinchin"～";也解 Chin"～"。
399 Taishantyland 解 Taishan"泰山"＋Tai"泰"＋land"土地";也解 sean-teach［爱］"～";也解 Thailand "～";也解 Tasmania"～"。
400 footsey kungoloo 解 Festy King"～";也解 Fu-tze Kung［中］"～";其中 kungoloo 也解 kangaroo"～"。
401 Raggiant Circos 解 Regent Circus"～",伦敦地名;其中 Raggiant 也解 raggiante［意］"～"。
402 anular"～",此处解 annual"每年的";也解 anularis［拉］"～"。
403 cavin 解 cabin"～";也解 cavern"～";也可与前面的 coping 合解 København［丹］"～"。
404 cabalstone 解 Cabal"卡巴尔",亚瑟王的狗＋stone"石头";也解 cobblestone"～";其中 cabal 也解"～";也解 Capel"～",都柏林的街名。
405 amirican 解 American"～";也解 ammirare［意］"～"。
406 apparoxemete 解 approximate"～"。
407 atlast's 解 Atlas"～",位于非洲;也解 atlas"～";也解 at-last's"～"。
408 alongement 解 alignment"～";也解 allongement［法］"～"。
409 apeupresiosity 解 preciosity"～";也解 à peu prés［法］"～"。
410 boar trwth 解 boar Trwyth"～",亚瑟王狩猎的野猪;也解 bare truth"～"。
411 Baddersdown 解 Badour"～",亚瑟王打胜的战役之一＋down"在……下方";也解 Batterstown"～",爱尔兰都柏林南部米斯郡的一个镇;也解 Booterstown"～",位于爱尔兰都柏林郡。
412 Camlenstrete 解 Cammlan"～",地名,亚瑟王在该战役中阵亡＋street"街";也解 Camden Street"～",都柏林街道。
413 modareds 解 Mordred"～",亚瑟王的侄子,趁亚瑟王出征时谋反,后杀死亚瑟王;也解 mother"～";也解 madradh［爱］"～";也解 moderates"～"。
414 hunnibal 解 Hannibal"～"(前 248—前 182),迦太基统帅。此句包含本书主人公名字的缩写 HEC。
415 otho 解 Marcus Salvius Otho"～"(32—69),罗马皇帝,只在位 3 个月。
416 aiger 解 eager"～";也解 aigre［法］"～"。
417 strucklers for life 解 struggle for lifer"～";也解 struck"～"。
418 出自 17 世纪英国剧作家李(Nathaniel Lee)的剧作《作为竞争对手的女王》。
419 1856 年在都柏林的皇家剧院上演的一出闹剧。
420 storen 解 stolen"～";也解 stored"～"。
421 ranted"～";也解 granted"～";也解 rented"～"。
422 英国西南部的山,以史前形成的填有白粉的马型山沟而著名。
423 costellous 解 costellare［意］"用星星装饰"。
424 Miraculone 解 miràcolo［意］"～";也解 mira［意］"～"＋culone［意］"～"。
425 Monstrucceleen 解 monstrum［拉］"～";也解 strucáil［爱］"～";也解 trucailín［爱］"～";也解 uccellino［意］"～";也解 culone［意］"～"。
426 upplaws 解 applause"～"。
427 stays"～",此处解 stages"～"。
428 tav 解 támh［爱］"～";也解希伯来字母表中的最后一个字母;也解 tavs［丹］"～"。
429 Olaph 解 Olaf"～",852 年成为都柏林的第一位挪威王。
430 Thorker the Tourable 解 Turko the Terrible"～",爱尔兰剧作家汉密尔顿 1871 年改写的圣诞哑剧的名字和主人公的名字;其中 Thorker 也解 Turgesius"～",832 年入侵爱尔兰的北欧海盗;其中也包含着 Thor"～",北欧神话中的雷神和战神。
431 Vespasian 解 Vespasianus"～",古罗马皇帝,公元 80 年下令建成大圆形竞技场。
432 Aurelius 解 Marcus Aurelius"马可—奥勒留"(121—180),罗马皇帝兼斯多葛派哲学家。
433 whugamore 解 whigamore,英国辉格党的最早的写法;也解 Earwicker"～",本书主人公。
434 tradertory 解 Tory"托利党"＋trader"商人";也解 traditore［意］"～";也解 tóraidhe［爱］"～"。
435 socianist 解 socialist"～";也解 Socians,一个否认基督具有神性的宗教派别。

主义者[436]主张平民化的人；向我们的海岸展开夏日袭击[437]翻跟头，昏头胀脑地让他的沙子满满[438]忙得团团转；首先他打下拉格兰路[439]诸神的命运，然后他撕碎马拉博鲁场[440]；当我们粗人般蹒跚着向他所爱的鲁巴河[441]自由宣泄，克罗姆里奇高地和克罗姆莫山[442]布列塔尼石圈是他名声远扬的歇脚地；整顿[443]元帅|声响他的市民议会，限制主要人物；细嚼之前算净重，极少会打破平衡，但是就餐之后称毛重，自己就一重千斤[444]城镇；班巴[445]为他的皈依祈祷，英语[446]错失伟大的古老声音；卷心菜中的巨像，水果中的苹桔[447]；比生大，比死勇；玉米[448]大土耳克|克兰普顿，大麦[449]桔子|充满活力的玉米[450]发酵；鲑鱼胖[451]莱克斯利浦|卢森堡|轴，麻风瘦；他的友好幻想闪闪发光，他的冷静睿智深不可测，他的无瑕名誉清白可鉴，他的无限仁慈流淌不息；我们家族的祖先[452]长毛皮的动物|毛皮熊，我们部落的收费公路[453]池塘|梭鱼；他如何[454]疑问|卡雷不可战胜[455]常胜军，他为什么[456]野狗|柯雷被闷死[457]犬吠|伯克；分裂的爱尔兰岛屿[458]爱尔兰|水，统一的爱尔兰人[459]；他痛饮[460]欺骗自己的母亲[461]酒|伊希斯|岳母，但她尝起来带点儿软木塞的[462]苦|热|黄瓜|高尔基味道，至于鲑鱼，他整个一生都在自己身上发现；过来[463]，快点儿[464]哈克贝利和索亚[465]越桔你们，等等[466]看守；安静得像蜜糖中的蜜蜂，荒芜得像霍斯[467]鹰|大破坏的呼吸，科斯特洛、金塞拉、马霍尼、莫兰，虽然你捆绑美国[468]欧洲、美国|你漫游美国，你的地方自治者是达尼尔[469]；雕像右边，他被从长满粗毛的颈背[470]改变方向处吊起来，雕像左边，他被在等压小馅饼中定量分发；有人问他是不是被毒死的，有

436 commoniser 解 communist“～”；也解 common-iser“～”。
437 summer assault“～”；也解 somersault“～”。
438 got his sands full“～”；也解 got his hands full“～”。
439 Raglan Road“～”，都柏林路名；也解 Ragnarok［古挪］“～”。
440 Marlborough Place“～”，都柏林马拉博鲁街东侧的一个马车房。
441 苏格兰诗人麦克弗森作品中位于爱尔兰安特里姆郡的河。
442 Cromlechheight and Crommalhill“～”，苏格兰诗人麦克弗森作品中位于爱尔兰安特里姆郡的两座山；也解 cromlech“～”。
443 mareschalled 解 marshal“～”；也解 Marschall［德］“～”；也解 Schall［德］“～”。
444 town“～”，此处解 ton“吨”。
445 Banba“～”，爱尔兰神话中图德南族的女王，后常用她的名字指代爱尔兰。
446 Beurla 解 Béarla［爱］“～”。
447 Melarancitrone 解 méla［意］“苹果”＋arancino［意］“未熟而落下的桔子”。
448 Gran Turco 解 granturco［意］“～”；也解 Grand Turk“～”，西印度群岛中的一个英属岛屿；也解 Crampton“～”(1771—1858)，都柏林外科医生，在鸵鸟眼睛中发现一块肌肉，该肌肉后以他的名字命名。
449 orege 解 orge［法］“～”；也解 orange“～”；也解 rege［德］“～”。
450 forment 解 formentóne［意］“～”；也解 ferment“～”。
451 lachsembulger 解 Lachs［德］“鲑鱼”＋bulger“(身体)肥胖部位”；也可与后面的 leperlean 合解 Leixlip“～”，位于都柏林西部的小镇；也解 Luxemburger“～”；也解 Achse［德］“～”。
452 furbear 解 forebear“～”；也解 furbearer“～”；也解 fur bear“～”。
453 tarnpike 解 turnpike“～”；也解 tarn“～”＋pike“～”。
454 quary 解 quare［拉］“～”；也解 query“～”；也解 James Carey“～”(1845—1883)，爱尔兰常胜军成员，参与了 1882 年凤凰公园谋杀案。
455 invincibled 解 invincible“～”，也解 the Invincible “～”，爱尔兰民族主义组织之一。
456 cur“～”，此处解 cur［拉］“～”；也解 Daniel Curley“～”(？—1883)，因凤凰公园谋杀案被处决的常胜军成员之一。
457 burked［俚］“～”；也解 barked“～”；也解 Thomas Henry Burke“～”(1829—1882)，英国的爱尔兰事务副部长，1882 年凤凰公园谋杀案的主要目标。
458 Irskaholm 解 Irsk［丹］“爱尔兰的”＋holm［丹］“岛屿”；也解 Éire［爱］“～”＋uisce［爱］“～”。
459 这也是 1791 年成立的一个爱尔兰民族主义组织的名称。
460 svig 解 swig“～”；也解 swig［丹］“～”。
461 methyr 解 mother“～”；也解 methy［希］“～”；也解 Methy“～”，埃及生育和繁殖女神，此为古罗马历史学家普鲁塔克对伊希斯的称呼；也可与前面的 svig 合解 svigermoder［丹］“～”。
462 gorky 解 corky“～”；也解 gor'kii［俄］“～”；也解 gorkii［俄］“～”；也解 Gurke［德］“～”；也解 Maxim Gorky“～”(1868—1936)，俄苏作家。
463 comm 解 komm［德］“～”；也与后面合解 Tom, Dick, Harry，泛指很多人时的说法。此句包含本书主人公名字的缩写变体 CEH。
464 eilerdich 解 eile dich［德］“～”。
465 hecklebury and sawyer 解 Huckleberry and Sawyer，美国作家马克·吐温的小说《哈克贝利·费恩历险记》和《汤姆·索亚历险记》中的主人公；其中 hecklebury 也解 huckleberry“～”。
466 warden“～”，此处解 warten“～”。
467 hauwck 解 Howth“～”，都柏林郊区；也解 hawk“～”；也解 havoc“～”。
468 you rope Amrique 解 you rope America“～”；也解 Europe America“～”；也解 you roam America“～”。
469 Dan 解 Daniel O'Connell“丹尼尔·奥康内尔”(1775—1847)，1829 年领导爱尔兰天主教徒赢得了参加议会的权利。
470 scurve 解 scruff“～”；也解 swerve“～”。

人猜测他留下了多少钱;曾经的园丁(巨山[471]),装备着种植园主的丰富的生存[472]所需,将做罗丝·奥格拉蒂[473](小不点儿)的小长筒袜;井井有条的船[474]拉紧的床单和被冲刷的排水孔,但是油绸雨衣[475]做|儿子最亲爱的宠儿[476]龙虾篓子为[477]爱尔兰佬他防水[478]雅格狮丹|养鱼缸;他从女人K[479]码头|同性恋|钥匙得到快乐,他让男人G得到工作;一组锥子[480]珀西·奥莱利的赞助商[481]生巧克力|斯宾塞,一堆[482]霍斯蒂生硬谎言[483]拉雷|珀西·奥莱利的盟友;反对闪电、爆炸、大火、地震、洪水、旋风、盗窃、第三方、腐朽、现金损失、信誉损失、车辆撞击;能像牛尾汤一样庄重地叫嚷,能像饶舌波尔图酒一样轻浮地聊天;在他的联邦主义问题上毫不犹豫[484],却是一个偏执的[485]皮戈特民族主义者;林地居民[486]乡村的怕见他,海员之裤[487]知道[488]鼻子这个笑话;在他的战争之胸[489]五斗橱上展示和平之肌;家庭采邑[490]呸,嘿,哼,939年的官册不动产;当他有时[491]太阳时不是为了雅努斯[492]的爱而关闭的时候,就整天[493]总是为了战争公民权[494]支撑我的政体|论战的|政治|争辩的而敞开;从犹太女人的小泡菜里吮吸生命的灵药[495]以利沙,只要任何主教[496]府绸诋毁胡格诺派就生气地[497]穿着丝绸打滚[498]拉乌尔;波拿巴[499]布卢姆、韦尔斯利[500]罗伯特·李、超级元帅[501]在……上|海|声响布吕歇尔[502]和增压垫,绅士杜克劳[503]、泥子[504]先生、园丁[505]盖迪内街大师;对一个人而言他只是大肚子的法官[506]潘趣和朱迪,对另一个人来说他是精力旺盛的判官;幻觉、梦魇[507]马车夫、胞外基质;被当作咩咩叫[508]爸爸的黑绵羊,直到他的羊羊羊毛变白;被麦克·米利根[509]穆利根的女儿编成戏[510]鼓|玩

471 Riesengebirger 解 Riesengebirge［德］“～”，捷克和波兰交界处的山脉。
472 planturous existencies 解 planter's existence“～”；其中 planturous 也解 plantureux［法］“～”。
473 Roseoogreedy 解 Rosie O'Grady“～”，人名，出自歌曲《甜蜜的罗丝·奥格拉蒂》。
474 taut sheet“～”，此处解 staut ship“～”。
475 mack“～”；也解 mach［德］“～”；也解 mac［爱］“～”。
476 Liebsterpet 解 Liebster［德］“最亲爱的”＋pet“宠儿”；也解 lobsterpot“～”。
477 micks“～”，此处解 makes“做”。
478 aquascutum［拉］“～”；也解 Aquascutum“～”，英国一家名牌服装生产商；也解 aquarium“～”。
479 kay“～”；也解 quay“～”；也解 gay“～”；也解 key“～”。
480 piercers“～”；也解 Persse O'Reilly“～”，书中人物，主人公 HCE 的化身之一。
481 sponsor“～”；也解 rawl chocolates“～”；也解 Edmund Spenser“～”（1552—1599），英国诗人，著有《仙后》。
482 host“～”；也解 Hosty“～”，书中一个重要人物。
483 rawlies 解 raw lies“～”；也解 Raleigh“～”（1552—1618），爱尔兰乌尔斯特省的诗人、庄园主和冒险家，有人认为他是莎士比亚戏剧的真正作者；也解 Persse O'Reilly“～”，主人公 HCE 的化身之一。
484 unhesitent 解 unhesitant“～”。
485 pigotted 解 bigotted“～”；也解 Richard Pigott“～”（1835—1889），爱尔兰新闻记者，曾伪造巴涅尔的信。
486 Sylviacola 解 silvicola［拉］“～”；也解 sylvan“～”。
487 Matrosenhosens 解 Matrosen［德］“水手”＋Hose［德］“裤子”。
488 nose“～”，此处解 knows“～”。
489 chest-o-wars“～”；也解 chest-of-drawers“～”。
490 fiefeofhome 解 fiefe of home“～”；也解 fie，foh，and fum“～”，出自《李尔王》第三幕第四场。
491 suntimes 解 sometimes“～”；也解 sun time“～”。
492 古罗马广场的雅努斯神庙的门常在战争时期打开，和平时期关闭。
493 aldays 解 all day“～”；也解 always“～”。
494 polemypolity 解 polemopoliteia［希］“～”；也解 pole my polity“～”；也解 polemisch［德］“～”；也解 politik［德］“～”；也解 polemic“～”。
495 eleaxir 解 elixir“～”；也解 Eleazar“～”，法国作曲家雅克·阿莱维的歌剧《犹太人》中的人物。
496 popeling 解 pope“～”；也解 poplin“～”。
497 in sulks 解 in the sulks“～”；也解 in silks“～”。
498 ruoulls 解 rolls“～”；也解 Raoul“～”，德国出生的歌剧作家贾科莫·梅耶贝尔的歌剧《胡格诺派》中的人物。
499 Boomaport 解 Napoleon Bonaparte“～”，法国皇帝；也解 Leopold Bloom“～”，乔伊斯的小说《尤利西斯》中的主人公。
500 Walleslee 解 Richard Colley Wesley Wellesley“～”（1760—1842），英国元帅惠灵顿的哥哥，曾任爱尔兰总督；也解 Robert E. Less“～”（1807—1870），美国内战中南方联盟军的元帅。
501 Ubermeerschall 解 über（［德］“高于”）＋marshal“超元帅”；也解 über［德］“～”＋Meer［德］“～”＋Schall［德］“～”。
502 Blowcher 解 Blücher“～”，滑铁卢战役中普鲁士元帅。
503 Ducrow 解 Andrew Ducrow“～”，在都柏林皇家剧院表演的马术师。
504 Mudson 解 Mud“泥土”＋son“儿子”，在俚语中指亚当。
505 gardiner 解 gardener“～”；也解 Gaidiner“～”，都柏林街道名。
506 paunch and judex“大肚子和法官”；也解 *Punch and Judy*“～”，英国木偶戏的名字。
507 cauchman 解 cauchemar［法］“～”；也解 coachman“～”。
508 baabaa 解 baa baa“～”。此句出自童谣《黑绵羊咩咩叫》（*Baa Baa Black Sheep*）；也解 Babbo“～”，乔伊斯的子女对父亲的称呼。
509 Milligan 解 Alice Milligan“～”（1865—1953），爱尔兰民族主义诗人，著有关于芬·麦克尔的《芬尼亚的最后飨宴》；也解 Buck Mulligan“～”，《尤利西斯》中的人物。
510 drummatoysed 解 dramatized“～”；也解 drum“～”＋toy“～”。

具，由鞋子诗人[511]舒伯特配上乐；他的酋长国的所有菲茨帕特里克们[512]都记得他，韦克斯福德[513]湿的|浅滩的男孩们欢呼他为先生[514]爸爸；将自己等同于[515]保障伯鲁贡品[516]爸爸|布利安·布鲁，被公开赠给[517]小酒店布里斯托尔市[518]桥店双桅船|圣诞果脯蛋糕；在三个地方[519]运货马车|果园被赋予了光，在三个方面[520]三个地方被埋葬[521]；他的雕像是红陶土[522]熟的的，他让彩虹色的休息一下；自由[523]肝|酒醉、博爱[524]空谈永生、平等[525]质量；他的反面把非做不可之事装成出于好心做的，他的对立面则用发明来玷污母亲[526]；愿他的船沿如丝绸[527]，而他是帝国的第二，松开系结、松开拉钩，他是板条和抹灰；当他未能吸引我们每个人[528]卵|蛋的时候，就向所有东西[529]国民大会发出呼吁；国王[530]、共主[531]、觊觎王位的人[532]、小王们的国王[533]；站在第河[534]河口，然后在围栏浅滩之城[535]巴拉克拉瓦|建筑|苜蓿侧向后退；不是黄金国，就是海角天涯[536]最终的桨架；牛栏里[537]国王|君主的四股[538]傻瓜|疯的仇恨之火，逐一进入五个酒吧；陈列大量的拉瓦里画作[539]制服来穷追他的祖先，然后请求[540]付出|扮演双倍[541]的不幸[542]三重的或尽快放弃来让同性恋[543]跳跃的马保持沉默；把鹅卵石扔过一只湿透的肩膀以得到好运，却强迫小伙子们[544]阴茎|武器|萎软的全副武装；像高迪奥·甘姆博利努斯[545]一样促进消化[546]使充满活力，像彼得大帝[547]严肃的制陶工一样严厉无情；红桃[548]艺术 A、方块[549]暗娼阶层|魔鬼|夫人|月亮 2、梅花 3[550]俱乐部的麻烦、黑桃 4[551]对洪水的恐惧；嘀嘀咕咕[552]坎布罗纳，嘀嘀咕咕，一对儿俏护士[553]对一只鼓，但三[554]比一会打翻天平；在银幕上卷起演员表与一双腰带[555]布里

511 shoebard 解 shoe“鞋子”＋bard“诗人”；也解 Schubert“～”(1797—1828)，奥地利作曲家。

512 fitzpatricks 解 William John Fitzpatrick“威廉·菲茨帕特里克”，爱尔兰历史学家，著有《爱尔兰的智慧和杰出人物》(1873)；也指 Samuel A. O. Fitzpatrick“塞缪尔·菲茨帕特里克”，爱尔兰历史学家，著有《都柏林—历史和地理描述》(1907)；也指 Benedict Fitzpatrick“贝奈迪克特·菲茨帕特里克”，爱尔兰人，著有《爱尔兰，及英国的形成》(1921)。

513 wetford 解 Wexford“～”，郡名，位于爱尔兰东南部；也解 wet“～”＋ford“～”。

514 babu“(印度)～”；也解 babbo［意］“～”。

515 indanified 解 identified“～”；也解 indemnify“～”。

516 boro tribute 解 Boru tribute“～”，古时爱尔兰共主向爱尔兰兰斯特省征收的贡品；其中 boro 也解 Babbo“～”，乔伊斯的子女对父亲的称呼；也解 Brian Boru“～”，爱尔兰传说中的著名国王。

517 schenkt 解 schenken［德］“～”；也解 Schenke［德］“～”。

518 brigstoll 解 Bristol“～”，英国西部的港口。英国国王亨利二世把都柏林市给了布里斯托尔市；也解 Bridge Inn“～”，都柏林酒吧名；也解 brig“～”＋Stolle［德］“～”。

519 drey orchafts 解 Drei［德］“三”＋Ortschaft［德］“地方”；也解 dray“～”＋orchard“～”。

520 threeplexes 解 triplex［拉］“三层”；也解 three places“～”。

521 entumulatus 解 en-“使处于……状态”＋tumulus“坟墓”。

522 Terrecuite 解 terra cotta“～”；也解 cuite［法］“～”。

523 lebriety 解 liberty“～”；也解 Leber［德］“～”；也解 ebriety“～”。

524 frothearnity 解 fraternity“～”；也解 froth-for-eternity“～”。

525 quality“～”，此处解 equlity“～”。

526 此句化自俗语“需要乃发明之母”。

527 beskilk 解 be silk“～”。

528 Eachovos 解 each of us“～”；也解 ovum［拉］“～”；也解 uòvo［意］“～”。

529 Allthing 解 all thing“～”；也解 althing［丹］“～”。

530 basidens 解 basileus［希］“～”。

531 ardree 解 ard-rí［爱］“～”。

532 kongsemma 解 Kongs-emnerne“～”，挪威剧作家易卜生的戏剧。

533 rexregulorum 解 rex regulorum［拉］“～”。

534 Dee“～”，河名，位于爱尔兰的中北部的卡文郡，圣帕特里克曾在第河河口登陆。

535 Baulacleeva 解 Baile Átha Cliath“～”，都柏林的爱尔兰名字；也解 Balaclava“～”，乌克兰克里米亚半岛的一个城市；也解 Bau［德］“～”＋Klee［德］“～”。

536 ultimate thole“～”，此处解 Ultima Thule“～”。

537 kraal“～”；也解 král［捷］“～”；也解 kralj［塞维］“～”。

538 fou“～”，此处解 four“～”；也解 fou［法］“～”。

539 laveries 解 Sir John Lavery's“～”，爱尔兰肖像画家，在 1924 年把以爱尔兰民族大聚会著称的泰提安赛金杯给了爱尔兰画家希安·济亭的《向休·莱茵致敬》，而对涂希画的《约翰·乔伊斯画像》毫不理睬；也解 livery“～”。

540 pled“～”；也解 paid“～”；也解 played“～”。

541 double ... or quits 解 double or quits“～”。

542 trouble“～”；也解 treble“～”。

543 buckers“～”，此处解 buggers“～”。

544 peoplades 解 people“人们”＋lads“小伙子”；也解 peos［希］“～”；也解 opla［希］“～”；也解 pladô［希］“～”。

545 Gaudio Gambrinus“～”，传说中的佛兰芒国王，被视为最早酿制啤酒的人。

546 pept 解 peptic“～”；也解 pep“～”。

547 Potter the Grave“～”，此处解 Peter the Great“～”。

548 arts“～”，此处解 hearts“～”。

549 damimonds 解 diamonds“～”；也解 demimonde“～”；也解 Devil“～”；也解 Dame［德］“～”＋Mond［德］“～”。

550 trouble of clubs“～”，此处解 three of clubs“～”。

551 fear of spates“～”，此处解 four of spades“～”。

552 cumbrum 解 cum“与……在一起”＋Brumm［德］“爱抱怨的人”；也解 Cambronne“～”(1770—1842)，拿破仑的将军，在滑铁卢战役中公开骂粗话。

553 twiniceynurseys 解 twin nicey nurses“～”，这里的护士和鼓在俚语中指妓女和妓院。

554 tre ... uno［意］“3……1”。

555 a brace of girdles“～”；也解 Anne Bracegirdle“～”(1674—1748)，英国女演员；其中 girdles 也解 girles“～”。

丝格多|女孩相对，但是被更大的官儿加里克[556]理查三世、戴夫和巴里[557]哈里从摄影场做成驼背片段；他可以早在3月[558] 22日就进行，但是偶尔他直到芽月[559] 25[560]日才完成；他的印第安名字是处处皆子[561]奥布吉瓦人，他能计算的[562]数学知识数目是北斗七星；在长矛省拿起武器，听凭他的绳子丢给壹耳微蚵[563]；在恶性循环[564]维科的循环中移动，却始终[565]使更新|再次呜咽如故；下水道的老鼠祝福他的垃圾，公园的鸟儿却诅咒他的强光；波特贝罗[566]波特贝罗桥、伊卡达克塔[567]有经验的母马|有经验的公平引水渠|春分或秋分|平等的医生、泰勒考克塔[568]赤陶、波考里罗[569]珀西·奥莱利；他把在沃特灵街[570]挣来的硬币倒进天生的柔皮之壳中；他的出生证明纯属意外，这表明他的死亡是一个严重的错误；从青年之土给我们带来巨型常青藤，并用他那怨恨[571]外国人狂风[572]爱尔兰人给轴心使者[573]带来雷暴[574]闻到|寡妇|被施魔法的；满意的时候，软嫩、年轻、明朗、无双的女孩们应该绽放[575]乳房为美好、快乐、盛开的[576]布卢姆肤如凝脂的年轻女子，不高兴的时候，笨重、骂骂咧咧、气味强烈、奇形怪状的男人应该歼灭活跃、英俊、体格优美、目光坦诚的男孩们；金发的哈拉德[577]多毛公正的预报者，白肤的奥拉夫[578]所有的麦子；迎娶你姑姑，捐助你孙子[579]尼波斯；倾听但让它安静，遮上他并观看；时间正是，一位大主教，时间曾是，商人的准入权；山涧溪流，因浅滩[580]盛怒成为小溪，渡口被平底船[581]稻草人弄得斑斑点点；他的雨量高达几个膝盖，而他最平均的草温在树荫下是3；是雪的融点和酒精的沸点；与娼妓们扭打，然后公正地对待他

556 Rick“干草堆”，此处解 David Garrick“～”(1717—1779)，英国演员；也解 Richard III“～”(1452—1485)，英国国王。
557 Barry 解 Spranger Barry“～”(1719—1777)，都柏林出生的演员；也解 Harry“～”。
558 Mars“火星”，此处解 March“～”。
559 Germinal“芽月”，法国共和历中的 7 月，相当于 3 月 21 日到 4 月 19 日。
560 Virgintiquinque 解 Vigintiquinque [拉]“～”。
561 Hapapoosiesobjibway 解 have papooses everywhere“～”；也解 Ojibway“～”，印第安人的一支。
562 arithmosophy 解 aritmo [拉]“数”＋sophia [拉]“智慧”；也解 arithmo-sophy“～”。
563 Eelwick 解 Earwicker“～”，本书主人公。
564 vicous cicles 解 vicious circles“～”；也解 Vico's cycles“～”。
565 remews 解 remains“～”；也解 renews“～”；也解 re-mews“～”。
566 Portobello“～”，加勒比海东北部的港口城市，在殖民地时期曾是南美最重要的港口之一；也解 Portobello bridge“～”，都柏林桥名。
567 Equadocta“～”，杜撰的地名；也解 equa docta [拉]“～”；也解 aequa docta [拉]“～”；也解 aqueduct“～”；也解 equinox“～”；也解 equal doctor“～”。
568 Therecocta“～”，杜撰的地名；也解 terracotta“～”。
569 Percorello“～”，都柏林桥名；也解 Persse O'Reilly“～”。
570 Watling Street“～”，都柏林街名，位于健力士酒厂边。
571 gall“～”；也解 gall [爱]“～”。
572 gale“～”；也解 Gael [爱]“～”。
573 Apostolopolos 解 apostolos [希]“使者”＋polos [希]“轴”。
574 bewitthered 解 Gewitter [德]“～”；也解 wittert [德]“～”；也解 Witwe [德]“～”；也解 bewitched“～”。
575 bosom“～”，此处解 blossom“开花”。
576 joyous blooming“～”；也解 Joyce Bloom“～”，乔伊斯和他笔下的人物。
577 herald hairyfair“～”，此处解 Harald Fiarhair“～”。
578 alloaf the wheat 解 Olaf the White“～”，都柏林的第一位挪威王；也解 all of the wheat“～”。
579 nepos [拉]“～”；也解 Cornelius Nepos“～”(前 99—前 24)，罗马历史学家。
580 wath“～”；也解 wrath“～”。
581 scow“～”；也可与前面的 scarred 合解 scarecrow“～”。

自己；在汉弗利[582]汉弗利·钱普顿·壹耳微蚵的《和平[583]和平的正义性的正义性[584]精确》的末世论[585]粪便学的诸章中被暗示，并被底比斯复审员[586]修订本追捕，这个复审员闻出《聋子的臭虫[587]《亡灵书》》后面藏着什么；国王在他的墙角[588]康沃尔|康沃尔的马克|账房高高兴兴[589]闷闷不乐的|钱|圣母玛利亚地做[590]挤奶标记，王后深[591]陡峭的陷恋情[592]客厅|凉亭|铠甲感到开心和狂怒[593]多毛的，女仆在山楂树间穿上她们的长筒袜[594]露面，出来拉皮条[595]偷窥的流氓[596]后卫|乌鸫（壮观！）他们开着泵枪[597]迈克尔·冈恩；对他的所有预言者[598]父亲他举起一块石头，为他的所有勾引者[599]母亲他种了一棵树；40 英亩，60 英里，白色条纹，红色条纹，在沼泽水[600]棉花|领带|阿纳克瑞翁里清洗他的船队[601]脚；谁[602]如何|你|他想念一名搬运工，因此他会做什么[603]谁|热烈地，因为他想代表[604]动身去潘立克[605]，但是他们撞见他拥护休[606]？荷兰大人，荷兰大人，吓倒了我们[607]；埃德蒙[608]，国王和殉道者，东方的邓斯坦[609]酵母|叶芝，派郡[610]的圣彼得[611]小丑，交易所边的大巴斯洛莫[612]大圣巴斯洛莫|胡子；他朝夫人街[613]夫人的许诺匆匆走[614]马去，像奥兰治和拿骚[615]拿骚街亲王那样挥着[616]婚礼手，把三一学院[617]三位一体像铁碗乞丐巴斯顿利的比尔[618]一样留在身后；榛树林的山梁，黑暗中的水潭[619]；把布鲁维克变成布勒克[620]阉牛，把自流井[621]改成阿拉伯半岛[622]《阿拉比》的鸟；他山墙上的手迹，他话语[623]普鲁士中隐藏的贝壳样皮管嘴[624]；他的出生地位于达达尼尔海峡[625]英雄之海的那一边，他的埋葬处在一小块宜人的土地[626]上；是半岛[627]满的上最古老的凉亭[628]伊尔迪兹宫，圣人学者地[629]上最新建的[630]不收客人的|逼

582 Humphrey 解 Henry Humphreys“～”,在 1867 年出版了《爱尔兰和平的正义性》;也解 Humphrey Chimpden Earwicker“～”。

583 Jaypees 解 peace“～”;也解 JP,即 Justice of the Peace“～”。

584 Justesse [法]“～”,此处解 Justice“～”。

585 eschatological“～”;也解 scatological“～”。

586 recensors 解 re-censors“～”;也解 recension“～”。

587 the Bug of the Deaf“～”;也解 *the Book of the Dead*“～”,指埃及《亡灵书》的底比斯修订本。

588 cornerwall 解 corner of wall“～”;也解 Cornwall“～”,英国西南部的郡;也可与后面的 mark 合解 Mark of Cornwall“～”,特里斯丹与伊瑟的故事中特里斯丹的叔叔;也解 counting house“～”。

589 murry 解 merry“～”;也解 mürrisch [德]“～”;也解 money“～”;也解 Mary“～”。

590 melking 解 making“～”;也解 melken [德]“～”。

591 Steep“～”,此处解 deep“深的”。

592 armbour 解 amour“～”;也解 parlour“～”;也解 arbour“～”;也解 armour“～”。

593 furry“～”,此处解 fury“～”;也可与后面的 hawthorns 合解 Furry Glen,地名,也叫 Hawthorn Glen,位于都柏林的凤凰公园。

594 shoeing up their hose“～”;也解 showing their nose “～”。

595 pimps“～”;也解 peeps“～”。

596 back guards“～”,此处解 blackguards“～”;也解 blackbird“～”。

597 pump gun“～”,在俚语中也指撒尿;其中 gun 也解 Michael Gunn“～”,都柏林娱乐剧院的经理。

598 foretellers“～”;也解 fathers“～”。

599 comethers 解 come-hither“～”;也解 mothers“～”。

600 annacrwatter 解 eanach [爱]“沼泽”+water“水”;也解 Watte [德]“～”;也解 Krawatte [德]“～”;也解 Anakreon“～”(前 582—485),古希腊诗人。

601 fleet“～”;也解 feet“～”,出自艾略特的《荒原》“他们在苏达水里洗脚”。

602 whou 解 who“～”;也解 how“～”;也解 you“～”;也解 he“～”。

603 whot 解 what“～”;也解 who“～”;也解 hot“～”。

604 sit for“～”;也解 set for“～”。

605 Pimploco 解 Pimlico“～”,都柏林街道名。

606 此句化自 1893 年托马斯・勒布朗词,乔治・勒布朗曲的一首娱乐场歌曲《噢,搬运工先生!》中的歌词“我想去伯明翰,他们却把我带到克鲁。”

607 此句化自 1797 年海顿作曲,1841 年冯・法勒斯雷本教授作词的歌曲《德意志高于一切》。

608 Headmound 解 St. Edmund, King and Martyr“～”,英国伦敦教堂。

609 dunstung in the Yeast 解 Dunstan-in-the-East“～”,伦敦教堂;其中 Yeast 也解“～”;也解 William Butler Yeats“～”(1865—1939),爱尔兰诗人。

610 Petrin“～”,布拉格的最高的山。

611 Pitre-le-Pore 解 St. Peter-le-Poer“～”,伦敦教堂;其中 Pitre 也解 pitre [法]“～”。

612 Barth-the-Grete-by-the-Exchange 解 St. Bartholomew by the Exchange“～”,伦敦的一座教堂;也解 st. Bartholomew the Great“～”,伦敦的另一座教堂;也解 Bart [德]“～”。

613 dames troth 解 Dame Street“～”,都柏林街名;也解 dame's troth“～”。

614 hestens 解 hastens“～”;也解 hesten [丹]“～”。

615 Orange and Nassau“～”,荷兰王室的家族;其中 Nassau 也解“～”,都柏林街道名。

616 wedding“～”,此处解 waving“～”。

617 trinity“～”,此处解 Trinity College“～”,位于都柏林。

618 伦敦的一个无腿罪犯,勒死和抢劫路人。

619 此两者皆化自都柏林古称的字面含义。

620 Bullocks“～”,此处解 Bullock“～”,都柏林街名,原名布鲁维克(Blowyk)。

621 well of Artesia 解 artesian well“～”。

622 Arabia“～”;也解 Araby“～”,乔伊斯短篇小说集《都柏林人》中的一篇。

623 exprussians 解 expression“措词”;也解 Prussia“～”。

624 Cryptoconchoidsiphonostomata,1875 年在都柏林皇家剧院上演的英国演员和剧作家查尔斯・科利特的一出滑稽戏的名字,字面意思为“～”。

625 herospont 解 Hellespont“～”;也解 Herospontos [希]“～”。

626 指都柏林的格拉斯内文墓地,字面意为“～”。

627 pleninsula 解 peninsula“～”;也解 plena [拉]“～”。

628 yldist kiosk 解 oldest kiosk“～”;也解 Yildiz Kiosk“～”,奥斯曼皇帝阿卜杜勒・哈米德统治时期的政府所在地。

629 指爱尔兰。

630 unguest 解 youngest“～”;也解 un-guest“～”;也解 angustus [拉]“～”。

仄的旅舍；走了几百几十里的街道，点亮数公顷的窗户里数千合一[631]《一千零一夜》的夜灯；他那巨大的白[632]宽披风铺了15英亩，他的小白马[633]装饰着我们成打的大门；哦，悲伤的航程，驶向玛丽码头[634]美国的舵满心哀愁！他的那些匈奴儿子们[635]太阳们，他的那些鞑靼女儿们[636]投掷者，如今很多在这里；是他从他的爆发[637]出生|胸部中扔出公牛人镇[638]东方|声音|公鸭的霹雳[639]炸弹|闪电，每道闪光都像剑一样在黑暗中向下[640]扔到深处；一个个人问题，一个位置之谜；直立的人，田野中有组织[641]的交通工具，横卧的家伙，穿过退潮巷[642]都柏林的环流[643]神洪水提供者；全体的零头就如鲸体的码头；亲爱的休伊特·卡斯特罗[644]霍斯堡|城堡，侍从，对我们的远足感到高兴[645]日光，从罗达·邓祖姆斯[646]北美杜鹃回望并不早的夏天；高于有籽水果的层次[647]海平面，外于豆科植物的[648]发光的地域；当更老的联系[649]嘴唇|在左边锁住了更老的心，然后他会像[650]记起她；能用胶水和剪贴建造，能在撑架上涂写或排出；夜晚的快车歌唱着他的故事，他那电线五线谱上用麻雀音符谱写的歌曲；他与虱子一起缓慢爬行，与教士[651]说|方式一起蜂拥前行；像清真寺[652]一样安静，但也能像犹太教堂[653]歌格地的子孙一样喧闹；当他的日子红火[654]海枣|全盛时期时是迪尔穆恩[655]都柏林，当他的坚果砸裂时是都柏林[656]；吸尽大海，悠闲喝彩[657]称赞，他膝盖上的一个亲吻，他心房中的一次跳动[658]皱纹；他的搬运工有力地抓住，他的面包师与女黑奴[659]宽阔的|白的寻欢作乐；只要风风干、雨吃饭、太阳运转、海水跳跃[660]，他就起起落落，组合分解；走开，

631 thousands in one nightlights “～”；也解 thousand and one Nights“～”。
632 wide“～”，此处解 white“～”。
633 白马为英国国王威廉三世的象征，被保皇党人画在墙上。
634 Mairie Quai 解 Mary quay“～”；也解 America“～”。
635 suns“～”，此处解 sons“～”。
636 dartars“～”，此处解 daughters“～”。
637 burst“～”；也解 birth“～”；也解 breast“～”。
638 Ostenton 解 Oxmantown“～”，都柏林市郊；也解 Osten［德］“～”＋Ton［德］“～”；也解 Enterich［德］“～”。
639 bombolts 解 thunderbolts“～”；也解 bomb“～”＋bolt“～”。
640 downsaduck 解 down“向下”＋adusk“在黑暗中”。
641 arcanisation 解 organization“～”。
642 ebblanes 解 ebb“退潮”＋lanes“小巷”；也解 Dublin“～”。
643 celiculation 解 circulation“～”；也解 caelicola［拉］“～”。
644 Hewitt Castello“～”，人名；也解 Howth Castle“～”。此句包含本书主人公名字的缩写；其中 Castello 也解 castèllo［意］“～”。
645 daylighted 解 delighted“～”；也解 daylight“～”。
646 Rhoda Dundrums 解 rhodon［希］“玫瑰”＋Dundrum“邓德拉姆”，都柏林地名；也解 rhododendron“～”。
647 seedfruit level“～”；也解 sea level“～”。
648 leguminiferous 解 leguminous“～”；也解 luminiferous“～”。
649 links“～”；也解 lips“～”；也解 links［德］“～”。
650 resemble“～”；也解 remember“～”。
651 saggarts 解 sagart［爱］“～”；也解 sag-［德］“～”＋Art［德］“～”。
652 mursque 解 mosque“～”，化自习语 quiet as a mouse “无声响”。
653 sonogog 解 synagogue“～”；也解 son of Gog“～”，歌格与玛各是《圣经》中的两个名字，有的爱尔兰传说称歌格和玛各是爱尔兰人的祖先。
654 palmy“～”；也可与前面的 date 合解 date palm“～”；也解 palmy days“～”。
655 Dilmun“～”，闪族传说中的天堂花园，其中的生命树为海枣；也解 Dublin“～”。
656 Mudlin 解 Dublin“～”。
657 lep laud 解 applaud“～”；也解 laud“～”。
658 cushlin his crease 解 cúislín a chroidhe［爱］“～”；其中 crease 也解“～”。
659 broadwhite 解 broadwife“～”；也解 broad“～”＋white“～”。
660 此句化自《威尔士中世纪故事集》(*Mabinogion: Gulhwch and Olwen*)中的句子“只要风风干，只要雨湿润，只要太阳转，只要大海延伸……你就会得到恩惠”。

我们高兴[661]被欺骗|被淹没，回来，我们厌烦[662]去幽灵的；挖通岛屿[663]东方，跃过地狱[664]，游过洪水[665]，飞过[666]铺地板莫约拉[667]；喜欢油脂，喜欢油脂样的牛脂，油腻腻[668]感激|优雅的，接受滴滴答答的油腻腻；不曾对老人说话，老的，不曾对坏血病人说话，坏血病的；他建造了一座房子，城市[669]，一座他建造的房子他安排了它的命运；黑暗的[670]鸽子|黑暗的冰蚀高原[671]旷野|高山|田野上生出会飞的[672]叫喊声乌鸦[673]；当他在他的母公鸡[674]孔雀眼里是干草堆[675]公鸡、蚂蚁[676]罗伯特·埃米特、公猪[677]农场牛倌|聋子|布利安·布鲁|波里乌姆广场、公牛[678]、鸵鸟[679]奥地利、猫鼬[680]疥癣的和臭鼬时，擦[681]掉他侍卫的光环[682]英雄；从坐立不安[683]荨麻|荨麻疹的轻率中压出老年[684]麦芽酒的啤酒；为了赞歌给小屋安上屋顶，为了人们[685]在……前面|人锅里有只公鸡[686]羽毛；是侍者[687]然后是全能运动员[688]面包和游戏场的竞技然后是大主教[689]大花园；一杯又一杯灌入他肚里的酒，各式各样推倒他的人；依然招惹我们的野兔，却得到[690]给……装上门我们的山羊；口袋书邮袋舟，一夫当关军火过关；其他日子的光，恐怖阴沉的黑暗[691]；我们可怕的老爹[692]，鞑靼人蒂摩[693]蒂摩西|恐惧|东方|绞|门|户；让人困惑，让人诧异，让人震惊，不，让人不安；吹着气从王宫[694]国王桥|伯|王桥火车站走到新海关，向大大小小每一座桥[695]裂口脱下礼帽[696]突起的；带着爸爸的新剑柄[697]重量|笔记本和爸爸的新刀柄[698]分为两半|帮助，他是爸爸爸的老弯刀，那是爸爸爸爸留给我们的；当头脑年轻的、肩膀老化的[699]、颈在中间的[700]上了年纪；每日清凉的[701]拜访者鲱鱼[702]爱尔兰|《卡勒鲱鱼》，夜里肿胀的海鲢；看变色龙[703]过

661 deluded“～”,此处解 delighted“～”;也解 deluged“～”。
662 disghosted 解 disgusted“～”;也解 dis-ghost-ed“～”。
663 Ostrov [俄]“～”;也解 Ost [德]“～”。
664 Inferus 解 inferno“～”。
665 Mabbul [希伯来]“～”。
666 flure 解 flew“～”;也解 floor“～”。
667 Moyle“～”,爱尔兰与苏格兰之间的北部海峡。
668 greasefulness 解 grease-ful-ness“～”;也解 gratefulness“～”;也解 gracefulness“～”。
669 Uru,苏美尔人表示“城市”的符号。
670 duiv 解 dunkel [德]“～”;也解 duif [荷]“～”;也解 dubh [爱]“～”。
671 fjeld“(北欧的)～”;也解 Feld [德]“～”;也解 fjell [挪]“～”;也解 field“～”。
672 geulant 解 volant“～”;也解 gueulante [法]“～”。
673 raaven 解 raven“～”。
674 shecook 解 she“她”+cock“公鸡”;也解 peacock“～”。
675 Haycock“～”;也解 He cock“～”。
676 Emmet“～”;也解 Robert Emmet“～”(1778—1803),爱尔兰起义者,被英国政府处以绞刑。
677 Boaro 解 boar“～”;也解 boaro [意]“～”;也解 bodhradh [爱]“～”;也解 Brian Boru“～”;也解 Boarium“～”,古罗马的牲口市场。
678 Toaro 解 taurus [拉]“～”。
679 Osterich 解 ostrich“～”;也解 Österreich [德]“～”。
680 Mangy“～”,此处解 mongoose“～”。
681 ruz ... off 解 rub ... off“～”。
682 halo“～”;也解 hero“～”,化自俗语“仆人眼里无英雄”。
683 nettles “～”,此处解 on nettles“～”;也解 nettlerash“～”。
684 aled 解 old“～”;也解 ale“～”。
685 pro homo 解 pro homine [拉]“～”;也解 pro-“～”+homo [拉]“～”。
686 coq“(装饰女帽用的)公鸡(或雄鸟)～”,此处解 cock“～”,出自法国国王亨利四世所说的愿每个农民的锅里都有只鸡。
687 dapifer [拉]“～”。
688 pancircensor 解 pan-“泛”+circenses“竞技比赛”+-or“……的人”;也解 panis et circensus [拉]“～”。
689 hortifex magnus 解 Pontifex Maximus [拉]“～”;也解 hortifex magnus [拉]“～”。
690 gates“～”,此处解 gets“～”,gets our goats 解“为难我们”,此处直译。
691 此句化自都柏林习语“亲爱肮脏的都柏林”。
692 此句化自英国演员查尔斯·马修自编自演的喜剧《我的可怕的老爹》,该剧曾在都柏林的皇家剧院上演。
693 Timour of Tortur 解 Timour of Tartar“鞑靼人蒂姆”,英国剧作家马修·格里高利·刘易斯的戏剧;其中 Timour 也解 Timothy“～”,即爱尔兰民谣《芬尼根的守灵夜》中的蒂姆·芬尼根;也解 timor [拉]“～”;也解 timur [马]“～”;其中 Tortur 也解 tortura [拉]“～”;也解 Tor [德]“～”+Tür [德]“～”。
694 king's brugh 解 Brugh Ríogh [爱]“～”;也解 king's bridge“～”;也解 Thomas Burgh“～”,都柏林的旧海关的建造者;也解 Kingsbridge Station“～”,都柏林火车站之一。
695 breach“～”,此处解 bridge“～”。
696 Gibbous“～”,指驼背,此处解 gibus“(歌剧中用的)～”。
697 heft“～”此处解 haft“～”;也解 Heft [德]“～”。
698 helve“(武器的)～”;也解 halve“～”;也解 help“～”。
699 此句化自习语 have an old head on young shoulders“少年老成”。
700 middlishneck 解 middle“中间的”+neck“颈部”。
701 caller“～”,此处解 cooler“～”。
702 Herring“～”;也解 Erin“～”。此句包含本书主人公名字的缩写变体 CHE;也与前面的 caller 合解 *Caller Herring*“～”,一首传统苏格兰乐曲。
703 comaleon 解 chameleon“～”;也解 come a Loryon“～”。

来一个洛庸洛庸[704]猎户星座，他用40只燕麦饼[705]女帽|合约|祝福度日[706]把面包放进烤箱，以此改变了内分泌的历史；她把他逼聋直到他把她逼瞎[707]拉开窗帘；一天在巴斯桥[708]巴塞尔上面白鸽鸽子停满他全身，次夜在国王镇[709]国王|石头港[710]亚瑟王后面黑色[711]鸽子乌鸦把它们黑色的巢扔向他；国家的胜利[712]趾高气扬的|剧目表，个人的[713]私人的舒适[714]，酒吧的繁荣[715]公众的福利；如果他的脚是讨厌的泥土[716]围栏浅滩之城|巴拉克拉瓦盔式帽，他的木质头就是典范[717]偶像；他在凤凰公园的空间[718]翱翔时，石头飞起，他撞进公园的空地[719]，树木倒下[720]特里斯丹；看起来像一块山上巨石[721]溶化的黄油，听起来像一句粗话；山间之露[722]山景，沸水[723]《博因河水》中一块糖[724]一盏糖灯周围的一些柠檬皮[725]灯；一便士[726]朝爆爆炸的马鞍开三枪；向麦科马克·尼·卡萨奇[727]考麦克的孙女小姐求爱，她携达利[728]·德莫特[729]德莫蒂逃走了，时髦而黝黑；过去钻石[730]德莫特切割石榴石[731]格拉尼娅，现在德莫特[732]冷落格拉妮娅[733]呻吟的；你可以在佛罗伦萨找到他，但是在韦恩的旅馆提防[734]他；那儿是他的弓，哪儿是他的酒[735]泄漏的东西，这里停放着他的请肃静灵车[736]大白马|大白屁股，深深地；斯威德·阿尔比奥尼[737]甜蜜的奥伯思|英格兰，此地最有出息的恶棍[738]原野上最可爱的乡村|剧中的反面人物；亨尼利·坎特里尔-科克兰[739]养鸡场|啼叫|公鸡跑|坎特里尔和考切兰，自我主义者，有限的[740]鸡蛋生产有限公司；我们在撒旦[741]萨杜恩|萨德|《斯莱特里的骑马步兵》骑马的脚边喝我们的茶[742]，释放我们的跳蚤；建起伦德[743]教堂[744]，毁坏教堂的土地；他猜测他的称号抢占了他的业绩；肉[745]装上羽毛和土豆[746]，鱼[747]麻烦和

704 Loryon "～",人名;也解 Orion"～"。
705 bannucks 解 bannocks"～";也解 bonnets"～";也解 banna [爱]"～";也解 beannacht [爱]"～"。
706 loeven his loaf 解 living his life"～";也解 oven his loaf"～"。
707 blind up 解 blind"～";也解 put up the blind"～"。
708 Baslesbridge 解 Ballsbridge"～",都柏林地区名;也解 Basle"～",瑞士西北部的城市。
709 Koenigstein 解 Kingstown"～",爱尔兰城市,爱尔兰共和国成立后改名为邓莱里;也解 König [德] "～"+Stein [德]"～"。
710 Arbour 解 harbour"～";也解 Arthur"～"。
711 duv 解 dubh [爱]"～";也解 dove"～"。
712 tronf of the rep 解 triumphus republicae [拉]"～";其中 tronf 也解 trónfio [意]"～";其中 rep 也解 repertory"～"。
713 priv 解 privy"～";也解 private"～"。
714 comf 解 comfort"～"。
715 prosp 解 prosperity"～";也可与后面的 pub 合解 prosperitas publica [拉]"～"。
716 bally clay"～";也解 Baile Átha Cliath"～",都柏林的爱尔兰名字;也解 Balaclava"～"。
717 ideal"～";也解 idol"～"。
718 vaguum 解 vacuum"真空"。
719 the hollow"～",都柏林凤凰公园里的露天圆形剧场,有一个室外音乐台。
720 trees down"～";也解 Tristan"～"。
721 moultain boultter 解 mountain boulder"～";也解 molten butter"～"。
722 mountain view"～",此处解 mountain dew"～",在口语中指私酿威士忌。
723 boinyn water 解 boiling water"～";也解 Boyne Water"～",北爱一首新教徒的民谣。
724 a lamp of succar 解 a lamp of sugar"～",此处解 a lump of sugar"～"。
725 lumin 解 lumen [拉]"～",此处与后面的 pale 合解 lemon peel"～"。
726 puddy 解 penny"～";也解 Paddy,在爱尔兰也指威士忌。
727 Ni Lacarthy 解 Ní Cárthaigh [爱]"～",指格拉尼娅,芬·麦克尔的未婚妻,与芬·麦克尔的侄子德莫特私奔;也解 Nic Cormaic [爱]"～"。
728 Darly 也解 George Darly"～"(1795—1846),出生于都柏林的爱尔兰诗人。
729 Dermod 解 Dermot"～",芬·麦克尔的侄子;也解 Thomas Dermody"～"(1775—1802),爱尔兰诗人。
730 diamond"～";也解 Dermot"～"。
731 garnet"～";也解 Grania"～"。此句化自习语 diamonds cut diamonds"棋逢对手,将遇良才"。
732 dammat 解 Dermot"～"。
733 groany 解 Grania"～";也解 groan-y"～"。
734 watch our for 解 watch out for"～"。
735 leaker"～",此处解 liquor"～"。
736 bequiet hearse 解 be-quiet"请肃静"+hearse"灵车";也解 big white horse"～";也解 big white arse"～"。
737 Swed Albiony"～",人名;也解 Sweet, Auburn"～",英国诗人哥尔德斯密斯《荒村》中的乡村;其中 Albiony 也解 Albion"～"。
738 likeliest villain of the place"～";也解 loveliest village of the plain"～",出自哥尔德斯密斯的《荒村》;也解 villain of the piece"～"。
739 Hennery Canterel-Cockran"～",人名;也可解 Hennery"～"+Cantare [拉]"～"+Cock ran "～";其中 Canterel Cockran 也解 Cantrell and Cochranes"～",19 世纪末的矿泉水生产商。
740 eggotisters, limitated 解 egotist, limited"～";也解 eggs-ters, limited"～"。
741 sadurn 解 satan"～";也解 Saturn"～",罗马神话中的农神;也解 Marquis de Sade"～"(1740—1814),法国作家;也解 Slattery's,与后面的 mounted foot 合解 Slattery's Mounted Foot"～"。
742 tays 解 tae [爱]"～"。
743 Lund"～",在爱尔兰传说中芬·麦克尔曾建造伦德大教堂。
744 kirk 解 church"～"。
745 fletch"～",此处解 fresh"～"。
746 prities 解 prátaí [爱]"～";也解 praties"土豆"。
747 fash"～",此处解 fish"～"。

炸薯条[748]小伙子们；精明的韦尔斯利[749]诡计多端的|狡猾的公爵[750]诱使|朱克斯家族；哈克贝利[751]拥抱|肚子的葬礼[752]；布谷鸟[753]杜鹃卡利卡克斯[754]三K党；秘密地听到，痛苦万分[755]；与被任命的法官们在一起是恩惠，用大号铅弹背后摧毁[756]巴克利是诅咒[757]被禁止的；在天堂里形成[758]性别，在混沌中孕育[759]诞生，在大地上诞生[760]；他的父亲据推测加班加点地深深耕耘，而他的妈妈就像一切表明的，必然辛勤操持[761]旅行她的合理份额；军火墙[762]中新世的上的一只脚印[763]脚|王子，被火热沙子打落马下[764]的哥萨克酋长[765]帽子|男人；临时消防队的荣誉队长[766]，据说与警察关系密切；门依然开着；旧式立领又回来了；没有忘记你嘲笑老加尔都西[767]加尔都西会的鸭白色裤子的那个时刻，还有你说全镇人都能看见他的毛腿时的样子；通过悄悄一吻[768]十字架|柯西，她把她的信天翁[769]赤褐色的长发挂在他的脖子后面；当他的水壶变成壁炉的烫伤[770]，我们的焦渴[771]星期四|瑟赛蒂兹让他们的利菲河火烧火燎[772]水|缶|安培；他的年信由散文[773]化验高手们编造，他的纯度标记按秤盘[774]锻造的盘子的标准推行；一副胸甲和三面屏风来让风刮起来[775]；用松香树点燃他的烟斗，租一匹拉东西的马来拉他的鞋子；治疗女佣的坏血病，弄破男爵的黄水疮；被叫来卖上光蜡[776]，后来在卧室里被发现；拥有他的正义之椅、慈悲之屋、他的丰饶角[777]丰富的谷物、他的歪[778]黑麦烟囱；勘探者，他有一只帆布背包[779]猛一拉|轻声的|烟，回顾者，他拿着登山杖[780]木桩上的希望；为了南斯拉夫人[781]南方|奴隶的头脑，赢得新枷锁[782]纽约的自由；积极地行动，消极地贩卖[783]游荡|踩

748 chaps“～”，此处解 chips“～”。
749 Wilysly 可与前面的 artful 合解 Arthur Wellesley“～”，惠灵顿公爵；也解 wily“～”＋sly“～”。
750 Juke“～”，此处解 Duke“～”；也解 Jukes“～”，近代犯罪学研究的两大著名美国犯罪家族之一。
751 Hugglebelly 解 Huckleberry Finn“～”，美国作家马克·吐温笔下的人物；也解 hug“～”＋belly“～”。
752 Funniral 解 funeral“～”。
753 Kukkuk 解 Kuckuck［德］“～”；也解 kukkuk［丹］“～”。
754 Kallikak 解 Kallikaks“～”；也解 KKK“～”。
755 此句包含本书主人公名字的缩写 HCE。
756 buckshotbackshattered 解 buckshot“大号铅弹”＋back“后背”＋shattered“被摧毁的”；其中也包含 Buckley“～”。
757 bann 解 Bann［德］“～”；也解 banned“～”。
758 heavengendered 解 heaven“天堂”＋engender“产生”；也解 gender“～”。
759 chaosfoedted 解 chaos“混沌”＋foetus“胎儿”＋-ed“被……”；其中 foedt 也解 født［丹］“～”。
760 此句包含本书主人公名字的缩写 HCE。
761 travailled 解 travailed“～”；也解 traveled“～”。
762 Megacene 解 magazine wall“～”，指位于都柏林凤凰公园内圣托马斯山上的军火要塞（Magazine Fort）；也解 Miocene“～”。
763 footprinse 解 footprint“～”；也解 foot“～”＋prince“～”。
764 unwhorsed 解 unhorsed“～”。
765 hetman“～”；也解 het［挪］“～”＋man“～”。
766 此句包含本书主人公名字的缩写 HCE。
767 Charterhouse“～”，天主教隐修院修会之一，也是英国一所古老公学的名字，此处作为人名；此句包含本书主人公名字的缩写变体 ECH。
768 kersse 解 kiss“～”；也解 cross“～”；也解 J. H. Kersse“～”，挪威船长与裁缝的故事里一位住在都柏林的裁缝。
769 aulburntress 解 albatross“～”，此句化自英国诗人柯尔律治的诗歌《古舟子咏》中的“我的颈上被挂上信天翁，而不是十字架”；也解 auburn tress“～”。
770 hearthsculdus 解 hearth“壁炉”＋scalds“烫伤”。
771 thorstyites 解 thirsty“～”；也解 Thursday“～”；也解 Thersites “～”，荷马史诗《伊利亚特》中的一名希腊士兵，喜欢骂人。
772 set their lymphyamphyre 解 set their Liffy on fire“～”；其中 lymphyamphyre 也解 lympha［拉］“～”；也解 amphora［拉］“～”；也解 Ampère“～”，法国科学家。
773 assays“～”，此处解 essays“～”。
774 wrought plate“～”，此处解 weight plate“～”。
775 此句化自成语 get the wind up“紧张不安起来”。
776 polosh 解 polish“～”。
777 corn o'copioush 解 cornucopia“～”；也解 copious corn“～”。
778 a'rye 解 awry“～”；也解 rye“～”。
779 rooksacht 解 rucksack“～”；也解 Ruck［德］“～”＋sacht［德］“～”；也解 rook［荷］“～”。
780 holpenstake 解 alpenstock“～”；也解 hope on stake“～”。
781 jugoslaves 解 Yugoslavs“～”；也解 jugo［塞］“～”＋slaves“～”。
782 new yoke“～”；也解 New York“～”。
783 peddles“～”；也解 piddle“～”；也解 pedals“～”。

自行车，并且是一个自以为是[784]谢夫里奇的戈耳工[785]谢夫里奇；把他那值得一笑的消息[786]拙劣构成倒在值得一哭[787]哈姆斯沃斯|喧闹声的盐上；半听到拉贝利[788]向她的大山[789]格拉蒙特陈述唯一的处女演说，并在他自己的炉火边[790]度过整整一生，琢磨着那是转向了天堂[791]汉密尔顿的希伯来人，还是四元数的瞬息万变的歌声；他的麻烦可能结束了，但他的替身仍须到来；损害我们的龙骨的龙虾篓，破坏我们的甜[792]被挤压的豌豆的花园害虫[793]宠物；他站在可爱的公园里，大海就在不远的地方，X、Y、Z 这些重[794]胡搅蛮缠的镇唾手可及；是文明人性的瘤，不过是欧洲上面的疣；希望被做成健全理智的歌唱符号，然而他希望把他所有新鲜的[795]肉体新造[796]云|少女单词[797]女孩|蛾真正变成复数[798]心痒|汉娜·丽维娅·妇鲁拉贝尔并看起来合理[799]；有巨大无比[800]的戒指，并且不合习俗地洒上香水；听[801]性欲，他正[802]誓约|围栏浅滩听着[803]列表忒弥斯[804]女用内衣|死亡清晰的[805]干净的低语[806]；是爱尔兰[807]西夫曼的欢宴[808]温顺的|苹果镇上的芬格尔王子[809]；有一个英国乡巴佬[810]头来烦[811]舢板他，一位法国佬来扶[812]咖喱|居里夫妇|卡里他，一个布拉邦特人[813]布拉巴宗街|出色的|女人照料他的甜菜[814]拍卖中出价的人|祈祷的人|更好，一名德国人听他差遣[815]玩忽职守；被一位帕克[816]公园管理人伏击，被一位巴克利[817]射中[818]彩色大方格衣料|肖特；喝醉[819]杯状的|高兴|打嗝的了就踢红豆[820]，朝垂死的可怜流浪儿[821]扔雅各牌竹芋饼干[822]箭，一角接一角[823]一次又一次；整个星期[824]软弱的的每个晚上都读 H. C. 安徒生[825]的魔法，每个星期天[826]强壮的|天的早晨则读可怕的伊凡[827]的罪行；你朝脸上轻

784 selfridgeousness 解 selfrighteousness“～”；也解 Gordon Selfridge“～”(1864—1947)，美国出生的零售商人，创建伦敦的塞费治百货大楼。

785 gorgon“～”，希腊神话中三个蛇发女怪之一，能让人化为石头；也可与后面的 selfridgeousness 合解 Gordon Selfridge“～”。

786 illformation 解 information“～”；也解 ill-formation“～”。

787 larmsworth 解 larme [法]“眼泪”＋worth“值得”；也解 A. C. W. Harmsworth“～”(1865—1922)，诺斯克利夫子爵，出生在爱尔兰切坡里若德的报业巨头；也解 Larm [德]“～”。

788 La Belle 解 La Belle Alliance“～”，比利时的一家酒馆，滑铁卢战役中惠灵顿和布吕歇尔的汇合处，标志着战役的结束。

789 Grand Mount 解 Mont st. Jean“圣简山”，与爆发滑铁卢战役的山坡相反方向斜坡上的一个村子；也解 Gramont“～”，爱尔兰出生的法语作家安东尼·汉密尔顿的传记《格拉蒙特伯爵回忆录》中的传主，他娶了爱尔兰美女。

790 此句化自英国女作家伊丽莎白·汉密尔顿的歌曲《我自己的炉边》。

791 himmeltones 解 Himmel [德]“～”；也解 Hamilton“～”，人名，其中包括 Anthony Hamilton“安东尼·汉密尔顿”，爱尔兰出生的法国作家；也解 Edwin Hamilton“埃德温·汉密尔顿”，爱尔兰剧作家，著有《可怕的土耳克》；也解 Elizabeth Hamilton“伊丽莎白·汉密尔顿”，英国女作家；也解 Emma Hamilton“爱玛·汉密尔顿”，爱尔兰将军纳尔逊的情妇；也解 George Hamilton“乔治·汉密尔顿”，爱尔兰神父，著有《希伯来经文研究入门》；也解 James Hamilton“詹姆斯·汉密尔顿”，苏格兰神父，著有《诗篇与赞美诗》；也解 James Archibald Hamilton“詹姆斯·汉密尔顿”，爱尔兰南部阿马市的天文学家；也解 William Gerard Hamilton“威廉·汉密尔顿”，爱尔兰籍的下院议员，在英国国会做过精彩的处女演讲，但此后再未发言；也解 William Rowan Hamilton“威廉·汉密尔顿爵士”，都柏林数学家，建立了四元数。

792 squeezed“～”，此处解 sweet“～”。

793 pet“～”，此处解 pest“～”。

794 importunate“～”，此处解 important“～”。

795 flesch 解 fresh“～”；也解 flesh“～”。

796 nuemaid 解 newmade“～”；也解 nue [法]“～”＋maid“～”。

797 motts 解 mots [法]“～”；也解 mott [都柏林俚语] “～”；也解 Motte“～”。

798 prural 解 plural“～”；也解 prurire [拉]“～”；也解 Plurabelle“～”，本书女主人公。

799 plusible 解 plausible“～”。

800 excisively 解 excessively“～”。

801 lusteth 解 listen“～”；也解 lust“～”。

802 ath 解 as“当……时候”；也解 oath“～”；也可与后面的 cleah 合解 Ath Cliath [爱]“～”。

803 listeth 解 listen“～”；也解 list“～”。

804 themise 解 Themis“～”，希腊神话中的法律和正义女神；也解 chemise“～”；也解 demise“～”。

805 cleah 解 clear“～”；也解 clean“～”；也可与前面的 ath 合解 Átha Cliath，都柏林市的旧称。

806 whithpeh 解 whisper“～”。

807 hiberniad 解 Hibernia“爱尔兰的拉丁文名字”；也解 Paul Hiffernan“～”(1719—1777)，出生在都柏林的作家，著有《爱尔兰人》。

808 hoolies [英爱]“～”；也解 hooly“～”；也解 Ubhall [爱]“～”，爱尔兰地名，位于科克郡，以宗派纷争著名。

809 此句化自英国作家詹姆斯·菲尔维尔 1689 年撰写的《爱尔兰的胡迪布拉斯或芬格尔王子》(*The Irish Hudibras or Fingallian Prince*)，模仿维吉尔的《埃涅阿斯纪》写芬格尔的冒险。

810 hodge“～”；也解 head“～”。

811 wherry“～”，此处解 worry“～”。

812 curry“～”，此处解 carry“～”；也解 Curic“～”，19 世纪法国籍波兰物理学家；也解 Eugene O'Curry“～”(1796—1862)，爱尔兰语言学家。

813 brabanson 解 Brabançon [法]“～”，比利时省名；也解 Brabazon“～”，都柏林街道名；也解 breágh [爱]“～”；也解 bean [爱]“～”。

814 beeter 解 Beete [德]“～”；也解 Bieter [德]“～”；也解 Beter [德]“～”；也解 better“～”。

815 at his switch 解 at his service“～”；也解(asleep) at the switch“～”。

816 Parker“～”，此处解 Charles Parker“～”，英国作家王尔德被指控与其有同性恋行为。

817 buckeley 解 Buckley“～”。

818 beschotten 解 beschoten [荷]“～”；也解 Schotten [德]“～”；也解 Schott“～”，人名，乔伊斯在狄里亚斯特的最好的学生。

819 cuppy“～”，出自成语 in one's cups“在喝醉时”；也解 happy“～”；也可与前面的 he's 合解 hiccupy“～”。

820 lintils 解 lentils“～”，雅各用红豆汤换来以扫的长子身份。

821 waifstrays 解 waifs and strays“～”。

822 arroroots 解 arrowroot“～”，指都柏林的雅各饼干厂生产的竹芋粉饼干；也解 arrows“～”。

823 dime after dime“～”；也解 time after time“～”。

824 weaks 解 weeks“～”；也解 weak“～”。

825 H. C. Endersen 解 Hans Christian Anderson“～”(1805—1875)，丹麦作家；也解 HCE，本书主人公名字的缩写。

826 strongday 解 Sunday“～”；也解 stong“～”＋day“～”。

827 Ivaun the Taurrible 解 Ivan the Terrible“～”(1560—1584)，俄国的第一位沙皇。

轻地抹香皂，他洗澡[828]坏结局时抽打他自己；有穆林格酒店[829]密室中被拍打过的最鼓胀的桶塞；生来[830]嘴里就有一只新的银[831]银臂努阿德舌头，在爱尔兰[832]铁的海岸四处走动，左手指向大海[833]把手举向现场；只伸出两个指头，但是闻起来能行[834]要死了；为他在都柏林[835]沼泽|儿童找大海[836]看|c要比为我或你在阿姆斯特丹[837]最潮湿的湿气找 10 分钱[838]都柏林领带|两个字母 T 更容易；与他一起住是一场噩梦[839]生命|市长，了解他则是一次通识教育；在圣油[840]圣奥拉夫教堂|《冬青与常春藤》|学者|油的中浸泡，在圣奥图尔[841]受洗[842]圣油；听蟋蟀在大地[843]壁炉边上鸣叫，但是把传教士[844]布道气得三魂出窍；依然将大流士[845]的聋[846]黑暗的|公爵的耳朵转向上帝那如今被彻底激怒[847]了的耳朵；用猛抽的突柱制造了男人，在许多人中[848]制造钱币；当他回到家[849]谁甜蜜的家时喜欢六点钟[850]一杯的布丁；经历了生命冒险[851]厄运|生命的所有时代[852]，从月光[853]私酒和香槟[854]假货|支付一直到云彩[855]抹布|烈性黑啤酒和瓶装[856]半加仑的酒黑啤；威廉一世[857]远的|种子|闹剧，亨利八世[858]戴绿帽子的丈夫|公鸡|富有的|老人，查理二世[859]收费|麻袋|末端，理查三世[860]；如果出生时最终幸存下来的人鸭[861]曼德拉草因震动[862]秃鹫|同转而尖叫[863]伯劳鸟，野鸭[864]《野鸭》|女人|鸭子就会因无赖的复活而放声痛哭[865]麻鸦；在月夜消瘦，但在日落[866]太阳|黎明前增加[867]束缚腰围[868]大梁；仅仅顺手一笔就让戴面纱的世界微笑[869]，然后进入一张餐巾纸提供的三所监狱之选择；谁能一眼[870]就看见鲑鱼[871]母猪|衣服上的镶边被鱼叉叉住，猎人追逐雌鹿，燕子船全速航行，白袍人举起圣饼；像老卡纽

828 badend 解 baden［德］“～”；也解 bad end“～”。

829 位于都柏林切坡里若德的酒店。

830 bom 解 born“～”。

831 nuasilver 解 nua［爱］“新的”＋silver“银”，化自成语“生来嘴里就含着银勺子”，即“生在富贵人家”；也解 Nuad of the Silver Arm“～”，凯尔特神话中黄金时代图德南神族的王。

832 Iron“～”，此处解 Erin“～”。

833 lift hand to the scene“～”，此处解 his left hand to the sea“～”。

834 it would day 解 it would do“～”；也解 it would die“～”。

835 Ebblannah 解 blana，托勒密世界地图上都柏林的名字；也解 eanach［爱］“～”；也解 leanbh［爱］“～”。

836 see“～”，此处解 sea“～”；也解 C，字母“～”。

837 Dampsterdamp 解 Amsterdam“～”，荷兰首都；也解 dampest damp“～”。

838 dubbeltye 解 dubbeltje“荷兰 10 分硬币”；也解 Dublin tie“～”；也解 double T“～”。

839 lifemayor 解 nightmare“～”；也解 life“～”＋mayor“～”。

840 Hoily Olives 解 holy olive (oil)“神圣的橄榄油”；也解 St. Olave's (Church)“～”，位于都柏林的教堂；也解 Holly and Ivy “～”，圣诞歌曲之一；其中 Olives 也解 ollamh［爱］“～”；也解 oily“～”。

841 Scent Otooles 解 St. Laurence O'Toole's(Church)“圣劳伦斯·奥图尔教堂”。

842 chrysmed 解 christen“～”；也解 chrism“～”。

843 earth“～”；也解 hearth“～”，化自英国作家狄更斯的小说《炉边蟋蟀》。

844 predikants 解 predikant［荷］“～”；也解 Predigt［德］“～”。

845 Darius“～”，6 世纪波斯国王。

846 durc's 解 deaf“～”；也解 dorcha［爱］“～”；也解 duke's“～”。

847 infurioted 解 infuriated“～”。

848 mong maney 解 among many“～”；其中 maney 也解 maneh，古代希伯来的钱币。

849 whome 解 home“～”；也解 whom“～”。

850 acup 解 o'clock“～”；也解 a cup“～”。

851 livsadventure 解 life's adventure“～”；也解 misadventure“～”；也解 liv［丹］“～”。

852 此句包含本书主人公名字的缩写 HCE。

853 moonshine“～”；也解“～”。

854 shampaying 解 champagne“～”；也解 sham“～”＋paying“～”。

855 clouts“～”，此处解 clouds“～”；也解 stout“～”。

856 pottled 解 bottled“～”；也解 pottle“～”。

857 woollem the farsed 解 William the first“～”(1035—1087)，英国第一位诺曼人国王；其中 farsed 也解 far“～”＋seed“～”；也解 farce“～”。

858 hahnreich the althe 解 Henry the eighth“～”(1491—1547)，英国国王，在他的统治下英国成为民族国家；其中 hahnreich 也解 Hahnrei［德］“～”；也解 Hahn［德］“～”＋reich［德］“～”；其中 althe 也解 Alte［德］“～”。

859 charge the sackend 解 Charles the second“～”(1630—1685)，在他统治下国王开始与议会共同管理国家；其中 charge 也解“～”；其中 sackend 也解 sack“～”＋end“～”。

860 writchad the thord 解 Richard the third“～”(1452—1485)，约克王朝的最后一位国王。

861 mandrake“～”，此处解 man“人”＋drake“公鸭”。

862 convultures 解 convulsions“～”；也解 vulture“～”；也解 convolutor［拉］“～”。

863 shricked 解 shrieked“～”；也解 shrike“～”。

864 weibduck 解 wild duck“～”；也解 *The Wild Duck*“～”，挪威作家易卜生的戏剧；也解 Weib［德］“～”＋duck“～”。

865 bitternly 解 bitterly“激烈地”；也解 bittern“～”。

866 sundawn 解 sundown“～”；也解 sun“～”＋dawn“～”。

867 gird“～”，此处解 grow“～”。

868 girder“～”，此处解 girth“～”。

869 此句化自莎士比亚的戏剧《特洛伊罗斯与克瑞西达》中的“大自然只轻轻一笔，就让整个世界成为一家”。

870 blick 解 Blick［德］“一瞥”。

871 saumon［法］“～”；也解 Sau［德］“～”；也解 Saum［德］“～”。

特大帝[872]一样面对奉承[873]苍蝇拍，像辛辛那图斯[874]那样转过身去；是一位祖父[875]男巫和外公[876]和白发[877]我们的老父纽约佬[878]裸体同性恋|裸体锯木工|尼布甲尼撒，住在像新的一样的旧别墅里；跨[879]蹲着，喝一斤[880]古怪的，此时城里和港口旌旗招展；威士忌差不多喝到顶，但是牢牢地站[881]总是着[882]无基础的|闲混|山麓小丘；摔下前结结巴巴，叫醒后勃然大怒；对大清早[883]珍珠般的月亮来说是林木[884]蒂姆·芬尼根，对哀悼夜[885]晨曦来说是坟墓；如果他在老[886]大胆的巴比伦有最好的日晒硬[887]砖来铺地[888]游戏|另外，他会因为缺少一堵[889]苍白的都柏林[890]墙而迷路吗？

答：芬·麦克尔！

2. 你的妈妈[891]小声抱怨知道你的麦克吗？

答：我变近视[892]我|光学后，用这种城市的[893]郊区的眼光来看，这是我作为子女的胸怀，满怀骄傲地去看，那个教皇，还有用壁垒环绕之人，他的堤坝[894]该死的在夜晚喋喋不休，从他身边滑过[895]睡觉。安[896]汉娜·丽维娅|活着的人|利菲河沼泽充满活力，她口齿不清，这逗得[897]快活的小伙子|格里格群山向她悄悄私语，而冰岛的冰山在火浪中融化，她那勾引我扬扬格[898]河岸，还有她那在腿上[899]波浪|在……下面胳肢我[900]造成了怒[901]正直的海[902]莪相，跪下来痛饮里拉琴！如果丹恩是丹麦人，安就很肮脏，如果他相貌平平[903]飞机|平坦的，她就很妩媚[904]，如果他是神殿，她就很轻浮，带着她红棕色的[905]烫伤的潺潺流水，她腼腆的蜜语甜言，还有她那都柏林[906]任何事|浅尝的说说笑笑，好竖起他的舵，或者湿透他的梦。如果火

872 King Cnut 即 King Canute“～”(995—1035)，英国和丹麦的国王，曾责备那些奉承他的人。
873 flappery 解 flattery“～”；也解 flapper“～”。
874 Cincinnatus“～”(前 519—前 430)，罗马政治家，他在罗马处于危机的时刻接过领导权，危机过后立刻辞职。
875 Farfar [丹]“～”；也解 fear-feasa [爱]“～”。
876 Morefar [丹]“～”。
877 hoar“～”；也解 our“～”。
878 Nakedbucker 解 Knickerbocker“～”，指纽约早期荷兰移民的后代；也解 Naked bugger“～”；也解 Naked bucker“～”；也解 Nebuchadnezzar“～”(前 605—前 562)，古巴比伦国王，攻占了耶路撒冷，建空中花园。
879 aquart 解 athwart“～”。
880 aquaint 解 a quart“一夸脱”；也解 quaint“～”。
881 stehts 解 stehen [德]“～”；也解 stets [德]“～”。
882 footles 解 feets“脚”；也解 footless“～”；也解 footle“～”；也解 foothills“～”。
883 pearly mom 解 early morning“～”；也解 pearly moon“～”。
884 Timb 解 timber“～”；也解 Tim Finnegan“～”。
885 mourning night“～”；也解 morning light“～”。
886 bould 解 old“～”；也解 bold“～”。
887 bunbaked 解 sunbaked“～”。
888 plays“～”，此处解 places“地方”；也解 plus“～”。
889 wan“～”，此处解 one“～”。
890 wubblin 解 Dublin“～”。
891 mutter“～”，此处解 Mutter [德]“～”。
892 meoptics 解 myopic“～”；也解 me“～”＋optics“～”。
893 suchurban 解 such urban“～”；也解 suburban“～”。
894 dam“～”；也解 damn“～”。
895 slipt“～”；也解 slept“～”。
896 Ann alive“～”；也解 Anna Livia“～”，本书女主人公的名字；也解 Man alive“～”；也解 Eanach Life [爱]“～”。
897 grig“～”，此处解 griog [爱]“～”；也解 Edvard Grieg“～”(1843—1907)，挪威作曲家。
898 spondees“～”；也解 spónda [意]“～”。
899 ondenees 解 on the knees“～”；也解 onde [法]“～”；也解 underneath“～”。
900 dirckle 解 tickle“～”。
901 Rageous“～”；也解 righteous“～”。
902 Ossean 解 Ocean“～”；也解 Ossian“～”，传说中 3 世纪爱尔兰及苏格兰高地的诗人。
903 plane“～”，此处解 plain“～”；也解 flat“～”。
904 purty 解 pretty“～”。
905 auburnt 解 auburn“～”；也解 burnt“～”。
906 dabblin 解 Dublin“～”；也解 dada [爱]“～”；也解 dabble“～”。

热的汉穆拉比[907]，或者冰冷的传道书[908]使者能够发现她的恶作剧女王[909]，他们就会再一次冲破界限，丢弃他们的悔恨[910]戒指|毁灭，斥责他们的所为，永远永远[911]为了河流，以及一夜。阿门[912]一份爱！

3. 什么称号是给蒂克对替克[913]针锋相对|手段|房子|为|房屋纹章[914]茅草屋顶的经典代用箴言[915]岳母，涂成白[916]什么中带[917]一点儿黑色，上面一只蛇藏在三叶草下，觅食[918]在捕食中的鸟儿呆在聚集的地方，一名女仆[919]《玛格达》走向猴屋[920]僧侣的，一只河马[921]豹子被发现，这既非哪个农地[922]巫术谁的聚会[923]郊区|何处|地方|听|恐怖，也非驱逐低地[924]牡蛎三座城堡[925]三|结局，也不是哈拉德斯比，食品杂货商，也不是梵蒂冈[926]，酒商，也不是船屋和蜂箱[927]丈夫和妻子，也不是阴暗的夜晚[928]打美女，也不是幸运的罪过[929]人名|煤炭王子，也不是一个[930]居住方形的[931]房间角落[932]名声|角，也不是都柏林市镇[933]艾普森白垩山丘，也不是最优秀的勒德瑟[934]，也不是本雅明的草地[935]本雅明·健力士，也不是巴塞洛缪·凡霍利[936]惠廷顿|哈丁，既非安特卫普，也非[937]叮人小虫莫斯科[938]苍蝇，不是柯里酒吧[939]不稳的|苏格兰山腹的洞穴，也不是威尔酒吧[940]堰，也不是拱门酒吧[941]，也不是自命不凡的家伙，也不是苏格兰人之家[942]，也不是椭圆酒吧[943]苹果|葡萄，没有任何宏伟，没有任何壮丽（伟大[944]宏伟或独特[945]壮丽）既非[946]曾经是现在是将来是[947]，也非[948]不是米迦勒而是路西弗[949]不是我而是带来光的人？

答：你的肥胖，啊，百姓们，击中了我们球体的幸福[950]担忧！

4. 哪个爱尔兰的首都[951]美国国会大厦（啊，天啊[952]啊上帝，哦，天

907 Hammurabi“～”(前 1955—前 1913)，巴比伦国王。
908 Clesiastes 解 Ecclesiastes“～”；也解 klesiastes［希］“～”。
909 pranklings 解 Prankquean“～”，书中人物。
910 ruings 解 rue-ing“～”；也解 rings“～”；也解 ruin“～”。
911 for river and iver 解 for ever and ever“～”；也解 for river“～”。
912 Amin 解 amen“～”；也解 a min(［荷］“爱”)“～”。
913 Tick for Teac“～”，Tick，Teac 分别为人名；也解 tit for tat“～”；也解 tactic“～”；也解 tig［爱］“～”＋for“～”＋teach［爱］“～”。
914 thatchment 解 hatchment“方形黑框中所画的死者菱形纹章”；也解 thatch“～”。
915 motto-in-lieu“～”；也解 mother-in-law“～”。
916 witt 解 wit［荷］“～”；也解 what“～”。
917 wheth 解 with“～”。
918 aprowl 解 a-prowl“～”；也解 on prey“～”。
919 magda 解 Magd［德］“～”；也解 *Magda*“～”，德国剧作家赫尔曼·苏德尔曼的戏剧。
920 monkishouse 解 monkey house“～”；也解 monkish“～”。
921 riverpaard 解 river“河”＋paard［荷］“马”；也解 leopard“～”；也解 nÿlpaard［荷］“河马”。
922 Whichcroft 解 Which“哪个”＋croft“小农地”；也解 witchcraft“～”。
923 Whorort 解 Who“谁”＋rort“喧闹的聚会”；也解 Vorort［德］“～”；也解 wo［德］“～”＋Ort［德］“～”；也解 hör［德］“～”；也解 horror“～”。
924 Ousterholm 解 Ouster“驱逐”＋holm“河边低地”；也解 Auster［德］“～”。
925 Dreyschluss 解 Drei［德］“三”＋Schloß［德］“城堡”，都柏林市的纹章；也解 Drei［德］“～”＋Schluß［德］“～”。
926 Vatandcan 解 Vatican“～”，此处解为人名。
927 Houseboat and Hive“～”；也解 Husband and Wife“～”。
928 Knox-atta-Belle 解 nox atrabilis［拉］“～”；也解 knock at Belle“～”。
929 O'Faynix Coalprince 解 O felix culpa［拉］“～”；也解 O'Faynix“～”＋Coal prince“～”。
930 Wohn 解 one“～”；也解 wohnen［德］“～”。
931 Squarr 解 square“～”。
932 Roomyeck 解 Room“房间”＋Ecke［德］“角落”；也解 Ruhm“～”＋Eck［德］“～”。
933 Ebblawn Downes 解 Eblana Towns“～”；也解 Epsom Downs“～”，英国东南部萨里郡的白垩高地，部分地方是赛马场。
934 Le Decer 解 John Le Decer“～”，14 世纪的都柏林市长。
935 Benjamin's Lea“～”；也解 Benjamin Lee Guinness“～”(1798—1868)，健力士啤酒的第三代领导者。
936 Tholomew's Whaddingtun 解 Bartholomew Vanhomrigh“～”，斯威夫特的恋人瓦内萨的父亲，1697 年任都柏林市长；其中 Whaddingtun 也解 Dick Whittington“～”，15 世纪的伦敦市长；也解 Hadding“～”，神话中的丹麦国王，曾与女巫一起到过其他世界。
937 gnat“～”，此处解 not“～”。
938 Musca 解 Moscow“～”；也解 musca［拉］“～”。
939 Corry's“～”，20 世纪初期都柏林的酒吧的名字；也解 corrach［爱］“～”；也解 corrie“～”。
940 Weir's“～”，位于都柏林伯码头的酒吧；也解 weir“～”。
941 the Arch“～”，位于都柏林亨利街的酒吧。
942 The Dotch House 解 The Scotch House“～”，位于都柏林伯码头的酒吧。
943 The Uval 解 The Oval“～”，位于都柏林阿贝中街的酒吧；也解 úbhall［爱］“～”；也解 uva［拉］“～”。
944 Grahot 解 great“～”；也解 grand“～”。
945 Spletel 解 special“～”；也解 splendid“～”。
946 nayther 解 neither“～”。
947 此处皆为拉丁文。
948 noor 解 nor“～”。
949 Non michi sed luciphro 解 non“不”＋Michael“米迦勒”＋sed［拉］“而”＋Lucifer“路西弗”，堕落前的撒旦；也解 non mihi sed lucifero［拉］“～”。
950 felicitude 解 felicity“～”；也解 solicitude“～”。此句化自都柏林市纹章上的格言“市民的服从是城市的幸福”。
951 Capitol“～”，此处解 capital“～”。
952 a dea 解 ah dear“～”；也解 a dhia［爱］“～”。

啊!)有两个音节和六个字母,从都尔斐[953]开始,以毁灭林[954]字母N,灰树结束,(啊,尘土,哦,尘土!)能宣扬[955]吹嘘有(1)世界上最大的公园;(2)世界上最贵的酿酒厂;(3)世界上最开阔的人行大道;(4)世界上最爱打嗝的[956]爱马的像神一样酗酒的[957]居民[958]贫民? 你的(1)(2)(3)(4)回答必须一致。

答:(1)贝尔法斯特[959]。而且当你听到我内心的金[960]高尔德锤[961]嗡嗡叫|荷马,我的亚麻[962]浮华的|胖乎乎的|狡猾的女孩[963]失落,再砰砰敲打你反抗的肋骨,我的铆钉发出的雷电[964]温柔的|弩箭带来你的毁灭[965]分心,当我们神魂颠倒地[966]骑马,你就会带着你所有罪恶的[967]啜泣全身发抖[968],你带着你那桔色的花环,我带着我那精明的[969]和谐的热情,沿着欢闹的油脂路[970]草地上的路进入婚姻[971]浸湿的生活[972]婚姻生活之水。(2)科克[973]暗的。而且当然你在哪里无论何处能有这样美好的旧日时光[974]和谐的钟声,离开你,就像在挑逗[975],如果我用我鸸鸟般[976]可爱的柔软的口音与你订婚,吟咏你披落的头发中蓬松的藤蔓在我下面[977]仰慕|在……上面的情景,与藤蔓一起的还有两片可爱的叶子[978],像手镯一样围着你修长的脚踝和你嘴唇的玫瑰花儿,常常淹没在银铃般[979]毕奇女士话语的皂石[980]中,你觉得怎么样[981]霍斯? (3)都柏林[982]。女人[983]水|伊茜,我们为什么无法对他很快要留给你的磨坊的钱感到快乐呢,宝贝儿,一旦我根据面颊医生的特殊命令,有了属于自己的小溪环绕的[984]波波纳|布鲁克兰|布鲁克林乔治亚风格[985]佐治亚州公馆[986]市长官邸的草坪来恢复身体,还有我的一铜盘的大豆、我东手里的爱尔

953 deltic 解 Delphic“阿波罗德尔斐神殿神谕的”,该词的起首字母 d 也是都柏林的起首字母,故译为“都尔菲神谕”;也解 Delta,希腊文的第四个字母 δ,对应英文的第四个字母 D。
954 nuinous 解 ruinous“毁灭性的”;也解 nuin[爱]“~”,该词的起首字母 n 是都柏林的最后一个字母,故译为“毁灭林”。
955 boost“~”;也解 boast“~”。
956 phillohippuc 解 philo-“爱……”+hiccup“打嗝”;也解 philohippikos[希]“~”。
957 theobibbous 解 theos[希]“上帝”+bibosus[拉]“酗酒”。
958 paùpulation 解 population“~”;也解 pauper“~”。
959 Delfas 解 Belfast“~”;也解 Delta,希腊字母 δ。
960 gould 解 gold“~”;也解 Jay Gould“~”(1836—1891),美国金融资本家。
961 hommers 解 hammers“~”;也解 hummers“~”;也解 Homer“~”。
962 floxy 解 flaxy“~”,指贝尔法斯特的亚麻厂;也解 flashy“~”;也解 fleshy“~”;也解 foxy“~”。
963 Loss“~”,此处解 lass“~”。
964 tenderbolts 解 thunderbolt“~”;也解 tender“~”+bolt“~”。
965 destraction 解 destruction“~”;也解 distraction“~”。
966 acope-acurly 解 cope-curly[乌尔斯特口语]“~”。
967 dinful 解 sinful“~”。
968 sheverin 解 shivering“~”。
969 conny 解 canny“~”;也可与后面的 cordial 合解 concordial“~”。
970 greaseways 解 grease“油脂”+ways“道路”;也解 grass ways“~”。
971 wetted“~”,此处解 wedded“~”。
972 wetted life“浸湿的生活”;也解 wedded life“~”。
973 Dorhqk 解 Corcaigh[爱]“~”;也解 dorcha[爱]“~”。
974 chimes“~”,此处解 times“~”。
975 Mash“~”;也解 Marsh,指科克地区,“科克”的意思即沼泽(marsh)。
976 plovery 解 plover-y“~”;也解 lovery“~”。
977 beunder 解 be under“~”;也解 beundre[丹]“~”;也解 beyond“~”。
978 loofs 解 leafs“~”。
979 silvry 解 silvery“银子般的”,化自成语“语言是银,沉默是金”;也解 Sylvia Beach“~”(1887—1962),巴黎莎士比亚书店的店主,最早出版《尤利西斯》。
980 Soapstone“~”,可能指爱尔兰布拉尼城堡的巧言石,相传吻此石头后即善于花言巧语。
981 how'tis 解 how is it“~”;也解 Howth“~”,都柏林郊区。
982 Nublid 解 Dublin“~”。
983 Isha[希伯来]“~”;也解 'uisce[爱]“~”;也解 Issy“~”,本书主人公壹耳微蚵和汉娜的女儿。
984 brooklined 解 brook“小溪”+line-ed“遍布边沿”;也解 brooklime“~”,长于湿地;也解 Brookline“~”,地名,位于都柏林郊区;也解 Brooklyn“~”,美国纽约市西南部的一个区。
985 Georgian“~”;也解 Georgia“~”,美国州名,州中有一个都柏林市。
986 mansion“~”;也解 Mansion House“~”,都柏林的著名建筑之一。

兰威士忌[987]爱尔兰镇和我西手里的詹姆逊门[988]健力士酒厂，这些钱就会给你，这是在所有好斗[989]对手争战的[990]被倒入瓶子中的历史中的错误[991]欠款和谬误[992]之后，还有你的好自我搅拌了新留下的[993]翻开了新的一页黄油之后（愿你更有力量），从亚特兰大[994]到奥康尼[995]最上等的和最便宜的，而此时我会在花园[996]院子里打盹。（4）戈尔韦[997]。我在西班牙村[998]第一个吊起我十足的鳟鱼[999]快步的，马约市我制造，曲安市我收获，时莱戈时髦但戈尔韦[1000]高雅。神圣的鳗鱼，成圣的鲑鱼，抛掉白鲑，压下鲦鱼，铁杆不是你的对手[1001]！她说，跳过[1002]半条水道。一二三四）一只钟一只钟在仙东[1003]将|玩偶|声音陡直的钟[1004]（教堂的）尖塔，我们会[1005]在圣诞节做弥撒[1006]走亲访友[1007]，耻辱商第请去无|毛德·冈妮北方[1008]仙东赞美健力士啤酒|海岬我们最早[1009]信仰悲吟的北方人[1010]小潮，我们的耻辱[1011]羞耻加深[1012]商第|老的，把我的三便士付给我[1013]异教徒|钱|五便士，钱[1014]平原并非不相同同同同同同同同[1015]！

5. 什么样的[1016]什么人渣湖国[1017]湖|家伙会保存[1018]端上|正确脏瓶子[1019]笨蛋，倒空[1020]老伙计，挤恶山羊[1021]的奶[1022]，时不时[1023]吓跑女人中的男人[1024]，牙签[1025]光滑的鹤嘴锄废纸篓[1026]荒芜的教区牧场，内心是人外表[1027]局外人是天使，在村子周围泼[1028]脏水，新闻、烟草[1029]和糖果[1030]，平庸的全务女仆保存，敲响教堂的钟[1031]使声音变响亮|教会|洪亮的钟声，踢[1032]脚|待客不守信义[1033]马拉海德一脚，放声尖叫救命[1034]帮忙救命[1035]自己也不是他从此以后[1036]头发|随后的盗贼[1037]拉格劳，可能养育[1038]在……下面|握住|妖怪三个孩子[1039]，擦净擦亮[1040]灰浆脏[1041]粪靴子[1042]

987 Irish 解 Irish whiskey“～”，都柏林帕瓦斯酒厂的著名产品，该酒厂位于都柏林沃特灵街的东部；也解 Irishtown“～”，位于都柏林地区东部。
988 Jame's Gate“～”；也解 Guinness Brewery“～”，位于都柏林沃特灵街的西部。
989 combarative 解 combative“～”；也解 comparative“～”。
990 embattled 解 embattled“～”；也解 em-bottle-ed“～”。
991 errears 解 errors“～”；也解 arrears“～”。
992 erroriboose 解 erroribus［拉］“～”。
993 churning over the newleaved“～”；也解 turning over a new leaf“～”。
994 Atlanta“亚特兰大市”，位于美国佐治亚州。
995 Oconee“奥康尼河”，位于美国佐治亚州。
996 gaarden 解 garden“～”；也解 gaarden［丹］“～”。
997 Dalway 解 Galway“～”，位于爱尔兰西部。
998 位于爱尔兰戈尔韦市。
999 trotty“～”，此处解 trout“～”。
1000 这四个城市都位于爱尔兰的康诺特省。
1001 aequal 解 aequalis［拉］“同辈”。
1002 leppin 解 leaping“～”。
1003 Shalldoll 解 Shandon“～”，科克市的一个地区，以歌曲《仙东的钟》闻名；也解 Shall“～”＋doll“～”；也解 Schall［德］“～”。
1004 Steepbell 解 steep“陡峭的”＋bell“钟”；也解 Steeple“～”。
1005 ond be'll 解 and we'll“～”。
1006 go massplon pristmoss 解 go (to) Mass on Christmas“～”。
1007 speople 解 see people“～”。
1008 Shand praise gon ness 解 Schande(［德］“耻辱”)please go north“～”；也解 Shandon praise Guinness“～”；其中 Shand 也解 Tristram Shandy“～”；其中 gon 也解 gan［爱］“～”；也解 Maud Gonne“～”(1866—1953)，爱尔兰女演员；其中 ness 也解“～”。
1009 fayst 解 first“～”；也解 faith“～”。
1010 neople 解 north people“～”；也解 neap“～”。
1011 prame 解 shame“～”。
1012 Shandeepen 解 Schande(［德］“耻辱”) deepen“～”；也解 Shandy“～”；也解 sean［爱］“～”。
1013 pay name muy feepence 解 pay me my three pence“～”；其中 pay name 也解 paynim“～”；其中 muy 也解 moy“～”；其中 feepence 也解 fippence“～”。
1014 moy“～”；也解 machaire［爱］“～”。
1015 non Aequallllllll 解 non aequalis［拉］“～”。
1016 Whad slags 解 hvad slags［丹］“～”；也解 what slags“～”。
1017 loughladd 解 Lochlainn［爱］“～”，古盖尔语中指斯堪的纳维亚半岛，尤其指挪威；也解 lough“～”＋lad“～”。
1018 retten 解 retten［德］“～”；也解 rettan［丹］“～”；也解 rette［挪］“～”。
1019 smuttyflesks 解 smussig［丹］“肮脏的”＋flasks“长颈瓶”；其中也包含 Mutt“～”。
1020 emptout 解 empty out“～”。
1021 geit［丹］“～”。
1022 melk［丹］“～”。
1023 fra tiddle anding 解 fra tid til anden［丹］“～”。
1024 jackinjills 解 Jack in Jills“～”，化自俗语 Jack and Jill“男人和女人”。
1025 smoothpick 解 toothpick“～”；也解 smooth pick“～”。
1026 waste papish pastures 解 wastepaper baskets“～”；也解 waste parish pastures“～”。
1027 outsiders“～”，此处解 outsides“～”。
1028 sprink 解 sprinkle“～”。
1029 tobaggon 解 tobacco“～”。
1030 sweeds 解 sweets“～”。
1031 louden on the kirkpeal 解 läten auf dem Kirchspiel［德］“～”；也解 louden“～”＋kirk“～”＋peal“～”。
1032 foottreats 解 Fußtritt［德］“～”；也解 foot“～”＋treat“～”。
1033 malafides 解 mala fides［拉］“～”；也解 Malahide“～”，都柏林市附近的一个海边小镇。
1034 hyelp 解 hjælp［丹］“～”；也解 help“～”。
1035 hyelf 解 help“～”；也解 self“～”。
1036 hair efter 解 hereafter“～”；也解 hair“～”＋eft“～”。
1037 buggelawrs 解 burglar“～”；也解 Luggelaw“～”，河名，位于爱尔兰的威克劳郡。
1038 underhold 解 underholde［丹］“～”；也解 under“～”＋hold“～”；也解 Unhold［德］“～”。
1039 barnets［丹］“～”。
1040 putzpolish 解 putzen［德］“擦净”＋polish“擦亮”；也解 Putz［德］“～”。
1041 crotty 解 dirty“～”；也解 crotte［法］“～”。
1042 bottes［法］“～”；也解 bottles“～”。

瓶子，夜晚遮蔽了所有火光[1043]闪烁的灯塔，服务时间直到死去[1044]主人，磨石为刀，最全的膳宿，做事虔诚的下流家伙，或许偶尔[1045]新闻|知道|现在坐上电车[1046]轨道车|足迹|车，基督教更年轻女子协会[1047]接着基督教更年长女子同盟，拖把[1048]兄弟更喜欢门槛，有限的，或者凸窗[1049]。沃特·厕所[1050]父子公司与H.E.烟囱[1051]公司不去写字[1052]跨越，就会，在劝说下，成为乡下或马厩里[1053]该隐与亚伯|培根的家伙，必须永远充分理解[1054]充分理解地掌握|彻底爱尔兰人的[1055]你们的语言[1056]长的|强烈的愿望，日德兰半岛人[1057]喜气洋洋或挪威人[1058]北墙码头大大[1059]鸡奸者|建造者|比格优先[1060]之前|皮毛，全是责任，没有[1061]权力，家族世仇[1062]很少，赛事五个一组，可能得到定金[1063]工资，不能得到佣金[1064]好斗的|喜剧的，职业[1065]大量的酒鬼[1066]来请戒酒，他是一个出身卑贱、罪孽深重[1067]星期天|儿子|被挖掘、喜怒无常的[1068]在……情绪中|开采|被忽视的人[1069]小鸡、母鸡，但也是酒类检查官[1070]阿克曼|艾尔曼|奥康内尔，不，那肯定不是他？

答：可怜的老家伙[1071]《可怜的奥勒·乔》！

6. 把打扫房间的黛娜叫进来[1072]有人与黛娜呆在房间里这句酒馆口号的意思是什么？

答：嘀嗒[1073]谢谢你|小费。对于把公园[1074]猪肉里的所有叶子[1075]偷|挑选|动物脚上的泥都带来给我们这件事，我现在[1076]名为有一大[1077]荣耀|足够多块帆布[1078]布料的销售|上帝的圣徒们|圣子来添油加彩，如果我询问并能曾能说话，我又怎会以为我知道他在花儿[1079]地板上面的污迹，他用我婚前的名字[1080]中间的名字|粪堆叫我，嘀。我是你的

1043 fireglims 解 fire glims“～”；也解 glimtfyr［丹］“～”。

1044 baass 解 bás［爱］“～”；也解 baas［荷］“～”。

1045 nieows and thans 解 now and then“～”；其中 nieows 也解 meuws［荷］“～”；也解 knows“～”；其中 thans 也解［荷］“～”。

1046 spoorwaggen 解 sporvogn［丹］“～”；也解 spoorwagon［荷］“～”；也解 Spur［德］“～”＋Wagen［德］“～”。

1047 X. W. C. A 解 Y. W. C. A，即 Young Women's Christian Association“～”，此处用 X 和 Z 代替 Y，指比“年轻”(Young)更年轻或更老。

1048 swobber 解 swabber“拖把或用拖把打扫的船员”。

1049 Baywindaws 解 baywindows“～”。

1050 Walther Clausetter 解 water closet“厕所”，此处为人名，故译为“沃特·厕所”。

1051 H. E. Chimneys，人名，其中 Chimneys 也解 chimeys“烟囱”；也解 HEC，本书主人公名字缩写的变体。

1052 skreve 解 skrive［丹］“～”；也解 skreve［挪］“～”。

1053 bacon or stable“～”；也解 Cain and Abel“～”；其中 bacon 也解 Bacon“～”(1561—1626)，英国哲学家。

1054 begripe fullstandingly 解 begreif vollständig［德］“～”；也解 grip fully understandingly“～”；其中 fullstandingly 也解 fullstendig［丹］“～”。

1055 irers 解 Irer［丹］“～”；也解 ihr［德］“～”。

1056 langurge 解 language“～”；也解 lang“～”＋urge“～”。

1057 jublander 解 Jutlander“～”；也解 jublende［丹］“～”。

1058 northquain 解 Norwegian“～”；也解 North Wall Quay“～”，都柏林地名。

1059 bigger“～”；也解 bugger“～”；也解 bygger［丹］“～”；也解 Joseph Biggar“～”，巴涅尔的助手，驼背。

1060 prefurred 解 preferred“～”；也解 pre-“～”＋fur“～”。

1061 kine 解 kein［德］“～”。

1062 fewd 解 feud“～”；也解 few“～”。

1063 earnst 解 earnest“～”；也解 earnings“～”。

1064 combitsch 解 commission“～”；也解 combative“～”；也解 comic“～”。

1065 profusional 解 professional“～”；也解 profusion-al“～”。

1066 drinklords 解 drunkard “～”，化自 as drunk as a lord“酩酊大醉”。

1067 soundigged 解 zondig［荷］“～”；也解 Sunday“～”；也解 son“～”＋digged“～”。

1068 inmoodmined 解 in moody mind“～”；也解 in mood“～”＋mined“～”；也解 unminded“～”。

1069 pershoon 解 person“～”；也解 Huhn［德］“～”。

1070 aleconnerman 解 aleconner“酒类检查官”＋man“人”；也解 Alcman“～”，公元前 7 世纪古希腊的合唱琴歌诗人；也解 Mateo Aleman“～”(1547—1609)，西班牙小说家；也解 Daniel O'Connell“～”(1775—1847)，1829 年领导爱尔兰天主教徒赢得了参加议会的权利。

1071 Pore ole Joe 解 Poor old joe“～”；也解 Poor Ole Joe“～”，19 世纪的美国歌曲名，全名为《可怜的奥勒·乔，或没有人知道他何时出生》。

1072 Summon In The Housesweep Dinah“～”；也解(There's)someone in the house with Dina“～”。

1073 Tok 解 Tock“～”；也解 Tak［丹］“～”；也解 tip“～”。

1074 porks“～”，此处解 parks“～”。

1075 claub 解 Laub［德］“～”；也解 klauen［德］“～”；也解 klauben［德］“～”；也解 clauber［英爱］“～”。

1076 nowand 解 now“如今”＋and“以及”；也解 named“～”。

1077 Galory 解 glorious“壮观的”；也解 glory“～”；也解 go leor［爱］“～”。

1078 the sales of Cloth“～”，此处解 sailcloth“～”；也解 the saints of God“～”；也解 the son of God“～”，此句也可解为“荣耀归于圣子”。

1079 flower“～”；也解 floor“～”。

1080 midden name 解 maiden name“～”；也解 middle name“～”；其中 midden 也解“～”。

甜心蜜糖甜心[1081]金银花什么什么[1082]海湾[1083]蜜蜂，谁折断[1084]蜡烛[1085]爱抚|驴子，谁为明天的[1086]塔拉|俄摩拉城盛大野餐[1087]捡拾|颈部准备黑醋栗[1088]漂亮女孩|卡伦伍德果酱，我希望这会带来对全爱尔兰气候[1089]爱尔兰大主教的赞美[1090]打算，我听到鹩哥声，我撇去你的所有三明治[1091]沙子|小锄上的脆皮[1092]瓦罐，每只鸭子一只腿五便士[1093]。嗒。谁吃了[1094]八从去年[1095]麻疹开始发霉的[1096]口鼻|事物最后一颗醋栗，谁把它留[1097]在那里，谁把它放在这里，谁让基尔肯尼猫[1098]偷[1099]变味了的了肉排[1100]木块。嘀[1101]牛排。谁是不是你把罐子掼到院子里，什么以圣路加的名义是你用来擦拭门厅地板的一侧。狗屎！你要不要来一盘？谢嗒[1102]谢谢。

7. 谁是我们社会[1103]国家|团体的那些组成部分[1104]伙伴，门僮[1105]、清洁工[1106]、士兵[1107]、恶棍、敲骨吸髓的人、游手好闲之徒、车夫[1108]野狗|男人|为什么、游客[1109]变节的人、嗅蘑菇的人[1110]混乱|房间|用鼻子探测的人、青一块紫一块[1111]的流浪汉、火药阴谋案犯[1112]、送圣诞礼物的人[1113]基督教男拳击手，从他们的盐碱地、邓尼布鲁克[1114]的草原[1115]多嘴的人|普拉特公园、罗拔克的田野[1116]校园、田原[1117]阿朗镇和克拉姆林镇[1118]绿草如茵，但是基姆美奇的平原[1119]马大声咀嚼|田野、灰镇的田地、卡布拉的土地、芬格拉斯的土地、叁特里的土地、拉赫尼的触意[1120]土地和他们的坠地[1121]土地，还有波多利，一直到他们，那些估计一年到头迟到的人，那些因为向后推理[1122]倒推而肩负激情的人，还有，贡献他们那些造成分化的冲突性[1123]冲突|矛盾论战，投票给预言[1124]梵蒂冈时统一他们的声音[1125]，他们因为劫掠而嘎嘎吱吱嚼

1081 honeysugger 解 honey“蜂蜜”＋sugar“糖”；也解 honeysuckle“～”，出自歌曲《你是甜蜜金银花，我是蜜蜂》。

1082 phwhtphwht 解 what what“～”。

1083 Bay“～”；也解 bee“～”。

1084 bruk 解 broke“～”。

1085 dandleass 解 candles“～”；也解 dandle“～”＋ass“～”。

1086 Tomorrha's 解 tomorrow's“～”；也解 Teamhair［爱］“～”，即 Tara，爱尔兰东部城镇，古代凯尔特王国的都城；也解 Gomorrah“～”，据《创世记》该城因居民罪恶深重被神毁灭。

1087 pickneck 解 picnic“～”；也解 pick“～”＋neck“～”。

1088 blackcullen 解 blackcurrant“～”；也解 cúilfhionn［爱］“～”；也解 Cullenswood“～”，爱尔兰地名，位于都柏林郡，13 世纪初爱尔兰山地土著在此地对定居的英国人实施“黑色星期一大屠杀”。

1089 Climate of all Ireland“～”；也解 Primate of all Ireland“～”。

1090 pour prais 解 pour［法］“为了”＋praise“赞美”；也解 purpose“～”。

1091 sangwidges 解 sandwiches“～”；也解 sand“～”＋widgers“～”。

1092 crock“～”，此处解 cracklings“～”。

1093 fippence 解 fip“五便士币”＋pence“便士”。

1094 eight“～”，此处解 ate“～”。

1095 measlest 解 measurable“可测量的”＋last“上一个”；也解 measles“～”。

1096 mowlding 解 moulding“～”；也解 Maul［德］“～”＋Ding［德］“～”。

1097 leff 解 left“～”。

1098 kilkenny 解 kilkenny cats“～”，指打起架来不顾死活的动物或人。

1099 stale“～”，此处解 steal“～”。

1100 chump“～”，此处解 chop“～”。

1101 Tek，拟声词；也解 steak“～”。

1102 Tak，拟声词；也解 tak［丹］“～”。

1103 societate 解 society“～”；也解 state“～”；也解 societas［拉］“～”。

1104 partners“～”，此处解 parts“～”。

1105 doorboy 解 door boy“～”，也指门神雅努斯，即 1 月份。

1106 Cleaner“～”，2 月也被称为打扫的月份。

1107 sojer 解 soldier“～”，指 3 月源自战神马尔斯的名字。

1108 curman 解 carman“～”；也解 cur“～”＋man“～”，7 月也称为 dog-days，直译为“狗的日子”；也解 cur［拉］“～”。

1109 tourabout 解 tour“旅游”＋about“在……四周”，8 月为旅游的季节；也解 turnabout“～”。

1110 mussroomsniffer 解 mushroom“蘑菇”＋sniffer“用鼻子探测的人”，9 月为采摘蘑菇的季节；也解 muss“～”＋room“～”＋sniffer“～”。

1111 bleakablue 解 black and blue“～”，指 10 月份用葡萄酿酒。

1112 funpowtherplother 解 gunpowder plot-er“～”，指 1605 年 11 月 5 日英国天主教徒刺杀英国国王詹姆士一世的未成功的行动。

1113 christymansboxer 解 Christmas box-er“～”，指 12 月；也解 Christian man boxer“～”。

1114 Donnybrook“～”，都柏林郊区。接下来的 11 个地名是从东南顺时针环绕着都柏林市的郊区，前 5 个在利菲河以南，后 6 个在利菲河以北。

1115 prater“～”，此处解 pratum［拉］“～”；也解 Prater“～”，位于奥地利的维也纳。

1116 campos［拉］“～”；也解 campus“～”。

1117 Ager［拉］“～”。

1118 Crumglen 解 Crumlin“～”，都柏林郊区。

1119 champ“～”，此处解 champaign“～”；也解 champs［法］“～”。

1120 feel“感觉”，此处为与“土地”谐音译为“～”；也解 field“～”。

1121 fail“失败”，此处为与“土地”谐音译为“～”；也解 field“～”。

1122 retroratiocination 解 retro-“向后的”＋ratiocination“推理”；也解 retroratiocinatio［拉］“～”。

1123 conflingent 解 confligens［拉］“～”；也解 confligo［拉］“～”；也解 conflict“～”。

1124 Vaticination“～”；也解 Vatican“～”。

1125 Voxes 解 vox［拉］“～”。

着舒适之酥皮，因痛苦而喝光蜂蜜酒来求得沉醉，用务实的辩护来宽恕所有罪恶，为了善行自身的满足而共同阻挡[1126]避孕套任何善行，他们被那些神[1127]魔鬼的意志[1128]以神的名义所统治、束缚、欺骗和驱使，遵守他们法则的四位守护人[1129]酬金保管人，夜夜惊恐，周周私情，月月怜悯[1130]，年年繁殖，他们商议时是道尔们[1131]爱尔兰国会的下议院，他们佩剑时是沙利文们[1132]，马提亚、达太、西门、约翰、彼得、安德烈、巴多罗买、腓力、大詹姆斯、多马、马太、小詹姆斯[1133]？

答：睡梦之神[1134]墨菲|死神！

8. 你的[1135]往昔玛奇们怎么了？

答：她们很[1136]战争可爱，她们爱笑，她们哭着笑，她们笑着哭，她们笑着嗅，她们恨着笑，她们想着恨，她们感觉着思考，她们引诱着感觉，她们挑衅着诱惑，她们等候着挑衅，她们获取着等待，她们感谢着获取，她们寻觅着感谢，她们为爱[1137]被遗弃的|荒凉的而生，在爱的知识中生活，用欺骗去嫁人，为诡计而发怒，戴花冠的[1138]发怒的玫瑰，长筒袜得到[1139]涸家，但是闰年[1140]私奔之年才来，四轮马车四匹马，甜蜜的轻吻我心[1141]《佩吉，啊我的爱》再选一个男人。

9. 现在，重新开始，重又沐浴[1142]向后退在所有言辞之花[1143]弗罗拉|地板|缺陷的景致[1144]性交中断|罗马之中，如果一个人因其在社会[1145]满是烟垢的|城市中的责任[1146]神|日常饮食|快乐而无可厚非地感到疲乏，他那痛风的[1147]山羊|快乐的手里有大量的[1148]时间，他那困倦

1126 condam 解 con-“共同”＋dam“阻拦”；也解 condom“～”。
1127 daimons 解 daimôn［希］“～”；也解 demon“～”。
1128 numen［拉］“～”；也可与后面的 daimons 合解 in nomine domine［拉］“～”。
1129 feekeepers 解 four keepers“～”，指四福音书的作者；也解 fee keepers“～”。
1130 miserecordation 解 misericordia［拉］“～”。
1131 doyles 解 Doyle“道尔”＋-s；也解 Dail“～”。
1132 Sullivans 解 John Sullivan“～”，爱尔兰籍法国男高音歌唱家，乔伊斯对他的声音倍加推崇＋-s；也解 Sir Edward Sullivan“沙利文爵士”（1822—1885），对《凯尔斯》做过重要的阐释。
1133 Matey, Teddy, Simon, Jorn, Pedher, Andy, Barty, Philly, Jamesy Mor and Tom, Matt and Jakes Mac Carty 解 Matthias, Thaddaeus, Simon, John, Peter, Andrew, Bartholomew, Philip, James the Great, Thomas, Matthew, James the Lesser，此为犹大判主后耶稣的 12 个门徒，其中 Mor 解 Mór［爱］“the Great，大”；其中 Mac Carty 解 Mac Cárthaigh［爱］“卡西的儿子”。
1134 Morphios 解 Morpheus［希］“～”；也解 Ó Murchadha［爱］murphy“～”，指每个普通爱尔兰人；也解 Mors“～”，罗马神话中的死亡之神。
1135 yore“～”，此处解 your“～”。
1136 war“～”，此处解 are“是”。
1137 for lorn 解 for love“～”；也解 forlorn“～”；也解 lorn“～”。
1138 ‘reathed 解 wreathed“～”；也解 wrath“～”。
1139 hol'd 解 holen［德］“～”；也解 hole“～”。
1140 elope year 解 leapyear“～”；也解 elope year“～”。此句包含本书主人公名字的缩写 HCE。
1141 Peck-at-my-Heart“～”；也解 Peg O'My Heart“～”，1913 年创作的一首流行歌曲。
1142 basking“晒太阳”；也解 backing“～”。
1143 flores 解 flowers“～”；也解 Flore“～”，罗马神话中的花神；也解 floors“～”；也解 flaws“～”。
1144 panaroma 解 panorama“～”；也解 onanism“～”；也解 Rome“～”。
1145 Sooty“～”，此处解 society“～”；也解 city“～”。
1146 dayety 解 duty“～”；也解 deity“～”；也解 diet“～”；也解 gaiety“～”。
1147 gouty“～”；也解 goat“～”；也解 gaiety“～”。
1148 plenxty off 解 plenty of“～”。

的[1149]绵羊脚下有空虚[1150]周末的空间，在准确的睡梦背后满是不幸，就像任何一位丹麦[1151]王子哈姆雷特[1152]卡美洛城堡|不诚实的一样，在这个事实上[1153]增长属于将来完成时[1154]无效的的时刻[1155]，在一切暂停的昏迷[1156]假死|窒息状态，遍及针[1157]面条之眼，合乎对古老的天堂希望[1158]哥本哈根的耳见[1159]近视的，伴之以全部进进[1160]构成要素出出[1161]异乎寻常的的人类[1162]辉格党人和道路，在他生命[1163]持续存在的道路[1164]诅咒|柯西上，历史[1165]他的故事|他的托利党|他的|强盗的道路将会过去一直重新走向[1166]求助于|重复这些道路，把绳结弄裂的[1167]射精敬畏[1168] O|A 重新回响，将瘤节接合的赞成[1169]眼睛|I 重新连合，让头脑腐烂的安逸[1170] E 重新消融[1171]，这里说来话[1172]洞|全部|候尔长，这样一个无人[1173]这样|不久以后|无与伦比的人是否能够在夜晚将那来肃静之人引向来与她并卧之人[1174]标致的|与……在一起|她的|《做我爱人，与我同往来》时，并且直到死寂之夜[1175]狂暴的夜晚|诺克斯捕捉住外国人的哭喊[1176]蒜素并发现卢坎[1177]闪烁的黎明，立刻[1178]在|一(复数)看到[1179]坚持什么是主要的以及为什么是一对儿[1180]双胞胎|马克·吐温，一个人如何一旦相遇就融入另一个的[1181]女性生殖器官|透特铸造[1182]一把|毒药|波伊宁|一个人的蜜糖可能是另一个人的毒药，树液[1183]太阳|令人惊讶的上升，叶子[1184]令人愉快的坠落，迷人的卷发[1185]加拉哈德|女孩的|头周围如今无影无踪的[1186]云烟[1187]尼姆|大树枝，子宫中无法安歇的[1188]摔跤手人，所有大海的全部对手，再摇摇[1189]莎士比亚|获得，啊，灾难[1190]星星！也摇摇[1191]失去，哦，真是星光灿烂[1192]硬的|星星|史黛拉！但是汉格斯特[1193]种马得到了一点儿霍萨[1194]马的鼻子，雅弗[1195]在他的嘴巴周围有

1149 sleepish 解 sleepy“～”；也解 sheep“～”。
1150 vacant“～”；也解 weekends“～”。
1151 dinmurk 解 Denmark“～”。
1152 camelot“～”，英国传说中亚瑟王的宫殿所在之地，此处解 Hamlet“～”；也解 cam［爱］“～”。
1153 auctual 解 actual“～”；也解 auctus［拉］“～”。
1154 futule preteriting 解 future preterite“～”；其中 futule 也解 futile“～”。
1155 unstant 解 instant“～”。
1156 suspensive exanimation“～”；也解 suspended animation“～”；其中 exanimation 也解 exanimatio［拉］“～”。
1157 noodle“～”，此处解 needle“～”。
1158 hopeinhaven 解 hope in haven“～”；也解 Copenhagen“～”，惠灵顿的著名坐骑。
1159 earsighted 解 ear“耳朵”＋sighted“看见的”；也解 nearsighted“～”。
1160 ingredient“～”，此处解 ingrediens［拉］“～”。
1161 egregiunt 解 egression“～”；也解 egregious“～”。
1162 whights 解 wight“～”，也解 Whigs“～”。
1163 Persistence“～”，此处解 existence“存在”。
1164 curse“～”，此处解 course“路线”；也解 J. H. Kersse“～”，挪威船长与裁缝的故事里一位都柏林裁缝。
1165 his tory 解 history“～”；也解 his story“～”；也解 his Tory“～”；也解 his“～”＋tóraidhe［爱］“～”。
1166 having recourses (to)“～”，此处解 having re-coursed to“～”；其中 recourses 也解 ricórso［意］“～”，意大利哲学家维科用此指人类历史发展中的复归阶段。
1167 knotcracking 解 knot“绳结”＋cracking“破裂”；也解 nut cracked“～”。
1168 awes“～”；也解 Os，字母“O”的复数；也解 As，字母“A”的复数。
1169 ayes“～”；也解 eyes“～”；也解 Is，字母“I”的复数。
1170 ease“～”；也解 Es，字母“E”的复数。
1171 redissolusingness 解 re-dissolution“～”。
1172 Hoel 解 tale，与前面合解 Thereby hangs a tale“～”；也解 hole“～”；也解 whole“～”；也解 Hoel“～”，特里斯丹和伊瑟的故事中白手的伊瑟的父亲。
1173 such a none“～”，奥德修斯骗独眼巨人他的名字叫“无人”；也解 such“～”＋anon“～”；也解 nonesuch“～”。
1174 comeliewithhers 解 come-lie-with-her-s“～”；也解 comely“～”＋with“～”＋hers“～”；也解 *Come Live with Me and Be My Love*“～”，16 世纪英国诗人马娄的诗歌。
1175 intempestuous Nox 解 intempesta nox［拉］“～”；也解 tempestuous night“～”；其中 Nox 也解“～”，罗马神话中的夜晚女神。
1176 gallicry 解 gall［爱］“外国人”＋cry“哭喊”；也解 allicin“～”。
1177 Lucan“～”，都柏林城郊，位于利菲河边；也解 lucens［拉］“～”。
1178 at ones 解 at once“～”；也解 at“～”＋ones“～”。
1179 byhold 解 behold“～”；也解 hold by“～”。
1180 twain“～”；也解 twin“～”；也解 Mark Twain“～”，美国作家。
1181 tother wants 解 the other one's“～”；其中 tother 也解 toth［爱］“～”；也解 Thoth“～”，埃及神话中的月神。
1182 poignings 解 coining“～”；也解 poignée［法］“～”；也解 poison“～”；也解 Poyning“～”，1459 年颁布的《波伊宁法》的开创者，该法案将爱尔兰议会置于英国议会的统治之下。这句话也可解为 One man's meat is another man's poison“～”。
1183 sap“～”；也解 sun“～”；也可与后面的 rising 合解 surprising“～”。
1184 foles 解 folium［拉］“～”；也可与后面的 falling 合解 fulfilling“～”。
1185 girlyhead 解 curly head“～”；也解 Galahad“～”，亚瑟王传奇中的圣杯骑士；也解 girly“～”＋head“～”。
1186 nihilant 解 nihil［拉］“虚无”。
1187 nimb 解 nimbus［拉］“～”；也解 Nimb“～”，爱尔兰神话中的人物，将莪相带往永生之地；也解 limb“～”。
1188 wrestless 解 restless“～”；也解 wrestlers“～”。
1189 shakeagain 解 shake again“～”；也解 Shakespeare“～”；也解 gain“～”。
1190 disaster“～”；也解 aster［希］“～”。
1191 shakealose 解 shake also“～”；也解 lose“～”。
1192 starring 解 stary“～”；也解 starr［德］“～”；也解 star“～”；也解 Stella“～”，即以斯帖·琼荪，斯威夫特的两位年轻恋人之一。
1193 Heng 解 Hengest“～”，与后面的霍萨同为五世纪的部落首领，率领萨克森人入侵肯特；也解 Hengst［德］“～”。
1194 Horsa“～”，5 世纪的部落首领；也解 horse“～”。
1195 Jeff 解 Japhet“～”，《创世记》中挪亚的儿子，含的兄弟。

了含的印记，彩虹[1196]纨绔子弟落下[1197]棺罩时编织美丽的故事[1198]栅栏|失败，什么玫瑰红[1199]玫瑰|粗野的|十字架和橙色[1200]雷雨变成黄色[1201]和绿色[1202]，出自它的靛蓝色[1203]结局的蓝色[1204]吹灭！紫色被染了色！那么那个凝视远方的人[1205]占星家似乎对他自己[1206]似乎|自己似乎梦着[1207]在……外表下|看什么，全都昏暗不清[1208]该死？

答：一只万花筒[1209]碰撞或逃避|花柄！

10. 什么爱辛酸但令人渴望[1210]，什么是酸涩的结合[1211]但燃烧短暂[1212]，直到她[1213]仙女|欧希夫人让那[1214]烟烟雾回转[1215]？

答：我知道，小乖乖[1216]吸管，当然啦，亲爱的，但是听着，宝贝儿[1217]普瑞西奥索！谢谢，乖乖，那些真可爱，小伙子[1218]，美味儿！不过小心风，亲爱的！你的手多精致啊，只要你不咬指甲，你这个天使[1219]，你不认为我给你丢脸可真是奇迹，你这只猪，你这只无可挑剔的小猪崽[1220]皮加勒区！我马上就来碰你！我打赌你用了她梳妆台上最好的巴黎涂料，让他们看起来非常红褐[1221]玫瑰|顶部，容光至极[1222]满面红光|停止，没有止境。我知道她。冷落我，她会吗？因为我在乎每一点滴[1223]得到|上帝|主！一天三遍乳液，第一遍是她淋浴的时候，用毛巾擦掉。然后是梳洗后，当然在上床之前。天哪[1224]披肩，当我想着那个克兰卡西街[1225]的丈夫[1226]种类|厚的|丈夫，一个为食物争吵的人[1227]足球运动员，属于社会主义[1228]协会党还有他那石墨般的胸脯，喂，普兰德加斯特[1229]吊死|拿|客人|访客！那个你，酒店老板[1230]酒馆|雄鲑，还有他的其他所有14个后卫抢球员或曲棍球星或不管他们是什么西班牙家伙[1231]

1196 beau“～”,此处解 rainbow“～”。

1197 palls“～”,此处解 falls“～”。

1198 pales“～”,此处解 tales“～”;也解 fails“～”。

1199 roserude 解 rosered“～”;也解 rose“～”+rude“～”;也解 rood“～”,出自爱尔兰诗人叶芝的诗歌《致时光十字架上的玫瑰》。

1200 oragious 解 oranges“～”;也解 orage［法］“～”。

1201 gelb［德］“～”。

1202 greem 解 green“～”。

1203 ind 解 indigo“～”;也解 end“～”。

1204 blue out 解 blue“蓝色”+out“出来”;也解 blow out“～”。

1205 fargazer 解 far-gazer“～”;也解 stargazer“～”。

1206 seemself 解 himself“～”;也解 seem“～”+self“～”。

1207 seeming of“～”,此处解 dreaming of“～”;也解 seeing“～”。

1208 dimm 解 dim“～”;也解 damn“～”。

1209 collideorscape 解 kaleidoscope“～”;也解 collide or escape“～”;也解 scape“～”。

1210 yurning 解 yearning“～”。

1211 lovemutch 解 love match“建立在爱情基础上的婚姻”。

1212 bref 解 brief“～”。

1213 shee 解 she“～”;也解 sidhe［爱］“～”;也解 O'Shea“～”,巴涅尔的情人,后成为他的妻子。

1214 dothe 解 the“～”;也解 does,表强调;也解 toit［爱］“～”。

1215 retourne 解 return“～”。此句化自 16 世纪英国作曲家菲利浦·罗塞特(Philip Rosseter)的歌词“除了哀伤,爱还有什么,除了自我燃烧,欲望还能是什么,直到她不再恨我,竟回报我的爱”。

1216 pepette 解 poppet“～”;也解 Ppt,英国作家斯威夫特在《史黛拉日记》中对史黛拉的称呼;也解 pipette“～”。

1217 precious“～”;也解 Robert Prezioso“～”,意大利记者,曾爱上乔伊斯的妻子诺拉。

1218 pitounette 解 pitouet［普］“～”。

1219 angiol 解 àngelo［意］“～”。

1220 pigaleen 解 piglet“～”;也解 Pigalle“～”,位于巴黎的红磨坊附近。

1221 rosetop 解 rose taupe“～”;也解 rose“～”+top“～”。

1222 glowstop 解 glows“满面红光”+top“顶点”;也解 glow“～”+stop“～”。

1223 got“～”,此处解 jot“～”;也解 God“～”;也解 Gott［德］“～”。

1224 Beme shawl 解 by my soul“～”;其中 shawl 也解“～”。

1225 Clancarbry 解 Clancarthy“～”,都柏林路名。

1226 espos 解 spouse“～”;也解 espèce［法］“～”;也解 espés［普］“～”;也解 esposo［西］“～”。

1227 foodbrawler 解 food“食物”+brawler“争吵的人”;也解 footballer“～”。

1228 sociationist 解 socialist“～”;也解 association“～”。

1229 Prendregast 解 Prendergast“～”(? —1824),爱尔兰共家(Conga)的最后一位修道院总长。据说他曾将一部珍贵的爱尔兰手稿留在桌上,回来后发现他的裁缝把这部手稿剪了用来做衣样;也解 pendre［法］“～”;也解 prendre［法］“～”;也解 gast［荷］“～”;也解 Gast［德］“～”。

1230 Innkipper 解 innkeeper“～”;也解 Inn“～”+kipper“～”。

1231 dagos“西班牙或意大利人”;也解 dickens“～”。

魔鬼，折磨我的主人奥勒里[1232]坏脾气的，只因为[1233]蛋杯他们在波多利那么可怕的[1234]椭圆形地外省[1235]普罗旺斯那里赢了汤勺接鸡蛋比赛[1236]。他说[1237]种子我的爱尔兰[1238]伊丽莎白|急忙的|爱丽·奥康纳口音[1239]同意让他满心爱慕[1240]。他在寻找一个良机和方法第一个与我在一起，作为他的美女组合[1241]拉贝利同盟。而且你[1242]安德列不能[1243]必须现在|玩得太火[1244]普瑞西奥索|妒忌的！事事[1245]今天都[1246]做一般般[1247]平淡。这就是西班牙语。走[1248]迈步近点儿，去感觉[1249]虚假的！高兴就行！就像朱丽叶和罗密欧。我已经很久很久没有这种土耳其糖[1250]的感觉了！让我想起精美可口[1251]、有灵魂的巧克力。不同凡响！为什么，他们都是什么，只有他们那肮脏的命运？狗屎！为他们我连一块半[1252]发夹都不会出。小乖乖！这是权利，牢牢抓住！捉弄我[1253]让我来拉。呸！回爱尔兰[1254]像大人物似的来伊朗去。噗！你用胳膊捅我做什么？不，我只是觉得你是。听着，最亲爱的！当然你真是对我太好了，吝啬鬼[1255]先生，竟然记得我震惊中的叹息[1256]长袜中的大腿|长袜的尺寸，我常在你对我的裤子[1257]财宝|嫁妆感到好奇[1258]徘徊的时候说出我的愿望，不要在我忘记前忘记，在你扩展到我的个性时，在打上我的记忆领带时，鞋周将在月末带着红色鞋跟小跑回来，不过看看那个笨蛋买了什么卷心菜，而且就像我会对仁慈的天堂负责那样，我经常不时提醒时髦的新吊袜带[1259]戈蒂我一直是一个追求美丽的人，为那个最出色的我而骄傲，带着手套，即便他还要活上我青春年华的百万倍[1260]朱红|英里，尊敬的[1261]橡皮梢皮金顿[1262]先生，那个曾[1263]由于拉

1232 Ornery 解 Roger Boyle Orrery“～”(1621—1679),爱尔兰出生的英国政治家,太阳系仪即以他的名字命名;也解 ornery“～”。
1233 becups 解 because“～”;也解 eggcup“～”。
1234 ovally“～”,此处解 awfully“～”.
1235 provencial 解 provincial“～”;也解 Provence“～”。
1236 指拿着有蛋的汤匙跑步的比赛。
1237 seed“～”,此处解 said“～”。
1238 Eilish 解 Irish“～”;也解 Eilís“～”;也解 eilig [德]“～”;也解 Eily O'Connor“～”,出生于爱尔兰的美国剧作家鲍西考尔特的剧作《玻恩姑娘》的女主人公。
1239 assent“～”,此处解 accent“～”。
1240 admiracion [西]“～”。
1241 belle alliance“～”;也解 La Belle Alliance“～”,比利时的一家酒馆,滑铁卢战役中惠灵顿和布吕歇尔的汇合处,标志着战役的结束。
1242 Andoo 解 And you“～”;也解 Andrew“～”,耶稣的 12 门徒之一。
1243 musnoo 解 must not“～”;也解 muß“～”+nu“～”。
1244 play zeloso 解 play“玩”+zealous“火热的”;也解 Prezioso“～”,意大利记者,曾爱上乔伊斯的妻子诺拉;也解 zeloso [葡]“～”。
1245 todas 解 todo [西]“全部的”;也解 today“～”。
1246 do [西]“那里”;也解 do“～”。
1247 Soso So so“～”;也解 soso [西]“～”。
1248 Stoop“弯腰”;也解 step“～”。
1249 fealse 解 feels“～”;也解 false“～”。
1250 turkish “土耳其的”,指 Turkish delight“～”。
1251 squisious 解 exquisite“精美的”+delicious“可口的”。
1252 hairpins“～”,此处解 halfpence“半便士”。
1253 Leg me pull 解 pull my leg“～”;也解 let me pull“～”。
1254 Come big to Iran“～”,此处解 Come back to Erin“～”,这也是歌曲名。
1255 miser“～”;也解 mister“～”。
1256 sighs in shockings“～”;也解 thighs in stockings“～”;也解 sizes of stockings“～”。
1257 trousseaurs 解 trousers“～”;也解 treasure“～”;也解 trousseau“～”。
1258 wandering about“～”,此处解 wonder about“～”。
1259 girters 解 garters“～”;也解 Gerty MacDowell“～”,《尤利西斯》第 13 章中一个非常自恋和追逐时尚的女孩。
1260 vermillion miles 解 a million times“～”;也解 vermillion“～”+miles“～”。
1261 rubberend 解 reverend“～”,对神父的称呼;也解 rubber end“～”。
1262 Polkingtone 解 Rev. Matthew Pilkington“～”,他的妻子是英国作家斯威夫特的朋友。
1263 quonian 解 quondam [拉]“往昔”;也解 quoniam [拉]“～”。

皮条的，布朗嬷嬷恳求我跟他做非法的交谈，用她那十月[1264]布朗十月麦芽酒之杯（让它倒大霉[1265]上面一只罐子！），在他那老腿的中轴周围吱嘎作响，就像一只硬壳的[1266]寒冷的老秧鸡[1267]谷粒|颤抖。飞行员、水舟、地籍册[1268]大地、燃烧物！我很好，不胜感谢！哈！噢，当心你那可怜的[1269]倒痒肉[1270]阴茎|快速。我要[1271]萨莉把它放进嘴里么。呣呣。放手指[1272]的有趣地方！我非常非常抱歉，我向你发誓我很抱歉！愿你绝对从未看到我赤裸的[1273]投掷样子，被看到这种短裙[1274]从各方面来看|一无所有，愿她那漂白的癞疥[1275]白手的伊瑟|牛奶冻从她身上像麻风一样烂掉，眨眼的玛奇，根据你衣服的剪裁，我打赌你调情[1276]花追逐，带着她所有的玻璃饰品[1277]虚假的外表，以及她某处[1278]胃|嘴的跳跃！哈哈！我怀疑她曾如此！淹死她[1279]！愿他们为了不育的母羊烧死她！于是她说：给你[1280]两个人杯茶[1281]吗？好的，我说，非常[1282]玉米粥|是我，是我感谢[1283]焦虑；但愿如果我只把她看作一个怪人[1284]平头的一端|奇数，她就可能不会误解了[1285]把它看作一位小姐。如果我真的吃了硬草皮[1286]守灵夜，我就不是一位脆弱的小姐[1287]是我，是我|大杂烩。我当然知道，小东西[1288]宠物|测试，你天生这么善解人意、体贴周到，这么喜欢[1289]朋友蔬菜，你这个又长又冷的坏家伙[1290]恶棍|冷盘你！请用默许[1291]这个|阿奎那来与我相识[1292]！苹果园、小毒蛇、冷女人[1293]骑自行车的人！我的尿布都更有活力！谁把你淹没在泪水[1294]枯燥的里，男子汉，或者你是否因墨水而面色苍白[1295]稻草人|药片|麦芽酒？啜泣是否冲破了你骄傲的大门？我在三叶草上踩过，甜心？是的，金凤花们

1264 October“～”；也可与前面的 Browne 合解 *Brown October Ale*“～”，这是 1890 年在美国上演的歌剧《罗宾汉》中的歌曲。

1265 a pots on it 解 a pox on it“～”；也解 a pot on it“～”。

1266 crosty 解 crusty“～”；也解 frosty“～”。

1267 cornquake 解 corncrake“～”；也解 corn“～”＋quake“～”。

1268 terrier“～”；也解 terre［法］“～”。这里包含气、水、地、火四大自然元素。

1269 poo 解 poor“～”；也解 pour“～”。

1270 tickly 解 tickler“～”，在俚语中指阴茎；也解 quickly“～”。

1271 Sall 解 shall“～”；也解 sally“～”。

1272 fingey 解 finger“～”。

1273 in my birthday pelts 解 in my birthday suit“～”；其中 pelt 也解“～”。

1274 seenso tutu 解 seen“被看见”＋so“如此”＋tutu“跳芭蕾舞时撑开的短裙”；也解 in sensi［意］“～”；也解 sénza tutti［意］“～”。

1275 blanches mainges 解 blanch“漂白”＋mange“癞疥”；也解 Isolde Blanchemains“～”，特立斯丹的妻子；也解 blancmange“～”。

1276 fleurting 解 flirting“～”；也解 fleur［法］“～”。

1277 glass“～”；也解 gloss“～”。

1278 stomewhere 解 somewhere“～”；也解 stomach“～”；也解 stoma［希］“～”。

1279 指伊瑟与特立斯丹的私情被发现后，马克国王没有把她淹死，而是把她交给麻风病人，结果被特里斯丹救出。

1280 thee“～”；也解 two“～”，出自歌曲《鸳鸯茶》(*Tea for Two*)。

1281 Tay 解 tae［爱］“～”。

1282 mush“～”，此处解 much“～”；也解 Mishe［爱］“～”，指爱尔兰岛的圣女圣布利吉特在受洗时用当地的盖尔语说的话。

1283 Angst“～”，此处解 Thanks“～”。

1284 but an odd“～”；其中 but an 也解 buttend“～”；其中 odd 也解“～”。

1285 take it amiss“～”；也解 take it a Miss“～”。

1286 toughturf 解 tough“坚硬的”＋turf“草皮”；也解 tórramh［爱］“～”。

1287 mishymissy 解 mushy missy“～”；也解 mishe mishe［爱］“～”，指爱尔兰岛的圣女圣布利吉特在受洗时用当地的盖尔语说的话；也解 mish mash“～”。

1288 pettest 解 pettiest“～”；也解 pet“～”＋test“～”。

1289 friend“～”，此处解 fond“～”。

1290 long cold cat“～”；其中 cat 也解 cad“～”；也解 cold cuts“～”。

1291 acquiester 解 acquiescence“～”；也解 acqueste［普］“～”；也解 Aquinas“～”(1226—1274)，意大利中世纪神学家和经院学家。

1292 acquointance 解 acquaintance“～”。

1293 iciclist 解 icicle“冷冰冰的人”；也解 cyclist“～”。

1294 drears 解 tear“～”；也解 drear“～”。

1295 pillale 解 pale“～”；也解 pelele［西］“～”；也解 pill“～”＋ale“～”。

告诉了我，拥抱我，见鬼去吧，我要一直吻到你复活，我最粉嫩的桃子[1296]豌豆|胸部。我有意让你受苦，欧楂果[1297]爱管闲事的人，我不在乎这个无花果，因为不屑献殷勤[1298]藐视法庭。说我骗[1299]责备你，温柔的先生？看我的眼睛你就知道我更温柔。难道你不能根据光彩夺目的眼睛真正读懂我[1300]通过一遍又一遍地跳舞来读？咀嚼我的笑，啜饮我的泪。涌[1301]仔细打量入我，一股股，彻底迷住我，洒得我意乱情迷。我根本不在乎反对我的人[1302]女儿们|海域怎么想。接纳[1303]改名字我的可爱，现在并且随时[1304]暂时听我说！我将冒警察经过的危险，玛格拉斯[1305]或者甚至那个在邮局向杂役乞讨的叫花子[1306]比格。火焰？噢，请再说一遍！那是什么？啊，你是不是说，东西东西？更多出自莎士比亚[1307]小鸡|询问的诗歌[1308]油酥糕点，配以希腊合唱的[1309]音乐，或者灵魂花园掷出[1310]射出的东西。我信不[1311]……的信[1312]是|躯体不道德[1313]永生？噢，你是说为爱斗争[1314]使窒息生存竞争以及最美者生存[1315]适者生存？是的，我们在家里常[1316]打开闲聊[1317]机会。我每周一次完善自己，我对里面有小说的《新自由女性》[1318]非常感兴趣。我总被交税夫人[1319]写的《多余[1320]白色法衣的男人》逗得乐不可支。但我尽可能地虔诚[1321]馅饼。让我们找出布莱姆斯托克[1322]硫磺，给他我们生命的颤栗[1323]奴役。这是德古拉[1324]的外出之夜。看在基督的份上[1325]为了卑躬屈膝的人|为了纪念品不要大惊小怪[1326]冲洗！拉上窗帘[1327]画上阴影，宵禁时间[1328]你该遭天谴，我会打败任何僧人之子[1329]所罗门|太阳去爱。神圣的虫子[1330]上帝|博格，当我把我那燃烧的火炬之光穿过（好在那里爱慕我，然

1296 peachest 解 peach“桃子”+-est“最高级”;也解 pea“～”+chest“～”。
1297 meddlar 解 medlar“～”;也解 meddler“～”。
1298 contempt of courting“～”;也解 contempt of court“～”。
1299 chid 解 cheat“～”;也解 chide“～”。
1300 read by dazzling ones through me true“～”;也解 read by dancing once through and through“～”。
1301 Pore“～”,此处解 pour“～”。
1302 thwarters“～”;也解 daughters“～”;也解 waters“～”。
1303 Transname 解 übernehmen [德]“～”;也解 transnomino [拉]“～”。
1304 for all times 解 at all times“～”;也解 for the time (being)“～”。
1305 Magrath 解 Cornelius Magrath“～”(1736—1760),爱尔兰巨人,贝克莱主教的朋友。
1306 beggar“～”;也解 Joseph Biggar“～”,巴涅尔在国会中的助手,驼背。
1307 Chickspeer 解 Shakespeare“～”;也解 chick“～”+speer“～”。
1308 poestries 解 poetries“～”;也解 pastries“～”。
1309 gleechoreal 解 Greek“希腊”+choral“合唱的”。
1310 jaculation“～”;也解 ejaculation“～”。
1311 Of“～”,此处解 of [荷]“是否”。
1312 be leib 解 believe“～”;也解 be“～”+Leib [德]“～”。
1313 immoralities 解 immorality“～”;也解 immortality“～”。
1314 strangle“～”,此处解 struggle“～”,也可与后面的 for love 合解 struggle for life“～”。
1315 sowiveall 解 survival“～”,也可与后面的 of the prettiest 合解 survival of the fittest“～”。
1316 open“～”,此处解 often“～”。
1317 hap coseries 解 have causeries([法]“闲谈”)“～”;也解 hap“～”。
1318 New Free Woman 解 *New Freewoman*“～”,英国刊物,后改名《自我主义者》,曾连载乔伊斯的《一个青年艺术家的画像》。
1319 此句化自爱尔兰俗语 gentleman who pays the rent“猪”,直译为“交税的绅士”。
1320 Surplus“～”;也解 surplice“～”,因此也可译为“《穿白色法衣的男人》”。
1321 pie“～”,此处解 pious“～”。
1322 Brimstoker 解 Bram Stoker“～”(1847—1912),爱尔兰作家,著有《吸血伯爵德古拉》;也解 brimstone“～”。
1323 thrall“～”,此处解 thrill“～”。
1324 Dracula“～”,爱尔兰作家布莱姆·斯托克笔下的吸血伯爵。
1325 For creepsake 解 for Christ's sake“～”;也解 for creep's sake“～”;也解 for keepsake“～”。
1326 flush“～”,此处解 fuss“～”。
1327 Draw the shades 既解“～”,也解“～”。
1328 curfe you 解 curfew“～”;也解 curse you“～”。
1329 sonnamonk 解 son-of-a-monk“～”;也解 Solomon“～”;也解 Sonne [德]“～”。
1330 bug“～”;也解 Bog [斯]“～”;也解 Bögg“～”,类似于雪人的人物,苏黎士 4 月第三个星期一的送冬节上会把博格在柱子上烧掉。

后不再是？不管为了什么，花儿们？）你的头发[1331]我头发的罐子|吉格舞，如果你有的话，我的高度将会怎样跳起来让你燃烧你的半个[1332]分成两半香蕉[1333]性交|女人成两个。如果我跟你一起笑？不，最亲爱的，我不是这么渴望把我的勃起从你那里拿出来[1334]，我的爱人。一点都不想。真的，就像上帝让我妈妈那屁股大的谦逊成为教母[1335]外衣|马瑟斯！只是因为原因[1336]刺猬|笑是我只是个普通的女孩，你是我梦中可爱的男子，而且因为某个老家伙不在附近，我与郁金香[1337]两个嘴唇|他想你|悲哀的幽会[1338]特里斯丹，就像那个对抗达弗兰的吹捧主教[1339]粉饼从背后袭击[1340]赦免我们。发神经啊！他觉得晚祷[1341]夜晚|法衣室就是用来做那个的。教士心中的那个希望多么无望[1342]瓦内萨啊，他还在追求着通奸的艺术，自以为他意志的破袍会让金发的苏忘记他的容貌！温和的[1343]时间|蒂姆·芬尼根舒味思[1344]斯威夫特|劈！啪！|微醉。神佑的玛格丽特[1345]雏菊主人们[1346]祝福我们，我希望他们扔掉模子，否则我们就会发现随处都是伯沙撒[1347]膝间和萨丹纳帕路斯[1348]聋的以及他们的医疗协会[1349]暗杀了。不过坚持住，等我赢得我的门闩钥匙选举，我会教他什么时候穿上女人称是我们的[1350]颜色|罗马领东西。是因为兴高采烈的[1351]教会|轨道阿莎布宝碧[1352]《嘘，再见，宝贝》|保曼的光彩，她是个美女[1353]美女伊萨布|伊茜。而且因为，你这个没胆子的[1354]不幸的兰斯洛[1355]，我都不愿意想起你，因为，亲爱的[1356]甜心，当然，我的最爱，过去我总是一心想着一位法国大学的工程师[1357]昂吉安公爵，让他做我的丈夫[1358]，名叫昂吉安公爵[1359]该死，那时我们如此并说

1331 hairmejig 解 hair"～";也解 my hair's jug"～",指帽子;也解 jig"～"。
1332 halve"～",此处解 half"～"。
1333 bannan 解 banana"～"。也可与前面的 halve a 合解 have a banana [俚]"～";也解 bean [爱]"～"。
1334 此处化自习语 take a rise out of "惹恼某人"。
1335 coatmawther 解 godmother"～";也解 coat"～"＋Liddell Mathers"～"(1854—1918),当代神秘主义者,曾施法为叶芝招来幻象。
1336 rison 解 reason"～";也解 risou [普]"～";也解 riso [意]"～"。
1337 tulipies 解 tulips"～";也解 two lips"～";也解 tou leipies [希]"～";也解 lupes [希]"～"。
1338 Trysting"～";也解 Tristan"～"。
1339 puff pape 解 puff pope"～";也解 puff cake"～"。
1340 assoiling"～",此处解 assailing"～"。
1341 vesprey 解 vesper"～";也解 vèspre [普]"～";也解 vestry"～"。
1342 vain's 解 vain"～";也解 Vanessy"～",斯威夫特的年轻恋人以斯帖·凡霍米利。
1343 Tame"～";也解 time"～";也解 Tim Finnegan"～"。
1344 Schwipps 解 Schweppe's"～",一种英国奎宁水的牌子;也解 Swift"～",18 世纪英国作家;也解 schwipp [德]"～";也解 Schwips [德]"～"。
1345 Marguerite 解 St. Margaret"～",基督教的圣人;也解 marguerite"～"。
1346 bosses"～",乔伊斯最初写为 Moses"摩西";也解 bless us"～"。
1347 Ballshossers 解 Belshazzar"～",巴比伦的最后一位国王;也解 Schoß [德]"～"。
1348 Sourdamapplers 解 Sardanapalus"～",底格里斯河流域的古国亚述的最后一位国王;也解 sourd [法]"～"。
1349 assassiations 解 associations"～";也解 assassinations"～"。
1350 callours 解 call ours"～";也解 colour"～";也可与前面的 woman 合解 Roman collars"～",即某些教士所带的硬白领。
1351 gleison 解 gleesome"～";也解 gleisoun [普]"～";也解 Gleis [德]"～"。
1352 Hasaboobrawbees"～",人名;也解 *Hush A Bye Baby*"～",一首 17 世纪出现的英语摇篮曲的名字,作者不详;也解 Isa Bowman"～",英国作家刘易斯·卡罗尔的朋友。
1353 isabeaubel 解 is a"是一个"＋beau bel [法]"美女";也解 La belle Isabeau"～",即 Isabeau Vincent,17 世纪末的法国牧羊女,她的预言带来 18 世纪初反对法王路易十四的新教徒运动;也解 Issy"～"。
1354 pluckless"～";也解 luckless"～"。
1355 lankaloot 解 Lancelot"～",亚瑟王圆桌武士中的第一位勇士。
1356 dearling 解 darling"～";也解 dear"～"。
1357 engindear 解 engineer"～";也解 Duc d'Enghien"～"(1772—1804),波旁皇族,被拿破仑处决。
1358 musband 解 my husband"～"。
1359 d'engien 解 Duc d'Enghien"～";也解 nom d'un chien [法]"～",直译为"狗的名字"。

着我宽恕你[1360]家|公鸡|墨痕|解决者|银子来订婚，那时你献身于读书写字，这事如果事务允许的话[1361]现在不会长久，因为他对我神魂颠倒，我就像他把我抱下船后那样高兴[1362]多叶的|利菲河，我的爱[1363]英雄的滋味[1364]救星|最爱的人，带到岸上，我在他的肩膀上留下了一根金发好引导手和心变得温柔。非常抱歉！请再说一遍，我在听我说的每句珍贵的话从我亲爱的警句之[1365]德莫特舌落下，否则我怎么知道你怎么想我们的奶奶[1366]格拉尼娅|格蕾丝·奥玛丽呢？我只是在想我是不是扔掉了我的刮胡子水。不管怎样，这儿是我的胳膊，小母鸡脖。你的优雅的爱人。让我[1367]冥特亲亲你的嘴，再亲，我最最宝贝的[1368]普瑞西奥索，再亲再亲[1369]越来越！让我开心，宝贝！别只做，我不会！嘘！废话！有蟋蟀[1370]喊叫！再见再见[1371]买买！我飞啦！听，小狗[1372]多种子的，在酸橙树下。你知道大树[1373]三个大家伙全都对着墓碑[1374]坟墓|格莱斯顿。他们他的犹郁[1375]。伟大的老人[1376]线|杏仁|坏男人！所以看在上帝的份上[1377]蚂蚁|硬拉，吱喳唧喳唧唧喳喳，吱吱叫[1378]蝉|舞男！小过门儿，我在你前面走[1379]，所以，你站在了我的舞台台口。害羞属于他，小鸽子？必须忘记那儿有位观众。我迷路了，天使。抱抱，你这个魔鬼[1380]你！这是我们私下谈谈[1381]完全地。听，听！耸人听闻！让他们去[1382]哈姆雷特，他们所有的四次求爱[1383]四法庭！让他们去，大喊叫与他的酒鬼们的11组成12只地方自卫队。老酒鬼洞穴[1384]希望由宽阔的街道组织他们的废话[1385]他们小便，在米歇尔对尼古拉街。树林之鸟，溪谷之水[1386]致礼、健康，以及再见！我那等候着的20[1387] 28种

1360 encho tencho solver 解 ego te absolve [拉]"～";其中 encho 也解 encò [普]"～";也解 encho [普]"～";其中 tencho 也解[普]"～";其中 solver 也解"～";也解 silver"～"。

1361 pleasebusiness 解 please business"～",化自习语 please God! "如果上帝愿意的话"。

1362 leapy 解 happy"～";也解 leafy"～";也解 Liffey"～"。

1363 eroes 解 Eros"性爱";也解 heroes"～"。

1364 saviored 解 savour"～";也解 saver"～";也解 favourite"～"。

1365 dear mot"～";也解 Dermot"～",芬·麦克尔的侄子。

1366 Granny"～";也解 Grania"～",芬·麦克尔的未婚妻,与芬·麦克尔的侄子德莫特私奔;也解 Grace O'Malley"～",恶作剧女王的原型。

1367 minth 解 mine"～";也解 Minthe"～",希腊神话中冥王的情人,后被变为薄荷草。

1368 preciousest"～";也解 Robert Prezioso"～",意大利记者,曾追求乔伊斯的妻子诺拉。

1369 more on more 解 mórán mó [爱]"多得多";也解 more and more"～"。

1370 cricri 解 cricket"～";也解 cry cry"～"。

1371 Buybuy 解 byebye"～";也解 buy buy"～"。

1372 pippy "～",此处解 puppy"～"。

1373 bigtree"～",本书中常指红杉;也解 big three"～"。

1374 gravstone 解 gravestone"～";也解 grav [丹]"～";也解 Gladstone"～"(1809—1898),英国首相,自由党领袖,在巴涅尔被指控通奸后命令撤销巴涅尔作为爱尔兰政党领袖的职位。

1375 hisshistenency 解 his hesitency"～",指爱尔兰的新闻记者皮戈特在伪造巴涅尔的信件时把 hesitancy 写成 hesitency。

1376 Garnd ond mand 解 Grand Old Man"～",人们对英国首相格莱斯顿的称呼;也解 Garn [德]"～"+Mandel [德]"～";也解 ond mand [丹]"～"。

1377 for the lug of Migo 解 for the love of Michael"～";也解 fournigo [普]"～";也解 lug"～"。

1378 cigolo 解 cigolìo [意]"～";也解 cigalo [普]"～";也解 gigolo"～"。

1379 I go you before 解 Ich gehe dir vor [德]"～"。

1380 divil 解 devil"～"。

1381 toot-a-toot 解 tête-à-tête"～";也解 du tout au tout [法]"～"。

1382 Let them"～";也解 Hamlet"～"。

1383 four courtships"～";也解 Four Courts"～",位于都柏林的爱尔兰最高法院大楼。

1384 都柏林旧酒店名,1757 年此地的一次讨论产生"瓦德街委员"。

1385 commission their noisense 解 commission"委员会"+their nonsense"他们的废话";也解 commit their nuisance,化自 commit no nuisance(禁止在此小便),故解为"～"。

1386 Aves Selvae Acquae Valles 解 aves silvae [拉]"树林之鸟"+aquae vallis [拉]"溪谷之水";也解 ave, salve, atque vale [拉]"～"。

1387 waiting twenty"～";也解 eight and twenty"～"。

鸟，坐在它们的横栏上！让我用手指算算他们的数量[1388]比例和谐的。你可以看看我是不是自学成才的[1389]自我|想。他们全部都出来讨好人。等等！凭着[1390]。还有所有冬青[1391]神圣的。还有一些槲寄生[1392]鹡鸰和它那圣常青藤[1393]圣艾弗斯。咳嗽[1394]！咳咳[1395]阿门！有阿达[1396]赶走|圣艾塔、贝特[1397]伊丽莎白|床、塞莉娅[1398]、迪莉娅[1399]、艾娜、弗莱塔、吉尔达[1400]、赫尔达、伊塔[1401]赶走、洁西、凯蒂、卢，（就像我无疑在读这些名字一样，它们肯定让我咳嗽）米娜、尼芭、欧珀斯[1402]、珀洛、奎妮[1403]女王、鲁丝、骚茜[1404]苏珊娜|粗俗的、切克茜[1405]诡计、乌娜[1406]饥馑、维拉、宛达、谢尼娅[1407]殷勤、伊娃、祖尔玛、菲比[1408]、塞尔玛。还有我！感化院的男孩们以教堂为目标，所以我们都像蚱蜢[1409]群体|晚饭一样忏悔[1410]舒适的|来|盛宴，并在赎凡人[1411]桃金娘科之罪时从反天意[1412]姑姑|蚂蚁里找到赦免[1413]嘴唇|解决。当他们的新娘已出嫁，我所有的钟开始叮叮当当[1414]。铃声铃声铃声响起[1415]。然后每个人会听到它。谁的愿望是我的思想之父[1416]更远地。但是对于他们的命名[1417]无人|咔嗒声我会给他们出个难题。当他们与日间看护外出做女监护商场[1418]查勒蒙广场时。世界[1419]呼呼声|旋转各地的聪明鸽子将四处飞翔，它们那缠着爱之丝带的脖子上带着我的槲寄生消息，还有我给每只童贞鸽子[1420]纯洁的处女|第瓦的蛋糕屑。我们应有尽有以及各式各样的纸[1421]星期日报纸。在爱的光[1422]月光|黄昏之中，哦，我的爱中，哦，我的爱！不，凭着谎言之洞[1423]菲伯斯区教堂穹顶和圣箭下安德鲁[1424]在……下面|移动|贴身内衣，凭着我在我的世界、我夜复一夜[1425]睡衣|和|性交的

1388 eurhythmytic 解 arithmetic“算术”;也解 eurhythmic“～”。
1389 selfthought 解 selftaught“～”;也解 self“～”＋thought“～”。
1390 此处省略了“上帝”一词。
1391 holly“～”;也解 holy“～”。
1392 mistle“～”,此处解 mistletoe“～”。
1393 Saint Yves 解 Saint Ivies“～”;也解 St. Ives“～”,城市名,位于英国康沃尔郡。
1394 Hoost 解 hoest [荷]“～”。
1395 Ahem“～”;也解 amen“～”。
1396 此处为首字母从 A 到 Z 的 26 个名字,再加上两个名字,代表书中的 28 个女孩。其中 Ada 也解 íde [爱]“～”;也解 St. Ita“～”,6 世纪的爱尔兰修女。
1397 Bett“～”;也解 Elizabeth“～”;也解 bed“～。
1398 Celia“～”,莎士比亚的戏剧《皆大欢喜》中的人物。
1399 Delia“～”,济慈的诗歌《恩底弥翁》中的人物。
1400 Gilda“～”,威尔第的歌剧《弄臣》中的人物。
1401 Ita 也解 íde [爱]“～”。
1402 Opsy 解 Ops“～”,罗马神话中的丰收女神。
1403 Queeniee 解 Queenie“～”,巴涅尔对欧希夫人的称呼;也解 Queen“～”。
1404 Saucy“～”;也解 Susanna“～”;也解 saucy“～”。
1405 Trix 也解 trick“～”。
1406 Una 也解 úna [爱]“～”。
1407 Xenia 也解[希]“～”。
1408 Phoebe“～”,莎士比亚的戏剧《皆大欢喜》中的人物。
1409 groupsuppers 解 grasshoppers“～”;也解 group“～”＋supper“～”。
1410 comefeast 解 confessed“～”;也解 comfort“～”;也解 come“～”＋feast“～”。
1411 myrtle“～”,此处解 mortal“～”。
1412 Anty Pravidance 解 Anti Providence“～”;其中 Anty 也解 aunty“～”;也解 Ondt“～”。
1413 lipsolution 解 absolution“～”;也解 lip“～”＋solution“～”。
1414 ti ting 解 to,表结果＋ting“铃声叮当”;也解 ti ting“叮叮”,模拟铃声。
1415 rosaring 解 rose a ring“～”。
1416 Farther“～”,此处解 father“～”。
1417 nomanclatter 解 nomenclature“～”;也解 no man“～”＋clatter“～”。
1418 Chaperon Mall 解 Chaperon“女监护人”＋Mall“商场”;也解 Charlemont Mall“～”,都柏林地名。
1419 whirrld 解 world“～”;也解 whirr“～”;也解 whirl“～”。
1420 chasta dieva 解 chaste dove“～”;也解 chista diva [斯]“～”;也解 Casta Diva“～”,19 世纪意大利剧作家贝里尼的歌剧《诺玛》中的女神。
1421 sundry papers“～”;也解 Sunday papers“～”。
1422 amourlight 解 amour [法]“爱”＋light“光”;也解 moonlight“～”;也可与前后合解英语歌曲“In the gloaming, oh, my darling”“～”。
1423 Fibsburrow 解 Fib's burrow“～”;也解 Phibsborough“～”,都柏林街道名,其地的万圣教堂有一个穹顶。
1424 Sainte Andrée's Undershift 解 St. Andrew Undershaf“～”,伦敦教堂名;其中 Undershift 也解 Under“～”＋shift“～”;也解 undershirt“～”。
1425 nighties and naughties 解 night after night“～”;也解 nighties“～”＋and“～”＋naughties [澳新口]“～”。

地下世界[1426]内衣，以及所有其他奇异世界[1427]地下世界里视为秘密的[1428]神圣的东西，向你发誓！闭上你的，不许看！现在张开，乖乖，你的嘴唇，乖孩子[1429]小乖乖|吸管，就像我用我甜蜜的开启的唇吻，带着有着幽默记忆的丹·霍洛在甜言蜜语舞蹈后教我的，带着爱的证明，去女服胡同[1430]的第一个晚上，他散发着扑粉[1431]有实际作战经验|耻辱的味道，我在扇子下面红耳赤，我的小宝贝[1432]乖孩子，等你了解了我，舌头[1433]隐语|邻国也会融化。谁是谁[1434]谁|重击|含会有像我们一样的耳朵，长黑毛的[1435]流氓！你喜欢这个么，沉默[1436]普瑞西奥索？喜欢吗，这个小东西就是我，我的命啊，我的爱？你为什么喜欢我说悄悄话[1437]口吃不清的？这不鲜美[1438]欺骗的透顶？但对你不是更好[1439]对你来说不好|在你前面|使你为难吗？是我，是我[1440]我送的！告诉我直到我兴奋起来！我不会打破誓约。我还是很喜欢，我发誓！我[1441]为什么能不能问个问题，你为什么更愿意它在这些黑夜[1442]黑暗的网|黑暗里，我的甜心亲人？嘘嘘！隔墙有耳。不，甜妞儿[1443]，我干吗要为这生气[1444]厌倦？不过别！你想挨抽的话，这会让你被抽个够。你这快乐的唇，我的爱，小心！尤其要当心我的毛料[1445]鸽子|尖齿|黑色的|染色|棉绒衣服！镶金的银色[1446]毕奇女士，最新的性调[1447]六|色调，穿上去就像公主。因为拉特兰[1448]鹿特兰蓝色已经过时[1449]激情了。就是这样，就是这样，我的宝贝！唉，我可以想见要花多少钱，亲爱的[1450]打杂女仆|亲爱的！我不想听！为什么，绵羊巷[1451]的男孩知道。如果我卖谁的，亲爱的？这儿的[1452]她的眼泪是不是卖给了我[1453]伊瑟？你是说那些

1426 underworld“～”；也解 underwear“～”。
1427 wonderwearlds 解 wonder worlds“～”；也解 underworlds“～”。
1428 secret“～”；也解 sacred“～”。
1429 pepette 解 poppet“～”；也解 Ppt“～”，英国作家斯威夫特在《史黛拉日记》中对史黛拉的称呼；也解 pipette“～”。
1430 也是都柏林一家剧院的名字。
1431 pouder 解 powder“～”，smell powder 也解“～”；也解 pudor［拉］“～”。
1432 pipetta mia 解 pupa mia［意］“～”；也解 poppet 或 Ppt“～”。
1433 linguo 解 lingua［拉］“口舌”；也解 lingo“～”；也解 lin guo［中］“～”。
1434 Whowham 解 Who whom“～”的主格和宾格；也解 who“～”＋wham“～”；其中也包含着 Ham“～”，《创世记》中挪亚的儿子。
1435 blackhaired“～”；也解 blackguard“～”。
1436 silenzioso［意］“～”；也解 Prezioso“～”，意大利记者，曾爱上乔伊斯的妻子诺拉。
1437 whisping“～”；也解 lisping“～”。
1438 deluscious 解 delicious“～”；也解 delusive“～”。
1439 bafforyou 解 better for you“～”；也解 bad for you“～”；也解 before you“～”；也解 baffling you“～”。
1440 Misi 解 mishi［爱］“～”，指爱尔兰修女圣布利吉特在受洗时用爱尔兰语说的话；也解 misi［拉］“～”。
1441 why“～”，此处解 I“～”。
1442 dark nets“～”，此处解 dark nights“～”；也解 darkness“～”。
1443 sweetissest 解 sweet“甜蜜的”＋sister“姐妹”
1444 ennoy 解 annoy“～”；也解 ennui［法］“～”。
1445 duvetyne 解 duvetyn“～”；也解 dove“～”＋tine“～”；也解 dubh［爱］“～”＋dye“～”；也解 velveteen“～”。
1446 silvy 解 silvery“～”；也解 Sylvia Beach“～”（1887—1962），巴黎莎士比亚书店的店主，最早出版《尤利西斯》。
1447 sextones 解 sex“性”＋tones“色调”；也解 six“～”＋tones“～”。
1448 Rutland“～”，英国英格兰郡原来的郡名；也解 Roger Cranfield Rutland“～”（1750—1754），爱尔兰总督。
1449 passion“～”，此处解 fashion“时尚”。
1450 chare“～”，此处解 dear“～”；也解 chère［法］“～”。
1451 都柏林原街名，现在改为舰船街。
1452 here“～”；也解 her“～”。
1453 I sold“我”＋“卖”；也解 Isolde“～”。

刻字糖？太可怕了！我的深耻大辱！我不会，小鸡们，不会为了星光道路[1454]银河上的任何一个朱丽叶[1455]珠宝|《朱丽叶特》！如果我看到他们在床上向我使眼色，我会骂他们。我没有这样做，我的未婚妻，或者会这样做，或者想这样做。嘘嘘嘘！不要这样开始，你这家伙！我以为你全知道，甚至更多，作者[1456]演员|发起者你，能用你的新的[1457]云一个新的[1458]阴云密布的天空|积雪的榜样向人们解释[1459]说明他们存在[1460]外部系统的意义[1461]标志。这不过是另一条怪鱼，或者布利安·布鲁[1462]骚乱|海水|奥布赖恩小姐那该死凶险的[1463]鳟鱼老河中的另外一条，哥特人西哥特人[1464]上帝保佑我们，别伤害她！让我们[1465]肿块|驼背的不再受肿块[1466]上司|麻烦的折磨！请允许我发誓，亲爱的，凭着这个阿尔卑斯的[1467]臂章，我向坐在闪电[1468]铁宝座[1469]霹雳上的六翼天使们[1470]萨拉逊人|根发誓，我并不想这样！你以前真的从未在我们所有的阴郁[1471]坎塔尔|棱角|山谷|长的生活中近[1472]衣服距离地与一个女孩[1473]女孩的|女孩们说过话吗？没有！甚至没跟内室女仆[1474]更迷人的女佣|美人鱼说过？太不可思议[1475]玷污|家伙们|马娄了！你告诉我这些，我当然相信你，我自己亲爱的老糊涂骗子[1476]最亲爱的。只要我活着，啊，我就愿意！听[1477]目录，听！我必须知道[1478]必须希望！从未这样，要不我就能记得那些流淌的亲爱的[1479]流泪的|白日梦面孔了，你可以查我！在我整个无匹和匹配的白色生命里从未这样。否则就让这一刻的果实[1480]永被禁止[1481]好得多！用我的白皙我追求你，用我如丝的乳房[1482]呼吸我缚住你！永远，阿莫利[1483]布莱恩，爱得更多[1484]多得多！

1454 twinkly way“～”；也解 Milky Way“～”。

1455 juliettes 解 Juliet“～”，莎士比亚的戏剧《罗密欧与朱丽叶》中的女主人公；也解 jewels“～”；也解 *Juliette*“～”，18 世纪法国作家萨德的作品。

1456 aucthor 解 author“～”；也解 actor“～”；也解 auctor［拉］“～”。

1457 nieu［普］“～”，此处解 nieuw［荷］“～”。

1458 nivulon 解 new one“～”；也解 nivoulan［普］“～”；也解 niveus［拉］“～”。

1459 explique 解 explain“～”；也解 expliquer［法］“～”。

1460 exsystems 解 existence“～”；也解 ex-system-s“～”。

1461 significat 解 significance“～”；也解 significant“～”。

1462 Brinbrou 解 Brian Boru“～”；也解 brinbrou［普］“～”；也解 brine“～”；也解 Biddy O'Brien“～”，歌谣《芬尼根的守灵夜》中的守灵者之一。

1463 trouchorous 解 treacherous“～”；也解 trout“～”。

1464 Gothewishegoths 解 Goths“哥特人”＋Vistgoths“西哥特人”；也解 God“～”。

1465 gibos 解 give us“～”；也解 gibo［普］“～”；也解 gibous［普］“～”。

1466 bosso［普］“～”；也解 boss“～”；也解 bother“～”。

1467 alpin［普］“～”；也解 ALP，本书女主人公名字的缩写。

1468 Uian 解 uiau［普］“～”；也解 Iron“～”。

1469 trons 解 thrones“～”；也解 tron［普］“～”。

1470 sorrasims 解 Seraphim“～”；也解 Saracen“～”，阿拉伯人的古称；也解 shorrashim［希伯来］“～”。

1471 cantalang 解 canntalach［爱］“～”；也解 Cantal“～”，位于法国南部的群山名；也解 Kante［德］“～”；也解 Tal［德］“～”＋lang［德］“～”。

1472 clothse 解 close“～”；也解 clothes“～”。

1473 girl's“～”，此处解 girl“～”；也解 girls“～”。

1474 charmermaid 解 chambermaid“～”；也解 charmer maid“～”；也解 mermaid“～”。

1475 marfellows 解 marvelous“～”；也解 mar“～”＋fellows“～”；也解 Marlow“～”(1564—1593)，英国诗人和剧作家。

1476 liest 解 liar“～”；也解 liebst［希］“～”。

1477 Liss 解 Listen“～”；也解 list“～”。

1478 muss whiss 解 muß wissen［德］“～”；也解 must wish“～”。

1479 dearstreaming 解 dear“亲爱的”＋streaming“流动的”；也解 tear streaming“～”；也解 day dreaming“～”。

1480 frucht 解 Frucht［德］“～”。

1481 for bitter 解 forbidden“～”；也解 far better“～”。

1482 breasths 解 breasts“～”；也解 breath“～”。

1483 Amory 解 Amory Tristram“～”，霍斯堡的第一位伯爵；也解 Amory Blaine“～”，美国作家菲茨杰拉尔德的小说《人间天堂》的主人公。

1484 amor andmore 解 amor［拉］“爱”＋and more“还有更多”；也解 mórán mó［爱］“～”。

直到永远，你这个最可爱的！嘘嘘嘘嘘！只要锁匠[1485]幸运|铁匠。笑！

11．如果你在大吃大喝时遇到一名来自爱尔兰[1486]生病的|美女的穷流亡者[1487]眼痛的，当他的小腿[1488]因此以颤抖的旋律跳西迷舞，而他的对头[1489]祖国对[1490]弱的他的哀号勃然大怒，就像一只咆哮[1491]吼叫|闪光的习武[1492]的狮子奥林[1493]；如果他在痛苦中[1494]吝啬|步行|错行唠唠叨叨，抱怨着[1495]计划|平白的他的困境；或者玩狐入鹅群[1496]狐狸和虱子|一切，拾起[1497]刺丢下他的[1498]臀部牙齿；或者为了和平紧拧他的手铐，瞎眼的讨厌鬼，玩[1499]乞求|捕食着聋哑把戏[1500]上帝|我们的主来要吃的[1501]；如果他跳起时哭泣[1502]，呜咽[1503]奎珀中大笑[1504]胡说|全部，把冷血变成忧郁的星期一[1505]救济金|嘴巴，无肉[1506]奉承就无骨，接受亲吻、点心，或者带着吮吸、叹息又踢又踹或者傻笑[1507]彻底地，一个魔鬼[1508]难的要学[1509]记住|拉内河，一个魔鬼[1510]挖洞要教[1511]纵欲|笑|勒河|渴望；假如这个新芬党[1512]欣然的|新芬党人|自己|我们用他的噢，偶好啊[1513]你好！求[1514]用钉子固定你拯救[1515]剃毛法他那不朽的[1516]非军事的、小小的[1517]用、熟练掌握的[1518]中、小学校长|召集灵魂，放着屁[1519]喘气，他好酒[1520]在……时|偶然的|奥斯卡·王尔德、女人[1521]苦恼|女仆|自家制的罪恶，我们觉得，琼斯，我们不会在乎今晚，你说呢？

答：不，你这个白痴[1522]谢谢|见鬼去吧！那么你觉得我很冲动[1523]布尔什维克的思想吗？他们有没有告诉你我已经 46 岁了？而且我猜你听说过我耳朵上有一个小块[1524]小丑|小虫|蠼螋|耳屎？我想他们也告诉了你我的生活之卷不大正常？但是在接下来一

1485 lucksmith 解 locksmith“～”,此句化自谚语 Love Laughs at Locksmiths“爱情能克服困难”;也解 luck “～”＋smith“～”。
1486 Ailing“～”,此处解 Erin“～”;也解 áilne [爱]“～”。
1487 acheseyeld 解 exiled“～”;也解 aches-eye-ed“～”,乔伊斯患有眼疾。
1488 on shin“～”;也解 annsin [爱]“～”。
1489 countrary 解 contrary“～”;也解 country“～”。
1490 in the weak of 解 in the wake of “～”;其中 weak 也解“～”。
1491 rugilant 解 rugio [拉]“～”;也解 rugir [法]“～”;也解 rutilant“～”。
1492 pugilant 解 pugilor [拉]“～”。
1493 Lyon O'Lynn 解 lion“狮子”＋Brian O'Linn“布利安・奥林”,爱尔兰民谣中的早期英雄。
1494 misliness 解 misery“～”;也解 miserliness“～”;也解 mislier [行]“～”;也解 misline“～”。
1495 plaining 解 complaining“～”;也解 planing“～”;也解 plain“～”。
1496 fox and lice“～”,此处解 fox and geese“～”,一种棋戏;也解 box and dice“～”。
1497 pricking“～”,此处解 picking“～”。
1498 hips“～”,此处解 his“～”。
1499 praying“～”,此处解 playing“～”;也解 preying“～”。
1500 Dieuf and Domb Nostrums 解 deaf and dumb“聋哑”＋nostrums“江湖郎中骗人的秘方”;也解 Dieu [法]“～”＋Dominum Nostrum [拉]“～”。
1501 thomethinks 解 something“某物”。
1502 weapt 解 wept“～”。
1503 quith quhimper 解 with whimper“～”;也解 Quimper“～”,市名,位于法国的布列塔尼地区。
1504 guffalled 解 guffawed“～”;也解 guff“～”＋all“～”。
1505 mundy 解 Monday“～”;也解 Maundy“～”;天主教濯足仪式时分发;也解 Mund [德]“～”。
1506 flech 解 flesh“～”;也解 flattery“～”。
1507 suck, sigh or simper“～”;也解 hook, line, and sinker“～”。
1508 diffle 解 devil“～”;也解 difficult“～”。
1509 larn“～”,此处解 learn“～”;也解 Larne“～”,河名,位于北爱尔兰。
1510 dibble“～”,此处解 devil“～”。
1511 lech“～”,此处解 teach“～”;也解 laugh“～”;也解 Lech“～”,河名,位于奥地利和德国;也解 lechzen [德]“～”。
1512 fain shinner 解 Sinn Féin [爱]“～”;也解 fain“～”＋shinner“～”;也解 féin [爱]“～”＋sinne [爱]“～”。
1513 Hoodoodoo,象声词,也解 how d'you do“～”,故合译为“嚯好啊”。
1514 pegged“～”,此处解 begged“～”。
1515 shave“～”,此处解 save“～”。
1516 immartial“～”,此处解 immortal“～”。
1517 wee“～”;也解 with“～”。
1518 skillmustered 解 skill mastered“～”;也解 schoolmaster“～”;也解 mustered“～”。
1519 broking wind 解 breaking wind“～”;也解 broken wind“～”。
1520 wiles 解 wine“～”;也解 while“～”;也解 zuweilen [德]“～”;也解 Oscar Wilde“～”,英国作家。
1521 woemaid 解 woman“～”;也解 woe“～”＋maid“～”;也解 homemade“～”;也可与前后的 wiles 和 sin 合解 wine, women, sin“美酒、女人、罪恶”。
1522 blank ye 解 blank you“空白的你”;也解 thank you“～”;也解 damn you“～”。
1523 impulsive-ism“～”;也解 bolshevism“～”。
1524 wag“～”,此处解 wad“～”;也解 wig“～”,即 earwig“～”;也解 wax“～”。

劳永逸地驳倒这个乞求问题[1525]以假定作为论据来辩论之前，这对你来说更合适，如果你敢试试！不急于[1526]商量和尝试我对其他地方这同一个时间-金钱[1527]美分-现金问题的处理，当然自然，从一名非常杰出的空间学家[1528]专家的视角[1529]空白点|眨眼|点。由此你将注意到，肖特[1530]，根据我最早向你谈的，柏格森[1531]的智言慧语[1532]在下面受到纯粹时间-时间[1533]十美分-十美分|造物主欲望的驱动时，并非没有他的金钱金钱[1534]捉迷藏特性[1535]，为了暂时的[1536]为了无聊的事情目的借自仙女教母[1537]火热的好妈妈运气小姐[1538]不幸（上次[1539]失去的时光|《追忆似水年华》我们曾有幸与她发生了一点儿追寻的小冲突，什么，肖特?）而且就像我接下来本来可以麻利地告诉你的，麻利得就像你的都柏林面包厂按照行为主义[1540]行为主义心理学原则闪闪发光地装饰着[1541]虔诚的一层家制[1542]人|人形的|看上去一样的|潮湿的|荣誉|杀人糖衣，事实上这只是偶然造成的[1543]都柏林面包厂何人-某人[1544]的笑料[1545]激进和爱因斯坦[1546]酒迹|斯特恩的头发[1547]听说在何处的理论[1548]过节的钱|观众|历史。把所有这些说得更直接些[1549]笨拙地。说话的形式不过是一种替代[1550]苦恼之门。而何量[1551]何者|如此和此量[1552]正如|《如此这般或陪审团休息室的故事》（后面我将解释[1553]使迷惑你应该用这个以及它恰当的何时、何地、何因及如何来指什么）则依次[1554]是哈罗门[1555]与假冒门，根据具体的门[1556]而定。

此量这个词常被许多人[1557]激情|最坏的|到处|悲观主义唾弃（对此我正在建立一个量子[1558]若干|如此理论，因为这确实是事情最引人入量的[1559]坦塔罗斯|这么多|以致状态）。有人[1560]最坏的|悲观主义可能

1525 begging question“～”；也解 begging the question“～”。
1526 hasitate to 解 hesitate to“～”。
1527 dime-cash“～”，此处解 time-cash“～”。
1528 spatialist 解 spatial-ist“～”；也解 specialist“～”。
1529 blinkpoint 解 Blickpunkt［德］“～”；也解 blank point“～”；也解 blink“～”＋point“～”。
1530 Schott“～”，乔伊斯在狄里亚斯特的最好的学生。
1531 Bitchson 解 Bergson“～”(1859—1941)，法国哲学家。
1532 sophology 解 sophologia［希］“～”。
1533 dime-dime“～”，此处解 time-time“～”；也可与后面的 urge 合解 Demiurge“～”。
1534 cashcash“～”；也解 cache-cache［法］“～”。
1535 characktericksticks 解 characteristic“～”。
1536 for its nonce 解 for the nonce“～”；也解 for the nonsense“～”。
1537 fiery goodmother 解 fairy godmother“充当临死儿童教母的仙女”；也解 fiery good mother“～”。
1538 Miss Fortune“～”；也解 misfortune“～”。
1539 the lost time“～”，此处解 last time“～”；也可与后面的 recherché 合解 *À la recherché du temps perdu*“～”，法国作家普鲁斯特的小说。
1540 behavioristically“～”；也解 behaviourist psychology“～”。
1541 pailleté［法］“～”；也解 piety“～”。
1542 homoid 解 homemade“～”；也解 homo［拉］“～”＋eidês［希］“～”；也解 homoeidês［希］“～”；也解 humid“～”；也解 honour“～”；也可与后面的 icing 合解 homicide “～”。
1543 done by chance“～”；也解 D. B. C.，即 Dublin Bread Co. “～”。
1544 whoo-whoo 解 who“～”；也解喝彩声或惊叹声。
1545 ridiculisation 解 ridiculous-ization“～”；也解 radicalization“～”。
1546 Winestain 解 Albert Einstein“～”(1879—1955)，美国和瑞士科学家；也解 Wine stain“～”；也解 Sterne“～”(1713—1768)，英国作家。
1547 hairs“～”；也解 hears“～”。
1548 theorics 解 theories“～”；也解 theôrika［希］“～”；也解 theôria［希］“～”；也解 histories“～”。
1549 plumbsily 解 plumply“～”；也解 clumsily“～”。
1550 sorrogate 解 surrogate“～”；也解 sorrow gate“～”。
1551 quality“质量”；也解 qualis［拉］“～”，与上下文呼应，译为“何量”。
1552 tality 解 totality“总额”；也解 talis［拉］“～”，与上下文呼应，译为“此量”；也可与前面的 quality 合解 qualis ... talis［拉］“～”；也解 *Talis Qualis or Tales of the Jury Room*“～”，爱尔兰作家吉拉德·格里芬 1857 年写的小说。
1553 explex 解 explain“～”；也解 perplex“～”。
1554 alternativomentally 解 alternatively“～”。
1555 位于英国约克郡的一个行政区。
1556 gates“门”，此句化自 as the case may be“根据具体情况而定”。
1557 passims 解 persons“～”；也解 passions“～”；也解 pessimus［拉］“～”；也解 passim［拉］“～”；也解 pessimism“～”。
1558 quantum“～”；也解［拉］“～”。
1559 tantumising 解 tantalizing“引人入胜的”，呼应前面的“量子”译为“～”；也解 Tantalus“～”，希腊神话中的巨人，在阴间遭受永远饮不到水的惩罚；也解 tantum［拉］“～”；也可与前面的 quantum 合解 tantum... quantum［拉］“～”。
1560 pessim 解 persons“～”；也解 pessimus［拉］“～”；也解 pessimism“～”。

常对你说:那个时代你是不是一直看到很多此量[1561]塔利斯|塔列辛和此量?最乐观的[1562]贵族|乐观主义意思是:你会不会给[1563]容忍三便士的爱尔兰威士忌[1564]三个爱尔兰人|自由的|国王?否则当你秘密地[1565]朝着一只沙丁鱼引诱[1566]转弯抹角地谈论一位食女士者时,她可能或许变成偶然如此了;你的盘子的[1567]你相信吗?此量·德·此量[1568]某某人,吞剑者,在克里特林[1569]小钵演出的那位,他是不是同一个此量·冯·此量,碎笔者,不用,谢谢[1570]避开你|操你妈的!开办《每日邮报[1571]恰当的|英里》的那位?或者这也许是个更清楚的例子。就在最近对慢性脾组织植入[1572]斯宾诺莎|多刺的确定的警方[1573]碎片|和平验尸[1574]后漩涡派|后漩涡调查[1575]杖责中,一位发疟疾[1576]海牙的大学夜校讲师例行公事地试着他的剪刀[1577]尤利乌斯·凯撒|预言家们,如果你愿意博士[1578]客气的|坏的,借来了这个问题:哪个此人[1579]寻找|每一个(人)的此量为什么是何量[1580]?对他,事实上[1581]丰满的|父亲|力量|做|马赫,斯图加特市[1582]的思想[1583]谢谢你博士,他正用酒润他的喉咙[1584]擦拭,粗暴地[1585]简洁地|嘶哑地反驳道:因为你是这个世界的子孙[1586]而|你这个禽兽|婊子养的|儿子|螺旋环!(此量和此量原本是同一个东西,一语中的:何量。)

里维-布鲁赫[1587]温德汉姆·刘易斯|狮子|咆哮教授(虽然我马上就会证明他对西拿基立[1588]的整个描述,说他与沙尔门瑟[1589]的卫生改革截然不同,以及他在这同一方面对钱[1590]先生和海德斯博士的问题的整个描述,绝对[1591]不同于我自己的调查结果——尽管我去耶利哥[1592]去无人知道的地方|喝醉|杰瑞的原因由于某些原因

1561 Talis［拉］“～，如此”；也解 Thomas Tallis“～”(1515—1585)，英国教堂音乐的奠基人；也解 Taliessin“～”，英国 6 世纪的威尔士吟游诗人。

1562 optimately 解 optimas［拉］“最好的”＋ly；也解 optimates“～”；也解 optimism“～”。

1563 put up at 解 put up a“～”；也解 put up with“～”。

1564 at hree of irish 解 a three of Irish“～”；也解 three of Irish“～”；其中 hree 也解 free“～”；也解 rí［爱］“～”。

1565 à la sourdine［法］“～”；也解 to a sardine“～”。

1566 temptoed 解 tempt“～”；也解 tiptoe“～”。

1567 Of your plates“～”；也解 if you please“～”

1568 Talis de Talis，人名；也解 tal dei tali［意］“～”。

1569 Craterium 解 Criterion (Theatre)“～”，位于伦敦；也解 kratêrion［希］“～”。

1570 funk you“～”，此处解 thank you“～”；也解 fuck you“～”。

1571 duly mile 解 *Daily Mail*“～”，英国十二大日报之一；也解 duly“～”＋mile“～”。

1572 spinosis 解 splenosis“～”；也解 Spinoza“～”(1632—1677)，荷兰唯物主义哲学家；也解 spinosus［拉］“～”。

1573 piece“～”，此处解 police“～”；也解 peace“～”。

1574 postvortex 解 postmortem“～”；也解 post-vorticists“～”；也解 post-vortex“～”。

1575 infustigation 解 investigation“～”；也解 fustigo［拉］“～”。

1576 Ague“～”；也解 Hague“～”，位于荷兰西部的城市。

1577 seesers 解 scissors“～”；也解 Julius Caesar“～”(前 100—前 44)，古罗马共和国末期的军事统帅；也解 seers“～”。

1578 Dr's Het Ubeleeft 解 Dr.“博士”＋als het U belieft［荷］“如果你愿意”；其中 Ubeleeft 也解 beleefd［荷］“～”；也解 übel［德］“～”。

1579 Suchman 解 Such man“～”；也解 such［德］“～”＋man［德］“～”。

1580 qualis［拉］“～，如何”。

1581 as a fatter of macht 解 as a matter of fact“～”；其中 fatter 也解“～”；也解 Vater［德］“～”；其中 macht 也解 Macht［德］“～”；也解 machst［德］“～”；也解 Ernst Mach“～”(1838—1916)，奥地利物理学家和数学家，他得出结论认为一切存在都是感觉。

1582 Stuttgart“～”，德国城市，黑格尔的出生地。

1583 Gedankje 解 Gedanke［德］“～”；也解 danke je［荷］“～”。

1584 wiping his whistle 解 wetting his whistle“～”；也解 wiping“～”。

1585 toarsely 解 coarsely“～”；也解 tersely“～”；也解 hoarsely“～”。

1586 While thou beast' one zoom of a whorl 解 weil du bist ein Sohn der Welt［德］“～”；也解 While“～”＋thou beast“～”＋one son of a whore“～”；也解 zoon［荷］“～”；其中 whorl 也解“～”。

1587 Loewy-Brueller 解 Lucien Lévy-Bruhl“～”(1857—1939)，法国人类学家，认为原始人的时间观念很差，因此在他们的语言中时间词汇很少，而空间词汇很多；也解 Wyndham Lewis“～”(1882—1957)，英国作家，他曾在《时代和西方人》一书中写道：“任何时候在詹姆斯·乔伊斯先生的头脑里都没有很多的反思活动”；也解 Lowe［德］“～”＋brüllen［德］“～”。

1588 Sennacherib“～”，亚述国王，前 704 年到前 681 年在位，入侵巴勒斯坦南部的古朱迪亚地区，攻克巴比伦。

1589 Shalmanesir“～”，亚述国王，公元前 859 年到公元前 824 年在位，征服了以色列。

1590 Skekels 解 shekel“～”，古希伯来或巴比伦的钱币（或衡量单位）。

1591 toto coelo［希］“凭着整个天堂”，即“～”。

1592 Jericho“～”，古巴勒斯坦地区的城市，代指偏僻的地方，go to Jericho 指“～”，也引申为“～”；也解 Jerry“～”，与下文中的 Cavantry(Kevin)一起组成一组二元对立的人物，是本书主人公的两个儿子的化身之一。

仍需作为政治秘密保密——特别是考文垂[1593]卡文|凯文很快就会需要我，我祝贺我自己，为了同一个和其它的原因——因为再次无可救药地被那个我现在已经决定称为时间[1594]十美分和金钱钻石谬误的东西所伤害）在他那被谈论的供认中，该供认题为《为什么我没有生似绅士[1595]非犹太人|人，为什么我现在可以说我自己的可食之物》，并且最近在监禁后逃跑时遇到了狮子般的[1596]对某一方片面有利的契约骚乱（无花果树叶[1597]父子公司，布达佩斯[1598]犹大，创世纪元5688年[1599]）全心全意地脱下他的工作服[1600]大衣|爱唠叨的人|外套和假发，诚实勇猛的[1601]通风良好的家伙，为了他的公共利益，好让我们看到尽管，就像他说的："凭着所有人的意愿[1602]根据|结局好就一切都好。"人的开始、下降[1603]和美好结局暂时陷于淫秽[1604]晦暗不明之中，用电视[1605]（把更可折射的角度按照外部锡[1606]+面上他那假想的尖叫[1607]正方形重新调整时，这个夜生活用具依然需要一些简化改进）的远视野[1608]检眼器|防火梯|灯塔|视野仔细审视这些遭遇，当我从收音机[1609]比例里得到再三保证说我体积的立方体之于它们对象的表面，就如这些球体的球状（我迫切需要议会的动议，这个条款，在我的指导下，将在现代型围绕女人之男人[1610]男人|疯的|曼达语的病态现象中确定端庄得体的有害性）之于法瑞内利[1611]男同性恋者|几乎空腔的多产[1612]肥沃|诚实|凶猛，我如何很容易就能真心相信我自己最广阔的无垠就如我自己的房子[1613]责任和最微小的宇宙[1614]最微小的宇宙|最|微观世界。我不需要人类学[1615]道歉来做任何近乎故意的[1616]无意的|朝……扩张举动（我

1593 Cavantry 解 Coventry“～”,英国中部城市,send sb. to Coventry 指“拒绝与某人来往”;也解 Cavan“～”,郡名,位于爱尔兰北部;也解 Kevin“～”,本书主人公的两个儿子的化身之一。

1594 dime“～”,此处解 time“～”。

1595 Gentileman 解 gentleman“～”,温德汉姆·刘易斯曾在《时代和西方人》中说《尤利西斯》根本没告诉我们犹太人的事情,并批评斯蒂芬拼命想成为绅士;也解 Gentile“～”+man“～”。

1596 leonine“～”;也解 contrat leonin［法］“～”。

1597 Feigenbaumblatt 解 Feigenbaum［德］“无花果树”+Blatt［德］“树叶”。

1598 Judapest 解 Budapest“～”;也解 Judah“～”。

1599 5688, A. M. 解 5688 Anno Mundi“犹太教的创世纪元 5688 年”,即公元 1927 年,温德汉姆·刘易斯的《时代和西方人》一书出版于该年。

1600 gabbercoat 解 gaberdine“～”;也解 overcoat“～”;也解 gabber“～”+coat“～”。

1601 draughty“～”,此处解 doughty“～”。

1602 by Allswill 解 by All's will“～”;也解 by“～”+All's well (that ends well)“～”。

1603 descent“下降”;也可与后面合解为 *The Descent of Man(and Selection in Relation to Sex)*《人类由来与性选择》,英国生物学家达尔文的著作。

1604 obscenity“～”;也解 obscurity“～”。

1605 television“～”,直译为 tele-“远方”+vision“看”。

1606 tin“～”;也解 ten“～”。

1607 squeals“～”;也解 squares“～”。

1608 faroscope 解 far“远的”+scope“视野”;也解 phoroscope“～”;也解 fire escape“～”;也解 faro［意］“～”+scope“～”。

1609 ratio“～”,此处解 radio“～”。

1610 mandaboutwoman 解 man about woman“～”;其中 mand 也解［丹］“～”;也解 mad“～”;也解 Manda (language)“～”,南亚地区德拉威语系中的一种。

1611 Fairynelly 解 Farinelli“～”(1705—1782),原名卡·布罗斯基,意大利最著名的高音歌唱家;也解 fairy“～”+nearly“～”。

1612 feracity“～”;也解 feracitas［拉］“～”;也解 veracity“～”;也解 ferocity“～”。

1613 house“～”;也解 onus“～”。

1614 microbemost cosm 解 micro be most cosm“～”;也解 be most micro cosm“～”;也解 be most“～”+microcosm“～”。

1615 anthrapologise 解 antropology“～”;也解 apologize“～”。

1616 obintentional 解 ob-“朝向”+intentional“故意的”;也解 unintentional“～”;也解 ob intentio［拉］“～”。

在这里必须纠正所有新意大利学派或由补锅匠[1617]思想家和外表眩目者[1618]斯宾格勒组成的古巴黎[1619]学派[1620]学者，他们说我错了，因为[1621]尾巴我想摆脱源于罗马[1622]天主教教义的厌恶[1623]沃尔西人）践踏我的敌人[1624]。里维-布鲁赫[1625]利未|荒芜的教授，萨克森-魏玛-艾森纳赫[1626]无用的信仰守护者[1627]，根据他[1628]母鸡用他一只手里[1629]一方面的纽伦堡蛋[1630]和炉子上[1631]另一方面|一只盘子的巫婆之[1632]手表锅[1633]所做的实验发现，虽然这显然[1634]树枝属于水壶[1635]猫|凯特的重新沸腾[1636]造反使瓦罐[1637]教皇的后部冷却[1638]叫的情况，因为每周循环中的正直信仰[1639]平方英尺|直块先生的数目不会因为我的众多[1640]杯子|极地的|炮塔土块的下层劳作[1641]不同的而获得可观的提高。衣衫褴褛的浪漫人士，就像所有在缺口四周搜寻直进式擒纵机构[1642]的托马斯·汤平们[1643]一样，他们渴盼的，以及他[1644]加热|它依照[1645]橡子|康沃尔亚瑟王之死[1646]切断生命之线|摩泰台拉香肠的传统[1647]塔拉|拓儿不断向我们的同情心索要的，是最可怜的普普通通的[1648]时间的浪费。他那无处不在的脚趾总是出于报复[1649]《太利辛之歌》从他已消逝的[1650]天阴的靴子里伸出来。听他尖叫[1651]！留心[1652]那个贼[1653]放荡的小律师|瓦勒看他怎么说话[1654]投出球拍|掷！新手[1655]奶酪|《初学者》，快点儿[1656]射手！当马拉基[1657]穆利根|布洛基|强尼·穆拉|死人|废物赢得一对儿伤寒[1658]时，当我们三个人脱去衣服时，我本应喜欢那将在我的嘴里融化[1659]麦芽酒的纯净的水滴，但我此时没能明白。（对于这两个可餐之人的比重，我有意不去解释其中的明显错误，还有与皇家峡谷[1660]皇家乔治号有关的[1661]口误[1662]失误|酒|说，流体静力学和气体力学[1663]元

1617 tinkers"～";也解 thinkers"～"。

1618 spanglers"～";也解 Oswald Spengler"～"(1880—1936),德国哲学家,著有《西方的没落》。

1619 paleoparisien 解 palaio- [希]"古的"+Parisian"巴黎的"。

1620 schola 解 school"～";也解 scholar"～"。

1621 parcequeue 解 parce que [法]"～";也解 queue [法]"～"。

1622 romanitis 解 Romanitas [拉]"～";也解 Romanism"～"。

1623 revolscian 解 revulsion"～";也解 Volsci"～",古意大利一民族,性好战。

1624 此句化自俗语 tread on one's toes"伤害某人的感情"。

1625 Levi-Brullo 解 Lucien Lévy-Bruhl"～"(1857—1939),法国人类学家;也解 Levi"～",《圣经》中雅各的儿子;其中 Brullo 也解[意]"～"。

1626 Sexe- Weiman-Eitelnaky 解 Saxe-Weimar-Eisenach"～",位于德国图林根州的大公国;其中的 Eitelnaky 也解 eitel [德]"～"。

1627 F. D. 解 Fidei Defensor"～"。

1628 hinn 解 him"～";也解 hen"～"。

1629 in the one hands"～";也解 on the one hand"～"。

1630 Nuremberg egg"～",16 世纪在纽伦堡发明的一种钟表。

1631 apan the oven 解 upon the oven"～";也解 on the other (hand)"～";其中 apan 也解 a pan"～"。

1632 watches"～"此处解 witch's"～"。

1633 cunldron 解 cauldron"～",英国作家温德海姆·利维斯的《查尔德默斯》(1928)中将时间称为"巫婆的锅"。

1634 astensably 解 ostensibly"～";也解 Ast [德]"～"。

1635 Ket 解 kettle"～";也解 cat"～";也解 Robert Ket"～",英国人,在 1549 年发动起义。

1636 rebollions 解 re-boiling"～";也解 rebellion"～"。

1637 Popes 解 Pope's"～",此处解 pot's"～"。

1638 cooling"～";也解 calling"～"。此句化自俗语 the pot calling the kettle black"罐子嫌锅黑",即五十步笑一百步。

1639 squeer faiths 解 square"正直的"+faith"信仰";也解 quare feets"～";其中 squeer 也解 Mr. Squeers"～",英国作家狄更斯的小说《尼古拉斯·尼克贝》中的校长,以冷酷和自诩的正直著称。

1640 cupolar 解 couple of"～";也解 cup"～"+polar"～";也解 cupola"～"。

1641 notherslogging 解 nether"下层社会"+slogging"苦工";也解 nother"～"。

1642 deadbeat escupement 解 deadbeat escapement"～",由英国钟表大师托马斯·汤平发明的一种钟表内部结构。

1643 tomtompions 解 Thomas Tompion"～"(1639—1713),英国钟表大师。这句话中包含本书男主人公名字的缩写 HCE。

1644 het"～",此处解 he"～";也解 het [荷]"～"。

1645 accornish 解 accordance"～";也解 acorn"～";也解 Cornwall"～",英格兰郡名,特里斯丹和伊瑟故事中国王马克的辖地。

1646 Mortadarthella 解 *Le Morte Darthur*"～",15 世纪法国爵士马罗礼编辑的骑士传奇;也解 Morta L Mortê [希]"～",指命运三女神之一的阿特洛波斯;也解 mortadella"～",一种意大利香肠。

1647 taradition 解 tradition"～";也解 Tara"～",爱尔兰东部城镇,古代克尔特王国的都城;也解 Tarr"～",英国作家温德汉姆·刘易斯 1918 年出版的小说的标题和女主人公的名字。

1648 commononguardiant 解 common or garden"～"。

1649 retaliessian 解 retaliation"～";也解 *(Book of) Taliessin*"～",6 世纪的威尔士诗歌。

1650 overpast"～";也解 overcast"～"。

1651 squak 解 squeak"～"。

1652 Teek heet 解 Take heed"～"。

1653 looswallawer 解 loos-wallah [俚]"～";也解 loose small lawyer"～";也解 Lewis Waller"～"(1860—1915),英国演员。

1654 bolo the bat [俚]"～";也解 bowl the bat"～";其中 bolo 也解 bolos [希]"～"。

1655 Tyro"～";也解 tyros [希]"～";也解 *The Tyro*"～",1921 至 1922 年间由温德汉姆·刘易斯编辑的一份评论。

1656 toray 解 hurry"～";也解 tiratore [意]"～"。

1657 Mullocky 解 Malachy II"～",布利安·布鲁之前的爱尔兰国王;也解 Malachy Mulligan"～",《尤利西斯》中的人物;也解 Bullocky"～",1868 年访问英国的一个巨人身材的板球运动员;也解 Johnny Mullagh"～",19 世纪的板球运动员;也解 mullo [吉]"～";也解 mullock"～"。

1658 此句化自托马斯·穆尔的歌曲《让爱尔兰记住旧日时光》中的"当马拉基戴着金质的项圈"。

1659 malt"～",此处解 melt"～"。

1660 royal gorge"～",位于美国科罗拉多州;也解 Royal George"～",英国船名,1782 年载着 800 名乘客沉没。

1661 asousiated with 解 associated with"～"。

1662 lapses lequou 解 lapsus linguae [拉]"～";也解 lapse"～"+liquor"～";也解 loquor [拉]"～"。

1663 pneumodipsics 解 pneumodynamics"～";也解 pneuma [希]"～"+dipsios [希]"～"。

气|饥渴交叉学科的学生们经过一些困难后会明白我的意思[1664]意见。)狗屎[1665]梅林！就像老马塞拉斯·坎布罗纳[1666]吉拉尔杜斯说的。但是，根据教授刘易斯[1667]列维－布律尔、眼镜[1668]咆哮药师[1669]、信仰守护者、博士表明的，既然他这个人的此时并不是另一个人的何时[1670]直率，如果他申诉，根据簧风琴的[1671]富于旋律的|情节剧的标准抗辩完全是垃圾[1672]优雅|废话|空话(不[1673]我的，你觉得呢[1674]谢谢你|阴湿的|你?)而，我不介意相反看法，爱情和战争是不择手段的[1675]所有都在爱情之中，一如战争，从我艺术翱翔的高度你很容易唤醒雷鸣[1676]，在我坚持[1677]环行真实[1678]二的地方我爬树[1679]三，在天真看起来最好的地方(摘!)他的眼中有神圣[1680]他的常青藤里有冬青|他的蜂巢里有蜂蜜。

由于我这里的解释可能超出了你们的理解，小顽童们[1681]小不列|小弟弟们，尽管像凯德文、凯德沃伦和凯德沃伦纳[1682]一样一个比一个无法比较[1683]没有穿华丽衣服的，我应该回到一种更填空式的[1684]明晰的方法，当我不得不与糊涂愚笨的[1685]中产阶级学生谈话[1686]布道时我常用这种方法。为了我的目的想象你们是一班淘气鬼，流着鼻涕、呆鹅脖子、草包脑袋、学业[1687]花边乱搅、屁股长刺，等等[1688]和|坐|生疏地，等等[1689]和西塞罗。还有你，布鲁诺·诺兰[1690]，把舌头从墨水瓶里拿出来！既然你们中没有一个会爪哇语[1691]日语|切口，我来把老寓言家的寓言全都放松自由地翻译出来。小阿勒波[1692]其他|男孩|其它地方|但是|所有，把头从你的书包里拿出来！听着[1693]，朱·庇特[1694]！听清楚[1695]事实[1696]火光|狐狸！

狐狸与葡萄[1697]嘲弄者与抱怨者|奴隶|狮鹫。

1664 meinungs 解 meaning"～";也解 Meinung［德］"～"。

1665 Myrrdin aloer 解 Merde alors［法］"～";其中 Myrrdin 也解 Merlin"～",传说中亚瑟王的魔法师。

1666 Cambriannus 解 Cambronne"～"(1770—1842),拿破仑的将军,在滑铁卢战役中公开骂粗话;也解 Giraldus Cambrensis"～",12 世纪神学家,著有关于爱尔兰的书籍。

1667 Llewellys 解 Wyndham Lewis"～";也可与后面的 Bryllars 合解 Lucien Lévy-Bruhl"～"(1857—1939),法国学者。

1668 Bryllars 解 Brille［德］"～";也解 brull［德］"～"。

1669 ap 解 apothecary"～"。

1670 quandour 解 quando［拉］"～";也解 candour"～"。

1671 melodeontic 解 melodeon -tic"～";也解 melodic"～";也解 melodramatic"～"。

1672 posh and robbage 解 stuff and rubbish"～";其中 posh 也解"～";也解 tosh"～";也解 bosh"～"。

1673 Mine"～",此处解 nein［德］"～"。

1674 dank you 解 denk je［荷］"～";也解 thank you"～";也解 dank"～"＋you"～"。

1675 all is where in love as war"～",此处解 all is fair in love and war"～"。

1676 此句化自爱尔兰民歌《俏丽的莫莉·布莱尼根》中的歌词"我心所在之处,你很容易种进一只萝卜"。

1677 cling"～";也解 ring"～"。

1678 true"～";也解 two"～"。

1679 tree"～";也解 three"～"。

1680 holly in his ives 解 holy in his eyes"～";也解 holly in his ivies"～";也解 honey in his hives"～"。

1681 lattlebrattons 解 little brats"～";也解 Little Britain"～",即法国的布列塔尼;也解 little brothers"～"。

1682 Cadwallon and"～",大约 625 至 634 年为古代威尔士格温内思郡国王。

1683 uncomparisoned 解 un-comparison-ed"～";也解 un-caparison-ed"～"。

1684 expletive"～";也解 explicit"～"。

1685 muddlecrass 解 muddle"糊涂"＋crass"愚笨的";也解 middleclass"～"。

1686 sermo［拉］"～";也解 sermon"～"。

1687 lacings"～",此处解 lessons"～"。

1688 etsitaraw 解 et cetera［拉］"～";也解 et［拉］"～"＋sit"～"＋a-raw"～"。

1689 etcicero 解 et cetera［拉］"～";也解 et Cicero"～",西塞罗为古罗马著名的演说家。

1690 Bruno Nowlan 解 Browne and Nolan"布朗尼与诺兰",都柏林书店的名字＋Bruno of Nola"布鲁诺",意大利哲学家。

1691 Javanese"～";也解 Japanese"～";也解 javanais［法］"～",1875 年左右在法国出现的一种切口。

1692 Allaboy"～",人名;也解 allos［希］"～"＋boy"～";也解 alibi［拉］"～";也解 alla［希］"～";也解 all"～"。

1693 Audi［拉］"～"。

1694 Joe Peters 解 Jupiter［拉］"～",罗马主神。

1695 Exaudi［拉］"～"。

1696 facts"～";也解 fax［拉］"～";也解 fox"～"。

1697 The Mookse and The Gripes 解 The Fox and the Grapes"～",伊索寓言;也解 The Mocks and The Gripes"～";其中 Mookse 也解 mugh［爱］"～";其中 Gripes 也解 Griffin"～",希腊神话中狮身鹰首的怪物。

女士们和先生们[1698]普通信徒、句号们和分号们[1699]半殖民地居民们、出身高贵的[1700]混血儿们|连字符和出身卑贱的[1701]傻大个！

从前[1702]一|爱因斯坦在一个空间，一个非常广阔[1703]使人厌烦的的空间，那里曾经住着[1704]住|《乌有乡》一只狐狸。这个孤独[1705]孤单寂寞|孤单|一|一些的家伙实在太寂寞了，像坐着的统治者[1706]像隐士的，太他妈的可怕了[1707]宽广地|椭圆形|布洛迪，一只狐狸他要去散步[1708]（我的帽子[1709]上帝！安东尼·罗密欧[1710]安东尼·罗莱喊），于是一个大夏天[1711]苏美尔人的晚上，在一个伟大的早晨，好好地吃了腌猪腿[1712]男女结合和菠菜[1713]吐痰的晚餐，扇过眼睛[1714]教皇仪仗扇，修完鼻毛[1715]毡帽，挖了耳朵[1716]梵蒂冈|预言|空虚，披上围脖[1717]后，他穿上那透不过的[1718]雨衣，抓起那可责难的，竖起王冠[1719]竖琴与王冠，步出他那不可移动的白色乡村[1720]苏格兰（之所以这样叫[1721]如此冷是因为[1722]冷它满是[1723]粉笔|满的高级石膏[1724]杰作，并有许多布置[1725]放出华丽[1726]贝佳斯|博基亚家族的花园，点缀[1727]着瀑布[1728]、美术馆[1729]布雷拉美术馆|圣灵降临节、引水渠[1730]公园|水沟|正统的和地下墓穴[1731]马梳）从勒德城[1732]伦敦出发散步[1733]去看看所有可能道路[1734]可以想象的|下垂的|笔的中最离奇的道路到底怎么坏[1735]。

他拿着父亲的宝剑出发了，他的破矛[1736]，他佩戴着，在他的双腿和沥青脚跟[1737]火鸡|塔克|拓儿之间，我们唯一的[1738]曾只有布雷克斯比尔[1739]，从他的牛脚趾[1740]禁止到三重顶[1741]，在我看来[1742]叮当响的，发出叮叮当当的声音，不死之身的每一寸。

他还没有从他的避难所[1743]中石器时代的走上五对[1744]秒距，就

1698 Gentes and laitymen 解 Ladies and Gentlemen“～”;其中 gentes 也解 gentiles“非犹太人”,其中 laity 也解“～”。

1699 semicolonials 解 semicolons“～”;也解 semi-colonials“～”。

1700 hybreds 解 highbreds“～”;也解 hybrids“～”;也解 hyphens“～”。

1701 lubberds 解 lowbreds“～”;也解 lubber“～”。

1702 Eins 解 once“～”;也解 eins [德]“～”;也解 Albert Einstein“～”。

1703 wearywide 解 very wide“～”;其中 weary 也解“～”。

1704 ere wohned 解 er woonde eens [荷]“～”;也解 wohnen [德]“～”;也解 Erewhon“～”英国作家塞缪尔·巴特勒 1872 年出版的小说。

1705 onesomeness 解 einsam [德]“～”;也解 lonesomeness“～”;也解 ensomhed [丹]“～”;也解 one“～”+some“～”+-ness。

1706 archunsitslike 解 archôn [希]“统治者”+sits“坐”+like“像……一样”;也解 hermitlike“～”。

1707 broady oval 解 bloody awful“～”;也解 broadly“～”+oval“～”;其中 broady 也解 Daniel Brody“～”,《尤利西斯》的德文译者之一。

1708 此句化自英国儿歌《一只青蛙去求婚》的第一句。

1709 hood“～”,此句化自习语 I'll eat my hat“绝无可能”;也解 God“～”。

1710 Antony Romeo 解 Antony“安东尼”,莎士比亚戏剧《安东尼与克里奥佩特拉》中的人物,古罗马统帅+Romeo“罗密欧”,莎士比亚戏剧《罗密欧与朱丽叶》中的人物;也解 Anthony Rowley“～”,儿歌《一只青蛙去求婚》中的人物。

1711 grandsumer 解 grand“大”+summer“夏天”;也解 Sumerians“～”。

1712 gammon“～”;也解 gamon [希]“～”。

1713 spittish 解 spinach“～”;也解 spit-tish“～”。

1714 flabelled 解 flabello [拉]“～”;也解 flabellum“～”。

1715 pilleoled 解 depilated“脱毛”;也解 pilleolus [拉]“～”。

1716 vacticanated 解 vacated“搬空”;也解 Vantican“～”;也解 vaticinated“～”;也解 vaco [拉]“～”。

1717 palliumed 解 pallium“(罗马天主教主教披的)～”。

1718 impermeable“～”;也解 impermeable [法]“～”。

1719 harped on his crown“～”;也解 The Harp and Crown“～”,18 世纪都柏林的一个酒吧。

1720 De Rure Albo [拉]“～”,指教皇阿德里安四世;也解 Alba [爱]“～”。

1721 socolled 解 so called“～”;也解 so cold“～”。

1722 becauld 解 because“～”;也解 be cold“～”。

1723 chalkfull 解 chock full“～”;也解 chalk“～”+full“～”。

1724 masterplasters 解 master plasters“～”,化自 Master Builder“《建筑大师》”,挪威戏剧家易卜生的戏剧;也解 masterpieces“～”。

1725 letout 解 laid out“～”;也解 let out“～”。

1726 borgeously 解 gorgeously“～”;也解 Borghese“～”,意大利一贵族世家,在罗马城边筑有名为贝佳斯别墅的庄园,用来收藏艺术品;也解 Borgia“～”,意大利文艺复兴时期的家族,出了几个教皇。

1727 strown 解 strewn“～”。

1728 cascadas 解 cascata [意]“～”;也解 cascades“瀑布”。

1729 pintacostecas 解 pinacoteca [意]“～”;也解 Pinacoteca“～”,位于梵蒂冈;也解 Pentecost“～”。

1730 horthoducts 解 aqueduct“～”;也解 hortus [拉]“～”+ductus [拉]“～”;也解 orthodox“～”。

1731 currycombs“～”,此处解 catacombs“～”。

1732 Ludstown 解 Ludd's town“～”,勒德为英国 19 世纪破坏织布机运动的勒德派所传说的领导人物;也解 Caerludd [威]“～”。

1733 a spasso [意]“～”

1734 pensible ways 解 possible ways“～”,化自伏尔泰的《天真汉》中“所有可能世界中最好的世界”;其中 pensible 也解 pensable [法]“～”;也解 pensile“～”;也解 pens-ible“～”,指本书两个儿子中的笔者肖恩。

1735 此句化自习语 Business is business“公事公办”。

1736 lancia spezzata [意]“～”,常用来指王子的侍卫。

1737 tarkeels 解 tar heels“～”;也解 turkeys“～”;也解 Tark“～”,赫梯人的神;也解 Tarr“～”,英国作家温德汉姆·刘易斯 1918 年出版的小说的标题和女主人公的名字。

1738 once in only 解 one and only“～”;也解 once only“～”。

1739 Bragspear 解 Nicholas Breakspear“～”(1100—1159),教皇阿德里安四世,把爱尔兰给了英国国王亨利二世。

1740 veetoes 解 vee [荷]“牛”+toes“脚趾”;也解 veto [拉]“～”。

1741 threetop 解 three tops“～”,指教皇的三重冠。

1742 clinking“～”,此处解 thinking“～”。

1743 azylium 解 asylum“～”;也解 Azilian“～”。

1744 pentiadpair 解 pentas [希]“五”+pair“对”。

在圣约翰拉特兰教堂[1745]闪姆|肖恩|灯塔|阳光|拉特兰宫的转角处，靠近城墙外的圣保罗教堂[1746]凉亭的，遇（依照[1747]次于|偏向一边的|第二第111条预言[1748]劝酒|附近，《永恒的阿姆尼斯·利米娅[1749]汉娜·丽维娅·妇鲁拉贝尔|河界|流过》）到了他曾目不转睛地盯着的在无意识中看起来最沼泽繁多的溪流。它从山中[1750]女孩发端，给自己起名[1751]涂抹拿农[1752]无时无刻不在|不。它看上去很小，闻起来褐色，在狭窄处思考，一说话就暴露浅薄。它流动[1753]星号|跑起来像所有可爱纯洁随和的小家伙[1754]邻近地区一样滴滴落下：我的，我的，我的！我和我！棕色小溪[1755]下行的|梦|棕色我怎么不爱你！

还有，我宣布，在那条会变成河流的小溪的对岸，在榆树[1756]欧勒姆干上口干舌燥[1757]栖息，直直垂下的，除了葡萄[1758]抱怨者还会是什么？无疑他该被烤干[1759]十分恼火，谁让他没有他时代的果汁[1760]乔伊斯|地狱？

他的籽儿几乎[1761]干净利落地全都讨厌[1762]在……上被淹死他；他的果肉[1763]每隔[1764]每个更旧的一分钟就改变颜色[1765]充满|气味；他很快就忘记了[1766]赞成|得到服装师对他枝叶[1767]叶子|前面|昆虫的额的飞叶[1768]扉页的蔑视[1769]设计；他静静地原谅[1770]赞成|给予了法警对他那大屁股[1771]庞培|承材的体积[1772]臀部的轻蔑[1773]扣押|拉紧|《哈里发的设计》。在他所有华而不实的[1774]宽敞的天堂[1775]举起里，就像至善至伟者[1776]相信[1777]被居住的，狐狸[1778]嘲弄者从未见到他的都柏林[1779]黑色的|圣树内兄[1780]在低处的沉思者如此像腌菜[1781]陷入困境。

阿德里安[1782]（这是狐狸现在的[1783]头脑化名[1784]承担|名字）在走

1745 Shinshone Lanteran 解 St. John Lateran"～",罗马的教皇座堂,著名的古代长方形廊柱大厅式基督教堂之一;也解 Shem"～"+Shaun"～"+lantern"～";也解 sunshine"～"+Lateran"～",罗马一系列在古罗马时代由拉特兰家族兴建的建筑。

1746 Saint Bowery's-without-his-Walls 解 St. Paul's Without-the-Walls"～",罗马著名的古代长方形廊柱大厅式基督教堂之一;也解 bowery"～"。

1747 secunding to 解 secundum [拉]"～";也解 second to"～";也解 secund"～";也解 Sekunde [德]"～"。

1748 propecies 解 prophecies"～",指中世纪爱尔兰修士圣马拉基关于主教的 111 条预言,一般称为《圣马拉基预言》(*Prophecies of St. Malachy*);也解 propinatio [拉]"～";也解 prope [拉]"～"。

1749 Amnis Limina Permanent"～";也解 Anna Livia Plurabelle"～",本书女主人公;也解 amnis limina [拉]"～"+permanent [拉]"～"。

1750 colliens 解 colline [法]"～";也解 cailín [爱]"～"。

1751 Daubing"～",此处解 dubbing"～"。

1752 Ninon 解 Ninon de Lenclos"～"(1620—1705),法国作家;也解 nun ôn [希]"～";也解 Ni [拉]"～"+non [拉]"不"。

1753 rinn 解 rinnen [德]"～";也解 rinn [爱]"～";也解 run"～"。

1754 purliteasy 解 pure"纯洁"+little"小"+easy"随和";也解 purlieus"～";也可与前面的 any lively 合解本书女主人公名字的缩写 ALP。

1755 down dream 解 brown stream"～";也解 down"～"+dream"～";其中 down 也解 donn [爱]"～"。此句化自美国作曲家约瑟夫·文讷 1869 年写的一首关于酗酒的歌曲《小棕壶》中的歌词。

1756 olum 解 elm"～";也解 ulmus [拉]"榆树";也解 olm [荷]"榆树";也解 Oilioll Olum"～",三世纪爱尔兰芒斯特地区的国王。

1757 parch"烘干";也解 perch"～"。

1758 Gripes"～",此处解 grapes"～"。

1759 fit to be dried"～";也解 fit to be tied"～"。

1760 juice"～";也解 Joyce"～";也解 deuce"～"。

1761 neatly"～",此处解 nearly"～"。

1762 had been... drowned on"～",此处解 had been down on"～"。

1763 polps 解 pulp"～";也解 pólpa [意]"果肉"。

1764 every older"～",此处解 every other"～"。

1765 charging odours 解 changing colours"～";也解 charging"～"+odor"～"。

1766 was... for getting 解 was forgetting"～";也解 was... for"～"+getting"～"。

1767 frons [拉]"～";也解 frond"～";也解 front"～";也解 frons"～"。

1768 flyleaf"～",此处直译为 fly"飞"+leaf"叶"。

1769 desdaign 解 disdain"～";也解 design"～"。

1770 was... for giving 解 was forgiving"～";也解 was... for"～"+giving"～"。

1771 cul de Pompe [法]"～";其中 Pompe 也解 Pompcius"～"(前 106—前 48),古罗马共和国的统帅,三次享受古罗马凯旋仪式;也解 cul de lampe"～"。

1772 bulkside 解 bulk size"～";也解 backside"～"。

1773 distrain"～",此处解 disdain"～";也解 strain"～";也可与前面的 the bailiff's 合解 *The Caliph's Design*"～",英国作家温德汉姆·刘易斯 1919 年出版的书籍。

1774 specious"～";也解 spacious"～"。

1775 heavings 解 heavens"～";也解 heaving"～"。

1776 Optimus Maximus [拉]"～",这是古罗马主神朱庇特的别称。

1777 be lived"～",此处解 believed"～"。

1778 Mookse 解 fox"～";也解 mocks"～"。

1779 Dubville 解 Dublin"～";也解 dubh [爱]"～"+bile [爱]"～"。

1780 Brooder-on-low"～",此处解 brother-in-law"～"。

1781 a pickle"～";也解 in a pickle"～"。

1782 Adrian"～"(1154—1159),指教皇。

1783 now's 解 now"现在"+'s"……的";也解 nous [希]"～"。

1784 assumptinome 解 assumed name"～";也解 assumption"～"+nomen [拉]"～"。

向[1785]接近|二等奖奥瑞纳文化[1786]愤慨时与葡萄面对面[1787]当面一动不动地站着[1788]粘住。但是所有狐狸都挪动[1789]情绪|末尾得像所有道路，无论向东[1790]南|路|辛辣还是向西[1791]水路|挥霍者的路，都漫步穿过罗马[1792]房间|空间。他[1793]这里看到[1794]石头|姐妹|先生一块石头，就那[1795]旧的|躲避个，在这块石头上沙德[1796]使徒彼得|秘密坐在[1797]满足的这个座位[1798]庄重地|充分满足上，它相当别扭地[1799]方向混乱地|臀部|教皇塞在里面并通过喝彩[1800]适应环境达到它最完满的[1801]第一个正义故事[1802]休庭，在这之后[1803]哪里|鸦片，带着他全可涂油的上方那万无一失的[1804]不会跌倒的|遭遇环绕[1805]教皇通谕|通牒，西方[1806]最坏的|废弃物的日间主教[1807]上帝|族长|石头的|圣帕特里克，以及他常结伴而行的[1808]无法无天的|非法的|清醒的佩紫水晶的直足者[1809]男同性恋，教宗德吾一世[1810]，紧挨着[1811]宝石他的渔人诡计[1812]渔人权戒|新鲜的|大话|财宝|包，胜利之兽[1813]胜仗，他的每条道路[1814]每一天上都加入了[1815]委派的华莱士藏馆[1816]钱包的收藏，因为他活[1817]相信得越长对它的思考[1818]被教授就越广，圣父[1819]脚镣|胖的|堂表兄弟、圣子[1820]总数和圣灵[1821]它支付的一网次渔获量，他审视了第一和最后一位先知般的[1822]凡夫俗子夸图斯[1823]第四五世、昆图斯第五六世和西克斯图斯第六七世，彻夜不眠地想着利奥[1824]狮子四十九世[1825]挑错。

——祝你好胃口我们[1826]愿我们好运，狐狸先生！你好吗？葡萄用一种极富辉格党色彩的[1827]内河船|蠼螋感伤[1828]玛格达琳文化|玛格达琳学院声音吱吱叫着，蠢驴们[1829]霍珀全都高声大笑，对他的打算发出驴鸣，因为他们现在了解了他们那狡猾的托德·劳里

1785 accessit [拉]"～";也解 access"～";也解 accessit(英国和法国学校中颁给学生的)"～"。

1786 aurignacian"～",指法国奥瑞纳市发现的欧洲和亚洲西南部的旧石器时代文化;也解 indignation"～"。

1787 phiz-à-phiz 解 vis-à-vis"～";也解 face to face"～"。

1788 stuccstill... to 解 stand still "～";也解 stuck"～"。

1789 Moodend 解 move"～";也解 mood"～"+end"～"。

1790 austereways 解 east ways"～";也解 auster [拉]"～"+ways"～";也解 austerus [拉]"～"。

1791 wastersways 解 west ways"～";也解 waterways"～";也解 waster's ways"～"。

1792 Room"～",此处解 Rome"～";也解 Raum [希]"～"。

1793 Hic 解 he"～";也解 hic [拉]"～"。

1794 sor 解 saw"～";也解 sor [希伯来]"～";也解 soror [拉]"～";也解 sir"～"。

1795 illud [拉]"～";也解 old"～";也解 elude"～"。

1796 Seter 解 Soter"～",167—174 年间的罗马教皇;也解 Peter"～";也解 seter [希伯来]"～"。

1797 satt 解 sat"～";也解 satt [希]"～"。

1798 huc sate 解 huc [拉]"至此"+seat"座位";也解 in state"～";其中 sate 也解"～"。

1799 poposterously 解 preposterously"～"; 也解 praepostere [拉]"～"; 也解 Popo [德]"～"; 也解 pope "～"。

1800 acclammitation 解 acclamation"～";也解 acclimation"～"。

1801 fullest"～";也解 first"～"。

1802 justotoryum 解 justus [拉]"公正的"+story"故事";也解 justitium [拉]"～"。

1803 whereopum 解 whereupon"～";也解 where"～"+opium"～"。

1804 unfallable 解 infallible"～";也解 un-fall-able"～";也解 Unfall [希]"～"。

1805 encyclicling 解 encircling"～";也解 encyclical"～";也解 encyclicus [拉]"～"。

1806 wouest 解 west"～";也解 worst"～";也解 wüste [希]"～"。

1807 diupetriark 解 diu [拉]"白日"+patriarch"主教";也解 dieu [法]"～"+petriarches [希]"～";也解 petreus [拉]"～";也解 Patrick"～"。

1808 athemystsprinkled 解 amethyst"紫水晶"+sprinkled"点缀的";也解 athemis [希]"～";也解 athemistos [希]"～";也解 amethustos [希]"～"。

1809 pederect 解 pede [拉]"脚"+rectus [拉]"竖直的";也解 pederast"～"。

1810 Deusdedit"～",615—618 年的教皇。

1811 cheek by jowel 解 cheek by jowl"～";其中 jowel 也解 jewel"～"。

1812 frisherman's blague 解 fisherman's blague"～";也解 fisherman's ring"～",教皇就职时佩戴的戒指;其中 frisher 也解 frisch [德]"～";其中 blague 也解[法]"～";也解 blago [塞维]"～";也解 bag"～"。

1813 Bellua Triumphanes 解 belua [拉]"猛兽"+triumphus [拉]"胜利"; 也解 Bella Triumphantia [拉] "～"。

1814 everyway 解 every way"～";也解 everyday"～"。

1815 addedto 解 added to"～";也解 addètto [意]"～"。

1816 wallat's collectium 解 Wallace collection"～",位于伦敦;也解 wallet's collection"～"。

1817 lieved 解 lived"～";也解 believed"～"。

1818 betaught of 解 bethought of"～";也解 be taught of"～"。

1819 fetter"～",此处解 father"～";也解 fett [德]"～";也解 Vetter [德]"～"。

1820 summe 解 son"～";也解 Summe [德]"～"。

1821 haul it cost"～",此处解 Holy Ghost"～"。

1822 micahlike 解 micah [希伯来]"弥迦",《圣经》中一些先知的总称,也解《弥迦书》+like"像……一样"。

1823 Quartus... Quintus... Sixtus,乔伊斯编造的主教名字;也解 Quartus... Quintus... Sixtus [拉]"～"。

1824 Lio 解 Leo"～",很多主教的名字;也解 leo [拉]"～"。

1825 Faultyfindth 解 fortyninth"～";也解 Faulty find"～"。

1826 Good appetite us 解 Good appetite"祝你好胃口"+us"我们";也解 good hap betide us"～"

1827 wherry whiggy 解 very whig-gy"～";其中 wherry 也解"～";其中 whiggy 也解 earwig"～"。

1828 maudelenian 解 maudlin"～";也解 Magdalenian"～",欧洲旧时代晚期的文化;也解 Magdalen College "～",牛津大学的学院之一。

1829 Jackasses"蠢驴们";也解 Hooper"～",18 世纪的刽子手,绰号"笑面杰克"。

狐[1830]卑贱的癞蛤蟆。见到你我不胜[1831]不多的|凶兆的荣幸，我亲爱的大师[1832]老鼠|聚集的人群|穆斯特文化的。如果可以能[1833]全希望否告诉我一切，教皇陛下[1834]心智健全？关于桤木和石头[1835]汉娜·丽维娅的一切，还有[1836]所有的所有谷芒和莉齐[1837]分析大体上的事情？不？

想想看！哦，最倒霉的[1838]最可怜的|最仁慈的撒旦[1839]救世主|我再试试|救赎！一粒葡萄[1840]一个抱怨的人|阿格里帕|苏珊娜！

——瞎说！狐狸最有成效地[1841]教宗福禄大叫道[1842]教皇训令，说教的[1843]、合为一体的[1844]教宗西西诺|西绪弗斯、能够存活的[1845]教宗佐西在他们的长袍之屋[1846]新石器时代的文化|知更鸟里胆战心惊地听着他那完全慢吞吞的声音[1847]欧洲中石器时代文化，因为你无法从嘶哑的[1848]锚链|母猪的|马桨声[1849]耳朵中唤醒[1850]用……制造轻柔的绞索[1851]老鼠|女用小提包。去死[1852]祝福吧你，还有你那来自亡灵的[1853]低等诅咒[1854]供奉|解剖|剖析！不，为了乡下牲口[1855]绞死你！我庄严地[1856]骄横的做着我的教皇[1857]陈词滥调|铠甲！下来，选美皇后[1858]华盖|秃头女王们！到我后面来，总督们[1859]撒旦！废话[1860]老鼠|鼻涕|石头|教皇皮乌斯十一世！

——不胜感激，葡萄鞠了个躬，他的哀诉[1861]酒涌上了他那紫色[1862]爱管闲事的人|骑用的马的脑袋。我依然常常全身仆地进行祈祷。根据表[1863]顺便问一下，请问[1864]步速|和平|空间|时钟现在几点？

想想看！这个消瘦的气包！这样对狐狸！

——问问我的食指[1865]《禁书目录》，留意[1866]嘴我的阿喀琉斯脚踵[1867]教皇皮乌斯十一世，增加我的钱币[1868]，崇拜[1869]洗脸我安详的鼻子[1870]拿撒勒，狐狸立刻答道，变得仁慈[1871]克莱门特、文雅[1872]城市化的|乌

1830 toad lowry 解 tod lowrie“～”，苏格兰方言中狐狸的常用名；也解 toad lowly“～”。
1831 rarumominum 解 rerum omnium [拉]“每件事”；也解 rarum [拉]“～”＋ominosum [拉]“～”。
1832 mouster 解 master“～”；也解 mouse“～”；也解 muster“～”；也解 Mousterian“～”，旧石器时代中期的文化。
1833 perhopes 解 perhaps“～”；也解 per-hopes“～”。
1834 Sanity“～”，此处解 Santità [意]“～”。
1835 aulne and lithial 解 aulne [法]“桤木”＋and“和”＋lithos [拉]“石头”；也解 Anna Livia“～”，本书女主人公的名字，也指利菲河。
1836 allsall 解 also“～”；也解 all's all“～”。
1837 liseias 解 Lise [德]“～”，伊丽莎白的变体；也解 analyses“～”。
1838 miserendissimest 解 miserissimus [拉]“～”；也解 miserandissimo [意]“～”；也解 misericordissimus [拉]“～”。
1839 retempter 解 the tempter“～”；也解 redempto“～”；也解 retempto [拉]“～”；也解 redemption“～”。
1840 A Gripes 解 a grape“～”；也解 a Gripe“～”；也解 Heinrich Cornelius Agrippa“～”(1486—1535)，德国神学家、神秘主义学者。
1841 telesphorously 解 telesphoros [希]“～”；也解 Telesphorus“～”，125 至 136 年的罗马教皇。
1842 bullowed 解 bellowed“～”；也解 papal bull“～”。
1843 concionator [拉]“～”。
1844 sissymusses 解 sussômos [希]“～”；也解 Sisinnius“～”，708 年的罗马教皇；也解 Sisyphus“～”，在希腊传说中在阴间不停地推石头上山；也解 Susanna“～”，书中女儿伊茜的化身之一。
1845 zozzymusses 解 zôsimos [希]“～”；也解 Zosimus“～”，417 到 418 年的罗马教皇。
1846 robenhauses 解 roben“长袍”＋Haus [德]“房屋”；也解 Robenhausian“～”；也解 robin“～”。
1847 tardeynois 解 tardy“慢吞吞的”＋noise“吵闹声”；也解 Tardenois“～”。
1848 hoarse“～”；也解 hawser“～”；也解 sow's“～”；也解 horse“～”。
1849 oar“～”；也解 ear“～”。
1850 wake... out of“～”；也解 make... out of“～”。
1851 nouse 解 noose“～”；也解 mouse“～”；也解 purse“～”。此句化自俗语 You cannot make a silken purse out of a sow's ear“用母猪的耳朵做不成柔滑的提包”，即“朽木不可雕”。
1852 Blast“爆炸、抨击”，温德汉姆·刘易斯曾编辑杂志《抨击》；也解 bless“～”。
1853 infairioriboos 解 inferioribus [拉]“～”；也解 inferiorness“～”。
1854 anathomy 解 anathema [希]“～”；也解 anathêma [希]“～”；也解 anathomê [希]“～”；也解 anatomy“～”。
1855 animal rurale [拉]“～”。
1856 superbly“～”；也解 superbus [拉]“～”。
1857 supremest poncif 解 supremus pontifex [拉]“大主教”；其中 poncif 也解[法]“～”；也解 Panzer [德]“～”。
1858 baldyqueens 解 beauty queen“～”；也解 baldaquin“～”；也解 bald queens“～”。
1859 satraps“～”；也解 Satan“～”。
1860 Rots“～”；也解 rats“～”；也解 Rotz [希]“～”；也解 rots [荷]“～”；也解 Achille Ratti“～”(1857—1939)。
1861 whine“～”；也解 wine“～”。
1862 palpruy 解 purple“～”；也解 paul pry“～”；也解 palfrey“～”。
1863 By the watch“～”；也解 by the way“～”。
1864 pace“～”，此处解 please“～”；也解 pace [拉]“～”；也解 space“～”；也可与前面的 time 合解 timepiece“～”。
1865 index [拉]“～”；也解 index Librorum Prohibitorum“～”，16 世纪起天主教会公布的禁书目录，直至 1966 年才废除。
1866 mund 解 mind“～”；也解 Mund [德]“～”。
1867 achilles 解 Achilles tendon“～”，指致命的弱点；也解 Achille Ratti“～”。
1868 obolum 解 obolus [拉]“小的希腊钱币”。
1869 woshup 解 worship“～”；也解 wash up“～”。
1870 nase 解 Nase [德]“～”；也解 Nazareth“～”，巴勒斯坦地区北部古城。
1871 clement“～”；也解 Clemens“～”，有 14 位教皇名克莱门特。
1872 urban“～”，此处解 urbane“～”；也解 Urban“～”，有六位教皇名乌尔班。

尔班、名贵[1873]尤金尼厄斯、神圣[1874]塞莱斯提努斯，表现出极其[1875]教宗福慕让人愉快的[1876]格利高里好心情。现在几点[1877]引用一个婊子的话|不寻常的婊子？这颇有些涉及到我传教时会发生什么，我的目的值得赞赏[1878]值得表扬|教皇训令是跟你算帐，野蛮人[1879]腓特烈一世|须发红棕色的。让索尔[1880]那里代表战争[1881]时钟。让保琳[1882]保利努斯代表和平[1883]爱任纽。让你成为比顿[1884]挨揍。让我成为洛杉矶。现在量量你的长度[1885]摔倒。现在测测我的能力。咳，酸的[1886]先生？我们这些时间的空间对你来说是不是太多维了[1887]二维的，骑墙的家伙？你会不会放弃你？为什么[1888]来？会吗[1889]呸？

神圣的耐心[1890]！你应该已经听到了回答他的那个声音！低低的[1891]。

——我正想着[1892]这事儿呢，亲爱的[1893]狐狸，可是，为了我葡萄干上的所有白霜[1894]逻辑性，如果我现在能[1895]不能做出妥协，我就不能[1896]卡诺莎|该隐抛开你，葡萄从他绝望的最深处呜咽着说。我也肯定你也说得这么好[1897]。我掉下来[1898]庙宇，值得赞美的人[1899]大声的小牛童，是我自己的事儿。我的速度[1900]幸福是一秒两尺[1901]两只脚穿一只袜子|停顿。我空间的[1902]特殊的内外壳[1903]在最高点|索引会抓住是上方[1904]从鸡蛋开始成为下方[1905]大叫的的东西。但是我永远无法告诉[1906]法官大人|霍诺利乌斯教皇陛下您（这里他几乎失掉了他的肢干）尽管我那塞着瓶塞的[1907]科克父亲只[1908]瓶是个冒牌侍者[1909]苏打水，你穿着[1910]商品|是|知道的谁的斗篷[1911]几点。

难以置信！好吧，就听听不可避免的东西。

1873 eugenious 解 eugenês［希］“～”；也解 Eugenius“～”，有四位教皇名尤金尼厄斯。
1874 celestian 解 celeste［拉］“～”；也解 Celestinus“～”，有五位教皇名塞莱斯提努斯。
1875 formose 解 foremost“～”；也解 Formosus“～”，891—896 年的罗马教皇。
1876 grogory 解 glorious“～”；也解 Gregorius“～”，有 16 位教皇名格利高里。
1877 Quote awhore 解 quota hora est［拉］“～”；也解 quote a whore“～”；也解 quite a whore“～”。
1878 laudibiliter 解 laudabiliter［拉］“～”；也解 laudability“值得赞赏”；也解 Laudibiliter“～”，由教皇阿德里安四世于 1155 年颁布，承认英格兰国王亨利二世有权控制爱尔兰。
1879 barbarousse 解 barbarous“～”；也解 Barbarossa“～”(1122—1190)，神圣罗马帝国皇帝，曾反对阿德里安四世；也解 rousseau［法］“～”。
1880 thor“～”，北欧神话中的雷神和战神；也解 there“～”。
1881 orlog 解 oorlog［荷］“～”；也解 Ørlαg，在北欧神话中指命运；也解 horloge［法］“～”。
1882 Pauline“～”，Paul 的阴性；也解 Paulinus“～”(354—431)，也称为诺拉的圣保利努斯，诺拉地区的主教，帮助解决围绕教皇波尼一世的选举产生的争论。
1883 Irene 解 eirênê［希］“～”；也解 Irenaeus“～”(140—202)，里昂的主教，曾试图阻止天主教会的分裂。
1884 Beeton“～”，镇名，被洛杉矶兼并；也解 beaten“～”。
1885 measure your length“～”，此处直译。
1886 sour“～”；也解 sir“～”。
1887 too dimensional 解 too“太”＋dimensional“维度的”；也解 two dimensional“～”。
1888 Como［西］“～”；也解 come“～”。
1889 Fuert it 解 fuerit［拉］“将成为”；也解 fue［拉］“～”。
1890 Sancta Patientia［拉］“～”。
1891 Culla vosellina［意大利方言］“～”。
1892 thinkling 解 thinking“～”。
1893 swees 解 sweet“～”。
1894 the rime on my raisins“～”；也解 the rhyme or reason“～”。
1895 connow 解 can now“～”；也解 cannot“～”。
1896 cannos 解 cannot“～”；也解 Canossa“～”，意大利一城堡名，神圣罗马帝国皇帝亨利四世曾在此处请求教皇格列高利七世的赦免；也解 Cain“～”，《圣经》中亚当的儿子，杀死弟弟亚伯。
1897 Ishallassoboundbewilsothoutoosezit 解 I shall also bound be, well so thou too sez it“～”。
1898 tumble“～”；也解 temple“～”。
1899 loudy bullocker 解 laudability-er“～”；也解 loudy bullock-er“～”。
1900 velicity 解 velocity“～”；也解 felicity“～”。
1901 too fit in one stockend 解 two feet in one second“～”；也解 two feet in one stocking“～”；其中 stockend 也解 stocken［德］“～”。
1902 spetialy 解 spatial“～”；也解 special“～”。
1903 inexshellsis 解 in-ex-shells is“～”；也解 in excelsis［拉］“～”；也解 index shall sieze“～”。
1904 ab ove 解 above“～”；也解 ab ovo［拉］“～”，罗马晚餐从鸡蛋开始。
1905 belowing 解 below“在下面”＋ing；也解 bellowing“～”。
1906 Your Honoriousness 解 Your Holiness“～”；也解 Your Hornor“～”；也解 Pope Honorius“～”，数位教皇名霍诺利乌斯。
1907 corked“～”；也解 Cork“～”，爱尔兰城市，乔伊斯的父亲来自此地。
1908 bott 解 but“～”；也解 bottle“～”。
1909 pseudowaitert 解 pseudo waiter“～”；也解 sodawater“～”。
1910 ware“～”，此处解 wear“～”；也解 were“～”；也可解 aware“～”。
1911 whose o'cloak 解 whose cloak“～”；也解 what o'clock“～”。

——你的庙宇[1912]教堂，筛子中的母猪[1913]！总在春天前后被处决[1914]我们是。欧洲的土耳其[1915]茅屋|茅舍|新袍子|新罗马或亚洲的土耳其[1916]灰烬。新罗马[1917]，我的伙计，永恒的[1918]相信的信仰[1919]铅。我在狮城[1920]里昂城的生存空间总是租给狮子似的[1921]利奥似的人，狐狸在宗教法庭式的训喻[1922]演说术|面谈中教皇般地[1923]傲慢地、壮观地|庞培用即刻裁判权像君士坦丁一样[1924]总结道[1925]一起组成俱乐部。（对毁容的[1926]沉船的葡萄来说是多大的谎言[1927]克兰麦|惩罚啊！）我后悔宣布我的尘世权力无法帮你避免被一点儿一点儿[1928]浸水草甸杀死，（多大的打击！）我们最初一大早[1929]活泼地在乌有乡[1930]新|哪里相遇的时候。（母猪筛过的[1931]筛中的母猪差点压碎的可怜的小葡萄！我开始感到看不起他了！）我这边，感谢教令，像我们妈妈的房子一样安全[1932]，他继续道，而且我能从我的圣地[1933]神圣的圆顶屋|希利看到心智完全健全是什么样子。联邦旗[1934]联邦|笑话，上了轭[1935]笑话！赞美[1936]轻瘫|平等|毁灭，你知道，十字架[1937]派厄斯预言|恶心的恶棍，属于那个赞美[1938]巴黎|珍惜自己的人。我必须把你留在那儿接受挤压[1939]目前。我能做出对你不利的证明，等一等[1940]重达一个动量，我的好[1941]上帝啊敌人！或者福音[1942]君士坦丁堡不是我们的福星。我跟你打赌这一打以上的。这个大[1943]雷电的|叶子|书卷到一打以上的。从哪儿开始[1944]，但是最好撰写[1945]煮熟的糖渍水果我知识的果实[1946]果糖的。大书[1947]托马斯·阿奎那。

抬高，给他的目光[1948]加分[1949]痛苦，他那戴着珠宝的竖起的脚[1950]鸡奸者指向云雾笼罩的[1951]全能的天空[1952]天幕|苍穹|顶棚，他那撞上

1912 temple“～”；也解 teampal［爱］“～”。

1913 sus in cribro［拉］“～”，在被称为由圣马拉基所做的《教皇预言》(*The Prophecy of the Popes*)中对教皇乌尔班三世的预言，因为他的姓意为“筛子”，他的家族徽章中有母猪图案。

1914 Semperexcommunicambiambisumers 解 semper［拉］“总是”＋excommunico［拉］“宣布执行绝罚”＋ambi-［拉］“在附近”＋summer“夏天”；其中 sumers 也解 sumus［拉］“～”。

1915 Tugurios-in-Newrobe 解 Turkey-in-Europe“～”；其中 Tugurios 也解［拉］“～”；也解 tugùrio［意］“～”；其中 Newrobe 也解 new robe“～”；也解 Nova Roma“～”，拜占庭帝国首都的名称，即君士坦丁堡。

1916 Tukurias-in-Ashies 解 Turkey-in-Asia “～”；其中 Ashies 也解 ashes“～”。

1917 Novarome 解 Nova Roma“～”，即君士坦丁堡。

1918 blievend 解 blivende［丹］“～”；也解 believing“～”。

1919 bleives 解 beliefs“～”；也解 Blei［德］“～”。

1920 lyonine city 解 Leonine City“～”，梵蒂冈周围的城区，由教皇利奥四世在 9 世纪下令建造；也解 Lyon city“～”，法国城市名。

1921 leonlike 解 lionlike“～”；也解 Leo-like“～”，很多教皇名利奥。

1922 allocution“～”；也解 elocution“～”；也解 alloquor［拉］“～”。

1923 pompifically 解 pontifically“～”；也解 pompously“～”；也解 Pompcius“～”(前 106—前 48)，罗马共和国将领。

1924 constantinently 解 Constantine-ly“～”，君士坦丁为罗马皇帝，皈依基督教。

1925 concludded 解 concluded“～”；也解 con-clubbed“～”。

1926 shapewrucked 解 shape wrecked“～”；也解 shipwrecked“～”。

1927 crammer“～”；也解 Thomas Cranmer“～”(1489—1556)，英国大主教；也解 krima［希］“～”。

1928 inchies 解 inches“英寸”；也解 ínse［爱］“～”。

1929 airly 解 early“～”；也解 airily“～”。

1930 newwhere 解 nowhere“～”；也解 new“～”＋where“～”；也解 Erewhon“乌有乡”，英国作家塞缪尔·巴特勒的小说《乌有乡》中假想的地方。

1931 sowsieved 解 sow“母猪”＋sieved“被筛过的”；也解 sus in cribro［拉］“～”。

1932 此句化自成语 as safe as houses“万无一失”。

1933 holeydome 解 halidom“～”；也解 holy dome“～”；也解 Timothy Michael Healy“～”(1855—1931)，爱尔兰民族自治运动成员，在巴涅尔与欧希夫人的私情被揭露出来后背弃了巴涅尔。

1934 Unionjok 解 Union Jack“～”，指 1800 年《大不列颠与爱尔兰联邦法案》；也解 Union“～”＋joke“～”。

1935 yok 解 yoke“～”；也解 joke“～”。

1936 Parysis 解 praises“～”；也解 Paresis“～”；也解 parisos［希］“～”；也解 perish“～”。

1937 crucycrooks 解 crucicrux［拉］“～”；也解 Crux de Cruce“～”，圣马拉基的《教皇预言》中对教皇派厄斯四世的预言；也解 cruddy crooks“～”。

1938 parises 解 praises“～”；也解 Paris“～”；也解 prizes“～”。

1939 the pressing“～”，指挤压葡萄酿酒；也解 the present“～”。

1940 weight a momentum“～”，此处解 wait a moment“～”。

1941 mein goot 解 my good“～”；也解 mein Gott［德］“～”。

1942 Cospol 解 gospel“～”；也解 Constantinople“～”。

1943 foluminous 解 voluminous“～”；也解 fulminous“～”；也解 folium［拉］“～”；也解 volumen［拉］“～”。

1944 Quas primas 解 qua prima［拉］“～”，中世纪经院哲学论文常以此开始讨论。

1945 Compote“～”，此处解 compose“～”。

1946 fructos 解 fructus［拉］“～”；也解 fructose“～”。

1947 Tomes“～”；也解 Thomas Aquinas“～”(1225—1274)，中世纪经院哲学家。

1948 blick［德］“～”。

1949 peint 解 point“～”；也解 pain“～”。

1950 pederect 解 pederectus［拉］“～”；也解 pederast“～”。

1951 allmysty 解 all misty“～”；也解 almighty“～”。

1952 cielung 解 caelum［拉］“～”；也解 ciel［法］“～”；也解 cièlo［意］“～”；也解 ceiling“～”。

好运的[1953]好彩蓝火[1954]血|青色乳(变质乳)从一些应该是火花[1955]产生火花的|圣人|卫星的东西中流出,一团[1956]修道院|星团星星围绕[1957]麦片粥|史黛拉在枫树[1958]枫树旅馆|那不勒斯上空,萤火虫[1959]闪光|圣露西娅的光|露西娅在特蕾莎[1960]特蕾莎修女街上,止步标志在苏菲·巴拉特[1961]家前面,他把奇数打[1962]奇怪的讲师|零碎的东西的牛皮纸[1963]书卷收到一起[1964]收集到上帝那里,希腊文[1965]声音、拉丁文[1966]信和俄文的[1967]蔷薇十字会员|十字架,放到他腹足[1968]预言|前言|序言的大腿[1969]失误|最后的上,成为一群羊[1970]未被感觉的|一部淫秽书籍一个牧人[1971]一个被击溃的,坐在他的雨衣[1972]更宽的|校样边。他 100[1973]在世上之人 33[1974]干的|和|怕干的次很充分地证明了这一点,真的[1975]时间,你知道[1976]你停下,直到尼古拉[1977]魔鬼撒旦全部灭绝(尼古拉·阿罗西乌斯[1978]北极狐一直是这个曾是葡萄的人的俗[1979]教皇希望的|合适的名[1980]数目|骤雨浓云),依据欧几里德[1981]核儿和阿那克萨哥拉[1982]不准确的和蒙森[1983]易卜生和萨姆赛姆,依据伊拉斯谟[1984]让我们祈祷和依据阿尔米尼乌斯[1985]阿尔米尼乌斯|夸美纽斯,依据犹太人教宗克雷[1986]和依据占卜官马拉基[1987]还有依据卡波尼[1988]文集,这之后,用小脸蛋的明胶和符咒[1989]全天|白兰地|教皇克莱门八世的毒药[1990]福尔马林|准则,他完全[1991]到这里来|一起重新证明了当不是按照那个顺序拆分[1992]使分开成某个不同的顺序时,它被二项式[1993]两个名字的定理[1994]分辨|透视画、笔墙[1995]布匿战争|小阴茎和墨水[1996]、墨溅[1997]英格尔兹比传奇和尺子[1998]乡村的、希望[1999]圈|群众的统辖和经验[2000]权宜的教训[2001]祝福|伤害和律法、本丢·彼拉多[2002]哨兵的判决[2003]被审判者、病书[2004]的垃圾房中的所有手稿[2005]我的手迹|木乃伊和尾巴

1953 luckystruck 解 lucky struck“～”;也解 Lucky Strike“～”,一种美国香烟牌子。
1954 blueild 解 blue“蓝色的”＋ild［丹］“火”;也解 blood“～”;也解 blue milk“～”。
1955 santillants 解 scintilla“～”;也解 scintillant“～”;也解 santo［意］“～”;也解 satellites“～”。
1956 cloister“～”,此处解 cluster“～”;也可与后面的 starabouts 合解 star cluster“～”。
1957 starabouts 解 stars“星星”＋about“在周围”;也解 stirabout“～”;也解 Stella“～”,斯威夫特的恋人。
1958 Maples“～”;也解 Maple's Hotel“～”;也解 Naples“～”,意大利西南部港市。
1959 lucciolys 解 lucciole［意］“～”;也解 luceo［拉］“～”;也解 Lucia lustra［意］“～”,圣露西娅为天主教、东正教、英国国教等尊奉的盲人的主保圣人;也解 Lucia“～”,乔伊斯的女儿。
1960 Teresa 解 St. Teresa of Avila“～”(1515—1582),西班牙修女,被封为圣人;也解 St. Teresa of Lisieux“～”(1873—1897),法国修女,也被称为“基督的小花”。
1961 Sophy Barratt 解 St. Madeleine Sophie Barat(1779—1865)“～”,法国天主教的圣徒。
1962 odds docence 解 odd dozens“～”;也解 odd docent “～”;也解 odds and ends“～”。
1963 vellumes 解 vellums“～”;也解 volumes“～”。
1964 gaddered togodder 解 gathered together“～”;也解 gathered to God“～”。
1965 gresk 解 Graesk［丹］“～”;也解 gresko［行］“～”。
1966 letton 解 Latin“～”;也解 letter“～”。
1967 russicruxian 解 Russian“～”,指俄国东正教;也解 Rosicrucian“～”;也解 crux［拉］“～”。
1968 prolegs“(昆虫的)～”;也解 prolexis［希］“～”;也解 prolegomenon［希］“～”;也解 prologues“～”。
1969 lapse“～”,此处解 laps“膝以上的大腿处”;也解 last“～”。
1970 umfullth 解 one fold“～”;也解 unfelt“～”;也解 one filth“～”。
1971 onescuppered 解 one shepherd“～”;也解 one scuppered“～”。出自《约翰福音》中的“并且要合成一群,归一个牧人”。
1972 widerproof 解 waterproof“～”;也解 wider“～”＋proof“～”。
1973 whoonearth 解 hundred“一百”;也解 who on earth“～”。
1974 dry and drysick 解 drei-und-dreißig［德］“～”;也解 dry“～”＋and“～”＋dry sick“～”。
1975 vremiament 解 vraiment［法］“～”;也解 vremya［俄］“～”。
1976 tu cesses［法］“～”,此处解 tu sais［法］“～”。
1977 Niklaus 解 Nicholas“～”,五位教皇名尼古拉;也解 Nick“～”。
1978 Alopysius 解 James Augustine Aloysius Joyce“詹姆斯・奥古斯丁・阿罗西乌斯・乔伊斯”,乔伊斯的全名;也解 alôpêx［希］“～”。
1979 popwilled 解 popular“～”;也解 Pope willed“～”;也解 proper“～”。
1980 nimbum 解 nomen［拉］“～”;也解 number“～”;也解 nimbus［拉］“～”。
1981 Neuclidius 解 Euclid“～”,约公元前 3 世纪的古希腊数学家;也解 nucleus［拉］“～”。
1982 Inexagoras 解 Anaxagoras“～”,古希腊哲学家,对日蚀做过正确解释并相信物质由原子组成;也解 inexact“～”。
1983 Mumfsen 解 Theodor Mommsen“～”(1817—1903),德国历史学家,著有《罗马史》;也解 Henrik Ibsen“～”(1828—1906),挪威剧作家。
1984 Orasmus 解 Desiderius Erasmus“～”(1466—1536),尼德兰思想家,著有《愚人颂》;也解 oremus［拉］“～”。
1985 Amenius 解 Arminius“～”(前 18—21),德国统帅,打败罗马军团司令瓦鲁斯;也解 Jacobus Arminius“～”(1560—1609),荷兰神学家;也解 Johann Amos Comenius“～”(1592—1671),摩拉维亚人文主义者。
1986 Anacletus“～”,第三任罗马教皇,大约在公元 79—92 年在位。
1987 Malachy 解 St. Malachy“～”(1094—1148),北爱阿马地区的主教,著有关于 112 位主教的预言。
1988 Cappon 解 Marquis Gino Capponi“～”(1792—1876),意大利政治家和历史学家,有关于教会历史资料的著作。
1989 Alldaybrandy 解 abracadabra“～”;也解 All day“～”＋brandy“～”;也解 Ippolito Aldobrandini“～”(1536—1605),下令将布鲁诺烧死。
1990 formolon 解 formolê［希］“～”;也解 formalin“～”;也解 formula“～”。
1991 ehrltogether 解 altogether“～”;也解 her［德］“～”＋together“～”。
1992 sundering“～”;也解 sondern［德］“～”。
1993 binomial“～”;也解 binominis［拉］“～”。
1994 dioram 解 theorem“～”;也解 diorаô［希］“～”;也解 diorama“～”。
1995 penic walls 可解 pen walls“～”;也解 Punic Wars“～”,罗马和迦太基之间发生的三次战争;也解 peniculus“～”。
1996 ind 解 ink“～”。
1997 Inklespill 解 ink“墨水”＋spill“溅出”;也解 Ingoldsby“～”,出自英国作家巴哈姆的作品《英格尔兹比传奇》(*Ingoldsby Legends*)。
1998 the rure 解 the ruler“～”;也解 de rure［拉］“～”。
1999 hoop“～”,此处解 hope“～”;也解 hoop［荷］“～”。
2000 expedience“～”,此处解 experience“～”。
2001 blessons 解 lessons“～”;也解 bless“～”;也解 blesser［法］“～”。
2002 Pontius Pilax 解 Pontius Pilate“～”,罗马法官,判决基督钉上十字架;其中 Pilax 也解 phylax［拉］“～”。
2003 jugicants 解 judicans［拉］“～”;也解 judicanda［拉］“～”。
2004 Bokes 解 books“～”。
2005 mummyscrips 解 manuscripts“～”;也解 my scripts“～”;也解 mummy “～”。

所著的《狡猾[2006]仔细研究|坎宁狐狸篇的狡猾篇》改变[2007]另一个了133次。

当那只狐狸[2008]嘲弄|黏液的带着先见[2009]预加工，伴以先行[2010]，双倍地和双重地[2011]，用事实本身[2012]根据事实本身和伤心之异[2013]但是，相反地宣布这只无赖[2014]拉斯柯尼科夫的葡萄[2015]谜|渔网|一网鱼的时候，他几乎[2016]全部|半身雕像成功[2017]退出地独占[2018]基督一性论者|病的了他的违命者[2019]不良的下属|有害的|大教堂|繁衍。但是可怕得就像他抓住他那卑鄙的标志性[2020]迹象|精液|头脑裸体[2021]棺材|赤裸的|裸体人像|动物来鼓吹[2022]结合|同面颊他的赶出者[2023]一种阿拉伯半岛出产的宝石|溢出|纯净的的出现[2024]自己一人和他的圣灵[2025]女巫拥有的的开端[2026]最初细读者|行进，以此与他的圣灵的流出[2027]面包|胸部|虔诚|的|他的|甜的|卵子的|双重的|聊天完全结合[2028]同时刺激一样，他的教会要员们[2029]扒手的愚笨[2030]拜占庭帝国的高级官员|伐木工|砰的一声同样被发现[2031]喜欢的与他的理事会[2032]某个|矮种马|一起卖|小门的教会会议意见相左，他那教皇的[2033]被婴儿们亲吻的绝对无误[2034]孙子|容易的|最因为他的及由圣子[2035]❶爱马者|珍爱的说被赶了出去。

——几千年[2036]偏离航线后[2037]之后，唉，葡萄仔细研究了我的绵羊皮，你[2038]会对这个世界视而不见[2039]在……后面的|被排成一队，虔诚[2040]庇乌斯者狐狸说[2041]空间|试图。

——几千年[2042]你的|往昔后[2043]经常，群居者[2044]格利高里葡萄答[2045]时

---

❶ 基督教东派教会和罗马公教发生的重要争执之一，罗马公教要求在《尼西亚信经》中加入filioque一词，遭到东派教会反对，最终导致1054年东西方教会的分裂。

2006 Conning"～",此处解 cunning"～";也解 George Canning"～"(1770—1827),英国政治家。此句化自埃及《亡灵书》中的《在一章中知道〈白天时前来〉诸章》(The Chapter of Knowing the Chapters of Coming Forth (by Day) in a Single Chapter)一章,这一章有两个版本,另一个版本名为《在地下世界白日时前来》,这一章被认为是埃及《亡灵书》中最古老的章节之一。

2007 alter"～";也解 alter [拉]"～"。

2008 Mooksius 解 Fox"～";也解 Mock"～";也解 mucosus [拉]"～"。

2009 preprocession 解 prepossession"～";也解 preprocess"～"。

2010 proprecession 解 pro-"前的"+precession"先行"。

2011 diplussedly 解 diplous [希]+ly"双重地"。

2012 ipsofacts 解 ipso [拉]"本身"+facts"事实";也解 ipso facto [拉]"～"。

2013 sadcontras 解 sad contrast"～";也解 sed contra [拉]"～"。

2014 raskolly 解 rascally"～";也解 Raskolnikov"～",陀思妥耶夫斯基的《罪与罚》中的主人公。

2015 Gripos 解 grapes"～";也解 griphus [拉]"～";也解 griphos [希]"～";也解 gripos [希]"～"。

2016 allbust 解 all but"～";也解 all"～"+bust"～"。

2017 seceded"～",此处解 succeed"～"。

2018 monophysicking 解 monopolizing"～";也解 monophysite"～"+"-ing";也解 sick"～"。

2019 illsobordunates 解 insubordinate"～";也解 ill subordinates"～";也解 ill"～"+sobor [俄]"～";也解 suborior [拉]"～"。

2020 semenoyous 解 sêmeion [希]"～";也解 sêmeiôsis [希]"～";也解 semen"～"+nous [希]"～"。

2021 sarchnaktierss 解 sarx [希]"肉体"+naked"赤裸的";也解 Sarg [德]"～"+nackt [德]"～";也解 Akt [德]"～";也解 Tier [德]"～"。

2022 combuccinate 解 combuccino [拉]"用……吹喇叭";也解 combine"～";也解 com-bucca [拉]"～"。

2023 aspillouts 解 aspello [拉]"赶走"+out"向外的";也解 aspilates"～";也解 spill out"～";也解 aspilos [希]"～"。

2024 silipses 解 syllêpsis [希]"～";也解 solus ipse [拉]"～"。

2025 haggyown pneumax 解 hagion pneuma [希]"～";其中 haggyown 也解 hag-own"～"。

2026 acheporeoozers 解 archê [希]"开始"+porizô [希]"创始";也解 archi-peruser"～";也解 poreia [希]"～"。

2027 the breadchestviousness of his sweeatovular ducose 解 his"他的"+proshestvie svyatogo dukha [俄]"圣灵流出";也解 bread"～"+chest"～"+piousness"～"+of"～"+his"～"+sweet"～"+ovular"～"+du-"～"+coze"～"。

2028 synerethetise 解 synthesize"～";也解 syn-erethizô [希]"～"。

2029 Sakellaries 解 sakellarioi [希]"～";也解 saccularius [拉]"～"。

2030 loggerthuds 解 loggerhead"～";也解 logothetes"～";也解 logger"～"+thud"～"。

2031 fond"～",此处解 found"～"。

2032 somepooliom 解 symboulion"(东正教中的)～";也解 some"～"+pôlion [希]"～";也解 sympôleô [希]"～";也解 sympylion [希]"～"。

2033 babskissed 解 papskii [俄]"～";也解 babies-kissed"～"。

2034 nepogreasymost 解 nepogreshimost [俄]"～";也解 nepos [拉]"～"+easy"～"+most"～"。

2035 philioquus 解 filioque [拉]"～",也解 phil-equus [拉]"～";也解 philios [希]"～"。

2036 yaws 解 years"～";也解 yaw"～"。

2037 Efter [丹]"～";也解 After"～"。

2038 yow 解 you"～"。

2039 belined 解 blind"～";也解 behind"～";也解 be-lined"～"。

2040 pius 解 pious"～";也解 Pius"～",12 位教皇名庇乌斯。

2041 enscayed 解 said"～";也解 encyd [威]"～";也解 essay"～"。

2042 yores 解 years"～";也解 yours"～";也解 yore"～"。

2043 Ofter 解 After"～";也解 Often"～"。

2044 gregary 解 gregarious"～";也解 Gregorius"～",16 位教皇的名字。

2045 amsered 解 answered"～";也解 amser [威]"～";也解 Amsel [德]"～"。

间|乌鸫，即便成了穆罕默德[2046]的山羊，你的依然可能，唉，狐狸，更聋[2047]困扰的。

——我们应该被瓦尔哈拉宫[2048]再见|空洞的的女选官作为最后中的第一个选中，狐狸高贵地[2049]致地评论[2050]道，好与以利亚[2051]挽歌的|伊丽莎白一世|哈利路亚的独角[2052]联合|无与伦比的媲美，我们一人在我们的旅馆[2053]马厩|警察机构|表格的里，而这正是鲁比和罗比[2054]城市与寰宇|教皇的戒指和长袍|乔治·罗贝心爱的，上帝赐福他[2055]到处。

这个避孕药，这个鼻洗剂（亚德雷牌[2056]），这个军队男人裂口[2057]，英国化得就像在邦德街[2058]严格地捆绑，直率得就像当那个足弓骨折的[2059]破产的新西兰[2060]现在登陆游客……

——我们[2061]罢黜，葡萄四肢无力地坦白[2062]困惑的|孔子|康米神父道，当蒙面的恐惧[2063]瓦尔哈拉宫造访[2064]陈述我们的时候，我们希望甚至不会成为第一中的最后一个。而且，他补充道，看看伊丽莎白[2065]艾莉莎|床的第 43 条法令[2066]特长|砰的一声|坚韧，我完全仅仅[2067]手指|母马|我依赖呼吸[2068]宽的重量。呼呼[2069]完美的！

隐匿不见的[2070]隐形的|难看的|赤裸的伏兵[2071]吹奏乐器的口形，社会和商业成功的冷酷敌人！（天女的呼吸[2072]独自|皮带|美丽的海伦）原本可能是一个愉快的夜晚，可是……

他们相互谩骂[2073]振动|维特堡|坏了的|杖笞|继续的|痛斥，狗和蛇[2074]，用塔里斯提努斯[2075]塔拉西纳|小栏架抽打皮萨斯法提乌姆[2076]天然沥青|沥青以来所用过的最粗野的话。

——独角[2077]太监|绝不|角|哎呀！

2046 MacHammud 解 Mohammed“～”,伊斯兰教的创始人。

2047 botheared 解 bothered［英爱］“～”;也解 bothered“～”。

2048 Vale Hollow 解 Valhalla“～”;也解 vale［拉］“～”＋Hollow“～”。

2049 nobily 解 nobly“～”;也解 nobbily“～”。

2050 obselved 解 observed“～”。

2051 Elelijiacks 解 Elijah“～”,公元前 9 世纪以色列的先知;也解 elegiacus［拉］“～”;也解 Elizabeth I“～”(1533—1603),英国女王;也解 alleluia“～”。

2052 unicum 解 unicorn“～”;也解 union“～”;也解 unicum［拉］“～”。

2053 stabulary 解 stabulum［拉］“～”;也解 stable“～”;也解 constabulary“～”;也解 tabular“～”。

2054 Ruby and Roby“～”,两个人名;也解 Urbi et Orbi［拉］“～”,教皇致词时常用的词句;也解 ring and robe“～”;也解 George Robey“～”(1869—1954),英国喜剧演员。

2055 blissim 解 bless him“～”;也解 passim［拉］“～”。

2056 Yardly's 解 Yardley's“～”,英国的一个洗涤用品生产品牌。

2057 Army Man Cut“～”;也解 Army Cut,英国香烟品牌。

2058 bondstrict 解 Bond Street“～”,伦敦街道名;也解 bond strict“～”。

2059 brokenarched 解 broken-arch-ed“～”;也解 broken-back-ed“～”。

2060 Nuzuland 解 New Zealand“～”;也解 nun zu land［德］“～”。

2061 oust“～”,此处解 us“～”。

2062 cumfused 解 confess“～”;也解 confused“～”;也解 Confucius“～”;也解 Conmee“～”(1847—1910),都柏林克隆伍兹·伍德公学的校长,也是乔伊斯作品中的人物。

2063 Veiled Horror“～”;也解 alhalla“～”。

2064 visitated 解 visited“～”;也解 stated“～”。

2065 Elissabed 解 Elizabeth I“～”(1533—1603),英国女王;也解 Elissa“～”,《埃涅阿斯记》中女王狄多的诗化名字＋bed“～”。

2066 fortethurd 解 forty-third“～”,指伊丽莎白一世在 1601 年颁布的《济贫法》;也解 forte“～”＋thud“～”;也解 fortitude“～”。

2067 mear 解 mere“～”;也解 méar［爱］“～”;也解 mare“～”;也解 mir［德］“～”。

2068 breath“～”;也解 breadth“～”。

2069 Puffut 解 puff“～”;也解 perfect“～”。

2070 Unsightbared 解 unsichtbar［德］“～”;也解 Unsightbared“～”;也解 unsightly“～”＋bare“～”。

2071 embouscher 解 ambusher“～”;也解 embouchure“～”。

2072 Hourihaleine 解 Houri“(伊斯兰教中虔信者进入天国后真主安拉所赐与之相伴的)天国美女”＋haleine［法］“呼气”;也解 alleine［德］“～”;也解 Leine［德］“～”;也解 ôraia Elenê［希］“～”。

2073 viterberated 解 vituperated“～”;也解 vibrate“～”;也解 Viterbo“～”,意大利地名,12 世纪时曾为教皇驻地;也解 vitiosus［拉］“～”;也解 verberare［拉］“～”;也解 weiter［德］“～”;也解 berated“～”。

2074 canis et coluber［拉］“～”,在《圣马拉基预言》中指教皇利奥十二世。

2075 Tarriestinus“～”,人名;也解 Tarracina“～”,古罗马城市,位于意大利中部;也解 tarrion［希］“～”。

2076 Pissasphaltium“～”,人名;也解 pissasphaltos［希］“～”;也解 pissasphalt“～”。

2077 Unuchorn 解 unicorn“～”;也解 eunuch“～”;也解 un corno［意］“～”;也解 corn［爱］“～”;也解 ochón［爱］“～”。

——蹄子[2078]不英勇的！

——蛋[2079]蛋|葡萄！

——威士忌[2080]爱尔兰利口酒|始终！

然后蠢牛[2081]肆意地回答了排球[2082]齐射|球。

小云[2083]短篇小说|新文字身着她的明裳[2084]睡衣，经过16个夏日[2085]西斯廷闪闪发光纺织而成，俯瞰着他们，趴在栏杆上[2086]灾星，孩子气地听着能听到的一切。当肩膀[2087]抬肩充满信心地[2088]把拐杖[2089]苍穹|被刺的|枯萎|断片|棍棒举得跟天空一样高[2090]婚礼的时候，她多么胆战心惊啊[2091]发光的，当膝盖[2092]疑虑重重地[2093]旋转把自己[2094]她帮助他弄[2095]出洋相得像个大傻瓜[2096]球|暂停|圣徒保罗|毕加索的时候，她多么愁云密布[2097]被淹没的啊！她独自一人。她的所有云[2098]结婚伴都与松鼠一起熟睡了。她们的妈妈[2099]女人，月亮[2100]穆尼夫人，已经离开，正在第一[2101]亲王|上弦月宿舍里刷洗着28号的后楼梯。父亲[2102]，那个太阳[2103]斯堪的纳维亚人|丑闻，已经上了楼，在诺伍德[2104]挪威苏打间[2105]吃着维京[2106]美味[2107]污点|比利时-佛兰芒人|牛奶冻之海。虽然这个天国之人带着他的星群[2108]布满星星的|星座|专对天主的最高敬拜和散射物[2109]站在中间，小云一边照着自己一边听着，而且她尝试了能做的一切来让狐狸抬头看她（但他过于[2110]前面的|太万无一失地[2111]看着远处），来让葡萄听到她能多么羞涩（虽然他过于有条不紊地[2112]支持教会分裂地|分裂的|像一个体系听[2113]神谕的着他的存在[2114]，不会留心她）但各处都是温润的水汽[2115]《爱的徒劳》。甚至她那淡淡的[2116]虚假的投影，小云[2117]露西娅，也不能让他们注意[2118]鼻子|知识，因为他们的思绪，带着无畏

2078 Ungulant 解 ungulatus [拉]“长蹄或爪的”;也解 un-gallant“～”。
2079 Uvuloid 解 ovaloid“～”;也解 ubh [爱]“～”;也解 uva [拉]“～”。
2080 Uskybeak 解 uisce-beatha [爱]“～”;也解 usquebaugh“～”;也解 usque [拉]“～”。
2081 bullfolly 解 folly bull“～”;也解 wilfully“～”。
2082 volleyball“～”;也解 volley“～”+ball“～”。
2083 Nuvoletta [意]“～”,乔伊斯在《都柏林人》中的短篇《一小片云》被译成意大利文时为“Una Nuvoletta”;也解 novelette“～”;也解 nouvelles letters [法]“～”。
2084 lightdress 解 light“光”+dress“衣裳”;也解 nightdress“～”。
2085 sisteen shimmers 解 sixteen summers“～”;也解 Sistine shimmers“～”,西斯廷教堂位于罗马,以天花板上米开朗基罗的绘画著名。
2086 bannistars 解 banisters“～”;也解 bane stars“～”。
2087 Shouldrups 解 shoulders“～”;也解 shoulder up“～”。
2088 glaubering 解 Glaube [德]“～”。
2089 welkinstuck 解 walkingstick“～”;也解 welkin“～”+stuck“～”;也解 welken [德]“～”;也解 stück [德]“～”;也解 Stock [德]“～”。
2090 hochskied 解 hoch [德]“高的”+sky“天空”+-ed“像天空一样高”;也解 Hochzeit [德]“～”。
2091 brightened“～”,此处解 frightened“～”。
2092 Kneesknobs 解 Knees“膝”+knobs“瘤”。
2093 zwivvel 解 Zweifel [德]“～”;也解 swivel“～”。
2094 himshelp 解 himself“～”;也解 she help him“～”。
2095 makeacting 解 make“做”+act“行动”+-ing;也解 acting the mick“～”。
2096 paulse 解 fool“～”;也解 balls“～”;也解 pause“～”;也解 Paul“～”;也解 Picasso“～”(1881—1973),西班牙画家。
2097 overclused 解 overcast“～”;也解 over-closed“～”。
2098 nubied 解 nubis [拉]“～”;也解 nubo [拉]“～”。
2099 mivver 解 mither [苏格兰]“～”;也解 mivvy [俚]“～”。
2100 Moonan 解 Moon“～”;也解 Mooney“～”,乔伊斯的《都柏林人》中的短篇《寄宿公寓》中的老板娘,当她与一个单身男性房客争吵时,她的女儿等在外面。
2101 Fuerst 解 first“～”;也解 erste [德]“第一的”;也解 Fürst [德]“～”;也与后面的 quarter 合解 first quarter“～”。
2102 Fuvver 解 father“～”。
2103 Skand 解 Sun“～”;也解 Scandinavian“～”;也解 skandale [丹]“～”。
2104 Norwood“～”,伦敦地名,意为“北方树林”;也解 Norway“～”。
2105 sokaparlour 解 soda“苏打水”+parlour“营业厅”。
2106 Voking 解 Viking“～”。
2107 Blemish“～”,此处解 Relish“～”;也解 Belgian-Flemish“～”;也解 blancmange“～”。
2108 constellatria 解 constellatio [拉]“～”;也解 constellatus [拉]“～”;也解 constellation“～”;也解 latria “～”。
2109 其中包含着本书主人公名字缩写的变体 CHE。
2110 fore too 解 far too“～”;也解 fore“～”+too“～”。
2111 adiaptotously 解 adiaptôtos [希]“～”。
2112 schystimatically 解 systematically“～”;也解 schismatically“～”;也解 schismatôdês [希]“～”;也解 systêmatikos [希]“～”。
2113 auricular“～”;也解 oracular“～”。
2114 ens [拉]“～”。
2115 mild's vapour moist“～”;也解 *Love's Labout's Lost*“～”,莎士比亚的喜剧。
2116 feignt 解 faint“～”;也解 feign“～”。
2117 Nuvoluccia [意]“～”;也解 Lucia“～”,乔伊斯的女儿。
2118 gnoses 解 notice“～”;也解 noses“～”;也解 gnôsis [希]“～”。

的[2119]不动摇的|充满信心地命运和无尽的[2120]一团糟好奇[2121]罗马教廷，与埃拉伽巴路斯[2122]、康茂德[2123]、艾诺巴巴勒斯[2124]黄铜肤色的野蛮人钉在了一起[2125]秘密会议，还有红衣主教魔鬼[2126]枢机执事|同目的他们按照他们的纸莎草[2127]纸浓烟[2128]和字母[2129]所言而做的不管什么事。仿佛那就是他们的志向[2130]呼吸！仿佛他们的能复制[2131]区分|（古罗马的）两头政治|双生她那女王的尊严[2132]以前的！仿佛她会成为这个或那个[2133]搜索又搜索程序中的第三方[2134]第三美丽！她尝试了她的四种轻风教给她的所有迷人的赢人的办法。她像小布列塔尼的公主[2135]一样甩着她那朦胧星光的[2136]头发，她像康沃利斯-魏斯特夫人[2137]一样弯着她那娇小美丽的胳膊，她像爱尔兰国王的王后的女儿那美丽的造型一样朝着自己微笑，她自艾自叹，好像她生来就应该嫁给悲伤更悲伤最悲伤[2138]特里斯丹。但是，小圣母[2139]夫人，她完全不妨把她那雏菊之美[2140]一天的工作带到弗罗里达。因为狐狸，疯狗[2141]教条的般的侍祭[2142]迦南人|乌头|顽固的|狗|伴唱，并不觉得有趣[2143]一只驼鹿，而葡萄，靠不住的[2144]都柏林|醉酒的|黑色的|牛天主教徒[2145]圣帕特里克，健忘[2146]遗忘|是否|知道得让人不快[2147]松树般地。

——我明白了，她叹息道。那儿是男人[2148]规矩。

位于事件中心[2149]迈达斯的一根长草周围的青草[2150]春天|放大|芦苇受到惊扰，发出轻柔的[2151]叹息叹息的低语[2152]的切切声[2153]姐妹们；影子开始沿着河岸伸展[2154]闪烁，延伸[2155]葡萄唱歌，延伸，一层又一层暮色[2156]尘土|狐狸莫克斯，昏暗得就像所有和平[2157]可能的世界的荒

2119 intrepifide 解 intrepid"～";也解 intrepidus [拉]"～";也解 fide [拉]"～"。

2120 bungles 解 boundless"～";也解 bungle"～"。

2121 curiasity 解 curiosity"～";也解 curia (Romana)"～"。

2122 Heliogobbleus 解 Heliogabalus"～",218 至 222 年在位的罗马皇帝安东尼努斯所用的名字,以荒淫残暴著称。

2123 Commodus"～",180—192 年在位的罗马暴君。

2124 Enobarbarus"～",莎士比亚的戏剧《安东尼和克莉奥佩特拉》中的人物;也解 Aeno-barbaros [拉]"～"。以上三个名字的首字母组成本书主人公名字的缩写 HCE。

2125 conclaved 解 conclavo [拉]"～";也解 conclave"～",天主教枢机选举教皇的秘密会议。

2126 coordinal dickens 解 cardinal dickens "～";也解 cardinal deacon"～";其中 coordinal 也解"～"。

2127 papyrs 解 papyros [希]"～";也解 papers"～"。

2128 damprauch 解 Dampf [德]"蒸汽"+Rauch"烟",天主教枢机选举教皇的秘密会议在会议结束时会烧毁投票纸。

2129 buchstubs 解 Buchstabe [德]"～"。

2130 spiration 解 aspiration"～";也解 spiratio [拉]"～"。

2131 duiparate 解 duplicate"～";也解 separate"～";也解 duumvirate"～";也解 duipario [拉]"～"。

2132 queendim 解 queendom"～";也解 quondam"～"。

2133 search on search 解 such or such"～";也解 search and search"～"。

2134 third perty 解 third party"～";也解 third pretty"～"。

2135 此为法文。特里斯丹与伊瑟的故事中的白手的伊瑟是布列塔尼的公主。

2136 sfumastelliacinous 解 sfumato [意]"朦胧的"+stélla [意]"星星"+nous。

2137 Mrs Cornwallis-West"～",指英国女演员帕特里克·坎贝儿(Patrick Campbell, 1865—1940),丈夫去世后嫁给康沃利斯-魏斯特;也解 West Cornwall,英国康沃尔郡的西部,特立斯丹故事中马克国王的辖区。

2138 此为拉丁文"～"的原型、比较级和最高级;也解 Tristan"～"。

2139 madonine 解 madonnina [意]"小型圣母像";也解 Madonna"～"。

2140 daisy's worth"～";也解 day's work"～"。

2141 dogmad 解 mad dog"～";也解 dogmatic"～"。

2142 Accanite 解 acolyte"(天主教的)～";也解 Canaanite "～";也解 aconite"～",一种原产于北欧的有毒草本植物;也解 accanito [意]"～";也解 canis [拉]"～";也解 accanto [拉]"～"。

2143 amoosed 解 amused"～";也解 a moose"～"。

2144 dubliboused 解 dubious"～";也解 Dublin"～"+boozed"～";也解 dubh [爱]"～"+bous [希]"～"。

2145 Catalick 解 Catholic"～";也解 Patrick"～"。

2146 obliviscent 解 oblivious"～";也解 obliviscence"～";也解 ob [德]"～"+wissen [德]"～"。

2147 pinefully 解 painfully"～";也解 pine-ful-ly"～"。

2148 menner 解 Männer [德]"～";也解 manner"～"。

2149 in midias reeds 解 in medias res [拉]"～";也解 Midas"～",希腊神话中的国王。

2150 the ver grose O arundo 解 *The Green Grass Grew All Around*"《四周的青草》",19 世纪末 20 世纪初的一首歌曲名,其中 ver 解[拉]"～";也解 vergrößern [德]"～"+arundo [拉]"～",希腊神话中芦苇将迈达斯国王长着驴耳朵这件事透露给所有人。

2151 softzing 解 soft"～";也解 seufzen [德]"～"。

2152 whisp 解 whisper"～"。

2153 siss"～";也解 sisters"～"。

2154 glidder 解 glide"～";也解 glitter"～"。

2155 greepsing 解 creeping"～";也解 Gripe sing"～"。

2156 duusk 解 dusk"～";也解 dust"～";也解 Mookse"～"。

2157 peacable 解 peaceable"～";也解 possible"～"。

原[2158]最坏的中可能出现的黄昏。河上陆地[2159]事后的想法很快就是同一[2160]全都这样的名字颜色形式[2161]氯仿|清一色的的棕色[2162]布朗与诺兰:或者[2163]塞西拉平地[2164]西班牙或者[2165]—水陆[2166]荷兰|爱尔兰,树木稀疏[2167]被迷住的|数不清的、草木荒芜[2168]玫瑰。狐狸正好[2169]右有声音[2170]完好的之眼,但他无法听到一切。葡萄剩下有[2171]左光线[2172]轻的之耳,但他只能看到一点点。他停下。然后他停下,沉重疲惫[2173]舌头|踢,他们两人从来没有这样黯淡。但是狐[2174]牛哞仍然想着他明天[2175]次日|狐狸莫克斯|向摩洛哥可能深深[2176]《自深深处》陷入的困境[2177]死亡|深的|土地|和|我们,而葡[2178]抓依然觉着[2179]很多的如果凭借神恩[2180]基督|高龄的|希腊他足够[2181]蚱蜢|耳环幸运他可能躲过[2182]便条的窘境[2183]便条|毛骨悚然的感觉。

啊,什么样的黄昏[2184]尘土啊! 从玛拉雅山谷[2185]溪谷|再见|马利亚颂|再见,马利亚到神恩平原[2186]遍地青草的平原|满怀感激,主与你同在[2187]必须|睡觉|我们睡觉|回声! 啊,露水[2188]再见|啊|上帝! 啊,露水! 天色如此昏暗,连夜晚的泪水也开始落下,最初一滴两滴,然后三滴四滴,最后五滴六滴又七滴,因为疲惫的人们在苏醒[2189]醒来,而我们如今与他们一起哭泣。O! O! O! 下雨了[2190]雨伞|落雨!

然后一位不见容貌的女人[2191]下到彼岸(我相信她是一个黑人,脚下充满寒意[2192]孩子们),她在教皇[2193]陈腐的狐狸被摊开的地方悲伤地[2194]母亲般地|转生|字、词|爱|托马斯·穆尔把他收拢,带他去她那看不见的住处,被人称为[2195]那是顶点劫掠的山鹰[2196],因为他是崇高神圣的所罗门[2197]孤单的,此后[2198]是她的主教[2199]恶毒的|屠夫围

2158 waste"～";也解 worst"～"。
2159 Metamnisia [希拉合成字]"～";也解 meta mnême [希]"～"。
2160 alsoonome 解 all"全都"+soon"很快"+one"一种";也解 all so nomen"～"。
2161 coloroform 解 color form"～";也解 chloroform"～";也解 uniform"～"。
2162 brune 解 brown"～";也解 Browne,即 Browne and Nolan"～",都柏林著名书籍和文具商店的店名。
2163 citherior 解 either"～";也解 Cythera"～",希腊一岛屿。
2164 spiane 解 spiano [意]"～";也解 Spain"～"。
2165 an"～",此处解 or"～";也解 an,爱尔兰语中的冠词,一般不译。
2166 eaulande 解 eau"水"+land"陆地";也解 Holland"～";也解 Ireland"～"。
2167 innemorous 解 in-"非"+nemorosus [拉]"树木繁茂的";也解 enamored"～";也解 innumerous"～"。
2168 unnumerose 解 un-"非"+nemorosus [拉]"树木繁茂的";也解 rose"～"。
2169 right"～";也解"～"。
2170 sound"～";也解"～"。
2171 left"～";也解"～"。
2172 light"～";也解"～"。
2173 tung and trit 解 tung og træt [丹]"～";也解 tongue"～";也解 Tritt [德]"～"。
2174 Moo"～",此处解 Mookse"狐狸莫克斯"。
2175 the morrokse 解 tomorrow"～";也解 the morrow"～";也解 the Mookse"～";也解 to Morocco"～"。
2176 profoundth 解 profoundly"～";也解(De) Profundis"～",英国作家王尔德的小说。
2177 the deeps of the undths 解 deep end"～";其中 deeps 也解 death"～";也解 deep"～";其中 undths 也解 Ondt,即后面故事中的"蚂蚁";也解 earth"～";也解 und [德]"～";也解 uns [德]"～"。
2178 Gri 解 Gripes"～";也可与后面的 feeled 合解 greifen [德]"～"。
2179 feeled 解 felt"～";也解 viel [德]"～"。
2180 grice 解 grace"～";也解 Christ"～";也解 greis [德]"～";也解 Greece"～"。
2181 enoupes 解 enough"～";也解 Gracehoper,即后面故事中的"～";也解 enopê [希]"～"。
2182 escipe 解 escape"～";也解 scrip"～"。
2183 scripes 解 scrape"～";也解 scrips"～";也解 the creeps"～"。
2184 duusk 解 dusk"～";也解 dust"～"。
2185 Vallee 解 valley"～";也解 valles [拉]"～";也解 vale [拉]"～";也可与后面的 Maraia 合解 Ave Maria "～",天主教的祈祷词之一;也解 Vale Maria"～"。
2186 Grasyaplaina 解 Grace plain"～";也解 grassy plain"～";也解 gratia plena [拉]"～"。
2187 dormimust echo 解 dominus tecum [拉]"～";其中 dormimust 也解 must"～"+dormire [意]"～";也解 dormimus [拉]"～";其中 echo 也解"～"。
2188 Ah dew"～";也可解为 adieu [法]"～";也解 ah"～"+Dieu [法]"～"。
2189 wecking 解 wecken [德]"～";也解 waking"～"。
2190 par la pluie [法]"～";也解 parapluie [法]"～";也解 pluit [法]"～"。
2191 a woman of no appearance"～",出自英国作家王尔德的戏剧《无足轻重的女人》(*A Woman of No Importance*)。
2192 chills 解 chill"～";也解 children"～"。
2193 his hoariness 解 his holiness"～",对罗马教皇等的尊称;也解 hoary"～"。
2194 motamourfully 解 mournfully"～";也解 mother-ful-ly"～";也解 metamorphôsis [希]"～";也解 mot [法]"～"+amour [法]"～"-fully;也解 Thomas Moore"～"(1779—1852),爱尔兰诗人和歌词作者。
2195 thats hights 解 that is hight"～";也解 that is height"～"。
2196 Aquila Rapax [拉]"～",在《圣马拉基预言》中指教皇派厄斯七世。
2197 solem 解 Solomon"～";也解 solus [拉]"～"。
2198 poshup 解 post hoc"～"。
2199 boshop 解 bishop"～";也解 boshaft [德]"～";也解 butcher"～"。

裙的翻版。所以你看到就像我一直知道、你一直知道、他一直知道的那样，狐狸他有理性。那边一位无比重要的女人下到此岸（虽然他们说她很好看，尽管内心[2200]留意冰冷）而且，由于他就像向小贩的手绢擤它那样像它，她拉下葡萄，撕开恐慌的自身分裂[2201]自我伸展|惊慌失措的土著居民，在源于他躯干的死亡[2202]怒火|天使中，把它的天国八福[2203]天福|至福一起带[2204]爱|女雕像柱到她那看不见的羊棚[2205]先令|盾牌|斜视中，即天堂之露[2206]。因此可怜的葡萄弄错了；因为葡萄总是这个样子，以前总是，将来总是。他们中的哪一个都从未这么深思熟虑。于是现在那里只剩下一株榆树和一块石头。用石头[2207]圣保罗与圣彼得投票，石头[2208]山脊但是柳树[2209]母猪|柱子|索罗斯。啊！对了！还有小云，一个小女孩[2210]哎呀|爱丽丝。

然后小云在她那小而漫长的一生中最后一次反思，并且将她所有难以计数的飘动的思绪聚为一点。她取消了所有婚约[2211]薄纱。她爬过栏杆[2212]禁止|星星；她发出孩子气的阴云密布的哭喊：不[2213]大块乌云！不！明裳[2214]睡衣飞扬。她走了[2215]毛德·冈妮。飞入原为小溪的河流（因为千滴泪水[2216]数年落到她身上[2217]世纪，到她这里，她强壮[2218]淘气|烈性黑啤酒了，突然想跳舞，她那沾上泥的[2219]婚后的名字叫利菲夫人[2220]密西西比河）那里落下一滴眼泪，一滴孤独的[2221]罪行|哽咽眼泪，所有眼泪中最可爱的（我指的是那些爱哭的[2222]克雷洛夫寓言迷，他们“热衷”于美而又美的陈腐平庸[2223]容貌平常的之物，你可以在希望商厦哈罗德商厦[2224]偶然的找到）因

2200 heed“～”,此处解 head“头脑”。

2201 autotone 解 autotomy“～”;也解 autotonos［希］“～”;也可与前面的 torn panicky 合解 ton panike autochthon［希］“～”。

2202 angeu［威］“～”;也解 anger“～”;也解 angel“～”。

2203 beotitubes 解 Beatitudes“～”,《马太福音》中耶稣登山训众论福的话;也解 beatitude“～”;也解 beatitudo［拉］“～”。

2204 cariad 解 carried“～”;也解 cariad［威］“～”;也解 caryatid“～”。

2205 shieling“～”;也解 shilling“～”;也解 shield“～”;也解 schielen［德］“～”。

2206 De Rore Coeli［拉］“～”,在《圣马拉基预言》中指教皇乌尔班七世。

2207 pietrous 解 petreus［拉］“～”;也可与前面的 Polled with 合解 Paul with Peter“～”,两人在书中构成一组二元对立。

2208 Sierre 解 pierre［法］“～”;也解 sierra“～”。

2209 saule［法］“～”;也解 Sau［德］“～”;也解 Säule［德］“～”;也解 Saulos［希］“～”,圣保罗的希腊名字,圣保罗在改信天主教前名为“Saul”。

2210 a lass“～”;也解 alas“～”;也解 Alice“～”,《爱丽丝漫游奇境记》的女主人公。

2211 engauzements 解 engagements“～”;也解 gauze“～”。

2212 bannistars 解 banister“～”;也解 ban“～”+stars“～”。

2213 Nuée［法］“～”,此处解 No“～”。

2214 lightdress 解 light“光”+dress“衣裳”;也解 nightdress“～”。

2215 gone“～”;也解 Gonne“～”,爱尔兰女演员。

2216 tears“～”;也解 years“～”;乔伊斯的女儿露西娅的名字 Lucia 也解 luccicone,在意大利语中意为“大滴眼泪”。

2217 eon“～”,此处解 on“～”。

2218 stout“～”;也解 stout［荷］“～”;也解 Stout“～”。

2219 muddied“～”;也解 married“～”。

2220 Missisliffi 解 Missis Liffey“～”;也解 Mississippi“～”。

2221 singult 解 single“～”;也解 guilt“～”;也解 singultus［拉］“～”。

2222 crylove 解 cry love“～”;也解 Ivan Krylov“～”(1769—1844),俄国寓言家。

2223 commonface 解 commonplace“～”;也解 common face“～”。

2224 hopeharrods 解 Hope Brothers“希望兄弟”,伦敦百货店+Harrods“哈罗德商厦”,伦敦百货店;也解 haphazard“～”。

为这是一滴激增之泪[2225]闰年。但是河水渐渐漫过了她，舔着[2226]笑就好像她的心已经碎了[2227]小溪：为什么，为什么，为什么！我好苦啊[2228]！我流来流去真是太傻[2229]抱歉的了，可是我停不[2230]芦苇下来！

别鼓掌，求求你！够了[2231]最好的|狗杂种！罗马税[2232]摇铃人[2233]响尾蛇|恼人的到时候[2234]长跑|长期艰苦会绕着你的圈子走。

阿勒波[2235]所有的|一个男孩|否则|其他|别处学长[2236]，我以后[2237]在主题之后|在他们之后会在另一个地方考虑你的回应。诺兰·布朗尼[2238]布朗与诺兰|布鲁诺，你现在可以离开教室了。朱·庇特[2239]，狐狸[2240]声音。

既然我现在已经成功地向你们解释了我自己天生的份额[2241]理性，它甚至溢出了[2242]在运行中|作为辩解我的天庭，向我保证我天资过人，有价值得多[2243]嘴巴更多的。我很同情[2244]同样深的我那永远忠诚的朋友[2245]和半无知的[2246]一半部队前进格拉古·笨艾鼬[2247]笨蛋|艾鼬。亲爱的[2248]吉姆[2249]宝石！亲爱的小狐狸[2250]天花！很好[2251]都柏林的马秀|霍拉绪|荷鲁斯！我可以像爱我自己的读经台[2252]两个都一样爱那个男人，因为他聪明得要命[2253]围栏浅滩之城|巴拉克拉瓦|白利夫，尽管他粗心[2254]好奇的|残忍的蠢驴|刘易斯·卡罗尔|圣希里尔和圣麦索迪乌斯|克里尔得可怕，尽管我必须完全听命于[2255]斯拉夫人旋律[2256]方法。我希望他像西奥博尔德[2257]女神|画像那样去生活，在特里斯坦-达库里亚[2258]管辖轻旅[2259]夜晚的圣布利吉特，坠船人之岛[2260]马恩岛，在那里他可以成为第106个，并接近那难以企及之地。（桃花心木的汇

2225 leaptear 解 leap“激增”＋tear“泪水”；也解 leapyear“～”，本书主人公的女儿伊茜被称为闰年女孩。
2226 lapping“～”；也解 laughing“～”。
2227 brook“～”，此处解 broken“～”。
2228 此处为德语。
2229 silly“～”；也解 sorry“～”。
2230 canna 解 can not“～”；也解 canna［拉］“～”。
2231 Bast 解 basta［意］“～”；也解 best“～”；也解 bastard“～”。
2232 romescot 解 Rome scot“～”，指各地主教要求每户每年交的一便士税，也叫“彼得献金”或“圣座献金”。
2233 nattleshaker 解 rattle“拨浪鼓”＋shaker“摇动者”；也解 rattlesnake“～”；其中 nattle 也解 nettle“～”。
2234 in diu dursus 解 in due course“～”；也解 diu cursus［拉］“～”；也解 diu durus［拉］“～”。
2235 Allaboy 解“～”，人名；也解 all“～”＋a boy“～”；也解 alla［希］“～”；也解 allos［希］“～”；也解 alibi［拉］“～”。
2236 Major“～”，英国公学中所有高年级学生都在名字上加上这一称谓。
2237 after themes“～”，此处解 after times“～”；也解 after them“～”。
2238 Nolan Browne“～”；也解 Browne and Nolan“～”，都柏林著名书籍和文具商店；也解 Bruno of Nola“～”，意大利哲学家。
2239 Joe Peters 解 Jupiter“～”，罗马神话中的主神。
2240 Fox“～”；也解 vox［拉］“～”。
2241 rations“～”；也解 reason“～”。
2242 in excise of 解 in excess of“～”；也解 in excise“～”；也解 in excuse of“～”。
2243 mouth's more“～”，此处解 much more“～”。
2244 symbathos 解 sympathy“～”；也解 synbathos［希］“～”。
2245 乔伊斯曾在给韦弗女士的信中讽刺刘易斯在信中总是自称“永远忠诚的朋友”。
2246 halfaloafonwashed 解 half a loaf“～”，化自谚语 half a loaf is better than none“一点儿总比没有好”＋unwashed“无知的”；也解 half a league onward“～”，出自英国诗人丁尼生的诗歌《轻旅的冲锋》。
2247 Gnaccus Gnoccovitch 解 Gaius Sempronius Gracchus“格拉古”（前 154—前 121），罗马政治家和改革家＋gnòcco［意］“笨蛋”＋fitch“艾鼬”。
2248 Darling“～”，乔伊斯在给韦弗女士的信中也讽刺刘易斯在信中总是称对方“亲爱的 XX”。
2249 gem“～”，此处解 Jim“～”，这也是乔伊斯的昵称。
2250 smallfox 解 small fox“～”；也解 smallpox“～”。
2251 Horoseshoew 解 knorosho［俄］“～”；也解 Horse Show“～”；也解 Horatio“～”，莎士比亚的悲剧《哈姆雷特》中哈姆雷特的朋友；也解 Horus“～”，埃及的神，奥西里斯和塞特的儿子。
2252 ambo“～”；也解 ambo［拉］“～”。
2253 baileycliaver 解 bally“非常”＋clever“聪明”；也解 Baile Átha Cliath“～”，都柏林的爱尔兰名字；也解 Balaclava“～”，乌克兰克里米亚半岛的一个城市；也解 Bailiff“～”，英国作家温德汉姆·刘易斯的《儿童节》（*The Childermas*）中的人物，是一个法官也是一个魔鬼。
2254 curillass 解 careless“～”；也解 curious“～”；也解 cruel ass“～”；也解 Carroll“～”，英国作家；也可与后面的 methodiousness 合解 St. Cyril & St. Methodius“～”，九世纪的一对希腊兄弟，后在斯拉夫地区传教，成为东正教会的主要圣人；也解 Edmund Curil“～”（1675—1747），以出售淫秽书籍为主的英国书商。
2255 slav 解 slave“完全受到……的限制”；也解 Slav“～”。
2256 methodiousness 解 melodiousness“～”；也解 method“～”。
2257 theabild 解 St. Theobald“～”（1017—1066），法国圣人；也解 thea［希］“～”＋Bild［德］“～”。
2258 Tristan da Cunha“～”，大西洋南部的群岛，属于英国，乔伊斯的时代据刘易斯说只有 105 人，2009 年达 275 人。
2259 night brigade 解 light brigade“～”，化自英国诗人丁尼生的诗歌《轻骑旅的冲锋》（*Charge of the Light Brigade*）；也解 night Bridget“～”。
2260 isle of manoverboard“～”；也解 Isle of Man“～”，爱尔兰海上的自治岛。

合[2261]，如果是波浪[2262]顺便说一下，让我想起[2263]重新测量|孟子|重新想起这个裸露的景色尽管渴望拥有自己的伞盖[2264]日本金松，需要真正保养[2265]花椒果型的防护林来保持它的树干[2266]内脏清洁——垂枝山毛榉[2267]哭泣的母狗，云杉和菩提树[2268]在它周围自然生长——应被归类，就像克里克特巴特·威罗姆[2269]紧皮白柳|板球棒和他的两个苗圃男[2270]古代斯堪的纳维亚人顾问们提议的那样，属于取之不尽之类，只要我们想想[2271]再浮起所有的灰胡桃树[2272]奶油|湿的、香枫树、花白蜡树，等等[2273]铅笔柏|洋常春藤，在那里漫山遍野[2274]纯粹的，就好像蔡斯沼泽林[2275]《基尔代尔沼泽林》中的山楂树[2276]霍斯|霍桑一样，对任何人来说都应该看起来像贫地松[2277]落叶松一样普通[2278]飞机|悬铃木，直到凡尔耐·鲁本斯[2279]春红的|覆盆子的松柏园[2280]赤陶|圣灵降临节的|画廊被介绍给我们，那里喜马拉雅雪松[2281]亲爱肮脏的(都柏林)|阿迪欧达图斯|橡树被以一种孑然独立的样子[2282]纯粹的|站立描绘[2283]刺孔|着色的|松树给我们，对此我们毫不怀疑他惯于[2284]住处如此，只是没有那些自我播种的幼苗，这些幼苗作为一种物种证明了最大的个体能够在高地[2285]橄榄树林|圣经中的橄榄山上或高地里出现，比如东柯纳小山[2286]柯纳山|老柯纳山|木柴|小丘，在那里它与洋槐[2287]污物|刺槐|完全的|场合和普通山毛柳[2288]萨莉混杂在一起，更柔嫩)民众的声音[2289]坚果|杨树，就如我们在山胡桃山核桃[2290]这里|《嘀嗒钟》中说的，我希望我们有更多这样[2291]眼镜的生命之树[2292]生命之水。为什么要在路旁扎根[2293]死记硬背，或者在明矾[2294]榆木罐上忧伤[2295]芒|渴望？市政官[2296]桤木白面子树[2297]白色的海狸|不管怎样是公正的[2298]黑色的|恶棍|可以的。他应

2261 此句化自托马斯·穆尔的歌曲《水流的汇合》。
2262 be the waves"～";也解 by the way"～"。
2263 rementious 解 reminds"～";也解 remensus [拉]"～";也解 Mencius"～";也解 rememini [拉]"～"。
2264 umbrella"～";也可与前面的 pine 合解 umbrella pine"～"。
2265 service"～";也解 service tree"～"。
2266 boles"～";也解 bowels"～"。
2267 weeping beeches"～";也解 Weeping Bitch"～",中世纪民间故事中被变成母狗的女孩。
2268 Tillia 解 Tilia [拉]"～"。
2269 Cricketbutt Willowm"～",人名;也解 cricket-bat willow"～",一种柳树;也解 cricket bat"～"。
2270 nurserymen 解 nursery"苗圃"+man"男人";也解 Norsemen"～"。
2271 refloat"～",此处解 reflect"～"。
2272 butternat 解 butternut"～";也解 butter"～"+nat [荷]"～"。
2273 redcedera 解 et cetera [拉]"～";也解 red cedar"～";也解 édera [意]"～"。
2274 purvulent 解 prevalent"～";也解 pure"～"。
2275 Curraghchasa 解 Curragh Chase"～",位于爱尔兰利姆里克郡西部的森林;也解 The Curragh of Kildare"～",一首爱尔兰民歌的名字。
2276 howthorns 解 hawthorns"～";也解 Howth"～",都柏林郊区;也解 Hawthorne"～"(1804—1864),美国作家。
2277 lodgepole 解 lodgepole pine"～";也解 larch"～"。
2278 plane"～",此处解 plain"～",此句化自俗语 as plain as a pikestaff"极为明显";也解 plane tree"～"。
2279 Verney Rubeus 解 Vernet"凡尔耐",有三位法国画家名凡尔耐+Rubens"鲁本斯"(1577—1640),佛兰芒画家;也解 vernirubens [拉]"～";也解 raspberry"～"。
2280 pinetacotta 解 pineta"～";也解 terra-cotta"～";也解 Pentecost"～";也解 pinacotheca"～"。
2281 deodarty 解 deodar"～";也解 dear dirty (Dublin)"～";也解 Adeodatus"～",圣奥古斯丁的儿子,意为"上帝之赐";也解 dair [爱]"～"。
2282 pure stand 解 pure stand (of timber)"～";也解 pure"～"+Stand [德]"～"。
2283 pinctured 解 pictured"～";也解 punctured"～";也解 tinctured"～";也解 pine"～"。
2284 habitat"～",此处解 habit"～"。
2285 olivetion 解 elevation"～";也解 olivetum [拉]"～";也解 Olivet"～"。
2286 Conna Hillock 解 Conachail"～",爱尔兰古地名,位于科克郡;也解 Conna Hill"～",地名,位于爱尔兰的都柏林郡布雷市的北部;也解 *Old Conna Hill*"～",爱尔兰民谣;也解 conadh [爱]"～"+hillock"～"。
2287 foolth accacians 解 False-Acacia"～";也解 filth"～"+acacia"～";也解 full"～"+occasion"～"。
2288 sallies 解 sallows"～";也解 Sally"～",美国心理学家莫顿·普林斯的《分裂的人格》一书中克里斯汀·比切普潜意识中的第二个自我。
2289 Vux Populus 解 vox populi [拉]"～";也解 nux [拉]"～"+populus [拉]"～"。
2290 hickoryhockerys 解 hickory hockery,由"山胡桃"一词衍生的文字游戏;也解 hic, haec, hoc [拉]"～";也解 *Hickery Dickery Dock*"～",英国流行儿歌。
2291 glasses"～",此处解 cases"案例"。
2292 arbor vitae [拉]"～";也解 aqua vitae [拉]"～",指酒。
2293 roat 解 root"～";也解 rote"～"。
2294 alum"～";也解 elm"～"。
2295 awn"～",此处解 mourn"～";也解 áin [爱]"～"。
2296 Alderman"～";也解 alder"～"。
2297 Whitebeaver 解 whitebeam"～";也解 white beaver"～";也解 whatever"～"。
2298 dakyo 解 dikaios [希]"～";也解 dark"～";也解 daikyō [日]"～";也解 o. k."～"。

该离开好换换想法，他有一个世界的事情去回忆。做吧，亲爱的但以理[2299]《但以理书》！如果我本性上不是一位约拿[2300]《约拿书》|琼斯，我就会选我自己做他的鲸鱼腹[2301]狂野的巨浪|奥斯卡·王尔德中的海豚，因为他是那样一名赤脚强盗[2302]赤脚的胶鞋，用我的高级袜子套在脸上，我把这在我最好的后花园传出来，好让星光跑者[2303]铁开心[2304]教导，并且讽刺[2305]敌人|铁星星。你会说这最不像英国人了，我倒愿意听到你的看法没错。但我卡住了[2306]进一步，觉得喉咙[2307]真理有些发干[2308]霍斯金斯。

能否请你过来一下，我们小声[2309]罪恶凑近嘀咕嘀咕[2310]穆尔和伯吉斯黑人乐队。老比尔·浮士德[2311]贝尔法斯特|拳头偷听[2312]我。韦尔士[2313]威尔士满是软木塞[2314]科克人。煤斗[2315]后部|九柱戏用的小柱子是菲利浦·戴伯利奈特[2316]满是都柏林人|爱马的人。韦斯特先生就在那边陈设架[2317]不想的后面[2318]在……另一边。韦尔士和韦斯特就像都柏林人[2319]兰斯特省身边的浮士德[2320]都柏林的浮士德一样相互厌烦[2321]在任何情况下|乳房|一根绳上的蚂蚱。陌生人[2322]在小地毯那边。他在房间里自己大声读书。时而工作，时而耸肩。今天怎么样，我的黑先生[2323]？从我努力[2324]哭想要赶上你的角度[2325]强烈的|取乐的看，他们全都[2326]头脑软弱[2327]小缺点|头脑……，就像你可以感觉出他们身体的软弱[2328]童话|身体……|强健的一样。

我的听读者[2329]将轻松愉快[2330]愉快地回想[2331]畏缩起我在染指空间问题前的那一爆发时刻，那里甚至米迦勒天使阵线[2332]米开朗基罗都未能[2333]欺骗|害怕涉足[2334]害怕，如何为了让你们满意[2335]所以这

2299 Daniel"～",希伯来先知;也解 *Daniel*"～"。

2300 jones 解 Jonah"～",希伯来先知,曾在鱼腹中呆了三天三夜,也解 *Jonah*"～";也可与前面的 Daniel 合解 Daniel Jones"～"(1881—1967),英国语言学家,著有《英语语音词典》;也解 Ernest Jones"琼斯"(1879—1958),威尔士精神分析学家,著有《弗洛伊德传》。

2301 wildsbillow 解 whale's belly"～";也解 wild billow"～";也解 Oscar Wilde"～",英国作家。

2302 barefooted rubber"～",此处解 barefaced robber"～"。

2303 siderodromites 解 sidereus [拉]"星星的"＋dromeus [希]"跑步的人";也解 sidêro [希]"～"＋dromite,一种陨石。

2304 laetification 解 laetificatio [拉]"使人快乐";也解 edification"～"。

2305 irony"～";也解 enemy"～",刘易斯曾说乔伊斯的《尤利西斯》的第 15 章借鉴了他的《星星的敌人》(*Enemy of the Stars*)一剧;也解 iron"～"。

2306 further"～",此处解 falter"结结巴巴"。

2307 truths"～",此处解 throat"～"。

2308 husky"～";也解 G. Anne Hoskyns"～",英国作家温德汉姆・刘易斯在 1929 年秘密娶的妻子。

2309 vices 解 voice"～";也解 vice"～"。

2310 mooremoore murgessly 解 murmur closely"～";也解 Moore and Burgess"～",1862 年访问伦敦。

2311 billfaust 解 Bill Faust"～",莎士比亚的名字和歌德的《浮士德》的主人公的名字的组合;也解 Belfast"～",北爱首府;也解 Faust [德]"～"。

2312 underheerd 解 overheard"～"。

2313 Wilsh"韦尔士",人名;也解 Welsh"～",英国地名。

2314 curks 解 corks"～";也解 Corks"～",该地位于爱尔兰的芒斯特省。

2315 coolskittle 解 coalscuttle"～";也解 cúl [爱]"～"＋skittle"～"。

2316 philip deblinite 解 Philip Deblinite"～",人名;也解 full of Dubliner"～";也解 philippos [希]"～"。

2317 wantnot 解 whatnot"～";也解 want not"～"。

2318 beyeind 解 behind"～";也解 beyond"～"。

2319 deblinite 解 Dubliner"～";也解 Leinster"～",爱尔兰的省份之一。

2320 faust on the deblinite 解 Faust on Deblinite"戴伯利奈特身边的浮士德";也解 Faust of the Dublin"～"。

2321 thick of thins udder 解 sick of each other"～";也解 thick and thin"～"＋udder"～";也解 thick as thieves"～"。

2322 Sgunoshooto 解 sconosciuto [意]"～"。

2323 此段为世界语。

2324 crying"～",此处解 trying"～"。

2325 poignt of fun 解 point of view"～";也解 poignant"～"＋of fun"～"。

2326 on allfore 解 on all fours"～";其中的 four 对应着上面的四位长者。

2327 foibleminded 解 feeble-minded"～";也解 foible"～"＋-minded"～"。

2328 fablebodied 解 feeble-bodied"～";也解 fable"～"＋-bodied"～";也解 ablebodied"～"。

2329 heeders 解 hearers"听众"＋readers"读者"。

2330 leisure"～",同时也解 pleasure"～"。

2331 recoil"～",此处解 recall"～"。

2332 michelangelines 解 St. Michael"天使长米迦勒"＋angel"天使"＋lines"战线";也解 Michaelangelo"～"(1475—1564),意大利文艺复兴时期的画家和雕塑家。

2333 fooled"～",此处解 failed"失败";也解 feared"～"。

2334 dread"～",此处解 tread"～"。

2335 sotisfiction 解 satisfaction"～";也解 so 'tis fiction"～";也解 sottise [法]"～"＋fiction"～"。

是虚构作品|蠢话|虚构作品，我向自己[2336]头脑|自己证明了他的目标[2337]卑劣的如何始终（懒汉[2338]教授的无论何人[2339]快的|一英镑过于频繁地被当成乞丐[2340]）至多不过是10分硬币[2341]消遣而已，不管他可能希望我们多有教养，如果我们愿意（我在用第二人称对我们说话），因为对这个被分类的知识分子[2342]来说，美分就是货币[2343]，而货币体系（你绝对不可以忘记这全都包含，我指的是体系，在混蛋[2344]较好的人|物种的出身[2345]《物种的起源》这一原理[2346]上帝标记|狗|标记中）意味着我现在不能在同一时刻，用像你现在能够把我头脑中拥有的奶酪[2347]面颊片分一半或非一半的方式，拥有或没有你口袋里的一片奶酪[2348]吱吱叫|钱|贱的，除非奶油布鲁图和奶酪卡西乌斯[2349]黄油|布鲁图和卡西乌斯❶和|奶酪未曾或曾未在同一时刻[2350]看起来全都顽强坚持地|似乎不纯地|似乎不贞地|嘴将他们自己缠在一起，一旦到了买了又买[2351]渐渐的乳品日，就这里售那里卖[2352]肩并肩地|商人对士兵|售得贵。

奶油布鲁图，让我们乐于想象一下，是真正的精华[2353]大主教，实在的选择，全是天然油脂[2354]优雅，奶制品[2355]懦夫中最淡的，却像树脂制品[2356]弑君者|笑声那样未经搅拌[2357]未被打败，而且，当然，绝对[2358]过时的，老旧的未掺杂任何东西[2359]未不贞的，奶酪卡西乌斯则[2360]对那个显然[2361]对立面与他正相反[2362]修改，事实上不是任何餐饮[2363]的理想选择[2364]挑选|奶酪，虽然两个中的奶油男人[2365]较好的人融化的时

❶ 两人为罗马人，刺杀了凯撒，被安东尼击败。但丁在《神曲》中把他们作为最坏的叛徒，放在撒旦嘴里被撒旦嚼，因此在书中也对应着"奶油和奶酪"，故将两者同时翻译。

2336 mindself 解 myself“～”;也解 mind“～”＋self“～”。
2337 abject“～”,此处解 object“～”。
2338 Ciondolone 解 ciondolóne［意］“游手好闲的人”。
2339 quickquid 解 quicquid［拉］“～”;也解 quick“～”＋quid“～”。
2340 Bettlermensch 解 Bettler“乞丐”＋Mensch“人”。
2341 cashdime 解 cash“现金”＋dime“10 美分”;也解 pastime“～”。
2342 intellecktuals 解 intellectuals“～”。
2343 dime is cash“10 美分是货币”,化自谚语 time is money“时间就是金钱”。
2344 spurios［拉］“～”;也解 superior“～”;也解 Species“～”。
2345 origen 解 origin“～”;也解 *Origin of Species*“～”,达尔文著。
2346 dogmarks 解 dogmata［希］“～”;也解 God marks“～”;也解 dog“～”＋marks“～”。
2347 cheek“～”,此处解 cheeses“～”。
2348 cheeps“～”,此处解 cheeses“～”;也解 chips“～”;也解 cheap“～”。
2349 Burrus and Caseous 解 butter and cheese“～”;也解 Brutus and Cassius“～”,也解 beurre［法］“～”＋and“～”＋Käse［德］“～”。
2350 seemaultaneously 解 simultaneously“～”;也解 seem-all-tenacious-ly“～”;也解 seem adulterantly“～”;也解 seem adulterously“～”;也解 Maul［德］“～”。
2351 buy and buy“～”;也解 by and by“～”。
2352 selldear to soldthere 解 sell here to sold there“～”;也解 shoulder to shoulder“～”;也解 sailor to soldier“～”;也解 sell dear“～”。
2353 prime“～”;也解 Primas［德］“～”,第一书第一章中曾用这个词描述“恶棍”(Cad)。
2354 greace 解 grease“～”;也解 grace“～”。
2355 milkstoffs 解 milk“牛奶”＋Stoff［德］“物质”;也解 milksops“～”。
2356 risicide 解 resins“～”;也解 regicide“～”;也解 risus［拉］“～”。
2357 unbeaten“～”;也解“～”。
2358 obsoletely 解 absolutely“～”;也解 obsolete“～”。
2359 unadulterous“～”,此处解 un-adulterate“～”。
2360 whereat“～”,此处解 whereas“～”。
2361 obversely 解 obviously“～”;也解 obverse“～”。
2362 revise“～”,此处解 reverse“相反”。
2363 by any meals“根据任何餐饮”,化自习语 by any means“无论如何”。
2364 choose“～”,此处解 choice“～”;也解 cheese“～”。
2365 betterman 解 butter man“～”;也解 better man“～”。

候[2366]思想上醉心于对手[2367]野心家情况[2368]奶酪中更漫不经心的方面，并且让我现在就说，尽他所能地[2369]过得去地对他充满妒忌[2370]热心的。看似相同[2371]同一的的家和历史[2372]罗马历史大同小异[2373]捉迷藏，是我们通常为了我们的前涤罪[2374]预备的而读的东西，热了，肖特[2375]？等爹爹[2376]破烂的把百叶窗[2377]顾客关上[2378]，而妈妈[2379]，可怜的妈妈！给我们端来我们可怜的汤[2380]晚饭，（啊，谁！嗯，怎么样！）用醋[2381]、油[2382]橄榄、嗅盐[2383]盐|盐粒|芹菜|可飞翔的和石头辣椒粉[2384]！我们的老政党在下议院很好地团结在色拉碗[2385]周围：牧师鲑鱼[2386]本人、那根香菜[2387]的嫩枝[2388]、他的百里草的嫩枝、一打土豆芽、二十多个热辣年轻的刺山柑[2389]凯佩尔和生菜[2390]在她的绿袖[2391]绿叶|格林夫人里，还有你俩[2392]也和我仨，成对儿的围嘴[2393]培根但美观地吃[2394]马|在她体内|叶芝，就像晃酒[2395]莎士比亚和鸡蛋！但是那里有很多裂缝托词的碗和颚；而且（别再[2396]势利小人拧那个塞子，肖特！）要尽可能地理解这一点，感觉一下你在你那脚踏实地的[2397]彻底的长椅上是多么落后，我已经对这些凳子的粗略用途[2398]学校的课程用途做了如下安排，如果我不除掉你，我就比凯撒还信息闭塞[2399]在……外|使无效|无论凯撒还是谁都不行。

更老一些的凯撒们[2400]都柏林三一学院等的减费生|姐妹们（专制君主们，弑君对你们来说都太好了！）随着年龄的增长[2401]干酪开始变得难以忍受[2402]黄油（命运[2403]尘土闹剧的作曲家[2404]排字工人却犯了雷鼓[2405]三倍的之误，把这一钢琴[2406]拿破仑|充分效果作为他第一个[2407]亲王举动释放出来，好像那就是玩笑[2408]诱离|废物|公爵|朱克斯家族流行

2366 meltingly“～”;也解 mentally“～”。
2367 arrivaliste 解 rival“～”;也解 arriviste［法］“～”。
2368 case“～”;也解 Käse［希］“～”。
2369 passably“～”,此处解 possibly“～”。
2370 zealous“～”,此处解 jealous“～”。
2371 seemsame 解 seem same“～”;也解 selfsame“～”。
2372 home and histry 解 home and history“～”;也解 Roman history“～”。
2373 seeks and hidepence 解 six and eightpence“六先令八便士”,乔伊斯在《尤利西斯》第六章中将这个词组作为“一点儿也没变”的代用语;也解 hide and seek“～”。
2374 prepurgatory 解 pre-purgatory“～”;也解 preparatory“～”。
2375 Schott“～”,乔伊斯在狄里亚斯特的最好的学生。
2376 duddy“～”,此处解 daddy“～”。
2377 shopper“～”,此处解 shutter“～”。
2378 op［荷］“～”。
2379 Mutti［德］“～”。
2380 suppye 解 Suppe［德］“～”;也解 supper“～”。
2381 Acetius 解 acetum［拉］“～”。
2382 Oleosus［拉］“～”;也解 olea［拉］“～”。
2383 Sellius Volatilis 解 sal volatile“～”;其中 Sellius 也解 sel［法］“～”;也解 sal［拉］“～”;也解 selinon［希］“～”;其中 Volatilis 也解［拉］“～”。
2384 Petrus Papricus 解 petra［拉］“石头”＋paprika“辣椒粉”。
2385 Slatbowel 解 saladbowl“～”。
2386 Pfarrer Salamoss 解 Pfarrer［德］“牧师”＋salmon“鲑鱼”。
2387 Pedersill 解 Petersilie［德］“～”。
2388 sprog 解 sprig“～”。
2389 Capels 解 capers“～”;也解 Capel“～”,都柏林街道名。
2390 Lettucia 解 lettuce“～”。
2391 greensleeves 解 Greensleeves“～”,英国民谣,在伊丽莎白女王时代就已广为流传;也解 green leaves“～”;也可与前面的 Lettucia 合解 Lettice Greene“～”,英国剧作家托马斯・格林的妻子,与莎士比亚同时代。
2392 too“～”,此处解 two“～”。
2393 bibs“～”;也解 Bacon“～”,英国哲学家。
2394 ates 解 ate“～”;也解 ati［希］“～”;也可与前面的 hansome 合解 en sôma tês［希］“～”;也解 Yeats“～”,爱尔兰诗人。此句化自俗语 Handsome is as handsome does“心美貌亦美”。
2395 shakespill 解 shake“摇晃”＋spill“洒出”;也解 Shakespeare“～”,英国剧作家。
2396 snob“～”,此处解 stop“～”。
2397 down-to-the-ground“～”,此处解 down to earth“～”。
2398 the coarse use of stools“～”;也解 the course use of schools“～”。
2399 outnullused 解 outknowledged“～”;也解 out“～”＋nulled“～”;也解(Aut Caesar) aut nullus“～”,15 世纪意大利政治家切萨雷・博吉亚(Caesar Borgia)的格言。
2400 sisars 解 Caesars“～”;也解 sizars“～”;也解 sisters“～”。
2401 from age“～”;也解 fromage［法］“～”。
2402 unbeurrable 解 unbearable“～”;也解 beurre［法］“～”。
2403 dustiny 解 destiny“～”;也解 dust“～”。
2404 compositor“～”,此处解 composer“～”。
2405 thunpledrum 解 thunder“雷电”＋drum“鼓”,指维科在《新科学》中提出人类文明起源于电闪雷鸣;也解 triple“～”。
2406 pienofarte 解 piano forte“～”;也解 Napoleon Bonaparte“～”,法国皇帝;也解 pieno［意］“～”。
2407 furst 解 first“～”;也解 Fürst［德］“～”。
2408 juke“用假动作诱使(对方球员)离位”,此处解 joke“～”;也解 junk“～”;也解 duke“～”;也解 Jukes“～”。

起来的地方)曾被可以说刺了九刀[2409]九条命并立刻[2410]咀嚼抬走(这个战士—作者—勤务兵就他的所有评论[2411]通常的故事|普通的英国保守党党员来看,不过是那些南海泡沫[2412]温柔俘获的|容易上当的人|吹气中的又一个,他从未完全擦掉眼中的沙尘[2413]英国皇家军事学院|幻觉,因此他向我们描绘[2414]汲取的战役[2415]香槟酒像计划战争[2416]烙饼一样失败[2417]平)这对儿解放者[2418]兄弟类型被塑造[2419]被开帐单成像被遗弃的战场[2420]瓶子|克里斯汀·比切普上不分上下的[2421]颈与刀新[2422]知道的玩意儿[2423]编织|编结一样重新出现。(对珀西·奥莱利[2424]波斯|乌拉尔山脉的轮廓线的历史[2425]霍斯蒂|旅馆的最粗略的[2426]诅咒解读向我们显示了芬·麦克尔[2427]心情|斑点如何从一群[2428]格斗称谓[2429]前言|阴茎包皮中找到那个合适的[2430]几乎|软木塞名字[2431]守护神|天意|无人,虽然对二迭纪的[2432]许可的|渗入的行家[2433]注目的焦点|可以保证|狗尾巴来说,这个王八蛋[2434]国王|狗崽子|厨师的太阳的高加索[2435]布谷鸟后代[2436]低能儿|弹出来的就像托波尔斯克[2437]有浴盆一样确切无疑[2438]魔鬼撒旦|缎子)圣母马利亚的祭品[2439]河口|小艇停靠区!不过我否认想[2440]淫荡的人浪费颜料[2441]西点军校|马甲这件事[2442],我可以用那个奶油[2443]更好给你画像(给它加奶酪[2444]停下|选它!)如果你有涂料的话。你这个人啊[2445]莫尔多瓦语|利沃尼亚语|死亡|活的!天啊[2446],蠢话[2447]没有人|在我的梦中!情况为什么像吻[2448]奶酪|手|我的手手一样困难[2449]指示位置的|存在的无情[2450]不可能的|可能的!它们之间的位置[2451]相互定位|对话者能共同激发[2452]阴部|引诱的|共同唤起,就像每个荡妇[2453]兔|房子都讨厌有个丈夫[2454]曾经是|在房中管头管脚[2455]一样。奶酪卡西乌斯可能觉得自己是那种[2456]想吹

2409 nineknived"～";也解 nine-lives"～"。
2410 chewly 解 duly"～";也解 chew"～"。
2411 commontoryism 解 commentaries"～";也解 common stories"～";也解 common Toryism"～"。
2412 souftsiezed bubbles 解 South Sea Bubble"～",英国南海公司出于商业利益接收英国政府的国债而在 1720 年导致的股票泡沫,其负面影响长达一个世纪;也解 soft-seized"～"+bubble [俚]"～";也解 souffler [法]"～"。
2413 sandhurst 解 sand dust"～";也解 Sandhurst"～";也解 stardust"～"。
2414 draws"～";也解"～"。
2415 champaign 解 campaign"～";也解 champagne"～"。
2416 plankrieg 解 plan"计划"+Krieg [德]"战争";也解 pancake"～",化自习语 flat as a pancake"非常平坦"。
2417 flop"～";也解 flat"～"。
2418 twinfreer 解 twin"一对儿"+freer"解放者";也解 frère [法]"～"。
2419 billed"～",此处解 built"～"。
2420 champ de bouteilles 解 champ de bataille [法]"～";也解 bouteilles [法]"～";也解 Christine Beauchamp"～",美国心理学家莫顿・普林斯的《分裂的人格》一书中的人物。
2421 kneck and knife 解 neck and neck"～";也解 neck and knife"～"。
2422 knew"～",此处解 new"～"。
2423 knickknots 解 knickknack"～";也解 knit"～"+knot"～"。
2424 Persic-Uraliens 解 Persse O'Reilly"～",书中人物,主人公 HCE 的化身之一;也解 Persia"～"+Ural lines"～"。
2425 hostery 解 history"～";也解 Hosty"～",书中人物;也解 hostelry"～"。
2426 cursery 解 cursory"～";也解 curse"～"。
2427 Fonnumagula 解 Finn MacCool"～",爱尔兰传说中的巨人英雄;也解 fonn [爱]"～"+macula"～"。
2428 colluction 解 collection"～";也解 colluctatio [拉]"～"。
2429 prifixes 解 prefix"～";也解 prefaces"～";也解 prepuces"～"。
2430 propper 解 proper"～";也解 prope [拉]"～";也解 propp [荷]"～"。
2431 numen"～",此处解 nomen [拉]"～";也解 numen [拉]"～";也解 Noman"～",奥德修斯在独眼巨人家中使用的名字。
2432 permienting 解 permiennes [法]"～";也解 permitting"～";也解 permeating"～"。
2433 cannasure 解 connoisseur"～";也解 cynosure"～";也解 can assure"～";也解 kynosoura [希]"～"。
2434 sun of a kuk 解 son of a gun"～;也解"sunkuk [埃]"～";也解 son of a pup"～";也解 sun of a cook"～"。
2435 Coucousien 解 Caucasian"～",此为标准的白色人种;也解 coucou [法]"～",《尤利西斯》中布谷鸟的声音也暗示着布卢姆的妻子偷情行为的发生。
2436 oafsprung 解 offspring"～";也解 oaf"～"+sprung"～"。
2437 Tobolosk 解 Tobolsk"～",俄国城市。
2438 satting 解 certain"～";也解 Satan"～";也解 satin"～"。
2439 Ostiak della Vogul Marina 解 Ostia della Vergina Maria [意]"～"(的亵渎称法);也解 Ostiak 和 Vogul,俄国地名,位于西伯利亚。其中 Ostiak 和 Vogul 也可以分别解为一种语言,属于乌拉尔语系的乌戈尔语支;Ostiak 也解 ostia [拉]"～";其中 Marina 也解"～"。
2440 wanton"～",这里解为 wanting"～"。
2441 weste point 解 waste paint"～";也解 West Point"～";其中 weste 也解 Weste [德]"～"。
2442 这是芬兰语中进行否定的一种方式。
2443 butter"～";也解 better"～"。
2444 cheese it"～",此处直译;也解 choose it"～"。
2445 Mordvealive 解 Man alive"～";也解 Mordvin"～",西伯利亚地区的一种语言+Livonian"～",拉脱维亚和爱沙尼亚地区的一种语言;也解 mort [法]"～"+alive"～"。
2446 Oh me 解 Oh my"～"。
2447 none onsens 解 nonsense"～";也解 none"～"+onson [匈]"～"。
2448 kezom 解 kissing"～",出自习语 easy as kissing hands"轻而易举";也解 Käse [德]"～";也解 kéz [匈]"～";也解 kezem [匈]"～"。
2449 inessive"～",乌戈尔语支的语法中有内格(inessive case),此处解 uneasy"～";也解 in esse [拉]"～"。
2450 impossive 解 impassive"～";也解 impossible"～";也解 in posse [拉]"～"。
2451 interlocative 解 inter locos [拉]"～";也解 inter-locative"～";也解 interlocutor"～"。
2452 conprovocative 解 con-provocative"～";也解 con [法]"～"+provocative"～";也解 comprovocativus [拉]"～"。
2453 hazzy 解 hussy"～";也解 Hase [德]"～";也解 ház [匈]"～"。
2454 hazbane 解 husband"～";也解 has been"～";也解 házban [匈]"～"。
2455 noze 解 nose"鼻子",化自习语 have one's nose in something"干涉某事"。此句也可视为法语习语 avoir quelqu'un dans le nez 的英语化,意为"强烈讨厌某人"。
2456 a thought of"～",此处解 a sort of"～"。

毛求疵的人[2457]骑士，但奶油布鲁图有着极其[2458]抵达健全的头脑[2459]圆颅党|浪子，最擅长温和地思考[2460]透特防御性的信仰论[2461]信仰守护者。他天庭[2462]笑的每个凹痕[2463]牙齿下都有着智慧的奶汁[2464]紫胶|缺少|湖泊，而另一个家伙[2465]追随的幸运[2466]水[2467]非常则事实上像牛奶我的我的。对柠檬[2468]鸟|红雀|坚果发笑，因洋葱[2469]联邦|炉子|睡梦流泪。他没有[2470]他的没有眼睛[2471]嘿|双眼，而且[2472]或者|眼睛他听不到[2473]低声[2474]耳朵，哇哇大哭[2475]说。每个晚上眼睛[2476]似乎|闪姆|同样怀念着手[2477]祈使语|阴部，他希望[2478]眨眼他会再来一次[2479]精液|双眼|胃。人们恰当正确地[2480]矫正的|纠正说（而且确实[2481]像王族地没有必要根据狮子的爪子说明是谁说的）他的视力[2482]非常好[2483]克莱尔，即便彼得堡[2484]梁|城镇的整个市镇[2485]独轮手推车都雪溃[2486]结束|开始从事在他那弓着的背上[2487]漆黑，他依然能用他那鸵鸟预兆[2488]眼睛|线条辨认出爱尔兰之眼[2489]上的绿色[2490]沟渠[2491]尘埃。让我告诉[2492]卖你奶油布鲁图还是[2493]穿年轻人[2494]容克贵族时的全部真相[2495]整个喉咙|完全忠诚。这就是，而且迷人[2496]，乱七八糟[2497]！整洁的[2498]王族地家谱，神所创造！下班的国王，永恒的下颌[2499]快乐|犹太人！一幅樱桃成熟的景色，上帝[2500]善救救我神对神[2501]求神保佑！如果我要用我的整张[2502]万能的|我的食物嘴向恶神[2503]任何人|沙子|玛丽娜说出它，你就该称我为你那名誉榜[2504]饥馑之中|饥荒|吃我中的善神[2505]元素[2506]食物。汝等吃光，汝等沸腾！某人[2507]传唤|布道|所罗门在赞美诗[2508]中唱到。到他晓得弃恶择善的时候，他必吃奶油与蜂蜜[2509]。这，当然，也解释了为什么我们童年的时候被教会做游戏：小汉斯在吃奶油

2457 caviler“～”；也解 cavalier“～”。
2458 reachly 解 richly“～”；也解 reach“～”-ly。
2459 roundered head 解 rounded head“～”；也解 roundhead“～”，英国 1642—1652 年内战期间的议会派分子，与保皇党相对；其中 roundered 也解 rounder“～”。
2460 thofthinking 解 soft“温和的”＋thinking“思考”；也解 Thoth“～”，埃及神话中的月神。
2461 defensive fideism“～”；也解 Fidei Defensor［拉］“～”。
2462 lofter［丹］“～”；也解 laughter“～”。
2463 dent“～”；也解 dent［法］“～”。
2464 lac“～”，此处解 lac［拉］“～”；也解 lack“～”；也解 lac［法］“～”。
2465 follow“～”，此处解 fellow“～”。
2466 onni［芬］“～”
2467 vesy 解 vesi［芬］“～”；也解 very“～”；也解 Vesi，芬兰神话中的水神。
2468 linnuts 解 lemon“～”；也解 linnut［芬］“～”；也解 linnets“～”；也解 nuts“～”。
2469 uniun 解 onion“～”；也解 union“～”；也解 unin［芬］“～”；也解 uni［芬］“～”。
2470 hisn't 解 not has“～”；也解 his not“～”。
2471 hey“～”，此处解 eye“～”；也可解 hajôg［塞］“～”。
2472 og［丹］“～”；也解 or“～”；也解 oog［荷］“～”。
2473 lisn't 解 listen not“～”。
2474 lug“～”，此处解 low“～”。
2475 poohoo 解 boohoo“～”；也解 puhua［芬］“～”。
2476 sim 解 sem［奥］“～”；也解 seem“～”；也解 Shem“～”；也解 same“～”。
2477 mand“～”，此处解 hand“～”；也解 manda［俄］“～”。
2478 winks“～”，此处解 wishes“～”。
2479 semagen 解 same again“～”；也解 semen“～”；也解 semgen［奥］“～”；也解 Magen［德］“～”。
2480 corrigidly 解 correctly“～”；也解 corrigibly“～”；也解 corrigo［拉］“～”。
2481 royally“～”，此处解 really“～”。
2482 seeingscraft 解 seeing“看”＋Kraft［德］“力量”
2483 clarety 解 clear“视力好”；也解 Clare“～”，爱尔兰、英格兰人姓氏，含义是“光明”。
2484 Poutresbourg 解 Petersburg“～”，俄国城市；也解 poutre［法］“～”＋bourg“～”。
2485 wholeborough 解 whole“整个”＋borough“市镇”；也解 wheelbarrow“～”。
2486 averlaunched 解 avalanched“～”；也解 over“～”＋launched“～”。
2487 pitchbatch 解 pitch“（马、狗等）弓着背跑”＋back“背”；也解 pitchblack“～”。
2488 augstritch 解 augur“预兆”＋ostrich“鸵鸟”，都柏林医生菲利·克兰普顿爵士曾在鸵鸟的眼睛里发现一根肌肉上有他的名字；也解 Auge［德］“～”＋Strich［［德］“～”。
2489 爱尔兰都柏林郡海边小岛。
2490 green“～”，化自习语 see anything green in (one's) eye“觉得某人幼稚可欺”。
2491 moat“～”；也解 mote“～”，化自习语 a mote in the eye“眼中的灰尘”。
2492 sell“～”，此处解 tell“～”。
2493 wore“～”，此处解 were“～”。
2494 younker“～”；也解 Junker［德］“～”。
2495 fulltroth 解 full truth“～”；也解 full throat“～”；也解 full troth“～”。
2496 chorming 解 charming“～”。
2497 in six by sevens 解 at sixs and sevens“～”。
2498 cleanly“～”；也解 kingly“～”。
2499 jaw“～”；也解 joy“～”，此句化自英国诗人济慈的《恩底弥翁》中的诗句“美丽的事物是永远的快乐”；也解 Jew“～”。
2500 good“～”，此处解 God“～”。
2501 Deus v Deus“～”；也可与前面的 me 合解 medius fidius［拉］“～”。
2502 ohole 解 whole“～”；也可与后面的 mouthful 合解 almightful“～”；也解 phai mou［希］“～”。
2503 arinam 解 Ahriman“阿利曼”，古波斯的恶神，琐罗亚斯德教中的黑暗之神；也解 anyone“～”；也解 arenam［拉］“～”；也解 Marina“～”，莎士比亚戏剧《泰尔亲王配力克里斯》中的小女孩，名字的含义为“风暴的孩子”。
2504 midst of faime 解 list of fame“～”；也解 midst of famine“～”；其中 faime 也解 faim［法］“～”；也解 phae me［希］“～”。
2505 ormuzd“马兹达”，古波斯的善神，琐罗亚斯德教中最高的神。
2506 aliment“～”，此处解 element“～”。
2507 somun 解 someone“～”；也解 summon“～”；也解 sermon“～”；也解 Solomon“～”。
2508 salm 解 psalm“～”。
2509 此句为拉丁文，出自《以赛亚书》。

面包，我的那片奶油面包！而小雅各在吃你的臭屎！是的！是的！是的[2510]！

这事实上，只是告诉你，是奶酪卡西乌斯，那个奶油糖[2511]苏格兰或纯[2512]可怜的奶酪[2513]暴君|蒂龙；一只洞或两只，察觉前就臭气冲天[2514]狂欢作乐，还有所有去[2515]打开偷东西的虫子[2516]蠕虫。奶稣[2517]耶稣！你抱怨。咱咱咱呢必须说你不是全全全都[2518]希利|《冬青与常春藤》错了！

因此我们无法逃脱我们的喜好和厌憎[2519]错爱，流亡者或伏击手，乞丐或邻居[2520]，还有——美分秀[2521]中世纪的一种哑剧表演|表演时间广告商就是在这里提出暂时休息的请求的——让我们容忍厌憎的人。任何奶油都做不出纯奶酪[2522]杀害|驴子|奶油布鲁图和奶酪卡西乌斯|布朗尼与诺兰|布鲁诺？我不是借此对库萨努斯[2523]伪哲学中博学的无知给出了最终的认可，在那里老尼古拉斯敲定[2524]写下，顶端的旋转越利落，底部[2525]尼克·波顿的跨度越稳健（值得尊敬的老酒店老板[2526]酒糟鼻子的意思应该是：空间中更迟钝的静止不动在我看来是顶端原动力[2527]最初|方石尖塔公司在时间中使用的底部）。如果认为我要对诺兰[2528]理论，或者至少，对来自历史[2529]他的历史|他的她的一部分底片[2530]语言底层学说，对它们的英雄激情[2531]雕刻英雄的|愤怒发作|疯狂给出无条件的必要条件[2532]没有那个的话，就误解[2533]错误地储藏在下面我了，在历史中西奥菲勒斯[2534]爱上帝的人|理论发誓说[2535]誓言，原则上[2536]原初|大体上他是他的相对无用性的[2537]可憎的|奥德修斯起点[2538]指向性开始，说当鸡蛋在全世界[2539]有围墙的|墙降价

2510 此句为德语。
2511 brutherscutch 解 butterscotch“～”;也解 Scotland“～”。
2512 puir 解 pure“～”;也解 poor“～”。
2513 tyron 解 tyros［希］“～”;也解 tyrant“～”;也解 Tyrone“～”,北爱地区的一个郡。
2514 highstinks 解 high stink“～”;也解 high jinks“～”。
2515 anygo 解 any go“～”;也解 anoigô［希］“～”。
2516 wurms 解 Wurm［德］“～”;也解 worms“～”。
2517 Cheesugh 解 cheese“奶酪”,也解 Jesus“耶稣”,故合译。
2518 Hoally 解 wholly“～”;也解 Healy“～”,爱尔兰民族自治运动成员;也解 Holly and Ivy“～”,圣诞歌曲之一。
2519 mislikes 解 dislike“～”;也解 mis-likes“～”。
2520 此句化自习语 beggar my neighbor“一种把对方全部吃光为胜的扑克牌游戏”。
2521 dimeshow 解 dime show“～”;也解 dumbshow“～”;也解 show time“～”。
2522 Nex quovis burro num fit mercaseus 解 ex quovis butyrum num fit merus caseus［拉］“～”,化自希腊哲学家毕达哥拉斯的话 Non ex quovis lingo fit Mercurius(任何木头都做不出墨丘利);其中 Nex 也解［拉］“～”;其中 burro 也解［西］“～”;其中 burro 和 mercaseus 也解 Brutus and Cassius“～”;其中 burro 也可与后面的 Nalonus 合解 Browne and Nolan“～”,都柏林书店的名字;也解 Bruno of Nola“～”,意大利哲学家。
2523 Cusanus“～”(1401—1464),中世纪经院哲学家,著有《论博学的无知》一书。
2524 pegs it down“～”;也解 put it down“～”。
2525 buttom 解 bottom“～”;也解 Bottom“～”,莎士比亚的喜剧《仲夏夜之梦》中的驴头人。
2526 auberginiste 解 aubergiste“～”;也解 aubergine［法俚］“～”。
2527 primomobilisk 解 primum mobile［拉］“～”;也解 primo“～”+obelisk“～”,常与永恒和记忆联系在一起。
2528 Nolanus 解 Bruno of Nola“布鲁诺”+us“我们”。
2529 hissheory 解 history“～”;也解 his story“～”;也解 his she“～”。
2530 substrate“～”;也可与后面的 hissheory 合解 substratum theory“～”。
2531 heroicised furibouts 解 *The Heroic Frenzies*“～”,16 世纪意大利哲学家布鲁诺的著作;也解 hero-cised“～”+furi-bout“～”;也解 furia［拉］“～”。
2532 sinequam 解 sine qua non“～”;也解 sine qua［拉］“～”。
2533 misunderstord 解 misunderstood“～”;也解 mis-under-stored“～”。
2534 Theophil 解 Theophilus“～”,意大利哲学家布鲁诺的许多著作中的人物,是他自己思想的传声筒;也解 theophilos［希］“～”;也解 theory“～”。
2535 swoors 解 swore“～”;也解 Schwur［德］“～”。
2536 on principial 解 on principle“～”;也解 in principio［拉］“～”,《创世记》和《约翰福音》的开篇词;也解 in principle“～”。
2537 odiose 可解 otiose“～”;也解 odious“～”;也解 Odyssus“～”,荷马史诗《奥德赛》的主人公。
2538 pointing start 解 starting point“～”;也可直译为“～”。
2539 walled“～”,此处解 world“～”;也解 wall“～”,此句也解“当鸡蛋将从墙的各处掉下”,即童谣《国王的人马》中憨蛋呆蛋的故事。

的时候，黄油[2540]桶将在布里[2541]变得昂贵。

现在，既然我现在还没有直白得被认为无意间推荐了西尔克堡[2542]奶酪动力[2543]机，以便更经济地电解[2544]盘旋的|弄松这些对立物[2545]两个都|脂肪，直到我能找到地方首先亲自更仔细些地研究它，那么在向你们及时展示了我们社会肠胃的两个产品（优秀的黄油人[2546]布鲁诺|驴子博士，我顺便从他修正了的食物理论中注意到，已经开始仔细消化那些有益健康的批评[2547]，这是我在我的第一版中帮助他的，受到极大的欢迎[2548]到反刍的食物|到最后）如何彼此[2549]相互的|早地两极分化之后，我要意志坚定地继续下去，将所有虚妄行为[2550]中不兼容的东西视为与他中轴[2551]领港的能力的固定性相矛盾而将它们划为两极。假设，如上，有两只[2552]也男性柱子[2553]普尔万景画公司|五月柱，这一只是另一只的图片[2554]画家|皮克特人，另一只[2555]影子|阴影|翁布里亚人是这一只的暗色[2556]小苏格兰|苏格兰人，在匮乏中环视男性[2557]就餐之间我们那不周延的中项，我们觉得我们必须衷心地[2558]挥霍地希望[2559]苦恼有位女性来充当焦点，在这个阶段宝贝少女[2560]挤奶女工 M 让人高兴地出现了，我们下面会经常遇到她，她将在某个恰当的时刻向我们介绍她自己，我们将再次同意称这个时刻为绝对零度或白金[2561]柏拉图哲学|（都市中的）广场的沸点[2562]胡说的抽水机。于是像基士[2563]这位起身外出寻找父亲的驴子[2564]农夫的骨灰的前[2565]农夫儿子一样，我们骑着我们自己转过身来的驴子[2566]屁股轻轻下来回家，好与玛格琳[2567]人造黄油|抹大拉的马利亚见面。

2540 Bure 解 beurre［法］“～”；也解 bure［塞维］“～”。
2541 Brie“～”，法国地名，以白乳酪闻名。
2542 Silkebjorg 解 Sillkeborg“～”，丹麦中部一个城市，以生产家用机器著名。
2543 tyrondynamon 解 tyros［希］“奶酪”＋dynamis［希］“动力”。
2544 helixtrolysis 解 electrolysis“～”；也解 helix［希］“～”＋lysis［希］～“”。
2545 amboadipates 解 antipodes“～”；也解 ambo［拉］“～”＋adipes［拉］“～”。
2546 Burroman 解 burro［意］“黄油”＋man“人”；也解 Bruno“～”，意大利哲学家；也解 burro［西］“～”。
2547 温德汉姆·刘易斯在《时代与西方人》中说他希望乔伊斯会受他的批评的影响。
2548 to the cud“～”，此处与前面的 all 合解 all to the good“～”；也解 to the end“～”。
2549 mutuearly 解 mutually“～”；也解 mutual“～”＋early“～”。
2550 incompatabilily 解 incompatibility“～”。
2551 pivotism 解 pivot“～”；也解 pilotism“～”。
2552 too“～”，此处解 two“～”。
2553 pooles 解 poles“～”；也解 Poole's Myriorama“～”，19 世纪后半期一家英国的活动图片公司，乔伊斯在《尤利西斯》中也曾提到；也可与前面的 males 合解 maypoles“～”。
2554 pictor［拉］“～”，此处解 picture“～”。
2555 omber 解 other“～”；也解 umbra［拉］“～”；也解 ombre［法］“～”；也解 Umber“～”，位于意大利中部。
2556 Skotia［希］“～”；也解 Scotia Minor［拉］“～”，即爱尔兰；也可与前面的 pictor 合解 Picts & Scots“～”。
2557 males“～”；也解 meals“～”。
2558 waistfully 解 wistfully“～”；也解 wastefully“～”。
2559 woent 解 want“～”；也解 woe“～”。
2560 cowrymaid 解 cowry“宝贝”，一种生活在暖海中的动物，壳光滑明亮＋maid“少女”；也解 milkmaid“～”。
2561 platinism 解 platinum“～”，指用铂催化剂制造的人造黄油；也解 Platônismos［希］“～”；也解 plateia［希］“～”。
2562 babbling pumpt 解 boiling point“～”；也解 babbling pump“～”。
2563 kish 解 Kish“～”，《撒母耳记》中扫罗王的父亲，扫罗出门寻找父亲的驴子。
2564 farmer's ashes“～”，此处解 father's asses“～”。
2565 former“～”；也解 farmer“～”。
2566 asses“～”；也解 arses“～”。
2567 Margareen“～”，人名；也解 margarine“～”；也解 Mary Magdalene“～”，《圣经》中的妓女，悔罪后基督耶稣将七个魔鬼从她体内驱逐出去，在书中也代表分裂的人格。

我们现在蹦跳过了纯抒情体的室内音乐[2568]孵育耻辱的音乐|闪姆培育的音乐时期(从技术上说,如果要我说的话,这个主题在整[2569]愚蠢的|食物组六弦提琴[2570]食物柜|切斯菲尔德伯爵四世|一种食品|肉上吊人胃口的引入显然[2571]直截了当地|葡萄干布丁是本末倒置[2572]鲤鱼|水果|开胃冷盘)这从那些痛苦中的词语[2573]正在进行中的作品得到证明,诸如我梦想着[2574]奶油|呼唤你,甜蜜的玛格琳,以及更充满希望的啊,玛格琳娜!啊,玛格琳娜!碗里依然留着一块[2575]灯黄金[2576]!(笔友们,顺便说一下,仍然会问我用什么装饰菜来配羊血灌肠才正确。艾菊酱。足够了。)这些劣质短曲中第一首那令人心碎的[2577]典当业|国际象棋中的卒|破坏哀婉显出这是奶酪卡西乌斯的成果。奶油布鲁图的小段常被用来祝酒[2578]土司。事实上毛发文化[2579]头发保养能够非常精确地告诉我们这缕特殊的黄色银发如何以及为什么第一个出现在肠子[2580]碗上面(不是里面),也就是看[2581]说,在人类的头上面,秃的、黑的、古铜的、棕的、棕底花条的、甜菜的[2582]更好地|大声叫嚷的,或者牛奶冻的[2583]漂白|癣|白手,在那里它或许可以被有效地与肥屁股上的蠼螋相比。我正把这个提供给速提速拉小姐[2584]护肤|表皮,而且我打算把它拿起来,转移黑了你先生[2585]头发的注意力,拿到他的鼻子[2586]注意底下。当然,拙劣的歌手继续败坏着我们更加明察善断的耳朵,把空间因素,也就是唱[2587]说,咏叹调[2588]地区,从属于时间要素,那是应被去除[2589]称作的,坏脾气[2590]时间|那时。我要建议任何依然可能是我听众[2591]听从者的未来歌手忘记她家中的时间图[2592]隔膜(这是所有可

2568 shamebred music 解 chamber music“～”；也解 shame-bred music“～”；也解 Sham-bred music“～”。
2569 fool“～”，此处解 full“～”；也解 food“～”。
2570 chest of vialds 解 chest of viols“～”；也解 chest of viands“～”；也解 Chesterfield“～”(1649—1773)，曾引进新风格的日历牌；其中 vialds 也解 viand“～”；也解 viande［法］“～”。
2571 plumply“～”，此处解 plainly“～”；也可与后面的 pudding 合解 plum pudding“～”。
2572 pudding the carp before doevre hors 解 putting the cart before the horse“～”；其中 carp 也解“～”；也解 karpos［希］“～”，西餐中的最后一道；其中 doevre hors 也解 hors d'oeuvre［法］“～”。
2573 words in distress“～”；也解 Work in Progress“～”，乔伊斯在《芬尼根的守灵夜》正式发表前对本书的称呼。
2574 cream“～”，此处解 dream of“～”，出自歌曲《我梦想着你，甜蜜的玛德琳》(*I Dream of Thee, Sweet Madeline*)；也解 cry for“～”。
2575 lump“～”；也解 lamp“～”。
2576 此句化自法国作曲家查尔斯-弗朗索瓦·古诺的歌剧《浮士德》中的歌词“啊，玛格丽特！啊，玛格丽特！树枝上依然留着一片金叶。”
2577 pawnbreaking 解 heartbreaking“～”；也解 pawnbroking“～”；也解 pawn“～”＋breaking“～”。
2578 toast “～”，也解“～”。
2579 Criniculture 解 crinis［拉］“头发”＋culture“文化”；也解 criniculture［拉］“～”。
2580 bowel“～”；也解 bowl“～”。
2581 see“～”；也解 say“～”。
2582 betteraved 解 betterave［法］“～”；也解 better“～”＋raved“～”。
2583 blanchemanged 解 blancmange“～”；也解 blanch“～”＋mange“～”＋ed；也解 blanches mains［法］“～”。
2584 Signorina Cuticura 解 Signorina［意］“小姐”＋Cuticura“科蒂库瑞”，一种都柏林肥皂品牌，号称可以生发。此处取谐音翻译；其中 cuticura 也解［拉］“～”；也解 cuticle“～”。
2585 Herr Harlene 解 Herr［德］“先生”＋Harlene“哈琳”，都柏林出售的一种生发剂品牌。此处取谐音翻译；其中 Herr 也解 hair“～”。
2586 nosetice 解 nose“～”；也解 notice“～”。
2587 sing“～”；也解 say“～”。
2588 aria“～”；也解 area“～”。
2589 killed“～”；也解 called“～”。
2590 ill tempor 解 ill temper“～”；也解 il tempo［意］“～”；也解 illo tempore［拉］“～”。
2591 heeder 解 hearer“～”；也解 heed-er“～”。
2592 diaphragm“～”，此处解 diagram“～”。

能发生之事中最好的!)并且用急促的喉塞音把华彩经过句贴[2593]攻击上耳朵(虽然马斯[2594]我要坚持说因为这样做得过多而躺倒了,他的恢复常常很慢)然后,啊!随着第三次沉闷的一击[2595]落泊者|斯蒂芬·迪达勒斯,啊!闭上[2596]她的眼睛,张开[2597]她的嘴巴[2598]誓言,看看我会送她什么调料[2599]空间。怎么样?停下来,女歌手[2600]职业女歌唱家|注意!我更愿独唱。激动起来,我的勇气!永远拯救我的行吟歌手[2601]B大调|真正的大诗人!

若干年[2602]院子来对于市政厅[2603]苏黎士音乐厅|音调|厅堂在音响和建筑[2604]管弦乐队的|睾丸|能接受的方面的管理我有句话要说,不过,由于我们的是生态馆式的,在这里一株植物的呼吸[2605]面包|信|牛肉是肺病规划者[2606]种植者的附带香味[2607]毒药,而且你可能不喜欢氩气[2608]行话|闪亮的,因此目前[2609]为了报酬对我来说非常方便的是追踪奶油布鲁图和奶酪卡西乌斯,在他们的等腰三角形[2610]左右摆动的双角|跟上|腿一样长的上更上一或两步。每个爱慕者都看到我给玛奇[2611]人造黄油画的水粉画[2612]菜炖牛肉了,(她和姐姐像极了,你不知道,而且她们俩都穿得一模一样!)我将之命名为《缝纫女孩[2613]不需要的|女人画像》,该画目前[2614]在……面前装饰着我们的国家调味瓶架[2615]。这种风格的肖像画带来观念的改变,要真正成为花环[2616]精练的就必须唤起女性的丛林灵魂[2617],因此,我把它留给有经验的受害者,以便通过在精神上增加袋鼠[2618]猛击跳跃,或者如果热心动物的[2619]人愿意,袋鼠尾巴[2620]海鳗|水鸭,来完成整体性建议。组成了菱形[2621]彩虹|定音鼓的帽盒们,梯形[2622]特拉比松|桌子夫人

2593 attack“～”,此处解 attach“～”。

2594 Maace 解 Joseph Maas“～”(1846—1886),英国男高音歌唱家。

2595 dead beat 解 dead“沉闷的”＋beat“拍子”;也解 deadbeat“～”;其中 dead 也可与后面的 cluse 合解 Dedalus“～”,乔伊斯多部作品中的主人公。

2596 cluse 解 close“～”。

2597 aiopen 解 open“～”。

2598 oath“～”,此处解 mouth“～”。

2599 spice“～”;也解 space“～”。

2600 cantatrickee 解 cantatrix [拉]“～”;也解 cantatrice [意]“～”;也解 concentrate“～”。

2601 true Bdur 解 troubadour“～”;也解 B-Dur [德]“～”;也解 true bard“～”。

2602 yards“～”,此处解 years“～”。

2603 tonehall 解 townhall“～”;也解 Tonhalle“～”;也解 tone“～”＋hall“～”。

2604 orchidectural 解 architectural“～”;也解 orchestral“～”;也解 orchis [希]“～”;也解 dektikos [希]“～”。

2605 breaf 解 breath“～”;也解 bread“～”;也解 Brief [德]“～”;也解 beef“～”。

2606 planner“～”;也解 planter“～”。

2607 byscent 解 by-scent“～”;也解 poison“～”,出自习语“一个人的佳肴是另外一个人的毒药”。

2608 argon“～”;也解 argot“～”;也解 argos [希]“～”。

2609 for the emolument“～”,此处解 for the moment“～”。

2610 isocelating biangle 解 isosceles triangle“～”;也解 oscillating bi-angle“～”;其中 isocelating 也解 isokeleuthos [希]“～”;也解 isoskelês [希]“～”。

2611 Marge 解 Maggies“～”;也解 margarine“～”。

2612 goulache 解 gouache“～”;也解 goulash“～”。

2613 Needlesswoman 解 needlewoman“～”,指英国作家温德汉姆·刘易斯的画《缝纫女孩》;也解 needless“～”＋woman“～”。

2614 in the presence“～”,此处解 at the present“～”。

2615 National cruetstand“～”,指位于伦敦的国家美术馆,该馆初建时被称为“国家调味瓶架”。

2616 torse“～”;也解 terse“～”。

2617 bush soul“～”,根据弗雷泽的《金枝》,尼日利亚卡拉巴尔的黑人相信人有四个灵魂,其中一个存在于丛林动物体内。

2618 wallopy 解 wallaby“～”;也解 wallop“～”。

2619 zulugical 解 zoological“～”。

2620 congorool teal 解 kangaroo tail“～”;也解 conger eel“～”;其中 zeal 也解“～”。

2621 Rhomba 解 rhomb“～”;也解 rainbow“～”;也解 rhombos [希]“～”。

2622 Trabezond 解 trapezoid“～”,温德汉姆·刘易斯不喜欢立体主义;也解 Trebizond“～”,13—15 世纪位于黑海南部的一个帝国;也解 trapeza [希]“～”。

(玛吉位于她的最高处),也包含梯形图表[2623]天气的|梯子|字母,B和C可以被深情地想象为在这上面不断上升,暗示着先生们的春天样式[2624],这些样式把我们带回到始新世和更新世[2625]请看看|最新的形成的层层叠加的粘土层,以及我们的身体政治中渐渐发生的形态变化,费城[2626]爱女士的(伊州[2627]病的)的害怕-吓唬[2628]教授——我刚刚给了他的蓝色黄油半身像[2629]好更好最好致命一击[2630]草车——巧妙地名之为玩偶盒[2631]。这些盒子,请允许我轻轻地打断话题,大约每盒[2632]济贫箱|倾倒|盒子|为了值四便士,但是我在发明一种更专有的流程,万无一失并且完美刺探(我想问问夏洛克·福尔摩斯[2633]棚屋|锁|家那个人,他企图通过导向住宅之路[2634]导向主人|导出荒诞结论来掀掉我们犯罪杰作[2635]典型罪犯|犯罪阶层的屋顶[2636]根,他事实上[2637]根据触摸希望发现什么东西,除非他自己,移动的屋顶[2638]美妙的语句,滑下来[2639]犁踵|瓦|斯雷德艺校|斯雷德)这之后他们甚至可以被玛奇中最年轻的那个压缩为他们真正外壳的碎片[2640]真正成本,如果她找地方[2641]请坐下来并且如果我希望她就笑的话。

现在还有一件事也不成问题了,那就是做了这么多之后,我已经完全掌握了那位有毒的[2642]半文盲的|解除武装年轻女士的尺码(我们将继续称她为玛奇)。她这类人在任何公园都可能遇到,穿着非常"衣着考究的"东西,据说是长及脚背的"忘川[2643]",带真皮,降到 3/9,配以松饼帽(她们是这个秋季的"天使肌肤"),招摇地歉意地镶嵌在某个"甜蜜的"短[2644]衬衫|既简短又

2623 climactogram 解 klimakogramma [希] "～";也解 climatic"～";也解 climax [希] "～";也解 gramma [希] "～"。

2624 spring modes"～";也解 spring mates,出自温德汉姆·刘易斯的短篇小说《康塔尔人的春日配偶》(*Cantelman's Spring-Mate*)。

2625 pleastoseen 解 pleistocene"～";也解 please to see"～";也解 pleistokainos [希]"～"。

2626 Philadespoinis 解 Philadelphia"～";也解 philadespoinis [希]"～"。

2627 Ill 解 Illinois "～",美国州名;也解 ill"～"。

2628 Ebahi-Ahuri 解 ébahir [法]"害怕"+ahurir [法]"吓唬"。

2629 bluebutterbust 解 blue butter bust"～";也解 good better best"～"。

2630 coupe de grass 解 coup de grâce [法]"(解除对方临终痛苦的)慈悲的一击";也可直译为"～"。

2631 一种打开盒盖就有玩偶跳起来的玩具。

2632 pourbox 解 per box"～";也解 poorbox"～";也解 pour"～"+box"～";也解 pour [法]"～"。

2633 Shedlock Homes 解 Sherlock Holmes"～",英国侦探小说家阿瑟·柯南·道尔塑造的著名侦探形象;也解 shed"～"+lock"～"+homes"～"。

2634 deductio ad domunum 解 deductio ad domum [拉]"～";也解 deductio ad dominum [拉]"～";也解 reductio ad absurdum [拉]"～"。

2635 criminal classics"～";也解 classic criminal"～";也解 criminal classes"～"。

2636 Roof"～";也解 root"～"。

2637 de tacto 解 de facto [拉]"～";也解 de tactu [拉]"～"。

2638 movibile tectu 解 mobile tectu [拉]"移动的顶盖";也解 mirabile dictum [拉]"～"。

2639 slade"～",此处解 slide"～";也解 slate"～";也解 Slade (School of Art)"～",温德汉姆·刘易斯学习的学校;也解 Henry Slade"～"(1840—1905),美国灵媒,曾在 1876 年到英国表演。

2640 true crust"真正面包皮",此句化自中世纪沿街叫卖的"真正十字架的碎片";也解 true cost"～"。

2641 plase 解 place"～";也解 please"～"

2642 demilitery 解 deletery"～";也解 semiliterate"～";也解 demilitarize"～"。

2643 ethel 解 lethe"～",希腊神话中的遗忘之河;也有研究者认为 ethel 是一种衣服类型。

2644 shirtness 解 shortness"～";也解 shirt"～";也可与后面的 sweet 合解 short and sweet"～"。

动听大衣上，那时她没有坐在所有免费[2645]三个长椅上急切地[2646]热心地读着“它”，但显然[2647]奥维德正在搜寻“他”，或者对装扮最美的婴儿手推车和美肘竞赛“激动”不已，或者在电影院哽咽难言，并把什锦饼干[2648]喷到“公子”[2649]牧师[2650]卓别林的“最新款式”上面，或者在排水沟边带着某个短发短衣的[2651]普鲁弗洛克婴儿妈妈的小不点儿(斯迈斯-斯迈斯[2652]想—不—想—不—想们现在用着两个家仆，希望有三个男的，一名私人司机、一名管家[2653]酿私酒的人|巴特勒和一名秘书[2654]宗教派别的成员)让人质呆在够得着的地方，教婴儿陛下[2655]他如何尿[2656]把事情弄得更糟得更糟。

(我正密切注视着悲泣[2657]小的|普尔曼|圣保罗|毕加索大师，从我的位置上我有理由[2658]地区怀疑她的“小男人”是教育委员会属下的一名中学教师，小男婴[2659]的获选[2660]忠诚的信徒，小男婴因此被诱人公主[2661]引入歧途|不善谈的|自封的公开利用，通过在男人的内衣上炫耀无用的精美装饰，来掩盖她自己更男性化的[2662]肌肉发达的人格，因为那个完整女性[2663]莫里哀的女性气质[2664]婴儿总会缺少真正男人[2665]真实|男人的的阳刚[2666]强健的|小老鼠。我解决[2667]单独妈妈们[2668]事情|床垫|掌握的体面临产的办法，以及对爱尿尿的[2669]小便小不点儿的教育，从现在起必须推迟，直到我解决了这个撩人[2670]特殊的的荡妇，因为她让我无暇他顾[2671]说。)

玛格丽娜她非常喜欢奶油布鲁图，但是，哎呀哇呀！她非常喜欢奶酪[2672]茶。(这个东亚进口品对每件事物产生的重要影响直到现在还没有被充分调味，虽然在这件事上我们能舒服

2645 free"～",也解 three"～"。

2646 avidously 解 avid"渴望的";也解 ardently"～"。

2647 ovidently 解 evidently"～";也解 Ovid"～"(前 43—17),罗马诗人,著有《爱的艺术》。

2648 bixed mixcuits 解 mixed biscuits"～",两个词语交换部分字母是本书常用的文字游戏之一。

2649 温德汉姆·刘易斯在《时代与西方人》中批评儿童崇拜,并将之与乔伊斯联系在一起。

2650 chaplain"～";也解 Charlie Chaplin"～"(1889—1977),英国喜剧演员。

2651 brieffrocked 解 brief"短的"＋frock"长衣"＋-ed;也解 Prufrock"～",英国诗人艾略特的诗歌《普鲁弗洛克的情歌》的主人公。

2652 Smythe-Smythe"～",乔伊斯在《尤利西斯》第 15 章提到的一个陆军中尉;也解 thes mê thes mê thes[希]"～"。

2653 butlegger 解 butler"～";也解 bootlegger"～";也解 Butler"～",爱尔兰历史上著名的家族,他们在 1328 年成为爱尔兰伯爵。

2654 sectary"～",此处解 secretary"～"。

2655 His Infant Majesty"～",乔伊斯曾在《尤利西斯》中提到过;其首字母也可组合为 HIM"～"。

2656 make waters 解 make water"～";也解 make matters worse"～"。

2657 Pules 解 pule"～";也解 paulus [拉]"～";也解 Pullman"～",温德汉姆·刘易斯的《儿童节》中的人物,影射乔伊斯;也解 St. Paul"～";也解 Pablo Picasso"～"(1881—1973),现代艺术家,温德汉姆·刘易斯嘲讽他很"小"(Paul 的意思是"小")。

2658 regions"～",此处解 reasons"～"。

2659 Infantulus [拉]"～"。

2660 voted"～";也解 devoted"～"。

2661 seducente infanta 解 seducènte infanta [意]"～";也解 seducens [拉]"～"＋infantia [拉]"～";也解 sedicènte [意]"～"。

2662 mascular 解 masculine"～";也解 muscular"～"。

2663 totamulier 解 tota mulier [拉]"～";也解 Moliere"～"(1622—1673),法国剧作家。

2664 femininny 解 femininity"～";也解 ninnion [希]"～"。

2665 verumvirum 解 verus vir [拉]"～";也解 verum [拉]"～";也解 virilis [拉]"～"。

2666 musculinkr 解 masculine"～";也解 musculosus [拉]"～";也解 musculus [拉]"～"。

2667 solotions 解 solutions"～";也解 solo-tion-s"～"。

2668 matres [拉]"～";也解 matters"～";也解 mattress"～";也解 maitre [法]"～"。

2669 micturious 解 mictorius [拉]"利尿的";也解 micturate"～"。

2670 tickler"～";也解 particular"～"。

2671 uttentions 解 attentions"～";也解 utter-tion"～"。

2672 chee 解 cheese"～";也解 tea"～"。

地尝到它。后面我还要回来再喝点儿茶[2673]说|一片。)一位凭自己能力的克娄巴特拉式女子[2674]，当奶油布鲁图和奶酪卡西乌斯争夺她的统治[2675]奥秘|情妇的时候，她通过把自己与一位躲躲藏藏的安东尼[2676]搅在一起，立刻把局势弄得非常复杂，安东尼是一个意大利佬，他会显出对形形色色的[2677]所有交易的|所有奶酪的精制奶酪[2678]她是有个人兴趣，与此同时又挥动着反社会规范的[2679]哑剧表演|安东尼的艺术，粗鲁[2680]被统治的得像乡巴佬[2681]红的|黄油|奶油布鲁图。这个安东尼—布鲁图—卡西乌斯三人组[2682]可以说将同等的何量与更古老的所谓的此量复此量等同，两者相似[2683]几许|篙得就如同众量[2684]作品[2685]因此，如此伟大在超化学管家管理[2686]破坏偶像中散发着[2687]照亮|玷污|反复咀嚼|反刍量子冲动[2688]尔格，从而就像你的高尔夫球童[2689]教子的ABC[2690]是一个笨球童一样，鸡蛋之于乳清[2691] x之于y就如干草之于种子[2692] y之于z。这是为什么你喜欢满足[2693]穿戴一个傻瓜的任何纯兄弟之爱[2694]费城，非法的[2695]紫色水晶|无神论者|有色的贱人[2696]信仰牛顿学说的人|低声调的人|城里，八字腿的[2697]不受法律约束的弑兄者[2698]弑父者|寄生虫，可能一面绿得惊人，另一面蓝[2699]得吓人[2700]产量多地，但这并不能把他掩盖起来而不吸引我那搜来寻去的[2701]搜寻|寻找的眼睛，透过我卫城[2702]古希腊太阳神阿波罗上的坚固大洞[2703]要塞，就像一个被吹捧被抨击哭诉着吵闹着自大的害人的[2704]亵渎神灵的渎神的白痴，偷炸弹时连炸弹和菠萝亚伯都分不出[2705]该隐，而且不能与伪善的人群一起在我们的宗教集会[2706]聚集成群|同型同种群聚房间[2707]对空速射炮里跟着会众[2708]共家吟唱他的诗

2673 say“～”，此处解 tea“～”；也可与前面的 more 合解 morceau［法］“～”。
2674 cleopatrician 解 Cleopatra“～”，（前 69—前 12），埃及女王＋-ician。
2675 missterY 可解 mastery“控制”；也解 mystery“～”；也解 mistress“～”。
2676 Antonius 解 Mark Antony“～”（前 83—前 30），罗马政治家，他与克娄巴特拉的恋情导致了他与屋大维的战争。
2677 of all chades 解 of all shades“～”；也解 of all trades“～”；也解 of all cheeses“～”。
2678 chees 解 cheese“～”；也解 she's“～”。
2679 antomine 解 antinomian“～”；也解 pantomime“～”；也解 Antininus［拉］“～”。
2680 rude“～”；也解 ruled“～”，化自温德汉姆·刘易斯的作品《被统治的艺术》（*Art of Being Ruled*）。
2681 boor“～”；也可与前面的 rude 合解 burrus［拉］“～”；也解 beurre［法］“～”；也解 Burrus“～”。
2682 grouptriad 解 group“组”＋triad“三”，指安东尼与屋大维、雷比达组成的后三头政治联盟，因安东尼与克娄巴特拉的恋情而破裂。
2683 quantly 解 quanto［拉］“同样”；也解 quantum［拉］“～”；也解 quant“～”。
2684 tantum［拉］“～”，与后面的“量子”呼应译为“众量”。
2685 ergons［希］“～”；也可与前面的 tantum 合解 tantum ergo［拉］“～”，赐福赞美诗中常用的开篇句。
2686 economantarchy 解 oikonomos［希］“管家”＋archê［希］“管理”；也解 eikonomachia［希］“～”。
2687 irruminate 解 irradiate“～”；也解 illuminate“～”；也解 irrumo［拉］“～”；也解 rumino［拉］“～”；也解 ruminate“～”。
2688 urge“～”；也解 erg“～”，功和能量的单位。
2689 golfchild 解 golf“高尔夫球”＋child“儿童”；也解 godchild“～”。
2690 abe boob caddy 解 ABC；也解 be a boob caddy“～”。
2691 eggs is to whey“～”；也解 x is to y“～”。
2692 whay is to zeed 解 hay is to seed“～”，即 hayseed“草籽”；也解 y is to z“～”。
2693 dress“～”，此处解 address“～”。
2694 philadolphus 解 philadelphos［希］“～”；也解 Philadelphia“～”，位于美国。
2695 athemisthued 解 athemistos［希］“～”；也解 amethyst“～”；也解 atheist“～”＋hued“～”。
2696 lowtownian 解 low-down“～”；也解 Newtonian“～”；也解 low-tone-ian“～”；也解 down town “～”。
2697 exlegged 解 x legged“～”；也解 exlex［拉］“～”。
2698 phatrisight 解 fratricide“～”；也解 patricide“～”；也解 parasite“～”。
2699 指公元 6 世纪在君士坦丁堡发生的蓝党和绿党之争，史称尼卡起义。
2700 fruitfully“～”，此处解 frightfully“～”。
2701 gropesarching 解 great searching“～”，温德汉姆·刘易斯在《时代和西方人》中怀疑这句话是乔伊斯从别人处听来用在《尤利西斯》中的；也解 grope“～”＋searching“～”。
2702 acropoll 解 acropolis“～”；也解 Apollo“～”。
2703 strongholes 解 strong holes“～”；也解 strongholds“～”。
2704 blasphorus 解 blasphoros［希］“～”；也解 blasphemous“～”。
2705 kennot tail... from 解 cannot tell... from“～”；其中 kennot 也可与后面的 painapple 合解 Cain... Abel“～”，《圣经》中该隐杀了自己的弟弟亚伯。
2706 gregational 解 congregational“～”；也解 gregatio［拉］“～”；也解 gregation“～”。
2707 pompoms“～”，此处解 rooms“～”。
2708 cong 解 congregation“～”；也解 Conga“～”，传说中最后一个共主隐退的地方。

篇[2709]鲑鱼|所罗门|布道。

不！让刽子手杀死你的塔尔皮亚[2710]！这件事，阿贝[2711]大修道院|阿贝剧院先生，说不出口[2712]穷凶极恶|侄子|典当品|找到。（而且，拿掉盐家伙[2713]灵魂质|氧气|热门事物和碱[2714]碱度|相像的东西，我希望我们能打发掉时间来找到盐，因为苏打水[2715]硝石里一些一流的[2716]力量|玻璃硝酸[2717]醋酸|中性资产在变苦[2718]变好，等着你把你的肉汤倒进去。）闪电军团[2719]狂扫奥林匹斯山，毁灭了它。到现在为止我已经昭告过12铜表[2720]次了。纯粹天才[2721]布鲁图|盖乌斯·马略对腐烂奶酪[2722]朗吉努斯！将逝者，向你致敬[2723]向你们致敬，你们这些将逝者！我那著名的[2724]讲话|名声律法[2725]忒弥斯族跑了，因此让民主[2726]魔鬼统治高据宝座[2727]最后的！（亚伯拉罕·垂皮尔[2728]。那些古老的勤勉早就过时了。读下一个答案）。我要跟你说[2729]打再见[2730]梭伦了。（坏脾气的家伙[2731]大的|温和的。为什么不采取直接行动。看看前一个答案。）我那不变的言辞是神圣的。言刘易斯·卡罗尔[2732]世界是我的妻，婚约[2733]暴露与毁约[2734]论述|庞德、出卖与敬重[2735]伤害|伤口，愿麻鹬[2736]刘易斯·卡罗尔给我们的婚姻[2737]婚礼添彩！直到呼吸离开我们[2738]直到死亡分开我们！女人[2739]我们男人。当心你会与我的岁月一起变化。愿你像你的祖母一样年轻！恰当的[2740]戒指男人在错误的[2741]商店，但是用生硬[2742]正确的|写出的|机械地命令说出仪式[2743]正确的|写作之辞！嘴巴所说的就是神律[2744]！反对永远神圣的敌人[2745]反对一贯如此的敌人！那感受不到我的雷电[2746]满月的女人，愿她在你眼中[2747]削皮|有吸引力粗野[2748]不信上帝的人无礼！那灵魂[2749]脚底中没

2709 psalmen 解 Psalms“～”；也解 salmon“～”；也解 Solomon“～”；也解 sermon“～”。
2710 Tarpeia“～”，古希腊神话中的罗马女子，为了金手镯而把罗马城出卖给塞因人，后被塞因人砸死，尸体从塔尔皮亚岩扔出去。
2711 Abby“～”，人名；也解 abbey“～”；也解 Abbey (theatre)“～”，爱尔兰诗人叶芝等组建的剧院。
2712 nefand 解 nefandous“～”；也解 nefandus [拉]“～”；也解 Neffe [德]“～”；也解 Pfand [德]“～”；也解 fand [德]“～”。
2713 soutstuffs 解 zout [荷]“盐的”＋stuffs“东西”；也解 soul stuff“～”；也解 Sauerstoff [希]“～”；也解 hot stuff“～”。
2714 alkalike 解 alkaline“含碱的”；也解 alka“～”＋alike“～”。
2715 soldpewter 解 soda water“～”；也解 saltpetre“～”。
2716 forceglass 解 firstclass“～”；也解 force“～”＋glass“～”。
2717 neutric assets 解 nitric acid“～”；也解 acetic acid“～”；也解 neutral assets“～”。
2718 bittering“～”；也解 bettering“～”。
2719 thundering legion 解 Legio XII. Fulminata [拉]“第 12 闪电军团”，罗马军团，盾牌上画着朱庇特的闪电。
2720 Twelve tabular“～”，指古罗马在公元前五世纪制定的《12 铜表法》。
2721 Merus Genius 解 merus genius [拉]“～”；也解 Marcus Junius Brutus“～”(前 85—前 42)；也解 Gaius Marius“～”(前 155—86)，罗马将军。
2722 Careous Caseous 解 cariosus caseus [拉]“～”；也解 Gaius Cassius Longinus“～”（前 85—前 42 ），罗马议员，刺杀凯撒的主要领导人。
2723 Moriture, te saluta [拉]“～”；也解 morituri te salutamus [拉] “～”。
2724 phemous 解 famous“～”；也解 phêmis [希]“～”；也解 phêmê [希]“～”。
2725 themis 解 Themis“～”，希腊神话中司法律和正义的女神。
2726 Demoncracy 解 Democracy“～”；也解 Demon-cracy “～”。
2727 highmost 解 high most“～”；也解 hindmost“～”，此句化自习语 Let the devil take the nindmost“最后的人最倒霉”。
2728 Abraham Tripier“～”，都柏林地方志上最早提到的丝织工人。
2729 beat“～”，此处解 bit“～(告别)”。
2730 so lon 解 so long“～”；也解 Solon“～”(前 638—前 558)，雅典政治家。
2731 Bigtempered 解 badtempered“～”；也解 Big“～”＋tempered“～”。
2732 word“～”；也解 world“～”。
2733 exponse 解 espouse“～”；也解 expose“～”。
2734 expound“～”，此处解 exspondeo [拉]“～”；也解 Ezra Pound“～”(1885—1972)，美国诗人。
2735 velnerate 解 venerate“～”；也解 vulnero [拉]“～”；也解 vulneratio [拉]“～”。
2736 curlews“～”；也解 Lewis Carroll“～”(1832—1898)，英国作家，《爱丽丝漫游奇境记》的作者。
2737 nuptias [拉]“～”；也解 nuptials“～”。
2738 Till Breath us depart“～”；也解 Till death us do part“～”，婚礼誓言。
2739 Wamen 解 Women“～”；也解 We men“～”。
2740 ring“～”，此处解 right“～”。
2741 rong 解 wrong“～”。
2742 rote“～”；也解 right“～”；也解 wrote“～”；也可与前面的 by 合解 by rote“～”。
2743 rite“～”；也解 right“～”；也解 write“～”。
2744 Ubi lingua nuncupassit, ibi fas 解 Ubi lingua nuncupavit, ibi fas“～”；也解 Ubi lingua nuncupassit ita ius esto [拉]“嘴巴如何说，法律即如何”，出自古罗马的《12 铜表法》。
2745 Adversus hostem semper sac 解 Adversus hostem semper sacer [拉]“～”；也解 Adversus hostem semper sic [拉]“～”，化自《12 铜表法》中的“愿敌人永受管辖”。
2746 fulmoon 解 fulmen [拉]“～”；也解 full moon“～”。
2747 peel“～”，此处解 appear“～”；也解 appeal“～”。
2748 hoyden“～”；也解 heathen“～”。
2749 sole“～”，此处解 soul“～”。

有[2750]沃斯|霍斯|透特摩西也不畏言辞之法的统治[2751]的男人[2752]我的，当他的希望通过轻拂痛苦进入他的高原[2753]高帮系带靴时，从不自己养活自己，并离开他的土地去洗涤他的心[2754]头，如果他来听我的布道[2755]海岸，骄傲的囊空如洗的[2756]心碎的护林人[2757]异乡人，当天堂涌出他们喷发的恶意，乞求[2758]雷声大雨点小在我们那噪音危险[2759]谣传的危险|挪亚方舟的叫嚷中分一杯羹，我自己和雅弗[2760]之子，一人驾四马，会不会把他踢出去？——好！——如果他是我自己的心兄，我的双倍的爱，我的偏向一方的恨，如果我们由同一把火养育[2761]面包，由同一把盐标记[2762]被父亲生育，如果我们向同一个主人乞讨，抢劫同一只钱柜，如果我们挤进同一张床，被同一只虱子叮咬，同样的翩翩少年[2763]同样|奶|人|君子并来自同一个家庭[2764]部分地一样抽烟，无赖和流氓，仆人伴村夫[2765]肩并肩地，虽然说[2766]祷告出来会让我心碎，但我恐怕仍然不得不[2767]不原意说！

12. 他将神圣[2768]？

答：我们是[2769]闪姆[2770]詹姆斯|同一个我们|半烧坏的|一半|我们对自己说！

2750 hoth 解 has“～”；也解 Hoth“～”，北欧神话中的一个盲神；也解 Howth“～”，都柏林郊区；也解 Thoth“～”，埃及神话中的月神。

2751 conquists 解 conquest“～”。

2752 mon［法］“～”，此处解 man“～”。此句化自莎士比亚的戏剧《威尼斯商人》中的“没有乐感，也不被和弦的甜美声音打动的男人……让这种人永不被信任”。

2753 highlows“～”，此处解 highland“～”，化自苏格兰诗人彭斯的诗歌《我的心在高原》(*My Heart's in the Highlands*)。

2754 head“～”，此处解 heart“～”。

2755 preach“～”；也解 beach“～”。

2756 pursebroken 解 purse“钱包”＋broken“破碎的”；也解 heartbroken“～”。

2757 ranger“～”；也解 stranger“～”。

2758 bite“咬”；也可与后面的 bark 合解 more bark than bite“～”。

2759 Noisdanger 解 Noise danger“～”；也解 Noised danger“～”；也可与前面的 bark 合解 Noah's Ark“～”。

2760 Jeffet 解 Japheth“～”，《圣经》中挪亚的儿子，闪的兄弟。

2761 bread“～”，此处解 bred“～”。

2762 signed“～”；也解 sired“～”。

2763 homogallant 解 homo-“同样”＋gallant“时髦的青年”；也解 homo-“～”＋gala［希］“～”；也解 homo［拉］“～”＋galantuòmo［意］“～”。

2764 hemycapnoise 解 hêmikapnousi［希］“～”；也解 hêmikapnoeidês［希］“～”。

2765 jack by churl“～”；也解 cheek by jowl“～”。

2766 pray“～”，此处解 say“～”。

2767 hate to“～”，此处解 have to“～”。

2768 Sacer esto［拉］“让他成为神圣的”。

2769 sumus［拉］“～”。

2770 Semus 解 Sem［法］“～”；也解 Séamus［爱］“～”，James 的爱尔兰变体；也解 same us“～”；也解 semusti［拉］“～”；也解 semis［拉］“～”；也解 se mussumus［拉］“～”。

第七章

闪姆是谢默斯[1]闪姆|我们|詹姆斯|警察的简称，就如杰姆[2]是雅各的戏称[3]乔伊斯|诙谐|诙谐的。还能找到一些无赖[4]拓夫|硬项，他们谎称[5]要求他最初来自受人尊敬的家族[6]起源（他是蓝胡子[7]蓝色的|胡子拉格纳[8]一族和头发丝[9]战争哈拉德[10]可怕的一族之间的非法产物[11]法律|出口，尊敬而神圣的上校伯德伍德[12]鸟|树林·德·乔普[13]太·布洛格[14]沼泽先生的一位合法后裔是他的一个最远系亲属）但是如今空间土地上的每个真正的人都知道，他背后的生活根本不能写成白纸黑字。将真实与虚假放在一起[15]，可以给这个杂种真正想看的东西来个快照。

看起来，闪姆的躯体已经起来了，包括一只扁斧脑壳[16]，八分之一云雀眼，一个洞[17]全部的鼻子，袖子里一只麻木的胳膊[18]，王冠[19]夺去王位|爱尔兰的无冕之王中垂下的 42 根头发，18 根指向他虚假的嘴唇，三缕鱼须从他巨大的[20]咩咩咩下巴挂下（某人[21]鲑鱼的儿子），错误的肩膀比正确的高，全是耳朵[22]，一只人造舌头带着自然的卷曲，没有用来站立的脚，一把大拇指[23]，一只失明

1 Shemus“～”，爱尔兰诗人叶芝的戏剧《伯爵夫人凯瑟琳》中将灵魂出卖给魔鬼的人；也解 Shem“～”＋us“～”；也解 Séamus［爱］“～”，James 的爱尔兰变体；也解 shamus［俚］“～”。

2 Jem“～”，乔伊斯在 1926 年 8 月 18 日给韦弗女士的信中说爱尔兰语是把 J 变成 Sh。

3 joky“～”；也解 Seóigh［爱］“～”，Joyce 的爱尔兰变体；也解 jocus［拉］“～”；也解 jocular“～”。

4 toughnecks 解 roughnecks“～”；也解 Taff“～”，本书一组二元对立人物“巴特和拓夫”之一；也解 tough necks“～”。

5 pretend“～”；也解 prétendre［法］“～”。

6 stemming“～”，此处解 stem“～”。

7 Blaubarb 解 Bluebeard“～”，法国童话作家佩罗作品中一个杀妻的人物；也解 blau［德］“～”＋barbe［法］“～”。

8 Ragonar 解 Ragnar Lodbrok“拉格纳·洛德布洛克”，传说中的北欧海盗英雄，死于爱尔兰。

9 Hairwired 解 Hair“头发”＋wire“金属丝”；也解 warfare“～”。

10 Horrild 解 Harald Fair Hair“～”(850—933)，第一位挪威国王；也解 horrid“～”。

11 outlex 解 outlaw“～”，其中 lex 解［希］“～”；也解 outlet“～”。

12 Bbyrdwood 解 Beardwood“～”，乔伊斯父亲的朋友；也解 bird“～”＋wood“～”。

13 de Trop“～”；也解 de trop［法］“～”。

14 Blogg“～”，模仿英国劳动阶层常用的名字 Bloggs“布洛格斯”；也解 bog“～”，爱尔兰的特色地貌。

15 Putting truth and untruth together“～”，此句化自习语 put two and two together“根据事实推理”。

16 圣帕特里克的绰号叫“～”。

17 whoel 解 hole“～”；也解 whole“～”。

18 此句化自习语 something up one's sleeve“有锦囊妙计”。

19 uncrown“～”，此处解 one crown“～”；也解 Uncrowned (king of Ireland)“～”，指巴涅尔。

20 megageg 解 mega-［希］“～”；也解 Megeggaggegg“～”，《尤利西斯》第 15 章中山羊的叫声。

21 sowman 解 someone“～”；也解 saumon［法］“～”。

22 此句也解习语“全神贯注地听”。

23 此句也解习语“尴尬”。

的胃，一颗失聪的心，一只松散的肝，二瓣屁股的五分之二，一常衡[24]给他的慢性尿道结石[25]干砌砖石封壁|格莱斯顿，一只万恶之源的男根，一张鲑鱼母鲑[26]凯尔特人的薄皮，他那冰凉脚趾里的鳗鱼血，一只膨胀的[27]以忧郁结束的|特里斯丹|三重结尾的膀胱，数目巨大，使得年轻的闪姆吾[28]大师在他第一次出行[29]堕落的时候，在史前时期[30]原初时代|普劳图斯的曙光中，如此这般地看着自己，当时他正在他们的苗圃[31]花园|托儿所，孤儿院[32]猪嘴里玩着金翅雀[33]蓟草|词，该苗圃位于旧爱尔兰[34]荷兰|锄头|土地都柏林市[35]锹肥猪[36]无花果街 111 号，(我们现在要不要为了英镑、先令和便士[37]声音、感觉和知觉回那儿去？我们现在要不要为了安那币和安那币[38]一年的？我们要不要为了全部 28 加 1 里拉[39]妓女？为了 12 组一先令？为了四泰斯特[40]一格罗特[41]？一第纳尔[42]罗马银币也不行！一便士也不行[43]四便士的硬币！)宇宙第一谜题[44]向他的所有小弟弟[45]王位|同胞和甜妹妹们[46]修女|姐妹|甜的|汤盘提出[47]我常说：问，什么时候人不是人？告诉他们别着急，孩子们[48]小姐|处女，等潮水停下来(因为从他的第一天起是两星期)并且拿出又苦又甜的螃蟹[49]野苹果作为奖品，一份来自过去的小礼物给胜利者，因为他们的铜器时代还没有铸造出来。有的人说当天堂震动[50]贵格会教徒|破裂的时候，第二个说当波希米亚人[51]亲吻的时候，第三个说当他，不，当紧紧抓住瞬间，当他是诺斯替教徒[52]不可知论的|咬|棍子|无知的|知识的并决心[53]脱焦油|开采如此的时候，下一个说当死亡天使蹬了生命之腿的时候，又有一个说当红酒智穷计竭[54]圣灵降临节|智慧|送的时候，

24 avoirdupoider 解 avoirdupois“～”。

25 gleetsteen 解 gleet“慢性尿道炎”＋stone“石头”；也解 steen“～”；也解 Gladstone“～”(1809—1898)，英国首相，自由党领袖。

26 kelt［苏］“～”；也解 Celt“～”。

27 tristended 解 distended“～”；也解 trist ended“～”；也解 Tristan“～”，亚瑟王传奇中的圆桌骑士；tris-(［拉］“三”)＋ended“～”。

28 Shemmy 解 Shem“闪姆”＋my“我的”，故译为“～”。

29 debouch“～”；也解 debauch“～”。

30 protohistory“～”；也解 prôtohistoria［拉］“～”；也解 Proteus“～”，希腊神话中的海洋之神，也是《尤利西斯》第三章最初的标题。

31 garden nursery 解 nursery garden“～”；也解 garden“～”＋nursery“～”。

32 Griefotrofio 解 brefotròfio［意］“～”；也解 grifo［意］“～”。

33 thistlewords 解 thistlebird“～”；也解 thistle“～”＋words“～”。

34 Hoeland 解 Ireland“～”；也解 Holland“～”；也解 hoe“～”＋land“～”。

35 Shuvlin 解 Dublin“～”；也解 shovel“～”。

36 Phig Streat 解 Pig Street“～”，伦敦的针线街(Threadneedle St.)曾被称为肥猪街；也解 Fig Street“～”。

37 sounds, pillings and sense 解 pounds, shillings and pence“～”；也解 sounds, feeling and sense“～”。

38 annas“～”，旧时印度、巴基斯坦等地的辅币；也解 annus［拉］“～”。

39 liretta 解 lira“～”；也解 lorette［俚］“～”。

40 testers“～”，英国 16 世纪一种银币。

41 groat“～”，英国 1351—1662 年间发行的 4 便士的古银币或 1836—1856 年间发行的 4 便士硬币。

42 dinar“～”，南斯拉夫、伊拉克及阿尔及利亚等国的货币单位；也解 denarius［拉］“～”。

43 not for jo 解 not for Joe［英俚］“～”，其中 jo 也解 Joe［英俚］“～”。

44 此句出自 19 世纪德国自然学家海格尔的著作《宇宙之谜》。

45 brothron 解 brothers“～”；也解 throne“～”；也解 brethren“～”。

46 sweestureens 解 sweet sisters“～”，也解 siuirín［爱］“～”；也解 Schwester［德］“～”；也解 sweet“～”＋tureens“～”。

47 dictited 解 dictated“～”；也解 dictito［拉］“～”。

48 yungfries 解 youngfries［古体］“～”；也解 Jungfer［德］“～”；也解 Jungfrau［德］“～”。

49 crab“～”；也解 crabapple“～”。

50 quakers“～”；也解 Quakers“～”；也解 crack“～”。

51 Bohemeand 解 Bohemian“～”。

52 gnawstick 解 Gnostics“～”；也解 agnostic“～”；也解 gnaw“～”＋stick“～”；也解 agnostos［希］“～”；也解 gnostikos［希］“～”。

53 detarmined 解 determined“～”；也解 detar“～”＋mined“～”。

54 at witsends 解 at one's wits' end“～”。此句化自习语 when the wine is in the wit is out“酒令智昏”；也解 Whitsun“～”；也解 wit“～”＋sends“～”。

有一个当可爱的女人[55]追求异性|男人|沃恩俯身[56]停止敲他的头[57]征服的时候，最小中的一个说我，我，闪姆，当爹爹在客厅贴墙纸[58]港口的时候，最聪明中的一个说，当他吃[59]得到|叶芝煮苹果[60]苹果|苹果蛋糕|魔鬼，当他如此[61]这样骇人听闻[62]甲虫|惊惶的地诋毁[63]蛇自己[64]自我的时候，又一个说当你老了我头发灰白摇摇欲坠睡意沉沉[65]的时候，又有一个当我们死者步行[66]步行|醒来的时候，再一个当他刚才被割了包皮[67]半|被确定尺寸的时候，另一个当是的，他没有明天[68]与女子做爱，一个当确实猪们它们现在开始它们将飞上顶楼[69]空气|叶子的时候。全都错了，于是闪姆自己，这个独裁者[70]博士|博学的，拔得头筹，正确的答案是——全都放弃？——当他是个——你的等到石头崩裂[71]诸神的毁灭，——赝品[72]闪姆|含|犯罪的|耻辱|三叶草的时候。

闪姆是个赝品，一件低级赝品，他的下流首先从食品中爬出来。他甚至下流到更喜欢易卜生[73]茶歇时间的罐装鲑鱼，便宜到让人心花怒放，却不喜欢鱼子饱满的最肥美的子鲑或者最活泼的幼鲑[74]巴涅尔或者童鲑小鲑[75]斯沫莱特，这些都曾在莱克斯利泊[76]和岛桥[77]之间用鱼叉捉到过，而且多少次他在罐头食品中毒[78]瓶子时反复说从来没有哪个长于林中的菠萝尝起来比得上你从亚拿尼亚[79]菠萝罐头里抖出来的庞然大物[80]，该罐头由英国角屋[81]的范德雷特和格莱斯顿[82]工厂制造。你那在信仰柱[83]牛排上煎熬的有着一英寸厚贵族血统的巴拉克拉瓦[84]围栏浅滩之城，或者希腊[85]牲畜群的化冻羊肉那浓汁胶冻的腿，或者油腻的

55 wooman 解 woman“～”；也解 woo“～”＋man“～”；也解 Basil Woon“～”（1893—1974），英国剧作家，曾问乔伊斯“当你快瞎了的时候你有什么感觉，打算做什么呢？”

56 stoops“～”；也解 stops“～”。

57 conk“～”；也解 conquer“～”。此句化自英国作家哥尔德斯密斯的剧作《屈身求爱》。

58 when pappa papared the harbour 解 *When Papa Papered the Parlour*“～”，儿歌名；其中 harbour 解“～”。

59 yeat 解 eat“～”；也解 get“～”；也解 William Butler Yeats“～”（1865—1939），爱尔兰诗人。

60 abblokooken 解 apple cooked“～”；也解 yabloko［俄］“～”；也解 Apfelkuchen［德］“～”；也解 diablo［西］“～”。

61 zo［荷］“～”；也解 so“～”。

62 zhooken 解 shocking“～”；也解 zhuk［俄］“～”；也解 shaken“～”。

63 zmear 解 smear“～”，这一句将字母 s 皆换成字母 z；也解 zmeya［俄］“～”。

64 hezelf 解 himself“～”；也解 zelf［荷］“～”。

65 此句化自叶芝的诗句“当你老了，头发花白，睡意沉沉”。

66 此句化自易卜生的戏剧《当我们死者醒来的时候》的标题，其中 walkner 解 walk“～”；也解 waken“～”。

67 semisized 解 circumcised“～”；也解 semi-“～”＋sized“～”。

68 hath no mananas 解 has no manana“～”；也解 has a banana［俚］“～”，化自歌曲《是的，我们没有香蕉》（*Yes, We Have No Bananas*）。

69 looft 解 loft“～”；也解 Luft［德］“～”；也解 loof［荷］“～”。此句化自习语 when pigs begin to fly“绝不可能”。

70 doctator 解 dictator“～”；也解 doctor“～”；也解 doctus［拉］“～”。

71 the rending of the rocks“～”，此句出自《马太福音》中耶稣在十字架上断气后“地也震动，磐石也崩裂”；也解 Ragnarøkr［古挪］“～”，北欧神话中神的死亡。

72 Sham“～”；也解 Shem“～”；也解 Ham“～”，《创世记》中挪亚的儿子；也解 ashem［希伯来］“～”；也解 shame“～”；也可与前面的 rocks 合解 shamrocks“～”。

73 Gibsen 解 Ibsen“～”，挪威戏剧家，乔伊斯在大学时曾力排众议推崇易卜生的戏剧。

74 parr“～”；也解 Parnell“～”，爱尔兰自治领袖。

75 smolt troutlet“～”；也解 Tobias Smollett“～”（1721—1777），英国小说家，著有《蓝登传》。

76 Leixlip“～”，地名，位于爱尔兰中东部，名字的字面含义是“鲑鱼跳起”。

77 Island Bridge“～”，利菲河上的桥，为河水涨潮的分界点。

78 botulism“～”；也解 bottle“～”。

79 Ananias“～”，《圣经》中的撒谎者，因欺骗圣灵而死；也解 ananas“～”。

80 whoppers“～”。

81 Corner House“～”，1909 年由里昂有限公司开办的伦敦的连锁大酒店，是“鲑鱼和格拉斯廷”烟草商店的分支机构；也可与后面的 England 合解 HCE，本书主人公名字的缩写。

82 Findlater and Gladstone“～”，两人在 1852 年合伙在都柏林创建“亚当・范德雷特的梦特娇酒厂”。

83 belief-stakes“～”；也解 beefsteaks“～”。

84 Balaclava“～”，地名，克里米亚战争中的著名战场；也解 Baile Átha Cliath“～”，都柏林的爱尔兰名字。

85 Grex 解 Greek“～”；也解 grex［拉］“～”。

有软骨的猪后臀[86]优惠券|依据，或者带着团块的薄片叠厚片的美味鹅胸[87]醋栗，填上葡萄干布丁填料，全都浸泡在沼泽橡木肉卤的泥塘里，没有一个是给那个心灵希腊化的[88]胆怯的犹太人[89]年轻人的！旧西兰的烤牛肉[90]烤肉！他无法吃喝[91]接触。当你的食尸[92]食粪的男人鱼对我们的食素[93]棉柳树林|处女天鹅感兴趣的时候，看看会发生什么？他甚至任性[94]她|自己胡来，变成教区牧师[95]父亲|儿子们|补偿|远比……快得多|仪式，说他很快就能打发掉欧洲的肉末扁豆，远比对付爱尔兰[96]发疯的|土地的裂荚小豌豆快得多。当年在无可救药得毫无希望的醉酒状态下在那些造反者中间，这个食鱼者努力把枸橼[97]围着……就座皮举到随便哪个鼻孔下，打着嗝，无疑是由他那声门塞音的习惯[98]临时引发的，他能够[99]戴绿帽子|混合|可可|公鸡凭着这个气味永远兴旺[100]开花，就像冷杉[101]齐特琴，就像香柏[102]汲沦谷|枸橼，就像水杉[103]，属于泉水，位于高山，带着泥土[104]柠檬，来自黎巴嫩。唉！他的下流比所有堕落成那样的人都下流！相似的烈酒或者最早供应的初酿或者烧喉咙的杜松子酒或者诚实无欺的巴雷特酿造[105]胡子|四角帽|巴拉特啤酒没有哪个与它相像。哦，亲爱的，不！相反，喝了某种大黄[106]原始的深橙[107]黄绿[108]闪蓝[109]精神紧张|深蓝色的靛蓝[110]说空话的|勇气|巨神温第高碘化[111]经过的苹果酒，是从酸葡萄汁[112]葡萄水果里挤出来的，这个悲剧小丑哭哭啼啼，呜咽得脸色发白，厌倦了生活，当他吞下太太太多太太太多瓢的酒，听他在那感伤的[113]沉淀物的酒杯失手之间[114]酒醉向几乎同样下流的酒伴干呕，这个酒伴却依然知道他

86 goupons 解 croupons“～”；也解 coupons“～”；也解 go upon“～”。

87 goosebosom 解 goose bosom“～”；也解 gooseberry“～”。

88 greekenhearted 解 Greek hearted“～”；也解 chicken hearted“～”。

89 yude 解 Jude［德］“～”；也解 youth“～”。

90 Rosbif［法］“～”；也解 roast beef“～”。

91 attouch 解 touch“触及”；也解 attouchement［法］“～”。

92 somatophage 解 somatophagos［希］“～”；也解 scatophagy“～”。

93 virgitarian 解 vegetarian“～”；也解 virgetum［拉］“～”；也解 virgin“～”。

94 hunself 解 himself“～”；也解 hun［丹］“～”＋self“～”。

95 farsoonerite 解 pharsún［爱］“～”；也解 far［丹］“～”＋sønner［丹］“～”；也解 forsone［丹］“～”；也解 far sooner“～”＋rite“～”。

96 Irrland 解 Ireland“～”；也解 irre［德］“～”＋land“～”。

97 czitround 解 citron“～”；也解 sit round“～”。

98 hibat 解 habit“～”。

99 kukkakould 解 kukka［芬］“花”＋could“能够”；也解 cuckold“～”；也解 kukaô［希］“～”；也解 cocoa“～”；也解 cock“～”。

100 flowrish 解 flourish“～”；也解 flower“～”。

101 czitr 解 cedar“～”；也解 Zither［德］“～”。

102 kcedron 解 cedrus［拉］“～”；也解 Kedron“～”，《圣经》中指的耶路撒冷东垣下的地方；也解 citron“～”。

103 scedar 解 cedar“～”。

104 limon［法］“～”；也解 lemon“～”。

105 brewbarrett 解 brew“酿造”＋W. G. Barrett“巴雷特”，都柏林酿酒商；其中 barrett 也解 Bart［德］“～”；也解 Barett［德］“～”；也解 St. Madeleine Sophie Barat“～”(1779—1865)，法国天主教圣人。

106 rhubarbarous 解 rhubarb“～”；也解 barbarous“～”。

107 maundarin 解 mandarin“～”。

108 yellagreen 解 yellow green“～”。

109 funkleblue 解 funkeln［德］“闪光”＋blue“蓝色”；也解 blue funk“～”；也解 dunkelblau［德］“～”。

110 windigut 解 indigo“～”；也解 windy“～”＋gut“～”；也解 windigo“～”，爱斯基摩人神话中的食人巨神。

111 diodying 解 iodine“～”；也解 diodos［希］“～”。

112 grapefruice 解 grape juice“～”；也解 grape fruit“～”。

113 sedimental“～”，此处解 sentimental“～”。

114 twixt his ... cupslips 解 twixt his ... cup slips“～”，此句化自习语 there's many a slip ‘twixt the cup and the lip“杯到嘴边还会失手”；其中 cupslips 也解 cupshot［俚］“～”。

们什么时候已经喝够了，并且当他们惊恐地发现他们一滴都再喝不下时，对可怜蛋的殷勤感到正当的义愤，它直接来自高贵的白脂肪，好[115]是|犹太人，双腿大张地坐着，好，好，她的为什么藏起[116]白皮肤那个，好，好，好，葡萄酒桶[117]葡萄榨汁机，属于最尊贵的女大公[118]主要的|淋浴|饯行酒陛下[119]玛奇|马扎尔人，如果她是位公爵[120]鸭子，她就是女公爵[121]灌洗，那时她有白葡萄酒[122]白色|皮肤|热情|发热|塞克什白堡不是[123]鼻涕她的错，现在呢？女大公[124]艺术明星，你咧嘴笑得真可笑[125]芳妮·尤里娜，不过想象[126]芳妮·尤里娜你在她的，芳妮·尤里娜[127]臀部|小便|乌拉尼娅|猎户星座。

嘿，这不很棒么？酒鬼[128]！只谈下流！狗量的[129]下流清晰可见地从这个肮脏抹黑的小甲虫[130]蟑螂身上浓密地冒出来，到了第四次喀嚓的时候，这个图洛克[131]小山|薄纱|洞-腾布尔[132]女孩用她的冷血柯达拍到[133]豆壳这个至今未得到酬劳的[134]民族叛徒[135]使徒，他懦夫般地怕枪[136]怕拍照，沿着他天真地以为是近道的路，乘傲胜号[137]普里德文汽船[138]螺旋桨引起的滑流，去南美洲[139]浸泡|毒气的要塞集市[140]卡尔，经过不久之前的和解，借助错误货物的退场，第13[141]冲向|火车|铁轨号[142]号码，进入土豆罂粟地[143]，果农们[144]福斯特和音乐花匠们，带着他的喂[145]，女儿[146]钥匙|奴隶！你好么[147]释放我们|胫骨|罪，傻笔[148]冷的？根据他当场走路的样子，她明白从布拉德威尔[149]新娘|好出来的罪恶是一个放荡的坏男人。

［琼斯[150]约翰屠场与众不同。进城时何妨驻足惠顾。今[151]去买东西至尤佳。可品味牧牛人之春季肉[152]春日配偶|春小麦。琼斯屠

115 jo［匈］“～”；也解 ja［德］“～”；也解 Jew“～”。

116 why hide“～”；也解 white hide“～”。

117 wineva 解 wine vat“～”；也解 winefat“～”。

118 az archdiochesse 解 az［匈］定冠词＋archduchess“女大公”。乔伊斯喜欢的一种瑞士白葡萄酒，他说看起来像一位女大公的尿；其中 archdiochesse 也解 arch-“～”＋douche［法］“～”；也解 deoch an dorais［爱］“～”。

119 magyansty 解 majesty“～”；也解 Maggies“～”，在书中也与《新约》中的妓女抹大拉的马利亚交织在一起，后者悔罪后基督耶稣将七个魔鬼从她体内驱逐出去，在书中也代表分裂的人格；也解 Magyar“～”，匈牙利的主要民族。

120 duck“～”，此处解 duke“～”。

121 douches“～”，此处解 duchess“～”。

122 feherbour 解 fehér［匈］“白色”＋bör［匈］“葡萄酒”；也解 fehér［匈］“～”＋bor［匈］“～”；也解 fervour“～”；也解 fever“～”；也可与前面的 she has a 合解 Székesfehérvár“～”，匈牙利中部的城市。

123 snot“～”，此处解 is not“～”。

124 artstouchups 解 archduchess“～”；也解 art star“～”。

125 funny“～”；也解 Fanny Urinia“～”。

126 fancy“～”；也解 Fanny Urinia“～”。

127 Fanny Urinia“～”，人名；也解 fanny“～”＋urine“～”；其中 Urinia 也解 Urania“～”，掌管天文的缪斯女神；也解 Orion“～”。

128 Peamengro 解 pea-mengro［吉］“～”。

129 Any dog's quantity“～”，此句化自习语 Any God's quantity“巨大的”。

130 blacking beetle 解 blacking“抹黑”＋beetle“甲虫”；也解 black beetle“～”。

131 Tulloch“～”，苏格兰地名；也解 tulach［爱］“～”；也解 tulle“～”＋Loch［德］“～”。

132 Turnbull“～”，北方英格兰人、苏格兰人姓氏，含义是力大能够顶回公牛者。

133 shotted“射击”；也解 Schote［德］“～”。

134 unremuneranded 解 unremunerated“～”。

135 apostate“～”；也解 apostle“～”。

136 gun“枪”，此处与后面的 shy 合解 gunshy“～”。

137 Pridewin 解 Pride“骄傲”＋win“胜利”；也解 Prydwen“～”，威尔士史诗《安稳界的毁灭》（*The Spoils of Annwfn*）中亚瑟王的船。

138 shipsteam 解 steamship“～”；也解 slipstream“～”。

139 Soak Amerigas 解 South America“～”；也解 soak“～”＋gas“～”。

140 Caer Fere 解 caer［威］“要塞”＋fair“集市”；其中 Caer 也解“～”，凯尔特神话中英雄安格斯（Aengus）爱慕的一名女子，每两个萨温节后要变成天鹅。

141 desh to tren 解 desh ta trin［吉］“～”；也解 dash to“～”＋tren［西］“～”；其中 tren 也解［土］“～”。

142 nummer 解 Nummer［德］“～”；也解 number“～”。

143 Patatapapaveri 解 patata［意］“土豆”＋papaveri［意］“罂粟花”。

144 fruiterers 解 fruiter-ers“～”；也解 Vere Foster“～”（1819—1900），英国慈善家，在大饥荒中帮助爱尔兰移民。

145 Ciaho 解 ciao［意］“～”。

146 chavi［吉］“～”；也解 chiavi［意］“～”；也解 schiavi［意］“～”。

147 Sar shin［吉］“～”；也解 saor sinn［爱］“～”；其中 shin 也解“～”；也解 sin“～”。

148 shillipen 解 silly“傻的”＋pen“笔”；也解 shillipen［吉］“～”。

149 bridewell 解 Bridewell“～”，都柏林监狱名；也解 bride“～”＋well“～”。

150 Johns 指 James and Johns“詹姆斯和琼斯”，闪姆和肖恩的英语写法；也解 Augustus John“～”，英国艺术家，曾在 1930 年替乔伊斯画像，乔伊斯认为画得不好。

151 tobuy 解 today“～”；也解 to buy“～”。

152 spring meat“～”；也解 spring mate“～”，出自温德汉姆·刘易斯的短篇小说《康塔尔人的春日配偶》（*Cantelman's Spring-Mate*）；也解 Spring wheat“～”。

场如今不提供烘焙。增肥、屠宰、剥皮、悬挂、掏空、切块、切碎。感受此地羔羊！出[153]被逐出教会的！感受低廉价格[154]绵羊！出出！肝脏也价值巨大，特产[155]空间性！出出出！教会[156]交流。]

此外[157]摩拉维亚|杀，大约在那个时候，一个人通常，无论如何[158]钱，殡仪工中有人希望或至少怀疑他很早就会悲惨结束，染上遗传性的肺结核，在一个愉快的时刻结束自己，不，在一个大雨之夜，毯子下的债主们听到粗哑的歌唱和跳下伊登码头[159]的泼溅声，叹口气翻了个身，肯定一切都完了，然而，虽然他在当地背着沉重的债务[160]借方|欠债，甚至连这样一位唯信仰论者也不可能忠于本性。他不会在大脑上点火；他不会把自己投进利菲河；他不会借助气体动力学[161]风|风的|语义学炸死[162]赶走|解释自己；他不肯用草皮[163]闷死[164]藏红花自己。随着洋鬼子的离开，这个害怕的[165]骗子天生骗子甚至骗过死亡。相反[166]，为了一个弟弟从他的那不勒斯[167]接近|共和国的|民国的|民众|酒吧避难所发电报(但是把有价值的东西从他嘴里摇出来[168]迫使他说话|嘴|麦芽酒：海岸警卫[169]多少钱|保镖莱波雷洛[170]？耶稣基督[171]一百|一种以前的铜币！)给他的约拿旦[172]：今天[173]芳香葡萄酒在此，明日[174]离开，我们结合了[175]大手大脚地花钱，做了什么，没有激情[176]无线电的。回电：不方便，大卫。

你看，小家伙们，它会慢慢漏出来，当然傻怪物[177]活泼矮个，但是总之[178]糖浆汤姆和活泼矮个：在他那大诗人[179]的记忆里他很下流。他却带着应得的满足一直珍藏着每次顶嘴[180]欲望|谈话|长途跋

153 Ex解 excellent“出色”；也可与后面的 COMMUNICATED 的合解 excommunicated“～”。

154 sheap解 cheap“～”；也解 sheep“～”。此句和上句出自《约翰福音》“你饲养我的小羊……你牧养我的羊”。

155 spatiality“～”，此处解 speciality“～”。

156 COMMUNICATED“～”，此处解 excommunicated“～”。

157 moravar解 moreover“～”；也解 Moravia“～ ”，捷克和斯洛伐克中部一地区；也解 morava［吉］“～”。

158 for luvvomony解 for love or money“～”；也可解 luvvo［吉］“～”。

159 都柏林码头名。

160 debit“～”，此处解 debt“～”；也解 debitum［希］“～”。

161 pneumantics解 pneumatics“～”；也解 pneuma［希］“～”；也解 pneumatikos［希］“～”；也解 semantics“～”。

162 explaud解 explode“～”；也解 explaudo［希］“～”；也解 explain“～”。

163 上面分别包括火、水、风、土四元素。

164 saffrocake解 suffocate“～”；也解 saffron“～”。

165 fraid解 afraid“～”；也解 fraud“～”。

166 Anzi［意］“～”。

167 Nearapoblican解 Neapolitan“～”；也解 near a“～”＋poblacht［爱］“～”；也解 republican“～”；也解 pobal［爱］“～”；也解 pub“～”。

168 shaking the worth out of his maulthe解 shaking the worth out of his mouth“～”；也解 taking the words out of his mouth“～”；其中 maulthe也解 Maul［德］“～”；也解 malt“～”。

169 Guardacosta解 guardacoste［意］“～”；也解 quanto costa［意］“～”；也解 guarda-costas［葡］“～”。

170 Leporello“～”，莫扎特的喜歌剧《乔万尼先生》中乔万尼的仆人。

171 Szasas Kraicz解 Jesus Christ“～”；也解 százas［匈］“～”＋krajcár［匈］“～”。

172《圣经》中扫罗的儿子，他对大卫有着超出一般的感情。

173 tokay“～”，此处解 today“～”。

174 tomory解 tomorrow“～”，此句为习语，意为“漂泊不定的”。

175 spluched解 spliced“～”；也解 splash“～”。

176 Fireless“～”；也解 wireless“～”。

177 freaksily解 freak“怪物”＋silly“傻的”；也解 Frisky Shorty“～”，书中人物。

178 the tom and the shorty of it解 the long and the short of it“～”；也解 Treacle Tom & Frisky Shorty“～”，书中两个人物。

179 在《尤利西斯》中穆利根把斯蒂芬称为大诗人。

180 trektalk解 backtalk“～”；也解 trek［荷］“～”＋talk“～”；也解 trek“～”；也解 Dreck［德］“～”。

涉|污秽的片断，垂涎他邻居的话[181]妻子，而且偶尔，在为了民族利益而召开[182]骚动的蒙达语[183]星期一|嘴巴|小便|芒达战役座谈会[184]会话上，微妙的趣闻[185]猜谜游戏被一些好心人朝他扔出来，碰到他那罪恶的路线[186]，徒劳地引用《圣经》与满口脏话的天主教徒争辩，恳求努力为这件事的荣耀[187]蛇振作精神，饭桶，做个男人，而不是该死的[188]乞丐，真该死[189]碟子，诸如：请问，那句大陆话是什么意思，醉鬼[190]酷似别人的人|抱歉|先生，如果你听到过的话，我们觉得这个词显然[191]看透|易懂地像贱民[192]高乃依？；或者：你是否在什么地方，狗窝，在你那容易受骗的旅游[193]《格列佛游记》中，或者在你那乡间行游诗人的生涯中，碰巧偶遇某个寻欢作乐的年轻贵族，对着下流·猪这个名字呜咽，这个人常常用他的嘴角招呼女人，靠借贷生活，而且33[194]偷偷摸摸的|自由的岁[195]你的？他毫无极度自命不凡者[196]猪的匆匆叹息，而且他会不带丝毫歉意，拉长着毫无表情的旱鸭子脸，在他的偷听者出局游戏中用唤醒耳朵者[197]蠼螋|壹耳微蚵的笔[198]悬垂的|阴茎|悬挂的拱来拱去，然后，咬着虎耳草[199]闲扯|头顶|夏枯草|巴涅尔来消磨时间，狠敲他的最好死掉，想着在耶稣基督[200]詹森的天篷下，会不会有哪位英格兰绅士[201]阿比尔派教徒的|白色的|生活|族|鹅的念过大学的正派子孙会思考，更不用说[202]允许|借贷做出暗示，开始告诉所有获准参加简易泰米尔语[203]一阵子简易桑塔利语[204]交谈|天鹅绒|山谷座谈会[205]谈话|同声欢呼|异口同声|马志尼的知识分子们（即然，医生们、律师商人们[206]商业习惯法、钟塔政治家们[207]许诺|诺言、农业农夫制造商们[208]手工的|欺骗|弗洛伊德|丢勒、净河协

181 word“～”;也解 wife“～”。

182 commoted 解 committed“～”;也解 commotion“～”。

183 Munda“(奥亚语系)～”;也解 Monday“～”;也解 Mund [德]“～”;也解 mún [爱]“～”;也解 Munda“～”,公元前 45 年罗马元首凯撒取得的最后一次胜利。

184 conversazione“～”;也解 conversazióne [意]“～”。

185 tippits“～”,一种凭运气猜谜的游戏,此处解 titbits“～”。

186 此处包含本书主人公名字的缩写 HCE。

187 kidos 解 kydos [希]“～”;也解 kid'ō [匈]“～”。

188 dem 解 damn“～”。

189 dish it all 解 dash it all“～”;其中 dish 也解“～”。

190 sousy 解 souse“～”;也解 sosie [法]“～”;也解 scusa [意]“～”;也解 sir“～”。

191 transpiciously 解 conspicuously“～”;也解 transpicio [拉]“～”;也解 transpicuously“～”。

192 canaille“～”;也解 Pierre Corneille“～”(1606—1684),法国剧作家。

193 gullible's travels“《古利伯尔游记》”,美国体育专栏作家大拉德纳在 1917 年出版的作品,其中 gullible 的意思是“易受骗的”;也解 *Gulliver's Travel*“～”,英国作家斯威夫特在 1726 年出版的作品。

194 furtivefree 解 thirty three“～”;也解 furtive“～”+free“～”。

195 yours“～”,此处解 years“～”。

196 prig“～”;也解 pig“～”。

197 earwaker 解 ear“耳朵”+waker“唤醒者”;也解 earwig“～”;也解 Earwicker“～”。

198 pensile“～”,此处解 pencil“～”;也解 penis“～”;也解 pensilis [拉]“～”。

199 prattlepate parnella 解 prattling parnel“～”;其中 prattlepate 也解 prattle“～”+pate“～”;其中 parnella 也解 prunella“～”;也解 Parnell“～”,爱尔兰自治领袖。

200 Jansens Chrest 解 Jesus Christ“～”;也解 Cornelis Jansen“～”(1585—1638),荷兰天主教神学家。

201 Albiogenselman 解 Albion“英格兰的雅称”+gentleman“绅士”;也解 Albigensian“～”;也解 albi- [拉]“-～”+bios [希]“～”+gens [拉]“～”;也解 Gänse [德]“～”。

202 let a lent 解 let alone“～”;也解 let“～”+a lend“～”。

203 tamileasy 解 Tamil“泰米尔语”,一种印度语言+easy“容易的”;也解 tamall [爱]“～”。

204 samtalaisy 解 Santali“桑塔利语”,一种印度语言+easy“容易的”;也解 samtale [丹]“～”;也解 Samt [德]“～”+Tal [德]“～”。

205 conclamazzione 解 conversazione“～”;也解 conversation“～”;也解 conclamare [意]“～”;也解 conclamation“～”;也解 Mazzini“～”(1805—1872),意大利民族主义者。

206 lawyers merchant 解 lawyers“律师们”+merchant“商人”;也解 law merchant“～”。

207 pollititians 解 politicians“～”;也解 polliceor [拉]“～”;也解 pollicitum [拉]“～”。

208 agricolous manufraudurers 解 agricultural manufacturers“～”;其中 agricolous 也解 agricola [拉]“～”;其中 manufraudurers 也解 manu- [拉]“～”+fraudo [拉]“～”;也解 Freud“～”(1856—1936),奥地利精神分析学家;也解 Albrechi Dürer“～”(1471—1528),德国画家、雕塑家、艺术理论家、数学家。

会的教堂看守们[209]神圣的|石头、慈善家们[210]人道的过去曾经现在依然同时用全部感官[211]去获得尽可能多的膳宿)他的所有下流肉体[212]高乃依|高乃依旅馆|恶棍存在的整个猪猡[213]纯净|圣坛生涯的故事，一有机会[214]下贱的人就辱骂他过世的祖先，一会儿鼓吹[215]《嗒啦啦嘣嚓》|塔拉他那声名远播的好主教[216]爸爸|更多的哈姆哈姆[217]慧骃|嗡嗡声先生的大失误[218]迈克尔·冈恩(噗!)，历史、风气和娱乐[219]将哈姆哈姆先生塑造成他家族的第一人，并总是与时俱进[220]接近……|债务，虽然天庭听到过他面对多少[221]耳朵罚单，过一会儿又正相反[222]旁边就是父亲|景致|诗体|如同，为他的纸袋[223]佩珀尔|乞讨|甜椒|小含闪姆[224]先生的破烂小幽灵吐出[225]坚硬的地面|钢|发出爆裂声三声嘲笑[226]喝彩(呸!)，小偷中患枯萎病的、散发臭气的、轻浮易变的、吵架好斗的、喋喋不休的[227]巴尔布斯、笨蛋白痴、肮脏第七[228] 37，并且总有下风锯木工[229]汤姆·索亚，直到没人知道家可以多么地家常[230]多么|我，主动为缺席者作证，对那些到场者则像屋檐之水[231]偷听一样油嘴滑舌(其间，这些到场者对他的语义学[232]闪姆越来越失去兴趣，任由各种下意识的傻笑[233]窃笑慢慢口水般流过他们的容颜[234]不放在眼里)，无意识地解释着，比如[235]为了墨水瓶架，带着近乎疯狂的一丝不苟，他误用[236]滥用的句子中所有外国话的各种不同含义，并且编造[237]墨鱼|涂黑有关故事中其他所有人的每个难以想象的[238]不会缩水的谎言，漏掉，当然，前意识地，他们用来把他困住的简单的狼[239]词语|经纱和纬纱、瘟疫[240]地点和毒药[241]人物，直到他们中间再没有让人打瞌睡的东西，而是在滔滔不绝的[242]里尔舞的|踉跄脚

209 sacrestanes 解 sacristans“～”;也解 sacer［拉］“～”＋stones“～”。

210 philanthropicks 解 philanthropists“～”;也解 philantthrôpikos［希］“～”。

211 panesthetic 解 panesthesia“～”。

212 cornaille 解 carnal“～”;也解 Corneille“～”,17 世纪法国戏剧家;也解 Hotel Corneille“～”,1902 年乔伊斯去巴黎时所住的旅馆;也解 canaille［法］“～”;此句也包含本书主人公名字的缩写 HCE。

213 swrine 解 swine“～”;也解 rein［德］“～”;也解 shrine“～”。

214 sods“～”,此处解 odds“～”。

215 tarabooming 解 booming“～”;也解 *Ta-ra-ra Boom-de-ay*“～”,19 世纪末的一首歌剧院歌曲;也解 Tara“～”,爱尔兰东部城镇,古代凯尔特王国的都城。

216 Poppamore 解 Pápa［爱］“主教”＋mór［爱］“大的”;也解 Poppa“～”＋more“～”。

217 Humhum“～”,人名;也解 Houyhnhnms“～”,英国作家斯威夫特的小说《格列佛游记》中有智慧的马;也解 hum“～”。

218 blunderguns 解 blunder“失误”＋guns“枪炮”;也解 Michael Gunn“～”(1840—1901),都柏林娱乐剧院的经理。

219 此处包含本书主人公名字的缩写 HCE。

220 up to debt 解 up to date“～”;也解 up to“～”＋debt“～”。

221 Eavens ears ow 解 heavens hears how“～”,去掉各词语的第一个字母“h”;也解 ears“～”。

222 visanvrerssas 解 vice versa“～”;也解 isän vieressä［芬］“～”;也解 visa［拉］“～”＋verse“～”＋as“～”。

223 Peppybeg 解 paper bag“～”;也可解 Pepper“～”,“佩珀尔幻术”的推广者约翰·亨利·佩珀尔,该幻术为 19 世纪后期发明的一种用于剧院和魔术的幻觉技术＋beg“～”;也解 pepper“～”＋beag［爱］“～”。

224 Himmyshimmy 解 Ham“含”＋Shem“闪姆”;也解 Himmel-Schimmel［德］,感叹词。

225 cruaching 解 cracher［法］“～”;也解 crua［爱］“～”;也解 cruach［爱］“～”;也解 cracking“～”。

226 jeers“～”;也解 cheers“～”。

227 babbly 解 babble“～”;也解 Balbus“～”,罗马富豪,凯撒的亲信和秘书,有口吃的毛病。

228 dirty seventh 解 dirty the seventh“～”;也解 thirty seventh“～”。

229 bottom sawyer“～”,锯木时站在下方的锯木工;也解 Tom Sawyer“～”,美国作家马克·吐温的小说《汤姆·索亚历险记》的主人公。

230 howme 解 home“～”;也解 how“～”＋me“～”。这句话中五个连在一起的词都有字母 W。

231 eaveswater 解 eaves“屋檐”＋water“水”;也解 eavesdrop“～”。

232 semantics“～”;也解 Sem［法］“～”。

233 smickers 解 smirk“～”;也解 snickers“～”。

234 fichers 解 features“～”;也解 se ficher［法］“～”。

235 for inkstands 解 for instance“～”;也解 for inkstands“～”。

236 misused“～”,也解“～”。

237 cuttlefishing 解 cultivating“～”;也解 cuttlefish “～”＋ing,即“～”。

238 unshrinkable 解 unthinkable“～”;也解 un-shrink-able“～”。

239 worf 解 wolf“～”;也解 word“～”;也解 warp and woof“～”。

240 plague“～”;也解 place“～”。

241 poison“～”;也解 person“～”。

242 of the reel“～”,此处解 off the reel“～”;其中 reel 也解“～”。

跟中完全不被冗长叙述里的逐一列举所欺骗。

他不言而喻这个笨蛋[243]屁股|保罗·卡伦无论如何也不喜欢任何近似平白直接的面对面硬拼或者打倒在地的吵架，而且每当他被叫来对任何骂人者之间的八边争论进行仲裁时，这个成功的失败者总是习惯于与最后一名发言者勾肩搭背，热情握手[244]紧握摇动器(握手是无言的话语)，话没说完就对每个词表示同意，命令我！你的仆人[245]塞万提斯，好，我崇拜你，怎么样，我的先知[246]陛下|先生？喝喝那个[247]！完全真实，谢谢[248]恩慈|格蕾丝·奥玛丽，我是你的[249]肯定|青春，明白我在听什么?，也很好，讨好它，我肯定?，填满[250]感觉这个！正是如此[251]乞求|为什么，你说过的，安静伙计[252]，非常感谢[253]非常像食草的驴子|格蕾丝·奥玛丽，有没有朝我开火?，他们的是不是你身上的大蒜[254]你身上是否有爱尔兰特征？为你那善的自我，你的硫磺[255]自我|法官阁下，然后立刻把他全部失衡的注意力集中到下一名对手[256]八个|刺激物身上，该人努力捕捉住一位听众的目光，要求和恳求他从他那慈悲的一只眼睑[257]睫毛中出来，(避免溜过|戴着王冠咳血[258]呕血|吐血)这个世界上有什么他可以去做好让他开心，并且再一次为他满溢他那永远饥渴的酒杯[259]。

一个风平浪静的[260]马铃薯卷心菜泥夜晚(因为他的离去伴随着一场倾盆大雨)时间近得就像几千个朝代[261]雨之前，他因此受到一次近似个人[262]教区长的|巴涅尔暴力的款待，毫未提防地被两只竞争的队伍，慢石头[263]慢的侦探对快椴树[264]生石灰，从凡洪利[265]先

243 cull“～”；也解 cul［法］“～”；也解 Paul Cullen“～”(1803—1878)，都柏林主教。
244 clasp shakers“～”，此处解 clasp hands“～”。
245 servant“～”；也解 Miguel Cervantes“～”(1547—1616)，西班牙作家，著有《堂吉诃德》。
246 seer“～”；也解 sire“～”；也解 sir“～”。
247 be drinking that“～”，此句化自 to think that“想想”。
248 gratias 解 gracias［西］“～”；也解 gratia［拉］“～”；也解 Grace O'Malley“～”，恶作剧女王的原型。
249 yoush 解 yours“～”；也解 sure“～”；也解 youth“～”。
250 filling“～”；也解 feeling“～”。
251 quiso 解 quite so“～”；也解 quaeso［拉］“～”；也解 wieso［德］“～”。
252 apasafello 解 appease“抚慰”＋fellow“家伙”。
253 Muchas grassyass 解 much“非常”＋gracias［西］“感谢”；也解 much as grassy ass“～”；其中 grassyass 也解 Grace O'Malley“～”，恶作剧女王的原型。
254 is their girlic-on-you 解 is their garlic-on-you“～”；也解 is there Gaelic on you“～”。
255 sulphur“～”；也解 selber［德］“～”；也可与前面的 your 合解 your honour“～”。
256 octagonist 解 antagonist“～”；也解 octa-“～”＋agonist“～”。
257 onewinker 解 one winker“～”；也解 eyewinker“～”。
258 hemoptysia diadumenos 解 haimoptysma diadyomenon［希］“～”；其中 hemoptysia 也解 haimoptysia［希］“～”；也解 hemoptysis“～”；其中 diadumenos 也解 diadymenos［希］“～”；也解 diadoumenous［希］“～”。
259 tumbletantaliser 解 tumbler“酒杯”＋tantalize“用永远的饥渴来折磨”。
260 hailcannon 解 halcyon (days)“冬至前后十四天风平浪静的日子”；也解 colcannon“～”，爱尔兰菜肴的一种。
261 rains 解 reigns“～”；也解 rain“～”。
262 parsonal 解 personal“～”；也解 parson -al“～”；也解 Parnell“～”，爱尔兰自治运动领袖。
263 slowspiers 解 slow“慢”＋pierre［法］“石头”；也解 slow spiers“～”。
264 quicklimers 解 quick“快”＋limes“椴树”；也解 quicklime“～”。
265 Bartholomew Vanhomrigh“～”，斯威夫特的恋人瓦内萨的父亲，1697 年任都柏林市长。

生那位于马博特商业街[266]马博特磨坊 81 号乙[267]两次的家中足球般地踢出来，踢过利菲河上都柏林[268]在枝叶繁茂物上摔倒的荒村[269]，一直踢到鲑鱼池[270]砖瓦厂[271]砖瓦地更远处的绿地[272]，他们最终，因为他们实在[273]珀西·奥莱利|蠼螋|伊根·奥拉利在外面被耽搁[274]得太晚了点儿[275]晚，想，公事公办[276]车撞车，他们在他们的从奥本到奥本[277]之后最好飞奔回家，带着对宜人夜晚的感激，每个人都很厌倦，而不是把他像拉格比足球一样踢回来并唤醒[278]离开，满足于（虽然他们非常妒忌，强烈程度相当于他们对他们带给他的全部块菌[279]琐事|麻烦所感到的好奇[280]卑劣的人）友谊，迅速而强烈，只不过是由这个有害的变态者的绝对卑劣引起的。希望再次出现，但愿人们，带着对可鄙者的[281]老坏蛋鄙视看着他，先让他在污物中打滚，然后如果他彻底除掉虱子的话，可能怜悯和原谅他，但是这个平民天生迅于下流[282]威克洛，向下沉直到沉[283]发臭味得看不见。

万圣[284]万灵学院揍彼勒[285]贝列尔学院！米迦勒·目标对尼克[286]什么也没有|不！不可能！已经如此[287]都准备好了么了么？

全世界尚未在某处为了他的妻子将自己拆开[288]代替；

还没有什么地方穷父母为了生活被判给虫子、鲜血和雷电

科西嘉的皇帝[289]小恶魔尚未迫使亚瑟[290]熊|屁股离开英国[291]英国|土地|天使|角；

说萨克森语的[292]萨克逊人和说话带颤音的[293]犹太人|朱特尚未在词语之丘[294]声音上开战[295]；

266 Mabbot's Mall"～",都柏林有马博特大街;也解 Mabbot's Mill"～",17 世纪都柏林地名,位于利菲河北。

267 bis［法］"～";也解 bis［拉］"～"。

268 Tumblin-on-the-Leafy"～",此处解 Dublin-on-the-Liffey"～"。

269 暗指英国作家哥尔德斯密斯的长诗《荒村》。

270 Salmon Pool"～",利菲河边的一处地名。

271 brickfields"～";也解 Brick Fields"～",利菲河边的一处地名。

272 利菲河边的一处地名。此处的几个地名都是 19 世纪初修建利菲河河堤的规划中提到的地名。

273 rahilly 解 really"～";也解 Persse O'Reilly"～",书中人物,字面意为 perce-oreille［法］"～";也解 Egan O'Rahilly"～"(1694—1734),爱尔兰诗人,写过一些讽刺克伦威尔的诗歌。

274 deteened 解 detained"～"。

275 latich 解 latish"～";也解 lateish"～",伦敦上层社会的发音。

276 busnis hits busnis 解 business is business"～";也解 bus hits bus"～"。

277 Auborne 解 Auburn"～",哥尔德斯密斯在《荒村》中虚构的一个理想乡村。

278 awake"～";也解 away"～"。

279 truffles"～";也解 trifles"～";也解 troubles"～"。

280 cullions"～",此处解 curious"～"。

281 contempibles 解 contemptible"～";也解 Old Contemptibles"～",1914 年英国的一只远征军。

282 Quicklow 解 Quick"迅速的"＋low"卑劣";也解 Wicklow"～",爱尔兰兰斯特省的一个郡。

283 stank"～",此处解 sink"～"。

284 All Saints"～";也解 All Souls College"～",牛津大学的一个学院。

285 Belial"～",魔鬼撒旦的另一个名字;也解 Balliol college"～",牛津大学的一个学院。

286 Nichil［拉］"～",此处解 Nick"～",魔鬼撒旦的另一个名字;也解 nicht［德］"～"。

287 Already"～";也解 All ready? "～"合唱前常问的话。

288 taken part of"～",此处解 taken apart of"～",指上帝用亚当的肋骨造夏娃。

289 Emp from Corpsica 解 Emperor from Corsica"～",指拿破仑;其中 Emp 也解 imp"～"。

290 Arth 解 Arthur Wellesley"～",指惠灵顿;也解 arth［威］"～";也解 arse"～"。

291 Engleterre 解 Angleterre［法］"～";也解 England"～"＋terre［法］"～";其中 Engle 也解 Engel［德］"～";也解 angle［法］"～"。

292 Sachsen 解 Sächseln［德］"～",指英国人;也解 Saxon"～"。

293 Judder"～",指法国人;也解 Jude［德］"～";也解 Jute"～",本书中一组二元对立的人物之一。

294 Mound"～";也解 Sound"～"。

295 Warre 解 War"～",此处模仿该词中字母"r"的颤音发音。

荡妇的巫婆巫婆[296]是我是我尚未在霍斯[297]在高处划亮他的壁炉[298]石南之火；

他的彩虹[299]弓|鲸鱼|单独|绳子尚未用誓约[300]地球预言和平和平；

来自天堂[301]的裂足者[302]笨拙的必将摔倒[303]小水塘，应受责罚的[304]指责|愚蠢园丁注定坠落；

摔碎的蛋将追随[305]咬过的苹果[306]，因为只要他们的就是意志，那里就有他的墙[307]；

但是山上酒厂对磨坊小溪皱起眉头，而他们的疯儿子[308]跳跃舔着他的啤酒[309]棺材架

还有她那小溪颤音向他这个陛下笑出[310]生活|举起|利菲河她所有傻女儿的耳中笑声[311]纨绔子弟|猴子。

直到聋托利岛[312]托利党的四个海岸[313]前滩让12[314]浸泡|一打个哑[315]笨的蠼螋[316]壹耳微蚵|爱尔兰|辉格党说笑[317]辱骂！

啁啾[318]臀部！啁啾！为了他们错误的理解[319]误解！啁啾着珀西·奥莱利[320]蠼螋|察觉|刺穿之歌[321]。

啊，偶然的命运[322]幸运的因果|幸运的跌落|幸运的罪过！左派拿了小天使蛋糕[323]，右派劈开了他的蹄子[324]。从未拖拉成功的黑人们出来[325]黑人玩着无排泄、反性欲、仇外姓[326]厌恶女人的、纯空话[327]盖尔人运动协会、血与肉的游戏，由不知·名字[328]无人|没有人作词、作曲、演唱和舞蹈，一天到晚像黑小孩一样玩儿，那些为了开心和环境的老(不要你的蜂蜜和橡胶[329]警察与强盗！)游戏我们过去常常与狄娜和老乔一起玩，踢她的后面和前面，这个黄种女孩

296 Witchywithcy 解 witch“～”；也解 mishe mishe“～”，爱尔兰修女圣布利吉特在受洗时说的话。

297 Hoath 解 Howth“～”，都柏林郊区，此句讲的是恶作剧女王的事；也解 High，与前面的 on 合解 on high “～”。

298 Heath“～”，此处解 Hearth“～”。

299 Arcobaleine 解 arcobaleno［意］“～”；也解 arcus［拉］“～”＋balaena［拉］“～”；也解 allein［德］“～”；也解 Leine［德］“～”。

300 Oath“～”；也解 Earth“～”。

301 Hempal 解 Himmel［德］“～”

302 cleftfoot 解 cleftfooted“～”；也解 leftfooted“～”。

303 tumpel 解 tumble“～”；也解 Tümpel［德］“～”。

304 Blamefool 解 blameful“～”；也解 Blame“ ～”＋fool“～”。

305 poursuive 解 poursuivre［法］“～”。

306 此句化自习语 from the eggs to the apples“自始至终”。

307 Wall“～”，此句化自习语 Where there is a will there is a way“有志者事竟成”。

308 leap“～”，此处解 lap“～”。

309 Bier“～”，此处解 Bier［德］“～”。

310 liffs 解 laughs“～”；也解 lives“～”；也解 lifts“～”；也解 Liffey“～”。

311 laff 解 laughs“～”；也解 Laffe［德］“～”；也解 Affe［德］“～”。

312 Tory Island“～”，爱尔兰岛西北部的一个岛屿；其中 Tory 也解“～”。

313 four Shores“～”；也解 foreshores“～”。

314 douze［法］“～”；也解 douse“～”；也解 dozen“～”。

315 deff ... dumm 解 deaf ... dumb“聋……哑”；其中 dumm 也解［德］“～”。

316 Eirewhiggs 解 earwigs“～”；也解 Earwicker“～”，本书主人公；也解 Éire［爱］“～”；也解 Whig“～”。

317 raille 解 railler［法］“～”；也解 rail“～”。

318 Hirp 解 chirp“～”；也解 hip“～”。

319 Missed Understandings“～”；也可解 misunderstandings“～”。

320 Perce-Oreille 解 Persse O'Reilly“～”，本书主人公的化身之一；也解 perce-oreille［法］“～”；其中 Perce 也解 perceive“～”；也解 pierce“～”。

321 Ballat 解 ballad“～”。

322 fortunous casualitas 解 fortuna casualis［拉］“～”；也解 fortunata causalitas［拉］“～”；也解 Fortunatus Casus［拉］“～”，指亚当的跌落；也解 felix culpa“～”。

323 此句化自习语 take the cake“获胜”。

324 此句化自习语 cloven hoof “偶蹄，撒旦或邪恶的象征”。

325 coon［蔑］“～”，此处解 come“～”。

326 misoxenetic 解 misoxenos“～”；也解 misogynic“～”。

327 gaasy pure 解 gassy“空话连篇的”＋pure“纯粹的”；也解 Ghazi Power“～”，与乔伊斯同时代的爱尔兰记者，本书第三书第三章中提到此人；其中 gaasy 也解 G. A. A.，即 Gaelic Athletic Association“～”。

328 Niscemus Nemon 解 nescimus［拉］“我们不知道”＋nomen［拉］“名字”；其中 Nemon 也解 nemo［拉］“～”；也解 neminem［拉］“没有人”。

329 honeys and rubbers“～”，在俚语中也指精液和避孕套；也解 hornies and robbers“～”，一种儿童游戏。

从后面踢他[330]老乔，这些游戏有索尔索尔[331]汤姆，汤姆|铜锣打雷人[332]索纳|索尔|屁股|在人身下、让巡警心惊胆战、参加竞赛、尿[333]监禁屁股[334]普里查德玩[335]马肩隆|干枯水雾[336]队、幸运猪上的米迦勒、插缝里的尼克[337]多|五分镍币、少女哈尼特和她的母牛、亚当和夏娃[338]厄尔|她、憨宝笨宝[339]憨蛋呆蛋|小野蜂，大黄蜂|摸索、猫[340]玛奇|军火墙在墙上、三三两两、美国跳、狐狸从你的窝里出来、碎瓶子、写信给潘趣、顶级棒是家糖果店[341]、亨利·克拉普[342]爆炸被驱逐[343]抛光、邮差敲门[344]、我们的公平[345]小仙子，男同性恋者表现出来了吗?、所罗门默读[346]、苹果树狗熊石[347]、我认识一名洗衣妇、医院、我走路的时候[348]、在梦彩地有一个一的房子[349]任何人、滑铁卢战役、颜色、树丛中的蛋、服饰用品商[350]、说说你的梦、几点了、纳普牌、躲开妈妈[351]木乃伊、最后一位站着的人[352]、希利·狒狒和分叉的蒂格[353]希利、易变眼[354]和无用耳[355]燧发枪手、手婚了[356]女仆已经结婚了|但这辈子只一次，我再也不会犯这样的罪[357]事情|芬尼根了、快活黑鬼[358]糖、分娩的土耳其人[359]、我们就这样播下漫长健壮之晨的种子[360]、米利肯的制造乐趣跳跃[361]米尔金、我看到牙刷与帕特·法雷尔[362]在一起、这是擦[363]涂油脂神父的靴子的鞋油[364]、当他的烟雾[365]阴谋像麦克加维[366]四周的彩虹[367]菱形|伦勃朗|伦巴舞。

现在有件事成了众所周知的丑闻，那是在一个血腥得惊人的[368]血腥星期日|大头短棒统一星期日，当我们那盛大的德国高卢[369]普遍的|外国人全明星[370]乌尔斯特拳击赛迅速[371]哈里变为英才惠灵顿[372]汤米|汤姆与我们的小笨蛋[373]帕蒂·帕特金斯|哀婉|迪克之间的狂

330 此句化自英国漫画家和作家毛里耶(George du Maurier)的小说《特里比》。

331 Thom Thom 解 Thon Thon,即 Thor"～",北欧神话中的雷神和战神;也解 Tom Tom"～",指英国儿歌《汤姆,汤姆,吹笛人的儿子》(*Tom, Tom, the Piper's Son*);也解 tamtam"～"。

332 Thonderman 解 thunder"雷电"+man"人";也解 Thonar"～",即 Thor"～";也解 tón[爱]"～"+under man"～"。

333 Prisson 解 piss"～";也解 prison"～"。

334 Pritchards 解 breeches"～";也解 Vicar Pritchard"～",17 世纪初期爱尔兰诗人,著有道德诗《威尔士人的蜡烛》。

335 Play Withers 解 play with"～";其中 withers 也解"～";也解 wither"～"。

336 Team"～",此处解 steam"～"。该游戏名出自道格拉斯 1931 年出版的《伦敦街头游戏》(*London Street Games*)。

337 Mikel ... Nickel 解 Mick ... Nick"～",即书中一组二元对立的人物天使长米迦勒和魔鬼撒旦;其中 Mikel 也解 mickle"～";其中 Nickel 也解 nickle"～"。

338 Ell"～",旧时量布的单位,此处解 Eve"～";也解 elle[法]"～"。

339 Humble Bumble"～",该游戏名出自道格拉斯的《伦敦街头游戏》;也解 Humpty Dumpty"～";也解 humble bee, bumble bee"～";也解 fumble"～"。

340 Moggie's 解 moggies"～",该游戏名出自道格拉斯的《伦敦街头游戏》;也解 Maggies"～";也可与后面的 Wall 合解 magazine wall"～",指位于都柏林凤凰公园内圣托马斯山上的军火要塞(Magazine Fort)。

341 以上 6 个游戏名皆出自道格拉斯的《伦敦街头游戏》。

342 Henressy Crump 解 Henry Crump"～",14 世纪的意大利神学家,被判信奉异端学说;其中 Crump 也解"～"。

343 Expolled 解 expelled"～";也解 expolio[拉]"～"。此处包含主人公名字的缩写 HCE。

344 该游戏名出自道格拉斯的《伦敦街头游戏》。

345 Fairlys 解 fairly"～";也解 fairy"～"。此句出自爱尔兰剧作家法尔·夫斯丹的歌曲《我们是否被公正地描绘》。

346 该游戏名出自道格拉斯的《伦敦街头游戏》。

347 此句化自道格拉斯的《伦敦街头游戏》中的"苹果树、梨子树"。

348 以上 3 个游戏名出自道格拉斯的《伦敦街头游戏》。

349 此句化自 19 世纪末 20 世纪初爱尔兰歌曲作家珀西·弗兰奇的歌曲《在朱木考勒格只有一个房子》;其中 Oneyone 解 one one"～";也解 anyone"～"。

350 此三个游戏首字母可以组成本书主人公名字缩写的变体 CEH。

351 Mammy"～",在《伦敦街头游戏》中为 Mummy"～"。

352 以上 9 个游戏名皆出自道格拉斯的《伦敦街头游戏》。

353 Heali Baboon and the Forky Theagues"～",此句化自 Ali Baba and the Forty Thieves"阿里巴巴和四十大盗";其中 Heali 也解 Timothy Michael Healy"～"(1855—1931),爱尔兰民族自治运动成员,后背弃巴涅尔;其中 Theagues 也解 Teague"蒂格",爱尔兰人常用的名字。

354 Fickleyes 解 fickle eyes"～"。

355 Futilears Futile ears"～";也解 fusiliers"～"。

356 Handmarried 解 Hand"手"+married"结婚了",指手淫;也解 handmaid"～";也解 had married"～"。

357 Sin"～";也解 thing"～";也可与后面的 agin 合解 Finnegan"～"。

358 Zip Cooney 解 Zip Coon"～",一种丑化了的黑人形象。19 世纪初美国一首题为《快活的老黑鬼》的流行歌曲。

359 19 世纪初的一首美国流行歌曲,与《快活的老黑鬼》曲调相同。

360 此句化自童谣《五月采坚果》(*Nuts in May*)。

361 此句化自民谣《芬尼根的守灵夜》中的"芬尼根的守灵夜乐趣多多";其中 Miliken 也解 Richard Alfred Millikin"～"(1767—1815),爱尔兰作家,写有歌曲《布拉尼的格罗夫》。

362 Pat Farrel"～",人名,《尤利西斯》中的人物。

363 graze"～";也解 grease"～"。

364 此句包含歌曲《穿靴子的神父》(*The Priest in His Boots*)。

365 Steam"～";也解 scheme"～"。

366 Mac Garvey 解 Cathal McGarvey"～",19 世纪初的都柏林烟草商,爱尔兰民族主义者常在他的店里碰面。

367 Raimbrandt 解 rainbow"～";也解 rhombus"～";也解 Rembrandt"～"(1609—1669),荷兰画家;也解 rumba"～"。

368 bludgeony 解 bloody"～",与后面的 Sunday 合解"～",指 1920 年 11 月 21 日爱尔兰王室警吏团先后共屠杀了 31 人;也解 bludgeon"～"。

369 germogall 解 Germans"德国人"+Gaul"高卢";也解 general"～";也解 gall[爱]"～"。

370 allstar"～";也解 Ulster"～"。

371 harrily 解 hurry-ly"～";也解 Harry"～",主人公案件中的三个男青年之一。

372 weltingtoms 解 Wellington"～";也解 Tommy (Atkins)"～",英国士兵的俗称;也解 Tom"～",与 Dick、Harry 一起为主人公案件中的三个男青年证人。

373 Petty-thicks"～";也解 Paddy Patkins"～",是 Tommy Atkins 的爱尔兰说法,后者为英国士兵的俗称;也解 pathetics"～";其中 thicks 也解 Dick"～",主人公案件中的三个男青年之一。

怒，随和的元帅[374]马杀西监狱|《马赛曲》和爱尔兰欢迎的目光如何对着他们的背影笑里藏刀[375]，当红、白和蓝[376]恶习遇到黑白[377]空白和红[378]无赖，以及绿白和金[379]阴冷的白和冷打赌黑正与褐[380]开战，丝毫不受行为准则的约束[381]绝对命令，他被极度的恐惧击垮，这个混蛋穿着不合身的睡衣，像野兔一样逃着他那赤裸的[382]亲爱的命，向着冬之地[383]土地|山谷，哎呀[384]在家|独自向着家[385]祖国，被村中所有美女的芬芳[386]圣人般的诅咒所追逐，未费吹灰之力，(朝向他的猪圈[387]猪披肩|手枪的是他追不上[388]徒步的欲望，这是由[389]因为这他抖落的尘土引起的)在他那墨水战[390]墨水瓶|墨水瓶屋的屋子里把自己用酒桶塞塞[391]一种芬兰伏特加|三K党得紧紧的，酒气使他更糟，远远地呆在那里苟且偷生，在那里，既然一刻钟也不能浪费，他与他的钢琴四处拳击，直到他撞[392]即席伴奏得全身发黑[393]全部|溪流|霍尔巴哈，撞得青紫，他小心地瘫倒在从施维茨商店[394]瑞士|艾伯特·史怀哲|施维茨的居民买来的褥套[395]臀部下，他的脸上套着死去勇士的历书[396]泰勒玛教派，脚边还有一顶催眠曲[397]勒里不利罗太阳帽[398]嗜睡|睡和一只热水瓶[399]，用来添加[400]贮存|斯多克思他的等待能量，微弱地呻吟着，哼着僧侣女仆[401]玛利亚·蒙克|少女玛丽安这一单调的旋律[402]专有的宝藏|独墓|单调的声音，但是长得要命[403]见鬼，继而响彻全国，同时忙着从长颈瓶[404]圣瓶里猛灌，他那帕特里克[405]教士的炼狱远远超过一个黑鬼[406]纽约佬所能承受的量，因帮会[407]舌头战争和所有吵闹[408]闪姆而半瘫痪，(每日的马利亚[409]《每日邮报》，无限[410]装满恩慈[411]花边！神圣的马利亚，神[412]耶稣的母亲[413]！)每次手枪[414]猫响起，

374 marshalaisy 解 marshal“元帅”＋easy“随和的”；也解 Marshalsea (Prison)“～”，都柏林监狱名；也解 *La Marseillaise*“～”，法国国歌。
375 此句包含美国演员和歌手常色勒·欧考特 1912 年创作的歌曲《当爱尔兰的眼睛微笑》(*When Irish Eyes Are Smiling*)及习语 look daggers“怒目而视”。
376 roth, vice and blause 解 rot, weiß und blau［德］“～”，法国国旗的颜色；其中 vice 也解“～”。
377 noyr blank 解 noir blanc［法］“～”；其中 blank 也解“～”。
378 rogues“～”，此处解 rouge［法］“～”，黑、白、红为 1918 年前德国国旗的三种颜色。
379 grim white and cold“～”，此处解 green white and gold“～”，爱尔兰国旗为绿、白、橙三色。
380 指 1920—1921 年英国招募的爱尔兰王室警吏团。
381 categorically unimperatived“～”；也解 categorical imperative“～”，康德的伦理学用语。
382 bare“～”；也解 dear“～”。此句化自习语 for dear life“拼命地”。
383 Talviland 解 talvi［芬］“冬天”＋land“土地”；也解 talamh［爱］“～”；也解 Tal［德］“～”。
384 ahone 解 ochón［爱］“～”；也解 honn［匈］“～”；也解 alone“～”。
385 ahaza 解 haza［匈］“～”；也解 a haza［匈］“～”。
386 scented“～”；也解 saint“～”。
387 pig stole“～”，此处解 pigsty“～”；也解 pistol“～”。
388 lagging“～”；也可与后面的 it 合解 leg it“～”。
389 becaused 解 be caused“～”；也解 because the“～”。
390 inkbattle 解 ink battle“～”；也解 inkbottle“～”；也解 Inkbottle House“～”，都柏林的一个教堂。
391 kuskykorked 解 cask“酒桶”＋corked“用瓶塞塞住”；也解 koskenkorva“～”；也解 KKK“～”。
392 bamp 解 bump“～”；也解 vamp“～”。
393 whole bach 解 whole black“～”；也解 whole“～”＋Bach［德］“～”；也解 Holbach“～”(1723—1789)，法国启蒙思想家。
394 Schwitzer's 解 Switzer's“～”，都柏林的一家百货店；也解 Switzerland“～”，在第一次世界大战中保持中立；也解 Albert Schweitzer“～”(1875—1965)，法德神学家和哲学家；也解 Schwyzer［德］“～”。
395 bedtick“～”；也解 buttock“～”。
396 telemac 解 almanac“～”；也解 Telemachus“特勒马克斯”，《奥德赛》中奥德修斯的儿子；也解 Thelema“～”，20 世纪初期由英国作家和魔术师阿莱斯特·克劳雷创立的一种宗教派别。
397 lullobaw 解 lullaby“～”；也解 Lillibullero“～”，1688 年英国光荣革命期间时流行的一首讽刺爱尔兰天主教歌曲的部分迭句。
398 somnbomnet 解 sunbonnet“～”；也解 somnolence“～”；也解 somnus［拉］“～”。
399 whotwaterwottle 解 hotwaterbottle“～”。
400 stoke“～”；也解 store“～”；也解 Whitley Stokes“～”(1830—1909)，爱尔兰律师和盖尔语学者。
401 monkmarian 解 monk maid“～”；也解 Maria Monk“～”(1816—1849)，一位自称曾为修女的加拿大女子，著有《玛利亚·蒙克揭露可怕真相》一书，揭露一些天主教女修女被迫与修士私通，该书的真实性受到怀疑；也解 Maid Marian“～”，谣曲中侠盗罗宾汉的情人。
402 monotheme“～”；也解 monothema［希］“～”；也解 monothêma［希］“～”；也解 monotone“～”。
403 tarned 解 tarnal“极其”；也解 darn“～”。
404 ampullar 解 ampulla［拉］“～”；也解 ampulla“～”。
405 pawdry 解 Pádraig［爱］“～”，帕特里克的炼狱指帕特里克在德格湖中岛屿上修炼的一个山洞，传说帕特里克曾在此处驱逐魔鬼；也解 padre“～”。
406 nigger bloke“～”，对黑人的蔑称；也解 knickerbocker“～”，指纽约早期荷兰移民的后代。
407 tong“～”；也解 tongue“～”。
408 shemozzle“～”；也解 Shem“～”，本书主人公的儿子。
409 Daily Maily 解 Daily Mary“～”；也解 Daily Mail“～”，一种英国报纸。
410 fullup 解 full of“～”；也解 full up“～”。
411 Lace“～”，此处解 grace“～”。
412 Joss“～”；也解 Jesus“～”。
413 Mothelup 解 mother of“～”。
414 gat［俚］“～”；也解 cat“～”。

他的脸和裤子都会变色。

多下流啊，居家信徒们和温柔修女们[415]女士们、先生们？哎呀，基督徒[416]克劳斯岗桥的狗，整个大陆与这只开罗狗[417]《古兰经》的|喀拉昆仑的下流一起鸣响！沙发床上穿着内衣[418]的成群[419]阴间天女们[420]鲱鱼，（夜晚被再次拉出的星星[421]起来反抗的|旋转的|史黛拉和瓦内萨在他们中间）一听到（啊！）提起这个长鳞的下流胚[422]鱼就惊呼：警察[423]粗俗的女人|鱼！

但是会有人，除了精神病院，相信么？那些干净的小天使们，无论是尼禄[424]还是尼布甲尼撒[425]没有哪本书更诚实自己，都没有哪个像这个精神和道德有缺陷的家伙一样，对他那可怕的神奇产生过如此狂想（这里可能是他的最下流处[426]爱巢的典型体现[427]瓦内萨|消失）这个家伙据说曾有一次抱怨[428]咕哝而不是埋怨[429]倒霉的，在狂饮烈酒的时候，向那个谈话的人，一位他常常结伴[430]游荡游荡的身边的和私密的私人秘书[431]苏卡特，在咖啡馆[432]窑洞|咖啡，一天[433]宣誓书布朗尼-诺兰，他的天生[434]天堂的双胞胎，（这个黑人戏子[435]含|闪姆狗诗人用绰号[436]刽子手|悬挂|名字来伪装[437]射杀自己，他称自己为格勒狗的坟[438]有学问的）在一个吉卜赛酒吧[439]的门廊[440]拱门里（闪姆总是说渎神的话，写得如此高贵[441]圣经，比利，他会努力，老贝利[442]老都柏林|中央刑事法庭|贝里灯塔，并且在每个次月[443]凶杀|嘴|出自嘴巴|埃克斯茅斯的最后一天付给这个个人集会者四份汤[444]苏，波利，就像彗星[445]有[446]空气是尾巴一样确定无疑，作为对斯多葛派的[447]历史的|老人|故事坚毅[448] 42|40 颗牙齿的考验，也就是

415 laities and gentlenuns 解 laities and gentle nuns"～";也解 ladies and gentlemen"～"。
416 Crostiguns 解 Christian"～";也解 Crossguns(Bridge)"～",都柏林市的一座桥。
417 Kairokorran 解 Cairo"开罗",埃及首都＋koira [芬]"狗";也解 Koran"～";也解 Karakorum"～",古代蒙古帝国旧都遗址。
418 chems 解 chemises"～"。
419 Sheols"～",此处解 shoals"～"。
420 houris"～";也解 herrings"～"。
421 revolted stellas vespertine 解 revolsae stellae vespertinae [拉]"～";其中 revolted 也解"～";也解 revolved"～";其中 stellas vespertine 也解 Stella & Vanessa"～",英国作家斯威夫特的两个年轻恋人。
422 rybald 解 ribald"～";也解 ryba [捷]"～"。
423 Poisse [法]"～",此处解 police"～";也解 poisson [法]"～"。
424 Nero"～"(37—68),古罗马帝国皇帝,以残暴著称。
425 Nobookisonester 解 Nebuchadnezzar"～"(前 605—前 562),古巴比伦国王,攻占了耶路撒冷,建空中花园;也解 no book is honester"～"。
426 lownest 解 lowest"～";也解 love nest"～"。
427 vanessance 解 quintessence"～";也解 Vanessa"～",斯威夫特的年轻恋人之一;也解 vanish"～"。
428 grognt 解 groan"～";也解 grogner [法]"～"。
429 gunnard 解 grognonner [法]"～";也解 guignard [法]"～"。
430 pal"～";也解 fool (around)"～";也解 ALP,本书女主人公名字的缩写。
431 privysuckatary 解 private secretary"～";也解 Sucat"～",圣帕特里克的父母给他起的名字。
432 kavehazs 解 coffeehouse"～";也解 cave house"～";也解 kávéház [匈]"～"。
433 Davy [俚]"～",此处解 day"～"。
434 heavenlaid 解 heaven"天堂"＋laid"安置";也解 heavenly"～"。
435 hambone"～";也解 Ham"～",挪亚的儿子之一;也解 Shem"～",本书主人公的儿子。
436 hangname 解 agnomen"～";也解 hangman"～";也解 hang"～"＋name"～"。此句化自习语 give a dog a bad name and hang him"欲加之罪,何患无词"。
437 pseudoed"～";也解 shooted"～"。
438 Bethgelert 解 Beddgelert"～",英国威尔士西北的一个村庄,出自关于被误杀的忠犬格勒的传说;也解 gelehrt [德]"～"。
439 乔伊斯常去的一家巴黎酒吧。
440 porchway 解 porch"门廊"＋way"道路";也解 archway"～"。
441 holy writ"～";也解 Holy Writ"～"。
442 old Belly"～";也解 old Baile (Atha Cliath)"～";也解 Old Bailey Court"～",位于英国伦敦老贝利街;Bailey Lighthouse"～",位于都柏林。
443 nexmouth 解 next month"～";也解 nex [拉]"～"＋mouth"～";也解 ex-mouth"～";也解 Exmouth"～",英国东部的一个港口城市。
444 soups"～";也解 sou [法]"～",相当于 1/20 法郎。
445 commet 解 comet"～"。此句化自习语 as sure as there's a tail on a cat"就像猫有尾巴一样确定无疑"。
446 thair's 解 there's"～";也解 the air is"～",因此此句也可译为"就像空气是彗星的尾巴一样确定无疑"。
447 storik's 解 Stoics's"～";也解 stòrico [意]"～";也解 starik [俄]"～";也解 story"～"。
448 fortytooth 解 fortitude"～";也解 forty-two"～";也解 forty teeth"～"。

说[449]停留，留心听，只有20多分钟[450]任何|米诺鱼，布利[451]恃强凌弱者，他那想象的歌谣[452]，将被大师闪姆·德·笔[453]《詹姆斯·德·拉·普拉切先生的日记》|耻辱|詹姆斯译制[454]都柏林为《美酒、女人和滴漏[455]抽水马桶》，或《一个家伙发疯[456]巴塔时怎么想怎么说[457]向警察告密的人|性交|盖伊·福克斯》，杀人的镜之手中某个最可怕的东西）说他阿嚏（抱歉[458]巴涅尔！）不知道还有哪个莎士比亚[459]邋遢的整洁的，哪个摇他的胡子[460]莎士比亚的，就像他是他自己一样，要么完全[461]恰好不像他那截然相反的对立面[462]而且这是他的，要么与咳咳[463]（抱歉！）他想象的或猜测的完全一样[464]似乎，而且，伟大的[465]问候飞奔[466]司各特、闪避[467]狄更斯和谋杀[468]萨克雷，尽管他像兔子少年[469]阴部|健美的拉奇[470]《巴纳比·拉奇》|性交一样被当面[471]狐狸对狐狸骗了，所有的伦敦[472]乏味|邓德拉姆|妓院|秃山脊茶馆[473]主教的狮子们[474]妓女|《狮子与狐狸——莎士比亚戏剧中的英雄角色》|里昂茶庄蜂拥起来给他迎头[475]狂热痛击[476]《艾凡赫》，作为一个有着更急的[477]黑色的急脾气[478]的口误者[479]孩子|石头|遗弃，坏蛋无赖老爹乏味[480]一时的风尚悲哀疯狂巨大的[481]在……上名利场[482]老的|熊，因果关系[483]偶然性造成的结果[484]良心|消灭预先困扰着[485]荒谬的|迅疾的后置词[486]置于后中的纵横字谜，邋遢[487]颈背，还要邋遢，最邋遢的瘟疫以及所有那类东西[488]谣言，如果渣子[489]韵脚|莫名其妙|结晶遵循理性[490]合情合理，而且他的棉纱生命线[491]延续下去，他将从地球[492]爱尔兰盖尔语表面擦掉，用比喻的[493]多种语音地|北话说[494]吐唾沫|闹鬼，所有[495]小巷|全部说英语的人[496]鬼|阿里·斯洛普。

在这一彻底的惊吓之后，他得到了那个血腥的圣瑞信日[497]

449 stay"～",此处解 say"～"。
450 ony twenny minnies moe 解 only twenty minutes more"～";其中 ony 也解 any"～";其中 minnies 也解 minnow"～"。
451 bully"～",此处解 Bully"～"。
452 此处化自法国喜剧家莫里哀的喜剧《没病找病》(*La malade imaginaire*)。
453 Sheames de la Plume 解 Shem"闪姆"＋de"德"＋la Plume［法］"羽笔";也解(*Diary of C.*)*Jeames de la Pluche, Esq.*"～",英国小说家萨克雷的小说;其中 Sheames 也解 shame"～";也解 James"～"。
454 dubbed"～";也解 Dublin"～"。
455 waterclocks 解 water clocks"～";也解 waterclosets"～"。出自德国诗人佛斯(J. H. Voss)的诗歌《美酒、女人和歌曲》。
456 Batty"～";也解 Batta"～",位于北非的古希腊城邦希兰尼加的国王,口吃。
457 Finks and Fawkes 解 thinks and talks"～";其中 Finks 也解"～";也解 fucks"～";也可与前面的 Guy 合解 Guy Fawkes"～"(1570—1606),因试图炸毁国会大厦被捕并被绞死。乔伊斯曾在 1911 年 11 月 25 日给韦弗女士的信里说曾有杂志请他写写"当你失明后你会想什么打算做什么"。
458 parn 解 pardon"～";也解 Parnell"～"。
459 shaggspick 解 Shakespeare"～";也解 shaggy spick-and-span"～"。
460 Shakhisbeard 解 Shake his beard"～";也解 Shakespeare"～"。
461 prexactly 解 exactly"～";也解 precisely"～"。
462 andthisishis 解 antithesis"～";也解 and this is his"～"。
463 woops 解 whoop"～"。
464 seem"～",此处解 same"～"。
465 greet"～";也解 great"～"。
466 scoot"～";也解 Scott"～"(1771—1832),英国小说家和诗人。
467 duckings 解 ducking"～";也解 Dickens"～"(1812—1870),英国小说家。
468 thuggery"～";也解 Thackeray"～"(1811—1863),英国小说家。
469 bunnyboy 解 bunny"兔子"＋boy"少年";其中 bunny 也解［俚］"～";也解 bonny"～"。
470 rodger"～",人名;也可与前面的 bunnyboy 合解 Barnaby Rudge"～",英国作家狄更斯的小说;也解 roger"～"。
471 fux to fux 解 face to face"～";也解 fox to fox"～"。
472 Lumdrum 解 London"～";也解 humdrum"～";也解 Dundrum"～",都柏林郊区地名;也解 drum［俚］"～";也解 loumdrum［爱］"～"。
473 teashop"～";也解 bishop"～"。
474 lionses 解 lions"～";也解 lioness［俚］"～";也可与前面的 foxed 合解 *The Lion and the Fox*"～",英国作家温德汉姆·刘易斯 1927 年出版的作品;也可与前面的 teashop 合解 Lyons Tea Shops"～",位于伦敦。
475 up gagainst 解 up against"～";其中 gagainst 也解 gaga"～"。
476 hivanhoesed 解 hived"进入蜂房"＋and"和"＋hosed［美俚］"痛打";也解 *Ivanhoe*"～",英国作家司各特的作品。
477 ruvidubb 解 rovidebb［匈］"～";也解 dubh［爱］"～"。
478 shortartempa 解 short temper"～"
479 lapsis linquo 解 lapsus linguae［拉］"～";其中 lapsis 也解 lapsi［芬］"～";也解 lapis［拉］"～";其中 linquo 也解［拉］"～"。
480 fad"～",此处解 fad［德］"～"。
481 nad［匈］"～";也解 nad［塞维］"～"。此处的六个词押完全韵。
482 vanhaty bear 解 vanity fair"～",英国作家萨克雷著有小说《名利场》;其中 vanhaty 也解 vanha［芬］"～";其中 bear 也解"～"。
483 casuality"～",此处解 causal-ity"～"。
484 consciquenchers 解 consequence"～";也解 conscience"～"＋quench"～"。
485 prepestered 解 pre-pestered"～";也解 preposterous"～";也解 praepes［拉］"～"。
486 postposition"～";也解 postpositio［拉］"～"。
487 scruff"～",此处解 scruffy"～"。
488 scrufferumurraimostandallthatsortofthing 解 scruffier"更邋遢的"＋murrain"瘟疫"＋most"最"＋and all that sort of thing"以及所有那类东西";其中 rumurrai 也解 rumor"～"。
489 reams"～";也解 rhyme"～",可与后面的 reason 合解习语 without rhyme or reason"～";也解 rimes"～"。
490 stood to reason"～",此处直译为"～"。
491 lankalivline 解 lanka［芬］"纱线"＋life line"生命线"。
492 erse 解 earth"～";也解 Erse"～"。
493 multaphoniaksically 解 metaphorically"～";也解 multi-phonetically"～";也解 pohjoinen［芬］"～"。
494 spuking 解 speaking"～";也解 spucken［德］"～";也解 spuken［德］"～"。
495 alley"～",此处解 all"～";也解 alle［德］"～"。
496 spooker 解 speaker"～";也解 spook"～";也可与前面的 alley 合解 Ally Sloper"～",19 世纪末英国喜剧连环画中的一个人物。
497 Swithun's day 解 St. Swithin's Day"～",每年的 7 月 15 日,根据英国传说该日的天气会持续 40 天;也解 Saint Swithun"～"(? —862),温切斯特主教。

斯威桑，尽管久经考验的切坡里若德[498]卢坎|地方化的的每根门柱上涂抹着大量头生子[499]的污血，每条自由进出的卵石路因英雄的鲜血而溜滑难行，为了他人向苍穹哭告，挪亚们和涵洞[500]臀部|绿的则喷涌着快乐的眼泪，我们那下流的饭桶从来都没有普普通通的先知[501]巴力|羊羔的勇气，搅动[502]燕麦粥和搅出这团混乱，而被火把照亮的人群中的其他所有人，砍削的和被砍削的都一样，大量[503]在土地上|群众|大师庸众，各处涉水[504]涉|小腿肚|淌水行舟[505]沐浴，杀呀杀[506]杀死|海杀呀杀，唱着吉尔鲁里[507]的合唱，芒斯特[508]妖怪的爱国诗篇[509]彼得与保罗|不起眼的阁楼，《啊，纯洁正义的战争[510]纯洁虔诚的美人！》，现在[511]中国式平底帆船及永远[512]舢板，或者永远到永远[513]世俗的沉沦警报，走在最前面，在他那真诚的消遣[514]召唤|阿沃卡中（小人儿四脚着地爬向他们的自然学校[515]国立学校远足，但是当寻人喇叭间歇[516]在中间地唱响的时候又孩子般的高兴）快乐者属于更美好的性别，像她们通常那样追求着更高尚的事物，但是与斯密泽夫人[517]雷德斯密斯争着为麦克乔伯[518]马朱巴报仇，踩着石头，有教养的脚上是她们的争吵拐杖[519]比克斯塔夫，叮铃当啷[520]白酒，走过建造在污水之上的七度彩桥[521]叹息桥|色彩神，这是慈善政府先生们在结束战争的战争[522]水和战争之后唯一一次建造的，（万灵节[523]神|那些|白皙的|芬·麦克尔！）他确实用一个 3 折 18 鹰力[524]马力的亲爱肮脏的[525]望远镜|劣等的|阴茎|主导的|肥厚的望远镜做了一次汤姆偷窥式的[526]匹普和艾丝黛拉|蒂姆·芬尼根窥视星星[527]蝙蝠|窗户，只像拿骚街[528]街|湿的|风暴上的灯一样发[529]左舷|拉波着光，透过他最西边的钥匙孔，

498 Lucalizod 解 Chapelizod“～”，位于都柏林西郊；也解 Lucan“～”，都柏林城郊，位于利菲河边；也解 localized“～”。

499 erstborn 解 erst［德］“最初”＋born“出生”；也解 eerstgeboren［荷］“头生的”。

500 cul verts 解 culverts“～”；也解 cul［法］“～”＋vert［法］“～”。

501 baalamb 解 Balaam“巴兰”，《圣经》中的先知，后常用来泛指企图误人的先知；也解 Ba'al“～”，闪族神话中的繁殖神＋lamb“～”。

502 stir ... about“～”；也解 stirabout“～”。

503 on massa 解 en masse［法］“～”；也解 maassa［匈］“～”；也解 massa［意］“～”；也解 master“～”。

504 waaded 解 wade“～”；也解 wate［德］“～”；也解 Wade［德］“～”；也解 waden［荷］“～”。

505 baaded 解 baad［丹］“～”；也解 baden［德］“～”。

506 yampyam 解 p-yām［高］“～”；也解 pan-p-yām［高］“～”；也解 yam［希伯来］“～”。

507 Gillooly 解 Laurence Gillooly“～”(1819—1895)，爱尔兰埃尔芬地区的主教。

508 Monster“～”，此处解 Munster“～”，爱尔兰地名。

509 Paltryattic Puetrie 解 patriotic poetry“爱国诗歌”；也解 Peter ... Paul“～”；也解 paltry attic“～”。

510 pura e pia bella 解 pura et pia bella［拉］“～”，指维科所说的人类历史上英雄时代的战争；也解 pura e pia bella［意］“～”。

511 junk“～”，此处解 nunc［拉］“～”。

512 sampam 解 semper［拉］“～”；也解 shan ban［中］“～”。

513 secular sinkalarum 解 in saecula saeculorum［拉］“～”；也解 secular sink alarum“～”。

514 avocation“～”；也解 evocation“～”；也解 Avoca“～”，河名，位于爱尔兰的威克洛郡。

515 natural school“～”；也解 National Schools“～”，爱尔兰的一种政府出资的小学教育系统。

516 intermediately“～”，此处解 intermittently“～”。

517 Lady Smythe“～”；也解 Ladysmith“～”，英国在南非的布尔战争中的一次战役战场。

518 MacJobber“～”，人名；也解 Majuba“～”，山名，英国在南非的布尔战争中的一次战役战场。“为马朱巴复仇”是布尔战争的口号。

519 bickerrstaffs 解 bicker“争吵”＋staffs“拐杖”；也解 Isaac Bickerstaff“～”，英国作家斯威夫特的化名，

520 plinkity plonk 解 plink plonk“～”；也解 plinkity plonk“～”，一次世界大战时的俚语。

521 ponte dei colori［意］“～”，指彩虹；也解 Ponte dei Sospiri“～”，威尼斯 1603 年建造的桥，以死囚们在桥上的叹息闻名；也解 dei colori［拉］“～”。

522 war-to-end war“～”，指第一次世界大战；也解 water and war“～”。

523 dia dose Finnados［波］“～”，11 月 2 日；也解 dia［爱］“～”＋those“～”＋fionn［爱］“～”；也解 Finn MacCool“～”，爱尔兰传说中的巨人英雄。

524 hawkspower 解 hawk's power“～”；也解 horsepower“～”。

525 durdickyr 解 dear dirty“～”；也解 dur-dicki mengri［吉］“～”；也解 dicky“～”；也解 dick“～”；也解 dur［德］“～”＋dick［德］“～”。

526 tompip 解 Peeping Tom“～”；也可与后面的 peepestrella 合解 Pip & Estella“～”，英国作家狄更斯的小说《远大前程》中的人物；也解 Tim“～”。

527 peepestrella 解 peep“窥视”＋estrella［波］“星星”；也解 pipistrèllo［意］“～”；也解 finestra［意］“～”；也解 pepette 即 Ppt，英国作家斯威夫特在《史黛拉日记》中对史黛拉的称呼。

528 Nassaustrass 解 Nassau Street“～”，都柏林的街道名，曾只在右侧有路灯；也解 Straße［德］“～”；也解 naß［德］“～”；也解 Saus［德］“～”。

529 larbourd 解 labour“劳作”；也解 larboard“～”；也解 Valery Larbaud“～”(1881—1957)，法国作家，曾协助翻译《尤利西斯》。

唾向难以刺透的[530]天气[531]气象|水，（而且那个秋天[532]秋季猪一样糟糕[533]）当他向不确定之云祈祷的时候，他颤抖的灵魂里是赌徒的希望，希望独自发现，由于[534]老妇克罗克[535]恶棍|穷人中的所有乌鸦[536]后部或者因为[537]蛋卵|欢欣|喜悦的|羊卡勒瓦拉[538]鱼|在某种程度上|快餐馆中的所有鳕鱼卵[539]公鸡的蛋，在天堂的[540]放纵之后不管真正的和解是推进还是倒退，以及为了魔鬼[541]魔鬼|鸽子|上帝|物品，为什么，随着他的看我看，以及他的我的看弧线[542]矿场的轨道斗车|较大的乌鸦|耳朵|尸体，还有他的仁兄义兄把兄[543]躺下之爱[544]在我呀正看里，当他发现自己（这是狮子[545]这是拉皮条的|这是列农们|迈克尔·列农！）在直射射程之内，看到悍徒那意图明确地向下眨视着的非正规手枪的枪管时，他明白了他的视觉生涯的魅力，这把枪由一个陌生的寻衅者[546]无名英雄拿着，这个人，据说，被派去遮住和射杀害羞的闪姆，只要这个狗屎敢把他那锃亮的鼻子[547]喊叫|斯诺特露出片刻，在被六个或一打浪子[548]走读生|邪恶的家伙浇透并弄皱[549]大声抗议（撕碎他，痛扁[550]开膛手杰克|起来，卫兵们，向他们冲他！）前当面澄清事实。

例如[551]比如|为了|圣|保罗，以丢卡利翁和比拉[552]之名，以及激怒的家神[553]无冲洗设备的厕所和获许的[554]受香火供奉的餐室神[555]家神，还有支持者和征服者[556]、撒腿和逃跑[557]，以及召集的[558]发明坐满整个圆桌[559]平顶山|桌子|混乱|地区|多余的的劳伦斯[560]劳伦斯·奥图尔·阿特拉斯们[561]，这个下流得索然无味的人形、这个阴沟[562]的毁谤专栏[563]圣哥伦巴、这团怒火[564]比洛克希的孟加拉烽火[565]培根、这只蛮横

530 impenetrablum 解 impenetrable“～”。
531 wetter 解 Wetter［德］“～”；也解 weather“～”；也解 water“～”。
532 outumn 解 autumn“～”；也解 outono［波］“～”。
533 porcoghastly 解 porco［意］“猪”＋ghastly“糟糕的”。
534 on akkount of 解 on account of“～”；其中 akkount 也解 akka［芬］“～”。
535 Kroukaparka 解 Croke Park“～”，都柏林公园名，1920 年黑褐党曾在此制造大屠杀；也解 crook“～”＋parka［芬］“～”。
536 kules 解 kule［塞］“～”；也解 cúl［爱］“～”。
537 oving to 解 owing to“～”；也解 ovum［拉］“～”；也解 ubh［爱］“～”；也解 ovo［拉］“～”；也解 ovans［拉］“～”；也解 ovis［拉］“～”。
538 Kalatavala 解 *Kalevala*“～”，芬兰史诗；也解 kala［芬］“～”＋tavala［芬］“～”；也解 tàvola calda［意］“～”。
539 kodseoggs 解 cod's egg“～”；也解 cock's eggs“～”。
540 celestious 解 caelestius［拉］“～”。
541 for Duvvelsache 解 for devil's sake“～”；其中 Duvvel 也解 duvel［荷］“～”；也解 dove“～”；也解 Duvel［吉］“～”；其中 sache 也解 Sache［德］“～”。
542 corves“～”，此处解 curve“～”；也解 còrvo maggiore［意］“～”；也解 korva［芬］“～”；也解 corpse“～”。此处的“我看”“我的看”“我的正看”是直译塞尔库普语的“我看”“我看到的”。
543 frokerfoskerfuskar 解 foster(brother)“义兄”的三个变体，指凤凰公园里的三个年轻人，因此译为“～”。
544 layen loves“～”，此处化自爱尔兰 15—16 世纪的民谣《拉根河之爱》(*My Lagen Love*)。
545 hic sunt lennones 解 hic sunt leones［拉］“～”；也解 hic sunt lenones［拉］“～”；也解 hic sunt Lennones“～”，指 Michael Lennon“～”，与乔伊斯同时代的都柏林人，曾在《天主教世界》上撰文攻击乔伊斯。
546 unknown quarreler“～”；也解 Unknown Warrior“～”，指英国伦敦 1920 年 11 月 11 日安葬第一次世界大战中一位无名战士的墓地，这是以后无名英雄纪念碑的起源。
547 shnout 解 snout“猪鼻子”；也解 shout“～”；也解 Snout“～”，莎士比亚的喜剧《仲夏夜之梦》中的补锅匠。
548 gayboys 解 gay“快活的”＋boys“男孩们”；也解 dayboys“～”；也解 go-boys［英爱］“～”。
549 hosed and creased“～”；也解 hued and cried“～”。
550 uprip andjack 解 rip up “撕碎”＋and“并”＋jack［美俚］“痛扁”；也解 Jack the Ripper“～”，1888 年伦敦出现的杀害女性的凶手，以肢解他的受害者得名；也解 Up, guards and at them“～”，惠灵顿在滑铁卢战役最后阶段下的命令。
551 para Saom Plaom 解 para［波］“for”＋exemplum［拉］“example”，即 for example“例如”；也解 par exemple［法］“～”；也解 para［波］“～”＋são［波］“～”＋Paulo“～”，即“为了圣保罗”。
552 Deucalion and Pyrrha“～”，古希腊神话中在大洪水之后创造人类的夫妇。
553 privy“～”，此处解 privy gods“～”。
554 licensed“～”；也解 incensed“～”。
555 pantry gods“～”；也解 Penates［拉］“～”。
556 Stator and Victor“～”，这是罗马主神朱庇特的代称。
557 Kutt and Runn 解 cut and run“～”。
558 convocacaon 解 convocação［葡］“～”；也解 invenção［葡］“～”。
559 mesa redonda［葡］“～”；其中 mesa 也解“～”；也解 mesa［西］“～”；也解 mess“～”；其中 redonda 也解［西］“～”；也解 redundant“～”。
560 Lorencao 解 Lourenço［葡］“～”；也解 Laurence O'Toole“～”，都柏林守护圣人。
561 Otulass 解 Atlas (mountains)“～”，位于非洲北部的山脉。
562 Cloaxity 解 cloaca［拉］“～”。此词组由三个首字母 C 组成。
563 Column“～”；也解 St. Columba“～”，六世纪爱尔兰圣人。
564 Biloxity 解 bilis［拉］“～”；也解 Biloxi“～”，美国密西西比州的一个海港。此词组由三个首字母 B 组成。
565 Beacon“～”；也解 Francis Bacon“～”(1561—1626)，英国哲学家。

的[566]暴行|残酷安南[567]沼泽地带猿人[568]模仿者,到底在做什么?需要更准确地来澄清[569]使合格|为何,因为他好像状况很糟很糟[570]。

答案,要用一只顶针[571]迷宫似的|斯蒂芬·迪达勒斯完成所有奶子[572]老爹的话,将是这样:通过把他自己拉上他最喜欢的[573]有风味的运河他的祖先们的巨大客栈[574]胸部|房子(黑色船尾[575],一些苦船[576]航海,苦工[577]海军部队!)他拍上扑[578]碎片下地陷入毒瘾和酒瘾之中,对放荡的过去[579]普鲁斯特|阿妮塔·露丝越来越妄自尊大[580]狂热。这解释了恭敬、高调、博学、新古典主义的[581]七个安色尔[582] 7/12字母喇叭连祷,他对此极其喜爱,像贵族一样[583]圣帕特里克手写在他的名字的后面。一旦被看到,就可能扭转[584]有趣的这一令人战栗的场面:这个半疯的小丑在他那灰绿色[585]蓝绿色|格劳克斯洞穴的厚厚污垢中,让大家相信去读他那难读得毫无用处[586]《尤利西斯》的埃克尔斯[587]埃克尔斯街|凯尔斯蓝皮书,黑暗版[588],(然而即便尊敬的主教大人[589]最不同的庞德废物[590]博士,法定的删洁者和审查官,也感叹它无法模仿!)变得酩酊大醉,高兴地告诉他自己,在更大的镜子中[591]伟大的,他那犯错的牛皮纸上的每次挥洒都是一种梦幻[592]过道|使痛苦的幻觉,也就是说[593]乳房,比之前的那个更棒[594]乔治码头,海边的玫瑰楼树[595]钟|迷迭香|拉罗舍尔小屋,永远免费,一件从自由百货商店[596]自由|自由广场抽奖得来的女式试穿针织内衣,一大壶[597]金几尼葡萄酒配牛奶冻布丁派[598]白色|僧侣|面包师|派和吃一口就值10亿的六桶[599]病的|圆桶牡蛎,满歌剧院(只在提词人的包间里会有站[600]踏灭的地方,然而[601]他的队伍[602]阴茎依然不

566 Atroxity 解 atrox [拉]“～”；也解 atrocity“～”；也解 atrocitas [拉]“～”。此词组由三个首字母 A 组成。
567 Annamite“～”；也解 eanach [爱]“～”。
568 Aper“～”，此处解 ape“～”。
569 quarify 解 clarify“～”；也解 qualify“～”；也解 quare [拉]“～”。
570 此句包含首字母的缩写 ABC。
571 dedal [葡]“～”；也解 daedal“～”；也解 Stephen Dedalus“～”，乔伊斯作品中的主人公。
572 diddies“～”；也解 daddies“～”。
573 flavoured“～”，此处解 favoured“～”。
574 chesthouse 解 guesthouse“～”；也解 chest“～”＋house“～”。此句包含本书主人公名字的缩写 HCE。
575 Popapreta 解 popa [葡]“船尾”＋preto [葡]“黑色”。
576 navico 解 navio [葡]“～”；也解 navigo [拉]“～”。
577 navvies“(从事建筑、挖掘运河等的)～”；也解 navies“～”。
578 flinnered 解 flinged“～”；也解 flinders“～”。
579 a loose past“～”；也解 ALP，本书女主人公名字的缩写；也解 Proust“～”(1871—1922)，法国作家；也解 Anita Loos “～” (1888—1981)，美国作家。
580 megalomane 解 megalomania“～”；也解 megalomanês [希]“～”。
581 此句包含本书主人公名字的缩写 HCE。
582 septuncia 解 sept- [拉]“七”＋uncial“安色尔字体的”；也解 septunx [拉]“～”。
583 patricianly“～”；也解 St. Patrick“～”。
584 diverted“～”；也解 diverting“～”。
585 glaucous“～”；也解 glaukos [希]“～”；也解 Glaucus“～”，希腊神话中的海神。
586 usylessly 解 uselessly“～”；也解 Ulysses“～”。
587 Eccles“～”，地名，位于英国西北部；也解 Eccles Street“～”，都柏林街道名，乔伊斯小说《尤利西斯》中的人物布卢姆就住在这条街上；也解 Kells“～”，爱尔兰的一个市镇，《凯尔斯书》曾长期保存在该地的修道院。
588 édition de ténèbres [法]“～”。
589 Most Different“～”，此处解 Most Reverend“～”。
590 Poindejenk 解 Ezra Pound“庞德”，美国诗人，在《小评论》杂志刊载《尤利西斯》的“卡吕普索”一章时，曾删除了其中布卢姆上厕所中的部分内容＋junk“废物”。
591 no espellor mor 解 no [葡]“在……中”＋espelho [葡]“镜子”＋mor [葡]“更大的”；其中 mor 也解 mór [爱]“～”。
592 aisling [爱]“～”；也解 aisle“～”；也解 ailing“～”。
593 t. i. t. s. 解 that is to say“～”；也解 tits“～”。
594 gorgeous“～”；也解 George Quay“～”，位于利菲河上。
595 roseschelle 解 rose“玫瑰”＋Esche [德]“梣树”；也解 Schelle [德]“～”；也解 rosemary“～”；也解 Rochelle“～”，法国港口，出自歌曲《我的爱和小屋在拉罗舍尔边》。
596 Liberty“～”，此处解 Liberty's“～”，英国伦敦的一家百货商店；也解 The Liberies“～”，都柏林的地名。
597 sewerful“一阴沟的”；此处解 ewerful“～”。
598 brancomongepadenopie 解 blancmange“牛奶冻”＋puddingpie“布丁派”；也解 branco [葡]“～”＋monje [葡]“～”＋padeiro [葡]“～”＋pie“～”。
599 sickcylinder 解 six“六”＋cylinder“圆桶”；也解 sick“～”＋cylinder“～”。
600 stamping“～”，此处解 standing“～”。
601 everthemore 解 nevertheless“～”，词中 ever ... more 与 never ... less 相对。
602 queque 解 queue“～”；也解 queue [法俚]“～”。

断壮大）热情高涨的贵妇，抛掷着她们从他的前台[603]口鼻部|长鼻|淫秽的|不祥的|私处|试验得到的带深红色王冠的全身行头，一个接着一个，迷醉[604]有情妇的|精髓|厌恶|阿妮玛得给自己穿上紧身胸衣[605]调整|失去控制，在她们的欢乐[606]都柏林娱乐剧院哑剧[607]万神庙|小丑中，当时，天哪，先生，根据[608]唤醒所有描述[609]听觉的|待梳理的小麻把|绳子，他在《爱尔兰[610]黄色珍贵[611]交易|戴丽娅小三叶草[612]百合|毒芹|夏洛克|闪姆》中[613]发出最高尖叫（惊人啊，你听[614]犹太|耳朵那么远！这么纯[615]肥皂|水罐！万军之主[616]乡巴佬|痛风|……的|救救我们|声音|赞美|肥皂！有[617]果汁|乔伊斯如鸟鸣[618]男孩|上帝！）整整五分钟，比巴顿·迈克·戈钦[619]男中音|便宜的|运气|钟表|阿尔玛·格拉克|格鲁克不知好多少，带着漂亮的三角帽，还有三只绿色、奶白、桔黄[620]的三位一体[621]三一学院羽毛在他那黄色[622]孤挺花|牧羊女脑袋的右把手处，一件麦克法兰大衣（最好的[623]最小气的|诅咒|柯西裁剪，你懂吗？）肋骨上一把西班牙人[624]匕首的匕首[625]挖掘者，（裁缝[626]别针|字母A|招致刺的[627]绘画）一块天青蓝的[628]蓝色擤鼻涕布做他的上衣胸花，还有一根他在亲爱肮脏的都柏林[629]德比郡从伦敦德里[630]红衣主教、科克和凯里[631]红衣主教、劳伦斯·奥图尔[632]红衣主教、西方[633]西部|瘫痪|缄默红衣主教（啊嚯！）那里赢来的主任牧师的牧杖，因为他第一个被跨栏[634]围栏浅滩之城绊倒，夫人，另[635]在更奇怪的手里一方面，还有所有那类事情[636]，但是伴随着昏暗的灯光、粗陋的印刷、破烂的封面、扭曲的[637]有缺口的页面、乱摸的手指、狐步舞的跳蚤、赖床的虱子、他舌头上的泡沫、眼睛里的泪滴、喉咙里的肿块、瓶子[638]半加仑里的

603 probscenium 解 proscenium“～”;也解 proboskis [希]“～”;也解 proboscis“～”;也解 obscene“～”;也解 obscenus [拉]“～”;也解 obscenum [拉]“～”;也解 Probe [德]“～”。
604 inamagoaded 解 enamored“～”;也解 inamorated“～”;也解 âmago [葡]“～”;也解 amago [西]“～”;也解 anima“～”,瑞士心理学家荣格的术语,指男性的女性特征。
605 ajustilloosing 解 justilho [葡]“～”;也解 adjust“～”+loose“～”+-ing。
606 gaiety“～”;也解 Gaiety Theatre“～”。
607 pantheomime 解 pantomime“～”;也解 pantheon“～”+mime“～”。
608 acordant 解 according“～”;也解 acordar [葡]“～”。
609 acountstrick 解 accounts“～”;也解 acoustic“～”+strick“～”;也解 Strick [德]“～”。
610 Yellin 解 Erin“～”;也解 yellow“～”。
611 Deal“～”,此处解 Dear“～”;也解 Delia“～”,英国诗人济慈的长诗《恩底弥翁》中的月神。
612 Lil Shemlockup 解 little shamrock“～”,指爱尔兰歌曲《珍贵的小三叶草》(*The Dear Little Shamrock*);也解 lily“～”+hemlock“～”;也解 Shylock“～”,莎士比亚的戏剧《威尼斯商人》中的犹太商人;也解 Shem“～”。
613 im [德]“～”;也解 im [葡] “在……里”。
614 jew ear 解 you hear“～”;也解 Jew“～”+ear“～”。
615 soap ewer 解 so pure“～”;也可直译为 soap“～”+ewer“～”。
616 loutgout of sabaous 解 Lord of Sabaoth“～”,见《罗马书》第九章;也解 lout“～”+gout“～”+of“～”+save us“～”;其中 loutgout 也解 Laut [德]“～”;也解 laud“～”;其中 sabaous 也解 sabão [葡]“～”。
617 juice“～”,此处解 just“～”;也解 Joyce“～”。
618 boyd 解 bird“～”;也解 boy“～”;也解 God“～”。
619 Baraton Mc Gluckin 解 Barton McGuckin “～” (1852—1913),都柏林的男高音;其中 Baraton 也解 baritone“～”;也解 barato [葡]“～”;其中 Gluckin 也解 Glück [德]“～”;也解 Glocke [德]“～”;也解 Alma Gluck“～”(1884—1938),美籍罗马尼亚女高音;也解 Christoph Gluck“～”(1714—1787),德国作曲家。
620 爱尔兰国旗的颜色。
621 trinity“～”;也解 Trinity College“～”,位于都柏林。
622 amarellous 解 amarelo [葡]“～”;也解 amaryllis“～”;也解 Amaryllis“～”,常用于田园诗套语中。
623 kerssest 解 best“～”;也解 closest“～”;也解 curse“～”;也解 Kersse“～”,挪威船长与裁缝的故事里一位住在都柏林的裁缝。
624 sponiard 解 Spaniard“～”;也解 poniard“～”。
625 digger“～”,此处解 dagger“～”。
626 Alfaiate [葡]“～”;也解 alfinete [葡]“～”;也解 alpha [希]“～”;也解 alphaino [希]“～”。
627 punxit [拉]“(他)～”;也解 pinxit [拉]“～”。
628 azulblu 解 azure blue “～”;也解 azul [葡]“～”。
629 dearby darby doubled 解 dear dirty Dublin“～”;其中 darby 也解 Derby“～”,位于英国英格兰中部,以赛马著称。
630 Lindundarri 解 Londonderry“～”,位于爱尔兰的乌尔斯特省。
631 Carchingarri 解 Cork and Kerry“～”,位于爱尔兰的芒斯特省。
632 Loriotuli 解 Saint Laurence O'Toole“～”,都柏林的守护圣人,曾任都柏林大主教,位于爱尔兰的兰斯特省。
633 Occidentaccia 解 occidens [拉]“～”;也解 occidente [意]“～”,指康诺特省;也解 accidentato [意]“～”;也解 taceo [拉]“～”。
634 Hurdles“～”;也解(Town of the Ford of the) Hurdles“～”,都柏林的爱尔兰名字的含义。
635 in the odder hand“～”,此处解 on the other hand“～”。
636 a. a. t. s. o. t. 解 and all that sort of thing“～”。
637 jigjagged 解 zigzagged“～”;也解 jagged“～”。
638 pottle“～”,此处解 bottle“～”。

饮料、手掌里的疥疮、胃气的哀号、呼吸传来的悲伤、思维劳累的迷雾、大脑树上的嗡嗡、良心的痉挛[639]钟的嘀嗒声、狂怒上升的高度[640]激愤、沉下臀部的喷涌、喉咙里的火、尾巴上的痒、睾丸[641]臭骂|肚子|公牛|耳朵里的痛[642]灾星|骨头、视器[643]眼睛|灵魂|一套衣服里的斜视[644]罪、食器里的腐烂[645]红色、听器[646]耳朵里的回音[647]耳朵、脚趾的蹒跚、肚子[648]肚子,我的肚子上的皮疹、阁楼里的老鼠、钟塔里的蝙蝠、虎皮鹦鹉和骗人[649]懒汉|贤哲美鸟、他耳中的喧嚣和灰垢,自从他花了一个月去赢得先机,他坚决地每星期记住[650]咕哝|升起不只一个单词。狗鳕[651]鹰|赫卡神的捕获!鱼钩[652]荷鲁斯|鹰的鱼[653]国库|捕鱼|吉姆·费斯克!你打得过么[654]?嘍[655]瓦杰特!我说,你赢[656]挑逗得了么?谁听说过这么低劣的无赖行为吗?从好的方面说,想到它就让人担心[657]头脑混乱的。

然而这个特大号洒水壶常常带着口音[658]砍劈独自向自己大声吹嘘说,那时我父亲[659]我爸爸是位布尔建筑师[660]王蟒,我[661]嗬是一名学法律的[662]词典的学生,宣称,并用黑板纠正(竭力模仿那些一本正经的英国人[663]恩格斯,他曾赢得他们的满堂喝彩,大喊:好哇[664]出色的演奏,查尔斯[665]巴涅尔先生[666]当然!字写得无可挑剔[667]!太妙了[668]屁股,刘易斯·沃勒[669]看,燕子|散漫的筑墙工!讲话[670]说话!)他是如何被踢出所有克朗代克人[671]的时髦[672]酒醉的|风度家庭的,这些人来自斯瓦比亚[673]荷兰|粗野的人|国家士兵帝国[674],睡谷[675],耸肩者的国度,多瑙河之家[676]达奴|啤酒|家养老院和野蛮人邦[677],在首都一周内[678]每周的从母城变主城[679]后,他们就在那里安顿下

639 tic“～”；也解 tick“～”。

640 height“～”；也解 heat“～”。

641 bullugs 解 ballocks“～”；也解 bollocks“～”；也解 bolg［爱］“～”；也解 bull“～”＋lugs［俚］“～”。

642 bane“～”，此处解 pain“～”；也解 bone“～”。

643 suil 解 see-er“～”；也解 súil［爱］“～”；也解 soul“～”；也解 suit“～”。

644 squince 解 squint“～”；也解 sins“～”。

645 rot“～”；也解 rot［德］“～”。

646 earer 解 hear-er“～”；也解 ear“～”。

647 ycho 解 echo“～”；也解 ukho［俄］“～”。

648 tumtytum 解 tummy“～”；也解 tum my tum“～”。

649 bumbosolom 解 bamboozle［英口］“～”；也解 bum“～”＋solon“～”。

650 mumorise 解 memorize“～”；也解 mumble“～”＋rise“～”。

651 Hake“～”；也解 hawk“～”；也解 Heka“～”，埃及神话中的魔法神，因此他的名字也代表魔法。

652 Hook“～”；也解 Horus“～”，埃及神话中的太阳神；也解 hawk“～”。

653 fisk“～”，此处解 fisk［丹］“～”；也解 hakefisk［挪］“～”；也解 Jim Fisk“～”（1835—1872），美国金融家。

654 原意为“这怎么可能呢！”

655 Whawe“～”，拟声词；也解 Wadjet“～”，埃及神话中古老的女神。

656 bait“～”，此处解 beat“～”。

657 woolies 解 worries“～”；也解 woolly“～”。

658 haccent 解 accent“～”；也解 hack“～”。

659 Mynfadher 解 my father“～”；也解 min fader［丹］“～”。

660 boer constructor 解 boer“布尔人”＋constructor“建造者”；也解 boa constrictor“～”。

661 Hoy“～”，此处解 I“～”。

662 lexical“～”，此处解 lex［拉］“～”。

663 Englesemen 解 Englishmen“～”；也解 Engels“～”（1820—1895），德国社会主义哲学家。

664 Bravure 解 bravo“～”；也解 bravura“～”。

665 Chorles 解 Charles Russell“查尔斯・罗素”，在巴涅尔的审讯中用计让皮格特拼写“犹豫”一词；也解 Charles Stewart Parnell“～”。

666 surr 解 sir“～”；也解 sure“～”。

667 purfect 解 perfect“～”。

668 Culossal 解 colossal［英口］“～”；也解 cul［法］“～”。

669 Loose［0］Wallor 解 Lewis Waller“～”（1860—1915），英国演员，曾在根据英国作家玛丽・科雷利的小说《撒旦的悲伤》中演撒旦；也解 lo swallow“～”；也解 loose waller“～”。

670 Spache 解 speech“～”；也解 Sprache［德］“～”。

671 klondykers 解 Klondike-ers“～”，克朗代克河位于加拿大，因 19 世纪末此地发生的淘金潮著称。

672 schicker［意第］“～”，此处解 schick［德］“～”；也解 Schick［德］“～”。

673 Swabspays 解 Swabia“～”，德国西南部的一个前公爵领地；也解 Pays Bas［法］“～”；也解 swab［俚］“～”＋pays［法］“～”。

674 Pioupioureich 解 pioupiou“［俚］法国兵”＋Reich［德］“帝国”。

675 此地也是《圣经》中该隐杀害亚伯后居住的地方，位于伊甸园以东。

676 Danubierhome 解 Danube“多瑙河”＋home“家”；也解 Danu“～”，爱尔兰的死亡和丰产女神＋Bier［德］“～”＋home“～”。

677 Barbaropolis 解 barbarou polis［希］“～”。

678 hebdomodary 解 hebdomadary“～”；也解 hebdomadikos［希］“～”。

679 metropoliarchialisation 解 metropolis［希］“母城”＋archi-［希］“主要的”＋-alis［拉］“表被动的后缀”＋-ation“表名词化的后缀”。

来，并分化为不同的团体，诸如太阳起水泡的[680]醉酒的、月亮贴膏药的[681]喝醉了的、血迹斑斑的[682]醉酒的、花言巧语的[683]因醉酒而踉踉跄跄、快活善良的[684]星期四|朱庇特|麦芽酒、好色淫荡的[685]喝醉了的、酒足饭饱的[686]，很多次因为他的气味好像[687]井[688]里涌出的令人作呕的[689]爆炸的气泡臭气[690]，引起所有厨娘的强烈反感，被勒令离开上述这么棒的各部分。不去指导[691]做作家那些模范家庭进行简单健康的涂鸦（这事儿他那尼日利亚[692]黑色自我从未掌握）你想大俗人[693]庸俗还能做什么呢，除了用偷来的成果，研究如何精明地复制他们所有风格各异的签名，以便有朝一日为了他自己的私利公开说出史诗般伪造的支票，直到，因为恰好涉及，垃圾桶[694]都柏林洗碗女佣联合会和家政妇女联谊会，以斯莱特里的骑马步兵闻名[695]邋遢的、淫荡的|妓女|软化的|阴部，拒绝了他，并且齐心协力地将这个恼人之源踢出去，从而帮了自然一把，并且完全[696]完全戒酒地在一时头脑发热下，抓住彼此的鼻子（因为所有人，无论猎犬还是清洁女工，甚至土耳其人，在追逐这个亚美尼亚人[697]不能吃的时无法开口[698]希腊人，都不敢近距离地闻这只臭鼬的味道）在这样做时一有呼吸[699]利菲河的可能[700]完美的|警官，就针锋相对地议论，法官阁下，有关[701]在……上发臭的下流[702]法律方式[703]为什么|多么，先生。

［凡欲丢弃女士服装者请告詹姆斯[704]，万分感谢，瓦德麦尔呢套衫，极宽松之女士裤裙和内衣[705]其他衣服，以共同开始城市生活。此詹姆斯正待业家中[706]他的时间脱节了，将坐而著述。彼最

680 sunblistered 解 sun blistered“～”，指星期天；也解 blistered［俚］“～”。
681 moonplastered 解 moon plastered“～”，指星期一；也解 plastered［俚］“～”。
682 gory“～”，指星期二，因为星期二是战神马尔斯的日子；也解 gory-eyed［俚］“～”。
683 wheedling“～”，指星期三；也解 reeling“～”。
684 joviale 解 jovial“～”；也解 jeudi［法］“～”；也解 Jove“～”，罗马神话中的主神＋ale“～”。
685 litcherous 解 lecherous“～”，指星期五，因为星期五是爱神维纳斯的日子；也解 lit［俚］“～”。
686 full“～”，指星期六，因为星期六 Saturdy 中的 sated 就有“酒足饭饱”之意。
687 ressembling 解 resemble“～”。
688 pozzo［意］“～”。
689 bombinubble 解 abominable“～”；也解 bombing bubble“～”。
690 puzzo［意］“～”。
691 chuthoring 解 tutoring“～”，乔伊斯在的里雅斯特时曾做教师；也解 author-ing“～”。
692 Nigerian“～”；也解 niger［拉］“～”。
693 Vulgariano 解 vulgarian“～”；也解 volgarità［意］“～”。
694 Dustbin“～”；也解 Dublin“～”。
695 Sluttery's Mowlted Futt 解 *Slattery's Mounted Foot*“～”，爱尔兰音乐家弗兰奇 1889 年写的歌词，描写一群在山上结营扎寨的爱尔兰农民渴望成为英雄，却胆小如鼠，只会说大话；其中 Sluttery 也解“～”；其中 Mowlted 也解 owl［俚］“～”；也解 melted“～”；其中 Futt 也解［德俚］“～”。
696 taytotally［爱尔兰口音的英语］“～”；也解 teetotal-ly“～”。
697 armenable 解 Armenian“～”，亚美尼亚从 15 世纪时起曾被土耳其人占领；也解 uneatable“～”，英国作家王尔德曾把猎狐描绘为“不会说的追逐不能吃的”。
698 ungreekable 解 unspeakable“～”；也解 Greek“～”。
699 Sniffey 解 sniff“～”；也解 Liffey“～”。
700 perfects 解 prospect“～”；也解 perfect“～”；也解 prefects“～”。
701 aboon 解 about“～”；也解 above“～”。
702 lyow 解 low“～”；也解 law“～”。
703 why“～”，此处解 way“～”；也解 what“～”。
704 Jymes 解 James“～”，指 James and Johns“詹姆斯和琼斯”，闪姆和肖恩的英语写法。
705 onthergarmenteries 解 undergarments“～”；也解 other garments“～”。
706 His jymes is out of job 解 This James is out of job“～”；也解 His time is out of joint“～”，此句化自莎士比亚的戏剧《哈姆雷特》第一幕第五场。

近触犯十[707]那时诫之一，但今将得她之助。体格出众，居家之选，常见产卵鸡。亦正失业。对此他甚为感激。抄送。广告[708]堕胎。]

对于这个被逐出教会的德拉姆康德拉人[709]疑症患者|软骨，天生[710]臀部天生的|虚假[711]含|詹姆斯的，实际上有多下流[712]缓慢，甚至没有人能宣布弄清了以前的情况[713]赌纸牌时下的赌注|答案。谁能说出有多少风格虚假的[714]虚假文笔的华盖[715]含|闪姆，有多少或有多多最受尊敬的当众欺诈，同样有多少虔诚伪造的重写本首先按照这一病态的过程从他那剽窃[716]白拉奇乌斯|海|剽窃者之笔下流出？

尽管可能如此，要不是他那鼻[717]诺斯替的|灵知之光的光之狂想[718]，它光芒四射地[719]路西弗|火柴|残忍地滑到页面一寸之内的地方。（他会时不时地抚摸它的页面，他那因恐惧而发红的眼睛略带悲伤，用他的教法[720]疯狂|数学|教育|学生和教养[721]寄宿生|培养|受教育者中的空文[722]喝啤酒喝醉的|伯利兹学校来教授[723]标志色彩，以便在女生欢呼中向她们自己喊出：姜块[724]琥珀|姜黄色！姜汁[725]墨水|知道！姜粉[726]康库巴！姜饼[727]西塞罗！姜色[728]朱砂|利息|现金的|锡|桑给巴尔！威士忌和杜松子酒[729]精灵！）笔尖就绝不会在羊皮上刺出衬线[730]六翼天使。借助玫红色灯笼[731]讽刺文章四射的[732]恶臭燃烧，借助他笔下同时[733]迸发的激情[734]淘金盆里的反光（由此他得到[735]一本书[736]一基尼[737]价格！）他匿名地无耻地扒寻、抓搔、涂鸦[738]写|抓搔和抄写[739]写他曾经遇到过的每一个人，甚至在懒散的拖拉者们[740]爱尔兰小猎犬的雨伞组成的防雨墙下分享着骤然坠落，而与此同时，在这

707 then“～”,此处解 ten“～”。
708 ABORTISEMENT 解 advertisement“～”;也解 abortion“～”。
709 Drumcondriac 解 Drumcondra“～”,都柏林的地名;也解 hypochondriac“～”;也解 chondros [希]“～”。
710 nate 解 natus [拉]“～”;也解 nates [拉]“～”;也解 née [法]“～”。
711 Hamis [匈]“～”;也解 Ham“～”,《旧约》中挪亚的儿子,受到挪亚的诅咒;也解 Shéamuis [爱]“～”。
712 slow“～”,此处解 low“～”。
713 statuesquo ante 解 statues quo ante [拉]“～”;其中 ante 也解“～”;也解 answer“～”。
714 pseudostylic 解 pseudo“虚假的”+stylistic“风格的”;也解 pseudostylicos [拉]“～”。
715 shamiana“～”;也解 Ham“～”;也解 Shem“～”。
716 pelagiarist 解 plagiarist“～”;也解 Pelagius“～”(360—420),异端神学家,可能为爱尔兰人;也解 pelagos [希]“～”;也解 plagiarius [拉]“～”。
717 gnose 解 nose“～”;也解 Gnostic“～”;也解 gnosis“～”,诺斯替教用语。
718 phantastic 解 fantastic“～”。
719 lucifericiously 解 luciferously“～”;也解 Lucifer“～”,堕落前的撒旦,或“～”;也解 ferociously“～”。
720 mathness 解 method“～”;也解 madness“～”;也解 mathematics“～”;也解 mathêsis [希]“～”;也解 mathêtês [希]“～”。
721 educandees 解 educated-ness“～”;也解 educande [意]“～”;也解 educandi [拉]“～”;也解 educandus [拉]“～”。
722 beerlitz 解 bare“空洞的”+literatures“文学作品”;也解 beer-lit“～”;也解 Berlitz“～”,乔伊斯曾在的里雅斯特和波拉的伯利兹学校教书。
723 ensign“(表示等级、权力等的)～”,此处解 enseigner [法]“～”。
724 gember [荷]“～”。为区别各种语言中的“姜”,此处对姜采取不同的称谓;也解 amber“～”;也解 ginger“～”。
725 inkware 解 Ingwer [德]“～”;也解 ink“～”+ware“～”。
726 chonchambre 解 gingembre [法]“～”;也解 Conchubar“～”,凯尔特神话中乌尔斯特的国王,库丘林的叔父。
727 cinsero 解 zinzero [意]“～”;也解 Cicero“～”,古罗马演说家。
728 zinnzabar 解 zinziber [拉]“～”;也解 cinnabar“～”;也解 Zins [德]“～”+bar [德]“～”;也解 Zinn [德]“～”;也解 Zanzibar“～”。
729 gin“～”;也解 Jinnies“～”,指书中拿破仑军中的两名随军女子,也是壹耳微蚵在凤凰公园遇到的那两位少女。
730 seriph“(西文字体中附在字母主线端的)～”;也解 seraph“～”。
731 lampoon“～”,此处解 lantern“～”,指他的鼻子。
732 effluvious 解 effluent“～”;也解 effluvium“～”。
733 simulchronic 解 simul [拉]“同时”+chronikos [希]“时间的”。
734 flush in his pann 解 flush in his pen“笔下的激情”;也解 flash in the pan“～”,即“空欢喜一场”。
735 ghets 解 gets“～”,此句中的几个主要词语中皆加入了字母“h”。
736 ghirk 解 girk [亚]“～”。
737 ghinee 解 guinea“～”,英国的旧金币;也解 kin [亚]“～”。
738 scriobbled 解 scribbled“～”;也解 scríobh [爱]“～”;也解 scríob [爱]“～”。
739 skrevened 解 scrivener“代笔人”;也解 skrev [瑞]“～”。
740 idlish tarriers“～”;也解 Irish terriers“～”。

个腐臭的闪姆玩意儿[741]的周边上下各处，这个恶臭的家伙（他被奉献给乌尔法德[742]老父·萨达纳帕鲁斯[743]）常常通过背诵老马基雅维里[744]尼克的内心独白[745]独看|进入你们的耳朵|采访有或没有[746]汉诺|诺努斯，这是个问题[747]，不停地点画着他自己那非艺术家的画像[748]，作者[749]亚瑟先生[750]，就像将被描绘的[751]，一位俊美得令人心碎的年轻保罗[752]，眼[753]岛屿|《小约夫》中是写给女孩子们[754]油|爱尔兰人|外国人的情诗，哀怨的[755]原告硝皮匠[756]男高音声音[757]，在断脊山[758]搁浅地[759]拥有大量土地的拥有每码[760]年 132 德拉克马[761]一份酒的公爵[762]小茅屋|朱克斯家族进项[763]收入，剑桥[764]来|臀部风度[765]全体工作人员，穿着崭新的两基尼[766]新几内亚岛礼服套装和一件打结的牛津衬衫[767]猪的渡口大出风头，这些衣服是为星期四[768]星期五晚上[769]夏娃的快乐[770]莫莉派对[771]典当租来的，还有一副可爱[772]汉娜·丽维娅墨黑的意大利长胡子[773]苔藓|星星|她，闪着硼酸凡士林和奶油杏仁的光。呸！根本不堪嘀咕！

欧希[774]或噢羞大厦，走得慢的人[775]，俗称闹鬼的墨水瓶，硫磺石步行街无门牌号，爱尔兰中的亚洲，好像染上鼠[776]饶舌患，把他的笔名打烊[777]塞特用墨擦写在门牌上，还有一扇黑帆布百叶窗遮住它的一[778]苍白的扇窗[779]窗户|柠树，窗内那签定了灵魂契约的密室之子用纳税人的钱摸索着生活，带着耶稣会士的狂吠和愤愤不平的嘶咬[780]，从早到晚被整整 40 个江湖郎中[781]健康之地|问题注[782]沮丧的|逐出的入硫磺[783]和东莨菪碱[784]煤矿爆炸的碳水化合物[785]印花布|给水栓，每天以每个人的方式越来越厉害地对自我和

741 1922年4月1日的英国《体育时报》第四版称《尤利西斯》为“腐臭的……乔伊斯玩意儿”。
742 Uldfadar 解 Ulfada“～”，爱尔兰传说中的勇士，名字的含意为“长胡子”；也解 old father“～”。
743 Sardanapalus “～”(前669—前640)，传说中最后一位亚西利亚国王，在国民造反时自焚而死。
744 Nichiabelli 解 Machiavelli“～”，意大利政治家；也解 Nick“～”，指撒旦。
745 monolook interyerear 解 monologue intérieur [法]“～”；其中 monolook 也解 mono-look“～”；其中 interyerear 也解 into yer ear“～”；也解 interview“～”。
746 Hanno, o Nonanno 解 hanno o non hanno [意]“～”；其中 Hanno 也解“～”，公元前6世纪左右的迦太基航海家；其中 Nonanno 也解 Nonnus“～”公元前4至5世纪左右从埃及来到古希腊的史诗诗人。
747 acce'l brubblemm'as 解 c'est le problème [法]“是问题”＋as“正如”。化自莎士比亚的悲剧《哈姆雷特》中的内心独白“生存还是死亡，这是一个问题”。
748 此句化自乔伊斯的小说《一个青年艺术家的画像》。
749 Autore [意]“～”；也解 Arthur“～”。
750 ser 解 sir“～”。
751 q. e. d. 解 quod erat demonstrandum [拉]“～”。
752 paolo 解 Paolo Malatesta“～” (1246 - 1285)，意大利贵族，爱上嫂子弗兰采斯加，但丁在《神曲·地狱篇》中描写了这对恋人。
753 eyols 解 eyes“～”；也解 isles“～”；也解 *Little Eyolf*“～”，挪威剧作家易卜生的戏剧。
754 goyls 解 girls“～”；也解 oil“～”；也解 Gael [爱]“～”；也解 gall [爱]“～”。
755 plaintiff“～”，此处解 plaintive“～”。
756 tanner“～”；也解 tenor“～”。
757 vuice 解 voice“～”。
758 Broken Hill“～”，位于澳大利亚的新南威尔士州。
759 stranded“～”；也解 landed“～”。
760 yard“～”；也解 year“～”。
761 dranchmas 解 drachma“～”，古希腊的银币名；也解 drink“～”。
762 jucal 解 ducal“～”；也解 jacal“(墨西哥和美国西部的)～”；也解 Jukes“～”，近代犯罪学研究的两大著名美国犯罪家族之一，提供了犯罪与遗传间关联的研究资料。
763 inkome 解 income“～”；也解 inkomen [荷]“～”。
764 Camebreech 解 Cambridge“～”；也解 Came“～”＋breech“～”。
765 mannings 解 manners“～”；也解 manning“～”。
766 其中包含地名 New Guinea“～”，位于太平洋上。
767 hogsford 解 Oxford (shirt)“～”；也解 hog's ford“～”。
768 Fursday 解 Thursday“～”；也解 Friday“～”。
769 eve [0]nin 解 evening“～”；也解 Eve“～”。
770 merry“～”；也解 Molly“～”，《尤利西斯》中布卢姆的妻子。
771 pawty 解 party“～”；也解 pawn“～”。
772 Anna loavely 解 and a lovely“～”；也解 Anna Livia“～”，即本书女主人公 ALP。
773 moostarshes 解 moustaches“～”；也解 Moos [德]“～”＋star“～”＋she“～”。
774 O'Shea“欧希夫人”，巴涅尔的情人，后成为他的妻子。
775 Quivapieno 解 Chi va piano(va sano) [意]“走得慢的人，走得安全”。
776 raps 解 rats“～”；也解 rap“～”。
777 SHUT“～”；也解 Set“～”，埃及神话中的黑暗之神，杀死奥西里斯。
778 wan“～”，此处解 one“～”。
779 phwinshogue 解 window“～”；也解 fuinneóg [爱]“～”；也解 fuinnseog [爱]“～”。乔伊斯有时候会带一个眼罩遮住一只眼睛。
780 此处包含俗语 his bark is worse than his bite“面恶心善”和俗语 the biter bit“害人反害己”。
781 Queasisanos 解 quacks“～”；也解 Qui si Sana [意]“～”，许多疗养院的名字；也解 questions“～”。
782 dejected“～”，此处解 injected“～”；也解 ejected“～”。
783 zolfor 解 sulphur“～”；也解 zólfo [意]“硫磺”。
784 scoppialamina 解 scopolamine“～”，曾用来治疗乔伊斯眼睛的药物之一，乔伊斯很不喜欢；也解 scoppia la mina [意]“～”。
785 calicohydrants 解 carbohydrate“～”；也解 calico“～”＋hydrants“～”。

他人施以暴力，在纯粹养鼠场的污秽方面，据希望，即便在我们的西方花花公子世界里也是最糟的那种。你吹嘘你在巴里佛莫特[786]讨厌的|酵素|九头蛇的黄铜城堡，或者你的瓦屋[787]？没有[788]无，女水妖|魔鬼，没有，还是没有。因为这是有些发臭的墨臭[789]似无物之物，完全是作者[790]一丝不苟地|到根部的个人的[791]谜|发恶臭的人。事实上[792]一知半解|一个事实，天使们[793]各个角|英国在那里观看的时候常[794]下午想亚当[795]荷兰球形干酪|伊甸园的臭味不会更少[796]。唉呀[797]发疯的！巢穴里扭曲的地板和不隔音的墙，更不必说立柱和拱墩[798]门板，被以波斯风格[799]百叶窗|《波斯人信札》用各种东西变成文学[800]乱扔：撕裂的情书、泄密的故事、背面粘贴的快照、可疑的蛋壳、史前手斧[801]书、燧石、钻子、河豚、杏仁状的杏树、无皮葡萄干[802]无韵的推理、字母组成的[803]字母 A、B|字母冗词[804]词、《圣经》中的偏见[805]五条小的|路|赋予生气的、顺带表决的[806]、四处可见的[807]方方面面可见的|疑虑地见到的、呃哼[808]他和啊哈[809]她、对无音节之语的无法言表的[810]尝试、你欠我的[811]凌乱的一堆、我欠他的[812]眼睛|旧的|赞美诗|《小约夫》、烟道肮脏的煤烟、坠落的路西弗[813]们、曾伺候的维斯塔[814]们、淋湿的首饰、借来的靴子、两面穿的夹克衫、黑眼睛镜片、家用罐子、马毛[815]假的|头发衬衫、凄惨的披肩、从未穿过的长裤、割喉咙的领带、伪造的邮戳[816]法郎、最善的意图、随身携带的[817]加咖喱粉的便笺、翻倒的锡板大头锡钉[818]拉丁句法、未用的磨坊和绊脚的[819]垫脚石石头、扭曲的羽毛管、痛苦的文摘、放大的葡萄酒杯、掷向小妖精们的固体、曾风行的双关语[820]葡萄干面包、废除的语录[821]压烂的土豆、

786 ballyfermont 解 Ballyfermot“～”，地名，位于都柏林地区；也解 bally“～”＋ferment“～”；也解 Hydra [希]“～”，希腊神话中有九只头的水蛇。

787 tyled 解 tile“～”。爱尔兰作家勒法努的《墓地房屋》中的两个神秘人物分别住在“黄铜城堡”和“瓦屋”，两者都位于都柏林地区的切坡里若德。

788 niggs 解 nichts [德]“～”；也解 nix “～”；也解 Nick“～”。

789 stinksome inkenstink 解 stinksome ink stink“～”；也解 [丹]ting som ingen ting“～”。

790 to the wrottel 解 to the writer“～”；也解 to the letter“～”；也解 to the root“～”。

791 puzzonal 解 personal“～”；也解 puzzle“～”；也解 puzzone [意]“～”。

792 Smatterafact 解 as matter of fact“～”；也解 smatter“～”＋a fact“～”。

793 Angles“～”，此处解 angels“～”；也解 England“～”。

794 aftanon 解 often“～”；也解 afternoon“～”。

795 Edam“～”，此处解 Adam“～”；也解 Eden“～”。

796 此句化自爱尔兰民歌《基拉尼》中的歌词“天使们常常在那里停下来，怀疑伊甸园是否更美”。

797 My wud 解 my word“～”；其中 wud 也解 [苏格兰]“～”。

798 imposts“～”；也解 impòsta [意]“～”。

799 persianly 解 persian-ly“～”；也解 persiana [意]“～”；也可与后面的 literatured 合解 *Persian Letters* “～”，法国作家孟德斯鸠的作品。

800 literatured“～”；也解 littered“～”。

801 bouchers“～”；也解 Bücher [德]“～”。

802 rindless raisins“～”；也解 rhyme-less reasons“～”。

803 alphybettyformed 解 alphabet-formed“～”；也解 Alp，本书女主人公名字的缩写；也解 alpha bêta“～”；也解 alphabêtos [希]“～”。

804 verbage 解 verbiage“～”；也解 verba [拉]“～”。

805 vivlical viasses 解 biblical biases“～”；也解 five little“～”＋via [拉]“～”-s；也解 vivific“～”。

806 ompiter dictas 解 obiter dictum“～”。

807 visus umbique 解 visus ubique [拉]“～”；也解 visus undique [拉]“～”；也解 visus ambigue [拉]“～”。

808 ahems 解 ahem“～”；也解 a-him-s“～”的单数和伪复数。

809 ahahs 解 aha“～”；也解 a-her-s“～”的单数和伪复数。

810 imeffible 解 ineffable“～”。

811 mes 解 me“～”；也解 mess“～”。

812 eyoldhyms 解 I owed him“～”；也解 eye“～”＋old“～”＋hymns“～”；也解 *Little Eyolf*“～”，挪威剧作家易卜生的戏剧。

813 既是金星，也是撒旦，也是(通过摩擦点火的)火柴。

814 古罗马神话中的灶神。

815 falsehair 解 horsehair“～”；也解 false“～”＋hair“～”。

816 franks“(邮资已付的)～”；也解 francs“～”。

817 curried“～”，此处解 carried“～”。

818 latten tintacks“～”；也解 Latin syntax“～”。

819 stumpling 解 stumbling“～”；也可与后面的 stones 合解 stepping stones“～”。

820 current puns 解“～”；也解 currant buns“～”。

821 quashed quotatoes 解 quashed quotations“～”；也解 mashed potatoes“～”。

几碗红豆汤[822]词、无懈可击的绵纸[823]发行|纸、多子的射精、打油诗的诅咒、鳄鱼的眼泪、打翻的墨水[824]、亵渎的[825]啐痰、走味的栗子[826]、女生的、女士们[827]、挤奶女工们的、洗衣妇们的、店主们的妻子[828]、快活寡妇[829]们的、前修女们的、女修道院副院长的、前处女们的、超级妓女们的、沉默姐妹[830]们的、查理们的姑妈们的[831]、祖母们的、岳母们的、继母们的、教母们的吊袜带、从右边、左边[832]提起和中间[833]圆心|刺、尖剪下的长发[834]剪报、鼻涕虫[835]圣言、可口的果子[836]牙签、成听的瑞士浓缩牛奶[837]蒙骗、眉毛滋润液[838]文化修养高的看法、对手的亲吻、扒手的礼物、借来的羽毛[839]羽毛笔、可松的手柄、公主的许诺、酒[840]哀号糟、脱氧碳[841]二氧化碳、可换衣领、魔鬼在乎[842]滚筒、碎威化饼干、解开的鞋带[843]、歪斜的约束衣[844]直的|街道、来自冥界的新鲜恐惧、水银[845]小球、未勾除的[846]未掺水的|未使高兴的慢性尿道炎[847]高兴、一只眼睛的玻璃假眼、一只牙齿的玻璃[848]光泽假牙、战争悲吟[849]战时公债、特殊叹息[850]尺码、经年累月的长期忍受、啊噢是是对对好好可可唯唯喏喏成成[851]老一套[852]如此这般,是是,是是,是是,对此,如果有人有胃口加一加所有这一室内制作音乐[853]《室内音乐》的损耗、鼓胀[854]、变形、倒置,再加上一点儿善意,他就很可能真正看到旋转的苦修僧,喧者,雷霆之子[855],自我流放到他的自我之内和之上,通宵呀摇摆呀在呀在白色或红色害怕的恐怖[856]恐惧|山楂树之间,被无法摆脱的幽灵在正午吓得骨头发冷[857]骨瘦如柴(愿塑形者[858]莎士比亚怜悯[859]绸布业|不幸|水银他!)写着他自己[860]他的营销未来[861]在家具中的谜[862]不幸|历史。

822 mottage 解 pottage“～”,指《圣经》中以扫为了红豆汤出卖长子的名分;也解 mots [法]“～”。
823 issue papers 解 tissue papers“～”;也可直译为 issue“～”+papers“～”。
824 化自习语“打翻的牛奶”,即“覆水难收”。
825 blasphematory 解 blasphemous“～”。
826 shestnut 解 chestnut“～”,此处的“c”根据前一个单词变为“s”。
827 此处疑漏掉表所属的标点“’”。
828 此处疑漏掉表所属的标点“’”。
829 也是弗朗兹·莱哈尔的一部三幕轻歌剧的名字,剧本由维克多·里昂和莱奥·斯坦改编而成,1905 年在维也纳的维也纳剧院首演,1907 年在伦敦上演轰动一时。
830 19 世纪时都柏林三一学院的绰号,因为当时三一学院出版书籍很少,也很少支持公共教育。
831 化自英国演员和剧作家布兰登·托马斯 1892 年的易装喜剧《查理的姑妈》,在维多利亚时期“姑妈”常指妓女。
832 lift“～”,此处解 left“～”。
833 cintrum 解 centre“～”;也解 centrum [拉]“～”;也解 kentron [希]“～”。
834 tress clippings“～”;也解 press clippings“～”。
835 worms of snot“～”;也解 word of god“～”。
836 toothsome pickings“～”;也解 toothpicks“～”。
837 bilk“～”,此处解 milk“～”。
838 highbrow lotions 解 eyebrow lotion“～”;也解 highbrow notions“～”。
839 plumes“～”,借来的羽毛指借来的漂亮衣服;也解 plumes [法]“～”。
840 whine“～”,此处解 wine“～”。
841 deoxodised carbons 解 deoxidized carbons“～”;也解 carbon dioxide“～”。
842 diviliouker 解 devil“魔鬼”+you care“你在乎”。
843 此句化自《马可福音》第一章“他传道说,有一位在我以后来的,能力比我更大,我就是弯腰给他解鞋带,也是不配的”。
844 crooked strait waistcoats“～”。其中 strait 也解 straight“～”,此句包含《以赛亚书》第 40 章“高高低低的要改为平坦”;也解 street“～”。
845 旧时用水银治疗梅毒。
846 undeleted“～”;也解 undiluted“～”;也解 un-delight-ed“～”。
847 glete 解 gleet“～”;也解 glee“～”。
848 gloss“～”,此处解 glass“～”。此句化自《出埃及记》第 21 章中的“以眼还眼、以牙还牙”。
849 war moans“～”;也解 war loans“～”。
850 sighs“～”;也解 size“～”。
851 ouis sis jas jos gias neys thaws 解 oui si ja jo già ney tá,分别为法语、意大利语、德语、瑞典语、希腊语、爱尔兰语的“是的”。
852 sos 解 same old shit“～”;也解 so and so“～”。
853 chambermade music 解 chamber-made music“～”;也解 *Chamber Music*“～”,乔伊斯的诗集的名字。
854 此处疑漏逗号。
855《马可福音》第三章中耶稣给西庇太的儿子雅各和雅各的兄弟约翰起名叫半尼其,意思是雷霆之子。
856 reddr hawrors 解 red Terror“～”,1919 年匈牙利的共产党政府。继之出现的是反共产党政府的“白色恐怖”;其中 reddr 也解 redd [挪]“～”;其中 hawrors 也解 horror“～”;也解 hawthorn“～”。
857 skin and bone“～”,此处解 to the bone“到极点”。
858 Shaper“～”;也解 Shakespeare“～”。
859 mercery“～”,此处解 mercy“～”;也解 misery“～”;也解 mercury“～”。
860 himsel 解 himself“～”;也解 his sell“～”。
861 in furniture“～”,此处解 in future“～”。
862 mystery“～”;也解 misery“～”;也解 history“～”。

当然我们的下流主人公英雄出于需要自己做自己的仆人[863]，因此根据斯多布瑞治[864]冲突|桥粘土小厨和致母鸡之信[865]一氧化铅|方铅矿|驱石剂|医生禽场所指定的，他起来准备所有用于鸡蛋[866]疼痛|艺术|原因的东西（憨蛋[867]苹果落下不会离呆蛋苹果树很远）对此愚蠢悦耳的[868]穆尔的旋律|《快乐的小铁匠》|黑色的说笑人[869]铁匠|吉格舞无视《超生保障[870]保存|激活（野禽和家禽）法》，玩着拉拉罗克[871]食谱[872]《白嘴鸦角》|白嘴鸦的群集地，贫民窟，通过把灯笼[873]大斋节的藏藏掖掖[874]第欧根尼，在恒温炉[875]不死的|雅典娜|拿单上烤[876]煮熟的|焙炒烹[877]竖起煮[878]装罐的、和着搅蛋器[879]春天|笛子哼唱[880]《比白鼬更白[881]白过白净的姐姐》和《阿玛丽娅，我的爱[882]金币，太好了》，蛋白白、蛋黄黄、蛋黄白、蛋白黄[883]，用肉桂皮、蚱蜢、野蜂蜡、甘草、角叉菜苔藓、巴里的喷气枪[884]熟石膏、以斯帖的脏东西[885]树枝|乱树枝堆|星星|弱点|CBA、哈斯特的混合物[886]咳嗽|下一个女人|小便、艾里曼[887]黄种人的涂擦剂、皮金顿[888]北京腔的馅饼、星尘、罪人之泪，按照[889]牙签|不幸的谢立丹[890]的《烹饪[891]双关|潘的艺术》，哼着歌，为了所有宴请[892]货架，宴请他留在身后的嘴巴[893]遗产等等，用一点儿[894]利蒂希亚·凡·利文风趣一点儿风扇趣料[895]生活、他那一陷阱罐[896]咒语、恶作剧的发酵词语、呜哩哇啦[897]蛇[898]面纱屁股[899]，（他的鸡蛋在[900]全部的作品教会[901]鸡蛋的加百列[902]加比·德里斯夫人那里，他的鸡子[903]眼睛在B·德·B·吾土[904]小姐那里，他的蛋[905]耳朵|蛋的至苹果[906]从鸡蛋到苹果、从开始到结束在天堂之果[907]那里，他的鸡蛋[908]全部的作品、鸡子[909]羊、鸡卵[910]耳朵|煮鸡蛋在硫酸钠[911]苏打|萨德那里，他的水煮蛋[912]眼睛炒[913]看到|茶|母猪|茶

863 valeter 解 valet-er"～"。此句出自习语 No man is a hero to his valet"仆人眼中无英雄",前面的 hero(主人公)也解"～"。
864 stourbridge 解 Stourbridge"～",英国小镇,以火砖著称;也可直译为 stour"～"+bridge"～"。
865 lithargogalenu 解 litir [爱]"信"+go [爱]"给……的"+gallina [意]"母鸡";也解 litharge"～"+galena"～";也解 lithagogue"～";也解 galeno [西]"～"。
866 akes 解 eggs"～";也解 ache"～";也解 arts"～";也解 sake"～",与前面的 sake 呼应。
867 umpple ... dumpertree 解 Humpty ... Dumpty"～";也解 apple ... appletree"～"。此句化自习语 The apple does not fall far from the tree"有其父必有其子"。
868 moromelodious 解 moro- [希]"愚蠢的"+melodious"悦耳的";也解 Moore's Melodies"～",指爱尔兰诗人托马斯・穆尔的《爱尔兰旋律》;也可与后面的 jigsmith 合解 The Harmonious Blacksmith"～",德裔英国音乐家亨德尔的大键琴组曲中的一个乐章;也解 moro [意]"～"。
869 jigsmith 解 jokesmith"～";也解 blacksmith"～";也解 jig"～"。
870 Preservativation 解 Preservation"～";也解 preserve"～"+activation"～"。
871 lallaryrook 解 Lalla Rookh"～",爱尔兰诗人托马斯・穆尔的诗歌和诗中女主人公的名字。
872 cookerynook 解 cookerybook"～";也解 *Rookery Nook*"～",英国剧作家本・特拉弗斯 1923 年创作的小说,1926 年改编为戏剧;也解 rookery"～"。
873 lentern 解 lantern"～";也解 lenten"～"。
874 dodginess 解 dodgy-iness"～";也解 Diogenes"～"(前 412—前 323),古希腊哲学家,在白天打着灯笼找真正的人。
875 athanor"～",一种炼金术士使用的自助恒温熔炉;也解 athanês [希]"～";也解 Athena"～",古希腊神话中的智慧女神;也解 Nathan"～",《撒姆尔记下》第 12 章中的预言者。
876 brooled 解 broiled"～";也解 boiled"～";也解 brûler [法]"～"。
877 cocked"～",此处解 cooked"～"。
878 potched 解 poached"～";也解 potted"～"。
879 frulling 解 frullino [意]"～";也解 Frühling [德]"～";也解 frula [塞维]"～"。
880 fredonnance 解 fredonner [法]"～"。
881 Mas blanca que la blanca hermana [西]"～",此处解 *Plus blanche que la blanche hermine*"～",德国作曲家梅耶比尔 1836 年创作的歌剧《胡格诺派》中的歌曲。
882 Amarilla, muy bien [西]"～",此处解 *Amarilli, mia Bella*"～",意大利音乐家卡契尼 1601 年创作的歌曲。
883 后两个单词为前面两个英文"蛋白""蛋黄"互换元音而得,喻指世界的周而复始的循环。
884 blaster of Barry's"～";也解 plaster of Paris"～"。
885 Asther's mess 解 Esther's mess"～",斯威夫特的两位年轻恋人瓦内萨和史黛拉都叫以斯帖;也解 Ast([德]"～")'s mess"～";其中 Asther 也解 astêr [希]"～";也解 asthêma [希]"～";也可与前面的 Carrageen 和 Barry 首字母合为"～"。
886 Huster's micture 解 Hastur"哈斯特",美国 20 世纪初期恐怖小说家拉芙克拉夫特笔下一种形状不定的恶魔+mixture"混合物";其中 Huster's 也解 Husten [德]"～";也解 hustera [希]"～";其中 micture 也解 micturio [希]"～"。
887 Yellownan 解 Elliman"～",一种涂擦剂的牌子;也解 yellow man"～"。
888 Pinkingtone 解 Rev. Pilkington"～",英国作家斯威夫特和谢里丹的朋友;也解 Peking tone"～"。
889 acuredent 解 according"～";也解 cure-dent [法]"～";也解 akures [希]"～"。
890 Sharadan 解 Thomas Sheridan"～"(1687—1738),英国剧作家,著有《双关的艺术》。
891 Panning"(用平底锅)～";也解 Punning"～";也解 Pan"～",古希腊神话中的林神。
892 regale"～";也解 Regale [德]"～"。
893 legs"～";也解 legs [法]"～"。此句化自歌曲《我留在身后的姑娘》(*The Girl I Left behind Me*)。
894 Litty ... Letty 解 little ... little"～";也可与后面的 fan Leven 合解 Laetitia Van Lewen"～",斯威夫特的朋友,后来嫁给皮金顿,被称为 Letty(莱蒂)。
895 Leven 解 leaven"～";也解 leaven [荷]"～"。
896 cantraps 解 can"罐"+traps"陷阱";也解 cantrip"～"。
897 abracadabra"作为咒语用的胡言乱语"。
898 calubra 解 colubra [拉]"～";也解 kaluptra [希]"～"。
899 culorum [拉]"～"。
900 oewfs à la 解 oeufs à la [法]"～";其中 oewfs 也解 oeuvre"～"。
901 l'Église [法]"～";也解 eggs"～"。
902 Gabrielle 解 Saint Gabriel"～",天使,在《圣经》中负责传递消息;也解 Gaby Delys"～"(1881—1920),法国舞蹈演员。
903 avgs 解 avga [现代希]"～";也解 Auge [德]"～"。
904 Meinfelde 解 mein [德]"我的"+Feld [德]"田地"。
905 eiers [荷]"～";也解 ears"～";也解 Eier- [德]"～"。
906 Usquadmala 解 usque ad mala [拉]"～";也解 ab ovo usque ad mala [拉]"～",罗马宴会的起止顺序。
907 pomme de ciel [法]"～",化自 pomme de terre [法]"马铃薯"。
908 uoves 解 uovo [意]"～";也解 oeuvre"～"。
909 oves [拉]"～",此处解 ova [拉]"～"。
910 uves 解 ubh [爱]"～";也解 uvo [塞维]"～";也解 uova sode [意]"～"。
911 Sulphate de Soude 解 sulfate de soude [法]"～";其中 Soude 也解 [法]"～";也解 Marquis de Sade"～"(1740—1814),法国作家。
912 ochiuri [罗]"～";也解 òcchio [意]"～"。
913 sowtay 解 sauté [法]"～";也解 saw"～"+tea"～";也可直译为 sow"～"+tae [爱]"～"。

三文鱼[914]看到钱|如此多在大人那里，他的鸡蛋[915]眼睛|双目蛋奶酥[916]充满加一些土司上的猫[917]在浦阿德[918]浦拉德嬷嬷嬷嬷那里，他的茴香[919]芬|她味八角鱼鸽子[920]，他的荷包蛋[921]星期五在三加乐美[922]四旬斋那里）在打算做成橱柜的东西里（啊哦！如果他好好听了抚育他的四位大师的话该多好，马修神父、诺伯勒[923]教父、卢卡斯牧师和阿奎勒[924]鹰修士——别忘记世俗教师包德文[925]驴子！啊哦！）他那便秘的撒旦的锑的[926]唯信仰论的|法律之间相互冲突的锑|唯信仰论锰的[927]曼根石灰石芯的[928]饥馑|廉价的|污泥|贪婪的吝啬品性从不需要这类壁龛，因此，当罗伯茨和蒙瑟尔[929]，纸浆[930]公众的|教堂中的讲坛独裁者，在他们的法律顾问，规门和肛门[931]臀部先生的怂恿下，在他自己对他们的牧师燃火者[932]·福克纳[933]养鹰人神父的祝福[934]捐助中，封锁了他的所有羊脂蜡烛和地方自治[935]罗马统治的文具，不管何种用途，他在大雁之求[936]徒劳无益的追求|群体中飞走了，飞过净化之海，用自己智慧的废料，为了自己的目的，制造了合成墨和感光纸[937]感觉敏锐的纸。你问，见鬼[938]撒美尔，怎么做？为了我们的这些体育时代[939]《体育时代》，愿此事的式样和事态被让人脸红的[940]羞怯的团体[941]社团的成员|鲜红色|适合穿粉红色的人语言所掩盖，以免英国的弥撒仪式书，如果不读他自己的丹麦方言[942]驴语|方言，可能会看到巴比伦的妓女[943]她额上的朱红烙印[944]，却感不到他自己那该死脸上的粉色烙印[945]粉红时代。

太初有造物主[946]，至高的始祖，向着孕育生命的和无所不能的大地，没有任何羞耻或怜悯，一边解开裤带一边抬起降

914 sowmmonay 解 saumon［法］“鲑鱼”；也解 saw money“～”；也解 so many“～”。
915 oogs 解 eggs“～”；也解 oog［荷］“～”；也解 ochi［塞维］“～”。
916 soufflosion 解 soufflé［法］“～”；也解 suffusion“～”。
917 somekat on toyast 解 some cat on toast“～”。
918 Puard“～”，在 1928 年 5 月 29 日给韦弗女士的信中，乔伊斯称浦阿德太太为他在法国诊所的护士；也解 Mère Poulard“～”，法国餐馆名，以煎蛋饼著称。
919 Fenella 解 fennel“～”；也解 Fin“～”＋elle“～”。
920 Poggadovies 解 pogge“八角鱼”＋doves“鸽子”。
921 Frideggs 解 fried eggs“～”；也解 Friday“～”。
922 Tricarême 解 Tri-“三”＋Carême“加乐美”，人名，法国美食家；也解 carême“～”。
923 Noble“～”，《列那狐传奇》中狮王的名字，意为“贵族”，狮子也是圣马可的化身。
924 Aguilar“～”，人名，也解 águila［西］“～”，圣约翰的化身。
925 Baudwin 解 Baldwin“～”，《列那狐传奇》中驴子的名字；也解 baudet［法］“～”。
926 antimonian 解 antimony“～”；也解 antinomian“～”；也解 antinomia［希］“～”；也解 antimonium［当代拉］“～”；也解 antinomianism［拉］“～”。
927 manganese“～”；也解 James Clarence Mangan“～”(1803—1849)，爱尔兰诗人，著有《黑肤的罗瑟琳》和《无名氏》，乔伊斯曾在《尤利西斯》中引用。
928 limolitmious 解 lime“石灰”＋litmus“石芯”；也解 limos［希］“～”；也解 litos“～”；也解 limus［拉］“～”；也解 limolitos［希］“～”。
929 Robber and Mumsell 解 George Roberts“乔治·罗伯茨”＋Maunsel & Co.“蒙瑟尔公司”，都柏林的出版商及其拥有的出版公司，曾准备出版《都柏林人》，但拖了三年，导致印刷商将第一版全部销毁。
930 pulpic 解 pulping“～”；也解 public“～”；也解 pulpit“～”。
931 Codex ... Podex［拉］“法典……肛门”；也解 Podex［德］“～”。
932 Flammeus，人名，意为［拉］“火红的”，故译为“～”。
933 Falconer 解 John Falconer“～”，都柏林的印刷商，焚毁了《都柏林人》的第一版；也解 falconer“～”。
934 benefiction 解 benediction“～”；也解 benefaction“～”。
935 romeruled 解 home-ruled“～”；也解 Rome -ruled“～”。
936 wildgoup's chase 解 wild goose chase“～”，此处直译为“～”，因为旅居海外的爱尔兰人也被称为“大雁”；其中 goup 也解 group“～”。
937 sensitive paper“～”；也可直译为“～”。
938 Sam Hill“～”，原为地狱的别称，后在句子中表示不耐烦或恼火；也解 Sammael“～”，犹太民间故事中上帝的敌人。
939 sporting times“～”；也解 *Sporting Times*“～”，杂志名，在 1922 年曾刊登关于《尤利西斯》的负面评论。
940 blushfed 解 blushed“～”；也解 blushful“～”。
941 porporates 解 corporate“～”；也解 corporatus［拉］“～”；也解 pórpora［意］“～”；也解 purpurandus［梵蒂冈俚语］“～”，即“变成红衣主教”。
942 dunsky tunga 解 Dönsk tunga［冰］“～”；也解 donkey tongue“～”；其中 tunga 也解 teanga［爱］“～”。
943 her“～”，此处解 whore“～”。
944 此句化自《启示录》第 17 章“那女人穿着紫色和朱红色的衣服……在他额上有名写着说，奥秘哉，大巴比伦，作世上的淫妇和一切可憎之物的母”。新教徒认为这里描写的是罗马天主教教会。
945 pink one“～”；也解 *The Pink 'Un'*“～”，英国周报《体育时代》的副标题。
946 本段除括号中的内容外，皆为拉丁文，并且基本没有自造词。

雨器，屁股就像刚出世时一样光着，将自己靠近，哭泣着叹息着，倾泻到他的手里（太没诗意了，拉到手里，抱歉！），然后，卸下黑色的生物，发出一阵喇叭声，他自己的粪便，他称之为他的净化的，他放入一只曾被尊崇的哀悼之瓮中，然后，朝同一只瓮中，在孪生兄弟麦达和戈达[947]的乞求下他愉快悦耳地小了便，一边高唱赞美诗，诗的开头是这样的：我的舌头是书写的笔写得飞快（确实尿了，说他很沮丧，请求得到赦免），最后从这恶心的粪便与迷人的猎户座[948]尿星空的混合中，烘烤，然后冷却，他为自己造出了不褪色的墨水（冒牌猎户座[949]，不褪色墨水）。

于是，虔诚的埃涅阿斯[950]，遵从那向战栗[951]忐忑的|颤抖的之地[952]土地的|恐吓颁布[953]享受的猛烈勒令[954]火|商行老板，即当召唤来临时，他要在一天里[955]噩梦|随昼夜差异而变化的|日日夜夜地|不|美国，从他那不属于天国的身体里制造出非不定数量的秽物，不受天空[956]尿|小便|夜壶联合星[957]美国的版权保护[958]粪便，或者愿他死掉[959]比德|是|事迹、翘腿[960]、该死[961]感谢、完蛋[962]是粪便，伴随这一双重染色[963]双重死亡，被带向正常体温，铁矿石加五倍子酸[964]外国人|爱尔兰的，通过他那一碗碗的苦难[965]，闪烁地[966]露阴癖地|首先、忠诚地、肮脏地[967]最后、得体地，这个以扫[968]·孟什维克[969]人|男子|鹰和最初到最后的炼金术士[970]闪姆，写遍这张唯一大页书写纸的每一平方，他自己的身体，直到借助它的氧化汞，一层持续现在时的外壳慢慢揭开所有宣告结婚[971]马里沃体、塑造情绪、循环旋转的

947 Medardi et Godardi 解 Medard and Gildard"～",两个孪生的法国圣人,主管下雨和葡萄酒。
948 Orionis"～",根据神话,猎户座的名字原为 Ouriôn,因为他出自尿;也解 orina [拉]"～"。
949 O'Ryan's 解 Orion's"～"。
950 Eneas 解 Aeneas"～",罗马作家维吉尔的《埃涅阿斯记》中经常称埃涅阿斯为"敬神的埃涅阿斯"。
951 tremylose 解 tremulous"～";也解 tremulus [拉]"～";也解 tremylos [希]"～"。
952 terrian 解 terrain"～";也解 terrenus [拉]"～";也解 terreo [拉]"～"。
953 Enjoins"～";也解 enjoys"～"。
954 firman"昔时土耳其皇帝等的勒令";也解 fire"～";也解 Firmen [德]"～"。
955 nichthemerically 解 nychthêmeros [希]"～";也解 nightmare"～";也解 nychthemeral"～";也解 nychthêmerêsios [希]"～";也解 nicht [德]"～"+America"～"。
956 Ourania [希]、Urania [拉]"乌剌尼亚",希腊神话中掌管天文的缪斯女神;也解 ourêma [希]"～";也解 urina [拉]"～";也解 ouranê [希]"～"。
957 the United Stars"～";也解 the United States"～"。
958 copriright 解 copyright"～";也解 kopros [希]"～"。
959 bedeed 解 be dead"～";也解 Bede"～"(673—735),英国历史学家和神学家;也解 be"～"+deed"～"。
960 bedood 解 be"是"+dood [荷]"死的"。
961 bedang 解 be"是"+damn"该死的";也解 bethank"～"。
962 bedung 解 be done"～";也解 be dung"～"。
963 double dye"～",此句化自习语 double-dyed villain"十足的恶棍";也解 double die"～"。
964 gallic acid"～",铁矿石加五倍子酸和亚铁盐可以制造蓝黑色墨水;也解 gall [爱]"～"+Éireann [爱]"～"。
965 此句化自迪恩·基耐恩(Dean Kinane)的《圣帕特里克传》第 134 页中的"哦,上帝,经由你那一碗碗的苦难"。
966 flashly"～";也解"～";也解 firstly"～"。
967 nastily"～";也解 lastly"～"。
968 Esuan 解 Esau"～",《创世记》中以撒之子,被弟弟雅各骗取了父亲的祝福。
969 Menschavik 解 menshevik"～",俄国社会民主工党的一个派别;也解 Mensch [德]"～";也解 mensch [荷]"～"+havik [荷]"～"。
970 alshemist 解 alchemist"～";也解 Shem"～",本书主人公的儿子之一。
971 marryvoising 解 marry"结婚"+voicing"宣告";也解 marivaudage"～",用 18 世纪法国作家马里沃的名字命名的一种文体风格。

历史，（因此，他说，反思他自己那不宜过活的个人人生，经过意识的慢火次变[972]❶为分裂的混沌，危险、有力、众生中所常见，只对人类而言，凡人的）但是随着每个不会消逝的词语，这个他用喷射屏障将其与水晶世界分开的墨鱼自我，在其死亡[973]死皮|失败|幻象中衰退成绿皮旧[974]悔恨和多里安灰[975]道连·格雷。这在[976]伊茜被说了我们知道后就存在了。让魔鬼[977]带走小鬼！鬼[978]敲打，魔鬼[979]盖上，相互敲打，拍，全盖上[980]苹果！所以也许，用粘着构词法[981]凝聚的来说[982]，在这一切之后，以及在他最后的公开误露面时本末最终倒置[983]最终|方舟|犁|箱子|清空|奸诈之后，化方为圆[984]，为了圣依纳爵[985]·毒常春藤的忌日[986]，来自反覆无常之群（期望[987]揭开十月[988]阉猪|严肃的的第六天，杀死[989]猪|杀他我们的国王，把他杀死！[990]）炫耀他那滚珠水笔，变化荒野[991]力量的耀眼主角，如果用于雌鹅的也可用于雄鹅[992]佐西马斯|浸泡，那么这已非那个认为它是墨水的金发警察所能理解的了，不过大体正确[993]机灵的。

那是三K党[994]十字架|王冠|南非土著的村庄|巡航|低声吟唱|缓慢爬行|圆面积的小巡警西斯特森[995]《姐妹们》，教区监管，够大这狗挖够泥沟装袋工挖沟工[996]鸡奸者装沟挖袋挖装袋沟，被从警察局[997]上流社会|污染|数次派来救他，这个此人[998]，那个此时[999]在……时候，把他从小块的[1000]《一小片云》肮脏泥土[1001]暴行（尤指谋杀）|《泥土》和旁观的暴民伤害毁谤[1002]连字|易于……的的影响中解救出来，那个误遇的[1003]对抗|《偶遇》这个

---

❶ 指神学中所说的圣餐用的酒和面包的次要部分转变为基督的血和身体，它与“圣餐质变”（transubstantiation）的不同在于后者是本质发生改变。

972 transaccidentated“圣餐次变”。

973 dudhud 解 dead-hood“～”；也解 dødhud［丹］“～”；也解 dud“～”＋hud［威］“～”。

974 chagreenold 解 shagreen“绿皮（指染成绿色的马、驴、海豹等生皮）”＋old“旧的”；也解 chagrin“～”。

975 doriangrayer 解 Dorian“多里安人的”＋grayer“更灰”；也解 Dorian Gray“～”，英国作家王尔德的小说《道连·格雷的画像》的主人公。

976 isits 解 it is“～”；也解 Issy“～”，本书主人公壹耳微蚵和汉娜的女儿。此句化自法国学者梅利耶和科恩的《世界语》（1924）第 358 页的“树说了我明白之后就存在了”。

977 dabal 解 devil“～”。

978 dal［桑］“～”，此处解 devil“～”。

979 dabal 解 devil“～”；也解 dapal［桑］“～”。

980 aldanabal 解 all“全”＋danapal［桑］“盖上”；也解 apple“～”。

981 agglaggagglomeratively 解 agglutinative“～”，南亚语系中的蒙达语族的特点，桑塔利语属于蒙达语族；也解 agglomerative“～”。

982 asaspenking 解 as“就如”＋speaking“说”。

983 arklast fore arklyst 解 cart last before arklys（［立］“马”），此句化自习语 putting the cart before the horse“～”；其中 arklast 也解 at last“～”；也解 ark“～”；其中 arklyst 也解 arklas［立］“～”；也解 arkê［希］“～”＋lysis［希］“～”；也解 Arglist［德］“～”。

984 意大利哲学家布鲁诺曾试图化圆为方，现在这个词组指“做办不到的事”。

985 Ignaceous 解 Ignatius Loyola“依纳爵·罗耀拉”（1491—1556），西班牙圣人，创建耶稣会。

986 deathfête 解 death“死亡”＋fête［法］“节日”，指“常青藤日”，即每年 10 月 6 日巴涅尔的忌日。

987 hopon 解 hope on“～”；也解 open“～”。

988 Hogsober 解 October“～”；也解 Hog“～”＋sober“～”。

989 killim 解 killing“～”；也解 kilim［亚拉］“～”；也解 kill him“～”。

990 Layum low 解 lay him low“～”。

991 wilds“～”；也解 winds“～”。

992 what is sauce for the zassy is souse for the zazimas 解 what is sauce for the goose is the sauce for the gander“～”，其中 zassy 解 žasis［立］“雌鹅”；其中 zazimas 解 žasinas［立］“雄鹅”；也解 Zosimus“～”，曾有一位 5 世纪主教、一位 5 世纪历史学家、一位 6 世纪隐士、一位都柏林诗人叫这个名字；其中 souse 也解“～”。

993 bright“～”，此处解 right“～”。

994 Kruis-Kroon-Kraal 解 Ku Klux Klan“～”；也解 kruis［荷］“～”，指宗教＋kroon［荷］“～”，指王权＋kraal“～”，指家族；也解 cruise“～”＋croon“～”＋crawl“～”；其中 Kruis 也解 Kreis［德］“～”。

995 Sistersen“～”，人名；也解 *(The) Sisters*“～”，乔伊斯的短篇小说集《都柏林人》中的短篇。

996 dugger 解 dug-ger“～”；也解 bugger“～”。

997 pollute stoties 解 police stations“～”；也解 polite societies“～”；也解 pollute“～”＋toties［拉］“～”。

998 quemquem［拉］“无论什么人”。

999 quum 解 qum［拉］“～”；也解 cum［拉］“～”。

1000 little clots“～”；也解 *A Little Cloud*“～”，乔伊斯的短篇小说集《都柏林人》中的短篇。

1001 foul clay“～”；也解 foul play“～”；也解 *Clay*“～”，乔伊斯的短篇小说集《都柏林人》中的短篇。

1002 ligatureliablous 解 libellous“～”；也解 ligature“～”＋liable“～”。

1003 wrongcountered 解 wrong“错误的”＋encountered“遇到”；也解 countered“～”；也解 *Encountered*“～”，乔伊斯的短篇小说集《都柏林人》中的短篇。

新手在一个傍晚[1004]《伊芙琳》靠近各类生活工具堆放处[1005]《常青藤日在委员会办公室》，在梅奥郡[1006]的诺克[1007]打|母驴，与其说蹒跚着向左不如说摇晃着向右，走在从头号婊子家出来的路上（他总会在某个地方[1008]某个妓女与他的一号女郎[1009]拱廊女郎有一（停！）点儿小事儿[1010]鸽子，彩虹艾丽丝[1011]彩虹，玛奇[1012]小女孩的别称[1013]仿制名字|工作服）正当他在倒霉的时刻在拐角[1014]处[1015]田埂|边缘在酒醉[1016]海德公园中，经过他的寄宿公寓[1017]《寄宿公寓》|妓院的窗户[1018]歌唱家，撞进温暖的崇神殿[1019]伯特利|妓院对立的大门之间，像往常一样问候舒适的[1020]好心的|宠爱的|感谢|格蕾丝·奥玛丽天气[1021]妓女|边缘，祈祷|小时：女士们她们从哪里认为狗上帝是指某类鲱鱼[1022]今天好么，我的黑先生|先生们？警察[1023]先生|病了，我可不知道，这个废物用一种不证自明的[1024]自我|逃避|回避机智巧妙回答道，显然是假装的，并且提起他的头发[1025]，在优雅地[1026]《比赛之后》|《圣恩》，胳膊下紧抓着圣诞树[1027]鼓掌|胳膊，问候了搬运先生[1028]、搬运太太[1029]、搬运小姐[1030]、搬运大师[1031]后，有如方丹戈舞[1032]调查结果的一跃[1033]王子，带着温暖[1034]寒冷[1035]软弱[1036]强壮[1037]，他跑了[1038]九柱戏中的小柱进去。喂[1039]猪！这个所有白穷鬼的监护人[1040]济贫法监护人，显然[1041]有着波罗的海[1042]掷球的|白色的血统[1043]哑的|气氛|起源于，对这个痛苦的案子[1044]目的|案件|《痛苦的事件》确确实实感到惊讶[1045]震惊的|阿斯顿码头|漏斗，他突然自己爆发起来[1046]刷子，他几乎要如此，在那儿他打算他是否，不管你觉得是否会，在整个午后之流中[1047]在那里，巡视[1048]什么如此的这般[1049]搜查的声音就呀打呀他呀，用苏格兰人[1050]圣诞节的能力喝下船长酒

1004 eveling 解 evening“～”；也解 *Eveline*“～”，乔伊斯的短篇小说集《都柏林人》中的短篇。

1005 livingsmeansuniumgetherum 解 livings“生活”+means“工具”+omnium gatherum“杂物堆放处”；也解 *Ivy Day in the Committee Room*“～”，乔伊斯的短篇小说集《都柏林人》中的短篇。

1006 Comty Mea 解 County Mayo“～”，位于爱尔兰西部。

1007 Knockmaree 解 Knock“～”，地名，位于爱尔兰的梅奥郡；也解 Knock“～”+mare“～”。

1008 somewhure 解 somewhere“～”；也解 some whore“～”。

1009 arch girl“～”，也解“～”，指彩虹。

1010 pigeoness 解 business“～”；也解 pigeon“～”。

1011 Arcoiris 解 arcus [拉]“彩虹”+Iris“艾丽丝”，希腊神话中的彩虹女神；也解 arc-en-ciel [法]“～”。

1012 Mergyt 解 Maggy“～”，本书主人公女儿的另一个名字；也解 mergyte [立]“～”。

1013 smockname 解 smecknamn [立]“～”；也解 mock name“～”；也解 smock“～”。

1014 coyner 解 corner“～”。

1015 rand“～”，此处解 round“～”；也解 rand [丹]“～”。

1016 hideful 解(have a) hideful“～”；也解 Hyde (Park)“～”，英国伦敦的公园，常被用作政治性集会的场所。

1017 boardelhouse 解 boarding house“～”；也解 *The Boarding House*“～”，乔伊斯的短篇小说集《都柏林人》中的短篇；也解 Bordell [德]“～”。

1018 fongster 解 Fenster [德]“～”；也解 songster“～”。

1019 bethels“～”；也解 Bethel“～”，《圣经》中的地名，指上帝之家；也解 bordel [法]“～”。

1020 grazious 解 grazus [立]“～”；也解 gracious“～”；也解 gratiosus [拉]“～”；也解 gratias [拉]“～”；也解 Grace O'Malley“～”，恶作剧女王的原型。

1021 oras [立]“～”；也解 whores“～”；也解 ora [拉]“～”；也解 hora [拉]“～”。

1022 Where ladies have they that a dog meansort herring? 解 Where ladies have the idea that a dog means some sort of herring? “～”；也解 Hvorledes har De det i dag, min sorte herre? [丹]“～”；其中 dog 也解 God“～”；其中 meansort herring 也解 Meine Herren [德]“～”。

1023 Sergo 解 sergot [法俚]“～”；也解 sir“～”；也解 sergantis [立]“～”。

1024 selfevitant 解 self evident“～”；也解 self“～”+evitans [拉]“～”；也解 evite“～”。

1025 此句化自习语“举起帽子致敬”。

1026 after the grace“～”；也解 *After the Race*“～”；也解 *Grace*“～”。这两个标题都是乔伊斯的短篇小说集《都柏林人》中的短篇。

1027 clutcharm 解 clutch“抓紧”+arm“胳膊”；也解 klatschen [德]“～”+Arm [德]“～”。

1028 Portsymasser 解 Porter Mr. “～”。

1029 Purtsymessus 解 Porter Missus“～”。

1030 Pertsymiss 解 Porter Miss“～”。

1031 Partsymasters 解 Porter master“～”。

1032 findingos 解 fandango“～”，一种西班牙舞蹈；也解 finding“～”。

1033 prance“～”；也解 prince“～”。

1034 shillto 解 šiltas [立]“～”。

1035 shallto 解 šaltas [立]“～”。

1036 slipny 解 silpnas [立]“～”。

1037 stripny 解 stiprus [立]“～”。

1038 skittled“～”，此处解 scuttle“～”。

1039 Swikey 解 sveikas [立]“～”；也解 swine“～”。

1040 guardianty 解 guardian“～”；也可与前面的 poors 合解 Poor Law Guardian“～”。

1041 pulpably 解 palpably“～”。

1042 balltossic 解 Baltic“～”；也解 ball-toss-ic“～”；也解 baltas [立]“～”。

1043 stummung 解 Stamm [德]“～”；也解 stumm [德]“～”；也解 Stimmung [德]“～”；也解 stem-ming“～”。

1044 sake“～”，此处解 case“～”；也解 Sache [德]“～”；也可与前面的 painful 合解 *A Painful Case*“～”，乔伊斯的短篇小说集《都柏林人》中的短篇。

1045 astundished 解 astonished“～”；也解 astounded“～”；也解 Aston“～”，利菲河的码头之一；也解 tundish“～”，《一个青年艺术家的画像》中英国教导主任认为这是一个爱尔兰词，但其实是古英语词。

1046 burstteself 解 burst“爆发”+himself“自己”；也解 Bürsten [德]“～”。

1047 wherend 解 während [德]“～”；也解 where in“～”。

1048 whats 解 watch“～”；也解 what“～”。

1049 souch ... surch 解 such ... such“～”；也解 sound ... search“～”。

1050 caledosiany 解 Caledonian“～”；也解 Kaledos [立]“～”。

囊中[1051]宽大长袍的少量威士忌[1052]警察队的少尉|立陶宛的，甚至比这更厉害，在那里加速并蹒跚进他的国家港口[1053]对手|《无独有偶》|乡村部分，当，看看他那最大的震惊，他被告知[1054]据说|他，谢谢[1055]，因为[1056]开玩笑|的带[1057]泥死者[1058]《死者》的不安声明[1059]支出|分发|花销|发行|在……外|礼品，真是软蛋[1060]《阿拉比》|呸|阿拉|吻者诺拉|嘲笑别人的人，是怎样按照[1061]唾弃主日的法规[1062]多明我会，要求[1063]前国王贵人的允许[1064]高尚教区，也就是只带回家[1065]黑鬼|在|带来的人|在家两加仑[1066]两个浪子，像一对儿[1067]每王室成员，满满的黑啤[1068]家禽给他的妈妈[1069]谋杀。咬住，抓住它！

吵闹鬼呕吐滚出去希腊兵[1070]淘气的小妖精|呕吐|电闪雷鸣|利用！多少[1071]踢？什么妈妈[1072]《母亲》？谁的黑啤？哪一对儿？也就是说[1073]只不过为什么黑鬼？不过我们的智慧[1074]放纵|非勤奋已经深深被这类黑啤黑的下流污染[1075]下雨|更富|抗议了，对印刷之墨来说太低劣了！细细想想帕特里克·奥坡瑟把冰冷的石头[1076]从冬水里拽出来，银[1077]鲱鱼|须德海海为鲱鱼[1078]亨利八世|黑林吾王[1079]歌唱，九月十月十一月十二月[1080]七八九十一月·二月[1081]苏萨三月[1082]行进！我们不能，出于慈悲或公正[1083]，也非出于对迷宫[1084]早安的爱[1085]床，把我们的余生[1086]我们的生存的居留权耗在这里，讨论大师笔者含[1087]大人|阿姆斯特丹的焦渴。

公正[1088]正义（对他他者[1089]他的兄弟|他的妈妈）：布朗尼[1090]肌肉是我的名字，宽宏是我的品格，我的额上有汗[1091]宽度，每个特点都完美无缺，我要敲死[1092]烧|褐色这只鸟，要不就是燧石枪[1093]布朗尼的

1051 caftan"（西方妇人夜晚休息时穿的）～",此处解 captain"～"。
1052 Lieutuvisky 解 little whiskey "～";也解 lieutenant"～";也解 Lietuviskas［立］"～"。
1053 countryports 解 country ports"～";也解 counterparts"～";也解 *Counterparts*"～",乔伊斯的短篇小说集《都柏林人》中的短篇;也解 country parts"～"。
1054 it was said him 解 det blev sagt ham［丹］"～";也解 it was said"～"+him"～"。
1055 aschu 解 aciu［立］"～"。
1056 fun"～",此处解 for"～";也解 von［德］"～"。
1057 med［丹］"～"。
1058 the dead"～";也解 *The Dead*"～",乔伊斯的短篇小说集《都柏林人》中的短篇。
1059 outgift 解 outgiving"～";也解 utgift［挪］"～";也解 give out"～";也解 ausgeben［德］"～";也解 Ausgabe［德］"～";也解 out"～"+gift"～"。
1060 Arrahbejibbers 解 arrah［英爱］"真正的"+be"是"+jibbers"畏缩不前的人";也解 *Araby*"～",乔伊斯的短篇小说集《都柏林人》中的短篇;也解 ara［爱］"～",表反对;也解 Arrah-na-Pougue"～",也称 Nora of the Kiss"～",出生于爱尔兰的美国剧作家鲍西考尔特剧本的名字和剧中女主人公的名字;也解 giber"～"。
1061 conspuent 解 congruent"～";也解 conspue"～"。
1062 dominical order"～";也解 Dominican Order"～"。
1063 exking 解 asking"～";也解 ex-king"～"。
1064 noblish permish 解 noble's permission"～";也解 noble parish"～"。
1065 coon at bringer at home 解 kun at bringe hjem［丹］"～";也解 coon"～"+at"～"+bringer"～"+at home"～"。
1066 two gallonts 解 two gallons"～";也解 two gallants"～",这也是乔伊斯的短篇小说集《都柏林人》中的短篇《两个浪子》的标题。
1067 per"～",此处解 pair"～"。
1068 poultry"～",此处解 of porter"～"。
1069 murder"～",此处解 mother"～"。
1070 Polthergeistkotzdondherhoploits 解 poltergeist"敲击作响闹恶作剧的鬼"+kotzen［德］"呕吐"+donder op［荷］"滚蛋"+hoplite"古代希腊的重装备步兵";也解 Poltergeist［德］"～"+kotzen［德］"～"+Donner und Blitz［德］"～";其中 hoploits 也解 exploits"～"。
1071 Kick"～",此处解 kiek［立］"～"。
1072 mother"～";也解 *A Mother*"～",乔伊斯的短篇小说集《都柏林人》中的短篇。
1073 namely"～";也解 merely"～"。
1074 undilligence 解 intelligence"～";也解 indulgence"～";也解 un-diligence"～"。
1075 plutherotested 解 polluted"～";也解 plutor［拉］"～";也解 plousiôteros［希］"～";也解 protested"～"。
1076 coald stoane 解 cold stone"～"。
1077 Silder 解 silver"～";也解 silde［丹］"～";也可与后面的 Seas 合解 Zuider Zee"～",位于荷兰。
1078 Harreng 解 hareng［法］"～";也解 Henry Ⅷ"～",英国国王;也解 Herring"～",出自爱尔兰民歌《鱼王鲱鱼》(*Herring the King*)。
1079 Keng 解 king"～"。
1080 sept okt nov dez 解 September October November December"～";也解 septem octo novem decem［拉］"～"。
1081 John Phibbs 解 Jan. Feb."～";也解 John Philip Sousa"～"(1854—1932),美国作曲家,尤以进行曲著名。
1082 march"～",此处解 March"～"。
1083 在莎士比亚的戏剧《威尼斯商人》第四幕中,扮成法官的鲍西娅将两者对立。
1084 labaryntos 解 labyrinthos［希］"～";也解 labas rytas［立］"～"。
1085 lovom 解 love"～";也解 lova［立］"～"。
1086 the residence of our existings"～",此处解 the rest of our existence"～"。
1087 Tamstar Ham of Tenman 解 Master Ham of Penman"～",Ham 为《圣经》中挪亚的儿子;也解 Tamsta［立］"～";也解 Amsterdam"～",荷兰首都。
1088 JUSTIUS 解 justus［拉］"～";也解 justice"～"。
1089 himother 解 him"他"+other"他者";也解 his brother"～";也解 his mother"～"。
1090 Brawn"～",此处解 Browne"～",都柏林著名书籍和文具商店,也是书中两兄弟中肖恩的变体之一。
1091 breit 解 sweat"～";也解 Breite［德］"～"。
1092 brune 解 brain"～";也解 burn"～";也解 brun［法］"～"。
1093 Brown Bess"～(18 世纪英国军队用)";也解 Browne"～",肖恩的变体之一。

塞子打了架。我是打来炖去的男孩。啪嗒[1094]死亡|建筑|从……里出去！

向前站，无地[1095]布朗与诺兰之无人[1096]乃曼（因为我不会再追随你，斜格般地[1097]经过第三人称单数那被激发的形式，还有异相动词[1098]宣誓证人的语气和犹郁[1099]，而是一心对你说话，带着直陈[1100]怀恨的|家族世仇、挑衅[1101]（语法中的）呼格和外向直接[1102]直接引语的祈使语气[1103]帝国|经历|凭经验的），向前站，大胆地过来，在你永远离去之前，用真正的你怂恿我，让我，虽然我是孪生子[1104]痛饮|茨维林，笑出来，直到我给你一顿臭骂！闪姆·麦克亚当子[1105]，你知道我，我也知道你和你所有的诡计[1106]女性马利亚们|发微光的|愚蠢。你在子宫[1107]过渡期间时在那里，自从你上次的尿床[1108]临终之时忏悔之后整个早晨都自得其乐？我建议你把自己藏起来，我的小朋友，就像我不久前说的那样，把你的手放在我的手里，对各种事情做一整夜[1109]一段又美又长的的家常小忏悔[1110]。让我看看。在你的衬托下它看起来相当黑，依我们看，闪姆[1111]，我的孩子[1112]。你会需要河里的所有东西来让自己完全洗掉这些，此外[1113]向……|忏悔隔间|布斯|约翰·布斯还需要45[1114]40元的罚款位主教牧师之力的剥夺公权法案[1115]公牛|教皇训令|出席者。

让我们祈祷[1116]刺探。我们思考，将要和曾经[1117]思、言、行。为何、何人、何地、何时、如何、如何经常、有何人相助？你自神圣的童年起在这座双复活节岛屿，按照欢闹天堂的训诫，被生育、抚养、喂养、肥壮，并且大喊着另一个地方（抢劫至你的夜

1094 Baus 解 bauz [德]"～(尤指孩子们在有人摔跤时戏谑的惊喊声)";也解 bás [爱]"～";也解 Bau [德]"～";也解 aus [德]"～"。

1095 Noland 解 no land"～";也解 Browne and Nolan"～",都柏林著名书籍和文具商店,这两个名字也是书中两兄弟的变体之一。

1096 Nayman 解 no man"～",奥德修斯骗独眼巨人的名字;也解 Nayman"～",基督教聂斯脱里派的牧羊人,后成为国王。

1097 obliquelike 解 oblique case"(语言学中的)斜格,间接格"+-like"……般的"。

1098 deponent"～",此处解 deponent verb"～(形式被动但意义主动的动词)"。

1099 hesitensies"犹郁",指爱尔兰新闻记者皮戈特伪造巴涅尔的信时把 hesitancy 写成 hesitency,因此露陷。

1100 vendettative 解 indictive"～";也解 vindictive"～";也解 vendetta"～"。

1101 provocative"～";也解 vocative case"～"。

1102 direct"～";也解 direct discourse"～"。

1103 empirative 解 imperative"～";也解 empire"～";也解 empeiria [希]"～";也解 empeirikos [希]"～"。

1104 zwilling 解 Zwilling [德]"～";也解 swilling"～";也解 Gabriel Zwilling "～" (1487—1558),德国的路德派宗教改革家。

1105 Macadamson 解 Mac Ádaim [爱]"亚当之子"+son"儿子",指该隐。

1106 shemeries 解 schemes"～";也解 she Maries"～";也解 shimmery"～";也解 scemènza [意]"～"。

1107 uterim 解 uterus [拉]"～";也解 interim"～"。

1108 wetbed 解 wet bed"～";也解 deathbed"～"。

1109 a nightslong 解 a-night long"～";也解 a nice long"～"。

1110 confiteor [拉]"～"。

1111 Sheem 解 Sím [爱]"～"。

1112 avick 解 a mhic [爱]"～"。

1113 to booth 解 to boot"～";也可直译为 to"～"+booth"～";也解 William Booth"～"(1829—1912),救世军的创建者;也解 John Wikes Booth"～"(1839—1865),刺杀美国总统林肯的演员。

1114 fortifine 解 fortyfive"～";也解 forty fine,即 a fine of forty"～"。

1115 bull of attender 也解 Bill of Attainder"～";其中 bull 也解"～";也解 papal bull"～";其中 attender 也解"～"。

1116 pry"～",此处解 pray"～"。

1117 thought, would and did"～";也解 thought, word and deed"～"。

晚，搞糟你的所余[1118]右边，能怎么闪耀就怎么闪耀[1119]！）如今，确实，这个懦夫世纪的白人[1120]白色的|王八蛋中间的黑鬼[1121]腿，你已经成为成对儿双思[1122]孪生想法|犹豫不决对立[1123]前面提到的的神，被隐藏又被发现，不，被判罪的傻子、无政府主义者、自我统治者、异教统治者[1124]高级教士|特瑞西斯，你已经在你自己那最最可疑的灵魂真空里建造了你那分裂的王国[1125]英国。那么你是否为了某位马槽里的神[1126]坚守自己，山儿姆[1127]她或他，说你既不伺候也不被迫伺候，既不祈祷也不被迫祈祷？说到这儿，顺便提一下[1128]自食其果，我是否必须也让自己鼓足勇气为自尊的丧失而祷告，通过抛弃我的希望[1129]从马上滑落和战栗，对可怕和必然的毁谤[1130]谣言唱作好准备(亲爱的姐妹们，准备好了么?)。当我们全都一起在索多玛[1131]的泥池里打滚[1132]游泳的时候？我将为我的纯洁战栗，而他们将为你的罪恶痛泣。带着遮掩的词句离开，给旧巴示巴[1133]坏床单|沐浴的新所罗门[1134]庄重的仪式！那不和谐的细节，你给它命名了么？冰冷的温暖[1135]坦率|更冷！哇[1136]！胜利！现在，关于[1137]谴责|耻辱下悬式的管子，约翰雅各布的，还只是年轻人的时候(我说什么?)，当你依然穿着开裆的连体衫乳臭未干的时候，你得到一份美观的礼物，一只自提式注射器和一对儿给料器(你就像我一样清楚，偶像先生，在你的艺术之艺术中，付出代价(别想法掩盖)我现在戳的是阴茎缝[1138]惩戒法|便士|荡妇)此外插科打诨式的你是否应该(如果你现在像给你施洗的助理牧师一样来个大胆一击，宝贝儿把蜡烛浸下去[1139]！)重新住到你

1118 此句化自英国诗人丁尼生的诗歌《轻骑的冲锋》(*Charge of the Light Brigade*)中的“大炮打在他们右边,大炮打在他们左边”,其中 night 也解 right“~”。

1119 此句化自 catch as catch can“能抓到什么就抓什么,不择手段地”。

1120 blankards 解 blanke [荷]“~”;也解 blanc [法]“~”;也解 bastards“~”。

1121 nogger 解 nigger“~”;也解 noga [塞维]“~”。

1122 twiminds 解 twi-minds“~”;也解 twin minds“~”;也解 be in two minds“~”。

1123 forenenst [英爱]“~”;也解 fore nennst([德]“提到”)“~”。

1124 hiresiarch 解 heresiarch“~”;也解 hierarchs [希]“~”;也解 Tiresias“~”,希腊神话中的双性预言者。

1125 disunited kingdom“~”;也解 The United Kingdom“~”。

1126 此句化自习语 a dog in the manger“占着茅坑不拉屎的人”。

1127 Shehohem 解 Shem“~”;也解 She or him“~”。

1128 pay the piety 解 by the by“~”;也解 pay the piper“~”。

1129 sloughing off my hope“~”;也解 slide off my horse“~”。

1130 scandalisang 解 scandalizing“~”;也解 scandal“~”+sang“~”。

1131 《圣经》中的罪恶之地,在《圣经》中索多玛之海也指死海。

1132 swin 解 swine“猪”;也解 swim“~”。

1133 Badsheetbaths 解 Bathsheba“~”,《圣经》中大卫王的情妇,所罗门王的母亲;也解 bad sheet“~”+baths“~”;也解 Bad [希]“沐浴”。

1134 Solemonities 解 Solomon“~”,《圣经》中的以色列国王;也解 solemnity“~”。

1135 caldor [拉]“~”;也解 candour“~”;也解 colder“~”。

1136 Gee“~”;也解字母 G。

1137 opprobro [拉]“~”,此处解 apropos“~”;也解 opprobrium“~”。

1138 penals lots 解 penis slot“~”;也解 Penal Laws“~”,17—18 世纪爱尔兰执行的限制天主教的法案;也解 penny“~”+slut“~”。

1139 douth 解 douse“~”,在复活节前日(圣周六)的仪式上要把逾越节的蜡烛浸到施洗的水中。

的出生地，根据饥饿的头颅计算你后代的数量，那激怒的数千人[1140]十万，但你辜负了你的共同教父母们的神圣愿望[1141]聪明的|阴部|迷信，诡辩者[1142]智慧，在无数次的失败中（因为，你说，我要辩驳[1143]），更增加了你的罪行的恶意，是的，而且改变了它的性质，（你看我已经为了你读了你的神学）用敏感性、责任性[1144]、动情性和稳定性[1145]前|稳定性与我那欢娱的郁闷——吃了春药的[1146]过滤的爱情，因发作而幽会[1147]特里斯丹，庞马尔[1148]钢笔痕迹|丹麦的小小安宁[1149]须小心的事——相交替，你这阉牛[1150]卢伯克的男仆[1151]巴特勒生活的另外四种[1152]害怕快乐，当显然情绪低落时，甚至在毫无防御的纸上面挤出[1153]排除你那斜视的辩解书，从而给我们瞠目结舌的[1154]斜视的|《大力水手》世界中已有的不快再加上一份，乱涂的[1155]离格的！——所有这些也带着成百数不清的女孩[1156]《凯瑟琳女伯爵》，男子气和爱意[1157]勇敢的一样多，一亩亩、一平平、一码码、一杆杆地聚在你的身边和周围，像萨尔瓦多[1158]起伏的沙子一样厚，多才多艺的女人们，事实上受到完全的教育[1159]受培育者|教会学校的女寄宿生，离年老和富有还很遥远，她们的发迹[1160]贪婪梦遥不可及，如果她们只剩下她们的荣誉，并且满怀爱的激情时没有坏天气作梗，竭力自己占有你的嘴[1161]书|两者都|灌木，梭格[1162]忧虑的一个儿子给安桂许[1163]的所有女儿，一个配一个否则就全体配每个[1164]一个配一个否则就一起配每人（我一直是最适合你的男人[1165]男傧相，我自己），无声地争夺[1166]盯着|说那只自然之结，必要的[1167]使负债|讣告文花瓶或荒谬的容器，争夺那不会让你付出十银币苦力

1140 the angered thousand“～”;也解 the hundred thousand“～”。

1141 wious pish 解 pious wish“～”;其中 wious 也解 wise“～”;其中 pish 也解 pis [爱]“～”;也解 piseóg [爱]“～”。

1142 soph 解 sophist“～”;也解 sophia [希]“～”。

1143 elenchate 解 elenchô [希]“反诘问”;也解 elenchus“辩驳”。

1144 sponsibility 解 responsibility“～”。

1145 prostability 解 prostabilis [拉]“～”;也解 pro-“～”＋stability“～”。

1146 philtred 解 philtre“～”,特里斯丹和伊瑟因误食春药而相爱;也解 filtered“～”。

1147 trysting“～”;也解 Tristan“～”。

1148 ppenmark 解 Penmarch“～”,法国小镇,据说特里斯丹死于此地;也解 pen mark“～”,指闪姆;也解 Denmark“～”。

1149 peace“～”;也解 p's (and q's)“～”。

1150 lubbock 解 bullock“～”;也解 Sir John Lubbock“～”(1834—1913),英国政治家、银行家,著有《生活的快乐》一书。

1151 butler“～”;也解 Samuel Butler“～”(1612—1680),英国作家,著有《众生之路》。

1152 fear“～”,此处解 four“～”。

1153 extruding“～”;也解 excluding“～”。

1154 popeyed“～”;也解 cockeyed“～”;也解 *Popeye*“～”,美国连环画。

1155 scribblative“～”;也解 ablative“～”。

1156 catchaleens 解 colleen [英爱]“～”;也可与前面的 countless 合解 *Countess Cathleen*“～”,爱尔兰作家叶芝 1892 年的戏剧。

1157 minneful 解 Minne [德]“～”;也解 manful“～”。

1158 Chalwador 解 Salvador“～”,巴西港口城市。

1159 educanded 解 educated“～”;也解 educandus [拉]“～”;也解 educande [意]“～”。

1160 arrivisme [法]“一心想发迹者的行径”;也解 avarice“～”。

1161 boosh 解 bouche [法]“～”;也解 books“～”;也解 both“～”;也解 bush“～”。

1162 Sorge“～”,一些中世纪骑士传奇认为是特里斯丹和伊瑟的儿子;也解 Sorge [德]“～”。

1163 Anguish“～”,一些中世纪传奇认为是爱尔兰的伊瑟的父亲。

1164 solus cum sola sive cuncties cum omnibobs 解 solus cum sola sive cuncti cum omnibus [拉]“～”;也解 solus cum sola sive cunctim cum omnibus [拉]“～”。

1165 best man“～”;也解“～”。

1166 aying 解 vying“～”;也解 eyeing“～”;也解 saying“～”。

1167 debituary 解 debitum“～”;也解 debit [拉]“～”;也可与前面的 vases 合解 obituary verses“～”。

或一乒乓价钱的东西，只是一曲小调，让我们颤声歌唱[1168]立了碎了，这个被追求的树林世界[1169]宽又宽的世界里最古老的歌曲，（咕咕！咕咕[1170]两个我们！之于一个！），伴以朴素的黄金的乐队！欢呼！欢呼！胸部高耸的小姐主妇莫娜始终甜蜜心肠的新娘禁闭行为！她的眼睛多么让人高兴，我们全要分享当——新郎！

嗅腐尸的人，早产的掘墓人，在美言的怀抱中寻找罪恶之巢的人，你，在我们警戒时睡觉，在我们宴乐时斋戒，你带着你那脱臼的理性，机灵地[1171]准确地|强烈地预言，一位你自己缺席的先知[1172]雅弗，通过瞎眼打量[1173]浇你那许多烫伤、烧伤和水疱，小脓疹似的疮和庖，根据那朵乌云的预兆，你的暗影，根据议会[1174]说里的渡鸦[1175]烟|石头的征兆，根据伴随每次灾难出现的死亡，用炸药炸死同僚[1176]学院，将记载减至灰烬[1177]，用烈火夷平所有海关[1178]，众多性情温和吃了火药的尘土归于尘土[1179]，但这从未敲醒过[1180]燕尾服|猛拉你那迟钝[1181]弄钝的木头脑袋（啊，该死，我们的丧礼开始了！啊，害人精[1182]咒骂，我会错过邮件！）你切碎的萝卜越多，你切开的芜菁越多，你削好的土豆越多，你泪洒的洋葱越多，你宰割的牛肉[1183]罐头牛肉越多，你切片[1184]裂开的羊肉越多，你捣碎的调味菜越多，火就越猛，勺就越长[1185]，你越费力地[1186]努力做粥，你那新爱尔兰炖菜[1187]就冒出越快乐的烟。

哦，顺便说一下，对，我还遇到另外一件事。你让我告诉你，用最大的礼貌，曾是一个非常普通的人，你生来的错误[1188]是与规划一致，就像我们的国民应该的，就像所有民族主义

1168 trillt 解 trill“～”；也可与前面的 lilt 合解 Lille-trille“～”，丹麦儿歌中的憨蛋呆蛋。
1169 wooed woodworld“～”；也解 wide wide world“～”。
1170 two-we！ to-one！“～”，此处解 tu-whit，tu-whoo“～”，猫头鹰的叫声。
1171 cutely“～”；也解 accurately“～”；也解 acutely“～”。
1172 jophet 解 prophet“～”；也解 Japheth“～”，《圣经》中挪亚的第三个儿子。
1173 poring“～”；也解 pouring“～”。
1174 parlament 解 parliament“～”；也解 parler [法]“～”。
1175 rooks“～”；也解 rook [荷]“～”；也解 rocks“～”。
1176 colleagues“～”；也解 colleges“～”。
1177 都柏林市管理者在 1304 年烧毁档案；1922 年都柏林的爱尔兰最高法院大楼的档案室起火。
1178 1833 年和 1922 年都柏林的海关大楼起火。
1179 didst unto dudst 解 dust to dust“～”。
1180 stphruck 解 struck“～”；也解 Frack [德]“～”；也解 Ruck [德]“～”。
1181 obtundity 解 obtund-ity“～”；也解 obtundo [拉]“～”。
1182 pest“～”；也解 peste！[法]“～”。
1183 bullbeef 解 bull“公牛”＋beef“牛肉”；也解 bully beef“～”。
1184 crackerhack 解 cracker“薄脆饼干”＋hack“砍”；也解 crack“～”。
1185 此句化自习语 He who sups with the devil hath need of a long spoon“与魔鬼一起喝汤需要长勺子”，即“与坏人交往必须小心”。
1186 more grease to your elbow 化自习语 elbow grease“费力的活”；也解化自习语 more power to your elbow！“祝你成功！”
1187 Irish stew“～”，一道土豆洋葱炖肉的菜。
1188 birthwrong“～”，化自 birthright“与生俱来的权利”。

者[1189]必须的，是否有某个部门（什么，我不会告诉你）在某个宗教法庭[1190]《宗教法庭》（我也不会说出在哪儿）在某个折磨人的办公时间（一个全属于你自己的宗派）从某年如此一年到如此一刻在如此如此一天在如此如此多的一星期（健力士酒，请允许我提醒一下，对你只是一大口[1191]目瞪口呆地，要是不行的话，你可能把水壶里的水垢拿掉了，就像所有的约克[1192]郁利克主教[1193]波斯科普人|尸骨那样）做你那小小的三便士[1194]的小事，从而赢得国家真正的感谢，就在我们的重负之处，你那艰辛之溪[1195]和眼泪之谷[1196]把麦子与稗草分开，在那里，在神圣天意[1197]巨大的之后，你汲取了你生命中的第一喘气之水，从你曾只是小不点儿时呆的马槽，到你将双倍地畏缩[1198]的墓穴，和我们一样，比我们高，单独与马驹呆在角落[1199]谷物里，在那里你像与信徒在一起的亚美尼亚人[1200]一样受欢迎，我把煤油烟熏器举到你下面时，你点燃了我的燕尾服（我希望烟囱是干净的），但是，懒懒地避开你的子弹和靶子[1201]，你像来自戈尔韦的博兰格尔[1202]面包师一样向后逃窜（但他清理了那些阻挡他步伐的野草）为我们唱一首别处[1203]不在犯罪现场|《阿拉比》之歌，（切割石[1204]喀索娜召唤那块仅限灰色、缓慢转动、充分隆起的变形的[1205]麦克弗森烂泥石，用来斜挂[1206]无比可笑|彻底|最甜蜜的在他们的臀部前面[1207]倒转|荒谬的）流浪汉、灯光边的月疯子[1208]小便、反面人物[1209]反对我们|安提努斯、在每个人被压抑的笑声中装假[1210]闪姆|诡计，好掩盖你的恋粪癖[1211]粪便学、色情文学，通过像彻底的[1212]彻底的面团改宗者[1213]诗体学|配乐的歌曲|和谐的|发臭的|改变信仰的人

1189 nationists 解 nationalists“～”。

1190 holy office“～”；也解 *The Holy Office*“～”，乔伊斯 1904 年创作的讽刺诗。

1191 agulp 解 a gulp“～”；也解 agape“～”。此句化自健力士酒厂的广告“健力士对你有好处”。

1192 Yorek 解 York“～”，英国郡名；也解 Yorick“～”，莎士比亚的《哈姆雷特》中的已故宫廷小丑，他的骷髅在掘墓时被挖出来。

1193 boskop 解 bishop“～”；也解 Boskop“～”，南非发现的更新世后期的人类；也可解 doodskop［荷］“～”。

1194 thruppenny 解 three penny“～”，乔伊斯 1927 年出版诗集 *Pomes Penyeach*“《一便士一只的苹果》”，也可译为“《一首一便士的诗》”。

1195 bourne 解 bourn“～”，莎士比亚的《哈姆雷特》中有“不曾有一个旅人回来过的神秘之国”。

1196 ville of tares 解 vale of tears“～，（充满烦恼的）现世”；也解（separate the） wheat （from the） tares“～”。

1197 prodigence 解 providence“～”；也解 prodigious“～”。

1198 此句化自习语 once bitten, twice shy“一朝被蛇咬，十年怕井绳”。

1199 curner 解 corner“～”；也解 curn“～”。

1200 armenial 解 Armenian“～”，20 世纪初，土耳其奥斯曼帝国曾对其统治下的殖民地中的亚美尼亚人实行种族灭绝政策。

1201 此句化自习语 every bullet has its billet“每颗子弹都有归宿”，即“天命难违”。

1202 Boulanger“～”（1837—1891），法国军事和政治领袖，曾和爱尔兰起义者一起谋反；也解 boulanger［法］“～”。

1203 alibi“～”，此处解 alibi［拉］“～”；也解 *Araby*“～”，乔伊斯的《都柏林人》中的一个短篇。此句化自歌曲《我要给你唱阿拉比之歌》（*I'll Sing Thee Songs of Araby*）。

1204 cuthone 解 cut“切割”＋hone“磨刀石”；也解 Cuthona“～”，传为我相所做的《康拉斯和喀索娜》一诗中的主人公。

1205 metamorphoseous 解 metamorphose-ous“～”；也解 Macpherson“～”（1736—1796），苏格兰诗人，自称是我相诗歌的译者。

1206 parapangle 解 para-angle“侧-使成角度”；也解 parapangeloios［希］“～”；也解 parapan［希］“～”；也解 panglykeros［希］“～”。

1207 preposters 解 prae-posteriora［拉］“～”；也解 praeposteritas［拉］“～”；也解 preposterous“～”。

1208 mooner“～”；也解 mún［爱］“～”。

1209 antinos 解 antinoos［希］“～”；也解 anti nos［拉］“～”；也解 Antinous“～”，《奥德赛》中帕涅洛佩的追求者。

1210 shemming 解 shamming“～”；也解 shem“～”；也解 scheming“～”。

1211 scatchophily 解 scato-phily“～”；也解 scatology“～”

1212 thoroughpaste 解 thoroughpaced“～”；也解 thorough paste“～”。

1213 prosodite 解 proselyte“～”；也解 prosody“～”；也解 prosôdia［希］“～”；也解 prosôdos［希］“～”；也解 prosôdês［希］“～”；也解 prosêlytos［希］“～”。

那样，把总数[1214]老鼠|酱|必须|混乱|嘴相同的阳性单音节词配对，由错误途径出来的爱尔兰移民，坐在你那弯曲的六便士阶梯上[1215]，一位未穿褶边修士服的江湖修士[1216]多明我会的修士，你（看在莎士比亚[1217]的笑[1218]爱的份上，你能不能帮我想个称号？）半闪族血统的探宝人[1219]，你（谢谢，我觉得这抓住了你的特点）欧亚化的非洲人[1220]美洲人|非洲|猴子！

我们要不要彼此再进一步，把匕首扔到水里的人[1221]，而此时我们的君主，迄今[1222]直到|依然依然是他的快乐前院儿里的陌生人，在吃，（治治吧，救星！一小口，一开口，一大口，吞下一切！[1223]）茶点吗？

在你的身边长大，在我们最快速的祈祷[1224]物种的起源中，在连祷[1225]九个一次|新的屋，在新祷路，在闲逛之祖业[1226]，呆子，失了业，远离不洗澡的野蛮人，在逃[1227]处于警戒之中并在你的监护之下，（我觉得你知道负鼠之所以藏起来是因为他没有不满足的进取心[1228]）那另一个，洁净无垢，从头到脚，先生，那个纯洁的，其他时代的利他主义者[1229]千真万确，他在空中疾飞前曾在天空[1230]塞莱斯汀|天空的圈广为人知，我们英俊年轻、曾有可能成为的心灵医生，诱惑每个感官去过自愿的独身生活[1231]名流|独身的|野兽生活，我们收入共享[1232]林肯郡的忘忧树[1233]苹果夏洛特|彩票上最有魅力的反面叶子[1234]票根|洛蒂，小天使们的好友，报信者们特别[1235]小的想当作游戏伙伴的年轻人，他们因此向他妈妈要一个小耳朵[1236]厄普|壹耳微蚵弟弟[1237]，好让他[1238]哈姆雷特|艾略特来[1239]大本书|回家幼儿园[1240]，

1214 mus［拉］"～"，此处解 sum"～"；也解 Mus［德］"～"；也解 muß［德］"～"；也解 muss"～"；也解 mouth"～"。

1215 此句化自英国儿歌《有一个弯腰驼背的男人》（*There was a Crooked Man*）中的"扭曲的 6 便士"和"弯曲的台阶"；以及达弗琳夫人的诗歌《爱尔兰移民的哀歌》（*Lament of the Irish Emigrant*）中的"我坐在台阶上，玛丽"。

1216 quackfriar 解 quack"江湖郎中"＋friar"天主教会的修士"；也解 Black Friar"～"。

1217 Scheekspair 解 Shakespeare"～"。

1218 laugh"～"；也解 love"～"。

1219 serendipitist 解 serendipity"意外发现珍奇事物的本领"。

1220 Afferyank 解 African"～"；也解 American"～"；也解 afer［拉］"～"；也解 Affe［德］"～"。

1221 在麦克弗森以莪相之名出版的史诗《芬格尔》中，芬格尔曾九次把匕首扔进水里。

1222 tilyet 解 bis jetzt［德］"～"；也解 till"～"＋yet"～"。

1223 此句化自希特勒时期的口号"希特勒万岁！一个民族，一个帝国，一位领袖"。

1224 orisons of the speediest"～"；也解 origin of species"～"。

1225 Novena"～"；也解 novena［拉］"～"；也解 nova［拉］"～"。

1226 Patripodium-am-Bummel 解 Patrimonium［拉］"祖业"＋am［德］"在……"＋Bummel［德］"闲逛"。

1227 on his keeping［英爱］"～"；也解 on his keeping"～"。

1228 nogumtreeumption 解 no"非"＋gum tree"树胶桉"＋gumption"进取心"，此句化自习语 like a possum up a gum-tree"在树胶桉上的负鼠"，指"心满意足的"。

1229 Altrues 解 altruist"～"；也解 all true"～"。

1230 celestine 解 celestial"～"；也解 Celestine"～"，五位主教的名字，其中一位塞莱斯汀曾派圣帕特里克去爱尔兰；也解 caelestinus［拉］"～"。

1231 celebesty 解 celibacy"～"；也解 celebrity"～"；也解 caelebs［拉］"～"；也解 beast"～"；也解 lebest［德］"～"。

1232 incomeshare 解 income"收入"＋share"分享"；也解 Lincolnshire"～"，位于英国东部。

1233 lotetree 解 lotus-tree"～"；也解 Charlotte Apple"～"，广告中的女孩，她的命运随着敲门声在一个夜晚发生了改变；也解 lottery"～"。

1234 counterfeuille 解 counter-"相反"＋feuille［法］"叶子、纸张"；也解 counterfoil"～"；也解 Pierre Loti"～"（1850—1923），法国画家和作家朱利安·维奥德的笔名。

1235 pettitily 解 particularly"～"；也解 petit［法］"～"。

1236 earps 解 ear"～"；也解 T. W. Earp"～"，英国作家，曾是温德汉姆·刘易斯非常好的朋友；也解 Earwicker"～"，本书主人公。

1237 ittle ... brupper 解 little ... brother"～"。

1238 let him"～"；也解 Hamlet"～"；也解 T. S. Eliot"～"（1888—1965），英国诗人。

1239 tome"～"，此处解 come"～"；也解 home"～"。

1240 Tindertarten 解 kindergarten"～"。

请务必[1241]请安静把他的滑板车一起带来，并且假装他们都是大得恰好的大家庭中真正的兄弟，老爹[1242]死亡|上帝就住那儿，这只是要把他吓[1243]泰迪熊得灵魂出窍，一个接一个拍着走过他，像麝香一样从一只手到另一只手，那个让妈妈窒息的模范，那个毫无瑕疵的美男，镇上一半人都在谈论他的灵魂梳妆，黄昏服、夜幕妆、黎明衣[1244]黎明、午餐[1245]下午茶秀，以及适用于下午茶[1246]逗弄时间的东西，但是在一个美好的五月清晨，在你的权威的干预[1247]在你的半夜之下，你用一只手把他打倒，你内心的仇敌[1248]，因为他把你的拼字课本[1249]烈火世界弄得一团糟，或者因为他在你的标题页[1250]前面的|眼镜中心剪了一个美丽的肖像(不是你杀了的那个，不，而是一个大陆！)来找出他的内脏是怎样运作的！

可曾读过我们视野建筑师的曾曾土地祖父，爸父[1251]爸爸，市长[1252]有产者|大师|市长，他想既用他那举起的硬棍顶[1253]点碰到天空，又想着如何能味淡如水地[1254]内衣|确实如此|是我，是我沉下他的思想之水？可曾想过那个异端分子马贡[1255]马库恩和两位姐妹花儿[1256]裂缝|分裂主义的|苏珊娜|教会分裂，以及他如何笨重地[1257]巴克利射死[1258]拉屎弄脏俄国争吵将军[1259]淋病|女人|花柳病；可曾听过那只狐狸似的、那只狼[1260]野狼|母狼、那只猴子[1261]僧人，还有莫里森的处女继承人，呃，胡说的猩猩？

奢侈的装病者，税收总长[1262]，下流阁下就餐的时候[1263]同时对所有这些满火腿车[1264]汉米卡|含的熟蔬菜、满帽子的炖水果、满手提箱的煨麦牙酒，对巴黎的资助[1265]做了什么，我很羞愧[1266]阴谋家|

1241 pease 解 please“～”；也解 peace“～”。

1242 Dodd 解 dad“～”；也解 død［丹］“～”；也解 God“～”。

1243 teddyfy 解 terrify“～”；也解 teddy bear“～”。

1244 donning“穿衣”；也解 dawning“～”。

1245 nooncheon 解 luncheon“～”；也解 nuncheon“～”。

1246 teasetime 解 tease time“～”，此处解 teatime“～”。以上为伊斯兰教徒每天规定的祷告时间。

1247 in the Meddle of your Might“～”；也解 in the middle of your night“～”，此句化自歌曲《在那美好的一天两个死人在半夜起来打架》（*One Fine Day in the Middle of the Night Two Dead Men Got up to Fight*）。

1248 此句化自习语 bosom friend“知交”。

1249 speller“～”；也解 Muspell“～”，北欧神话中的九个世界中的一个。

1250 frontispecs 解 frontispiece“～”；也解 front“～”＋spectacles“～”。

1251 Baaboo“～”，人名；也解 babbo［意］“～”，乔伊斯的孩子这样叫他。

1252 bourgeoismeister 解 Bürgermeister［德］“～”；也解 bourgeois“～”＋master“～”；也解 burgomaster“（荷兰、德国、奥地利的）～”。

1253 punt［荷］“～”；也解 Punkt［德］“～”。

1254 wishywashy 解 wishy washy“～”；也解 weiße Wäsche［德］“～”；也解 mhuise［爱］“～”；也解 mishe-mishe［爱］“～”，圣布利吉特受洗时的话，指代爱尔兰。

1255 Marcon“～”；也解 Marcion“～”，2 世纪的异端，相信存在两个神。

1256 scissymaidies 解 sister“姐妹”＋maids“少女”；也解 schisma［希］“～”；也解 schismatikos［希］“～”；也解 Susanna“～”，书中女儿伊茜的化身之一；也解 schism“～”。

1257 bulkily“～”；也解 Buckley“～”，书中“巴克利与俄国将军”故事中的爱尔兰士兵，在克里米亚战争中开枪打死一个正在大便的俄国将军。

1258 shat“～”，此处解 shot“～”。

1259 Ructions gunorrhal 解 Russian general“～”；也解 ructions“～”＋gonorrhea“～”；也解 gunê［希］“～”；也解 gonorhoia［希］“～”。

1260 lupo［意］“～”；也解 lupus［拉］“～”；也解 lupa［拉］“～”。

1261 monkax 解 monkey“～”，这里指伊索寓言《狼、狐狸和猩猩》；也解 monachos［希］“～”。

1262 乔伊斯的父亲曾在都柏林的税收总长手下工作。

1263 mealtime 解 meal time“～”；也解 meantime“～”。

1264 hamilkcars 解 ham“火腿”＋car“轿车”；也解 Hamilcar“～”（前 270—前 228），迦太基统帅，汉尼拔的父亲；也解 Ham“～”，《圣经》中挪亚的儿子。

1265 巴涅尔曾被指控挪用巴黎基金。

1266 schamer 解 schämen［希］“～”；也解 schemer“～”；也解 seamróg［爱］“～”；也解 Scham［德］“～”。

三叶草|愧疚，伙计，你这样灵活地用空洞的声音号啕大哭，以此滴下你可怕、骇人、贫乏的思想，从慷慨的食品室一笔笔骗取，因为你甚至不能用荆棘的王冠[1267]作保，好从特里维斯[1268]典当来一件外衣，还有你如何坏到透顶，就是这样的，愿罪人彼得小丑和罪人保罗[1269]母鸡产下[1270]帮助你，带着鸡类的张口病[1271]和不坏的世纪，这，顺便说一下，雷纳尔多[1272]，是投弹兵们胡说时常用的催吐[1273]通俗的法语。愿你拥有你的木板和你的骨洗（唉，你丢掉[1274]付出的有麻烦[1275]哈斯鲁拔|腹部！），给你你那一磅重的白金[1276]和每年一千皮鞭[1277]东西（唉，你被施以酷刑，为了纪念[1278]《为了荣誉》你自己的残酷小说[1279]基督被钉十字架的十字架！），愿你拥有你的周末狂欢[1280]圣灵和假夜[1281]神圣夜晚睡眠（在睡与醒之间你会获得名望）任你躺着直到预备日[1282]和公鸡公鸡为丹麦啼叫[1283]。（啊，约拿旦[1284]，你的胃[1285]食欲！）猿猴没有情感[1286]沉淀物分泌腺但为所有的我泪如雨下，痛者闪姆[1287]假人|笔者闪姆！通常在发臭的夜晚[1288]他们会热衷于抓住饥馑的[1289]消失的|著名的手，我说，他们这些留胡子的耶洗别们[1290]你雇来抢你，你则在湿透的稻草上无礼地重演（再来一次[1291]爱尔兰的|空气，别理他[1292]别拦他！）那些角制的[1293]手工的象牙梦，你梦到[1294]胡言乱语|抢走怜悯，你称之为你的伴侣[1295]同居，《圣经》中的美人，尤斯顿的奢侈生活[1296]繁盛|罐子和马里波恩[1297]的悬挂外衣[1298]空中花园。但是天窗月仙子[1299]女妖|欧希夫人静静[1300]月亮女神塞勒涅|月亮|灵魂笑着，灯光投射器[1301]车前灯吃吃笑着[1302]窃笑|女用短衬裤：谁在抱怨我们？放尊重点儿，你自相矛盾！用来防备我

1267 指基督上十字架时的荆棘冠。
1268 Trevi's 解 Trèves"～",基督的斗篷保存在德国特里维斯大教堂,也称圣彼得大教堂。
1269 Pitre ... Poule 解 St. Peter & St. Paul"～";也解 pitre[法]"～"+poule[法]"～"。
1270 whelp"～";也解 help"～"。
1271 chicken's gape"鸡患有的张口病",指基督预言彼得将在鸡叫之前三次不认他。
1272 Reynaldo"～",中世纪查理大帝的骑士之一。
1273 emetic 解 emetics"～";也解 demotic"～"。
1274 lost"～";也解 cost"～"。
1275 hastroubles 解 has troubles"～";也解 Hasdrubal"～",迦太基将领汉尼拔的弟弟,在战场被砍头,头被扔进汉尼拔的帐篷;也解 has[匈]"～"。
1276 此处暗指莎士比亚的喜剧《威尼斯商人》中夏洛克索要的一磅重的肉。
1277 thongs"～";也解 things"～"。
1278 in honour bound to 解 in honour (of)"纪念"+bound to"注定";也解 In Honour Bound"～",英国剧作家辛德尼·格兰第在 1880 年创作的戏剧。
1279 cruelfiction 解 cruel fiction"～";也解 crucifixion"～"。
1280 Sarday spree 解 Saturday spree"～";也解 Saint-Esprit[法]"～"。
1281 holinight 解 holiday "假日"+night"夜晚";也解 holy night"～"。
1282 Paraskivee 解 Parasceve"～",逾越节前做准备的一天;也解 Paraskeuê[希]"预备日"。
1283 指莎士比亚的悲剧《哈姆雷特》中丹麦老王的鬼魂在鸡啼时消失。
1284 Jonathan"～",英国作家约拿旦·斯威夫特的名字;也解《圣经》中扫罗的儿子约拿旦。
1285 estomach 解 estomac[法]"～";也解 stomach"～"。
1286 sentiment"～";也解 sediment"～"。
1287 Shamman 解 Shem"～";也解 Sham man"～";也解 Shem the Penman"～"。
1288 此句化自托马斯·穆尔的歌曲《通常在恬静的夜晚》(*Oft in the Stilly Night*)。
1289 famished"～";也解 vanished"～";也解 famous"～"。此句化自习语 to clutch at a straw"抓住救命稻草"。
1290 jezabelles 解 Jezebel"～",《圣经》中以色列王妃,后用来指弃妇或无耻的女人。
1291 Airish 解 arís[爱]"～";也解 Irish"～";也解 air"～"。
1292 nawboggaleesh 解 naboclesh[英爱]"～";也解 ná bac leis[爱]"～"。
1293 hornmade 解 horn made"～";也解 handmade"～"。
1294 reved 解 rêve[法]"～";也解 rave"～";也解 reave"～"。
1295 companionate"～";也解 companionate marriage"～"。
1296 flushpots 解 fleshpots"～",语出《出埃及记》,指埃及的奢侈生活;也解 flush"～"+pots"～"。
1297 Euston ... Marylebone"尤斯顿……马里波恩",伦敦的两个火车站。
1298 hanging garments"～";也解 hanging gardens"～",指《圣经》中巴比伦的空中花园。
1299 moonshee"印度籍译员",此处解 moon"月亮"+sídhe[爱]"仙子";也解 banshee"～";也解 O'Shea"～",巴涅尔的情人,后成为他的妻子。
1300 selene"～",此处解 serene"～";也解 selênê[希]"～";也解 Seele[德]"～"。
1301 light-throwers"～";也解 Scheinwerfer[德]"～"。
1302 knickered 解 nickered"～";也解 snickered"～";也解 knickers"～"。

们那可预见的穷困时期的小小赡养费养老金在哪儿？难道不是（反驳我，花花公子[1303]！）当你吹着疯狂的哀歌[1304]《墓畔哀歌》围着庙宇墓穴山的连接石[1305]约翰逊|蒙特乔旋转的时候，（让他过去，求求你上帝耶路撒冷[1306]请|好的|耶和华，在一捆稻草里，在割草前接受了施洗[1307]愚蠢|结结巴巴地说|床）你在下属中挥霍了过量[1308]领主的奢侈品，并用你的面包屑来了一次霍屯都人式的都柏林[1309]沉闷的作家宿醉[1310]嗉囊|不舒服的|不幸？我说得不对吗？对吗？对吗？对吗？圣蜡和圣火[1311]全部！别跟我说，羊圈的狮子[1312]，你不是放高利贷的！抬头看看，老黑鬼，听我[1313]混乱|鼻涕|轻声|嘲弄者的劝告，吃你的药。好的医生仔细斟酌。餐前拌两次，每天涂三次。这对你的肠绞痛[1314]抱怨者有神奇疗效，对单个的蛔虫[1315]绦虫也不错。

让我说完！只要一点儿犹大补品，我的所有玩笑之宝[1316]，好让你在窥视者[1317]老头中变绿[1318]。你听到我说[1319]看的了吗，哈姆雷特[1320]见鬼？记住沉默是金等于默许[1321]，窥视脚踝先生！别再客气，学会说不！安静！到这儿来，大学生先生[1322]，直到我告诉你你耳中的一根假发[1323]跟你讲句悄悄话|蠼螋。我们要来一次耳语运动[1324]惠斯特牌会，因为如果少女们[1325]地主的女儿|教区的人唧唧喳喳地说起它来[1326]占上风，她们会告诉屋顶[1327]，然后所有坎特伯雷[1328]吉百利就要发狂[1329]薄脆饼干|裂开的了。看！你在梳妆镜[1330]摇摆的玻璃里看到你的脸蛋儿了吗？看上去不错！身子弯一下[1331]瑕疵|散光直到我！这是秘密！快点儿[1332]，哎呀，燧发枪手[1333]宣扬|不怀好

1303 cake eater"～",化自习语 have one's cake and eat it"及时行乐"。

1304 elegies"～";也解 *Elegy (Written in a Country Churchyard)*"～",英国 18 世纪诗人格雷的诗歌。

1305 joyntstone 解 joint"接合的"＋stone"石头";也解 Johnson"～"(1709—1784),英国辞典编撰家;也解 Mountjoy"～",都柏林的英国监狱。

1306 pleasegoodjesusalem 解 please"请"＋God"上帝"＋Jerusalem"耶路撒冷";也解 please"～"＋good"～"＋Jehovah"～"。

1307 balbettised 解 baptized"～";也解 bêtise[法]"～";也解 balbutio[拉]"～";也解 Bett[德]"～"。

1308 overload"～";也解 overlord"～"。

1309 dulpeners 解 *Dubliners*"～",乔伊斯的短篇小说集;也解 dull pener"～"。

1310 crawsick[英爱]"～";也解 craw"～"＋sick"～";也解 crádh[爱]"～"。

1311 holifer 解 holy fire"～";也解 holos[希]"～"。

1312 Leon of the fold 解 leon[希]"狮子"＋of the sheepfold"羊圈的",化自《路加福音》中的"野地的百合"。

1313 mux"～",此处解 me"～";也解 muxa[希]"～";也解 Mucks[德]"～";也解 Mookse"～"。

1314 gripins 解 gripe"～";也解 Gripes"～"。

1315 solitary worm"单个的蛔虫";也解 ver solitaire[法]"～"。

1316 ghem 解 gem"～"。

1317 gazer"～";也解 geezer"～"。

1318 化自莎士比亚的悲剧《奥瑟罗》中的"嫉妒,一个绿眼的妖怪"。

1319 seeing"～",此处解 saying"～"。

1320 hammet 解 Hamlet"～";也解 damn it"～"。

1321 化自习语 Silence is golden"沉默是金"和 Silence means consent"缄默就是默许"。

1322 Herr Studiosus[德]"～",挪威戏剧家易卜生的绰号。

1323 a wig in your ear"～";也解 a word in your ear"～";也解 earwig"～",指本书的主人公。

1324 whisper drive 解 whisper"耳语"＋drive"运动";也解 whist drive"～"。

1325 barishnyas"～",第一次世界大战时期的俚语,化自俄语 barushnya(少女);也解 baryshnya[俄]"～";也解 parishoners"～"。

1326 got a twitter of"～";也解 get the better of"～"。

1327 此句化自习语 proclaim, declare or cry on or from the housetop"公开宣布"。

1328 Cadbury 解 Canterbury"～",英国地名,此处指英国诗人乔叟的《坎特伯雷故事集》;也解 Cadbury"～",英国食品制造商,生产巧克力、饼干等。

1329 crackers"～",此处解"～",第一次世界大战时期的俚语;也解 cracked"～",出自乔伊斯的《尤利西斯》中的"仆人的有裂纹的镜子"。

1330 rockingglass 解 looking glass"～";也解 rocking glass"～"。

1331 stigmy 解 stigmê[现代希]"～";也解 stigma"～";也解 astigmatism"～"。

1332 Iggri"～",第一次世界大战时期的俚语。

1333 booseleers 解 booziliers"～",第一次世界大战时期的俚语;也解 boost"～"＋leer"～"。

意的一瞥！我是从灯柱肖[1334]萧伯纳|闪姆那里听到的。他是从阿訇[1335]穆利根|顶那里听到的。阿呆[1336]穆利根从蓝袜学者[1337]蓝外套学校那里听到的。放荡袜子们从波提非拉[1338]蔬菜牛肉浓汤的妻子那儿匆匆记下的。泼妇[1339]从老锡弹夫人那里得到一个眼色。至于她被前修士塔克利乌斯[1340]普适的|普遍的弄糊涂了[1341]忏悔。这个好修士觉得他有必要替你澄清。而脆弱疯子们[1342]不过是相互发疯。凯里、凯尼和凯欧[1343]正在起来武装反叛。如果我不肯相信，让十字架压扁我。如果我希望这不是真的，让我在岁月中动荡不宁[1344]《古老的石头》。如果我与你为邻却没有仁慈，让祭饼噎死我！嘘！闪姆，你是。嘘！你疯了！

他指向死亡之骨，迅速者静止下来。无眠，梦之梦[1345]及至永远。阿门[1346]。

仁慈[1347]报酬（自动地[1348]他的自我的）：愿主与你同在[1349]双胞胎中幸存的一个！我的错误，他的错误，通过错误得到的王权！贱民，吃人肉的该隐，是我发誓放弃那生育你的子宫和我有时吮吸的乳头，是你从那时起成了漆黑一团的醉酒吉格舞和谵妄[1350]詹姆斯·乔伊斯，受痉挛[1351]强迫的|抽筋的感困扰，觉得从未或者没有成为我可能成为的一切，或者你打算成为的一切，像个男人那样为清白痛苦，这个清白我无法像女人一样来捍卫，看，你瞧，卡丝摩-卡巴[1352]，从我那仍在损耗的[1353]削弱|不彻底的忏悔内心最深处感谢电影，在我心里你你的[1354]你的青春时光永远与我我的[1355]记起交织在一起，现在在独自等候的[1356]即将来到|阿达|父亲晚祷时间之前，在我

1334 Shawe 解 Alfred Shaw“阿尔弗雷德·肖”(1842—1907),英国板球运动员;也解 George Bernard Shaw“～”(1856—1950),英国作家;也解 Shem“～”。

1335 Mullah“～”,伊斯兰教国家对老师、先生、学者的敬称;也解 Mulligan“～”,《尤利西斯》中的人物;也解 mullach [爱]“～”。

1336 Mull [俚]“～”;也解 Mulligan“～”,《尤利西斯》中的人物。

1337 Bluecoat schooler 解 bluestocking“女学者”+schooler“学者”,指 18 世纪时伦敦的女性文学团体,常贬义;也解 Blue Coat School“～”,英国宗教慈善团体或慈善家捐助建立的私立初等学校。

1338 Potapheu 解 Potiphar“～”,《创世记》中埃及法老的祭司,他的妻子曾勾引约瑟;也解 pot-au-feu“～”。

1339 Rantipoll 解 rantipole“～”。

1340 Thacolicus“～”,人名;也解 catholicus [拉]“～”;也解 katholikos [希]“～”。

1341 confussed 解 confused“～”;也解 confessed“～”。

1342 Follettes 解 follette [法]“疯疯癫癫的”。

1343 也解 KKK,美国恐怖组织三 K 党。

1344 rock anchor“使锚晃动”,化自习语 roch the boat“打破平静状态”;也可与后面的 ages 合解 *Rock of Ages*“～”,18 世纪英国歌曲。

1345 Insomnia,somnia somniorum [拉]“～”;也解 per omnia saecula saeculorum [拉]“～”。

1346 Awmawm 解 amen“～”。

1347 MERCIUS 解 mercy“～”;也解 merces [拉]“～”。

1348 of hisself 解 of himself“～”;也解 of his self“～”。

1349 Domine vopiscus 解 Dominus vobiscum [拉]“～”;其中 vopiscus 也解 [拉]“～”。

1350 jigs ... jimjams 两词在俚语中都解“～”;其中 jigs 也解“～”;其中 jimjams 也解 James Joyce“～”。

1351 convulsionary“～”;也解 compulsory“～”;也解 convulsive“～”。

1352 Cathmon-Carbery 解 Cathmor & Cairbar“～”,麦克弗森以莪相之名创作的《特莫拉》中善恶对立的两兄弟。

1353 attrite“～”,此处解 attritus [拉]“～”;也解 attrition [宗] “～”,出于羞愧或怕受罚而做的。

1354 youyouth 解 you“你”+your“你的”;也解 your youth“～”。

1355 mimine 解 me“我”+mine“我的”;也解 memini [拉]“～”。

1356 athands 解 attend“～”;也解 at hand“～”;也解 Atha“～”,麦克弗森以莪相之名创作的《特莫拉》中卡巴的座椅;也解 athar [爱]“～”。

们将我们的呼吸[1357]灵魂|烈酒交给西风之前大约一口气的时间，因为(虽然那个皇家人物还没有从他的完满中喝上一滴，而且柱子上的花盆、狗群和它们的猎物、仆人和酒馆老板还没有移动分毫，所有过去做的还要去做并重做，当日子[1358]星期三是苦恼的，瞧，你死定了，快乐日子[1359]星期四|乔伊斯现出曙光，哈[1360]日子，你在控制)对你来说，苦恼的头生子和初生果，对我来说，打了烙印的羊[1361]坏蛋，废纸篓[1362]水桶里的精华，凭借雷电的震颤[1363]《特莫拉》和猎户星座[1364]乌乐林|爱尔兰的天狼星，你自己，疾风横扫的辨别美恶[1365]魔鬼之树，唉，用流星[1366]害怕和闪烁穿戴得仿佛在战栗[1367]地平线|常识，星星穴居者的独白[1368]占星术的|动力的|单独的|智慧，无物被造[1369]奈芙蒂斯之父的孩子，别西卜[1370]，对我来说下流煤洞里看不见的脸红者，你的秘密叹息的赖床鬼[1371]通过床，最低最外处的[1372]居住者，那里只有死者的声音能到达，因为汝从我身边离开，因为汝在我上面笑，因为，啊，我孤独的[1373]唯一的儿子，汝在将我遗忘！，我们的草皮棕色的妈妈正在到来，一呀、二呀、三呀、四呀[1374]，带着她的消息跑着，这个宏伟巨大世界的古老[1375]全部新闻，宝贝们打架了，呜呜呜！爸爸的宝宝七个月就走路了，路路路！新娘在潘趣镇[1376]潘趣酒时刻离开她的新郎[1377]突袭，种马在整个赛马场[1378]资源丰富的|复归前烂醉如泥，两位美女引起一人注意，三[1379]干渴的名美国佬将访问故土，四层[1380]40裙子正在靠近，夫人们，而那时帕丽米膝盖[1381]同注分彩赌博法装着流行的短腿，12个诀窍[1382]如何|小时|房子配制葡萄酒蛋糕[1383]微醉的守灵，汝听到吗，雄驹库

1357 spiritus [拉]"～";也解 spirit"～";也解 Spiritus [德]"～"。

1358 when's day's 解 when day is"～";也解 Wednesday"～",出自儿歌《星期一的孩子》中"星期三的孩子满心苦恼"。

1359 joyday 解 joy day"～";也解 jeudi [法]"～";也解 Joyce"～"。

1360 la"～",感叹词;也解 lá [爱]"～"。

1361 branded sheep"～";也解 black sheep"～"。

1362 wasterpaperbaskel 解 wastepaper basket"～";也解 water bucket"～"。

1363 tremours"～";也解 *Temora*"～",麦克弗森以莪相之名创作的诗歌。

1364 Ulerin 解 Orion"～";也解 Ulerin"～",《特莫拉》中指引水手到达乌尔斯特海岸的星星;也解 Éirinn [爱]"～"。

1365 andevil 解 and evil"～",化自《创世记》中的"辨别善恶之树";也解 devil"～"。

1366 metuor 解 meteor"～";也解 metuor [拉]"～"。

1367 horescens 解 horrescens [拉]"～";也解 horizon"～";也解 horsesense"～"。

1368 astroglodynamonologos 解 astro- [希]"星星的"＋troglodytes [希]"穴居者"＋monologos [希]"独白",即"～";也解 astrologous"～";也解 dynamo- [希]"～"＋mono-"～"＋logos [希]"～"。

1369 Nilfit 解 ni fit [拉]"～";也解 Nephthys"～",埃及神话中塞特的妻子。

1370 blzb 解 Beelzebub"～",即魔鬼。

1371 cubilibum 解 cubile [拉]"床"＋bum"懒鬼";也解 cubilibus [拉]"～"。

1372 downandoutermost 解 down and out"落魄的"＋er"……人"＋most"最",此处直译。

1373 lonly 解 lonely"～";也解 only"～"。

1374 alpilla, beltilla, ciltilla, deltilla 解 a, b, c, d,英语字母表头四个字母;也解 alpha, beta, gamma, delta,希腊字母表头四个字母的读音。

1375 old"～";也解 all"～"。

1376 Punchestime 解 Punchestown"～",位于爱尔兰的基尔代尔郡,该地的马赛是爱尔兰的著名赛事;也解 Punches time"～"。

1377 raid"～",此处解 bride"～"。

1378 racecourseful 解 racecourse-ful"～";也解 resourceful"～";也解 ricorso"～",维科在《新科学》中为人类历史划分的四个阶段之一。

1379 dry"～",此处解 drei [希]"～"。

1380 fourtiered 解 four"四"＋tiered"一层层的";也解 forty"～"。

1381 Parimiknie 解 Parimi"帕丽米",名称＋Knie [德]"膝盖";也解 pari mutual(赛马中的)"～"。

1382 hows"～",此处解 knowhows"～";也解 hours"～";也解 houses"～"。

1383 tipsy wake"～",此处解 tipsy cake"～"。

尼？汝可曾，雌驹鳞鲉？带着山涧，带着清泉，她的所有溪流发卷摇摆晃动，石头投进她的口袋[1384]，车票[1385]纬丝|代币扔进她的头发，全都荡漾[1386]放弃到一处，然后全都淹没[1387]含沙射影，老式的小妈妈，奇妙的小妈妈，在桥下弯下身，为堤堰当杂役，从一些沼泽边闪开，快速冲刷着弯道，经过塔拉特的绿色群山[1388]格林希尔和马怪的池塘[1389]普拉普卡，一个他们称为布莱星顿[1390]的地方，狡猾地从萨利诺金[1391]萨利峡谷旁边溜过，兴高采烈[1392]像天是湿的一样高兴，潺潺，汩汩，喋喋不休地自言自语，在田野的肘弯处淹没[1393]使高兴|欺骗|洪水|稀释|欺骗它们，用她那蛇般的[1394]用奉承话哄骗滑行倾斜而过，昏头涨脑，奶奶妈[1395]奶奶，说长道短的汉娜·丽维娅。

他举起生命之棍，于是哑巴说话[1396]。

——快[1397]嘎嘎声|什么快快快快快快快！

1384 tachie 解 Tasche［德］“～”。

1385 tramtokens 解 tramtickets“～”；也解 tram“～”＋tokens“～”。

1386 waive“～”，此处解 wave“～”。

1387 inuendation 解 inundation“～”；也解 innuendo“～”。

1388 Tallaght's green hills“～”，塔拉特位于都柏林西南部，在爱尔兰传说中曾有一批入侵者全部死于瘟疫，埋葬于此；也解 Green Hills“～”，地名，位于塔拉特附近。

1389 pools of the phooka“～”；也解 Poulaphuca“～”，利菲河在都柏林西南部的一个下陷处。

1390 Blessington“～”，市名，位于威克洛郡，利菲河在此处与王河汇合。

1391 Sallynoggin“～”，地名，位于都柏林郊外，但是利菲河并不流经此地；也解 Sally Gap“～”，位于威克洛山区，利菲河北部发源地之一。

1392 as happy as the day is wet“～”，此处解 as happy as the day is long“～”。

1393 deloothering 解 deluging“～”；也解 delighting“～”；也解 deludhering［英爱］“～”；也解 diluvium［拉］“～”；也解 dilutum［拉］“～”；也解 deluding“～”。

1394 sloothering 解 slithering“～”；也解 slithering［英爱］“～”。

1395 grannyma 解 granny“奶奶”＋ma“妈”；也解 grandma“～”。

1396 指《路加福音》中耶稣驱走魔鬼使哑巴说话。

1397 Quoiq 解 quick“～”；也解 quack“～”；也解 quoi［法］“～”。

第八章

O[1]水|结局|奥瑟罗

告诉我所有

汉娜·丽维娅的事！我想知道所有

汉娜·丽维娅的事。好把，你知道汉娜·丽维娅？是的，当然，我们都知道汉娜·丽维娅。全都告诉我。现在就告诉我。你会听死的。嗯，你知道，当老家伙[23]完了蛋，做了你知道的。是的，我知道，继续。快点儿洗[4]留神|辞职，别玩儿水[5]都柏林。卷起你的袖子，打开你的话匣子。你弯腰的时候——停下[6]远足！——别撞我。或者不管是什么，他们三个一起[7]努力来弄明白他在凤凰[8]凶猛公园企图[9]弄干对两个人做什么。他是个恶心的老流氓[10]。看看他的衬衫！看看有多脏！他弄得我的水都把我自己弄黑[11]黑水潭了。自从上星期[12]激怒某人|蜡烛芯这个时候起就把它浸泡[13]热敷[14]。不知道我洗它已经洗了多少次了？我记得他喜欢去那些施肥[15]卖东西|弄脏的地方，没用的脏鬼[16]亲爱肮脏的(都柏林)！烧焦我的手，饿死我一家[17]饥谨，就为了把他的脏事

1 O"～";也解 eau［法］"～";也解 omega,希腊字母表的最后一个字母,也解 over"～";也解 Othello"～",莎士比亚的悲剧《奥瑟罗》的主人公。

2 cheb 解 chap"～";也解 Cheb,河名,位于捷克。

3 went futt 解 went phut"～";也解 Futa,河名,位于智利。

4 Wash quit 解 Wash quickly"～";也解 watch it"～";也解 quit"～"。

5 dabbling"～";也解 Dublin"～"。

6 hike"～",此处解 hike［英爱］"～"

7 threed 解 three"三个"＋ed;也解 tried"～"。

8 Fiendish"～",此处解 Phoenix"～"。

9 thried 解 tried"～";也解 dried"～"。

10 reppe 解 rep"～";也解 Repe,河名,位于德国。

11 water black 解 water"水"＋black"黑";也解 black pool"～",指都柏林;也解 Blackwater,河名,位于爱尔兰。

12 wik 解 week"～";也解 wick［英俚］"～";也解 wick"～"。

13 steeping"～";也解 Steeping,河名,位于英国。

14 stuping"～";也解 Stupia,河名,位于波兰;也解 Upa,河名,位于俄国。

15 saale 解 soil"(用粪便等)～";也解 sale"～";也解 salir［法］"～";也解 Saale,河名,位于德国。

16 dudurty devil 解 dud dirty devil"～";也解 dirty dear (Dublin)"～";也解 Duddon,河名,位于英国。

17 famine"～",此处解 family"～"。

儿公之于众[18]。用你的木槌[19]战争|洗衣板|瓶子好好捶它，把它洗干净。我的手腕正锈钝[20]地搓着霉[21]发霉的斑。里面湿得有多深[22]第聂伯河，罪恶有多重[23]恒河！他到底到底[24]交媾|到底对圣灵[25]动物周末做了什么？他被关了[26]内伊湖|洞多久？他做的事儿上了报，刺激[27]除非和刺探[28]之前，国王对[29]强制执行命令汉弗利[30]查尔斯·汉弗利，伴之以非法[31]威士忌酒|《尤利西斯》|嘲笑蒸馏、功绩，还有其他一切。但是时间会证明一切[32]汤姆们会耕作。我太了解他了。岁月不饶人[33]不受控驭的风暴不会为任何人发出嘘声|时间|无人。只要你跳跃，你就会掀起小潮[34]。啊，粗鲁的[35]淘气的老流氓[36]肮脏的|生丁！异族通婚[37]我小便|他小便|轻佻的女子和做爱[38]纵帆前缘|叶子|钱。左岸[39]地方长官正常[40]右边，右岸[41]桥险恶[42]左边！他衣服的剪裁！他的趾高气昂！他过去是怎样把他的头抬得像霍斯[43]房子一样高啊，这位著名的古代[44]外邦君主[45]丢卡利翁，有一个壮观的驼背[46]汉弗利，就像一只走动的黄鼬[47]黄鼠狼|草地|驴|怎么鼠[48]。还有他那德里[49]的自我长腔、他那软木塞紧的[50]科克蠢话[51]膀胱、他的变一为双的[52]都柏林口吃、他的欺骗别人的[53]戈尔韦市卖弄。问问警察[54]格娄雷的助理长官哈克特或者助手读者理德，或者带着镐锤[55]俱乐部|公山羊的男孩。他到底还[56]被叫做什么[57]？怎么称呼[58]？巨头[59]雨果·卡佩|外衣|破碎的早期臭人[60]捕鸟者亨利。或者他在哪里出生，或者他是怎么被发现的？旧哥特地[61]哥特兰岛，卡特加特海峡[62]猫、猫上的特里斯丹市[63]争议？新匈奴郡[64]美国新罕布什尔州，梅里马克河[65]使愉快上的康科德市[66]和谐？谁堵塞[67]铁匠|锁匠她柔软的[68]汁液铁砧，或者对着她的提

18 此句化自习语 wash one's dirty linen in public"家丑外扬"。

19 battle"～",此处解 beetle"～";也解 battledore"～";也解 bottle"～";也解 Battle,河名,位于加拿大。

20 wrusty 解 rusty"～",此处加 w 与前面的 wrists 构成头韵。

21 mouldaw 解 mildew"～";也解 mouldy"～";也解 Moldau,河名,位于捷克。

22 dneepers 解 deep"～";也解 Dnieper"～",欧洲的第四大河。

23 gangres 解 gangrene"坏疽";也解 Ganges"～",位于印度次大陆。

24 a tail at all [英爱]at all at all"～";也解(do)a tail"～"+at all"～"。

25 Animal Sendai 解 Anima Sancta [拉]"～";也解 Animal Sunday"～";也解 Annamoe,河名,位于爱尔兰+Sendai,河名,位于日本。

26 under loch and neagh 解 under lock and key"～";也解 Lough Neagh"～",位于爱尔兰北部,有种说法称湖下有一座城市;其中 loch 也解 Loch [德]"～";也解 Lochsa,河名,位于美国。

27 nicies 解 elicit"～";也解 nisi [拉]"～";也解 Nisi,河名,位于非洲;也解 Neisse,河名,位于波兰。

28 priers"～";也解 prius [拉]"～"。

29 fierceas 解 versus"对抗";也解 fieri facias [拉] "～";也解 Fier,河名,位于法国。

30 Humphrey"～",本书主人公的名字;也解 Charles Humphreys"～",英国作家王尔德的律师。

31 illysus 解 illicit"～";也解 whisky"～";也解 *Ulysses*"～";也解 illusio [拉]"～";也解 Ilissus,河名,位于希腊。

32 toms will till"～",此处解 time will tell"～";也解 Tom,河名,位于俄国+Till,河名,位于英国。

33 Temp untamed will hist for no man 解 Time and tide will wait for no man"～";也解 Tempest untamed will hist for no one "～";也解 tempus [拉]"～";也解 No man"～",奥德修斯告诉独眼巨人的名字。

34 As you spring so shall you neap"～",化自 As you sow so shall you reap"种瓜得瓜,种豆得豆";其中 spring 也解 Spring,河名,位于美国。

35 roughty 解 rough"～";也解 naughty"～";也解 Roughty,河名,位于爱尔兰。

36 rappe 解 rep"～";也解 dirty"～";也解 Rappen [德]"～"。

37 Minxing marrage 解 mixed marriage"～";也解 minxi [拉]"～";也解 minxit [拉]"～";也解 minx"～"。

38 loof"～",此处解 love"～";也解 loof [荷]"～";也解 oof [俚]"～"。

39 Reeve Gootch 解 rive gauche [法]"～";其中 reeve 也解"～"。

40 right"～";也解"～"。

41 Reeve Drughad 解 rive droite [法]"～";也解 droichead [爱]"～"。

42 sinistrous 解 sinister"～";也解 sinistra [爱]"～"。

43 howeth 解 Howth"～",都柏林郊区;也解 house"～"。

44 eld"～";也解 Elde,河名,位于德国。

45 duke alien"～";也解 Deucalion"～",古希腊神话中在大洪水之后的人类祖先。

46 hump"～";也解 Humphrey"～",本书的主人公。

47 wiesel 解 weasel"～";也解 Wiesel [德]"～";也解 Wiese [德]"～";也解 Esel [德]"～";也解 wie [德]"～";也解 Wiesel,河名,位于德国。

48 rat"～";也解 Rat,河名,位于爱尔兰。

49 derry 即 Londonderry"～",城市,位于当时爱尔兰的乌尔斯特省;也解 Derry,河名,位于爱尔兰。

50 corksown 解 cork"软木"+sown"密封";也解 Cork"～",爱尔兰芒斯特省的科克郡和科克市。

51 blather"～";也解 bladder"～"。

52 doubling"～";也解 Dublin"～",位于爱尔兰的兰斯特省。

53 gullaway 解 gull"哄骗"+away"离开";也解 Galway"～",位于爱尔兰的康诺特省。

54 Garda 解 gárda [爱]"～";也解 Gard,河名,位于法国。

55 Billyclub"～";也可直译为 billy"比利",书中常指都柏林+club"～";也解 billygoat"～"。

56 elster 解 else"另外";也解 Elster,河名,位于德国。

57 此句包含本书主人公名字缩写的变体 HEC。

58 Qu'appelle 解 que s'appelle [法]"～";也解 Ou'appelle,河名,位于加拿大。

59 Huges Caput 解 huge"巨大的"+caput [拉]"头";也解 Hugo Capet"～"(938? —996),卡佩王朝时代第一位法兰西国王;也解 kaput [塞维]"～";也解 kaputt [德]"～"。

60 Earlyfouler 解 Early"早期"+foul-er"恶臭的人";也解 Henry the Fowler"～"(876? —936),德意志国王,萨克森王朝的创立者,奥托大帝的父亲。此句也包含本书主人公名字的缩写 HCE。

61 Urgothland 解 ur- [德]"原初的"+Goth"哥特人"+land"土地";也解 Gotland"～",位于瑞典;也解 Ur,河名,位于俄国。

62 Kattekat 解 Cattegat"～",在瑞典和丹麦之间;也解 cat cat"～"。

63 Tvistown 解 Tristan"特里斯丹"+town"市镇";也解 tvist [丹]"～"。

64 New Hunshire 解 New"新的"+Hun"匈奴"+shire"郡";也解 New Hampshire"～"。

65 Merrimake 解 Merrimack"～",位于美国;也解 Merry-make"～"。

66 Concord "～",城市名和河名,位于美国;也解 concord"～"。此句出自马克·沙利文的《我们的时代:1900—1925》一书中的地名歌谣。

67 blocksmitt 解 block"～";也解 blacksmith"～";也解 locksmith"～"。

68 saft 解 soft"～";也解 Saft [德]"～"。

桶优美地[69]跳喊叫？她的结婚公告[70]是否从未在亚当和夏娃之家[71]被认可[72]放松，或者是否他和她由[73]但船长结合？为了我亲爱的[74]苍穹|绒鸭|鸭绒|下界鸭子[75]我接受[76]公鸭你。用我那野性的凝视[77]大雁|野鹅|灰雁|雌鹅我瞥见[78]公鹅你。位于时间边缘的花[79]流走和山为了快乐圣诞节[80]海峡|萨顿地峡制造希望和恐惧[81]鱼和鱼梁。她可以展示她的所有线条[82]结婚证书，带着爱，获许去游戏。如果他们没有再婚，扣钩和扣眼会[83]！啊，再说些[84]，问我们[85]吻另一个！这个傻山山[86]亲爱肮脏的都柏林|东贝|堂和他的小小[87]妻子河[88]叶子|小雌马|对开的纸|跟着你！他的帮助[89]一半|健康是否在斯托克和派利肯[90]保了险[91]在岸上以防备盗贼[92]笨手笨脚的人、流感和第三者风险？我听说他用他的玩偶挖了一大桶金，先是我洗[93]都柏林，然后余洗[94]黑水潭|都弗林，当他强奸了她[95]轻易取胜的家，萨宾[96]宝贝儿[97]亲爱的|在岸上|树枝|听，在长尾鹦鹉的笼子里，在背信弃义[98]疏浚的土地和绕来绕去的[99]三角洲[100]旁，与她影子[101]强化的微光玩猫捉老鼠的把戏[102]捉住和失手|神话，（要是那里有个条子突然出现痛骂他该有多好！）经过老人之家[103]高级市政官|牧师住宅|民|闽江和疯子之宅[104]，以及不治症中剩下的和可监禁[105]不可改变的中最后的，泥泞[106]泥沼地路[107]天平来绊跤。谁卖给你那个杰克南瓜灯的故事？干肉馅饼派！没有一只草环[108]蚱蜢给她当戒指，没有一粒蚂蚁重的[109]黄金[110]矿石。在小驳船[111]鞘里他把它当作小艇[112]吠叫，生命之舟，从没有港口的[113]无害的爱尔兰[114]爱尔兰的海[115]海洋|洋出发，直到[116]他发现了他的着陆点隐隐出现，他从他的船篷[117]苏格兰褶裥短裙下放走

69 lep［塞维］“好的”；也解 leap“～”。
70 banns“～”；也解 Bann，河名，位于爱尔兰。
71 都柏林利菲河边一座名为“亚当和夏娃之家”的方济各会教堂
72 loosened“～”，此处解 licensed“～”。
73 but“～”，此处解 by“～”。
74 ether“～”，此处解 dear“～”；也解 Ederfugl［丹］“～”；也解 eider“～”；也解 nether“～”。
75 duck“～”；也解 Duck，河名，位于美国。
76 drake“～”，此处解 take“～”；也解 Drake Creek，河名，位于美国。
77 wildgaze 解 wild gaze“～”；也解 wild goose“～”，爱尔兰人称旅居海外的爱尔兰人为大雁；也解 vildgæe［丹］“～”；也解 Wildgans［德］“～”；也解 goose“～”。
78 gander“一瞥”；也解 gander“～”。
79 Flowey 解 flower“～”；也解 flow away“～”。
80 isthmass 解 Christmas“～”；也解 isthmos［希］“～”；也解 isthmus of Sutton“～”，霍斯与大陆之间的地区。
81 wishes and fears“～”；也解 fishes and weirs“～”。
82 lines“～”；也解 marriage lines“～”。
83 may“～”；也解 May，河名，位于澳大利亚。爱尔兰童话结尾常说“如果他们没有从此幸福地生活在一起，你和我会”。
84 passmore 解 pass more“～”；也解 Pasmore，河名，位于澳大利亚。
85 oxus 解 ask us“～”；也解 kiss“～”；也解 Oxus，河名，位于俄国和阿富汗。
86 Don Dom Dombdomb 解 the“这”＋dom［荷］“傻的”＋domb［匈］“山”；也解 dear dirty Dublin“～”；也解 la Dombes“～”，法国里昂附近的湖区；也解 Dom［葡］“～”，用在名字前的尊称；也解 Don，河名，位于俄国。
87 wee“～”；也解 wife“～”。
88 follyo 解 folyó［匈］“～”；也解 folium［拉］“～”；也解 filly“～”；也解 folio“～”；也解 follow you“～”。
89 help“～”；也解 half“～”；也解 health“～”。
90 Stork and Pelican“～”，都柏林的两家保险公司；也解 Pelican，河名，位于美国。
91 inshored 解 insured“～”；也解 on-shore-ed“～”。
92 bungelars 解 burglars“～”；也解 bungler“～”。
93 delvan 解 delvo［拉］“～”；也解 Dublin“～”；也解 Delvin，河名，位于爱尔兰。
94 duvlin 解 delvo［拉］“我洗”的变体；也解 Dubh-linn［爱］“～”，指都柏林；也解 Devlin“～”，位于都柏林的河。
95 raped her home 解 raped her at home“～”；也解 romp home“～”。
96 Sabrine 解 Sabine“～”，此句指罗马历史传说中第一代罗马男子从萨宾人那里得到妻子，史称“奸夺萨宾女子”；也解 Sabrina，河名，位于英国。
97 asthore［英爱］“～”；也解 a stór［爱］“～”；也解 ashore“～”；也解 Ast［德］“～”＋hören［德］“～”；也解 Astor，河名，位于印度。
98 dredgerous 解 treacherous“～”；也解 dredge“～”。
99 devious“～”；也解 Deva，河名，位于西班牙。
100 delts 解 delta“～”；也解 delta，希腊字母表的第四个字母。
101 shadda 解 shadow“～”；也解 shadda［阿］“～”；也解 Adda，河名，位于意大利。
102 catched and mythed 解 cat and mouse“～”；也解 catched and missed“～”；其中 mythed 也解 myth“～”。
103 auld min's manse 解 Old Man's House“～”，都柏林的皇家医院；也解 alderman“～”＋manse“～”；其中 min 也解［中］“～”；也解 Min“～”，位于中国。
104 Maisons Allfou 解 Mansions“豪宅”＋All“全部”＋fou［法］“疯子”；也解 Alpha，希腊字母表第一个字母。
105 immurables 解 immure“监禁”＋-able“能够……的”；也解 immutables“～”。
106 quaggy“～”；也解 quagmire“～”；也解 Quagua，河名，位于菲律宾。
107 waag 解 Weg［德］“～”；也解 Waage［德］“～”；也解 Waag，河名，欧洲莱茵河的主要支流。此句化自 19 世纪的爱尔兰歌曲《通向都柏林的石板路》(*The Rocky Road to Dublin*)。
108 grasshoop 解 grass hoop“～”；也解 grasshopper“～”；也解 Grass，河名，位于加拿大和美国。
109 antsgrain 解 ant's“蚂蚁的”＋grain“格令(最小的重量单位)”；也解 Ant，河名，位于英国。
110 ore“～”，此处解 or［法］“～”；也解 Ore，河名，位于英国。
111 gabbard“～”；也解 scabbard“～”。
112 barqued 解 barque［法］“～”；也解 bark“～”；也解 Arques，河名，位于法国。
113 harbourless“～”；也解 harmless“～”。
114 Ivernikan 解 Iverna［拉］“～”；也解 Ivernicus［拉］“～”。
115 Okean 解 ocean“～”；也解 Okeanos［希］“～”；也解 okean［塞维］“～”。
116 till“～”；也解 Till，河名，位于英国。
117 tilt“～”；也解 kilt“～”；也解 Tilt，河名，位于苏格兰。

两只呱呱叫的动物[118]克罗克，这个伟大的[119]腓尼基[120]凤凰公园漫游者。借助她海草[121]帮助的味道[122]小的，他们建造了鸽舍[123]鸽舍发电站。他们飞快地做完了！但是他本人在哪儿，这名舵手？那位海上商人[124]他就在排水[125]瓦士湾的上方跟随着[126]性交她们的裙子[127]舷窗|短尾|阴部，他那骆驼夫的带帽斗篷在他身上随风飘拂，直到带着他那逃亡者[128]变节者斜桅[129]树|裂口他骑越[130]道路并撞开[131]乳房|鬃毛了她的门栅。皮卡马约河[132]！就这样抓住一个[133]！鲸鱼[134]与茴鱼[135]圣杯一起离开了！调好你的笛子，嗡嗡地掉下来[136]，你生为埃及人[137]傻瓜，不比任何人差！好吧，尽快告诉我[138]托勒密，控制你的泡沫[139]爱斯基摩人|进行。他们看到他就像所有寻欢作乐的所罗门[140]鲑鱼王，快速[141]射上她那示巴[142]刀鞘[143]避孕套|阴道，她的布尔斯滩[144]公牛他们正咆哮[145]搅动|寂静|安静着，在狂欢[146]浪花中拍出浪花[147]吃得过多。波雅尔[148]波雅尔们的妻子胜利[149]男孩子！博茵河[150]胜利[151]！他艰难地挣来[152]白尾海雕|他他的小[153]巴思面包[154]洗澡|班巴，我们的日常食品[155]被严格抚育|不新鲜的面包|由国家提供|抚养，这名商人[156]叛徒。他是的。看看这儿。在他船头的潮湿中[157]。你难道不知道他被称为[158]称为|冷的海水之子，水孩[159]《水孩》溪水[160]间歇河？万福马利亚[161]海|有|地区，他是这样！H. C. E有一双鳕鱼眼[162]鱼|e。当然[163]她自己几乎像他一样坏[164]聋的。谁？汉娜·丽维娅？哎[165]，汉娜·丽维娅。你知不知道她从各处呼唤回潮[166]宴会少女[167]航程|盐|出售|萨莉，磨石[168]现在|二房[169]数目，秘密[170]二|楚河屋[171]房间，进去一直到他[172]调查，她的失足[173]爱尔兰领袖[174]，轻快油滑地[175]轻松的逗这

118 croakers“～”；也解 Thomas Crofton Croker“～”(1798—1854)，爱尔兰古文物研究者，著有《爱尔兰南部仙话》。
119 gran 解 grand“～”；也解 Gran，河名，位于加拿大。
120 Phenician“～”，有种说法认为奥德修斯是腓尼基人；也解 Phoenix(park)“～”；也解 Pheni，河名，位于印度。
121 kelp“～”；也解 help“～”。
122 Smell“～”；也解 small“～”。
123 pigeonhouse“～”；也解 Pigeon House“～”，位于都柏林利菲河口；也解 Pigeon，河名，位于美国。
124 marchantman 解 merchantman“～”；也解 Marchan，河名，位于西班牙。
125 the wash“行船船尾的排出流”；也解 The Wash“～”，英国东海岸的一个方形海口。
126 suivied 解 suivre [法]“～”；也解 swive [古体]“～”；也解 Sui，河名，位于印度。
127 scutties 解 skirts“～”；也解 scuttles“～”；也解 scut“～”；也解 scut [俚]“～”。
128 runagate“～”；也解 renegade“～”；也解 Runa，河名，位于俄国。
129 bowmpriss 解 bowsprit“船首斜桅”；也解 Baum [德]“～”＋Riß [德]“～”；也解 Bow，河名，位于加拿大；也解 Riss，河名，位于德国；也解 Bomu，河名，位于非洲中部。
130 roade 解 rode“～”；也解 road“～”。
131 borst [荷]“～”，此处解 burst“～”；也解 Borste [德]“～”。
132 Pilcomayo“～”，位于南美洲。
133 Suchcaughtawan 解 Such caught one“～”；也解 Saskatchewan，河名，位于加拿大。
134 whale“～”；也解 Whale，河名，位于加拿大。
135 grayling“～”；也解 Grail“～”。
136 此句化自歌曲《多兰的驴子》(*Doran's Ass*)中的“于是他调好笛子，感觉那嗡嗡的声音”。
137 ijypt 解 Egypt“～”；也解 idiot“～”。
138 ptellomey 解 tell me“～”；也解 Ptolemy“～”，很多埃及法老的名字；也解 Alexandrian Ptolemy“托勒密”，公元 2 世纪的古希腊天文学家，第一个在地图上绘制爱尔兰。
139 escumo 解 escuma [波]“～”；也解 Eskimo“～”；也解 esco [拉]“～”。
140 salomon 解 Solomon“～”，《圣经》中的以色列国王；也解 salmon“～”；也解 Solomon，河名，位于美国。
141 swift“～”；也解 Swift，河名，位于美国。
142 sheba 解 Sheba“～”，《圣经》中提到的古代王国，这里指示巴女王与所罗门王的故事；也解 Seba，河名，位于波兰。
143 sheath“～”，也解“～”；另外拉丁文的“刀鞘”为 vagina，在英文中也指“～”。
144 bulls“～”，此处解 North Bulls and South Bulls“北布尔斯和南布尔斯”，都柏林的两个沙滩。
145 ruhring 解 roaring“～”；也解 rühren [德]“～”；也解 Ruhe [德]“～”；也解 ruhig [德]“～”；也解 Ruhr，河名，位于德国。
146 spree“～”；也解 spray“～”；也解 Spree，河名，位于德国。
147 surfed“～”；也解 surfeited“～”。
148 Boyarkag 解 boyar“～”，沙俄一贯族阶层，地位仅次于王公；也解 boyarka“～”；也解 Boyarka，河名，位于俄国。
149 buah 解 buadh [爱]“～”；也解 Bub [德]“～”；也解 Bua，河名，位于非洲。
150 Boyana 解 Bóinn [爱]“～”，英国国王威廉三世 1690 年于此击败了爱尔兰人支持的詹姆士二世的军队；也解 Bojana，河名，位于阿尔巴尼亚。
151 bueh 解 buadh [爱]“～”；也解 Buëch，河名，位于法国。
152 erned 解 earned“～”；也解 ern“～”；也解 er [德]“～”；也解 Erne，河名，位于爱尔兰。
153 lille 解 little“～”；也解 Lille，河名，位于法国。
154 Bunbath 解 bath bun“～”，撒糖粉的果脯面包；也解 bath“～”；也解 Banba“～”，爱尔兰传说中的女王，爱尔兰的保护女神，因此也常被用来指代爱尔兰；也解 Batha，河名，位于乍得。
155 staly bred 解 daily bread“～”；也解 steely-bred“～”；也解 stale bread“～”；也解 statly“～”＋bred“～”。
156 trader“～”；也解 traitor“～”。
157 此句化自习语(earning his bread) by the sweat of his brow“辛勤劳作得到口粮”。
158 kaldt [丹]“～”；也解 called“～”；也解 kalt [德]“～”。
159 the waterbaby“～”；也解 *The Water Babies*“～”，英国作家查尔斯·金斯利 1862—1863 年创作的童话。
160 Wasserbourne 解 Wasser [德]“水份”＋bourne“小溪”；也解 winterbourne“～”；也解 Winterbourne，河名，位于英国。
161 Havemmarea 解 Ave Maria [拉]“～”；也解 hav [丹]“～”；也解 Have“～”＋area“～”；也解 Marea，湖名，位于埃及。
162 codfisck ee 解 codfish eye“～”；也解 fisk [丹]“～”；也解字母“～”。此处包含本书主人公名字的缩写 HCE。
163 Shyr 解 sure“～”；也解 Syr Darya，河名，位于俄国。
164 badher 解 bad“坏的”＋her“她”；也解 bodhar [爱]“～”；也解 Bhadra，河名，位于印度。
165 Ay“～”；也解 Ay，河名，位于俄国。
166 bakvandets 解 bak [挪]“后面”＋vande [挪]“潮水”；也解 banquet“～”。
167 sals 解 gals“～”；也解 sail“～”；也解 sal [拉]“～”；也解 sale“～”；也解 sally“～”，美国心理学家莫顿·普林斯的《分裂的人格》一书中克里斯汀·比切普潜意识中的第二个自我；也解 Salso，河名，位于意大利。
168 noo [斯瓦]“～”；也解 now“～”；也解 two“～”。
169 nyumba [斯瓦]“～”；也解 number“～”。
170 choo [斯瓦]“～”；也解 two“～”；也解 Chu“～”，河名，位于中国。
171 chamba [斯瓦]“～”；也解 chamber“～”；也解 Chambal，河名，位于印度。
172 go in till him“～”；其中 till 也解 til [丹]“to”，因此也解 go into him“～”。
173 erring“～”；也解 Erin“～”。
174 cheef 解 chief“～”，巴涅尔被称为爱尔兰的失足领袖；也解 Chef，河名，位于加拿大。
175 aisy-oisy 解 airy-oily“～”；也解 easy“～”；也解 Oise，河名，位于法国。

位大主教乐？她这样？天啊[176]去世|拿个罐子！这太过分了吧[177]？就像黑鬼[178]看[179]曾经镜子[180]盘子|平底小船时吓一大跳。啊，所有我想听的都告诉我，她怎样常常[181]阁楼|高傲地在右边[182]梯形的|灵敏抬高！彩旗[183]兔子落下后的眨眼[184]兔子。假装她不在乎，我没钱[185]，我不在[186]缺席者|谢谢，他这个激情[187]着魔中的男人，拉皮条的[188]掮客|荣誉客人！拉皮条，那是什么？我[189]大便说的是你那俄国[190]捕鱼笼|杰出的印度斯坦[191]黑话[192]手淫！用混合语[193]告诉我们。有话直说[194]（河流）暴涨。难道他们在学校[195]干杯|学堂|学府从没教[196]分享过你希伯来语[197]兄弟吗，你这个反初学者？全都一样，就像比如[198]通过例子现在我要为了管理委员会的事业放弃心灵遥感并假冒[199]拉皮条的|告发你一样。看在上帝的[200]臀骨|屁股上|喷涌|科赛特斯河份上[201]，这就是她的样子吗？不过我不大[202]瓶子认为她会这么下流[203]。你没在她的窗子[204]窗里看到她吗，在柳条椅[205]安乐椅上晃来晃[206]去，放着音乐[207]她前面所有那些楔形[208]阴部|形状文字，假装在小提琴上[209]贪小便宜摆弄[210]打谜似地说|下流的|拉伯雷芦苇[211]挽歌[212]，她在没有乐队的帮助[213]抛弃下开始[214]曲线|弓|无壳的蛋的？当然她连一个D[215]死亡|胡说都弄[216]不出，不管用不用琴弓[217]！当然，她弄不出！这都是啥事儿啊[218]就吸一口。好吧，我至今从来没有听到过像这样的事！再说一些[219]石堆。有多少说多少[220]。好吧，老汉姆拔[221]蜂鸣器|棕土像虎鲸[222]爷爷一样阴郁[223]愁容|面色阴沉|纱球|发出微光，门[224]索尔上有稗草[225]星星，腹股沟长期发炎[226]猫头鹰|腹股沟，户外既无弓手[227]也无枪手，岩石[228]落基山脉山顶是全都烧尽的[229]几乎|全部黑雁烽

176 Gota pot 解 God above“～”;也解 go to God“～”;也解 got a pot“～”;也解 Gota,河名,位于罗马尼亚。
177 Yssel that the limmat 解 isn't that the limit“～”;也解 Ysel,河名,莱茵河的主要支流之一;也解 Limmat,河名,位于瑞典。
178 El Negro 解 the Negro“～”;也解 Rio Negro,河名,位于西班牙和葡萄牙。
179 wonced 解 was“是”;也解 once“～”。
180 Plate“～”,此处指“～”;也解 plate[法]“～”;也解 Plate,河名,位于阿根廷。
181 loft“～”,此处解 oft“～”;也解 loftily“～”。
182 a laddery dextro 解 a latere dextro[拉]“～”;也解 laddery“～”+dexterity“～”;也解 Ladder Burn,河名,位于苏格兰。
183 bunting“～”;也解 bunny“～”。
184 coneywink 解 eyewink“～”;也解 coney“～”;也解 Conewango Creek,河名,位于美国;也解 Coney,河名,位于美国。
185 sina feza[斯瓦]“～”;也解 Sina,河名,位于玻利维亚。
186 me absantee 解 me absente[拉]“～”;也解 absentee“～”;也解 ahsanthe[斯瓦]“～”;也解 Santee,河名,位于美国。
187 passession 解 passion“～”;也解 possession“～”;也解 Asse,河名,位于法国。
188 proxenete 解 proxénèta[法]“～”;也解 proxenêtês[希]“～”;也解 proxenos[希]“～”。
189 Emme 解 me“～”;也解 merde[法]“～”;也解 Emme,河名,位于瑞典。
190 reussischer 解 russischer[德]“～”;也解 Reuse[德]“～”;也解 réussi[法]“～”;也解 Reuss,河名,位于瑞典。
191 Honddu 解 Hindu“～”;也解 Honddu,河名,位于威尔士。
192 jarkon 解 jargon“～”;也解 jerk off“～”;也解 Yarkon,河名,位于以色列。
193 franca lingua 解 lingua franca“(不同语言集团的人作为交际工具共同使用的)混合语”。
194 call a spate a spate 解 call a spade a spade“～”;其中 spate 也解“～”。
195 skol“～”,此处解 school“～”;也解 scoil[爱]“～”;也解 skole[丹]“～”;也解 Skollis,河名,位于希腊。
196 sharee 解 show“～”;也解 share“～”;也解 Shari,河名,位于非洲。
197 ebro 解 Hebrew“～”;也解 brother brother“～”;也解 Ebro,河名,位于西班牙。
198 par examplum 解 par exemple[法]“～”;也解 per exemplum[拉]“～”。
199 proxenete 解 impersonate“～”;也解 proxénète[法]“～”;也解 prosecute“～”。
200 coxyt 解 God's“～”;也解 coxa[拉]“～”;也解 coxim[拉]“～”;也解 kochydeô[希]“～”;也解 Cocytus“～”,希腊神话中冥河的支流;也解 Cox,河名,位于澳大利亚。
201 sake“缘故”;也解 Sake,河名,位于尼日利亚。
202 Botlettle 解 But little“～”;也解 bottle“～”;也解 Botletle,河名,位于非洲。
203 loa 解 low“～”;也解 Loa,河名,位于智利。
204 windaug 解 window“～”;也解 vindauga[古挪]“～”;也解 Windau,河名,位于俄国。
205 osiery chair“～”;也解 easychair“～”。
206 wubbling 解 wobbling“～”。
207 meusic 解 music“～”;也解 Meuse,河名,位于法国。
208 cunniform 解 cuneiform“～”;也解 cunnus[拉]“～”+form“～”。
209 on a fiddle“～”;也解 on the fiddle“～”。
210 ribble 解 fiddle“～”;也解 riddle“～”;也解 ribald“～”;也解 Rabelais“～”(1494—1553),法国作家,著有《巨人传》;也解 Ribble,河名,位于英国。
211 reedy“～”;也解 Reedy,河名,位于美国。
212 derg 解 dirge“～”;也解 Derg,河名,位于爱尔兰。
213 a band on“～”;也解 abandon“～”;也解 Bandon,河名,位于爱尔兰。
214 bogans 解 began“～”;也解 Bogen[德]“～”;也解 bogha[爱]“～”;也解 bogán[爱]“～”;也解 Bogan,河名,位于澳大利亚。
215 dee 解 D,字母 D,也解 die“～”;也可与前面的 fiddle 合解 fiddle-de-dee“～”;也解 Dee,河名,位于英国。
216 fiddan 解 fiddle“～”;也解 Fiddown,河名,位于爱尔兰。
217 bow“～”;也解 Bow,河名,位于加拿大。
218 Tista suck 解 ist a' Sach'[德国口语]“～!”;也解 just a suck“～”;也解 Tista,河名,位于印度;也解 Suck,河名,位于爱尔兰。
219 moher 解 more“～”;也解 mothar[爱]“～”。
220 moatst 解 most“～”。
221 Humber“～”,英格兰北部东海岸的河口;也解 hummer“～”;也解 umber“～”;也解 Humber,河名,位于英国。
222 grampus“～”;也解 grandpa“～”。
223 glommen 解 gloomy“～”;也解 glooming“～”;也解 gloumben[中英]“～”;也解 glomus[拉]“～”;也解 glomm[德]“～”;也解 Glomman,河名,位于瑞士。
224 thor 解 door“～”;也解 Thor“～”,北欧神话中的雷神和战神。
225 tares“～”;也解 star“～”;也解 Tar,河名,位于爱尔兰。
226 buboes“～”;也解 bubo[拉]“～”;也解 boubôn[希]“～”;也解 Bubi,河名,位于非洲;也解 Bubu,河名,位于非洲。
227 bowman“～”;也解 Bowman,河名,位于美国。
228 rockies 解 rocks“～”;也解 Rocky Mountains“～”,位于美国。
229 allbrant 解 all burnt“～”;也解 all but“～”;也解 all brants“～”;也解 Brantas,河名,位于爪哇。

火[230]，厨房或教堂里从未[231]灯点灯，格拉夫顿[232]的围堤上有巨人[233]巨人堤道大洞，霉菌坟墓[234]芬格尔洞|格拉斯温公墓四周是死帽蕈，这位伟大的护民官的古坟[235]上各种毒麦堆积[236]死去|奥康内尔，阴郁地[237]坐[238]在他的座位[239]上，梦[240]戏剧了又梦[241]入梦|梦见|喇叭，愁容满面地[242]节制问着[243]令人不安的测验[244]喜欢戏弄别人的人，他的儿童亚麻围巾给他的葬礼[245]丧仪打气，在那儿他在摩门[246]时刻|早晨时代[247]泰晤士河|《泰晤士报》里查验着他们的死亡[248]深度，通过[249]是遗赠[250]寻找|问题和彩金[251]传单|回答，跳啊[252]三级跳远、踏啊、一个深渊[253]加深，他在他们的辛苦劳作[254]《每日邮报》|莫约拉中诞生[255]锚位，他的吞咽器从 12 点[256]敞开到 4[257]在前面的点，水沟的鹬[258]中伤|贫民窟的小孩啄食着[259]他的庄稼[260]鳄鱼|身体，一个人绝食抗议，把世界末日[261]毁灭|古怪之人留给自己[262]她自己，忍受着他的命运[263]，怒火[264]冲天，流海儿梳到眼睛[265]蛋上，在空中[266]在阁楼上做着梦[267]入梦直到看到星星[268]星辰|斯特恩，在黑袜子[269]黝黑的牛、白裤子[270]宽松下垂的裤子|杂草丛生的小溪|马裤、布达[271]同伴|阴茎|佛的奶头和佩斯害虫的腰[272]之后，打量[273]《彼尔·金特》|巴涅尔着教区[274]巴黎是否值[275]那么[276]多[277]混乱。你会以为一切都是他的睡眠[278]渡渡鸟，他是怎样在监狱[279]的墙[280]可耻的|山谷|居住里昏昏沉沉地[281]做着梦[282]。他已经打了七[283]年嗝[284]痒|七年之痒了。而她就在那儿，汉娜·丽维娅，她不敢[285]有丝毫[286]食用蛾螺睡意，像垂髫少女一样在四周潺潺流淌[287]珠子般地散布，走啊逛啊[288]水啊水啊|一指宽|水，一指深，穿着拉普兰夏裙[289]，深紫色[290]亚马孙河的脸蛋，因为要去向她那亲爱的帅哥[291]亲爱肮脏的都柏林|日安问[292]是他早

230 bales"~";也解 Baal(fire),指古爱尔兰在 5 月 1 日前夜举行的太阳神火仪式;也解 Bale,河名,位于非洲。
231 nera 解 never a"~";也解 ner [希伯来]"~";也解 Nera,河名,位于意大利和西班牙。
232 Grafton"~",街道名,位于都柏林。
233 giant's"~";也可与后面的 causeway 合解 Giant's Causeway"~",位于爱尔兰北部。
234 Funglus grave 解 fungus"霉菌"+grave"坟墓";也解 Fingal's Cave"~",位于英国苏格兰西部的赫布里底群岛;也解 Glasnevin"~",位于都柏林主城区。
235 barrow"~";也解 Barrow,河名,位于爱尔兰。
236 occumule 解 accumulate"~";也解 occumbo [拉]"~";也解 Daniel O'Connell"~"(1775—1847),1829 年领导爱尔兰天主教徒赢得了参加议会的权利。
237 sambre 解 sombre"~";也解 Sambre,河名,位于比利时和法国。
238 sittang 解 sitting"~";也解 Sittang,河名,位于缅甸。
239 sett 解 seat"~";也解 Sette,河名,位于巴西。
240 drammen 解 dreaming"~";也解 Dramen [德]"~";也解 Drammen,河名,位于瑞士。
241 drommen 解 dreaming"~";也解 droomen [荷]"~";也解 drømmende [丹]"~";也解 Drommet [德]"~";也解 Drome,河名,位于法国。
242 ruful continence 解 rueful countenance "~"。西班牙作家塞万提斯笔下的堂吉诃德也称"愁容骑士";其中 continence 也解"~";其中 ruful 也解 Rufu,河名,位于非洲。
243 usking 解 asking"~";也解 Usk,河名,位于英国。
244 quizzer"~";也解 teaser"~"。
245 obsequies"~";也解 obsequiae [拉]"~"。
246 mormon 解 Mormon"~";也解 moment"~";也解 morning "~";也解 Mormon,河名,位于美国。
247 thames 解 times"~";也解 Thames"~",位于英国;也解 *The Times*"~"。
248 debths 解 deaths"~";也解 depth"~"。
249 be"~",此处解 by"~"。
250 questing"~",此处解 bequest"~";也解 question"~"。
251 handsetl 解 handsel"~";也解 Handzettel [德]"~";也解 answer"~"。
252 hop"~";也可与后面的 jump 合解 hop step and jump"~";也解 Hop,河名,位于美国。
253 deepend 解 deep end"~";也解 deepened"~"。
254 toiling moil 解 toil and moil"~";也解 *Daily Mail*"~";也解 Moyle"~",爱尔兰与苏格兰之间的海峡;也解 Moi,河名,位于非洲。
255 berths"~",此处解 birth"~"。
256 swolf 解 zwolf [德]"~"。
257 fore"~",此处解 four"~"。
258 the snipes of the gutter"~";其中 snipes 也解 snipe"~";也解 guttersnipe"~"。
259 pecking"~";也解 Peck,河名,位于阿富汗。
260 crocs"~",此处解 crops"~";也解 corps [法]"~";也解 Crow,河名,位于美国;也解 Crocodile,河名,位于南非。
261 doomsdag 解 doomsday"~";也解 doom"~"+dag"~"。
262 hunselv 解 himself"~";也解 hunselv [丹]"~";也解 Hunse,河名,位于荷兰。
263 weird"~";也解 Weir,河名,位于美国。
264 dander"~";也解 Dande,河名,位于美国。
265 eygs 解 eyes"~";也解 eggs"~"。
266 on loft 解 aloft"~";也解 on the loft"~"。
267 droming 解 dreaming"~";也解 droomen [荷]"~";也解 Drome,河名,位于法国。
268 sternes 解 Stern [德]"~";也解 stjerne [丹]"~";也解 Laurence Sterne"~"(1713—1768),英国作家,著有《项狄传》。
269 zwarthy kowse 解 zwarte kousen [荷]"~";也解 swarthy cows"~";也解 Zwarte,河名,位于荷兰;也解 Kowsha,河名,位于俄国。
270 weedy broeks 解 witte broek [荷]"~";也解 wijde broek [荷]"~";也解 weedy brooks"~";其中 broeks 也解 breeks"~";也解 Willibroek,运河名,位于比利时。
271 buddy ... pest"~",此处解 Budapest"~",匈牙利首都,被多瑙河分为布达和佩斯两部分;也解 bod [爱]"~";也解 Buddha"~";也解 Buda,河名,位于罗马尼亚。
272 loits 解 loins"~",被认为是生殖力之源。
273 peer"~";也解 *Peer Gynt*"~",挪威剧作家易卜生的戏剧;也解 Parnell"~"。
274 Parish"~";也解 Paris"~"。
275 worth"~";也解 Worth,河名,位于英国。
276 thette 解 that"~";也解 Thet,河名,位于英国;也解 Tete,河名,位于非洲。
277 mess"~",此处解 mass"~";也解 Mess,河名,流经卢森堡。
278 dodo [法]"~";也解 dodo"~";也解 Dodo,河名,位于非洲。
279 durance"~";也解 Durance,河名,位于法国。
280 vaal 解 wall"~";也解 vile"~";也解 vale"~";也解 dwell"~";也解 Vaal,河名,位于南非。
281 adranse 解 in a trance"~";也解 Adra,河名,位于西班牙;也解 Adranos,河名,位于土耳其;也解 Dranse,河名,位于瑞典。
282 durmed 解 dreamed"~";也解 Durme,河名,位于比利时。
283 severn 解 seven"~";也解 Severn,河名,位于英国。
284 belching"~";也解 itching"~",可以与后面的 severn years 合解"~"。
285 darent 解 daren't"~";也解 Darent,河名,位于英国。
286 winkle"~",此处解 wink"眨眼"。
287 purling"~";也解 pearling"~"。
288 Wendawanda 解 wend [古体]"走"+wander"闲逛";也解 water water"~";也解 wanda [斯瓦]"~";也解 vand [丹]"~";也解 Wandle,河名,位于英国;也解 Wando,河名,位于美国。
289 拉普兰的夏天很短,此处指裙子很短。
290 damazon 解 damson"~";也解 Amazon"~",位于南美洲。
291 dear dubber Dan 解 dear"亲爱的"+Dapper Dan"帅哥",指聪明而有魅力的男人;也解 dear dirty Dublin"~";也解 dobar dan [塞维]"~";也解 Dan,河名,位于美国。
292 ishim 解 wish him"~";也解 is him"~";也解 Ish,即本书主人公的女儿伊茜;也解 Ishim,河名,位于俄国。

安[293]，带着从他的玛奇[294]那儿拿来的新土豆[295]幼发拉底河和盐[296]瀑布。在特殊时候她会给他烧好一堆堆的[297]布卢姆鱼[298]国库，把她那茜草色的蛋[299]眼睛放到他的心脚下[300]下蛋，蛋[301]，还有土司[302]海岸配丹麦培根[303]西班牙培根|污点|培根，以及一杯半[304]哥本哈根|哥本哈根市如此淡而无味[305]哇的绿地茶[306]，或者一汤罐[307]少许的摩卡[308]牛奶|摩卡咖啡咖啡[309]咀嚼黑色品种[310]沙，或者西江的[311]糖[312]甜蜜的，或者装在真正艺术的锡器[313]使徒彼得中的蕨类麦芽酒和一只火腿三明治[314]低劣的面包|火腿(你好吗，先生[315]熏肉|火腿|香蕉|含|闪姆?)，好让那个男人高兴[316]取悦，并且[317]猪保持他的食欲[318]三角胸衣，直到她的双膝[319]比利牛斯山脉|比拉缩小成肉豆蔻磨粉器，而她的一对关节[320]弯接头因痛风[321]而颤抖[322]剥去外皮，筛子[323]袖子|留有后手上抬着堆得满满的食物[324]生存|河流尽可能急急忙忙地冲[325]煤烟向(涌[326]烧焦起[327]巨人勃然[328]流星|露水|谁大怒[329]发怒)我强壮的[330]哈代海克[331]这|见鬼!|赫克拉火山，他会把它们扔[332]掷|箱出去[333]虔诚的|牛奶麦粥，带着一阵[334]瞪视蔑视，就等于说你 X 和你 X[335]播种，如果他没把盘子[336]托盘|扁平的叉进她的脚趾[337]，相信我你，她就够安全的了。然后她会要求[338]缺点吹[339]一首颂歌，《心沉落》[340]或《马娄的斜坡》[341]或者迈克尔·基里[342]的《毁谤如风吹过》[343]或者一点儿巴尔夫[344]式的《老情人罗宾逊》。这样[345]干旱|大旱吹[346]一阵笛子[347]会把你劈成两半！她会揍[348]减弱聚集在巴别塔[349]的梯田[350]塔上的母鸡[351]恒河。如果她知道怎么撅起[352]鸟蛤她的嘴巴又有什么不好呢！他[353]嗡嗡声一言[354]没有一点儿声音不发，不比轧干机[355]饲料甜菜更多。那是信仰吗？那是

293 bonzour 解 bonjour“～”。
294 maggias 解 Maggies“～”,本书主人公的女儿的另一名称;也解 Maggia,河名,位于瑞士。
295 neuphraties 解 neu-“新的”＋phráta［爱］“土豆”;也解 Euphrates“～”,位于中东地区。
296 sault“～”,此处解 salt“～”。
297 blooms 解 bloom“～”;也解 Leopold Bloom“～”,《尤利西斯》的主人公;也解 Bloem,河名,位于非洲。
298 fisk“～”,此处解 fisk［丹］“～”。
299 eygs 解 eggs“～”;也解 eyes“～”。
300 lay to his heartsfoot“～”,化自习语 lay to heart“放在心上”;其中 lay 也解“～”。
301 yayis 解 yayi［斯瓦］“～”＋-s。
302 toasc 解 toast“～”;也解 coast“～”。
303 staynish beacons 解 Danish bacon“～”,丹麦著名产品;也解 Spanish bacon“～”;其中 staynish 也解 stain“～”;也解 Stenness,河名,位于苏格兰;其中 beacons 也解 Bacon“～”(1561—1626),英国哲学家。
304 a cupenhave 解 a cup and a half“～”;也解 Copenhagen“～”,惠灵顿的著名坐骑;也解 København［丹］“～”。
305 weeshywashy 解 wishy-washy“～”;也解 mhuise-mhaise［爱］“～”,感叹词。
306 tay 解 tea“～”;也解 Tay,河名,位于苏格兰。
307 dzoupgan 解 soup“汤”＋can“罐”;也解 soupcon“～”;也解 Dzubgan,河名,位于俄国;也解 Oup,河名,位于非洲。
308 mokau 解 Mocha“～”;也解 milk“～”;也解 Mokka［德］“～”;也解 Mokau,河名,位于新西兰。
309 Kaffue 解 coffee“～”;也解 Kaffee［德］“咖啡”;也解 kauen［德］“～”;也解 Kafue,河名,位于非洲。
310 an sable“～”;也解 sable［法］“～”;也解 Au Sable,河名,位于美国。
311 Sikiang［中］“～”,珠江的干流。
312 sukry 解 sugar“～”;也解 sucré［法］“～”;也解 Sukri,河名,位于印度。
313 pewter“～”;也解 Peter“～”。
314 shinkobread 解 Schinkenbrot［德］“～”;也解 stinko bread“～”;也解 shunka［塞维］“～”;也解 Shinko,河名,位于非洲。
315 Hamjam bobana 解 hujambo, bana?［斯瓦］“～”;也解 ham“～”＋jambon［法］“～”＋banana“～”;也解 Ham“～”,《圣经》中挪亚的儿子;也解 Shem“～”,本书主人公的儿子;也解 Bana,河名,位于阿拉伯半岛。
316 plaise 解 plaire［法］“～”;也解 please“～”。
317 hog“～”,此处解 og［丹］“～”。
318 stomicker 解 stomach“～”;也解 stomacher“～”;也解 Tomi,河名,位于俄国。
319 pyrraknees 解 pair of knees“～”;也解 Pyrenees“～”,位于欧洲西南部;也解 Pyrrha“～”,丢卡利翁的妻子,他们是古希腊神话中在大洪水之后创造人类的夫妇。
320 togglejoints 解 double joints“～”;也解 toggle joint“～”。
321 goyt 解 gout“～”;也解 Goyt,河名,位于英国。
322 shuck“～”,此处解 shook“～”。
323 sieve“～”;也解 sleeve“～”;也可与前面的 up 合解 up one's sleeve“～”;也解 Sieve,河名,位于意大利。
324 vivers“～”;也解 vivo［拉］“～”;也解 rivers“～”;也解 Vivero,河名,位于西班牙。
325 russ 解 rush“～”;也解 Ruß［德］“～”;也解 Russ,河名,位于德国。
326 swales“～”,此处解 swell“～”;也解 Swale,河名,位于英国。
327 rieses 解 rises“～”;也解 Riese［德］“～”;也解 Reese,河名,位于美国。
328 metauwero 解 towering“～”;也解 meteor“～”;也解 Tau［德］“～”;也解 wer［德］“～”;也解 Metauro,河名,位于意大利。
329 rage“～”;也解 Rage［德］“～”。
330 hardey 解 hardy“～”;也解 Thomas Hardy“～”(1840—1928),英国作家;也解 Hardey,河名,位于澳大利亚。
331 Hek“～”,人名,指本书的主人公 HCE;也解 haec［拉］“～”;也解 heck“～”;也解 Hekla“～”,位于冰岛南部。
332 kast 解 cast“～”;也解 kaste［丹］“～”;也解 Kasten［德］“～”。
333 frome 解 from“～”;也解 fromm［德］“～”;也解 frumenty“～”;也解 Frome,河名,位于英国。
334 stour“～”;也解 stare“～”;也解 Stour,河名,位于英国。
335 sow and ... sozh 解 so and so“如此这般”;其中 sow 也解“～”;也解 Sow,河名,位于英国;也解 Sozh,河名,位于俄国。
336 platteau 解 platter“～”;也解 plateau［法］“～”;也解 platt［德］“～”;也解 Platte,河名,位于美国。
337 tawe 解 toe“～”;也解 Tawe,河名,位于威尔士。
338 esk 解 ask“～”;也解 easc［爱］“～”;也解 Esk,河名,位于英国。
339 vistule 解 whistle“～”;也解 Vistula,河名,位于波兰和俄国。
340 *The Heart Bowed Down*“～”,英国剧作人阿尔弗雷德·邦恩(Alfred Bunn)的歌曲;其中 Heart 也解河名,位于美国。
341 *The Rakes of Mallow*“～”,爱尔兰民歌。
342 Chelli Michele 解 Michael Kelly“～”(1762—1826),爱尔兰作曲家和男高音。
343 La Calumnia è un venticello“～”,意大利作曲家罗西尼的歌剧《塞维亚的理发师》中的歌曲。
344 balfy 解 Michael William Balfe“～”(1808—1870),爱尔兰作曲家,著有《波希米亚女郎》。
345 Sucho 解 Such“～”;也解 sucho［捷］“～”;也解 susha［塞维］“～”;也解 Sobek,希腊神话中的鳄鱼神;也解 Sucio,河名,位于南美洲。
346 fuffing 解 puffing“～”;也解 fuff“～”。
347 fifeing 解 fifing“～”。
348 bate“～”,此处解 beat“～”。
349 Babbel 解 Babel“～”,人类建造的通天塔。
350 turrace 解 terrace“～”;也解 turris［拉］“～”。
351 hen“～”;也解 Heng“～”,位于中国。
352 cockle“～”,此处解 cock“～”,化自习语 cock one's ears“竖起耳朵”。
353 Hum“～”,此处解 him“～”。
354 mag［俚］“～”;也解 not a meg［英爱］“～”。
355 mangle weight“～”,洗衣时用来压干衣服的东西;也解 mangel-wurzel“～”。

事实。那么写[356]骑|读下这个富与珍[357]皇家的的罗曼司[358]。阿诺娜[359]番荔枝属|收成|汉娜·丽维娅，天生的[360]贵族[361]食利者丽维娅[362]雪白的|尼姆，感觉[363]科学和艺术[364]的女儿[365]小女|烛芯|可是|令爱，带着火星的火河[366]火|烧|他|轻拍闪烁[367]她的扇子[368]，还有她[369]汉娜那结霜常春藤般的[370]霜化|竞争的长发掺杂[371]暴雨砾块平原着萤火虫[372]虱子，而此时舞会美女们在她们赤裸的[373]持有人的|熊毛皮皮肤下[374]尖叫[375]使光滑而发亮|缩水！——穿着变色玉[376]做的时兴长服，可以罩住[377]抢劫两只红衣主教椅的木头[378]世界，压碎可怜的卡伦[379]，闷死麦克凯伯[380]马加比家族|《慈母颂》。唉，无聊的家伙[381]火焰！他们紫色的[382]紫色|紫红色|鲜红色|词藻华丽的段落补丁！梵天[383]布拉汉姆让他沿饲料斜槽下来，带着她的56[384]五十六|汾河种爱抚的结局，粉[385]耻辱|雌火鸡，蠢婆娘从她的鼻子上洒落：摇篮中的孩子[386]多孔的|大吵大闹，柳条男人[387]篮子|壹耳微蚵！喂，宝贝，求你别死！你知不知道她开始吱吱地要什么，用精心选择的如同潺潺流水[388]机遇|滴漏|格拉克的声音，或者麦尔巴[389]河口的三角洲夫人对罗密欧里兹克[390]里兹克说话的声音？你永远猜不出来。告诉我。告诉我。菲比，最最亲的，说吧，啊，告诉我，我多爱你，你都不知道。假装她[391]母鸡对来自岛[392]小岛上的颤音歌曲[393]乐曲懵懂无知：我多么爱那些美丽的小女孩儿[394]高高的地狱裙子看到母鸡女士熏制悬挂百合花的小猪：用洪亮的[395]声调如此[396]索阿岛这般[397]等等[398]河湾|佛斯湾等等[399]，伯沙大叔[400]大叔|路|聋的穿着他的沙褐色[401]星期天|圣诞老人斗篷像脚气[402]一样在下面，那么不情愿[403]，聋得像个哈欠[404]，傻瓜[405]！走开！可怜的聋子[406]老宝贝

356 riding“～”，此处解 writing“～”；也解 reading“～”。
357 ricka and roya 解 *Rich and Rare*“～”，托马斯·穆尔创作的歌曲；其中 roya 也解 royal“～”；也解 Roya，河名，位于意大利。
358 romanche 解 romance“～”；也解 Romanche，河名，位于法国。
359 Annona“～”，罗马神话中的收获女神；也解 annona“～”；也解 annona［拉］“～”；也解 Anna Livia“～”，本书女主人公。
360 gebroren 解 geboren［德］“～”；也解 Ebro，河名，位于西班牙。
361 aroostokrat 解 aristocrat“～”；也解 arostokratês［希］“～”；也解 Aroostook，河名，位于美国。
362 Nivia 解 Anna Livia“～”，本书女主人公；也解 nivea［拉］“～”；也解 Nimb“～”，爱尔兰神话中的人物，将我相带往永生之地；也解 Navia，河名，位于西班牙；也解 Nive，河名，位于法国。
363 Sense“～”；也解 science“～”；也解 Sense，河名，位于瑞士。
364 Art“～”；也解 Arta，河名，位于希腊。
365 dochter 解 daughter“～”；也解 dochter［荷］“～”；也解 Docht［德］“～”；也解 doch［德］“～”；也解 Tochter［德］“～”。
366 pirryphlickathims 解 Pyriphlegethon“～”，希腊神话中的冥界之河；也解 pyr［希］“～”＋phlegeton［希］“～”＋him“～”；也解 flick“～”。
367 funkling 解 funkeln［德］“～”。
368 fan“～”；也解 Fan，河名，位于阿尔巴尼亚。
369 anner 解 and her“～”；也解 Anna“～”，本书女主人公；也解 Anner，河名，位于爱尔兰。
370 frostivying 解 frost“霜”＋ivy“常春藤”＋-ing；也解 frostifying“～”；也解 vying“～”。
371 dasht“～”，此处解 dash“～”；也解 Dasht，河名，位于巴基斯坦。
372 virevlies 解 fireflies“～”；也解 vlies［荷］“～”；也解 Vlie，海峡名，位于荷兰；也解 Vire，河名，位于法国。
373 bearers“～”，此处解 bare“～”；也可与后面的 skins 合解 bearskins“～”。
374 nith 解 neath“～”；也解 Nith，河名，位于苏格兰。
375 sreeked 解 shrieked“～”；也解 sleek“～”；也解 shrinked“～”。
376 jade“～”；也解 Jade，河名，位于德国。
377 robe“～”；也解 rob“～”；也解 Robe，河名，位于澳大利亚。
378 wood“～”；也解 world“～”；也解 Wood，河名，位于加拿大和美国。
379 Cullen 解 Paul Cullen“～”(1803—1878)，都柏林主教，其继任者即麦克凯伯。
380 MacCabe 解 Edward MacCabe“～”(1816—1885)，都柏林主教；也解 Maccabees“～”，公元前 1 世纪统治巴勒斯坦的犹太祭司家族；也解 *Mother Machree*“～”，1928 年的一部无声电影，描写 1 个穷困的爱尔兰移民在美国的生活。
381 blazerskate 解 blatherskite“～”；也解 Blazes“～”，《尤利西斯》中的人物博伊兰的名字。
382 porpor 解 purple“～”；也解 purpur［德］“～”；也解 purpura［拉］“～”；也解 porpora［意］“～”；也可与后面的 patches 合解 purple patches“～”。
383 brahming 解 Brahma“(印度教)～”；也解 John Braham“～”(1774—1856)，英国男高音；也解 Brahmani，河名，位于印度。
384 femtyfyx 解 fifty-six“～”；也解 femtiseks［挪］“～”；也解 Fen“～”，位于中国。
385 poother 解 powder“～”；也解 pudor［拉］“～”；也解 Pute［德］“～”。
386 Vuggybarney 解 vuggeborn［丹］“～”；也解 vuggy“～”＋barney“～”；也解 Vouga，河名，位于波兰。
387 Wickerymandy 解 Wicker“柳条”＋mand［丹］“男人”；也解 mand［荷］“～”；也解 Earwicker“～”，本书男主人公。
388 waterglucks 解 water“水”＋gluck［德］“水汩汩声”；也解 Glücks［德］“～”；也解 water clocks“～”；也解 Alma Gluck“～”(1884—1938)，罗马尼亚和美国女高音歌唱家。
389 Delba 解 Nellie Melba“～”(1861—1931)，澳大利亚女高音歌唱家；也解 delta“～”。
390 Romeoreszk 解 Romeo“罗密欧”，莎士比亚的戏剧《罗密欧与朱丽叶》的男主人公＋Jean de Reszke“里兹克”(1850—1925)，波兰男高音，曾与麦尔巴一起唱《罗密欧与朱丽叶》。
391 hoon var 解 hun var［丹］“～”；也解 Huhn war［德］“～”；也解 Var，河名，位于法国。
392 holmen［丹］“～”，此处解 holm“～”；也解 Holme，河名，位于英国。
393 sangs 解 songs“～”；也解 sang［丹］“～”；也解 Sanga，河名，位于非洲。
394 High hellskirt saw ladies hensmoker lilyhung pigger 解 Jeg elsker saaledes hendes smukke lille unge piger［丹］“～”；也可直解为 High hell skirt saw ladies hen smoke lily hung pig“～”；其中 lilyhung 也解 Lulanga，河名，位于非洲；其中 pigger 也解 Pigg，河名，位于美国。
395 sonora 解 sonore［法］“～”；也解 Sonora，河名，位于墨西哥。
396 soay 解 so“～”；也解 Soay“～”，位于英国；也解 Soar，河名，位于英国。
397 soan 解 so on“～”；也解 Soan，河名，位于印度。
398 so firth 解 so forth“～”；其中 firth 也解“～”；也可与后面的 forth 合解 Firth of Forth“～”，位于苏格兰东海岸。
399 so forth“～”；也解 Forth，河名，位于澳大利亚。
400 Oom Bothar 解 Louis “Oom” Botha“～”(1863—1919)，南非德兰士瓦省的领导人；其中 Oom 也解［荷］“～”；其中 Bothar 也解 bóthar［爱］“～”；也解 bothered［英爱］“～”；也解 Botha，河名，位于加拿大。
401 sandy“～”；也解 Sunday“～”；也解 Sandy，河名，位于美国；也可与后面的 clock 合解 Santa Claus“～”。
402 Bheri-Bheri 解 beriberi“～”；也解 Bheri，河名，位于印度。
403 umvolosy 解 unwilling“～”；也解 Umvolosi，河名，位于非洲。
404 yawn“～”。此句化自习语 as deaf as a door“一点儿也听不见”；也解 Yaw，河名，位于缅甸。
405 stult 解 stultus［拉］“～”。
406 deef 解 deaf“～”；也解 Dee，河名，位于英国。

儿！你们是[407]开玩笑吧！汉娜·利维[408]生命？就像谈话[409]粉笔为我作证！她是不是穿着袜子[410]起来，迈步一路[411]小跑，站在门[412]户里，抽着她的老烟斗[413]，所有傻女[414]仆[415]或迷人[416]农妇都走在堆满的[417]帕尔端|里端路路上，苏伊、芳道里、戴瑞[418]，或者麦瑞、米露可露、阿妮[419]或歌拉[420]爱|格拉尼娅，通常她不会滑进出击门[421]玷污|港口里让自己当傻瓜或出丑吗？你是不是说，傻柱子[422]苏黎士邮政总局？浇你水[423]贝都因人，流浪者，我说的就是！把她们叫进来，一个个叫（这儿是扭臀舞[424]奸污|臀部！这儿是酒吧球童[425]小便|恶棍！）在窗台[426]上踢个吉格舞什么的，给他们看看怎么摇动他们的膝盖[427]狂饮|摆动他们的腿，还有给雅士看看如何记起视线之外的最令人高兴的衣服，以及女仆对男人的所有手段，发出一种好像二又一便士或半克朗的咯咯声，并且高举一枚银[428]币。老天爷，老天爷，她这样做？咳，我听过的所有人没有一个这样！把世界上的所有漂亮[429]鼻子小[430]婊子都扔给他！对所有[431]小酒店被捉住的荡妇，不管什么性别什么游戏[432]使……满意的|使人满意的风格你想要每次[433]和一个鞣皮匠两个，一个丽丝[434]一个露茜[435]来抱抱，在驼背的围裙里找到[436]拥有天堂！

而且她做的什么怪[437]使人厌烦的韵[438]押韵啊！啊那个[439]啊，说吧|他恨|他敢|他听！啊那个！我狠命[440]冰雹敲打[441]丹尼斯·弗罗伦斯·麦克卡锡[442]的连体内衣[443]的时候，把这事儿的动向[444]告诉我。升吧，你们这些潮水[445]吹长笛，轻缓地！[446]维司病|（音乐中）轻的|很快|洪水我的脚开始碘化掉落我正渐渐死去，直到我学会[447]教汉

407 Yare 解 Ye are“～”;也解 Yare,河名,位于英国。
408 Liv 解 Livia“～”的简称;也解 liv [丹]“～”。
409 chalk“～”,此处解 talk“～”。此句化自习语 as God is my judge!“上帝作证!”;也解 Chalk,河名,位于加拿大。
410 sorgues 解 socks“～”;也解 Sorgues,河名,位于法国。
411 doon 解 down“～”;也解 Doon,河名,位于英国。
412 douro 解 door“～”;也解 dour [英爱]“～”;也解 Douro,河名,位于伊比利亚半岛。
413 dudheen“陶制短柄烟斗”;也解 Dudhi,河名,位于印度。
414 siligirl 解 silly girl“～”;也解 Siligir,河名,位于俄国。
415 shirvant [英爱]“～”;也解 Shirvan,河名,位于伊朗。
416 wensum 解 winsome“～”;也解 Wensum,河名,位于英国。
417 pilend 解 piled“～”;也解 Pile Ends“～”,18 世纪都柏林城墙的南端;也可与后面的 roads 合解 Mile End Road“～”,伦敦路名。
418 Daery,人名;也解 Derry“～”,位于北爱尔兰;也解 Daer,河名,位于英国。
419 Milucre, Awny 解 Milucra, Aine“～”,在凯尔特神话中这两个女孩爱着芬·麦克尔。
420 Graw,人名;也解 grádh [爱]“～”;也解 Grania“～”,芬·麦克尔的未婚妻,与芬·麦克尔的侄子德莫特私奔。
421 sullyport 解 sallyport“(碉堡或防御工事的)～”;也解 sully“～”+port“～”。
422 sillypost 解 silly“傻的”+post“柱子”;也解 Sihlpost“～”,苏黎士的主要邮局;也解 Sihl,河名,位于瑞士。
423 Bedouix 解 be doused“～”;也解 Bedouin“～”。
424 Blockbeddum 解 black bottom“～”,20 世纪 20 年代产生于美国的一种舞蹈;也解 block [俚]“～”+bottom“～”。
425 Shoebenacaddie 解 shebeen“地下酒吧”+caddie“球童”;也解 shoben [日]“～”;也解 cad“～”;也解 Shubenacadie,河名,位于加拿大。
426 sihl 解 windowsill“～”;也解 Sihl,河名,位于瑞士。
427 benders“～”,此处解 bend-er“弯曲处”,即“膝盖”;也可与前面的 shake their 合解“～”。
428 silliver 解 silver“～”;也解 Silver,河名,爱尔兰和美国都有该名称的河;也解 Siller,河名,位于印度。
429 neiss 解 nice“～”;也解 nose“～”;也解 Neisse,河名,位于波兰。
430 little“～”;也解 Little,河名,位于美国。
431 inny 解 any“～”;也解 inn“～”;也解 Inny,河名,位于爱尔兰;也解 Inn,河名,位于瑞士。
432 pleissful 解 playful“～”;也解 please-ful“～”;也解 pleasurable“～”;也解 Pleisse,河名,位于德国。
433 adda tammar 解 at a time“～”;也解 and a tanner“～”;也解 Adda,河名,位于意大利;也解 Tamar,河名,位于英国。
434 lizzy 解 Alice“～”,《爱丽丝漫游奇境记》的女主人公;也解 Liz,河名,位于葡萄牙。
435 lossie,人名;也解 Lossie,河名,位于英国。
436 hab 解 have“～”;也解 haben [德]“～”;也解 Hab,河名,位于巴基斯坦。
437 wyerye 解 eerie“～”;也解 weary“～”;也解 Wye,河名,位于英国;也解 Rye,河名,位于爱尔兰。
438 rima [意]“～”;也解 rhyme“～”;也解 Rima,河名,位于尼日利亚。
439 Odet! 解 O det! [丹]“～”;也解 o dit [法]“～”;也解 odit [拉]“～”;也解 audet [拉]“～”;也解 audit [拉]“～”;也解 Odet,河名,位于法国。
440 hail“～”,此处解 hell,与前后合解(beat) hell out of“～”。
441 lathering“狠狠地打,用肥皂洗出泡泡”。
442 19 世纪后半叶的爱尔兰诗人,著有《向下一瞥》等。
443 combies 解 combs“～”。
444 trent 解 trend“～”;也解 Trent,河名,位于英国。
445 flut 解 Flut [德]“～”;也解 flute“～”。
446 pian piena 解 pian piano [意]“～”;其中 pian 也解“～”,一种皮肤病;也解 piano“～”;也解 pian [芬]“～”;也解 Pian Creek,河名,位于澳大利亚;其中 piena 也解 [意]“～”;也解 Pienaars,河名,位于南非。
447 lerryn 解 learn“～”;也解 lehren [德]“～”;也解 Lerryn,河名,位于英国。

娜·丽维娅的《卡心·露》[448]，一人撰写[449]书面命令，两人解说[450]读|讲话，被一只母鸡[451]池塘在公园[452]园林里找到[453]！我能看到，我看到你在。它是怎么说[454]骚乱|挖通道|东奔西跑地玩的？现在听着。你在听吗？是的，是的，我确实[455]我会需要在听！把你的耳[456]耳朵[457]向外转过来[458]山中小湖|见鬼！！听听听着[459]偷听|第一课|小酒店|吃|太阳！

在地球的尽头乌云密布，但我强烈渴望一只崭新的屁股[460]岸边，该死的[461]老天爷！我想要，而且是一只更丰满的！

因为我的小[462]油灰|可爱的|不重要的风流韵事已经陈旧不堪了，就是这样，坐着，说个不停[463]裂开缺口，等着我的老丹麦人[464]乌龟王八蛋[465]霍德尔，我的生命与死亡相伴，我那打开我们食品柜的节俭钥匙、我那变化巨大的驼峰、我的关节损害者、我的五月之月[466]的蜜[467]蜜月、我无法与那最后的十二月之人[468]十二月党人相比，他从他的冬日打盹中自己醒来，像他过去常做的那样把我打垮。

什么地方[469]有采邑领主或郡选议员[470]可以敲打，我在想，会扔到水里两便士或双份的钱让我给他洗净和织补他可敬的袜子？因为现在我们已经没有马肉麦片汤和牛奶[471]了。

要不是我的布里塔斯[472]短床弄得像闻起来一样舒适，我就会跳起来[473]岸离开[474]去图尔加[475]的[476]烂泥地或克伦塔夫[477]之滨[478]在……的海滨|劳累，去感受[479]我那折磨人的[480]都柏林盐水海湾里轻快的[481]空气[482]，还有这个吹上我的河口[483]的海风[484]海|冬天急流。

然后呢[485]当然！然后呢！再多告诉我一些。告诉我每件小

448 cushingloo 解 *Cusheen Loo*“～”,凯尔特传说和歌曲;也解 Cushina,河名,位于爱尔兰;也解 Cushing Creek,河名,位于美国。

449 writ“～”,此处解 written“～”。

450 rede“～”;也解 read“～”;也解 Rede [德]“～”;也解 Rede,河名,位于英国。

451 poule [法]“母鸡,轻佻的女人”;也解 pool“～”。

452 parco [意]“～”;也解 park“～”。

453 trouved 解 trouver [法]“～”。

454 tummel [丹]“～”,此处解 tell“～”;也解 tunnel“～”;也解 tummeln [德]“～”;也解 Tummel,河名,位于英国。

455 Idneed 解 indeed“～”;也解 I'd need“～”。

456 ore 解 Ohr [德]“～”;也解 øre [丹]“耳朵”;也解 Ore,河名,位于英国。

457 ouse 解 auris [拉]“～”;也解 out“～”;也解 Ouse,河名,位于英国。

458 Tarn“～”,此处解 turn“～”;也解 darn“～”;也解 Tarn,河名,位于法国。

459 Essonne inne 解 Listen-ing“～”;也解 Listen in“～”;也解 Lesson one“～”;也解 inn“～”;也解 essen [德]“～”;也解 Sonne [德]“～”;也解 Essonne,河名,位于法国;也解 Inn,河名,位于瑞士。

460 bankside 解 backside“～”;也解 bank side“～”。

461 bedamp 解 bedamn“～”;也解 bedad“～”。

462 putty“～”,此处解 petit [法]“～”;也解 pretty“～”;也解 petty“～”。

463 yapping“(对一些无关紧要的事)～”;也解 gaping“～”。

464 Dane“～”;也解 Dane,河名,位于英国。

465 hodder dodderer 解 hoddie-doddie [俚]“～”;也解 Hodur“～”,北欧神话中的黑暗神;也解 Hodder,河名,位于英国;也解 Dodder,河名,位于爱尔兰。

466 maymoon 解 May moon“～”,出自歌曲《五月新月》(*The Young May Moon*),爱尔兰音乐家托马斯·穆尔的歌曲;也解 May,河名,位于澳大利亚。

467 honey“～”;也可与前面的 moon 合解 honeymoon“～”;也解 Honey Creek,河名,位于美国。

468 Decembrerer 解 December-er“～”,指基督在 12 月诞生;也解 Decembrist“～”, 1825 年发动起义的俄国贵族革命者;也解 Embira,河名,位于南美洲。

469 irwell 解 anywhere“～”;也解 Irwell,河名,位于英国。

470 knight of the shire“～”;也解 Shire,河名,位于马拉维和莫桑比克;也解 Shira,河名,位于英国。

471 milk“～”;也解 Milk,河名,位于加拿大和美国。

472 Brittas“～”,河名,位于爱尔兰,与利菲河汇流。

473 lep 解 leap“～”;也解 lep [土]“～”。

474 off with me“～”,此句化自习语 off with you!“滚开”。

475 Tolka“～”,河名,位于爱尔兰。

476 della [意]“～”。

477 Clontarf“～”,爱尔兰国王布利安·布鲁 1014 年在此击败丹麦侵略军。

478 plage“～”;也可与后面的 au 合解 plage au [法]“～”;也解 Plage [德]“～”。

479 feale 解 feel“～”;也解 Feale,河名,位于爱尔兰。

480 troublin 解 troubling“～”;也解 Dublin“～”,指都柏林海湾。

481 gay“～”;也解 Gaya,河名,位于西班牙。

482 aire 解 air“～”;也解 Aire,河名,位于英国。

483 ambushure 解 embouchure [法]“～”。

484 saywint 解 seawind“～”;也解 say [英爱读音]“～”+winter“～”。

485 Onon 解 anon“～”;也解 ôn [希]“～”;也解 Onon,河名,位于俄国。

事[486]现象。我想知道每点炉火[487]暗自呜咽。细致到是什么让陶工们[488]水獭|搬运工飞进杰克洞[489]一阵。为什么船[490]黄鼠狼|桨潮[491]兽医|肥胖了。那种思乡热[492]子宫|发烧更[493]悲哀|我打动我。要是房子[494]马里的男人[495]大熊听到[496]艰难的我该多好！我们会成为带枪男孩[497]男孩|社团与[498]遭遇民兵女郎[499]。嗯，现在到了榛树孵化处[500]哈泽尔哈齐市那部分了。克朗多金[501]后面是国王酒店[502]国王酒店码头。我们很快就能带着渔网[503]淡水水流到那儿了。她的池塘里[504]工具里|分成两份|究竟有多少小鲑鱼[505] 11|学生？我没法给你确切的答案[506]读|说。只有上帝[507]克娄兹知道。有人说她可以有三个化身，并把自己限制于111，1[508]苍白的|万个又1个又1个，组成111[509]。1[510]奥拉夫又30[511]哈姆雷特|兰姆|拉麦又80[512]和|及其他，所有那一群？我们的墓地[513]克尔凯戈尔会没地方了。她记不住一半婴儿乳名，那是她承蒙她拳击主教[514]手淫那万无一失的鞋底掴给他们的，甘蔗[515]该隐给康德[516]熟悉|阴道|钥匙，苹果[517]亚伯给小约夫[518] 11|眼睛，或此或无[519]《或此或彼》给雅各[520]，是的[521]。一百，然后呢？他们出色地重新施洗了她的妇鲁拉贝尔[522]下雨|很多的|妓女。啊，罗蕾莱[523]知识|短叙事诗|可爱的！多么多的[524]河道啊！呦嚯！但极有可能她会流出更多并更开心[525]，两两[526]斜纹织物|双胞胎|成对三三[527]颤音|三个一组、省四坏五[528]抢五墩牌、北六[529]寻找南七[530]北、八[531]对|眼睛和九[532]不，到乱七八糟[533]信。祖父[534]巨大的|一点儿之盹[535]拿破仑和大众之苦[536]我|美，还有恶棍中的恶棍和开玩笑的人。驴嘶！她必定是她那个时代的游荡者，她肯定这样，再没比这更肯定的了。她当然[537]浅滩是，

486 teign 解 thing“～”；也解 tegn［丹］“～”；也解 Teign，河名，位于英国。
487 ingul 解 ingle“～”；也可与前面的 single 合解 singultus［拉］“～”；也解 Ingul，河名，位于俄国。
488 potters“～”；也解 otters“～”；也解 porters“～”；也解 Potters，河名，位于爱尔兰。
489 jagsthole 解 Jack's hole“～”；也解 jag“～”；也解 Jagst，河名，位于德国。
490 vesles 解 vessels“～”；也解 weasels“～”；也解 veslo［塞维］“～”；也解 Vesle，河名，位于法国。
491 vet“～”，此处解 wet“～”；也解 vet［荷］“～”；也解 Vet，河名，位于非洲。
492 homa fever 解 home“家”＋fever“发烧”，即思乡病；其中 homa 也解 womb“～”；也解 homa［斯瓦］“～”。
493 wome 解 more“～”；也解 woe“～”＋me“～”。
494 horse“～”，此处解 house“～”。
495 mahun 解 man“～”；也解 Mathghamhain［爱］“～”，布利安·布鲁的兄弟；也解 Mahon，河名，位于爱尔兰；也解 Mahu，河名，位于南美洲。
496 hard“～”，此处解 heard“～”；也解 Arda，河名，位于保加利亚和土耳其。
497 bundukiboi 解 bunduki［斯瓦］“枪”＋boi［斯瓦］“作为仆人的男童”；也解 boy“～”；也解 Bund［德］“～”。
498 meet“～”，此处解 mit［德］“～”。
499 askarigal 解 Askari“（殖民主义统治下非洲土著）民兵”＋girl“女孩”。
500 hazelhatchery 解 hazel“榛树”＋hatchery“孵化处”；也解 Hazelhatch“～”，位于都柏林地区大运河旁；也解 Hazel Creek，河名，位于美国。
501 Clondalkin“～”，镇名，位于都柏林地区大运河旁。
502 Kings's Inns“～”；也解 King's Inns Quay“～”，位于都柏林；也解 Inn，河名，位于瑞士；也解 Kings，河名，位于美国。
503 freshet“（流入大海的）～”，此处解 fishnet“～”。
504 in tool“～”，此处解 in pool“～”；也解 in two“～”；也解 at all“～”；也解 Tule，河名，位于美国。
505 aleveens 解 alevin“～”；也解 eleven“～”；也解 élève［法］“～”；也解 Leven，河名，位于英国。
506 rede“～”；也解 read“～”；也解 rede［德］“～”；也解 Rede，河名，位于英国。
507 Close 解 God“～”；也解 Maxwell Henry Close“～”，罗兰·麦克休称此人曾描述过爱尔兰的冰河期地理状况。
508 wan“～”，此处解 one“～”；也解 wan［中］“～”。
509 meanacuminamoyas 解 mia na kumi na moja［斯瓦］“～”；也解 Minchunmina，湖名，位于美国；也解 Moy，河名，位于爱尔兰；也解 Mina，河名，位于印度尼西亚；也解 Cumina，河名，位于巴西。
510 Olaph 解 aleph，希伯来文的第一个字母，等于“～”；也解 ALP，本书女主人公；也解 Olaf“～”，挪威海盗，建立了爱尔兰的都柏林；也解 Ola，河名，位于俄国。
511 lamm 解 lamed，希伯来文的第 12 个字母，等于“～”；也可与后面的 et 合解 Hamlet“～”，莎士比亚的戏剧《哈姆雷特》的主人公；也解 Charles Lamb“～”（1775—1834），英国散文家；也解 Lamech“～”，《圣经》中该隐的后代。
512 et［法］“～”，此处解 pe，希伯来文的第 17 个字母，等于“～”。故此处 1＋30＋80＝111；也与 all 合解 et alii［拉］“～”。
513 kirkeyaard 解 churchyard“～”；也解 Kierkegaard“～”（1813—1855），丹麦哲学家，存在主义哲学的奠基人。
514 boxing bishop 解 boxing“拳击”＋bishop“主教”；也解 box the bishop［俚］“～”。
515 cane“～”；也解 Cane“～”，《圣经》中亚当的儿子；也解 Cane，河名，位于美国。
516 Kund“～”；也解 kund［德］“～”；也解 cunt“～”；也可与后面的 Eyolf 和 Yakov 合解 KEY“～”。
517 abbles 解 apples“～”；也解 Abel“～”，亚当的儿子，被哥哥该隐杀死。
518 Eyolf“～”，挪威剧作家易卜生的戏剧；也解 elf［德］“～”；也解 eye“～”。
519 ayther nayther 解 either“两者中的一个”＋neither“两者都不”；也解 *Either/Or*“～”，丹麦哲学家克尔凯戈尔的著作。
520 Yakov Jacob“～”，《圣经》中以色列人的祖先。
521 Yea“～”；也解 Yea，河名，位于澳大利亚。
522 Pluhurabelle 解 Plurabelle“～”，本书女主人公的姓；也解 pluor［拉］“～”；也解 pluralis［拉］“～”；也解 Hure［德］“～”。
523 loreley 解 Lorelei“～”，德国传说中莱茵河上的女妖；也解 lore“～”＋lay“～”；也解 lovely“～”。
524 a loddon 解 a lot of“～”；也解 Loddon，河名，位于英国。
525 此句化自习语 the more the merrier“多多益善”。
526 twills“～”，此处解 two-s“～”；也解 twins“～”；也解 tvillinger［丹］“～”。
527 trills“～”，此处解 three-s“～”；也解 trillinger［丹］“～”。
528 spoilfives 解 spoil“损坏”＋fives“五”；也解 spoil five“～”，一种爱尔兰传统纸牌游戏。
529 nordsihkes 解 nord［法］“北”＋sixs“六”；也解 seeks“～”；也解 Nord，河名，位于澳大利亚。
530 sudsevers 解 sud［法］“南”＋sevens“七”；也解 sever［塞维］“～”；也解 Sud，河名，位于俄国。
531 ayes“～”，此处解 eights“～”；也解 eyes“～”。
532 neins 解 nines“～”；也解 nein［德］“～”。
533 litter“～”；也解 letter“～”，化自习语 to the letter“原原本本的”。
534 Grandfarthring 解 grandfather“～”；也解 grand“～”＋farthing“～”。
535 Nap“～”；也解 Napoleon“～”。
536 Messamisery 解 massa［意］“大众”＋misery“痛苦”；也解 mise［爱］“～”＋maise［爱］“～”；也解 Missouri，河名，位于美国。
537 Shoal“～”，此处解 sure“～”；也解 Shoal Creek，河名，位于美国。

但愿[538]。她有属于自己[539]烤箱的一些男人[540]飞|河|火焰。死亡[541]然后一掷的噩梦[542]梦魇|从未吓坏了那位少女，我的生命，我爱你[543]血|更多！告诉我，告诉我，她怎么会[544]不诚实|来经受住[545]剑栏之战她的所有家伙，她喜欢爱抚[546]嘲弄，这个小魔鬼[547]鸽子|一排|都柏林？从山中清泉[548]山泉到潮涌镇[549]特丁顿，从潮涌镇到大海[550]，把她的鲜花[551]极大危险插上我们的牛粪[552]乡村情郎。挽[553]一个敲一个，拍着[554]侧岸打着堤坝[555]，结伴[556]拉|使徒保罗进消退[557]使徒彼得出，从她的东路[558]上滑过[559]。谁[560]外湖曾是第一个[561]爆裂的？他是某人，无论他们是谁[562]日耕量，用战术袭击或者简单格斗。补锅匠、裁缝[563]瓦匠、士兵[564]、水手[565]，和平[566]块馅饼商[567]或者警察[568]邮递员|城市。那是我一直[569]想问[570]水沟的事儿。向上推，用力[571]进一步|父亲推，上到山上总部！格拉顿[572]或佛拉德[573]洪水，或者少女们进了弧光[574]方舟|城堡|彩虹|贞德，或者三人坚持作战[575]霍斯蒂，这之后是不是低潮年[576]滑铁卢？信心[577]将会发现怀疑[578]产生的地方，就像无人[579]没有人从无处[580]发现无有[581]无|尼罗河。你为[582]呸什么[583]担心叹息，真蠢[584]不难，啊，回答[585]鹅？解开绅士的[586]胞芽神秘结[587]拳头|结|指示符号|击打|你匆匆自哪个家族而来，又快又好[588]微妙之处|回答！目前她还不能得到他。太兹[589]、太龙[590]希望、龙娄[591]，走得疲倦[592]《提珀雷里》！这么漫长的[593]蠢人向后的路[594]要划[595]罗！她自己说[596]她几乎不知道编年史[597]中哪一个[598]让她困惑[599]，兰斯特的君王、海中的狼[600]，或者他做了什么，或者她玩得多开心[601]，或者如何、何时、为何、何处，以及多少次[602]谁常常他跳到她身上[603]，这又怎样泄露了她的秘

538 gidgad 解 gid Gud [丹]"～"。
539 owen 解 own"～";也解 oven"～";也解 Owen,河名,位于爱尔兰;也解 Owens,河名,位于美国。
540 a flewmen 解 a few men"～";也解 flew"～";也解 flumen [拉]"～";也解 flame"～"。
541 Then a toss"～",此处解 thanatos [希]"～";也解 Töss,河名,位于苏黎士。
542 nare 解 cauchemar [法]"～";也解 koshmar [塞维]"～";也解 ne'er"～";也解 Nare,河名,位于哥伦比亚。
543 so aimai moe, that's agapo 解 zôe mou, sas agapô [希]"～",此句出自英国诗人拜伦的《雅典女郎》;其中 aimai 也解 haima [希]"～";其中 moe 也解 more"～"。
544 how cam 解 how come"～";其中 cam 也解 [爱]"～";也解 käme [德]"～";也解 Cam,河名,位于英国。
545 camlin through 解 coming through"～";也解 Camlann"～",传说发生于公元 520 年左右,亚瑟王在此战役中受到致命打击;也解 Camlin,河名,位于爱尔兰。
546 neckar 解 neck"搂颈亲吻"＋er;也解 necken [德]"～";也解 Neckar,河名,位于德国。
547 diveline 解 devil-ing"～";也解 dove"～"＋line"～";也解 Dublin"～";也解 Dive,河名,位于爱尔兰。
548 Fonte-in-Mont 解 fons in monte [拉]"～";也解 fónte in mónte [意]"～"。
549 Tidingtown 解 Tiding"潮涌"＋town"镇";也解 Teddington"～",地名,位于英国伦敦的郊区。
550 tilhavet 解 til havet [丹]"～";也解 Havel,河名,位于德国。
551 perils"～",此处解 pearls"珍珠"。此句化自习语 cast pearls before swine"鲜花插到牛粪上"。
552 swains"～",此处解 swines"猪"。
553 Linking"～";也解 Link,河名,位于美国。
554 tapting 解 tapping"～";也解 Tapti,河名,位于印度半岛。
555 jutty"～";也解 Juta,河名,位于巴西。
556 palling"～";也解 pulling"～";也解 Paul"～"。
557 pietaring 解 petering"～";也解 Peter"～";也解 Pietar,河名,位于西班牙。
558 eastway 解 east way"～"。
559 clyding 解 gliding"～";也解 Clyde,河名,位于英国。
560 Waiwhou 解 Who"～";也解 Waihou"～",河名,位于新西兰。
561 thurever 解 that ever"～";也解 Thur,河名,位于瑞士;也解 Ure,河名,位于英国。
562 whuebra 解 whoever"～";也解 huebra [西]"～";也解 Huebra,河名,位于西班牙。
563 tilar 解 tailor"～";也解 tiler"～";也解 Tilar,河名,位于伊朗。
564 souldrer 解 soldier"～";也解 Sauldre,河名,位于法国。
565 salor 解 sailor"～";也解 Salor,河名,位于西班牙。
566 Peace"～";也解 piece"～";也解 Peace,河名,位于加拿大和美国。
567 Pieman"～";也解 Pieman,河名,位于澳大利亚。
568 Polistaman 解 policeman"～";也解 postman"～";也解 polis [希]"～";也解 Polista,河名,位于俄国。
569 elwys 解 always"～";也解 Elwy,河名,位于英国。
570 esk 解 ask"～";也解 cask [爱]"～";也解 Esk,河名,位于英国。
571 vardar 解 harder"～";也解 farther"～";也解 father"～";也解 Vardar,河名,主要位于马其顿地区和希腊。
572 Grattan 解 Henry Grattan,"～"(1746—1820),爱尔兰政治家。
573 Flood"～",此处解 Henry Flood"～"(1732—1791),爱尔兰政治家。
574 Arc"～";也解 ark"～";也解 arx [拉]"～";也解 arcus [拉]"～";也解 Joan of Arc"圣女贞德"(1411—1431),法国圣徒,民族英雄;也解 Arc,河名,位于法国。
575 hosting"～";也解 Hosty"～",书中一个重要人物。
576 waterlows 解 low water"～";也解 Waterloo"～";也解 Aherlow,河名,位于爱尔兰。
577 Fidaris 解 fides [拉]"～";也解 Fidaris,河名,位于希腊。
578 Doubt"～";也解 Doubs,河名,位于法国。
579 Nieman 解 Niemand [德]"～";也解 nemo [拉]"没有人";也解 Niemen,河名,位于东欧。
580 Nirgends [德]"～"。
581 Nihil"～";也解 nihil [拉]"～";也解 Nile"～",位于埃及。
582 foh"～",此处解 for"～"。
583 Worry"～",此处解 why are"～"。
584 Albern 解 albern [德]"～";也可与后面的 O Anser 合解 ní h-annsa [爱]"～",回答谜语时的常用语;也解 Albert Nyanza,湖名,位于埃及。
585 Anser [拉]"～",此处解 Answer"～"。
586 gemman [俚]"～";也解 gemma"～"。
587 fistiknots 解 mystic knots"～",新婚之夜由新娘打的结;也解 fist"～"＋knots"～";也解 fistnote"～";也解 fisticuffs"～";也可与前面的 Untie the gemman's 合解 unde gentium festines? [拉]"～"。
588 Qvic and Nuancee 解 quick and nice"～";其中 Nuancee 也解 nuance "～";也解 answer"～";也解 Victoria Nyanza,湖名,位于埃及;也解 Nuanetzi,河名,位于非洲。
589 Tez"～",河名,位于俄国。
590 Thelon"～",河名,位于加拿大;也解 thelô [希]"～"。
591 Langlo"～",河名,位于澳大利亚。
592 walking weary"～";也解 *Tipperary*"～",爱尔兰民歌,其中有"还有长长的路要走"。
593 loon"～",此处解 long"～";也解 Loon,河名,位于加拿大。
594 waybashwards 解 way"路"＋backwards"向后的";也解 Wabash,河名,位于美国。
595 row"～";也解 Nicholas Rowe"～"(1674—1718),英国剧作家。
596 sid 解 said"～";也解 Sid,河名,位于英国。
597 annals"～";也解 Annalee,河名,位于爱尔兰。
598 whuon 解 who in"～";也解 Huon,河名,位于澳大利亚。
599 graveller 解 gravel"～"＋ler;也解 Gravelly,河名,位于美国。
600 wolf"～",传说中兰斯特国王麦克莫罗的称号,是他邀请盎格鲁-诺曼人进入爱尔兰;也解 Wolf,河名,位于美国。
601 blyth 解 blithe"～";也解 Blyth,河名,位于英国。
602 who offon 解 how often"～";也解 who often"～";也解 Ofin,河名,位于非洲。
603 jumpnad 解 jump on"～";也解 Jumna,河名,位于印度;也解 Jump,河名,位于美国。

密。她那时只是一个年轻、瘦弱、苍白、轻柔、害羞、苗条的小东西，正在闲逛，在银月湖边[604]银色月光|森林，他是一个粗笨、跋涉、蹒跚、住在外面的沼泽人[605]牧师|小圆舟|人，抓紧他的时机[606]，像橡树[607]（愿泥炭[608]安宁与它们同在！）一样坚韧，那时常常在狩猎地基尔代尔[609]的堤坝边窸窣而下，带着泼溅流过她走向森林瀑布[610]第一|沼泽地|沟渠|兽皮。她觉得当他虎视眈眈[611]虎眼石地看她时，她就带着少女[612]水中仙女的耻辱沉入[613]了地下[614]！啊，快乐的罪过！我希望是他！那里你错了，大错特[615]可朽败的错！不是只在今晚你才搞错了时代[616]迟延！自从在威克洛[617]变弱|低的郡，爱尔兰的花园，没有什么地方有河床[618]一个没有|零后，已经几个世纪了，那是在她梦到离开[619]冲刷基尔布赖德[620]，并在过马桥[621]下泛起泡沫之前，那时巨大的西南[622]大西南铁路公司风猛吹她的路径[623]披肩长发，内地[624]内地大西方爱尔兰铁路公司的谷物挥霍者搜寻[625]着她的踪迹，好在不久之后走她的路，不论好[626]或坏、旋转或磨碾、擦洗或鞭打，为了汉弗利的围栏浅滩之城中的所有大麦田[627]和便士地[628]洛茨街里的金色生命[629]利菲河，并与浪迹大地[630]旱鸭子|爱尔兰土地联盟的人躺在一起，惠灵顿或先知[631]愿意照料她|惠灵顿码头。哎呀呀[632]爱丽丝，少女时期的湖[633]！为了今日[634]要塞|坏事|达奴|多瑙河的鸽子[635]黑色的|爱！怎么了[636]？伊瑟？你完全肯定[637]确定吗？不在芬河[638]芬·麦克尔融入莫恩河[639]哀悼|黎明的地方，不在诺尔河[640]离开[641]亲爱的布卢姆山[642]花朵的地方，不在布雷河[643]勇敢的偏离[644]行旅[645]徒步旅行者|父亲的地方，不在莫伊河[646]在卡伦湖和康湖[647]阴部之

604 silvamoonlake 解 silver moon lake"～";也解 silver moonlight"～";也解 silva [拉]"～";也解 Silva,河名,位于南美洲。

605 Curraghman 解 curragh man"～";也解 churchman"～";也解 coracle"～"+man"～"。

606 making his hay for whose sun to shine on 解 making his hay while the sun shines"～";其中 sun 也解 Sun,河名,位于美国;其中 shine on 也解 Shinano,河名,位于日本。

607 oaktrees"～",基尔代尔郡(Kildares)的名字的含义即为"橡树教堂"。

608 peats 解 peat"～";也解 peace"～"。

609 指基尔代尔郡著名的猎狐活动。

610 forstfellfoss 解 Forst [德]"森林"+fossfald [丹]"瀑布";也解 first"～"+fell"～"+fosse"～";其中 fell 也解 Fell [德]"～";其中 foss 也解 Foss,河名,位于英国。

611 tigris [拉]"～";也可与后面的 eye 合解 tiger's eye"～";也解 Tigris,河名,位于土耳其和伊拉克。

612 nymphan 解 nymphet"～";也解 nymph"～"。

613 sankh 解 sunk"～";也解 Sankh,河名,位于印度。

614 neathe 解 neath"～";也解 Neath,河名,位于英国。

615 corribly 解 horribly"～";也解 corruptibilis [拉]"～";也解 Corrib,河名,位于爱尔兰。

616 anacheronistic 解 anachronistic"～";也解 anacheirizomai [希]"～";也解 Acheron,希腊神话中的冥河。

617 Wickenlow 解 Wicklow"～";也解 weaken"～"+low"～"。

618 nullahs"～";也解 nulla [拉]"～";也解 null [德]"～";也解 Nula,河名,位于南美洲。

619 lave"～",此处解 leave"～"。

620 Kilbride"～",爱尔兰和北爱尔兰有几个地方都叫这个名字;也解 Bride,河名,位于爱尔兰。

621 Horsepass bridge"～",位于利菲河上。

622 southerwestern 解 southwest"～";也可与前面的 great 合解 The Great Southern and Western Railway Company "～",爱尔兰铁路公司,有些线路在利菲河附近经过。

623 traces"～";也解 tresses"～";也解 Tresa,河名,位于意大利和瑞士。

624 midland"～";也解 Midland Great Western Railway of Ireland Company"～",有些线路在利菲河附近经过。

625 asarch 解 search"～";也解 Asat,河名,位于中东地区。

626 robecca 解 for better(for worse)"～";也解 Robe,河名,位于澳大利亚;也解 Robec,河名,位于法国。

627 barleyfields 解 Barley Fields"～",地名,位于都柏林。

628 pennylotts 解 penny"便士"+lot"场地";也解 Lotts"～",街名,位于都柏林。

629 lifey 解 life"～";也解 Liffey"～"。

630 landleaper 解 land"大地"+leaper"跳跃者";也解 landlubber"～",指新水手,不习惯航海的人;也解 Land-Leaguer "～",19 世纪爱尔兰的政治组织,以帮助穷困的农民为主。

631 wellingtonorseher 解 Wellington"惠灵顿"+or"或"+Seher [德]"先知";也解 willing to nurse her"～";也解 Wellington Quay"～",位于都柏林。

632 Alesse 解 alas"～";也解 Alice"～",《爱丽丝漫游奇境记》的主人公;也解 Lesse,河名,位于比利时。

633 lagos 解 lago [意]"～";也解 Lagos,河名,位于非洲。

634 dunas 解 danas [塞维]"～";也解 dún [爱]"～";也解 donas [爱]"～";也解 Danu"～",爱尔兰的死亡和生育女神;也解 Danube"～"。

635 dove"～";也解 dubh [爱]"～";也解 love"～";也解 Dove,河名,位于英国。

636 Wasut? 解 Was ist? [德]"～",德国作曲家瓦格纳的歌剧《特里斯丹与伊瑟》中特里斯丹对伊瑟说的第一句话。

637 sarthin suir 解 certain sure"～";也解 sarthin shure [英爱]"～";也解 Sarthe,河名,位于法国;也解 Suir,河名,位于爱尔兰乌尔斯特省。

638 Finn"～",位于爱尔兰;也解 Finn MacCool"～",爱尔兰传说中的巨人英雄。

639 Mourne"～",位于爱尔兰乌尔斯特省;也解 mourne"～";也解 morn"～"。

640 Nore"～",位于爱尔兰芒斯特省。

641 lieve 解 leave"～";也解 lieve [荷]"～"。

642 Bloem 可与前面的 lieve 合解 Slieve Bloom"～",位于爱尔兰芒斯特省;也解 bloem [荷]"～";也解 Bloem,河名,位于非洲。

643 Braye"～",位于爱尔兰兰斯特省;也解 brave"～"。

644 divarts 解 diverts"～";也解 Divatte,河名,位于法国。

645 Farer"～";也解 wayfarer"～";也解 father"～"。

646 Moy"～",位于爱尔兰康诺特省。

647 Cullin and Conn 解 Lough Cullin and Lough Conn"～",位于爱尔兰康诺特省,莫伊河吸收了卡伦湖的水,而不是邻近的康湖;也解 Colne,河名,位于英国;也解 cunt"～"。

间在康湖和卡伦湖之间变来变去的地方？或者在尼普顿[648]尼普顿划船俱乐部划桨，特里同城[649]特里同维勒路摇橹，利安德[650]利安德划船俱乐部三人遇见海洛[651]女主人公两人的地方？不是[652]，不是[653]没有，不[654]嫩江，不是吗[655]不|除非，不[656]我们|鼻子！那么在欧河[657]河和欧沃卡河[658]里什么地方？是不是在东[659]是否西[660]才智交汇处，或者卢坎[661]约坎[662]，或者人手从未涉足的地方？告诉[663]我在哪儿，就[664]仙子这一[665]脚后跟次！你听的话我就讲。你知道拉格劳[666]的黑暗[667]斯佩耳特小麦|峡谷山谷[668]故事吗？嗯，那里曾经住着一位当地的隐士[669]隐居者，米歇尔·阿克洛是他的大[670]河水|尽头名，（带着无数的叹息我洒向[671]喷洒他的洗手盆[672]熔岩层|浴缸|围嘴！）六七月[673]朱诺的一个星期三[674]维纳斯日，她看上去那么甜蜜、那么清凉、那么柔软，娘娘腔[675]的水精，曼侬·莱斯戈[676]妮侬，沉默无语，悬铃木[677]，全在聆听，那惹火的曲线让人无法不去抚摸，他把他刚刚涂了圣膏的双手插入，他的脉搏[678]爱人的中心，插进她那唱歌的玛利亚[679]藏红花色的发波[680]瘤，分开它们，抚慰她，混起它，它像落日中的红色沼泽[681]博格一样深黑丰满。在那终止誓言[682]沃克吕兹山谷的清澈湖[683]灿烂的乳汁|《黎西达斯》|露西娅边，彩虹[684]的天堂弧线[685]七条弧线排列在她周围[686]控告|使成橙色|拉龙格。催情的[687]阿弗洛狄特黄色[688]绷带|黄绿色，她那爱慕的[689]上珐琅质的|祖母绿眼睛[690]忍受着他[691]靛蓝色|印度人|怂恿几近[692]处女|四亵渎[693]紫罗兰色。许个愿吧[694]嗯好吧！为了啥？暗了[695]马弗罗达夫尼酒！利菲[696]格林夫人·莱尔克的欢笑[697]之光如今把那些月桂枝[698]劳拉扔向她疯傻的[699]达芙妮|甜月桂帕特洛

648 Neptune"～",罗马神话中的海神;也可与后面的 rowed 合解 Neptune rowing club"～",20 世纪初都柏林的一个俱乐部。
649 Tritonville 解 Triton"特里同",罗马神话中海神的儿子＋ville"城市";也解 Tritonville Road"～",位于都柏林。
650 leandros 解 Leander"～",与海洛一起是拜占庭神话中的一对恋人,利安德夜夜游过达达尼尔海峡与海洛会面;也解 Leander Boat Club"～",20 世纪初都柏林的一个俱乐部。
651 heroines"～",此处解 Hero"～",利安德的恋人。
652 Neya 解 ne [法]"不"＋ja [德]"是的";也解 Neya,河名,位于俄国。
653 narev 解 ná raibh [爱]"～";也解 ní raibh [爱]"～";也解 Narev,河名,位于波兰。
654 nen 解 non [拉]"～";也解 Nen,河名,位于英国;也解 Nenjiang"～",位于中国。
655 nonni 解 nonne [拉]"～";也解 non [拉]"～"＋ni [拉]"～"。
656 nos [拉]"～",此处解 no"～";也解 nos [塞维]"～";也解 Nos,河名,位于意大利。
657 Ow"～",位于爱尔兰;也解 ow [英爱]"～"。
658 Ovoca"～",位于爱尔兰;解 Avoca,河名,位于澳大利亚。
659 yst 解 east"～";也解 is it"～";也解 Ystwith,河名,位于英国。
660 wyst 解 west"～";也解 wit"～"。
661 Lucan"～",都柏林城郊,位于利非河边。
662 Yokan"～",地名;也解 Yokanka,河名,位于俄国;也解 Yukon,河名,位于美国;也解 Yo,河名,位于非洲。
663 Delli 解 Tell"～";也解 Dell Creek,河名,位于美国。
664 fairy"～",此处解 very"正是的";也解 Fairy Water,河名,位于爱尔兰。
665 ferse 解 first"～";也解 Ferse [德]"～";也解 Ferse,河名,位于德国。
666 Luggelaw"～",地名,位于爱尔兰,圣凯文曾在此隐修;也解 Luggela,湖名,位于爱尔兰;也解 Tugela,河名,位于南非;也解 Lugg,河名,位于英国。
667 dinkel "～",此处解 dunkel [德]"～";也解 dingle"～";也可与后面的 dale 合解 Dingley Dell,英国作家狄更斯的小说《匹克威克外传》里的地名;也解 Dinkel,河名,位于荷兰。
668 dale"～";也解 tale"～";也解 Dale,河名,位于爱尔兰。
669 heremite 解 hermit"～";也解 Eremit [德]"～"。
670 riverend 解 reverend "尊敬的";也解 river"～"＋end"～"。
671 aspersed"～";也解 aspersus [拉]"～"。
672 lavabibs 解 lavabo"～";也解 lava beds"～";也解 lavabrum"～";也解 bibs"～";也解 Lava,河名,位于波兰和俄国。
673 junojuly 解 June July"～";也解 Juno"～",罗马主神的妻子;也解 Juna,河名,位于印度;也解 July,河名,位于爱尔兰。
674 venersderg 解 Wednesday"～";也解 dies Veneris [拉]"～",指星期五;也解 Derg,河名,位于爱尔兰。
675 Nance"～";也解 Nance Creek,河名,位于美国。
676 Nanon L'Escaut 解 Manon Lescaut"～",意大利歌剧家普契尼的歌剧《曼侬·莱斯戈》的女主人公,使一位神学院的学生离开神学院;也解 Ninon l'Enclos"～",法国 17 世纪的交际花。
677 sycomores 解 sycamores"～";也解 Sycamore Creek,河名,位于美国。
678 cushlas 解 cúisle [爱]"～";也解 acushla [爱]"～"。
679 singimari 解 singing Mary"～";也解 Singimari,河名,位于印度。
680 strumans 解 streams"溪流";也解 struma"～";也解 Struma,河名,位于保加利亚和希腊;也解 Strumon,河名,位于俄国。
681 red bog"～",位于爱尔兰中部低地的泥炭沼;也解 Red,河名,位于北美洲;也解 Bögg"～",类似于雪人的人物,苏黎士 4 月第三个星期一的送冬节上会把博格在柱子上烧掉。
682 Vowclose 解 Vow"誓言"＋close"终止";也解 Vaucluse"～",意大利诗人彼特拉克的住地;也解 Vaucluse,河名,位于法国。
683 lucydlac 解 lucid"清澈的"＋lake"湖";也解 lucidum lac [拉]"～";也解 *Lycidas*"～",英国诗人弥尔顿的长诗的名字;也解 Lucia"～",乔伊斯的女儿;也解 Lucy Creek,河名,位于澳大利亚。
684 reignbeau 解 rainbow"～"。
685 heavenarches 解 heaven arches"～";也解 seven arches"～"。
686 arronged orranged 解 arranged around"～";也解 arraign"～"＋orange-d"～";其中 arronged 也解 Adolf L'Arronge"～"(1838—1908),德国音乐家;也解 Arrone,河名,位于意大利;也解 Orange,河名,位于南非。
687 Afrothdizzying 解 aphrodisiac"～";也解 Aphrodite"～",希腊神话中的爱神。
688 galbs 解 gelb [德]"～";也解 galbeus [拉]"～";也解 galbinus [拉]"～"。
689 enamelled 解 enamoured"～";也解 enamel-ed"～";也解 emerald"～"。
690 eyes"～";也解 Eye,河名,位于英国。
691 indergoading 解 undergoing"～";也解 indigo"～";也解 Inder [德]"～"＋goading"～"。
692 vierge [法]"～",此处解 verge"边缘";也解 Vier [德]"～"。
693 violetian 解 violating"～";也解 violet"～"。
694 Wish a wish"～";也解 mhuise [爱]"～"。
695 Mavro 解 mauros [希]"～";也解 Mavrodaphne"～ ",希腊甜味红葡萄酒;也解 Mavri,河名,位于希腊。
696 Letty 解 Liffey"～";也解 Lettice Greene"～",英国剧作家托马斯·格林的妻子,与莎士比亚同时代。
697 lafing 解 laughing"～"。
698 laurals 解 laurels"～";也解 Laura"～",中古意大利诗人彼特拉克的恋人。
699 daphdaph 解 daft"～";也解 Daphne"～",希腊神话中河神的女儿,化为月桂树;也解 daphnê [希]"～"。

克[700]彼特拉克|圣帕特里克|使徒彼得逗弄歌[701]。一团团[702]弥撒|马斯！但是水[703]音乐|神奇网[704]波浪有 1001[705]小精灵|11|不久个网孔[706]。毁了他的洗澡[707]的凶手辛巴[708]水手辛巴达|毁灭之神湿婆被杀了[709]转向的|好色淫荡。他无法[710]拥抱克制自己，他焦渴[711]似火，他不得不忘记男人体内的和尚，于是，揉得她起来抚得她下去，他微笑着撇撇[712]亲|有基础的他的唇[713]，亲啊亲[714]停下，够了之后亲一亲[715]（一边警告她永远[716]不要，永远不要，下雪[717]渡鸦）吻者汉娜[718]给予亲吻的人|吻者诺拉的长着雀斑的前额。当你将结束[719]从语法上分析|焦渴干渴[720]萨卡丽莎的时候，她做出清高的样子[721]保持|吹气|酒鬼。但是她在自我[722]评估[723]酷热|动荡|河口|估价时抬[724]瓦尔德鲁斯谷高[725]雇佣了两英尺。并且自此以后都踩[726]干草原在高跷上。那是治疗之吻[727]斯瓦希里语，带着对香膏的嘲笑[728]班图语！啊，他难道不是大胆的神父吗？她难道不是淘气的利菲[729]李维吗？水之面[730]名字|拿玛如今是她的名字[731]天堂。两个穿着苏格兰[732]童子军马裤的少年在那之前经历[733]了她，赤足伯恩和迷我[734]莎士比亚韦德，勒格纳基利亚[735]的皮克特[736]山峰贵族[737]高贵|最高贵的，在她羞处长出一点点阴毛来掩盖之前，或者有乳房[738]花丛来引诱桦木小舟[739]爱抚者之前，更不用说去引诱比利时的[740]啤酒店驳船了。还是那之前，丽达[741]可惜|利代尔，莱达，全无准备[742]，虚弱得无法浮起最仙子般的骑手，脆弱得无法与幼天鹅的羽毛调情，她被一只猎犬舔着，奇里帕-奇路塔，那时她正在撒[743]屁股尿，又单又纯，在老基皮尔山[744]的山嘴上，在鸟鸣中，在剪毛时[745]日暮，但是首先，最糟的是，这个左右摇摆的美

700 petrock 解 St. Petrock“～”,6 世纪英国康沃尔郡的圣人；也解 Petrarch“～”；也解 St. Patrick“～”；也解 Peter“～”。

701 teasesong 解 tease“逗弄”＋song“歌曲”；也解 Tees,河名,位于英国。

702 Maass 解 masses“～”；也解 Mass“～”；也解 Joseph Maas“～”(1847—1886),英国男高音；也解 Meuse,河名,位于法国。

703 majik 解 maji [斯瓦]“～”；也解 music“～”；也解 magic“～”。

704 wavus 解 wavu [斯瓦]“～”；也解 waves“～”。

705 elfun anon 解 elfu [斯瓦]“千”＋and one“零一”；其中 elfun 也解 elfin“～”；也解 elf [德]“～”；其中 anon“～”。

706 meshes“～”；也解 Mesha,河名,位于俄国。

707 Oga [斯瓦]“～”；也解 Ogi,河名,位于日本。

708 Simba [斯瓦]“狮子”；也解 Sinbad the Sailor“～”,《1001 夜》中的人物；也解 Siva the Slayer“～”,印度教的主神之一；也解 Simba Uranga,河名,位于非洲。

709 slewd“～”,此处解 slew“～”；也解 lewd“～”。

710 cuddle“～”,此处解 could“能够”。

711 thurso 解 thirst“～”；也解 Thurso,河名,位于英国。

712 baised 解 biasd“～”；也解 baiser [法]“～”；也解 based“～”；也解 Baïse,河名,位于法国。

713 lippes 解 lips“～”；也解 Lippe,河名,位于德国。

714 kisokushk 解 kiss o kiss“～”；也解 coisceadh [爱]“～”；也解 Kiso,河名,位于日本；也解 Kushk,河名,位于俄国。

715 akiss 解 a kiss“～”；也解 Acis,河名,位于意大利。

716 niver 解 never“～”；也解 Nive,河名,位于法国；也解 Nièvre,河名,位于法国。

717 nevar [葡]“～”；也解 raven“～”；也解 Neva,河名,位于俄国。

718 Anna-na-Poghue 解 Anna“汉娜”,本书女主人公＋na póige [爱]“亲吻的”；也解 ara na póg [爱]“～”；也解 Arrah-na-Pogue,也称 Nora of the Kiss“～”,爱尔兰裔美国剧作家鲍西考尔特剧本的名字和剧中女主人公的名字。

719 parse“～”,此处解 pass“～”；也解 parch“～”。

720 secheressa 解 secheresse [法]“～”；也解 Saccharissa“～”,17 世纪英国诗人埃德蒙・沃勒给多萝茜・锡尼夫人起的名字。

721 hielt her souff 解 held herself aloof“～”；其中 hielt 也解 [德]“～”；其中 souff 也解 souffler [法]“～”；也解 Sauf [德]“～”。

722 aisne 解 own“～”；也解 Aisne,河名,位于法国。

723 estumation 解 estimation“～”；也解 aestus [拉]“～”；也解 aestuation [拉]“～”；也解 aestuarium [拉]“～”；也解 aestimatio [拉]“～”。

724 ruz 解 rise“～”；也解 Val de Ruz“～”,地名,位于瑞士。

725 hire“～”,此处解 higher“～”。

726 steppes“～”,此处解 steps“～”。

727 kissuahealing 解 kiss“吻”＋healing“治疗”；也解 Kiswahili“～”。

728 bantur 解 banter“～”；也解 Bantu“～”；也解 Tura,河名,位于俄国。

729 Livvy 解 Liffey“～”；也解 Titus Livius“～”(前 59—17),罗马历史学家。

730 Naama [芬]“～”；也解 naam [荷]“～”；也解 Naamah“～”,《创世记》中土八该隐的妹妹；也解 Na'aman,河名,位于以色列。

731 navn [丹]“～”；也解 neamh [爱]“～”。

732 scoutsch 解 Scotch“～”；也解 scout“～”。

733 went through“～”；也解 Went,河名,位于英国。

734 Wallowme 解 Wallow“沉迷于”＋me“我”；也解 William Shakespeare“～”。

735 Lugnaquillia“～”,爱尔兰威克洛郡的最高峰。

736 pickts 解 Picts“～”；也解 peaks“～”。

737 noblesse“～”；也解 noblesse [法]“～”；也解 noblest“～”。

738 bossom 解 bosom“～”；也解 blossom～“～”。

739 canoedler 解 canoe“～”；也解 canoodle-r“～”；也解 Canoe,河名,位于加拿大和美国。

740 bulgic 解 Belgic“～”。

741 leada 解 Leda“～”,希腊神话斯巴达国王廷达路斯的妻子,因化身天鹅的宙斯的突然袭击而怀孕；也解 leider [德]“～”；也解 Henry George Liddell“～”(1811—1898),牛津大学古典学家；也解 Leda,河名,位于德国；也解 Lea,河名,位于英国。

742 unraidy 解 unready“～”；也解 Raidak,河名,流经不丹、印度等地。

743 poing 解 doing“～”；也解 Po [德]“～”；也解 Po,河名,位于意大利。

744 Kippure“～”,山名,利菲河的发源地之一。

745 shearingtime 解 shearing time“～”；也解 eventide“～”,此句化自英国民歌 *Bird Song at Eventide*(《日暮鸟鸣》)。

人[746]利菲河，她在魔鬼峡谷[747]的一个裂口处从侧面滑了出去，而此时萨利[748]萨利裂口，她的保姆，正在深沟里熟睡，咄咄，呸呸，在她控制住脚步之前掉下泄洪道，躺[749]在一只淡棕色的牛[750]鸽子的咕咕声的下面，在所有多雨的[751]雷尼镇死水黑水潭[752]里扭动着，她天真纵情地[753]无害的|因尼斯弗利笑着，四肢举起[754]《林波洛斯特女孩儿》，整整一群[755]幼山楂树羞红了脸，斜眼看着她。

告诉我熏鳕鱼[756]的名字怎么读，人[757]还是树[758]，有人[759]有的同性恋看到[760]聪明了。告诉[761]滴落|透露消息我为什么她脸上斑斑[762]点点[763]摩尔·弗兰德丝。透露给我她是波浪型的[764]，还是怪异地[765]鱼梁|仅仅戴着假发。还有在哪一边[766]圣灵降临节她们在忙乱中[767]匆忙|得意洋洋地|饰以鸢尾花徽记的掉了[768]弯曲手套[769]容光焕发|衣服，朝后[770]知道[771]西方|扭|腰还是迎面[772]面向来看[773]大海？是不是害怕听到爱人近在咫尺，或者渴望不喜欢的[774]，不喜欢渴望的？你是弄潮儿还是落伍了？啊，进去、前进、进一！我要说的你都知道。我完全明白你想说什么。确实[775]无赖|红色！你会喜欢这些头盖和头巾，神气活现[776]流鼻涕的，我却干着老维罗妮卡[777]手帕[778]上那些油腻腻的活[779]。如今我在洗[780]腐臭的什么，我该谢谢你？一条围裙[781]便士还是一件法衣[782]盈余？啊呀[783]呸|亚伦|阿兰码头，你的鼻子哪儿去了？淀粉浆哪儿去了？这不是法衣室[784]真实的赐福祈祷的味道。我在这儿就能从它们的古龙香水[785]屁股和她的臭[786]或者|其他味分辨出它们是马格拉斯[787]夫人的。你应该已经晒过[788]听说|高度它们了。它们从她身上脱下来时还湿着。它们是丝绸上的皱

746 livvly 解 lovely“～”;也解 Liffey“～”。
747 Devil's glen“～”,位于爱尔兰威克洛郡的瓦切河上。
748 Sally“～”;也解 Sally Gap“～”,位于利菲河发源地附近。
749 lay“～”;也解 Lay,河名,位于法国。
750 coo“～”,此处解 cow“～”。
751 rainy“～”;也解 Raheny“～”,位于都柏林东北部郊区;也解 Rainy,河名,位于加拿大和美国。
752 都柏林也称黑水潭。
753 innocefree 解 innocent“天真的”+free“无拘束的”;也解 innoxius [拉]“～”;也解 Inisfree“～”,岛名,位于爱尔兰。
754 limbs aloft“～”;也解 *A Girl of the Limberlost*“～”,美国作家吉恩·斯特拉顿-波特 1909 年出版的小说。
755 drove“～”;也解 Drowes,溪名,位于爱尔兰。
756 Findhorn“～”;也解 Findhorn,河名,位于英国。
757 Mtu [斯瓦]“男人”。
758 Mti [斯瓦]“～”。
759 sombogger 解 somebody“～”;也解 some bugger“～”。
760 wisness 解 witness“～”;也解 wise“～”。
761 drip“～”,此处解 drop“～”;也解 tip“～”。
762 frickled 解 freckle“～”。
763 flenders 解 flinders“～”;也解 Moll Flanders“～”,英国作家笛福的同名小说的主人公;也解 Flinders,河名,位于澳大利亚。
764 marcellewaved 解 marcel wave“(头发)～”。
765 weirdly“～”;也解 weir“～”;也解 merely“～”。
766 whitside 解 which side“～”;也解 whitsun“～”。
767 florry 解 flurry“～”;也解 hurry“～”;也解 in one's glory“～”;也解 flory“～”;也解 Fleury,河名,位于爱尔兰。
768 droop“～”,此处解 drop“～”。
769 glows“～”,此处解 gloves“～”;也解 clothes“～”。
770 aback“～”;也解 Back,河名,位于加拿大和美国。
771 wist“～”;也解 west“～”;也解 twist“～”;也解 waist“～”。
772 affront“～”;也解 front“～”。
773 sea“～”,此处解 see“～”。
774 loth 解 loath“～”;也解 Loth,河名,位于英国。
775 Rother 解 Rather“～”;也解 rotter“～”;也解 rot [德]“～”;也解 Rother,河名,位于英国。
776 snouty“鼻子朝天,高傲的”;也解 snotty“～”。
777 Veronica“～”,曾在基督背负十字架时用手绢给基督擦汗,基督的头像印在手绢上。
778 wipers“～”;也解 Wieprz,河名,位于波兰;也解 Wipper,河名,位于德国。
779 jub 解 job“～”;也解 Juba,河名,位于非洲西部;也解 Jubba,河名,位于索马里。
780 rancing 解 rinsing“～”;也解 rancid“～”;也解 Rance,河名,位于法国。
781 pinny“～”;也解 penny“～”。
782 surplice“～”;也解 surplus“～”。
783 Arran 解 arrah“～”;也解 ara [爱]“～”;也解 Aaron“～”,《圣经》中摩西的哥哥,以色列第一个大祭司;也解 Arran Quay“～”,位于都柏林。
784 vesdre 解 vestry“～”;也解 vrai [法]“～”;也解 Vesdre,河名,位于比利时。
785 eau de Colo 解 eau de Cologne“～”;其中 Colo 也解 cul [法]“～”;也解 Colo,河名,位于澳大利亚。
786 oder [德]“～”,此处解 odour“～”;也解 other“～”;也解 Oder,河名,位于中欧。
787 Magrath 解 *Mrs Magrath*“～”,爱尔兰歌曲;也解 Magra,河名,位于意大利。
788 aird 解 aired“～”;也解 heard“～”;也解 ard [爱]“～”;也解 Aird,河名,位于印度尼西亚。

褶，不是克兰普顿[789]细棉布[790]。给我施洗[791]吧，神父，因为她有罪！她轻松地放它们[792]无拘无束的通过她的集水[793]捕获男人圈[794]，用她的臀部为她膝盖的花边[795]别告诉我们|但丁喝彩。古老[796]平原上唯一一对儿[797]幼鲑|帕尔带褶边的。他们就是这样，我宣布！好上加[798]好！如果明天依然很好，谁会来旅行观光呢？会怎么样[799]谁会|嚎叫？接下来问我我没有的！贝尔维德尔[800]观景楼获奖学生[801]露阴癖者。戴着他们的巡游帽子，划桨俱乐部[802]的颜色。什么，嗬，他们结成一伙[803]！什么，哈，他们横冲直撞！这里还有她那性感的[804]适婚的|欢庆|一小片云字母。用猩红线连起的K上L[805]埃利斯码头。在色彩鲜嫩的[806]脸红|热田野上为了世界连在一起。后面跟着一个[807]不是吗|安诺娜X[808]来显示它们不是劳拉·基恩[809]的。啊，愿魔鬼[810]响铃|恶魔扭弯[811]用牙刺你的安全[812]肥皂别针！你这个玛门[813]的崽子，肯色拉的莉莉丝[814]。现在是谁一直在撕扯她身上内裤[815]的裤腿？哪条腿？上面有铃铛的那条[816]。把它们冲掉，和你一起赶快[817]阿斯顿码头！我停在哪儿了？永远别停！继续[818]叙述！你还没到那儿呢。我还在[819]乌鸫等。继续[820]，继续！

嗯，当它在仁慈[821]慈悲|慈母医院热诚[822]托钵僧的周六[823]坐着的人的日子|一天-周日[824]罪日-周一[825]周刊[826]代用品|巫术|书写上刊登出来后（因为有一次他们弄脏了他们的白色羔皮手套[827]审慎周到而小心谨慎地|儿童之爱，在他们的鸡肉[828]登记签到和培根[829]乞求着进去|开始|乞丐晚餐后反着刍，同时他们在这儿把它给我们看，以及当你差不多

789 crampton 解 Sir Philip Crampton“～”(1771—1858)，都柏林外科医生。
790 lawn“～”；也解 Laune，河名，位于爱尔兰。
791 Baptiste 解 Baptize“～”；也解 Baptiste，河名，位于加拿大。
792 freed them easy“～”；也解 free and easy“～”。
793 catchment“～”；也解 catch men“～”。
794 此处包含本书主人公名字的缩写 HCE。
795 dontelleries 解 dentelle［法］“～”；也解 don't tell us“～”；也解 Dante“～”(1265—1321)，意大利诗人。
796 old“～”，古老平原指爱尔兰的莫耶尔塔(Moyelta)地区；也解 Old，河名，位于美国。
797 parr“～”，此处解 pair“～”；也解 Thomas Parr“～”(1483—1635)，英国朝臣，在一百余岁时使一个女性怀孕。
798 Welland 解 Well“好”＋and“和”；也解 Welland，河名，加拿大和英国都有该名称的河。
799 How'll 解 How“怎样”＋will“将”；也解 who will“～”；也解 howl“～”。
800 Belvedarean 解 Belvedere College“～”，位于都柏林的男子中学；也解 belvedere“～”。
801 exhibitioners“～”；也解 exhibitionists“～”。
802 oarsclub 解 oars club“～”；也解 Oarus，河名，位于俄国。
803 此句化自英国歌曲《哇嗬，她撞了！》(*What Ho, She Bumps!*)
804 nubilee 解 nubile“～”；也解 nubilis［拉］“～”；也解 jubilee“～”；也解 Nuvoletta［意］“～”；也解 Nuble，河名，位于智利。
805 Ellis on quay 解 L on K“～”；也解 Ellis Quay“～”，位于都柏林；也解 Ellis，河名，位于美国。
806 flushcaloured 解 fresh-coloured“～”；也解 flush“～”＋calor［拉］“～”。
807 Annan 解 an“～”；也解 an non［拉］“～”；也解 Annona“～”，罗马神话中的谷物女神；也解 Annan，河名，位于英国。
808 exe 解“～”；也解 Exe，河名，位于英国。
809 Laura Keown 解 Laura Keene“～”(1826—1873)，美国女演员，林肯遇刺时的影星；也解 Keowee，河名，位于美国。
810 diabolo“～”，此处解 diabolos［希］“～”；也解 diablo［西］“～”。
811 twisk 解 twist“～”；也解 tusk“～”；也解 Wiske，河名，位于英国。
812 seifety 解 safety“～”；也解 Seife［德］“～”。
813 Mammon“～”，原为财神，后为贪欲的象征，地狱魔鬼之一。
814 Lilith“～”，亚当的第一个妻子，也被记载为撒旦的情人、夜之魔女。
815 drawars 解 drawers“～”；也解 Drava，河名，位于欧洲中南部。
816 此句化自习语 pull my other leg, the one with the bells on it“拉我的另一条腿，有铃铛的那条”，美俚指阴茎。
817 aston 解 hasten“～”；也解 Aston Quay“～”，位于都柏林利菲河边。
818 Continuarration 解 continuation“～”；也解 narration“～”。
819 amstel 解 I am still“～”；也解 Amsel［德］“～”；也解 Amstel，河名，位于荷兰。
820 Garonne 解 go on“～”；也解 Garonne，河名，位于法国。
821 Mericy 解 Mercy“～”；也可与后面的 Cordial 合解 misericordia［拉］“～”；也解 Mater Misericordiae Hospital“～”，位于都柏林；也解 Meriç，河名，位于巴尔干半岛。
822 Cordial“～”；也解 Corda，河名，位于巴西。
823 Sitterdag 解 Saturday“～”；也解 sitter day“～”；也解 dag［荷］“～”。
824 Zindeh 解 Sunday“～”；也解 sin day“～”；也解 Zindeh，河名，位于伊朗。
825 Munaday 解 Monday“～”；也解 Mun，河名，位于泰国；也解 Una，河名，位于巴西。
826 Wakeschrift 解 Wochenschrift［德］“～”；也解 makeshift“～”；也解 witchcraft“～”；也解 Schrift［德］“～”。
827 white kidloves 解 white kid gloves“～”；也解 with kid gloves“～”；也解 kid loves“～”；也解 White，河名，位于美国。
828 cheeckin 解 chicken“～”；也解 check in“～”。
829 beggin 解 bacon“～”；也解 beg in“～”；也解 begin“～”；也解 beggar“～”；也解 Egg，河名，位于加拿大。

读完了材料[830]后他们关注那个和他们的），甚至落到[831]斯诺登峰他那正变灰白的头发上的雪[832]梦也讨厌[833]皮肤他。融化[834]成为|爸爸，融化，萨瓦河[835]，萨乌托河[836]！给她的乡下[837]首领士绅[838]打上印记！你曾[839]郡守|暗礁|他呼喊去的每个地方，你曾[840]踏进的每个酒吧[841]酒桶塞，在城里[842]市民或郊外，或者朽败的地区，玫瑰与酒瓶或凤凰酒馆或权力酒店或犹太[843]旅舍[844]，或者从祖母河[845]到瓦切市[846]城市你走遍的乡间任何地方，或者从拉丁门[847]门|户到拉丁区[848]你发现他的圣像[849]被上下颠倒[850]地蚀刻[851]，或者街头少年嘲弄着[852]他的盖伊像[853]和男人莫里斯[854]，在他的《可怕的土耳克[855]》中扮演罗伊斯[856]劳斯莱斯|国王这个角色，（欧洲的[857]夏娃|雌孔雀|公鸡|潘恩酒店时尚[858]蛋屋子[859]，未撇皮的板油[860]奶酪|一套衣服和酸奶[861]耶胡，现在洗澡[862]土耳其澡堂|母鸡|男人亲亲我，男人[863]亚当到这边来，法蒂玛[864]，半转身！）当横笛[865]蛋|白河吹起，班卓琴[866]拨响，绕着当地酒店旋转着咒骂着，还有怪人[867]怪人会的三重冠[868]高帽围着他的头皮转圈滑[869]罗当达溜冰场。就像涅瓦河[870]边的佩特[871]或海[872]湖上的彼得[873]。这是豪斯曼[874]操持家务的男人，全都铺上石头，那用小木屋[875]做摇篮的那从未被拥有的那翘起他的腿产下[876]太一|单元他的蛋[877]的。脆弱的[878]嘴巴|在里面暴民在亚略巴古庭[879]围在他的周围，用他们的锡盘[880]铜鼓|定音鼓竖琴[881]聚成群的人吵奏着[882]喧闹声乒乓巨响的康康舞[883]。照顾你的祖父[884]严厉的父亲|格林兄弟！想想你的妈妈[885]玛神！金[886]悬挂|《金刚》洪门[887]红河是他朱庇特的绰号[888]悬挂|名字！唱起[889]勒里不利罗波莱罗舞曲，嘲弄法律[890]！然而她凭九[891]河

830 matarial 解 material“～”。
831 snowdon 解 snowed on“～”;也解 Snowdon“～”,山名,位于英国。
832 snee 解 sne [丹]“～”;也解 sni [塞维]“～”。
833 had a skunner against 解 take a skunner against“～”;其中 skunner 也解 skin“～”;也解 Kunna,河名,位于印度。
834 Thaw“～”;也解 tá [爱]“～”;也解 tata [塞维]“～”;也解 Thaya,河名,位于欧洲中部。
835 sava 解 Sava“～”,位于欧洲东南部。
836 savuto 解 Savuto“～”,位于意大利。
837 Chuff“～”;也解 chief“～”。
838 Exsquire 解 esquire“～”。此处包含本书主人公名字的缩写 HCE。
839 erriff 解 ever“～”;也解 sheriff“～”;也解 Riff [德]“～”;也解 er rief [德]“～”;也解 Erriff,河名,位于爱尔兰。
840 arver 解 ever“～”;也解 Arve,河名,位于法国。
841 bung“～”,此处解 pub“～”。
842 cit“～”,此处解 city“～”。
843 Jude [德]“～”。
844 此四处为都柏林附近的四家酒馆,是 18 至 19 世纪都柏林伍泽·盖里协会(Ouzel Galley Society)的主要聚会地。
845 Nannywater 解 Nanny water“～”,河名,位于爱尔兰都柏林郡北部。
846 Vartryville 解 Vartry“瓦切”,位于爱尔兰威克洛郡北部+ville [法]“城市”。
847 Porta Lateen 解 Porta Latina“～”,罗马的城门之一;其中 Porta 也解 [拉]“～”;也解 [意]“～”。
848 lootin quarter 解 Latin Quarter“～”,位于巴黎。
849 ikom 解 icon“～”;也解 Ikom,河名,位于非洲。
850 tipside down 解 upside down“～”。
851 etsched 解 etched“～”;也解 Etsch,河名,位于意大利。
852 cammocking 解 mocking“～”;也解 Cammock,河名,位于爱尔兰。
853 guy 解 Guy Fawkes“盖伊·福克斯”(1570—1606),因试图炸毁国会大厦被捕并被绞死。
854 Morris“～”,英国汽车公司。
855 turgos the turrible 解 *Turko the Terrible*“～”,都柏林娱乐剧院上演的第一出圣诞童话剧;其中 turgos 也解 Turco,河名,位于玻利维亚;也解 Turgai,河名,位于哈萨克斯坦。
856 royss 解 E. W. Royce“～”,《尤利西斯》中称其在《可怕的土耳其人》中演唱;也解 Rolls Royce“～”,英国汽车公司;也解 roi [法]“～”;也解 Ross,河名,位于加拿大;也解 Reuss,河名,位于瑞士。
857 Evropeahahn 解 European“～”;也解 Eva“～”+peahen“～”;也解 Hahn [德]“～”;也解 Pfauen Restaurant“～”,位于苏黎士;也解 Evre,河名,位于法国;也解 Evros,河名,位于希腊。
858 cheic 解 chic“～”;也解 Ei [德]“～”。
859 此处包含本书主人公名字缩写的倒写 ECH。
860 sooit 解 suet“～”;也解 sir [塞维]“～”;也解 suit“～”。
861 yahoort 解 yaourt [法]“～”;也解 yahoos“～”,英国作家斯威夫特的《格列佛游记》中的人形动物。
862 hamman 解 hammam [波]“～”或“～”;也解 hen“～”+man“～”。
863 Ahdahm 解 adam [波]“～”;也解 Adam“～”。
864 Fatima“～”(606—632),穆罕默德的女儿。
865 peihos 解 fife“～”;也解 Ei [德]“～”;也解 Pei-ho“～”,位于中国。
866 ubanjees 解 banjo“～”;也解 Ubangi,河名,位于中部非洲。
867 oddfellow 解 odd fellow“～”;也解 Oddfellows“～”,英国的一种兄弟会。
868 tiara“～”;也解 Tiaret,河名,位于阿尔及利亚。
869 rotundarinking 解 rotunda [拉]“圆形”+rink“溜冰”;也解 Rotunda“～”,都柏林 19 世纪后期的溜冰场。
870 位于俄国。
871 指俄国的圣彼得堡。
872 Meer [德]“～”;也解 meer [荷]“～”。
873 指美国的纽约。
874 Hausman 解 Baron Haussmann“～”(1809—1891),巴黎设计师,在重建巴黎中起主要作用;也解 Hausmann [德]“～”。
875 Cabin“～”;也解 Cabin Creek,河名,位于美国。
876 hennad 解 hen-ned“母鸡产蛋”;也解 to hen [希]“～”;也解 henas“～”;也解 Enna,河名,位于意大利。
877 Egg“～”;也解 Egg,河名,位于加拿大。
878 mauldrin 解 maudlin“～”;也解 Maul [德]“～”;也解 drin [德]“～”;也解 Mauldre,河名,位于法国。
879 areopage 解 Areopagus“～”,雅典石山的最高法院。
880 timpan 解 tin pan“～”;也解 tympanon [希]“～”;也解 timpani“～”。
881 crowders“～”,此处解 cruit [爱]“～”。
882 fracassing 解 fracas“大声吵架”+sing“唱歌”;也解 fracasso [意]“～”。
883 cagnan 解 cancan“～”;也解 Caguan,河名,位于哥伦比亚。
884 Grimmfather 解 grandfather“～”;也解 grim father“～”;也解(Jacob and Wihelm)Grimm“～”,德国神话学家。
885 Ma 解 Mama“～”;也解 Ma“～”,卡帕多西亚人的战争女神;也解 Ma,河名,位于越南。
886 Hing 解 Jing“～”,姓;也解 hing [德]“～”;也解 *King Kong*“～”,1933 年的美国电影。
887 the Hong“～”,中国民间组织,孙中山即该组织成员;也解 Hong“～”,位于中国。
888 hangnomen 解 agnomen“～”;也解 hang“～”+nomen [拉]“～”。
889 Lilt“～”;也可与后面的 bulling a law 合解 Lillibullero“～”,英国 1688 年光荣革命时期流行的一首讽刺爱尔兰天主教歌曲的部分迭句。
890 a law“～”;也解 Alaw,河名,位于英国。
891 nyne 解 nine“～”。在古希腊神话中地下有九条河。

盘桓的[892]狭巷|在周围冥河[893]耶稣受难像|离合诗的|十字棍巷起誓，她将与他们所有这些蛇[894]困难|一群人平起平坐。凭着受孕[895]易受伤害的|令人尊敬的童贞女[896]的圣母马利亚教堂[897]女爵士|圣母！于是他对自己说她要设计一个方案去伪造闪光[898]新芬党，这个伤害制造者，你从来没有[899]从未听到过的那种。什么方案？赶快告诉我，别[900]这么狠心[901]能！她成了[902]魔术家什么样的妈妈[903]谋杀？嗯，她借了[904]存放一只拉链袋[905]袋子|包，一只麂皮邮袋[906]面粉口袋，借了租了他的小油灯的光，离开她的换养子[907]继子之一，邮差肖恩，然后她去查询了她的小册子[908]，《老穆尔佳句》[909]《老穆尔历书》、凯西[910]的《欧几里德》和《时装秀》，把自己弄得干干净净[911]受潮汐影响的去参加化装舞会[912]涌潮。啊，女孩[913]的傻笑[914]转动眼珠纵乐。我没法告诉你是怎么样的！叫声太尖了都笑[915]卷发不出来了，全他妈的[916]！哈哈哈[917]爱|婚姻，哈哈嗨，哈哈呦，哈哈嚯！哦，但是你必须，真的你必须！让我的听[918]头发它汩汩，汩汩，就像昏暗肮脏的达格尔河[919]亲爱肮脏的都柏林里最可爱的[920]最远的漱口水漱口水！凭着穆尔哈达特[921]的圣井，我发誓我愿拿我从泰勒和凯利[922]的当铺[923]亵渎之峰进入天堂的机会[924]做抵押，只要能听到所有内容，每个[925]字！啊，把我的天赋留给我一会儿，女人！如果你不喜欢我的故事，从船里出去。好吧，你想咋样就咋样吧，那么。这儿，坐下，照我吩咐的做。按照我的划法，俯向你的船头[926]。向前进入，拉得超过你的平衡[927]常衡！保持[928]咬舌头说平坦[929]咸的，静静把它卷起。慢慢[930]冗长的|孤单的告诉[931]我。现在慢慢来[932]舌头。深吸

892 wyndabouts 解 wind about“～”；也解 wynd“～”＋about“～”；也解 Wynd Brook，河名，位于英国。
893 croststyx 解 Styx“～”；也解 crucifix“～”；也解 acrostic“～”；也解 Crosstick Alley“～”，位于都柏林。
894 snags“～”，此处解 snakes“～”；也解 snags［英爱］“～”。
895 Vulnerable“～”，此处解［英爱］“～”；也解 venerable“～”。
896 Virgin“～”；也可解 Virgin，河名，位于美国。
897 Mary del Dame 解 Church of Saint Mary del Dam“～”，位于都柏林；其中 Dame 也解“～”或［法］“～”。
898 shine“～”；此句化自习语 to take the shine out of“使……失去光彩”；也解 Sinn Féin“～”，爱尔兰的民族主义党派，意思是“我们自己”。
899 niever 解 never“～”；也解 nie［德］“～”；也解 Nièvre，河名，位于法国。
900 dongu 解 don't go“～”；也解 Dongu，河名，位于非洲。
901 crould 解 cruel“～”；也解 could“～”。
902 mague 解 make“～”；也解 magus“～”；也解 Mague，河名，位于爱尔兰。
903 meurther 解 mother“～”；也解 murder“～”；也解 Meurthe，河名，位于法国。
904 bergened 解 borgen［德］“～”；也解 bergen［荷］“～”。
905 zakbag 解 zip bag“～”；也解 zak［荷］“～”＋bag“～”；也解 Zak，河名，位于非洲。
906 mailsack 解 mail sack“～”；也解 Mehlsack［德］“～”。
907 swapsons 解 swap“交换”＋sons“儿子”。古爱尔兰的显贵家庭有交换儿子抚养的习俗；也解 stepsons“～”。
908 chapboucqs 解 chapbook“～”；也解 Boucq，河名，位于比利时。
909 Moore 解 Thomas Moore“托马斯·穆尔”(1779—1852)，爱尔兰诗人和词作者；也解 *Old Moore's Almanack*“～”，1697 年起在英国出版的一种占星术书。
910 Casey 解 John Casey“～”，都柏林天主教大学的数学教授，著有《欧几里德续》。
911 tidal“～”，此处解 tidy“～”。
912 mascarete 解 masquerade“～”；也解 mascaret［法］“～”。
913 gigguels 解 girls“～”；也解 Giguela，河名，位于西班牙。
914 goggle“～”，此处解 giggle“～”。
915 rizo［西］“～”，此处解 riso［意］“～”；也解 rideo［拉］“笑”。
916 rabbit it［俚］“～”；也解 Rabbit，河名，位于美国。
917 minneho 解 hahaha“～”；也解 Minne［德］“～”＋Ehe［德］“～”；也解 Minnehaha，美国诗人朗费罗的史诗《海华沙之歌》中的土著女孩，在当地话中意为“急流”，但常被误认为意为“欢笑的水”；也解 Minho，河名，位于牙买加。
918 hear“～”；也解 hair“～”。
919 dusky dirgle dargle 解 dusky dirty Dargle“～”，达格尔河位于爱尔兰；也解 dear dirty Dublin“～”。
920 farest 解 fairest“～”；也解 far-est“～”。
921 Mulhuddart“～”，地名，都柏林的西北郊。
922 Tirry and Killy 解 Terry Kelly“～”，都柏林典当商的名字；也解 Tirry，河名，位于英国。
923 mount of impiety“～”，此处解 mont-de-piété［法］“～”。
924 chanza 解 chance“～”；也解 Chanza，河名，位于伊比利亚半岛。
925 aviary 解 every“～”；也解 Avre，河名，位于法国。
926 此句化自习语 I have the bent of his bow“我理解他了”。其中 bow 也解 Bow，河名，位于加拿大。
927 overthepoise 解 over the poise“～”。此句化自习语 pull one's weight“努力做好份内的工作”；也解 avoirdupois“～”；也解 Oise，河名，位于法国。
928 Lisp“～”，此处解 keep“～”。
929 slaney 解 plane“～”；也解 slano［塞维］“～”；也解 Slaney，河名，位于爱尔兰。
930 longsome“～”，此处解 langsam［德］“～”；也解 lonesome“～”。
931 Deel 解 Tell“～”；也解 Deel，河名，位于爱尔兰。
932 Tongue“～”，此处解 take“花费”；也解 Tongue，河名，位于美国。

口[933]气。那是[934]图瓦特航道。慢慢快点儿，你快点儿[935]这里|应该|责骂走。在这儿借[936]我们一下你那有福的灰[937]，直到我刷洗了教士[938]的内裤。现在流吧。流过更多的地方[939]永远。慢慢的慢慢的[940]小便。

首先她让她的头发落[941]啊下，它那迂回[942]弯曲的卷发[943]一圈圈流[944]河流|冲刷到她的脚下。然后，赤裸如婴儿，她用节庆水[945]牛奶和匹斯塔尼[946]香[947]问题泥给自己洗发[948]，上上[949]水下下[950]洗|洗过的|暗中守候，从王冠到鞋底。接下来给她的脊柱[951]喉咙|屁股沟涂油脂[952]，肉瘤[953]锭盘、穿戴[954]鱼梁、斑痣[955]、痒处[956]阴部，用防污奶糖[957]、松脂[958]覆盖草皮的|潮水和蛇百里香[959]蛇纹岩，她用树叶霉菌[960]引路[961]领路员岛|领路员码头绕着夏枯草[962]瞳仁群岛[963]和暗褐[964]小岛[965]，梅花五点[966]温柏树|十二分之五|全体|阴部，遍布[967]她的肚子[968]小玛利亚街。剥下蜡像的[969]钟声金色，她的凝胶之腹[970]和她的点点薰香脚踝[971]线虫变成青铜色。这之后，她为她的头发编了一只花环。她给它打上结。她给它编上辫。是牧场青草和河边菖蒲，芦苇和水藻，是垂柳的落叶[972]悲伤。然后她做好她的手镯、她的脚环、她的臂钏、还有用作项链的煤玉护身符，是叮叮撞击的鹅卵石、嗒嗒作响的小圆石、隆隆而下的碎砾石，昂贵[973]里奇蒙大街而珍稀[974]，是爱尔兰[975]如尼文莱茵石和贝壳大理石镯子。做好后，给她的云眼[976]鹰等的巢|多毛的|爱尔兰抹一抹页岩[977]暗的|鹰煤烟，安努斯卡·路特希维奇·帕夫拉瓦[978]汉娜·丽维娅·妇鲁拉贝尔|沼泽水|巴黎古名|泥泞的|汉娜·巴甫洛娃，还有莲叶[979]小人国乳霜涂上她的小嘴

933 thet 解 that“那”；也解 Thet，河名，位于英国。
934 Thouat's 解 That's“～”；也解 Tuat“～”，埃及神话中的冥界；也解 Thouet，河名，位于法国。
935 scheldt 解 schnell［德］“～”；也解 here“～”；也解 should“～”；也解 Schelte［德］“～”；也解 Scheldt，河名，位于欧洲西北部。
936 Lynd 解 lend“～”；也解 Lynd，河名，位于澳大利亚。
937 ashes“～”；也解 Ash，河名，位于英国。
938 canon“～”；也解 Cannon，河名，位于美国。
939 Owermore 解 Over more“～”；也解 evermore“～”；也解 Owenmore，河名，位于爱尔兰。
940 pooleypooley 解 polipoli［斯瓦］“～”；也解 pooly［都柏林俚语］“～”。
941 fal 解 fall“～”；也解 Fal，河名，位于英国。
942 teviots 解 devious“～”；也解 Teviot，河名，位于英国。
943 coils“～”，此处解 curls“～”。
944 flussed 解 flowed“～”；也解 Fluß［德］“～”；也解 flush“～”。
945 galawater 解 gala“节日的”＋water“水”；也解 gala［希］“～”；也解 Gala，河名，位于英国。
946 pistania 解 Pistany“～”，地名，位于捷克，以温泉浴著称。
947 fraguant 解 fragrant“～”；也解 Frage［德］“～”；也解 Fragua，河名，位于南美洲。
948 sampood 解 shampooed“～”；也解 Sampu，河名，位于巴拿马。
949 wupper 解 upper“～”；也解 water“～”；也解 Wupper，河名，位于德国。
950 lauar 解 lower“～”；也解 lauo［拉］“～”；也解 lauatus［拉］“～”；也解 auf der Lauer liegen［德］“～”；也解 Laua，河名，位于澳大利亚。
951 keel“～”，指脊柱；也解 keel［荷］“～”；也解 keel［俚］“～”。
952 greesed 解 greased“～”；也解 Greese，河名，位于爱尔兰；也解 Reese，河名，位于美国。
953 warthes 解 warts“～”；也解 wharves“～”；也解 Warthe，河名，位于波兰。
954 wears“～”；也解 weirs“～”；也解 Wear，河名，位于英国。
955 mole“～”；也解 Mole，河名，位于英国。
956 itcher 解 itch“痒”＋-er；也解 itcher［俚］“～”；也解 Itchen，河名，位于英国。
957 butterscatch 解 butterscotch“～”。
958 turfentide 解 turpentine“～”；也解 turfen“～”＋tide“～”。
959 serpenthyme 解 serpent thyme“～”；也解 serpentine“～”；也解 Serpentine，河名，位于加拿大。
960 leafmould 解 leaf mould“～”；也解 Leaf，河名，位于美国。
961 ushered“～”；也解 Usher's Island“～”，岛名，位于爱尔兰；也解 Usher's Quay“～”，位于都柏林。
962 prunella“～”；也解 prunelle［法］“～”；也解 Prunelli，河名，位于法国。
963 isles“～”；也解 Isle，河名，位于法国。
964 dun“～”；也解 Dun，河名，位于英国。
965 eslats 解 islets“～”；也解 Esla，河名，位于西班牙。
966 quincecunct 解 quincunx“～”；也解 quince“～”；也解 quincunx［拉］“～”；也解 cunctus［拉］“～”；也解 cunnus［拉］“～”。
967 allover“～”；也解 Allow，河名，位于爱尔兰。
968 little mary“～”；也解 Little Mary street“～”，位于都柏林；也解 Mary，河名，位于澳大利亚。
969 Peeld 解 peeled“～”；也解 peal“～”；也解 Peel，河名，位于澳大利亚。
970 jellybelly 解 jelly“果冻”＋belly“腹部”；也解 Jelei，河名，位于马来西亚；也解 Belly，河名，位于美国和加拿大。
971 anguille［法］“～”，此处解 ankle“～”；也解 L'Anguille，河名，位于美国。
972 griefs“～”，此处解 leaves“～”。
973 richmond 解 rich“～”；也解 Richmond“～”，都柏林的街道；也解 Richmond，河名，位于澳大利亚。
974 rehr 解 rare“～”；也解 Rehr，河名，位于印度。
975 rhunerhinerstones 解 rune“如尼文、神秘符号”＋Rhine“莱茵河”＋stones“石头”；其中 rhune 也解 Rhone，河名，位于瑞士和法国。
976 airy ey 解 airy eye“高傲的眼睛”；也解 eyrie“～”；也解 hairy“～”；也解 Eire“～”。
977 dawk“～”；也解 dark“～”；也解 hawk“～”；也可与后面的 of 合解 Daugava，河名，位于俄国。
978 Annushka Lutetiavitch Pufflovah，人名；也解 Anna Livia Plurabelle“～”，本书女主人公；其中 Annushka 也解 eanuisce［爱］“～”；其中 Lutetiavitch 也解 Lutetia“～”；也解 luteus［拉］“～”；其中 Pufflovah 也解 Anna Pavlova“～”（1882—1931），俄国舞蹈家。
979 lellipos 解 lily pad“～”；也解 Lilliput“～”，英国作家斯威夫特的小说《格列佛游记》中的假想国。

唇[980]，颜料盒中的精选用于她的颧颊，从草莓[981]草莓地红到特别紫[982]破坏，然后她把她的贴身[983]……的污泥|波德莱尔女仆送[984]隔开到大樱桃[985]千人团|大运河和真樱桃[986]樱桃烧酒|皇家运河，充裕先生这两个表兄弟[987]土龟的|干岛|克里斯汀·比切普那儿，带着他夫人，密西西比[988]渗漏和密苏里[989]的敬意[990]脂肪，还有一个要求她可否离开[991]伺候|经过他片刻[992]侏儒|小别针|不成功的|时装模特|撒尿小童。有个拜访，点亮蜡烛，在阿洛河上的布里[993]树林小山坡|奥布赖恩小姐|浇，在喷水[994]泼水|喷中回来。钟[995]公鸡敲九[996]我的下，摊棚[997]星星发出新娘的[998]明亮地信号[999]闪烁，有人[1000]在等我！她说她不会离开她的一半的长度[1001]。然后，然后，驼背[1002]肿块|灯后背[1003]黑了刚一转过身，她的玉米包[1004]邮包就斜挂[1005]蛇肩[1006]债务|臂膀上，汉娜·丽维娅，牡蛎面孔[1007]，她的水池[1008]是涌上前。

说说她的样子！说得快点儿，为什么你做不到？趁热打[1009]斯皮茨狗|尖的铁[1010]爱尔兰。无论给我世上[1011]的什么东西[1012]没有东西我都不愿错过她。就是伦博德街[1013]爱情街的收益也不换。快乐[1014]华丽不值钱的小玩意|上帝的海洋，我一定[1015]口套要听到！啊，我们马上[1016]超越开始[1017]吧！快点儿[1018]听，抢在朱利亚[1019]尤利乌斯·凯撒看到她之前！她是不是[1020]而且曾经带着面具[1021]，这个亲爱的[1022]昏头的[1023]？全是美丽女士？《十日谈》[1024]第12次的|12开的|有12分之一黑人血统的？美好冒险[1025]圣文德|好运？马达加斯加的[1026]？她穿什么，这个小[1027]爱丽丝老[1028]老的|古怪的怪物？她重[1029]给……加上扇形饰边多少，装备和重量？她来了，激流[1030]大赦汉娜！呼唤着她的灾祸

980 lippeleens 解 lips“嘴唇”＋-een，起弱化作用；也解 Lippe，河名，位于德国。
981 strawbirry 解 strawberry“～”；也可与后面的 reds 合解 Strawberry Beds“～”，地名，位于爱尔兰的切坡里若德；也解 Birrie，河名，位于澳大利亚。
982 violates“～”，此处解 violet“～”。
983 boudeloire 解 boudoir［法］“贵妇的小客厅”；也解 boue de［法］“～”；也解 Baudelaire“～”（1821—1867），法国诗人；也解 Loire，河名，位于法国。
984 sendred 解 sended“～”；也解 sunder“～”；也解 Indre，河名，位于法国。
985 Ciliegia Grande［意］“～”；其中 Ciliegia 也解 chiliastys［希］“～”；其中 Grande 也解 Grand Canal“～”，位于都柏林。
986 Kirschie Real 解 Kirsche［德］“樱桃”＋Real“真的”；其中 Kirschie 也解 Kirsche［德］“～”；其中 Real 也解河名，位于巴西；也解 Royal Canal“～”，位于都柏林。
987 chirsines 解 cousins“～”；也解 chersenus［拉］“～”；也解 Chersonêsos［希］“～”，即爱琴海边的色雷斯半岛；也解 Christine Beauchamp“～”，美国心理学家莫顿·普林斯的《分裂的人格》一书中的人物。
988 seepy 可与前面的 missus 合解 Mississippi“～”，位于美国；也解 seep“～”。
989 sewery 可与前面的 missus 合解 Missouri“～”，位于美国。
990 respecks 解 respect“～”；也解 Speck［德］“～”。
991 passe［丹］“～”，此处解 pass (of)“～”；也解 passe［法］“～”。
992 minnikin 解 minute“～”；也解 manikin“～”；也解 minnekin［英爱］“～”；也解 manqué［法］“～”；也解 mannequin“～”；也解 Manneken-Pis“～”，布鲁塞尔的著名雕像。
993 Brie-on-Arrosa 解 Brie“～”，法国地名＋on“在……上”＋Arros，河名，位于法国；也解 Brián a'Rosa“～”；其中 Brie 也解 Biddy O'Brien“～”，歌谣《芬尼根的守灵夜》中的守灵者之一；其中 Arrosa 也解 arroser［法］“～”。
994 sprizzling 解 sprizzare［意］“～”；也解 spritzn［德］“～”；也解 spritz“～”。
995 cock“～”，此处解 clock“～”。
996 mine“～”，此处解 nine“～”；也解 Mine，河名，位于爱尔兰。
997 stalls“～”；也解 stars“～”；也解 Tall，河名，位于爱尔兰。
998 bridely 解 bride-ly“～”；也解 brightly“～”；也解 Bride，河名，位于英国。
999 sign“～”；也解 shine“～”。
1000 Zambosy 解 somebody“～”；也解 Zambesi，河名，位于非洲中南部。此句化自英国歌曲《有人在等我》。
1001 利菲河源头离都柏林的距离不到利菲河长度的一半。
1002 lump“～”，此处解 hump“～”；也解 lamp“”。
1003 back“～”；也解 black“～”。
1004 mealiebag 解 mealie bag“～”；也解 mailbag“～”。
1005 slang“～”；也解 slang［荷］“～”；也解 Langa，河名，位于罗马尼亚。
1006 shulder 解 shoulder“～”；也解 schuld［德］“～”；也解 Schulter［德］“～”。
1007 oysterface 解 oyster“牡蛎”＋face“面孔”；也解 Oyster，河名，位于美国。
1008 bassein 解 basin“～”；也解 sein［德］“～”；也解 Bassein，河名，位于缅甸。
1009 Spitz“～”，此处解 strike“～”；也解 spitz［德］“～”；也解 Spiti，河名，位于印度。
1010 iern 解 iron“～”；也解 Erin“～”；也解 Iernê［希］“爱尔兰”。
1011 nerthe 解 earth“～”；也解 Neath，河名，位于英国。
1012 irthing 解 anything“～”；也解 nothing“～”；也解 Irthing，河名，位于英国。
1013 lomba strait 解 Lombard Street“～”，伦敦金融中心；也解 love street“～”；也解 Lomba，河名，位于非洲。
1014 Gaud“～”，此处解 gaudium［拉］“～”；也解 God“～”。
1015 mosel 解 must“～”；也解 muzzle“～”；也解 Moselle，河名，流经欧洲中部。
1016 presta 解 prèsto［意］“～”；也解 praesta［拉］“～”。
1017 Ogowe 解 O we go“～”；也解 Ogowe，河名，位于非洲中西部。
1018 Leste 解 lèsto［意］“～”；也解 listen“～”。
1019 Julia“～”，人名；也解 Julius Caesar“～”（前 100—前 44），古罗马共和国末期的军事统帅；也解 Julia，河名，位于瑞典。
1020 Ishekarry 解 Is she carrying“～”；也解 Ishikari，河名，位于日本。
1021 washemeskad 解 was she masked“～”；也解 Washimeska，河名，位于加拿大。
1022 carishy 解 carissima［意］“～”；也解 Arish，河名，位于叙利亚。
1023 caratimaney 解 karatimania［希］“～”；也解 Caratimani，河名，位于南美洲。
1024 Duodecimoroon 解 *Decameron*“～”，意大利作家薄伽丘的作品；也解 duodecimo［拉］“～”；也解 duodecimo“～”；也解 duodecimoroon“～”。
1025 Bon a ventura 解 bon［法］“好的”＋a venture“冒险”；也解 Bonaventura“～”（1221—1274），意大利经院哲学家，著有《穷人的圣经》；也解 buona ventura［意］“～”；也解 Bonaventure，河名，位于加拿大。
1026 Malagassy“～”；也解 Malagarasi，河名，位于坦桑尼亚。
1027 liddel 解 little“～”；也解 Alice P. Liddell“～”，《爱丽丝漫游奇境记》的女主人公爱丽丝的原型；也解 Liddel，河名，位于英国。
1028 oud［荷］“～”；也解 old“～”；也解 odd“～”；也解 Oudon，河名，位于法国。
1029 scallop“～”，此处解 scale“～”。
1030 Amnisty 解 amnis［拉］“～”；也解 amnesty“～”。

刺激男人[1031]。

根本没有选帝侯夫人，只有必要老妈妈[1032]，引擎[1033]印第安人|女孩的古老[1034]开始|引擎妈妈。我要告诉你一个测验。但你必须安静地坐着。你现在能保持平静[1035]，好好地听我要说的事情吗？大约在万灵节[1036]全部关闭或次年四月之夜的零点50分或40分，当时她那丑陋的[1037]高的圆顶屋[1038]轻轻拍打了一下，踮脚[1039]脚尖走出一位丛林[1040]妇女，你见过的最亲爱的小妈妈[1041]责备，朝周围点着头，满脸微笑，带着尴尬[1042]的M[1043]和让人敬畏[1044]的O[1045]鸟|字母o，在两个时代之间，选美皇后[1046]女人|女王|朱迪丝|潘趣和朱迪，还不到你的胳膊肘[1047]。快，看看她的迷人，抓住[1048]她的怪癖[1049]快地，因为她活得越大[1050]水潺潺声就变得越光滑。救救[1051]我们，接受我们[1052]！再没有了？圣母啊[1053]非常，你到底[1054]在哪里捡到过一只像攻城槌一样大的羊[1055]兰贝岛排？哦，你说得对。我总会[1056]忘事，就像《爱我少些，爱我长些》[1057]丽维娅|小的|爱丽丝。我是说，像我踋关节那么长[1058]！她穿一双耕童的扣甲木屐，一双本身就含耕地的；一顶锥形[1059]圆锥山帽子，用花哨晃动的[1060]高兴起来，勇士们顶和一圈荆豆做装饰[1061]，还有一百条彩带跳舞般垂下来，一只金[1062]别针扎在上面；双焦[1063]自行车眼镜[1064]猫头鹰|目光呆滞搞糟了她的眼睛[1065]；鱼网面纱[1066]鱼网|青紫色遮挡阳光，好不破坏她皮表[1067]水的的皱纹；碗碟垫圈扣紧[1068]她那声音诱捕器[1069]大声的|赞扬的松松耳垂[1070]树叶；她那肉色的古巴长袜点缀着鲑鱼粉的斑点[1071]；她炫耀着一件淡烟[1072]蒸汽色[1073]着色的|墨水的棉布[1074]公鸡|母鸡|

1031 此句中包含本书主人公名字的缩写 HCE。
1032 Moppa 解 mother“妈妈”＋pa“爸爸”。
1033 injons 解 engine“～”；也解 Indians“～”；也解 inghean［爱］“～”。
1034 angin［中英］“～”，此处解 ancient“～”；也解 engine“～”。
1035 peace“～”；也解 Peace，河名，位于加拿大和美国。
1036 Allclose 解 All souls“～”；也解 all close“～”。
1037 hoogly 解 ugly“～”；也解 hoog［荷］“～”；也解 Hooghly，河名，位于印度。
1038 igloo“～”；也解 Iglau，河名，位于捷克。
1039 toetippit 解 tiptoe“～”；也解 toe tip“～”；也解 Oti，河名，位于西部非洲；也解 Iput，河名，位于俄国。
1040 bushman“～”；也解 Bush，河名，位于美国。
1041 moma 解 mama“～”；也解 mômar［希］“～”；也解 Moma，河名，位于俄国。
1042 embarras 解 embarrassment“～”；也解 Embarras，河名，位于美国。
1043 ems 解 Ms“～”；也解 Ems，河名，位于德国。
1044 awe“～”；也解 Awe，河名，位于英国。
1045 aues［拉］“～”，此处解 Os“～”；也解 Aue，河名，位于德国。
1046 judyqueen 解 beauty queen“～”；也解 judy［俚］“～”＋queen“～”；也解 Judith Shakespeare Quiney“～”(1585—1661)，莎士比亚的女儿；也解 *Punch and Judy*“～”，英国木偶戏的名字；也解 Judy Creek，河名，位于美国；也解 Queen，河名，位于澳大利亚。
1047 elb 解 elbow“～”；也解 Elbe，河名，位于欧洲中部。
1048 saise 解 seize“～”；也解 Saisi，河名，位于坦桑尼亚。
1049 quirk“～”；也解 quick“～”。
1050 bicker“～”，此处解 bigger“～”。
1051 Save“～”；也解 Save，河名，位于非洲。
1052 tagus 解 take us“～”；也解 Tajo，河名，位于伊比利亚半岛。
1053 Werra 解 Mhuire［爱］“～”，表惊叹；也解 very“～”；也解 Werra，河名，位于德国
1054 in ourthe 解 on earth“～”；其中 ourthe 也解 Ourthe，河名，位于比利时。
1055 Lambay 解 Lamb“～”；也解 Lambay Island“～”，位于都柏林东北部；也解 Liambai，河名，位于非洲南部，也称为赞比西河。
1056 epte to 解 apt to“～”；也解 Epte，河名，位于法国。
1057 Liviam Liddle did Loveme Long 解 *Love Me Little, Love Me Long*“～”，英文歌曲；其中 Liviam 也解 Livia“～”，本书女主人公的名字；也解 Liviam，古罗马皇帝屋大维的妻子；其中 Liddle 也解 little“～”；也解 Alice P. Liddell“～”，《爱丽丝漫游奇境记》的女主人公爱丽丝的原型；也解 Liddel，河名，位于英国；其中 Loveme 也解 Eme，河名，位于非洲；其中 Long 也解 Longa，河名，位于非洲。
1058 linth 解 length“～”；也解 Linth，河名，位于瑞士。
1059 sugarloaf“～”；也解 Sugarloaf Mts.“～”，位于爱尔兰的威克洛郡。
1060 gaudyquiviry 解 gaudy“花哨的”＋quivery“震动的”；也解 gaude, qui vir［拉］“～”；也解 Guadalquivir，河名，位于西班牙。
1061 arnoment 解 ornament“～”；也解 Arno，河名，位于意大利。
1062 guildered 解 guilder“金币”＋-ed；也解 Guil，河名，位于法国。
1063 bicycles“～”，此处解 bifocals“～”。
1064 owlglassy 解 eyeglasses“～”；也解 owl“～”＋glassy“～”。14 世纪德国民间故事中的骗子捣蛋鬼提尔，总是一手拿着猫头鹰，一手拿着玻璃镜子。
1065 eyes“～”；也解 Eye，河名，位于英国。
1066 fishnetzeveil 解 fishnet veil“～”；也解 Netze［德］“～”；也解 Veilchen［德］“～”；也解 Fish，河名，在非洲、澳大利亚、北美洲都有该名称的河流；也解 Netze，河名，位于波兰。
1067 hydeaspects 解 hide［英口］“皮肤”＋aspects“外表”；也解 hydat-“～”；也解 Hydaspes，河名，位于印度和巴基斯坦，现名杰赫勒姆河。
1068 boucled 解 buckled“～”。
1069 laudsnarers 解 laudsnarerss 解 Laut［德］“声音”＋snarers“诱捕器”；也解 loud“～”；也解 laus［拉］“～”。
1070 laubes 解 lobes“～”；也解 Laub［德］“～”；也解 Aube，河名，位于法国。
1071 salmospotspeckled 解 salmon“鲑鱼肉粉红色的”＋spot“斑点”＋speckled“产生斑点”。
1072 hazevaipar 解 haze“烟雾”＋vapour“雾气”；也解 výpar［捷］“～”；也解 Vaipar，河名，位于印度。
1073 tinto［意］“～”，此处解 tint“～”；也解 Tinte［德］“～”。
1074 galligo 解 calico“～”；也解 gallus［拉］“～”；也解 gallina［拉］“～”；也解 Gallus［拉］“～”；也解 Gallegos，河名，位于阿根廷；也解 Gállego，河名，位于西班牙。

高卢人衬衣[1075]衬衫，洗涤前从不紧身；牢固的胸衣，情敌们[1076]对手|《情敌》，勾勒[1077]出她的身长；她那红橙色[1078]的灯笼裤[1079]纽约佬|烈性黑啤酒|雄兽，一件衣服两条腿，显出她是天生的纽约人[1080]黑人|沼泽人，被爱情拴住[1081]，随时可以摆脱；她那黑条棕褐色的[1082]爱尔兰王室警吏团连帽大氅[1083]缝着珠片[1084]，内衬是泰迪熊，配着灯心草绿的波状肩章，还在这里那里放着[1085]继续引领|丽达皇家天鹅领[1086]；两只香烟[1087]插在她的草绳[1088]欧罗巴吊袜带里；她那配着字母[1089]αβ|干草|床纽扣的便装灯芯绒[1090]外衣围着一圈双梳栉经[1091]英镑隧道皮带；每个侧袋里有不多的四便士，增加重量使她不被疾风[1092]吹走；她用一只衣夹紧紧跨坐在她的河水[1093]玩笑|提托诺斯鼻子上，她的河水[1094]烟雾嘴里一直[1095]嚼着一个古怪的东西[1096]，而她那件鼻烟褐色的水手[1097]流浪者裙礼服[1098]河水|铁匠的的尾部的河水[1099]江河的恶臭[1100]河水在她身后一路[1101]猞猁的|使放松|商人|匈牙利人|烧熟的|睾丸拖了50[1102]口哨声|利菲河余爱尔兰里。

真该死，我真难过错过了她！甜枫香[1103]上进心，竟然没人晕倒！不过在她的哪个[1104]酒刺嘴里？她的鼻子[1105]山甲好吗[1106]点亮的？所有见过她的人都说这位甜蜜的[1107]杜丝小姐小可人儿[1108]戴汉娜看起来有点儿古怪。我们小跑吧[1109]老子，小心水坑[1110]小步挪！夫人，乖一点儿，别掉[1111]傻瓜到海[1112]说里！她肯定变成了[1113]把……烧焦|红点鲑可笑的[1114]多沼泽的穷巫婆[1115]女巫。奇克汉姆[1116]踢|火腿你见过更邋遢[1117]更可笑的的吗！朝她的都柏林男孩们[1118]都柏林海湾瞪着痴情鲻鱼[1119]药属葵眼。他们把她作为他们的仁慈[1120]希腊的|苹果夏洛特女

1075 Shimmy [俚]“～”;也解 chemise“～”;也解 Simme,河名,位于瑞士。
1076 the rivals“～”;也解 rivalis [拉]“～”;也解 *The Rivals*“～”,英国喜剧家谢里丹的作品。
1077 lined“～”;也解 Line,河名,位于美国。
1078 bloodorange 解 blood orange“～”;也解 Blood,河名,位于南部非洲;也解 Orange,河名,位于南非。
1079 bockknickers 解 knickers“～”;也解 knickerbockers “～”,指纽约早期荷兰移民的后代;其中 bock 也解“～”;也解 Bock [德]“～”。
1080 nigger boggers 解 knickerbockers “～”;也解 nigger“～”+boggers“～”,指爱尔兰人;也解 Niger,河名,位于西部非洲。
1081 fancyfastened 化自 fancy-free(不知恋爱滋味的),故解“～”。
1082 tan“～”;也可与前面的 blackstripe 合解 Black and Tans“～”;也解 Tana,河名,位于肯尼亚。
1083 joseph“～”;也解 Joseph,河名,位于美国。
1084 sequansewn 解 sequin sewn“～”;也解 Seine,河名,位于法国。
1085 leadown 解 let down“～”;也解 lead on“～”;也解 Leda“～”,希腊神话斯巴达国王廷达路斯的妻子,因化身天鹅的宙斯而怀孕;也解 Lea,河名,位于英国。
1086 swansruff 解 swans ruff“～”,天鹅在英国属于王室财产;也解 Swan,河名,位于澳大利亚西部。
1087 gaspers“～”;也解 Gaspereau,河名,位于加拿大。
1088 hayrope 解 hay rope“～”;也解 Europa“～”,希腊神话中的腓尼基公主,被宙斯化为公牛带到今日的欧洲;也解 Hay,河名,位于加拿大;也解 Roper,河名,位于澳大利亚。
1089 alpheubett 解 alphabet“～”;也解 ALP,本书女主人公名字的缩写;也解 alpha bêta“～”,希腊文的头两个字母;也解 Heu [德]“～”+Bett [德]“～”;也解 Alph,河名,位于南极洲;也解 Alpheus,河名,位于希腊。
1090 codroy 解 corduroy“～”;也解 Codroy,河名,位于加拿大。
1091 twobar 解 two-bar fabric“～”;其中 bar 也解 [俚]“～”;也解 Tubarao,位于南美洲。
1092 windrush 解 wind rush“～”;也解 Windrush,河名,位于英国。
1093 joki [芬]“～”;也解 joke“～”;也可与前面的 tight 合解 Tithonus“～”,希腊神话中的特洛伊王子,获得永生却老得无法行动。
1094 fiumy 解 fiume [意]“～”;也解 fume“～”。
1095 kep on 解 keep on“～”;也解 Chepo,河名,位于巴拿马。
1096 sommething 解 something“～”;也解 Somme,河名,位于法国。
1097 siouler 解 sailor“～”;也解 siúbhlóir [爱]“～”;也解 Sioule,河名,位于法国。
1098 gawan [日]“～”,此处解 gown“～”;也解 gabhann [爱]“～”。
1099 fluve 解 fluvius [拉]“～”;也解 fleuve [法]“～”。
1100 rrreke 解 reek“～”;也解 reka [斯]“～”。
1101 lungarhodes 解 along the road“～”;也解 lungios [希]“～”;也解 langazô [希]“～”;也解 langôn [希]“～”;也解 Ungar [德]“～”;也解 gar [德]“～”;也解 Hode [德]“～”;也解 Lunga,河名,位于罗马尼亚;也解 Rhodanus,河名,位于法国。
1102 ffiffty 解 fifty“～”;也解 pfiff [德]“～”;也解 Liffey“～”。
1103 gumptyum 可与前面的 sweet 合解 sweetgum“～”;也解 gumption“～”;也解 Gumti,河名,位于印度。
1104 whelk“～”,此处解 welk [荷]“～”。
1105 naze“～”,此处解 nose“～”;也解 Nazas,河名,位于墨西哥。
1106 alight“～”,此处解 all right“～”。
1107 dowce 解 douce [法]“～”;也解 Douce“～”,《尤利西斯》中的酒吧女招待;也解 Douce,山名,位于爱尔兰。
1108 delia 解 dear“～”;也解 Diana“～”,希腊神话中的月亮与狩猎女神;也解 Deli,河名,位于土耳其。
1109 Lotsy trotsy 解 Let's trot“～”;也解 Lao-tse“～”,中国思想家;也解 Lotsani,河名,位于博茨瓦纳;也解 Trothy,河名,位于英国。
1110 poddle“～”,此处解 puddle“～”;也解 Poddle,河名,位于爱尔兰。
1111 fol 解 fall“～”;也解 fool“～”。
1112 say“～”;此处解 sea“～”。
1113 charred“～”,此处解 cerr [古英]“～”;也解 char“～”;也解 Char,河名,位于英国。
1114 Fenny“～”,此处解 funny“～”;也解 Fenny,河名,位于孟加拉。
1115 hex“～”;也解 Hexe [德]“～”;也解 Hex,河名,位于南部非洲。
1116 Kickhams 解 Charles Joseph Kickham“～”(1826—1882),爱尔兰作家,新芬党人;也解 kick“～”+ham“～”。
1117 frumpier“～”;也解 funnier“～”。
1118 boys dobelon 解 Dublin boys“～”;也解 Dublin Bay“～”。
1119 mush mullet 解 mush“痴情”+mullet“鲻鱼”;也解 marshmallow“～”;也解 Musha,河名,位于俄国;也解 Mullet,河名,位于美国。
1120 chariton 解 charity“～”;也解 Charitôn [希]“～”;也解 Charlotte Apple“～”,广告中的女孩,她的命运随着敲门声在一个夜晚发生了改变;也解 Chariton,河名,位于美国。

王给她带上王冠，所有女仆。五朔节的[1121]梅公主|玛丽·乔伊斯？不会吧！多亏她看不到自己。我估计[1122]认识到正因此[1123]为什么|为何这个宝贝儿[1124]弄污了[1125]嫁给|玛丽·乔伊斯她的镜子。她这样？天哪[1126]！减轻旱灾的地面养护工在合唱[1127]过量，嗡嗡地说粗话[1128]树|闲聊|非洲树蛇、嚼着烟叶、看着果子、吃着花儿，沉思着她那细丝[1129]灯丝的涨落和波动[1130]统一|汹涌，整个幼鳗迁徙[1131]地狱之火周都在约克公爵[1132]朱克斯家族|啃家边懒懒地躺在北方懒汉墙[1133]北墙码头|懒汉山上打发时光[1134]出租，他们一看到她穿着她的弃妇[1135]草|冬天丧服，延着海[1136]结婚时节路蜿蜒前行[1137]，并且意识到谁在她的领班神父夫人女帽[1138]下，阿翁戴尔[1139]的鱼[1140]和克莱伦斯[1141]一种四轮马车的毒药[1142]鱼，一个对另一个说[1143]另一个|邻居|在旁边的|汉娜|阿尔伯特，拐杖上的智慧[1144]对贝茨大师[1145]手淫说：在我们的两个南方座位[1146]南方海洋|南方|餍足与他们弄热的那块花岗岩[1147]之间，要么她做了整容，要么ALP被麻醉了！

但是她那混杂的老鼠袋[1148]混杂的|袋子|老鼠|巴卡拉纸牌游戏里是什么野味？只有她肚[1149]里的棕榈酒[1150]或者她胡椒罐里的胡椒粉[1151]？表[1152]、灯[1153]茶和香料[1154]你看|空间|外表货物[1155]一种香料。雷声[1156]中她在哪里抢掠？战争[1157]前还是舞会后[1158]在后的？我想在它刚出炉[1159]瑟希|苏运河新鲜[1160]活蹦乱跳时得到它。我用胡子[1161]打赌[1162]这值得占有！振作起来，来，来！真是一个好样的老狗娘[1163]沟渠养的[1164]！我保证会让你觉得值[1165]。我可不是说有可能。不过也不是对你有好处。给[1166]喷洒|说我真相[1167]，我会真的

1121 may 解 Queen of the May“～”；也解 Princess May“～”(1867—1953)，英国王后，未婚夫去世后嫁给约克公爵；也解 Mary Joyce“～”，乔伊斯的母亲，也被称为“梅”；也解 May，河名，位于澳大利亚。
1122 recknitz 解 reckon“～”；也解 recognize“～”；也解 Regnitz，河名，位于德国。
1123 wharfore 解 wherefore“～”；也解 waarvoor［荷］“～”；也解 hvorfor［丹］“～”；也解 Wharfe，河名，位于英国。
1124 darling“～”；也解 Darling，河名，位于澳大利亚。
1125 murrayed 解 muddied“～”；也解 married“～”；也解 Mary Joyce“～”，乔伊斯的母亲；也解 Murray，河名，位于澳大利亚。
1126 Mersey me! 解 Mercy me! “～”；也解 Mersey，河名，位于英国。
1127 koros［希］“～”，此处解 chorus“～”；也解 Körös，河名，位于匈牙利。
1128 boomslanging 解 boom“轰隆声”＋slanging“说粗话”；也解 boom［荷］“～”；也解 boomen［荷］“～”；也解 boomslang“～”。
1129 filimentation 解 filum［拉］“～”；也解 filament“～”。
1130 undification 解 undulation“～”；也解 unification“～”；也解 undo［拉］“～”。
1131 eelfare“～”；也解 hellfire“～”；也解 Eel，河名，位于美国。
1132 Jukar Yoick 解 Duke of York“～”；也解 Jukes“～”，近代犯罪学研究的两大著名美国犯罪家族之一；也解 yoick“～”，催赶猎狗前进所发出的声音；也解 Jucar，河名，位于西班牙；也解 Oich，河名，位于英国。
1133 North Lazers' Waal 解 North Lazers' Wall“～”；也解 North Wall Quay“～”，位于都柏林；也解 Lazar's Hill“～”，位于都柏林；也解 Waal，河名，位于荷兰。
1134 leasing“～”，此处解 lazing“～”。
1135 grasswinter 解 grass widow“～”；也解 grass“～”＋winter“～”。
1136 marritime 解 maritime“～”；也解 marry time“～”。
1137 meander“～”；也解 Meander，河名，位于土耳其。
1138 bonnet“～”；也解 Bonnet，河名，位于爱尔兰。
1139 Avondale“～”，地名，位于爱尔兰，巴涅尔的家就位于此地；也解 Avon，河名，位于英国。
1140 fish“～”；也解 Fish，河名，在非洲、澳大利亚、北美洲都有该名称的河。
1141 Clarence“～”，地名，位于爱尔兰；也解 clarence“～”；也解 Clarence，河名，位于澳大利亚。
1142 poison“～”，此句化自习语 One man's meat is another man's poison“一个人的蜜糖可能是另一个人的毒药”；也解 poisson［法］“～”。
1143 sedges an to aneber 解 says one to another“～”；其中 aneber 解 another“～”；也解 neighbour“～”；也解 neben［德］“～”；也解 Anne“～”，本书女主人公名字的变体；也解 Albert Victor“～”，即后来的英国国王乔治五世，曾为克莱伦斯和阿翁戴尔公爵；也解 Anabar，河名，位于俄国。
1144 Wit-upon- Crutches “～”，1725 年都柏林出现的一首匿名诗的标题；也解 Crouch，河名，位于英国。
1145 Master Bates“～”，《格列佛游记》中格列佛的老师；也解 Masturbate“～”；也解 Bates Creek，河名，位于美国。
1146 southsates 解 south seats“～”；也解 south seas“～”；也解 south“～”＋sates“～”；也解 South，河名，在加拿大和美国都有该名称的河。
1147 granite“～”；也解 Granite Creek，河名，位于美国。
1148 mixed baggyrhatty 解 mixed bag“各种人和物的大杂烩”＋hat“帽子”；也解 mixed“～”＋bag“～”＋rat“～”；也解＋baccarat“～”；也解 Bhagirathi，河名，位于印度；也解 Hatti，河名，位于海地。
1149 tumbo［斯瓦］“～”。
1150 tembo［斯瓦］“～”；也解 Tambo，河名，位于澳大利亚；也解 Guyana，河名，位于圭亚那。
1151 pilipili［斯瓦］“～”；也解 Pili，河名，位于菲律宾。
1152 Saas 解 saa［斯瓦］“～”；也解 Saas Thal，溪谷名，位于瑞士。
1153 taas 解 taa［斯瓦］“～”；也解 tea“～”。
1154 specis［拉］“～”，此处解 spice“～”；也解 space“～”；也解 species［拉］“～”。
1155 bizaas 解 bizaa［斯瓦］“～”；也解 bizari［斯瓦］“～”。
1156 thunder“～”；也解 Thunder，河名，位于美国。
1157 battle“～”；也解 Battle，河名，位于加拿大。此句化自《妈妈，战争在即》*Just Before the Battle, Mother*，美国南北战争期间的一首流行歌曲。
1158 efter［丹］“～”；也解 after“～”。《舞会后》也是 19 世纪末的一首流行歌曲。
1159 soorce 解 source“～”；也解 Circe“～”，荷马史诗《奥德赛》中的女妖，把上岛的人都变成动物；也解 Soo Canals“～”，位于加拿大。
1160 frisk“～”，此处解 frisk［丹］“～”。
1161 bearb 解 beard“～”；也解 Bearba，河名，位于爱尔兰。
1162 aubette 解 bet“～”；也解 Aube，河名，位于法国。
1163 ditch“～”，此处解 bitch“～。
1164 son“～”；也解 Son，河名，位于印度。
1165 worth“～”；也解 Worth，河名，位于英国。
1166 Spey 解 spare“～”；也解 spray“～”；也解 say“～”；也解 Spey，河名，位于英国。
1167 pruth 解 truth“～”；也解 Prut，河名，位于东欧。

告诉[1168]故事你。

好吧，一圈又一圈[1169]芦苇|圆的|圈沿着起伏的[1170]波浪起伏的路线[1171]鲱鱼流[1172]芳香她嗒嗒地跑、旋转摇摆、侧身而行，把她的卵石[1173]滴过狭窄的[1174]沼泽，在我们更干的一边是阴沉的食用海藻[1175]，我们对面是野豌豆藤[1176]狂野的西风，箭毒马鞍子[1177]在这儿，马鞍子箭毒在那儿，不知道用什么疯狂的[1178]中途或更聪明的[1179]术士|草地|本质|是否办法来消灭它，哪个都行[1180]，建造聊天屋[1181]全都留给她自己的[1182]孩子[1183]鸡|赤水，就像苍白[1184]弱小者心[1185]北美印第安人的克里族|尖叫声中的圣诞老人，聆听[1186]着好听到他们小小的心愿，她的胳膊环抱着伊丝拉贝拉[1187]伊茜，然后与和解的罗慕勒斯和瑞摩斯[1188]韵|罗马|兰斯一起奔跑，像欲望[1189]水蛭一样直前，像箭[1190]一样离弦，然后用唾沫洗掉脏汉斯[1191]手的泼溅，还有每只圣诞礼盒给她的每个[1192]《冬青与常春藤》孩子[1193]查尔德斯，他们梦想给[1194]礼物她的生日礼物，她迅速地[1195]放在我们门口的战利品[1196]被宠坏的！在垫子上，在门廊[1197]边，在下面酒窖里[1198]洪水。小河们奔涌[1199]河水着来看[1200]海，浅池男孩们[1201]，带着很多船和水手[1202]。当铺[1203]展览里来柴堆[1204]火里去。他们全围着她，年轻领角们和天真少女们[1205]天真的人|出身自由民之家的，从他们贫民窟的烂泥和喷水井[1206]手艺人公寓里来，佝偻病和暴乱，就像总督夫人[1207]恶习|王后|纯的|一个|总督征召接见时的斯迈利男孩[1208]。万岁[1209]维埃纳[1210]维也纳，小汉娜！老[1211]汉娜，上流生活！给我们来个独唱[1212]苏拉，啊，低声细语[1213]乌苏里江！意大利若能甜蜜[1214]！她没有音色[1215]勇气！给

1168 tale“～”,此处解 tell“～”。
1169 arundgirond 解 round and round“～”;也解 arundo［拉］“～”;也解 rund［德］“～”;也解 rond［法］“～”;也解 Arun,河名,位于英国;也解 Gironde,河名,位于法国。
1170 waveney 解 wavery“～”;也解 wavy“～”;也解 Waveney,河名,位于英国。
1171 lyne 解 line“～”;也解 Lyne,河名,位于英国。
1172 aringarouma 解 aringa［意］“鲱鱼”＋roume［芬］“水流”;也解 aroma“～”;也解 Garumna,河名,位于法国。
1173 boulder“～”;也解 Boulder Creek,河名,位于美国。
1174 narrowa 解 narrow“～”;也解 Narova,河名,位于俄国;也解 Arrow,河名,位于新西兰。
1175 diliskydrear 解 duileasc［爱］“可以吃的海草”＋drear“阴沉的”。
1176 vilde vetchvine 解 wild vetch vine“～”;也解 wild west wind“～”。
1177 curara 解 curare“～”,南美洲印地安人用以浸制毒箭;也解 Curaray,河名,位于厄瓜多尔。
1178 medway 解 mad way“～”;也解 midway“～”;也解 Medway,河名,位于英国。
1179 weser 解 wiser“～”;也解 wizard“～”;也解 Wiese［德］“～”;也解 Wesen［德］“～”;也解 whether“～”;也解 Weser,河名,位于德国。
1180 edereide 解 either did“(两者之中)～”;也解 Eder,河名,位于德国;也解 Eider,河名,位于德国。
1181 chattahoochee 解 chatter“饶舌”＋hoochie“棚屋”;也解 Chattahoochee,河名,位于美国。
1182 ain 解 own“～”;也解 Ain,河名,位于法国。
1183 chichiu 解 children“～”;也解 chi［中］“～”;也解 Chishui“～”,河名,位于中国。
1184 pale“～”;也解 Pale,河名,位于爱沙尼亚。
1185 cree 解 croi［爱］“～”;也解 Cree“～”;也解 cri［法］“～”;也解 Cree,河名,位于英国。
1186 nistling 解 listening“～”;也解 Nisling,河名,位于加拿大。
1187 Isolabella“～”,阿尔卑斯山南部马吉奥尔湖中的小岛;也解 Issy“～”,本书主人公壹耳微蚵和汉娜的女儿。
1188 Romas and Reims 解 Romulus and Remus“～”,公元前 753 年建立罗马的双胞胎兄弟;也解 Reim［德］“～”;也解 Rome“～”＋Reims“～”,法国东北部城市;也解 Rom,河名,位于瑞士和意大利;也解 Rima,河名,位于尼日利亚。
1189 lech“～”;也解 leech“～”;也解 Lech,河名,位于德国。
1190 dart“～”;也解 Dart,河名,位于英国。
1191 Hans 解 Clever Hans“聪明汉斯”,20 世纪初一匹可以做马戏表演的马;也解 hands“～”;也解 Hans,河名,位于韩国。
1192 aisch and iveryone 解 each and everyone“～”;也解 *The Holly and the Ivy*“～”,18 世纪起英国流行的圣诞歌曲;也解 Aisch,河名,位于德国;也解 Ivari,河名,位于南美洲。
1193 childer 解 child“～”;也解 Erskine Childers“～”(1870—1922),英国下议院的神父。
1194 gabe 解 gave“～”;也解 Gabe［德］“～”。
1195 fleetly“～”;也解 Fleet,河名,位于英国。
1196 spoiled“～”,此处解 spoils“～”。
1197 pourch 解 porch“～”;也解 Ourcq,河名,位于法国。
1198 inunder 解 in“在……里”＋under“在……下”;也解 inundation“～”。
1199 aflod 解 flood“～”;也解 flod［中英］“～”。
1200 see“～”;也解 sea“～”。
1201 glashaboys 解 plash“浅池,泼溅”＋boys“男孩们”;也解 Glashaboy,河名,位于爱尔兰。
1202 pollynooties 解 polynautês［希］“～”;也解 Polimounty,河名,位于爱尔兰;也解 Polly,河名,位于英国。
1203 paunschaup 解 pawnshop“～”;也解 Schau［德］“～”。
1204 pyre“～”;也解 pyr［希］“～”。此句化自习语 Out of the frying pan into the fire“才出虎口,又入火坑”。
1205 ingenuinas 解 ingenue“～”;也解 ingénue［法］“～”;也解 ingenuitas［拉］“～”。
1206 artesaned wellings 解 artesian wells“～”;也解 Artizan Dwelling“～”,位于都柏林。
1207 vicereine“～”;也解 vice“～”＋reine［法］“～”;也解 rein［德］“～”;也解 eine［德］“～”;也解 Viceroy's levée“～”。
1208 Smyly boys“～”,爱尔兰邓来里港一家名为“鸟巢”的新教男孩公寓,其住户被称为斯迈利男孩。
1209 Vivi［意］“生存”;也解 Vivi,河名,位于俄国。
1210 vienne 解 Vienne“～”,河名,位于法国;也解 Vienna“～”,奥地利首都。
1211 Vielo 解 vieillie［法］“～”。
1212 sula 解 solo“～”;也解 sura“～”,《古兰经》的一章;也解 Sula,河名,位于欧洲东部;也解 Sulak,河名,位于俄国。
1213 susuria 解 susurrus［拉］“～”;也解 Usuri“～”,位于中国;也解 Susurlu,河名,位于土耳其。
1214 Ausone sidulcis 解 Ausonia si dulcis［拉］“～”。
1215 tambre 解 timbre“～”;也解 nerve“～”;也解 Tambre,河名,位于西班牙。

她鼓掌[1216]切掉碎片，大一点儿声喝彩[1217]手，或者每次[1218]跳水她抓[1219]笔尖进她的垃圾[1220]死胡同[1221]袋子的底部|上帝之仆，揉搓[1222]掠夺|乌鸦并拿出她的救济[1223]货物[1224]海泡石|海|泡沫|瞧时都嘲笑[1225]一下，作为记念[1226]每一记录的东西的可怜纪念品[1227]为了纪念，全都为了酸痛的[1228]无疑回忆[1229]，发臭的和疗治的[1230]补锅匠和裁缝|手下，落伍的和一流儿童，她的头生[1231]荆豆子和支系[1232]细流|德里郡女儿们，他们有1001个，给他们每个人的柳条篮家常便饭[1233]。永远[1234]为了罪恶永远。然后翘辫子[1235]吻《圣经》宣誓|书。用来煮他茶壶[1236]肚子的补锅匠之诅咒[1237]教堂里的结婚布告|禁令和坟墓[1238]保若给吉卜赛李[1239]；一弹药盒的韭菜鸡汤给卫兵恰米[1240]士兵|汤米；给生气彭德的尖酸侄子三角形糖块，浓得惊人；咳嗽、格格响和野玫瑰脸颊[1241]徒劳无益的追求给可怜的小[1242]小[1243]麦克法兰[1244]；针和别针[1245]发麻、毯子和他们之间的床单[1246]小腿组成的七巧板给伊莎贝尔、耶洗别[1247]和可爱的婚姻[1248]；黄铜鼻[1249]牛津大学布拉斯诺斯学院和生铁手套给强尼步行[1250]步行者|尊爵威士忌乞丐[1251]乞求|小的；纸[1252]教皇的星[1253]圣人条旗给凯文尼·奥迪[1254]女神；呜呜呜呜给矮胖克雷格[1255]岩石的帕特里克，夜行[1256]噩梦|发情期的野兔野兔给老虎蒂姆[1257]·汤姆大男孩[1258]；水夹套和橡胶靴分别给巴利·海斯[1259]和飓风哈提根；慷慨的心和增肥的牛犊们给巴克·琼斯[1260]，克朗利夫的骄傲；一条面包和爸爸的早年目标给来自斯奇柏林[1261]的瓦尔[1262]；双轮马车给拉里·杜林[1263]都柏林，围栏浅滩之城[1264]的都柏林佬；乘官船晕海[1265]海滨游给蒂格·奥弗拉纳根；虱子和陷井[1266]细齿梳子|捕鼠器给杰瑞·考勒[1267]耶

1216 Chipping“～”,此处解 clapping“～”。
1217 chir 解 cheer“～”;也解 cheir [希]“～”;也解 Chir,河名,位于俄国。
1218 dive“～”,此处解 time“～”;也解 Dive,河名,位于爱尔兰。
1219 neb“～”,此处解 nab“～”;也解 Neb,河名,位于英属马恩岛。
1220 wabbash 解 rubbish“～”;也解 Wabash,河名,位于美国。
1221 culdee sacco 解 culo de sac“～”;也解 culo di sacco [意]“～”;也解 Céile Dé [爱]“～”;也解 Sacco,河名,位于意大利。
1222 raabed 解 rubbed“～”;也解 robbed“～”;也解 Rabe [德]“～”;也解 Raab,河名,位于奥地利和匈牙利。
1223 maundy“(濯足节)～”;也解 Maun,河名,位于英国。
1224 meerschaundize 解 merchandise“～”;也解 Meerschaum [德]“～”;也解 Meer [德]“～”+Schaum [德]“～”;也解 schauen [德]“～”。
1225 jary 解 jeer“～”;也解 Jary,河名,位于巴西。
1226 per ricorder 解 per ricòrdo [意]“～”;也解 per recorder“～”。
1227 poor souvenir“～”;也解 pour souvenir [法]“～”。
1228 for sore 解 for“为了”+sore“酸痛的”;也解 for sure“～”。
1229 aringarung 解 Erinnerung [德]“～”;也解 Arigna,河名,位于爱尔兰。
1230 stinkers and heeler 解 stinkers and healers“～”;也解 tinkers and tailors“～”;其中 heeler 也解“～”。
1231 furzeborn 解 firstborn “～”;也解 furze“～”。
1232 dribblederry 解 tributary“～”;也解 dribble“～”;也解 Derry“～”,位于北爱尔兰;也解 Ribble,河名,位于英国。
1233 wickerpotluck 解 wicker“柳条篮”+pot luck“家常便饭”;也解 Pot,河名,位于南非。
1234 For evil“～”,此处解 For good“～”。
1235 kiks the buch 解 kick the bucket“～”;也解 kiss the book“～”;其中 buch 也解 Buch [德]“～”。
1236 billy [英澳]“～”;也解 belly“～”。
1237 bann 解 damn“～”,补锅匠的诅咒指微不足道的东西;也解 banns“～”;也解 Bann [德]“～”;也解 Bann,河名,位于爱尔兰。
1238 barrow“～”;也解 George Borrow“～”(1803—1881),英国作家,擅长描写吉卜赛人;也解 Barrow,河名,位于爱尔兰。
1239 Lee“～”,吉卜赛人常用的名字;也解 Lee,河名,位于爱尔兰。
1240 Chummy,人名;也解 chummy [俚]“～”;也解 Tommy Atkins“～”,英国士兵的俗称。
1241 wildrose cheeks“～”;也解 wild-goose chase“～”。
1242 Piccolina [意]“～”。
1243 Petite [法]“～”。
1244 MacFarlane“～”,人名;也解 Macfarlane,河名,位于新西兰。
1245 needles and pins“～”;也解 pins and needles“～”。
1246 shins“～”,此处解 sheets“～”。此句化自习语 between the sheets“睡觉”;也解 Shin,河名,位于英国。
1247 Jezebel“～”,《圣经》中以色列国王亚哈的王后,有计划地运用权势使全以色列离弃神。
1248 Llewelyn Mmarriage 解 lovely marriage“～”。
1249 brazen nose“～”;也解 Brasenose College“～”。
1250 Johnny Walker 解 Johnny“强尼”,人名+Walker“步行者”;也解 Johnnie Walker“～”;也解 Walker,河名,位于美国。
1251 Beg“～”,此处解 beggar“～”;也解 beag [爱]“～”。
1252 papar 解 paper“～”;也解 papal“～”;也解 Papar,河名,位于英国。
1253 saints“～”,此处解 stars“～”。
1254 O'Dea“～”;人名;也解 dea [拉]“～”。
1255 Pudge Craig 解 pudge“矮胖的人”+Craig“克雷格”,人名;也解 Páid de Carraig [爱]“～”。
1256 nightmarching 解 night marching“～”;也解 nightmare“～”;也可与后面的 Hare 合解 March Hare“～”。
1257 Tiechertim 解 Tiger Tim“～”,希利的绰号;也解 Tech,河名,位于法国。
1258 Tombigby 解 Tom big boy“～”;也解 Tombigbee,河名,位于美国。
1259 Bully Hayes“～”,19 世纪后期的美国海盗;也解 Hayes,河名,位于加拿大。
1260 Buck Jones“～”(1759—1834),都柏林乌鸦街剧院的经理,他的住所名为克朗利夫。
1261 Skibereen 解 Skibbereen“～”,城镇名,位于爱尔兰科克郡。
1262 Val“～”,人名;也解 Val,河名,位于挪威。
1263 Larry Doolin“～”,英国流行歌曲《爱尔兰双轮马车》中的马车夫;也解 Dublin“～”。
1264 Ballyclee 解 Baile Atha Cliath“～”,都柏林的爱尔兰名字。
1265 seasick“～”;也解 seaside“～”。
1266 louse and trap“～”;也解 louse trap“～”;也解 mousetrap“～”。
1267 Jerry Coyle“～”,人名;也解 Jericho“～”,古代巴勒斯坦地区的城市,指偏僻的地方。

利哥；烂泥肉馅饼给安迪·麦克肯奇[1268]；发夹[1269]兔唇和要饭木盆给分文皆无的[1270]彼得献金|潘尼莱斯彼得；那12个声音[1271]英镑寻找G.V.布鲁克[1272]；淹死的玩具娃娃，脸朝下，给谦恭的修女汉娜·莫蒂眉[1273]死的|海洋；瀑布[1274]圣坛坠落给布兰奇斯[1275]洗烫衣服的女工的床；野地空气的小屁股给派格·沃芬顿[1276]；给苏·点[1277]起诉|以小圆点标出一只大眼睛[1278]i；给撒姆·杠[1279]某个破折号一个句号[1280]失足；三叶草中的蛇[1281]，摘下的和划开的[1282]皮克特人和苏格兰人，还有梵蒂冈颁发的[1283]捕蛇护照给苍白[1284]圣帕特里克老人[1285]长老|早期基督教会的长老|长老会；每天早晨起床[1286]刺激给岿然不动的迪克[1287]内科的迪克，每分钟一滴给绊脚石戴维[1288]宣誓书；矮栎念珠给被赐福的比蒂[1289]母鸡；两只苹果花呢[1290]苹果木|二凳给伊娃·莫比利[1291]变化的岁月；给萨拉·菲尔迫特[1292]约旦河谷的泪瓮[1293]；漂亮的漂亮谎言粉[1294]盒给艾琳·阿茹娜[1295]《艾琳，我的爱》，好洁白她的牙齿，亮过海伦·阿茹妮[1296]槭属植物；鞭打陀螺给无法无天的爱迪；给奶油商巷的基蒂·科尔雷因[1297]《科尔雷因的基蒂》用于她那愚蠢的罐子的小精明[1298]；油灰铲给小妖精[1299]小公山羊|帕克特里[1300]；河马[1301]没有河水的|食品柜面具给赞助人邓恩；壳上标了两次日期[1302]的复活节[1303]巢|打喷嚏|从未彩蛋[1304]和力量[1305]力学|权力权利给助理牧师保罗[1306]；欧洲霍乱[1307]愤怒|脖子|牛给穿披风的人[1308]人|下水道|妓院；星星和吊袜带[1309]僵硬的|史黛拉|戈尔顿学院|戈蒂给布商[1310]垂皮尔和祭司长[1311]，给小小心愿和犬吠喧嚣[1312]两只高贵的[1313]诺贝尔文学奖糖萝卜来把他们的苦味变甜[1314]蕉青甘蓝|瑞典；给奥利弗·邦德[1315]被捆绑的一种电

1268 Mackenzie"～",河名,位于加拿大。
1269 hairclip"～";也解 harelip"～"。
1270 Penceless 解 Penniless"～";也可与后面的 Peter 合解 Peter's pencee"～",英国以前一种给主教的贡税,每户一便士;也解 Pierce Pennilesse"～",16—17 世纪的英国作家,著有《对魔鬼的祈求》。
1271 sounds"～";也解 pounds"～"。
1272 G. V. Brooke"～",19 世纪末的英国演员,溺亡。
1273 Anne Mortimer"～",英国国王理查三世的祖母;也解 mortel [法]"～"+mer [法]"～"。
1274 altar falls"～",此处解 waterfall"～"。
1275 Blanchisse"～",人名;也解 blanchisseuse [法]"～";也解 Blanche,河名,位于法国;也解 Ise,河名,位于德国。
1276 Woppington 解 Peg Woffington"～"(1714—1760),爱尔兰女演员,在英国剧作家乔治·法夸尔的《忠实伴侣》中扮演哈里·瓦德爱尔(Harry Wildair)爵士,Wildair 在上文直译为"野地空气"。
1277 Sue Dot,人名;也可直译为 sue"～"+dot"～"。
1278 eye"～";也解 i,英文字母"～"。
1279 Sam Dash"～",18 世纪都柏林城堡的宴乐长;也解 some dash"～"。
1280 false step"～",此处解 full stop"～"。
1281 snakes in clover"～",此句化自 pigs in clover"行为粗鲁的有钱人"。
1282 picked and scotched"～";也解 Picts and Scots"～"。
1283 vaticanned 解 Vatican"～";也解 Vaticanus [拉]"梵蒂冈"。
1284 Pats "～";也解 Patrick"～",帕特里克主张消灭蛇。
1285 Presbys [希]"～";也解 presbys [希]"～";也解 Presbyter"～";也解 Presbyterian"～"。
1286 a reiz 解 arise"～";也解 Reiz [德]"～";也解 Reisa,河名,位于挪威。
1287 Standfast Dick"～",利菲河上一块著名的阻挡航道的石头;也解 Medical Dick"～",与后面的 Davy(戴维)一样,都是《尤利西斯》中穆利根的原型戈加蒂诗中的人物。
1288 Davy,人名;也解 davy [俚]"～"。
1289 Biddy 解 Biddy O'Brien"～",歌谣《芬尼根的守灵夜》中的守灵者之一;也解 biddy"～"。
1290 appletweed 解 apple"苹果"+tweed"花呢";也解 applewood"～";也解 twee [荷]"～";也解 Tweed,河名,位于英国。
1291 Eva Mobbely"～",人名;也解 aeva mobilia [拉]"～";也解 Mobile,河名,位于美国。
1292 Saara Philpot 解 Sarah Philpot Curran"～",1803 年被英国政府处以绞刑的爱尔兰起义者罗伯特·埃米特的未婚妻。
1293 tearorne 解 tear"眼泪"+urn"瓮";也解 Orne,河名,位于法国。
1294 Powder"～";也解 Powder 河名,位于美国。
1295 Eileen Aruna"～",人名;也解 *Eileen Aroon*"～",爱尔兰流行歌曲;也解 Arun,河名,位于英国。
1296 Arhone"～",人名;也解 Ahorn [德]"～";也解 Rhone,河名,位于瑞士和法国。
1297 Kitty Coleraine"～",人名;也解 *Kitty of Coleraine*"～",英国流行歌曲,在歌中她打碎了脱脂牛奶罐。
1298 此句化自习语 penny wise and pound foolish"小事聪明大事糊涂"。
1299 Puckaun 解 púcán [爱]"～";也解 pocán [爱]"～";也解 Puck"～",中世纪民间故事中的恶精灵,也是莎士比亚的《仲夏夜之梦》中的精灵。
1300 Terry 解 Ellen Terry"～"(1848—1928),英国女演员,在莎士比亚的喜剧《仲夏夜之梦》中扮演精灵帕克。
1301 apotamus 解 hippopotamus"～";也解 apotamos [希]"～";也解 apotamia [希]"～"。
1302 指爱尔兰教会与罗马天主教会在复活节的日期上存在分歧。
1303 niester 解 Easter"～";也解 Nester [德]"～";也解 niest [德]"～";也解 nie [德]"～";也解 Dniester,河名,位于俄国。
1304 egg"～";也解 Egg,河名,位于加拿大。
1305 dynamight 解 dynamis [希]"权力";也解 dynam"～";也解 might"～"。
1306 Pavl [俄]"～"。
1307 collera morbous 解 cholera morbus [拉]"～";其中 collera 也解 [意] "～";也解 collum [拉]"～";其中 morbous 也解 bous [希]"～"。
1308 Mann in the Cloack 解 Man in the Cloak"～",爱尔兰诗人詹姆斯·曼根(James Clarence Mangan)曾化名"穿披风的人"写作,并死于霍乱;其中 Mann 也解 [德]"～";其中 Cloack 也解 cloaca [拉]"～";也解 cloaque [法俚]"～"。
1309 starr and girton 解 Star and Garter"～",酒吧名,位于都柏林;其中 starr 也解 [德]"～";也解 Stella"～",即以斯帖·琼莎,斯威夫特的两个年轻恋人之一;其中 girton 也解 Girton college"～",剑桥的第一所女子学院;也解 Gerty"～",《尤利西斯》第 13 章中一个非常自恋和追逐时尚的女孩;也解 Tarrant,河名,位于英国。
1310 Draper"～";也解 Drapier"～",英国作家斯威夫特的笔名。
1311 Deane 解 Dean"～"。英国作家斯威夫特曾任都柏林圣帕特里克大教堂的祭司长,并写有《给布商的信》;也解 Dean,河名,位于加拿大和美国。
1312 Barny 解 Barney"～"。此处两人指爱尔兰作家叶芝和肖伯纳,他们都得到诺贝尔文学奖。
1313 noble"～";也解 Nobel"～"。
1314 sweeden 解 sweeten"～";也解 swede"～";也解 Sweden"～"。
1315 Oliver Bound 解 Oliver Bond"～",联合爱尔兰人会社的成员,1798 年被判处死刑,但死于中风;其中 Bound 也解 bound"～";其中 Oliver 也解 Olivera,河名,位于南美洲。

刑[1316]因尼斯弗利岛的方法；给休马斯[1317]小詹姆斯|《休马斯·贝格历险纪》，被认为很小，一只他觉得很大的王冠；自由思想者[1318]尖叉的火葬柴堆，后面是刚果木[1319]克隆伍兹·伍德公学|孔地十字架|刚果河十字架[1320]，给阳光双胞胎吉姆[1321]；赞美相伴和饶了我吧给杀手布利安[1322]布利安·布鲁；带着很多[1323]有关欲望的性欲画很多[1324]怜悯给奥罗娜·莱娜·抹大拉[1325]抹大拉的玛利亚|老鸨|面包屑|大老鸨；给卡米拉[1326]纯洁无瑕的女子|骆驼、多罗米拉[1327]、路德米拉、玛米拉[1328]乳房，一只水桶、一个包裹、一本书和一只枕头；给南茜·香农[1329]一只蒂厄姆[1330]胸针；给希望和水[1331]肥皂和水多拉·里帕里亚[1332]礼物|河岸冷却冲洗器和暖床器；一条布拉尼[1333]奉承话裤子[1334]自夸给废物米格尔；发夹石板铅笔给艾尔西·奥拉姆[1335]，好让她搔她的下身[1336]托比叔叔，给她那粗俗的[1337]普通分数部分最大的帮助；养老金给美女[1338]贝蒂；一袋忧郁[1339]律师用的蓝色公文包给滑稽的费兹；《丰收弥撒》[1340]是我给塔夫[1341]施洗·德·塔夫；吉尔少女|鱼鳃，女孩的调羹，给杰克[1342]小伙子，男孩的鱼汤；鲁滨逊·克鲁索[1343]约翰·罗格森爵士码头的星期五斋戒给堕落天使[1344]卢比肯之石[1345]石头；织工的织物里的每根[1346]事实上经纱织成的366条府绸领带[1347]给维克托·胡格诺特[1348]雨果；坚硬平稳的耙子和上好的瓦里安[1349]粪肥给清洁工凯特；歌谱有缺失[1350]给霍斯蒂；两打摇篮给J. F. X. P. 卡宾格[1351]卡宾格法庭；接近[1352]砰的响声|顶部10磅[1353]重给天生的孤儿[1354]王太子|海豚|海豚谷仓|费城，还有五只弄坏的爆竹给婴儿[1355]公主；一封持续一生的信给那边灰坑旁的玛奇[1356]；从贪婪[1357]拉斯克到悲惨生活[1358]洗澡的冻肉

1316 frey 解 fry [俚]“～”；也可与前面的 in his 合解 Inisfree“～”，位于爱尔兰。
1317 Seumas“～”，詹姆斯的爱尔兰写法；也可与后面的 little 合解 James the Little“～”，耶稣基督的弟弟或表弟；也可与后面的 big 合解 *The Adventures of Seumas Beg*“～”，爱尔兰作家詹姆斯·斯蒂芬 1915 年出版的小说。
1318 tibertine 解 libertine“～”；也解 tine“～”；也解 Tiber，河名，位于意大利。
1319 Congoswood 解 Congo“刚果”＋wood“木”；也解 Clongowes Wood College“～”，耶稣会开办的初级教育学校，乔伊斯曾在此处学习；也解 Cross of Cong“～”，保存在爱尔兰孔地修道院的一只 12 世纪游行用十字架；也解 Congo“～”，位于非洲；也解 Wood，河名，位于加拿大和美国。
1320 cross“～”；也解 Cross，河名，位于尼日利亚。
1321 Twimjim 解 Twin Jim“～”，乔伊斯儿时被家人呼为“阳光吉姆”。
1322 Brian the Bravo“～”；也解 Brian Boru“～”，爱尔兰传说中的著名国王；也解 Bravo，河名，位于中南美洲。
1323 lubilashings 解 ljubi [塞维]“吻”＋lashings [英爱]“很多”；也解 lub- [拉]“～”；也解 Lubilash，河名，位于刚果。
1324 penteplenty 解 paint“画”＋plenty“很多”；也解 pente [希]“～”。
1325 Olona Lena Magdalena“～”，人名，分别是 Magdalene（抹大拉）的意大利，俄国和南美洲的名字；也解 St. Mary Magdalene“～”，《圣经》中一个悔罪的妓女；也解 lena [拉]“～”；也解 magdalia [希]“～”；也解 magna lena [拉]“～”；也解 Olona，河名，位于意大利；也解 Lena，河名，位于俄国；也解 Magdalena，河名，位于南美洲。
1326 Camilla“～”，《埃涅阿斯纪》中的沃尔西女英雄；也解 camilla [拉]“～”；也解 Kamila [塞维]“～”；也解 Cam，河名，位于英国。
1327 Dromilla“～”，人名；也解 Drome，河名，位于法国。
1328 Mamilla“～”，人名；也解 mamilla [拉]“～”。
1329 Shannon“～”，位于爱尔兰。
1330 Tuami 解 Tuam“～”，地名，位于爱尔兰。
1331 Hopeandwater 解 Hope and water“～”；也解 soap and water“～”；也解 Hope，河名，位于英国。
1332 Dora Riparia“～”，河名，位于意大利；也解 Dôra [希]“～”；也解 ripa [拉]“～”。
1333 Blarney“～”，城镇名，位于爱尔兰科克郡；也解 blarney“～”。
1334 braggs 解 breeks“～”；也解 brag“～”。
1335 Elsie Oram 解 Éilís Óram“～”，爱尔兰民谣中的一个骗子。
1336 toby [俚]“～”；也解 Uncle Toby“～”，英国作家斯特恩的小说《项狄传》中的人物；也解 Tobique，河名，位于加拿大。
1337 volgar 解 vulgar“～”；也可与后面的 fractions 合解 vulgar fractions“～”；也解 Volga，河名，位于俄国。
1338 Bellezza [意]“～”；也解 Bell，河名，位于澳大利亚；也解 Belle，河名，位于美国。
1339 a bag of the blues“～”；也解 blue bag “～”。
1340 Missa pro Messa [拉]“～”；也解 mishe [爱]“～”，指爱尔兰岛的圣女圣布利吉特在受洗时用当地的盖尔语说的话；也解 Misa，河名，位于拉脱维亚。
1341 Taff“～”，常用来指威尔士人；也解 taufen [德]“～”；也解 Taff，河名，位于英国。
1342 Jill ... Jack 解 Jill and Jack《吉尔和杰克》，英国童谣；其中 Jill 也解 jill“～”；也解 gill“～”；其中 Jack 也解 jack“～”。
1343 Rogerson Crusoe 解 Robinson Crusoe“～”，英国作家笛福的小说《鲁滨逊漂流纪》中的人物，有个土著仆人叫“星期五”；也解 Sir John Rogerson's Quay“～”。
1344 Caducus Angelus [拉]“～”。
1345 Rubiconstein 解 Rubicon“卢比肯”，位于意大利＋Stein [德]“石头”。
1346 revery 解 every“～”；也解 revera [拉]“～”。
1347 tyne 解 ties“～”；也解 Tyne，河名，位于英国。
1348 Victor Hugonot“～”，都柏林的领带商；也解 Victor Hugo“～”（1802—1885），法国作家。
1349 varians 解 Varian and Co“～”，都柏林的一家刷子厂。
1350 歌手忘记下一首歌时就会说“歌谱有缺失”。
1351 Coppinger“～”，人名；也解“～”，位于爱尔兰科克郡的一个建筑，已倒塌。
1352 on the pop 解 on the point of“～”；其中 pop 也解“～”；也解 top“～”。
1353 tenpounten 解 ten pound“～”。
1354 daulphins 解 orphans“～”；也解 dauphin [法]“～”；也解 dolphins“～”；也解 Dolphin's Barn“～”，都柏林地名；也解 Philadelphia“～”。
1355 Infanta“（西班牙、葡萄牙的）～”，此处解 Infants“～”。
1356 Maggi 解 Maggies“～”，在书中也与抹大拉的马利亚交织在一起，代表分裂的人格；也解 Maggia，河名，位于瑞士。
1357 Lusk“～”，爱尔兰都柏林郡的一个村镇，此处解 lust“～”。
1358 Livienbad 解 living bad“～”；也解 Bad [德]“～”。

般健壮女人给渡船费利姆；笨家伙[1359]希望|笑话|救赎、希望[1360]斯迫兰查和研讨会[1361]宴会|辛普森医院的糖浆给衰弱、失明和痛风的戈夫[1362]；改换名字[1363]教堂正厅|圣人|船和疾病[1364]山之乐给阿默里凯人[1365]特里斯特拉姆·阿莫里[1366]阿穆尔河·圣劳伦斯[1367]；断头台衬衫给红胸鲁本[1368]红胸知更鸟，大麻[1369]衬衫|绞刑吊索给荒野中的布勒南[1370]；栎木膝盖[1371]奥康尼河给创造者[1372]制作糕点甜食的师傅索亚，蚊叮[1373]给伟大的热带斯科特[1374]；三等花梗给迦密修会的[1375]业凯恩[1376]该隐；不见阳光的月份地图，包括剑和邮票，给邮差谢默斯·欧肖恩；有毛皮的豺[1377]杰克与海德给布朗尼但是诺兰[1378]布朗与诺兰|焦尔达诺·布鲁诺；石头般冰冷的肩膀给唐·乔万尼[1379]《约瑟夫·万斯》；所有的锁和没有牢[1380]洛克医院给妓女[1381]欧娜·布莱特[1382]荣誉|明亮的；大鼓给比利[1383]圣树·邓博因[1384]博因河；有罪的[1385]镀金金[1386]金草甸风箱，吹我吹我，给艾达[1387]想法艾达，睡宝宝[1388]哈许白摇椅[1389]《宝宝在树顶摇啊摇》，她全都找到[1390]《吟游诗人》，给谁是西尔维亚[1391]毕奇女士·他在哪儿？无论你要什么来痛饮[1392]威廉·莎士比亚来冲刷萧伯纳，健力士[1393]还是轩尼诗[1394]、淡啤[1395]还是黑啤[1396]尼日尔，给节庆国王[1397]、咆哮彼得、活泼矮个、蜜糖汤姆、O. B.[1398]比恩、恶棍苏拉[1399]玷污、大师玛格拉斯[1400]、彼得·克劳兰、红发[1401]军民|罗萨奥德拉沃[1402]、和平之子[1403]尼禄[1404]，以及你四处闲逛时偶然遇到的任何人；猪膀胱球给刺人[1405]没药塞利娜[1406]月亮|卷心菜的一种·萨斯奎汉纳[1407]。但是她拿什么给了病房[1408]普鲁达[1409]明智、运河[1410]卡内尔凯蒂[1411]清洗、有罪的[1412]佩吉、多刺的布罗斯纳[1413]一捆木柴、戏弄人

1359 spas“～”；也解 spes［拉］“～”；也解 spaß［德］“～”；也解 spas［塞维］“～”。
1360 speranza［意］“～”；也解 Speranza“～”，英国女诗人王尔德夫人的笔名，她是奥斯卡·王尔德的母亲。
1361 symposium“～”；也解 symposion［希］“～”；也解 Simpson's Hospital“～”，1780 年在都柏林建立的医院，治疗“衰弱、失明和痛风的男性”。
1362 Gough“～”(1779—1869)，爱尔兰军人，都柏林凤凰公园立有他的雕像。
1363 naves“～”，此处解 names“～”；也解 naomh［爱］“～”；也解 naves［拉］“～”。
1364 ills“～”；也解 hills“～”；也解 Ill，河名，位于法国和奥地利。
1365 Armoricus［拉］“～”，法国西北部一地区的古称。
1366 Tristram Amoor 解 Amory Tristram“～”，霍斯堡第一位伯爵的名字，他后来改名为圣劳伦斯；其中 Tristram 也解英国小说家斯特恩的小说《项狄传》的主人公的名字；其中 Amoor 也解 Amur“～”，即黑龙江，位于中国和俄国。
1367 Saint Lawrence“～”，人名；也解 St. Lawrence，河名，位于加拿大。
1368 Reuben Redbreast“～”，人名；也解 robin redbreast“～”。
1369 hempen“～”；也解 Hemden［德］“～”；也解 hanging “～”。
1370 爱尔兰民谣中的一个反抗英雄，因女人的出卖被判处绞刑。
1371 oakanknee 解 oaken knee“～”；也解 Oconee“～”，位于美国。
1372 Conditor［拉］“～”；也解 Konditor［德］“～”。
1373 musquodoboits 解 mosquito bites“～”；也解 Musquodoboit，河名，位于加拿大。
1374 Scott“～”，人名；也解 Scott，河名，位于美国。
1375 Karmalite 解 Carmelite“～”，迦密修会为 12 世纪左右成立的一个天主教团体；也解 karma［梵］“～”。
1376 Kane“～”，人名；也解 Cain“～”，《圣经》中亚当的儿子，杀死弟弟亚伯。
1377 jackal“～”；也可与后面的 hide 合解 Jekyll and Hyde“～”，苏格兰作家罗伯特·斯蒂文森的小说《化身博士》中一个人物的两种人格，后来也用该词组指双重人格的人。
1378 Browne but Nolan“～”；也解 Browne and Nolan“～”，都柏林书籍和文具商店；也解 Bruno of Nola“～”，意大利哲学家。
1379 Donn Joe Vance 解 Donn Giovanni“～”，西班牙民间传说中的浪子，也叫唐璜，后被石像杀死；其中 Vance 也解 *Joseph Vance*“～”，英国 19 世纪末的封面设计师威廉·德·摩根的第一部小说的标题，也是书中主人公的名字。
1380 此句化自习语 lock stable door“亡羊补牢”；其中 lock 也解 Lock Hospital“～”，位于都柏林。
1381 Merreytrickx 解 meretrix［拉］“～”。
1382 Honorbright 解 Honor Bright“～”，被谋杀的都柏林妓女；也解 Honor“～”＋bright“～”。
1383 Billy“～”，即英国国王威廉三世，1690 年与詹姆士二世展开博因河战役；也解 bile［爱］“～”。
1384 Dunboyne“～”，地名，位于爱尔兰米思郡；也解 Boyne“～”，位于爱尔兰基尔代尔郡。
1385 guilty“～”；也解 gilt“～”。
1386 goldeny 解 golden“～”；也解 Goldene Aue“～”，河谷名，位于德国。
1387 Ida“～”，希腊神话中位于克里特岛的山，宙斯的成长地；也解 idé［爱］“～”；也解 Ida，河名，位于俄国。
1388 hushaby“～”，哄幼儿入睡；也解 Hushabys“～”，与 Billy 和 Ellie Dunn 一起是英国作家萧伯纳的《伤心之家》中的人物。
1389 rocker“～”；也解 *Rock-a-bye Baby on the Tree Top*“～”，英国儿歌。
1390 Elletrouvetout 解 elle trouve tout［法］“～”；也解 *Il trovatore*“～”，意大利歌剧家威尔第的歌剧。
1391 silvier 解 Sylvia“～”，莎士比亚的戏剧《维洛那的两绅士》中的人物；也解 Sylvia Beach“～”(1887—1962)，巴黎莎士比亚书店的店主，第一个出版《尤利西斯》。
1392 swilly 解 swill“～”；也可与后面的 swash 合解 Will ... Shaw“～”；也解 Swilly，河名，位于爱尔兰。
1393 Yuinness 解 Guinness“～”；也解 Huisne，河名，位于法国。
1394 Yennessy 解 Hennessy“～”；也解 Yenesei，河名，位于俄国。
1395 Laagen 解 lager“～”，一种色淡多泡沫啤酒；也解 Laagen，河名，位于挪威。
1396 Niger“～”，此处解 niger［拉］“～”；也解 Niger，河名，位于西部非洲。
1397 Festus King 解 Festus［拉］“节庆”＋King“国王”，书中人物，也解店名，位于爱尔兰戈尔韦郡克里夫登市。
1398 O. B.，名字的缩写；也解 Ob，河名，位于俄国。
1399 Sully 解 Lucius Cornelius Sulla“～”(前 138—前 78)，罗马将军和政治家；也解 sully“～”。
1400 Master Magrath“～”，一只爱尔兰灰狗，1869 年赢得滑铁卢杯，有同名歌曲纪念它；也解 Magra，河名，位于意大利北部。
1401 Rossa 解 róssa［意］“～”；也解 Roß［德］“～”；也解 O'Donovan Rossa“～”(1831—1915)，爱尔兰芬尼亚会会员，都柏林利菲河上有一座桥以他的名字命名。
1402 O'Delawarr，人名；也解 Delaware，河名，位于美国。
1403 MacPacem 解 Mac-［爱］“……的儿子”＋pacem［拉］“和平”。
1404 Nerone［拉］“～”，尼禄为古罗马帝国皇帝。
1405 Stakelum 解 stekel［荷］“～”；也解 stactum［拉］“～”。
1406 Selina 可解 Mary Selina “～”，1922 年去世的一位都柏林少女；也解 Selênê［希］“～”；也解 selinas［拉］“～”；也解 Selinus，河名，位于土耳其；也解 Salinas，河名，位于美国。
1407 Susquehanna“～”，河名，位于美国。
1408 Ward“～”；也解 Ward，河名，位于爱尔兰。
1409 Pruda，人名；也解 prudentia［拉］“～”；也解 Pru，河名，位于巴布亚新几内亚。
1410 Kanel 解 canal“～”；也解 Kathleen Cannell“～”(1891—1974)，美国舞蹈评论家，《转折》杂志的赞助人。
1411 Katty，人名；也解 kathairō［希］“～”。
1412 Quilty 解 guilty“～”。
1413 Brosna，河名，位于爱尔兰；也解 brosna［爱］“～”。

的基兰[1414]打扫、布片[1415]伊纳[1416]、粗大的[1417]缪丽尔、祖珊[1418]去·卡麦克[1419]、梅丽莎[1420]·布拉道格[1421]、花神弗恩斯[1422]、动物老好人狐狸、格拉特纳·格林[1423]、帕涅洛佩[1424]·因格莱散特、像青藤[1425]莱希亚[1426]忘川一样的舔者[1427]莱兹巴[1428]、带着好[1429]锉刀[1430]的罗克珊娜[1431]·罗恩[1432]生的、单[1433]双[1434]三[1435]第三|砖做的、三位[1436]一体[1437]、爱月者[1438]奥法雷尔、河流[1439]艾莉、约瑟夫[1440]·福伊尔[1441]、蛇头[1442]百合、喷泉[1443]丰特努瓦劳拉[1444]、以及玛丽[1445]·沙勿略[1446]·上帝的羔羊[1447]·弗朗索瓦·德·沙雷氏[1448]·麦凯[1449]医生之子?她给她们每个[1450]母亲[1451]妈妈的女儿一朵月光花和一条血脉[1452]血石;但是那已成熟的葡萄在劝说[1453]葡萄干他们前就分开了[1454]修剪葡萄树的人[1455]葡萄榨汁用大桶|葡萄|衣服。于是在伊茜身上,她的女仆[1456]耻辱|造就的|闪姆,她的眼泪上[1457]爱好爱在闪耀[1458]肖恩,此时从闪姆那里,她的笔力,生命在他辉煌之前[1459]弄脏就流逝了。

天哪,多大[1460]一包啊!除此以外还有一打赠一[1461]一打,加上什一税作添头[1462]。这就是你会说的无稽之谈[1463]!爱尔兰[1464]古罗马历中3、5、7、11月第7日或他月第5日的祈祷集市!如果你敢打开猪肉桶[1465]的封条[1466],所有那些还有更多都在一只衬布信封下。难怪他们要逃离她的毒药[1467]瘟疫。看在干净[1468]克兰镇的份上把你的哈德森肥皂[1469]扔给我们!水留下的细微味道。我会把它漂回来,清晨[1470]的第一件事。最[1471]仁慈柔和的[1472]洼地!啊[1473],别忘记我借[1474]鲑鱼给你的利洁时[1475]粘合剂。你让所有漩涡都到你那边的

1414 Kieran,人名;也解 kehren [德]“~”。
1415 Lappin 解 lappen [德]“~”。
1416 Ena,河名,位于巴布亚新几内亚。
1417 Maassy 解 massy“~”;也解 Maas,河名,流经法国、比利时、荷兰。
1418 Zusan,人名;也解 zu [德]“~”;也解 Zusam,河名,位于德国。
1419 Camac 解 Cammock,河名,利菲河的支流。
1420 希腊神话中发明了蜜蜂饲养方法的仙女。
1421 Bradogue,河名,利菲河的支流。
1422 Ferns,人名,意为“蕨类植物”;也解 Fern,湖名,位于爱尔兰。
1423 Grettna Greaney 解 Gretna Green“~”,苏格兰村镇;也解 Greta,河名,位于英国;也解 Greaney,河名,位于爱尔兰。
1424 《奥德赛》中奥德修斯的妻子。
1425 Liane 解 liana“~”;也解 Liane,河名,位于法国。
1426 Leytha 解 Lethaea“~”,古罗马诗人奥维德的《变形记》中被变成石头的女子;也解 Lethe“~”,希腊神话中的冥河之一;也解 Leitha,河名,位于欧洲中部。
1427 Licking“~”;也解 Licking,河名,位于美国。
1428 Lezba 解 Liza,河名,位于阿根廷。
1429 Simpatica [意]“给人好感的”。
1430 Sohan“~”;也解 Sohan,河名,位于印度。
1431 Roxana 解 Rhôxanê“~”,古希腊亚历山大大帝的妻子;也解 Rosanna,河名,位于菲律宾。
1432 Rohan“~”,河名,位于印度;也解 roh [德]“~”。
1433 Una [拉]“~”;也解 Una,河名,位于巴西。
1434 Bina [拉]“~”;也解 Bina 河名,位于印度。
1435 Laterza 解 la terza [意]“~”;也解 tertia [拉]“~”;也解 latericia [拉]“~”;也解 Laterza,河名,位于意大利。
1436 Trina [拉]“~”。
1437 La Mesme [古法]“同样的人或事物”。
1438 Philomena 解 philomênê [希]“~”。
1439 Irmak [土]“~”;也解 kizil-irmak,河名,位于土耳其。
1440 Josephine 解 Joseph,河名,位于美国。
1441 Foyl,河名,位于爱尔兰。
1442 Snakesheada 解 Snake's head“~”;也解 Snake,河名,位于美国。
1443 Fountainoy 解 fountain“~”;也解 Fontenoy“~”,地名,位于比利时和法国,1745 年法国与英荷等联军在此次展开战役;也解 Fountain Creek,河名,位于美国;也解 Noya,河名,位于赤道几内亚。
1444 Laura,河名,位于澳大利亚。
1445 Marie,河名,位于南美洲。
1446 Xavier 解 Francis Xavier“圣方济·沙勿略”(1506—1552),罗马天主教传教士,耶稣会最早的成员之一。
1447 Agnes Daisy 解 Agnus Dei [拉]“~”。
1448 Frances de Sales 解 Saint François de Sales“圣方济各·沙雷氏”(1567—1622),日内瓦主教,作家的主保圣人。
1449 Macleay 解 Marie Mackay“~”(1855—1924),英国畅销书女作家,笔名玛丽·科雷利;也解 Mac an Leagha [爱]“~”;也解 Macleay,河名,位于澳大利亚。
1450 ilcka 解 ilka [苏俚]“~”;也解 Ilek,河名,位于俄国。
1451 madre [意]“~”;也解 mother“~”;也解 Madre,河名,位于南美洲。
1452 bloodvein 解 blood“血”+vein“叶脉”;也解 bloodstone“~”;也解 Bloodvein,河名,位于加拿大。
1453 reason“~”;也解 raisin“~”。
1454 devide 解 divide“~”;也解 Devi,河名,位于印度。
1455 vinedress 解 vinedresser“~”;也解 winepress“~”;也解 vine“~”+dress“~”。
1456 shamemaid 解 chambermaid“~”;也解 shame“~”+made“~”;也解 Shem“~”。
1457 befond 解 beyond“~”;也解 be fond of“~”。
1458 shone“~”;也解 Seón [爱]“~”。
1459 befoul“~”,此处解 before“~”。
1460 wardha 解 what a“~”;也解 Wardha,河名,位于印度。
1461 bakereen's dusind 解 baker's dozen“~”;也解 dusin [荷]“~”;也解 Baker,河名,智利和美国都有该名称的河流;也解 Sind,河名,位于印度。
1462 tillies 解 tuille [爱]“~”。
1463 a tale of a tub“~”,指英国作家斯威夫特的小说《无稽之谈》。
1464 Hibernonian 解 Hibernian“~”;也解 nones“~”,在爱尔兰这些时候禁止集市。
1465 porkbarrel 解 pork barrel“~”,也指议员为选民争取得到的地方建设经费。
1466 seal“~”;也解 Seal,河名,位于加拿大。
1467 pison 解 poison“~”;也解 Pison,《圣经》中提到的发源于伊甸的四条河流中的第一条。
1468 Clane 解 clean“~”;也解 Clane“~”,地名,位于爱尔兰基尔代尔郡。
1469 hudson soap 解 Hudson's soap“~”,英国肥皂品牌;也解 Hudson,河名,位于美国。
1470 marne 解 morn“~”;也解 Marne,河名,位于法国。
1471 Merced 解 most“~”;也解 mercy“~”;也解 Merced,河名,位于美国。
1472 mulde 解 mild“~”;也解 Mulde [德]“~”;也解 Mulde,河名,位于德国。
1473 Ay 解 ah“~”;也解 Ay,河名,位于俄国。
1474 lohaned 解 loaned“~”;也解 lohi [芬]“~”;也解 Lohan,河名,位于罗马尼亚。
1475 reckitts 解 Reckitt“~”,英国消毒剂生产商;也解 Kitt [德]“~”。

水流里了。好吧，如果我做了，我该因此被责备吗？谁说如果你做了你就该受到责备？你有点太冷峭[1476]蓓基·夏普了。我在宽松的一边。只是吸鼻烟人的纸卷漂进了我这里，那是疯教士[1477]破晓从他的袍子里甩出来的，带着她去年的[1478]以斯帖们沼泽水仙[1479]马什，好让他放弃[1480]讲述某事他的名利场[1481]。我真的正在读他那切努克语《圣经》中的肮脏插条，确实很[1482]道得威尔恶心，但是看到画在扉页[1483]闲聊页上的标题[1484]字符上方的小点就逗[1485]得咯咯笑。《上帝说，要有人，于是有了人。》呵！呵！《上帝说，要有亚当，于是有了亚当[1486]。》哈！哈！还有《温德米尔[1487]《温德米尔夫人的扇子》诗人[1488]》、勒法努（谢立丹的）旧《墓地[1489]车厢|院子房屋》、米勒（约）[1490]的《论妇女及在弗罗斯河上[1491]《弗罗斯河上的磨坊》|筏子|流淌的同类》。对[1492]我，沼泽给老磨坊[1493]，石头给他的弗洛斯们[1494]丝般轻柔的！我知道她们多么活泼地转动他的轮子。我的手在威士忌[1495]水和苏打水[1496]汗水之间冻得发青[1497]青色|冷，就像那边那片花纹瓷片[1498]，躺在下面。就是说它在哪儿？它躺在莎草旁我看到。黄河[1499]，我的悲伤，我失掉了它！我好苦啊[1500]！那种泥炭地[1501]混浊的的水谁能看清？这么近却那么远！但是，啊，继续[1502]！我喜欢[1503]洛瓦特法庭别人唠叨[1504]急切而含混不清地说。我还能听更多[1505]墙更多[1506]此外的。河上[1507]在下面的|波浪的统治[1508]雨。飞翔着完成你的漂荡。这[1509]粘稠的就是我[1510]就我来说|池塘的生活[1511]利菲河。

嗯，你知道，或者难道你不知道[1512]知道它，或者难道我没告诉过你所有叙述都有结尾[1513]尾巴|故事|讲述？这就是这个他和这

1476 sharp“～”;也解 Becky Sharp“～”,英国作家萨克雷的《名利场》中的人物。

1477 cracka dvine 解 cracked divine“～”,指英国作家斯威夫特;也解 crack of dawn“～”;也解 Dvina,河名,位于俄国。

1478 estheryear 解 yesteryear“～”;也解 Esthers“～”,指斯威夫特的两个年轻恋人。

1479 marsh narcissus“～”;也解 Narcissus Marsh“～”(1638—1713),都柏林的新教主教,都柏林的马什图书馆的建立者。

1480 recant“～(信仰或主张)”;也解 recount“～”。

1481 vanitty fair 解 vanity fair“～”,也是英国作家萨克雷的同名小说。

1482 dodwell 解 do well“～”;也解 Henry Dodwell“～”(1641—1711),爱尔兰神学家。

1483 tattlepage 解 title page“～”;也解 tattle page“～”。

1484 tittles“～”,此处解 titles“～”。

1485 chickled 解 tickled“～”。

1486 夹有斯拉夫语法的意大利语,乔伊斯的朋友曾听到一个男孩这样模仿斯洛文尼亚神父布道。其中 omo 也解 Omo,河名,位于埃塞俄比亚。

1487 Windermere“～”,湖名,位于英国,19 世纪末华兹华斯等湖畔诗人即住在附近;也解 *Lady Windermere's Fan*“～”,英国作家王尔德 1892 年上演的喜剧。

1488 Dichter [德]“～”。

1489 Coachyard 解 churchyard“～”;也解 coach“～”+yard“～”。

1490 Mill (J.) 解 John Stuart Mill“～”(1806—1873),英国哲学家,著有《论妇女的从属地位》。

1491 on the Floss“～”;也解 *The Mill on the Floss*“～”,英国作家乔治·艾略特的小说;其中 Floss 也解 Floß [德]“～”;也解 floß [德]“～”;也解 Floss,河名,位于英国。

1492 Ja [德]“～”;也解 ja [塞维]“～”。

1493 Altmuehler 解 alt Mühle [德]“～”;也解 Altmuehl,河名,位于德国。

1494 flossies 解 Flosses“～”;也解 flossy“～”。

1495 isker 解 whiskey“～”;也解 uisce [爱]“～”;也解 Isker,河名,位于保加利亚

1496 suda 解 soda“～”;也解 sudor [拉]“～”;也解 Suda,河名,位于俄国。

1497 blawcauld 解 blue(with)cold“～”;也解 blauw [挪]“～”+cauld [苏]“～”。

1498 chayney 解 china“～”;也解 Chay,河名,位于越南。

1499 Hoangho 解 Hwang Ho“～”,位于中国。

1500 Aimihi 解 ai mihi [拉]“～”

1501 turbary“～”;也解 turbid“～”。

1502 gihon 解 go on“～”;也解 Gihon,河名,《圣经》中提到的发源于伊甸园的四条河流中的第二条。

1503 lovat 解 love“～”;也解 Lovat's Court“～”,位于都柏林;也解 Lovat,河名,位于白俄罗斯和俄国。

1504 gabber“～”;也解 jabber“～”。

1505 maure 解 more“～”;也解 Mauer [德]“～”;也解 Aure,河名,位于法国。

1506 moravar 解 more“～”;也解 moreover“～”;也解 Morava,河名,位于欧洲中部。

1507 onder [荷]“在……下面”,此处解 on“在……上”+der [德]“这”;也解 under“～”;也解 onde [意]“～”。

1508 Regn 解 reign“～”;也解 regn [丹]“～”;也解 Regen [德]“雨”;也解 Regen,河名,位于德国。

1509 Thick“～”,此处解 This“～”。

1510 for mere 解 for me“～”;也解 fur mir [德]“～”;其中 mere 也解“～”。

1511 life“～”;也解 Liffey“～”。

1512 kennet 解 kenne [德]“～”;也解 ken it“～”;也解 Kennet,河名,澳大利亚和新西兰都有该名称的河。

1513 taling 解 tailing out“～”;也解 tail“～”;也解 tale“～”;也解 telling“～”。

个她的事情了。看，看，暮色越来越重了！我那高耸的[1514]左边树枝正在扎根[1515]右。我冰凉的椅子[1516]肌肉|文化变成灰地[1517]误入歧途的。几点了[1518]叶子？小偷[1519]！是在哪个年代？很快[1520]已经就要天黑了。自从[1521]高山牧场上的牧民眼睛[1522]我或任何人[1523]埃瑞洪最后一次看了水房[1524]沃特豪斯公司的钟[1525]表，现在已经无休无止了。他们把它分成小块，我听到[1526]伤害他们说[1527]叹息。他们什么时候把它重装起来？噢，我的背[1528]回来，我的背，我的背[1529]单身生活|溪流！我真想去艾克斯莱班[1530]疼痛和痛苦。叮当[1531]！那是送冬节[1532]钟鸣|人们的钟声[1533]美丽！想[1534]让我们祈祷[1535]圣灵|下降！当[1536]！把衣服拧出水！把露水拧进去[1537]把新的敲进来！上帝避开[1538]，避开[1539]改变信仰者|转向阵雨[1540]寒战！赐予我们你的[1541]恩慈！阿门[1542]一个人。我们现在要把它们铺在这里吗？啊，好的。抛！在你的岸上铺开，我会把我的铺在我的岸上。开！我正在做！铺！天变[1543]变凉了。起风[1544]去了。我会在旅舍床单上放[1545]几块石头。一个男人和他的新娘[1546]奥布赖恩小姐在它们中间拥抱。否则我会洒点儿水，只把它们折起来。我会把我的屠夫围裙系在这儿。不过都是油。散步的人会从旁边经过。6 件衬衣、10 条方巾，9 条用来保持火苗，这条用来抗寒[1547]密码，修女巾，12 条，一条宝宝的围巾[1548]。好妈妈[1549]鹅妈妈约瑟[1550]谣言知道，她说。谁的头[1551]谁说的？妈妈[1552]打呼噜？女神请安静[1553]沉默女神！她的孩子[1554]现在都[1555]所有在哪儿[1556]，喂？在失去的王国[1557]天国|国王|圆屋顶，或者将临的权力，或者荣耀[1558]归于父[1559]他们|进一步？全是淤泥[1560]丽维娅|但是|雨，

1514 lofty“～”;也解 left“～”。
1515 root“～”;也解 right“～”;也解 Root,河名,位于美国。
1516 cher 解 chair“～”;也解 chair [法]“～”;也可与前面的 cold 合解 culture“～”;也解 Cher,河名,位于法国。
1517 ashley 解 ash“灰烬”+ley“牧地”;也解 astray“～”;也解 Ashley,河名,位于美国。
1518 Fieluhr 解 Wie viel Uhr [德]“～”;也解 foliage“～”。
1519 Filou [法]“～”。
1520 saon 解 soon“～”;也解 schon [德]“～”;也解 Saône,河名,位于法国。
1521 senne 解 since“～”;也解 Senne [德]“～”;也解 Seine,河名,位于法国;也解 Senne,河名,位于比利时。
1522 eye“～”;也解 I“～”。
1523 erewone 解 anyone“～”;也解 Erewhon“～”,英国作家塞缪尔・巴特勒的小说《埃瑞洪》中虚构的不存在的地方。
1524 Waterhouse 解 Water house“～”;也解 Waterhouse and Co“～”,都柏林的珠宝和钟表制造商。
1525 clogh 解 clock“～”;也解 clog [爱]“～”;也解 Clogh,河名,位于爱尔兰。
1526 hurd 解 heard“～”;也解 hurt“～”。
1527 sigh“～”,此处解 say“～”。
1528 back“～”;也解 be back“～”。
1529 bach“～”,此处解 back“～”;也解 Bach [德]“～”。
1530 Aches-les-Pains 解 Aix-les-Bains“～”,法国东南部萨瓦地区的游览胜地和矿泉所在地;也解 aches and pains“～”;也解 ALP,本书女主人公名字的缩写;也解 Ache,河名,位于奥地利。
1531 Pingpong 解 Dingdang“～”;也解 Ping,河名,位于泰国;也解 Pongo,河名,几内亚和苏丹都有该名称的河流。
1532 Sexaloitez 解 sechseläuten“～”;也解 läuten [德]“～”;也解 Leute [德]“～”。
1533 Belle 解 bell“～”;也解 belle [法]“～”;也解 Belle,河名,位于美国。
1534 Concepta de [拉]“～”。
1535 Send-us-pray“～”;也解 Saint-Esprit [法]“～”;也可与前面的 de 合解 descensus [拉]“～”。
1536 Pang“～”,拟声词;也解 Pang,河名,位于英国。
1537 Wring in the dew“～”;也解 Ring in the New“～”,出自英国诗人丁尼生的诗歌《狂钟,敲响》(*Ring Out, Wild Bells*)中的“敲出旧的,敲来新的”。
1538 Godavari 解 God avert“～”;也解 Godavari,河名,位于印度。
1539 vert“～”,此处解 avert“～”;也解 verto [拉]“～”;也解 Verte,河名,位于加拿大。
1540 showers“～”;也解 Schauer [德]“～”;也解 Shur,河名,位于伊朗。
1541 thaya 解 thy“～”;也解 Thaya,河名,位于欧洲中部。
1542 Aman 解 amen“～”;也解 A man“～”;也解 Amana,河名,位于委内瑞拉;也解 Amman,河名,位于英国。
1543 churning“～”;也解 turning“～”;也解 Churn,河名,位于英国;也解 Churni,河名,位于印度。
1544 Der went 解 der Wind“～”;也解 went“～”;也解 Derwent,河名,位于澳大利亚。
1545 lay“～”;也解 Lay,河名,位于法国。
1546 bride“～”;也解 Biddy O'Brien“～”,歌谣《芬尼根的守灵夜》中的守灵者之一;也解 Bride,河名,位于爱尔兰。
1547 code“～”,此处解 cold“～”。
1548 6+10=16=P,12=L,1=A,因此这里包含本书女主人公名字的缩写 ALP。
1549 Good mother“～”;也解 Mother Goose“～”,一个无名的乡村妇女,被认为是鹅妈妈故事和童谣的原作者。
1550 Jossiph 解 Joseph“～”,圣母马利亚的丈夫;也解 gossip“～”;也解 Joseph,河名,位于美国。
1551 Whose head? “～”;也解 Who said“～”。
1552 Mutter [德]“～”;也解 Mutt,河名,位于瑞士。
1553 Deataceas 解 Dea taceas [拉]“～”;也解 Dea Tacita“～”,罗马神话中死者的守护女神。
1554 childer 解 children“～”;也解 Erskine Childers(1870—1922),英国下议院的神父,1922 年被新独立的爱尔兰自由邦的政府处决。
1555 alle 解 all“～”;也解 alle [德]“～”;也解 Alle,河名,位于波兰。
1556 Wharnow 解 Where now“～”;也解 Warnow,河名,位于德国。
1557 kingdome gone 解 kingdom gone“～”;也解 kingdom come“～”;也解 king“～”+dome“～”。
1558 gloria [拉]“～”。
1559 them farther 解 the father“～”;也解 them“～”+farther“～”。
1560 Allalivial 解 All alluvial“～”;也解 Anna Livia“～”,本书女主人公;也解 alla [希]“～”;也解 lluvia [西]“～”。

全是淤泥！这儿有一些，越来越多[1561]更多|不再，又有更多的流失到国外[1562]但|陌生人。我曾听人说香农[1563]的同一枚胸针嫁入了西班牙的一个家庭。布伦丹[1564]布伦丹海鲱鱼池那边的马克地[1565]葡萄园[1566]卫土里的所有邓恩的笨伯[1567]笨蛋都在美国佬[1568]看|阿格奈|扬子江的帽子[1569]里选九号的。比蒂[1570]的一只珠子跳上跳下，直到她用金盏花和修鞋匠的蜡烛，在离开光棍小路[1571]巴特勒路的匆忙男人[1572]曼佐尼那主渠[1573]的旁支中，聚拢起遗失的[1574]最后的历史[1575]昨晚|复活节前夜|昨天的。但是在前置的或之间的年轮[1576]跳跃里留给最后一位米格尔的一切东西，只是一只膝部搭扣和前边的两只钩子。你现在要告诉我这个吗？就是。为地球和魂灵祈祷[1577]为环球祈祷|祭坛！很好[1578]更容易，太棒了[1579]，我们都是影子[1580]肘关节！确实[1581]果真，你听过的次数不是有如洪水吗，反反复复[1582]河岸，对河岸[1583]塞子|郑重许诺|祭酒|使旋转做出回应[1584]塞子|和？你听过[1585]行动，你听过！我要，我要！就是那个耳塞[1586]迷乱的我曾塞[1587]拨旺火|斯多克思进我的耳朵[1588]屁股|臀部|之前的。它几乎完全让最小的声音[1589]忘川沉寂下来。啊呀[1590]！你遇到什么麻烦？那里是不是伟大的芬首领[1591]芬德雷特本人，穿着他的和服[1592]《贾考末·乔伊斯》|乔齐姆在他的塑像上骑着高头大马[1593]在对面[1594]狍子|牡马|汉格斯特？水獭之父[1595]啊，就是他！你在[1596]那儿！是吗[1597]吃|伊茜？在普通的[1598]马上溜达？你想的是阿斯特利的圆形剧场[1599]，那里条子不让你把含着棒棒糖的嘴撅向佩珀尔家的幽灵白马[1600]佩珀尔幻术。把蜘蛛网从你的眼前拿开，女人，把你洗的东西铺开！还好我知

1561 more no more 解 more and more“～”；也解 more“～”＋no more“～”。
1562 alla stranger 解 a l'étranger［法］“～”；也解 alla［希］“～”＋stranger“～”。
1563 Shannons“～”，指前面提到的南茜·香农，也可指爱尔兰的香农河。
1564 Brendan 解 Saint Brendan“～”，爱尔兰圣人，传说曾远渡大西洋；也解 Brendan's Sea“～”，指大西洋。
1565 Markland“～”，11 世纪初古挪威探险家莱夫·艾里克森(Leif Ericson)给加拿大的一个海滨起的名字，此处代指北美洲。
1566 Vineland“～”；也解 Vinland“～”，11 世纪左右古代挪威人给北美洲的某地起的名字。
1567 Dunders 解 dunce“～”；也解 dunderhead“～”。
1568 yangsee 解 Yankee“～”；也解 see“～”；也解 Yangtze Agnès“～”，巴黎帽商；也解 Yang-tze“～”，中国的长江。
1569 hats“～”；也解 Hat Creek，河名，位于美国。
1570 Biddy 解 Biddy O'Brien“奥布赖恩小姐”，歌谣《芬尼根的守灵夜》中的守灵者之一。
1571 Bachelor's Walk“～”；也解“～”，码头名，位于都柏林利菲河边。
1572 manzinahurries 解 man-in-a-hurry“～”；也解 Alessandro Manzoni“～”(1785—1873)，意大利作家；也解 Manzanares，河名，位于西班牙。
1573 main drain“～”；也解 Main，河名，位于德国。
1574 lost“～”；也解 last“～”；也解 Lost，河名，位于美国。
1575 histereve 解 history“～”；也解 yestereve“～”；也解 Easter eve“～”；也解 hesternus［拉］“～”；也解 Ister，河名，即多瑙河的下游部分。
1576 loup“～”，此处解 loop“环状物”；也解 Loup，河名，位于美国。
1577 Orara por Orbe and poor Las Animas 解 orar por Orbe y por las Animas［西］“～”；也解 ora pro orbe［拉］“～”；也解 ara［拉］“～”；也解 Orara，河名，位于澳大利亚；也解 Orbe，河名，流经法国和瑞典；Las Animas，河名，位于美国。
1578 Ussa 解 'uise［爱］“～”；也解 usa［爱］“～”。
1579 Ulla 解 olla［爱］“～”；也解 Ulla，河名，位于西班牙。
1580 umbas 解 umbra［拉］“～”；也解 umbo［拉］“～”；也解 Umba，河名，位于俄国。
1581 Mezha 解 maise［爱］“～”；也解 musha［英爱］“～”；也解 Mezha，河名，位于俄国。
1582 ufer and ufer 解 over and over“～”；也解 Ufer［德］“～”；也解 Ufa，河名，位于俄国。
1583 spond 解 spónda［意］“～”；也解 Spund［德］“～”；也解 spondeo［拉］“～”；也解 spemdô［希］“～”；也解 spin“～”。
1584 respund 解 respond“～”；也解 Spund［德］“～”；也解 und［德］“～”。
1585 deed“～”，此处解 did“是的”；也解 Dee，河名，位于英国。
1586 irrawaddyng 解 earwadding“～”；也解 irre［德］“～”；也解 Irrawaddy，河名，位于缅甸。
1587 stoke“～”，此处解 stuck“～”；也解 Whitley Stokes“～”(1830—1909)，爱尔兰律师和盖尔语学者；也解 Stoke，河名，位于英国。
1588 aars 解 ears“～”；也解 arse“～”；也解 aars［荷］“～”；也解 ere“～”；也解 Aar，河名，位于瑞士。
1589 lethest zswound 解 least sound“～”；也解 Lêthê“～”，希腊神话中的冥河。
1590 Oronoko，惊呼声；也解 Orinoco，河名，位于南美洲。
1591 Finnleader 解 Finn MacCool“芬·麦克尔”＋leader“首领”；也解 Adam Findlater“～”，19 世纪的都柏林人，修复巴涅尔广场的都柏林长老会教堂；也解 Finn，河名，位于爱尔兰。
1592 joakimono 解 kimono“～”；也解 *Giacomo Joyce*“～”，乔伊斯写的短文；也解 Joachim of Floris“～”(1145—1202)，意大利神学家；也解 Joachim Creek，河名，位于加拿大。
1593 high horse“～”，化自习语 on one's high horse“逞威风”；也解 Horse Creek，河名，位于加拿大。
1594 forehengist 解 fornenst［苏格兰］“～”；也解 Reh［德］“～”＋Hengst［德］“～”；也解 Hengest and Horsa“～”，5 世纪的部落首领，率领萨克森人入侵肯特。
1595 Father of Otters“～”，化自 Father of Waters“众河之父”，指美国的密西西比河；也解 Otter，河名，位于美国。
1596 Yonne 解 You are“～”；也解 Yonne，河名，位于法国。
1597 Isset 解 Is it“～”；也解 iß［德］“～”；也解 Issy“～”；也解 Isset，河名，位于俄国。
1598 Fallareen Common 解 falairín［爱］“漫步的马”＋Common“寻常”；也解 Fallarees Commons，市名，位于利菲河上。
1599 Astley's Amphitheayter 解 Astley's Amphitheatre“～”，在都柏林和伦敦都建有的马戏场，都柏林的后来被用于收容失明的妇女。
1600 此句化自爱尔兰作家塞缪尔·洛弗的短篇小说《佩珀尔家的白马》(*The White Horse of the Peppers*)；也解 Pepper's ghost“～”，19 世纪后期发明的一种用于剧院和魔术的幻觉技术。

道你是怎么偷懒的。上下抖！爱尔兰的清醒是爱尔兰的刚强[1601]。上帝保佑你，马利亚，满是油污[1602]恩慈，重负[1603]主伴随着我！你的祷告。我想是的[1604]。安古特夫人[1605]！你过去一直酗酒吗，告诉我们，脸蛋铿亮，在康威[1606]的卡利戈库拉[1607]餐厅？我什么，跛子[1608]？拍！你那风湿病的[1609]希腊和罗马的|水流|干草|嘎嘎响|或者|人后[1610]珍稀门[1611]步态控制着你屁股的不满。我不是清晨还潮湿的时候就起来吗，玛加利大·玛丽·玛加利大[1612]殉道的|都|烹饪，带着科里根氏脉[1613]和静脉曲张[1614]非常粗糙的，我的巡视车的轴[1615]撞碎了，衰弱中的爱丽丝·简[1616]，我那独眼的杂种狗两次撞倒，浸透漂白锅炉抹布，流着冷汗，一个像我这样的寡妇，好去打扮我那成了网球[1617]丁尼生冠军的儿子[1618]，洗衣工与[1619]淡紫色|待洗的衣服洗衣妇法兰绒？当领口和袖口[1620]继承了城市，当你的毁谤玷污了卡罗[1621]亨利·卡尔的名声，你从强壮的轻骑兵那里赢得你干净[1622]屁股的跛足。神圣的斯卡曼德[1623]，我又看到[1624]品味|酸痛的|服侍它了！在金色瀑布[1625]的附近。可怜我们吧[1626]你打|伊希斯！光的圣人[1627]！看那儿[1628]！压低你的声音，你这个下流[1629]胚！那不过是黑莓[1630]黑色的|驴子类植物，或者他们四位老怪人的灰[1631]格雷驴子。你是说[1632]泰培、里昂和格雷格里[1633]❶？我是说[1634]现在，谢天谢地，他们四个，他们的吼声，在雾中驱车[1635]走丢的牲畜和走失，老约翰尼·

❶ 即 Matthew Gregory(马太·格雷格里)，Mark Lyons(马可·里昂)，Luke Tarpey(路加·泰培)，此外还有 Johnny MacDougal(约翰尼·麦克杜格)。他们的名字来自《圣经》四福音书的四位作者；其中 Lyons 也解河名，位于澳大利亚；其中 Gregory 也解河名，位于澳大利亚。

1601 此句化自19世纪的流行语“爱尔兰的清醒是爱尔兰的自由”。

1602 grease“～”；也解 grace“～”；也解 Greese，河名，位于爱尔兰。

1603 load“～”；也解 lord“～”。

1604 sonht zo 解 thought so“～”；也解 Isonzo，河名，位于意大利。

1605 Madammangut 解 Madame Angot“～”，法国作曲家雷高克的歌剧《安古特夫人的女儿》中的人物，是一个洗衣女工；也解 Amman，河名，位于英国。

1606 Conway 解 Mrs Conway“康威夫人”，《一个青年艺术家的画像》中丹特的原型；也解 Conway，河名，在英国和新西兰都有该名称的河流。

1607 市名，位于利菲河边。

1608 hobbledyhips 解 hobblesides“～”，乔伊斯的父亲约翰·乔伊斯给他们的姑妈约瑟芬起的绰号。

1609 creakorheuman 解 rheumatic“～”；也解 Graeco-Roman“～”；也解 rheuma［希］“～”；也解 Heu［德］“～”；也解 creak“～”＋or“～”＋human“～”。

1610 rere 解 rear“～”；也解 rare“～”。

1611 gait“～”，此处解 gate“～”。

1612 marthared mary allacook 解 Saint Margaret Mary Alacoque“～”(1647—1690)，法国修女，推广了圣心运动，据说她只喝洗衣水；也解 martyred“～”＋all“～”＋cook“～”。

1613 都柏林医生科里根发现的一种疾病。

1614 varicoarse 解 varicose“～”；也解 very coarse“～”。

1615 pramaxle 解 perambulator axle“～”。

1616 Alice Jane 解 Alice Jane Donkin“爱丽丝·简·多金”，英国作家刘易斯·卡罗尔的朋友。

1617 tennis“～”；也解 Alfred Tennyson“～”(1809—1892)，英国诗人。

1618 son“～”；也解 Son，河名，位于印度。

1619 lavandier 解 lavandière［法］“～”；也解 lavender“～”；也解 lavandaria “～”。

1620 Collars and Cuffs“～”，克莱伦斯和阿翁戴尔公爵阿尔伯特·维克多(Albert Victor)的绰号，曾被派驻都柏林。

1621 Carlow“～”，爱尔兰兰斯特省的郡和市；也解 Henry Carr“～”，曾在乔伊斯入股的剧团中演戏，因演戏服的价格问题与乔伊斯发生争执。

1622 limpopo 解 limpo［葡］“～”；也解 Popo［德］“～”；也解 Limpopo，河名，位于非洲南部。

1623 Scamander“～”，希腊神话中的河神；也解 Xanthos，河名，位于小亚细亚。

1624 sar 解 saw“～”；也解 savour“～”；也解 sore“～”；也解 serve“～”；也解 Isar，河名，位于德国。

1625 利菲河上的瀑布。

1626 Icis on us 解 mercy on us“～”；其中 Icis 也解 icis［拉］“～”；也解 Isis“～”埃及司生育的女神；也解 I-sis，英国泰晤士河的上游。

1627 Seints 解 saints“～”；也解 Seint，河名，位于英国。

1628 Zezere 解 see there“～”；也解 Zêzere，河名，位于葡萄牙。

1629 hamble 解 humble“～”；也解 Hamble，河名，位于英国。

1630 blackburry 解 blackberry“～”；也解 black“～”＋burro［西］“～”。

1631 dwyergray 解 grey“～”；也解 Dwyer Gray“～”(？—1899)，爱尔兰民族主义者，《自由人报》的编辑，曾任都柏林市长。

1632 meanam 解 mean“～”；也解 Me Nam(Chao Phraya)，河名，位于泰国。

1633 指本书中被缩写为 MMLJ 的四个人中的三个。

1634 meyne 解 mean“～”；也解 Meyne，河名，位于法国。

1635 draves 解 drives“～”；也可与后面的 stray 合解 waives and strays“～”；也解 Drava，河名，位于欧洲中南部。

麦克杜格与他们在一起。那边[1636]是不是普贝[1637]闪光灯，很远很远[1638]灯塔，要么是一艘救火船靠近[1639]黑天[1640]基什航行，要么我看到的是篱笆里的光亮，要么我的加里[1641]加里欧文|《加里欧文》从印度群岛[1642]印度|当……的时候回来了？一直等到月亮[1643]蜜月如蜜，爱！死吧[1644]母亲夏娃[1645]黄昏，小夏娃，死吧！我们看到了你眼睛里的奇迹。我们还会相逢，我们会再次分离。如果你找到时刻，我就会寻找地点。在蓝色牛奶[1646]打翻的地方，我的航海图高高闪耀。原谅我很快，我要走了！再见[1647]！还有你，摘掉你的表，勿忘我。你的夜晚北极星[1648]。那么一路[1649]平安[1650]挽救|说！我的视线被此地的阴影弄得在我眼前游动得更浑浊。我现在慢慢回[1651]播种家沿着自己的路，完全是我的[1652]莫伊瓦利路。我也走了[1653]亚麻短纤维的|也如此，多少是我的路[1654]。

啊，但不管怎样她是个奇怪的老亲亲[1655]面容模糊的人|破裂|北美印地安女人或妻子，汉娜·丽维娅，装饰性脚趾[1656]喝|链条！当然他也是古怪的[1657]奇怪的老家伙[1658]五彩的，亲爱肮脏的呆蛋[1659]汤团|都柏林，芬格尔们[1660]和女儿女孩们[1661]点缀她的峡谷的养父[1662]脚|东方|笨蛋。老太老头我们都是他们的崽子。他不是有七只母兽[1663]夫人做他的妻子吗？而且每只母兽有七个胯。每个胯有七种色调。每个色调有相异的喊叫[1664]喧嚣声。肥皂泡[1665]白尼罗河上游的大块漂浮植物|啤酒给我，晚餐给你，医生的账单给乔·约翰[1666]约翰·乔伊斯。是对头[1667]之前的！两个小偷[1668]分叉的！他娶了他的集市[1669]玛奇，因发臭而便宜[1670]并肩地，我知道，就像所有伊特鲁里亚[1671]天主教异教

1636 beyant，即乌尔斯特口音的 beyond“～”。

1637 Poolbe“普贝灯塔”，位于都柏林，指示停锚的地方。

1638 pharphar 解 far far“～”；也解 pharos［希］“～”；也解 Pharphar，河名，《圣经》中提到位于大马士革。

1639 nyar 解 near“～”；也解 Niraj，河名，位于罗马尼亚。

1640 Kishtna 解 Krishna“～”，印度教毗湿奴神的别名之一；也解 Kish“～”，都柏林海湾边的沙岸；也解 Krishna，河名，位于印度。

1641 Garry“～”，人名；也解 Garryowen“～”，爱尔兰作家杰拉尔德·格里芬的小说《学院学生》(*The Collegians*)中的地名，格里芬说这个地方寓指爱尔兰；也解 *Garryowen*“～”，爱尔兰进行曲；也解 Garry，河名，位于英国。

1642 Indes 解 Indies“～”；也解 India“～”；也解 indes［德］“～”；也解 Indus，河名，位于印度。

1643 lune 解 luna［拉］“～”，可与前面的 honeying 合解 honeymoon“～”；也解 Lune，河名，位于英国。

1644 Die“～”；也解 die［德］，指示代词；也解 die［吉］“～”。

1645 eve“～”，此处解 Eve“～”，出自儿童游戏“她死了，小夏娃，小夏娃，她死了”。

1646 blue milk“～”，指银河；也解 Milk，河名，位于加拿大和美国。

1647 Bubye 解 bye bye“～”；也解 Bubye，河名，位于津巴布韦。

1648 evenlode 解 even“夜晚”＋lodestar“北极星”；也解 Evenlode，河名，位于英国。

1649 jurna 解 journey“～”；也解 Juruá，河名，位于南美洲。

1650 save“～”，此处解 safe“～”；也解 say“～”；也解 Save，河名，位于津巴布韦和莫桑比克。

1651 sow“～”，此处解 go“～”；也解 Sow，河名，位于英国。

1652 moyvally 解 my very“～”；也解 Moyvally“～”，城镇名，位于利菲河边；也解 Moy，河名，位于爱尔兰；也解 Valley，河名，位于美国。

1653 Towy“～”，此处解 tooraloo“～”；也解 So will“～”；也解 Towy，河名，位于英国。

1654 rathmine 解 rather“在一定程度上”＋mine“我的”；也解 Rathmines，地名，位于都柏林南部。

1655 Skeowsha［英爱］“～”；也解 scamhaite［爱］“～”；也解 scoir［爱］“～”；也解 squaw“～”。

1656 trinkettoes 解 trinket“小装饰品”＋toes“脚趾”；也解 trinken［德］“～”；也解 Kette［德］“～”。

1657 quare“～”；也解 queer“～”；也解 Quarai，河名，位于乌拉圭和巴西。

1658 buntz“～”；也解 bunt［德］“～”。

1659 Dumpling“～”，此处解 Humpty Dumpty“～”，英语儿歌《国王的人马》中一只从墙头坠落后摔成碎片的蛋；也解 Dublin“～”。

1660 Fingalls 解 Fingal＋-s“～”，苏格尔为芬·麦克尔在诗歌中的名字；爱尔兰人也称某些北欧入侵者为芬格尔，意思是金发的陌生人；也解 Fingal，河名，位于澳大利亚。

1661 dotthergills 也解 daughter girls“～”；也解 dot her gills“～”。

1662 foostherfather 解 foster father“～”；也解 Fuß［德］“～”＋ost［德］“～”；也解 fooster［英爱“～”。

1663 dams“～”；也解 dames“～”。

1664 cry“～”；也可与前面的 hue 合解 hue and cry“～”。

1665 Sudds“～”，此处解 suds“～”或［俚］“～”。

1666 Joe John“～”；也解 John Joyce“～”，乔伊斯的父亲。

1667 Befor 解 be foe“～”；也解 or for“要是能有……该有多好啊！”；也解 before“～”。

1668 Bifur 解 bi-［拉］“两个”＋fur［拉］“小偷”；也解 bifurcate“～”；也解 Biferno，河名，位于意大利。

1669 markets“～”。此句化自习语 make one's market“出售存货”；也解 Maggies“～”。

1670 cheap by foul“～”；也解 cheek by jowl“～”。

1671 Etrurian“～”，意大利中部的古国。

徒，穿着他们粉红柠檬[1672]奶油色的呢斗篷[1673]梨和他们的绿松石[1674]吻|土耳其靛蓝[1675]印度的淡紫色。但是在米迦勒节[1676]像牛奶的一团上谁是配偶？那么所有是的都是爱人。这是[1677]安静仙境[1678]精灵之地|小河！充足的时间和快乐的回返。又[1679]新的和原先一样[1680]看起来|粘液|是了。维科规律[1681]古罗马统治下的不列颠人|奥陶纪的或者我记得你们[1682]维科规律。曾是汉娜，正是丽维娅，将是妇鲁拉贝尔。北方人的东西成了南方佬[1683]萨福克公爵|萨福克街的地方，但是多少[1684]儿多更多[1685]哀号亲自构成每人[1686]回声？把这给我变成拉丁文，我的三一学者[1687]三一学院，从你们的[1688]纯粹的梵文[1689]没有|宗教信条变成我们的[1690]印欧语系[1691]爱尔兰！都柏林的山羊市民[1692]！他让公山羊喝他的奶头，柔软奶头[1693]给孤儿。嚯[1694]河，主啊！他的一对儿乳房。主啊救我们！嚯！喂？所有男人的东西。热？他的傻笑女儿们自。什么[1695]鹰？

听不见，因为水自[1696]。唧唧啾啾的水[1697]总是抱怨|唠叨不休|齐特尔琴自。飞来飞去的[1698]闪光金属片|度蜜月蝙蝠、田鼠[1699]蝙蝠回嘴[1700]畏缩不前|声嘶力竭地喊叫。嚯！你不回家吗？什么托马斯·马龙[1701]蒂姆·马龙？听不见，因为蝙蝠的叫声，他们[1702]蒂姆所有利菲化的河水自。嚯，谈话救我们！我的脚[1703]足动[1704]苔藓|青苔|强制不了了。我觉得像那边的榆树[1705]一样老。故事讲着肖恩或闪姆？丽维娅的全部女儿儿子们。黑色的老鹰听着我们。黑夜！黑夜！我的陈[1706]沉重的|整个头落下[1707]门厅|发出响声。我觉得像那边的石头一样重。给我讲讲[1708]约翰或肖恩？谁曾是闪姆和肖恩活着的

1672 limony 解 lemon“～”；也解 Lim，河名，位于南斯拉夫地区。
1673 birnies 解 burnous“（阿拉伯等人穿的）～”；也解 Birne［德］“～”。
1674 turkiss 解 turquoise“～”；也解 turkis［丹］“绿松石”；也解 kiss“～”；也解 Turkey“～”。
1675 indienn 解 indigo“～”；也解 Indian“～”；也解 Indian，河名，位于美国。
1676 milkidmass 解 Michaelmas“～”；也解 milky mass“～”；也解 Milk，河名，位于加拿大和美国。
1677 Tys 解 'tis“～”；也解 hush［丹］“～”；也解 Tees，河名，位于英国。
1678 Elvenland［荷］“～”；也解 elven land“～”；也解 elve［丹］“～”。
1679 anew“～”；也解 new“～”。
1680 seim 解 same“～”；也解 seem“～”；也解 Seim［德］“～”；也解 sein［德］“～”；也解 Seim，河名，位于俄国。
1681 Ordovico 解 Vico order“～”，指意大利哲学家维科在《新科学》中描绘的人类的循环发展规则；也解 Ordovices［拉］“～”；也解 Ordovician“～”。
1682 viricordo 解 vi ricordo［意］“～”；也解 Vico order“～”。
1683 southfolk“～”；也解 Duke of Suffolk“～”（1484—1545），曾任爱尔兰总督；也解 Suffolk Street“～”，位于都柏林。
1684 howmulty 解 quam multi［拉］“～”；也解 how many“～”。
1685 plurators 解 pluratore［拉］“～”；也解 ploratores［拉］“～”。此句化自游戏中的问题“多少地方可以把东西变成人？”
1686 eachone 解 each one“～”；也解 echo“～”。
1687 trinity scholard 解 trinity scholar“～”；也解 Trinity College“～”，位于都柏林的著名大学；也解 Trinity，河名，位于美国。
1688 eure 解 your“～”；也解 pure“～”；也解 Eure，河名，位于法国。
1689 sanscreed 解 Sanskrit“～”；也解 sans［法］“～”＋creed“～”。
1690 oure 解 our“～”；也解 Our，河名，位于卢森堡、比利时和德国。
1691 eryan 解 Aryan“～”；也解 Éireann［爱］“～”。
1692 Hircus Civis Eblanensis［拉］“～”，这里包含物、人和地点三个因素；也解 HCE，本书主人公名字的缩写。
1693 爱尔兰原始收养仪式中需要吮吸男性的奶头，圣帕特里克曾拒绝这么做。
1694 Ho“～”，表惊讶；也解 ho［中］“～”。
1695 Whawk 解 What“～”；也解 hawk“～”。
1696 本段中很多句子没有说完，只用 of 结尾，表示“属于……的”，考虑到 of 在发音上的延续性，类似之处皆译为“自”。
1697 chittering“～”；也解 chittering［英爱］“～”；也解 chattering“～”；也解 Zither［德］“～”。
1698 Flittering“～”；也解 Flitter［德］“～”；也解 flittern［德口］“～”。
1699 fieldmice 解 field mice“～”；也解 Fledermaus［德］“～”。
1700 bawk talk 解 back talk“～”；其中 bawk 也解 balk“～”；也解 bawl“～”。
1701 Thom Malone 解 Thomas Malone Chandler“钱德勒”，乔伊斯的短篇小说集《都柏林人》中的《一小片云》的主人公；也解 Tim Malone“～”，一个版本的民谣《芬尼根的守灵夜》中参加守灵的人，而且威士忌是掷向他的。
1702 thim［英爱］“～”；也解 Tim“～”。
1703 foos 解 foot“～”；也解 Fuß［德］“～”；也解 Oos，河名，位于德国。
1704 moos 解 move“～”；也解 moss“～”；也解 Moos［德］“～”；也解 Muß［德］“～”；也解 Moose，河名，位于美国。
1705 elm“～”；也解 Elm，河名，位于美国。
1706 ho 解 old“～”；也解 heavy“～”；也解 whole“～”。
1707 halls“～”，此处解 falls“～”；也解 hallen［德］“～”；也解 Hall，河名，位于新西兰。
1708 Tell“～”；也解 Tel，河名，位于印度。

儿子或女儿们自？现在天黑了！告诉我，告诉我，告诉我，树我[1709]告诉！黑夜，黑夜！告我树干或石头的事[1710]。在河水化的水边自，这儿和那儿里去的水自。黑夜！

1709 elm“榆树”；也解 tell me“～”。此处形容声音的渐渐消失和含混，故译为“树我”。

1710 Telmetale 解 tell me tale“～”。此句化自希腊诗人赫西俄德的《神谱》中的“但是为什么要讲这些树或石头?”